文苑英華

第五册

中華書局

卷七二四　序二六（餞送七）

文苑英華卷第六百六十七　書一

太子（諸王附）

太子

答隋太子廣書一首　史祥

行人戾止奉所賜既恩紀綢繆形於文墨不悟飛雪增冰之地忽載三陽毳幕韋韝之鄉俄聞九奏精駭思越莫知啓處祥少不學軍旅長遇升平幸以先人緒餘備職宿衛懼驚蹇無奔走之實朽薄非折衝之才當斷（一作豈欲）追蹤古人語其優劣曩者王師薄伐天人援桴（一作受脤）絕漠揚旌威震海外當此之時猛將如神（一作雲）謀夫如雨至若祥者列於卒伍預聞指蹤之規得免遲留之責循省（一作涯）揣分實爲幸甚爰以情喻雷陳事方劉葛信聖人之屈己非庸夫之可測川澤之大汙潦攸歸松栢之高蔦蘿斯託微心眷眷孟侯所知也仰惟體元良之德煥重離之暉三善克脩萬邦以正斯固道高周誦契叶商皓豈在管蠡所能窺測伏承監國多暇養德怡神咀嚼六經逍遙百氏追西園之愛客眷南皮之出遊疇昔之恩無忘造次祥自忝式遏載離（一作羅）寒暑身在邊隅情馳魏闕每至清風夜（一作夕）起朗月孤照想鳴笳之啓路思託駕（一作乘）於後車塞表京華山川悠遠瞻望浮雲伏增潸結（一作皆隋書本傳）

請太子尊賢重道書（見六百二十三卷表門）　劉洎

上太子承乾書　張玄素（貞觀十三年）

臣聞周公以大聖之材猶握髮吐哺（一作飱）引納白屋而況後之聖賢敢輕斯道是以禮制皇太子入學而行齒胄欲使太子知君臣父子長幼之道然君臣之義父子之親尊卑之序長幼之節用之方寸之內弘之四海之外者皆因行以遠聞豈（一無此字）假言以光被伏惟殿下睿質固已崇高（四字一作巳隆）尚須學文以飾其表至如孔穎達趙弘智等非唯宿德鴻儒亦兼練達政要望令數得侍講開釋物理覽古諭今增暉睿德而雕蟲小伎之流秪可時命追隨以代博奕耳若其騎射畋游酣歌伎（一作戲）翫苟悅耳目終穢心神漸染既久必移情性古人有言心爲萬事主動而無節即亂臣恐殿下敗德之源在於此矣（一作皆舊唐書本傳）

重諫太子承乾書　前人

臣聞孔子云能近取譬可謂仁之方也已然書傳所載其言（一作言之）或遠尋覽近事得失斯存至後（一作如）周武帝平定齊梁（一作山東）卑宮菲食以安海內太子贇舉措無度（一作端）穢德日著烏丸軌知其不可具言於武帝武帝慈仁望其漸改及至踐祚狂暴肆情區宇崩離宗祀覆滅即隋文帝所代是也文帝因周衰弱憑藉力（一作女）資雖無大功於天下然布德行仁足爲萬姓所賴勇爲太子不能近遵君父之節儉而務驕侈肆情今之宮中山池遺址（一作跡）即太子（一無此二字）殿下所親覩是也此時亦恃君親之恩自謂太山之固詎知

邪臣敢進其説向使動靜有常進退合度親君子踈小人捨浮華尚恭儉雖有邪臣間之何能致慈父之隙豈不由積德未弘令問不著讒言一至遂成其禍竊惟皇儲之寄荷戴至（一作殊）重如其積德不弘何以嗣守成業聖上以殿下親則父子事兼家國所應用物不爲節限恩旨未踰六旬用物已過七萬驕奢之極孰云過此龍樓之下惟聚工匠望苑之内不覩賢良今言孝敬則闕視膳問豎（一作安）之禮語恭順則違君父慈訓之方求風聲則無愛學好道之實觀舉措則有因緣誅戮之罪忠（一作宮）臣正士未嘗在側群邪淫巧昵近深宮愛好者皆遊手雜色施與者並圖畫彫鏤在外瞻仰已有此失居中隱密可勝計哉宣猷禁門不異闤闠朝入暮出穢聲已彰（一作遠）臣以德音日損頻上諫書自爾已來縱逸尤甚右庶子趙弘智經明行脩當今善士臣每奏請望數召進與之談論庶廣儲徽（一作猷）令旨反有猜嫌謂臣妄相推引從善如流尚恐不逮飾非拒諫必招禍敗（一作敗損）方崇蔽塞之源不慕欽明之術雖抱睿哲之姿（一作資）終罹罔念之咎古人云苦藥利病苦言利行伏願居安思危日慎一日則天下幸甚謹言（一作皆舊唐書）

此篇按舊唐書係重諫承乾書英華題作諫東宮啓誤編在六百五十一卷今移此

諫太子承乾營造曲室書（前篇作諫東宮啓）　于志寧

臣聞克儉節用寔弘道之源崇侈恣情乃敗德之本是以陵雲槩日戎人於是致譏峻宇雕牆夏禹（舊唐書作書）以之作誡昔趙盾匡晉呂望師周或勸之以節財或諫之以重（唐書前篇並作厚）斂莫不盡忠以佐國竭誠以奉君欲使茂實播於無窮英聲被乎物聽咸著簡策以爲美談今所居東宮隋日營建觀之者尚驚（前篇作議唐書作譏）其侈見之者猶歎其華何容此中更（前篇作復）有修造財帛日費土木不停窮斤斧之工極磨礱之妙且丁匠官奴入内比者曾無監管（前篇作關驗唐書作伏監）此等或兄犯國章或弟罹王法往來御苑出入禁闈鉗鑿緣其身槌杵在其手監門本防非慮宿衛以備不虞直長既自不知千牛（前篇作守者）又復不見爪牙在外廝役在内所司何以自安臣下豈容無懼又鄭衛之樂古謂淫聲昔朝歌之鄉迴車者墨翟夾谷之會揮劍者孔丘先聖既以爲非通賢將以爲失頃聞宮内屢有鼓聲太樂伎兒入便不出聞之者股慄言之者心戰往年口勑伏請重尋聖旨殷勤明誡懇切在於殿下不可不思至於微臣不可（唐書前篇並作得）無懼臣自驅馳宮闕已積歲年犬馬尚解識恩木石猶能知感所有管見敢不盡言如鑒以丹誠則臣有生路若責其迕旨則臣是罪人但悅意取容臧孫方以（唐書前篇並作之）疾疢犯顏逆耳春秋比之藥石伏願（唐書作望）停工匠之作罷久役之人絕鄭衛之音斥群小之輩則三善允備萬國作貞矣

此篇六百五十一卷重出前已削去

諫太子承乾左右非其人書　前人

臣聞堯稱稽古功著於搜揚舜曰聰明績彰於去惡然開元立極布政辨方莫不旌賁英賢驅除不肖理亂之本咸在於茲況閹官之徒體非全氣便蕃階闥左右宮闈託親近以立威權假出納以爲禍福昔易牙被任變起齊邦張讓執鈞亂生漢室伊戾爲詐宋國受其殃趙高作姧秦氏鍾其弊加以弘石用命（一作事）京賈則連首受誅王曹掌權何竇則踵武被戮遂使搢紳重足宰司屏氣然順其情者則榮逮幼沖迕其意者則災及襁褓爰暨高齊都鄴亦弊閹

官鄧長顒位至侍中陳德信爵隆開府外干朝政內預宴私宗枝籍其吹噓重臣仰其鼻息罪積山岳靡挂於刑書功消塵露（一作功無消塵）已勒於鍾鼎富踰金穴財甚銅山是以家起怨嗟人懷憤歎骨鯁之士語不見聽蹇諤之臣言必被斥齊都顛覆職此之由向使任諒直之臣退佞給之士據趙魏之地擁漳滏之兵脩德行仁養政施化何區區周室而敢窺覦者哉（一作焉）然杜漸防萌古人所以遠禍以大喻小先哲於焉取則伏惟殿下道茂重離德光守器憲章古始祖述前修欲使休譽遠聞英聲遐暢臣竊見寺人一色未識上心或輕忽高班或陵轢貴仕便是品命失序綱紀不立取笑通方之人見譏有識之士然非（一無此字）典內職掌唯在門外通傳給使主司但緣階闥供奉今乃往來閤內出入宮中行路之人咸以為恠伏望狎近君子屏黜小人上副聖心下允衆望謹啓

五

一作皆舊唐書本傳

此篇按舊唐書係諫承乾第二書英華誤編在六百五十一卷今移此

諫太子承乾引突厥達哥支入宮書　前人

臣聞上天蓋高日月以光其德明君至聖輔佐以贊其功是以周誦升儲見匡毛畢漢盈居震取資黃綺周公（舊唐書作姬旦）抗法於伯禽賈生陳事於文帝莫不殷勤於端士懇切於正人昔鄧禹名臣方授（前篇唐書並作居）審諭之任疎（漢書作疏）受宿望始除輔導之官歷代賢君莫不丁寧於太子者良以地膺上嗣位處副（前篇作儲）君善則率土霑其恩惡則海內罹其禍近聞僕寺司馭爰及駕士獸醫始自春初迄茲夏晚恒居內役不放分番或家有尊親闕於溫凊或室有幼弱絕於撫養春則廢其耕墾夏又妨其播殖事乖存育（唐書作愛）人有（前篇唐書並作恐致）怨嗟且突厥達哥支等人面獸心豈得（前篇作可）以禮教期不可以仁信待心則未識於忠孝言則莫辨乎（前篇唐書並作其）是非近之有損於英聲暱之無益於盛德引之入閤人皆驚駭豈惟（前篇唐書並作臣）愚識獨用不安臣下為殿下之股肱殿下為臣下之君父君父以存撫為務股肱（前篇作臣下）以匡弼（唐書作救）為心是以苦口之藥以奉身逆耳之言（前篇作詞）以安位古人樹誹謗之木以求己愆懸敢諫之鼓以思身過由是從諫之主鼎祚克昌愎諫之君洪業隳墜惟殿下詳擇之

此篇六百五十七卷重出今已削去

上節愍太子書四首（前篇作諫東宮啓）　姚珽（神龍元年）

臣聞賈誼曰選天下之端士孝悌博聞有道術者使與太子居處出入故太子乃見正事聞正言行正道左右前後皆正人也夫習與正人居之不能無正習與不正人居之不能無不正太子既冠成人免於保傅之嚴則有記過之史徹膳之宰進善之旌誹謗之木敢諫之鼓瞽史誦詩工進（前篇作誦）箴諫大夫進謀故習與智長化與心成夫教得而左右正則太子正太子正而天下定矣臣又聞之木從繩則正后從諫則聖善言古者所（前篇作可）以驗於今伏惟殿下睿德洪深天姿聰敏近代成敗前古安危莫不懸鑒在心動合典禮臣以庸朽濫居輔弼虛備耳目叨厠（唐書前篇並作預）股肱輒薦塵露庶裨山海伏以內置作坊工巧得入宮闈之內禁衛之所或言語內出或事狀外通小人無知不識輕重因為詐偽有玷徽猷臣望並付所司停宮內造作如或須要使令（唐書作役造）猶望宮外安置庶得工匠不於宮禁出入

六

二

臣聞漢文帝身衣弋綈足履革舃齊高帝欄檻用銅者皆

易以鐵經侯帶玉具劒環珮以過魏太子太子不視經侯曰魏國亦有寶乎太子曰主信臣忠魏之寶也經侯委劒珮而去太子使追還之謂曰珠玉珍玩寒不可衣飢不可食無遺我賊（前篇作不可遺我）經侯杜門不出臣觀聖賢經籍務以簡素爲貴皇王政化皆以菲薄爲德伏惟殿下留心恭儉靡尚浮奢臣愚猶望損之又損之居簡以行簡減省造作節量用度

三

臣聞銀牓銅樓宮闈嚴祕門閤來往皆有簿曆殿下時有所須唯門司宣令或恐姦僞（前篇作詐假）之輩因此妄爲增減脫有文狀舛錯事理便即差違且近日呂昇之事（前篇作便）乃代署宣勑伏賴殿下睿鑒當即覺其姦僞自餘臣下庸淺豈能深辨眞虛望請墨令及覆事行下並用內印印書（唐書）（前篇並作書是）署之後庶（唐書作冀）得免有詐假乃是長久規模臣又聞之忠臣事君有犯而無隱明主馭下納諫以進德故書云有言逆於汝志（前篇作逆于汝心）必求諸道有言順於汝志（前篇作遜于汝心）必求諸非道伏惟殿下仁明昭著聖敬日躋探幽洞微窮神索隱事之善惡毫釐靡差理有危疑錙銖無爽臣以庸陋叨侍春闈職居獻替豈敢緘默伏乞降明離之德俯鑒微誠紆洊雷之威特矜翹懇儻得遙山益峻少海增深碎首糜軀甘如薺輕塵視聽伏待刑科

四

臣聞聖人不專其德賢智必有所師故曰與善人言如入芝蘭之室久自芬芳與不善人言如火銷膏不覺而盡伏惟殿下神逾藏往理冠生知留意篇章研精典籍然而山岳不棄塵壤是以能高大江河不逆細流所以能深廣伏願崇儒敬業訪道稽疑是則品物增輝懷生欣抃今司經見無學士供奉未有侍讀伏望時因視膳奏請置人所冀講席談筵務盡忠規之道披文摘句方資審諭之勤臣又聞臣之事主必盡誠慤君之進賢務求忠讜伏惟殿下養德儲闈理以端靜爲務恭膺守器必以學業爲先經所以立行脩身史所以諳識成敗雅誥既（前篇作所）習忠孝乃成傳記方通安危斯辨知父子君臣之道識古今鑒戒之規經史爲先斯乃急務至于（前篇唐書作於）工巧造作寮吏直司實爲末事無足勞慮臣以庸淺獻替是司臣而不言負譴聖（前篇作無）日言而獲罪是所甘心伏願留意經書簡略細事一蒙採納萬殞無辭伏乞降儲明俯矜（前篇作察）狂瞽

右四篇五百六十一卷重出前已削去

爲李中丞作與虢王書　蕭穎士

其還奉問垂示報魯郡克捷官軍乘勝進取東平捧對三復實深兼慰通醜稽誅遂淹氣序艾夷濟濮陵虐洙泗雖游魂送死所當翦滅而命師授律必俟英威四郎挺雄烈之姿荷專征之任允文允武終古罕儔惟親惟賢方今莫二故能將士憤發忠勇爭先遺孽殄殪隻輪不返俾彼危城蔚爲強鎮必將長驅許下席卷浚郊解滑臺之圍刷襄邑之恥在是行矣此皆明大夫善任才而柳將軍之能用命也豈徒咫尺汝陽而久勞其師旅哉遲企大捷預寬憂負漸寒伏惟尊體動止康愈（集作勝）即日蒙免未由拜覲增以勤係所調兵糧事資軍國惟力是視曷敢差池謹遣江陽令杜萬往諮禀

貞陽侯（蕭淵明）答王太尉（僧辯）書　徐陵

周尚書弘正張廷尉種姜常侍晷高等至枉此月二十六日

告并遣賢弟子世珍賢子顒等（一有彌字）具忠款之至公養孤之恩愛甚鄧侯少子之懷情深張禹豈非憂勞社稷用忍肌膚天下含靈誰無悲愧余遭家不造敬累吾賢言念忠誠益以號咽但皇齊大德過見憂矜微借輕兵以垂將送意謂江東凋弊累積寒暄供贍資儲理當多闕輒白上黨王止請三千人二百疋而已凱衆人殊尚有疑難將恐諸士未喻雅懷今復命周尚書及姜常侍還彼具陳一二夫以（一作不）受爲寇非有晉邦不送爲讎終無楚國五千步卒既謝李陵三千羸兵亦等死忌公之朋議理不爲媒行人失辭尚衎然諸臨江惣轡企望音郵唯遲來書此不多具蕭某白

宰相上

為陳高祖與周宰相書　前人

昔有天地便立帝王華昊唯農遷虞斯夏莫不三靈所依五運相推梁德不造固天攸棄雖復東漢之末區宇沸騰西晉之亡生民蕩覆未足以方其禍亂譬彼虔劉者也吾謬以庸薄屬當興運自昔登庸清諸百越徐聞浪泊靡不征行銀洞珠宮所在清乂自還麾南極（一作拯）伐逆東都宣力驅馳亟淹寒暑六延梁社（一作祀）十翦強寇蕃帝與蚩尤七十戰魏祖在軍中三十年方厥劬勞未爲勤苦加以百神所感明靈應期萬里徂征虬龍表瑞於是中軍勇鋭上將橫行承此休符遂興王業梁氏以天祿斯改期運永終欽若唐風推其鼎命吾驚惶三讓（一作周惶固讓）拜手陳辭盈廷公卿稽顙勤偪眷言顧水徒抱素心尚想汾陽無因高蹈猥以庸薄遂膺天寵去月乙亥昇禮大壇言念遷坰但有慙懼昔賓門之始境外無交雖遣行人未申嘉好今上天有命光膺寶曆永與周室方同斷金我運惟新宜修朝聘今遣侍中都官尚書周弘正等銜使長安故指有白陳某白

上劉右相書　王勃

蓋聞聖人以四海爲家英宰與千齡合運用能不行而至春霆仗天地之威以息相推（莊子作吹）時雨鬱山川之兆故有玄蛟晩集憑鶴鼎而先鳴蒼兕晨驚運龍韜而首出並能鳳（一作風）騰霧躍指麾成烈士之功蠖屈虬奔談笑坐羣卿之右未如越滄海棄行閭排紫微謁天子於是遭不諱之主擁非常之位龍章鳳藻照其前鏘金鳴玉疊其後三靈叶賛超然奉天下之圖四海承平高步取寰中之託君侯之富貴足矣聖朝之付遇深矣故知陽侯息浪長鯨卧橫海之鱗風伯停機大鵬鎩垂天之翼及其投形巨壑觸丹浦而雷奔假勢靈飈指青霄而電擊神氣洋洋謂鱗翮使之然也耳殊不知兩儀超忽動止繫於無垠萬化糾紛舒卷存乎非我是以陳平昔之智士也俯同降卒百里奚曩之達人也親爲餓隷當其背強敵轉康衢雄虜耿於風雲危途迫於朝夕豈自期榮稱相府西藩[redacted]虎據之圖寵冠齋壇東向舉熊（一作龍）飛之策顧盼可以蕩川岳咄嗟可以降雷雨遂令用與不用是非於楚漢之間知與不知得失於虞秦之際故曰死生有數審窮達者繫於天材運相符決行藏者定於已君侯足下可不謂然乎借如勃者眇小之一書生耳曾無擊鍾鼎食之榮非有南鄰北閣（一作闕）之援山野悖其心迹煙霧養其神奕未嘗降身摧氣逡巡於列相之門竊譽干時匍匐於羣公之室所以慷慨於君侯者有氣存乎心耳實以四海兄弟齊遠契於蕭韓千載風雲託神

知於管鮑不然則荷裳桂檝拂衣於東海之東菌閣松檻（一作菌閣松檻）高枕於北山之北焉復區區屑屑踐名利之門哉至尊以揺河徙岳之威當立地關天之運聖人有作群才畢舉星辰入仕揖讓朱鳥之門風雨稱臣奔走蒼龍之闕方欲停旒金室引成康於己任闢纊瑶林復堯舜於兹日可謂明明穆穆盡天子之容貌矣抑嘗聞之丹山九仞煙峯非數簣之功紫極千門雲臺俟萬楹之力故天下至曠神器不可獨專天道無私玄勳有待而立書曰元首明哉股肱良哉好問則裕自用則小況掌萬國之權受一人之寵動見臧否言知利害君侯足下何時易耶雖有大命不資童子之言而恭此小心敢進狂夫之説伏見遼陽未靜大軍頻進有識寒心群黎破膽昔明王之制國也自近而及遠先仁而後罰徵實則效存徇名則功淺是以農跡十野僅踰重石之鄉禹截九州不叙流沙之境豈才不及而智有遺哉將以辨離方而存正功也雖至人無外甲兵曜天子之威王事有征金鼓發將軍之氣而長城在界秦漢所以失全昌巨海横流天地所以限殊俗闢土數千里無益神封勤兵十八萬空疲帝卒驚烽走傳駭秦洛之甿飛芻輓粟竭淮海之費於是乘姦放命者出繩纆以生威因公挾私者入閭閻而競法雖一物失所太階延旰食之憂而百戰方雄中國鮮終年之樂圖得而不圖失知利而不知害移手足之病成腹心之疾征稅屈於東西威信蹇於表裏語曰勝之不武不勝爲辱天下之責四面至矣誠可遠凝高策上薦忠言決人事於去就合天情於終始遂令回麾轉檄背青丘而鶩列障分亭巡蒼波而守昔者齊侯以力方城爲楚國之辭虞帝崇文苗人失洞庭之險況乎杖德綏亂以直乘邪明逆順之端聳華夷之望雖復舳艫沸海旌旗觸天鐵山四面金城千里亦不能爲敵人計矣此君侯之未諭一也蓋聞星迴日運御洪荒者貞夫一雷照風行制寥廓者歸乎靜易曰復其見天地之心乎語曰動之斯和綏之斯來（一作安）是知源潔則流清形端則影直大道起而仁義息神化周而市獄定雖復體元立教眚災耀知遠之書順時宰物宥罪發精微之典而況澆風易漸淳化難歸孔明耿介於當朝子輿殷勤於易簀蓋有由也伏見邊凶尚梗殊恩屢發亡命山澤者日月相趨朝脱桎梏夕還囹圄姦徒抱袂因時立僥倖之謀頑夫頓足中路紆吁嗟之憾皆由寬勝於猛人迷所習勸沮不彰廉耻相冒亦有公卿失職耻受珪符之任郎官有疊俯拾銅墨之榮又焉可以弘長風流抑揚衆務者也且夫朽索充羈不收奔馬之逸輕緡振網或隨吞舟之勢況非常之化方洽於齊人無妄之恩乃及於羣小將恐匡衡管仲復靈沼（一作詔字可疑）於下泉矣古之善爲國者不然信賞而必罰導德而齊禮澤配雲雨而無曲惠威振雷霆而絶私戮交書聳幣杖慈厚之師投金散璧樹仁明之長故雖開衢室蓋明堂亦將四三皇而六五帝矣此君侯之未諭二也蓋易曰天地之大德曰生聖人之大寶曰位何以守位曰仁何以聚人曰財是知發揮地利農桑啓其業振蕩天功泉貝流其用伏覩前制屢擾事非畫一廛市蕭然人情恇動夫補（一作緉）簡並用未盡交易之宜輕重齊行適啓兼并之路於是連闤掩闠者閉肆而乘其屈布衣韋帶者闔門而受其困五方競爽務淺術以相雄百郡爭勝驅末技而成弊田夫織婦衣食鮮終朝之給巨驅洪商輿馬挾封君之勢蓋有由來矣故曰國

儲闕於九載則公上無所給家廩乏於三年則妻子非其有夫陰陽覆逆天地之常數百六運窮堯湯所不免一旦洪泉決地大旱焦山風雨於一歲之間霜雹於數州之境繁運廣役首尾於中外沓稅增傜日多於都鄙變陰陽者將何以處之一夫竊議公之盛德虧矣愚謂嚴程峻法絕輕陋之貨則姦鎔之源塞矣沿風正典重耕耘之務則邪贏之計沮矣然後遠弘教旨大變流俗法立有犯而必施令出唯行而不返違公竊鑄者具五刑之戮因時力田者懸一命之賞不然則賈生晁錯復流涕而言矣此君侯之未諭三也嵩衡不拒細壤故能崇其峻江海不讓纖流所以存其廣是以星臺曉闢上台忘吐握之勞月殿宵興中宇軫山林之慕知夫御天下者必待人也詩曰濟濟多士文王以寧未見君子憂心如醉伏見皇明遠燭帝采遐宣張樂岱郊騰勲社首徵廉察孝瑤壇虛不次之階署行議年璿檢動非常之詔天下可謂幸甚矣於是友月朋霞之客背青皐而至馮唐顏駟四之才排紫闥而集夫豈知終始異數涇渭同流蘿薜失圖簪纓解體惜哉羣英霧散名侯招蔽善之嫌天下雷同太子鮮長鳴之地而欲招絕足致真龍難矣此君侯之未諭四也易曰拔茅連茹以其彙征吉豈非順物不若招類報國不若進賢陽事昇而雨露歸陰駕凝而風霜厲莫不觀時有記撫氣相求窮則獨善其私達則兼善一作濟天下而利已疵物者以自任爲身謀知進忘退者謂專榮而得一作不計豈知夫尺波易謝寸晷難留陵谷好遷乾坤忌滿君侯足下出納王命升降天衢激揚鳳扆之前趨步麟臺之上亦復知天下有遺俊乎夫心之精微口不能言也言之微妙書不能文也伏願闕東閤開北堂待之以上賓期之以國士使得披肝膽布腹心大論今古之利害高談帝王之綱紀然後鷹揚豹變出蓬户而拜青墀附景摶風捨臺衣而見朱闕幸甚斯不爲難矣庶幾乎麛卵不棄終感玄楞之精駿骨時收或致飛黃之錫書生王勃死罪死罪再拜

文苑英華卷第六百六十七

登仕郎胡　柯　鄉貢進士彭　叔夏　校正

文苑英華卷第六百六十八　書二

宰相中

與崔中書圓書一首　上鄭相公書一首

代竇中丞與襄陽于相公書一首

與蕭相公書一首　與常相公書一首

與元相公書一首　賀外舅崔相公書一首

與崔中書圓書　蕭穎士

違奉累月（一作載）伏增馳結首冬[redacted]伏惟相公尊體動止康裕敬想表妹珍儀外甥休慰時事孔棘出於慮外京邑傾淪主上遷播率土臣子銜涕痛心相公應期降德康濟危難保翊聖躬乂安社稷勳踰曩昔道貫前修海隅蒼生孰不幸甚況在舊（一作親）故榮庇特深某自中州隔越（一作圮撝）流播漢陰遂至江左淮南節度使召掌書記兼補此官羇窘之辰幸忝俸禄然任翰墨罕參籌議徒懷所見莫獲申述竊惟二京未復祅氣方熾靈武太原雖承官軍甚盛而兩河南北無月不遭寇偪頃者濮陽東平中都鄆城相繼失守靈昌潁川皆累戰之餘今未解圍上蔡汝南近又奔潰虢王之鎮河南亦有政刑而百城䧟之兵力未振河北自六月不聞克捷井陘路亦云未通河東絳郡復傳先陷淮南山北境對賊壘戶寡人貧徵促斃竭衆心危懼莫有固志則兵食所資獨江南兩道耳楚越之地重山積阻江湖浩漫樂興永嘉南通嶺表北至吳會皆境瀕巨海自古平日常備不虞中原或擾無不盜賊爲患固宜察其要害增以兵力擢文武良才以鎮捍之先奉七月十五日勑盛王當牧淮海累遣迎候尚承在蜀今副大使李中丞華胄茂德平時良守清靜臨人貪暴歛跡雖古龔黃邵杜之化無以先之然與今時經略頗不甚稱所莅謹守科條愛惜府庫江淮三十餘郡僅徵兵二萬已謂之勞人將卒不相統攝兵士未甞訓練淮左江東三十餘郡無一良二千石豈惟不才乃皆中人以下之不逮其間敗蚵略難勝述比者吳郡晉陵之江東海陵諸界已有草竊屯聚保於洲島剽掠村浦爲害日滋若朝廷不時遣賢王即就鎮求選博通宏略之士以輔佐之特許不計階次超拔才雄以居將守儻一朝勍寇南侵陵蹈淮涘衝要闕繕完之備甲兵無抗擊之利江海餘孽因而嘯聚則長江之南亦從此而大潰矣復何觀疊虜庭指日清蕩哉某不敏嘗覽舊史見古今成敗之策江山（一作山川）險易之勢多矣忝跡幕賓（一作中）言不見錄長宵歎息不覺飲涕方思虞詡之任朝歌見疑守將古今一也幸他日風塵早辱惠愛今雖卑賤禮數懸絕仰惟無大故則不棄之義或當未賜疎擲耳銜憤萬里遠陳短見亦惟相公留聽無忽尚書房公門下崔公徃不自意並承盛德一顧之末然若非相公爲小人貧賤之交不敢輙申狂簡輕冒抵觸書不云乎三后叶心同厎于道亦何必人人別疏哉在相公言之耳親弟某乙又在巡內或垂記識自多故以來信問阻絕酸心痛骨未期一見特惟以小人承舊愛之故惠提奬之私非所敢望如或假以公乘使江淮獲一觀集生死肉骨不勝幸甚未由拜賀無任下情謹因賀赦使附狀不宣蕭某頓首

上鄭相公書　歐陽詹

將仕郎守國子監四門助教歐陽詹謹齋沐緘書再拜遣隸子弟獻於相公中衢之車下庶及乎閣下當今主上聖明（文粹作哲）宰輔賢明可行已行可止已止其或未行未止非

不知也非不念也未可行而未可止也詹愚蒙欲陳所知（集作見）則在知之之後念之之內矣不敢復言（文粹作何敢言亦）今斯有言自言而已人有百行脩萬事精內叩潛鳴外聽無聲非不願用而人不用非不願旌而人不旌雖和平之代至老至死者相公以爲有之乎詹將十有十百有百千有千也何以苦知自近之耳詹甞讀論語得孔子曰古之學者爲已今之學者爲人傷時之學者不由所學矜所學也詹不敏傷竊如之況禀羔羊鴻鴈之性未資訓導而敬順和合乎教者十或四五潔身畏人直（文粹作負）拙自守始亦以孝悌忠信約禮從儀人生合爾博聞遊藝行義修詞人生固然殊不以有爲而爲也幸屬昭代以此官人敬趨條目遂希銓擇五試於禮部方售鄉貢進士四舉（集作試）於吏部始授四門助教（某兩應博學宏詞不售一平選被駁又一平選始授助教）夫人百行廢幾萬事留心不仕則已仕則冀就高衢遠途展其素蓄垂名于後代播美於當時匪徒利斗粟希片帛救寒暑給朝夕也所以利斗粟希片帛者不以（文粹作能）無之其將百行廢幾萬事留心之流別行也（三字集粹作有所分別）詹非斯人之徒歟其慕彼人之徒歟企夫高衢遠途也噫四門助教限以四考格以五選十年方易一官也自茲循資歷級然得太學助教其考選年數又如四門若如之則二十年矣自茲循資歷級然得國子助教其考選年數又如太學若如之則三十年矣三十年間未離助教之官人壽百歲七十者稀詹今四十年有加矣更三十年於此是一生不覩高衢遠途矣況先三十年孰知存亡哉其或素蓄當在重泉之下矣忖已方人所以知百行修萬事精內叩潛鳴外聽無聲非不願用而人不用非不願旌而人不旌雖和平之代至老至死者十有十百有百千有千也嗚呼今之高懸爵祿廣設名位實待（文粹作大）乎德行與乎能事也德行也者孝悌也忠信也不可於公堂斯須而得試也須漸乎父母昆弟之言沿乎州閭鄉曲之譽詹遠人也父母昆弟居萬里之外州閭鄉曲在三江之南孝悌之言無由漸朝廷之耳忠信之譽莫得沿闕下之聞也能事也者秉持也應奉也不可虛處無任而得呈也須形乎政令裁制（集作製）之庸著乎伎（集作役）藝使才之致詹冗官也政令裁制（集作製）一月兩衙之謂伎（集作役）藝使才二奠陪行（音航）而已秉持之庸不可形考課之目應奉之致是亦絕著選能之見也縱有顏閔之德游夏之學宰我之政事夫子之文章其於是也但父母昆弟自相知州閭鄉曲自相許於海隅嶺徼其奈拳拳之身何夫大田斯穫而有遺秉則滯穗也萬秉稀一萬穗稀一詹豈遂當其一乎是（集作且）天地也命之翅必與之羽翮副其巨細使得飛也命之足必與之蹄蹠稱其短長使得行也若命之翅而不與之羽翮與之而巨細不相副飛則墜若命之足而不與之蹄蹠與之而短長不相稱行則（文粹作必）顛命適遺之墜與適遺之顛則如無命無與也其庸愚不知造物之旨者視之則不足（集作之）恠其賢明深探理源者其謂天地何且邦國也勸人以德行用錫之爵祿必契其分量使得行道也聳人以能事用錫之名位必權其輕重使得榮身也若勸以德行不錫之爵祿錫之而分量不相契道則屈若聳以能事而不錫之名位錫之而輕重不相權身則辱勸適遺之屈聳適遺之辱則如無勸無聳也其庸愚不知政化之旨者視之則不足（集作之）恠其賢明深探理源者其謂邦國何（集本如此英華作其謂天地何）

邦國也恐非詹代居閩越自閩至于吳則絕同鄉之人矣自吳至于楚則絕同方之人矣過宋由鄭踰周到秦朝無一命之親路無迴靳之舊猶孤根寄不食之田也人人耘耨所不及家家溉灌所不霑其擢乃條枚成乃華實者上天至仁之膏澤厚地無私之陽春乎相公爲上天之霖雨佐厚地之發生也何以勵詹焉夫舉善不遺於微陋用能必盡其材器真宰相之任也自唐及虞有其人自夏及商有其人自周及秦有其人自漢而降集作選無代無有文粹作之洎國朝歷歷可數也相公能以詹爲手下濫觴乎似善斯外真善以至似能斯拔真能以來古人行此天下歸仁也相公行之哉行之哉今則猶古筭度途遠蒼黃造次詹惶恐再拜

代竇中丞與襄陽于相公書　呂溫

其經術無取丘園自屏所期全拙豈敢近名二十五丈汎愛博容不遺孤陋中以通家之好遇以國士之禮分慙入堂集作室契辱忘年猥蒙集作賜吹噓謬假鱗翼遂得價重江左集作右名聞天朝起家拾遺再命柱史時丁變故命偶屯艱孤鱗方困於蹄涔窮鳥思集作再歸於仁德果蒙奏領列郡擢倅三軍不汝疵瑕見容於歲月同我休戚每形於話言身計皆奉良規家事悉資全力然後表達宸聽推致周行南宮劇曹踐不終歲憲府雄秩技於常倫內顧庸虛敢云自致魏賢子夏宣尼之道彌彰集作尊漢用淮陰相國之言始重徒以才負知己名懸古人致遠之効莫彰貽羞之責斯及敢不砥礪微分激昂前途以明主集作君今日之恩資大賢積時之譽庶乎有立少答所知豈敢以尸素爲榮而負平生之論伏惟有以鑒察郡榻諸生戎旃故吏推獎恩重生成感深瞻望門闌未獲拜謝銘戴兢惕莫知所裁

拳拳下情紙墨難具某再拜

與蕭相公書　于邵

相公閤下某以抱釁遐荒殘寬未絕偷度時刻倏忽四年伏以宗社未安兇逆猶在才無取入死難莫由天地之中甘爲棄物豈意當此之日逢相公安撫之時狂夫之言猶有一得芻蕘見納庸可庶乎伏惟相公秉鈞戡難道冠伊呂方期除天地之害更造生靈之本故詔書曰則如親臨又曰其代予言大哉倚賴斯可畏也安得因循故轍返顧於身乎奉[redacted]相公之憂深入骨髓矣聖上纘序鴻業于今六年將求昇平初若不及以無賢相左右虧我聖道近三二年有執事者蔽主之耳目結囊容身內懷姦忌外擅威柄衣冠爲之側足道路不敢偶語衆叛人離遂有今日相公所自見知既不能誅弘羊以謝天下則今之所急者皆在相公胷中耳況居儲后之姻重受台廷之寄國弊身弊國安身安既須以形迹遠嫌又須以直道見節爲相公之福深以爲難是即疎家知止馬氏不侯至今高人借以爲誡斯爲上矣如或急於救世雖不獲已道德刑政仁義干戈任權重輕惟精惟一斯爲次矣此外滔滔者皆是非愚所知今大盜未誅羣寇更起其可處置者唯兩江半淮三蜀五嶺而已其中最切者請舉尤以明之每道皆有客軍本在同心平難側聞將校謀勝監軍爭長節度斂手金多者雖敗即安無金者讒入則退戰勝攻取未之前聞爲今之計莫若監軍一切且停客軍權屬節使申明本管無得相干然後慎選良將文武兼備委之鎮撫希在萬一餘則歷在相公目前不敢煩於簡翰負累憂危年垂七十沉痾積疹四十餘年自到炎方幸未及死豈合以國家大務言

達相府乎實以故章吏部有忘言（疑作年）之分嘗約以相公今日之望每恨生死契闊不盡曩時之期拳拳之心皎如白日良友雖歿情豈忘乎伏蒙每賜書問亦承念及微命恃此不恐輒冒威嚴其是與非不自（疑衍）在小子又自悲者平生志業身退毁隨紛紛世情鮮不乘便浮石沉木自古而然煢煢萬里誰能（一作爲）識察敢託相公門闌之舊輒書當時得罪之由再煩視聽具如別狀因宋侍御上垂詳覽又常内省自卜者審既已衰暮又昧時用前年病熱遠視不審去夏罹瘴近聽不聞疲憊之餘難於尸素伏乞曲賜恩波放歸田里傳家就木不夭天年九原之下期以贖責甚大惠也如以歸田聞奏無端即乞以檢校閑官爲請許令隨便養病免死殊俗又大惠也伏念斗筲之器須當承乏之用任過其量自合速辜然於其中有可怨者且獲戾之始實謗爲（一作爲謗）深不蒙鞫問至今爲累若不然者豈三人同罪而一身受罰將鎮列曹會府表高遷牧名藩由此而言痕累未盡每一念至驚危貫心豈無知人誰爲言者今之所祈恕者屬鴻恩宥過掩瑕滌穢亡官失爵猶蒙收叙況身佐州端秩猶五品乞從反禍以贖前愆免入量移再罹降黜餘生願畢瞑目如歸幸甚又事有失於知退而終可言者竊以聖上建元立極之初每賜驅策雖無塵露之効頗傳潤色之美有册皇太后尊號聖神文武尊號皇儲宜建之制皆泥金檢玉著之國史其餘則北蕃西戎詔策文誥無大無小何密何疎侯王將相出入中外數年之間事無虚日皆承特旨俾以發揮聲猷（一作教）所浹必由是也豈唯叨竊之幸實爲不朽之幸矣昔隋文帝謂楊素牛弘曰薛道衡老矣宜使朱門列戟薛公謝恩且辭無功隋文詔曰自吾有寶位國家大事皆爾宣行豈非大功耶薛公昔受賜愚雖才不逮薛而焯叙盛明過於薛遠矣願以簪履之念得遂丘園之請追前獎拔（一作後）雖死猶生伏惟相公深納焉況迷鄙敗不知忌諱馳魂惕慮退不自安死罪死罪

與常相公書　前人

相公閤下自蒼生允望帝載緝熙大小仲父四方風動既絶横議且無多門幸甚幸甚邵復何幸又當此時之則然命乃未偶通塞之分併在去年則相公首薦之恩鄙夫膺受之美徒拭人目孰知其心是以區區子牟不敢忘闕而又自惜昔嘗陪相公鄉里之舉時應神州甲乙之選其餘馳逸足揮勁翮修容峨峨來以干進者蓋千百數在公堂預鹿鳴之宴猶不可得況會府鵷鷺之地者乎相公當時傑然於（一作褎然居）天下第一愚實不佞忝從斯列六子登科又廁其數凡我連茹世論以榮皆因依相公用白粉黛是乃降神維嶽有開必先右掖司言中均典翰出入承眄從容十年啓沃之由自此而始則知輔弼之道在天非人嗚呼同時[redacted]零落向盡彭揚李賀冥何之今相公宰平天下而鄙夫拘束邊外獨不得一親顔色更露腹心則漢庭於相公何厚哉是以内省可知命焉是以垂頭塌翼不敢思奮況家事未畢立錐無地男可從宦女可許笄耳順之年馳復始滿名位日退況痾歲深君臣之道天人之際心雖如丹誰表赤實此皆鄙夫與相公今日之事也豈無他人在我同志而已況相公無失其親無失其故二江之上獨立無親一麾以還未之有故舉目生憤傷如之何未知相公何以流念悲趙武之視蔭感伍員之逆施拳拳之心欲罷不忍伏願體道垂統加湌保和乘風雲之感會行宰

相之能事無寶斯位無愛斯權無念同昇于朝無念君捷於市咸有一德不其盛歟方將伊皐比崇管樂論霸寧展禽三黜無怨在胡廣七登何補鄙老也有知美善不識忌諱遠塵視聽忠告尺書然非盡言之具庶咨遒（一作導）意之本所不爾者謂之何哉前漢州司田樊登兄弟舊遊三十載矣相公席硯昔與之同言念無（一作撫）塵今也祗召甚大惠也因是我利攸往（六字一作因是利往）得無謝焉邵頓首

與元相公書　前人

某月日通直郎殿中侍御史內供奉于邵頓首相公閤下一昨外甥右威衛録事叅軍宇文寶至奉傳慰誨不忘疵賤仍及家私造化之地禮物去隔一言一眄盡爲曲貸既出望外不知所酬懷仁荷德載兢載懼伏惟相公膺斯（一作期）夾輔閉心保乂尹正天下易哉爲君虞友五臣黄師六相匡救之分心豈異乎自經艱難常處僻陋外之長策內罹百殃悲生於累心亦盡矣頃者羈齒隴上迫諸寇戎分爲係虜永絶殊俗豈意朝廷勤爲官之選相公垂推已之美席硯存愛風塵念舊不以蒙鄙才無可觀曾微浹年再忝持憲振拔泥滯復爲人知恩深提携物無所棄進慙其往之誠退累則哲之明彷徨失圖罔知攸効又自悲者天倫之變禍構相次家途淪胥素業無託他邦異縣至於流離力未集事死（一作死事）又無補泣血仰天復何可言所以乘流則逝尸禄苟活國步未泰斯何底寧願言掃門不可遂得伏惟相公濟代推功渴日行道方將草創天下經綸時變大啓區寓再垂衣裳頤神滌慮正在今日無以外物虧損遂爲咎也御衡持政前計不迷思廟堂之當安全蒼生之始望小人之幸日月以冀然後但見鴻鵠拂摩青冥不知其極也謹附監察御史蘇端啓事以干罪貽煩黷伏增惶汗

賀外舅崔相國書　權德輿

伏惟大方全德自中發外蘊爲志氣擁爲事業然則皐庶生物操持化權結於衆心爲日固久且大賢之出處天下之否泰也故詔下之日人人相慶又早歲獲睹皇極綜論玄德志孤雲賦淒風詩伏讀累日備見精慮之所至言理亂者多推世運於必然殊不知弛張變化存乎其人而已自古賢哲之徒或志尚不展鬱堙當世長歎痛哭於是乎作伏惟以嘗所感槩申於盛明使三辰光潤萬方軌道實在指顧豈逃詡中且以西漢公輔言之蕭曹以清靜熙帝載良平以謨明贊王業至宣帝時則魏相通故事邴吉知大體斯皆章章可言者也洎夫張蒼之律曆孫弘之文章韋賢之好學平當之有耻然亦號爲賢相抑其（文粹作又）次焉至若匡張孔馬服儒衣冠被阿諛之譏不勝其任最下則陶青劉舍莊翟趙周之徒皆齪齪備位故身名偕泯夫此數子者豈不粗知君臣之道古今之變哉病於無所發明保持禄位而已有時無功可不謂大哀乎又古人有立德立功立言之訓顧惟多幸獲覽炳然之文又備承餘論有以見大君子之遺辭發慮弘裕溥博者矣惟德與功實在今日洒天下之耳目復萬物於全性在丈人踐而行之守而終之而已不宣某再拜

文苑英華卷第六百六十八

登仕郎胡　柯　鄉貢進士彭　叔夏　校正

文苑英華卷第六百六十九　書三

宰相

爲人上宰相書一首　上宰相書一首

復宮闕後上執政書一首

北省

與黜陟使柳諫議書一首　與裴諫議虬書一首

與陳給事書一首　賀友人拜右拾遺書一首

宰相

爲人上宰相書　白居易

二月十九日某官某謹拜手奉書獻於相公執事古人云以水投石至難也某以爲未甚難也以卑干尊以賤合貴斯爲難矣何者夫尊貴人之心堅也強也不轉也甚於石焉卑賤人之心柔也弱也自下也甚於水焉則其合之難也豈不甚於水投石哉然則自古及今往往有合者又何哉此蓋以心遇心以道濟道故也苟心相見道相通則水反爲石石反爲水則其合之易也又甚乎以石投水焉何者石之投水者水也猶觸之有聲受之有波心道之相得也則貴者不知其貴也賤者不知其賤也當其冥同訢合之際但脗然而已矣其合之易也豈不甚於石投水哉噫厥道廢墜不行於代久矣故貴者自貴耳賤者自賤耳雖同心同道不求相合也今某之心與相公之心愚智不侔也今其之道與相公之道小大不倫也矧又尊卑貴賤之勢相懸如石焉如水焉而欲強至難爲至易無乃不可乎然則知其不可而爲之者抑有由也伏以相公方今佐裁成之首當具瞻之初竊希慶（集作變）天下水石之心自相公始也通天下貴賤之道自某始也不然者夫豈不自知其狂進妄動哉伏望少留聽而畢辭焉幸甚幸甚某伏覩先皇帝之知遇相公也雖古君臣道合者無以加也然竟不與大位不授大權不盡行相公之道者何哉識者以爲先皇父子孝慈之閒亦古未有也蓋先皇所以輟已知人之明用賢之功致理之德以留賜今上也亦猶太宗黜李勣而使高宗寵用之也故今上在諒陰而特用也相公自郎官而特拜也推此二者有以見識者之言信矣斯則先皇知遇之恩貽燕之念今上速用之旨倚賴之誠相公寵擢之榮託寄之重自國朝已來三者兼之其亦（二字集作甚）鮮矣故某竊惟相公自拜命已來八九日得食不暇飽得寢不暇安行則慺然居則惕然思所以荅先皇之知副今上之用允天下之望哉某竊以爲必然矣況今主上肇撫蒼生初嗣鴻業雖物不改舊而命宜布新是以百辟傾心慺慺然以待主上之政也萬姓注目專專然以望主上之令也四夷側耳顒顒然以聽主上之風也豈直若此而已哉蓋待其政者勤惰邪正繫其中焉望其令者憂喜親踈生其中焉聽其風者畏侮動靜出其中焉而將來理亂之根安危之源盡在於三者之中矣如此則相公得不臣輔其政緝熙其令宣和其風乎然則臣輔緝熙宣和之道其雖不敏常聞於師焉曰天子之耳待宰相之耳而後聰也天子之目待宰相之目而後明也天子之心識待宰相之心識而後聖神也宰相之耳待天下之耳而後聰也宰相之目待天下之目而後明也宰相之心識待天下之心識而後能啓發聖神也然則下取天下耳目心識上以爲天子聰明神聖者此宰相之本職也而爲臣輔緝熙宣和之道也若宰相唯以兩耳聽之兩目視之一心思之則朝廷之得失豈盡知見乎必未（集作不）

盡也而況於天下之得失乎宰相之耳目得聰明乎必未也而況於上以爲天子聰明神聖乎然則天下聰明心識取之豈無其道耶必有也在乎知與不知行與不行耳噫自開元已來斯道寖衰鮮能行者自貞元已來斯道寖微鮮能知者豈唯不知乎不行乎又將背古道而馳者也何哉（集作者）古之（集作者）宰相以危言危行扶危持顛爲心今即（集作則）敏行遜言全身遠害而已矣古者宰相取天下耳目心識爲用今即（集作則）專任其兩耳兩目一心而已矣古者宰相以接士爲務今則不接賓客而已矣古者宰相以開閤爲名今則鎖其第門而已矣假（集作致）使天下之聰明盡委弃於草木中焉天下之心識盡沉溺（集作没）於泥土間焉則天下聰明心識萬分之中宰相何嘗取得其一分哉是故寵益崇而謗益厚歲彌久而愧彌深至乃上負主恩下斂人怨行止寢食自有慙色者矣豈非不得天下聰明心識之所致耶然則爲宰相者得不思易其轍乎是以聰明損於上則正直銷於下畏忌慎默之道長公議忠讜之路塞朝無敢言之士庭無執咎之臣自國及家寖以成弊故父訓其子曰無介直以立仇敵兄教其弟曰無方正以賈悔尤先達者用以養聲（集作身）後進者資而取仕日引月長熾然成風識者腹非而不言愚者心競而是効至使天下有目者如瞽也有耳者如聾也有口者如含鋒刃也如此則上之得失下之利病雖欲匡救何由及之嗟乎自古已來斯道之弊恐未甚於今日也然則爲宰相者得不思變其風乎是以慎忌積於中而（集作則）政事廢於表因循苟且之心作強毅久大之性虧反謂率職而舉者不達於時宜當官而行者不通於事變故殿最之書雖申而不實黜陟之法雖備而不行欲望惡者懲善者勸誠難矣（三字集作或恐難矣）古之善爲宰相者豈盡得賢而用之乎豈盡知不肖而去之乎蓋在乎（集作於）秉鈞軸之樞握刀尺之要刻邪爲正削觚爲圓能使善之必遷不謂善之盡有能使惡之必改不謂惡之盡無成此功者無他懲勸之所致耳然則爲宰相者得不思提其綱使羣目皆張乎是以懲勸息於此則賢能乏於彼故岳鎮闕而不知所取臺省空而不知所求今則尚書六司之官曁于百執事者大凡要劇者多虛其位闕散者咸備其官或曰所以難其人重其禄也嗟乎徒知難其人而闕之不知邦政日歸於下吏也徒知重其禄而愛之不知稍食日費於冗員也損益利害豈不明哉古之善爲宰相者虛其懷直其氣苟有舉一賢者必從而索之苟有薦一善者必隨而用之然後明察否臧慎（集作精）考真僞得人者行進賢之賞謬舉者坐不當之辜自然審輪轅以相求謹關梁以相保故才無乏用國無廢官豈可疑所舉之未精而反失其善重所任而不苟而反廢其官與其廢官寧其虛授與其失善寧其謬升但在乎明覈是非必行賞罰則謬升虛授當自辨焉然則爲宰相者得不思振其領使衆毛皆舉乎是以庶政闕於内則庶績（集作事）斁於外至使天下之户口日耗天下之士馬日滋游手於道途市井者不知歸託足於軍籍釋流者不知反計數之吏日進聚斂之法日興田疇不闢而麥禾（集作粟）之賦日增桑麻不加而布帛之價日賤吏部則士人多而官員少姦濫日生諸使則課利少而羨餘多侵削日甚舉一知十可勝言哉況今方域未甚安邊陲未甚靜水旱之災不戒兵戎之動無期然則爲宰相者得不圖將來之安補既往之敗乎若

相公用天下之日觀而救之夫豈無最遠之見乎用天下之心圖而濟之夫豈無最長之策乎策之最長者見之最遠者在相公鑒而取之誠而行之而已取之也行之也今其時乎爲時之用大矣哉古者聖賢有其才無其位不能行其道也有其才有其位無其時亦不能行其道也有其才必待（集作必待有其才）有其位有其時然後能行其道焉某竊見相公曩時制策對中論風化澆淳之源明天人交感之道陳兵災救療之術可謂有其才矣又伏見今月十一日制詞云其代予言允屬良弼必能刑（集作形）四方之風成天下之務可謂有其時矣今相公有其才有其位有其時則行道由己而由道乎哉其又聞一往而不可追者時也故聖賢甚惜焉方今拭天下之目以觀主上之作爲也側天下之耳以聽相公之舉措也如此則相公出一言不終日而必聞於朝野主上發一令不浹辰而必達於華夷蓋主上輯百辟和萬姓服四夷之時在於此時矣相公充人望代天工報國恩之日在於今日矣或者曰君臣之道至大也可以漸合不可以速合也天下之化至大也可以漸行不可以速行也賢人之事業至大也行之以枉尺而直尋也其以爲殆不然矣夫時之變事之宜其間不容息也先之則太過後之則不及故時未至聖賢不進而求時既來聖賢不退而讓蓋得之則不啻乎事半而功倍也嗟乎或者徒知漸合其道而不知啓沃之時失於漸中矣徒知漸行其化而不知變理之時失於漸中矣徒知枉尺而直尋而不知易失於時則難生於漸中雖枉尋不能直尺矣近者宰相道不行化不成事業不光明率由乎有志於漸矣請以前事明之某嘗聞太宗顧謂羣臣曰善人爲邦百年

然後能勝殘去殺當今大亂之後將求致理寧可造次而望乎魏徵（集作魏文貞）曰不然夫亂後易理猶飢人易食也若聖哲施化人應如響期月而至（集作可）信不爲難三年成功猶謂其晚太宗深納其言時封德彝輩共非之曰不可三代已後人漸澆訛皆欲理而不能豈能理而不欲魏徵書生不識時務信其虛說必亂國家於是太宗卒從文貞之言力行不倦三數年間天下大安戎狄內附太宗曰惜哉不得使封德彝見之斯則得其時行其道不取於漸之明効也況今日之天下豈弊於武德之天下乎相公之事業豈後於文貞之事業乎在於疾行而已矣所以主上踐祚未及十日而寵命加於相公者惜國家之時也相公拜（集作受）命未及十日而某有獻於執事者惜相公之時也夫欲行大道樹大功貴其速也蓋明年不如今年明日不如今日矣故孔子曰日月逝矣歲不我與此言時之難得而易失也伏惟相公惜其時之易失（集作失也）而不失焉慮其漸之難也而不取焉抑又聞濟時者道也行道者權也扶權者寵也故得其位不可一日而無其權得其權不可一日而無其寵然則取權有術也求寵有方也蓋竭其力以舉職而權必自歸忘其身以徇公而寵必自至權歸寵至然後能行其道焉伏惟相公詳之而不忽也抑又聞不弃死馬之骨者然後良驥可得也不弃狂夫之言者然後嘉謀（集作謨）可聞也苟某管見之中有可取者俯而取之苟芻言之中有可採者俛而採之則知者必曰如其者（七字集作知之者必曰至如某之見）猶且不弃況愈於其之徒歟則天下精通達識之士得不比肩而至乎聞之者必曰如某之言猶且不弃況愈於其之徒歟則天下謇諤敢言之士得不繼踵而來乎伏惟相公試

垂意焉則天下之士幸甚其游長安已(集作僅)十年矣足不踐相公之門目不識相公之面名不聞相公之耳相公視某何爲者哉豈非介者耶狷者耶今一旦卒然以數千言塵瀆執事者又何爲哉實不自揆欲以區區之聞見裨相公聰明萬分之一也又欲以濟天下顒顒之人萬分之一也相公以爲如何如何

上宰相書　劉蛻

天下固有良時既去而悲歌嘆泣之不同故當時則歎已去而泣過時而歌然君子居其位則恥聞之不在其位則恥不能言之其爲士君子之心不忍聞之與聞之而不忍弃之則一也夫思慮可以精安危步驟可以負戈殳強勁壯勇持久有守臨事不亂然而良時不與斯不得不歎既而信不見任智不見謀周游而晚歸風雨相半苦其精力良時不集而畏事之不成斯不得不泣及其田園已暮始反鄉里白頭無成事反自疑斯不得不歌是其爲人皆以憂天下而欲用其道者也不私其身之安佚而休者也既不私其身則公於悲歌者歎泣者也而是人豈以富貴而後天下之心哉蛻也歌之則已太早泣之則不得不豫計歎之則正當其時而君子未聞雖然閤下及其少壯而用之無使後時泣歌耻累君子幸甚太玄曰當時則貴已用則賤其不可後也已矣況當今巖無人矣溪無人矣佐王活人(集作治民)之術一皆以文學進苟文學進而君子不動心則蛻也不知其所(集作所以)得罪

復宮闕後上執政書　楊夔

子雲有言曰琴瑟鄭衛調俾夔因之亦不可以致簫韶故董仲舒云琴瑟不調甚者必改而更張也舜承堯禪當太平至理之後猶且放四凶舉八元八愷而後百揆四門方克調序當今承百王衰弊之末繼萬法隳散之餘皇綱不綱事無舊貫閤下掌國之鈞提人之柄將循其舊而就爲治乎將欲擇其善而漸以化乎將新其轍而革其弊乎某誠不敏粗達利病之源常欲得布露緼蓄於執政以助教化則與躅人之喜愠隨聲而是非者固不同其軌矣夫廣引古事以黷左右蓋類庸醫不審疾病掊聚衆藥合爲一法希有或中耳況今下筆者言登庸之善則臯夔蕭曹語字牧之能則龔黃卓魯此亦閤下飫於聽視矣今不敢遠爲衒譬請質而言之閤下將欲循其舊而就爲治耶且四海生靈久陷窞網舉手搖足如在桎梏其懷革弊剗訛之政如旱苗之待甘雨若循其舊不爲之制信其治不爲之憂則蠹不剔則壞及根本毒不抉則疽及骨肉矣以此知循舊之難也閤下將擇其善而化以漸耶且知人之道聖哲猶難故仲尼有以貌以言之失則閤下所爲善者其欲詢於人乎其欲取於言乎取於言言未必信詢於人人未必誠蓋澆競日久扇爲朋黨內則巧詐萬變外則絜矩自任同於已者互推互挽出於已者擠辱如此訪於人有是有非聽於人有端有曲雖秦鑑之明堯羊之觸未免其撓且惑此以見擇善之難也閤下將欲新其轍而革其弊耶在今日時之訛俗之壞況大兵久役之後救其衰殘未有首於此也前車已覆後車豈可躡而行之固當改轍易塗以取其不傾不蹷道路之人亦知此爲至計況廊廟帷幄之畫豈不以是爲急哉然民困已久如涸澤窮鱗喚喁餘喘便沃之沛澤則有蘇活之望若顧而哀之曰吾未能卒致其澤命貫而輦之俟有水之地則捨而放諸則是魚之

反不如喻喝於涸澤矣此以見新轍之難也然則爲政之道固在乎人其人存則其政舉其人亡則其政息今大兵之後生民陷于塗穽九州四海固仰首於吾君吾相以待其脫塗出穽也使吾君爲堯爲舜固在吾相之左扶右翼齊桓公任管仲九合諸侯一匡天下任豎貂易牙則國亂而無主身歿而不殯如此則臣持禪贊繫於臣不繫於君也今閤下莅事已來以爲天下安乎危乎賈誼居漢文外平之代猶言今所安者抱火而厝於積薪之下而寢其上矧今日生民首未去其壓足未釋其縛乃欲循常之轍以安輯還定猶爲飢仆者譚（擇一作）翊日之膳將何所濟哉夫欲安其民則莫若擇守宰夫欲固其本則莫若去奢侈夫欲官之治則莫若爲官而擇人夫欲弊之革則莫若限田而定賦夫朝廷之立在固本根本根固則兆庶安兆庶安則盜賊息盜賊息則基於太平矣欲安其兆庶莫若擇守宰守宰良則人民安人民安則無逋逸如抱沉痼者偶所親之衛養焉肯捨其親而從踈乎苟不精擇其守慎選其宰信虛聲徇請謁是致禍於民而思其安如挾彈以驅林惡禽之驚也決防以涸泉怪魚之逝也故漢宣帝詔曰與我共治天下其唯良二千石乎故承平之代號爲得人內外肅穆時風一變如是則守宰之任其可容易乎其可輕受乎今遠方郡邑民抱愁痛嗷嗷然如嬰兒之望父母也朝廷命牧守選邑宰以何道而取耶其有忘慈惠之心蘊聚斂之志不思疾痛但恣刻剝役尫瘵以從欲飾廚傳以邀名天路高邈叫訴無所居者以遠而吞氣行者以賂而設譽縱使貪過桀跖亦可高枕夷柳如此則流毒於下豈有旣乎故曰欲安其民（唐諱下同）莫若擇守宰也夫世態驕奢競相扇習生民益痛時風益訛昔有諫舜用漆者以其漆不已至於象象不已至於珠玉夫塞其源絶其流猶有浸潰防之穴而況決其源踈其流其可罪諸洋溢乎且古者車服僕隸悉繫於位上不得踰制下不得僭上故貞觀開元之初位至丞相其導從不過十數人而已迨林甫秉政內挾邪以固寵外託勢以立威勝已者巧法以誅之異己者倚公以斥之內外畏惡林甫亦自審其曲由是出入嚴其兵衛如見大敵自後執政者嗣其餘風至今不衰下至散班冗職但力可致者即前有驅後有殿固莫問於品秩矣至於崇德雅望亦不能復其本縱心有所惡皆有類聚者聱惑不得固其節矣且月俸即有限餘給即無數以有限之入供無度之費俾其分一職當一位不掊不斂者亦鮮矣車服僕隸之爲費尚且如此矧復後庭曳綺羅飾粉黛者其費如何哉故因賂（一作賄）而仕由賄而達牛驥阜隸汨爲一流居外者恃內之權恣其刻削居內者恃外之遺益其侈靡耗民之生如城之狐蠹民之力如社之鼠枯骸朽皮盡取後已閤下其不痛心乎其不抆泣乎夫四方程式自輦轂去僭閤下剋已以行俾四海知所法則其爲革弊剗訛不啻沃湯於砌雪也故曰欲崇其本莫若去奢侈也自大駕南巡官失其守冀販繒織畚之伍有安劉滅項之才於是爛羊續貂首尾顛倒苟無董正是紊國經玄宗平內難有功者多行自負姚梁公當國引光武故事請不任功臣以政優其祿秩寘於散地使不干禁旣無韓彭葅醢之戮保子孫爵祿之慶閤下不以是爲憲乎書曰官不必備唯其人國家設庠序之官蓋閱禮敦詩之本也苟非其人焉可妄授今貴遊豪冑恥言國庠凡受其官意若獲譴

故朝廷執事亦以爲尋常莫知太學爲國之本本顛則枝葉從之矣焉有文明之代輕易儒學齒其位者曾不知書之顛倒【疑】而欲以此發明大義闡揚大道是猶責聾者以玄黄詰聾者以律吕舉是一隅則百辟之選豈可不揔其名責其實也故曰欲官之治莫若爲官（一有而字）擇人也今天下黔首不憚征賦而憚力役明勑屢除非不丁寧州縣奉私曾不遵稟既因循未用亦有所未盡焉蓋僑寓州縣者或稱前資或稱衣冠既是寄住例無傜役且勑有進士及第許免一門差傜（一作役）其餘雜科止於免一身而已今有僥倖輩偶忝微官便住故地既云前曾守官州縣須存事體無厭輩不唯自置莊田抑亦廣占物産百姓懼其傜役悉願與人不計貨財只希影覆富者稱物産典貼永絶差科貧者以賦籍擠排助須從役利入私室害及疲民無利潤者轉見沉淪有膏腴者坐取安逸衣冠户以餘慶所及合守清廉既恃其不差不科便恣其無畏無忌且古者盡（一作畫）地之教限人名田一則量其富貧一則均其肥墝今凡稱衣冠罔計頃畝是姦豪之輩輻湊其門但許借名便曰納貨既託其權勢遂恣其苞囊州縣孰知莫能糾擿且州縣所切莫先差科富貴者既黨護有人貧困者即竄匿無路上迫公使下窘衣資怨嗟之聲固傷和氣苟權豪之路絶請託之倖除即民必泰俗必阜矣何以塞其門杜其隧在定其稅額而已自一品至九品各限其田田有恒即賦有限無路廣占矣既絶其廣占即富者無苟免之傜貧者無非次之役則凋瘵何有夫不蘇時俗何有夫不安故曰欲弊之革莫若隨（一作限）田而定賦也是四者固爲政之綱也將欲安其人豐其俗實未先於此道也復有急於是者蓋朝廷之法也夫法者士庶之所以共固不以士則廢庶則用所以一而行之者欲人之鮮過也苟輕者以賂而重曲者以勢而直縱朝夕示於人雖一子不爲信而況有勢有賂者焉肯稟畏哉今朝廷之法不及州縣之條州縣之條違者必有刑所以人知懼朝廷之法犯者未必罪所以人莫畏此亦冠履雜處首尾倒置國君之威不行於世牧伯之令反信於時如此則風俗日已醨國柄日已陵不其痛歟不其惜歟今爲政者未嘗以此爲痛蓋各急於私不計於法設有其行（一作行其）典者悉貧而寡援俾其受罰而與怨蓄憤而不能訴鬼神有知固納其訴則伏陰愆陽繁霜苦雨豈不職於此哉且石碏殺其子君子以爲義叔向戮其弟仲尼以爲直今閤下當此大柄豈有捨其義與直混其名乎與齪齪者爲偶哉夫法不患不制而患不行事不患不立而患不公苟以用法必公不以豪強而曲直則不出户可以見四方之承稟不下席可以知兆庶之休戚矣代宗朝用楊綰爲相綰性清儉時論推之及爲相郭汾陽爲河中節度使憚之妓樂減半驗於此即四方稟畏當國者操守耳陳平對漢文云宰相者上佐天子燮理陰陽内親附百姓外鎮撫四夷使御史大夫各得其職今陰陽調乎百姓親乎四夷柔乎内外之職各得其任乎欲陰陽之調也獄無滯訟官無濫政農桑無失時公府無加賦則里有歌巷有頌和聲達於上休氣屬於下陰陽何有於不調哉欲百姓各親也不奪其力以營臺榭不刼其衣以衣土木不掠其糧以給犬馬不賦其財以資交結閭民之病如子之病閭民之飢如巳之餧百姓何有不親哉欲四夷之柔也省刑罰薄賦斂謹庠序之教申孝悌之義鄉里識尚齒之敬道路知事長之

禮然后固其關防禁其侵抄橐其戈革示以恩信四夷何有於不柔哉欲内外之職得其任也命各舉所知隨材引用不以位微而不錄其言不以地寒而不取其[redacted]稱文者授以文學之任然后考其文之臧否稱武者授以兵衛之任然後驗其武之勇怯稱理者授以親人之任然後責其理之優劣稱錢穀者授以度支管榷之任然後課其錢之盈虛實者外之不副者黜之其外黜皆及其所舉故人不以黨而進亦不以獨而退故内外之職何有不得其任乎自元和已降宰相閉關不接士游其門外其室者非有世故非有媒薦固不可偶頃刻之語周公一沐三握髮公孫弘開東閣邴吉不以吐車茵爲過而乃致理平故太平之基非一士之功也借如大厦崇崇誠柱石棟梁之力然捨其欒櫨榱桷此爲何室哉今天下有倒懸之急實閣下夜

以繼日籌其事坐以待旦思其用志寢食以待往來捐金帛以給貧困之秋也其家且貧讀書著文之餘以漁獵奉甘滑今閣下居密勿啓沃之地輒以漁獵爲諭焉夫漁於澤徧水而布罟獵於林被野而設罝不徧不被是闕其具也及其獲魚得兎非一目之力今内外百執事亦罝罟之衆目焉焉可一一責其獲又不得以不獲而不設也然能不縱其躍不漏其走亦足助爲漁獵矣苟或不掩其走不蔽其躍即捕之無虧其紀綱則後日之漁獵不患於遺矣惟不以詞之繁試一二垂省幸甚幸甚

北省

與黜陟使柳諫議書　權德輿

某月日試祕書省校書郎權德輿上書閣下德輿材術無聞（集作村實無能）重以拙訥雖星軺往復皆獲趨拜竟未得粗承餘論少盡下情伏蒙以彌（集作通）世之舊將獻狀受祿感戴循環不知所措或有所見敢布愚衷何者今皇帝馭天下之初將欲拔才俊延幽滯綜覈名實覽觀風俗故分詔近臣省問四方將天之命其旨不細則閣下舉一士用一賢必當窮驗聲實精究終始一旦以愚當薦士之目誠衆多所未喻也凡以故舊之私不能忘情與夫推賢類能其事則異今者澄清省察以得人爲功直道公議天下屬目此時而失則所失多矣德輿伏膺儒行三十未立揣躬責已知不如人俟他時進脩與諸生齒方冀當大君子眷念之至申鄙夫報効之分今者有（集作若）以貲用所迫苟進一官則傭書販舂亦足自給必不敢以區區之身上累名器敢拒黔敖之食徐受山濤之恩下情所守在此而已是以竟未獲拜謝者以必所不敢當也伏惟宴閒之餘俯察愚朴文章鄙略不足以煩省覽用此陳露慙畏伏深不宣德輿再拜

與裴諫議虬書　于邵

閣下昨日愚子臯謩起居迴蒙以放鷹度隴二賦及宗儒銘自發東甌至安南諸作見示隨掌明珠忽蒙分惠（一作玩）秦臺重璧不間旁臨是何衰暮偶此殊觀幸甚幸甚自微言中絶大義復乖歷戰國縱横之後遭亡秦煨燼之末四始不作斯文無紀漢興總轄馳騖稍復詩騷之體訖建安之間皆可垂訓風流更代紛然殽雜迨有高下不可勝論齊梁陳隋至乃流遁矣國家受命焕乎文明開元天寶於斯爲盛格高體正者君臣之義天人之際畢備於斯矣先覺後進其誰間焉屬三十年來兵戈不息所務者急所賞者異過（一作遇）之則進不過（一作遇）則墜考之文章東不流於海南不集於江萬方行紀安可得哉某性乏天假學非專門徒以

菲薄少有謬膺清切特用潤色鴻業頗承渥私孤奉明恩競速官謗謫居之地猶佐大藩承府公麾麻忝下榻清讌風亭月觀美景良辰未嘗不接高興陪嘯詠雖唱高和寡未能弘道雲從風感時賴起予如此之眷者如此之樂者歲不我與星迴四周而不知老之將至累之在巳餘生之幸斯亦厚矣閣老心無所負神保其貞冒南極之炎鑠泛重溟之湍悍清光可鑑素履惟精雲天意長復此與合有足歡也今網羅俊乂渴日爲勞明詔屢下旁求四達[redacted]有天生棟梁而不構大廈時遭霸王而不先授器者也在姑務脩德而已前宵之命情實未盡燭不見跂露不稱晞區區主人有所懃係信宿而未獲拜賜者實以沉察之故旦暮爲劇況南面梧疑北背瀟湘歲聿云暮於焉遷客心折骨驚復何言哉所得四卷繕寫已畢置之篋笥爲藏馳遣皐

薦送本不復一一

與陳京給事書　韓愈

愈再拜愈之獲見於閤下有年矣始者亦嘗辱一言之譽貧賤也衣食於奔走不得朝夕繼見其後閤下位益尊伺候於門墻者日益進夫位益尊則賤者日隔伺候於門墻者日益進則愛博而情不專愈也道不加修而文日益有名夫道不加修則賢者不與文日益有名則同進者忌始之以日隔之疏加之以不專之望以不與者之心而聽忌者之說由是閤下之庭無愈之跡矣去年春亦嘗一進謁於左右矣溫乎其容其若加其親（集作新）也矣厲乎其言其若閔其窮也矣退而喜也以告於人其後如東京取妻子又不得朝夕繼見及其還也亦嘗一進謁于左右矣邈乎其容其若不察其愚也悄乎其言其若不接於其（集作情）也退而懼也不敢復進今則釋然悟翻然悔曰其邈也乃所以怒其來之不繼也其悄也乃所以示其意也不敏之誅無所逃避不敢遂進輙自疏其所以并獻近所爲文復志賦已下十首爲一卷卷有標軸送孟郊序一首生紙寫不加裝飾皆有楷注字處急於自解而謝不能俟更寫閤下取其意（集作誼）而略其禮可也愈恐懼再拜

賀友人拜右拾遺書（自外府協律召拜）　劉蛻

今日街東見詔書以執事拜右拾遺朝廷之意將有在擇能言者而使之言哉雖執事材氣壯健他日無不乘之若驟以地（一作他）遷耶（一作卽）未嘗有也故蛻謂朝廷之意將有在曾欲用樂正子爲政孟子聞之喜而不寐僕不止爲執事且爲天下不寐也丞相致主上復貞觀之業自此敢伺察者必得伺察敏（集作敢）口舌者必得口舌舊所嫌忌出弃者稍稍引用蛻幸未老一二年得見朝廷治平著歌謠爲訓詁臣然人世幾何時不可遭伏惟執事飲食起居无忘丞相意

文苑英華卷第六百六十九

登仕郎胡柯　鄉貢進士彭叔夏　校正

文苑英華卷第六百七十　書四

省上

上姚令公書　張九齡

月日左拾遺張九齡謹奏記紫微令梁公閤下公登廟堂運天下者久之矣人之情僞事之得失所更多矣非曲學之說小子之慮所能損益之(集作亦)已明矣然而意有不盡未可息區區之懷或以見容亦猶用九九之術以此道也忍棄之乎今君侯秉天下之鈞爲聖朝之佐大見信用渴日(集作日渴)太平千載一時胡可遇也而君侯既遇非常之主已踐難得之機加以明方(集作若)鏡中運如掌上有形必察無往不臻朝暮羲軒之時何云伊呂而已際會易失功業垂成而擧朝之衆傾心前人之弊未盡往往疑(集作擬)議愚用惜焉何者任人當才爲政大體與之共理無出此途而曩之用才非無知人之鑒其所以失溺在緣情之擧夫見勢則附俗人之所能也與不妄受志士之所難也君侯察其苟附及不輕受就而厚之因而用之則禽息之首爲知己而必碎豫讓之身感國士而能漆至於合如市道廉公之門客虛盈勢比雀羅廷尉之交情貴賤初則許之以死殉體面俱柔終乃背之而飽飛身名已遂小人恒態不可不察自君侯職相國之重持用人之權而淺中弱植之徒已延頸企踵而至諂親戚以求譽媚賓客以取容情結笑言談生羽翼萬事至廣千變難知其間豈不有才所失在於無耻君侯或弃其所短收其所長人且不知深旨之若斯便謂盡私情於此輩其有議者則曰不識宰相無以得遷不因交遊無以求進(集作售)明主在上君侯爲相安得此言猶出其口九齡所以爲君侯至惜也且人可德化(集作感)難用(集作可)戶說爲君侯之計謝媒介之徒即雖有所長一皆沮(集作阻)抑專謀選衆之擧息此(集作彼)訕上之失禍生有胎亦不可忽嗚呼古人有言禦寒莫若重裘止謗莫若自修修之至極何謗不息勿曰無害其禍將大夫長才廣度珠潛璧匿無先容以求達雖後時而自安今豈無之何近何遠但問於其類人焉廋哉雖不識之又(集作有)何不可是知女不私人可以爲婦矣士不苟進可以爲臣矣惟(集作此)君侯之度內耳安用小人之說爲固知山藏海納言之無咎下情上通氣用和洽是以不敢默默而已也願無以人故而廢其言以傷君侯之明此至願也幸甚幸甚

爲邵翼作上張兵部書　蕭穎士

月日應武藝超絕擧某乙謹上書侍郎公執事某汝潁儒家子先人以文至尚書郎今僕不肖持七尺之軀蹶張角力爲褒衣者所不見禮猶復決短策希餘光願以羸疵之形忽微之氣三寸之舌百金之義一朝而委諸執事將納之耶拒之耶嗚呼苟或拒之士亦未易知也試爲執事言之僕幼聞禮經長習篇翰多擧大略不求微旨且尤好史臣之言自秦漢迄于周隋馳乎千餘載間天人祕理軍國奇畫皆耳剽其論而爲■文未(一作止嘗)不喜潤色求官惡(一作趣)

拙莫能進趨顧人事所先則天資所闕雖欲從士大夫之後高談抵掌取當代名其不可得也審矣然每讀太史公書竊慕穰苴樂生之高義常願一寘戎車之殿指麾部分爲天子扞城近臣不知明主未識徒欲奮決孰爲引致嗟乎使古之二子復與僕同時於今雖有敗晉強燕之謀亦不能自達也明矣所謂論干戈於揖讓之代則悖者信哉是以傴僂其形皺沮其色與被堅執鋭之伍以馳逐擊刺爲容雖欲恥之其可得已侍郎亦不可謂僕無學而輕之今聖主居安慮危有備無患以侍郎爲深寄故專任簡稽之司豈不欲旁求爪牙式遏寇虐故將七擒是擇寧止百中爲奇則孫子之謀長於減竈杜侯之力曽不跨鞍蓋古之有善陣不戰者未聞以投石拔棘爲全軍也侍郎懋衮之後爲袠是學朝稱偉才物飽宏議固當纘韋平之業爲社稷之臣使小人得驅馳下風計畫見用此蕭何韓信之事顧不美乎侍郎必不以僕爲狂使待罪末品參一旅之長受偏師之任羽書狎至烽火交馳察以時候占其氣物標利害之形相山澤之險[redacted]乍散一陰一陽飈馳雷動千變萬化使兵不血刃勢如川決與夫搴一旗斬一卒崎嶇行陣之末以徼賞求名者何其遠歟如或人非廢言事有可驗又得出疆埸之外奉咫尺之書因宜料敵隨事制變使千古忠臣之節凜然復存則蘇武虜（一作窖）中尚能齧雪傳生幕下必斬樓蘭此亦一奇也侍郎又不可謂僕大言而疑之以侍郎有卓立傑出之姿虚心待士貴不驕物故小人越上下之分持得失之端私布之於侍郎期不以衆人見遇也侍郎用僕亦今日否亦今日屈伸待命惟所進退某再拜

答左司崔員外書（造） 權德輿

德輿器用瑣薄無他才術徒以木訥之姿竊習聖賢之訓嘗以爲大朴（集作和）久散世道交喪師友之義缺醨薄之風起蚩蚩萬情無所司南銜憤結懷愍然終日前年得以行役獲覯德容始蒙泛愛竟接清議初論當世之理要次陳情性之大端終語道德之宗（集作原）極澡雪百慮泊然葆真一聞至論神開意豁不覺虚白澄曠浹洽四支則易直子諒又其細也當此之時誠欲備門弟子之數日展嚴師之敬雖此志不遂實念[redacted]遇逾涯忘年之歡契比伯仲昨者奉問洞見仁衷且有退身丘樊之説噫夫中人之域或不以利回而多以名敗或時能蹈義而鮮以仁克此誠細者可力大端則循性而動矣至於黜聰晦明恬於退讓息浩然之氣哀樂不入不然則乘時致位以天下爲己任化醨爲醇澤流無垠彝倫式叙生生茂遂此誠大君子之出處也近古已來作者實鮮豈世運有在或時無其人聞睹皇極綜論之一篇得之盡矣然則或進或退小屈小伸豈足爲執事者道也又示問之中情旨備至不棄弱植申以嘉姻荀陳之義非所敢當況司徒令子爲後來名輩精識洞鑒承（集作誠）已得之鄙人何堪後（疑作復）當此命門閭之下珉玉不侔將何以祗承厚意當叔寶逸少之目恐累清德無任下情已具諮聞敬承嘉命尋冀拜謝感慶伏深某再拜

爲崔僕射與郭令公書 于邵

某月日某官某謹奏記令公閤下幽風固陰月紀將暮伏惟尊安福履萬壽無疆幸甚幸甚[redacted]遠鎮方隅蕃蠻未靖力微寄重憂累交煎雖無暇自謀終分心遠難一昨中使飛騅王命急宣特論西戎侵偪郊甸即日奔走以副廟謀

神往形留豈遑夙夜近知輦下人無動揺復聞朝廷勞師薄伐朱相公以幽燕勁騎先啓戎行而令公以朔漢舊軍暫分兵要始則聖略不世出固推心與人終則上台(一作才)應時須同力戡難朱公禀命而有進令公遣戎而不疑是皆存大業於至公遂表無私以奉巳太白所以食昴魯陽所以迴暉斯乃協和萬邦豈必因依一代昔者范宣子讓德晉君以霸欒將軍避怒秦兵不侵書之縑緗名亦不朽令公勳冠天地力存宗社每當一軍殺如敵國若涉大川而令公能濟若火燎原而令公能滅厚德及行葦太和合陽春謙尊而光直方以載四海延頸萬邦立程當今執事在具瞻之上將自下而彌高欲從損而彌益一諾而千萬人說一謙而千萬人讓況作相三朝行師二紀東征西怨遠懷邇安是以蒼海之隅莫不率俾膏雨既滋於百穀人倫復正於五常當今日之嘉猷何遂古之能擬齊晉之際其大此乎某區區不才謬司戎律每欲刳心示衆甞膽酬恩側聽遠方有形(疑)君父忘寢與食思奉前人矧辱在下風特蒙恩獎欣逢千載之事竊賀兩君之好感慕書紳未知其極謹遣某官某奉獻情言然則書非盡言之具蓋陳赤實拳拳之分某頓首再拜

與郭令公書　　前人

汾陽王令公閣下伏惟戡難定禍勳載王府致君行已德冠當時講信脩睦郭叙舊好悉爲古今第一則(一作側)小子在數科之一而不能上達以自布露九原之下何以塞責頃年令公先府君剌舉于渭家世出牧于岷二境相接數年修好睦爲弟兄契以金石則令公之所聞見也久矣初以專經遯業甞假籍於渭之渚于時使君丈特以禮送問以時務許以大名爲之下榻教之改業復歸以報命先人從而誨焉天寶中忝以進士及第其年判入超絶科受校書此則使君丈人倫高鑒施及小子不其神乎永懷報德何日敢忘慶流後嗣日以昌大及兹匡救莫之與京謬從庶官之列默於衆人之下爰自起居郎署省闥未爲令公所顧以職在下位不敢干進也殊不知江海納細以爲大山岳積壤以爲高斯道日顯人皆是傚以不待掃門願陪下拜有若公之令弟少府監許之游從公之愛子左常侍賞之顔色公之貴壻前少府吳監知之爲人工部趙侍郎貸之爲文户部李郎中列之爲友皆朝廷俊選而不相鄙弃庸可誣乎夫有開必先先兆所感如小子者使先丈字之已足(一作及)於此令弟愛之貴壻終(一無此字)眷之及(一作又及)於此而不能再登龍門禮叙世舊未之有也謹奉尺書塵黷執事轉於内屏以待命死罪死罪某再拜

與楊員外書　　前人

七官(一有人字)院長足下愴與子别雖以爲晤出處默語蓋非一途頃自除官乘流則逝性有定分愚不可移是進以無所干退亦無所悶到家喜骨肉之愛出門全賓友之歡陶然而不知樂之將至亦何暇役耳目從智力哉故知山林之士入而不反者宜每逍遥縱觀(從耳)(疑)多暇近覽古公避狄之地緬想周文出畋之師如其仁如其仁又其聖也不遠閭井頹然舊風嗟乎我生不辰遭值世難天未悔禍人猶怨咨顧子弟之爲邑迫時政以多故恭寛信敏惠力行不必果長太息者復何可言(一作復可信言)猗那楊生行道利物勤於四海君子之踐中朝柄然從容晝省抑有由也勉旃良圖無以自媚風味遐屬此情難論甞當春臺梅柳動色思與

携手傷如之何時流好音尚慰羇旅幸甚幸甚太尉告身在匠人魚朝䰟望爲收取遠代傳慶不欲失墜愼爾無忽因家人馳日臨紙惘然于邵頓首

與李尚書書　前人

某頓首尚書姨夫閤下伏惟秀出天枝挺生王國十年分閫八座居榮善貸嘉聲聞於四海幸甚幸甚某忝接末姻早承餘睠南秦旅寄特奉周旋西掖官游叨聯清切高山景行何日忘之去年出守江華未遑進路猥當時議且復拘留滿室遺孤立錐無地朝求暮乞日往月來外媿親朋內慚骨肉屛居陋巷不堪其憂惟此絶糧已復旬日古人併食今實當之側聞姨夫入朝先以貧賤爲意頌聲載路誰不歸心某於池陽之間獲空閑數頃之地誓將作𠫤隴畝以望秋登所乏耕牛傭賃無計儻或哀此窘迫許以後圖解倒懸之憂廣賙急之路以德報怨先哲格言區區之心竊慕此耳輒肆干觸昧於是非徼諸常情豈敢逃責痼疾暴發未由造門謹使家人投剌不宣某再拜

上西川韋令公書　符載

伏見自建功汧隴之後天子念重付託西蜀擁旄杖節垂二十年能斷西戎之股臂鑿南蠻之耳目獻驃國之絃管摧芥熱之橫猾四方仰首威聲赫然是何才略如是之偉也巴岷之人蒙慈惠被法禁秋霜膏雨不足爲喻是何教化如此之美也於戲大丈夫生乎天地之閒功德富貴而已矣今令公英姿玉色照屬當世勲業格皇天崇高如泰山若使圖丹青刻鍾鼎爲有唐一世之盛令公獨得之矣其頃不自揆謬隱匡廬閒其所務者不專文字亦嘗有意窺佐王治國之術思樹勲不朽之事心長才短難進易退徘徊林壑屢移星霜齒鬓蕭索無所成遂雖命使然也亦實慙贄質疑作鈍自成都違奉馳心旌麾高卑勢殊分絶干請一昨戀慕滋甚不敢寧處因修狀疏并獻拙文不謂滄溟量深轉涵微細猥見下答仍賜褒寵蓬蓽之下煥然有光臨風悚息不知所措某氣性野直寡儔少合宇宙至廣迴無知音遭逢知音便是死所伏惟令公上才宏識傑出人表律呂一動變寒爲溫伏知小生爰自茲日至于没齒無沉痼之恨矣然九霄之鴻假勁翮而飛者也萬斛之舟假長風而逝者也鴻與舟不翮不風皆摧頹朽蠹之物也安能自運哉輒敢二況輕塵視聽伏計令公發函之際當不哂飛逝也新文五章音以賞奏重干宗匠伏惟俯賜省覽幸甚幸甚

上韋尚書書　前人

伏惟尚書雲霄之祿位汧隴之勲業河海之宇量青萍之操物斯事已形丹青載在太常野人復欲云云之則若詠滄溟之深頌泰山之高識者聞之以爲悠悠腐儒僕不曉事故略而不書其聞獸飢思食士窮思遇此生物之常也其有食不濟遇不至常情必然[redacted]某則否何哉夫蘭有香雖植翳薈必從風而揚之士有道雖混闒茸必由人而彰之某拜顏踰年出入五謁而善竟不聞於左右顧不及於布褐汨没塵土造次羇旅是缺行敗德充溢視聽之深也射矢失中求正諸己而已不然即黃金之臺崔嵬造天獨不陪郭隗之後從容而登之乎然有志未遂於節下將欲求遂於節下伏惟少請詳之幸甚幸甚頃年與友生數人隱居廬山中時包祭酒牧于江州小子荒唐曾以短書干之包公聲聞君子也一言感激因爲遠大當是時賢豪侁侁

滿盈江湖翕然以風槩相與亦屢爲侯伯之有土者行束帛之禮焉其皆抗詞不應斯鶡鵬一舉之致以方寸之地久違寧覲顧瞻歸路敢逡巡乎昨奔走萬里得獲拜慶慈顏怡怡然喜其如人親族隣里亦會酒相賀雖爵祿未及而門户有光稽古之力實亦斯在則故林之松桂草堂之朋友懷芳結念相望於谷口可勝言哉今欲越三峽之湍瀨適九江之遐阻以業就志以家依山清風白雲相與終歲斯也者非大官上列愜張特達之賜則無以自振焉尚書功德巍巍與嵩華侔善政如和羹深仁類陽春寵材拯困多在輦下今羽毛頽弱大賢能煦而嫗之使其鶱飛乎今鱗介蟠屈大賢能澤（一作雷）而雨之使其騰驤乎顧之即榮重委之即廢賤通塞之路期於反掌敢不虛中愓慮敬侯遭值伏惟非常施與之幸甚幸甚

贈蘄州盧員外書　前人

去年春三月某有謂暫出蓬户間適值麾幢將度潯陽嚴太守命某爲貳食之客偶於末席備聆嘉話如和風扇春膏雨澤物真可愛也玉斝未醉蘭橈遽動襟緒百端鬱鬱不開後圜有遠役南征千里夏徂冬歸道路蕭條音塵寂蔑至此而已今者有襄漢之役實遊郡境誓將維舟泄宣曩懷一昨至蘄陽岸下屬日晏水闊風猛波起帆席張怏不可偃落眄睞失徒煙露蒼茫杳杳馳心悵然無悰其深山耕漁之人也不求干進貴賤之異何緣區區竊嚮下風聽君子之議采輿人之誦若將時會踐升朝廷伏知君侯必能明禮樂補教化翊大君於皇極保蒼生於仁壽夫如是則善人國之紀也敢不恭敬乎敢不親愛乎拳拳之衷正在此耳方迫行邁稍趨北路廷賓（一作顧）英華戀慕滋焉李山人丞以藝術日游門閤問訊所詣將欲候起居今故留之用書寫懷其他文一軸蓋執贄也非敢誇也不遺細陋或見光寵但願抵襄漢病夫拂拭耳目而候之某再拜

代李侍郎與山南嚴僕射書　呂溫

僕射禀天全才受國重寄控全蜀咽喉之地當狂寇奔侮之衝治（集作處）瘠土而其財甚豐訓羸師而其武可畏少分麾下潛運掌中再闢劒閣之扃繼獻鹽亭之捷應接制使先假地征掎角王師且爲鄉道（集作導）削叛臣之跡釋梓州之圍勞實居（集作偕）多無與譲美（集作功無與譲）聖上神武睿斷注意西南一校之善否必知一夫之勞逸必察況閤下効彰朝論事布人謠精誠貫於神祇茂伐懸於日月豈復聽簿書之巧詆笙簧之濫音來示所虞無足介意某以寡薄謬膺重任舉關國計動屬軍期夙夜憂慚未知所濟過蒙稱獎愧惕良深唯托方岳至公共守王度物估小事固無二三許共遵行亦如受賜佩荷之至無喻下情某再拜

送張尚書書　歐陽詹

前鄉貢進士歐陽詹於洛陽旅舍再拜授僕人書獻尚書閤下某同衆君子伏在尚書下風久矣孟冬已寒伏惟尊體動止萬福人生於世令天下之人識與未識有一善則願知之有一困則願知之尚書以爲其人何如哉愚以百年二百年無一而已矣尚書豈知身則其人乎既知其人其則願知也（集作其斯所以願■也）九今之人進露於長者或以單詞褎頌爲先者亦或求人書狀爲先者伏計尚書飽見之英明特達必不之愛小子固（集有直字）亦竊醜之況以尚書茂德雄才則已騰於寰宇矣豈假區區片言隻字章明於身

乎以尚書川（集作山）容海納則自斷於胷襟矣豈在悠悠八行尺牘進退於人乎知不然矣其方拙魯訥不敢游詞其閩越人向京師七千里（集有矣字）去秋遠應直言極諫詔不逮試便往西秦今冬將從博學宏詞科赴集期昨至東洛舊負人錢五萬卒然以逢其則合還人又艱難困迫唯一驢一馬悉以償之債廡之下如喪手足兀然不能出門者再旬于兹矣亦以窘懇遍祈於人人無非常所與唯疋帛斗粟供朝夕則纔可過其外則莫就無車無儲寄人之廬士之窮莫窮乎此也今日有來相看者曰子之困至於是何不以情聞於徐方南陽公乎明日有來相看者曰子之困至於是何不以情聞於徐方南陽公乎其晝忖夜量旣先在尚書矣又人人異口同詞同驅之心與議并俾忘干犯以困投於尚書尚書之力上將驅雲雷清宇宙副萬乘之賴答億兆之望豈獨遺其所願知之之困乎尚書下將變陰陽調風雨合百神之意允飛走之望豈獨遺其所願知之之困乎救火之家水雖在遠不以遠而往者知其必能濟患也詹之困曾未拜伏尚書所居洛陽西隣陝虢北俯河陽南接陳許東有汴滑捨東西南北之近越千里控於尚書者亦德尚書必救所困焉神游五侯之門遍心擇王公之量匪方決意投於尚書尚書留意焉布露微碎亦非容易考試事畢特冀拜伏雖有蓄積廢及面陳其再拜

文苑英華卷第六百七十

登仕郎胡　柯　鄉貢進士彭　叔夏　校正

文苑英華卷第六百七十一

書五

省下

上張僕射書一首　荅韓侍郎書一首

上河陽李尚書書一首　上鹽鐵裴侍郎書一首

與韋員外書一首　上禮部裴侍郎書一首

復崔尚書書一首

節度上（刺史附）

與路鄜州書一首　與江州鄭使君書一首

寄徐泗張大夫書一首　荅盧大夫書一首

上張僕射書（建封）

韓愈

九月一日愈再拜受牒之明日在使院中有小吏持院中故事節目十餘事來示愈其中不可者有自九月至明年二月之終皆晨入夜歸非有疾病事故輒不許出當時以初受命不敢言古人有言曰人各有能有不能若此者非愈之所能也抑而行之必發狂疾上無以承事于公望（一作忘）其將所以報德者下無以自立喪失其所以爲心夫如是則安得而不言凡執事之擇於愈者非爲其能晨入夜歸也必將有以取之苟有以取之雖不晨入而夜歸其所取者猶在也下之事上不一其事上之使下不一其事量力而任之度才而處之其所不能不強使爲是故爲下者不獲罪於上爲上者不得怨於下矣孟子有云今之諸侯無大相過者以其皆好臣其所（蜀本有受字）教而不好臣其所（蜀本有以字）受教今之時與孟子之時又加遠矣皆好其聞命而奔走者不好其直已而行道者聞命而奔走者好利者也直已而行道者好義者也未有好利而能（集無能字）愛其君者未有好義而忘其君者今之王公大人惟執事可以聞此

言惟愈於執事也可以言此事（集作此言進又作言此言）愈蒙幸於執事其所從舊矣若寬假之使不失其性加待之使足以為名寅而入盡辰而退申而入終酉而退率以為常亦不廢事天下之人聞執事之於愈如是也必皆曰執事之待（集作好）士以禮也如此執事之使人不枉其性而能有容也如此執事之欲成人之名也如此執事之厚於故舊也如此又將曰韓愈之識其所依歸也如此韓愈之不諂屈於富貴之人也如此韓愈之賢能使其主待之以禮也如此苟如此則死於執事之門無悔也若使隨行而入逐隊而趨言不敢盡其誠道有所屈於己天下之人聞執事之於愈如此也（集無也字）皆曰執事之用韓愈哀其窮收之而已耳韓愈之事執事不以道利之而已耳苟如是雖日受千金之賜一歲九遷其官感恩則有之矣將以稱於天下曰知己（集本疊知己二字）則未也伏惟哀察其所不足矜其愚不録其罪察其辭而垂仁採納焉愈恐懼再拜

答韓侍郎書　李翺

還示（集有云字）於賢者汲汲惟公與不材耳此言取人得無太寬否灼然太寬夫又何疑此事汲汲如嗜欲之未得自以為勝苟令君耳目所及書記所載未見其比何意忽然當一時而更有人也故具於後以當講學且自道無愧兼以為戲耳如愚之於人但患識昏知不足以察人為累耳苟以為賢則不要前人相知相識逢便見機巧有惠（集作慧）辯故身雖否塞而所進達者不為少矣其鑒賞稱頌人初未甚信其後卒享盛名為賢士者故陸歙州韋簡州皆是也好善太疾智識未精彼勝於彼則因而進之或取文詞或以言論或以材行或以風標或以政術往往亦有不稱於前多矣不可以言其名然亦未嘗以為悔也其中亦有痛與宣力後因禮節不足或因盡言而詰之前人既非賢良遂反相毁損者亦有其人矣且龐士元云拔十失五猶得其半真大賢之言也如鄙人無位於朝阨摧於時栖栖惶惶奔走耻辱求食不暇自一千年來賢士屈厄未見有如此比者尚汲汲孜孜引駕（集作薦）賢俊如朝飢求飡（集作飧）如久曠思通如見妖麗而不得親然若使之有位於朝或如兄儕得志於時則天下當無屈人矣如或萬一有之若陸歙州韋簡州之比猶奔走在泥土則當引罪在己若狂若顛朝雖飢不及求飡（集作飧）曠雖久不敢思通見妖麗閉眼而不覷視遷榮如鞭笞宮割之在躬夫又何（集有榮字）樂而得安然也不知此心自古已（集作以）來曾有人如是者否不妨大有聖人肩排而生曾有一賢用心近於此者乎若古或有之幸示其人如或無之柰何乃言惟公與不材耳如兄者頗亦好賢必須甚有文詞兼能附己順我之欲則孜孜汲汲無所愛惜引拔之矣如或力不足則分食以食之無不至矣若有一賢人或不能然則將乞丐不暇安肯孜孜汲汲為之先後此秦漢間尚俠行義之一豪儁耳與鄙人似同而其實不同也三五日前京尹從叔云其大官甚知重陸滲當時對云士所貴人知者謂名未聞則導（集作道）之家之貧則恤之身之賤則進之故也若陸滲之賢彰然矣其官之知既甚矣其官之位日見天子足以進人矣開幕辟士足以招賢矣而皆未及陸滲若如此之知知與不知果同也若實知乃反不如不知也矣京尹不能對也大凡身當位得志於時慎閉口不可以言知人若知人而不能進未志得而氣恬體安不引罪在己若顛若狂與夫不知人者何以異

也如离妻與瞽夫偕行而同墜溝中或以無目不見坑而墜或以心不在行憂思之病而墜所以墜則殊其所以爲墜則同也天下皆离妻也如瞽者鮮矣則其墜者离妻也（十八字集作天下知瞽者鮮則其墜者皆离妻也）心不在馬故也樂道此者蓋以自勵非欲刺乎貴富之人當爲再三讀之以代擊髀而歌馬翶再拜

上河陽李尚書書　杜牧

伏以三城所治兵精地要北鎖太行東塞黎陽在京河南指爲重輕自艱難已來儒生成名立功者蓋寡於前代是以壯健不學之徒不知儒術不識大體取其微効終敗大事不可一二悉數伏以尚書有才名德望知經義儒術加以儉克好立功名今横據要津重兵在手朝廷搢紳之士屈指延頸佇觀政能況聖主撅擢豪俊考校古今退朝之後急於觀書已築七關取隴城緝爲郡縣命誅雜虜（集作今親誅虜）收其土田取其良馬爲耕戰之具西復涼州東取河朔平一天下不使不貢不覲之徒敢自專擅此實聖主之心事業已彰臣下明明無不知之伏自尚書樹立鍛鍊教訓揀拔法術尺寸取於古人若受指顧必立大功使天下後學之徒知成功立事非大儒知今古成敗者而不能爲之復使儒生舒展胷臆得以誨導壯健不學之徒指蹤而使之令其心服正在今日某多病早衰志在耕釣得一二郡資其退休以活骨肉亦能作爲歌詩以稱道盛德其餘息心亦已久矣下情日增瞻仰戀德之切牧恐懼再拜

上鹽鐵裴侍郎書　前人

伏以鹽鐵重務根本在於江淮今諸監院頗不得人皆以權勢干求固難悉議停替其於利病豈無中策牧自池州睦州實見其弊蓋以江淮自廢留後已來凡有寃人無處告訴每州皆有土豪百姓情願把鹽每年納利名曰土鹽商如此之流兩稅之外州縣不敢差役自罷江淮留後已來破散將盡以監院多是誅求一年之中追呼無已至有身行不在須得父母妻兒錮身驅將得錢即放不二年内盡恐逃亡今譬於（一本作如）常州百姓有屈身在蘇州歸家未得便可以蘇州下狀論理披訴至如睦州百姓食臨平監鹽其土鹽商被臨平監追呼求取直是睦州刺史亦與作主不得非裹四千里粮直入城投（集作役）使即須破散奔走更無他圖其間搜求胥徒針抽縷取千計百校唯恐不多除非吞聲別無赴訴今有明長吏在上旁縣百里尚敢公爲不法況諸監院多（集作皆）是以貨得之恣爲姦欺人無語路況土鹽商皆是州縣大户言之根本實可痛心比初停罷留後衆皆以爲除煩去冗不知其弊及於疲羸即是所利者至微所害者至大今若蒙侍郎改革前非於南省郎吏中擇一清慎依前使爲江淮留後減其胥吏不必一如向前多置人數即自嶺南至於汴宋凡有寃人有可控告姦贓之輩動而有畏數十州土鹽商免至破滅除江淮之大殘爲侍郎之陰德以牧愚見莫過於斯若問於鹽鐵吏即不欲江淮別有留後若有留後其間有（集作百）事自能申狀諮呈安得貨財表裏計會分其權力言之可知伏惟俯鑒微（集作愚）衷不賜罪責牧再拜

與韋員外書　劉蛻

蛻性甚（二字集作雖）冥頑識不及向嘗以當今由文學求用遲其顯遇在執事未知如何蛻輒自愛而庶幾不惑也故進不暇視地食不及卒哺起居不忘於文窮泰不忘於文雖

分不出(集有其字)眇實■且專也執事以爲愛乎未也蛻爲人子二十二(集作六)年唯初七年持瓦石爲爼豆戲其餘卒不離前之志也執事以爲專乎未也伏念方今人人自謂力然沛若有餘今日以執事如重星輪月爭下堂而觀之畏巳後耳宜乎人之心適在往越而使去有人正從越來執(集有事字)車而問于路執事以爲可教與否如曰吾幸知其徑途安得勿教則執事正可以其手呼而指畫也果遇他人以其有往而猶不逆則蛻去所愛而專者有謁執事之餘勇也深如此而巳可則道合而服從不可則道異而更學

上禮部裴侍郎書　　前人

臨其事不能茍有待而先自請者閤下以爲難乎贊功論美近乎諂飾詞言巳近乎私低陋摧伏近乎鼠竊廣博張引近乎不敬鈎深簡尚則畏不能動乎人諧儷相比又畏

取笑乎後情志激切謂之躁詞語連綿謂之續(集作俗)夫臨其事而自言者其難如此也然不有聽者之明言者無病則固當背隍蹐株(一作跦)俟乎知者而自知也用者而自用也安能持一言於巳難之時者哉然不得巳而言之者亦將自言而巳矣又豈敢因其時而遽言大體哉蛻少則不知小人通生有自可之事樹之爲梔茜種之爲穀粟賈於市釣於江亦以(二字集作棄)老也無何羅絡舊簡附會時律懷筆啓(一作磬[illegible])於搢紳家十二三年矣謂卝而習之亂而成基壯而歷級乘時無難梗寒苦之疲今者欲三十歲矣所望不過抱關輸力求粟養親而巳何者家在九江之南去長安近四千里膝(厀)下無怡怡之助(集作趣)四海無強大之親日行六十里用半歲爲往來程歲須三月侍親左右又留二月爲乞假衣食於道路是一歲之中獨餘一月在長安王侯聽尊媒妁聲深況有疾病寒暑風雨之不可期者雜處一歲之中哉是風雨生白髮田園變荒蕪求抱關養親亦不可期也及今年冬見乙(集作丁)酉詔書用閤下以古道正時文(一作聞)以平律校群士懷才(集作道)負藝者踴躍至公蛻也不度入春明門請與八百之列負階待試嗚呼蛻也材不良命甚奇時來而功不成事修而名不副將三十年矣今而復閤下進之蛻亦得以至公進閤下退之蛻亦得以至公退進退者由閤下也未可知也干黷尊嚴敢志僇辱情或須露豈曰圖私不然則蛻也豈敢蛻再拜

復崔尚書書　　前人

男子生而射四方所以有四方之志故懷其道不可以退巳(集作也[illegible])非其人又不可以動心今蛻也伏念仁人在位野無君子不敢隱忍自置削簡授僕夫堂上猶遠況千里之

悠悠哉亦將天未甚棄果遇閤下響不私崖谷與高下爲應不戮其使得復廬下而又重幣厚詞素未甞遇知(集作始)者甞爲齊桓公之明活俘而相晏平仲之賢贖隷而友夫俘未至而鮑子先言之桓雖智不逮安得勿相隷未言而晏子巳見其色雖智不逮安得勿友豈如左右無先言之人閤下未見蛻之色而與之歎息乎與之教道乎則斯然後心因閤下而動巳爲閤下而知不復遺恨幸甚幸甚雖然敢不再拜以謝知巳而自道其所得罪蛻早不量巳甞(集作常)欲與其道以死生樂之自以得其位即(集作則)欲立殊節於君友不得其位即欲垂長幅於後世然而以爲身屈則道不勝語卑則道不明以其誼譁不敢安巳矜道也不敢矜於口也伏惟閤下以志道而圖巳孰若道勝而巳勞乎從俗而飽其親孰若道在有君子而後顯其親乎閤下

不以行己失態天命抽塞乃復書問曰恃才傲物歟論議險直歟儕伍擠毁歟夫承貴仕之後身尊而食足然踞辱卒吏猶有陷人於急（四字集作隱忍）況蜕近世無九品之官可以藉聲勢而又當時無綿絡之舊無一簞之食設有乘人之氣而窮賤奪其氣矣何能爲也使蜕一旦爲病狂妄人而行之俄而自成怪笑不止人之怪笑也然則希權門以媚孌媵隨衆口以贊曲私瞻視行坐傾身預起則信乎對南面如豪璧之相峙也如此豈曰恃才傲物乎險直之在己不得其人而盡言之則有殺身磔尸（英華作終身殺戮■）之禍得其人而盡言之則有忠義諒正之名使蜕前不得其人而言之則身死（集作辱）已久得其人而言之則安得困而至此故豈曾論議險直乎蜕伏以冠衣不完（集作高）潔趍拜未識威（集無此字）儀又伏念春秋時四人受縣而後見魏子則古之人之見也其不在受恩之後乎謹重遣前使以謝殊遇以結後計蜕再拜

節度上剌史附

與路鄜州書　沈亞之

月日沈亞之再拜稽首言大夫閣下亞之昨去長安時歷別於所知親友（集有門字）所知親友謂亞之曰安所適安所爲亞之對曰適鄜將假貸於諸侯門所知親友賀亞之曰鄜有長賢大夫也喜文學仁義之道故其所爲文學仁義之道欣欣焉走其門者日有之亞之納喜於心充充焉捶馬走僕忘其勞失其怠望閣下之境日近日喜及至之也且觀將謁之禮於其門乃見納客之官奔奔而入促促而出言不及宣（集作吐）道不及陳退居三日不知所爲乃復聽閣下採取賓士之道高下之等則曰某自某方來以某執事書爲之輕重書之多者館華（集作善）宇飽善味書之次者又次之其有有無因而至者雖辯智過人猶以爲狂即與偶然之輩僥倖之徒退栖陋室與百姓雜處飯惡味且走來閣下門者亦不獨盡窮餓無依而來求粟帛於閣下亦有抱其智懷其才聞閣下好賢而來求臧否於閣下而望其推引之濟耳今一貫而禮一類而惠遺（集無此字）賢愚顛倒而又以書不書而爲之輕重竊恐天下之士其來閣下之門者皆相爭賫書爲粮受閣下之惠者不曰閣下之惠而皆曰某官之書禮我也何有媿於閣下不唯不媿而已亦有憤激於中（集作衷）而終怨怒者誠（集作竊）恐閣下勞費以取無益亞之愚獨爲閣下惜伏惟（集作願）閣下稍精採士之道使賢愚明白閣下能如此則知言者（四字集作則四方之士）聞之皆曰（集作謂）閣下不惑已之不至而求其方直如此今亞之冒旌戟之嚴敢言於閣下亦希知言之士聞之知亞之不苟曲於閣下而存其直如此戰戰無任亞之再拜

與（一作上）江州鄭使君書　前人

郢岸謫吏敬對所詰引言爲書致于九江郡守鄭君閣下詰之既深安（集作焉）得默默已也固折委謹之於章遂用悉陳惟聽之國朝天后之時使四裔達威德之令皆儒臣自喬知之陳子昂受命通西北兩塞封玉門關戎虜遁避還而無酬勞之命斯蓋大時之有體臣之當理也然喬死於讒陳死於枉皆由武三思嫉怒於一時之情致力尅害一則奪其妓妾以加憾一則疑其擯排以爲累陰令桑梓之宰拉辱之皆死於不命嗟乎嗟乎自是之後臨戎觀危酌逸勞之狀爲使者而儒臣莫與矣前年天子以兩河逆叛之兵連歲不解負輓之輸而不造廩庫皆從便道爲戰士衣食之給於兩河之間歲尚賑賜輦轂之下執笏常謁請

罷所討者十八九獨諫大夫自以爲習知叛臣之情日就窘請得徃道集作導慇痛以歸之既可所奏即請以亞之爲副又以爲古者單車爲使有功則爲戎臣輕害之遂於行請兵以自柄詔書仍以便宜從事又詔邯鄲鉅鹿兵各以百騎與俱蓋欲重擊鑿之揕集作柄也及過平原郡城而有常山卒分居之諫大夫因令亞之爲書檄之書成亞之題帛引弓射書於常山帥帥得書以期請降滄海之人聞之降者日百有餘輩及滄海寇款與符印偕至即請以城歸使者是日徃受城亞之復引前驅騎爲先至滄海同捷與其徒繫頸者服纕不帶伏軍門之左委命於使執事於是諫大夫遣河南將石税部獻闕下税夜殺同捷於平昌亞之分道馳還以報事道中不得乘乃乘羸驅馳至貝魏之閒守長皆爲艱日具不得食因中病於南集無此字廣武之閒歷

再旬而謫書降即奔上所委今閤下罪諫大夫以爲猾急志體冒危取禍習傳不察其端本附言和唱敢避忌應對哉昔者酈生憑軾下齊城七十韓信刼而烹之在前代且爾況今持兵連營淹歲經時既費且敗萬無以自塞之際而使臣幸命詔銜解羈裂網之恩啓萬死重生之路起鰥鰥就鼎之命集作枯彼不思於降復何歸矣今習詩書步規矩而進於是者固未嘗習武事況親於戰鬬之閒耶必多武臣之言以爲信何者重巳之不李祐避能而誠邁越之談也或亦有詰亞之曰李祐避壁攻平原城城危且急尚不聞有效且使臣居閒曾不逾月而玄城降者何端亞之應之曰獨不見童子之情乎夫童子師與終身之益何悉而不附乳母蠕蠕之常恩而投戀肆喜何者氣微意迫則毅容之難洽而告訴之言在前也是則向使之卒被堅甲持銳鋒以相攻差剛決於敵者不瞬而殞形喪魄矣有如使臣之煦諭明白寧有忘生趨死之倫乎此解析之言誠不當爲閤下說說亦不能降聽以委達集無達字書之丁寧者蓋欲流之於世以俟通方之士次第於所悟耳梗概之録不文於詞亞之敬再拜

寄徐泗張大夫書　符載

明公杼略橫世氣爲人傑旌節森然先鎮東徐静則近鄒魯之士講詩導禮動則駕貔貅之卒肅清淮海名聞休烈風動四方節士義夫孰不投心甚善甚善真天子文武大臣哉載迂儒不才越尋常閒敢以疎鈍切懷風槩如是星霜十周天矣緬彼山川邅迴蕭條世多械束一作梗槩未一作莫由造請復欲牽文字試書功德事無端緒殆似行佞懷緘浩思殊鬱鬱不快也適值去年秋有冠軍將軍李圎者道

來自東狀貌不凡三扣柴荊載意其偉士延坐與語語酣中起議及劒術太嘗以青萍貺公乃發筐篋出閤下寶劒銘相示載鑒裁不明敢懸貸人因覽文以異劒覩劒以奇文謬是憑之爲聰明依之爲肺腸一作腹恣陳蕪穢妄有紀述撫拾冠軍之行跡鄭重執事之美一作羙茂得爲通誠導意之因緣也大凡人之有生處而道德不滋於身者竊兩曜之光明也仕而功烈不被于世者偷大君之珪組也況乎扃一詞比一事上不陳教化次不叙志意皆游言也豈曰文爲一昨諷公之製聳文豪爽立意健激首則見定忠固義之分末則存一作見策動樹績之心識者謂公異日必帥諸侯蕩蕃虜拔烽燧於近塞洗腥羶於絶漠黄河九曲爲大國池沼然後拜閶闔和陰陽炎炎赫赫載動盟府豈獨擁旄按甲長于一方而已哉載不量氣力庶慕區區之

分借如智慮鈌薄無裨絲髮亦欲如班孟堅之比爲賓車
騎刻燕然之石公謂之何哉載今蹷然飛書遠聞伏以冠
軍緣公而德彰小子援公而思勇即託記録之目輙以荀
溪劒志爲名屬事相交聯謹借寓獻貴賤不侔禮實異儀
輕用壓忝臨風震悚閤下或爲麻庇若將獻酬張布錦繢
鋪映麻枲命使令問訊江君奔走之僕山中茅舍偶目詳
憶耳不宣載再拜

荅盧大夫書　前人

貞元元年八月二十五日野人符載再拜頓首上書于觀
察使大夫盧公某伏見古人或出以行道或處以向晦皆
其德不昧其跡不辱者以其立身之本固動靜之分明也
載額散細之材無榱桷之用違力妄進祗取顛沛故廬山
南住有一畝之宅有友生五人切切偲偲更迭鼓琴意者
擬立誠絜矩師避地避言之義豈曰嘉隱以干聞達是月
二十一日賢都水弟叔姪至止伏奉書諭猥加詞飾捧緘
開讀光曜林壑蘊蓄慚懼若無憑依伏惟大夫天子碩臣
包甫冠申文武皇皇作藩于唐以河海之廣涵游泳之物
曲存惠好俯慰顓頊則士君子相顧而言曰以方伯高明
之尊以野客草茅之賤尚能降損懷抱招納以禮況四方
多士得不望塵欽義奔走于下風者耶方今江湖上接鯨
鯢之地皇帝以襟帶軫慮授大夫以安之恭聞旄鉞之至
也政不煩吏不擾帷幄多賢傑軍旅有叙事黎人熙熙各
遂生性爰及巖谷亦玄逍遥是知凡在府癃執不幸甚載
誠宜被荷服躡芒屩拜拒於旌戟之下常以山中氣寒嬰
內藏之病高風揺落寖欲增劇未申悃款良用震恐候羸
形支持堪自輿運端神肅氣側聽精微之論伏惟少賜鑒

燭以達愚悃幸甚幸甚不宣載再拜

文苑英華卷第六百七十一

登仕郎胡柯　鄉貢進士彭叔夏　校正

文苑英華卷第六百七十二　書六

節度下　刺史附

節度下　刺史附

與于襄州（集作陽）書　韓愈

七月三日將仕郎守國子四門博士韓愈謹再（集無再字）奉書尚書閤下士之能享大名顯當世者莫不有先達（集作進）之士負天下之望者爲之前焉士之能垂休光照後世者亦莫不有後進之士負天下之望者爲之後焉莫爲之前雖美而不彰莫爲之後雖盛而不傳是二人者未始不相須也然而千百載乃一相遇焉豈上之人無可援下之人無可推歟何其相須之殷而相遇之疏也其故在下之人負其能不肯諂其上上之人負其位不肯顧其下故高材多戚戚之窮盛位無赫赫之光是二人者之所爲皆過也未嘗干之不可謂上無其人未嘗求之不可謂下無其人愈之誦此言久矣而未嘗敢以聞於人側聞閤下抱（杭本作苞）不世（唐諱一有出人二字）之才特立（集有而字）獨行道方而事實卷舒不隨乎時文武唯其所用豈愈所謂其人哉抑未聞後進之士有遇知於左右獲禮於閤（集作門）下者豈求之而未得耶將志存乎立功而事專乎報主雖遇其人而未暇禮耶何其宜聞而久不聞也愈雖不才其自處不敢後於恒人閤下將求之也（集無也字）而未得歟古人有言曰（集無曰字）請自隗始愈今者唯朝夕芻米僕賃之資是急是（集無是字）不過費閤下一朝之宴（集作享）而足也如曰吾志存乎立功而事專乎報主雖遇其人未暇禮焉則非愈之所敢知也世之齷齪者既不足以（集作與）語之磊落奇偉之人又不能聽焉則信乎命之窮也謹獻舊所爲文一十八首如賜覽觀亦足知其志之所存焉（集無焉字）愈恐懼再拜

上（集作與）張徐州薦薛公達書　前人

愈聞士有已未達而達人者大夫意寧實之哉小子誠其人今言則無故過濡恩惠思以極報之謂也伏惟閤下仁義風天下任帝室宏寄名譽之美刑政之威化道（集作導）之事使四方先聲色之娛（集作則亦先四方聲色之娛）金帛之富車服之制以從之（一無此三字）則亦稱顯位雍容暇豫而（一作於）又何求則可以取特達不羈之士奉之以非常之禮俾耀名天下答天子鴻恩側見河東薛公達年二十有六抱驚世之偉材發言挺志夐絕（集作拔）天秀服仁食義融內光外直剛簡質與世不常想其升朝廷議凛瑩冰玉隱慝潛姦滅心鑠謀然今尚幽塞未光弢（集作彌■）縮銛利靜（集作靖）居河洛惟高公之清風驅馬千里文以爲贄求拜華軒公則見之矣（集作以）遇采（集作未）甚厚懼左右者不明喜蔽能善黷視聽不以今之譽言（集作黷聽以不令之言九字）故小子忘懼激憤獻此惟公明之夫垂纖餌溟泉冀吞舟之魚則疏施薄禮天下取特達之士亦艱大夫其裁之

代張籍與李浙東遜書　前人

月日前某官某謹東嚮再拜寓書浙東觀察使中丞李公閤下籍聞議論者皆云方今居古方伯連帥之職坐一方

得（集作能）專制於其境內者唯閣下心事犖犖與俗輩不同籍固以藏之（集作於）肖中矣近者閣下從事李協律翶到京師籍於李君朋友也不見六七年聞其至馳往省之問無恙外不暇出一言且先賀其得賢主人李君曰子豈盡知之乎吾將盡言之數日籍益聞所不聞籍私獨喜常以爲自今已（集作以）後不復有如古人者於今忽有之退而自悲不幸兩目不見物無用於天下肖中雖有知識家無錢財寸步不能自致今去李中丞五千里何由致其身於其人之側開口一吐出肖中之奇乎因飲泣不能語既數日復自奮曰無所能人乃宜以盲廢有所能人雖盲當廢（集有棄字）於俗輩不當廢於行古人之道者浙水東七州戶不下數百萬不盲者何限李中丞取人固當問其賢與不賢不當計其盲與不盲也當今盲於心者皆是也若籍自謂獨盲於目爾其心則能別（集作故能計）是非若賜之坐而問之其口固能言也幸未死實欲一吐出（蜀本有心中二字）平生所知見閣下能信而置（蜀本作致）之於門耶籍又善於（集作爲）古詩使其心不以憂衣食亂（集有也字）閣下無事時一致之坐側使跪進其所有閣下憑几而聽之未必不如聽（集作聆）吹竹彈絲敲金擊石也夫盲者業於藝必專故樂工皆盲籍儻可與此輩比並乎使籍誠不以蓄妻子憂飢寒亂心有錢財以濟醫藥其盲未甚痊幾其復見天地日月因得不廢則自今至死之年皆閣下之賜也閣下濟之以已絕之年賜之以既盲之視其恩輕重大小籍宜如何報也閣下裁之（集無之字）度之籍慙靦再拜

上賈滑州書　　前人

愈儒服者不敢用他藝（蜀本作術）干進又惟古執贄之禮竊整頓舊所著文一十五章（集作首）以爲贄而喻所以然之意於此曰豐山上有鍾焉人所不可至霜既降則鏗然鳴蓋氣之感非自鳴也愈年二十有三讀書學文十五年言行不敢戾於古人愚故（集作固）泯泯不能自計周流四方無所適歸伏惟閣下昭融古之典義含和（蜀本作華）發英作唐德元（集作臣）簡棄詭說保任皇極是宜小子刻心竦慕又焉得不感而鳴哉徒以獻策闕下方勤行役且有負薪之疾不得稽首軒墀遂拜書家僕（集作僮）待命于鄭之逆旅伏以小子之文可見於十五章之內小子之志可見於此書與之進敢不勉與之退敢不從（集作退）進退之際實惟閣下裁之

與京西節度使邢尚書書　　前人

月日客有昌黎韓愈者謹再拜上書閣下布衣之士身居窮約不借勢於王公大人則無以成其志王公大人功業顯著不借譽於布衣之士則無以廣其名是故布衣之士雖甚賤而不諂王公大人雖甚貴而不驕其事勢相須其（文粹作而）先後相資也今閣下爲王爪牙爲國藩垣威行如秋仁行如春戎狄棄甲而遠遁朝廷高枕而不虞是豈負大丈夫平生之志願哉是豈負明天子非常之顧遇哉赫赫乎洸洸乎功業逐日以新名聲隨風而流宜乎讙呼海隅高談之士奔走天下慕義之人使或願馳一傳或願操一戈納君於唐虞收地於河湟然而未至乎（一作於）是者亦蓋有其說云（集作蓋亦有說云）豈非待士之道未甚厚遇士之禮未甚優請粗言其事閣下試詳而聽之夫士之來也必有求於閤下夫以貧賤而求於富貴正其宜也閣下之財不可以徧施於天下在擇其人之賢愚而厚薄等級之可也假如賢者至閣下乃一見之愚者至不得見焉則賢者莫不至而愚者日遠矣假如愚者至閣下以千金與之賢者至亦（集作又）

以千金與之則愚者莫不至而賢者日遠矣欲求得（集作待）士之道盡於此而已矣欲求士之賢愚在於精鑒博採之而已矣精鑒於己（集有也字）固已得其十七八矣又博採於人百無一二遺者焉若果能（集作行）是道愈見天下之竹帛不足（蜀本有以字）書閤下之功德矣天下之金石不足（蜀本有以字）頌閤下之形容矣愈也固布衣之士也生七歲而讀書十三而能文二十五而擢第於春官以文名於四方前古之興亡未甞不經於心也當世之得失未甞不留於意也甞（集作常）以天下之安危在邊故六月于邁來觀其師及至此都徘徊而不能速去者誠悅閤下之義願少立於堦墀之下（集作際）望見君子之威儀也居十日而不敢進謁者誠以左右無先為容也懼閤下以衆人視之則殺身不足以滅恥徒悔恨於無窮故先陳此書序其所以來之（集有之字）意閤下其毋以為狂而以禮進退之幸甚（集本疊幸甚字）韓（集無韓字）愈再拜

與池州李使君書　杜牧

景業足下僕與足下齒同而道不同足下性俊達堅明心正而氣和飾以溫慎故勵世顯明無罪悔僕之所禀闊略疎易輕微而忽小然其天與其心知邪柔利己偷苟讒諂可以進取知之而不能行之非不能行之抑復見惡之不能忍一同坐與之交語故有知之者有怒之者怒不附己者怒不恬言柔舌道其盛美者怒守直道而違己者知之者皆齒少氣銳讀書以賢才自許但見古人行事真當如此未得官職不覩形勢絜絜小（集作少）輩之徒也怒僕者足以裂僕之腸折僕之脛知僕者不能持一飯與（集作資）僕僕之不死已幸況為刺史聚骨肉妻子衣食有餘乃大幸也敢望其他然與足下之所受性固不得伍列齊立亦抵足下疆壠畦畔間耳故足下憐僕之厚僕仰足下之多在京城閭家事人事終日促束不得日出所懷以自曉自然不敢以輩流間期足下也去歲乞假自江漢間歸京乃知足下出官之由勇於為義向者僕之期足下之心果為不謬私自喜賀足下果不負天所付與僕所期向二者所以為喜且自賀也幸甚幸甚夫子曰吾少也賤故多能鄙事復曰不試故藝聖人尚以少賤不試乃能多能有藝況他人哉僕與足下年未三十為諸侯幕府吏未四十為天子廷臣不為甚賤不為不試矣今者齒各甚壯為刺史各得小郡俱處僻左幸天下無事人安穀熟無兵期軍須逋負諍訴之勤足以為學自強自勉於未聞未見之間僕不足道雖能為學亦無所益如足下之才之時真可惜也向者所謂俊達堅明心正而氣和飾以溫慎此才可惜也年四十為

刺史得僻左小郡有衣食無為吏之苦此時之可惜也僕以為天資足下有異日名聲跡業光于前後正在今日可不勉之僕常念百代之下未必為不幸何者以其書具而事多也今之言者必曰使聖人微旨不傳乃鄭玄輩為注疏（集作解）之罪僕觀其所解釋明白完具雖聖人復生必挈置數子坐於游夏之位若使玄輩解釋不足為師要得聖人復生如周公夫子親授微旨然後為學是則聖人不生終不為學假使聖人復生即亦隨而汩（一作滑）之矣此則不學之徒好出大言欺亂常人耳自漢已降其有國者成敗廢興事業蹤跡一二億萬青黃白黑據實控（集作空）有皆可圖畫考其來由裁其短長十得四五足以應當時之務矣不似古人窮天鑿玄躡於無蹤算於忽微然後能為學也故曰生百代之下未必為不幸也夫子曰三人行必有我師焉

此乃隨所見聞能不亡失而思念至也楚王問萍實對曰吾往年聞童謡而知之此乃以童子爲師耳既豢之於上古復酌之於見聞乃能爲聖人也諸葛孔明曰諸公讀書乃欲爲博士耳此蓋滯於所見不知適變名爲腐儒亦學者之一病僕自元和已來以至今日其所見聞名公才人之所論討典刑制度征伐叛亂考其當時叅於前古能不忘失而思念亦可以爲一家事業矣但隨見隨忘隨聞隨廢輕目重耳之過此亦學者之一病也如足下天與之性萬萬與僕相遠僕自知頑滯不能苦心爲學假使能學之亦不能出而施之懇懇欲成足下之美異日既受足下之教於一官一局而無過失而已自古未有不學而能垂名於後代者足下勉之大江之南夏候鬱濕易生百疾足下氣俊骨臆間不以悄忿是非貯之邪氣不能侵慎陰（一作防）是晚多食大醉繼飲其他無所道牧再拜

與宣州崔大夫書　前人

某再拜閤下以德行文章有位於明時如望江漢見其去之杳天洸注灃漫不知其所爲終始也復自開幕府已來辟取當時之名士禮接待遇各盡其意後進絜絜以節業自持者無不願受閤下迴首一顧舒氣快意自以滿足今藩鎮之貴土地兵甲及生殺與奪在一出口終日矜高與門下後進之士權得失去就於分寸銖黍（一作兩）間多是其人也獨閤下不自矜高不設塹壘曲垂情意以盡待士之禮然知後進絜絜以節業自持者無不願受閤下迴首一顧舒氣快意自以滿足此固然也非敢苟佞其詞以取媚也不知閤下俯仰延遇之去就幣帛筐篚之多少飲食獻酬之和樂各用何道閑夜永日三五相聚危言峻論知與不知莫不願盡心於閤下壽考福禄祝之無窮牧雖不肖則亦千百間其一人數也鹿鳴宴羣臣詩曰既飲食之復實幣帛筐篚以將其厚意然後忠臣嘉賔得盡其心矣吉日詩曰宣王能慎微接下無不盡心以奉其上焉自古雖尊爲天子未有不用此而能得多士盡心也未有不得多士之盡心而得樹功立業流於歌詩也況於諸侯哉夫子曰君子疾没世而名不稱司馬遷曰自古富貴其名磨滅不可勝紀靜言思之令人感動激發當寐而寤在飢而飽伏希閤下濬之益深築之益高緘鐍之益固使天下之人異日奉閤下之德不替今日則爲宰相長育人材興起教化國朝房杜姚宋不足過也某也於流輩無所知識承風望光徒有輸心効節之志今謹録雜詩一卷獻上非敢用此求知蓋欲導其志無以爲先也往年應進士舉曾投獻筆語亦蒙亟稱於時今十五年矣於頑懵中爲之不已矣（集作乂）於其事（一有不字）能不稍工不敢再録新述恐煩尊重無任惶懼某再拜

與浙西盧郎中（集作大夫）書　前人

牧頓首再拜牧年二十六由校書郎入沈公幕府自應舉得官凡半歲間既非生知復（集作亦）未涉人事齒少意鋭舉止動作一無所據至於報効施展朋友與游吏事取捨之道未知東西南北宜所趨嚮此時郎中六官一顧（一有而字）憐之手携指畫一一誘教丁寧纖悉兩府六年不嫌不怠使牧無大過而粗知所以爲守者實由郎中之力也去歲乞假路由漢上貟外七官以牧嘗獲知於郎中惠然不疑推置於肺腑（集作肝）間牧侍郎中之知亦敢自道其志公私謀議各悉所懷一俯一仰如父而深者父欲資郎中貟外之爲階

級遠干尊重欲望收卹舐筆伸紙以復踰於三四因曰既階級矣爰（集作步）欲外堂與排闥而入者事不同日式微詩曰何其處也必有與也言必有仁義與我所以處而不去也進退計忖不宜得罪今敢謹寫所爲文一十四首編爲一卷繼進於後愛之不倦爲之不已不至於工今以爲獻無任慙惶然特爲進說之端非敢因此求知不勝攀戀惕懼之至牧再拜

幕職上（此非郡幕）

與顧記室書　徐陵

吾伏事天朝本非舊隸殿下殊恩遠垂薦拔故常戰戰慄慄甘心庸謹庶其愚老無負明據近者既居臺轄唯務奉公去年正月十五日尚書官大朝元凱既集丞郎肅然忽有陳慶之見陳暄者帽簪釘額紅絛布裹頭袴袍通躁胡靴至膝直來郎座遍相排抱或坐或立且歌且詠吾即呼舍吏責列不答而走反其憾恚妄相陷辱至六月初遂作盲書便見誣謗聖朝明鑒悉知虛罔唯云吾取徐樞爲臺郎南司檢問了不窮推承訓劾爲信言致成褫免此事寃枉天下所無吾市徐樞宅爲錢四萬任人市估文券歷然不蒙申理見枉虛巧二者樞是故少府卿麟之子麟殞身侯景之役又爲西臺所贈兗州左衛官位甚高未知其子何忝郎署魏晉之前如爲又遠宋齊以降其例甚多如徐愛阮佃夫之子可不得郎官耶紀文卿公向璡皆爲列棘豈況雜曹郎乎三者樞入身梁朝解褐岳陽王小府墨曹承聖時爲故敬帝晉安王諷席文墨具存陝西官爵乃多浮濫更補臺郎不爲勝擢未知何忽推宅貨官四者徐領軍節度自啓樞爲郎勑付選序吾既不啓據又不爲選職所可相關止是得中侯相聞爲呈啓而已以此見罪一何寃濫吾昔在承華是弟所悉行年六十無復儕儔非意餘生忽此誣謗堯有驚於讒說孔將惑於拾塵雖復聖主機明不能委照殿下德高兩獻風美二南億兆歸心衣冠有託久願通啓披訴聖明伏見軍戎（一作戎機）多務所以不敢祈冒弟與吾遊眷烝（一作延）迴星紀故人如此寧不矜歎耶侍言有便云何且爲啓聞一蒙神鑒照其枉直方殖幽泉無恨灰壤伏覩謁帝承明緒言多次服矜遺老曲賜湔濯則殿下前時妄澤匪復偏私遂吳良延薦之恩無王丹所舉之謬吾得方辭武騎永附梁賓雖魏（疑作愧）家丞庶呈秋實緣弟深眷故此敬憑干謁非宜益懷悚慨徐陵白

上雍州高長史書　李嶠

八月十五日三原縣尉趙國李嶠謹再拜奉書明長史（一作長史明公）執事嘗聞諸師曰易稱君子或出或處蓋君子與（一作以）時消息從道汙隆故其處則閉重玄坐虛白龍盤鳳跱（一作峙）桂郁蘭芬下生川嶽之氣上發星辰之象其出則摛景光吐文質風雲相召日月爭明撫八翼而登太階提七星而酌元氣夫然故終始亨吉進退利貞今嶠當休明之期權去就之分滄州寥邈未貞嘉遁之名（一作文）閶闔洞開不列亨衢之步顧嘗希仕尺寸徇祿斗升外僮（一作昏）僕之與隣趨（一作奔）走之爲使（一作役）婆娑塵垢之下踸踔藩籬之際區區短懷亦云可見矣抑貧賤寠須降志顛沛不可違仁是用終夜九迴一朝三省懼斯言之或玷將細德之爲累至於有文無害之政得玉喪寶之談服以周旋庶乎閭達然以守其愚直任此拙艱（一作難）入門無爲言之侶出谷罕求聲之援生平琴曲唯以下調相哀疇昔朋遊詎有中人見識誠不幾乎

幽蘭芳蕙實有愧乎枯木朽株自獲忝微班預聞賤事佩紛綸之雅訓承肅穆之清塵有日矣亦曾越嚴序趨下風希口吻之芳音候眉宇之揚一作陽氣而堂上百里殿明無撤器之因門下三年毛遂乏穎囊之地雖願披心膽欲進款誠雲漢逾邈風流遂遠夫客果有能或作客至不孤不孤或作果有彈劒之食士實難盡誰知執矢之工此昔人所以慷慨於神交懇懃於知己者也伏惟君侯日門翔照天池撫翼厨開銘鼎庭列歌鍾吐亹亹之言植堂堂之望河陽春樹開四照於詞林洞庭秋水清九流於心鏡若夫標置度量權衡物理蕭公畫策不深一作探弘遠之規孟子持籌未極精微之數粤若啓一作登金閨排玉堂利見九五差蹤二八或奏旨言伏丹地一作墀而心啓或一作乃迴天獎立一作憑紫樞而目送南宫袟署出入生光西京神輔指麾成俗固已羽儀振鷺黼藻羣龍者焉下走家本燕南君侯昔臨趙北負書懷刺方致維桑之禮賁帛翹車行一作幸枉錯薪之薦愷悌之慈允洽敷腴之好不忘洎解褐中林易農下邑希光東壁猶是貧女舊隣激水西江非復達人前惠鄙賤一作陋之質未改提獎之恩已别昔時薑桂早因得地而生令兹桃李翻以無言受棄豈非時冐其會命基一作塞其通者乎今餘秩無幾解巾有日便當斂襟初服收拙後塵何去何從羆龜筴之藏否自開自落任天地之榮枯宜其卷舌吞聲滅影削跡不干執事之紀無煩左右之聽徒恨勤誠累歲而丹慊不通服道彌年而白頭成謗所以低迴一作佪岐路杼軸蓬心搦翰操觚而不能自已者也夫引往納來江海所以深廣損上益下乾坤所以光大是故虚己之求有屈位而申道汎接之愛或開懷而受物若乃崇峻宫垣高鑰閶與使閽睇之目隔愈一作逾深而照窮仰止之心限彌高而望絶仰一作御賓以之失位彎客以之亡一作無門將恐慕義之夫思爲黄鶴之舉企景之客不作真龍之遊願君侯垂古人之風申國士之分假其六白壁之契接以黄金之言不忽當年要之卒歲則重如熊掌府中饒敢一作取義之賓輕若鴻毛節下有徇生之士矣敢薦狂斐一作妄惟君侯擇焉嶠再拜

一作皆唐文粹

文苑英華卷第六百七十二

登仕郎胡柯　鄉貢進士彭叔夏　校正

文苑英華卷第六百七十三　書七
幕職下
上絳州上官司馬書一首　與京西幕府書一首
州縣部
與雍州崔録事司馬録事書一首
與夏縣崔少府書一首
刑法部上
獄中上陳後主書一首　獄中上隋高祖書一首
上巡察覆囚使歷城張明府書一首

幕職下

上絳州上官司馬書　王勃

月日龍門百姓某謹再拜奉書于司馬上官公足下蓋聞靈化出於窈冥帝圖寄於寥廓聖人生而萬物覩太階平而四國會故曰有非常之后者必有非常之臣有非常之臣者必有非常之績至令雷奔雨嘯風前闕電轉拾青紫於俯仰取公卿於朝夕雲臺追漢南宮列元宰之圖霜戟羅門北闕據名臣之第嘗見之矣至若時非我與雄略頓於窮途道不吾行高材屈於卑勢孔宣父之英達位未列於陪臣管公明之傑秀名近終於郡屬有時無主賈生獻流涕之書有志無時孟軻養浩然之氣則亦有焉豈非妙造無端盛衰止乎其域神期有待動靜牽乎所遇向使太公失於周伯則旗亭之屠父韓信屈於蕭何則轅門之餓隸又焉得鷹揚豹變吐納雲風者哉故曰知與不知用與不用觀夫得失之際亦窮達之有數乎其有邀時譽忘廉耻徇苟得設向背於朝廷立縱橫於勢利舉三寸之舌屈辱豪門奉咫尺之書逡巡下席皆自謂材足以動俗智足以濟時鍾鼎輝其顧眄[redacted]蓋生[redacted]籍甚豈知夫四海君子攘袂而耻之乎五尺微童所以固窮而不為也此蓋莊周有言言所以得意而忘象得象而忘言語曰談何容易易稱書不盡言知談之不易而欲言之盡以是思之良可知矣下官者康衢之賤耳嘗聞闕里之言頗挂平輿之目豈不知麈形俗狀游水鏡而多慚枹鼓援鼙偶雷門而自失而欲刻鵠飾梟唐突裔餘闕者邪徒以登山泛海庶測高深執炬傳螢希增日月三奔九合下官聞管仲之風千載一時君侯受鮑卿之託是以敢陳其徑廷（一作挺）不然則秋風明月西江留獨往之因桂嶠松巖南山有不羣之地矧區區者而重高明之閫閾君侯極天分構振瓊樹而韜霞帶地疏源握珠胎而冠月鱗軒羽殿瑶臺降卿相之榮鵲印蟬簪金社發公侯之始青皐獨唳望鴻漸而翻霞丹穴高鳴對鵷池而矯霧嚴助以賢良待詔未厭承明汲黯以方書闕拾遺終榮卧理藩維克振旣紊來暮之歌邦國不空自有康沂之相加以雄材廣度散琬琰於胸懷逸氣遒文運風霜於掌握迫青霄而構舍（一作巖）煙霞之涯涘莫尋振滄渤以流謙江漢之波瀾未測耀靈桂於趙席垂棘知歸辯羣籟於莊軒縣匏自記（一作託）賓階夕敞清河銷驥贊之虞虛榻晨披心闕禮得龍驅之地方當翊贊宸極羽儀台鼎豈徒偃仰州縣勞事藩庭而已哉借如僕者言不滿於鄉黨聲不出於堂閫東海取樂於簞瓢南山畢志於文史飡花佩葉入蘭室而談玄挹露攀霞坐松扃而嘯逸楊子雲之澹泊心竊慕之嵇叔夜之逍遥真其好也未嘗露才揚己飾小智以驚愚假勢憑時託中人而樹迹遍遊天下寒（一作容）心於將相之門獨守太玄側身於名利之境常謂奉琴卮於北

牖詠詩禮於南陔坐商洛而折一作浙雲英臨江湖而採煙
液生願畢矣而鸞鶴高停逸頻虚不次之階鶴板徵賢累
發非常之詔天下有道吾豈匏瓜承達人一顧之榮辱公
車再辟之禮平津侯之博物終屈奉常賈大夫之才名猶
逢絳灌況庸者而可免於此乎君侯要津先據圖海盛於
當時下官覆簣方勤爲山始於今日雖陵深谷變終非入
室之賓而晝詠宵吟敢預升堂之列夫以幽明不測尺標
見天下之心臣細相傾寸管合義舒之度豈非道存斯貴
理在必亨霸略近發於輿歌皇圖不隔於芻議故有榮枯
絶等奉推轂而欣然年勢不侔受分庭而罔愧風規可接
惟君侯體之今古未殊則下官願矣常恨霜松列澗萬尋
無罩月之期露草滋山寸莖有梢雲之望斯則聲實困於
兼濟才位難於俱立況乎地勢不足以夸俗容貌不足以
動人遑遑數澤安足以奉高明之咳唾也所冀蠅附賤質
附雲足而追飈蚋序輕姿託霜毛而絶海委名勵巴蛟鐔
申獨斷之能偶跡當仁驪珠鮮闇投之懼天衢可望指鵬
程而三休巨壑難遊伏龍門而一息死罪去去

與京西幕府書　劉蛻見文粹集本

漢武帝聞子虚賦初恨不與相如同時既而復喜其人之
在世也若然者居蓬蒿而名聞於天子富貴固不足疑其
來爵土固不足畏其大今按其本傳去官則止於使者居
家初則甚貧嗚呼有才如相如有好才如武帝然而不達
者蛻知之矣于時武帝以四境爲心中國秏弱爵土酬於
謀臣金帛竭於戰士雖念一篇之子虚固不能減十夫之
口食宜矣蛻也生值當時天下無事以文爭勝得居第一
獨蛻居家甚困白身三十過於相如者蓋無人先聞子虚
於天子今又不然使有聞之於今藩翰大臣則其人自不
廢棄老死者也嗚呼時異矣事古矣相如之時雖遇天子
不能致富貴于今之時遇藩翰大臣則足以叙材用伏惟
執事以文學顯用士之得失無不經於心謂小生之言
何如哉

州縣部

與雍州崔録事司馬録事書　李嶠

月日三原縣尉趙國李嶠謹再拜致書於崔録事司馬録
公一作事執事嶠聞彩異彰施不足以遇離朱之目聲殊操
暢未可以接延陵之耳況乎玄黃莫主宮徵舛節將何以
移於好事藉賞知音者乎伏惟公等思侔天假道合神契
清襟與秋水俱映縟藻共春葩競發風雲感其聲律牆仞
深其閫奧羽陵緗簡遥開博綜之門洞庭金石近入鏗鏘
之韻固以重規坐右連華史筆深思匠之真筌畢文心之
能事嶠學術蕪淺才藝寡薄弓冶遺業獨事斯文而衣
冠後進多慙接武頃以三餘暇景四時風月斗酒娱樂嚶
鳴感召春還江北時與楚客之謡木落淮南乍動潘生之
思有同狂簡無近雅什不意頻降德音猥垂訪逮恭承嘉
惠揣摩虚寡鑿淄水而慙容導壽陵而惡步但以螢燭光
耀尚增輝於暘谷畎澮微流且朝宗於水府敢緣斯義上
呈如別大夫攄思空擬於登高小子裁章願羞於調下某
再拜

與夏縣崔少府書　前人

安成足下伏聞高義之日久矣緬惟徽範虔想德音山川
闊袂風月勞心何嘗不煎九迴苦百慮向清風而披襟仰
高門而企躅然執事者庸詎知哉蓋理或宜其符雖違必契

物有彙感雖遠必臻龍虎鬱風雲魚龍(一作鳥)歸林鶯同聲相應孔父精微之書同翼共飛馬生通博之史僕竊不遜仰希古人以爲天下襟期(一作帶)非四海兄弟款平生於千載感氣義(一作意氣)於一言道或乖膠漆不能同其異志苟合楚越無以異其同萬里比鄰寧須羣聚而會百年叶契何必偃伏而遊昔者鍾君西入邀蔣生爲臭味延陵北遊款國僑爲舊識斯並未言而信不介而親芬若椒蘭婉同琴瑟何哉誠相期之有素也若下官者落拓無繫支離少合何嘗効一藝於友朋闗(一作開)一奇於卿相形淪散冗名弃草澤通人未曾接賞談士不以挂言行爲請累動成嗤鄙然敢獻區區之心者徒以螢燭之光不逮日月而禀照之理同涓滴之水無覬江河而體潤之原一也故輙布之於左右以爲魏蜀兩俊可復生於今吳鄭兩賢不獨美於古此褊心所度足下豈有意耶且僕智不効於一官謀不周於千慮德慙季路訴甚伯寮畏此簡書就茲文墨首路之日馳情下風不謂鸞雀聯翩鴻鵠已遠形留神徃室邇人遐孤此宿心延佇何極然喜遇賢季得抒幽襟直置心許居然目擊竊以通家自任更將覩奥爲歡聊下拂塵之榻便登勤銘之座芝蘭在室久久逾芳花萼連枝韡韡交映徒觀其室居閑曠庭草蕪没高窗納景密樹栖煙筵有丘中之琴案多濠上之帙瓌情落落無事草玄虛館陰陰自然純白此傲吏之遺賞高人之遠致也加復披玩華藻終朝忘倦珠明玉潤雲蔚霞舒符彩相燭稀聲間起彫逾繪素采奪華蟲之飾韻動旋宮響入飛龍之奏三月忘味疇足爲多一朝投筆於是乎在想望光景若覩清顏下官才不逮人學非通敏徒以聞長者之餘論忝好事之末流有時感激斐然牽課但短綆之才嗟於不及挈瓶之智患在屢空頃者闗塞羇遊風塵旅泊抒情歌事略有短篇未足追蹤詞人亦以言其所志竊不自外思簡知音所冀南郢之聲時參委巷東里之潤或被庸章則駑駘獲薦於九方腹背可儔於六翮矣仍恐豚肩禱薄未足享盈車之報牿餌非香不能致吞舟之獲耳僕事已清白尋就西轅仰承背夏涉秋方期定止契闊不(一作未)會我勞如何勉敬風猷時敦景行李某諮(一作白)

此篇六百八十七卷重出今削去注異同爲一作

刑法部上

獄中上陳後主書　傅縡

夫人君(陳書作人君)者恭事上帝子愛下民(南史作黔黎)省嗜慾遠謟佞未明求衣日旰忘食是以澤被區宇慶流子孫陛下頃來酒色過度不虔郊廟之神專媚淫昏之鬼小人在側宦竪弄權(陳書作惡)見忠直若仇讎視黎民(南史作百姓陳書作生民)如草芥宮女(陳書作後宮)曳綺繡廐馬餘菽粟百姓離散(南史作兆庶流離)轉(陳書作殭)尸蔽野貨賄公行帑藏損耗神怒民(南史作人)怨衆叛親離恐東南王氣自斯而盡矣(後主怒賜死)

獄中上隋高祖書　于仲文(見隋書本傳)

臣聞春生夏長天地平分之功子孝臣誠人倫不易之道曩者尉迥逆亂所在影從臣任重闗河地居衝要甞膽枕戈誓以必死迥時購臣位大將軍邑萬户臣不顧妻子不愛身命冒白刃潰重圍三男一女相繼淪没披露肝膽馳赴闕廷蒙陛下授臣以高官委臣以兵革于時河南兇寇狼顧鴟張臣以羸兵八千掃除氛祲摧劉寬於梁郡破檀讓於蓼堤平曹州復東郡安城武定永昌解亳州圍殄徐

州賊席（此尉迥將也英華作虎幾作[illegible]）十萬之衆一戰土崩河南蟻聚之徒應時戡定當羣兇問鼎之際黎元乏主之辰臣第二叔翼先在幽州懲馭燕趙南隣羣寇北捍旌頭內外安撫得免罪戾第五叔智建擁黑水與王謙爲隣式遏蠻陬鎮綏蜀道臣兄覬作牧淮南坐制勍敵乗機勦定傳首京師王諒謙竊據二江叛渙三蜀臣第三叔義受脤廟廷恭行天討自外父叔兄弟皆當重寄或銜命危難之間或侍衛鈎陳之側合門誠款冀有可明伏願垂泣辜之恩降雲雨之施追草昧之始録涓滴之功則寒灰更燃枯骨還肉不勝區區之至謹冒死以聞

上巡察覆囙使歷城張明府書　李嶠

月日涇州安定縣尉趙國李嶠謹再拜上書明公足下側聞幽明三光上水洞窮神之察雷電六爻連山繹噬膚之象是以金祇獻序肅帝典於秋霜瑞節宣風播皇華於春澤鶉鳩司獻黃涉（疑作沙）侯清問之仁神獬推姦素簡飛惠文之筆賔舜門而佇穆指軒郊而靜害分聽之寄其在玆乎伏惟某公孤官授社卯臣蹤宗登雅譽於祥鳧照禎蔵於瑞鵲青衣西指摽玉壘之英詞紫蓋南浮變金陵之間氣若乃地華承懿天才嗣武連十珥於中陽疊雙都於上國遺編默覽粹識表於神聰化池昭業精藝隣於聖道仙查泊宿懸河通博望之津天口飛鉗鬼谷禪縱橫之術文用足矣學而優矣然後銅章底務絃佩維襟泱泱大風汎游歌而成韻巖巖崇岫應密琴而度曲誠招異感春狎仁童德惲靈遊夜呼神女屬二星齊騖八俊騈驅議馬良規玆承不宄之裔誅狼俊縣是寄埋輪之[redacted]迺者繡衣貳日錦傳詢風下轝樞而禀渙剩玉關而致職宰鮮東夏舊辦淄澠道鼠西源近分涇渭鎬池十朱[illegible]端衡制其輕重清河二天直繩[redacted]其枉紊故使晨雞輟唱於酸吻夜鵲緘謡於苦哀寘棘刻東薪之苛食苗㤄甘荼之戮矣嶠西垂之賤吏耳技非專業未始存於劒書迹惟太簡居然弊於刀筆頃以亨衢覩物窮路迷方自谷罕求聲之資挺險無擇陰之暇是用㳂流委逝遇抵而止秉日愒景抵陰斯期（一作庇）而涸鱗不懸於枯肆更想江湖哀羽未摧於墜繳緬窺雲漢退求鄙尚旋顧微軀雖質異鳳毛飾慙豹鞹然嗣徽良冶掩道聖衢至於組織身文筌蹄意象照神交於千載得奧旨於三復貞筠[redacted]範操枯羽以銘冊秀蕤敷簡搴菁華而抒素砥礪希剸鉛之効巾緹庋沾玉之資豈期事以命迍跡隨冗擯沉泣與涇泥共滓悲歌將隴泉俱咽彩叨靈鑒觖三獻而孤憤影昧天機懷九方而累悒顧以爲探幽詣極玄宰之貞分閟祕甄微知音之妙賞且夫清英傺雲出於熛燼之末光華孕日生自泥沙之下是知賤有可尊明昨不忽陋而或寶清耳無遺明公銜綺帝庭彯纓天闕片言之賞飛關言[illegible]於日暑尺一之奏抗陳德於星階伏冀晰鑒蘭苗綴思茅茹俾夫集螢收曜攀若華而繫（疑作翳）景射鶒垔流泝扶津而飲液野籟叶編鍾之韻甘棃味和鼎之滋則樹李其緘反拋[illegible]知執昔鯷濵據地抗嘉言於直指龍門蹈閶激遠好於司隸兩賔不嫌於驥進二主無忤於歡接並雕芳憲序灼美清流然則古之皇今亦猶今之視昔矣投翰魄沮援簡心馳不宣其頓首

文苑英華卷第六百七十三

登仕郎胡柯　鄉貢進士彭叔夏　校正

文苑英華卷第六百七十四　書八

刑法部下

諫刑書二首

救李邕書一首　申宗人寃獄書一首

諫刑書二首　武后

陳子昂

將仕郎守麟臺正字臣陳子昂謹頓首冒死詣闕上疏臣本蜀之疋夫官不望達陛下過意擢臣草莽之下身在麟臺之間（集作閣）光寵自天卓若日月微臣固陋將何克負然臣聞忠臣事君有死無二懷佞不諫罪莫大焉況在明聖之朝當不諱之日方復鉗口下列俛仰偷榮非臣之始願也不勝愚惑輒奏狂昧之說伏惟陛下少加察焉臣聞古之御天下者其政有三王者化之用仁義也覇者威之任權智也彊國脅之務刑罰也是以化之不足然後威之威之不變然後刑之故至於刑則非王者之所貴矣凡（集作況）欲光宅天下追功上皇專任刑殺以爲威斷可謂策之失者也伏覩陛下聖德聰明遊心太古將制靜宇宙保乂黎人發號施令出於誠慊天下蒼生莫不想望聖風冀見神化道德爲政將待於陛下矣且臣聞之聖人出必有驅除蓋天人之符應休命也日者東南微孽敢謀亂常陛下順天行誅罪惡咸服豈非天意欲彰陛下神武之功哉而執事者不察天心以爲人意惡其首亂唱禍法合誅屠將息姦源窮其黨與遂使陛下大開詔獄重設嚴刑冀以懲創勸于天下逆黨親屬及其交遊有跡涉嫌疑辭相逮引莫不窮捕考劾枝蔓（集作葉）蟠拏大或流血小禦魑魅至有姦人熒惑乘險相誣糾告疑似冀圖爵賞叶于闕下者日有數矣于時朝廷惶惶莫有固志海內傾聽以相驚恐賴陛下仁慈憫斯危懼賜以恩詔許其大功已上一切勿論時人獲泰謂生再造臣愚（集作愚臣）竊亦欣然賀陛下聖明得天下之機也不謂議者異見又執前圖比者刑獄紛紛復起陛下不深思天意以順休期尚以督察爲理威刑爲務使前者之詔不信於人愚臣昧焉竊恐非三皇五帝伐罪弔人之意臣竊觀當今天下百姓思安久矣曩屬北胡侵塞西戎寇邊兵革相圖（集作屠）向歷十載關河自北轉輸幽燕秦蜀之西馳鶩湟海當時天下疲極矣重以大兵之後屢遭凶年流離飢殍（集作餓）死喪略半幸賴陛下以至聖之德撫寧兆人邊境獲安中國無事陰陽大順年穀累登天下父子始得相養矣故揚州搆禍殆有五旬而海內晏然纖塵不動豈非天下蒸庶猒凶亂哉臣以此卜之知百姓思安久矣今陛下不務玄默以救疲人而反任威刑以失其望欲察察爲政肅理寰區愚臣暗昧竊有大惑且臣聞刑者政之末節也先王以禁暴整亂不得已而用之今天下幸安萬物思泰陛下乃以末節之法察理平人臣愚以爲非適變隨時之義也頃年已來伏見諸方告密囚累百千輩大抵所告皆以揚州爲名及其窮竟百無一實陛下仁恕又屈法容之傍訴他事亦爲推劾遂使姦惡之黨決意相讎睚眦之嫌即稱有密一人被訟百人滿獄使者推捕冠蓋如市或謂陛下愛一人而害百人天下喁喁莫知寧所臣聞自古聖人不有外患必有內憂物理之然也臣不敢以遠古言之請借隋而況臣聞長老言隋之末代天下猶平煬帝不恭窮毒威武猒居皇極自總元戎以百萬之師觀兵遼海天下始騷然矣遂使楊玄感挾不臣之勢有大盜之心欲因人謀以竊皇業乃稱兵中夏將據洛陽哮闞

之勢傾宇宙矣然亂未踰月而首足異處何者天下之弊未有土崩蒸人之心猶望樂業煬帝不悟暗忽人機自以爲元惡既誅天下無巨猾也皇極之任可以刑罰理之遂使兵部尚書樊子蓋專行屠戮大窮黨與海内豪士無不罹殃遂至殺人如麻流血成澤天下靡然始思爲亂矣於是蕭銑朱粲起於荆南李密竇建德亂於河北四海雲搖遂並起而隋族亡矣豈不哀哉長老至今談之委曲如是臣竊以此上觀三代夏殷周興亡下及（集作逮）秦漢魏晉理亂莫不皆以毒刑而致敗壞也夫大獄一起不能無濫何者刀筆之吏寡識大方斷獄能者名在急刻文深網密則共稱至公爰及人主亦謂其奉法於是利在殺人罕能平恕故獄吏相誡以殺爲詞非憎於人也而利在已故上以希人主之旨下以圖榮身之利徇利既多則不能無濫濫及良善則淫刑逞矣夫人情莫不自愛其身陛下以此察之豈能無濫也寃人吁嗟感傷和氣和氣悖亂羣生癘疫水旱隨之則有凶年人既失業則禍亂之心怵焉而生矣頃來亢陽愆候密雲而不雨農夫釋耒瞻望嗷嗷豈不由陛下之有聖德而不降澤於（一有天字）下人也儻旱遂過春廢於時種今年稼穡必有損矣陛下何不敬承天意以澤恤人臣聞古者明王重愼刑罰蓋懼此也書不云乎與其殺不辜寧失不經陛下柰何以堂堂之聖猶務彊霸之威哉愚臣竊爲陛下不取也且愚人安則樂生危則思變故事有招禍而法有起姦儻大獄未休支黨日廣天下疑惑相恐無辜人情之變不可不察昔漢武帝時巫蠱獄起江充行詐惑亂京師致使太子奔走兵交宮闕無辜被害者以千萬數當此之時劉氏宗廟幾傾覆矣賴武帝得壺關三老上書廓然感悟夷江充三族餘獄不論天下以（一作少）安耳臣每讀漢書至此未嘗不爲戾太子流涕也古人云前事之不忘後事之師伏願陛下念之臣不避湯鑊之罪以螻蟻之命輕觸宸嚴臣非不惡死而貪生也誠恐負陛下恩遇臣不敢以微命蔽塞聰明亦非敢欲陛下頓息刑罰望在恤刑耳乞與三事大夫圖其可否往者不可諫來者猶可追無以臣微而忽其奏天下幸甚臣子昂誠惶誠恐死罪死罪

二

承務郎守右衛曹參軍臣陳子昂謹頓首昧死上言臣聞昔者聖人理天下者美在太平太平之美者在於刑措臣伏見陛下務太平之理而未美太平之功賤臣頑微竊惑下列臣前蒙天恩召見恩制賜臣曰既遇非常之主何不進非常之策臣草木微品天恩降休伏刻肌骨不敢忘捨今陛下創三皇之業務三皇之理大統已集神化光明雖伏羲神農昔有天下誠未足比臣敢不竭節以効愚忠臣聞自古聖王謂之大聖者皆云尚德崇禮貴仁賤刑刑措不用謂之聖德不稱嚴刑猛制用獄爲理者也故周有天下八百餘歲而唯頌成康漢有天下四百餘歲而獨稱文景皆由幾致刑措者也何者刑者政之末節非太平之資臣竊考之於天天貴生成驗之於人人愛生育旁稽於聖聖務勝殘皆不云以刑爲德者然則聖王養天下者固當上務順天下務順（集作龢）人不天不人不可謂理故曰唯天爲大唯堯則之又曰天地萬物父母唯人萬物之靈亶聰明作元后元后作人父母然則爲人父母故當貴於德養不可務於刑殺臣伏惟陛下聖德至大矣應天受命有三皇

之功順人正位有三皇之業拜圖巡洛有三皇之符尊名顯號有三皇之册明堂神(一作又)構萬象宣(一作寅)威風雨順時百穀昌熟可謂足爲萬代之規也今天下百姓抱孫弄子鼓腹以望太平之政矣陛下爲天地父母固將務德以順養之登于大和以協皇極今陛下之政雖盡善矣然太平之理猶屈於獄官何以言之太平之朝務上下樂化不宜亂臣賊子日犯天誅比者大獄增多逆徒滋廣愚臣頑昧初謂皆實乃去月十五日陛下特察詔囚李珍等無罪明魏真宰有功(一有又字)召見高正臣又重推元萬頃百僚慶悅皆荷(集作賀)聖明臣乃知亦有無罪之人挂於踈網者陛下務在寬典獄官務在急刑以傷陛下之仁以誣太平之政臣竊私恨之賴陛下又獨決天斷寬蕩羣刑死囚張楚金郭正一弓彭祖王令基等以凶惡之罪特蒙全活朽骨更肉萬死再生天地人祇實用同慶何以知之臣伏見去年(集無此字)八月巳來天苦霖雨自陛下赦李珍等罪天朗氣晴又九月十八日明堂享會慶雲抱日五彩紛郁龍章竟天萬品咸觀宇宙同慶又其月二十一日恩勑免楚金等死初有風雨變爲景雲司刑官屬皆所共見臣聞陰慘者刑也陽舒者德也慶雲者佳(集作喜)氣也臣伏考之洪範驗之六經聖人法天天亦助聖休咎之應必不虛來陛下法天垂仁天助陛下仁化獄吏急法則慘而陰雨陛下赦罪則舒而陽和君臣歡娛則嘉(集作喜)而見慶雲天意如此陛下豈可不承順之夫刑者怒也不可以承喜氣今又陰雨臣恐過在獄官況陛下明堂之理本以崇德配天之業不以務刑今垂拱法宮且猶議殺布政衢室而未措刑賊臣頑愚尚疑未可況巍巍大聖光宅天下哉今者繫獄囚徒多極法者道路之議或是或非陛下何不悉召見之自詰其罪罪真實者顯示明刑罪有濫者嚴誅獄吏使天下咸服人知政刑以清太平之階用登仁壽之域豈非至德克明哉昔鄧太后以天降旱親決洛陽囚徒良史書之而以爲德況陛下大聖億萬超於鄧后者矣夫獄吏不可信多弄國權自古敗之聖王所誡陛下萬代之業千載之名故不可使竹帛書之有虧於此也伏願熟察以美太平之風賤臣不勝愚懇忠憤之至輒投諫匭昧死上聞

申宗人寃獄書 武后 前人

臣聞古人言爲國忠臣者必(集作半)死(集有而字)爲國諫臣者必死然而至忠之臣不避死以諫主至聖之主不惡直以發忠臣幸逢陛下至聖大明好忠愛直每正言直諫特見優容今陛下丕(集作方)御寶圖以臨陽館崇闡玄化寧濟蒼生固臣精心潔意願陛下至德與三皇比矣然臣伏見陛下有至聖之德左右無至忠之臣猶使上下不通內外擁隔臣竊懼之恐後代或以爲聖朝無至忠之臣故臣敢冒萬死越職上奏伏乞天恩寬臣喘息畢盡忠言臣聞上有聖君下無枉臣昔舜誅四凶堯不罪舜周公誅管蔡成王不罪周公霍光誅燕王昭帝不罪子孟何者此數公皆爲國討賊爲君殄雠假雖擅權猶不可罪況奉君命而執法者乎臣伏見宗人嘉言有至忠之誠抱徇公之節執法不撓爲國殄雠頃者逆子賊臣陰搆禍難潛圖密計將危社稷當時逆節初露朝野震驚賴陛下神武之威天機電斷得奉聖決恭順天誅不顧軀命不避彊禦唯法是守唯惡是雠幸能察罪明辜窮姦極黨使伏法者自首情實天衢得以清泰萬國得以歡寧誠是陛下神斷之明抑亦盡忠之効

陛下所以自監察御史擢拜爲鳳閣舍人者豈不以表其臣節報其竭誠使天下之人知其忠懇者也當此之時忠必見信行必見明自謂事一事君無二也今乃遭誣罔之罪被構架之詞陷見疑之辜困無驗之告（集作誥）幽窮詔獄吏不見明肝血赤心無所控告毋年八十老病在牀抱疾喘息朝不保夕今日身幽獄户死生斷絕朝蒙國榮夕爲孤囚臣竊痛之頃者至忠而今日受賂辜負聖主憂及慈親誠足痛恨臣比者固知不免此禍不能度德量力貪榮冒（集作昧）進以訟受服誰能免尤向使辭寵讓榮陳力就列雷同衆輩勤恪在公與全軀保妻子之臣恭默聖代臣固知今日未招此患何者古人云盜憎主人被堯誅者不能無怨頃來執法誅罪多是國之權豪父讎子怨豈可勝道親黨陰結同惡相從假使爲脯肉爲葅醢（集作假使肝爲脯肉爲葅醢）宗誅族滅肝腦塗地彼凶讎者（集作也）未足以快其心況蒙國寵榮位顯朝列凶讎切齒怨讟何窮臣竊恐今日之辜也已是讎怨者相結構矣陛下至聖明察豈不爲之照鑒（集作降照）哉儻萬一讎誣濫罪使凶嚚者得計忠正者見辜爲賊報讎豈不枉苦夫孤直者衆邪之所憎至公者羣惡之所疾寡不敵衆孤不勝羣共（集作羣一作構）誣成罪聖不能救自古所有非止於今古者吳起事楚抑削庶族以尊楚君楚國既彊吳起蒙戮商鞅事秦專討庶孽以明秦法秦國既霸商鞅極刑鼂錯事漢諸侯彊七國驕後（集作奢）將陵王室錯削弱其勢以尊漢景帝不悟惑姦臣之說遂族滅鼂氏此三臣豈不盡忠願保其君然而身死族滅爲讎者所快皆當代不覺而後代傷之聖主明君可不爲之痛傷耶臣以嘉言雖無三子之智竊恐獲罪或與之同伏惟陛下仁慈矜憐憫察且臣聞漢高祖謀楚與陳平四萬金及其爲帝不問金之出入何者立大功者不責小疵有大忠者不求小過所謂聖主之至道者也陛下豁達大度至聖寬仁超於漢祖固已遠矣齷齪小吏何足爲陛下深責哉伏願天恩矜愚赦罪念功補過乞其終養老母獲盡餘年豈非聖主之恩仁君之惠有禮有訓善始善終哉臣於嘉言親非骨肉同姓相善臣知其忠然非是丘園之賢道德之茂大雅明哲能保其身假使獲罪於天身首異處蓋如一蠖蟻耳亦何足可稱然臣念其曾一日承恩蒙聖主任（集作驅）使而不以赤誠取信今乃負罪見疑臣實痛之恐累聖主之明傷其老母之壽身汙明法爲後代所悲臣知其忠豈能無惜所以敢冒萬死乞見矜憐臣若言非至忠苟有僥倖請受誅斬伏表惶怖魄魂飛揚

救李邕書（見六百十八卷表門）

孔璋

文苑英華卷第六百七十四

登仕郎胡柯　鄉貢進士彭叔夏　校正

文苑英華卷第六百七十五　書九

諫諍上

諫陳後主書（書奏即日斬之）　章華（見陳書本傳）

昔高祖南平百越北誅逆虜世祖東定吳會西破王琳（湘州刺史王琳不應命世祖平之英華作桂林非）高宗克復淮南闢地千里三祖之功亦至勤矣陛下即位于今五年不思先帝之艱難不知天命之可畏溺於嬖寵惑於酒色祠七廟而不出拜妃嬪而臨軒老臣宿將棄之草莽諂佞讒邪昇之朝廷今疆埸日蹙隋軍壓境陛下如不改絃易張臣見麋鹿復遊姑蘇臺矣

諫唐太宗詰難公卿書（已見六百二十三卷）　劉洎

諫靈駕入京書（中宗即位初年）　陳子昂

梓州射洪縣草莽愚臣陳子昂謹頓首冒死獻書闕下臣聞明主（唐書作王）不惡切直之言以納忠烈士不憚死亡之誅以極諫故有非常之策者必待非常之時有（一作得）非常之時者必待非常之主然後危言正色抗議直辭赴湯鑊而不迴至誅夷而無悔豈徒欲詭代誇俗厭生樂死者哉實以爲殺身之害小存國之利大故審計定議而甘心焉況乎得非常之時遇非常之主言必獲用死亦何驚千載之跡將不朽於今日矣伏惟大行皇帝遺天下棄羣臣萬國震驚百姓屠裂陛下以徇齊之聖承宗廟之重天下之望喁喁如也莫不冀蒙聖化獲（唐書作以）保餘年太平之主將復在於今（一作茲）日矣況皇太后又以文母之賢叶軒宮之耀軍國大事遺詔決之唐虞之際於斯（唐書有爲字）盛矣臣伏見詔書梓宮將遷坐京師（一作西京）鑾輿亦欲陪幸計非上策智者失圖廟堂未聞（一有有字）骨鯁之謀（一作謨）朝廷多（一有見字）有順從之議愚臣竊惑（唐書無此字）以爲過矣伏自思之生聖日沐皇風摩頂至踵莫非亭育不能歷丹鳳抵濯龍北面玉階東望（唐書作面）金屋抗音而正諫者聖王之罪人也所以不顧萬死乞見（唐書作陳）一言願蒙聽（一作聖）覽甘就鼎鑊伏惟陛下察之臣聞秦據咸陽之時漢都長安之日山河爲固天下服矣然猶北假胡苑（一作宛）之利南資巴蜀之饒自渭入河轉關東之粟踰沙絕漠致山西之寶然後能削平天下彈壓諸侯長轡利策橫制宇宙今則不然燕代迫匈奴之侵巴隴嬰吐蕃之患西蜀疲老（唐書作耗非）千里運（一作贏）糧北國丁男十五乘塞歲月奔命其弊不堪秦之首尾今爲闕矣即所餘者獨三輔之間爾頃遭荒饉人被荐飢自（新唐書作薄）河而西無（一作莫）非赤地循隴已（集作以）北罕逢青草莫不父兄轉徙妻子流離委家喪業膏原潤莽此朝廷之所備知也賴以宗廟神靈皇天悔禍去歲薄稔前秋稍登使羸餓之餘得保沉（一作性）命天下幸甚可謂厚矣然則流人未返田野尚蕪白骨縱橫阡陌無主至於蓄積猶可哀傷陛下不料其難貴從先意遂欲長驅大駕按節秦京千乘萬騎何方取給況山陵初制穿復未央土木工匠必資徒役今欲率疲弊之衆興數萬之軍徵發近畿鞭撲羸老鑿山採（唐書作載）石驅以就功但恐春作無時秋成絕望凋瘵遺噍再罹飢（一作艱）苦儻不堪其弊有一（一作必有）逋逃子來之頌其將何詞以述（一作六字將何以述之）此亦宗廟之大機不可不深（一作審）圖也況國無兼歲之儲家鮮匝時之蓄一旬不雨猶可深憂忽加水旱人何以濟陛下不深察始終獨違羣議臣恐三輔之弊不止如前

日矣且天子以四海爲家聖人包六合爲宇歷觀邃(一作遠)古以至于今何嘗不以三王爲仁五帝爲聖故雖周公制作夫子著明莫不祖述堯舜憲章文武爲百王之鴻烈作千載之雄圖(一作貞規)然而舜死陟方葬蒼梧而不返禹會羣后殁稽山而永終豈其愛蠻夷之鄉而鄙中國哉實欲將(一作將欲)示聖人之(一無之字)無外也故能使墳籍以爲美談帝王以爲高(一作懿)範況我巍巍大聖轢帝登皇日月所照(一作臨)莫不率俾何獨秦豐之地可置山陵河洛之都不堪園寢陛下豈(一有可字)不察之愚臣竊爲陛下惜也且景山崇麗秀冠羣峯(一作岑)北(一作南)對嵩邙西望汝海居祝融之故地連太昊之遺墟帝王圖跡縱横左右園陵之美復何加焉陛下曾未察之謂其不可愚臣鄙見良足尚矣況瀍澗之中天地交會北有太行之險南有宛葉之饒東壓江淮食湖海之利西馳崤澠據關河之寶以聰(一作聖)明之主養淳(一作純)粹之人天下和平恭已正南面而已陛下不思瀍洛之壯觀關隴之荒蕪遂(唐書作乃)欲棄太山之安履焦原之險忘神器之大寶徇曾閔之小節愚臣暗(一作闇)昧以爲甚也陛下何不覽諫(一作諍)臣之策採行路之謡諮謨(集作謀)太后平章宰輔使(一作協)蒼生之望知有所安天下豈不幸甚昔者平王遷周光武都洛山陵寢廟不在東京宗社墳塋並居西土然而春秋美爲始王漢書載爲代祖豈其不顧孝哉何聖賢褒貶於斯濫矣實以時有不可事有必然蓋欲遺小存大去禍歸(一作存)福聖人所以爲貴也夫小不忍而(一作則)亂大謀仲尼之至誡願(願一作伏惟)陛下察之若以臣愚不用朝議遂行臣恐關隴之憂未時休也(一作息)臣又聞太原蓄鉅萬之食洛口積天下之粟國家之寶(唐書作資)斯爲大矣今欲捨而不顧背以長驅使有識驚嗟天下失望儻鼠竊狗盜萬一不圖西入陜州之郊東犯武牢之鎮盜敖倉一抔之粟陛下何以(以一作不預)遏之此天下之至機不可不深懼(唐書作料集作惟)也雖則盜未旋踵誅刑巳及滅其九族焚其妻子泣辜雖恨將何及焉故曰先謀後事者逸先事後圖(一作謀)者失然而(一無此字)國之利器不可以示人斯言不徒設(一作云)也(一有固字)願陛下念之臣西蜀野人本在林藪幸屬交泰得遊王國故知不在其位者不謀其政亦欲退身巖谷滅跡朝廷竊感婁敬委輅干其非議圖漢策於萬全取鴻名於千古臣何獨怯而不及之哉所以敢觸龍鱗死而無恨庶萬有一中或垂察焉臣子昂誠惶誠恐頓首頓首死罪死罪

諫政理書　武后垂拱初　前人

一作皆唐文粹

月日梓州射洪縣草莽愚臣陳子昂謹冒死稽首百(集作再)拜獻書闕下臣子昂西蜀草茅賤臣也以事親餘暇得讀書竊少好三皇五帝王霸之經歷觀丘墳旁覽代史原其政理察其興亡自伏羲神農之初至于周隋之際馳騁數百年雖未得其詳而略可知也莫不先本人情而後化之過此已往亦無神異獨軒轅氏之代欲問廣成子以至道之精理于天下臣雖奇之然其説不經未得信也至殷高宗亦延問傅説然纔救弊未能宏遠自此之後殆不足稱臣每在山谷有願朝廷常恐没代而不得見也豈知霑沐聖化未夭天年幸得遊京師覩皇化親逢大聖之詔布于天下問于賢士大夫曰何道可以調元氣賤臣孤陋誠未足知然臣竊觀自古帝王開政之原備矣未有能深思遠慮獨絶今古(集作古今)如陛下者也故賤臣不勝區區願竭固陋以聞見言之雖未足對揚天休然或萬一有可觀者敢

冒昧闕廷奏書以聞伏惟皇太后陛下少加察焉臣聞之於師曰元氣者天地之始萬物之祖王政之大端也天地之道莫大乎陰陽萬物之尊莫大（新唐書作靈）乎黔首王政之貴莫大（唐書作先）乎安人故人安則陰陽和陰陽和則天地平天地平則元氣正矣是以古先帝代見人之通於天也天之應乎人也天人相感陰陽相和災害之所以不生嘉祥之所以作遂（一作遂作）則觀象於天察法於地財成天地之道輔相天地之宜以左右人於是養成羣生奉順天德故人得安其俗樂其業甘其食美其服陰陽大和元氣以正天瑞降地符昇風雨以時草木不落（唐書作茂遂）鱻龍麟鳳在郊藪矣洎顓頊唐虞之間不敢荒寧亦克用理故其書曰百姓昭明叶和萬邦黎人於變時雍乃命羲和欽若昊天歷象日月星辰敬授人時亦能和也（唐書作和之得也）至夏德衰亡殺政微喪桀紂昏暴亂于天道殺戮無罪放棄忠良遂竭天下之力殫天下之貨作爲瑤臺起乎瓊室極荒淫之樂窮耳目之玩傾宮之女至數千人奇伎淫巧以億萬計信巫鬼聽讒邪遂爲糟丘酒池炮烙之刑一朝牛飲者三千人龍逄不勝其憂諫而死箕子不堪其憤囚爲奴於是陰陽大乖（唐書作乖行）天地震怒山川鬼神發見災異（唐書作發妖見災）疾疫大興妖孽並作而桀紂不悔卒以滅亡此（集無此字）和之失也逮周文武創業順天應人誠信忠厚加于百姓德澤休泰興乎頌聲成康之時刑措三（唐書作四）十餘年天人之道始和矣幽厲之末復亂厥常苛慝暴虐詬黷天地百川沸騰山冢崒崩人以（唐書作用）愁怨疾癘爲作故其詩曰昊天不傭降此鞠凶昊天不惠降此大厲（唐書作戾）不先不後爲瘥（唐書作虐）爲瘵天地生人之理復悖於茲矣嗚呼豈不哀哉豈不哀哉近有隋氏亦不克終厥初隋高帝之有天下也以六合爲家方將對越天人傳之萬代至煬帝承平自以貴爲天子富有四海欲窮宇宙之觀極遊宴之樂以爲人主之急務也於是乃鑿御渠（一作溝）決黃河自伊洛之間而屬之揚州生人之力既弊天地之藏又洩煬帝方欣然以爲得計將後宮綵女數百千人遂汎龍舟遊三江五湖之間當其得意也視天下如脫屣爾其後百姓搔擾災變數興吏人貪暴其政日亂陰陽感怒彗孛以出煬帝不悟自以爲天下安於太山方率百萬之師而以事遼東當時山東父子不得相保也天厭暴政人懷亂亡故遼東之役未歸而中國之難已起身死逆（唐書作人）手宗廟以隳（唐書作爲墟）其故何哉逆天人（唐書作元氣）之理也是以臣每察天人之際觀禍亂之由跡帝王之事念先師之說昭然著明信不欺爾不意陛下以大聖之慮見天人之心將欲調元氣之綱返淳和之始自非陛下合（唐書作含）天地之德有日月之明誰能眇然遠思欲求大和於元氣哉此昔者伏羲氏之所以本天人而爲三皇首也愚臣暗昧不勝大願願陛下爲大唐建萬代之策恢三聖之功傳乎子孫永作鴻業千百年間使繼文之主有所守也非甚無道不失厥嗣陛下可不務之哉臣伏見天皇大帝得天地之統封于太山盛德大業與天比崇矣然尚未建明堂之宮遂朝（唐書作享）上帝使萬代鴻業今猶闕然臣愚意者豈非天皇大帝知陛下聖明必能起中興之化留此盛德發揮陛下哉不然何所與讓而未作也今陛下欲調元氣睦人倫齊俗仁壽興風禮讓捨此道也于何理哉故臣不勝區區螻蟻之誠思願陛下念先帝之休意恢大唐之鴻業於國南郊建立明堂使宇宙黎元遐荒夷貊昆

蟲草木天地鬼神粲然知陛下方典三皇五帝之事與天
下更始不其盛哉昔者黃帝合宮有虞總章唐堯衢室夏
后代室羣聖之所以調元氣理陰陽於此教也臣雖末學
竊嘗聞明堂之制也有天地之則焉有陰陽之統焉二十
四氣八風十二月四時五行二十八宿莫不率備故順其
時（集作月）而爲政也則風雨時寒暑平萬物茂暢五穀登稔
元氣不錯陰陽以和逆其時而爲政也則水旱興疾疫起
蟲螟爲害霜雹成災陰陽不和元氣以錯故昔者聖人（集有
所字）以爲政教之大業也是以臣願陛下爲大唐建萬代之
策者意在茲乎意在茲乎陛下若不以臣微而廢其言乞
以臣此章與三公九卿賢士大夫議之於朝（集作庭）儻事便
於今道不遠古即請陛下徵天下鴻生鉅儒賢良豪俊之
士博通古今皇王政理之術者與之案周禮月令而建之
臣必知天下庶人子來不日而成也乃正月孟春陛下乘
鑾輅駕蒼龍載青旂佩蒼玉三公九卿賢士大夫鴻儒碩
老衣冠之倫朝于青陽左个負斧扆憑玉几南面以聽天
下之政於是遂發大號宣布四方各順十二月之令無敢
有逆乃命太史守典奉法司天日月星辰之行無失經紀
以初爲常陛下遂躬籍田親蠶以勸天下之農桑養三老
五更以教天下之孝悌明訟恤獄以息天下之淫刑除殘
去暴以正天下之仁壽修文尚德以止天下之干戈察孝
興廉以除天下之貪吏鰥寡孤獨疲癃羸老不能自存者
賑恤之後宮美人非三妃九嬪八十一御女之數者出嫁
之珠玉錦繡雕琢伎巧之飾非益於理者悉棄之巫鬼淫
祀誑（唐書作營）惑良人者禁殺之陛下務以至誠躬服質素以
爲天下先愚臣以爲不出數年之間將見太平之化也天
人之際既洽鬼神之望允塞然後作雅樂絜粢盛宗祀天
皇於明堂以配上帝使萬國各以其職來祭豈不休哉臣
伏惟陛下至德明聖未有能越行此道者也故臣竊以爲
此化一成則人倫之道自睦刑罰之原自息兵革之事不
興還淳之途可見仁壽禮讓稼穡農桑不言而自致也是
以賤臣未得爲陛下一二論之何者聖人之教在於可大可
久者故臣欲陛下振領提綱使天下自理也然臣竊獨有
私恨者恨陛下方欲興崇大化而不知國家太學之廢積
歲月矣堂宇蕪穢（唐書作堂皇埃蕪）殆無人蹤詩書禮樂罕聞習者陛
下明詔尚未及之愚臣所以有私恨也臣伏聞天子立太
學可以聚天下英賢爲政教之首故君臣上下之禮於是
興焉揖讓罇俎之節於此生焉是以天子得賢臣由此道
也今則荒廢委而不論而欲睦人倫興禮讓失之於本而
求之於末豈可得哉況君子三年不爲禮禮必壞三年不
爲樂樂必崩奈何天子之政而輕禮樂哉臣所以獨竊有
私恨者也陛下何不詔天下胄子使歸太學而習業乎其（集作
斯）亦國家之大務也臣愚蒙所言事未曲盡者恐煩聖覽
必陛下恕臣昏昧請賜他日別具奏聞

論時政書　睿宗　景雲中　柳澤

頃者（一有因字）韋氏險詖（新唐書作蠱亂）姦臣同惡賞罰紊弛綱紀紛綸
政以賄成官因寵進言正者獲戾行殊者見疑海內寒心
實將莫救賴神祇（舊唐書作明）祐德宗廟降靈天討有罪人心不
休（諸本作人用不保）陛下睿謀神聖勇智聰明安宗廟（一作社）於已危拯（新唐書
作振）黎庶於將溺今尨眉鮐背懽忻踴躍望聖朝之撫輯
聽聖朝之德音今陛下蠲煩省偽法明德舉萬邦愷樂室
家胥慶臣又聞危者安其危也亡者保其存也亂者有其

理也（危者至理也十八字一作危者安其位者也亂者有其理者也）伏惟陛下安不忘危理不忘亂存不忘亡則克享天心國家長保矣（一作也）詩曰罔（一作靡）不有初鮮克有終伏惟陛下慎厥終惟其初非禮勿視非禮勿聽非禮勿言非禮勿動書曰爾（一無此字）惟德罔小萬邦惟慶爾（一無此字）惟不德罔大墜厥宗甚可畏也甚可懼也伏惟陛下慎之哉夫驕奢起於親貴綱紀亂於寵倖願陛下禁之於親貴則天下風隨（唐書作隨風）矣制之於寵倖則天下法明矣詩云刑于寡妻至于兄弟以御于家邦若親貴為之而不禁寵倖撓之而見從是政之不恒令之不一則姦詐斯起暴亂生焉雖嚴刑峻政朝戮（新唐書作施）暮戮而法不行矣（十四字一作雖嚴刑制戮而法不行矣）縱陛下親之愛之莫若安之福之寵祿之過罪之漸（新唐書作階）也非安之也嬌奢之淫危之本（新唐書作梯）也非福之也前事不忘後之師也伏願陛下精（新唐書作敷）求俊哲（新唐書有使字）朝夕納諫（一作誨）縱有逆于耳謬于心者無速之以罰姑籌之以道省于厥躬雖木樸忘誤（唐書作忌忤一作忌諱）願恕之以直用開諫諍之路也或有順於耳便於身者無急之以賞當求諸非道稽之典訓其不叶於德必寘之以法用杜側媚之行也有進（一作羞）淫巧於陛下者遽黜之則淫巧息矣有進忠讜於陛下者遽賞之則忠讜進矣臣又聞生於富者驕生於貴者傲石碏曰臣聞愛子教之以義方不納于邪驕奢淫逸所自邪也書曰罔淫於逸罔遊於樂穆王有命曰實賴前後左右有位之士繩愆糾繆格其非心今儲宮肇建王府初（新唐書作復）啓至於寮友必惟妙擇今驕奢之後流遁未變慢遊之樂餘風或存夫小人弄臣易合於意奇伎淫巧多適於心臣恐狎於非德茲為奢（唐書作念）怠書曰慎簡乃僚無以巧言令色便辟側媚其唯吉士僕臣正厥后克正僕臣諛厥后自聖伏願採溫良博聞之士恭儉忠鯁之人任用（一無用字）以東宮及諸王府官仍請東宮量署拾遺補闕之職令朝夕講論出入侍從授以訓誥交修不逮臣又聞馳騁畋獵令人心（諸本無心字）發狂名教之中自有樂地承前貴戚鮮克由禮或打毬擊鼓比周伎藝（一作術）或飛鷹奔犬盤遊藪澤此甚為不道非進德修業之本也書曰內作色荒外作禽荒又曰無若丹朱傲惟慢遊是好朋淫于家用殄厥代伏惟陛下誕降謀（一作謨）訓勤勸學業示之以好惡陳之以成敗以義制事以禮制心圖之於未萌慮之於未有則福遐祿厚（一作福祿長享）與國並休矣臣又聞富不與驕期而驕自至驕不與罪期而罪自至罪不與死期而死自至信明語可誡之矣（一作信矣斯語明哉至誠）頃者韋庶人安樂公主武延秀等可謂貴矣可謂寵矣權侔人主威震天下然怙侈滅德神怒人棄豈不謂愛之太極富之太多不節之以禮不防之以法終轉吉為凶變吉（一作福）為禍諺曰千人所指無病自死不其然歟書曰殷鑒不遠在彼夏王今陛下何勸之（諸本無之字）豈非皇祖謀訓之則也今陛下何懲之（諸本無之字）豈非中宗（一作孝和）寵任之甚也禮曰愛而知其惡憎而知其善可不慎哉夫寵愛之心人則不免（一作則不能免）去其太甚閑之禮節適則可矣今諸王公主駙馬亦陛下之所親愛也驕狂（二唐書作矯枉）之道在於厥初鑒誡之義其則不遠使觀過務善居寵思危庶夙夜惟寅聿修厥德經曰在上不驕高而不危所以長守貴也制節謹度滿而不溢所以長守富也富貴不離其身然後能保其社稷書曰制官刑儆于有位敢有恒舞于宮酣歌于室時謂巫風敢有殉（一作徇）于貨色恒于遊畋時謂淫風敢有侮聖言逆忠直遠耆德比頑童時謂亂風惟

茲三風十愆卿士有一于身家必喪邦君有一于身國必
亡甚可畏也甚可懼也伏惟陛下必察而明之必信而勸
之有奢僭驕怠者削其祿封有樸素脩業者錫以車(唐書作紳)
服以懲(諸本作罰)其非心使奉其命無使久而忽之無使遠
而墜之臣聞非知之難(一作知之非艱)行之惟難(一作艱)又曰常厥德
保厥位厥德匪常九有以亡伏惟陛下慎之哉前車之覆
實惟明證先王之訓誡(一作可)以終吉若陛下奉伊尹之訓崇
傳說之命不作無益不啓私門刑不差賞不濫則惟德是
輔惟仁(二唐書作人)之懷天祿永終景福是集儻陛下忽(唐書作忘)精
一之德開恩倖之門爵賞有差刑罰無當則忠臣正士亦
不復談矣　一作皆唐文粹

文苑英華卷第六百七十五

登仕郎胡柯　鄉貢進士彭叔夏　校正

文苑英華卷第六百七十六　書十

諫諍下

上封事書　張九齡

五月二十日宣義郎左拾遺內供奉臣張九齡謹再拜死
罪死罪上書開元神武皇帝陛下臣所上事以臣愚見並
當時尤切不敢飾詞伏願陛下親覽可否之宜幸甚幸甚
臣伏以陛下自克清內難光宅天下常欲躋人於富壽致
國於太平聖慮每勤德音屢發然猶黎人未息水旱爲憂
臣竊伏思之有由然矣臣聞乖政之氣發爲水旱天道雖
遠其應甚速(新唐書作邇)昔者東海枉殺孝婦旱者久之一吏

不明匹婦非命則天爲之旱以昭其冤況今六合之間元
元之衆莫不懸命於縣令宅生於刺史陛下所與共理此
尤親於人者也多非其任徒有其名致旱之由豈唯孝婦
一事而已是以親人之任宜得其賢用才之道宜重其選
而今刺史縣令除京輔近處雄望之州刺史猶擇其人縣
令或備員而已其餘江淮隴蜀三河諸處除大府之外稍
稍非才但於京官之中出爲州縣者或是緣身有累在職
無聲用於牧宰之間以爲斥逐之地或因勢附會遂忝高
班比其勢衰且無他責又謂之不稱京職亦乃出爲刺史
至於武夫流外積資而得官成於經久不計於有才諸若
此流盡爲刺史其餘縣令已下固不可勝言蓋甿庶所繫
國家之本務本務之職反爲好進者所輕承弊之人每遭
非才者所擾陛下聖化從此不宣皆由不重親人之選以

成其弊而欲天下和洽固不可得也古者刺史入爲三公郎官出宰百里莫不互有所重勸其所行臣竊恠近俗偏輕此任今朝廷卿士入而不出於其私情遂自得計何則京華之地衣冠所聚子弟之間身名所出從容附會不勞而成一出外藩有異於此人情進取豈忘於私但立法制之不敢違耳原其本意固私是欲今大利在於京職而不在於外郡如此則智能之士欲利之心日夜營營寧肯復出爲刺史縣令而陛下國家之利方賴智能之人此輩既自固而不行在外者又技癢而求入如此則智能之輩常無親人之者陛下又未格之以法無乃甚不可乎故臣愚以爲欲理之本莫若重刺史縣令此官誠重智能者可行正宜懸以科條定其資歷凡不歷都督刺史（唐書有雖字）有高第者不得入爲侍郎列卿不歷縣令（唐書有雖字）有善政者亦不得入爲臺郎給舍雖即遠處都督刺史至於縣令以次差降以爲出入亦不得十年頻在（集作任）京職又不得十年盡任外官如此設科以救其失則內外通理萬姓獲安（集作寧）如積習爲常遂其私計陛下獨宵衣旰食天下亦未之理也又古之選用賢良取其稱職或遇闕而辟召或一見而任之是以士修素行不圖僥倖羣小不逮亦用息心以故姧僞自止流品不雜今天下未必理於上古而事務日倍於前誠爲不正其本而設巧於末所謂末者吏部條章動盈千百刀筆之吏辯析毫釐節制撿擾溺於文墨胥徒之猾又緣隙而起（唐書作緣姦而奮）臣以爲始造簿書以備用人之遺忘耳今反求精於案牘不急於人才亦何異遺劒中流而刻舟以記去之彌遠可爲傷心凡有稱吏部之能者則曰從縣尉與主簿從主簿與縣丞斯選曹執文而善知官次者也唯據其合與不合不論賢與不肖大略如此豈不謬哉陛下若不以吏部尚書侍郎爲賢必不授以職事尚書侍郎既以賢而受委豈復不能知人人之難知雖自古所慎而拔十得五其道可行今則執（唐書作膠）以格條貴於謹守幸其心能自覺者每選於所拔亦有三人五人若又專固者則亦一人不拔據資配職自以爲能爲官擇人初無此意故使時人有平配之議（唐書作誚）官曹無得賢之實朱紫同色清濁不分是於聖朝有何裨益故臣以爲選部之法弊於不變變法之易在陛下渙然行之假且今之銓衡欲自爲意亦限行之已久動必見疑遂用因循益爲浮薄今若刺史縣令精覈其人即每年當管之內應有合選之色先委考其才行堪入品流然後送臺臺又推擇據所用之多少爲州縣之殿最一則州縣慎於（集作其）所舉必取入官之才二則吏部因其有成無多庸人之數縱有不任送者妄起怨端且猶分謗於外臺不至喧譁於南省今則每歲選者動以萬計京師米物爲之空虛豈多士若斯蓋渝濫至此而欲仍舊致理難於改制祗益文法煩碎賢愚渾雜就中以一詩一判定其是非適使賢人君子從此遺逸斯亦明代之闕政有識者之所歎息也又天下雖廣朝廷雖衆而士之名賢誠可知也若使毀譽相亂聽受不明事將已矣無復可說如知其賢能各有品第每一官缺而不以次用之則是知而不爲焉用彼相借如諸司清要之職當用第一之人及（集有其字）要官闕時或以下等叨進以故時議無高無下唯論得與不得自然清議不立名節不修上善則守志而俟（集本唐書並作後）時中人則躁求而易操其故何哉朝廷若以令名進人士子亦以修名獲利而利之所出衆

則趨焉已而名利不出於清修所得(集作趨)多歸於人事其小者苟求輒(集作取)得一變而至阿私其大者許以分義再變而成朋黨斯並教化漸漬使之必然故於用人之際不可不第其高下若高下有次不可妄干天下士流必刻意修飾思齊曰衆刑政自清此興衰之大端安(集作焉)可不察易曰履霜堅冰至言聖人之見終始之徵矣今所言上刺史縣令等事一皆指實縱臣所欲變法不合時宜伏望更發睿圖及詢於執事作爲長筭振此頹風使官修其方人受其福天下幸甚伏惟陛下聰明神武動以聖斷正當可爲之運未行反本之法微臣企竦竊有所望伏願少留宸睠稍覽愚誠必無可施行棄之非晚臣不勝塵露裨補之誠

論教本書(憲宗)　元稹(元和四年)

某年某月日某官臣稹昧死再拜獻書皇帝陛下臣伏見陛下降明詔修廢學增冑子選司成大哉堯之爲君伯夷典禮夔教冑子之深旨也然而事有萬萬急於此者臣敢昧死(舊唐書作冒昧殊死)而言之臣聞諸賈生曰三代之君仁且久者教之然也誠哉是言且夫周成王人之中才也近管蔡則讒入右(文粹作親舊唐書作有新唐書作任)周召則義聞豈可謂天聰明哉然而克終於道者得不謂教之然耶始其爲太子也未生胎教既生保教太公爲之師周公爲之傅召公爲之保伯禽唐叔與之游禮樂詩書爲之習(文粹作翫)目不得閱淫艷妖誘之色耳不得聞優笑陵亂之聲口不得習慘(舊唐書文粹作操)斷擊搏之書居不得近容順陰邪之黨游不得恣(舊唐書作縱)追禽戮(舊唐書作逐)獸之樂玩不得有遐異僻絕之珍凡此數者非謂備之於前而不爲也亦將不得見而爲之矣及其長而爲君也血氣既定游習既成雖有放心快已之事日陳於前固不能奪已成之習已定之心矣則彼忠直道德之言固吾之所習聞也陳之者有以諭焉回佞庸違(舊唐書作庸佞違道)之說固吾之所積懼也諂之者有以辨焉人之情莫不欲耀其所能而黨其所近苟將得志則必快其所蘊矣物之性亦然是以魚得水而游馬逸駕而走鳥得(集作乘)風而翔火得薪而熾此皆物之快其所蘊也今夫成王所蘊道德也所近聖賢也是以舉其近則周公左而召公右伯禽魯而太公齊快其蘊則興禮樂而朝諸侯措刑罰而美教化教之至也可不爲(舊唐書文粹作謂)信然哉及夫秦則不然滅先王之學曰將以愚天下黜師保之位曰將以明君臣胡亥之生也詩書不得聞聖賢不得近彼趙高者詐官之戮人也而傳之以殘忍戕賊之術且曰恣睢天下以爲貴莫見其面以爲尊是以天下之人未盡愚而胡亥固已不能分獸畜(新唐書作馬鹿)矣趙高之威懾天下而胡亥固已自幽於深宮矣彼李斯者秦之寵丞相也因(集本文粹作困)讒冤死無所自明而況於疎遠之臣庶乎若此(文粹作然)則秦之亡有以致之也漢高承之以兵革漢文守之以廉謹卒不能蘇復大訓是以景武昭宣天資(集作質)甚美纔可以免禍亂哀平之間則不能虞篡弑矣然而惠帝廢易之際猶賴羽翼以勝其邪心是後有國之君議教化者莫不以興廉舉孝設學崇儒爲意曾不知教化之不行自貴者始略其貴者教其賤者無乃隣於倒置乎洎我太宗文皇帝之在藩邸以至於爲太子也選知道德者十八人與之游習即位之後雖游宴飲食之間若十八人者實在其中上失無不言下情無不達不四三年而名高盛古豈一日二日而致是乎游習之漸也貞觀已還師傅之官皆宰相兼領其餘官寮之(集無之字)

選亦甚重焉周以位（集作官）高恨不得爲司議郎此其驗也文皇之後漸疏賤之用至於毋后臨朝翦棄王族（二唐書作室）當中睿二聖戹難（舊唐書文粹作勞勤）之際雖有骨鯁敢言之士既不得在調護保安之職終不能措（唐書作吐）扶衛之一詞而令醫（集本文粹無醫字）匠胡安金藏剖腹以明之豈不大哀哉兵興已（集作以）來玆弊尤甚師資保傅之官非疾廢眊聵不任事者爲之即休戎罷帥不知書者處之至于友諭贊議之徒疏冗散賤之甚者搢紳恥（舊唐書集本有由字）之夫以匹士之愛其子者猶求明哲慈惠之師以教之直諒多聞之友以成之豈天下之元子（二唐書作良）而可以疾廢眊聵不知書者爲之師疏冗散賤不適用者爲之友乎此何足反居上（舊唐書作不及上古）之甚也近制宮寮之外往往以沉滯僻老之儒充侍書侍讀之選而又疏棄斥遠之越月踰時不得召見彼又安能傳成道德而保養其（舊唐書有身字）躬哉臣以爲積此弊者豈不以皇天眷祐祚我唐德以舜繼（文粹作生）舜以堯繼堯傳陛下十一聖矣莫不生而神明長而仁聖以是爲屑屑習儀者故不之省耳臣獨以爲於列聖之謀則可也計無窮傳後嗣則不可脫或萬代之後有若周成王中才者而又生於深宮優笑之間無周召保助之教則將不能知喜怒哀樂之所自矣況稼穡之艱難乎今陛下以上聖之資肇臨海內是天下人人（舊唐書作之人）傾耳注目（舊唐書集本作心）之日也特願陛下思成王訓導之功念文皇游習之漸選重師保慎擇（集作簡）宮寮皆用博厚弘深之儒而又練（舊唐書作明）達機務者爲之更進迭見日就月將因令皇太子洎諸王（舊唐書作衆諸生）定齒胄講業之儀行嚴師問道之禮至德要道以成之撤膳記過以警之血氣未定則輟禽色之娛以就學聖質既備則資游習之善以弘德此所謂一人（集作有）元良萬邦以貞之化也豈直修廢學選司成而足倫匹其盛哉而又俾則（舊唐書作知）百王莫不幼同師長同術識君道之素定知天倫之自然然後選用賢良樹爲藩屏出則有晉鄭魯衛之盛入則有東牟朱虛之強蓋所謂宗子維城犬牙磐石之勢也又豈與夫魏晉已降囚賤其兄弟而自翦其本枝者同年而語哉（集作乎）微臣竊不自揆思爲陛下建永永無窮之長筭輒敢冒昧殊死而言之

初授拾遺獻書（憲宗）　白居易（元和三年）

五月八日翰林學士將仕郎守左拾遺臣白居易頓首頓首謹昧死獻書于旒扆之下臣伏奉前月二十八日恩制除授臣左拾遺依前充翰林學士者臣已與崔羣同狀陳謝但言忝冒未吐衷誠今者再黷宸嚴伏惟重賜詳覽臣謹案六典左右拾遺掌供奉諷諫凡發令舉事有不便於時不合於道者小則上封大則廷諍其選甚重其秩甚卑所以然者抑有由也大凡人之情位高則惜其位身貴則愛其身惜位則偷合而不言愛身則苟容而不諫此必然之理也故拾遺之置所以卑其秩者使位未足惜身未足愛也所以重其選者使上不忍負恩下不忍負心也夫位未足惜恩不忍負然後能有闕必規有違必諫朝廷得失無不察天下利病無不言此國朝置拾遺之本意也由是而言豈小臣愚劣暗懦所宜居之哉況臣本鄉里（一作校）豎儒府縣走吏委心泥滓絕望煙霄豈意聖慈擢居近職每宴飫（集作飲）無不先及每慶賜無不先霑中廄之馬代其勞內廚之膳給其食朝慚夕惕已逾半年塵曠漸深憂愧彌劇未申微効又擢清班臣所以授官以來僅經（集作浹）十日食不

知味寢不遑安唯思粉身以答殊寵但未獲粉身之所耳今陛下肇建皇極初受鴻名夙夜憂勤以求致理每施一政舉一事無不合於道便於時故天下之心顒顒然日有望於太平也然而今而後萬一事有不便於時者陛下豈不欲聞之乎萬一政有不合於道者陛下豈不欲革之乎儻（集作候）陛下言動之際詔令之間小有遺闕稍關損益臣必密陳所見潛獻所聞但在聖心裁斷而已臣又職在中禁不同外司欲竭愚衷合先陳露伏希天鑒深察赤誠無任感恩欲報懇款屏營之至謹言

論進奉書（憲宗）　皇甫湜

臣聞一人莫非王臣尺土莫非王有山川林澤（文粹作藪）之所產殖雨露春秋之所成就莫非王財誠宜推至公以示無外今國家既有公府又爲私藏使州郡貢賦之外進奉相及恐非以天下爲家示天下無私之道也且任土作（集作之）貢生產有常履畝之稅（集作收）等籍既定人識所出吏難爲姦既無度程莫知紀極恣橫徵發因緣贓私驅陛下赤子措之不存之地後君之嗜慾惑君之聰明實大姦之門大罪之實也臣雖熟知陛下上聖之姿深仁之理凡內藏之實以充讌賜非務積藏如四遠未知何如百姓受弊何如後嗣平中之主由此而傷儉德萌侈心何雖漢有少府水衡筦榷山澤之利終不若領之於大農也且地之財無盡王之用不會何必固立（集作之）內府以開濫關邪伏望陛下罷內藏歸之公府約進奉之禮（集作約別進合古之制）徵斂有常財用無虧絕姦之根源除政之粃蠹全大體與大和天下大幸伏見去（集作正）月十一日赦書陛下深念疲人懇責貪吏往之隨使貢來一皆罷之此實白日之明層雲之澤也凡諸州府必有羨餘不歸之王庭必沒之（集作于）私室伏請每使當罷必上其數而謹其收水旱之不虞疾疫之不期以振疲（集作罷）羸以代蠲免軍旅之事土役（一作修[illegible]）之用以給其費以供其須居常之歲閉以待時無敢散洩而干刑司如是則大賴於人大伸於用矣

與人論諫書　杜牧

某疎愚放（文粹作怠）惰不識機括獨好讀書讀之多矣每見君臣治亂之間興亡諫諍之道遐想其人舐筆和墨則冀人君一悟而至于治平不悟則烹身滅族惟此二者不思中道自秦漢已來凡千百輩不可悉數然怒（集作恣[illegible]）諫而激亂生禍者累累皆是納諫而悔過行道者不能百一何者皆以辭語迂險指射醜惡致使然也夫迂險之言近於誕妄指射醜惡足以激怒夫以誕妄之說激怒之辭以卑陵尊以下干上是以諫殺人者殺人愈多諫畋獵者畋獵愈甚諫治宮室者宮室愈崇諫任小人者小人愈寵觀其旨意且欲與諫者一鬭是非一快（集作決）怒氣耳不論其他是以每於本事之上尤增飾之今有兩人道未相信甲謂乙曰汝好食其物愼勿食果更食之必死乙必曰我食之久矣汝爲我死必倍食之甲若謂乙曰汝好食其物第一少食苟食多（集作多食）必生疾（集作病）乙必因而謝之減食何則（集作者）迂險之言則欲反之循常之說則必信之此乃常人之情世多然也是以因諫而生亂者累累皆是也漢成帝欲御樓船過渭水御史大夫薛廣德諫曰宜從橋陛下不聽臣自刎以血汚車輪陛下不得入廟矣（集本文粹並作陛下不廟矣[illegible]不得入廟祠也）上不說張猛曰臣聞主聖臣直乘船危就橋安聖主不乘危御史大夫言可聽上曰曉人不當如是耶（謂諫諍之言當如猛之詳善）

乃從橋近者寶曆中敬宗皇帝欲幸驪山時諫者至多上意不決拾遺張權輿伏紫宸殿下叩頭諫曰昔周幽王幸驪山爲犬戎所殺秦始皇葬驪山國亡玄宗皇帝宮驪山而祿山亂先皇帝幸驪山而享年不長帝曰驪山若此之凶耶我宜一往以驗彼言後數日自驪山迴語親倖曰叩頭者之言安足信哉漢文帝亦謂張釋之曰卑之無甚高論令（一有令字）可行也今人平居無事友朋骨肉切磋規誨之間尚宜旁引曲釋亹亹繹繹使其樂去其不善而樂行其善況於君臣尊卑之間欲因激切之言而望道行事治者乎故禮稱五諫而直諫爲下前數月見報上披閤下諫疏錫以幣帛僻左且遠莫知其故近於游客處一覩閤下諫草明白辨婉出入有據吾君聖明宜爲動心數日在手味之不足且抃且喜且慰三者交并不能自止吾君聞諫既且行之仍復寵錫誘能諫者斯乃堯舜禹湯文武之心也聞於遠地宜爲吾君抃也閤下以忠孝文章立於朝廷勇於諫而且深於其道果能動吾君而光世德牧承（集作蒙）閤下之厚愛冀於異時資閤下之知以進尺寸能不爲閤下之喜復自喜也吾君今日披一疏而行之明日聞一言而用之賢才忠良之士森列朝廷是必（集作以）奮起志慮各盡所懷則文祖武宗之業窮天盡地日出月入皆可掃洒以復厥初牧縱不得效用但於一官一局筐篋簿書之間活妻子而老身命（文粹有焉字）作爲歌詩稱道仁聖天子之所爲治則爲有餘能不自慰故獲閤下之一疏抃喜慰三者交并真不虛也宜如此也無因面讚其事書紙言誠不覺繁多某再拜

直諫書　劉允章

救國賤臣前翰林學士劉允章謹冒死上諫皇帝陛下臣聞太直者必孤太清者必死昔晁錯勸削諸侯之地以蒙不幸之誅商鞅除不軌之臣而受無辜之戮今并臣三人矣伏（一無伏字）守忠懷信口不它一心則刎頸剖腸向闕庭而死者并臣是也救國策從千里而來欲以肝腦上汙天庭欲以死屍下救黎庶臣死之後不見聖代清平故留賤臣以諫明主今短書一封不入長策伏蒙不收所以仰天搥肖放聲大哭殺身則易諫主則難以易死之臣勸難諫之主伏見陛下初登九五頒下諸州開直諫門言者無罪四方雷震百里奔馳至闕庭者願陛下置（闕）昇平之業矣陛下既不用其策不捨其過或鞭撻市朝囚禁園苑深（一作沉）埋溝壑者不知其數乞食道途者不記其名夫輸忠獻策之臣匍匐闕庭者豈敢欺陛下乎大臣愛位而不敢言小臣畏死而不敢諫忘生請死之罪徃徃冒死天庭者知陛下覺寤也伏聞樞密之事要在殲（疑作纖）人以宰臣爲度外之官以御史爲不速之任冤者不得伸君子所以深藏小人所以謀亂自古帝王以御史爲耳目以宰相爲股肱股肱廢則不能用耳目蔽則不能視今陛下廢股肱蔽耳目塞諫諍罪忠良欲令四海不言萬方鉗口可不謂■也臣恐千秋萬歲謗陛下不聖笑陛下不明臣所以急也當今天下求進之臣智者不肯自言不肖愚者不肯自言不賢故使賢愚混雜善惡同羣直智直愚何所分別取之則善惡進捨之則賢愚退何不使至愚在野至賢入仕使（闕）天下食祿之家凡有八入臣請爲陛下數之節度使奏改一入也用錢買官二入也諸色功優三入也從武入文四入也虛銜入仕五入也改僞爲真六入也媚道求進七入也無功授賞八入

也國有九破陛下知之乎終年聚兵一破也蠻夷熾與二破也權豪奢僭三破也大將不朝四破也廣造佛寺五破也賄賂公行六破也長吏殘暴七破也賦役不等八破也食祿人多輸稅人少九破也臣聞自古帝王終日勸農猶恐其飢終日勸桑猶恐其寒此輩不農不桑坐食天下欲使天下之人盡爲衣冠矣天下之人盡爲將士矣舉國之人盡爲僧尼矣舉國之人盡爲刼賊矣欲使誰人蠶桑乎今天下蒼生凡有八苦陛下知之乎官吏苛刻一苦也私債徵奪二苦也賦稅繁多三苦也所由乞斂四苦也替逃人差科五苦也寃不得理屈不得伸六苦也凍無衣飢無食七苦也病不得醫死不得葬八苦也仍有五去勢力侵奪一去也姧吏隱欺二去也破丁作兵三去也降之〔疑〕爲客四去也避役出家五去也人有五去而無一歸人有八苦而無一樂[redacted]官有八入而無一成凡有三十餘條上古已來未之有也天下百姓哀號於道路逃竄於山源夫妻不相活父子不相救百姓有寃訴於州縣州縣不理訴於宰相宰相不理訴於陛下陛下不理何以歸哉伏見蠻寇欺侵神道誑我國家作亡命之魁渠爲逋逃之窟宂徵兵五年今日誅之何見之晚也臣聞却似〔疑〕未終銷兵於當時本無而養兵日爲（一作與）亂臣張本也今不除其亂本而除其亂苗士卒蕩盡於中原玉帛多亡於道路嶺外仍令節度四面討除蒼生嗷嗷何負陛下今行此討罰以爲上策臣恐今年除一承嗣明年又生一承嗣天下征戰未有了期則禍難起於腹心蜂蠆生於手足陛下左右無人敢言但知潤色美詞悅情暢志而已豈知千里零落萬里凋殘者哉今國家狼戾（一作狽）如此天下知之陛下獨不知之天下不敢言臣獨言之萬死一生臣死一介之命救萬人之命臣今雖死猶勝於生臣獻策千條未蒙一問羈孤貧病流落風塵眷戀朝廷而不能去儻陛下覽臣愚見知臣愚忠則理亂斯須存亡瞬息太平之日昭然目前必也陛下不以萬國爲心不以百姓爲本臣當幸歸滄海葬江魚之腹不忍見國難危臣之願畢矣臣懇擗（一作辭）不勝痛切感懼之至

文苑英華卷第六百七十六

登仕郎胡　柯　鄉貢進士彭　叔夏　挍正

文苑英華卷第六百七十七　書十一

贈答上

梁貞陽侯與王太尉僧辯書　徐陵

淵明頓首頓首昔自天狼炳曜非無戰陣之風參虎揚芒便有干戈之務至於夏鍾夷羿周厄犬戎漢委珠囊秦亡寶籙彰於史籍可得而聞未有家國殲危遂若當今者也我大梁膺龍圖而受命御鳳邸以承天軒項比於諸王湯武方於兒戲三光有乂四海無波靈貺咸臻表裏禔福非日非月蒼生仰其照臨如雲如雨天下蒙其恩蔭而屯亨有數剥極爲災梟獍豺狼肆逞兇逆後主誕資上聖光啓中興大翦仇讎方平宗社雖復瀟湘舉斧庸蜀彎弓凡厥兇徒誰不殲撲豈圖天未悔禍喪亂荐臻羌虜無厭乘此多難虔劉我南國蕩覆我西京奉問驚號肝膽崩潰雖復金行版蕩火政淪亡緑林青犢之羣黑山白馬之卒八王故事曾未混淆九州春秋誰云禍亂昔隆周從播皆憑晉鄭之功強漢阽危終假虚牟之力今者武皇之子無復一人藐是孤孫還同三叛等子頽而爲纂同劉芳而入關乞命諸戎勢何支久孤宗室之長爰自布衣皇運之初彌承天德何則據鞍輟哭雖紹霸圖獨居掩涕終討家怨孤二三昆季方可（一作爾）戴天被此恩慈如何酬荅所以徐彭之役不忝輕軀哀荷之誠久聞朝聽況復邦家不造至此横流宗社無依何所逃責固以提戈負劒卧泣行號言念荆巫志雪讎耻大齊觀書有洛輯瑞榮河功格蒼旻德蒲天地慈孝之道通於百靈仁信之風覃於萬國是以日月所照舟車所通候海水而來賓瞻蒼雲以奉貢昔自軒農炎昊曾無宣國之規虞夏商周非有伐戎之略豈知華夷仰德遠近同心穀價無堯湯之憂粮儲同水火之賤精兵利器勢勇雷霆天馬龍媒量比山谷斯故開闢已來未之有也至於親隣之道夙契逾深無改曩懷遵感彌篤以爲興亡繼絶事晒前經推擇庸虚命守宗冀（闕）方欲仰憑神武清我冠讎旨喻難違諸懷哽恧明公誕膺時運光贊本朝勒瑞姜璜書名何鼎故以通期管樂宜契風雲戮不世之兇渠殲滔天之巨寇重以三湘放命七國連從征旅東西必翦妖逆雖復棧道木閣田單之奉舊齊縮璽將兵周勃之扶隆漢中宗佐命俱畫丹青光武功臣皆懸星象非貔非虎之卦同心同德之勞校彼功庸曾何髣髴但與在與亡期於體國喪君有君寧容無主夙承所立猶則孱蒙天步方難寧可弘濟孤自淹留大國志荷恩私朝夕宮闈預奉顔色黄河白日亟亹誠言分災卹患事非虚旨但善相小國終資大賢定我邦家繫公是賴淮流不竭豈獨琅邪望能喻此衷懷思之無忽近陸君士有啓陳其禍亂朝旨即命河東王岳等勒率熊羆便相祗赴道阻且長雖無之及所聞西浮夏首便當險隘之衝南捍巴陵方拒窺窬之寇上黨王皇齊寵弟是號宗英親御戎軒遠于將送裴侍中英起淮南貴族兼事戎行躍冀馬者千群披燕犀者萬隊來自

河陽曽不旬日持節徐武潼三州諸軍事散騎常侍明遠將軍東徐州刺史始興縣開國侯湛海珍等並前朝舊將夙著勳庸推轂海邊屬是喪亂雖復拔身有道志雪朝怨咸預戎行共指鄉國江淮舊隷悉已招携方禀英謨共翦讎難去月將晦便届壽春巳具舟師將臨江浦使人入境行陳所懷揆日覘光遲枉還牘當使宗祊有主余同小白之勳家國無虞公保阿衡之貴何其美也豈不休哉言念此私但以號咽蕭淵明頓首

此篇英華元編在六百八十二卷邊防門今移于此庶幾贈答相應

為王太尉僧辯答貞陽侯書　前人

孤子僧辯頓首頓首席威卿反命具有奉答馬嵩仁至又奉去月二十八日誨增用傾悚秦為不道西都失守率土臣妾莫不驚遑喪君有君實惟典禮繼世嗣曆明於通誥所以百辟羣司四方岳牧共立大計僉議所歸故紹晉安殿下用傳寶祚樹立之宜無由遠謀隣國足下宗枝蕃戚德譽早隆既身限北庭事隔臣贊今者借助齊主揚旆南轅但嗣守洪基即既其主若阿衡帝載誠所推揖弘佐中興誰曰不可所望齊朝永存信誓謹當命此舟人奉迎麾駕無容進枉齊兵遠於江表仰冀弼諧時政用極奮庸但江東之地數千餘里民附國險水陸衿帶若舊京從命揚徐承旨又恐西南之地二十餘州不即威懷容為齊國之患而糧裹之宜更遲動靜袛展之日冀在一二謹因馬嵩仁并遣貞威將軍通直郎散騎常侍馬瑱口宣諮述孤子王僧辯頓首頓首

按陳書徐陵傳齊送貞陽侯蕭淵明為梁嗣遣陵隨還僧辯不納淵明往復致書皆陵詞今僧辯答書恐非陵作後同

梁貞陽侯答王太尉書　前人

萋常侍暠至復枉去月三十日告具公所懷良以慨息孤雖庸薄不及通賢猶曰生民寧無心識自皇家禍亂亟積寒暄九州萬國之人蟠木流沙之地莫不行號卧泣想望休平何況於孤預在宗室家荷報雪之恩身蒙鞠養之愛者先皇之慈也烝嘗不絶於私廟子弟得嗣於南蕃者後主之恵也朱方之地建業之都誰家丘陵誰家宮廟豈有為人臣子荷此恩靈親執干戈自殉家國公之忠孝信感人神公之盟誓事同懸象雖復宗盟不造骨肉為讎安可相期盡如蕭詧耶古者天子六軍是為萬乘今日凶荒致闕斯禮偏裨將校尚握精兵州郡官曹各有交吏未有居稱扆坐行曰乘輿遂無五尺之童高謝千人之長於公明允意復云何家國彫荒既乏屯衛皇齊與睦幸恵優矜何乃自起趑趄苟違隣德凡能禍亂欲立功名咸自軍師豈在芻隷湛海珍等前朝舊將差匪齊人分給羸兵即是梁甲非云背信豈曰渝盟朝野羣雄何所携貳且公天資英謨（謀一作）如有姦回正速齊斧尚何憂於共工何畏於有苗哉所覽來書既為疑難上黨王恭承朝旨不敢相同方篤隣和不容全異如須減損更遲行人張廷尉種等所具此無多及蕭淵明頓首

與王僧辯書　前人

太清六年六月五日孤子徐君（君疑是古人自稱如王績書中亦作王君又一本作名當考）頓首昔者雲師火帝非無戰陣（伐一作）之風堯誓湯征咸用干戈之道至於摇山蕩海驅電乘雷殲厥兇渠無虧皇極若夏鍾夷羿周厄犬戎漢委珠囊秦亡寳鏡然則皆聞之矣未有膺龍圖以建國御鳳邸以承家二后欽明三靈交泰而天崩地坼妖寇横行者也自古銅頭鐵額興暴皇年檮杌窮奇流災中國王彌

石勒吞噬關河綠林青犢之羣黑山白馬之衆狡彼兵荒無聞前史八王故事曾未混淆九州春秋非云禍亂我皇受命中興光宅天下太寧瑣瑣安敢執鞭建武栖栖何其扶轂抑又聞之陶唐旣作天歸烏啄之臣豐畢將興時挺鷹揚之佐明公量苞金鉉神表玉璜儷衮欽才平階（一作陛）佇德固以留連管樂惆悵風雲濡足維時投竿斯在去歲兇徒不騁言次巴丘鼓聲聞一柱之臺烽火照三休之殿公則懸麾羽扇猶對投壺（一作囊）〔非〕戎羯咸奔鯨鯢俱剪樓舡萬軸還繫昆明胡馬千羣皆輸長樂於是乎夏首西浮雲行電邁彭波東匯谷靜山空扼鵲尾而據王畿登牛頭而掃天闕漸臺僞帥仍傳首於帝京郿塢元兇咸刳腸於軍市青羌赤狄同畀豺狼胡服夷言咸爲京觀公園陵盡拜忠貴長沙神主咸安勳踰高密重以秦宮旣獲魯殿猶存闕綠草於應門閒青槐於武庫長安五陵之族鄠杜六遷之民襁負而歸都壥斯滿蠶脂藏脯遊騎擊鍾故市新城飛甍華屋東莞舊宅人識桑榆南頓荒田家分禾黍豈以鄉名穀熟邑號禾興而已哉若夫卦起龍文書因鳥跡劬勞王室大拯生民自開闢已來故未之有也雖十六才子明允篤誠八百諸侯專心同德中宗佐命俱畫丹青光武功臣皆懸星象棧道木閣田單之奉霸齊綰軍將兵周勃之扶強漢壞蟲之比黃鵠轍鮒之仰河宗未足云也孤子階（一作實）緣多幸叨遭皇華鄉國屯危公私燋迫邳彤（形彤異音漢書作彤）之切長亂心弭徐庾之祈終無開允旣而屛居空館多歷歲時釁犯幽祇躬當勦滅何圖釁咎災極蒼旻號慕煩冤肝腸（一作頋）屠殞酷痛柰何無狀柰何惟桑與梓繼若天涯杖栢栽松悠然長絕明明日月號叫無聞茫茫宇宙容身何所窮劇柰何自

忝膺嘉聘仍屬亂離上下年尊偏嬰此酷昔人迎門請盜恒懷發寢之憂當輓輿親猶有危途之懼況乎逆寇崩騰京師播越興居動止長隔山河朝夕饘飾誰經心眼程糜不繼原粟何資瞻望風雲晨夕嗚咽固乃遊魂巳謝非復全生餘息空留非爲全死同冰魚之不絕似蟄蟲之猶蘇良可哀也良可哀也自東都紹漢南亳興殷脩好徵兵彌留星琯韓宣范武方駕連鑣蘇武張儀朱輪華轂而孤子三危是擯四罪同科聽別馬而長號杖歸旍而永慟王稽亥命旣無託乘之恩椒舉相逢誰爲班荆之位昔人違齊處魯時降徵求亡晉奔秦猶蒙招請閒管寧於遼左追王朗於浙東並物譽時賢鄉門公族懸須應務深挾情祈斯豈庸賤之儔耶非餘生之敢望也但預在轜軒誠爲過誤珪璋特達通聘河陽貂珥雍容尋盟漳水差有黃門啓封非無青紙詔書郡將州司郊迎負弩鄉亭里候飾館陳兵豈是復介而奔齊寧當竊妻而逃晉已焉哉羌（一作差）難得而言也漢之谷吉捐軀者幾人楚之申胥埋魂者何極孤子何所歎焉但頓伏苫廬徒延光晷夫以啁噍鷰雀躑躅鳴號含識懷靈未有其痛且夫曾（一作魯）耕雨雪猶尚悲歌蘇使幽囚無馳〔疑〕哽噎公履忠弘孝冠冕搢紳化感煙雲量標海岳行糜仲月王政無蹇〔闕〕分穀高年仁風斯遠固以衣纓仰訓黎庶投懷今日憔惶彌布洪澤雖復孤骸不返方爲漠（一作漢）北之塵營魄知歸終結江南之草孤子徐君頓首

梁貞陽侯重與王太尉書　前人

淵明頓首頓首席威卿等還枉此月十四日告披覽未周（一作終）良深慨息昔長平建（一作失）策猶聞蝕昴之徵（一作奇）疎勒効（一作勵）忠時（一作實）致飛泉之感豈在余涼德書不盡

言遂使吾賢猶迷所執（一作述前報猶）斯故銜哀掩淚仍復披陳者也孤以庸薄寧有霸圖侯服于周常懼盈滿豈望身居黃屋手御青綸揖讓而對（一作叶）三靈端委而朝百辟詢諸園牧莫不皆知援誓神明故自無爽但大齊仁信之道闢於至誠隣睦之懷由於孝德遂蒙殊獎歸（一作還）嗣本朝拜首陳辭歎誘彌廣（一作厲）既而仇讎未殄方（一作乃）憑大國之威宗祏（一作社）阽危尤（一作終）仰親仁之德僶俛恩寄號覗惟（一作載）深而勑喻分明信誓殊重乃去邦家有乂社稷無虞几廣陵歷陽皆許見還白水黃河屢奉然諾至於夏蕃（一作番）衝要控遏上流且命強兵爲我此（一作臨）據若（一作如）其自有精甲能捍醜徒並用還梁皆如前旨以孤頻（一作昔）經忝竊屢守淮肥門生故吏遍於江右凡諸部曲並使招携投赴戎行前後雲集霜戈雪戟無非武庫之兵龍甲犀渠皆是雲（一作靈）臺之仗文物以紀之聲明以發之斯實不世之隆恩寧（一作豈）曰循常之恒禮明公固（一作因）天所授弘濟本朝曲阜同功營丘等（一作並）烈若夫伊尹庖廚賤宰霍光階闥小臣諸葛亮無應變之才管夷吾非王者之相論其世業較彼勤（一作勳）勞書契已來但（一作罕）有明德且程嬰之義自古爲難荀息之忠良以喜慰（一作甚以嘉慰）但先（一作前）朝秉玉鏡之符御金輪之寶菩薩之化行於十方仁壽之功（一作風）沾（一作今）於萬國兇人侯景遂殄邦家何況於今亦有吳會江東如掌差匪虛言淮陽（一作南）在面方此非局不稼不穡多歷歲時大東小東全無機杼關中醜虜寧非冒頓之鋒齊國強兵便（一作乃）是軒轅之陣西（一作東）南當扼喉之勢東（一作西）北承撫背之機首尾交（一作齊）侵華夷俱騁（一作逞）而沖人數歲復（一作天）子方賒德未感於黎蒸（一作人神）威不加於將帥斯等（一作曹）快快非少主（一有之字）臣安肯碌碌因人成事公之才具雖復明允（一作光明）勢何如於天監時何若（一作如）於大同弃與國之隆恩當滔天之猛寇匡救之德翻有未從忠詐之謀誰其（一作去）相曉臥薪待火方此弗危繫草從風儔之非切（一作匹）若能思其上策審此英圖（一作謀）見引軨獵之車還向長安之邸一則二則唯在大賢外相內相終當相屈正當攜諸舊隸率（一作從）我賓遊朝服簪（一作簪夕）纓直拜園寢梁人望國俱登赤馬之舟（一作山）齊師臨江仍轉蒼鷹之旆分袖南浦揚鞭北風民不疲勞軍無怨讟如其執事尚秉（一作不陋）前言將恐戎麾便濟江表何則西浮夏首（一作口）已據咽喉東進彭（一作匯滄）波次指（一作披其）心腹廣陵京口烽煙相望魯桁聞郪方之（一作兹）尚遠胡桑對蓟比（一作匹）此爲遥水陸爭（一作俱）前龍虎交至則揚都蕩（一作薄）定功自齊師江左臣民非關梁國（一作有）豈不追（一作退）慙後主崇寄之恩還貪齊朝親隣之意東門黃犬固以（一作故已）長悲南陽（一作河南）白衣何可復得立兹幼弱非曰大勳（一作天助）滅我宗祊（一作祧）何所逃釁（一作責）今復遣前吉州刺史馬嵩仁至彼（一作十字一作使指）更具往懷想不遠而復無貽祗（一作禍）悔也若英謨有在方興祀（一作嗣）夏之功明監如違便等過殽之歎存亡社稷一在於公（一作斯）臨紙崩號不復多及蕭淵明頓首頓首

此篇六百八十二卷重出今削去注異同爲一作

王太尉僧辯答貞陽侯書　前人

僧辯頓首頓首白席威卿至奉今月五日誨披函伸紙號恥交哀天未悔禍地維重絕九縣沸騰四海悲憤嗣主欽明濬哲齊聖廣淵（一作體）自宸極受命文祖主梁祀者非此而誰且年倍漢昭弗明上官之詐德踰姬誦彌昭周旦之誠

今海內衣冠中朝卿士武南陽舊隸官成天監之初代邸故臣榮光承聖之始莫不人竭其力爭求効命輸心嗣主以報先帝之恩今荆陝淪覆正是江北數縣即東南藩翰萬里而遥坐甲治兵艫舳相接長波天限方漢城池脩德綏民中興可待孤子本以庸懦加復窮喘且平生素蓄志不在位丗蒙朝寵身實許國武皇擢之千里先主申其三顧因此踰濫遂居端右屬天步艱難寄深憂責方欲詢于髦傑採之輿皁共康時務同贊皇猷一彼車書刷茲讎恥然後守其侯服歸老赤松至如今日使須白事披奉來誨承彼送還今琁枝令戚播越秦虜明公儻能入朝同奬王室伊呂之任僉曰仰歸寧不副茲仄席濟扶匡救若斯言不渝更聽後旨便遣鷁舟弘舸奉迎麾旆俱闕來朝意在主盟今江東所奉彼屬披圖未蒙朝意（一作音）鄭拒子忽左史是之漢背劉襄班書稱允況屬踈於昔彌不敢聞命諒期通識賜亮此誠孤子王僧辯頓首頓首

梁貞陽侯與陳司空書　前人

淵明頓首頓首昔軒轅既作遇蚩尤之兵顓頊爲君阻共工之亂雖復搖山蕩谷驅電乘雷殘厥兇渠曾靡遺孽未有時當至治世在欽明元惡滔天遂陷邦家者也我大梁開金繩之寶諜紐玉鏡之珍符功烈與造化相侔德施與風雲俱遠戴日戴斗何向不賓太平之基無思不届逆賊侯景殲亂本朝釁重聰彌凶逾羿浞後主天經地緯義冠人靈驅駁熊羆遂翦勍盜少康祀夏何可對揚太戊與殷彌無等級不圖天未悔禍喪亂荐臻羌賊憑陵侵蕩荆漢乘輿酷辱既陷兇徒黎獻崩騰莫不淪没故以哀窮兆庶痛極蒼旻者也夫諸侯釋位寧非禍亂之朝宗子維城本濟殷憂之日武皇遺胄皆陷虜庭乞命偷生何能支久孤宗室之長爰自布衣辛癸之朝容身靡託追惟先業大庇生民既雪伯升之怨仍紹栢王之霸孤二三昆季情禮獲申等預蕃枝偏承皇德近歲彭都之役得備戎昭（一作行）鞍甲之勞厥謝天寵況復邦家不造至此横流凶狡猶存何所逃責固以提戈負劒卧泣行號言念荆巫志雪讎恥大齊德並天地明符日月隆禮詔俗張樂被民義感華夷仁侔造化玉羊銀甕嘉瑞必彰澤馬山車禎符總集若夫中原猛士本自無窮沙塞精兵斯何有（一作有何）量是以家國之富文景所未儔兵馬之強秦漢所未敵但親隣之道既篤私風明發之懷彌軫先好以爲興亡繼絶聖典通規爰命無庸嗣守社（一作宗）稷既方憑大國厎討仇讎恩喻難違諸懷慙哽公體茲懋德毗奉中興歸自番禺志在討亂至於雲行雷邁谷靜山空扼鵲尾而定王畿登牛頭而掃天闕漸臺僞帥將傳首於帝京郿塢元兇皆横屍於軍市高庸茂烈振古希儔承此欣然深所嘉歎今者殷憂未已禍難相尋宗社無依與主宜立夙承所眷尚在沖年王室猶難何以康濟董侯幼弱終覆漢朝馬業童蒙仍傾晉室所謂前事之不忘後事之龜兆也孤過荷恩靈預奉帷幄黃河白日亟降誠言分災卹患事非虚旨但當小國之禮無失敬恭闔境人民俱勞寤寐方窮人爵之重以報非常之功惠覽今書希能留意也上黨王文高劉德武冠曹彭爰降宗英遠于將送裴侍中英起贊奉師德俱事戎閤月壘連營雲旗蔽野同集江淮翼我歸旆湛海珍等並前朝舊將夙著勳庸江左氛祅投身齊國今者皆蒙恩獎並在戎行歸附明公共剪讎難去月將晦便届壽春已具舟艫將臨巢浦若

公爲内主方同國子之勳余以定家得免臧孫之歎豈不功名富貴共保無疆前望鄉關唯增號哭蕭淵明頓首頓首

代陳司空答書　前人

某頓首頓首使人孔文端至奉此月四日誨兼翰累牘俯加循覽以悲以慰先皇聖德在躬體道康哲允恭克讓就日望雲玄雀銜書皇天眷命光宅區宇司牧黎元澤與風行恩隨雨散朔南暨教要荒貢篚而運鍾百六時屬陵（一作乜）夷賊臣侯景内哭中國掘剪公室鞭撻寓縣三光掩曜四海分崩嗣后大孝發衷（一作哀）志清國釁載齊車以誓衆墨衰裳而鞠旅遥授兵略沿流電邁不崇朝而戮封豕纔信宿而剪奔鯨雖天未絶梁伊帝之力方欲克復梁雍吞滅崤函即都渚宫將議進取而穹旻不惠頻降愍凶秦氏虎狼肆其虐暴主上幽辱鑾輿播遷悲結萬姓痛深九服社稷須主天下難曠晉安殿下地惟密戚親實愛子弱表徇齊幼而岐嶷羣公卿士嶽牧藩鎮莫不頓首屈膝請嗣宗祧王太尉秉德居宗實惟元輔僕以不敏預忝末將今朝野寧晏方鎮協和勠力華夷同奬王室廢竭股肱蕩刷讎釁殿下夙標令譽早播明德親則章興（漢朱虛侯章東牟侯興居一作典非）地惟蔣邢昔因多故託身大國今蒙發軔已次壽春載披來旨實深傾注但帝子承制非爲乏主冢宰臣翊寧侯長君雖則末學頗聞前載成王踐祚曾未壯年昭帝君臨實惟童孺若以家國多故思濟艱難仰惟尊戚莫不屬望分陝之寄側聽高旨如使不繼親地便議崇極上相居中自當奉報昔仲子舍孫檀弓有作趙求外主穆嬴以啼前事不忘可爲故實蕃維末鎮敢用多陳遠降誨函唯深哽佩陳某頓首頓首

梁貞陽侯重與裴之横書　前人

張佛奴昨還得去月二十九日書覽以增慨昔桓公始反管仲親射其鉤重耳初還呂郤終焚其室頃家國多患頻遘閔凶前事不忘便爲龜兆所以皇齊大德禮秩兼常威武紛紜洪恩汪濊況復旌旗照日鼓吹從風文物俱華羽衛相鬱書契已來斯未有也卿天監之始門官有成承聖之初身名俱泰政應勤王效命訓二后之恩憂國如家報三靈之寵何有方規異志苟樹童蒙阻地險於長川忘天討之應及孤昔忝蕃維非無遊士平原之館乃乏如雒田文之家差有彈鋏雖復李廣麾下莫不封侯衛青故人多懷彼此豈可文辭簡略禮等平交披封伸紙益多歎異相鼠無儀表詩人之作茅鴟刺傲彰魯史之文宿昔相期不應如此衆軍即便頓江關相見在近不復多及蕭淵明頓首再拜

裴之横答書

之横白足下定國等至枉雅誨具高氏致送之旨即彼行人遠到京城太尉應有成命但江山夐阻未奉朝廷報辭第下國之鱗趾先朝所寄藉彼隣好義深主祀自宜單車入境端委還朝而朱旆啓行戎旌望國江東士子未達高懷僕早預簪裾夙叨眷與弦矢旣睽江淮成阻青藜裁封雖斷西鳥之辭白雪在天豈無北風之歎但變故紛紛忠貞宜顯寒松負雪誠愧節者之徒勁草疾風寧忘烈士之槩齊師若反旆淮路退舍肥水彼之敬送止搢紳之徒此之奉迎則軒蓋而已伏聽朝旨遲申展敬裴之横白

與徐陵薦方圓書　周弘讓

吾荷朝恩得安丘壑身名兩泰夫復奚言但願沐浴堯風

遨遊舜日，安服飽食以送餘齒然性靈未能灰弭其間復須友生言晤後來英俊並出才爲時生林谷之中鮮逢退逸唯趙郡方圓栖遲天目年過強仕不慕時榮文史足用學藝優敏中歲暫遊宛洛蒙弟識異其人方儲之胤衣冠未絕雅奉閑逸得性丘林與吾朋遊積有年歲今復同在巖壑畢志風雲琴按清商（一作高非）詩題空谷比幽貞道鈌考盤絕詠（一作詠阿）貢五履二兩爻無聞方今公旦作輔億兆攸賴激貪懲競儻自圓起弟以搜揚佐世水鏡求賢脫能登此仄陋論（一作綸）言是屬翹弓遠賁則山谷咸勸足令廉風復振懦夫能立豈不弘哉圓若蒙此旌招未必不鑿坯而遁於廊廟之用脫不能賁然來思而[redacted]於退讓之道於斯爲貴恐弟未究東川人士聊復起予今言吾家上宰之貴無以微裨萬一此舉脫復入聽少得不負夙心周弘讓白

答周處士書　徐陵

厚去年三月二十七日告仰披華翰甚慰翹結承歸來天目得肆閑居差（一作羌）有弄玉之俱仙非無孟光之同隱優遊俯仰極素女之經文升降盈虛盡軒皇之圖勢雖復考盤在阿不爲獨宿詎勞金液唯飲玉泉比夫煮石紛紜終年不爛燒丹辛苦至老方成及其得道冥真何勞逸之相懸也又承有方生亦在天目理當仰稟明師捴斯秘要豈如張陵弟子自墜高巖孫泰門人競投滄海何其樂乎聖朝虛心板築尚想丘園若彼能赴嘉招便當謹申高命但其人往歲亦望至京師觀此風神確乎難拔故以忘懷爵祿詎持犧牲之談高視公卿獨騁蜻蜓（一作蜉蝣）之訓所恐有道三辟公車十徵若斯者終當不屈此既然矣請復嘗言昔楚國兩龔同時紆組漢陰二老相携抱甕兄之幽貞若其鑿坯負石方同形影結綬彈冠無容越楚況乎冀土夔龍擅臊名器巳行所不欲非應及人忽承來音良以多慼何則潁陽巢父不冒令薦許由商洛園公未聞求徵綺季斯所未喻高懷而躊躇於矛楯也唯遲山阿近信更惠芳音如獲誠言謹便（一作使）聞奏弟風勞比劇不復多呈徐君（一作名）白

答諸求官人書　前人

自古有（一無此字）吏部尚書者品藻人倫簡其才能尋其門冑逐其少多（一作大小）量其官爵但古來數千年非無明時也非無明主也自有才用雖美階級不通門户雖高官資殊屈若斯人者其例甚多請問諸君此是何義夫一千錢一斛米之多少猶關相祿況復皇朝官爵理係玄天內典謂之爲業外書稱之爲命五行有驛馬之言六甲有官鬼之說必令驛馬時發官鬼刻身所望偕榮便當果遂如其不爾決是難諧豈可改尚書作官鬼驅老僕爲驛馬耶若見問尚書何不分判用與不用許與不許僕答云君非屈滯豈可相期決言應果若令驛馬差爽便是乖信此關君命僕何以相答耶若朝散之流行止之屬門户相似人才不殊選家斟酌無能爲爾若陟大位清官悉由玄（一作玄）命夫人君賓用並是前緣故宋文帝云人（一有世字）豈無運命每有好官鈌輒憶羊玄保梁武帝云世間人言有目色我特不目色沲悌自此而論豈非前業且世嘮去圖官在亂世覓富在荒年梁孝元帝承侯景之凶荒王太尉接荆州之禍敗爾時喪亂無復典章故使官方窮此紛雜自紹泰太平及永定中（一作永定之時）聖朝草創爾時州州自帝郡郡稱王天下干戈（一作戈未息干）尚無條序兼以府庫空虛賞賜懸乏白銀之寶難得黃紙（一作札）

之板易營假以官榮（一作以官階擢）代於錢絹義在（一作存）撫綏無
計多少又有非舊非勲非地非才託節將而求官因時人
以買位賣官旣賤皆爲清顯故（一作致令）貟外常侍路上比肩
諮議參軍市中無數四軍五校車載斗量豈是朝章應其
如此今衣冠禮樂日富年華主上體成王之風太傅弘周
公之德西戎北狄畏我王威時旣清矣時旣平矣何可猶
作亂世意而覔非分之官耶（一作何可猶作舊意非理望也）凡人所以稱
屈滯者身已不無寸能官不及父祖旣是明時可以於邑
所見諸君多踰本分猶言太屈未喻高懷若問梁朝朱領
軍等（一作昇）並（一作亦）爲卿相此不踰其本分耶此天子所用
（一作此是天子所拔）非關選序舊章秦有車府令趙高直爲（一作至）丞
相漢有高廟令田千秋亦爲丞相此復可爲例耶僕七十
之歲朝思夕計並願與諸賢爲眞善知識曾無嫌隙差可
周旋非欲令君作此怨訴但旣忝衡流應須粉墨㢶其
允當無貟朝寄耳去年疾患亦（一作爾）餘氣息不能相答通
作此書所望諸賢深明鄙意徐君白

一作皆陳書本傳

文苑英華卷第六百七十七

登仕郎胡　柯　鄉貢進士彭　叔夏　挍正

文苑英華卷第六百七十八　書十二

贈荅中

荅族人梁東海太守長孺書一首

重與蕭十書一首　　重荅李清河書一首

贈韋司業書一首　　荅蕭十書一首

荅族人梁東海太守長孺書（其人因梁末入北齊）　徐陵

息報近歲奉使來歸辱彼河清年中告行井惠以明鏡函
離寒暑雖復時陳梁鶴日照孫（一作孤）鸞言慰相思反增離眷劉
傅三常侍還又承書札銀鈎甚麗玉蹠依然開封伸紙破
愁爲笑素秋方戒溽暑稍闌體中何如善保元吉褭臺之
壁少海之珠何必鄉里所在爲貴卿託身大國旣已積年
彼朝英彥理相欽挹方當交辟三命清官兩宮何乃闊然
遲有問也吾七十之歲崦嵫已迫朽老之疾隨年而甚徒
懷北卬之切未遂東都之期牽役承閒但有褰頻賢從君
政佐佑輿基中舍（一作書）謀殿中[redacted]並休宜自別有書問來告
訪吾文章吾自歸來鄉國亟從炎涼牽課疲朽不無辭製
而應物隨時未曾編録旣承今告輒復搜檢行人相繼別
簡知音但旣乏新聲全同古樂正恐多慙於協律致睡於
文侯耳燕南趙北地角天涯言接未由但以潛欷善敬德
中郎並比境之良選皇華之上求若可輶軒別當委白君問

重與蕭十書　李愷

再覽來封皆如一面秋熱未解所履如何某拙疾但昧於
理耳崔子日月漸遠弟故人情多一慟深東豈易論也委
曲具悉待彼官到若有商量與申後意彼有人作主人否
承即欲還豈不能一至此也外郡感別情不易言道路無
留滯朝廷待士論屈日深佇聞鳴躍勿至斷絶弟多才博

識言成楷模其弃廢之人何能爲也言談次可吹噓之合不負公私亦親故之情耳千萬千萬不具李憕諮

重荅李清河書　蕭穎士

名白臨清傳馬子遠至昌樂奉問及亦既披緘慰慘交集幸甚幸甚亡友存日側聞緒言以其先門在殯舊塋未祔將事啓卜指用早秋見託不才俾述銘誌手草行狀遺本猶存豈期遽日未臨長夜俄掩理追遠之純心受終天之永酷幽冥憤歎豈其可言南陽王公聞而傷之近賫錢二萬以濟所欲兄又不以人廢言克申後意則不腆之作刋就有期既往之魂瞑目無悔存殁所荷非二公而誰然後知燕王無以矜其吊市疑作骨魏妾不獨申其結草矣辭奉日遠係積難任惟珍重因還騎不宣名再拜

贈韋司業書　前人

日月潁川男子蕭名敢復書於京兆韋夫子足下嗟乎事有勇於昔聞而怯於今見有求之累月而弃之一言此其勇於昔聞而怯於今見者固見之不厭其成也求之累月而棄之一言者固言之未通其蹟也難進爲志士之節知音實盛名之選可不謂難哉必也道不磷於進趣之幾交可判於言談之分雅心特達中義不回者能之由是而其來也必審於幾其去也必虧於分鳥能擇木木不能擇鳥離合是非之迹在主不在客則僕之所以怯乃足下之所以難也嗚呼將見不見聞不聞惟難僕所以盤桓顧望且累月焉惜知音之至希一絶不再也詠□然不謁幸不怪乎僕家業山東非舉選時不至三輔而倏來忽往亦已再三一昨遇謝官乃不知門下省與朝堂所在足下試以此等事相對豈輕於進退者耶而顧託深期積有年矣幼小日曾竊窺足下所著兩京新記長來追思實爲善作人□所知般晉亟接清言僕幸因之飽於餘論思心諫□以日爲年頃數歲前足下新除吏部郎中時曾於都省之間昧然一謁足下亦頗垂顧接而今得無忘耶豈或念此便謂僕爲輕於造詣者也僕往時之舉誠復輕率然自足下則有固求而不至者焉足下誠問僕於衡軸諸公必知未有一人言僕造其閭矣以正月二十五日至自東京參後迨茲遽承足下屢垂訪引又賢弟曾一陪宴席貴埒源子舊所交歡豈不欲假延譽於門庭披舊積於心腑耶何曩之不能往也如此所謂勇於昔聞而怯於今見者矣仰惟足下旁求百氏獨步當朝抑揚鑒戒時難與擬自甫登清貫垂二十年更事既多閲人不少尚能紆迴雅慮辱在小人懃懃懇懇至于數四何其異也今方運偶休命賢才至衆龍門之下躍鱗所萃豈復吹噓眄睞之地尚微一蕭茂挺乎雖足下惠顧轉深而僕愈自疑也未知足下設何禮以接之竊觀今之文人雅操大缺内不能自強於已外有以求譽於時蘧蒢闒茸人望口氣謂高位必以援登芳聲要以用致而當路者既不能人人有許郭之見亦因依左右惑而客一作容之由斯而達十倍八九翕翕闐闐而志返致令待士者不能備其禮懷才者無以表其誠混淆委翳良足難□也亦知足下奚自諸生早去峻拔策名從仕清標有素世所希也而時事共然頹風一扇詎知來者有貞循□之事得無繫累於流俗乎僕褊介自持麤踈浸乂平生峻節未嘗屈下恐足下尚以爲風塵一士名位不侔行言致迕音容便阻則麋鹿雖微欲服之轅軛且必異於騏驥矣挺而走險何公之門不可曳長裾乎此所謂求之累月而弃之一言也足下

名卿之孫相門自出妙年籍甚寵駕時賢俯仰周旋故已在雲霄之上而僕汝潁之間一後生耳不知足下何從而見訪耶高命驟臨怍歎無寡愿竊爲重之忽記往年奉詣時足下去孫大所言第一進士子則其人不肖誠愧孫公之過談足下誤聽然尚恐足下正由此見知苟曰其然則足下未知之也嗟夫漢有言曰公知其一未知其二此言雖大可以喻小若孫考功之於僕可謂知其一矣也一作深矣可不忘矣然其所未知者乃三四不啻豈一二而已哉慎子有言以離朱之明視秋毫之末於百步之外視水一尺則不能見其淺深何則所賦者異也曩時與孫考功無里閈交遊之知親朋推薦之分勢懸望阻聲塵不接躡無情之路迴必斷之明懷恩不隔於至公而見遇盡闕於薄伎則是僕詞策之知已非心期之知已故曰可謂知其一也文夫生遇昇平時自爲文儒士縱不能公卿坐取助人主視聽致俗邕熙遺名竹帛尚應優遊道術以名教爲已任著一家之言垂沮勸之益此其道也豈直以辭場策試一第聲名爲知已相期之分耶若由此見知僕不才者幸嘗遇賞於孫氏瑣瑣之文何足枉二賢深顧哉足下蘊丘明之恥資董狐之良載筆延閣職司圖史誠朝之得人竊爲足下重之斯未易其任也亦知足下懷獨見之明後來諸生固無借其一字然聞一無此字受金於呂氏之藏者不可謂之秦無人矣僕不意少有此癖心存目想行已十年時命不貸所懷莫就而朋從之閒或謬見稱說亦何知足下不緣此見訪耶苟曰其然則僕心期之知已未始或移於足下矣非曰能爾敢事當仁何者僕私心自料亦已熟矣今朝野之際文場至廣掞藻飛聲森然林植必也扣精微於賞鑒之府稽折中於序述之科如僕料得足下門而入者寡矣僕不敏竊嘗自以爲升足下堂而未入於室但足下未深知耳僕與足下無世業通家之舊屈伸之際僕輒預舒慘焉聲同氣感不知所以然也夫司業古成均之貳學正是循國風伊始先哲王之所以尊人敏德謀猷長世者曷嘗不就學校而奔風化耶梁代劉嗣芳自尚書左丞除國子博士于時物議以爲妙選近高宗朝樂安孫公以宰臣之重再轉此官朝廷素望初不點缺斯尚學尊儒之道也今來擢用此塗稍華必當由憲臺而遷會府典綸誥而掌銓衡一履學官便爲屏棄雖不足以斷賢才通塞之路而常情積習可不謂然乎頃在洛中聞足下初出南宮僕愓然不樂尋知足下載司東觀又翻然以喜王綏有言國寶雖不我知我自知國寶此之謂也夫人生相知亦有運命在僕素誠乃命爾足下果惠而訪之豈人事也以足下陵戾青冥漸漬恩渥雍容璧沼之觀耀映石渠之府而屈伸小數僕尚預其慘舒況乎淪厭盛時悲涼壯歲宿心有在得不爲先達論乎臨書耿歎不知自已惟足下實深諒之今請以一世浮沉之端一身能否之効從始至末仰訴知音言而不應命之極也僕南遷士族有梁支孫系祖司徒鄱陽忠烈王追蹤二南邁德荆郢有子四十人俾侯錫社入卿出牧且忠且賢終始梁代第三子侍中懿惠侯大同中以信武將軍都督比兗州緣[redacted]淮南軍遺愛在人詔學士謝蘭撰德政碑文長子山陰公儒術精博世有盛名隋代山陰第十一弟常侍君才標清峻見崔子發齊紀陽玠著談藪亦稱俊爽而有才辯隋開皇中徵爲東宮學士謝病免少子零陵通守以再從姪齊王諮議府君爲後則小人

曾王父本則惠侯第十七弟太尉宜豐侯之後太子太保梁安公之孫宜豐有忠孝大節見稱梁季迹光五史分載南北安公以前代宿德再綰台傳於義寧武德之間同堂昆弟百有數十自梁涉唐多著名迹終古蕃盛莫之與比貞觀之後群從凋零垂拱以來無復大位越嶲王之圖匡復也王父實預其謀擯身江海不臣武氏舊業邠岐一朝瓦解内弟琅耶王仁簡標列傳贊備昭事迹家君子少丁家艱辛苦百罹事繼親長異母弟育孤姪以孝友聞於姻族僕生於汝潁幼而苦貧孜孜强學業成冠歲射策甲科見稱朝右當此之時爲奮筆飛鸞鳳摛論吐雲煙明主可正議而干群公可長揖而見何言日損一日年貶一年蹉跎半紀乃朱方一下吏耳興言念此不覺氣之交射從來事業復何所用未可爲不知已者論也僕平生屬文格不近俗凡所擬議必希古人魏晉以來未嘗留意又況區區咫尺之判㫖足牽文夫壯思哉而時議喧喧輒復見數亦嘗標擬思於銓庭振塵塵一作聲於輦下而今拙句尚在人口已去再矣復何補於淪棄耶嗟乎以苗侍郎之至公待物以僕之直道干時取捨之端理關一試由來賞待亦去乎不薄而壯年志氣盡此一行時耶命耶若此之甚也又弱志著書放心前史乍窺律令無殊桎梏使終身學此未知得時用茲措足寧逃罪戾髮膚不毁豈若是耶唯疾之憂胡寧逃罪僕從來官情素自落薄撫躬量力棲心有限假使因緣會遇躬力康衢正應陪侍從近臣之列以箴規諷諭爲事進足以獻替明君退足以潤色鴻業決不能作擒姦摘伏以吏能自達耳況乎累土之漸升天無階自經蹇蹷千端萬緒方欲議一官之資勤歷政之效信茲課最跂彼京畿不二十年未免斯厄舉足蹈坑穽揮手挂網羅摧折庭臣之威諠呶卒伍之役捨長用短雖智何爲安得一作見皷鍾可樂便將饗爰居以愁也近日見苗侍郎乃云以子文章非文章才所及異時大用不繫此得會當再發方成一舉嗟夫以文體爲言則爾而一身自卜且又不然一作能何者僕向時之試非不工也苗公之言非不知也以得便之試逢見知之言詞殫理極卒孤始望自茲以外更安可料哉僕有識以來寡於嗜好經術之外略不嬰心幼年方小學時受論語尚書雖未能究解精微而依説與今不異由是心開意適日誦千有餘言檟楚之威不曾及體有時疲頓即聊自止息不過臨池水視遊魚耳頃來志苦轉不耐煩觀圍碁讀八分書亦憒悶除經史老莊之翫所未忘者有碧天秋霽風琴夜彈良朋合坐茶茗閒進評古賢論釋典已又酒性不多消滴輒醉適情縱飲則樂在終席雖體氣熏熏實加困憊而中心醒悟了無惑焉常時知故以此見寡三杯之餘則任意縱誕就閑窻或屏風間曲肱岸幘怡然自處或經過至廣座稠人之中綺筵四匝珍羞盈品奕心灘然有時閑著若乃箏歌亂奏繼以舉白博弈樗蒲呼梟爭道優娼艷妓喧雜左右易貌變聲千態萬曲即嗒然氣盡無所覺知心識低佪魂動神撓但思臨長風一大叫耳雖復郤昭子之驚楚奏夏仲御之逃越巫何以加之一行郡邑志尚都沮事與好相背責與悶相成寮列不諳悉異之又以爲務恃文詞傲弄當世同聲悉疾何地自容可歎息也直性褊中少所容忍於心不愜未曾勉强昔常話文章得失論姓氏臧否忤人雅意累悔無及友生邵軫深以爲言四五年來絶無此過終朝杜

口不復發端偶然見問則率意便荅必不能矯情飾理雷
同取合而今世風流見異者衆雖三五至交才名乆著一
參名理俄然楚越而州縣之禮捨義重權小人跨躡便成
簡倨卑身下氣已自不堪詞色之端更求附會守初心則
嫌猜頻起將任節則操履全乖丈夫行已三十年讀書數
千卷尚不能揣摩捭闔取權豪意旨況復終年怏怏折腰
於掾吏之下哉古者右史記事左史記言記事者春秋經
記言者尚書是也周德既衰史官失守孔聖斷唐虞以下
刪帝王之書因魯史記而作春秋託微詞以示褒貶全身
遠害之道博懲惡勸善之功大韓宣子見之曰周禮盡在
魯矣吾乃今知周公之德與周之所以王也有漢之興舊
章頓革馬遷唱其始班固揚其風紀傳平分表志區别其
文複而雜其體漫而疎事同舉措言殊卷秩首末不足以
振綱維支條適足以助繁亂於是聖明之筆削褒貶之
文廢矣後進因循學猶不及竟增泛博彌彰簡要其迷（一作述）
固乆非可一二言也僕不揆顧嘗有志焉思欲依魯史編
年著歷代通典起于漢元十月終於義寧二年約而刪之
勒成百卷應正數者舉年以繫代分土宇者附月以表年
於左氏取其文穀梁師其簡公羊得其覈綜三傳之能事
標一字以舉凡扶孔左而中興黜遷固爲放命昔荀仲豫
袁彦伯二賢亦嘗筆削紀年裁成兩漢晉代則孫安國編
次南北迄穆帝之終其道鸞（一作鑾非）鑿齒幾原叔庠繼踵于
宋齊之間矣梁武烈太子以弱冠之年早事刪録雜諸家
之說著三十家春秋太清之季金陵版蕩元帝嗣興乘輿
不復東臺典籍悉上荊州及郢都淪喪焚燒略盡史策遺
逸散在人間同源異流十家俱起而究終始一氏則何劉二

典存焉陳紀裁於野王齊志創於君懋蔡學士集江陵故
事撰後梁春秋隋季有後略一家亦行於世秦涼趙諸國
亦有得而稱元魏及周無聞焉爾自漢元卒於大業期運
驟遷史籍塡委編年之作亦往往而聞其間體裁非無優
劣終未能摧漢臣僭僞之鋒接魯論之緒附庸班范曾何
足云雄鈇獨斷抑非諸君子之事也誠智小謀大綆短汲
深加之數年可以集事嘗願得秘書省一官登蓬萊閱典
籍期三四年内絶筆之秋使孟浪之談一朝見信寧不知
立身有百行立名非一途豈必繫心翰墨爲將來不朽之
事也夫太上立德其次立功其次立言立言者乃不朽之
末耳然則古之終年著述者亦已知之心有所存正爾不
能自已也豈求見重於千載耶校理是司於今絶望刋削
之志即事都損矣聖朝官人宜求稱職使道皆適務時無
棄能何須詮（一作銓）衡枉分如此僕以三月二十六日拜謝
闕庭爾來凡四十餘日正以足下之故未便東行乆不能
斷夫人與不見於胷中由此致淹泊耳幸足下勿謂僕爲
後輩一生聞其小者所知但欲輕一召來試觀其談說也
僕遇於足下豈徒伯喈王粲之嘉會子産延陵之胞合耶
雖數百年外邈爾相望亦不爲遼闊也況契心期於俛仰
之顧得不重哉僕從來綴文略不苦思唯專心舊史企望有
成不復能以他人（一作大）手筆冀流傳於人世所以援毫襞紙見
推疾速自今月五日始作書首末千餘言經半旬乃就加
之筆札斯亦勤矣誠知殊翦截之清詞長謬悠之曼說然
苟非足下安能有此（一作以）課之善士之託於知己恨鬱悒
而無所申非必求利也計足下之年應長僕二十許歲亦
已懸矣而才名位望之隔則又可知所不閒於風期者道

耳足下本以道垂訪小人亦以道自媒故此書之禮過於慢易成足下之高耳苟道之不著而名位是務足下之趨風者多豈唯一蕭茂挺小人之受侮亦衆豈獨一韋夫子乎足下必不以爲狂而亮其志越絆拘之常禮頓風流之雅躡乘躡屩之遇展傾蓋之歡則重賜一書猥荅誠既既奔足下不暇豈敢差池若文不足徵道求相借請見還此本謹俟燒焚無爲輕置蓋瓿使識者一窺齊楚交失非古之君子退人有禮之道也雜詩五首謹以奉投聊用代情不近文律耳謹再拜

荅蕭十書　韋述

述白忽枉書問詞高理博尋翫反覆罔知厭倦述聞登太山者覩蓑薄而迷其方面涉瀛洲者挹波濤而懵其淺深蓋廣大則昧然難爲究[redacted]足下貫穿群言靡不該覽聞一以知十切問而近思[redacted]詞人之淵藪僕誠不敏何以當斯乎足下無棄芻蕘輕投瓊玖講學先訓譏（嘲）所企予所（一作啓）發微言孰不賈勇謹當掃陋巷之庭竚望君子之軒車博約之道以俟會面韋某頓首

文苑英華卷第六百七十八

登仕郎胡柯　鄉貢進士彭叔夏　校正

文苑英華卷第六百七十九　書十三

贈荅下

上權侍郎書一首　荅獨孤秀才書一首
請符載書一首　謝李巽常侍書一首
李巽再請書一首　又荅李巽書一首
李巽又請書一首　又荅李巽書一首
寄南海王尚書書一首　荅澤潞王尚書書一首
寄贈于尚書書一首　與崔羣書一首

文章上

與李邢書一首　李邢荅書一首
荅李顒之書一首　上隋高祖華文華書一首

上權侍郎書　獨孤郁（載權德輿集）

貞元十三年八月日獨孤郁謹上書于舍人三兄閤下郁以世舊遂獲謁（文粹有見字）叙故人（文粹權集並無人字）大賢之遇郁也亦不以常交言之際（文粹無此字）眷意甚露郁瑣瑣鬱堙二年無聞摧頹折羽而不喜者非失意之謂非尤人之謂蓋將因事自罪而不喜也借如豫章生於擁腫小木之中樵蘇見之亦以嗟矣一有不嗟則必自與擁腫者亦不多遠也（一作矣）珠璣混（權集作隱文粹作雜一本作産）於礫石之中童子弄之亦以驚矣一有不驚則必自與礫石者亦不多遠也（一作矣）鏌鋣卧於鉛鈍之下（文粹作中）良（文粹作下）工覩之固亦知矣一有不知則必自與鉛鈍者亦不多遠也（權集作矣）毛嬙後於宿瘤而行有目者覩之固即分矣一有不分則必自與宿瘤者亦不多遠也（權集作矣）苟與乎擁腫礫石鉛鈍宿瘤果無（文粹權集並作莫果）殊異則不能移凡眼所擇況遇者（文粹作逃乎）良工巧治有識（文粹有者字）之目哉今禮部侍郎之目固亦國之良工巧治有

識者之目也於中再擇再不中是直（文粹作真）已爲擁腫礫石鉛鈍宿瘤矣何止與其（文粹作斯）不遠哉此所以因事自罪而不喜也或諭之曰令（文粹有子字）之道尚光子之所以不振者晦過（文粹作過）也子之道豐蔀也子且直有崪天之材而隱植之有照乘之珍而窯櫝之有切玉之利而謹襓（招切如衣帙也）之有傾都之艷而深帷之雖使離婁左執光而右拭皆迫而索之固亦不能知子（文粹無子字）矣子（集無子字）何不移植露光披鋒示貌使識者覩（文粹有之字）而駭之彼之所誨固亦郁所不能焉已必不材也必不寶也必不利也必不姝也且遍過於有識者之目是自揚其短也已必材也必寶也必利也必姝也雖小示其光鋒幹貌於一人驚我亦已多矣所不驚者是子（文粹作子）四事果不足異於族凡也郁病直拙獨大賢於郁分殊尚不能以亟況悠悠者歟郁常行乎時輩之間多酌其言語善者鄙者而自減盈消息其言（權集作旨）稍有可驚不敢不於許言者言之今之後學者或嘆曰吁後學何（權集二字作來爲乎）所歸哉此且非宜長者所當聞也亦非宜長者所不當聞也今朝廷先達病在不能公也或能公而不能甚（文粹作爲）力也覽其文則贊美積（文粹作稱）嗟無不至也其間善惡輕重進退則心以別矣此其所以爲公也鮮有知其必善而風鼓之不啻若自其口出此其所以爲公不能甚力致使（文粹無使字）遑遑之倫其下才者亦曰今夫在位者其無公歟其無心（文粹作公）歟有一善未嘗肯稱也意曰非我事也又慮與之談者不與我符愛也（權集無也字）是使諸子竊竊然自以無聞爲不辱（一作欲）遂相與擇捷趨邪紛乇於主司之跡親者苟能致譽則不詰其所以致譽者之賢不肖而曹趨之矣此實今之躁進苟得之風也在朝廷大賢主而名之驅而正之於其善者扶之搖（文粹作持）之有善而未具者決之導之使四方學士知嚮方焉何如其曰非我事也若使一人曰非我事也十人曰非我事也舉朝廷皆曰非我事也苟非我事則無所不非我事無所不非我事則天地之間無乃已寂寥乎昔孔子飾詩書禮樂以化齊弟子而至天下使孔子亦曰非我事也則今者（集作也）安盡聞夫七十子之賢詩書禮樂之盛七十子亦曰非我事也又孰爲播孔子之聖如此其大乎今文亦如是朝廷先達亦如是後之達者亦如是若（文粹作等）不相播則人文禮義知已復往之道不幾乎息乎（文粹作矣）郁不肖辱承大賢之心深矣非又敢以假喻自薦也意欲以大賢擇衆賢如七十子之徒是亦方孔子於大賢也何如（文粹自意欲至何如二十五字作意欲以大賢擇衆賢而使七十子之徒亦方孔子於大賢也何如）不宣郁再拜

答獨孤秀才書　權德輿

損四日書問兼示新文閎博峻異有立言致遠之旨焉其於惠愛纖悉重厚甚善甚善以吾子才志與年三者皆富以家（文粹作嘉）聲自振若建瓴（文粹有決字）水大冶良工必有不蘄（文粹作期）至而至者況以日日新又日新之盛哉夫豫章珠璣鏌鋣毛嬙終不慮隱之櫝之襓之帷之之爲患而爲擁腫礫石鉛鈍宿瘤之排蔽但發有疾徐耳來問云一人驚之亦已多矣豈與族凡校耶此誠得之又云先達病不能公或公而不能甚力（文粹作病其無力）今夫滔滔者或辨之不至而苟善待之及揚聲延譽則鉗口結舌大凡舉世之病也如鄙夫者直力不足耳亦懼招倈奔走爲津爲岐至有竊所愛者則寡矣又豈（文粹作奚）能廢是也從古未達者之望達者何嘗不如是耶先師七十子所擬豈敢當也三復懇然無

言喻懷其他慕重續俟會話德輿頓首

請符載書　李巽

數月不面延企爲勞夏首漸熱惟動履安勝巽擊肩推遣昨者不揆薄劣輒上薦賢之書恩命拜足下太常寺奉禮郎充南昌軍副使官告已到惟增感慶巽不任忻愜足下義高德茂文操（一作藻）特秀棲遲衡茅之下籍甚寰海之內信儒者之徽猷聖朝之公器而玄纁束帛偶未至者蓋匡（一作注）[redacted]阜則邇符君甚遠巽謬臨此地間接清風激揚多矣向非章疏上達則麟足無由絆然奉常之拜亦吾子他日九層之資也但以俯倅吾軍爲執事者之累幸當猥降允副夙誠冀即傾展差浣勤矣謹差押衙任進朝奉受官人馬馳狀進（一作奉迎）

謝李巽常侍書　符載

其官任進朝至猥賜書札并官告衣服鞍馬等開緘之後伏知常侍不以載儒劣無取飛章上聞蒙授太常寺奉禮郎充南昌軍副使者此所謂天子厚澤下潤林泉諸侯盛禮曲霑固陋斯惟腆薄何緣如是五內慙愧彷徨失從某弱年不自揆妄植強操祖尚名節嘗以爲靜既砥礪以修道動即功德以被世故棲遲不進垂二十年雖跡在丘壑而心非長往且山木之挺者憂良匠之不來室女之容者憂士夫之不娶某雖孱愚材貌俱微實求知音爲之投誠一昨候謁盛府禮數優貸降大人之嚴重涵小生之闊略顧問采色若有所注居未經時榮命果來變枯槁爲美粹易荷衣（一作蕙）爲簪組起締構於平地生翼羽於雛鷇鴻漸之兆始於茲辰與夫尋常感恩不同日而語也誠宜掩山扉別巖松扶策病憊祗赴所職伏以歸山之日嘗於甘子堂中輒以私志上廣（一作塵）視聽嘗恐道有所未立學有所未周遭值引遇速貽敗累實欲姑務斂退以備見聞況江西爲藩鎮之雄常侍負伊咎之資署置賓佐四方傾耳或主客懸絕秖取笑焉故嚮風斂手不敢上道又某童孺酷嗜山水建中初與友生數人自岷蜀結心匡廬始至甚病困無以贍給偶獲一地蓬陋翳薈苟取便易未皇變合（一作更）含憤不快如病毒螫近者江州李使君以俸錢四萬爲某買山號三澗峯在二林之右孤巖絕壑匡廬之左壞褐破袍（一作飢　懷渴抱）沛然蒲篋方將面雲峯構草堂詠歌堯舜綢繆松栢（一作桂）報償昔年之志而去是有始而無卒有會而無心必當爲谿猿谷鳥側目相視豈止於林慙澗恥而已哉伏惟閣下道極上才之美[redacted]布中和之化昭昭德禮攬接士庶凡在草木尚獲暢達區區鄙素冀見察納其幼小淪

賤冑緒逶迤糟心服道年甫強仕比爲海內之諸侯屬意亦勤矣禮則甚厚實未隨之今常侍不問賢否事出沉斷恩寵忽至門戶有光銜涕感激不知所措則自茲日至于沒地出於閣下門闌矣菲薄之質已爲閣下從事矣夫如是雖千里之外猶趨奉左右也伏計王公大人雅量如淵當見其遐遠樹名異日豈以一召違命遂賜重乎鄙人恃此敢存俯仰既乞守蓬蓽未獲奔走其官告人馬輦謹並使還府久處荒野詞意踈蕪干犯尊嚴但增惶恐狂狷幸甚幸甚

再請書　李巽

使至奉覽來疏何乃華其詞潔其志未酬所獻一至於是區區之意竊有所未然足下之所然也夫洪鍾遇扣大小必應良劒赴剸泥玉一切知已許與有類於斯細詳足下

之旨徒仰矯擧命俯稽誠禮其所難者但慮側猿鳥之目咽澗泉之溜何甞以阻鄙夫之誠爲忝辱衆君子之望爲意乎且足下之守儒行也亦甞聞尼父以司寇爲汙巳俾升堂者細百里而不宰乎然丈夫立身之本正在執德義樹功業而巳今足下德義巳著而功業未樹其在忽歲月而貪踈曠時至而不行也以足下才德之美僕素高山仰之豈不能薦足下於朝立可觀之地矯翼霄漢躍鱗清流以成雅志哉意之所趣輙有所在方今聖主聰明春秋鼎盛百王術内六合掌中而近郊跂扈尚或乖化夫主憂臣辱抑所忿憤故僕私心期足下於遠圖大計耳謹當虛心假寐灑掃庭館奉候而巳且今之惠然猶往之見辱無屑意也屬簡書有畏不果躬詣所居幸垂見悉

答書　符載

今月二十一日謹遣家人楚山專奉狀伏計巳達任押衙至猥賜書示并官告衣服等戴荷之至無任下情孟夏漸熱云云即日其侍奉外蒙恩常侍開長者之懷以國士見遇拔自蓬蓽署職拜官手跡纏綿出於濬發古人云屈於不知巳而伸於知巳今常侍知我實獲死所捧讀之次涕激肝心假如時命不偶溘死朝露平生志氣巳無所恨若齒髮猶壯前途未失即立（二字疑）之忿庶幾賢達故前啓求息山林更自磨礪報答之分正在此矣伏惟曲賜鑒察免貽聽瑩幸甚幸甚其官告衣服鞍馬等欲留告身爲與職名相聯欲留白衣又與公服同對捨一取一竊未合度謹令並却附上伏惟委曲鑒照下情懇望

第三書　李巽

再馳狀皆損還答承抗跡未降虛懷猶鬱足下有器業可以資時松筠之質有異蒲柳然白駒驟過良時易晚昔夫子從政亦不待韋編三絶況僕虛薄忝承朝寄懼於覆壓竊寐良賢實冀推明道德裨助薄劣故延仰之誠有加常旨敢更誠請所望虛副幸甚諸巳再具故不煩云謹差散將葉公著敬候并官告衣服僕馬等延首北睇以得爲榮惟垂昭省不宣李巽重簡

答書　符載

專使孟溫朝至再蒙示及招誘誨喻激切倍劇前書之賜議者云得地千里不如一士閣下以泰山之高就蟻垤之卑損折威重一至於此是何節士義夫之不投心服體是何藩臣方伯之不師謙降禮是何澆風弊俗之不易邪蹈正是何姧臣賊子之不悛慕畏義君子動氣小人抃手熙熙相賀如見中古如載之不肖猶夫人也常侍之引遇也如是況今有賢於載者乎是知劇辛趙往鄒衍齊來抑有以也夫丈夫處世誠宜種道德樹勳績頻年急節慨如不及然才短而好進者敗謀人而不審巳者危三尺童子明詳斯旨伏覽書示閣下又許與過以遠圖伏計俯示鄙人實恐孤負聰明視聽失所以鉛刀爲重器以散木爲良材反覆思量益用慙惕是以前後懃懇少求退息欲磨鈍使利拂昏冀明蹄涔之内灌瀉涓滴料新營山居松桂未盈尺圩墁未快乾即閤下巳在鳳池矣此不揆懦劣敢希提携助君治國裨補萬一若素尚飽蒲耳其昧於機要識且迂踈敢恃深知累竭肺腑儻允遂鄙志從容林壑野人之誠也敢不懽愉以受賜或固使愚陋周旋幕府諸侯之禮也敢不恭敬以俟命此進退之分繫於主不繫於客也意有虔切不覺費詞伏惟再垂覽察幸甚幸甚

寄南海王尚書書　前人

尚書以雄材盛業作鎮南服紓精誠之處（疑）答天子之寄百越乂清幕士粲然甚善甚善公昔典九江載在匡廬袂以淳仁扇以清風中林逋客安樂無横至於敞南軒之勝開北樓之讌纏綿鐏斝操觚發詠者可勝言哉爾後榮遷亞尹承江陵之歡好超拜容府展襄陽之慶荷違奉尊嚴不十數年伏以英姿奮登雲霄光華富貴烜赫當世某今藏遁山丘作老書生江湖重阻禮數間絶尚書或眇不寘慮即小子旦暮敢不馳心于旌戟耶一昨徑理扁舟遠離潯陽不畏道路時伸賀禮屬船隘熱劇飲食江水度廬陵百餘里防護無術疝疾動作藥物荒乏躋於委踣以今月十八日達南康使醫工診視了未蠲愈自揣氣力不任支持遂祈戎使君致徒步持短書并備舊文緘結敬獻閤下運動不偶嬰此疾瘵志意莫申端緒未展然不獲覩節旄之重挹政化之光仰首嚮風愁惋盈膺伏計宣達聰明悉善下賢幸甚幸甚三月中馮翊嚴謩至山居道揚秀才衡携挈口累歸心大府此人氣性岐嶷有縱横之才未（一作不）遭知己久見堙壓加以躇（一作跱）駮聲音不振如鴛鸞鎩翮瞻雲興歎況曩昔承歡厚薄齊同一旦流離棲身失圖北遊不可立家無路伏惟尚書大廈弘敞能不以蓋覆爲意乎伏枕陳露兢惶展轉不宣某再拜

答澤潞王尚書書　前人

某有舊故爲南康郡太守今年夏五月往遊其門至冬十月歸山下遂於江州盧史君處伏奉書問并覩押衙盧從史所留示委曲重詞異禮一何特達捧讀慚恐若無憑依伏惟尚書忠厚淳粹發於大造靈姿傑立長材卓然以社稷爲生死以勳庸爲倚任義感生於慷慨問望歸於德禮屬思宏邁遠蹤前人由是天子以山東之利兵廣土授之使長於諸侯蓋有以也夫翊王公之美者莫如賢贊策畫之利者莫如才延納優劣不啻十（一作千）百如某者一蓬蓽士也癡緩樸訥無可采擇性嗜閑退不求聲利頃在山林中飲泉斸藥保養性命時運不適即覽閱六籍或持竿釣魚以此竟歲人世機事視之懵然不悟高明横加鄙夫手疏襟素不師文字是所謂嘗蘇草（一作蒿蘇）而擬蘭蕙藪礫石而揀瓌璧欲自覬始爲天下士君子之先伏知異日截犬戎一宇宙拯民戴主在此志也念兹菲薄無用裨補況且多病形憊氣衰不任策使實貽敗累未獲趨拜謝恩鈴閤又南歸日晚酬答稽疎瞻望旌麾惶灼無次古人有感一言重一顧期於殞越請報國士即小子平生之旨豈無是耶伏惟開懷察納不記疵恠幸甚幸甚不宣某再拜

寄贈于尚書書　前人

朱校書至猥辱書問并示孟處士碑篆端由捧讀彌日抃躍無次夫旌善人採遺美蓋有位君子之所行志豈伊薄劣敢議發揮言輕賜重益用惶駭又於朱校書處恭覩製作約數十篇高格倚山嶽迅勢擬波濤邁氣薄雲霄遠思躡鴛鴻當世翰墨都無此手臟腑怳怳至今悸動斯可謂煥乎文章也一昨奉辭伐罪統貔虎之師沉謀偉略洞入神鬼以鎮則有制以戰則有威巍巍赫赫聲振怛寰海斯可謂盛乎武事也文武吉甫佐天子贊襄使姦臣賊子無萌芽於禍亂者我尚書之謂矣小人君子咸知幸甚某一凡夫也棲遁匡廬垂三十年讀書不及於豎儒把筆纔過於常談泯泯人世隣乎強仕斯亦[redacted]畏也然徒欲有愚妄

之意愛大名慕大節懸芳竹帛爲千古榮勸勸懇懇正爲此耳小子聆閤下之事業英姿豪韻逈如古人私心歡喜動作顛沛況前旨稠疊猥賜誘喻令一至峴首（一作山）追賞風景（一作光）小生何人當此珍重誠宜奔走拜伏旌麾間識征南之儀觀揖當陽之談話凝襟滯想從茲泄露屬入夏多病氣力衰羸火雲始生道路且遠瞻仰尊重魂爽飄然若望溟海未知濟涉如此誠激何緣上達唯有簡牘可寄肺腸今故特差祗承人呂及自潯陽專徃奉狀塵獻鈴閣伏惟鑒察愚朴不責狂瞽幸甚幸甚候間起居之禮謹候異日此無多談

與崔羣書　韓愈

自足下離東都凡兩度枉問尋承已達宣州主人仁賢同列皆君子雖抱羇旅之念亦且可以度日無入而不自得樂天知命者固前脩之所以禦外物者也況足下度越此等百千輩豈以出處遠近累其靈臺耶宣州雖稱清淨高爽然皆大江之南風土不並以北將息之道當先理其心心閑無事然後外患不入風氣所宜可以審備小小者亦當自不至矣足下之賢雖在窮約猶能不改其樂況地至近官榮祿厚親愛盡在左右者耶所以如此云云者以爲足下賢者宜在上位託於幕府則不爲得其所是以及之乃相親重之道耳非所以待足下者（集無者字）也僕自少至今從事於徃還朋友間一十七年矣日月不爲不久所與交徃相識者千百人非不多其相與如骨肉兄弟者亦宜（集作且）不少或以事同或以藝取或慕其一善或以其久故或初不甚知而與之已密其後無大惡因不復決捨或其人雖不皆入於善而於已已厚雖欲悔之亦不可（三字集作可乎）凡諸（一作此）淺者固不足道深者止如此至於心所仰服（集作伏）考之言（集作百）行而無瑕尤竅之閫奧而不見畛域明白淳粹輝光日新者惟吾崔君一人僕愚陋無所知曉然聖人之書無所不讀其精麤巨細出入明晦雖不盡識抑不可謂不涉其流者也以此而推之以此而度之誠知足下出群拔萃無謂僕從何而得之也與足下情義寧須言而後自明耶所以言者懼足下以爲吾所與深者多不置白黑於胷中耳既謂能粗知足下而復懼足下之不我知亦過也比亦有人說足下誠盡善盡美抑猶有可疑者僕謂之曰何疑疑者曰君子當有所好惡好惡不可不明如清河者人無賢愚無不說其善服（集作伏）其爲人以是而疑之耳僕應之曰鳳皇芝草賢愚皆以爲美瑞青天白日奴隸亦知其清明譬之於食物至於遐方異味則有嗜者有不嗜者至於稻也粱也鱠（集作膾）也胾也豈聞有不嗜者哉疑者迺解解不解於吾崔君無所損益也自古賢者少不肖者多自省事以（集作已）來又見賢者恒不遇不賢者比肩青紫賢者恒無以自存不賢者志滿氣得賢者雖得卑位則旋而死不賢者或至眉壽不知造物者意竟如何無乃所好惡與人異心哉又不知無乃都不省記任其死生壽夭耶未可知也人固有薄卿相之官千乘之位而甘陋巷菜羹者同是人也猶有好惡如此之異者況天之與人當必異其所好惡無疑也合於天而乖於人何害況又時有兼得者耶崔君無怠崔君無怠（杭蜀集本並作崔君崔君無怠無怠）僕無以自全活者從一官於此轉困窮甚思自放於伊潁之（集作水）上當亦終得之近者尤衰憊左車第二牙無故動搖脫去目視昏花尋常間便不分人顏色兩鬢半白頭髮五分亦白其一鬚亦有一

莖兩莖白者僕家不幸諸父諸兄皆康強早世如僕者又可以圖於久長哉以此忽忽思與足下相見一道其懷小兒女滿眼前六字集作兒女滿前不能顧念足下何由得歸北來僕不樂江南官蒲便終老嵩山下足下可相就僕不可去矣珍重自愛慎飲食少思慮唯此之望愈再拜

文章上

與李那書　徐陵

籍甚清徽常懷虛眷山川緬邈河渭像於經星顧望風流長安遠於期日青要一作婁詩四月秀婁漢書禮樂志豐草婁皆草也淮南子青女降霜疑用此事戒節白露爲霜君子惟宜福履多愈雍容廊廟獻納便繁一作蕃留使催書駐馬成擻車騎將軍賓客盈座丞相長史瞻對有勞脫東變繒慰其翹想吾棲遲茂陵之下卧病漳水之濱迫以崦嵫難爲砭藥平生壯意竊愛篇章忽覩高文載懷勞佇此後殷儀同至止王人授館用阻班荆常在公筵敬祈名作獲殷公所借陪駕終南入重陽閣一作閣詩及荆州大乘寺宜陽石像碑四首鏗鏘並奏能驚趙鞅之魂輝煥相華時瞬安豐之眼山澤晻靄松竹參差若見三峻之峯依然四皓之廟甘泉鹵簿盡一作備在清文扶風輦路悉陳華簡昔魏武虛帳韓王故臺自古文人皆爲詞賦未有登玆舊閣歎此幽宮標句清新發言哀斷豈止悲聞帝瑟泣望羊碑一詠歌梁之言便掩盈懷之淚至如披文相質意致縱橫才壯風雲義深淵海方今二乘斯悟同免化誠疑作城六道知歸皆踰大一作火宅宜陽縣名之作特會幽衿所覩黃絹之詞彌懷白雲之頌但恨睽遠二字一作耆闍遠嶽擅特高峯開上羅浮康公懸溜不獲銘玆雅頌耀彼幽巖循環□用忘飢渴握之不置恒如趙璧翫之不足同於玉枕京師長者好事才人爭造蓬門請觀高製軒車滿路如看太學之碑街巷相塡無異華陰之市但豐城兩劒尚不阻來韓子雙環必希皆見莫不以好龍無別木鴈可嗤載望瓊瑤因之行李金風已勁玉質宜調書不盡言但聞爻繫徐陵頓首

答書　李那

繁霜應管能響豐山之鍾玄雲觸石又動流泉之奏矧伊物候且或冥符況乃衿期相忘道術楚齊風馬吳會浮雲行李無因音塵不嗣殷御正銜命來歸嘉言累札江南橘茂薊北桑枯陰慘陽舒行止多福足下泰山竹箭浙水明珠海內風流江南獨步扶風計吏議折祥禽平陵李廉辯訓文約況復麗藻星鋪雕文錦縟風雲景物義盡緣情經綸憲章辭殫表奏久以京師紙貴天下家藏調移齊右之音韻改西河之俗豈直楊雲藻翰獨留千金嗣宗文雅唯傳好事僕世傳經術才謝劉歆家有賜書學匪班嗣弱年有意頗愛雕蟲歲月三餘無忘肆業户牖之間時安筆硯嚬眉難巧學步非工恒經牧孺之譏屢被陳思之誚羞逢仲子類居山之鼓琴屢見子將同本初之車服不謂殷侯虛談成價遂同布鼓輕嚮雷門燕石空雕終慙比德楚璺雖拂實愧棲桐豈若邯鄲舉袖唯聞變曲協律飛塵必應不顧是以日南寶貝遥望歸秦合浦文犀更希還漢芳春行獻鸎其鳴矣懸豫章之床置長安之驛厚築墻垣思逢鄭僑之聘工歌周頌佇奏延陵之樂書繒有復道意無申李那頓首

答李顒之書　徐陵

近謬枉清音無申窮眷忽辱來告文製兼美君山西盛族素挺風流河北辭林人一作本所嗟貴子拓虛座寧不敬期

伯喈倒屣固以相屬一日復其草土思弊衣裾披訴清顏但覺形穢公輔之量不負高名王佐之才信表天骨孺子之榻雖其可懸仲康之車彌彰恒眷孤子皆緣素之叨遷皇華今日形容無關天壤殘光炯炯慮在昏明餘息綿綿待盡鍾漏安可以樹揚名士遊處盛賓來喻泰高如爲善謔文艷質寡何似上林華而不實將同桂樹但忘年之歎昔有張裴（一作華）隣國之交非無嬰扎儻哀駘可悅夔盎非疑方願投衿庶比傾蓋頃陳陽之疾歲月增深羊祜之痾秋冬彌劇且年光遒盡觸面崩心扶力含毫諸不申具孤子徐陵頓首白

上隋高祖革文華書　李諤

臣聞古先哲王之化民也必變其視聽防其嗜慾塞其邪放之心導（一作示）以淳和之路五教六行爲訓民（北史作人）之本詩書禮易爲道義之門故能家復孝慈人知禮讓正俗調風莫大於此其有上書獻賦制誄鐫銘皆以褒德序賢明勳證理苟非懲勸義不徒然降及後代風教漸薄（一作落）魏之三祖更尚文詞忽君人之大道好雕蟲之小藝下民（一作之）從上有同影響爭（一作競）騁文華遂成風俗江左齊梁其弊彌甚貴賤賢愚唯務吟詠遂復遺理存異尋虛逐微競一韻之奇爭一字之巧連篇累牘不出月露之形積案盈箱唯是風雲之狀世俗以此相高朝廷據茲取（一作擢）士祿利之路既開愛尚之情逾篤於是閭里童昏貴遊總丱未窺六甲先製五言至如羲皇舜禹之典伊傅周孔之說不復關心何曾（一作嘗）入耳以傲誕爲清虛以緣情爲勳業（一作績）指儒素爲古拙用詞賦爲君子故文筆日繁其政日亂良由棄大聖之軌模構無用以爲用也損本逐末流遍天（一作華）壤遞相師祖久而逾（一作愈）扇及皇（一作大）隋受命聖道聿興屏黜輕浮（北史作浮詞）遏止華僞自非懷經抱質志道依仁不得引預搢紳參厠纓冕開皇四年普詔天下公私文翰並宜實錄其年九月泗州刺史司馬幼之文表華艷付所司治（北史作推）罪自是公卿大臣咸知正路（北史作道）莫不鑽仰墳素棄絕華綺擇先王之令典行大道於茲世如聞外州遠縣仍踵弊風選吏舉人未遵典則宗黨稱孝鄉里（一作曲）歸仁學必典謨交不苟合則擯落私門不加收齒其學不稽古逐俗隨時作輕薄之篇章結朋黨而求譽則選充吏職舉送天朝蓋由縣令刺史未行風教猶挾私情不存公道臣既忝憲司職當糾察若聞風即劾恐挂網者多請勒有司普加搜訪有如此者具狀送臺（一作皆隋書本傳）

文苑英華卷第六百七十九

登仕郎胡　柯　鄉貢進士彭　叔夏　校正

文苑英華卷第六百八十　書十四

文章中

報三原李少府書　崔融

僕去夏遄征徂秋戾止於舍弟園亭辱吾子贈書撤函敷紙恬神靜諷龍文陽發居然異氣射人鳳律雄鳴自有奇音震物是何詞裁清雅興旨奧深（一作玄奧）黃縑白鍛吐其文玉篆銀鉤艷其彩超超美論上陵於八十五篇婉婉成章不（疑作下）該於五十六字心靈寄會許子以煙霄鸞鳳之交景氣潛通博我以風雨魚龍之感雖曰不敏竊所庶幾下走材不逮於中人名謬忝於下士頗亦希達者之陳跡慕君子之遺風何不勤勤於接賢汲汲於結善見一才庶褰裳千里聞一德期負笈七州而心跡相妨竟未之致也且僕之於君早欽風素子未知僕載勞翰墨同聲相應可謂知言庸詎知哉是何言也善乎東方生有言曰士大夫相知何必垂髮齊年拊手塵遊僕每覽此嘉其旨氣重其達識斯可謂之知言矣足下博聞強學豐才贍思以為魏蜀名遊吳鄭奇節不獨於古可生於今若高明之禮樂大器足并吞於八九若下走之瓶筲小才豈與言於萬一然材器雖不足揆風尚或可思齊區區之誠有望於此耳夫黃金之為寶也重矣而眾或鑠之白玉之為璞也真矣而眾或非之木秀於林堆出於岸者卒為風波所擊材出於眾行高於人者必為時俗所議以孔宣之德也而招毀於武叔以周公之德也而見疑於管叔此古而有之子何為恠者若吾子之蘭薰雪白冰清玉潤變通今古（一作思周變通）識貫終始而不免於讒口者斯亦可以痛心哉然則霜雪增加然後知松柏之勁陰陽薄蝕然後知日月之明涅而不緇磨而不磷者此非其効歟嗟乎王事不遑行役無定及君降止伊余載馳庶將自過黃叔度不意來尋陳仲舉參差不展跋踖為勞而吾子泛交直造余室弱季愚者因此得聞夕飽儒珍朝充道味南指有資於先覺北面頓廓於初蒙成人之美君子之務也遂令齊聲五對嗣美一枝名登甲乙之科身預賢良之末此非師資之効歟僕志尚幽閑體業疎放自拘文墨屢學栖遲院草侵階而不薙惜其十步有芳也庭樹當軒而不徙重其一枝可巢也素琴委篋絃上之聲勿取也道書盈架物外之情足徵也此僕之不能忘懷聊復爾耳而子矜余以傲吏誇我以高人多見其玩人喪德者也僕少乏文章長微學藝緣情體物誠所不工彫朽礪鉛有時牽拙直將歌其勞事豈欲冒彼知音而吾子廣肆褒揚深加提飾上揆飛龍之奏旁援儀鳳之音語人必於其倫在僕何可（一作階）至此足下德擅宗師名推雄伯文高積玉昇學日以照天光韻警鏘金激思風而吹地籟至若山桂河官之作珠胎鼎氣之篇並登作者之心每諷詞人之口竊霑餘論久已懷音重勞賜簡殊深荷戴謹當藏之於篋書之於紳奉以周旋期諸永久僕自恭承綵札握玩瓊章筆硯俱焚神氣都盡所以遲迴曠日俛仰窮年者

抑由於此矣亦將性不好書往賢之通論言非盡意前哲之美談苟意得而言忘冀神交而道合耳而競(疑作竟)不能以已者恐爽無言不訓之美(一作義)云耳(一作幸)相知心期要以會面景山足下勿我棄遺敬慎德音邀君歲暮耳當今六月頗暑三時隆赫敬想出忠入孝自公及私養親以祿効官以智邑邑然致足樂也僕拙於札翰行復推遣未卜清言良深太息不具崔其白

答員半千書　駱賓王

張評事至止辱所惠詩及書把玩無厭暫如有敘上言離恨下冣交情篤以猛風乾蘇之談弘以驟雨濕薪之喻雖聞義則死道存於起予而擬人則失事均乎翫物借如誠説蓋足下之不知言儻或劇談豈吾人之仰望矣夫鯤之爲魚也潛碧海泳滄流沉鰓於渤澥(集作海)之中掉尾乎風濤之下而濠魚井鮒自以爲可得而齊焉鵬之爲鳥也刷毛羽恣飲啄戢翼於天地之間宛頸乎江海之畔而雙鳧隻(集作乘)鴈自以爲可得而褻焉及其化羽垂天搏風九萬振鬣(集作鱗)橫海擊水三千寧假力於槍榆在藻(集作寧肯借翰於槍榆假力於在藻)資汀濘(集作江濱)消流之水俟窟(集作堀)堁揚塵之風哉故張子房之達人也擊水摶風之適焉朱買臣之屈巳也戢翼沉鰓之致焉足下雅得古人之致不乏先賢之適自守莊筌無嬰魏網亦寧不知在藻槍榆之力非擊水摶風之助哉而詞旨勤勤深所未諭盡言爾志豈若是乎夫人生(集作間)百年物理千變名利寵辱之情立矣愛憎毀譽之迹生焉其道在則尊德成而上幽貞爲虛白之室靜默爲太玄之門知軒冕是儻來之物悟榮貴(集作華)非作力所致苟斯道不墜(集作墮)亦何患乎無成而圖僥倖於權重之交養聲利(集作譽)於衆多之口斯所以楊朱徘徊於岐路阮籍怵惕於窮途嗟乎露往霜來歲華不待山高河廣離意無時桂樹寒花公子去而忘返松巖春草王孫遊以不歸去矣貞生遠離隔矣音塵不嗣情甚(集作其)勞矣畏客藏谷靜躁殊矣惠而好我無吝爾音

與常侍御書　于邵

近辱書問兼示新書清心滌靈迴視易聽靜以究微婉有義可激悅以觀殊姿外容奚施徒見風雲相馳金玉交映曾不旋踵澤人之思一至于此甚大惠也真翰林之所可法豈不才而獨寶耶尋呈康子初云未見繕寫將送適遇有來遍示幕中無不嘉歎緣家累詣府求醫重陽之前當復北縣旬日之後便赴上都良覿無因此惟難敘珍重珍重人使不斷絶也轉憑司録馳白不一于邵頓首

贈李舍人使君書　釋晝(即皎然)

自湖上一辭十有餘載公貴爲方伯晝跡在空林出處殊踈音塵不接蓋理然也晝從辭後自謂年多志固名跡道親唯慕空門若有所詣然未曾遇一知已嘗戲爲一章自詠曰樂(音落)禪心似蕩吾道不相妨獨悟歌還笑誰言老更狂昔謝太傅每賞支公善標宗要若九方堙之相馬略其玄黃而取其駿(一作俊)逸晝今日於公即道林逢太傅之秋也又晝於文章理心之外或有作意在適情性樂雲泉亦何能方健羨於其間哉頃自目疾相嬰濛濛如隔煙霧兼患腳氣行李不追昨承至止病士不獲躬詣門闌披叙離闊形礙神往有所恨也謹馳狀兼簡雜文晝性野思拙機淺忽若偶中風律於期匠者賞鑒不遺幸甚幸甚釋晝白

贈包中丞書　前人

改年伏惟永感罔極晝之理心本在忘情及經節序惘然
悲愴去歲馬其三（一作）往巳奉狀計上達孟春猶寒伏惟中丞
尊體萬福即此晝蒙免一昨見秋晚離披菊一章使晝却
顧鄙拙盡欲焚燒凝思三復彌得精旨中丞寄重任大堆按
日盈而言詩至此豈非凝心悉到耶今海內詩人以中丞
爲龍門賢與不肖雷同顧登仰測中丞之爲心固進善而
拒不工也晝無西施之容不合輙議西施之美然心之服
矣其敢蔽諸今之馳蹤實有所薦有會稽沙門靈澈年三
十有六知其有文十餘年而未識之此則聞於故祕書郎
嚴維隨州劉使君長卿前殿中皇甫侍御曾常所稱耳及
上人自浙右來湖上見存幷示製作觀其風裁味其情致
不下古手不傍古人則向之嚴劉皇甫所許疇今所覩則
三君之言猶未盡上人之美矣讀其道邊古墳詩有松樹
有死枝塚上唯莓苔石門無人入古木花不開答范祕書
作則有綠竹歲寒在故人衰老多雲門雪夜作則有天寒
猛虎叫巖雪松下無人空有月千年像數人不聞燒香獨
爲鬼神說石帆山作則有月色靜中見泉聲深處聞題李
尊師堂則有古觀茅山下諸峯欲曙時真人是皇子玉堂
生紫芝題曹溪能大師蔣山居則有禪門至六祖衣鉢無
人得登天姥岑望天台山作則有天台衆山外歲晚當寒
空有時半不見崔嵬在雲中傷古墓作則有古墓碑表折
荒壠松柏稀福建還登梨嶺望越中作則有秋深知氣正
家近覺山寒九日作則有山僧不記重陽日因見茱萸憶
去年宿延平津懷古作則有今非古獄下莫向斗間看又
有山邊水邊待月明暫向人間借路行如今還向山邊去
唯有湖水無路行此僧諸作皆妙獨此一篇使晝見欲棄
筆硯伏惟中丞高鑒弘量其進諸乎其捨諸乎方今天下
有故大賢勤王輙以非急干諸視聽亦昭愚老不達時也
然上人秉心立節不可多得其道行定惠無慙安遠嘗著
律宗引源二十一卷爲緇流可（疑）歸至於玄言道理應接靡
滯風月之間亦足以助君子高興也晝疾弊未期奉展伏
深瞻望近應府三五首謹憑靈澈上人呈上年暮思塞多
慮迷錯所希宗匠一爲指瑕幸甚幸甚晝白

答楊湖南書　　權德輿

使至蒙惠寄制集序發函煥然盈耳溢目弘麗博厚坦夷
章明如黃鍾大玉慶霄天籟奇采正聲鏗鏘照燿（文粹作燭）真
可謂作者之表方駕古人忻懽駭悚詠嘆無斁甚盛甚盛
但根本不稱獎飾非宜以此爲雄文至鑒之累如何如何
書命者古先哲王之所以發德音而賦百職也在易曰后
以施命告四方書曰誕告萬方詩曰訏謨定命遠猶辰告
故君陳君牙畢命冏命之作皆直而文簡而誠含章而不
流漢廷亦去文章爾雅訓辭深厚其重如是而鄙人忝焉
使盛聖之文明不登於典謨訓誥罪在菲薄其敢逃責於
多士耶昔顏氏之子有不善未嘗不知知之未嘗復行愚
雖竊知之之道而職命所拘不能不（一無此字）俟終日而勇退日踐
復行之過至于九年暴于四方爲所觀笑此所以慙媿於
古人也亦思人生世間當志於遠者大者豈數數然刓（文粹
作損）精耗神攘竊文字而猶力不足意不逮雖三益直諒之
道久廢獨不媿於心者（文粹作乎）昨休沐之餘愚子呈閱且以有
大朝中外之授受士友遷除之歲時遂不計妍蚩相從以
類初不敢以制集自命但全其文而已因其猥多分列卷
第又覥然以序引奉煩者誠以承眷之深而心仰雄伯使

夜光冠於魚目永爲子孫祕藏非敢効太沖三都而求玄晏發之之道也及覽鴻麗之作無非溢（集本文粹作逸）言追思內訟巳無所及使鄙人涉弊帚自見之患陷作者於玉卮無當之嫌一不敏而相交喪何可言也伏以門中忠節叙述周詳因小生之無似揚先德於不朽伏讀感咽何階仰酬結於肺肝沒齒無極又德音宥密皆出自中禁而西掖所掌止於命官令序中所言霈王澤燭幽滯振刑典申肅殺掄揚弘大務極其言則虛美之中又爲虛美所冀盡去過談方敢受賜耳故吏部李員外三丈寓書於柳祕書求爲後集序此賢達所不能忘懷也但修言失實如楚越之相遼異時見譏於通人則復爲累亦輒爲閤下良規非止於自謀也左曹許公範二紀巳來過於賞愛鄙人每以遂良況之今又遇閤下此作素多昧理忽復自疑幸無泥於眷私而滅裂公是（二字一作之）是所望也載之再拜　六月二十五日

代李侍郎與徐州張尚書書　呂溫

奉別紙示諭眷待殊異規略端明究忠義之苦言暢經通之雅旨皆足以感動朝野光映古今一字之貴可懸於千金終身佩之何啻於三復甚善甚善伏以尚書才膺間出識蘊生知地承勳德行在詩禮自家達國移孝爲忠受任先朝克荷崇構控喉襟之地成節制之師動必勤王志皆憂國忠實彰於行事義聲感於旁隣布在人謠溢于時論鳴鶴有和鼓鍾必聞聖上神武聰明惟新覆燾勵精戎事注意藩隅方仄陋以旁求況勳賢之自著何患乎誠不上達道不大光宣太阿之利用窮彝鼎之盛烈者乎某以寡薄謬膺寄（集作重）任成賦之重撫事知慚徒欲盡愚衷悉（集作陳）鄙見策朽磨鈍庶効涓埃竭誠捐軀少酬恩遇知我者寡同志實難頃在江西過辱厚意常懷慕仰頻歷歲時昨者以私鹽干禁漸耗公利汴州滯運屢稽軍期忝當職司每積憂負輒率誠懇粗申條例綱羅盜販（集作糶）節宣通渠實託衆賢敢專獨見果蒙弘至公之量推急病之心率先侯伯首贊王度許以別設方略大爲隄防究絕姦源通利國漕神之聽之言可復於天地有始有卒事必立於邦家佇觀莫大之功以成不朽之美諸侯師表天子腹心千載一時誠無與讓其奉職之分受賜弘多拳拳寸誠夙夜欣企幸甚幸甚徐條宜並在使者口述伏惟昭悉

代辛將軍與普閏劉尚書書　前人

某性貧鄙昧智能無取承藉門緒早蒙驅策盡瘁軍府備嘗險艱徒竭犬馬之勞詎濟弓裘之美家構未克國恩未酬而謬典禁司職唯侍衛良時自晚宿志莫申憤血猶剛憂髮先白加以禀性寡合知音實難甘心此生長鳴糜託豈料尚書推弘深之量啓特達之心愛念不遺眷知益重昨者四牡來覲萬乘虛襟旁求將帥之臣佇清至公之鑒然則蕭何之稱必在韓信孝文有問宜薦雲中而丹墀對敭首及庸瑣敷陳本末獎飾逾涯達其忠義之誠許其遠大之致雖躬論志業自瀝肺肝纖悉周詳豈能及此遂使欝堙之志允達於宸聰樗朽之材式孚於帝念言發九天之上聲聞四海之中行得舟航坐生羽翼雖管鮑在齊載深知我之感王貢仕漢有切彈冠之善方諸今日未足爲喻不圖知巳之至於斯義激血誠恩纏骨髓每一念至不覺涕流殞首糜軀豈能報德唯當竭誠砥節服義懷仁奉以周旋居之造次貞（集作青）松得地方見於歲寒皦日在天願明（集作聽）其心誓言死生（集作生死）幸甚幸甚屬有負薪之疾未

申拜賜之禮贍荷之至感懼兼深拳拳下情未知所措稍任行李即冀趨謁伏惟照察云云

此二篇英華舊本合而爲一故其首尾不全今用集本足之但實之文章門亦所未喻

與劉評事伯芻書　符載

聆夫子之善聲藹盈矣世且多故無緣會覿開襟嚮風勞止如何余友蘭陵蕭易簡篋中獲足下所製窮達(一作通)述高韻孤峙詞趣淵奧探聖賢性命之際究天地否泰之理因知殷紂之黃屋不爲通也顏子之陋巷不爲窮也使百世君子知道益明守道益堅不汲汲不戚戚從容中道斯立言之由也顧惟短才謬嘗爲文伸紙始竟百骸清快欽挹既久無可自道因豫章王兵曹往聊寫梗槩不盡慨詠之萬一耳

寄李翺書　裴度

前者唐生至自滑猥辱致書札兼獲所貺新作二十(集本文粹作十二)篇度俗流也不盡窺見若愍女碑烈婦傳可以激清(集作揚)教(集作勸)義煥於史氏鍾銘謂以功伐名於器非爲器爲銘與弟正辭書謂文非一藝斯皆可謂救文之失廣文之用之文也甚善甚善然僕之知弟也未知其他直以弟敏於學而好(集本文粹作至)於文也就六經而正焉故每遇名輩稱弟不容於口自謂彌久益無愧詞竊料弟亦(集有當字)以直諒見待不以悅媚相容故不唯嗟悒(集作挹)亦欲商度其萬一耳若弟擯(英華作揚非)落今古脫遺經籍斯則如獻白豕何足採取若循有祖述則願陳其梗槩以相參會耳愚謂三五之代上垂拱而無爲下不知帝力其道(集作渾文粹無此字)漸被於天地萬物不可得而傳也夏殷之際聖賢相遇其文在於盛德大業又鮮可得而傳也厥後周公遭變仲尼不當世其文遺於冊府故可得而傳也於(文粹無於字)是作周孔之文(文粹有也字)荀孟之文左右周孔之文也理身理家理國理天下一日失之敗亂至矣騷人之文發憤之文也雅多自賢頗有狂態相如子雲之文諷諫之文也別(文粹作自)爲一家不是正氣賈誼之文化成之文也鋪陳帝王之道昭昭(集有然字)在目司馬遷之文財成之文也馳騁數千載若有餘力董仲舒劉向之文通儒之文也發明經術究極天人其實(集作餘)擅美一時流譽千載者多矣不足爲弟道焉然皆不詭其詞而詞自麗不異其理而理自新若夫典謨訓誥文言繫辭國風雅頌經聖人之筆削者則又至易也至直也雖大彌天地細入無間而奇言怪語未之或有意隨文而可見事隨意而可行此所謂文可文非常文也其可文而文之何常之有俾後之作者有所裁準而請問於弟謂之何哉謂之不可非僕敢言謂之可也則大學之道在明明德在止至善矣能止於止乎(集本文粹作能止乎)若遂過之猶不及也觀弟近日製(集本文粹作制)作大旨常以時世之文多偶對意(集作儷)句屬綴風雲羈束聲韻爲文之病甚矣故以雄詞遠志(集本文粹作致)一以矯之則是以文字爲意也且文者聖人假之以達其心達則已理窮則已非故高之下之詳之略之也愚欲去彼取此則安步而不可及平居而不可踰又何必遠關經術(集作籍)然後騁其材力哉昔人有見小人之違道者恥與之同形貌共衣服遂思倒置眉目反易冠帶以異也不知其倒之反之非也雖失於小人亦異於君子矣故文之異在氣格之高下思致之深淺不在其磔裂章句隳廢(集作壞)聲韻也人之異在風神之清濁心志之通塞不在於倒置眉目反易冠帶也試用(文粹作庶幾)

高明少納庸妄若以爲未幸不以苦言見革無（集本文粹作其）惑唯僕心慮荒散百事罷息然意之所在敢隱於故人耶昌黎韓愈僕識之舊矣中心愛之不覺驚賞然意之（集本文粹作其人）信美材也近或聞諸儕類云恃其絕足往往奔放不以文立制而以文爲戲可矣乎可矣乎今之作者不及則已及之者當大爲防焉耳弟索居多年勞想深至窮陰凝沍動息何如入奉晨昏之歡出參帷幄之內（集本文粹作畫）固多適耳昨弟來（集有字字）欲度及時干進度昔歲取名不敢自服（集本文粹作高）今孤煢若此遊官謂何是不復能從故人之所勗耳但寘力田園苟（集作省）過（英華誤作遇）朝夕而已然待春氣微和農事未動或當策蹇謁賢大夫兼與弟道舊未爾閒猶希尺牘珍重珍重力書無諭（集本文粹作餘）從表兄裴度奉簡

答崔立之書　韓愈

斯立足下僕見險不能止動不得時顛頓狼狽失其所操持困不知變以至辱於再三君子小人之所憫笑天下之所背而馳者也足下猶復以爲可教貶損道德乃至手筆以問之扳援古昔辭義高遠且進且勸足下之於故舊之道得之矣雖僕亦固望於君（集作吾）子不敢望（一作問）於他人者耳然尚有似不相曉者非故（一作固）欲發余乎不然何子之不以丈夫期我也不能默默聊復自明僕始年十六七時未知人事讀聖人之書以爲人之仕者皆爲人耳非有利乎己也及年二十時苦家貧衣食不足謀於所親然後知仕之不唯爲人耳及來京師見有舉進士者人多貴之僕誠樂之就求其術或出禮部所試詩賦策等以相視僕以爲可無學而能因詣州縣求舉有司者好惡出於其心四舉而後有成亦未即得仕聞吏部有以博學宏詞選者人尤謂之才且得美仕就求其術或出所試文章亦禮部之類也私怪其故然猶樂其名因又詣州府求舉凡二試於吏部一既得之而又黜於中書雖不得仕人或謂之能焉退因自取所試讀之乃類於（蜀本作乎）俳優者之詞顏忸怩而心不寧（蜀本作安）者數月既已爲之則欲有所成就書所謂恥過作非者也因復求舉亦無幸焉乃復自疑以爲所試與得之者不同其程度及得觀之余亦無甚愧焉夫所謂博學者豈今之所謂者乎夫所謂宏詞者豈今之所謂者乎誠（文粹作設）使古之豪傑之士若屈原孟軻司馬遷相如楊雄之徒進於（集作乎）是選僕必知其懷（蜀本作愧）慙乃不自進而已耳（蜀本作矣）設使與夫今之善進取者競於蒙昧之中僕必（蜀本作固）知其辱焉然彼五子者且使生（一作出）於今之世其道雖不顯於天下其自負何如哉肯與夫斗筲者決得失於一夫之目而

爲之憂樂哉故凡僕之汲汲於進者其小得蓋欲以具（蜀本作字）裘葛養孤窮也其大得蓋欲以同吾之所樂於人耳其他可否自計已熟誠不待人而後知今足下乃復比之獻玉者以爲必俟良工（集作工人）之剖然後見知於天下雖刖兩（集作兩刖）足而不爲痛（集作病）且無使勍者再刖（集作剋）誠足下相勉之意厚也然仕進者豈捨此而無門哉足下謂我必待此而後振（集作進）者尤非（集作非尤）相悉之辭也僕之玉固未嘗獻而足固未嘗刖足下無爲我戚戚也方今天下風俗尚有未及於古者邊境（蜀本作地）尚有被甲執兵者主上不得怡而宰相以爲憂僕雖不賢亦所（集作且）潛究其得失致之乎吾相薦之乎吾君上希卿大夫之位下猶取一障而乘之若都不可得猶將耕於寬閑之野釣於寂寞之濱求國家之遺事考賢人哲士之（集有所字）終始作唐之一經垂之於無窮誅姦諛於既死發

潛德之幽光二者將必有一可足下以爲僕之玉凡幾獻而足凡幾刖也又所謂刻者果誰哉冊刖集作刻之刑信如何也士固伸於知己微足下無以發吾之狂言愈再拜

答皇甫湜書　李翺

辱書覽所寄文章詞高理直歡悅無量有足發予者自別足下來僕口不曾言文非不好也言無所益衆亦未信秪足以招謗忤物於道無明故不言也僕到越中得一官三年矣行能寡薄文粹作材能甚乏薄澤不被物月費官錢自度終無補集有益字累求罷去尚未得以爲愧僕性不解諂佞生文粹作復集作坐不能曲事權貴以故不得齒于士林而足下亦抱屈在外故略有所說凡古聖賢得位於時道行天下皆不著書以其事業存於制度足以自見故也其著書者蓋道德充積阨摧於時身卑處下澤不能潤物恥灰泯而燼滅又無聖人爲之發明故假空言是非一代以傳無窮而自光耀於集作于後故或往往有著書者僕近寫得唐書史官才薄言詞鄙淺不足以發揚高祖太宗列聖明德使後之觀者文彩不及周漢之書僕以爲西漢十一帝高祖起布衣定天下豁達大度東漢所不及其餘唯文宣二一作兩帝爲優自惠景以集作已下亦不皆明於東漢明章兩帝而前漢事跡灼然傳在人口者以司馬遷班固敘述高簡之工故學者悅而習焉其讀之詳也足下讀范曄漢書陳壽三國志王隱晉書生熟何如左丘明司馬遷班固書之溫習哉故溫習者事跡彰而罕讀者事跡晦讀之踈數在詞之高下理必然也唐有天下聖明繼於周漢而史官敘事曾不如范曄陳壽所爲況足擬望左丘明司馬遷班固之文哉僕所以爲恥當茲得於集作于時者雖負作者之材其道既能被物則不肯著書矣僕竊不自度無位於朝幸有餘暇而詞句足以稱賛明盛紀一代功臣賢士行跡灼然可傳於後代自以爲能不滅者不敢爲讓故欲筆削國史成不刊之書用仲尼褒貶之心取天下公是公非以爲本羣黨之所謂爲是者僕未必以爲是羣黨之所謂爲非者僕未必以爲非使僕書成而傳則富貴而功德不著者未必聲明於後貧賤而道德全者未必不烜赫於無窮韓退之所謂誅姦諛於既死發潛德之幽光是翺心也僕文彩雖不足以希左丘明司馬子長足下視僕敘高愍女楊烈婦豈盡出班孟堅蔡伯喈之下耶仲尼有言不有博弈者乎爲之猶賢乎已僕所爲雖無益於人比之博弈猶爲勝也足下以爲何如哉古之賢聖當仁不讓於師仲尼則曰文王既沒文不在茲乎又曰余欲無言天何言哉孟軻則曰余之不遇魯侯天也臧氏之子安能使予不遇哉司馬遷則曰成一家之言藏之名山以俟後聖人君子僕之不讓亦非大過也幸無怪翺再拜

文苑英華卷第六百八十

登仕郎　柯　鄉貢進士彭　叔夏　校正

文苑英華卷第六百八十一

文章下　書十五

答進士梁（集本文粹並作王）載言書　李翺

翺頓首足下不以翺卑賤無所可及（集本文粹並作乃）陳詞屈慮先我以書且曰余之藝及心不能弃于（集作於）時將求知者問誰可則（文粹作則可）皆告曰其李君乎告足下者過也足下因而信之又過也果若來陳雖道德備具（文粹作道德具備）且猶不足辱厚命況如翺者多病少學其能以此堪足下所望博大而深閎者耶雖然意盛（文粹作盛意）不可以不答故敢略陳其所聞蓋行已莫如恭自責莫如厚接衆莫如弘用心莫如直進德（集作道）莫如勇受益莫如擇友好學莫如改過此聞之於師者也相人之術有三迫之以利而審其邪正設之以事而察其厚薄問之以謀而觀其智與不材（集作才）賢不肖分矣此聞之于（集作於）友者也列天地立君臣親父子別夫婦明長幼接（集本文粹並作浹）朋友六經之旨也浩乎若河（集本文粹並作江）海高乎若丘山赫乎若日月（集本文粹並作火）包乎若天地掇章稱詠津潤怪麗六經之詞也創意造言皆不相師故其讀春秋也如未嘗有詩（集有也字）其讀詩也如未嘗有易（集有也字）其讀易也如未嘗有書（集有也字）其讀屈原莊周也如未嘗有六經（集有也字）故義深則意遠意遠則理辯理辯則氣厚（集作直）氣厚（集作直）則詞盛詞盛則文工如山有恒華嵩衡焉其同者高也其草木之榮不必均也如瀆有濟淮河江焉其同者出源到海也其曲直淺深（文粹有其字）色黃白不必均也如百品之雜焉其同者（集作非也）飽於腹（文粹作腸）也其味鹹酸苦辛不必均也此因學而知者也此創意之大歸也天下之語文章有六說焉其上（文粹作尚）異者則曰文章辭句奇險而已其好理者則曰文章叙意苟通而已其溺于（集作於）時者則曰文章必當對其病于是（集作於時）者則曰文章不當對其愛難者則曰文章宜深不當易其愛易者則曰文章宜通不當難此皆情有所偏（蜀本作偏也）滯而不流（集作不未）識文章之所生（集作主）也義不必深不主（蜀本作求至）於理言不必信不在於教勸（文粹作義不主於理言不在於教勸）而詞句怪麗者有之矣劇秦美新王褒僮約是也其理往往有是者而辭章不能工（集有者字）者有之矣劉氏人物志王氏中說俗傳太公家教是也古之人能極於工而已不知其辭之對與否易與難也詩曰憂心悄悄慍于羣小此非對也又曰遘閔既多受侮不少此非不對也書曰朕堲（文粹作疾非）讒說殄行震驚朕師詩曰菀彼桑柔其下侯旬捋采其劉瘼此下人此非易也書曰允恭克讓光被四表格于上下詩曰十畝之間兮桑者（集作柘）閑閑兮行與子旋兮此非難也學者不知其方而稱說云云如前所陳者非吾之所敢聞也六經之後百家之言興老聃列禦寇莊周田穰苴孫武屈原宋玉孟軻吳起商鞅墨翟（集有鬼谷子三字）荀況韓非李斯賈誼枚乘司馬遷相如劉向楊雄皆足以自成一家之文學者之所師歸也故義雖深理雖當詞不工者不成爲文且（集作宜）不能傳也文理義三者兼并乃能獨立乎（集有於字）一時而不泯滅於後代能必傳也仲尼曰言之無文行而（集作之）不遠子貢曰文猶質也質猶文也虎豹之鞹猶犬羊之鞹此之謂也陸機曰怵他人之我先

韓退之曰唯陳言之務去假令述笑哂之狀曰莞爾則論語言之矣曰啞啞則易言之矣曰粲然則穀梁子言之矣曰攸爾則班固言之矣曰囅然則左思言之矣吾復言之與前文何以異也此造言之大歸也吾所以不協于時而學古文者悅古人之行也悅古人之行者愛古人之道也故學其言不可以不行其行行其行不可以不重其道重其道不可以不知(集作循)其禮古人之(集作之人)相接有等輕重有儀(蜀本作差)列於經傳皆可詳引(文粹作別)如師之於門人則名之於朋友則字而不名稱之於師雖朋友亦名之子曰吾與回言又曰參乎吾道一以貫之又曰若由也不得其死然是師之名門人驗也夫子於鄭兄事子產於齊兄事晏(集有嬰字)平仲傳曰子謂子產有君子之道四焉又曰晏平仲善與人交子夏曰言游過矣子張曰子夏云何曾子曰堂堂乎張也是朋友字而不名驗也子貢曰賜也何敢望回又曰師與商也孰賢子游曰有澹臺滅明者行不由徑是稱於師雖朋友亦名驗也孟子曰天下之達尊三曰德爵年惡得有其一而慢其二足下之書曰韋君詞楊君潛足下之德與二君未知先(文粹作前)後也而足下齒幼而位卑而皆名之傳曰吾見其與先生並行也竊懼足下不思乃陷于此韋踐之與翺書亟叙足下之善故敢盡詞以復足下之厚意計必不以爲犯李翺頓首

與元九書　白居易

某月日居易白微之足下自足下謫江陵至于今凡枉贈答詩近(集作僅)百篇每詩來或辱序或辱書冠于卷首皆所以陳古今歌詩之義且自序爲文因縁與年月之遠近也僕既愛足下詩又諭足下此意常欲承答來旨粗論歌詩大端并自述爲文之意惣爲一書致足下前累歲已來牽故少暇閒有(一作若)容隙或欲爲之又自思所陳亦無出足下之見臨紙復(一本有自字)罷者數四卒不能成就其志以至于今今俟罪潯陽除盥櫛食寢外無餘事因覽足下去通州日所留新舊文二十六軸開卷得意忽如面會(一作會面)心所蓄者便欲快言往往自疑不知相去萬里也既而憤悱之氣思有所洩遂追就前志勉爲此書足下幸試留意爲(集作試爲僕留意)一省夫文尚矣三才各有文天之文三光首之地之文五材首之人之文六經首之就六經言詩又首之何者聖人感人心而天下和平感人心者莫先乎情莫始乎言莫切乎聲莫深乎義詩者根情苗言華聲實義上自賢聖下至愚騃微及豚魚幽及鬼神羣(集作分)飛而氣同形異而情一未有聲入而不應情交而不感者聖人知其然因其言經之以六義縁其聲緯之以五音音有韻義有類韻協則言順言順則聲易入類舉則情見情見則感易交於是乎孕大含深貫微洞密上下通而一氣泰憂樂合而百志熙二(集作五)帝三王所以直道而行垂拱而理者揭此以爲大柄決此以爲大竇也故聞元首明股肱良之歌則知虞道昌矣聞五子洛汭之歌則知夏政荒矣言者無罪聞者作戒言者聞者莫不兩盡其心焉洎周衰秦興採詩官廢上不以詩補察時政下不以歌洩導人情乃至於諂成之風動救失之道缺于時六義始刓矣國風變爲騷詞五言始於蘇李蘇李騷人皆不遇者各繫其志發而爲文故河梁之句止於傷別澤畔之吟歸于怨思彷徨抑鬱不暇及他耳然去詩未遠梗槩尚存故興離別則引雙鳬一鴈爲喻諷君子小人則引香草惡鳥爲比雖義類不具猶得風人

之什二三焉于時六義始缺矣晉宋已還得者蓋寡以康樂之奧博多溺於山水以泉明之高古偏放於田園江鮑之流又狹於此如梁鴻五噫之例者百無一二（集有焉字）于時六義寖微矣陵夷至于梁陳間率不過嘲風雪弄（一作詠）花草而已噫風雪花草之物三百篇中豈捨之乎顧所用何如耳設如北風其涼假風以刺威虐也雨雪霏霏因雪以愍征役也棠棣之華感華以諷兄弟也采采芣苢美草以樂有子也皆興發於此而義歸於彼反是者可乎哉然則餘霞散成綺澄江淨如練離花先委露別葉乍辭風之什麗則麗矣吾不知其所諷焉故僕所謂嘲風雪弄花草而已于時六義盡去矣唐興二百年其間詩人不可勝數所可舉者陳子昂有感遇詩三十首鮑防有感興詩十五首又詩之豪者（集有世字）稱李杜李之作才矣奇矣人不逮矣索其風雅比興十無一焉杜詩最多可傳者千餘首至於貫穿今古覼縷格律盡工盡善又過於李然撮其新安石壕潼關吏蘆子關花門之章朱門酒肉臭路有凍死骨之句亦不過十三四杜尚如此況不逮杜者乎僕常痛詩道崩壞忽忽憤發或食輟哺夜輟寢不量才力欲扶起之嗟乎事有大謬者又不可一二而言然亦不能不粗陳於左右僕始生六七月時乳母抱弄於書屏下有指無字之字示僕者僕雖口未能言心已默識後有問此二字者雖百十其試而指之不差則僕宿習之緣已在文字中矣及五六歲便學爲詩九歲暗識聲韻十五六始知有進士苦節讀書二十已來晝課賦夜課書間又課詩不遑寢食（集作息）矣以至于口舌成瘡手肘成胝既壯而膚革不豐盈未老而齒髮早衰白瞥瞥然如飛蠅垂珠在眸子中也動以萬數蓋以苦學力文所致又自悲矣家貧多故二十七方從鄉賦既第之後雖專於科試亦不廢詩及爲（集作授）校書郎時已盈三四百首或出示交友如足下輩見皆謂之工其實未窺作者之域耳自登朝來年齒漸長閱事漸多每與人言多論（集作詢）時務每讀書史多求理道始知文章合爲時而著謌詩合爲事而作是時皇帝初即位宰府有正人屢降璽書訪人急病僕當此日擢在翰林身是諫官手請諫紙啓奏之外有可以救濟人病裨補時闕而難於指言者輒詠謌之欲稍稍遞進聞於上上以廣宸聰副憂勤以酬恩獎塞言責下以復吾平生之志豈圖志未就而悔已生言未聞而謗已成矣又請爲左右終言之凡聞僕賀雨詩而衆口籍籍已謂非宜矣聞僕哭孔戡詩衆面脉脉盡不悅矣聞秦中吟則權豪貴近者相目而變色矣聞登樂遊園寄足下詩則執政柄者扼腕矣聞宿紫閣村詩則握軍要者切齒矣大率如此不可徧舉不相與者號爲沽名號爲詆訐號爲訕謗苟相與者則如牛僧孺之戒焉乃至骨肉妻奴皆以我爲非也其不我非者舉世不過三兩人有鄧魴者見僕詩而喜無何而魴死有唐衢者見僕詩而泣未幾而衢死其餘則足下足下又十年來（一無此字）困躓若此嗚呼豈六義四始之風天將破壞不可支持耶抑又不知天之意不欲使下人之病苦聞於上耶不然何有志於詩者不利若此之甚也然僕又自思關東一男子耳除讀書屬文之外其他懵然無知乃至書畫碁博可以接羣居之懽者一無通曉即其愚拙可知矣初應進士時中朝無緦麻之親達官無半面之舊策蹇步於利足之途張空拳於戰文之場十年之間三登科第名入衆耳足（集作跡）升清貫出交賢

俊入侍冕旒始得名於文章終得罪於文章亦其宜也日者又聞親友間說禮吏部舉選人多以僕私試賦判傳爲準的其餘詩句亦往往在人口中僕恧然自愧不之信也及再來長安又聞有軍使高霞寓者欲聘倡妓妓大誇曰我誦得白學士長恨歌豈同他妓哉由是增價又足下書云到通州日見江館柱間有題僕詩者復何人哉又昨過漢南日適遇主人集衆娛樂他賓諸妓見僕來指而相顧曰此是秦中吟長恨歌主耳自長安抵江西三四千里凡鄉校佛寺逆旅行舟之中往往有題僕詩者士庶僧徒孀婦處女之口每每有人詠僕詩者此誠雕篆（集作蟲）之戲不足爲多然今時俗所重正在此耳雖前賢如淵雲者前輩如李杜者亦未能忘情於其間哉古人云名者公器不可以多取僕是何者竊時之名已多既竊時名又欲竊時之富貴使已爲造物者肯兼與之乎今之迍窮理固然也況詩人多蹇如陳子昂杜甫各授一拾遺而迍剝至死李白孟浩然輩不及一命窮悴終身近日孟郊六十終試協律張籍五十未離一太祝彼何人哉彼何人哉況僕之才又不逮彼今雖謫佐遠郡而官品至第五月俸四五萬寒有衣飢有食給身之外施及家人亦可謂不負白氏之子矣微之微之勿念我哉僕數月來檢討囊袠中得新舊詩各以類分分爲卷目自拾遺來凡所適所感關於美刺興比者又自武德訖元和因事立題題爲新樂府者共一百五十首謂之諷諭詩又或退公獨處或移病閑居知足保和吟翫情性者一百首謂之閑適詩又有事物牽於外情理動於內隨感遇而形於歎詠者一百首謂之感傷詩又有五言七言長句絕句自二韻至百韻者（集作自一百韻至兩韻者）四百餘首謂之雜律詩凡（集作爲）十五卷約八百首異時相見當盡致於執事微之古人云窮則獨善其身達則兼濟天下僕雖不肖常師此語大丈夫所守者道所待者時時之來也爲雲龍爲風鵬勃然突然陳力以出時之不來也爲霧豹爲冥鴻寂兮寥兮奉身而退進退出處何往而不自得哉故僕志在兼濟行在獨善奉而始終之則爲道言而發明之則爲詩謂之諷諭詩兼濟之志也謂之閑適詩獨善之義也故覽僕詩者知僕之道焉其餘雜律詩或誘於一時一物發於一笑一吟率然成章非平生所尚但以親朋合散之際取其釋恨佐懽今詮次之間未能刪去他時有爲我編集斯文者略之可也微之夫貴耳賤目榮古陋今人之大情也僕不能遠徵古舊如近歲韋蘇州歌行才麗之外頗近興諷其五言詩又高雅閑淡自成一家之體今之秉筆者誰能及之然當蘇州在時人亦未甚愛重必待身後然人貴之今僕之詩人所愛者悉不過雜律詩與長恨歌已下耳時之所重僕之所輕至於諷諭者意激而言質閑適者思淡而詞迂以質合迂宜人之不愛也今所愛者並世而生獨足下耳然千百年後安知復無如足下者出而知愛我詩哉故自八九年來與足下小通則以詩相戒小窮則以詩相勉索居則以詩相慰同處則以詩相娛知吾罪吾（集作最要）率以詩也如今年春遊城南時與足下馬上相戲因各誦新豔小律不雜他篇自皇子陂歸昭國里迭吟遞唱不絕聲者二十里餘樊李在傍無所措口知我者以爲詩仙不知我者以爲詩魔何則勞心靈役聲氣連朝接夕不自知其苦非魔而何偶同人當美景或花時宴罷或月夜酒酣一詠一吟不知老之將至雖驂鸞鶴遊

蓬瀛者之適無以加於此焉又非仙而何微之微之此吾所以與足下外形骸脱蹤跡傲軒鼎輕人寰者又以此也當此之時足下輿有餘力且與僕悉索還往中詩取其尤長者如張十八古樂府李二十新歌行盧楊二秘書律詩竇七元八絶句博搜精掇編而次之號曰元白往還詩集衆君子得擬議於此者莫不踊躍忻喜以爲盛事嗟乎言未終而足下左轉不數月僕又繼行心期索然何日成就又可爲之嘆息矣又僕常語足下凡人爲文私於自是不忍於割截或失於繁多其間妍蚩益又自惑必待交友有公鑒無姑息者討論而削奪之然後繁簡當否得其中矣況僕與足下爲文尤患其多已尚病之況他人乎今且各纂詩筆粗爲卷第待與足下相見日各出所有終前志焉又不知相遇是何年相見在何地溘然而倒(集作至)則如之何微之微之知我心哉潯陽臘月江風苦寒終歲(集作歲暮)鮮懽夜長無睡引筆鋪紙悄然燈前有念則書言無次第勿以繁雜爲倦且以代一夕之話也微之微之知我心哉樂天再拜

與劉蘇州書　前人

夢得閤下前者枉手札數幅兼惠答憶春草報白君巳下五六章發函披文而後喜可知也又覆視書中有攘臂痛拳之戲笑與抃會甚樂甚樂誰復知之因有所去續前言之戲耳試爲留聽僕與閤下在長安時合所著詩數百篇(集作首)題爲劉白唱和集卷上下(事具集解中)去年冬夢得由禮部郎中集賢學士遷蘇州刺史冰雪塞路自秦徂吳僕方守三川得爲東道主閤下爲僕税駕十五日朝觴夕詠頗極平生之歡各賦數篇視草而別歲月易得行復周星一往一來忽又滿(集作盈)篋誠知醜老(集作老醜)冗長爲少年者所嗤然吳苑洛城相去二三千里捨此何以啓齒而解頤哉嗟呼微之先我去矣詩敵之勍者非夢得而誰前後相償(集作答)彼此非一彼雖無虚可擊此亦非利不行但止交綏未甞失律然得雋之句警策之篇多因彼此唱(集作唱此)和中得之他人未甞能發也所以輙自愛重今復編而次焉以附前集合成三卷題此卷爲下遷前下爲中命曰劉白吳洛寄和卷自大和六年冬送夢得之任之作始居易頓首

答莊充書　杜牧

某白莊先輩足下凡爲文以意爲主以氣爲輔以辭彩章句爲之兵衛未有主彊盛而輔不飄逸者兵衛不華赫而莊整者四者高下圓折步驟隨主所指如鳥隨鳳魚隨龍師衆隨湯武騰天潛泉横裂天下無不如意苟意不先立止以文彩辭句統(集作繞)前捧後是言(文粹作詞)愈多而理愈亂如入闤闠紛紛然莫知其誰暮散而已是以意全勝者辭愈朴而文愈高意不勝者辭愈華而文愈鄙是意能遣詞詞不能成意大抵爲文之旨如此觀足下所爲文百餘篇實先意氣而後辭句慕古而尚仁義者苟爲之(文粹作文非)不巳資以學問則古之作者不爲難到今以某無可取欲命以爲序承當厚意惕息不安復觀自古序其文者皆後世宗師其人而爲之詩書春秋左氏巳降百家之説皆是也古者其身不遇於世寄志於言求言遇於後世也自兩漢以(集作巳)來富貴者千百自今觀之聲勢光明孰若馬遷相如賈誼劉向楊雄之徒斯人也豈求知於當世哉故親見揚子雲著書欲取覆醬瓿雄當其時亦未甞自有誇目況今與足下並生今世欲序足下未巳之文此固不可也苟

有志古人不難到勉之而巳其再拜

謝西川白相寄賜新詩書　薛逢

某啓伏蒙仁恩猥垂下顧兼賜新詩二十首向風長跪齊思探玄如畏途咀冰若旱苗蒙澤瑩心冷骨潤葉滋莖曠無津涯杳邈(集作失)顧視秋日懸而氛昏息雅音作而聾聵醒輙欲再讀幽玄重開户牖旁窺涉級漸冀升堂徒循夫子之牆未夢江生之筆今則緘之瑞錦貯以盤囊不獨榮耀於子孫實亦發揚於流輩生死幸甚伏計即離征鎮當赴闕庭鼓萬有而鑪冶重開序羣倫而權衡再設使鄭衛不作咸韶更張吹噓而寒谷春生霑灑而枯荄萌動天下幸甚其此時或希匠化獲序宗彝願承舟檝之功得出風波之路嗟歎不足繼之詠詞謹錄長句七言詩一首獻上塵黷尊嚴惶恐無狀

與崔學士書　前人

賢弟過岐山賦謁讓帝陵二篇自三兩復莫究津涯煥乎與日月齊明洶乎與江海爭大苞若天地速如鬼神迎之不見其前隨之莫覩其後波瀾之外懲勸在焉崛立當今峭若嵩華是以謂之文矣歎之不足繼之詠詞霜霧興懷未即拜賜謹先奉狀代申誠款不宣謹狀

與李生論詩書　司空圖

文之難而詩之難尤難古今之喻多矣而愚以爲辨於味而后可以言詩也江嶺之南凡是資於適口者若醯非不酸也止於酸而巳爲(文粹作若)鹾非不鹹也止於鹹而巳華之人(文粹有所字)以充飢而遽輟者知其鹹酸之外醇美(文粹有者字)有所乏耳彼江嶺之人(一作外)習之而不辨也宜哉詩貫六義則諷諭抑揚渟蓄淵(唐諱)雅皆在其間矣然直署(集本文粹並作致)所得以格自奇前輩編(文粹諸)集亦不專工於此矧其下者耶王右丞韋蘇州澄澹精緻格在其中豈妨於道舉哉賈閬仙誠有警句然視其全篇意思殊餒大抵附於蹇(文粹作寒)澁方可致(文粹作置)才亦爲體之不備也矧其下者哉噫近而不浮遠而不盡然後可以言韻外之致耳愚竊(集作幼)嘗自負既久而逾(集作愈)覺缺然然得於早春則有草嫩侵沙短(文粹作長)冰輕着雨銷又人家寒食月花影午時天(上句云隔谷見雞犬山苗接楚田)又雨微吟足思花落夢無憀(英華無自人家以下四句)又夜短猿悲減風和鵲喜靈(此二句集本文粹並在方響夜深船之下)得於山中則有坡煖冬生笋松涼夏健人又川明虹照雨樹密鳥衝人得於江南則有日帶潮聲晚煙和楚色秋(集本文粹並作戍鼓和潮暗船燈照島幽)又曲塘春盡雨方響夜深船得於塞下則有馬色經寒慘鵰聲帶晚飢得於喪亂則有驊騮思故第鸚鵡失佳人又

鯨鯢人海涸魑魅棘林高得於道宮則有碁聲華(集作花)院閉幡影石壇(集作幢)幽得於夏景則有地涼清鶴夢林靜肅僧儀得於佛寺則有松日明金像苔龕響木魚又解吟僧亦俗愛舞鶴終卑得於郊園則有暖景雞聲美微風蝶影繁(一作還集本文粹並無此二句)又遠陂春旱滲猶有水禽飛(上句云綠樹連村暗黃花入麥稀)得於樂府則有晚粧留拜月春睡更生香得於寂寥則有孤螢入空巢(集本文粹並作出荒池)落葉穿破屋得於愜適則有客來當意愜花發遇歌成雖庶幾不濵於淺涸亦未廢作者之譏訶也又(文粹無又字)七言云逃難人多分隙地放生鹿大出寒林又得劒更勝(集作如)添健僕亡書渾(集作久)似憶良朋又孤嶼池痕春漲滿小欄花韻午晴初又五更惆悵回孤枕猶自殘燈照落花(上句云故國春歸未有涯小欄高檻別人家)又殷勤元日日歌午又明年(上句云甲子今重數生涯只自憐自五更至此英華無)亦(集作皆)

不拘於一槩也且蓋(集作)絕句之作本於詣極俾終古不能扣我耳(八字集作此外千變萬狀不知所以神而自神也豈易哉今)足下之詩時輩固有難色儻復以全美爲工(文粹作上)即知味外之旨矣勉哉(文粹作旃)司空表聖再拜

文苑英華卷第六百八十一

登仕郎胡柯　鄉貢進士彭叔夏　校正

文苑英華卷第六百八十二　書十六

邊防上

武皇帝作相時與嶺南酋豪書一首

武皇帝作相時與北齊廣陵城主書一首

與周冢宰宇文護論邊境事書一首

與章司空昭達書一首

梁貞陽侯與王太尉僧辯書一首

重與僧辯書一首　與高湝書一首

武皇帝作相時與嶺南酋豪書　徐陵

夫否終斯泰屯極則亨若日月之迴環猶陰陽之報復近者數鍾九厄王室中微聖主欽明還承寶運即是高祖武皇帝之孫世祖孝皇帝之子重光累聖亂國承家天下生民孰不歸德賊勃不涯跡戚希篡帝圖信是姦兇階茲禍亂自王宮再淪於醜逆虜馬四飲於江沲社稷阽危鑾輿幽辱勃身居列岳自御強兵高視趑趄坐觀成敗既而天維重綴國步還康翻畫凶圖更謀神鼎且其兵馬之任資於長昆方牧之權由於承聖操兄戈而斬姪藉國寵而弒君不忠不義莫斯爲甚比春初便遣大都督歐陽頠擁(通鑑作蹤)口城主傳泰等兇徒數十遂到臨川吾奉承朝筭指畫戎略樊滕耿賈勠力爭驅天地靈祇水陸開道獲傳泰不勞於一箭擒歐陽無待於尺兵僞黨皆俘連城盡拔所收軍資不可稱筭去月十六日德州刺史陳法武等願憤迴戈仍梟兇豎一夫挺劒傳首上京萬里澄清人神慶躍彼豪門著姓典牧方州拘隔天朝亟離寒暑公私憤歎豈可爲懷今王道平夷理增懽抃朱明戒節比復何如軍士平安境內清謐吾以庸薄叨秉國鈞恒務牽纏諸有勞弊自天數

去否朝禍荐臻東夏崩騰西京蕩覆身唯許國任在勤王宣力皇家靡有寧歲一還京師保持鴻業四驅夷狄奪得江左始則杜龕元惡張彪不恭據有泰稽連蹤巨震隨機討掩觸向平夷叛臣任約徐嗣徽等屢引齊虜前年末旣踐京師江畔邊城皆爲戎戍賴貔貅驍力衛霍同心殲厥胡夷不日清殄去年將夏傾國大來鐵騎八千許四甲士二十餘萬胡塵飛於北闕虜鼓震於南宮躬率偏裨聊與挑戰虜便土崩瓦解投險赴坑大小皆擒鯨鯢盡戮三江之上塞水無流千里之間伏屍相枕生獲大都督蕭軌裴英起東方老李希光王敬寶等虜中驍將唯此數人屢要破關西之兵頻取淮右之地一朝俘斬無復孑遺遠邇驚欣華夷怖慴懼一作如聞彼虜稍是危亡尋命熊羆欲就征討方可以雷行趙魏電掃幽并混一車書勢在朝暮而侯瑱跂

扈江川公私阻絕即平北賊仍事南討肉袒面縛歸首闕庭即爲申聞優其禮秩台儀不貶位遇兼常今所擒歐陽頠傳泰等莫不弘宥政爾授其兵馬處以榮祿坦然遊狎無介懷抱年號武平國即清晏君之聞此寧不欣躍但昔緣王事遊踐貴鄉日想山川依然舊識吾旣忝荷朝私位逾台袞身持帝王之柄手握天下之圖故鄉如此誠爲衣繡故人不見還同宵錦天涯藐藐地角悠悠言面無由因一作但以情企今者王猷帝載化被無垠浮海窮山罔不咸格投竿負鼎馳步蒼龍崖穴丘園爭趍金馬君之才具信美登朝如戀本鄉不能遊宦門中子弟望遣來儀當爲申聞各處榮祿深加將保念嗣音郵今遣某甲等使彼指此不多陳諱白

武皇帝作相時與北齊廣陵城主書　前人

籍甚英風常懷眷屬封疆有限寤寐增勞厚此月九日告深慰情佇方秋尚熱體中何如戎帳艱辛無乃爲弊吾以庸薄謬膺台鉉旣荷先帝拔擢之恩兼蒙今主責成之寄政正一作以皇齊大德世紹和風方藉威靈康平靜恥提攜小國願預蕃臣還詔哀矜許垂容納奉勑須質便遣入朝部下諸將哀吾誠節一兒一弟無所遺恡立志立義無負上天但故丞相諸子及湛海珍等並依勑旨馳遣渡江主上又遣吏部尚書王通鴻臚卿謝歧等至和州與司馬行臺共爲盟誓而蕭軌等泱信叛亡茍相陵易鬱從東道馳至北郊旣逼宮闈無容靜默兩刃相對俱有損傷彼闢人馬因此奔散且置兵之地溝澗且多退軍之時投赴相積近遣張都來此具是行人所見但廣陵建業纔隔一江戰場去岸不盈五里軍人退散理反鄉家緣岸村人復有舟檝

且蘆簰荻筏竟浦浮江千百爲群前後相繼吾已勒兵案甲不聽討捕若無恐懼並應安達假使在此死不可更生至彼而殂差非吾過如其枉理必是興軍見伐於有道之人加兵於無罪之國若使王師如此又是違盟后土皇天山川社稷察其怨語寧容相祐厚告承上黨殿下及匹婁領軍應來江右師出無名此是何義小之事大差無違禮彼之陵我自是乖言玄天所伐匹馬無遺翻見怨尤一何非理若使鬼神有知寧可斯背鬼神無知何用盟歃去歲柳達摩等石頭天井連月亢陽三子纔降連冬大雪黃袍盡沒白帳皆浮旣因之以泥塗兼加之以疾疫蕭裴旣退雲霧便除從爾以來稍成炎旱定知衣冠之國禮樂相承天道而言不容都滅長江淼淼巨浪湯湯如鬬艦舟師詎有深利近梁山之戰即是前車蕪湖之役可爲明鏡昔晉

侯不能乘鄭馬趙將不能用楚兵一非水土難爲騁力揚州卑濕厥土塗泥如遇秋霖杳同江漢假令蚩尤重出白起還生控代馬而陵波躡胡靴而湔水終難逞効詎有成功六州勇士雖其百萬十姓豪傑徒勞千億不能爲患斷可知矣昔我平世天下乂安人不識於干戈時無聞於桴皷故得兇人侯景濟我横江天步中危實由忘戰自亂離已久人解用兵女子無愧於韓彭童兒不殊於衛霍吳鈎甚利蜀甲殊輕槊動風霜弩穿金石高樓大艦槩日月一作陵雲叱咤而起風雷吹嘘如倒山岳侯車騎三字一作停車駐馬非國家重將分陝上流近隣以邊塵時虧表疏王途既泰貢賦相望尋令子弟侍奉京邑蕭太保龍驤於貴海王儀同虎視於洞庭若望高峰便當投袂何則凡諸將帥各護家鄉非直吾人獨憂宗社日者頻辱司馬行臺及諸公有告裴行臺當今方邵■此諸賢莫非英傑其餘軍士悉是驍雄庸蜀氐羌之兵烏丸百虜之騎以此衆戰誰能禦之何爲比一作此吾陪薄相懸何惡諸君身名俱滅來告以細柳之軍踰於灞上吾恐今之趙括不及廉頗也近張舍人至始奉嚴勑朝廷遣劉叔經仍往啓聞頤達丹誠用停王赫伏計天慈理當懸照此身日月所鑒天地所明豈敢虛言欺罔宸極足下既未知始末容有疑怪大軍多士希惠矜一作務弘量非此失時騰表疏幸停師旅已存盟信庶其小國永申蕃禮天心無爽遐邇一同一作同知投筆悚慨不復多白陳諱頓首

與周冢宰宇文護論邊境事書　前人

國有三慶民有四安所謂通和是由隣睦況周陳款好一紀于茲懷抱相期百世方遠灌瓜之美又勑邊吏拾橡之

尤想應無忽梁氏以漸水東爲安湘小郡置立巴州多歷年所此於荆部本包分界近得刺史符元舉啓稱蕭歸忽遣杜元茂神僧訓等將率人馬踰淄濆一字疑衍涉澌便置城隍謀爲侵軼適荷隣德合州見還不容今眷一作顧眷仍縱蕭氏元舉累移論及翻相河漢更往研問便騁鋒鏑披軍人持勇遂致俘擒聞此紛紜甚以驚歎其商奄餘孽才力甚微爲暴邊城良憑大國但情均忌器不可加兵便勑軍司以禮相放且前歲所大疆城本以南平等五郡輸薦貴朝至如安湘既屬巴郡幸承隣惠無候涉言放一作故下漸東唯言澧北政是標其大桶屬荆州之界耳彼此方申分好義絶規圖所貴唯和所重唯信夫以南平等郡地曠民豐雲夢之田楚王爲寶吳當勁蜀晉拒強秦資彼山川並爲州鎮朕若弃其仁義務廣封域寧容延歲並貢周朝今者和親已固山岳而方謀尺寸之土用益蕭詧之地哉幸非竊疾相見鑒容江陵小寇既爾虔劉前至之言或相誣罔一二因使人宇文平口具其懷耿耿故此相白陳諱頓首

與章司空昭達書　前人

君一作名白日聖朝受命天下廓清所餘殘兇唯有歐紇南通交愛北據衡疑兄弟叔姪盤阻川洞百越之賨不供王府萬里之民不由國家明公受脤嚴冬持兵抄歲開冰践露熢一作炬火宵行便届含淮乃其神速未騁三略非勞六奇薄交旗鼓仍平醜類自大清之末永定已來所闗疆界不過郡邑今兹赴捷一作援二十餘州若較此功庸方兹英力漢之馬援不能爲擬吳之步騭故是相懸況孫處宗之叛徒正掟盪主耳公私慶快豈可而言且僕一子屯窮妖徒所制五嶺遐夐存亡不測玄懷飮淚破膽復全蒙荷英恩保

其身命餘年仰戴何力能勝今遣主帥某馳往稱慶徐君名一作呈

梁貞陽侯與王太尉僧辯書　前人

此篇移入六百七十七卷贈答門廢幾一事相次今存其目

重與王僧辯書 已見六百七十七卷　前人

與高浩書　宇文憲

山川有間每深勞佇仲春戒節履納周書本傳作納履惟宜承始屆兩河仍圖三魏本傳作位二者交戰想無虧德昔魏曆云季海內橫流我大祖撫運乘時大庇黔首皇上嗣膺下武式隆景業與稽山之會揔盟津之師雷駭唐郊則野無橫陣雲騰晉水則地靡嚴城龔偶之酋既犇竄於草澤竊號之長亦委命於旌門德義振於無垠威風被於有截彼朝宿將舊臣良家戚里俱升榮寵皆縻好爵是使臨漳之下効死爭驅營丘之前奮身畢命此豈唯人事抑亦天時宜訪之道路無俟傍說吾以不武任揔元戎受命安邊路指幽冀列邑名藩莫不屈膝宣風導化皆荷來蘇足下高氏令王英風夙著古今成敗備諸懷抱豈不知一木不維大厦三諫可以逃身哉且殷微去商侯服周代項伯背楚賜姓漢朝去此弗圖苟徇亡轍家破身殞爲天下笑又足下諜者爲候騎所拘軍中情實具諸執事知以弱卒弊本傳作獘甲欲抗堂堂之陣縈帶汚城冀保區區之命戰非上計無待卜疑守乃下策或未相許已勒諸軍分道並進相望非遠憑軾有期兵交命使古今通典不俟終日所望知機也

文苑英華卷第六百八十二

登仕郎胡柯　鄉貢進士彭叔夏　校正

文苑英華卷第六百八十三　書十七

邊防中

爲高僕射與司馬消難書　盧思道

名白一成雲雨再歷炎涼引領南望勞眷無已歲暮寒重想比勝宜羇泊水鄉無乃勤悴公居齊室家實元勳後入周朝爵窮上等富貴榮名時無與二西徂南逝一作遊蓋不獲已且聖主敬於恩舊情期款到背飛之始曲憲申恩公之妻孥一無所問行李往來想宜知悉陳氏背盟負約事非一緒所以爰詔大軍龔行天罰靈旗電掃師次江陽延首金陵但增翹注昔龐萌重獲漢主宥其深辜魏洽張郃歸曹操魏洽未詳再歸曹王棄其大眚惜其才也今古如一醉飽之過願不自疑兼齊氏王姻宛然在室諸子陸陸如何易忘門生故吏遍於京輔舊友密親擊鍾鼎食萬里飄然音塵不嗣眷言及此伊何可懷今元戎啓行易爲去就承眷有素敢布腹心若使雙舸浮渡三叛獲俘函首長安悔無及也姓名呈

爲李密移郡縣書 已見六百四十六卷　祖君彥

爲李密與袁子幹書　前人

夂藉英風未由披覽其爲眷佇夢想增勞寒勢轉嚴比當清吉夂事昏朝無乃勤悴夫福善禍淫實上天之常道兼弱攻昧□徃哲之成規自昏狂嗣位棄德崇姦疲苦生民塗炭天下是以暴骨滿於原野積惡比於丘山莫不奮白旄而誅獨夫仗朱旗而勦二世孤爲海內豪傑共推盟主百萬義師大會河洛因苦秦之衆秉厭紂之機共救蒼生

大造區夏振茲長策濟此橫流義勇如林雲合響應東窮海岱南徹江淮三分宇宙二爲我有公早發風雲之志獨宣王佐之才理追寇鄧之名當慕韓彭之氣何乃頓爲殘賊迷復成凶竭力昏亂之朝盡節危亡之國同扶累卵如坐積薪靜言思之可爲長歎秦則楊熊李由並從顯戮晉則苟晞王浚悉見殲亡詎若微子去殷伊生歸亳擢榮寵於當年傳功名於後代知公素有赤誠思來歸義見機而作不容淹久今授公上柱國東平公告身隨送至宜檢納脫更遲疑必爲人制王世充自守西洛前後四度摧剪死在朝夕翹足可見薛雄比從涿郡欲赴黎陽竇建德逆往邀擊隻輪無返公之羸卒其數非多北顧西瞻何所憑賴然白馬之津諸軍雲合舡車下粟艫艦相尋足食足兵如貔如虎四面攻圍千里援絕地不可入天不可登兵戈一臨何處逃死吉凶二理幸自圖之故遣使指宣往意

報竇建德書　唐太宗

雲霧不披山河在望企余之歎良用興懷鄭息有違齊楚交絕自遠勞師旅當甚疲弊國家與彼本無仇隙彼之於我未始猜嫌往者趙魏諸蕃皇風久扇恒衛之地素爲我有足下首爲寇亂屢來侵奪但以淮安喪師責躬由己公主飄寓歸寧本朝並得保宥危亡負荷大惠親隣之好昭然著明雖則俘若王官前（疑作前羽左傳前羽戕羈馬）同羈馬既懷坦蕩曾無蔕芥賡此冠蓋相望輶軒繼軌引弭兵之義訪方穆之期如何信不由衷翻懷慝怨無名之舉遽發危機背德之蹤遂爲戎首吁可怪也良深歎息王世充滔天猾夏自貽伊戚疊毒三川（一作自貽伊疊毒被三川）腥聞四國皇情軫慮哀彼黎元推轂投柯申茲弔伐走以不武奉遵朝寄自揚旌河洛結壘伊瀍拯弊除凶屢摧群醜其餘渠魁危蹙獨保孤城重圍已合自知淪敗苟延朝夕之命空爲銜誘之言其濟惡反善雷同寇逆適所以心同霸楚若非國家膺圖受籙剪梟除凶亦當并吞東夏自稱西伯足下豈不屈膝稽首著在前聞飾智詭詞以分謗亂渝盟背惠職此之由又世充與足下舊稱和好中塗翻覆罕能結誠遣使頻詭匈奴（一作結好）欲令侵伐冀土外欺內忌唯利是圖居安尚不自存處危何力之有決（疑）今糧儲罄竭帑藏空虛析骸煮弩命懸晷刻足下欲以三軍之衆仰哺他人千金之資坐求外費理殊畫餅未見其宜足下前者殉地屠城親至東境孟海公歷時抗禦未即從順頻令告急請我師救見逼求知（一作和）義所不取是以案兵辭使思全世充又我國家不遑及遠海公援絕方歸執事假我風雲差無負德榮下（一作縈下）諸州隣近東鄙以足下風牛罕及亭戍靡戒農居安堵未相猜貳所以曹公兵前並追足下乘我無虞之城貪冒尋常之地進無投迹之所退有迷據之色誰爲計者良非上算比者漳滏喪没既往不追河濟傾淪成事誰咎今乃過相陵侮方深起難所以故到成皐佇承來旨昨者前茅警路候騎啓行乃與足下中途相遇旌麾未列鋒鏑暫交彼之士馬自相騰踐郊勞之儀遂爽犒師之禮未通雖則爲彼禍先能無懷愧國家夷凶撥亂唯以匡時濟俗不欲窮民極武專任甲兵故蓄鋭停師冀聞擇善可否之事幸速圖之若不獲命終爲怨府雄夫奮其智勇猛士發其餘怒諸軍霧合指日風驅屬橐鞬於中野縱矢鏑之餘費燎原覆醢雖悔難追必然（一作欲）繼好息民更敦前好況兵交使往遲覽還音

諫曹仁師出軍書（武后）　陳子昂

臣伏見詔書發懷遠軍令郎將曹仁師部（集作訊）勒以征匈醜臣聞古之天子方建大禮必先振兵擇旅以告成功故漢孝武皇帝將封禪乃徵精卒十萬北巡朔方略地而還此蓋遵古先哲王之禮也今神皇陛下應天受籙將欲郊祭天地巡拜河洛建明堂朝萬國斯萬古之盛禮也誠合式遵舊典耀武塞上畢境而還恐（集作臣恐猶慮）曹仁師未識典禮肆兵長驅窮極砂磧不恤士馬專以務得爲利不以全兵爲上今朝廷百僚雖有疑者無敢言之臣誠愚昧不識忌諱曾聞事君之道所貴盡心心以爲非安可不言臣料仁師到雲內城發兵之日合至九月初到突利城迴兵之日合至十月初胡地隆冬草枯泉涸南中士馬不耐祁寒計仁師所將之馬從靈州常所發之處却迴到雲內城已行四千餘里雲內城中又先未支度馬既疲瘦經冬無粟以臣愚筭十不存二若送南中散就諸州路程益遠疲瘦更極以臣愚筭十不存五紫蒙之軍類例相似且仁師此行計遲發速至於應會不甚精備以臣計料恐未成功脫若功未克成士馬先喪盡中土求市卒又難得且自古與匈奴戰非士馬相資不可臣恐馬既虛用致盡賦又寬遠未平但慮後之謀臣悔於今事且古來絕漠多喪士馬非臣抑（闕）度輒敢陳聞昔漢室以衛青出塞是時漢馬三十萬疋旋師之日馬唯餘四萬十四年不得事匈奴蓋由此也臣願陛下考驗前古收臣愚誠望與三公大臣審更詳議

文苑英華卷第六百八十三

登仕郎胡柯　鄉貢進士彭叔夏　校正

文苑英華卷第六百八十四　書十八

邊防下

祥瑞

醫藥

邊防下

與契苾將軍書　王勃

昊天不恤哲人終否畢公逝矣傷如之何敬想情則懿親義惟良執非夫人之爲慟其誰爲慟乎僕與此公早投交分夷險之際終始如一常思並建忠孝之迹共申家國之讎而負（一作有）壯志不就古人所悲何圖一旦長訣嗚呼哀哉管仲不存叔牙空在子皮已喪子產何依與言追昔良增痛悼適得韋四郎書具承大郎雅意知欲以此公碑誌託夫（一作之）下走夫撫今懷昔理寄斯文旌德叙功事屬知已是以子期幽思感叔夜之形言伯喈雄藻（一本作伯雄藻才非）待林宗而無愧下走雖不敏幸託深期此而不爲誰當爲者但恐位卑先達材非拔萃虛承厚眷不副高聞（一作聞意耳）謹遣舍弟勔往面取進止臨書啜泣慘愴不次

與程將軍書　駱賓王

昨見武郎將備陳將軍之言恩出非常談過其實恭承(集作聞)嘉惠深用慙惶君侯懷管樂之才當衛霍之任豐功厚利盛德在人送往事居元勳蓋俗智足以崇(集作典)王業道足以濟蒼生尚且屈公侯之尊每(集無每字)申(一作伸)管庫之士若僕者天地中一無用芻狗耳粵自旌賁之辰即逢聖明之曆材不應(集作經)務不能成佐命之功智不適(集作通)時不能包周身之防加以天資木強不能屈節權門道(集作地)隔蓬心不能買名時議常願爲仁由己喪我於吾見機可以絕機無用之爲有用隨時任其舒卷與物同其波流者矣其於木也班垂無所錯(集作措)其鉤繩其於駕也良樂無所施其銜策不悟聖朝發明敭之詔(集作制)君侯緝雍熙之道曲垂提奬廣賜(集作借)游談謬(集作猥)以樗櫟之姿忝預賢良之薦當今鴻都富學麟閣多英非游夏不可以昇堂非夔牙不可以擊節儻使片言失德事暴區中疋夫竊議語流天下進乖得賢之舉退貽薄德之譏恐不肖之軀爲高明之累耳必能一盼增價九術先登燕昭爲市駿之資郭隗居禮賢之始則當効駑鉛之用飾固陋之心陶鑄堯舜之典謨憲章文武之要道(集作道德)上以究三才之能事下以通萬物之幽情將使詞翰爲行己外篇文章是立身正(集作岐)路耳又何足道哉言而不慙者恃惠子之知我也所恨禁門清切造別無緣官事(集作守)牽纏程(集作風)期有限某尚期辭滿儻汎孤舟萬里煙波舉目有江山之恨(一作限)百齡心事勞生無晷漏(集作刻)之歡嗟乎流水不窮浮雲自遠霑襟此別把袂何時恃以平生之私忘其貴賤之禮幸勿爲過謹不多談

右二篇與將軍書非論邊事也

諫雅州討生羌書　陳子昂

將仕郎守麟臺正字臣陳子昂昧死上言竊(舊唐書作臣)聞道路云國家欲開蜀山自雅州道入討生羌因以襲擊吐蕃執事者不審圖其利害遂發梁鳳巴蜒兵以徇之臣愚以爲西蜀之禍自此結矣臣聞亂生必由怨起(唐書作起於怨)雅州邊羌自有國(唐書集本並作國初)已來未嘗一日爲盜今且(唐書且集本並作曰)一無罪受戮其怨必甚怨甚懼誅必蜂駭西山西山盜起則蜀之邊邑不得不連兵備守兵久不解則蜀之禍構矣昔後漢末西京喪敗蓋由此諸羌此一事也且臣聞吐蕃桀黠之虜君長相信而多姧謀自敢抗天誅爾來向二十餘載大戰則大勝小戰則小勝未嘗敗一隊亡一矢(唐書作夫)(一本作卒)國家往以薛仁貴郭待封爲虓武之將屠十萬衆於大非之川一甲不歸(唐書作返)又以李敬玄劉審禮爲廊廟之宰(唐書作器)辱十八萬衆於青海之澤身爲囚虜(唐書作身囚虜庭)是時精甲勇士勢如雲雷然竟不能擒一戎馘一醜至今而關隴爲空今乃欲以李處一爲將驅顦顇之兵將襲吐蕃臣竊憂之而爲此虜所笑此二事也且夫事有求利而得害者則蜀昔時不通中國秦惠王欲帝天下而并諸侯以爲不兼賓不取蜀勢未可舉乃用張儀計飾美女譎金牛因間以啖蜀侯蜀侯果貪其利使五丁力士鑿山通谷棧褒斜置道於秦自是險阻不關山谷不閉張儀躡踵乘便縱兵大破之蜀侯誅賓邑滅至今蜀爲中州是貪利而亡此三事也且臣聞吐蕃羯虜愛蜀之珍富欲盜之久有日矣然其勢不能舉者徒以山川阻絕障隘不通此其所以頓餓狼之喙而不得竊食也今國家乃亂邊羌開隘道使其收奔亡之種爲鄉導以攻邊是乃借寇兵而爲賊除道

舉全蜀以遺之此四事也臣竊覩（唐書集本並作觀）蜀之西南一都會國家之寶庫天下珍貨聚出其中又人富粟多順江而下可以兼濟中國今執事者乃圖僥倖之利悉以委事西羌得西羌地不足以稼穡財不足以富國徒殺無辜之衆以傷陛下之仁糜費隨之無益聖德又況僥倖之利未可圖哉此五事也夫蜀之所寶恃險者也人之所安無役者也今國家乃開其險役其人險開則便寇人役則傷財臣恐未見羌戎已有姦盜在其中矣往年益州長史李崇真將圖此姦利傳檄稱吐蕃欲寇松州遂使國家盛軍以待之轉餉以備之未二三年巴蜀二十餘州搔（唐書作騷）然大弊竟不見吐蕃之面而崇真贓錢已計巨萬矣蜀人殘破幾不堪命此之近事猶在人口陛下所親知愚臣（唐書作臣愚）意者不有姦臣欲圖此利復以生羌為計者哉此六事也

且蜀人尫劣不習兵戰一虜持矛百人不敢當又山川阻曠去中夏精兵處遠今國家若擊西羌掩吐蕃遂能破滅其國奴虜其人使其君長係首北闕計亦可矣若不到如此臣方見蜀之邊陲不守而為羌夷所橫暴昔辛有見被髮而祭伊川者以為不出百年此其為戎乎臣恐不及百年而蜀為戎此七事也且國家近者廢安北拔單于棄龜茲放踈勒天下翕然謂之盛德所以者何蓋以陛下務在仁不在廣務在養不在殺將以此息邊鄙休甲兵行乎三皇五帝之事者也今又徇貪夫之議謀動兵戈將誅無罪之戎而遺全蜀之患將何以令天下乎此愚臣所不甚悟者也況當今山東飢關隴弊歷歲枯旱人有流亡誠是聖人寧靜思和天人之時不可動甲兵興大役以自生亂臣又流聞西軍失守北軍不利邊人忙（集作惟非）動情有不安今（唐書有又字）復驅此兵投之不測臣聞自古國亡家敗（唐書作亡國破家）未有（集作嘗）不由黷兵今小人議夷狄之利非帝王之至德也（唐書有又字）況弊中夏哉臣聞古之善為天下者計大而不計小務德而不務刑圖其安則思其危謀其利則慮其害然後能長享福祿伏願陛下熟計之

為建安王與安東諸軍州事書　前人

月日清邊道行軍大總管建安郡王攸宜致書安東諸州刺史并諸將部校官屬等初春猶寒公等久統兵馬勤國捍邊不至勞弊也某如常以比賊中頻有人出來異口同辭皆云逆賊李盡滅已死營州飢餓人不聊生諸蕃首領百姓等唯望官軍即擬歸順前後繼至非止一人某先使人向營州眮迴具得父老密狀云賊勢窮蹙去正月上旬有妖星落孫萬斬營中其聲如雷賊黨離心各已猜貳天殃如此人事又然平殄兇渠正在今日大軍即以二月上旬六道並入指期尅前同立大勳請公等訓勵兵馬共為掎角開國封侯其機在此幸各勉力以圖厥功尋當更使人續往先此不具

為江東節度使破餘姚草賊襲厲捷書（已見五百六十七卷）　獨孤及

代李侍郎與宣武韓司空書　呂温

某以非才謬當重任事關國計動限軍期撫事知難夙夜憂積蓋以運路擁滯私鹽撓法力非有司所及唯託方鎮至公伏惟司空文武全才勳德茂著朝廷毗倚中外具瞻勤王則知無不為憂國則言皆可復今春過日獲拜旄（集作旌）麾眷私之餘已列（集作及）此事蒙許同志立法叶力徇公對敭之初便具聞奏所以遣裴郎中往申朝旨議立規模悉令諮託大賢非敢專行鄙見昨得巡院狀報伏承司空德

量旁通忠誠感發急公家之病同職司之憂鹽法隄防巳行文牒斗門開塞許有商量率先諸侯首贊王度義形九牧忠動三軍意開而遠近承風言發而神明知感況某奉職之分承眷之深受賜懷仁豈同常等銘戴所至無喻下情

上周相公（墀）書　杜牧

某再拜伏以大儒在位而未有不知兵者未有不能制兵而能止暴亂者未有暴亂不止而能活生人定國家者自生人巳來可以屈指而數也今兵之下者莫若刺伐之法詩大雅維清（維清是頌非雅）奏象舞之篇曰維清緝熙文王之典迄用有成維周之禎象者象武王伐紂刺伐之法此乃文王受命（受殷王專征之命也）七年五伐留戰陣刺伐之法遺之武王武王用以伐紂而有天下致之清平為周家之禎祥周公居攝祀文武於清廟作此詩以歌舞文武之德其次兵之尤者莫

五·六六　文六百八十四　六　十

若鈎援衝壁今之一卒之長不肯親自為之詩大雅周公皇矣美周之詩曰以爾鈎援以爾臨衝以伐崇墉臨衝閑閑崇墉言言此實文王伐崇墉傳于其城以臨車衝鈎援其城文王親自為之夫文王何人也周公詩之夫子刪而取之列于大雅以美文王之功德手弦而口歌之不知後代之人何如此三聖人安有謀人之國有暴亂橫起戎狄乘其邊坐於廟堂之上曰我儒者也不能知兵不知儒者竟可知兵也竟不可知兵乎長慶兵起自始至終廟堂之上指蹤非其人不可一二悉數高宗朝薛仁貴攻吐蕃大敗於大非川仁貴曰今年歲在庚午不當有事於（集作西）（于）方此乃鍾鄧伐蜀身誅不返昨者誅討党羌徵關東兵用於西方是不知天道也邊地無積粟師無見糧不先屯田隨日隨餉是不知地利也兩漢伐虜騎兵取於山東乃（集作所）謂冀之北土馬之所生馬良而多人習騎戰非山東兵不能伐虜昨者以步戰騎百不當一是謂不知人事也天時地利人事此三者皆不先計量短長得失故困竭天下不能滅樸樕之虜此乃不學之過也不教人戰是謂弃之則謀人之國不能料敵不曰弃國可乎牧所注孫武十三篇雖不能上窮天時下極人事然上至周秦下至長慶寶曆之兵形勢虛實隨句解析離為三編輒敢獻上以備閑覽少希鑒悉苦心即為至幸伏增惶惕之至某頓首再拜

祥瑞

為建安王荅王尚書書　陳子昂

使至辱書知初出黃龍即擒白鼠凶賊滅兆事乃先知（集作徵）九百士衆莫不喜躍鼠者坎精穿竊為盜夜遊晝伏乃是

五十二　文六百八十四　七　一南一

其常今白日投營（集作軀）素質委命賊降之象理必無疑近再有賊中信來親離衆潰期在旦夕尚書宜訓勵士卒秣馬嚴威因此凶亂之機乘其敗亡之勢事同破竹無待前茅坐聽凱歌預用欣慰

賀張徐州得白兎書（建封）　韓愈

伏聞今月五日營田巡官陳從政獻瑞兎毛質皎（集作全又作皦）白天馴其心其始實得之符離安阜屯田（蜀本作屯屯）之役夫朝行遇之迫之弗逸人立而拱竊惟休咎之兆天所以啓覺于下依類託喻事之纖悉不可圖驗非耆知博通孰克究明愈雖不敏請試辨之兎陰類也又窟居狡而伏逆象也今白其色絕其群也馴其心化我德也人立而拱非禽獸之事革而從人且服罪也得之符離符離實戎（蜀本作我）國名又附麗（音離）也不在農夫之家田而在軍田武德行也不戰而來

之之道也有安阜（集作附）之喜（喜集作嘉名）馬伏惟閤下股肱帝室藩垣天下四方其有逆亂之臣未血斧鑕其屬畏威崩析（蜀本作拆）歸我乎哉其事兆矣是宜具跡表聞以承荅天意小子不惠猥以文句微識蒙合（集作念）睹茲盛美焉敢避不讓之責而默默耶（一作賀也）愈再拜

醫藥

與洛陽名流朝士乞藥直書　盧照鄰

幽憂子學道于東龍門山精舍布衣藜羹堅臥於一巖之曲客有過而哀之者青囊中出金花子丹方相遺之服之病愈視其方丹沙二斤穀楮子[redacted]則山中可有丹沙則眇然難致昔在關西太白山下一隱士多玄明膏中有丹沙八兩予時居貧不得好上沙但取馬牙顏色微光淨者充用自爾丁府君憂每一號哭涕泗中皆藥氣流出三四年羸

卧苦嗽幾至於不免復偶於他方中見一説云丹砂之不精者服之令人多嗽訪知一處有此物甚佳兩必（一作別）湏錢二千文則三十二兩當湏六十四千也空山卧疾家業先貧老母年尊兄弟禄薄若待家辦則委骨於巉嵒之峯矣意者欲以開歲五月穀子熟時試合此藥非天下名流貴族王公卿士於仁惻之心達枯骨朽株者孰能濟之哉今力疾賦詩一篇遍呈當代博雅君子雖文不動俗事或傷心儻遇晏嬰脱左驂而見贖如逢孔子分秉粟以相憂則越石原憲不辛苦於當年矣唯當坐禪念室以荅深仁若諸君子家有好妙沙能以見及最爲第一無者各乞一二兩藥直是庶幾也仲尼曰有能一日用其力於仁矣乎未見力不足者又曰君子無終食之間違仁在坐則參於前在輿則倚於衡古人心可見矣又曰仁遠乎哉我欲仁斯仁至矣言能苟行之仁道不遠也朝英貴士博濟而好仁者何必相識故知與不知咸送詩告請無案劒同掩體骸云爾

寄裴舍人遺衣藥直書　前人

山信（一作僕）至自都太子舍人裴瑾之太子舍人韋方賢左史范履冰水部員外郎獨孤思莊少府丞舍人内供奉閻知微符璽郎喬偘並有書問余疾兼致束帛之禮以供東山衣藥之費嗟乎代與道交喪其來尚矣殷揚州與外甥韓康伯別慨然而詠富貴他人合貧賤親戚離因泣下交頤不能自已余以其爲人也名過眞（一作其）實然窮達之際則西狩獲麟所不能逸（疑作免）斯亦古君子之大悲也自鄶而下曷足譏焉余家咸亨中良賤百口自丁家難私門弟妹凋喪七八年間貨用都盡余不幸遇斯疾母兄哀憐破產以

供醫藥屬多穀不登家道屢困兄弟薄遊近縣創巨未平雖每分多見憂然亦莫能取給海内相識亦時致湯藥恩亦多矣晩更篤信佛法於山下間營建所費尤廣本欲息貪寡欲緣此更使貪心萌生每得一物輒歡喜更恨不足嗚呼道惡在而奔競之若茲此雖觀苦空無常而此業已就不可中廢析（一作所）獲福慶思與士君子共之

與寧王憲等書　玄宗皇帝（開元中）

昔魏文帝詩云西山一何峻（舊唐書作高）高高（舊唐書作高處）殊無極上有兩仙童不飲亦不食賜我一丸藥光耀有五色服藥四五日身體（舊唐書作輕）生羽翼朕每思（新唐書作言）服藥而求羽翼何如骨肉兄弟天生之羽翼乎陳思有超代之才堪佐經國（舊唐書作論）之務絶其朝謁卒令憂死魏祚未終遭司馬宣王之奪豈神丸之效也虞舜至聖捨象傲之愆以親九

族九族既睦平章百姓此爲帝王之軌則于今數千歲天下歸善焉朕未嘗不廢寢忘食興(舊唐書作欽新唐書作慕)歎者也頃因餘暇妙選僊經得此神方古老云服之必驗(新唐書作今餌之必壽)今分此藥願與兄弟等(等新唐書作共之)同享(舊唐書作保)長齡永無限極(新唐書作偕至長齡永永無極)

文苑英華卷第六百八十四

登仕郎胡柯　鄉貢進士彭叔夏校正

文苑英華卷第六百八十五　書十九

勸諭上

與侯景書一首　諫陳寶應書一首

與徐僕射書一首　報尹義尚書一首

與侯景書　高澄(即齊文襄王)

蓋聞位爲大寶守之未易責成(一作仁誠)任重終之實難或殺身成名或去食存信比性命於鴻毛方義節(一作等節義)於熊掌夫然者舉不違(一作失)德動無過事進不見惡退無謗言先王與司徒契闊夷險孤子相於偏所眷屬繾綣襟(一作衿)期綢繆素分義貫終始情存歲寒司徒自少及長從微至著共相成立(一作生)生非無恩(一作非無恩德)既爵冠通侯位標上等門容駟馬食(一作室)饗萬鍾財利潤於鄉黨榮華被於親戚意氣相傾人倫所重感於知己義在不忘(一作忘軀)眷爲國士者乃立漆身之節饋以壺飧者便致扶輪之効若然尚不能已況其重於此乎幸以故舊之節(一作義)欲存(一作持)子孫相託方爲秦晉之疋共成劉范之親假使日往月來時移世易門無強蔭家有幼孤猶應加璧不遺分宅相濟無忘先德以恤後人況聞負杖行歌便已狼顧反(一作犬)噬於名無所成於義無所取不蹈忠臣之迹自陷叛人之地力不足以自強勢不足以自保率烏合之衆爲累卵之危西求救於黑泰南請援於蕭主(一作氏)以狐疑之心爲首鼠之事入秦則秦人不容歸吳則吳人不信當今所觀(一作相視)未見其可不知終久持此安歸相推本心必不應爾當是不逞之人曲爲異(一作口)端之說遂懷狐鼠(一作市虎)之疑乃致投杼之惑此(一作比)來舉止(英華作正[illegible])事已可見人相疑誤想自覺知合門大小並在(一作付)司寇意謂李氏未滅猶言少卿可反孤子無狀招禍丁天酷罰不能死亡苟存

晷漏追慕永遠五内崩裂但禮猶權奪志在忘私思効力命卒成功業前(一作近)者聊命偏師前驅致討南兖揚州應時剋復即欲乘機長驅懸瓠屬以炎暑欲爲後圖且命旋軍待時更舉今寒飈向折白露將團方憑國威(一作靈)龔行天罰器械精新士馬強盛内外感恩(一作德)上下勠力(一作齊心)三令五申可蹈湯火若使旗鼓相望埃塵相接勢如沃雪事等注螢夫明者去危就安智者轉禍爲福寧使人負我(一作我負人)不使我負人(一作人負我)當開從善之門使(一作決)有改迷之路今誠刷(英華作制非)心蕩意除嫌去惡想猶致疑未便見信若能卷甲來朝韔弓(一作垂櫜)還闕者當相授豫州刺史以終身世(四字一作即使終君之世)所部文武並(一作更)不追攝進得保其祿位退則不喪功名冀有知幾之心當爲可信之事今王思政韋法寶等孤軍偏將遠來深入然其性命在君股掌若欲剌之想有餘力若能擒剪肆諸市朝即加寵授永保疆場君門眷屬可以無恙寵妻愛子亦相送還仍爲通家共(一作卒)成親好所不食言有如皦日今遣行人路程可度此月十日應至彼間足得還返若能悔過不忘本朝宜遣腹心之使自來向此面取委曲使相知信如其遲疑未便分決使來賒緩不赴期會國有常刑以明君法今(令一作君既)不能東封函谷南面稱孤受制於人威名頓盡得地不能自守聚衆不以爲強空使身有背叛之名家爲惡逆之黨兄弟子姪首足異處(一作門)垂髮戴白同就塗炭聞者相爲酸鼻見者相爲寒心覆宗絕嗣自貽伊戚戴天履地能無愧乎(一作也)在[redacted]禍福決之此使善惡向背相任所從脫不自思致延後悔駟馬不追噬臍何及孤子今日不應乃(一作方)遣此書但見蔡遵道云司徒本無歸西(英華作惡)之心深有追悔之意聞西兵將至遣遵道向嶠中參其多少少則與其同力多則更爲之備又云房長史在彼之日司徒嘗欲將(一作遣)書啓將改過自新求効邊畔已差李龍仁等垂欲發遣聞房已還(一作遠)遂復停廢(一作發)未知遵道此言爲實爲虛但既有所聞不容不相盡告吉凶之理想自圖之

一作皆梁書侯景傳

諫陳寶應書　虞寄

東山居士虞寄致書於明將軍使君節下寄流離世(南史作艱蓋避唐世民諱並易以他字後同)故漂寓貴鄉將軍待以上賓之禮申以國士之眷意氣所感何日忘之而寄沉痼彌留惛陰將盡常恐卒塡溝壑消塵莫効(陳書南史並作報)是以敢布腹心冒陳丹款願將軍留須臾之慮少思審(陳書南史並作察)之則瞋目之日所懷畢矣夫安危之兆禍福之機匪獨天時亦由人事失之毫釐差以千里是以明智之士據重位而不傾執大節而不失豈惑於浮辭哉將軍文武兼資英威不世(南史作動俗)往因多難杖劍興師援旗誓衆抗威千里豈不以四郊多壘共謀王室匡時報主寧國庇民(南史作人)乎此所以五尺童子皆願荷戟而隨將軍者也及高祖武皇帝肇基草昧初濟艱難于時天下沸騰民(南史作人)無定主豺狼當道鯨鯢橫擊海内業業未知所從將軍運洞微之鑒屢(陳書南史無此字)折從衡之辯策名委質自託宗盟此將軍妙筭遠圖發於衷誠者也及主上繼業欽明睿聖選賢與能羣臣輯睦結將軍以維城之重崇將軍以裂土之封豈非宏謨廟略推赤心於物者也屢申明詔款篤殷勤君臣之分定矣骨肉之恩深矣不意將軍惑於邪說翻然(陳書作遽生)異計寄所以疾首痛心泣盡繼之以血萬全之策竊爲將軍惜之寄雖疾侵耄及言無足采千慮一得請陳愚管(陳書南史作筭)願將軍少戢雷霆賒其晷

刻使得盡狂瞽之說披肝膽之誠則雖死之日猶生之年也自天厭梁德多難荐臻寰宇分崩英雄互起龍戰虎爭竊號假名銳精持鋒不可勝紀人人自以爲得之然夷凶剪亂拯溺扶危四海樂推三靈眷命揖讓而居南面者陳氏也豈非歷數有歸（陳書南史作在）惟天所授當璧應運其事甚明一也主上承基明德遠被天綱再張地維重紐夫以王琳之強侯瑱之力進足以搖蕩中原爭衡天下退足以屈強江外雄長偏隅然或命一旅之師或資一士之說琳則瓦解冰泮投身異域瑱則厥角稽顙委命闕廷斯又天假之威而除其患其事甚明二也今將軍以藩戚之重擁東南之衆盡忠奉上戮力勤王豈不勳高竇融寵過吳芮析珪判野南面稱孤其事甚明三也且聖朝棄瑕忘過寬厚得人改過自新咸加敘擢至如余孝頃（陳書南史作項）潘純陁李孝欽歐

陽頠等悉委以心腹任以爪牙背中豁然曾無纖介況將軍疊非張繡罪異盧（陳書南史作畢）諶當何慮於危亡何失於富貴此又其事甚明四也方今周齊鄰睦境外無虞并兵一向匪朝伊夕非有劉項競逐之機楚趙連從之勢可得雍容高拱坐論西伯其事甚明五也且留將軍狼顧（南史作狽）一隅亟經摧衂聲虧魄（陳書南史作實虧）喪膽氣衰沮高瓌向文政留瑜黃子玉此數人者將軍所親信（二字南史作知）首鼠兩端唯利是視其餘將帥亦可見矣孰能被堅執銳長驅深入繫（陳書南史作繫）馬埋輪奮不顧命以先士卒者乎此又其事甚明六也且將軍之勢孰如侯景將軍之衆孰如王琳武皇滅侯景於前今上摧王琳於後此乃天時非復人力且兵革已後民（南史作人）皆厭亂其孰能棄墳墓捐妻子出萬死不顧之計從將軍於白刃之間乎此又其事甚明七也歷觀前古鑒之往事子陽季孟傾沒（陳書南史作覆）相尋餘善右渠（英華作餘黨渠魁非）危亡繼及天命可畏山川難恃況將軍欲以數郡之地當天下之兵以諸侯之資拒天子之命強弱逆順可得侔乎此又其事甚明八也且非我族類其心必異不愛其親豈能及物留將軍身縻國爵子尚王姬猶其棄天屬而弗顧背明君而孤立危急之下（陳書南史作日）豈能同憂共患不背將軍者乎至於師老力屈懼誅利賞必有韓智晉陽之謀張陳井陘之勢（陳書南史作事）此又其事甚明九也且北軍萬里遠鬬鋒不可當將軍自戰其地人多顧後梁安背向爲心脩眄定夫之力衆寡不敵將率不侔師以無名而出事以無機而動以此移（一作稱）兵未知其利夫以漢朝吳楚晉室穎顒連城數十長戟百萬拔本塞源自家圖國其有成功者乎此又其事甚明十也爲將軍計者豈（陳書南史作莫）若不遠而復絕親留氏

秦郎快郎隨遣入質釋甲偃兵一遵詔旨且朝廷許以鐵券之要申以白馬之盟朕不食言誓之宗社寄聞明者鑒未形智者不再計（英華作計始非）此成敗之効將軍勿疑吉凶之幾間不容髮方今藩維尚少皇子幼沖凡預宗枝皆蒙寵樹況以將軍之地將軍之才將軍之名將軍之勢而能克脩藩服北面稱臣者乎（陳書南史無此二字）寧與劉澤同年而語其功業哉豈不身與山河等安名與金石相弊願加三思慮之無忽寄氣力綿微餘陰無幾感恩懷德不覺狂言鈇鉞之誅其甘（陳書南史作甘之）如薺

與徐僕射書　尹義尚

義尚白漳濱江涘眇若天涯去鴈歸鴻雲飛難寄瞻言鄉國泣珠淚而盈懷寤寐德音仰煙霞而疾首既而暑往寒來愁雲藹塞河冰自結非由漢后之軍草（一作苦）露恒嚴寧

假公超之術霜飄虎距（一作踞）詎知朔野之寒雪覆龍岑徒憶清江之嫚眷言疇昔邈矣遐哉係仰清顏願常豐勝雍容廊廟時宣匡奉之風偃息康莊無廢怡神之道義尚望國窮魂繁憂積歲雖其未殞豈曰生年日者謬忝後車（一作庫）陪遊上國曾觀禮樂見季子之知音經奉侍言嗟鄭僑之博物如軍書愈疾之製碑文妙絕之詞猶貴紙於鄴中尚傳聲於許下逮乎百六之年仍離再三之酷吉凶禮數綿歷歲時嘗膽茹辛備同艱險每冀穹蒼有感大國矜憐以禮言歸馭駟俱反何期毳毛湮淪墜灑漳濱之水逸翮摩霄輕託蓬萊之頂信知有幸無幸見生死之殊倫才與不才驗沉浮之異趣昔秦歸趙璧還得連城晉失楚材直亡其實自國祚中絕行李不通等避世於桃源同留寓于仙嶺每瞻牛候馬想金陵之聖人今覩皇華知有熊之建國實堯仕舜猶是八才緯武經文方儔四貴幸甚幸甚昔楊朱歧路悲始末之長離蘇武河梁歎平生之永別雖復音塵可嗣終隔風雲夢想時通無因覿止依依望楚寸陰有待百年將半輕生若是命也如何今車書同軌行李相繼猥荷文移通賜論及輶軒既已復命義尚未被哀矜竊以晉楚釋囚共成親好今乃拘彼來（一作求）此不亦難乎夫以疋夫投分猶須坦蕩況兩國二君那宜細計彼若才如廉樂猶恐不習禁兵苟非其人留之何益然三戰三敗卒成強伯之功七縱七擒終仗天威之力由此言之彼此如耳徐元直蜀之謀士關雲長劉氏之驍將須歸即遣知叛弗追今之與古何其異趣且二國叶和長江共有如首如尾可以同規或貳或猜豈名脣齒是以隔河分歃君子知其不終衷甲尋盟春秋貶其行詐伏承聖上欽明英賢佐輔方知解網之氣用表無偏之化若彼之俘虜猶且蒙歸北之南冠何辭不遣如其苟相猜貳信不由衷雖篤親隣義尚何罪不任辛酸之念輕陳萬一之情伏願仁人少存疇昔承開之便希復開言昔張子餘年誠稱吳主之賜微躬邁影實仰含弘之澤載筆漣洏罔知所運

報尹義尚書　　徐陵

別離二國雲雨十年目想河陽追銅爵而無遠神遊漳水與金鳳而俱飛北使還辱去冬十月十一日告忽同年（一無年字）言叙循環巧製欣慰良深河朔年芳雖當淹晚白溝澆澆春流已清紫陌依依長楊稍合體中何如豈無鄉思弟居（一無此字）三秦世冑六輔良家文武兼能志懷開遠谷永之筆無慙古人蓋延之弓高視前彥而淹留趙魏驟歷寒暄企（一作延）望鄉關理多悲切聖朝欽明纂曆大拯生民戮巨海之奔鯨殲中原之封豕晉君之說長安遠於日邊楊雄有言交州在於天際則輪賝王府屈膝闕門川洞酋豪強梁湞海神兵一（一作所）指率土咸康方當偃伯於靈臺韜戈于武庫變大風於五禮驅蒸民於昌辰物色英聲搜揚俊傑投竿負鼎馳步蒼龍巖穴丘園爭趨金馬而弟留河北義等周邵懷此殊才實可傷嗟吾崦嵫既暮容鬢皤然風氣彌留砭藥無損追惟疇昔共備行人室家安危賓禮升降懸壺代哭俱歷春冬移館于箕同茲辛苦鳴蜩抱樹蟄覓藏冰歸鴈銜蘆多經寒食靖言念此如何可忘握翫來書彌其承臉夫以擁腫之木得免因於不才觳觫之牛自保由其無用以余鄙陋未友龔生唯歎吾賢不同蘧瑗耳若推溝拯溺每切皇遺（疑）翻鱗見機覽（一無此字）所以降咫尺之書馳輶軒之使心期與國必遂還途空謂親隣更成難請言尋雅告

所及縲囚便訪鴻臚幸無淹使聞諸司寇或有邊俘前歲中流是維同惡燕禽（一作旗）皇關冀馬臨江裁頓雲羅自投天網京觀之塚宜彰武功周醜之門方申明罰而聖朝好生惡殺收雷寢電兵車所獲雖同長萬之來恩澤從容無異荀罃之禮方之於弟況擬非倫伊昔梁朝共奉嘉聘張玆大帛勵彼高閎庭奏歌鐘座延僑肹賓客之致（一作敘）方於阼階田獵之禽同於君膳正以鄉關阻亂致爾拘留家國隆平義應旋及況復韓宣屢至宰孔頻還翻爾遲迴■之隣睦弟遂鍾儀之操對此皇華高后（左傳作厚）之詩何非類關徐康樂之況三戰七擒之言此日借子之矛攻子之室彼之使容猶尚不還此於齊都豪門貴戚周行匪例事義相懸豈與大弟同年而語吾本自凡流以復衰老稍近東岱不奢■擊壤之年唯欣堯俗若耶之復■長保安卧時思之■不棄忝亞宗卿非得侵官天袞但當令允允在詠濟濟盈朝才冠鄉雲智同荀郭文詞富於江海高論洎於雲霄趨走丹墀之間侍奉青規之內弟來款言至欲附祈聞聯類非宜更其多惑若使良有■猶希贈鯉之書郵驛方通復行飛鶴之信執筆潸然不知何向

文苑英華卷第六百八十五

登仕郎胡柯　鄉貢進士彭叔夏　校正

文苑英華卷第六百八十六　書二十

勸諭下

爲蜀道安撫壽光公王季卿與王仁壽書　陳子良

大唐相國録事參軍正議大夫壽光縣開國公王季卿頓首頓首致書隋季將軍王仁壽足下夫幾者動之微吉凶之先見也君子見幾而作不俟終日故能轉禍爲福改敗成功斯乃非常之人能立非常之事信乎此說寔有由焉比以隋政失馭主上昏狂或東討勾驪填屍滿海或西征且末曝骨成山法令滋章賦役殷重金玉窮於玩服民力盡於池臺飢饉於是荐臻盜賊爲之蜂起四海鼎沸天下嗷然生民塗炭萬無一在此固將軍之所知也豈待繁述哉固知長惡不悛禍盈必滅否終則泰理數皎然當今相王啓聖應天順民龍飛受圖神武作宰撥亂反正大拯黎元四海於是來蘇九服所以款附如珪如璋之士踵武雲屯如熊如羆之臣排肩霧合伊呂之儔也韓彭之徒歟莫不咸騁藝能同申智勇共爲表裏造我國家元首明哉股肱良哉濟濟巍巍無能名也將軍外氏宋國公昔在隋朝

功深佐命聲侔衛霍道亞蕭曹本以無辜枉被誅戮悲感行路痛結於天而況渭陽之情切於恒品相王志存追遠愍彼冤魂乃贈光禄大夫揚州摠管宋國公可謂封比干之墓式商容之閭（一作廬）以古謂今足爲連類其子懷廓今任光禄大夫相府禮曹參軍次子渠師相府賓曹參軍爲王爪牙早樹勳績已雪冤耻彌暢昊天將軍甥也聞之豈不欣感但季卿之與將軍忝是宗友義同昆弟結髮投分彈冠比肩俱侍龍樓預陪鶴籥屬時君道喪天下崩淪衆叛親離莫有固志欲効嵇紹之忠殞身無益空軫袁安之歎流涕何言時事已闌智愚同見今承將軍擁兵雲夢建旆荆門水淹既多疫癘逾甚人無半菽師老則離何不以順天時早圖富貴爰率所部歸我霸朝享榮禄於子孫書功名於竹帛趨履南宮之上徐輪北闕之下鳴鍾列鼎珮玉摐金豈不懋歟豈不盛歟時者難值而易失機者在速而不遲成敗須臾寔由反掌但季卿仰與疇昔交情不疎輒託雲禽遠披尺素（一作心瞻）心瞻目擊（一作目擊之事）請不遲疑願保垂堂自求多福季夏炎盛體力何如願恒勝納遠惣戎旅不乃勞神季卿疾弊承乏使蜀尋望入朝冀即來儀諮覿在近無任傾仰謹奉尺書投筆潸然此不多具王季卿呈

爲崔僕射與朱泚書　于邵

其月日某官某乙謹奏記相公閤下羌戎之患蓋三代矣秦漢以還怨詐更作詳諸舊史抑有前聞今則乘我間釁于茲二紀亂華謀夏腥聞于天貪惏無猒暴殄斯極侵軼我湯沐震驚我兆人十月之初中官騶至寮奉宸翰遠使臨邊拜受遂行赴敵宜速西山之役尋已加兵將赴急宣不遑啓處所以晝分忘食夕惕懷冰關山阻隔信使頻絕北望雲闕南馳夢䰟近者日有京信方表朝廷清晏雖寇猶外姦而人■内驚然則回中未靜鄜役仍勤相公維嶽降靈求巖作輔不學古法知機其神是以聖聰寄揚我武既奉鑾門之禮具稟至天之誠折首摧鋒計日我捷詩云赫赫南仲獫狁于襄不其盛歟伏以令公勳庸冠世焯見于天受三二（一作■）朝將相之託有萬人父母之愛方謝安之體大知鄧禹之道弘相公特稟廟謨龔行天討分邠寧拔距之衆兼漁陽賈勇之軍偶俱無猜上讓下競用奬王室作爲人綱一舉而大義全暫勞而殊功倍以此衆戰何戰不剋以此滅戎何戎不盡其（疑作某）遠承惠顧委分知歸感遇因時若巳之甚延首北嚮一心如丹謹遣某官某乙奉記陳情不宣某乙頓首再拜

諭江陵耆老書　劉蜕

太原王生嘗移耆老書以江陵故楚也子胥親逐其君臣夷其墳墓且楚人之所宜怨也而江陵反爲之廟世饗其讎謂耆老而忘其君父也吾以爲不然楚人之性僄（集作慓）悍世（文粹作大）能復其仇讎其後自懷王入武關楚人怨秦不忘干戈況其人之性能忘胥之所以破其國家而事之乎且今（疑作令）江陵之人牽牛羊而祝（文粹作祀）其廟者將祈年穀而獲凶荒禱疾病而得死亡者乎如厚其餘而虛（文粹■作虐）其報則江陵知胥之不可祠（集作祀下同）而不祠矣若果祈年穀而得豐穰禱疾病而獲康強有其餘而尋其報則破人之國而居其土辱人之君而受其饗遇一食而自忘楚人之殺其父兄則胥自爲無勇也何獨江陵之人而忘讐讎乎吾以爲其廟申包胥之廟也包胥有復楚之功年代寖遠楚人以子胥嘗封諸申故不謂包胥耳不然則子胥何爲

饗人之食而江陵何爲事饑人之神乎者老得書速易其
版曰申胥之廟無使人神皆愧耳

與陳集作移元徵君書　皮日休

徵君足下行奇操異峻集作捨明天子賢宰相退隱于陵陽踞見
青山傲視白雲得喪不可搖其心榮辱不能動其志桎拳
冠冕泥滓祿位甚善甚善苟與足下同道者必汲汲自退
名惟恐聞行惟恐顯老死爲山谷人矣或名欲遺于世集作載利
欲及當今者聞足下之道可以不進其說耶日休聞古之
聖賢無不欲有意於民也苟或退者是時弊不可正主惛
不可曉進則禍退則安斯或隱矣有是者世不可知其名
俗不能得其集有數字尚懼來世聖人責乎無意於民故也此
之謂道隱其次者行不端於己名不聞於人欲乎仕則懼
禍欲乎退則思進必爲恠行以動俗詠言以矯物上則邀

天子再三之命下則取諸侯殷勤之禮甚有百世之風次
有當時之譽此之謂名隱其或集作次者行有過僻志有深
傲飾身不由乎禮樂行已不在乎是非入其室者唯清風
昇其牖者惟明月木石然麋鹿然期夫道家之用以全彼
生此之謂性隱然而道隱者賢人也名隱者小人也性隱
者野人也有夫堯舜救世禹湯拯亂之心者視道隱之人
由夫樵蘇之民耳況名與性哉今天下雖無事河湟有黠
虜之患嶺徼有逋蠻之虞主上焦心灼思晏詢夜謀宰相
戰慄於巖廊百執奔走於朝右然尚未復貞觀開元之大
治有致君於唐虞躋民於仁壽者其人則鮮其求則勤玄
纁之聘屢降於山林少微之星但明於霄漢此真足下之
所高視也嗚呼斯時也山林之間宜倒衣以接禮重跰以
應命赴明天子千年之運成大丈夫萬世之業勳銘於鍾
鼎德著於竹帛集作油素可不盛哉夫主上知足下之道久矣加以
郡守薦之宰相譽之雖錫命屢頒而高風轉固棲物日簡
入山益深且足下將爲道隱乎則道隱者世不可知其名
俗不能得其尚足下之名尚也冊青於世矣豈爲集作謂道
隱哉將爲名隱乎則名隱者爲恠行以動俗詠言以矯物
足下之道伸之而伊夔屈之而夷齊豈爲集作謂名隱哉將
爲性隱乎則性隱者飾身不由乎禮樂行已不在乎是非
足下頃薦名於有司徒集無此字客位於侯伯豈謂性隱乎然
三隱者足下皆出其表復何爲而高卧哉如終卧陵陽而
不起是廢乎古人之道者也仲尼曰素隱行恠後世有述
焉吾弗之爲也君子遵道而行半途而廢吾弗能也已矣
君子依乎中庸遯世不見知而不悔夫前二者聖人之所
不爲足下之學揚墨乎申韓乎何其悖於道也如遯世不

見知而不悔則惟集無此字舜不爲高蹈也舜不爲真隱也足
下其亦有意乎如納僕之言翻然而起醒然而用朝廷必
處足下於大諫次用足下於宰輔其在大諫也以直氣吹
日月之翳以正道立天地之根先黜陟於朝廷次按察乎
侯國其在宰輔也外以道寧四夷內以法提百揆俾天地
反祆爲瑞使陰陽易沴爲穰然後以玄黄樂浪爲持節之
州崑崙崦嵫作駐蹕之地又不知房杜姚宋何人也果是
道也集作果行是道罄南山之竹不足以書足下之功窮百谷之
波不足以注足下之善以足下之風可以叶集作知僕之志
以僕之道可以發足下之文故不遠千里授書於御者用
以吐僕臆中之奇貯也僕之取捨自有方寸異時無望於
足下發函之後但起無疑不宣日休再拜

宗親上

代梁貞陽侯與荀昂兄弟書　徐陵

張佛奴至未枉還告但以勞悒夫興亡繼絶往帝之通規分災卹患聖王之恒典自敦厖既散詐僞萌生時託親隣信有澆慝大齊道冠三皇風高九代仁信之本關於至誠言與之恩由於孝德孤謬蒙殊奬還嗣本朝勅喻分明言誓殊重若使邦家克定境内無虞凡廣陵歷陽皆許見還白水黄河屢奉然諾彝章禮數莫不優華斯乃不世之殊恩寧是悠（一作猶）常之恒事王太尉勳踰呂望德冠伊衡凡厥英謀筭靡遺策豈容當滔天之巨寇違大國之隆恩計彼賢明必當不爾卿維兄及弟莫非雄才江外風塵不染兇冠賈氏三虎豈獨貴於前脩荀家八龍信復在於今日近者州司不道或致流言朝聽矜明已如前及想謀元宰善保良圖南道主人以相付也見所答東海徐湛書粗具來意昔栢憑呂衆文用秦政（疑作攻）是假隣國之威以備非常之變若使江東宰匠具領齊恩時命封疆遠相迎接故當携諸舊隷率我賓遊朝服簪纓直拜園寢梁人望國自合水而浮舟齊師言歸指滄江而迴旆如其彼相未悟良機將恐戎麾遂踐京邑若其求成取敗豈謂和風龍馬雲旗差不相涉一二復令張佛奴口具相見在近此不多及蕭淵明䟽

在北齊與宗室書　前人

陵白臨淮負海是謂徐州顓頊高陽丗有明德自興王啓霸無勞委劒之鋒開國承家實饗彤弓之賜其後金柯玉葉霞振雲從耆舊通人茂才多士（一作耆舊先賢通人多士）或以天下之貴負石自沉王命之尊拂衣高蹈或熊衣雉製青組朱旗儒盛江東文高河北或復分齊處魯移魏居燕瓜瓞雖遥芳枝無遠昔有王如王莽無關控鵠之宗劉曜劉淵彌非偃龍之族又有朱家別録邾子之苗何氏殊源韓侯之胤三烏五鹿時事無恒東郭西門遷訛非壹吾宗雖廣未有駢枝咸自駒王同分才子正以金衡委御玉斗宵亡胡賊憑陵中原傾覆我則供犧牲於東國載（一作戴主）祏於南都二百餘年家于揚越此則盧諶不去裴寧仍留高官燕秦遲迴鄉壤山河有隔叙郗無緣望冀馬而增勞瞻賓鴻而永嘆昔竇公累世光武稱其外家許都遥遠靈王思其舊宅此言雖大可以喻小況在宗親寧無佇眷比（一有同字）月應雩龍星移㲉鳥天明和昫體中何如願百年之老興居多福萬石之君寒暑清豫其外族忠孝比屋連甍信義勇於干戈詩書甘於酒醴或有漁獵三史紛綸五經都講開黌詩生負帙邦君佇德寧無挂搨之思（一作恩）州將欽風應有題車之命南陽坐嘯寄以共治東海行歌資其主（疑作匡）弼梁竦不好徒爲大言鄧禹平生唯望如此若棲遲偃仰因事丘中桃果三名栗園千樹執竿而釣徵聘不來負耒而耕公侯靡屈何其高也蓋復休哉如脱推延或遲並問吾堦緣人乏叨遣皇華王事無淹公禮將畢既而揚都蕩覆方離獫狁之災越界風塵復蹈（一作無復）輶軒之禮屏居空館多歷歲時疊犯靈祇招延禍罰號慕無窮肝膽屠殞煩寃腷臆不自堪居無心柰何無狀柰何自徘徊河朔亟積寒暄風患彌留半體枯廢折臂爲公雖非羊祜跛足而使無慙郤克固以形如槁木心若死灰匍匐苫廬纔有䰟氣夫迷山之客遲遥響於巖崖窮海之賓望孤烟於洲嶼況乃宗均魯衛地匪燕吳車騎相望舟艫朝夕三條不遠五達非難信乃闊然遂不嘗問昔桃花之峽長避秦嬴芝草之

山遥然滄海猶復漁船可入何況平途不兼旬月勞懷既積輒命行人弦望之間遅枉歸翰儻二三兄弟能彰昭穆之詩求我漳濱幸問劉楨之疾陽春改節並念將宜扶力爲書多不詮次陵白

答周主論和親事書　前人

使人使持節車騎大將軍儀同三司大都督治司城使主杜子暉忠軍山遂伯使副鮑宏等至省告具懷夫聖（一作樹）君明辟司御兆民則天象地亭育黔首故張擅以往拭玉而來同在蒼生恢宏文武雖毀戈鑄戟未擬上皇散馬休牛載懷偃伯非期與睦忽爽和風奚用殲師信由天討追尋曩好歎想兼懷言覿今書甫承家難知以冢卿執政擅同淵藪令尹當朝妄專征伐無君之譎俾墜其師無將之誅已從司寇刑名既肅國步還康希篤親隣敬開衷款若

二境交歡俱饗多福八荒斯乂良副所懷今遣具位某甲等使不復多述陳其頓首

論妓妾改嫁書　李諤

臣聞慎終追遠（一作遠慎終追）民（一作人）德歸厚三年無改方稱爲孝如聞朝（一作大）臣之内有父祖亡殁日月未遠（一作久）子孫無賴便分（一作引）其妓妾嫁賣取財有一於此實損風化妾雖微賤親承衣履服斬三年古今通式豈容遽褫縗絰强傳鉛華泣辭靈几之前送付他人之室凡在見者猶致傷心況乎人子能堪斯忍復有朝廷重臣位望通顯平生交舊情若弟兄聞其亡殁沓同行路朝聞其死夕規其妾方便求聘以得爲限無廉耻之心棄友朋之義且居家治理（一作理務）可移於官既不正私何能贊務（五品已上妻妾不得改醮）

一作皆北史本傳

上吏部裴侍郎書　駱賓王

四月一日武功縣主簿駱賓王謹（文粹有再字）拜書吏部侍郎裴公執事易曰書不盡言言不盡意然則理存（文粹作義在）乎象非書無以達其微詞隱乎情非言無以筌其旨僕誠鄙人也頗覽前事每讀古（文粹無此字）書見高堂九仞曾輿有（集作參負）北向之悲積粟萬鍾季路起（文粹作有）南遊之歎未嘗不廢書輟卷流涕霑衣何者情蓄自（集作於）衷事符則感形潛於内迹應斯通是用布腹心披（文粹作瀝）肝膽（集作是布腹心罄瀝肝膽）庾大雅含弘之量矜小人悃款之誠惟君侯察焉賓王一藝罕稱十年不調進寡金張之援退無毛薛之遊亦何嘗獻策于時高談王霸衒材揚已歷抵（文粹作詆）公卿不汲汲於策（集作榮）名不戚戚於卑位蓋養親之故也豈謀身之道哉不圖君侯忽垂過聽禮以弓招之恩任以書記之事擬人則多慙

阮瑀入幕則高謝郗超昔聞（二字文粹作夫集無聞字）聶政荆軻刺客之流也田光豫讓烈士之分也咸以勢利相傾意氣相許尚且捐軀燕趙甘死齊韓今君侯無求（集作知）於下官見接以國士正當陪麾後殿奉節前驅賈餘勇以求榮効輕生而答（文粹作報）施所以逡巡於成命躊躇於從事者徒以夙遭不造幼丁閔凶老母在堂久（集本文粹並作常）嬰羸恙藜糗（集作藿）無甘旨之膳松檟闕遷措之資撫躬存（集作在）亡何心天地故寢食夢想嗌指之戀徒深歲時蒸嘗崩心之痛罔極若僕者固名教中一罪人耳何面目以奉三軍之事乎況屬天倫之喪奄踰七月違膝下之養忽已（文粹作至）三年而凶服之制行（集作將）終哀痛（集作疚）之情未洩與言永慕舉目增酸（文粹作傷）夫怨於心（文粹作衷）者哀聲可以應木石感於情者至性可以通神明故徐元直亂（文粹作指）心以求辭李令伯陳情以

窮訴上以棄興王之佐命下以全奉親之篤誠而蜀主不以爲非晉君待之愈（文粹作逾）厚此二人者豈貪貧賤惡榮華厭萬乘之勲（集作交）甘匹夫之辱也蓋有不得已之者哉至（集作人文粹作黨）有乾没爲心脂韋成性捨慈親之色養許明公（集作主）以驅馳内忘顧復之私外存傅會之眷薄骨肉厚榮寵苟背恩而爲（文粹集本並作以自）効則君侯何以勸之且義士期乎貞夫忠臣出乎孝子既不能推心以奉母亦焉能既（集本文粹並無既字）死節以事人假物議之無嫌實吾斯之未信也況（文粹無此字）流沙一去絶塞千里子愴（集作迷）入塞之魂母切倚廬之望既（文粹作就）令歡以卒歲仰南薰之不貲而使（文粹作更）憂能傷人迫西山而何幾君侯情深錫類道協天經明恕待人慈心應物儻矜犬馬之微願効烏鳥（集作慨鷙鳥雀）之私情寛其負恩遂其終養則窮塊有望老母知歸賓王死罪再拜

與親情書　前人

風壤一殊山河萬里或平生未展或睽索累年存没寂寥吉凶阻絶無由會聚（集作聚淺）每積凄涼近縁之官左（一作佐）任海曲便還故里冀叙宗盟徒有所懷未畢斯願不意遠勞折簡辱遠漂淪雖未叙言覿如披面晩夏炎鬱並想履宜賓王疾患忽無況耳（集無此六字）初至鄉閭言尋親故（集作舊友）着年者化爲異物少壯者咸爲老翁山川不改舊時丘隴多爲陳迹感今懷古撫存悼亡不覺涕之無從也詢問子姪彼亦凋零永言傷情增以悲慟雖死生之分同盡此途而存亡之情豈能無恨終朝展接以申闊懷取此月二十日捿桐成禮事過之後始可得行祗叙尚賒傾系何極各願珍㬅還（集作遠）無所詮

與執政書　張說（集無）

說拙於愼身往年遷流嶺外亡親愁懼痼疾增加比常生還曽未數歲家口在洛身徒入京及丁凶苦不獲侍側比於他人情實不等在禮君親同貫事君無負事親有負不能殺身以自咎責乞過祥禫報國非遲三度表請不蒙矜遂當是文墨不盡（一作宣）苦心投公執事乞爲一言聞達不敢守禮抗請直是私情乞（一作先）恩若以此情可矜猶冀聖人萬一哀憫若將違越甘心待罪謹狀

文苑英華卷第六百八十六

登仕郎胡　柯　鄉貢進士彭　叔夏　校正

唐人書啓雜文等多不避諱間或避者有之今並從元本

文苑英華卷第六百八十七　書二十一

宗親下

答嚴給事書　張九齡

自出江都（集作郡）慰誨累及情義已積昆弟無踰人生相知可謂厚矣僕方請歸養從此告辭會面無期所懷當盡故復略而言之耳凡爲前相所厚者豈必惡人耶僕爰自諸（集作書）生燕公待以族子頗以文章見許不因勢利而合但推獎之日不量不才引致掖垣有負時議然則初有超拔豈由本心嗷嗷之口曾不是察既不稱其服又加之讒間負乘致寇幾於不免當此時也若無所容以孤特之身處背憎之地自怍既往何幸而全追想寒心悅悅發悸嚴子足下不意而然既而遠出猶有餘舋巧言潛構期僕傾危故使者之來怒於心而色於事（一作市）賴於自慎且得（集作幸且）無咎不者吹毛洗垢求其痕疵智（集作勢）窮力屈特（集作將）無控告未始怯事也（一作始未情事也）有爲而然以故春中有書薄言求庇足下猶不諒此意以爲汲汲於聲名而乃約以莊生之言博以東山之法曉導精至誠故人之情向（集作之）户所防有異來旨彼二教者忘情滅識無有纏愛故福至不喜禍至不憂今僕養親豈復（英華作無）非割離恩愛直措心於此地哉正欲惟疾之憂全身遠害故雖在小小敢不兢兢至如自於身心雖復懵昧幸受教於君子亦聞道於古人豈不能少有所適方復屑屑於毀譽之際也管仲嘗三戰三北而鮑子不以爲無勇以其有親足下寧不我知（集作可而）有此誨且往者不自量力因緣小技蹴躡干進荏苒歷年固以爲運屬盛明朝多君子義能容物而忘其孤陋則不知弊帚之貴末路多艱今專典一州蓋幸遇已甚而平生萬事爲寒暑所移雖忝簪纓若墜泉壑者耳誠耻令名之不副寵章也昔賈誼才偕管晏言則霸王名重漢廷官止梁傅班固猶六未爲不遇況僕（集有擬字）非其倫遇已過彼顧多慙色豈敢怨而更求歟足下知心當明義有所在耳尊者慈愛諸下懷寧本鄉不欲隨官重有離別春秋高矣晨昏久違僕豈復規規然徼無妄之福在悔悋之動而迴無所恃單子獨立萬一蹉跌或遠庭闈朝心不開暮髮盡白行已五十獨不知命哉是以冒死抗疏乞歸侍親（集作一）則視（集作潔）膳以展下情二則辭蒲而無貽憂（集有周字）易曰飛鳥遺之音不宜上宜下蓋取此義亦自卜者審也顧恨上負明主丘山之恩未有涓塵之答下愧知己提獎之力卒無知（集作如）言之効又平生不飾小節苟取虛名使吠聲之徒退有後議竟不（集作未）獲盡展所有之用以塞罔極之讒碌碌而歸不能不耿耿耳古人有從所好者僕亦有心庶承顏之餘放性自適軒冕之事亦云儻來林澤之間聊足散慮縱絶後望亦了一生何必崎嶇不平齟齬求入然後爲得也去矣嚴子勉事聖君儻存平仲久要之言無惜詩人金玉之問幸甚張九齡白

與從弟評事書　蕭穎士

朝得書爲正不佳又前意巳決難作移改是以又不報吾素志疎野平時尚不求仕進況今豈徼榮禄哉前赴牒追者蓋爲三道重權冀以疇昔厚眷討議獲申惟薦群才庶其裨益今既一言不見預一士（一作生）薦不行方復規求一中下郡佐而利其禄秩豈在（疑作任）意耶況馬墜所傷全未平復方恐便廢自是棄人才既不足採而加此疾苦更不復力強耳韋二十五與弟昨言中丞必須相煞始下筆才非樂生不望擁篲志力弊困未堪詣府日日如斯與斷莫定來中丞便至責其違闕乃罪不可料（一作斷）何負使司作此相陷古人有言冠一免豈可復加於首吾計決矣之死始（疑作矣）靡懼弟無或焉再申意二十五官無爲咄咄見逼也爲㑹間最傷心力甚弱書數行便不能仰視昔不因子致姝交遊早識中丞今海内未靜之秋加之疾患傷損不蒙恩卹過秋羈迫亦知命矣吁何道哉

與表弟盧復書　李華

八月八日外兄李華敬簡盧十五弟則之處秋風漸高路出泗上將詣職役如所料乎往返勞止當與時俱暢也華疥疾無聊賢姊與諸君尋常耳福卿漸減弟勿憂之與弟別來十餘年比聞在代朔之地明時道舉出身乃能上爲寡姊下爲孤甥求爲鴈門主簿束身戎馬之間始終無過之地此一難也時方艱危動隔生死骨肉妻子寄在河朔一身萬里省姊淮南此二難也喪亂巳來時多苟且松貞玉粹亦變頹流唯弟卓然介立寒俗文詞學問守正不移金石之聲泠然在聽此三難也五姓之中盧爲峻（一作俊）茂根源上古歷世著明降及聖唐仁賢不絶外家陵替稍久弟其勉之盧氏有謀翁絲法又世以書聞華恨未見弟爲廣訪求也南祖分於何祖帝師合有四房誰各承後弟爲華具條流相報也頃撰軍器男神道碑後具房族由來意欲如軍器之志廣外家之美令萬代聞見不復討譜牒也華質性鈍弱而慕汲黯卜式之直晚歲思夫子互鄉之見林宗賈淑之後若悟此道仁在其中易乾（疑作坤）元之説曰含弘光大品物咸亨大雅曰既明且哲德合天地老氏所弘夫子即述既自以爲戒亦規弟持正也弟正直太過不能容納時人是以相箴努力無忽近有鄭五書信否四姊處得消息無忽忽不次華敬簡

與弟莒書　前人

三兄報汝吾疹疾一定汝憂吾疾令吾將息一一用汝語念汝知之且作判官事中丞叔父小心戒慎不離使司昔田仁任安俱爲大將軍舍人卧馬廐中無何詔大將軍出征匈奴遣大夫趙禹選大將軍官屬舍人衣服鮮明二子冠帶䰐頷趙禹獨與二子言論於禁中即日召見皆拜二千石汝有二子之實未遇趙公之舉馬廐高眠古今一也又仲尼嘗爲委吏歎曰富貴如可求雖執鞭之士吾亦爲之魏舒爲郎官時屬沙汰乃襆被而出自言曰當自我始大才當大用如時人不識何爲歎憤哉先師曰不患無位患所以立汝能自修況事叔父吾之休廢永無榮耀於伯仲之間自非深仁高義長才厚德又焉肯施惠於朽壤枯木哉莒省吾書當努力也不次三兄報

交友上

與王吳郡僧智書　徐陵

孤子徐陵頓首昔林宗道王時人多慕德之賓無忌雄豪天下盡希風之客況復王家沉默謝氏混玄名貴公門譽

華卿子而秦峯阻敻浙水悠長諮訢無因但用窮結比青蔓已戒白露方溥體中何如願[redacted]康勝鄧仲華服衮之年荀令則擁麾之日徒去早達未可同功今日相方豈不高視竊承富春頃歲多難荐臻邑閈皆空黔黎將盡御史舊揚零落不存太傅[redacted]齋荒茫無處自神麾所届襁負斯歸新屋方華故田斯墾府吏閑坐長吏使一作誦經督郵無事唯應吹笛東苞海水俱承幕府之威西洎江沱同仰惟良之化政差邊張何其神也孤子無心覥冒苟忝光陰風疾彌留示有餘息恩將公聘窮擯虜庭博望侯極跡於黃河移中監流滯於滄海自斯以後唯有膚賤本應埋魂趙魏折骨幽并豈意餘年復反鄉國仰屬伊公在亳渭老師周旌賁丘園採拾衡巷遂以哀駘不棄甕盎無遺還顧庸虛未應偕此竊承君侯過被以光輝屢有吹噓之言頻蒙薦延之澤故得周行紫閣升降丹墀點汙清朝豈不荒愧雖復華陰砥柱帶地窮深嵩高維岳極天爲重未可以方斯[redacted]典譬此洪恩年迫桑榆豈斯詶報政以川波非遠對奉無因夜夢子長之遊朝覽希道之疏浮雲西北徒懷魏帝之文行雨東南思假飛山之便窮誠已結荒係逾深方事祈寒願加珍納謹扶力白書迷乏不次孤子徐陵頓首頓首

復親故書　魏長賢

自向者惠書義高志遠謂僕干時非其義自貽悔咎懃懃懇懇誠見故人之心靜言再思無忘寤寐僕雖固陋亦嘗奉於君子矣以爲士之立身其路不一故有負鼎俎以趣世隱屠釣以待時操築傅巖之下取履圯橋之上矣或有釋債車而匡霸業委輓輅以定王基由斬袪而見禮因射鉤而受相矣或有三黜不移屈身於直道九死不悔甘心於苦節者矣皆奮其泥滓自至於青雲雖事有萬殊而理終一致擁其大要歸乎忠者而已矣自頃王室板蕩彝倫攸斁大臣持祿而莫諫小臣畏罪而不言虛痛朝危空受主辱匪躬之故徒聞其語有犯無隱未見其人梅福所以獻書朱雲所以請劒者也僕之先世傳於儒業素一作訓僕以爲子之道厲僕以事君之節令僕之委質有年代矣安可自同於凡庶取笑於兒女哉僕誠不敏願得鋤彼草茅逐茲鳥雀去惡樹善不違先訓自以身沒九泉求仁得仁其誰敢怨但言與不言在我用與不用在時若國道方屯時不我與以忠獲罪以信見疑貝錦成章青蠅變色良田敗於邪徑黃金鑠於衆口窮達運也其如命何吾子忠告之言敢不敬承佳惠然則僕之所懷未可一二與俗人道也投筆而已夫復何言哉

與夏縣崔少府書已見六百七十三卷　李嶠

答李清河書　[redacted]

君白辭閒累月益深勤系秋候尚熱惟兄動靜去去君粗爾推免昨自歷亭路還至臨清展一慟於崔氏舉目酸咽良不可任變故幾何氣序遄華舊館荒毀殘蟬悲鳴夫情生於有情之地古人所以登峴山而淚下聽鄰笛而淒涼誠有以也亡友崔生才高位下盛年夭閼同志遽絕紘之傷有識深埋玉之恨此而可忍孰不可忍其藻繢鮮華姿彩秀舉故已久處趣一作大府呈諸水鏡可略言也所未盡者此君幼無怙恃終鮮兄弟有田一廛桑竹靡樹孀姊返室諸甥數門移愛敬之慕以奉之假友悌之歡以臨之貧病爲感槩之資羇栖無學植左傳作殖之伴終能抗跡泥滓高步京華交結盡一時之俊文章蒲談者之口亦爲難矣加

以重襟期勤賑施良辰美景故或自遠而至一組一觴繼以繒紵亦無絶於時所以薄俸不資於目前抵遺[redacted]於身後古人稱清吏眞不可爲者豈徒言哉兄仁及遺簪禮縟追賻千古之下凜然而(一作獨)高凡百賓寮孰不激節然其懸罄之室所費多端舊業偃師交質他族淹泊已久又頻齎施賵疰之餘颯尔復盡今授衣脩及窀穸有期合門嗷嗷靡所控告亡友卒日惠愛在人吏甿追感道路胥泣而簡書是懼贈(一作賵)襚莫申夫古今所以惡貪饕而懲貨賄者豈不憑怙作威豪我公道耶今則異於是積東里之仁旣將萬化同盡企西江之潤方爲萬口所懸適足以重仁恩而勤教義也惟兄實深圖之儻一言辱及群願獲申豈惟崔氏獨受其賜亦二三朋友所佩服焉幸甚幸甚明日西上不果拜辭伏惟珍重

與(集作答)馮宿書　韓愈

垂示僕所闕非情之至僕安得聞此言朋友道缺絶久矣無有相箴規磨切之道僕何幸乃復得吾子僕常閔時俗人有耳而不自聞其過懍懍然唯恐已之不自聞也而今而後有望於吾子矣然足下與僕交久僕之所守足下之所熟知在京城時囂囂之徒相訾百倍足下時與僕居朝夕同出入起居亦見僕有不善乎然僕退而思之雖無以獲罪於人亦有以獲罪於人者僕在京城一年不一至貴人之門人之所趣僕之所傲與已合者則從之遊不合者雖造吾廬未嘗與之坐此豈徒足致謗而已不戮於人則幸也追思之可爲戰慄寒心故至此已(集作以)來克己自下雖不肖人至未嘗敢以貌慢之況時所尚者耶以此自謂庶幾無時患不知猶復云云也聞流言不信其行嗚呼不復有斯人也君子不爲小人之恟恟而易其行僕何能爾委曲從順望(杭本作向)風承意汲汲恐不得合猶且不免云云命也(集有可字)如何然子路聞其過則喜禹聞昌言則下車拜(蜀本有而字)古人有言曰告我以吾過者吾之師也願足下不憚煩苟有所聞必以相告吾亦有以報子不敢虛也不敢忘也愈再拜

文苑英華卷第六百八十七

登仕郎胡柯　鄉貢進士彭叔夏　校正

文苑英華卷第六百八十八　書二十二

交友下

答侯高書（文粹作第二書）　李翺

足下復書來會與一二友生飲酒甚樂故不果以時報三讀足下書感歎不能休非足下之愛我甚且欲吾身存（文粹作在）而吾道光明也則何能開難出之辭如此之無愛乎前書所以不受足下之說而復闢之者將以明吾道也吾之道非一家之道是古聖人所由之道者也吾之道塞則君子之道消矣吾之道明則堯舜禹湯（集無此二字）文王孔子之道未絶於地（集作世）也（文粹作矣）前書若與足下混然同辭是宫商之一其聲音也道何由而明哉吾故拒足下之辭知足下必將憤予而復其辭也（集有而字）足下再三教我適時以行道所謂時也者乃仁義之時乎將沉浮（集作浮沉）之時乎（集有時字）苟仁且義則吾之道何所屈焉爾如順沉浮之時則必乘流望風高下焉（九字文粹作則是乘流望風而高下焉集作則必乘波隨流望風高下焉）苟如此雖足下之見我且不識矣況天下（集有之人二字）乎不脩吾道而取容焉其志亦不遐矣故君子非仁與義則無所爲也如有一朝之患古君子則不患也吾之道學孔子者也蓋孔子（集有尚字）畏於（文粹作于）匡圍於（文粹作于）蒲伐樹於桓魋逐於魯絶糧於陳蔡之間（文粹作師）夫孔子豈不知屈伸之道耶故（文粹無故字）賢不肖在我者也貴與富貧與賤道之行否則有命焉君子正己而湏之爾雖聖人不能取其容焉故孔子謂子路子貢曰詩云匪兕匪虎率彼曠野吾道非耶吾何爲至于此子路對曰意者吾未仁且智也（集作耶）而人之不信也與（四字集作不我信與行也）子曰有是乎使仁者而必信安有伯夷叔齊使智者而必行安有王子比干子貢對曰夫子之道至大故天下莫能容盍少貶夫子之道子曰良農能稼而不能爲穡良工能巧而不能爲順君子能修其道綱而紀之統而理之而不能爲容爾不修爾道而求爲容賜（集有也字）而志不遠矣謂顏淵如謂由也賜也顏淵對曰夫子之道至大故天下莫能容雖然夫子推而行之不容何病不容然後見君子（集無此二字）夫道之不修也是吾醜也道既已大修而不用是有國者之醜也不容（集作夫子）何病不容然後見君子孔子蓋歎之也以孔子其門人三千其聖德如彼之至也而知孔子者獨顏回爾其他皆學焉而不能到（集有者字）也然則僕之道天下人安能信而行邪足下之言曰西伯孔子何等人也皆以柔氣汚辭同用明夷也以避禍患斯人豈浮世邪人乎夫西伯聖人也羑里之拘僅不免焉孔子聖人之大者也其屈厄如前所陳惡在其能取容於世乎故曰危行言遜所以遠害也其道則（集有不字）爾其能遠之與否而必容焉則吾不敢知也非吾獨爾孔子亦不知也僕之道窮則樂仁義而安之者也如用焉則推而傳之于天下者也何獨天下哉將後世之人大有得於吾之功者爾

（九字集作有得吾之功者去爾）於天之生我也亦必有意矣將欲愚生民之視聽乎則吾將病而死尚何能伸其道也如欲生民有所聞乎則吾何敢辭也然則吾道之行與否皆運也吾不能自知也天下人安能害於我哉足下又曰吾子夷齊之道也如僕向者所陳亦足以免矣故不復有所說若韓孟與吾子之於我親（集作心）故知我者也茍異口同辭皆如足下所說是僕於天下衆多之人而未有一知己也安能合（集作動）於吾（集有之字）心乎吾非不信子之云云者也信子云云則於吾道不光矣欲默默則道無所傳云爾子之道子宜自行之者也勿以誨我

與微之書　白居易

四月十一（集無一字）日夜樂天白微之不見足下面已三年矣不得足下書已（集作欲）二年矣人生幾何離闊如此況以膠漆之心置於胡越之身進不得相合退不能相忘牽攣（集作攣）乖隔各欲白首微之微之如何如何天實爲之謂之柰何僕初到潯陽時有熊孺登來得足下前年病甚時一札上報病（集作疾）狀次序病心終論平生交分且云危惙之際不暇及他唯收數帙文章封題其上曰他日送達白二十二郎便請以待盡（集作代書）悲哉微之於我也其若是乎又觀（集作覩）所寄聞僕左降詩云殘燈無焰影幢幢此夕聞君謫九江垂死病中驚起坐暗風吹雨入寒窻此句他人尚不可聞況僕心哉至今每吟猶惻惻耳且置是事略叙近懷僕自到九江已涉三載形骸且健方寸甚安下及（集作至）家人幸皆無恙長兄去夏自徐州至又有諸院孤幼（集作小）弟妹六七人提挈同來頃所牽念者今悉致在目前得同寒暖飢飽此一泰也江州風候稍涼地少瘴癘乃至虵虺蚊蚋雖有甚稀湓魚頗肥江酒甚（集作極）美其餘食物多類北地僕門內之口雖不少司馬之俸雖不多量入儉用亦可自給身衣口食且免求人此二泰也僕去年秋始遊廬山到東西二林閒香爐峯下見雲水泉石勝絶第一愛不能捨因置草堂前喬松十數株脩竹千餘竿青蘿爲牆援白石爲橋道流水周於舍下飛泉落於簷間紅榴白蓮羅生池砌大抵若是不能殫記每一獨往動彌旬日（一作月）平生所好者盡在其中不唯忘歸可以終老此三泰也計足下久不得僕書必加憂望今故錄三泰以先奉報其餘事況條寫如後云云微之微之作此書夜正在草堂中山窻下信手把筆隨意亂書封題之時不覺欲曙舉頭但見山僧一兩人或坐或睡又聞山（一作巖）猿谷鳥哀鳴啾啾平生故人去我萬里瞥然塵念此際暫生餘習所牽便成三韻云憶昔封書與君夜金鑾殿後欲明天今夜封書在何處廬山菴裏曉燈前籠鳥檻猿俱未死人間相見是何年微之微之此夕此心君知之乎居易頓首

答知己書（集作謝舊恩書）　劉蛻

蛻嘗感近世知己（集作友）𢢽離交道沈（集作曠）廢不忍終日疚之於心思出其門閭上謁於公卿水行吳楚之城陸走商周之甸旁聽天下歲晚而歸卒無所遇是十六國之故墟四瀆之隅落未足爲大也卒不能副蛻也區區之望況有一言解相印一見爵上卿者乎斯不無人晚乃遇之不自紹介之口不因媒嚼之勢纓綏車佩下入蓬蒿一言而膠附不離有憂其終始出處之事者時蛻之遇執事於南康時也其來六月而餘無不得日奉論議欲變陰谷爲生植之地起死人爲奔走之夫返覆（集作往返）踰時將上復動雖人

有昆弟親戚之愛哭其死憂其病榮其達則或過於執事之心至於誘掖殷勤不遽以違命見絀者則昆弟親戚相強一不相從則終身不復意之（二字集作竟之意）蛻前日來求人爲知己交道之心一旦得遇昆弟親戚之愛又自思之而夫人（集作盡此）之身宜如何以報謝將報謝復於執事何所補哉然而有意益厚違命固難者則不敢書具式託之於韓繁秀才風雪滿硯不獲多書

道釋部（隱逸附）

與逸人徐則書　隋晉王廣

夫道得衆妙法體自然包涵二儀混成萬物人能弘道道不虛行先生履德養空空玄相濟（一作宗玄齊物）將（一無將字）深明義味晚達法門悅性沖和恬神虛白餐松餌朮栖息煙霞望赤城而待風雲遊玉堂而駕龍鳳雖復藏名台嶠（一作岳）猶且騰實江淮籍甚喜其嘉名（四字一作嘉猷）有勞寤寐欽承素道久積虛襟側席幽人夢想巖穴霜色（一作風）已冷海氣將寒偃息茂林道體休逸（一作念）念昔商山四皓輕舉漢庭淮南八公羽（一作來）儀藩邸古今雖異山谷不殊市朝之隱前賢往（一作已）說遵凡述聖非先生而誰故遣使人往彼延請想無勞東帛賁然來思不待蒲輪去彼空谷希能屈也（一作已）竚望披雲

一作皆隋書徐則傳

與逸人王貞書　隋齊王暕

夫山藏美玉光照廊廡之間地蘊神劍氣浮星漢之表是知毛遂穎脫義感平原孫惠文詞來干東海碩循寡薄有懷髦彥籍甚清風爲日久矣未獲披覿良深延佇（一作佇遲）比高天流火早應涼飈陵雲仙掌方承清露想攝衛攸宜與時休適前園後圃（一作圃）從容丘壑之情左琴右書蕭散煙霞之外茂陵臥（一作謝）病非無封禪之文彭澤遺榮差（一作先）有歸來之作優遊儒雅何樂如之屬當藩屏宣條揚越坐棠餘（一作聽）訟事絕詠歌攀桂摛詞眷言高遁至於揚旌北渚飛蓋西園託乘之應劉置醴闕申穆背淮之賓徒聞其語趨燕之客罕值其人卿道冠鷹揚聲高鳳舉儒墨泉海詞章苑囿栖遲衡泌懷寶迷邦徇茲獨善良以於悒今遣行人具宣往意側望起予甚於飢渴想便輕舉副此虛心無信投番（一作石）之談空慕鑿坯之逸書不盡言更慚詞費

一作皆隋書王貞傳

與道士徐鴻客書　李寀

夫天地閉而賢人隱少微光而處士見是以崆峒之上軒轅問於廣成汾水之陽唐帝從於齧缺是知肥遁爲美齊物攸歸雅節與蘭杜俱芳高風共雲霞競遠密未遇玄女思逢黃石誰有啓沃謀猷弼成韜鈐者也尊師八風五星之候玉臺金匱之書莫不洞曉於心若指諸掌今龍戰于野鵬翔寥廓或出或處且變星霜猶未授道是曰仁人隣（疑作除）暴靜乱方稱君子贊我興運今也其時尊師宜躡屩擔簦用虞卿之禮披榛輓輅襲婁敬之風引領瞻望拂席相待遲聽酈生之談方聞左車之說桂樹山幽歲云暮矣桃花源穴（一作隱處）想見其人早赴六軍孤巳勤彼州令以禮相送冀面披述書不盡言（密書至鴻客臨迹不知所之）

答馮子華處士書　王績

乖別甫爾已十餘年誦采葛之詩增其慨詠夫人生一世忽同過隙合散消（一作動）息周流不居偶逢其適便可卒歲陶生云富貴非吾願帝鄉不可期又云盛夏五月跂腳東（一作比）窻下有涼風暫至自謂是羲皇上人嗟乎適意爲樂雅會吾意（一作心）吾河渚間（集有先字）有先人故田十五六頃河

水四遶東西趣岸各數百步古人云河濟之濵宜黍況中州之腴乎家兄鑒裁通照知吾縱恣散誕不閑拜揖蕭糠粃禮義錙銖功名亦以俗外相待不拘以家務至於鄉族慶弔閨門婚冠寂然不與（集作預）者已五六歲矣親黨之際皆以山麋野鹿相畜性嗜琴酒得盡所懷幸甚幸甚近復都盧棄家獨坐河渚結構茅屋并厨廐㧾十餘間奴婢數人足以應役用天之道分地之利耕耘蔗菽黍秫而已春秋歲酒以時相續兼多養鳧鴈廣牧（集作收）雞豚黄精白朮苟（集作狗）杞薯蕷朝夕採攝（集作掇）以供服餌床頭素書數帙莊老及易而已過此已往罕嘗或披忽憶弟兄則渡河歸家維舟岸側興盡便返每遇天地晴朗則於舟中詠（集作誦）大謝亂流趨孤嶼之詩眇然盡陂澤山林（集作山林陂澤）之思覺瀛洲方丈森然在目前或時與舟人漁子方（集作分）潭並釣俛仰極樂戴星而歸題歌詠（集作詠賦詩）以會意爲巧（集作功）不必與夫閑人更相唱和（十字集作不必與夫悠悠閑人相唱和也）孤住河渚傍無四鄰聞犬聲望煙火便知息身之有地矣近復有人見贈（集有以字）五加地黄酒方及種薯蕷苟杞等法用之有妙（集作効）力省功倍不能服（都玩切　腨也）脩渾沌並常行之裴孔明雖是畏名教物然風月之際往往有高人體氣兼特受（英華作愛非）巧性思若有神自作素琴一張云其材是嶧陽孤桐也近攜以相過安軫立柱龍脣鳳翮實與常琴不同發音吐韻非常和朗吾家三兄生於隋末傷代（集作世）擾亂有道無位作汾亭操蓋孔氏龜（英華作歸非）山之流也吾嘗親受其調頗爲（集作謂）曲盡近得裴生琴更習其操洋洋乎覺聲器相得今便留之恨不得使足下爲鍾期良用耿然（集作耿耿）吾所居南渚有仲長先生結菴獨處三十載非其力不食傍無侍者雖患瘖疾不得交語風神蕭蕭（集作蕭蕭）可（集無可字）無俗氣攜酒對飲尚有典刑先生又作（集作著）䖏（集無此字）獨遊頌及河渚先生傳閑物寄道懸解之作也時取翫讀便復江湖相忘吾往見薛收白牛溪賦韻趣高奇詞義晦（集作曠）遠嵯峨蕭瑟真不可言壯哉邈乎楊班之儔也高人姚義嘗語吾曰薛生此文不可多得登太行俯滄海（集作溟）高深極矣吾近作河渚獨居賦爲仲長先生所見以爲可與白牛連類今亦寫一本以相示可與青溪諸賢共詳之也亂極則治（集作治至）王途漸亨天災不行年數（集作穀）豐熟賢人充其朝農夫滿於野吾徒江海之士擊壤鼓腹輸太平之稅耳帝何力於我哉又知房李諸賢肆力廊廟吾家魏學士亦申其才公卿勤勤有志禮樂元首明哲股肱惟良何慶如之也夫思能獨放湖海之上（一作士）[redacted]堪濟世王者所須所恨姚義不存薛生已歿使雲羅天網有所不該以爲歎恨耳吾比風痺發動常劣劣不能佳然煙霞山水性之所適琴歌酒賦不絶於時時遊人間出入郊郭暮春三月登於（集作于）北山松栢羣吟藤蘿騶景意甚樂之箕踞散髮與鳥獸同羣（五字集作同羣鳥獸）醒不亂行醉不干物賞洽興窮還歸河渚蓬室甕牖彈琴誦書優哉游（一作悠）哉聊以卒歲首夏漸（集作方）熱足下何如也願動息多宜黄頰之聚何時暫忘偶因（集作見）南風略示所懷敬願珍（集作彌）厚不一一王君白

答程道士書　　前人

徐道士至獲書詞義懇切具受（一作愛）之也吾嘗讀書觀覽數千年事久矣有以見天下之通（一作幽）趣識人情之大方語默紛雜是非淆亂夸者死權烈士殉名貪夫溺財品庶每（集作安）生各是其所同非其所異焉可勝校（一作數）哉故吾

師曰莫若俱任而兩忘仲尼所以無可否於人(集作其)閒莊周所以齊大小於自適是謂神而化之使人宜之百姓日用而不知也夫君子所思不出其位道有不同不相爲謀蓋爲此也足下欲使吾適人之適而吾欲自適其適非敢非足下之議也且欲明吾之心一爲足下陳之昔孔子曰無可無不可而欲居九夷老子曰同謂之玄而乘關西出(一作弃出關西)釋迦曰色即是空而建立諸法此皆聖人通方之玄致弘濟之祕藏實寄沖鑒君子相期於事外豈可以言行詰之哉故仲尼曰善人之道不踐迹老子曰夫無爲者無不爲也釋迦曰三災彌綸行業湛然夫一氣常凝事吹成萬萬殊雖異道通爲一故各寧其分則何異而不通苟違其適則何爲而不閡故夫聖人者非他也順適無閡之名即分皆通之謂即分皆通故能立不易方順適無閡故能遊不擇地其有越分而求皆通違適而求無閡雖有神禹將獨桼何故曰鳧脛雖短續之則悲鶴脛雖長截之則憂言分之不可違也夢爲鳥唳於天夢爲魚没於泉言適之不可違也吾受性潦倒不經世務屏居獨處則蕭然自得接對賓客則樂(集作恭)然思寢加性又嗜酒形骸所資河中黍田足供歲釀閉門獨飲不必須偶每一甚醉便覺神明(一作情)安和血脉通利既無忤於物而有樂於身故常縱心以自適也而同方者不過一二人時相往來並棄禮數箕踞散髮玄譚虛論兀然同醉悠然便歸都不知聚散之所由也昔者吾家三兄命世特起先擇(集作光宅)一德續明六經吾嘗好其遺文(集作書)以爲匡代之要略盡矣然嶧陽之桐以(集作必)俟伯牙烏號之弓必資由基苟非其人道不虛行吾自揆審矣必不能自致台輔恭宣大道夫不涉江漢(集作海)何用方舟不思雲霄何用(集作事)羽翮故頃(一有爾字)巳來都復散棄雖周孔制述未嘗復窺何況百家悠悠哉去矣程生非吾徒也若足下者可謂身處江海之上心遊魏闕之下雖欲行忘不覺坐馳若以此見輕議大道將恐北轅適越所背彌遠矣吾頃者加有風疾劣劣不能佳但欲乘化獨往任所遇耳不能復使離婁役目契后(集作諛詬莊子作喫詬喫口懈反詬口豆反多力也)勞精怵心蔽焉(一作目)以物爲事也曷哉夫子勉建良圖因山僧還略此達意也王君白

答刺史杜之松書　前人

月日博士陳龕至奉處分借家禮并帙封送至請領也又承欲相招(集作召)講禮聞命驚笑不能巳巳豈明公前眷或徒(集作從)與下走相知不熟也下走意疎體放抑(集作性)有由焉(集作然)兼棄俗遺名爲日久矣(集作與日巳久)淵明對酒非復禮義能拘叔夜攜琴唯以煙霞自適登山臨水邀矣忘歸談虛語玄忽焉終夜僻居南渚時來北山(集作庄)兄弟以俗外相期鄉閭以狂生見待歌去來之作不覺情親詠招隱之詩唯憂句盡帷天席地友月交(一作朋)風新年則栢葉爲罇仲秋則菊花盈把羅含宅内自有幽蘭數叢孫綽(集作楚)庭前空對長松一樹高吟朗嘯挈榼攜壺直與同志者爲羣不知老之將至欲令復整理簪屨(一作履)修束精神揖讓邦君之門低昂刺史之座遠談糟粕近棄醇醪必不能矣亦將恐芻狗貽夢櫟社見嘲去矣君侯無落吾事王君白

與侯山人書　于邵

侯二山人足下所示三論鉤深索隱俾夜作晝殆浹辰矣如登泰山徒仰其高若涉大水不測其深言哉斯言蓋不可得而儔矣以此究天人何道不弘以此圖戰伐何敵不

剋以此養精神何壽不長可謂通幽洞微垂代作教寧上士林爭劬求道趨風乎子復何才敢承末學已令繕寫藏諸袖中刳心寶持不敢失墜幸甚恐須舊本謹勒專送猶賴發蒙何當訪及鬩宵對酒斯以爲榮不復一一于邵頓首

答泗州開元寺僧書　李翺

前日見命作開元寺鍾銘云欲藉僕之辭庶幾不朽而傳於後世誠足下相知之心無不到也雖然翺學聖人之心焉則不敢讓乎知聖人之道者也當見命時意亦思之熟矣吾之銘是鍾也吾將明聖人之道焉則於釋氏無益也吾將順釋氏之教而述焉則紿乎下人（集作天下）甚矣何貴乎吾之先覺也吾之辭必傳於後世（集本文粹作後）有聖人如仲尼者之讀吾辭也則將大責於吾矣吾畏聖人也夫銘古人多有焉湯之盤銘其辭云云衛孔悝之鼎銘其辭云云秦

始皇帝之嶧山銘其辭云云皆可以紀功伐垂戒勸銘於盤則曰盤銘於鼎則曰鼎銘於山則曰山銘盤之辭可遷之於鼎鼎之辭可移（集作遷）之於山山之辭可書（集作遷）之於碑碑唯時之所紀爾及蔡邕作黃鉞銘亦（文粹作以）紀功於黃鉞之上爾或盤或鼎或嶧山或黃鉞其立意與言皆同非如高唐上林長楊爲之作賦云爾近代之文士則不然爲銘爲碑大抵詠其形容有異於古人之所爲其作鍾銘則必詠其形（蜀本有容字）與其音聲（文粹作都）與其財用之多少鎔鑄之勤勞爾非謂勸功德垂戒勸於器也推此類而極觀之其不知君子之文也亦甚矣然其所爲文亦皆有盛名於時天下之人咸謂之善焉吾不知吾所獨知其能賢於他人他人皆不知乎（十二字集本文粹作其能賢於他人之皆不知乎）天下人咸以不知者云善則吾之獨知又何能云善乎雖然吾亦順吾心以順聖人爾阿俗從時則吾不忍爲也故當時甚未敢承教（八字文粹作久未承教）爲其所懷也如前所云足下欲吾之必銘是鍾也當順吾心與吾道則足下之名必傳於後代矣如欲從俗之所云則天下屬辭之士願爲之者甚衆矣何藉於李翺之辭哉幸思之也日中時將過淮而南書以通意且爲別也

與濟法師書　白居易

月日弟子太原白居易白濟上人侍者（集作左）昨者頂謁時不以愚蒙言及佛法或未了者許重討論今經典閒未諭者其義有二欲面問答恐彼此卒卒語言不盡故粗形於文字願詳覽之敬佇報章以開未悟所望所望佛以無上大惠（集本文粹作慧）觀一切衆生知其根性大小不等而以方便智說方便法故爲闡提說十善法爲小乘說四諦法爲中

乘說十二因緣法爲大乘說六波羅蜜法皆對病根投（集作救）以良藥此蓋方便教中不易之典也何者（集作以）若爲小乘人說大乘法心則狂亂狐疑不信所謂無以大海內於牛跡也若爲大乘人說小乘法是以穢食置於寶器所謂彼自無創（一作瘡）勿傷之也故維摩經摠其義云爲大醫王應病與藥又首楞嚴三昧經云不先思量而說何法隨其所應而爲說法正是此義耳猶恐說法者不隨人之根性也故又法華經戒云若但讚佛乘衆生沒在罪苦不能信是法破法不信故如此非獨處說者不能救病亦懼聞者不信沒入罪苦也則佛之付囑豈不丁寧耶何則法王經云若定根基爲小乘人說小乘法爲大乘人說大乘法爲闡提人說闡提法是斷佛性是滅佛身是說法人當歷百千萬劫墮諸地獄縱佛出世猶未得出若生人中缺脣無舌

獲如是報何以故衆生之性即是法性從本已來無有增減如（集本文粹作云）何於中分別病藥又云於諸法中若說高下即名邪說其口當破其舌當裂何以故一切衆生心垢同一垢心淨同一淨衆生若病應同一病衆生須藥應同一藥若說多法即名顛倒何以故爲妄分別拆善惡法破一切法故隨機（集作基）說法斷佛道故此又了然不壞之義也又金剛經云是法平等無有高下是名阿耨多羅三藐三菩提又金剛三昧經云皆以一味道終不以小乘無有諸雜味猶如一雨潤據此後三經則與前三經義甚相戾也其故何哉若云依維摩詰謂富樓那云先當入定觀此人心然後說法又云不觀人根不應說法夫以富樓那之通慧又親奉如來爲大弟子尚未能觀知人之（集本文粹無之字）心況後五百年（集本文粹作歲）末法中弟子豈盡能觀知人心而後說法乎設使觀知人心若彼發小乘心而爲說大乘法可乎若未能觀彼心而率已意說（一本有法字）又可乎既未能觀與嘿然不說又可乎若云依義不（集作又）依語則上六經之義乎相違反其將孰依乎若云依了義經則三世諸佛一切善法皆從此六經出孰名爲不了義經乎況諸經中與維摩法華首楞嚴之說同者非一也與法王金剛金剛三昧之說同者亦非一也不可遍舉故於二義中各舉三經此六經皆上人常所講讀者今故引以爲問必有甚深之旨焉今且有人忽問法於上人上人或能觀知其心或未能觀知其心將應病與藥而爲說耶將同一病一藥而爲說耶若應病與藥是有高下是有雜味即反法王等三經之義豈徒反其義又獲如上所說之罪報矣若同一病一藥爲說必當說大乘大乘即佛乘也若讃佛乘且不隨應（集有心字）且不救病即反維摩等三經之義豈徒反其義又使衆生没在罪苦矣六者皆如來說如來是真語實語不誑語不異語者今隨此則反彼順彼則逆此設有問者上人其將何法以對焉此其未諭者一也又五蘊（集作陰）者色受想行識是也十二因緣者無明緣行行緣識識緣名色名色緣六入六入緣觸觸緣受受緣愛愛緣取（二十二字文粹作識緣名）取緣有有緣生生緣老死病（集本名緣色色緣六入六入緣觸受觸受緣愛愛緣取文粹有苦字）憂悲苦惱是也夫五蘊（集作陰）十二因緣蓋一法也蓋一義也略言之則爲五詳言之則爲十二雖名數多少或殊而（集本文粹作其於）輪次轉遷合同條貫今五蘊（集作陰）中則色受想行識相次而十二（一本有因字）緣中則行識色入觸受想（集作相）緣一則色在行前一則色次行後正序之既不類逆倫之又不同若謂佛次第而言則不應有此雜亂若謂佛偶然而說則不當名爲因緣前後不倫其義安在此其未諭者二也上人耆年大德後學宗師就出家中又以說法而作佛事必能研精二義合而通之仍望指陳著於翰墨蓋欲藏於篋笥永永不忘也其餘疑義亦續咨聞（集本文粹作問）居易稽（文粹作頓）首

文苑英華卷第六百八十八

登仕郎胡柯　鄉貢進士彭叔夏　挍正

文苑英華卷第六百八十九　書二十三

薦舉上　銓選附

答張九齡書　姚元崇（見張九齡集）

忽辱賤翰，喜慰攸集，退自惟（張集作惟）省（文粹作退惟自省）慙懼亦深，實智力之所不逮也，宜朝廷之所見責也。僕本凡近之材，素非經濟之具，叨承過聽，謬膺朝委，自少及長，從微至著，唯以直道爲業，匪以曲路期通，歷官三朝，年逾一紀，凡所稱薦，罕避嫌疑，實有祁奚之舉，非無許允之對。則天之世，已被流言，行之有恒，久而自辨。近蒙獎擢，倍勵駑庸，每以推賢進士爲務，欲使公卿大夫稱職，豈楊橋之或用，及解狐之可爲？而悠悠之徒未是（張集作足）矜察，嗷嗷之口欲以中傷，上恃天聰，俯仗神道，既不得奉身而退，但知信心而前，然顧無隱匿（文粹作歷）亦死爲明分矣。猥惟不敏，敬承厥休，持當座銘，永爲身寶。元崇頓首。

與權侍郎書　柳冕

冕白：昔仲弓問爲政，子曰先有司。有司之政，在於舉士。是以三代尚德，尊其教化，故其人賢；西漢尚儒，明其理亂，故其人智；後漢尚章句，師其傳習，故其人守名節；魏晉尚姓美其（文粹無此三字）氏族，故其人矜伐；隋氏尚吏道，貴其官位，故其人寡廉恥。唐承隋法，不改其理，此天（集有下字）所以待聖主正之。何者？進士以詩賦取人，不先理道；明經以墨義考試，不本儒意；選（文粹有人字）以書判殿最，不尊人物。故吏道之理天下，天下奔競而無廉恥者，以教之者末也。閣下豈不謂然乎？自頃有司試明經，奏請每經問義十道，五道全寫疏，五道全寫注。其有明聖人之道，盡六經之意（集有義字）而不能誦疏與注，一切棄之，恐清識之士無由而進，腐儒之生（文粹作腐生豎子）比肩登第，不亦失乎？閣下因從容啓明主，稍革其弊，奏爲二等：其有明六經之義，合先王之道者，以爲第一（二字文粹作上）等；其有精於誦注者與精於誦疏者，以爲次等；不登此二科者，以爲下等，不亦善乎？且明六經之義，合先王之道，君子之儒，教之本也；明六經之注與六經之疏，小人之儒，教之末也。今者先章句之儒（文粹作學），後君子之儒，以求清識之士，不亦難乎？是以天下至大，仕人至衆，而人物殄瘁，而廉恥不興者，亦在取士之道未盡其術也。誠能革其弊，尊其本，舉君子之儒先於理（文粹作履）行者，俾之入仕，即清識君子也；俾之立（集作位）朝，即王公大人也。一年得一二十人，十年得一二百人，三十年得五六百人，即海內人物不以（集作亦）盛乎？昔唐虞之盛也，十六族而已；周之興也，十亂而已；漢之王也，三傑而已；太宗之聖也，十八學士而已。豈多乎哉？今海內人物顯然思理，推而廣之，以風天下，即天下之士靡而至矣。是則由於有司以化天下，天下之士得無廉恥乎？冕頓首。六月十四日

答柳福州書　權德輿

來問見愛，懃懃甚厚，疏以先師對仲弓先有司之說，又曰由於有司以風天下，誠哉大君子之言理道也。今之取士，在於禮部、吏部，吏部（集本文粹並不疊此二字）按資格以擬官，奏郎官

以考別失權衡重輕之本無乃甚乎至於禮部求才猶似爲仁由己然亦沿於時風豈能自振嘗讀劉秩祭酒上疏云太學設官職在造士士不知方時無賢才臣之罪也每讀至此心常慕之當時置於國庠似在散地而方以乏賢內訟慨然上奏此君子之心也君子之言也況以蒙劣辱當儀曹爲時求人豈敢容易然再歲計偕多有親故故進士初牓有之帖落有之策落有之及第亦有之不以私害公不以名廢實不敢自愛不訪於人兩漢設科本於射策故公孫弘董仲舒之倫痛言理道近者祖習綺靡過於雕蟲俗謂之甲賦律詩儷偶對屬況十數年間至大官右職教化所繫其若是乎是以二（集作半）年已來參考對策不訪名物不徵隱奧求通理而已求辨惑而已習常而力不足者則不能回復於此故或得其人庶佗時有通識懿文可以持重不遷者而不盡在於齷齪（集本文粹並作數齪）科第也明經問義有幸中所記者則書不停綴令（文粹有釋字）通其意則牆面木偶遂列上第末如之何頃者參伍其問令書釋意義則於疏注之內（文粹作中）苟刪撮旨要有數句而通者昧其理而未盡有數紙而黜者雖未盡善庶稍得之至於來問明六經之義合先王之道而不在於注疏者雖今吏部（三字文粹作令）學究一經之科每歲一人猶慮其不能至也且明經者仕進之多數也注疏者猶可以質驗也不者儻有司率情上下其手（文粹作才）既失其末又不得其本則蕩然矣無乃然乎古人云強勉行道則德日起而大有功中庸有困而行之勉強而行之鄙雖不敏敢忘勉之之道邪大凡常情爲近習所勝役役（集本文粹並作汲汲）於聞見汲汲於進取苟避患安時（二字集作忝）俾躬處休以至老死自爲得計豈復有揣摩古今風俗整齊教化根本原始要終長轡遠馭如閤下吐論之若是者邪此鄙人所以喟然三復而不知其止（文粹作已）也來問又言三代兩漢至近古所尚不同豈古化敻遠之不可復邪復因緣漸靡而操執者不之思邪鄙人頑固謹俟餘論因自發舒慙怍無量德輿再拜八月十一日

與（集作上）兵部李侍郎書（巽）　韓愈

十二月九日將仕郎守江陵府法曹參軍韓愈謹上書侍郎閤下愈少鄙鈍於時事都不通曉家貧不足以自活應舉覓官凡二十年矣薄命不幸動遭讒謗進寸退尺卒無所成性本好文學因困厄悲愁無所告語遂得究窮經傳史記百家之說沈潛乎訓義反復乎句讀礱磨乎事業而奮發乎文章凡自唐虞以來編簡所存大之爲河海高之爲太山明之爲日月幽之爲鬼神纖之爲珠璣華實變之爲雷霆風雨奇辭奧旨靡不通達惟是鄙鈍不通曉於時事也（集無也字）學成而道益窮年老而身（一作智）益困私自憐悼悔其初心髮禿齒豁不見知己夫牛角之歌辭鄙而義拙堂下之言不書於傳記齊桓舉以相國叔向攜手以上然則非言之難爲（集作其）聽而識之者難遇也伏以閤下內仁外義行高而德鉅尚賢而與能哀窮而悼屈自江而西既化而行矣今者入守內職爲朝廷大臣當天子新即位汲汲於理化之日出言舉事宜（集作詳）必施設既有聽之之明又有振之之力甯戚之歌鬷明之言不發於左右則後而失其時矣謹獻舊文一卷扶樹教道有所明白南行詩一卷舒憂娛悲雜以瓌怪之言時俗之好所以諷於口而聽於耳也如賜覽觀亦有可採干瀆尊嚴伏增惶恐愈再拜

爲人求薦書　前人

其聞木在山馬在肆過之而不顧者雖日累千萬人未爲不材與下乘也及至匠石過之而不睨伯樂遇之而不顧然後知其非棟梁之材超逸之足也以某在公之宇下非一日而又辱居姻婭之後是生于匠石之園長于伯樂之廄者也於是而不得知假有見知者千萬人亦何足云爾(集作耳)今幸賴天子每歲詔公卿大夫貢士若某等比咸得以薦聞是以冒進其說以累於執事亦不自量已也然執事其知某何如哉(六字杭本作其如某何哉)昔人有鬻馬不售於市者知伯樂之善相也從而求之伯樂一顧焉(一作馬)價增(一無增字)三倍某與其事頗相類是故始終言之耳某再拜

與祠部陸員外薦士書(修) 前人

執事好賢樂善孜孜以薦進良士明白是非爲己任方今天下一人而已愈之獲幸於左右其足跡接於門牆之間升乎(集作于)堂而望乎(集作于)室者亦將一年于今矣念慮所及輒不自疑外竭其愚而道其志況在執事之所孜孜爲己任者得不少助而張之乎誠不自識其言之可採與否其事則小人之事君子盡心之道也天下之事不可遽數又執事之志或有待而爲未敢一二言也今但言其最近而切者耳執事之與(集有同字)司貢士者相知識(集作誠)深矣彼之所以望於執事執事之所以待乎彼者可謂至而無間疑矣彼之職在乎得人執事之志在乎進賢如得其人而授之所謂兩得其求順乎其必從也執事之知人其亦博矣夫子之言曰舉爾所知然則愈之知者亦可以言矣(集作亦可言也)文章之尤者有侯喜者侯雲長者喜之家在開元中衣冠而朝者兄弟五六人及喜之父仕不達棄官而歸喜率兄弟操耒耜而耕(蜀本有于野二字)地薄而賦多不足以養其親則以非耕之時(集作則以其耕之暇)讀書而爲文以干於有位者而取足焉喜之文章學西漢(集作京)而爲也舉進士十五六年矣雲長之文執事所自知其爲人淳重方實可任以事其文與喜相上下有劉述古者其文長於爲詩文麗而思深當今舉於禮部者其詩無與爲比而又工於應主司之試其爲人溫良誠信無邪妄詐佞(集作佞詐邪妄)之心強志而婉容和平而有立其趨事靜以敏著美名而負屈稱者其日(集有已字)久矣有韋羣玉者京兆之從子其文有可取者其進而未止者也其爲人賢而有材(一作行)志剛而氣和樂於薦賢爲善其在家無子弟之過居京兆之側遇事輒爭不從其令而從其義求子弟之賢而能業其家者羣玉是也凡此四子皆可以當執事首薦而極論者主司疑焉則以辯之問焉則以告之未知焉則殷勤而語(集作論)之期乎有成而後已(集作止)可也有沈杞者張苰(一作弘)者尉遲汾者李紳者張後餘者李翊者或文或行皆出羣之才也凡此數子與之足以收人望得才(集作材)實主司疑焉則與(集作以)解之問焉則以對之廣求焉則以告之可也往者陸相公司貢士考文章甚詳愈時(集有亦字)幸在得中而未知陸丞相(集無此二字)之得人也其後一二年所與及第者皆赫然有聲原其所以亦由梁補闕肅王郎中礎佐之梁舉八人無有失者其餘則王皆與謀焉陸相之考文章甚詳也待梁與王如此不疑也梁與王舉人如此之當也至今以爲美談自後主司不能信人人亦無足信者故蔑然(集本注作蔑茂)無聞今執事之與司貢士者有相信之資(集有與字)謀行之道惜乎其不可失也方今在朝廷者多以遊宴娛樂爲事獨執事眇然高舉有深思長慮爲國家樹根本之道宜乎小子之

以此言聞於左右也愈恐懼（一作皇恐）再拜

與汝州盧郎中論侯喜書（集作狀）　前人

進士侯喜右其人爲文甚古立志甚堅行止取捨有士君子之操家貧親老無援於朝在舉場十餘年竟無知遇愈嘗慕其才而恨其屈與之還往歲月已多嘗欲薦之於主司言之於上位名卑官賤其路無由觀其所爲文未嘗不掩卷而歎去年愈從調選本欲攜持同行適遇其人自有家事（集作難）迍邅坎軻又廢一年及春末自京還怪其久無（集作絕）消息五月初至此自言爲閤下所知辭氣激揚面有矜色曰侯喜死不恨矣喜辭親入關羇旅道路見王公大人數百未嘗有如盧公之知我也比者分將委棄泥塗老死草野今胷中之氣勃勃然復有仕進之路矣愈感其言賀之以酒謂之曰盧公天下之賢刺史也未嘗有所推引

蓋難其人而重其事今子鬱爲選首其言死不恨固宜也古所謂知己者正如此耳身在貧賤爲天下所不知獨見遇於大賢乃可貴耳若自有名聲又託形勢此乃（集有爲字）市道之事又何足貴乎子之遇知於盧公真所謂知己者也士之脩身立節而竟不遇知己前古已來不可勝數或日接膝而不相知或異世而相慕以其遭逢之難故曰士爲知己者死不其然乎不其然乎閤下既已知侯生而愈復以侯生言於閤下者非爲侯生謀也感知己之難遇大閤下之德而憐侯生之心故因其行而獻於左右焉謹狀

與鄭伯儀（集作義）書　歐陽詹

居方足下胡妳物故仁孝多感悲慟如何遠助悽惻秋涼體與神康僕素寡悰暢遐亦可悉華下來人（伯儀居華山之陰也）承今冬以前明經赴調罷舉進士何顛且不沛遊（集作逝）而能復歟居方哉夫非有必行則諫有以（集作必）拒忤情懷歡古人所難（集有難字）僕於居方亦不易之今流既從川華既歸根輒分間布白致以賤素居方忖覽知及蘧瑗四十九年之已往陶潛今是昨非之悟焉漁者所務唯魚不必在梁在笱弋者所務唯禽不必在矰在繳國家設尊官厚祿爲人民也爲社稷焉（集作也）在求其人非與人求在得其人非與人得唯道德膺厥求唯賢能膺厥得賢能事事而後見道德誠誠而後信苟須事事苟須誠誠則必委以務命以職從而彀之四海之大億兆之衆不可逢而安（集作委）命之是用啓稍異之闓（集作間）始（集作姑）致其我樂而自耀者讀往載究前言則曰明經屬以詞賦以事則曰進士中夫程度者取政事最輕小者命以始又中人（二字集作令）公侯子孫卿大夫子弟能力役供給者曰千牛進馬三衛齋郎限以

年月終亦試之其有成則陟陟不已乃尊乃厚其有敗則黜黜不已乃戮乃亡取之於諸科暫殊用之於諸科則一良未即以進士賢而明經不賢也但以選才如選材焉以規則失之於方以矩則失之於圓欲方圓畢至然後擇其利用者實之器（三字集作實之）中方則善於圓中圓則善於方器（集作木材）也者在堅貞而可久（集有人字）才也者在德行而有恒不可久不有恒雖售之於今必不售之於後蚩蚩之人貴此賤彼是不深達國家選士之意是見近而迷遠者居方寧斯人之徒歟況目覩進士出身十年二十年而終於一命者有之明經諸色入仕須臾而踐公（集作卿）相者有之忠與孝相生君與父相隨於家美則於國良爲閨門重則爲朝廷尚此古今聖賢絕慮萬不失一之得也僕忝居方交游自貞元之初于今十有三祀孰（孰熟通用）得居方之爲人甘旨可求則

已在尊長之前矣衣食可讓則已在兄弟之邊矣急難當行則必在交遊之先禮義當往則無在時賢之後晨昏無方之性愛悌友于之情長長之敬下下之眷與朋之信接物之道居方無不盡則於家於閨門至矣於國於朝廷詎少哉嘗清宵月下寒序火邊或醉或醒接以餘論君子欲其暗然而章惡自衒自媒沽名者二年間見居方求試於詞場僕恨恨如失才不（集無不字）如居方地不（集無不字）如居方方於所得詎止乎得然諸科中升乎一科矣將宜存一梁一筍一橧一繳之義事事誠誠之旨中規中矩之求委悁久循默陟俟乎暗然之來也況近聞宗懿之中景行居方彌篤焉上以居方達慈於下下待居方申愛乎上居貧孀孤遠宦棺櫬悉居方竭力已可行咨乎可及飢飽不異魂體皆歸年纔弱冠行跡如此豈徒生哉在昔如居方束帛

到門而有未起居方以藝自謂雖從家命亦已非矣悲哉更逐齊人之後邪僕竊以爲知人曩得居方將（集作以）爲居方也洎昨視所行則非居方今聆嘉聞又知居方矣如其知如其知竟屨元和以叶愚念得之以道爲義爲傳不得之以道爲回爲憲明時之令人豈不善歟面叙不周此亦何去

薦所知於徐州張僕射書　李翶

翶再拜齊桓公不疑於其臣管夷吾信而霸天下攘戎狄匡周室亡國存荆楚服諸侯無（文粹作莫）不至焉豎刁易牙信而齊國亂身死不葬五公子爭立兄弟相及者數世桓公之信於其臣一道也所信者得其人（三字集作賢）則德格于天地功及於後代不得其人則不能免其身（文粹作不得其死）則知人（文粹作其知人）不易也豈惟霸者爲然雖聖人亦不能免焉帝堯之時賢不肖皆立於朝堯能知舜於是乎驩兜放共工流（集作放驩兜流共工）殛鯀竄三苗舉禹稷皋陶二十有二人加諸上位故堯崩三載四海遏密八音後代之人皆謂之帝堯焉向使堯不能知舜而遂尊驩兜共工之黨於朝禹稷皋陶之下二十有二人不能用則堯將不得爲齊桓公爾（集作矣）豈復得曰大哉堯之爲君也唯天爲大唯堯則之蕩蕩乎民無能名焉者哉春秋曰夏滅項孰滅之蓋齊滅之曷爲不言齊滅之爲桓公諱也春秋爲賢者諱此滅人之國何賢之爾君子之惡惡也嫉始（英華作疾惡）善善也樂終桓公嘗有繼絶存亡之功故君子爲之諱也繼絶存亡賢者之事也管夷吾用所以能繼絶世存亡國焉耳（蜀本有矣字）豎刁易牙用則不能也向使桓公始不用管夷吾未有（集作用）豎刁易牙爭權不葬而亂齊國則幽厲之諸侯也始用賢而終身諱其惡君子之樂用賢也如此始不用賢以及其終而幸後世之掩其過也則微

矣然則居上位流德澤於百姓者何所勞乎勞於擇賢得其人加（集作措）諸上使天下皆化之焉而已矣茲（文粹作今）天子之大臣有土千里者孰有如執事之好賢不倦者蓋得其人亦多矣其所可求而不取者則有人焉隴西李觀奇士也伏聞執事知其賢將用之未及而觀病死昌黎韓愈得古文之遺風明於理亂根本之所由伏聞執事又知其賢將用之未及而愈爲宣武軍節度使之所留（集作用）觀愈者（集作皆）豪傑之士也如此人不時出觀自古天下亦有數十（文粹作百）年無如其人者焉執事皆得而知之皆不得而用之翶實爲執事惜焉豈唯翶一人而已後之讀前載者亦必多爲執事惜之矣茲有平昌孟郊貞士也伏聞執事舊知之郊爲五言詩自前漢李都尉蘇屬國及建安諸子南朝二謝郊能兼其體而有之李觀薦郊於梁肅補闕書曰郊之五言

其有高處在古無上其有平處下顧兩謝韓愈送郊詩曰作詩三百首杳然（集作默）咸池音彼二子皆知言也（集作者）豈歎天下之人哉郊窮餓不得安養其親周天下無所遇作詩曰食薺腸亦苦強歌聲無歡出門則（集作即）有閡誰謂天地寬其窮也甚矣復（集作又）有張籍李景儉者皆奇士（集作才）也未聞執事（集作閣下）知之凡賢人奇士皆自有所負不苟合於世是以雖見之難得而知也見而不能知其賢如勿見而已矣知其賢而不能用如勿知其賢而已矣用（集有而字）不能盡其材如勿用而已矣能盡其材而容讒人之所間者如勿盡其材而已矣故見賢而能知知而能用用而能盡其材而不容讒人之所間者天下一人而已矣茲有二人焉皆來其一人賢士也其一人常常人也待之禮貌不加崇（集作隆）焉則賢者行而常常人日來矣況其待常常人禮貌加厚則善人何求而來哉孔子曰吾未見好德如好色者聖人以（集作不）好色如（集作而）好德者也雖好色而不如好德者次也德與色均好之又其次也雖好德而不如好色者下也最甚不好德而好色者窮矣有人告曰某所有女國色也天下之人必將極其力而求之而無所愛矣有人告曰某所有人國士也天下之人則不能一往而先焉是豈非不好德而好色者乎賢者則宜有以別於天下之人矣孔子述易定禮樂刪詩叙書作春秋聖人也奮乎百世之上其（一作使）所化之者非其道則夷狄之人也而孔子之廟存焉雖賢者亦不能日往拜之以其益於人者寡矣故無益於人雖孔子之廟尚不能朝夕而事焉況天下之人乎有待於人而不能得（文粹作禮）善人良士則不如無待也嗚呼人之降年不可與期郊將爲他人之所得而大有立於世與其短命而死皆不可知也二者卒有一於郊之身他日爲執事惜之不可旣矣執事終不得而用之矣雖恨之亦無可柰何矣翱窮賤人也直詞無讓非所宜至于此者也爲道之存焉耳不直則不足以伸道也非好多言者也翱再拜

代書書　白居易

廬山自陶謝洎十八賢已還儒風綿綿相續不絕貞元初有符載楊衡輩隱焉亦出爲聞（集作文）人今之（集作其）讀書屬文結草廬於巖谷間者猶一二十人即其中秀出者有彭城人劉軻軻開卷慕孟軻爲人軻秉筆慕楊雄司馬遷爲文故著翼孟三卷豢龍子十卷雜文百餘篇而聖人之旨作者之風雖未臻極往往而得余佐潯陽郡三年軻每著文輒來示余余知軻志不息異日必能跨符楊而攀陶謝軻一旦盡齎所著書及所爲文訪余告行欲舉進士余方淪落江海不足以發軻事業又羸病無心力不能徧致書於臺省故人因援紙引筆寫胷中事授軻且曰子到長安持此札爲余謝（集作謁）集賢庾三十二補闕翰林杜十四拾遺金部元八員外監察牛二侍御秘書蕭正字藍田楊主簿兄弟彼七八君子皆余文友以余愚直常信其言苟于今不我欺則子之道庶幾光明矣又欲使平生故人知我形體已悴志氣已憊獨好善喜才之心未死去矣持此代書

三月十三日樂天白

文苑英華卷第六百八十九

登仕郎胡　柯　鄉貢進士彭　叔夏　校正

文苑英華卷第六百九十　書二十四

舉薦下

上宣州高大夫書一首

經史

上陳高祖置學書一首　上周太祖書一首
答劉秀才書一首　與史館韓郎中書一首
論鄉飲酒禮書一首　移史館書一首
復友生論文書一首　請韓文公饗太學書一首
請孟子爲學科書一首　移成均博士書一首

舉薦下

上宣州高大夫書　杜牧

某頓首再拜自去歲前五年執事者上言去科第之選宜與寒士凡爲子弟議（一作義）不可進熟於上耳固於上心上持下執堅如金石爲子弟者魚潛鼠遁無入仕路牧竊惑之科第之設聖祖神宗所以選賢才也豈計子弟與寒士也古之急於士者取盜取讎取於夷狄豈計其所由來况國家設取士之科而使子弟不得由之若以科第之徒浮華輕薄不可任以爲治則國朝自房梁公已降有大功立大節率多科第人也若以子弟生於膏粱不知理道不可與美名不令得美仕則自堯已降聖人賢人率多子弟凡此數者進退取捨無所依據牧所以憤懣而不曉也堯天子子也禹公子也文王諸侯孫與子也武王文王子也周公文王之子武王之弟也夫子天子裔孫宋公六代大夫子也春秋時列國有其社稷各數百年其良臣多出公族及卿大夫子孫也魯之季友季文子叔孫穆子叔孫昭子孟獻子皆出於三桓也臧文仲武仲出於公子彄柳下惠出於公子無駭（諸侯之子稱公子公子之子稱公孫公孫之子稱公族以王父字爲氏展禽是也）宋之良臣多出於戴桓武莊之族也舉其尤者華元子罕向戌是也衛之良臣亦公族及卿大夫之裔也舉其尤者公子荆公叔發公子朝皆公族也子鮮公子也史狗史魚甯武子卿大夫之裔也齊之晏嬰晏桓子子也曹之子臧公子也吳之季札王子也鄭之良臣皆公孫公族也舉其尤者子封子良子罕子展子皮子産子張子太叔是也楚之良臣子囊子西子期皆王子也子庚王孫也其卿大夫之裔鬬氏生令尹子文後有鬬辛鬬巢鬬懷（昭王反國皆有大功）蔿氏生蔿賈孫叔敖（蔿艾也）蔿啓強蔿子馮蔿掩蔿罷屈氏生屈蕩屈到屈建（子木）六國時有昭奚恤公族也屈原諸屈後也皆其祖先於武王文王時基楚國爲霸者用其子孫其社稷垂九百餘年至於晉國最爲强其賢臣尤多有趙氏魏氏韓氏狐氏中行氏范氏荀氏羊舌氏欒氏郤氏祁氏其先皆武公獻公文公勤勞臣也用其子弟召諸侯而盟之者僅三百年在六國時齊之孟嘗趙之平原魏之信陵皆王子王孫也齊復有司馬穰苴亦王族也其在漢魏已下至於國朝公族之子弟卿大夫之胄裔書於史氏爲偉人者不可勝數不可殫（二字集作知）論聖賢才能於子弟中復何如也言科第浮華輕薄不可任用則國朝房梁公玄齡進士也相太宗凡二十一年爲唐宗臣比之伊吕周召者郝公處俊亦進士也爲宰相時高宗欲遜位與武后處俊曰天下者高祖太宗之天下非陛下之有但可傳之子孫不可私以與后高宗因止來濟上官儀李玄義皆進士也後爲宰相濟助長孫太尉褚河南共摧武后者後突厥入塞免胄戰死儀草（集粹並作華非）廢武后詔（集粹並作召非）玄義助處俊

言不可以位與武后妻侍中師德亦進士也吐蕃強盛爲監察御史以紅抹額應猛士詔躬衣皮袴率士屯田積穀八百萬石二十四年西征兵不乏食薦狄公爲相取中宗於房陵立爲太子漢陽王張公柬之亦進士也年八十爲相敺致四王手提社稷上還中宗郭代公元振亦進士也鎮涼州僅十五年北却突厥西定吐蕃制地一萬里握兵三十萬武氏惕息不敢移唐社稷魏公知古亦進士也爲宰相廢太平公主謀以佐玄宗及卒也宋開府哭之曰叔向古之遺直子產古之遺愛兼而有者其魏公乎姚梁公元崇登第下筆成章舉首佐玄宗起中興業凡三十年天下幾無一人之獄宋開府璟亦進士也與姚唱和致開元太平者劉幽求登制策科與玄宗徒步誅韋氏立睿宗者蘇氏父子皆進士也大許公爲相於武后朝酷吏中不失其正於中宗朝誅反賊鄭普思於韋后黨中小許公佐玄宗朝號爲蘇宋張燕公說登制策科排張易之兄弟贊睿宗請玄宗監國竟誅太平公主招置文學士開內學館玄宗好書尚古封（集本文粹有中字）太山祀后土因燕公也張曲江九齡亦進士也排李林甫牛仙客罵張守珪不斬安祿山請（集本文粹作講）老南服年未七十張巡亦進士也凡三入判等以兵九千守睢陽城凡周歲拒賊十三萬兵（出天寶雜記）使賊不能東進尺寸以全江淮元和中宰相河東司空（文粹作司徒）公（文粹作兼）中書令裴公皆進士也裴公仍再得宏詞制策科當貞元時河北背（一作皆）叛蘇蔡亦叛（集本文粹有偕此二字）蜀亦叛吳亦叛其他未叛者皆高下其目孰視朝廷希嚮強弱而施其所爲司空公始相憲宗廢權倖之機牙令不得張收歛百職歸於有司命節度使出於（集本文粹無於字）朝廷不由兵士（始自撫州除袁相爲滑州滑州凡三月無帥三軍無事憲宗始信之自此不用貞元故事以行軍副使大將軍爲節度使也）拔取沉滯各還其官（開州取唐舍人爲職方郎中知制誥饒州取李趙公爲考功郎中知制誥在貞元中皆十餘年遷逐其他似謫者亦皆當材叙用）然後西取蜀東取吳天下仰首始見白日裴公撫安魏博使田氏盡歸六州（四字集作）盡（忠）元和中翦蔡劇賊於洛師脅下招來常山質其二子以累其心取十三城使不得與齊交手爲寇因誅師道河南盡平當是時天下幾至於太平凡此十九公皆國家與之存亡安危治亂者也不知科第之選復何如也至於智効一官忠立一節德行文學不可悉數董生云春秋之義變古則譏之傳說命高宗曰監于先王成憲以（集作其）永無愆故殺道復興鴻鴈美周宣王能復先王之道西漢魏相佐漢宣帝爲中興但能奉行漢家故事姚梁公佐玄宗亦以務舉貞觀之法則（集本文粹作制）耳自古及今未有背本棄古而能致治者昨獲覽三郎秀才新文凡十篇數日在手讀之不倦其旨意所尚皆本仁義而歸忠信加以詞彩遒茂皎無塵土況有誠明長厚之譽於千人中儻使前五六年得進士第今可以出入諫官御史助明天子爲治矣古人云三月不仕則相弔安有凡五六年來選取進士施設網罟如防盜賊言子弟者噎啞抑鬱思一解布衣與下士齒蹶路無由於古今未前聞也牧因覽三郎文章不覺發憤略言大槩干觸尊重無任惶懼牧再拜

經史

上陳高祖置學書

沈不害（天嘉初）

臣聞立人建國莫尚於尊儒成俗化民必崇於教學故東膠西序事隆乎三代環林璧水業盛於兩京自淳源既遠澆風已扇物之感人無窮人之逐物（一作欲）無節是知施設

訓範（一作是以設訓垂範）啓導心靈譬彼染藍類諸琢玉然後人倫以正（睦一作）畢高有序忠孝之理既明君臣之道攸固執禮自基魯公所以難侮歌樂已細鄭伯於前知（一作是前）亡干戚舞而有苗至泮宮成而淮夷服長想洙泗之風載懷淹稷之盛有國有家莫不尚已梁太清季年數鍾否剝戎狄外侵姦回內奰朝振（一作聞）鼓鼙夕焰烽火鴻儒碩學解散甚於坑夷五典九丘湮滅逾於灰燼（一作逾乎惟蓋）蓋成均自斯墜業瞽宗於是不脩褒成之祠不（一作弗）陳裸享釋菜之禮無稱俎豆頌聲寂寞遂逾一紀後生彰悦不見函杖之儀晚學鑽仰徒深倚席之歎陛下繼曆馭（一作外）統握鏡臨寓道洽寰中威加無外濁流已清重氛載廓含生熙阜品庶咸亨宜其弘振禮樂建立庠序式稽古典行（一作紆）迹儒官選公卿門子皆入于學助教博士朝夕講肄使擔簦負笈鏘鏘接袵方領矩步濟濟成林如切如磋聞詩聞禮一年可以功倍三冬於是足用故能擢秀雄州揚庭觀國入仕登朝資優學以自輔莅官從政有經業以治身輜駕列廷青紫拾地古者王世子之貴猶與國子齒降及漢儲茲禮不墜暨乎兩晉斯事彌隆蓋所以見師嚴而道尊者也皇太子天縱生知無待審喻猶宜晦迹俯同專經請業奠爵前師肅若舊典昔闕里之堂草萊自闢舊宅之內絲竹流音前聖遺烈深以炯戒況復江表無虞海外有截豈得不開闕（一作闡）大猷恢弘至道寧可使玄教儒風弗興聖世盛德大業遂蘊堯年臣末學小生詞無足算（一作筭）輕獻瞽言伏追悚汗（一作伏增悚惕）一作皆陳書本傳

上周太祖書　柳虬

古者人君立史官非但記事而已蓋所以爲鑒誡也動則左史書之言則右史書之彰善癉惡以樹風聲南史抗節表崔杼之罪董狐書法明趙盾之愆是知執（周書作直）筆於朝其來久矣而漢魏已還密爲記注徒聞後世無益當時非所謂將順其美匡救其惡者也且著述之人密書其事縱能直筆人莫之知（北史作知之）何止物生橫議亦自異端互起故班固致受金之名陳壽有求米之論著漢魏者非一氏造晉史者至數家後代紛紜莫知準的伏惟陛下則天稽古勞心庶政開誹謗之路納忠讜之言諸史官記事者請皆當朝顯言其狀然後付之史館（北史作閣）庶令是非明著得失無隱聞善者日修有過者知懼敢以愚管輕冒上聞乞以瞽言訪之衆議

答劉秀才書　韓愈

六月九日韓愈白秀才劉君足下辱問見愛教勉以所宜務敢不拜賜愚以爲凡史氏褒貶大法春秋已備之矣後之作者在據事跡實録（蜀本有實録字）則善惡自見（蜀本有矣字）然此尚非淺陋偷惰者所能就況褒貶耶孔子聖人作春秋辱於魯衛陳宋齊楚卒不遇而死齊太史氏兄弟幾盡左丘明紀春秋時事以失明司馬遷作史記刑誅班固瘐死陳壽起又廢卒亦無所至王隱謗退死家習鑿齒無一足崔浩范曄亦族（二字蜀本作赤）誅魏收夭絕宋孝王誅死足下所稱吳兢亦不聞身貴而其後有聞也夫爲史者不有人禍則有天刑豈可不畏懼而輕爲之哉唐有天下二百年矣聖君賢相相踵其餘文武之士立功名跨越前後者不可勝數豈一人卒（蜀本疊卒字）能紀而傳之耶僕年志已就衰退不可自敦率（蜀本作敢爲）宰相知其無他才能不足用哀其老窮齟齬無所合不欲令四海內有戚戚者猥言之上苟加一職榮之耳非必督責迫蹙令就（集有其字）功役也賤不敢逆盛

指行且謀引去且傳去聞見不同善惡隨人所見甚者附黨憎愛不同巧造語言鑿空構立善惡事跡於今何所承受取信而可草草作傳記令傳（一無此三字）萬世（集有乎字）若無鬼神豈可不自慙懼（一作豈不自心慙愧）若有鬼神將不福人僕雖騃亦粗知自愛實不敢率爾爲也夫聖唐鉅跡及賢士大夫事皆磊磊（一作磊落）掀天決地（集作地決）必不沉没今館中非無人必將（一作將必）有作者勤而纂之耳後生可畏安知不在足下亦宜勉之愈頓首

與史館韓郎中書　元稹

郎中足下積前與（集本文粹作與前）襄州文學掾甄逢遊善逢即故刑部郎中（集作員外郎）濟之子濟天寶中隱於衛之青巖山採訪使苗公等五人皆以狀薦凡十徵不起末以左拾遺就拜之適（集有值字）禄山朝奏京城（集作師）懇於上前求爲賓介玄宗可其奏禄山還至衛縣遣太守鄭遵意詣山致命輟行信宿以俟之甄生懼及其難俛首從事至天寶十二載禄山反狀潛兆慮不得脫（文粹作免）乃僞喑（集作瘖）其口（文粹作曰）復隱青巖踰年而禄山叛即日遣僞節度使蔡希德緘刃逼召且曰或不可強斬首來徇既而甄生噤閉無言延頸承刃氣和色定若甘心然希德義而捨之禄山亦終不能致慶緒繼逆虜而囚之於東都安國觀代宗復洛甄生卧匡牀詣元帥府至則號撲（集作摽）自治代宗爲之動色遂命傳置長安肅宗高其行因授館於三司治所令從賊官因慙拜之受汙者莫不俯伏仰歎時恨不即死於其地且夫辨所從於居易之時堅直操於利仁之世而猶褊淺選懦者之所不爲蓋怫人之心難而害己之避深也況乎天下亂矣王澤竭矣（集有夫字）死忠者不少顯從亂者不少誅而能（集本文粹作曰）眷眷本朝甘心白刃難矣哉是以理平則爲公爲卿爲鵷爲鷺世變則爲虵爲豕爲獍爲梟者十佰（一作室）八九焉若甄生晁弁不加於其身禄食不進於其口於天寶末蓋青巖一男子耳及亂則延頸承刃分死不回不以不必顯而廢忠不以不必誅而從亂參合古今之士蓋萬一焉積嘗讀注記欽而未書謹備所聞蓋欲執事者編此義烈以蒸蒸（集本文粹作永永）於來世耳子逢始生之歲顔太師崔太傅皆爲歌詩以美賢者之有後且述（集作序）甄生之本末去及逢既長耕先人之（集無之字）舊田於襄之宜城讀書爲文不詣州里歲饉則力穡節用以給足於親族歲穰則施餘於（集本文粹有其字）隣里鄉黨之不能自持者前後斥家財排患難於朋友者數四由是以義聞襄之守狀爲文學始就羈爲（集作於）吏職積聞風既久因與之遊逢每寃其父之名不在於史將欲抱所寃詣彼（集無彼字）京師告訴於司史氏蓋行有日矣以愚料之甄子（文粹作生）僕短馬疲（集作瘦）言簡（文粹作約）行孤將（集作得）不爲驕閽之所排訶則權力者疑誕（文粹作遲疑）以臨之固無自而入矣因曉甄生以無自入之勢且告以執其事者厚與積遊願得所寃之狀告甄生厚相信待由是輟行既而自思滓賤之中猶願貢所聞於執事得非愚且僭耶然而誚笑之下（集本文粹作暇）幸垂察焉不宣元稹謹再拜

江南論鄉飲酒禮書　劉蛻

昨日送貢士於堂上得觀大禮之器見籩豆（集作俎）破折樽盂穿漏生徒倦怠不稱其服賓主向背不習其容嗚呼天下所以知尊君敬長小所以事大者抑非其道乎天下之用其道歲不過於一日尚猶偷惰如此況天下尊君敬長能終日者乎是以朝廷時誅不順鄉里日起分爭固當然也夫布衣匹夫始則用其道自達故化耕稼爲王侯化陶

漁爲公卿其變化不測若此然而一旦居上位既不預興俯拜揖之事尚不能素嚴有司時閱其威儀乎嗚呼則蛻謂王公大人者耆（集作耄）老衰罷固當然也然而有摯跽稽首於髡褐之前畏敬戒慎有終日不敢嗜酒肴不敢近妾婦者其於誣惑之道尚能去其情於其情自化之術則不能一日勤其容唯王公大人無懃髡褐乎髡褐尚能自大其法王公大人反以其道信之乎折以奉髡褐能速化其耕稼陶漁乎則髡褐者可以有土地而制王公大人矣是不知升乎科者不由夷狄言遷乎資者不由髡褐援（集作授）昭昭然柰何哉抑不知孔子之道如商君乎以其法自斃也伏惟閣下務速有司校諸禮圖脩其器服戒將事而隳（一作墮）者時訓習之無使每歲臨事而隳其容幸甚幸甚蛻再拜

移史館書　前人

蛻早懷忿懥常有所欲言而卒不得發今雖遇蠱惑病妄（集作志）猶將自復其意況逢足下以中正許身以仁義自任者乎伏以釋氏之疾生民也比虞禹時昬墊在洪水下比湯與武王時昬墊在夏政商王下比孔子孟軻時昬墊在禮崩樂壞楊墨邪道下然而聖主賢臣欲利民而務[redacted]其民害如此其勤也今釋氏夷其體而外其身反天維（集作性）而亂中正（集有者字）自晉已來相率詭怪而狂之半天下而化其衣冠苟未往者不其（集作自）欺亦不資其生矣聖人之教棄不相守幾數百年唐初有天下以爲刑政禁民乘間作詐僞以欺刑政果所不能公禁之也故竊護其事以愚其民爲殃罪疾苦隨所作詐僞而及諸身也其（集作是）欲教化因（集作固）天下之心以助刑政教化之一道耳今天子聰明以爲中正衣冠之所棄則刑政教化亦無所取故絕其法不使汙中土未半年父母得隸子夫婦有家室是復出一天下（集作家二字）也僕故謂其功業出禹湯武王孔子孟軻之上萬萬不類然而洪水開則有禹貢商周平亂則有誥誓孔子孟軻則至今歌誦之足下以文用於時爲百家所託善惡焉其不爲則已若爲之斯其時也勿疑夫立言者不唯能言亦欲言其時得其時不汙若奚斯史克者也無其時雖多述前事猶有譏焉僕早傳古學身處草野知其時而無位敢言又竊見足下未有其意故以移去（集作私焉）

復友生論文書　陸龜蒙

辱示近年作者論文書二篇使僕是非得失於其間僕性雖極頑冥亦知惴息汗下見誣訶之甚難招怨（文粹作禍）患之甚易也況僕少不攻文章止讀古聖人書誦其言思行其道而未得者（文粹無者字）也每涵咀義味獨坐日昃按上有一杯藜羹如五鼎七牢饋於左右加之以撞金石萬羽籥也未嘗干有司對問希品第未嘗歷王公丐貸飾車馬故無用文處江湖間不過美泉石則記之聳節槩則傳之傷（集本文粹作觸）離會則序之值巾罍則銘之簡散誕放（集本文粹作澹誕）無所諱避又安知文之是歟非歟生過聽（集本文粹有德字）我太甚苟嘿嘿不應非朋友切切偲偲之義也故扶病把筆述一道論文書曰（七字集本文粹作一二論之曰）我自小讀六經孟軻揚雄之書頗有熟者求文之指趣規矩無出於此及子史則曰子近經經語古而微史近書書語直而淺所言子近經近何經史近書近何書書則記言之史也史近春秋春秋則記事之史也六籍中獨詩書易象與魯春秋經聖人之手耳禮樂二記雖載聖人之法近出二戴未能通一純實故時有

齟齬不安者蓋漢代諸儒爭撰而獻之求購金耳記言記事參錯前後曰經曰史未可定其體也按經解則悉謂之經區而別之則詩易為經書與春秋其（集本文粹無其字）實史耳學者不當渾（集本文粹作混）而言之且經解之篇句名出於戴聖耳王輔嗣因之以易為經杜元凱因之以春秋為經孔子曰學詩乎學禮乎易之為書也原始要終知我以春秋罪我以春秋未嘗稱經稱經非聖人之（文粹作非是聖人集作是非聖人）旨也蓋出於周公謚法經緯天地曰文故也有經書必（集作致）有緯書聖人既作經亦當作緯譬猶織也經而不緯可成幅乎緯者且非聖人之書則經亦後人強（集本文粹無強字）名之耳非聖人之旨明矣苟以六籍謂之經習而稱之可也指司馬遷班固之書謂之史何不思之甚乎六籍之內有經有史何必下及子長孟堅然後謂之史乎孔子曰吾猶及史之闕文也又曰質勝文則野文勝質則史又曰董狐古之良史也此則筆之曲直體之是非聖人悉論而辨之矣豈須班馬而後言史哉以詩易為經以書春秋為史足矣無待於外也謂經語古而（集本文粹有皆字）微則易曰履霜堅冰至初筮告再三瀆瀆則不告苦節不可貞之類果純古而微乎謂史語直而淺則春秋書考仲子之宮初獻六羽及齊師戰于乾時我師敗績辛巳有事于太廟仲遂卒于陲（春秋作垂）壬午猶繹萬入去籥之類果純直而淺乎經不純微史不純淺又可見也（英華作乎 非）言文之不可立諭則曰春秋不當言無使滋蔓又去春秋舉軍旅會盟豈非敘事耶引左氏傳語徵左氏敘事悉謂之春秋可乎春秋大典也舉凡例而褒貶（文粹有之字）非周公之法所及者酌在夫子之心故游夏不能措一詞若區區於敘事則魯國之史官耳孰謂之春秋哉前所謂自（集有小字）讀六經頗有熟者求文之指趣規矩不出於此妄矣又一篇曰其文也某辭也文既與辭異是文優而辭劣耳易之翼曰繫辭（文粹無此四字）繫辭曰齊小大者存乎卦辨（集本文粹作辯）吉凶者存乎辭故卦有小大辭有險易又曰觀其彖辭則思過半矣易之辭非文耶書載帝庸作歌皐陶賡歌又歌五子之歌皆辭也書之辭非文耶屬辭比事春秋教也春秋之辭非文耶禮有朝聘之辭娶夫人之辭樂有登歌薦辭禮樂之辭非文耶法言曰往者（楊子作古者）楊墨塞路孟子辭而闢之廓如也孟軻之辭非文耶太玄曰玄（集本文粹無此二字）之辭也沉以窮乎下浮以際乎上楊雄之辭非文耶是知文者辭之惣辭者文之用天之將喪斯文也天之未喪斯文也不當稱辭吉人之辭寡躁人之辭多不當稱文文辭一也但所適者（集本文粹無者字）有宜耳何異塗去去（文粹作去之）哉又曰聲病之辭非文也夫聲成文謂之音五音克諧然後中律度故舜典曰詩言志歌永言聲依永律和聲聲之不和病也去其病則和和則動天地感鬼神反不得謂之文乎猶繪事組繡中有精觕耳大凡辭（集本文粹作解）人之說不敢避墉垣（集本文粹無此字）援（集作膚）爪而自矜於堂奧心府也要在引學者當知之（集作是）事以明之而已矣師道不行後生多泥（集作泥縱游）於所習有陷而溺者力能援之可也如或（文粹作其）不同請觀過而後罰

請韓文公配饗太學書　皮日休

於戲聖人之道不過乎求用用於生前則一時可知也用於一死後則萬（集本文粹作百）世可知也故孔子之封賞自漢至隋其爵不過乎公侯至于吾唐乃策王號七十子之爵命自漢至隋或卿大夫至于吾唐乃封公侯曾參之孝道動天

地感鬼神自漢至隋不過乎諸子至于吾唐乃旌入十哲噫天地夂否忽泰則平日月夂昏忽開則明雷霆夂息忽震則驚雲霧夂鬱忽廓則清仲尼之道否於周秦而昏於漢魏息於晉宋而鬱於陳隋至乎（集本文粹作遇乎）吾唐萬世之憤一朝而釋儻死者可作其志可知也今有人身行聖人（集有之字）道口吐聖人（集有之字）言行如顏閔文若游夏死不得配食於夫子之側吾（集本文粹作愚）又不知尊先聖之道也夫孟子荀卿翼傳孔道以至于文中子文中子之末降及貞觀開元其傳者醨其繼者淺或引刑名以爲文或援縱橫以爲理或作詞賦以爲雅文中之道曠百祀而得室授者唯昌黎文公之文蹴楊墨於不毛之地躡釋老於無人之境故得孔道爣（集本文粹作巍）然而自正夫今之文人（集無人字）千百士之作釋其卷觀其詞無不裨造化補時政繫公之力也公之文曰如（集本文粹無如字）僕自度若世無孔子僕不當在弟子之列以日休度之（集本文粹無此五字）設使公生于孔子之世公未必不在四科焉然國家以二十一賢者（若左丘明卜子夏公羊高穀梁赤伏勝高堂生戴聖毛公孔安國劉向鄭生杜子春馬融盧植鄭康成服虔何休王肅王弼杜元凱范甯等是也）代用其書垂于國胄並配饗於孔聖廟堂者其爲典禮也大矣美矣苟以代用其書不能以釋聖人之辭箋聖人之義哉況有身行其道口傳其文吾唐以來一人而已反（集本文粹無反字）不得在二十一賢之列者（集本文粹無者字）則未以乎典禮爲備也（集本文粹無也字）伏請命有司定其配饗之位則自茲已後天下以文化者未必不由夫是也

請孟子爲學科書　前人

聖人之道不過乎經經之降者不過乎史史之降者不過乎子子不異乎道者孟子也捨是而（集本文粹無而字）子者必斥（文粹作庆）乎經史又率于子者則聖人之盜也夫孟子之文粲若經傳天惜其道不燼於秦自漢氏得其書（二字集本文粹作之）常置博士以專其學故其文繼乎六藝光乎百氏真聖人之微旨也若然者何其道曄曄於前而（集本文粹無而字）其書汲汲於後得非道拘乎正文極乎奧有好邪者憚正而不舉嗜淺者鄙奧而無稱耶蓋仲尼愛文王句嗜昌歜以取味後之人將愛仲尼者其嗜在乎孟子矣嗚呼古之士以湯武爲逆取者其不讀孟子乎以楊墨爲達智者其不讀孟子乎由是觀之孟子之（集本文粹無之字）功利於人亦不輕矣今有司除茂才明經外其次有熟莊周列子書者亦登于科其誘善也雖深而懸科也未正夫莊列之文荒唐之文也讀之可以爲方外之士習之可以爲鴻荒之民有能汲汲以救時補教爲志哉伏請命有司去莊列□書以孟子爲主有能精通其義者其科選視明經苟若是也不謝漢之博士矣既遂之如儒道不行聖化無補則可刑其（文粹作於）言者

移成均博士書　前人

夫居位而愧道者上則荒其業下則偷其言業而可荒文弊也言而可偷訓薄也故聖人懼是寖移其化上自天子下至子男必立庠以化之設序以教之猶歉然不足士有業高訓深必詘禮以延之越爵以貴之俾庠聲序音玲瓏於珩珮鏗訇於金石此聖人之至治也今國家立成均之業其禮盛於周其品廣於漢其詘禮越爵又甚於前世而未免乎愧道者何哉夫聖人之文也爲經約乎史賛易近乎象詩書止乎刪禮樂止乎定春秋止乎脩然六籍儀形乎千萬世百王更命迭號莫不由是大也其幽幽於鬼神其妙妙於玄造後之人苟不得行（胡郎反）決句釋者猶萬物但

被玄造之化者耶故萬物但化而已不知玄造之源也夫六藝之於人又何異於是故詩得毛公書得伏生易得楊何禮得二戴周官得鄭康成槻(音規)其微言䌷其大義幽者明於日月奥者廓於天地然則今之講習之功與決釋之功不啻半矣其文得不斃乎其訓得不薄乎嗚呼西域氏之教其徒日以講習決釋其法爲事吾之視太學又足爲西域氏之羞矣足下出文闈生學世業精前古言高當今洸洸乎洋洋乎爲諸生之蓍龜作後來之綿蕝得不思居其位者不愧其道處其(集作於)職者不惰其業乎否則市大易負乘之譏招詩人伐檀之刺矣奚不日誡其屬月勵其徒年持六籍日決百氏俾諸生於聖典也洞知大曉猶駕車者必知康莊操舟者必知河海既若是矣執其事業(集作業者)精者進而惰者退公者得而私者廢(集作失)非惟大發於儒風抑亦不苟於禄位足下之道被於太學也其利可知矣果行是說則太華之石峩峩於成均之門者吾知不頌於他人矣足下聽之無忽日休再拜

文苑英華卷第六百九十

登仕郎胡　柯　鄉貢進士彭　叔夏　校正

文苑英華卷第六百九十一　書二十五

遷謫上(遷謫上中下九十三卷英華所編失年代先後今正之其間又有非遷謫者未詳)

使東魏值侯景亂與北齊尚書令(陳書作僕射楊遵彥)求還書　徐陵

叩頭叩頭夫一言所感凝暉照於魯陽一志冥通飛泉涌於踈勒況復元首康哉股肱良哉隣國相聞風教相期者也天道窮剝鍾亂本朝情計馳惶公孫(一作私)鯁懼而骸骨之請徒淹歲寒顚沛之祈空盈卷軸是所不圖也非所仰望也執事不聞之乎昔分鼇命鳫之世觀河拜洛之年則有日鳥流災風禽騁暴天傾西柱(一作北)地缺東門(一作南)盛旱坼三州長波含五岳我大梁膺金圖而有亢纂玉鏡而猶屯何則聖人不能爲時斯固窮通之恒理也至若荆州刺史湘東王幾(一作機)神之本元寄言名(一作無寄名言)陶鑄之餘猶爲堯舜雖復六代之舞陳於揔章九州之音(一作歌)登於司樂虞夔拊石晉曠調鍾未足頌此英華(一作聲)無以宣其盛德者也若使郊禋楚翼寧非祀夏之君龕定京師(一作戡定艱難)即(一作便)是匡周之霸豈徒豳王徙雍春月爲都姚帝遷河周年成邑方今越裳藐藐馴雉北飛肅愼茫茫風牛南偃吾君之子含識知歸而荅旨云何所投身斯所(一作其)未喻一也又聞(此字一無)晉熈等郡皆入貴朝去我尋陽經塗何幾至於鑪鑪曉漏(英華作鍾鍾曉喙恐非)的的宵烽隔溆浦而相聞臨高臺而可望泉流寶蓋(一作盌)遥憶湓城峯號香爐依然廬岳日者鄱陽嗣王範治兵匯派屯戍淪波朝夕牋書春秋方物

吾無從以躡屐（一作屩）彼有路而齊鑣豈其然乎斯不然矣不謂（二字一作又近者）邵陵王綸通和此國郢中上客雲聚魏都鄴下公卿風馳江浦豈盧龍之逕於彼新開銅駝之街於我長閉何彼途甚易非勞於五丁我路爲難如登於九折地不私載何其爽歟而答旨云還路無從斯所未喻二也又（一無此字）晉熙廬江義陽安陸皆云款附非復危邦計彼中途便當靜晏自斯以北桴鼓不鳴隣憓所通（一無此句）自此以南王靈未𩊚（一作封疆未壹）如其境外脱殞輕軀幸非邊吏之羞何在匹夫之命又此賓遊通無貨殖黍非韓起聘鄭私買玉環吳札過徐躬要寶劒由來宴錫凡厥囊裝行役淹留皆已虛罄散有限之微財供無期之久客斯可知矣且據圖刎首愚者不爲運斧全身庸流所鑒何則生輕一髮自重千鈞不以貿盜明矣骨肉不任充鼎俎皮毛不足入貨財盜有道焉吾無憂也又公家遣使脱有資須本朝非隆平之時遊客豈皇華之勢輕裝獨宿非榮（一作勞）聚橐（一作櫜）之儀微騎間行寧望輶軒之禮歸人將從私具驢騾緣道亭郵唯希蔬粟若曰留之無煩於執事遣之有費於官司或以顛沛爲言或云資裝可懼固非通論皆是外篇斯所未喻三也又若以吾徒應還侯景侯景凶逆殲我國家天下含靈人懷憤厲既不獲投身社稷衛難乘輿四冢磔蚩尤千臠割（一作刀剸）王莽安所謂俛眉頓膝歸奉寇讎佩弭腰鞬爲其皁隸又（一無又字）日者通和方䣙曩睦兇人狙詐遂駭狼心頗疑宋萬之誅彌懼荀瑩之請所以奔蹄勁角專恣憑陵凡我行人偏鍾（一作膺）讎憾政當葅筋醢骨抽舌探肝於彼兇情猶當未雪海内之所知也君侯之所具焉又聞本朝王公（一作公王）居（一作都）人士女風行雨散東播西流城闕（一作京邑）丘墟蓬蒿瑟偃師還望咸爲草萊霸陵迴首皆（一作俱）霑霜露此又君之所知也彼以何義爭免寇讎我有何勳（一作親）爭歸委質昔鉅平貴將縣董於陸公叔向名流深知於鬷蔑吾雖不敏常慕前脩不圖明庶爲（一作有）懷翻其以此量物昔魏氏將亡羣兇挺爭諸賢勠力想得其朋爲葛榮之黨也（一作邪）爲邢杲之徒耶如曰不然斯所未喻四也又（一無此字）假使吾徒還爲兇黨侯景生於趙代家自幽恒在則台司行爲連率山川形勢軍國彝章不勞請箸爲籌便當屈指能筭景（英華作重[illegible]）以逋逃小醜羊豕同羣身寓江皐家留河朔鄉井鄉邑（一作春春井井）如鬼如神其不然乎抑又君之所知也且夫宮闈祕事皆（一作並）若雲霄英俊訏謨寧非帷幄或佯（一作陽）驚以定策或焚稾而奏書朝廷之士猶難參預羈旅之人何階耳目至於禮樂沿革刑政寬猛謳謌已遠萬舞成風不知手之舞之足之蹈之也安在搖其牙齒爲間諜者哉若謂復命西朝終奔東虜雖齊梁有隔尉候奚殊豈以河曲之難浮而曰江關之有（一作可）濟河橋馬度曾（一作寧）非宋典之姧關路雞鳴皆是（一作曰）田文之客何其通蔽乃爾相妨斯所未喻五也又兵交使在雖著前經儻同徇僕之尤追肆韓（一作寒）山之怒則凡諸元帥並釋縲囚爰及偏裨同加恩禮（一作同無翦馘）乃至鍾儀見赦朋笑遵途襄老蒙歸虞歌引路吾等張旝拭玉脩好尋盟涉泗之與浮河郊勞至于贈賄公恩既備賓敬無違今者何辠翻蒙貶責若以此爲言斯所未喻六也若曰妖氛永（英華作未[illegible]）久喪亂悠然哀悼（一作我）奔波存其形魄固已銘茲厚德戴此洪恩譬渤澥而俱深方嵩華而猶重但山梁飲啄非有意於籠樊江海飛浮本無情於鍾鼓況吾等營魂已謝餘息空留悲默爲生何能支久是則雖蒙養護更夭天年若以此

爲言斯所未喻七也若云逆豎殲夷當聽反命高軒繼路飛蓋相隨未解其言何能善譴夫屯亨治亂豈有意於前期謝常侍今年五十有一吾今年四十有四介已知命儐（一作賓）又杖鄉計彼侯生肴隨而已豈銀臺之要彼未從師金竈之方吾知其訣正恐南陽菊水竟不延齡東海桑田無由佇（一作可）望若以此爲言斯所未喻八也足下清襟勝託書圃文林凡曰（一作自）洪荒終乎幽厲如吾今日寧有其人爰至春秋微宜商略夫宗姬殄墜霸道昏凶或執政之多門或陪臣之涼德故臧孫有禮翻囚與國之賓周伯無愆空怒天王之使遷箕鄭於兩館縶欒（一作驤）子於三年斯匪貪亂之風邪寧比當今之高烈（一作例）也至於雙崤且帝四海爭雄或構趙而侵燕或連韓而謀魏自求盟於楚殿躬奪璧於秦庭輸寶鼎以託齊王憑安車而誘梁客其膏脣敗舌分

文苑英華卷六九一　四

路揚鑣無罪無辜如兄如弟逮乎中陽受命天下同規巡省諸華無聞幽辱及三方之霸也孫甘言以嫵媚（英華作於蛾眉刊）曹屈詐以羈縻旌軫歲到於句吳冠蓋年馳於庸蜀則客嘲殊險賓戲已深共盡遊談誰云猜忤若使搜求故實脫有前蹤恐是叔世之姧謀而非爲邦之勝略也抑又聞之雲師火帝澆淳乃異其風龍躍麟驚王霸雖殊其道莫不崇君親以詔（一作銘）物敦敬養以治民預有邦家（一作司）曾無隆替吾奉違溫清仍屬亂罹（一作離）冠虜猖狂公私播越蕭軒靡御王舫誰持瞻望鄉關何心天地自非生憑廩竹身（一作源）出空桑行路含情猶其相愍當以擇官而仕非曰孝家擇事而趨非云忠國況乎欽承有道驂駕前王郎吏明經鵷鳶知禮巡方省化咸問高年東序西膠皆尊耆耋吾以珪璋玉帛通聘來朝屬世道之屯期鍾生民之否運兼年累載無申元直之祈銜泣吞聲長對公閭之怒情禮之訴蘂（一作狩）同逆鱗忠孝之言皆應封（一作斷）舌是所不圖也非所仰望也且天倫之愛何得忘懷妻子之情誰能無累夫以清河公主之貴餘姚書佐之家莫限高卑皆被驅掠自東南醜虜抄敗飢（一作販）饑民臺署郎官俱餓牆壁況吾生離死別多歷暄寒孀室嬰兒何可言念如得身還鄉壤（一作土）躬自推求猶冀提携俱免凶虐夫四聰不達華陽君所謂亂臣百姓無冤孫叔敖稱爲良相足下高才重譽參贊經綸非虎（一作豹）非貔聞詩聞禮而中朝大義（一作議）曾未矜論清禁嘉謨（一作謀）安能相及諤諤非周舍容容類胡廣何其無爭臣哉歲月如流人（一作平）生何幾晨看旅鴈心赴江淮昏望牽牛情馳揚越朝千悲而下（一作掩）泣夕（一作暮）萬緒而迴腸不自知其爲生不自知其爲死也足下素挺詞峯（一作鋒）兼長理窟匡丞相解

文苑英華卷六九一　五

頤之說樂令君清耳之談向所未疑誰能曉喻若鄙言爲謬來旨必通分請灰釘甘從斧鑊何但規規默默齰舌低頭而已哉若一理存焉猶希矜眷何故（一作必）期令我等必死齊都足趙魏之黃塵加幽井之片骨遂使東平拱樹長懷向漢之悲西洛孤墳恒表思鄉之夢干祈已（一作以）屢哽慟良（一作增）深徐君叩頭再拜

上牛弘書　王孝籍

一作皆陳書本傳

竊以毒螫（一作瘡）噆膚則申旦不寐飢寒切體亦卒歲無聊何則（英華作期刊）痛苦難安（二字一作難以安）貧窮易感（二字一作易爲感）況懷抱之內水火鑠脂膏腠理之間風霜侵骨髓安可齰舌緘脣吞聲飲氣惡呻吟之響忍酸辛之酷哉惟明公尚書（一作明尚書公）動哀矜之色開寬裕之懷咳唾足以濟活枯鱗吹噓可以（一作用）騰飛窮羽芬以椒蘭之氣暖以布帛之詞許小人之請開（一作闓）

大君子(一無子字)之聽雖復山川不遠神明(一作鬼神)在茲信而有徵言無不履猶恐拯溺遲於援手救縊緩於扶足待越人之舟檝求魯匠之雲梯則必懸於喬樹之枝没於深泉之底矣夫以一介貧人七年直省課稅(一作役)不免慶賞不沾責貢禹之田供釋之(英華作氏)之費有弱子之累乏強兄之親(一作產)加以老毋在堂光陰遲暮寒暑違侍(一作闕)關山迢遞(一作超遠)齧臂爲期前途邈矣(一作逾邈)倚閭之望朝夕已勤謝相如之病無官可以免發梅福之狂非仙所能避愁疾甚乎厲鬼人生異夫金石營魂且散恐筮子無徵齎恨入冥則虛緣恩顧此乃王稽所以致言應侯爲之不樂也潛鬢髮之內居眉睫之間子野未曾聞離朱所不見沈淪東觀留滯南史終無薦引永同埋殯三世不移雖由寂寞十年不調實乏知己夫不世出者信(一無信字)聖明之君也不萬一者誠賢良(一無良字)之臣也以夫不世出而

逢不萬一此小人(一有所以二字)爲明尚書幸也坐人物之源運銓衡之柄反披狐白不好緇衣此小人爲明尚書不取也昔荆玉未剖刖卞和之足百里未用碎禽息之首居得言之地有用能(一作能用)之資增日月之明無手(一作首)足之戚憚而不(一作弗)爲孰知其解夫官或不稱其能士或未伸其屈一夫竊議語流天下勞不見圖安能無望儻病未及死往還勉念(一作狂還克念)騁(一作汗)窮愁之間(一作簡)矚(一作屬)離憂之詞託志於前脩通心於來哲使千載之下哀其不遇追咎執事有玷清塵則不肖之軀死生爲累小人之罪方且未成(一作刑)願少加矜(一作憐)愍留心無忽

爲人與蜀城父老書二首(一作皆隋書本傳)　王勃

蓋聞天地作極不能遷否泰之期川岳薦靈不能改窮通之數豈非賢聖同業存乎我者所謂才榮辱異流牽乎彼者所謂命是以龍驤鳳峙(一作翥)伊周成翊贊之功含糗羹藜顏冉困棲遲之病或先號而後笑或始吉而終凶事不可量功未必定則知洪濤未接長鯨多陸死之憂曾風未翔大鵬有雲傾之勢池鯈井鮒亦將鼓鱗而輕之田鳩野鸚亦將騫翮而舞園之及其衝溟渤接扶搖吹波則江漢倒騰氣則虹蜺掩摩赤岸負蒼天然後知其力焉吁韓信之無津也昌亭之一餓夫耳馬卿之失路也臨邛之一食客耳武不足以服衆文不足以動時長劒屈於無知洪筆淪於不用洎乎雄圖躡運至尊納背水之謀麗藻昇朝天子賞陵雲之作威加海岳聲振廊廟彼淮陰之俠少成都之遺老也又焉能知遠近哉是以鑒物於聲不於成賞士於窮不於達是知卞和之得玉也精存於岸谷之間張華之得劒也氣發於星辰之際夫豈琢磨成器然後知其寶剸斷爲能然後

知其用哉仰惟鄉耆等並玉山高族金堤勝侶列子弟於千城耀衣冠於百代或以風雲去國公孫躍馬之年鐘鼎從王諸葛攀龍之日門庭相接雕甍將綺棟連陳機杼相和鳳攝(疑)將虬梭交響金漿玉饌食客三千綠幘青裳家僮數百沖襟眇識人多江漢之靈麗藻華文代有雲泉之氣北齋開敞南館虛閑詩酒同歸琴書合契忘機得意耻嵇阮之交疎虛席延賓恨原常(疑作嘗)之客少實煙霞之藪澤風月之津梁者乎劉仲文之遠識不以乾没詣梁城閔仲叔之高風不以口腹累安邑雖其已没生氣猶存況乎屬宇宙之明當天下之泰不能俯拾青紫高視搢紳攀北極而謁帝王入南宮而取卿相脅肩側足求哀鍾金之間低首俛眉取濟斗升之末嗟乎誠下官所以仰天漢而鬱怫臨江山而慷慨者也但時可以未遇道可以未行志願可以未成

功業可以未就古之才足以輔王業躡跡屠釣之間功可以濟巨川藏身版築之下百里奚之負販陳湯之丐貸而況於庸者哉此僕所以駿奔於顧眄之餘自致於恩光之末也且夫精誠所感尚動神明意氣相交豈慙車馬儻能投心季子遥存素紵之恩援手應侯先立綈袍之贈豈人之情也能無報乎方今白藏紹序朱律謝期天高而林野踈候肅而江山静輕蟬送夏驚鷰晚吹於風園旅鴈乗秋動宵吟於露渚絲纊成於南畝秔黍被於東阡時計有儲顧履多福下官薄游縣載飄寓淹時歡蹟相仍憂虞自積陟梁鴻之峻岳何暇長謡臨阮籍之長途唯知慟哭庶憑賙給以濟漂危輕訴短懷佇流嘉耗

二

蜀都廣鎮岷墟奥壤山分玉宇水向金陵景貺有期英靈間出榮問休暢幸甚幸甚夫神有可逼淥波驚亡（疑作七）柱之音道有可符玄霜扣九鍾之節豈道窮精祕妙聽察於無[redacted]理寶杳冥玄應通於不測波流柱響胃波無入柱之因霜落鍾鳴霜非扣鍾之具矣況乎言忘意得臭味相求目擊道存神明已接鄭僑之逢吳札無謂殊方阮籍之對嵇康自然同志僕雖不敏嘗從事於斯矣常謂薰猶不共器梟鸞不比翼是以類乎方者接風雲於千里乖乎類者起山川於一面抑嘗聞之士之生也其跡可擯而道不可藏其身可辱而志不可奪其有拂衣投臂遁形滄海之隅裂裳裹足獨立高山之頂量腹而食度身而衣以鍾鼎爲芻豢以衣冠爲縲絏方欲策鸞鳳而撫霱（疑作雲）英鞭虹蜺而採煙液其次排玉關指金門成賈誼之謨樹終軍之策因機入務懷素將相之門沫露霑霜擁篲公侯之室然則拾青紫於旦暮取功名於俄頃演文物而動衆中騰聲名而振天下若下官者可謂慙二途矣而斂手長揖強顏高視低心於蹇躓之辰忍耻於栖遑之日者哉渭濱留釣鷹揚之業未萌淄源滯收（疑作牧）鴻漸之資蓋寡及其攀窮運接靈期乗雲雷而清八極和陰陽而調萬品則知冥機所運吉凶於倏忽之間玄命所移飛伏於斯須之際以日月自至聊復爾耳方今炎飈謝節爽候關辰風高而宇宙清霜下而亭郊肅歸雲止鴈流曙響於東津落照開虹寫晴規於北岸螢踈夕砌蟬促朝林感序緣情故豐奇賞僕一違秦隴再革炎涼戒征軸而無因指歸途而有倦故鄉超曠曾山重複吳宮尚遠頻驚去鷰之心楚峽猶賒已下聞猿之淚徒以風猷未隔道義相存幸承知己之心稍緩他鄉之思（一作意）昔者虞公再見懸光白璧之前季布一言猶定黃金之諾況乎交已成於杵臼道已茂於金蘭希照窮途遠流嘉貺若使恩裁口腹空留安邑之賓惠闕始終取恨昌亭之客

與在朝諸賢書　盧照鄰

昔張子房處太傅之尊自跡[redacted]於南山隱公孫弘居丞相之位亦伏地於東方生伯喈已亡孔文舉將老兵而造滕方回尚在王羲之就倉奴而共談良史書之高賢不以爲累自古朝野曷常以人廢言況下官抱疴東山不干時事借人唱和何損於朋黨延州子期聞音竊抃猶冀身膏丹壑脱寶劒於山阿骨掩黃塵罷瑶琴於天下則指（疑作揄）金抵於山谷者非太平之美事乎幽憂子白

在桂州與修史學士吳兢書　宋之問

拙自謀衛降黜炎荒杳尋魑魅之途遠在（一作莅）雕題之國颶

風揺木飢鼬宵鳴毒癉横天悲䳒鳥晝落心慿神理實冀生還闗號鬼門常憂死别事未瞑目豈在微身先君業粹中和才光文武志道游藝名動京師出谷入朝事多弘益雖崇班去己而陰德被人清議所尊何減驃騎恐耆舊咸謝竹帛儻遺使盛烈湮沉下情感痛自昔逸羣之器曠俗之才欝雖冠於人倫禄不躋於卿士南史之筆漏美不書東岱之魂與名俱滅故史遷述許由云不遇青雲之士焉足道哉惟君侯禮樂山高文華海闊古一千歲聞聖人之書今五百年知作者之運山甫拾遺於中路時謂得賢蔡邕揮翰於詞林誰其不許往送家狀蒙啓至公之恩希果實言深蓄自私之感下官乆辭榮擢夙慎禍胎内無負於明祇外冀申於知己豈謂一人相毀衆口爭喧遂以虛聲乃加真罪賴皇明昭宥腰領賜全空荷再生無階上答恃子以松竹之操期子以金石之堅幸無雷同懸納謗議見危不易是所望焉遠識古人之懷敢申窮鳥之請如季布之諾乃重於黄金延陵之許竟懸於寶劒生負飡花之恵死効結草之誠刺血為書萬不抒一往年恩貸許恵為看起居注實録江融别録使不錯漏國史及高明所撰唐史春秋等六勲並乞逸遺事迹不翳聲塵代業有光實在吾子遠佇來札以當招魂杪冬凝寒（一作嚴）惟動（一作所）履休勝青簡時至（一作汗）顧想窮愁白雲遥（一作爰）來希訪生死㳄重㳄重

與韋五虛己書　　陳子昂

命之不來也聖人猶無可柰何况於賢者哉僕常（集作嘗）竊不自量謂以為得失在人欲竭（集作揭）聞見抗衡當代之士不知事有大謬異於此望者乃令人慙愧悔赧不自知大笑顛蹶恡其所以者耳虛已足下何可言耶夫道之將行也命也道之將廢也命也子昂其如命何雄筆雄筆弃爾歸吾東山無汨我思無亂我心從此遁矣屬病不得面談書以述言子昂白

文苑英華卷第六百九十一

登仕郎胡　柯　鄉貢進士彭　叔夏　挍正

文苑英華卷第六百九十二　書二十六

遷謫中

上襄陽樊大夫書　符載

天下有特達之道可施於人者二焉大者以位舉德其有自泥塗布褐一奮而登於青冥金紫者也次者以財拯困其有自糲食蓬户一變而致於膏粱廣厦者也載羽毛頹弱未敢辱公扶揺九萬之勢家室空耗今則困矣敢欲以次者爲節下之累謂之何哉載聞至誠貴直至敬無飾故以懇質之詞爲述情之具伏惟少留意焉幸甚載頃年與友生數人隱居廬山其所學者不獨文章名數而已意根於皇極大中之道用在於佐王治國之術常欲致君於堯舜驅俗於中古此乃小子夙夜孜孜不怠[redacted]也攻錯未半歸寧蜀道蜀之連帥以載微有文彩遽使上仕小子亦隳産不應扶侍東下意者欲闕故山草堂拂舊帙編簡晨昏之暇終竟前志一昨牽滯事故不覺淹久囊橐之資日竭高厲之氣日銷上無以供養尊長下無以撫字孤稚彷徨燥灼内熱如疾每延想舊居雲霞在天松桂遶屋肺腹（疑作腸）一夕而九迴矣夫欲構大厦者陵雲之基形弘敞之勢非未備者榱桷朽壞而已得不謂班倕惜之乎鑄寶劒者負斷犀之姿照含斗之氣所闕者淬拭發硎而已得不謂歐冶惜之乎載伏覩大夫起自堯山宰奮臂遊長安以宏偉之才進于明君不十數年佩虎符握龍節有盛德勳庸于世真天下特達之士也載亦敢以肺腸之事干之誠能廻公方寸之地爲小子生涯庇庥之所移公盈月之俸爲小子度世衣食之業使隱不違親男[illegible]道以静片言之下大獲素尚即赫赫巍巍之稱當在寰宇之内不在主客也載聞蒲牢之鍾擊之以莛筋叩者之誤也艅艎之[redacted]以秉庚載者之咎也今載欲發大名壯志敢以細言詭數上干高明乎且常見前賢房太尉書贈張燕公云欲起自燕國公門下矣載亦欲感君之恩望公之顧使異日之談亦起自大夫門下矣詞理如此不合經義退自思省慙用慙媿伏惟溟渤之浪涵容尺波幸甚幸甚不宣載再拜

上李實尚書書　韓愈

月日將仕郎前守四門博士韓愈謹再拜奉書尚書大尹公（集無公字）閤下愈來京師於今十五年所見公卿大臣不可勝數皆能守官奉職無過失而已未見有赤心事上憂國如家如閤下者今年已來不雨者百有餘日種不入土野無青草而盜賊不敢起穀價不敢貴百坊百二十司六軍二十四縣之人皆若閤下親臨其家老姧宿贓銷縮摧沮䰟亡魄喪影滅跡絶非閤下條理鎮服布宣天子威德其何能及此愈也少從事於文學見有忠於君孝於親者雖在千百年之前猶敬而慕之況親逢閤下得不候於左右以求効其懇懇謹獻所爲文兩卷凡十五篇非敢以爲文也以爲謁見之資也進退惟命愈恐懼再拜

上陳給事書　白居易

正月日鄉貢進士白居易謹遣家童（集作僮）奉書獻於給事閤下伏以給事門屏間請謁者如林獻書者如雲多則多矣然聽其辭一辭也觀其意一意也何者率不過有望

於吹噓翦拂耳居易則不然今所以不請謁而奉書者但欲貢所誠質所疑而已非如衆士有求於吹噓翦拂也給事得不獨爲之少留意乎大凡自號爲進士者無賢不肖皆欲求一第成一名非居易之獨慕耳旣慕之所以竊不自揆嘗勤苦學文迨今十年始獲一貢每見進士（集有之字）中有一舉而中第者則欲勉狂簡而進焉又見有十舉而不第者則欲引駑鈍而退焉進退之宜固昭昭矣而愚者自惑於取（集作趣）捨何哉夫蘊奇挺之才亦不自保其必勝而一上得第者非他也是主司之明也抱瑣細之才亦不自知其妄動而十上下第者亦非他也是主司之明也豈非知人易而自知難邪伏以給事天下文宗當代精鑒故不揆賤（集作淺）陋敢布腹心居易鄙人也上無朝廷附離之援次無鄉曲吹噓（集作煦）之譽然則孰爲而來哉蓋所仗者文章耳所望者主司至公耳今禮部高侍郎爲主司則至公矣而居易之文章可進也可退也竊不自知之欲以進退之疑取決於給事給事其能捨之乎居易聞諸神蓍靈龜者無常心苟叩之者不以誠則已若以誠叩之必以信告之無貴賤無大小而不之應也今給事鑒如水鏡言如蓍龜邦家大事咸取決於給事豈獨遺其微小乎謹獻雜文二十首詩一百首伏願俯察悃誠不遺小道（集作賤小）退公之暇賜精鑒之一加焉可與進也乞諸一言小子則磨鉛策蹇騁力於進取矣不可進也亦乞諸一言小子則息機斂跡甘心於退藏矣進退之心交爭於胷中者有日矣幸一言以決（集作蔽）之旬日之閒敢佇報命塵穢聽覽若奪氣褫魄之爲者不宣居易謹再拜

與師皐書　楊虞卿　前人

師皐足下自僕再來京師足下守官鄠縣吏職拘絆相見甚稀凡半載（集作年）餘與足下開口而笑者不過三四及僕左降詔下明日而東足下從城西來抵昭國坊已不及矣走馬至滻水纔及一執手憫然而訣言不及他爾來雖手札一二往來亦不過問道途報健否而已攀（集作鬱）結之志曠然未舒思欲一陳左右者久矣去年六月盜殺右丞相於通衢中迸血髓磔髮肉所不忍道闔朝震慄不知所去僕以爲書籍已來未有此事國辱臣死此其時耶苟有所見雖畎畝皁隷之臣不當默默況在班列而能勝其痛憤耶故武相之氣平明絶僕之書奏日午入兩日之內滿城知之其不與者或誣爲（集作以）僞言或構以非語且浩浩者不酌時事大小與僕言當否皆曰丞郎給舍諫官御史尚未論請而贊善大夫何反憂國之甚也僕聞此語退而思之贊善大夫誠賤冗耳朝廷有非常事即日獨進封章謂之忠謂之憤亦無愧也（集作矣）謂之妄謂之狂又敢逃乎且以此獲辜顧何以（集作如）耳況又不以此爲罪名乎此足下與崔李元庾輩十餘人爲我悒鬱（集作悒悒鬱鬱）長太息者也然僕始得罪於人也竊知之（集作自知）矣當其在近職時自惟賤陋非次寵擢夙夜報（集作腆）愧思有以稱之性又愚昧不識時之忌諱凡直奏密啓外有合方便聞於上者稍以歌詩道（集作導）之意者欲其易入而深戒也不我同者得以爲計媒孽之詞一發又安可君臣之閒自明白其心乎加以握兵於外者以僕絜慎不愛（集作受）賂而憎秉權於內者以僕介獨不附已而忌其餘附離之者惡僕獨異又信狺狺吠聲唯恐中傷之不獲以此得罪可不悲乎然而寮友益相重交遊益相信信於近而不信於遠亦何恨哉近者少遠

者多多者勝少者不勝又其宜矣師臯僕之是言不發於他人獨發於師臯師臯知我者豈有愧於其間哉苟有愧於師臯固是言不發矣且與師臯始於宣城相識迨于今十七八年可謂故矣又僕之妻即足下從父妹可謂親矣如是故如是親（集作親如是故如是）人之情又何加焉然僕與足下相知即不止此（集作則不在此）何者夫士夫之（集作大夫）家閨門之内朋友不能知也閨門之外姻族不能知也必待友且姻者然後周知之足下視僕莅官事擇交友接賓客何如哉又視僕撫骨肉待妻子馭童僕又何如哉小者近者尚不敢不盡其心況大者遠者乎所謂斯言無愧而後發矣亦猶僕之知師臯也師臯孝敬友愛之外可略而言足下未應舉時嘗充賢良直言之賦其所對問志磊磊而詞諤諤雖不得第僕始愛之及與獨孤補闕書譏不論事與盧侍郎書請不就職與高相書諷成致仕之志志益大而言益遠而僕愛重之心縣是加焉近者足下與李弘慶友善弘慶客長安中貧甚而病亟足下爲迎致其母安慰其心自損其（集無其字）衣食以致（集作續）其醫藥甘旨之費有年歲矣又足下與崔行儉遊行儉非罪下獄足下意其不幸及於流竄勑下之日躬俟於御史府門而行李之具養活之物崔生顧其傍一無闕者其餘奉寡姊親護其夫喪撫孤甥誓畢其婚嫁取貴人子爲婦而禮法行於家由甲乙科入官而吏聲聞於邑凡此數者皆可以激揚頹俗表正士林斯僕所以嚮慕勤勤豈敢以骨肉之姻形骸之舊爲意哉然足下之美如此而僕側聞蚩蚩之徒不悅足下者已不少矣但恐道日長而毀日至位益顯而謗益多此公伯寮所以愬仲由季孫所以毀夫子者也昔衛玠有云人之不逮可以情恕非意相加可以理遣故至終身無喜愠色僕雖不敏常佩此言師臯人生未死間千變萬化若不情恕於外理遣於中欲何爲哉欲何爲哉僕之是行也知之久矣自度命數亦其宜然凡人情通達則謂由人窮塞而後信命僕則不然十年前以固陋之資瑣劣之藝與敏手利足者齊驅豈合有所獲哉然而求名而得名求禄而得禄人皆以爲能僕獨以爲命命通則事偶事偶則幸來幸之來尚歸之於命不幸之來也捨命復何歸哉所以上不怨天下不尤人者以（集作以實如）此也又嘗照鏡復（集作或）觀寫真自相形骨非貴富者必矣以此自決益不復疑故寵辱之來不至驚怪亦足下素所知也今且安時順命用遣日（集作歲）月或免罷之後得以自由浩然江湖從此長往死則葬魚鼈之腹生則同鳥獸之羣必不能與掊聲攫利者權量其分寸矣足下輩無復見僕之光塵於人寰間也多謝故人勉樹令德粗寫鄙志兼以爲別居易頓首

答户部崔侍郎書　前人

侍郎院長閤下户部牒中奉八月十七日書具承康寧喜與抃會并別覩手翰論（集作謙）叙綢繆何眷好勤勤若此之不替也幸甚幸甚首垂問以鄙況（一疊鄙況二字）不足云蓋默默兀兀委順任化而已次垂問以體氣除舊目疾外雖不甚健亦幸無急病矣次垂問以月俸月俸雖不多然量入以爲用亦不至凍餒矣又垂問以舍弟渠從事東川近得書亦（集作且）知無恙矣終垂問以心地此最要者輒梗槩言之頃與閤下在禁中日每視草之暇匡床接枕言不及他嘗以南宗心要互相誘導別來閑獨隨分增修比於曩時亦似有得得中無得無可寄言來書云粗示可乎斯不可也又

知兵部李尚書同在南宮錢讌二舍人移官開秩退朝之暇數獲晤言每話舊遊輒蒙見念此蓋君子久要之心不爲榮悴合散增減耳而不佞者又何幸焉然自到潯陽忽已周歲外物盡遺中心甚虛雖賦命之間則有厚薄而忘懷之理（集作後）亦無窮通用此道推頽然自足又或杜門隱几塊（一作兀）然自居木形灰心動逾旬月當此之際又不知居在何地身是何人雖鵬鳥集於前枯柳生於肘不能動其（集作於）心也而況進退榮辱之累耶又思頃者接確論時走常有言薦於執事云心與跡多相戾道與名不兩立苟有志於道者若不幸於外是幸於內猥蒙歎賞猶憶之乎今之身心或近是矣退思此語撫者初心求仁得仁又何不足之有也前月中長兄從宿州來又孤幼弟姪六七人皆自遠至日有糲食歲有麤衣飢寒獲同骨肉相保此亦默默委順之外益自安也況廬山在前九江在左出門是滄浪水舉頭見香鑪峯東西二林時時一往至於瀑水怪石桂風杉月平生所愛者盡在其中此又兀兀任化之外益自適也今日之心誠不待此而後安適況兼之者乎此鄙人所以安又安適又適而不知命之窮老之至也院長公望日重啓沃非遥仰惟勉樹勳名勿以鄙劣爲念

投知己書　　杜牧

夫子曰不怨天不尤人下學而上達知我者其天乎復曰知我者以春秋罪我者亦以春秋此聖人操心不顧（英華作顧■）世之人是非也杜厲叔事莒敖公莒敖公不知及莒敖公有難杜厲叔死之不知我則已反以死報之蓋怨不知之深也豫讓謂趙襄子曰智伯以國士待我我以國士報之此乃烈士義夫有材（集作才下同）感其知不顧其生也行無堅明之異材無尺寸之用泛泛然求知於人知則不能有所報不知則怒此乃衆人之心也聖賢義烈之士既不可到小生有異於衆人者審己切也審己之行審己之材皆不出衆人亦不求知於人（一作於人知）已或有知之者則藏縮退避唯恐知之蓋深自度無可以爲報効也或有因緣他事不得已求知於人者苟不知未嘗退有懟言怨色形於妻子之前此乃比於衆人唯審己求知也大和二年小生應進士舉當其時先進之士以小生行可與進業可益修喧而舉之爭爲知己者不啻二十人小生迴來十年江湖閒時時以家事一抵京師事已即返甞所謂喧而舉之爲知己者多已顯貴未嘗一到其門何者自十年來行不益進業不益修中夜忖量自媿於心欲持何説復於知己之前爲進拜之資乎默默藏縮苟免寒飢爲幸耳昨李巡官至忽傳閤下旨意似知姓名或欲異日必録在門下閤下爲世之偉人鉅德小生一獲進謁一陪讌享則亦榮矣況欲異日終置之於榻席之上齒於數子之列乎無攀緣絲髮之因出特達倜儻之知小生自度宜爲何材可以塞閤下之求宜爲何道可以報閤下之德是以自承命已來審己愈切捫心獨驚忽忽思之而不自知其然也若蒙待之以衆人之地求之以衆人之材責之以衆人之報亦庶幾異日受約束指顧於簿書之閒知無不爲爲不及私亦或能提筆伸紙作詠謌以發盛德止此而已其他望於古人責以不及非小生之所堪任伏恐閤下聽聞之過求取之異敢不特自發明道説其衷一開閤下視聽其他感激發憤懷愧恩德臨紙汗發不知所裁某恐懼再拜

上鹽鐵崔尚書書　　薛逢

伏承相公忽承明詔遠赴闕庭天子傾心廟堂虛席沙堤尚在復瞻丞相之車蓮幕重開再理將軍之第伏想華軒擁路賀客盈門喜集鵷原風隨鴈序昨者幸從祇拜獲貢姓名言及曩時期於遠路鉛黃入鏡顧陋質而多宜金石宣聲覺巴歈之寡和因敢專馳狀啓遠謝恩知伏慮方倦將迎未暇披覽實慮獎拔失在毫釐其啓狀本謹別録上伏望聯行之際一賜發揮俾風波之路不迷見常稱舉數四心期旦夕必擬提携伏見吾兄當數集會時望深賜重言也某頓首

與崔況秀才書　　前人

自今日春牓到縣當日差人持狀到京方乘車騎尋已東去恨結之至空積下情不審自歸淮南尊體何似伏計不乖將息遠想淮山秀潤水木幽奇扇枕之餘謳吟自適甚盛甚盛某龍鍾山縣忽忽過時素秋軫懷華髮棲皤昔日陵雲之志自覺泥蟠今茲失路之人誰爲鄉導但飲冰勵御食蘗苦心用省刑名以安疲瘵除此之外非愚所知故人恩憐曾不憫念秋風已戒關路須西雄文誰與儔比一日千里今也其時居安敗名古人所慎某頓首

文苑英華卷第六百九十二

登仕郎胡　柯　鄉貢進士彭　叔夏　校正

文苑英華卷第六百九十三　　書二十七

遷謫下

投知已書一首　　獻南海崔尚書書一首

雜書

與徐陵請王琳首書一首　　遺崔曠書一首

與博昌父老書一首　　答楊賁處士書一首

與王弌書一首　　與李翺書一首

遷謫下

投知已書或六與大理楊煟書　　劉蛻

復何事哉弓矢乎制敵之事今爲導衛羽儀金革乎勇衆之器今爲節奏和聲射宮蓬蒿幽燕少年耻蹈其下文之用莫過乎當時文之人莫過乎閤下復何事哉漢既治詩書禮樂皆已逸墜求亡書者故冬官考工開千金之購議帝制者進退贊拜定茅蕝之中而今河洛塚壁圖簡編備登降俯仰不倒步序便蕃之儀莫過乎當時優游之學莫過乎閤下復何事哉材力既以相舉忠正得以相扶及秦世爲之訞言東漢爲之黨禁公道畏忌相顧而野死今布衣匹夫得歌王公大人之盛德先進達生得薦布衣匹夫之事業唯其公當舉之不以爲疑扶之不以爲黨無私之道莫過乎當時譽能之心集作人莫過乎閤下嗚呼苟有其時而無其人雖有譽能之心集作人斯爲閤下惜有其人有其時而閤下苟不留意屬念斯爲來世弔蛻生二十餘年已過當時之盛棲遲困辱者過集作末遇當時之人書成而嘗樂乎其時出車滿於道路而才高於蛻忌蛻侵已才下於蛻畏蛻擅名是以深知之者不得終其朝退欲振之者又自無其力已謂其書空集作終爲來世弔已矣乎不意得與閤

下不爲異世同乎文字所謂當時之人斯非閤下者乎則其人未死口能言手能盡（集作畫）閤下見之復用何[redacted]以接之既接之復用何詞以釁之[redacted]得盡其才接之得盡其禮斯人也讀書業文德（集作得）有知已居窮守道死且不朽復何事哉復何事哉

獻南海崔尚書書　前人

所謂大丈夫豈天使爲之哉以其進爲天下利退有百世名顯爲諸侯師默成萬（一作高）世法而已爲退默者爲避人得時而退默者爲自進爲進顯者爲必行不得時而進顯者爲失志是以雄才盛德不可不兼其時故無其時不可行也有其時而志未達又不可行也志達而未信於天下又不可行也上位之人有不可故下位之人有踰垣塞牖而自遁者又豈唯退默而已矣（集作哉）方今天下百姓不敢爭步畝四夷不敢犯守陲自元和已後國家不傷一夫不亡一矢雖有豎子弄兵曾無根（一作筋）穿皮蠹之患尋已伏誅（一作誅伏）然而閤下不謂無其時乎昔雍丘不能以才達求討吳蜀以自試班超不能守其家儒然後得官校尉夫文（一有家之二字）不遇清世不免操弓矢而擐甲胄也今則仕由文學著官自清顯尊閤下不謂志未達乎夫南海實㷀權之地有金珠貝甲脩牙文犀之貨非茂德蘼名國家常重其人閤下不謂未信於天下乎當其時士亦固不以天下之廣居自隘（九字一作不以天下廣自隘以居）其身不以天下之道自負以不知已故賂媒詐介則不忍爲守媒待介或有所自弃故退默者不得不自進矣閤下以謂時乎未可乎嗚呼蚍之生於今二十四年雖天有南無可置其門雖天有東不得開其序伏臘不足於糗糧冬夏常苦於皸瘃然而因時著書滿十卷自謂不有得於今必有得於後不有得於人必有得於鬼神今則力疲而天下笑日暮而郵舍閉今閤下則踰垣塞牖而已雖然當閤下進爲天下利而又顯爲諸侯師之時柰何得有踰垣塞牖之説乎故先自弃南嚮再拜不勝懇懇窮泰有時未可知也謹貢舊投刺書一卷以其最近於情雜歌詩共二卷以其頗有逸事伏惟周賜覽無憚僇笑

一作皆唐文粹

雜書

與徐陵請王琳首書　朱瑒

竊以朝市遷貿時傳骨鯁之風曆運推移間表忠貞之迹故典午將滅徐廣爲晉家遺老當塗已謝馬孚稱魏室忠臣用能播美（北齊書南史有於字）前書垂名（二本有於字）後世梁故建寧公琳洛濱餘胄沂州舊族立功代邸効績中朝當離亂之辰總藩（北齊書作方）伯之任爾乃輕躬殉主以身許國寔追蹤於往彥信踵武於前脩而天厭梁德尚思匡救（二本作繼）雖繼（二本作徙蘊）包胥之念終遘萇弘之眚洎王業光啓鼎祚有歸於是遠跡山東寄命河北雖經（二本作輕）旅臣之嘆猶懷客卿之禮感茲知已忘此捐軀至使身没九泉頭行萬（北齊書作千）里誠復馬革裹尸遂其生平之志原野暴體（二本作骸）全彼人臣之節然身首異處有足悲者封樹靡卜良可愴焉瑒早簉末僚預參下席荷公（二字一作降薛君）之吐握感君（二字一作荷魏公）之知遇是用沾（二本作霑）巾拭袂痛可識之顏迴腸疾首切猶生之面伏惟聖恩博厚明詔爰發赦王經之哭許田横之葬瑒雖芻賤竊亦有心琳往（二本作經）莅壽陽頗存遺愛曾遊江左（二本作右）非無舊（北齊書作餘）德比肩東閤之吏繼踵西園之賓願歸元（二本無元字）彼境還塋（二本作脩）窀穸庥孤墳既築或飛銜土之燕豐碑式樹時留

墮淚之民(二本作人)近故舊王維(二本作綰)等已有論牒仰蒙制議不遂所陳昔廉公告逝即肥川而建塋域孫叔(南史作叔孫)去亡仍芍陂而植楸櫝由此言之抑有前(二本作其)例不使壽春城下唯傳報葛之人滄州島上獨有悲田之士(二本作客)昧死陳祈伏待刑憲

遺崔賾書　隋豫章王(見隋書崔賾傳)

昔漢氏西京梁王建國平臺東苑慕義如林馬卿辭武騎之官枚乘罷弘農之守每覽史傳嘗竊恠之何乃脫略官榮栖遲藩邸以今望古方知雅志彼二子者豈徒然哉足下博聞強記鈎深致遠視漢臣之三篋似陟蒙山對梁相之五車若吞雲夢吾兄欽賢重士敬愛忘疲先築郭隗之宮常置穆生之醴今者重開土宇更誓山河地方七百牢籠曲阜城兼七十苞舉臨淄大啓南陽方開東閤想得奉飛蓋曳長裾藉瑇筵躡珠履歌山桂之偃蹇賦池竹之檀欒其崇貴也如彼其風流也如此幸甚幸甚何樂如之高視上京有懷德祖才謝天人多慙子建書不盡言寧俟繁辭

與博昌父老書　駱賓王

某月日駱賓王謹致書於(集作于)博昌父老等承並無恙甚善甚善(集作幸甚幸甚)雲雨俄別封(集作風)壤異鄉春渚青山載勞延想秋天白露幾變光陰古人云別易會難不期(集作其)然也自解攜襟袖將十五年交臂存亡略無半在陸處士(集作張士)學溘先(集作從)朝露辟閭公倏掩夜臺故舊(集作吏)門人多遊萬里耆年宿德但見松丘嗚呼泉壤殊途幽明永隔人理(二字一作生人理■)危促天道奚言感今懷舊不覺涕之無從也況過隙不留藏舟難固追惟逝者浮生幾何哀緣物興淚因情起(集作因情感事)雖蒙莊一指殆先覺於勞生秦佚三號遽(集作詎)忘情於恒化啜其泣矣尚何言(集作去)哉又聞移縣就樂安故城廨宇邑居咸從其地里閈阡陌徒有其名荒徑三秋蔓草滋於舊館頹墉四望拱木多於故人嗟乎仙鶴歸來遼東之城郭猶是靈烏代謝漢南之陵谷已非昔吾先君出宰斯邑清芬雖遠遺愛猶存延首城池何心天地雖則山河四望是稱無棣之墟松檟千秋有切維桑之里故每懷宿昔尚想經過于役不遑駕言徒極(集作言徒擁願)今西成有望東戶無爲野老清談怡然自得田家濁酒樂以忘憂故可洽賞當年相驩卒歲寧復心(集作惠)存舊好追思昔遊所恨跂予望之徑(集作經)途密邇佇中衢而空軫巾下澤而莫因風月虛心形留神往山川在目地(集作室)邇人遐以此懷勞增其歎息情不遺舊書何盡言

答楊貴處士書　獨孤及

上德無爲其次爲而不擾及爲邦歲暮(集作碁)而人疲如初(集有終字)日以貢賦不入獲譴於上官遂以州比不調之琴思解絃更張之義箝口銜輸(集作賦)以代他征意欲因有爲以成無爲爲未著而人已告怨跡其所以然無德故也夫導政齊刑民猶免而無耻況權道以反經爲用去德逾遠使無速謗末由也已所喜幸尚有過吾子知之貽書見譲以直諒相益商也起予孟孫愛我吾子兼之矣愧辱嘉貺顧無以當之三復白圭欲罷而不能然來書所陳富人出萬今易以千貧人出百今亦數倍富倍優貧倍苦竊詳雅旨事或未然昨者據保簿數百姓并浮寄戶共有三萬三千比來應差科者唯有三千五百其餘二萬九千五百戶蠶而衣耕而食不持一錢以助王賦詩不云乎或燕燕居息

或盡瘁事國在於是矣每歲三十一〔集無一字〕萬貫之稅悉鍾於三千五百人之家謂之高户者歲出千貫其次九百八百其次七百六百貫以是爲差九等最下兼本丁租庸猶輸四五十貫以此人焉得不日困事焉得不日蹙其中尤不勝其任者焉得不襁負而逃若以已困之人已竭之力杼軸不已恐州將不存苟以是爲念安敢不夙興夕惕思有以拯之方今爲口賦誠非彝典意欲以五萬一千人之力分三千五百家之稅愚謂之可〔集作可復〕使多者用此以爲裒少者用此以爲益損有餘補不足之道實存乎其中富人貧人悉令均減倍優倍苦何從而生竊料動搖不安以逋逃相扇者不過以規避之户與寄客耳此輩浮食偷安以久漏差科惡同均稅賦之名秖思苟免若編户地著者雖驅之使逃亦固不從今已擇吏分官以辨其差等〔集作等差〕量分入賦其數懸牓以示之信若信之不明分之或過等差之不均官吏之不仁困而後去誰曰不可乃未及知斂之薄厚辨之濟否望風聆聲遽告勞而逃斯豈爲政者之過乎顧禮義之不懋孰能恤叛者之言耶天下無不食王土之臣寧有不輸王賦之民此輩飲國之澤食地之利將薄斂以助逋賦則曰挈妻子而去之是知〔集作與〕鳥獸蠻貊無以異矣其來既不可以奉征稅其去亦何足以病州縣違之一邦亦猶是也等不爲用又焉能資鄰然計斯人之徒亦未必悉然固或有不去者焉庶幾其所濟猶大但不防之於微拙誠有之奉教省躬〔集作三省〕敢不知罪子産鑄刑書作兵〔左傳作丘〕賦以救鄭國而獲譏於叔向及才不如子産口筭不如兵賦而吾子之言過於叔向之直中心藏之何日忘之簿領拘限莫由詣展未見君子馳誠無極不宣舒州刺史獨孤及頓首

與王式書　　歐陽詹

公範足下長史及大人以薄官〔其大門任溫州長史大人任博羅縣丞〕子自能記憶只見驅〔集作馳〕載長幼勤勤南北子雖童稚意甚不居洎有安固丞潮陽掾〔其兄譽任安固縣丞兄譽任潮州司倉〕子時已冠似或議事以爲地分遐陋進取無門必無遠大若肄業承家則安固潮陽亦幾於不墜矣便懷耕食鑿飲之心焉事親敬長之道睦友與人之義恂恂自勉不意竊鄉曲之譽所疑不忘質所見不忘述時時有得多幸忝儕類之歸加以薄窺墳典〔集作籍〕適有章句濮陽仲宣河東千齡滎陽從易濟北有融琅邪次臣〔吳播字仲宣薛壽字千齡鄭簡字從易康暐字有融王雲卿字次臣則某〕鄉曲之人皆有識度爲州里所重者皆博雅明達君子公範亦其人焉每論性行量識度評學業酌文詞不以虛薄往往掛於牙齒子年二十有一公範與羣公則可子以進士之目而有令子觀國之心子以羣公所貺之名繹先賢正名之旨進士者豈不言其可以仕進而能裨助政化始自下而升上終自上而利下者也近代亦曰舉人實古今舉賢進能之科也則有若風后力牧膺黄帝之舉舜禹稷契膺唐堯之舉縉雲高陽膺虞舜之舉伊尹姜牙膺湯武之舉管仲蕫鈌膺桓文之舉五羖三傑膺嬴劉之舉皆齊聖廣淵明允篤誠立功立事出於人表之流也降自晉宋齊梁則有若陸機鮑昭謝眺江淹亦以登庸雖道德器用不及曩臣而詞學風〔集作詩〕流爲一時之秀想當羣公之舉〔集作論〕豈容易哉度力不任又先與靈源道士虹巖逸人〔某鄉人也道士蔡明濬逸人羅山甫靈源〕虹巖其所居山名也有潘湖合鍊奉養之契〔潘湖公範上下所居地名也〕乞從宿志勤勤懇懇獲與靈源虹巖同居者三十年公範與羣公

雖不苦以前事相迫而流言時至建中初因當道廉察故相國常公本州將故中書舍人薛公南澗之談西湖之禮（常相公爲福建觀察使薛舍人典泉州日予以薄劣見知二公於南澗寺有所剪飾及予辭歸故林於西湖泛舟致餞也）丹青目下程準前期公範與羣公激勵轉加予亦稍信去去之勸時兄弟親屬方以衆情聞於大人大人與羣公遂有龍首之會（龍首山名也予之別墅在焉）特詢可否至于再三羣公不悔前言以爲可固可少人之於子皆欲其升高致遠至其秋大人則有遣從計吏之命當發之日大人及慈親祭行於東郊公範與羣公亦共餞神餘於野席離觴既輟大人誡昴數言可切骨銘心征車去動慈親嗚咽數聲堪斷腸褫魄公範與羣公備見備聞也慰上下之望在乎早成名早歸寧余必不惜伎能而有所馳墜（集作絕墮）以深上下之念汲汲摇摇如旌如翻受遣之明年達于長安賃廡六秋禮闈四上頻激昂藏（集作頻竭激昂）之力累爲籔揚之弃反躬忖已徘徊又疑豈常薛公輕於布素而有佞歟爲羣公温良友朋而不忠歟（集作爲羣公温良與朋友有不忠歟）楊朱對歧墨翟觀素勁挺之志半作歸心況以近夢慈親以亂絲繞予之身萬重又夢大人齧予臂見血蓋神祇以大人誡切遠警於子焉絲繞者豈非思念纏綿之象也齧臂者豈非齧指令歸之義也萬重見血者豈非示其甚也公範與予遊處最深者且莆陽讀書接席五年其於爲人公範知之莆陽去家四百餘里晨昏之思忽至珍異之味忽得亦不以始昨違離便奔馳而去性自天至實非勉爲今一辭庭闈而踰半紀以本心每每馳戀若此魂夢昭昭感發如彼日夜之心公範可量竊欲審覈良駑攙分進退阻故人無新知悦不可問因考使迴更願有決斯科也先以才藝取次以德行伸大之事君細之（集作以）臨人如子所習可以當之於取乎如子事親可以移之於君乎如子理身可以施之於人乎其可也則待命待知庶榮親之道抑温清之心如其不可則任材任器息于進（集作時）之機謝風塵之苦書至與裁裁已遄復家在國在佇爲去就子於爲子之道所恨不知也知必無不竭若於爲臣之道所恨不知也知必無不爲人生於世區區者所務豈不立名乎有名於國亦名也有名於家亦名也予何攘臂於其間醜於家而美於國哉子無此心亦公範知之東風扇和山青水渌野芳且榮林鳥時鳴罇有酒匣有琴公範休暢某再拜

與李翺書　　韓愈

使來（集作至）辱足下書歡媿交（集作來）并不容于心嗟乎子之書言意皆是也僕雖巧説何能逃其責耶然皆子之愛我多重我厚不酌時人待我之情而以子之待我之意使我望於時人也僕之家本窮空重遇攻劫衣服無所得養生之具無所有家累僅三十口携此將安所歸託乎捨之入京不可也挈之而行不可也足下將安以爲我謀哉此一事耳足下（集有識字）謂我入京誠（集作城）有所益乎僕之所有子猶有不知者時人能知我哉持僕所守驅（集作執）而使奔走伺候公卿間（集作門）開口論議其安能有以（集作所）合乎僕在京城八九年無所取資日求於人以度時月當時行之不覺也今而思之如痛定之人思當痛之時不知何能自處也今年加長矣復驅之使就其故地是亦難矣所貴乎京師者得（集作豈）不以明天子在上賢公卿在下布衣韋帶之士談道義者多乎以僕遑遑於其中能上聞而下達乎其知我者固少知而相愛不相忌（集作志）非者又加少内無所

資外無所從（集作縱）終安所爲乎嗟乎子之責我誠是也愛我誠多也今天下之人有如子者乎自堯舜已來士有不遇者乎無也子獨安能使我潔清不汙而處其所可樂哉非不願爲（集作如）子之所去者力不足勢不便故也僕於此豈以爲大相知乎累累隨行役役逐隊飢而食飽而嬉（抗本作悲）者也其所以止而不去者以其心誠有愛於僕也然所（集作其）愛於我者尤少不知我者尤多吾豈樂於此乎哉將亦有所病而求息於此也嗟乎子誠愛我矣子之所責於我者誠是矣然恐子有時不暇責我而悲我不暇悲我而自責且自悲也及之而後知履之而後難耳昔者孔子稱顏回一簞食一瓢飲（集有在陋巷三字）人不堪其憂回也不改其樂彼人者有聖者（集有而字）爲之依歸而又有簞食瓢飲足以不死其不憂而樂也豈不易哉若僕無所依歸無簞食無瓢飲無所取資則餓而死其不亦難乎子之聞我言亦悲矣嗟乎子亦慎其所之哉違離久乍還侍左右當日歡喜故專使馳此候足下意并以自解愈再拜

文苑英華卷第六百九十三

登仕郎胡　柯　鄉貢進士彭　叔夏　校正

文苑英華卷第六百九十四　疏一

封建（此門二疏並是請武后復政太子英華因第一篇及封諸孫事誤立封建門當改爲復辟）

請復子正位疏一首

請則天皇后復位於皇太子疏一首

行幸

諫太宗畋獵疏一首　諫蕃官仗內射生疏一首

諫則天皇后幸三陽宮疏一首

邊防

諫太宗親征高麗疏一首　諫高宗將伐高麗疏一首

言踈勒等凋弊疏一首　言河朔人庶疏一首

諫不破突厥疏一首　言西蕃疏一首

書籍

請不賜吐蕃書籍疏一首　請置官買書疏一首

封建（合作復辟已注在前）

請復子正位疏（一作請封建皇家諸孫姪疏）　蘇安恒（大足元年）

臣聞曆數在躬握璿璣者哲后天命攸屬臨寶極者聖人或揖讓而昇或干戈以定二途一也今古共之伏惟皇帝陛下德合天地澤流河海庶物和平靈光充塞臣謂胥庭之化無以過也陛下欽先聖（一作聖皇）之顧託受嗣子之推讓豈不以極斯大節成此鴻勳應天順人于今二十餘年矣臣馳情緗素竊見女媧之代風俗簡朴人淳易理垂衣拱手不足可言洎漢朝以惠帝幼沖呂后監撫享國八歲日不暇給雖傳簡策亦烏足道哉豈如陛下之在位五星同色四海無波陛下造明堂即祖文宗武之業也封中岳則萬代一時之事也受寶圖即河圖洛書之瑞也功既大矣業復成矣即當揹其犬馬減其服御觀四大其如遺視萬乘其若脫陛下豈不聞（一作思）虞舜褰裳周公復辟良以大禹至聖成王既長推位讓國其道備焉故舜之於禹事秖族親旦與成王不離叔父且族親何如子之愛叔父何如母之恩今太子孝敬是崇春秋既壯若使統臨宸極（或作宸）何異陛下之身陛下年德既尊寶位將倦機務殷重浩蕩勞心（一作心神）何不禪位東宮自怡聖體陛下縱日慎一日雖休勿休其若大寶何其若人事何陛下輟金輪聖神等號即是猒倦萬機之象此謂天意也太子以姦臣枉構久已自新相王推位青宮退居朱邸天下聞之莫不謳吟聖代此謂人事也故知天意人事鍾我聖朝大臣重祿不言近臣畏罪不諫使吾君有堯舜之位不行堯舜之道故書曰后德惟臣此真謂也臣又聞自古（一作昔）明王之以孝理天下者不見二姓而俱王也當今梁定河內建昌諸王等承陛下之蔭覆並得封王臣恐千秋萬歲之後於事非便臣請黜爲公侯任以閑（一作簡）薄曹務臣又聞陛下有二十餘孫今無尺土之侯（一作封）此非長久計也臣請四面都督及要衝州郡分土而王之縱今年尚幼小未聞（一作閑）養人之術臣請擇立師傅成其孝敬之道將以夾輔周室藩屏皇家使累葉重光饗祀不輟斯爲美矣豈不大哉臣今又聞胡賊侵邊覘中國陛下居惣章申廟筭赫然發怒分閫出師輓粟飛芻十室而九撓鑠刃以時繫年即士卒不遑府庫空竭此其謂也陛下若能告倦萬機推位太子分州列郡以王子孫自然四夷聞之繫頸面縛百姓聞之皷腹擊壤史臣[redacted]曰掩媧爔而邁胥庭後代聞之曰四三皇而六五帝豈虛也哉豈虛也哉臣山中一草萊耳無擊鍾鼎食之榮有碩學鴻儒之業臣來日跪而辭父父謂臣曰丈夫處代君子生年必當獻一

謀畫一策厥塗不就草木何殊今上有堯舜之德下有稷卨之位古人有言欲安其家必先安國欲安其親必先安其君當今天下雖安亦有未然之計故書曰若昔大猷制理於未亂保邦於未危此其謂也臣母又謂臣曰朝暮倚閭而望汝若能上千人主進書獻説揚名後代以榮父母是吾之子也臣感父母之言明發不寐今故杖策千里徒步三川雖牽拙而無同敢獻芹而竊抃陛下若採微臣一言之善成家國萬代之基臣之懇誠幸甚謹言

此篇六百卷勸進表門重出前巳削去一作皆

舊唐書本傳

請則天皇后復位於皇太子疏（武后）　前人（長安二年）

臣聞忠臣不順時而取寵烈士不惜死而偷生故君道不明者忠臣之過歟臣道不軌者烈士之過歟昔者先皇晏駕留其顧託將以萬務殷廣令陛下兼知政（舊唐書作其）事雖唐堯虞舜居其位而共工伯鮌（唐書作驩兜）在其朝間陛下骨血之恩阻陛下母子之愛愚臣謂聖情以運祚將衰（唐書作喪）極斯大節天下之人謂陛下微弱李氏貪天之功何以年在耄倦而不能復子明辟使忠言莫進姦邪乘時（文粹作姦佞成朋）夷狄紛擾屠害黎庶陛下雖納隍興（唐書作軫）念亦何以（唐書作亦何能）救此生靈臣聞天下者神堯文皇之天下也昔有隋失馭小人道長羣雄駭鹿四海瞻烏皇唐親事戎旃鳳翔參野削平寓縣龍飛踐（唐書作踐宸）極歃血爲盟指河爲誓非李氏不王非功臣不封陛下雖居正統實因唐氏舊資（文粹作基）故詩曰惟鵲有巢惟鳩居之此言雖小可以喻大陛下自坤生德乘乾作主豈不以上符天意下順人心東宮昔在諒陰相王又非長子陛下恐宗祀中絶所以應其謳歌當今太子追迴（唐書作追留）年德俱盛陛下貪其寶位而忘母子深恩臣聞京邑翼翼四方取則（文粹作所視）陛下蔽太子之元良枉太子之神器何以教天下母慈子孝焉何以使天下移風易俗焉惟陛下思之將何聖顔以見唐家宗廟將何誥命以謁大帝墳陵陛下何故日夜積憂不知鍾鳴漏盡臣愚以爲天意人事還歸李家陛下雖安天位殊不知物極則反器滿則傾故語曰當斷不斷反受其亂此之謂也陛下不如高揖樞（唐書作機）務自怡（唐書作恬）聖躬命史臣以書之令樂府以歌之斯亦太平之盛事也臣聞見過不諫非忠臣也畏死不言非勇士也臣何惜一朝之命而不安萬乘之國哉故曰苟利國家雖死可矣願陛下暫輟萬務（唐書作稍輟萬機）詳臣愚見陛下若以臣爲忠則從諫如流擇是而用若以臣爲不忠則斬取臣頭以令天下

行幸

諫太宗畋獵疏　虞世南

臣聞秋獮冬狩蓋爲恒典射隼從禽備乎前誥伏惟陛下因聽覽之餘辰順天道以殺伐將欲摧班碎（舊唐書作躬摧班）掌親御皮軒窮猛獸之窟穴盡逸材之林藪夷凶剪暴以衛黎元收革擢羽用充軍器（貞觀政要作實）搴旗較獵（唐書作舉旗效獲）式遵古典（唐書前篇作前古）然黄屋之尊金輿之貴八方之所仰德萬國之所係心清道而行猶戒銜橛斯蓋慎重（唐書作重慎）防微爲社稷計也是以馬卿直言（唐書前篇作諫）於前張昭變色於後臣誠賤微（唐書作微淺會要作微末前篇作未察）敢忘斯義且夫弧矢畢陳（會要作且夫弧矢星畢唐書作且天弧星畢）所殪巳多頒禽賜獲皇恩亦溥伏願時（前篇作特）息獵車且韜長戟不拒芻蕘之請降納涓澮之流袒裼徒搏任之羣下則貽範百王永光萬代

此篇六百二十卷重出前已削去

諫蕃官仗內射生疏（高宗）　薛元超（上元三年）

臣元超臣聞春蒐夏苗前王之令典教兵訓卒有國之宏規伏惟天皇以欽明馭寓中外禔福暫因農隙駐蹕近郊一物一事並從減省在公在私莫不幸賴時惟令月景淑風和宸襟有豫百靈胥悅臣曲荷恩徽重得奉陪鑾駕下情欣躍實倍恒品但以馳原赴草親行聖躬飛蒼走黃頗留神矚控權奇之馬逸影雲趨矯傍偟之箭雄飛星落上截飛鳥下斃狡兎唯恐朽株蟻垤不宜輕之千金之子猶有垂堂之誡萬乘之尊豈忘銜橛之慮又諸蕃首領係頸羽獵天皇以德綏懷遂亦操弓持矢既非族類深用為虞臣雖庸劣嘗聞前古今冒死以為言者非謂出之敢諫唯望經川谷不測之地入蔡林可畏之途緣龍駟以揚鑣儼風輿而按節三韓雜種十角魁渠勿使咫尺天顏處於交戟之外虔思宗廟之重允副黎元之心凡在懷生幸甚幸甚臣之性命惟天皇宥之臣之冠冕惟天皇賜之謹冒死以聞輕觸龍鱗心靈交戰謹言

諫則天皇后幸三陽宮疏（已見六百卷）　張說

邊防

諫太宗親征高麗疏　褚遂良

臣聞有國家者譬諸其身兩京等於腹心四境方乎手足他方（新唐書作殊裔）絕域若此（一作在）身外臣近於坐下伏奉口勑布語臣下云自欲伐遼臣數夜思量不達其理高麗王為陛下之所立莫離支輒殺其主陛下討逆收地斯實承機闕東賴陛下德澤久無征戰但命二三勇將（新唐書作一二慎將）發四五萬人（一作發兵四五萬）飛石輕梯取如迴掌大聖（二字一作有天聖人）作必履恒規貴能克平兇亂駕御才傑惟陛下弘兩儀之道扇三五之風提厲人物皆思効命昔侯君集李靖所謂庸夫猶能掃萬里之高昌平千載之突厥皆是陛下發蹤指示爾（一無此字）聲歸聖明臣旁求史籍詳（一作訖）乎近代為人之主無自伐遼者人臣往征則有之矣漢朝則荀彘楊僕魏世（一作代）則毌丘儉王頎司馬懿猶為人臣慕容真僭號之子皆為其主長驅高麗虜其人民閭城平夷（一作削平城壘）陛下立功同於天地美化包於古昔自當超邁於百王豈止俯同於六子昔翦平寇逆大有爪牙年齒未衰猶堪任用匪唯陛下之所使亦何行而不克方今太子新立年實幼少自餘蕃屏陛下所知今一旦棄金湯之全渡遼海之外臣忽三思煩愁並集大魚依於巨海神龍據於川泉此謂人君不可離（一作輕）而遠也且如（一作以）長遼之左或遇霖霪水潦騰波平地數尺夫玄菟濱海途深難測（一作帶方玄菟海途深渺）非萬乘所宜行踐東京太原謂之中地東攜可以為聲勢西指足以摧延陁其於西京逕路非遠為其節度以設軍謨（一作謀）繫莫離支頸獻皇家之廟此實處安全之上計社稷之根本特乞天慈一垂省納（一作察）

一作皆舊唐書本傳

諫高宗將伐高麗疏　李君球

臣聞心之痛（一作病）者不能緩聲事之急者不能安言性之忠（一作慈）者不能隱情且食君之祿者死君之事今臣食陛下之祿矣其敢愛身乎臣聞司馬法曰國雖大好戰必亡天下雖平（一作安）忘戰必危兵者凶器戰者危事故聖主明王重行之也憂人力之盡恐府庫之殫懼社稷之危生中國之患故古人云務廣德者昌務廣地者亡昔秦始皇好戰不已至乎（一作于）失國是不愛其內而務其外故也漢武

遠討胡方殆乎萬里廣拓南海分爲八郡終於户口減半國用空虛至於末年方垂哀痛之詔自悔其失彼高麗者遐荒（一作僻側）小醜潛藏山海之間得其人不足以彰聖化棄其地不足以損天威何至乎疲中國之人傾府庫之實使男子不得耕耘女子不得蠶織陛下爲人父母不垂惻隱之心傾府庫（二字一作其）有限之貲貪其（一作於）無用之地設令高麗既滅即不得不發兵鎮守少發則兵威不足多發則人心不安是乃疲於轉戍萬姓無聊生也萬姓怨（怨一作無聊）則天下敗矣天下既敗陛下何以自安故臣以爲征之不如不征滅之不如不滅

一作皆舊唐書本傳

言諫勤等凋弊疏（文粹作請罷百姓西戍疏勒等四鎮疏）　狄仁傑（武后神功元年）

臣聞天生四夷皆在先王封域（舊唐書作疆）之外故東距滄海西隔流沙北横大漠南阻五嶺此天所以限夷狄而隔中外也自典籍所紀聲教所及三代不能至者國家盡兼之矣此則今日之四境已逾於夏殷者也詩人矜薄伐於太原美化行於江漢是則（舊唐書作則是）前代之遠裔而國家之域中至前漢時匈奴無歲不犯（唐書作略）邊殺略（舊唐書作掠）吏人後漢則西羌侵軼漢中東寇三輔入河東上黨幾至洛陽由此言之則陛下今日之土宇過於漢朝遠矣若其用武荒外邀功絶域竭府庫之實以爭磽确不毛之地得其人不足以增賦獲其土不可以耕織苟求冠帶遠夷之稱不務固本安人之術此秦皇漢武之所行非五帝三皇之事業也若使越荒外以爲限竭資財以騁欲非但不愛人力亦所以失天下（舊唐書文粹並無下字）心也昔始皇窮兵極武以求廣地男子不得耕於野女子不得蠶於室長城之下死者如亂麻於是天下潰叛漢武追高文之宿憤藉四帝之儲實於是定朝鮮討西域平南越擊匈奴府庫空虛盜賊蜂起百姓嫁妻賣子流離於道路者萬計末年覺悟息兵罷役封丞相爲富人侯故能爲天所祐也昔人有言曰與覆車同軌者未嘗安此言雖小可以喻大近者國家頻歲出師所費滋廣西（新唐書作右）戍四鎮東（新唐書作左）戍安東調發日加百姓虛弊開守西戎（舊唐書文粹作開守西域）事等石田費用不支有損無益轉輸靡絶杼軸殆空越磧踰海分兵防守行役既久怨曠亦多昔詩人云王事靡盬不能藝稷黍豈不懷歸畏彼（舊唐書作此）罪罟念彼蒸（舊唐書作共）人涕零如雨此則前代怨思之詞也上不是恤則政不行而（而字新唐書作政不行則）邪（新唐書作害下同）氣作邪氣作則蟲螟生而水旱起若此雖禱祀百神不能調陰陽矣方今關東飢饉蜀漢逃亡江淮已南徵求不息人不復業則相率爲盜本根一摇憂患不淺其所以然者皆爲遠戍方外以竭中國爭蠻貊不毛之地乖子育（舊唐書作養）蒼生之道也昔漢元納賈捐之之謀而罷朱崖郡宣帝用魏相之策而棄車師之田豈不欲慕尚虛名並（舊唐書文粹作蓋）憚勞人力也近貞觀年中剋平九姓冊李思摩爲可汗使統諸部蓋以夷狄叛則伐之降則撫之得推亡固存之義無遠戍勞人之役此則近日之令典實（文粹無實字）綏邊之故事竊見阿史那斛瑟羅（新唐書有皆字）陰山貴種代雄沙漠若付（舊唐書文粹作委）之四鎮使統諸蕃封爲可汗遣禦寇患則國家有繼絶之美荒外無轉輸之役如臣所見請捐四鎮以肥中國罷安東以實遼西省軍費於遠方并甲兵於塞上（新唐書作要塞）則恒代之鎮重而邊州之備實矣況綏撫夷狄蓋防其越逸苟無侵侮之患則可矣何必窮其窟穴與螻蟻計校長短哉且王者外寧必有内憂蓋爲不勤脩政故也伏惟陛下棄

之度外無以絶域未平爲念但常（舊唐書作當）勑邊兵謹守備蓄銳以待敵待其自致然後擊之此李牧所以制匈奴也當今所要者莫若令邊城警守備遠斥候聚軍實蓄威武以逸待勞則戰士力倍以主禦客則我得其便堅壁清野則寇無所得自然賊深入必有顛躓之慮淺入必無獲虜（舊唐書作虜獲）之益如此數年可使二虜不擊而服矣

言河朔人庰疏　武后　前人　聖曆初

臣聞朝廷議者以爲契丹作梗始明人之逆順或因迫脅或有願從或爲（一作受）僞官或爲招慰或兼外賊或是土人跡雖不同心則無別誠以山東雄猛由來重氣一顧之勢至死不迴近緣軍機調發傷重家道悉破或至逃亡拆（一作剔）屋賣田人不爲售内顧生計四壁皆空重以官典侵漁因事而起取其髓腦曽無媿心修築城池繕造兵甲州縣役使十倍軍機官司不矜期之必取枷杖之下痛切肌膚事迫情危不修（一作循）禮義愁苦之地不樂其生有利則歸且圖賒死乃君子之愧辱小人之常行人猶水也壅之則爲泉疏之則爲川通塞隨流豈有常性昔董卓之亂神器播遷及卓被誅部曲無赦事窮變起毒害生人京室丘墟化爲禾黍此由恩不普洽失在機先臣一讀此書未嘗不掩（一作廢）卷歎息今以負罪之人（一作任）必不在家露宿草行潛竄山澤赦之則出不赦則狂山東羣盜緣茲聚結臣以邊塵暫起不足爲憂中土不安以此爲事臣聞持大國者不可以小理（英華作道非）事廣澤（一無澤字）者不可以細分人主恢弘不拘常法罪之則衆情恐懼恕之則反側自安伏願曲赦河北諸州一無所問自然人神通（一作道）暢率土歡心諸道（一作軍）凱旋得無侵擾

一作皆舊唐書本傳

諫不破突厥疏　中宗　盧俌

臣聞有虞和平（一作咸熙）苗人逆命殷宗大化鬼方不賓則戎狄侵軼（一作交侵）其來遠矣漢高帝納婁敬之議與匈奴和親妻其宗女賂以鉅萬冒頓益驕邊寇不止則遠荒之地凶獷（一作悍）之俗難以德綏可以威制而降自三代無聞上策今匈奴不臣擾我亭障皇赫斯怒將整元戎臣聞方叔帥師功歌周雅去病耀武勳烈燕山則萬里折衝在於擇將春秋謀元帥取其閱（一作說）禮樂敦詩書晉臣杜元凱（二字一作預）射不穿札而建平吳之勳是知中權制謀不在一夫之勇其蕃將沙吒忠義等身雖驍悍志無遠圖此乃騎將之材本不可以當大任且師出以律將軍死綏秦剋長平趙子（一作括）受戮胡去馬邑王恢坐誅則棄軍有刑古之常典近者鳴沙之役主將先逃輕挫國威須正邦憲又其中軍既敗陣亂矢窮義勇之士猶能死戰功合紀録以勸戎行賞罰既明將士盡節此擒敵之術也臣聞以蠻夷攻蠻夷中國之長筭故陳湯統西域而郅支滅常惠挫（一作用是）烏孫而匈奴敗請購辯勇之士班傳之儔旁結諸蕃與圖攻取此又掎角之勢也臣聞昔置新秦以實塞下宜因古法募人從邊選其勝兵免其行役次廬伍明教令則攻（一作狃）習戎事究識夷險其所虜獲因而賞之近戰則守家遠戰則利貨趨赴鋒鏑不勞訓誓朝賦楊柳夕歌杕杜十年之後可以久安臣聞漢拜郅都匈奴避境趙命李牧林胡遠竄則朔方之安危邊城（一作域）之勝負地方千里制在一賢其邊州刺史不可不慎擇得其人而任之蒐乘訓兵屯田積粟謹候（一作設）烽燧飾（一作精）練戈矛來則懲而禦之去則備而守之此又古之善經也去歲亢陽天下不稔利在保境不

可窮兵使內郡黔黎各安其業擇其宰牧輕其傜賦事無過舉爵不以私愛人之財節其浮傜（一作役）惜人之力不廣臺榭察地利天時以趨耕穫命秋獮冬狩以教戰陣則數年之後有勇知方帑藏山積金革犀利然後整六軍絕大漠雷擊萬里風掃二庭斬蹛林之首（一作酋）懸藁街之邸使百蠻震怖五兵載戢則上合天時下順人事理內以及外綏近以來遠以惠中國以靜四方臣少慕文儒不習軍旅奇正之術多媿前良獻替是司輕陳瞽議

言西蕃疏　韋湊

一作皆舊唐書突厥傳

臣聞兵者凶器不獲已而用之今西域諸蕃莫不順軌縱鼠竊狗盜有戍卒鎮兵足宣式遏之威非無赫斯之怒此師之出未見其名又聞安不忘危理必資備自近及遠強幹弱枝是以漢實關中徙諸豪族今關輔戶口積久逋逃承前先虛見猶未實屬北虜犯塞西戎駭邊凡在丁壯征行略盡豈宜更擇驍勇遠資荒服又一萬行人詣六千餘里咸給遞馱並供熟食道次州縣將何以供秦隴之西人戶漸少涼州以北沙磧悠然遣彼居人如何得濟又萬人賞賜費用極多萬里資糧破損尤廣縱令必剋其獲幾何儻稽天誅無乃其損請令計議所得校其多少即知利害況用者必費獲者未量何要此即行頓空畿甸且上古之時大同之化不獨子子不獨親親何隔華夷務均安靜洎王道謝古帝德漸淳猶尚綏懷不崇征伐有占風覘雨之客無越海逾山之師其後漢武膺圖志恢土宇西通絕域北擊匈奴雖獲奇珍多斬首級而中國疲耗殆至危亡是以俗號昇平君稱明盛者咸指唐堯之代不歸漢武之年

其要功不成者復焉足比議惟陛下圖之

書籍

請不賜吐蕃書籍疏　玄宗開元中　于休烈

臣聞戎狄國之寇也經籍國之典也戎之生心不可以無備典有恆制不可以假人傳曰裔（或作戎）不謀夏夷不亂華所以革其非心在于有備無患昔者東平王入朝求史記諸子漢帝不與蓋以史記多兵謀諸子雜詭術夫以東平漢之懿戚尚不欲示征戰之書今西戎國之寇讎豈可貽經典之事且臣聞吐蕃之性慓悍果決敏情持（一作特）銳善學不回若達於書必能（一無能字）知戰深於詩則知武夫有師干之試深於禮則知月令有廢興之兵深於傳則知用師多詭詐之計深於文（唐策有選字）則知往來有書檄之制何異借寇兵而資盜糧也臣聞魯秉周禮齊不加兵吳獲乘車楚屢奔命一以守典存國一以喪車（一作法）危邦可取鑒也且公主下嫁從人遠適異國合務（一作合慕　唐書作當用）新夷禮返求良書圖臣料之恐非公主本意也慮有奔北之類勸教於中若陛下慮失蕃情以備國信必不得已請去春秋（新唐書有夫春秋三字）當周道（一作德）既衰諸侯強盛禮樂自出戰伐交興情偽於是乎生變詐於是乎起則有以臣召君之事取威定霸之名若與此書國之患也傳曰于奚請曲縣繁纓仲尼云惜也不如多與之邑惟名與器不可假人狄固貪婪貴貨易土正可錫之錦綺厚以玉帛何必率從其求（新唐書作無足所求）以資其智臣忝列位職刊校祕籍（一作忝叨列位職刊祕籍）實痛經典棄在夷狄（一作戎夷）昧死上聞伏（一無伏字）惟陛下深察

一作皆舊唐書吐蕃傳

請置官買書疏　羅袞

臣衮竊謂堯舜所以成其聖者稽古之力也故書曰若稽古帝堯又曰若稽古帝舜是則為國之要在乎順考古道而已古事之効布在羣籍茲歷代所以盛藏書之府不可一日而闕也臣伏念秘閣四部三館圖書亂離已來散失都盡一為墜闕二十餘年陛下追蹤往聖勞神故實歲下明詔旁求四海或遣使搜訪或購以官爵亦已久矣然而一編一簡未聞奏御加以時玩武事不急文化若非別降聖慕無因可致臣今伏請陛下出内庫財於都下置官買書不限經史子集列聖實録古今傳記公私著述凡可取者一皆市之部帙具全則價有差等至於零落雜小每卷不過百錢率不費千緡可獲萬卷儻或稍優其直則遠近趨利之人必當捨難得之貨載天下之書聚于京師矣不唯充足書林以備宣索今三朝實録未修無所依約便期因此遂有所得斯又朝廷至切之務也

文苑英華卷第六百九十四

登仕郎胡柯　鄉貢進士彭叔夏　校正

文苑英華卷第六百九十五　疏二

直諫

諫唐高祖拜舞人安叱奴為散騎常侍疏　李綱

臣(舊唐書有謹字)按周禮均工樂胥(文粹作官)不預(文粹作廁)於仕伍雖復才如子野妙等師襄皆身終子繼不易其業故魏武使禰衡擊鼓衡先解朝服露體而擊之云不敢以先王法服為伶人之衣唯(唐書作雖)齊高緯封曹妙達為王授安馬駒為開府既招物議大斁彝倫有國有家者以為殷鑒方今新定天下開太平之基(文粹作業)起義功臣行賞未遍高才碩學猶滯草萊而先令舞人(文粹作胡)授(文粹作致)位五品鳴玉曳組趨馳廊廡(唐書作廟)故非創業垂統貽則(唐書作厥)子孫之道也伏惟陛下聽察之(前篇作臣忝周行不敢不奏文粹無此八字)

此篇六百二十卷重出前已削去

論時政疏四首　魏徵

其一曰(貞觀十一年先從帝作飛山宮徵上疏諫)

臣觀自古受圖膺運繼體守文控御英傑南面臨下皆欲配厚(英華作厚仁)德於天地齊高明於日月本枝百代傳祚無窮然而克終者鮮敗亡相繼其故何哉所以求之失其道也殷鑒不遠可得而言昔在有隋統一寰宇甲兵彊盛三十餘年風行萬里威動(新唐書作讋)殊俗一旦舉而棄之盡為他人所(舊唐書政要作之)有彼煬帝豈惡天下之治安不欲社稷之長久故行桀虐以就滅亡哉蓋恃其富強不虞後患驅天下以

從（政要作縱）欲壑（新唐書作役）萬物以自奉採域中之子女求遠方之
奇異宮宇（政要作苑）是飾臺榭是崇徭役無時干戈不戢外示威
重內多（新唐書作行）隘（舊唐書政要作險）忌讒邪者必遂（舊唐書政要作受）其福忠
正者莫保其生上下相蒙君臣道隔人不堪命率土分崩
遂以四海之尊殞於匹夫之手子孫殄滅爲天下笑深可
（政要作可不）痛矣（舊唐書政要作哉）聖哲乘機拯其危溺八柱傾而復正四
維絶而更張遠肅邇安不踰於朞月勝殘去殺無待於百
年今宮觀臺榭盡居之矣珍奇異物盡收之矣姬姜淑媛
盡侍於側矣四海九州盡爲臣妾矣若能鑒彼之所以亡
念我之所以得日慎一日雖休勿休焚鹿臺之寶衣毀阿
房之廣殿懼危亡於峻宇思安處於卑宮則神化潛通無
爲而理（政要作治）德之上也若成功不毀即仍其舊除其不急
損之又損雜茅茨於桂棟參玉砌以（政要作於）土階悅以使人不

竭其力常念居之者逸作之者勞億兆悅以子來羣生仰
而遂性德之次也若惟聖罔念不慎厥終忘締構之艱難
謂天命之可恃忽采椽之恭儉追雕牆之侈靡（政要作美麗）因其
基以崇（舊唐書政要作廣）之增其舊而飾之觸類而長不思止足人
不見德而勞役是聞斯爲下矣譬如（舊唐書政要作之）負薪救火揚
湯止沸以暴（舊唐書政要作亂）易亂（新唐書作暴）與亂同道莫可則也後嗣
何觀夫事無可觀則人怒神怨（舊唐書作則人怨神怒人怨神怒政要作則人怨人怨則神怒神怒）
則災害必生災害既生則禍亂必作禍亂既作而能以身
名令終（二字政要作全）者鮮矣順天革命之后將隆（政要作基）七百之祚
貽厥孫謨（舊唐書作謀）傳之萬世難得易失可不念哉

其二曰（政要是日又上疏）

臣聞求木之長者必固其根本欲流之遠者必浚其泉源
思國之安者必積其德義源不深而（新唐書有豈字）望流之遠根不固
而（新唐書有何字）求木之長德不厚而望（新唐書作思）國之治雖在下愚知
其不可而況於明哲乎人君當神器之重居域中之大將
崇極天之峻永保無疆之休不念（舊唐書有於字）居安思危戒奢（舊唐
書作儉）以儉德不處其厚情不勝其欲斯亦伐根以求木茂塞
源而欲流長者也凡百元首俱承（舊唐書政要作承天）景命莫不殷憂
而道著功成而德衰有善始者寔繁能克終者蓋寡豈其
取之易而守之難乎昔取之而有餘今守之而不足何也
夫在殷憂必竭誠以待下既得其志則縱情以傲物竭誠則胡
越爲一體傲物則骨肉爲行路雖寘（舊唐書作董政要作重）之以嚴刑振之
以威怒終苟免而不懷仁貌恭而不心服怨不在大可畏惟人
載舟覆舟所宜深慎奔車朽索其可忽乎君人者誠能見可欲
則思知足以自戒將有作則思知止以安人念高危則思謙沖以
（舊唐書政要作而）自牧懼滿溢則思江海以（舊唐書政要作而）下百川樂盤遊則思
三驅以爲度憂（舊唐書政要作恐）懈怠則思慎始而敬終慮擁（舊唐書作壅）
蔽則思虛心以納下想讒邪則思正身以詘（舊唐書政要作黜）惡恩
所加則思無因喜以謬賞罰所及則思無因怒而濫刑總
此十思弘茲九德簡能而任之擇善而從之則智者盡其
謨（舊唐書作謀）勇者竭其力仁者播其惠信者効其忠文武爭馳在
君（舊唐書作君臣）無事可以盡豫遊之樂可以養松喬之壽鳴琴垂
拱不言而化何必勞神苦思代下司職役聰明之耳目虧
無爲之大道哉

其三曰（貞觀十一年五月壬申帝幸洛陽次昭仁宮多所譴責徵退上疏）

臣聞書曰明德慎罰惟刑之恤哉禮云爲上易事爲下易
知則刑不煩矣上多疑則百姓惑下難知則君長勞矣夫
上易事下易知君長不勞百姓不惑故君有一德臣無二
心上播忠厚之誠下竭股肱之力然後太平之基不墜康

哉之詠斯隆(舊唐書政要作起)當今道被華夷功高宇宙無思不服無遠不臻然言尚於簡乆(舊唐書政要作大)志在於明察刑賞之用有所未盡矣夫刑賞之本在乎揚(舊唐書政要作勸)善而懲惡帝王之所以與天下爲畫一不以親踈貴賤而輕重者也今之刑賞未必盡然或屈伸在乎好惡輕重由乎喜怒遇喜則矜其情於法中逢怒則求其罪於事(新唐書作律)外所好則鑽皮出其毛羽所惡則洗垢求其瘢痕瘢痕可求則刑斯濫矣毛羽可出則賞典謬矣刑濫則小人道長賞濫(舊唐書政要作謬)則君子道消小人之惡不懲則君子之善不勸而望治安刑措非所聞也且夫暇豫清談皆敦尚於孔老威怒所至則(政要作咸)取(新唐書作專)法於申韓直道而行非無三絀(舊唐書政要作黜)危人自安蓋亦多矣故道德之旨未弘刻(新唐書作鍥)薄之風尚扇(舊唐書政要作已扇新唐書作先搖)夫上風(政要作刻薄)既扇則下生百端人競趨時憲章不一稽之王度實虧君道昔州犂上下其手楚國之法遂差(新唐書作以敝)張湯輕重其心漢朝之刑以弊(新唐書作謬)以人臣之頗僻猶莫能申其欺罔(政要作枉屈)況人君之高下將何以措其手足乎以叡聖之聰明無幽微而不燭豈神有所不達智有所不通哉安其所安不以恤刑爲念樂其所樂遂忘先笑之變禍福相倚吉凶同域唯人所召安可不思頃者責罰稍多威怒微厲或以供帳(舊唐書作給)不贍或以營作差遣或以物不稱心(舊唐書英華並無此二句)或以人不從欲皆非致理(舊唐書政要作治)之所急實乃(政要作恐)驕奢之攸漸是知貴不與驕期而驕自至富不與奢期而奢自來非徒語也且我之所基(舊唐書政要作代)實在有隋隋氏亂亡之源聖明之所臨照以隋氏之府藏譬今日之資儲以隋氏之甲兵況當今之士馬以隋氏之户口校今時之百姓度長比(舊唐書政要作計)大(新唐書作挈長度大)曾何等級然隋氏以富強而喪敗動之也我以貧寡而安寧靜之也靜之則安動之則亂人皆知之非隱而難見也非微而難察也然鮮蹈平易之途多遵覆車之轍何哉在於安不思危治不念亂存不慮亡之所致也昔隋氏之未亂自謂必無亂隋氏之未亡自謂必不亡所以甲兵屢(新唐書作亟)動傜役不息至于將(舊唐書作身將政要作將憂)戮辱竟未悟其滅亡之所由也可不哀哉夫鑒形之美惡必就於止水鑒國(新唐書作政)之安危必取於亡國故詩曰殷鑒不遠在夏后之世又曰伐柯伐柯其則不遠臣願當今之動靜必思隋氏以爲鑒則存亡治亂可得而知若能思其所以危則安矣思其所以亂則治矣思其所以亡則存矣存亡之所在節嗜欲以從人省畋遊之費用(二字諸本作娛)息靡麗之作罷不急之務慎偏聽之怒近忠厚遠便佞杜悅耳之邪說甘(舊唐書作聽)苦口之忠言去易進之人賤難得之貨採堯舜之誹謗追禹湯之罪己惜十家之產順百姓之心近取諸身恕以待物思勞謙以受益不自滿以招損有動則庶類以和出言則千里斯應超上德於前載樹風聲於後昆(政要有此字)聖哲之宏規帝王之盛業能事斯畢在乎慎守而已夫守之則易取(新唐書作得)之實難既能得其所以難豈不能保其所以易其或保之不固則驕奢淫泆動之也慎終如始可不勉歟易曰君子安不忘危存不忘亡治不忘亂是以身安而國家可保誠哉斯言不可以不深察也伏惟陛下欲善之志不減於昔時聞過必改少虧於曩日若能以當今之無事行疇昔之恭儉則盡善盡美固無得而稱焉

其四曰(通鑑在貞觀十一年秋七月是歲大雨穀洛溢毀官寺十六漂居人六百家徵諫政要作貞觀十年)

臣聞爲國之基必資於德禮君之(舊唐書作子)所保唯在於誠信誠信立則下無二心德禮行(舊唐書政要作形)則遠人斯格然則德

禮誠信國之大(政要作紀)綱在於父子君臣不可斯須而廢也故孔子曰君使臣以禮臣事君以忠又曰自古皆有死人無信不立文子曰同言而信信在言前同令而行誠在令外然則言而不行言不信也令而不從令無誠也不信之言無(新唐書作不)誠之令爲上則敗德(舊唐書作國)爲下則危身雖在顛沛之中君子所不爲也自王道休明十有(新唐書作餘十)餘載威加海外萬國來庭倉廩日(新唐書作愈)積土地日(新唐書作益)廣然而道德未益厚(新唐書作不日博)仁義未益博(新唐書作不日厚)者何哉由乎待下之情未盡於誠信雖有善始之勤未覩克終之美故也其所由來者漸非一朝一夕之故昔貞觀之始乃聞善若驚旣(舊唐書作暨)五六年間猶悅以從諫自茲厥後漸惡直言雖或勉強時有所容非復曩時之豁如也謇諤之士稍避龍鱗便佞之徒肆其巧辯謂同心者爲朋黨謂告訐者爲至公謂強直者爲擅權謂忠讜者爲誹謗謂之爲朋黨雖忠信而可疑謂之爲至公雖矯僞而可恠(舊唐書作無咎)強直者畏擅權之議忠讜者慮誹謗之尤至於竊金(舊唐書政要作斧)主疑投杼致惑衆(舊唐書政要作正)人不得盡其言大臣莫能與之爭(舊唐書政要作諍)熒惑視聽鬱於大猷(舊唐書政要作道)妨化損德其在兹乎(新唐書作無甚斯者)故孔子惡利口之覆邦家蓋爲此也且君子小人貌同心異君子掩人之惡揚人之善臨難不(舊唐書政要作無)苟免殺身以成仁小人不耻不仁不畏不義惟利之所在危人以自安夫苟在危人則何所不至今將求致治必委之於君子事有得失或議(舊唐書政要作訪)之於小人其得君子也則敬而踈遇小人也必輕而狎狎則言無不盡踈則情不上(舊唐書政要作或不)通是則毀譽在於小人刑罰(新唐書作責)加於君子實興喪所在亦安危所繫安可以不慎哉夫中智之人豈無小慧然才非經國慮不及遠雖竭力盡誠猶未免於傾敗況內懷姦利承顔順旨其爲患禍不亦深乎故孔子曰君子或有不仁者焉未見小人而仁者然則君子不能無小惡惡不積無妨於正道小人或時有小善善不積不足以立忠今謂之善人矣復慮其時有不信何異夫立直木而疑其影之不直乎雖竭精神勞思慮其不可得亦已明矣夫君能盡禮臣能(舊唐書政要作得)竭忠必有在乎(舊唐書作於)內外無私上下相信上不信則無以使下下不信則無以事上信之爲道(舊唐書政要作義)大矣哉故自天祐之吉無不利昔齊桓公問於管仲曰吾欲酒腐於爵肉腐於俎得無害於霸乎管仲曰此極非其善者然亦無害於霸也公曰如何(舊唐書政要作何如)而害霸乎曰不能知人害霸也知而不能用害霸也用而不能任害霸也任而不能信害霸也旣信而又使小人參之害霸也晉中行穆伯攻鼓經年而不能下餽間倫曰鼓之嗇夫間倫知之請無疲士大夫而鼓可得穆伯不應左右曰不折一戟不傷一卒而鼓可得君奚爲不取穆伯曰間倫之爲人也佞而不仁若使間倫下之吾不可以不賞若賞之是賞佞人也佞人得志是使晉國之士捨仁而爲佞雖得鼓將何用之夫穆伯列國大夫管仲霸者之佐猶能慎於信任遠避佞人也如此況乎爲四海之大君應(政要作膺)千齡之上聖而可使巍巍之盛德復將有所間然乎若欲令君子小人是非不雜必懷之以德待之以信厲之以義節之以禮然後善善而惡惡審罰而明賞則小人絕其佞邪君子自強不息無爲而化何遠之有善善而不能進惡惡而不能去罰不及於有罪賞不加於有功則危亡之期或未可保永錫祚胤將何望哉

論治道疏　前人（貞觀十四年）

臣聞君爲元首臣作股肱齊契同心合而成體已成不備爲未成人（一作體或未備不成爲人）然則首雖尊高必資手足以成體君雖明哲必藉股肱以致理（一有故字）禮云人以君爲心君以人爲體心莊則體舒心肅則容敬書云元首明哉股肱良哉萬事康哉元首叢脞哉股肱惰哉萬事墮哉然則委弃股肱獨任胷臆具體成理非所聞也夫君臣相遇自古爲難以石投水千載一合以卵投石無時不有其能開至公之道申天下之用內盡心膂外竭股肱和若鹽梅固同金石者非唯高位厚秩在於禮之而已昔周文遊於鳳皇之墟韈系解顧左右莫可使結者乃自結之豈周文王之朝盡爲俊乂聖明之代獨無君子哉但知與不知耳（一作但知禮與不禮耳）是以伊尹有莘之媵臣韓信項氏之亡命殺湯致禮定王業於南巢漢祖登壇成帝統（一作功）於垓下若夏桀不弃於伊尹項王垂恩於韓信寧肯敗已成之國爲滅亡之虜乎又微子骨肉也受茅土於宋箕子良臣也陳洪範於周仲尼稱其仁莫有非之者禮記稱魯穆公問於子思曰爲舊君反服古（一有禮字）歟子思曰古之君子進人以禮退人以禮故有舊君反服之禮今之君子進人若將加諸膝退人若將墜諸（一作於）泉無爲戎首不亦善乎又何反服之禮（一無此二字）之有齊景公問於晏子曰忠臣之事君如之何（三字一作何如）晏子曰有難不死出亡不送公曰列地以封之疏爵而待之有難不死有亡不送何也（英華無此二十字止作何謂）晏子曰言而見用終身無難臣何死焉諫而見從終身不亡臣何送焉若言而不見用有難而死是妄死也諫而不見從出亡而送是詐忠也春秋左氏傳曰崔杼殺齊莊公晏子立於崔氏之門外其人曰死乎曰獨吾君也乎哉吾死也曰行乎吾罪也乎哉吾亡也故君爲社稷死則死之爲社稷亡則亡之若爲己死而爲己亡非其親暱誰敢任之門啓而入枕尸股而哭之興三踊而出孟子曰君視臣如手足臣視君如腹心君視臣如犬馬臣視君如國人君視臣如土芥臣視君如寇讎雖臣之事君無有二志至於去就之節尚緣恩之（一作於）薄厚然則爲人上（一作君）者安可以無禮於下哉竊觀在朝羣臣當樞機之寄者或地隣齊晉或業預經綸並立事立功皆一時之選處之衡軸爲任重矣任之雖重信之未篤信之不篤則人或自疑人或自疑則心懷苟且心懷苟且則節義不立節義不立則名教不興名教不興而可與固（二字一作致）太平之基保七百之祚未之有也又國家重惜功臣不念舊惡方之前聖一無所間然但寬於大事急於小罪臨時責怒未免愛憎之心不可以爲政君嚴其禁臣或犯之況上啓其源下必有甚川壅而潰其傷必多欲使凡百黎元何所措其手足此所謂君開一源下生百端之變無不動亂者（一作无不亂者）禮曰愛而知其惡憎而知其善若憎而不知其善則爲善者必懼愛而不知其惡則爲惡者實繁詩曰君子如怒亂庶遄沮然則古人（一無此字）之震怒將以懲惡當（一無此字）今之威罰所以（一作謂）長姧此非堯舜之心非禹湯之事書云撫我則后虐我則讎孫卿子曰君舟也人水也水所（一作可）以載舟亦所（一作可）以覆舟孔子曰魚失水則死水失魚則猶爲水也故堯戰戰慄慄日慎一日安可不深思之乎安可不熟慮之乎夫委大臣以大體責小臣以小事爲國之常也爲治之道也今委之以職則重大臣而輕小臣至於有事則信小臣而疑大臣信其所輕疑其所重將以致理（一作將求至治）其可得

乎又政貴有恒不求屢易今或責小臣以大體或責大臣以小事小臣乘非其（一作所）據大臣執得其所（一作失其所守）大臣或以小過獲罪小臣或以大體受罰職非其位罰非其罪欲其無私求其盡力不亦難乎小臣不可委以大事大臣不可責以小罪任以大官求其細過刀筆之吏順旨承風舞文弄法曲成其罪自陳也則以爲心不伏辜不言也則以爲所犯皆實進退惟谷莫能自明則苟免其（一作求免）禍大臣苟免（通鑑作苟求免禍）則譎（一作譏下同）詐萌生譎詐萌生則矯僞成俗矯僞成俗則不可以臻至理矣夫上之不信於下必以爲下無可信若必下無可信則上亦有可疑矣禮云上人疑則百姓惑下難知則君長勞上下相疑則不可以言理矣夫以一介庸夫結爲交友以身相許死且不渝（一作偷）況君臣契合寄（一作實）同魚水若君爲堯舜則巳（二字一作臣）爲稷契豈有遇一事則變志見小利則易心哉此雖下之立忠未能明著亦由上懷不信待之過薄之所致也此豈君使臣以禮臣事君以忠乎以陛下之聖明以當今之功業誠能博求時俊上下同心則三皇可追而四五帝可俯而六夏殷周漢夫何足數焉

唐太宗於寢殿側置太子院諫疏（貞觀二十年）　褚遂良

一作皆貞觀政要

臣聞周兩（一作世）問安三至必退漢儲視膳五日乃來前賢作法規模弘遠禮曰男子十年出就外傅出宿於外學書計也然則古之達者豈無慈心減茲私愛欲（會要作思）使成立凡人尚猶如此況君之太（一作世）子乎自當春誦夏弦親近師傅知（一作體）人間之庶事識（一作適）君臣之大道使翹足延首皆聆善聲若獻歲之有陽春玄天之有日月弘此懿德乃作元良伏惟陛下道育三才功包九叙（一作有）新（一作親）樹太子莫不欣躍（一作欣欣）既云廢昏立明須稱天下瞻望而教成之道實深乖闕不離膝下常居宮内保傅之說無暢經籍之談蔑如且朋友不可以深交深交必有怨父子不可以滯愛滯愛或生憾伏願遠覽殷周近遵漢魏不可頓革事須階漸恒計旬日半遣還宮專學藝以潤身布芳聲於天下則微臣雖死猶曰生年

初除監察御史論奉親享廟冀封樂王等疏　馬周

一作皆舊唐書本傳

微臣每讀經史見前賢（一作賢者）忠孝之事臣雖小人竊希大道未嘗不廢卷長想思履其跡臣以不天（一作幸）早失父母犬馬之養已無所施（一有顧字）來事之可爲者唯忠義而已是以徒步二千里而（一有自字）歸于陛下陛下不以臣愚蒙過垂齒録竊自顧瞻無階答謝輒以微軀丹款惟陛下所擇臣伏見大安宮在宮城之西其牆宇門（一作宮）闕之制方之紫極尚（一無尚字）爲卑小臣伏以東宮皇太子之宅猶處城中大安乃至尊所居反（一作更）在城外雖太上皇游心道素志在（一作存）清儉陛下重違慈旨愛惜人力而蕃夷朝見及四方觀聽（一作者）有不足者（一作焉）臣願營築雉堞修起門觀（一作樓）務從高顯以稱萬方之望則大孝昭乎天下矣臣又伏見（或作覩）明勑（或作詔）以二月二日幸九成宮臣竊惟太上皇春秋已高陛下宜朝夕視膳而晨昏起居今所幸宮去京三百餘里鑾輿動軔嚴蹕俄經旬日非可以旦暮至也儻太上皇情或思感而欲即見陛下者將何以逮（一作赴）之且車駕今行本爲避暑（或作且車駕今茲本爲避暑行也）然則太上皇尚留熱所而陛下自逐涼處溫凊之道臣竊未安然勑書既出業已成就願示速返之期以開衆惑臣又見詔書令宗室功臣悉就藩國（一作勳賢）（作鎮藩部）貽厥子孫嗣守其政非有大故無或絀（一作黜）免臣竊

惟陛下封植之者誠愛之重之欲其胤嗣(一作胤裔嗣或作裔緒)承守而與國無疆也臣以爲必如詔旨者陛下宜思所以安存之富貴之何必使(三字一作然則何用)代官也何則以堯舜之父猶有朱均之子儻在(一作有)孩童嗣職萬一驕愚則兆庶被其殃而國家蒙其患(一作受其敗)正欲絕之也(一無也字)則子文之治猶在也(一無也字)正欲存(一作留)之也(一無也字)則欒黶之惡已彰也(一無也字)與其毒害於見存之百姓則寧使割恩於已亡之一臣明矣然則向所謂愛之者乃適所以傷之也臣謂宜賦以茅土疇其戶邑必有才行隨器方授則雖其翰翮非強亦可以獲免尤累昔漢光武不任功臣以吏事所以終全其代者良得其術也願陛下深思其宜(一作事)使得奉大恩而子孫終其福祿也臣又聞聖人之化天下莫不以孝爲本(一作基)故曰孝莫大於嚴父嚴父莫大於配天又曰國之大事在祀與戎孔子亦云吾不與祭如不祭是聖人之重祭祀也如此伏惟陛下踐祚已來宗廟之享未曾親事伏緣聖情獨以鑾輿一出勞費稍多所以忍其孝思以便百姓遂使一代之史不書皇帝入廟之事將何以貽厥孫謀(一作謨)垂則來葉臣知大孝誠不在俎豆之間然聖人之訓人固有屈已以從物(一作時)特願聖恩(一作慈)顧省愚款(十五字或作必以已先之示不忘本也)臣又聞致化之道在於求賢審官爲政之基(唐策作立政之源)必自(一作在於)揚清激濁故孔子曰唯名與器不可以假人是言慎舉之爲重也臣伏見王長通白明達本自樂工輿皁雜類韋槃提斛斯正則更無他材獨解調馬縱使術踰儕輩(一作等夷)能有可取(一作伎能有取)止賜金帛(四字一作可厚賜錢帛)以富其家豈列預士流超受高爵遂使朝會之位萬國來庭騶子倡人鳴玉曳組(一作履)與夫朝賢君子比肩而立同坐而食臣竊恥之然成(一作朝)命既往縱不可追謂宜不可(一無可字)使在朝班預於士位(一作伍)也

一作皆舊唐書本傳

此篇英華誤作請崇節儉及制諸王疏今以新舊唐書及文粹增入于後

請崇節儉及制諸王疏　前人(貞觀十一年)

臣歷覽前代自夏殷及漢氏之有天下傳祚相繼多者八百餘年少者猶四五百年皆爲積德累業恩結於人心豈無僻王賴前哲以免自魏晉以(一作已)還降及周隋多者不過五六十年少者纔二三十年而亡良由創業之君不務廣恩化當時僅能自守後無遺德可思故傳嗣之主政教少衰一夫大呼而天下土崩矣今陛下雖以大功定天下而積德日淺固當思隆(一作崇)禹湯文武之道廣施德化使恩有餘地爲子孫立萬代之基(一作階)豈欲但令政教無失以持當年而已然自古明王聖主雖因人設教寬猛隨時而大要惟以節儉於身恩加於人二者是(一作爲)務故其下愛之如父母仰之如日月敬之如神明畏之如雷霆此其所以卜祚遐長而禍亂不作也今百姓承喪亂之後比於隋時纔十分之一而供官徭役道路相繼兄去弟還首尾不絕遠者往來五六千里春秋冬夏略無休時陛下雖每有恩詔令其減省而有司作既不廢自然須人徒行文書役之如故臣每訪問四五年來百姓頗有嗟怨之言以爲陛下不存養之昔唐堯茅茨土階夏禹惡衣菲食如此之事臣知不可復行於今漢文帝惜百金之費輟露臺之役集上書囊以爲殿帷所幸慎夫人衣不曳地至景帝以錦繡纂組妨害女工(一作功)特詔除之所以百姓安樂(一作又安)後至孝武帝雖窮奢極侈而承文景遺德故人心不動(新唐書作搖)向

使高祖之後即有武帝天下必不能全此於時代差近事迹可見今京師及益州諸處營造供奉器物并諸王妃公主服飾議者皆不以爲儉臣聞昧旦丕顯後世猶怠作法於理（一作治）其弊猶亂陛下少處人間知百姓辛苦前代成敗目所親見尚猶如（一作若）此而況皇太子生長深宮不更（一作歷）外事即萬歲之後固聖慮所當憂也臣竊尋往代以（一作已）來成敗之事但有黎庶怨叛聚爲盜賊其國無不即滅（一作滅亡）人主雖改悔未有重能安全者凡脩政教當脩之於可脩之時若事變一起而後悔之則無益也故人主每見前代之亡則知其政教之所由喪而皆不知其身之失是知殷紂笑夏桀之亡而幽厲亦笑殷紂之滅隋煬帝大業之初又笑齊魏之失國今之視煬帝亦猶煬帝之視齊魏也故京房謂漢元帝云臣恐後之視今亦猶今之視古此言不可不誡也往者貞觀之初率土霜儉一匹絹纔得一斗米而天下帖然百姓知陛下甚愛憐之故人人自安曾無謗讟自五六年來頻歲豐稔一匹絹得粟十餘石而百姓皆以爲陛下不憂憐之咸有怨言又（又新唐書作何則）今所營爲者頗多不急之務故也自古以（一作已）來國之興亡不由積畜多少唯在百姓苦樂且以近事驗之隋家貯洛口倉而李密因之東都積布帛而世（一作王下同）充據之西京府庫亦爲國家之用至今未盡向使洛口東都無粟帛則世充李密未能必聚大衆但貯積者同是有國之常事要當人有餘力而後收之豈（一作若）人勞而強斂之更以資寇積之無益也然儉以息人貞觀之初陛下已躬（一作躬已）爲之故今行之不難也爲之一日則天下知之式歌且舞矣若人既勞矣而用之不息儻（儻新唐書作萬一）中國被水旱之災邊方有風塵之患狂狡因之以竊發則有不可測之事非徒聖躬旰食晏寢而已古語云動人以行不以言應天以實不以文以陛下之明誠欲勵精爲政不煩遠采（一作求）上古之術但及貞觀之初則天下幸甚昔賈誼爲（一作謂）漢文帝云可慟（新唐書作痛）哭及長太息者言當韓信王楚彭越王梁英布王淮南之時使文帝即天子位必不能安又言賴諸王年少傅相制之長大之後必生禍亂歷代以來皆以誼言爲是臣竊觀今諸將功臣陛下所與定天下者皆仰禀成規備鷹犬之用無威略振主如韓彭之徒難駕馭者而諸王年並幼少縱其長大當陛下之日必無他心然即萬代之後不可不慮自漢晉以來亂天下者何嘗不是（新唐書作在）諸王皆爲（新唐書作由）樹置失宜不預（一作先）爲節制以至於滅亡人主熟（熟新唐書作豈不）知其然但溺於私愛故使前車既覆而後車不改轍也今天下百姓極（極新唐書作尚）少諸王甚多寵遇之恩有過厚者臣之愚慮（一作見）不唯慮（三字一作恐）其恃恩驕矜也昔魏武帝寵樹陳思王及文帝即位防守禁閉有同獄囚以先帝加恩太多故嗣主疑而畏之也此則武帝寵陳思適所以苦之也且帝子何患不富貴身食大國封户不少好衣美食（一有衣食二字）之外更何所須而每年別加優賜曾無紀（新唐書作限）極俚（一作里）語曰貧不學儉富不學奢言自然也今陛下以大聖創業豈唯處置見在子弟而已當制（一作立）長久之法使萬代遵（新唐書作奉）行之

一作皆唐文粹

文苑英華卷第六百九十五

登仕郎胡　柯　鄉貢進士彭　叔夏　校正

文苑英華卷第六百九十六　疏三

選舉

請勳戚不拜南省官疏（已見六百二十三卷作論左右丞須得其人表）　劉洎

頗以燭下（唐書前篇並作頗亦屬下）矯正浮競（前篇作趨競）

請吏部各擇寮屬疏　高宗　魏玄同（上元初）

臣聞製器者必擇匠以簡材爲國者必求賢以莅官匠之不良無以成其工官之非賢無以致其（一作於）理君者所以牧人也臣者所以佐君也君不養人失君道矣臣不輔君失臣任矣任人者誠國家之基本百姓之安危也方今人不加富盜賊不衰獄訟未清禮義猶闕者何也下吏不稱職庶官非其才也官之不得其才者取人之道有所未盡也臣又聞傳說曰明王奉若天道建邦設都樹后王君公承以大夫師長不惟逸豫惟以理人昔之都（一作邦）國今之州縣土有常君人有定主自求臣佐各選英賢其大臣乃命于（一作於）王朝自（一作耳）秦并天下罷侯置守漢氏因之有沿有革諸侯得自置吏四百石以下其傅相大官則漢爲置之州郡掾吏督郵從事悉任之於牧守爰自魏晉始歸吏部遞相祖襲以迄於（一作于）今用刀筆以量才案（或作索）簿書而察行命官（一作法令）之弊其來自久蓋君子重因循而憚改作其有不得已者亦當運獨見之明定卓然之議如今選司所行者非上皇之令典乃近代之權道所宜遷革實爲至要何以言之夫尺丈之量所及者蓋短豆區（一無此二字）鍾庾之器所積者寧多非其所及焉能度之非其所受何以容之況天下之大士人之衆而可委之數人之手乎假使平如權衡明如水鏡力有所極照有所窮銓綜既多紊失斯廣又以比居此任時有非人豈直媿彼清通昧於甄察亦將竭其庸妄糅彼棼絲情故既行何所不至贓私一啓以及萬端至乃爲人擇官爲身擇利顧親疏而下筆看勢要以（一作而）措情悠悠風塵此焉奔競擾擾遊宦同乎市井加以厚貌深衷險如谿壑擇言觀行猶懼不周今使百行九能折之於一面具僚庶品專斷於一司不亦難矣且魏人應運所據者乃三分晉氏播遷所臨者非一統逮乎齊宋以及周隋戰爭之日多安泰之時少瓜分瓦裂各在一方隋氏平陳十餘年耳接以兵禍繼以饑饉既德業之不逮或時事以（一作所）未遑非謂是今而非古也武德貞觀與今亦異皇運之初庶事草創豈惟日不暇給亦乃人物尚稀天祚大聖享國永年比屋可封異人間出咸以爲有道恥賤得時無怠諸色流輩（一作入流）歲以千計羣司列位無復新官（一作加）加（一作加官）有常員人無定限選集之始霧積雲屯擢敘於終十不收一淄澠雜混玉石難分用捨去留得失相半撫即事之爲弊知及後之滋甚（一作失）夫夏殷以前制度多闕周監二代煥乎可觀（一作覌）蓋（一作豈）諸侯之臣不皆命於天子王朝庶官亦不專於一職故周穆王以伯冏爲大僕正命之曰慎簡乃僚無以巧言令色便辟側媚其唯吉士此則令其自擇下吏之文也大僕正中大夫耳尚以僚屬委之則三公九卿亦必然矣周禮大宰內史並掌爵禄廢置司徒司馬別掌興賢詔事當是分任於羣司而統之以數職各自求其小者而王命其大者焉夫委任責成君之體也所委者衆（一作當）所用者精故能得濟濟之多士盛

芃芃之棫樸裴子野有言曰官人之難先王言之尚矣居家觀（一作視）其孝友鄉黨服其誠信出入觀其志義憂難取其智謀煩之以事以觀其能臨之以利以察其廉周禮始於學校論之州里告諸六事而後貢之王庭其在漢家尚猶然矣州郡積其功能然後爲五府所辟五府舉其掾屬而昇於（一作于）朝三公參得除署尚書奏之天子一人之身所試（一作關）者衆一士之進所課（一作其謀）也詳故能官得其人鮮有敗事魏晉反是所失弘多子野所論蓋區區之宋朝耳猶謂不勝其弊而況於（一作于）當今乎又夫從政莅官不可以無學故書曰學古入官議事以制傳曰我聞學以從政不聞以政入學今貴戚子弟例早求官或齠（一作髫）齔之年已膂銀艾或童丱之歲已襲朱紫弘文崇賢之流（一作生）羽林期門（一作千牛輦腳）之類課試既淺藝能亦薄而門閥有素資望自高夫象賢繼父古之道也所謂胄子必裁諸學修六禮以節其性明七教以興其德齊八政以防其淫舉上賢以崇其德簡不肖以黜其惡少則受業長而出仕並由德進必以才昇然後可以利用賓王移家事國少仕則廢學輕試則無才於此一流良足惜也又勳官三衛流外之徒不待州縣之舉直取之於書判恐非先德而後言才之義也臣又以爲國之用人有似人之用財貧者猒糟糠思短褐富者餘粱肉衣輕裘然則當衰弊之時則可磨策朽鈍而乘馭之在太平多士之日亦宜妙選髦俊而任使之詩云翹翹錯薪言刈其楚楚荆也在薪之翹翹者方之用才理亦當爾選人幸多尤宜簡練臣竊見制書每令三品五品薦士下至九品亦令舉人此聖朝側席旁求之意也但以褒貶不甚明得失無大隅故人上不廢黜責下不盡搜揚苟以應命莫慎所舉且惟賢知賢聖人篤論伊咎既舉不仁咸遠復患階秩雖同人才異等身且濫進鑒豈知人今欲務得實才兼宜擇其舉主流清以源潔影端由表正不詳舉主行能而責貢（一作舉）人之庸濫不可得已漢書云張耳陳餘之賓客廝役皆天下俊傑彼之蕞尒猶能若斯況以神皇之聖明國家之德業而不建久長之策爲無窮之基盡得賢取士之術而但顧望魏晉之遺風留意周隋之末事臣竊惑之伏願特（一作猶）迴聖慮時採芻言略依周漢之規以分吏部之選即望所用精詳鮮有（一作於）差失（一作皆舊唐書本傳）

論選舉疏（武后）

薛登（天授中）

臣聞國以得賢爲寶臣以舉賢（舊唐書文粹並作士）爲忠是以子皮之讓國僑鮑叔之推管仲燕昭委兵於樂毅符堅託政於王猛及子產受國人之謗夷吾貪共賈之財昭王賜（唐書文粹並作錫）輅馬以止讒永固戮樊世（唐諱）以除譖勴猜嫌而益信行毀謗（唐書文粹並作間毀）而無疑此由識之至而察之深也（唐書作此由識之委之而察之深也文粹作此由默而識之委而察之深也）至若宰我見遇（文粹作愚）於宣尼逢萌被知於文叔韓信無聞於項氏毛遂不齒於平原此失士之故也是以人主受不肖之士則政乖得賢良之佐則時泰故堯資八元而庶績其理周任十亂則（唐書文粹並作而）天下和平由是言之則知士不可不察而官不可妄授也何者比來舉薦多不以才假譽馳聲互相推獎希潤身之小計忘臣子之大猷非所以報國求賢副陛下翹翹之望者也臣竊窺自（唐書文粹並無自字）古之取士實異於今先觀名行之源考其鄉邑之譽崇禮讓以勵已明節義以標信以敦朴爲先最以雕蟲爲後科故人崇勸讓之風士去輕浮之行希仕者必修貞確不拔之操行難進易退之規衆議以

定其高下郡將難誣於曲直故（一作敕）計貢之賢愚即州將之榮辱穢行之彰露亦鄉人之厚顔是以李陵降而隴西慙干木隱而西河美（唐書文粹並有故字）名勝於利故（唐書文粹並作則）小人之道消利勝於名則貪暴之風扇是知（唐書作以）化俗之本須擯輕誣（唐書文粹並作浮）昔冀缺以蹈禮（唐書文粹並作禮讓）昇朝則晉人知禮文翁以儒術化（唐書文粹並作林樊）俗則蜀土崇（唐書文粹並作士多）儒燕昭好馬則駿馬來庭葉公好龍則真龍入室由是言之未有上之所好而下不從其化者也自七國之季雖雜縱橫而漢代求材（唐書文粹並作才）猶徵百行是以禮節之士敏（唐書文粹並作敏）德自修里閭推高然後爲府寺所辟魏氏取人尤愛放達晉宋之後秖重門資獎爲（文粹作爲獎）人求官之風乖授職惟賢之義有梁薦士雅好（唐書文粹並作愛）屬詞陳氏簡賢特珍賦詠故其俗以詩酒爲重不以修身爲務逮至隋室餘風尚存（唐書作在）開皇中李諤論之於文帝曰魏之三祖更好文詞忽君人之大道好雕蟲之小藝連篇累牘不出月露之形積案盈箱惟是風雲之狀代俗以此相高朝廷以茲擢士故文筆日繁其政日亂帝納李諤之策由是下制禁斷文筆浮詞其年泗州刺史司馬幼之以表不典實得罪於是風俗改勵政化大行煬帝嗣興又變前法置進士等科於是後生之徒復相倣效因陋就寡赴速邀時緝綴小文名之秀孝（唐書文粹並作策學）不以指實爲本而以浮虛爲貴有唐纂曆雖漸革於前（唐書作故）非陛下君臨思察才於共理樹本崇化惟在旌賢今之舉人有乖茂（唐書文粹並作事）實鄉議決小人之筆行脩無長者之論策第喧競於州府祈恩不勝於拜伏或明制纔出試遣搜敭驅馳府寺之門出入王公之第上啓陳詩惟希咳唾之澤摩頂至足冀荷提携之恩故俗號舉人皆稱覓舉乃（唐書文粹並作覓）爲自求之意（唐書文粹並作稱）未是人知之辭察其行而度其材則人品於茲見矣徇己之心切則至公之理乖貪仕之性彰則廉潔之風薄是知府命雖高異叔度勤勤之讓黃門已貴無秦嘉耿耿之辭縱不能挹以（唐書作抑已文粹作挹）推賢亦不肯待於三命豈與夫白駒皎皎不雜風塵束帛戔戔榮高物表校量其廣狹也是以耿介之士羞自拔而致其辭循常之人捨其疏而取其附故選司補授（唐書文粹並作署）喧然於禮闈州貢賓王諍訟（文粹作紛爭）於階闥謗議紛（文粹作雜）合浸以成風夫競榮者必有競利之心謙遜者亦無貪賄之累自非上智焉能不移既在（唐書文粹並作在於）中人理由習俗若重謹厚之士則懷禄者必崇德以脩名（文粹作潔己）若開趨競之門則邀仕者皆戚施而附會附會則百姓罹其弊潔名（唐書文粹並作己）則兆庶蒙其福故風化之漸靡不由茲今訪鄉閭之談惟秖歸於里正縱使名虧禮則罪挂刑章則（唐書文粹並作或）冒籍以偷資或邀勳與（唐書文粹並作而）竊級假其不義之賂即（唐書文粹並作則）是無犯鄉閭豈得比郭有道之詮（唐書文粹並作銓）量茅容望重裴逸人之獎（唐書文粹並作賞）拔夏統（唐書文粹並作少）■名高語其優劣也秖如才應經邦之流惟能（文粹作令）試策武能制敵之例只驗彎弧若其文擅清奇便充甲第藻思纖減旋（唐書作便）即告歸以此取（唐書文粹並作收）人恐乖事實何者樂廣假筆於潘岳靈運授詞（唐書文粹並作辭高）於穆之平津文劣於長卿子建筆麗於荀彧若以射策爲最則潘謝曹馬必居孫樂之右若使協贊機猷則安仁靈運亦無裨附之益由此言之不可一槩而取也至如武藝則趙雲雖勇資諸葛之指撝周勃雖雄乏陳平之計略若使樊噲居蕭何之任必失（文粹作無）指蹤之

機使蕭何入戲下之軍亦無免主之効鬬將長於摧（唐書作推）鋒謀將審於料事是以文泉聚米知隗囂之可圖陳湯屈指識烏孫之自解八難之謀設高祖退（唐書文粹並作追）慙於酈生九拒之計窮公輸息心於伐宋謀將不長於弓矢（文粹作馬）良相寧資於射策豈與夫元長自表妄飾詞鋒曹植題章虛飛麗藻校量其可否也伏願陛下降明制頒峻科千里一賢尚不爲少僥冒進取（唐書文粹並作僥倖冒進）須立隄防斷浮虛之飾詞收實用之良策不取無稽之說必求忠告（文粹作讜）之言文則試以効官武則令其守禦始既察言觀行終（文粹作中）亦循名責實自然僥倖濫吹之伍無所藏其妄庸故晏嬰去舉之以語考之以事寡其言而多其行拙於文而工於事此取人得賢之道也其有武藝超絕文鋒挺秀有効伎之偏（文粹作褊）用無經國之大才爲軍鋒之爪牙作詞賦之標準自可試陵雲之策練穿札之功（唐書文粹並作工）承上命而賦甘泉稟中軍而令赴敵既有隨材（唐書文粹並作才）之任必無負乘之憂臣謹案吳起臨戰左右進劔吳子曰夫提鼓揮桴臨難決疑此將軍（唐書文粹並作事）也一劔之任非將軍（唐書文粹並作事）也謹案諸葛亮臨戎不親戎服領（文粹作頓）蜀兵於渭南宣王持勁（唐書作劒）卒不敢當此豈弓矢之用也謹案楊得意誦長卿之文武帝曰恨不與此人同時及相如至終於文園令不以公卿之位處之者蓋非其所任故也謹案漢法所舉士之主終身保任楊雄之坐田儀（文粹作議）責其冒薦（事見方言序）成子之居魏相酬於得賢賞責（文粹作罰）之令行則請謁之心絕退讓之義著則貪競之路銷自然朝廷無爭祿之人選司有撝謙之士仍請寬立年限容其採訪簡汰其（文粹作堪）用者令其試守以觀能否參驗行事以別是非不實免王丹之官得人加翟璜之賞自然見賢不隱食祿不專則荀彧進鍾繇郭嘉劉陶（唐書文粹並作隱）非薦李膺朱穆勢不云遠有稱職者受薦賢之賞濫舉者抵欺罔之罪自然舉得才（唐書文粹並作賢）行則君子之道長矣

諫濫官疏（中宗）

韋嗣立（景龍三年）

臣聞設官分職量才擇吏（舊唐書作量事置吏文粹作量才置吏）此本於理人而務安之也故書曰在知（唐書作官下同）人在安人知人則哲能官人（唐書無此三字）安人則惠黎甿懷之（唐書無此一句）能哲而惠何憂乎驩兜何畏乎有苗者是（唐書無此字）也則（唐書作是）明官得其人而天下自理矣古者取人必先採鄉曲之譽然後辟於州郡州郡有聲然後辟之（唐書文粹並無此字）於五府才著五府然後昇之於（唐書文粹並無此字）天朝此則用一人所擇者甚悉擢一士所歷者甚深孔子曰譬有美錦不可使人學製此明用人不可不審擇也用得其才則理非其才則亂理亂所繫焉可不深擇之哉今之取人有異此道多未甚試効即頻至遷擢夫趨競（文粹作競趨）者人之常情僥倖者人之所趨（唐書文粹並作趣）今（唐書文粹並作而今）之務進不避僥倖者接踵比肩布於文武之列有文者用理內外則有回邪贓汙上下敗亂之憂有武者用將軍戎則有庸懦怯弱師旅喪亡之患補授無限員闕不供遂至員外置官數倍正闕曹署典吏困於祗承府庫倉儲竭於資俸國家大事豈甚於此古者懸爵待士唯有才者得之若任以（唐書作用）無才則有才之路塞賢人君子所以遁跡銷聲懷歎恨者也且賢人君子守於正直之道遠於僥倖之門若僥倖開則賢者不可復出矣賢者遂退若欲求人安俗化（唐書文粹並作化洽）復不可得也若乃（唐書文粹並作人若）不安國將危矣陛下安可不深慮之

諫賣官鬻爵宰相子弟居要職疏　中宗　蕭至忠

臣聞王者列職分司爲人求理求理之道必在用賢得其人則公務克脩非其才則廢官加（一作如）曠曠官則事廢事廢則人殘漸至陵遲率由於此頃者選曹授職政事官人或異才昇多非德進皆因依貴要互爲粉飾苟得即是曾無遠圖上下相蒙誰肯言及臣聞官爵者公器也恩倖者私惠也只可金帛富之粱肉食之以存私澤也若以公器爲私用則公議不行而勞人解體以小私而妨至公則私謁門開而正言路塞儉人遽進君子道消日削日朘卒見凋弊者爲官非其人也昔漢館陶公主爲子求郎明帝謂曰郎官上應列宿出宰百里苟非其人則人受其殃賜錢十萬而已此即至公之道不虧恩私之情無替良史直筆將爲美談于今稱之不輟其口者也當今列位已廣冗員倍之（一作多）祈求未厭日月增數陛下降不訾（一作貲通用）之澤近戚有無涯之請賣官利己鬻法徇私臺寺之内朱紫盈滿官秩益輕恩賞咸貴（一作彌數）貪（一作儉）利之輩冒進而不（一作莫）識廉隅方雅之流知難而斂分丘壠則才者莫用用者不才二事相刑十有其五故人不劾力而官匪爲人欲求其理實亦難遂（一作成）臣竊見宰相及近侍要官子弟多居美爵此並勢要親戚罕有才藝遞相囑託虛踐官榮詩云東人之子職勞不來西人之子粲粲衣服私人之子百寮是試或以其酒不以其漿鞙鞙佩璲不以其長此言王政不平衆官廢職私家之子列試於榮班苟非其人（一作非任之人）徒長其飾佩臣愚伏願陛下想居安思危之義行改絃易張之道重（一作愛）惜爵賞審量材職（一作識）官無虛授人必爲官進大雅於樞近退小人（一作子）於閑僻政令惟一威恩以信私不害公情無（一作不）撓法則天下幸甚臣伏見貞觀（一作永徽）故事宰相子弟多居外職者非直抑強宗分大族亦以退不肖擇賢才伏願陛下遠稽舊典近遵先聖特降明勑令宰相已下及諸司長官子弟並改授外官庶望分職四方共寧百姓表裏相統遐邇乂安

一作皆舊唐書本傳

文苑英華卷第六百九十六

登仕郎胡柯　鄉貢進士彭叔夏　校正

文苑英華卷第六百九十七　　疏四

刑法

爲侯君集疏一首　論李弘泰疏一首
爲魏元忠疏一首　論刑法多濫疏一首
爲索元禮首按制獄疏一首　論巡察風俗疏一首
爲楊濬疏一首　請削奪王琪授贈官爵疏一首

貨殖上

諫廻易納利充官人俸疏一首
請不稅關市疏一首　諫不置勸農判官疏一首

刑法

爲侯君集疏（前篇作諫侯君集等下獄表）　岑文本（貞觀十年）

臣伏以君集等或位居輔佐或職惟爪牙並蒙拔擢授將帥之任不能正身奉法以報陛下之恩舉措肆情罪負盈積實宜繩之典刑（舊唐書作刑典）以肅朝倫（前篇作綱）但高昌昏迷人神共棄在朝議者以其地在遐荒或欲置之度外惟陛下運獨見之明授決勝之略君集等奉行聖算遂得指期平殄若論事實並是陛下之功君集等止有道路之勞未足以稱其勳力而陛下天德（前篇作爲而）弗宰乃推功於將帥露布初至便降大恩從征之人皆霑滌蕩及其凱旋特蒙曲宴又封屬（前篇作方）國加之重賞內外文武咸欣陛下賞不踰時而未經旬日（前篇作不盈數日）並付大理雖乃君集等自掛網羅而在朝之人未知所犯恐海內又疑陛下惟録其過似遺其功臣以下才謬叅近職既有所見不敢默然臣聞古之人君出師命將克敵則受（唐書前篇作獲）重賞不克則受嚴刑是以當其有功也雖貪殘淫縱必蒙青紫之寵當其無功（一作有罪）也雖勤躬潔已不免斧鉞之誅故書曰記人之功忘人之過宜爲君者也昔漢貳師將軍李廣利捐五萬之師靡億萬之費經四年之勞唯獲駿馬三十疋雖斬宛王之首而貪不愛卒罪惡甚多武帝以爲萬里征伐不録其過遂封廣利海西侯食邑八千户又校尉陳湯矯詔興師雖斬郅支單于而湯素貪盜所收康居財物事多不法爲司隸所繫湯乃上疏曰臣與吏士共誅郅支幸得擒滅今司隸乃收繫案驗是爲郅支報讎也元帝赦其罪封湯關內侯賜黃金百斤又晉龍驤將軍王濬有平吳之功而王渾等論濬違詔不受節度軍人得孫皓寶物并燒皓宮及船濬上表曰今年平吳（前篇作誠）爲大慶於臣之身更爲咎累武帝赦而不推拜輔國大將軍封襄陽侯賜帛（唐書前篇作綿）萬疋近隋新義郡公韓擒虎（唐諱下同）平陳之日縱士卒暴亂叔寶宮內文帝亦不問罪雖不加（前篇唐書作進）爵拜擒虎上柱國賜物八千段由斯觀之將帥之臣廉慎者少貪求者衆是以黃石公軍勢曰使智使勇使貪使愚故智者樂立其功勇者好行其志貪者邀趨其利愚者不避（唐書前篇作計）其死是知前聖莫不收人之長棄人之短良爲此也臣又聞之（唐書有大字）天地之道以覆載爲先帝王之德以含弘爲美夫以區區漢武及歷代諸帝猶能宥廣利等況陛下天縱神武振宏圖以定六合豈獨正茲刑網不行古人之事哉伏惟聖懷當自已有斟酌臣今所以陳聞非敢私君集等庶以螢爝末光增輝日月陛下若（唐書作儻陛下）降雨露之澤收雷電之威録其微勞忘其大過使君集等重昇朝列復預驅馳雖非清貞之臣猶是貪愚之將斯則陛下聖德雖屈法而德彌顯君集等愆過（前篇作愚愆）雖蒙宥而過更彰足使立功之士因茲皆勸負罪之將由斯而改節矣

此篇六百一十七卷重出前已削去

論李弘泰疏　高宗　于志寧

（時弘泰坐誣太尉長孫无忌詔令不待時而斬決乃上此疏）

伏惟陛下情篤功臣恩隆右（或作勳）戚以无忌橫遭誣告事並是虛欲戮告人以明賞罰一以絕誣謗（一作告）之路二以慰勳戚之心又以所犯若（一無若字）是真无忌便有破家之罪今告爲妄弘泰即宜戮不待時且真犯之人事當罪逆誣謗（一作謀）之類罪唯及身以罪較量明非惡逆若欲依律自（一無自字）合待秋分今時屬陽和萬物生育而特行刑罪（一作罰）此謂有傷春氣（四字一作傷春）竊謂未安（四字一作竊案）左傳聲子曰賞以春夏刑以秋冬順天時也又禮記月令曰孟春之月無殺昆（一作核）蟲省囹圄去桎梏無肆掠止獄訟又漢書董仲舒曰王者欲有所爲宜求其端於天（一有道字）天之道（一作道之）大者在陰陽陽爲德陰爲刑刑主殺而德主生陽常居大夏而以生育長養爲事陰常居大冬而積於空虛不用之處以此見天之任德不任刑也伏惟陛下纂聖昇祚繼明御極追連（英華作非）胥之絕軌蹈軒頊之良規欲使舉動順於天時刑罰依於律令陰陽爲之式序景宿於是無（一作靡）差風雨不愆雩禜輟祀方今太簇統律青陽應期當生長之辰振（一作施）肅殺之令伏願暫迴聖慮察古之（一作人）言儻蒙垂納則生靈幸甚

一作皆舊唐書本傳

爲魏元忠疏　武后　蘇安恒

臣伏聞明王有含天下之量有濟天下之心必能進天下之善除天下之惡若爲君主而不行此四者則當神怨（一作寃）鬼怒陰錯陽亂欲使國家榮泰其可得乎陛下革命之初勤於庶政親總萬機博採謀猷旁求俊彥（一作乂）故四海之內以陛下爲納諫之主陛下暮年已來怠於政教讒邪結黨水火成災百姓不親五品不遜故四海之內以陛下爲受佞之主今（一作矣）邪正莫辨獄訟含寃豈陛下昔是而今非蓋居安忘危之失也臣竊見御史大夫檢校太子左庶子同鳳閣鸞臺平章事魏元忠廉直有聞位居宰輔履忠正之基者用元忠爲龜鏡踐邪佞之路者嫉元忠若仇讎麟臺監張易之兄弟在身無德於國無功不逾數年遂極隆貴自當飲冰懷懼酌水思清夙夜兢兢以答恩造不謂溪壑其志犲狼其心欲指鹿而爲馬（一作獻蒲）先害忠而損善將斯亂代之法乃汚（一作汚我）明君之朝自元忠下獄臣見長安城內街談巷議皆以陛下委任姦佞（一作宄）斥逐賢良以元忠必無不順之言以易之必有交亂之意相逢偶語人心不安雖有忠臣烈士空撫髀於私室而鉗口不敢言者皆懼易之等威權恐無辜而受戮亦徒虛死耳今賊虜強盛賦（一作斂）歛煩重以臣觀（一作言）之萬姓不勝其弊況又聞陛下縱逸姦（一作讒）慝禁錮良善儻刑罰（一作賞刑）失中則遐邇生變臣恐四夷因之即（一作則）窺覘得失以爲邊郡之患百姓怨憤（一作因之）即結聚義兵以除君側之惡復恐逐鹿之黨叩關而至亂階之徒從中相應爭鋒於朱雀門內問鼎於大明殿前陛下將何事以謝之復何方以禦之臣今爲陛下計安百姓之心者莫若收雷電之威靜（一作解）元忠之網復其爵位君臣如初則天下幸甚陛下好生惡殺縱不能斬佞臣頭以塞人望臣請奪其寵榮剪其羽翼無使權柄在手驕橫日滋專國倍於穰侯迴天過於左悺則社稷危矣惟陛下圖之臣本微賤不識元忠易之豈此可親而彼可疎耶但恐讒邪長而忠臣絕伏願陛下特（一作甦）垂天鑒察臣此心即微臣朝志得行夕死無恨

一作皆舊唐書本傳

論刑法多濫疏　武后　韋嗣立

臣竊嘗聞之在堯舜之日畫其衣冠當文景之時幾致刑措歷茲千載以爲美談臣伏惟陛下叡哲欽明窮神知化自軒昊以(一作已)降莫之與京獨有往之論法或未盡善皆由主司姦宄惑亂視聽尋而陛下聖察具詳之矣然竟未能明(一作顯)其本源察(一作明)其前事令天下萬姓識陛下本心尚使四海多銜冤之人九泉有抱痛之鬼臣誠愚暗不識大綱請爲陛下始末而言其事揚豫(一作預非)之後刑獄漸興用法之伍務於窮竟連坐相牽數年不絶遂使巨姦大猾伺隙乘間內苞豺狼之心外示鷹鸇之跡陰圖潛結共相影會構似是之言成不赦之罪皆深爲巧詆(文粹作誣)恣行楚毒人不勝痛便乞自誣公卿士庶連頸受戮道路藉藉雖知非辜而鍛鍊已成辯占皆合縱皋陶爲理于公定刑則謂汙宮(英華作棺)毀柩猶未塞責雖陛下仁慈哀念恤獄緩死及覽辭狀便已周密皆謂勘(一本作勀)鞫得情是其實犯雖欲寬捨其如法何於是小乃身誅大則族滅相緣共坐者不可勝言此豈宿構讎嫌將申報復皆圖苟成功効自求官賞當時稱傳謂之(一作爲)羅織其中陷刑得罪者雖有敏識通才(一作材)被告言者便遭枉抑心徒痛其冤酷口莫能以自明或受誅夷或遭殛竄並甘心引分赴之如歸故知弄法侮(一作徙)文傷人實甚賴陛下特迴聖察昭然詳究周興丘勣之類弘義俊臣之徒皆相次伏誅事暴遐邇而朝野慶泰若再覩陽和且如仁傑元忠俱罹枉陷被勘鞫之際亦皆已自誣向非陛下至明垂心(一作以)省察則葅醢之戮已及其身欲望輸忠聖代安可復得陛下擢而升之各爲良輔國之棟幹稱此二人何乃前非而後是哉誠由枉陷與甄明耳臣但恐往之得罪者多並皆此流則向時之冤者其數甚衆昔殺一孝婦尚或降災而濫者蓋多寧無冤(文粹作怨下同)氣冤氣上達則水旱所興欲望歲登不可得也陛下儻(一作儻陛下)弘天地之大德施雷雨之深仁歸罪於陷(一作削)刻之徒降恩於枉濫之伍自垂拱已來大辟罪已下常赦所不原者罪無輕重一皆原洗被以昭蘇伏法之輩追還官爵緣累之徒普霑恩造如此則天下皆知比所陷罪元非陛下之意咸是虐吏之辜幽明歡忻則感通和氣和氣下降則風雨以時風雨以時則國豐歲稔(一作五穀豐稔)歲既稔矣人亦安矣太平之美亦何遠哉伏願陛下深察(一作皆舊唐書本傳)

爲索元禮首按制獄疏　武后　周矩(載初元年)

頃者小人告訐習以爲常內外諸司人懷苟免姑息臺隸承接強梁非故欲其然規避誣構耳又推劾之吏皆以深文(一作刻)爲功鑿空爭能相矜以虐泥耳籠頭枷研楔物摺脅籤爪懸髮薰鼻(一作耳)臥隣矢(一作穢)溺曾不聊生號爲制獄(一作獄持)將(一無此字)或累日節食連宵緩問晝夜搖鏁(一作撼)使不得眠號曰宿囚此等既非木石且救目前苟求賒死臣竊聽輿議皆稱天下太平何苦要(一作須)反豈被告者盡是英雄以求帝王耶只是不堪(一作勝)楚毒自誣耳何以數之陛下試取所告狀酌其虛實者付令推之微諷(一作訊)動以探其情所推者必上下其手希聖旨也願陛下察之今朝士(一作滿朝)側息不安皆以爲陛下朝與之密夕與之讎不可保也聞有追攝與妻子即爲死訣故爲國者以仁爲宗以刑爲助周用仁而昌秦用刑而亡此之謂也願陛下緩刑用仁天下幸甚(一作皆舊唐書索元禮傳)

論巡察風俗疏(一作請每十州分置御史巡察疏)　李嶠

陛下創置右臺分巡天下察吏人善惡觀風俗得失斯政途之綱紀禮法之準繩無以加也然猶有未折衷者臣請試論之夫禁網尚疎法令宜簡簡則法易行而不煩雜疎則所羅廣而無苛碎竊見垂拱二年諸道巡察使所奏科目凡有四十四件至於別準格勑令察訪者又有三十餘條而巡察使率是三月已後出都十一月終奏事時限迫促簿書塡委晝夜奔逐以赴限期而每道所察文武官多至二千餘人少者一千已下皆須品量才行褒貶得失欲令曲盡行能則皆不暇此非敢惰於職而慢於官也實才有限而力不及耳臣望量其功程與其節制使器周於用力濟於時然後進退可以責成得失可以精覈矣又曰今之所察但準漢之六條推而廣之則無不包（文粹作苞）矣無爲多張科目空費簿書且朝廷萬務（唐書文粹作機）非無事也機（一本作欝）事之動恒在四方是則（唐書文粹作故）冠蓋相望郵馹繼踵今巡使既出其外州之事悉當委之則傳驛大減矣然則御史之職故不可得閑自非分州統理無由濟其繁務請大小相兼率十州置御史一人以周年爲限使其親至屬縣或入閭里督察姦訛觀採風俗然後可以求其實効課其成功若此法果行必大裨政化且御史出持霜簡入奏天闕其於勵已自修奉職存憲比於他吏可相百也若其按効姦邪發（唐書文粹作糾）擿欺隱比於他吏可相十也陛下試用臣言妙擇賢能委之心膂假温言以制（唐書作樹）之陳賞罰以勸之則莫不盡力而効死矣何政事之不理何禁令之不行何妖孽之敢興哉

爲楊濬疏（已見六百十九卷題作論夷州刺史楊濬決杖表）　裴耀卿（開元二十四年）

凡死罪之人（舊唐書作色前篇作責）長帥（前篇作長官）乃五刑（乃前篇作者）只施於（只前篇作品）誠則以（前篇作已）恐乖（前篇作非）不行刑（前篇作不耐杖）却夭（一本作殀）於刑者（前篇作於死者）

請削奪王珙授贈官爵疏　羅衮

臣伏以罪在亂逆慈后罔赦事關懲勸聖人恒執其或生漏刑辟没有追貶萬代可知百王不易之道也竊見故保義軍節度使贈太師王珙於國不忠於家不孝身爲首帥行桀紂之虐名掛人倫縱豺狼之性頃秉京國患難藉父叔勲勞寵極將相凶踰寇賊坐召伯甘棠之樹殘毒郡人對傳說版築之巖侵侮王室朝臣幕客受戮辱者非少軍吏百姓遭殺害者甚衆朝廷比屬多事每須含垢而上天不容遂振疎網雖假手麾下卒就屠滅然靡伏就法終爲僥倖向使珙能於晚節粗立一善以功補過誰曰不然考其始終無改暴横以珙之骨千鞭不足快憤嫉之人陛下以在宥垂風崇恕御物存其棺冢爲恩已厚尚汙典册於理實難今伏請追珙所授贈官爵悉皆削奪以正憲律令天下忠臣孝子知陛下昭彰淑慝轉相慕斅將來儻復有如珙類者亦冀覩没後之誅而革其生前之慮明時裁化莫尚於斯先爲珙所害故給事中王柷已下一十人尋蒙聖造已各贈官其官府寃死士庶伏乞下陝州以勑弔祭存問其家使並日之明無所不燭如春之澤深漸泉壤甫刑曰皇帝哀矜庶戮之弗辜言唐堯之德也伏惟陛下與堯同心干黷宸嚴無任戰越之至

貨殖上

諫迴易納利充官人俸疏（已見六百七卷仍題作請罷在官諸司捉錢令史表）　褚遂良

臣譬（前篇作臣）捿椽（前篇作棲椽）漲海（前篇作成海）取其納流（前篇作取平細流）爲理（前篇作爲治）在乎（前篇作在於）其元（前篇作其原）即依補擬

(前篇無擬字)三十貫(前篇作四十貫)有國有家(前篇作有國家者)常笑漢代賣官(代前篇作世)頗類於彼(彼前篇作此)輸利(前篇作輸錢)理致(前篇作治致)悉意(前篇作志意)其居(前篇作居其)而可爲將來(前篇無爲字)人間(前篇作民間)輒敢(前篇作輕敢)詳議(前篇作詳錄)非

請不稅關市疏 武后

崔融 長安三年

伏見有司請稅關市事條不限工商但是行人盡稅者臣謹按周禮九賦其七曰關市之賦竊惟市縱繁巧關通末遊欲令此徒止抑所以咸增賦稅臣謹商度今古料量家國竊將爲不可稅謹件事跡如左伏惟聖旨擇焉往古之時素(舊唐書文粹作淳)樸未散公田籍而不稅關防譏而不征中代已來澆風驟進桑麻疲弊稼穡辛勤於是各徇通財爭趨作巧求徑捷之(唐書有欲字)速忘歲計之(唐書有無字)餘遂使田萊日荒倉廩不積蠶織休廢弊縕闕如饑寒猥臻亂離斯瘼(唐書作起)先王懲其若此所以變古隨時依本者恒科占末者增稅夫關市之稅者謂市及國門關門者也惟斂出入之商賈不稅來往之行人今若不論商人通取諸色事不師古法乃任情悠悠末代於何瞻仰濟濟盛朝自取嗤笑雖欲憲章前古(二本作姻典)乃是違背周官臣知其不可者一也臣謹按易繫稱庖羲氏沒神農氏作日中爲市致天下之人聚天下之貨交易而退各得其所班志亦云財者帝王聚人守位養成羣生奉順天德理國安人之本也士(唐書作仕下同)農工商四人有業學以居位曰士闢土殖穀曰農作巧成器曰工通財鬻貨曰商聖王量能授事四人陳力受職然則四人各業久矣今復安得動而搖之蕭何有云人情一定不可復動班固又云曹參相齊齊國安集大稱賢相參去屬其後相曰以齊獄市爲寄慎勿擾也後相曰理無大於此者乎參曰不然夫獄市者所以并容也今若擾之姦人安所容乎吾是以先之夫獄市兼受善惡若窮極姦人無所容竄(唐書疊姦人無所容竄六字)久且爲亂秦人極刑而天下叛孝武峻法而刑獄繁此其効也老子曰我無爲而人自化我好靜而人自正參欲以道化其本不欲擾其末臣知其不可者二也四海之廣九州之雜關必據險路市必憑要津若乃富商大賈豪宗惡少輕死重義結黨連羣喑嗚則彎弓睚眦則挺劒小有失意且猶如此一朝變法定是相驚乘茲困窮或致騷動便恐南走越北走胡非唯流迸齊人亦自攪亂殊俗又如邊徼之地寇賊爲隣興胡之旅歲月相繼儻因科賦致有猜疑一從散亡何以制禁求利雖切爲害方深而有司上言不識大體徒欲益府(二本作帑下同)藏助軍國殊不知軍國益擾府藏逾空臣知其不可者三也孟軻又云古之爲關也將以禦暴今之爲關也將以爲暴今行者皆稅本末同流且如天下諸津舟航所聚旁通巴漢前指閩越七澤十藪三江五湖控引河洛兼包淮海弘舸巨艦千軸萬艘交貿往還憧憧(唐書作昧旦)永日今若江津河口置鋪納稅納稅則檢覆檢覆則遲留此津纔過彼鋪復(一本作數)止非唯國家稅錢更遭主司僦賂船有大小載有多少量物而稅觸途淹久統論一日之中未過十分之一因此擁滯必致吁嗟一朝失利則萬商廢業萬商廢業則人不聊生其間或有輕薄(二本作訬)任俠之徒斬龍刺蛟之黨鄱陽暴虐(唐書暴作譎)之客富平(英華作中)悍壯之夫居則藏鏹出便竦劒加之以重稅因之以威脅一旦獸窮則搏鳥窮則攫執事者復何以安之哉臣知其不可者四也五帝之初不可詳已三王之後厥有著云秦漢相承典章大備至如關市之稅史籍有文秦政以雄圖武

力捨之而不用也漢武以霸略英才去之而勿取也何則關爲禦暴之所市爲聚人之地稅市則人散稅關則暴興暴興則起異圖人散則懷不軌夫人心莫不背善而樂禍易動而難安一市不安則天下之市必(唐書作心)搖矣一關不安則天下之關必(唐書作心)動矣況澆風久扇變法爲難徒欲禁末遊規小利豈知失玄默亂大倫魏晉眇小齊隋齷齪亦所謂(唐書無此字)不行斯道者也臣知不可者五也今之所以稅關市者何也豈不以國用不足邊寇爲虞一行斯術冀有殷贍然也微臣敢借前箸以籌之伏惟陛下當聖期御玄籙沉璧于洛刻石于嵩鑄九(唐書作寶)鼎以窮玆坐明堂而布政神化廣洽至德潛通東夷蹔驁應時平殄南蠻纔動計日歸降西域五十餘國廣輪一萬餘里城堡清夷亭候靜謐比爲患者唯苦二蕃今吐蕃請命邊事不起即目雖尚屯兵久後終成弛柝獨有默啜假息孤(唐書作孽)恩惡貫禍盈覆亡不暇征役日已省矣繁費日已稀矣然猶下明制(文粹作斷)咸令削減此陛下以躬率先堯舜之用心也且關中河北水旱數年諸處逃亡今始安輯儻加重稅或慮相驚況承平歲積薄賦日久俗荷深恩人知自樂卒有變法必多生怨生怨則驚擾驚擾則不安中既不安外何能禦文王曰帝王富其人霸王富其地理國若不足亂國若有餘古人有言帝王藏於天下諸侯藏於百姓農夫藏於庾商賈藏於篋惟陛下詳之必若師興有費國儲多窘即請倍筭商客加斂平人如此則國保富強人免憂懼天下幸甚臣知其不可者六也陛下留神繫表屬想政源冒玆炎熾早朝晏坐一日二日萬(二本作機)務不遺先天後天靈(唐書作虛)心客應時政得失小子何知率陳瞽辭伏紙惶怖(唐書作懼一作懾)

諫不置勸農判官疏　皇甫憬(開元中)

臣聞智者千慮或有一失也而(一無此二字)愚夫千計亦有一得也(一無也字)且夫無益之事繁則不急之務衆務衆則役數(一作數役下同)役數則人疲人疲則無聊生矣是以太上務德以靜爲本其次化之以安爲上但責其疆界嚴之隄防山水之餘即爲見地何必聚人阡陌親遣檢(一作括)量故奪農時遂(唐書作致)令受弊又應出使之輩未識大體之(一作所)由殊不知陛下愛人之至深務以勾剝爲計州縣懼罪據牒即徵逃亡之家鄰(一無此字)保代出鄰保不濟又便更輸(一作逃)急之則都不謀生緩之則慮法交及臣恐逃逸從此更深至如澄流在源止沸在火(一作由)不可不慎今之具寮向逾萬數蠶食府庫侵害黎人國絕數載之儲家無經月之蓄雖其厚稅亦不可供戶口逃亡莫不由此縱使伊臯申術管晏陳謀豈息玆弊若以此爲(一無此字)給將何以堪雖東海(唐書有納爲帑藏四字)南山盡爲粟帛亦恐不足豈量(一作括)田稅客能周給也

一作皆舊唐書宇文融傳

文苑英華卷第六百九十七

登仕郎胡柯　鄉貢進士彭叔夏　校正

文苑英華卷第六百九十八　疏五

貨殖下

論度支疏（德宗）　權德輿

十一月十二日將仕郎守右補闕臣權德輿謹昧死頓首上疏皇帝陛下臣聞建官惟賢任人以器細大畢効輹輻無遺蓋就其所長以求至當古人所以有優於趙魏而劣於滕薛敗於粟邑而理於頻陽誠才各有所極也伏見司農少卿權判度支裴延齡早以文學累居官次固而似守刻而少通徒有專勤之心且非適時之器往者貳大農之卿長司太倉之出納號爲稱職蓋有恒規陛下急於獎能切於賞善權委邦賦冀有成績（集作冀其有成）且度支所務天下至重量入爲出從古所難使物無遺利而不可竭竭則害生類使姦無隱情而不可刻刻則傷人和調其盈虛制其損益上繫邦本下繫元元苟非全才通識則有所壅自延齡受任已近半載（集作歲）羣議紛然皆曰非宜且權其輕重固與守之之才不同邊儲經費之功懋遷移用之法貴無留事以酌乎中簿領簡書周行郡國失於毫釐利病相萬一物未理所軫皇情而延齡切於感恩昧於量力思有以効強所不通則有枉尺直尋之心多方自固之計吏伺其隙人售其姦因緣蒙蔽觸類滋長致遠恐泥學製實傷異時甚敗罪之何補伏料聖意久未正授延齡職名似觀其能否以爲進退官司閭里衆口一心評議諠譁所不可遏伏望與一二宰臣時有裁議或詔問度支郎官使得以事實條對苟言者謬妄盡有以辨之或才實未稱恐難久處儻擇能代命以他官以全延齡以便天下上副求理之意下遂陳力之宜則事任交修職業不廢臣忝備陛下諫諍之官嘗服師訓緘默自負無以爲容阮嗣宗口不言人之短臣心嘗師之但以束帶立朝則異於是職當獻納豈敢顧身耳有所聞心有所見義在無隱以奉聖明言而獲戾臣之死所不勝愚贛悃款之至伏惟陛下裁擇謹奏

水旱

諫捕蝗疏（玄宗）　韓思復（開元初）

臣伏聞近日河南河北蝗蟲爲害（舊唐書作頃日）更益繁熾經歷之處苗稼都損今漸翾飛向西荐（舊唐書作游）食至洛使命來往不敢昌言山東數州甚爲惶懼且天災流行埋瘞難盡臣望陛下悔過責躬發使宣慰損不急之務召至公之人上下同心君臣一德持此誠實以答休咎前後驅蝗使等伏望總停書云皇天無親惟德是輔人心無常惟惠是懷不可不收攬人心也

論關中饑疏（文粹作請勸政崇儉疏）　張廷珪（開元初）

臣聞古有多難興王殷憂啓聖者皆以事危則志遠（舊唐書作銳）情迫則思深故能自下登高轉禍爲福者也伏見景龍之末中宗遇禍先天之際兇黨構謀社稷有危於倒懸（舊唐書作

（綴旒文粹作懸旒）國朝殆（唐書作將）均於絕紐（二本作縱）陛下神武超代精誠動天再掃氛沴六合清朗而後上順皇旨俯念黔黎高運璿衡光膺寶籙（文粹有以字）日月所燭之地書軌未通之鄉無不霑濡渥恩被服元（唐書作淳）化十堯九舜未足稱也明明上帝照臨下土宜錫介祉以答鴻休然屬頃歲以（唐書作已）來陰陽愆候九穀失稔萬姓阻飢關輔之間更爲尤劇至有樵蘇莫爨糠麧（唐書作糧粃）靡資不暇（唐書作復）聊生方憂轉死偶會昌運遘茲艱否（文粹作險）者臣竊思之皇天之意將恐陛下春秋鼎盛神聖在躬不崇朝而建大功自藩邸而陟元后或簡下濟之道獨滿雄圖之志輕虞舜而不法思漢武以自高是故昭見咎徵載加善誘將欲大君日慎一日雖休勿休永保大（文粹作天）和以固邦本也斯則皇天之於陛下睠顧深矣陛下焉可不奉若休旨而寅畏哉臣愚誠願陛下約心削志澄思勵精考羲農之書躬朴素之道登庸端士放黜佞人屏退後宮減徹外廐場無蹴鞠之翫野絕從禽之賞促（文粹作休）石田之遠境罷金甲之懸軍（文粹作運）惠（唐書作務）恤惸嫠蠲薄傜賦去奇伎滛巧捐和璧隨珠不見可欲使心不亂自然波清四海塵銷九域農夫樂其業餘糧栖於畝則和氣上通於天雖五星連珠兩曜合璧未足多也珎祥下降於地雖鳳皇巢閣麒麟在郊未足奇也或謂天之鑒（二本作烱）戒不足畏者則將上帝憑怒風雨迷錯荒饉日甚無以濟下矣或謂人之窮乏不足恤者則將齊甿沮志億兆攜離愁苦怨（二本作勢）極無以奉上矣斯蓋安危所繫禍福之源奈何朝廷曾不是察況今陛下受命伊始敷政惟新卿士百僚華夷萬族莫不清耳以聽刮目而視延頸企踵冀有所聞顒顒如也何可怠棄典則坐孤其望哉

雜疏

奏楊素疏　梁毗

竊見左僕射楊素幸遇愈重權勢日隆所私皆非忠讜所信咸是親戚子弟布列兼州連縣天下無事自可息圖四海稍虞必爲禍始夫姧臣擅命有漸而來王莽資之於積年桓玄篡之於易世卒殄漢祀終傾晉祚陛下若以素爲阿衡臣恐其心未必如伊尹也謹疏

上東宮請減膳疏（高宗時）　邢文偉（咸亨中爲太子典膳丞）

臣竊見禮大戴記曰太子既冠成人免於保傅之嚴則有司過之史徹膳之宰史之義不得不司過宰之義不得不徹膳不徹膳則死今皇帝式稽前典妙簡英俊自庶子已下至諮議（英華作司義）舍人及學士侍讀等使翼佑（一作佐）殿下式（一作以）成聖德近者已來未甚延納談議不狎謁見尚稀三朝之後但與內人獨居何由發揮聖智使睿哲文明者乎今史雖闕官宰當奉職忝備所司不（一作未）敢逃死謹守禮經微（一作輒）申減膳謹言（一作皆舊唐書本傳）

上百里昌言疏　王勃

勃言鄉人奉五月一日誨子弟各陳百里之術宣於政者承命惶灼伏增悲悚勃聞古人有言明君不能畜無用之臣慈父不能愛無用之子何則以其無益於國而累於家者也嗚呼如勃尚何言哉辱親可謂深矣誠宜灰身粉骨以謝君父復何面目以談天下之事哉所以遲迴忍耻而已者徒以虛死不如立節苟殯不如成名悔過儻存於已爲仁不假於物是以孟明不屑三奔之誚而罷匡秦之心馮異不羞一敗之失而摧輔漢之氣故其志卒行也其功卒就也此言雖小可以喻大此勃所以懷既往而不咎指

將來而駿奔割萬恨於生涯進一簣於平地者今大人上延國譴遠窜邊邑出三江而浮五湖越東甌而度南海嗟乎此皆勃之罪也無所逃於天地之間矣然勃嘗聞之大易曰人之所助者信也天之所助者順也是以君子不以否屈而易方故屈而終泰忠臣不以困窮而喪志故窮而必亨今交阯雖遠還珠者嘗用之矣書不云乎弗慮胡獲弗爲胡成不勝憤激之至謹上百里昌言一部列爲十八篇分爲上下卷庶竭私款少裨公政追思罪戾若投冰谷謹奉言疏不備勃再拜

諫中宗置公主府官疏　辛替否（景龍元年）

臣聞聖人廣視聽於四方納謳謡於九有者蓋欲以上通下達遠聞邇信元首惟聖股肱惟明若此則國可長久時無災害者也臣聞事君上牧黎庶莫不慎器與名畏怨重禍不徼詭以求進不貨賄以要榮公侯伯子男等各以功爲後先卿大夫士九品各以德爲次等（缺）劉毅無賣官之誚仲經無免爵之謡則格於皇天光於后土何風雨不順陰陽不和之有哉臣聞古之建官員不必備九卿已下皆有其位而闕其選賞一人謀乎三事職一人訪乎羣司負寵者畏權勢之在躬求（一作知）榮者避權門而不入故稱賞不僭官不濫士皆守行家有廉節朝廷有餘俸百姓有餘食下忠於上上禮於下委裘而無倉卒之危垂拱而無顛沛之患夫事有惕耳目動心慮作不師古以行於今者蓋有之矣伏惟陛下百倍行賞十倍增官金銀不供其印束帛無充於錫何媿於無用之臣何慙於無力之士至於公府補授罕存推擇遂使富商豪賈盡（前篇作皆）居纓冕之流鬻伎行巫咸涉膏腴之地一旦羊頭入與狗尾生謡將恐巍巍盛唐取譏於後臣聞於古人曰福生有基禍生有胎伏惟公主陛下之愛女選賢良以嫁之設官職以輔之傾府庫以賜之壯第觀以居之廣池籞以嬉之可謂（一有之字）至重也可謂（一有之字）至憐也然而用不合於古義行不根於人心將恐變愛成憎轉福爲禍何者竭人之力人怨也費人之財人怨也奪人之家人怨也愛數子（新唐書作女）而取三怨於天下使邊疆之士不盡力朝廷之士不盡忠人之散矣獨持所愛何所恃乎向者曾王賞同諸壻禮等朝臣則亦有今日之福無曩時之禍人徒見其禍不知其禍之所來所以禍之者寵愛過於臣子也去年七月五日已見其御矣今猶（前篇作與今，一作而今）事無改更理尚因循棄一宅而造一宅忘前禍而忽後禍臣竊謂陛下憎之矣非愛之也何利於公主臣聞君以人爲本本固則邦寧邦寧則陛下之夫婦母子長相保也伏惟外謀宰臣爲久安久愛（一作之計）以存之不使奸臣賊子以伺之臣聞微不可不防遠不可不慮當今疆埸驚（一作危）駭倉廩空虛揭干（一作竿）守禦之士賞不及肝腦塗地之卒輸不充野多食草家不識穀而方大起寺舍廣營（一作造）第宅伐木空山不足充梁棟運土塞路不足充牆壁誇古耀今踰章越制百寮鉗口四海傷心臣聞釋教者以清淨爲基慈悲爲主故常（一作當）體道以濟物不爲利欲（一作不欲利己）以損人故常去已以全真不爲榮身以害教三時之月掘山穿地（一作池）損命也殫府虛帑損人也廣殿長廊榮身也損命則不慈悲損人則不濟物榮身則不清淨豈大聖大神之心乎臣以爲非真教非佛意違時行違人欲自像王西下佛教東傳青螺不入於周前白馬方行於漢末（一作後）風流兩散千帝百王飾彌盛而國彌空寶（一作役）彌重而禍彌

大覆車繼軌曾不改途晉臣以佞佛取譏梁主以捨身搆隙若以造寺必爲其理體養人不足以經邦則殷周已往皆暗亂漢魏已降皆聖明殷周已往爲不長漢魏已降爲不短臣聞夏爲天子二十餘代而殷受之殷爲天子二十餘代而周受之周爲天子三十餘代而秦漢受之自漢已後歷代可知也何者有道之長無道之短豈因其窮金玉修塔廟方建長久（一作方得久長）之祚乎臣聞於經曰若菩薩心住於法而行布施如人入暗則（一作即）無所見又曰一切有爲法如夢幻泡影如露亦如電臣以爲減琱琢之費以賑貧人（一作下）是有如來之德息穿掘之苦以全昆蟲是有如來之仁罷營搆之直以給邊陲是有湯武之功迴不急之祿以購廉清是有唐虞之理緩其所急急其所緩親未來而疎見在失真實而冀虛無徇（一作重）俗人之所爲而輕天子之功業臣竊痛之矣當今出財依勢者盡度爲沙彌（一作門下同）避役姦訛者盡度爲沙彌其所未度唯貧窮與善人耳將何以作範乎將何以租賦乎將何以力役乎臣以爲出家者捨塵俗離朋黨無私愛今殖貨營生非捨塵俗拔親樹知非離朋黨畜妻養孥非無私愛是致人以毀道非廣道以求人伏見今之宮觀臺榭唯京師之與洛陽不曾（一作增）修飾猶恐奢麗陛下尚欲填池塹捐苑囿以賑貧人無產業者今天下之寺蓋無其數一寺當陛下一宮壯麗甚之矣用度過之矣是十分天下之財而佛有其七八陛下何有之矣百姓何食之矣雖以陰陽爲炭萬物爲銅役不食之人使不衣之士猶尚不給況資於天生地養風動雨潤而後得之乎臣聞國無九年之儲國非其國伏惟（一作以）計會（一無會字）倉廩量（一無量字）度府庫百寮供給百事用度臣恐卒歲不充況於九年之積乎一旦風塵再擾霜雹荐臻沙彌不可執干戈（新唐書作擐甲冑）寺塔不足攘飢饉臣竊惜（一作痛）之矣

此篇一作皆舊唐書本傳六百二十一卷重出題作諫多造寺觀及王王邸弟表而文多節略前已削去

請勿令胡僧婆陁燃燈疏（已見六百二十卷題作諫安福門酺樂表）　嚴挺之

且臣卜其晝未卜其夜（前篇無此四字）斯存（前篇作攸傳）返朴復古（前篇作還淳復古）不護（前篇作矜）頻積（前篇作已積）之歡（前篇作樂）貨易（前篇作貿易）

請褒贈劉蕡疏（昭宗）　羅袞

右臣袞伏以典禮褒榮用廣哲王之道生死抱痛可念直臣之魂伏以陛下再闡皇圖初平內患善無殁而不紀惡無存而不誅事或有遺臣敢不奏竊見故祕書郎責授柳州司戶臣劉蕡當大和年對直言策是時宦官方熾朝政已侵人誰敢言蕡獨能指抑隳兩迴天之勢欲使當門奪宦卿爵士之權將令擁篲遂遭退黜蕡負冤欺其後竟陷侵誣終罹譴逐沉淪絕世（新唐書作身死異世）唐諱六十餘年正士（唐書作人）爲之吞聲（唐書作切齒）義夫爲之飲泣當時排先見之說後代襲蔽聰之謀寖成其風以至前歲東內幽辱西州播遷旒綴竿而未危矢及屋而非亂伏賴陛下德勝妖孽義感勳賢克返塵鑾再安寶位向使蕡策得用蕡才得施則杜漸防萌尋消逆節豈殷憂多難遠及聖躬以此追惟誠堪軫悼當氛霧蔽虧之日雖累朝明聖其奈蕡何及（唐書作令）天地廓清（唐書作反正）之辰則冥（一作沉）寞幽冤（唐書作枉鬼憤嗇）必有望於陛下矣特乞宣付中書門下顯加褒贈仍勑天下州府求蕡子孫振拔録用不獨慰耀九泉之骨庶亦感勵四海之心冒黷宸嚴臣袞無任戰懼殞越之至

文苑英華卷第六百九十八　登仕郎胡柯　鄉貢進士彭叔夏　校正

文苑英華卷第六百九十九　　序一

文集一

庾信集序一首　　文思博要序一首

王勃集序一首

庾信集序　　宇文逌

蓋聞五聲調應則宫徵成其文八音克諧則絃管和其韻所以周南召南之篇爲風人之首小雅大雅之作寔王政之由復其（有疑作）陽春白雪之唱郢中之曲彌高秋風黄竹之詞伊上之才尤盛遂能弘孝敬叙人倫移風俗化天下兼夫吟詠情性沉鬱文章者可略而言也開府司宗中大夫義城公庾信字子山南陽新野人也若夫有周之時掌庾源其得姓皇晉之代太尉闡其宗譜舄奕氤氳布在方策國史家諜世並詳焉八世祖滔散騎常侍領大著作遂昌縣侯祖易徵士隱遁無悶確乎不拔宋終齊季早擅英聲父肩吾散騎常侍中書令文宗學府智囊義窟鴻名重譽獨步江南或昭或穆七世舉秀才且珪且璋五代有文集貴族華皇盛矣哉幼而清惠

唯良之美稱共治之能佩犢帶牛有倖龔遂桑枝麥穗無謝張堪入爲司憲中大夫帥掌三刺之法助宣五禁之書秋府得人於斯爲盛嘗旦上府賦詩曰詰旦啓門闌繁辭擁筆端蒼鷹下獄吏觧豸飾刑冠司朝引玉節盟載捧珠盤窮紀星移次歸餘律未殫雪高三尺厚冰深一寸寒短笋猶埋竹香心未起蘭孟門久失路扶摇忽上摶栖烏遷得府棄馬復歸欄榮華名義重虚薄報恩難枚乘還疑起疾貢禹遂彈冠方隨蓮葉斂未用竹根丹一知玄象法詎思垂釣竿其王事之中優遊如此出爲洛州刺史德茂褰帷才膺剌舉吏不敢瞞人不忍欺上洛童兒如迎郭伋商山故老似值劉弘復爲司宗中大夫惣轄禮府佐治春卿辨九拜之儀教六詩之義自梁朝筮仕周世驅馳至今歲在屠維龍居淵獻春秋六十有七齒雖耆宿文更新奇才子詞人莫不師教王公名貴盡爲虚襟信降山岳之靈藴煙霞之秀器量侔瑚璉志性甚松筠妙善文詞尤工詩賦窮緣情之綺靡盡體物之瀏亮誄奪安仁之美碑有伯喈之精箴似揚雄書同阮籍少而聰敏綺年而播華輿齠歲而有俊名孝性自然仁心獨秀忠爲令德言必文詞穿壁未勤映螢逾甚若乃德聖兩禮韓魯四詩九流七略之文萬卷百家之説名山海上金匱玉版之書魯壁魏墳縹帙緗囊之記莫不窮其枝葉誦其篇簡豈止仲任一見之敏世叔五行之速强記獨絶博物不羣年十五侍梁東宮講維桓驎十四之歲答宿客之詩魯連十二之年杜離堅之辯匪或斯尚同日語哉玉墀射策高等甲科公孫金馬之時仲舒鴻漸之日未能連類曾何足云解褐安南府行參軍尺木未階高衢方騁尋轉尚書度支郎中壯歲精練必以吏能上象列宿非因忿氣夜不離閤（後漢黄香書夜不離省闥）無愧於黄香開霧覩天有同於樂廣仍爲郢州别駕刺史之半驥足斯展于時江路有賊梁先主使信與湘東王論中流水戰事醜徒聞其名德遂即散奔深爲梁主所賞蓋善戰者不陣此之謂乎兼通直常侍使于魏土接對有才辯雖子貢之旗鼓陳説仲山之專對智謀無以加也還本國爲正員郎職位清顯以望以實又爲東宮領直春宮兵馬並受節度龍樓蘭錡寵

寄逾隆值侯景篡逆攻圍淮海建康宮殿非無流矢之兵丹陽帝居遂有生荆之痛出徃上流來歸全楚于時州后即湘東王其後封豕既誅長虵受戮湘東有雪恥之功淮海有勤王之旅同少康之復夏若太戊之紹殷即於荆江驟置文物復爲梁後主蕭繹御史中丞中興司直具瞻斯在貴戚歛手豪族屏氣遷散騎常侍右衛將軍豐貂右珥戎章再從阮籍非好之職鄭默叅乗之官著德廊廟切問近對拜武康縣開國侯開國承家信圭是執河帶山礪貽厥于後即以本官奉使大國光華重出原隰再來太祖夾輔魏朝作相關右三分有二九合一匡德邁晋宣雄踰魏武功高綱地道映在田亦見子山賜識如舊屬我太祖獻策魏帝命將荆衡尋值本朝青蓋入洛於是捨節入仕仍沐霸恩改授使持節車騎大將軍儀同三司戎號光隆比儀台鉉高官美官有踰舊國又遷驃騎大將軍開府義城公王沉晋代始授此榮黄權魏時首膺斯命降在季世秩居上品爵爲五等榮貴兩朝出爲弘農郡守職實剖符寄深分竹加以冥心資敬篤信天倫孝實人師行推士則愠喜不形于色忠恕不離于懷矜簡儼然師心獨往似陸機之愛弟若韓康之養甥環堵之間怡怡如也屢聘上國特爲太祖所知江陵[redacted]士唯信而已綢繆禮遇造次推恩明帝守文偏加引接武皇英主彌相委寄密勿王事多歷歲年自携老入關亟移灰琯烝烝色養勤同扇席及丁毋憂杖而後起病不勝哀青鸞降宿樹之祥白雉有依欄之感晋國公膺期受託爲世賢輔見信孝情毀至每自惆嗟嘗語人曰庾信南人羈士至孝天然居喪過禮殆將滅性寡人一見遂不忍看其至德如此被知亦如此昔在陽都有集十四卷值太清罹亂百不一存及到江陵又有三卷即重遭軍火一字無遺今之所撰止入魏已來爰洎皇代凡所著述合二十卷分成兩秩附之後爾余與子山風期款密情均縞紵契比金蘭欲余製序聊命翰札幸無愧色非有絢章方當貽範搢紳懸諸日月焉

文思博要序　　高士廉

大矣哉文籍之盛也範圍天地幽賛神明用之邦國則百官以乂用之鄉人則萬姓以察非松喬而對振古墐户牖而覿遐方故先王以之建極聖人以之設教師範百代彌綸四海是以刋之金石與天壤而相弊書之竹素一作帛與日月而俱懸者莫尚於此爰自卦起龍圖文成鳥策墳典開其緒丘索導其流虞夏之書猶旭日之始旦殷商之誥若覆簣之爲山及曲阜佐周攝政踐祚而又闕里自衛將聖多能損益禮樂極乎天而蟠乎地祖述堯舜繫星辰而振河海郁郁焉鼓王風於九合誾誾焉闢儒門於百代既而雅道雖廢學者未衰挾册如林遂偶縱横之運懷經成市俄屬坑焚之災下土怨咨上天迴睠咸洛基命懸賞而崇儒術曹馬御紀蹤爵而啓膠庠人拾青紫家握鉛素求古文於孔壁專門者重蘭收竹書於汲冢異說者無遺逮乎有隋失御羣凶競逐辟雍蔓於荆棘延閣殫於煨燼孟堅九流與川瀆而俱竭弘尹一作非度四部隨岳牧而分崩淹中許下博古洽聞之生盡殄散矣蘭臺藏室金簡玉匱之文咸殘逸矣皇帝仰膺靈命俯叶萌心智周乾坤之表道濟宇宙之外操參一作征伐而清天步横崑海而紐地維橐弓矢於靈臺執贄者萬國張禮樂於太室受職者百神蒼旻降祥黔黎褆福置成均之職劉董與馬鄭風馳開崇文

之館楊班與潘江霧集搢紳先生聚蠹簡於內輶軒使者採遺篆於外刋正分其朱紫繕寫埒於丘山外史所未録旣盈太常之藏中經所不載盛積祕室之府比夫軒皇宛委穆滿羽陵炎漢之廣內有晉之祕閣何異乎牛宮之水爭浮天於谷王蟻垤之林競拂日於若木也[redacted]帝聽朝之暇屬意斯文精義窮神微言探賾紆樓船於學海獲十城之珍駐羽蓋於翰林搴三珠之寶以爲觀書貴要則十家並馳觀要貴博則七略殊致自非惣質文而分其流混古今而共其轍則萬物雖衆可以同類千里雖遥可以同聲然則魏之皇覽登巨川之濫觴梁之遍略標崇山之增構歲月滋多論次愈廣類苑耕録齊玉軑而並馳要略御覽揚金鑣而繼路雖草創之指義在兼包而編録之內猶多遺闕並未能絕雲而負蒼天杜尉羅之用激水而縱溟海息鈎餌之心帝乃親縈聖情曲留玄覽垂權衡以正其失定準繩以矯其違頓天網於蓬萊綱目自舉馳雲車於策府轍跡可尋述作之義坦然筆削之規大備特進尚書右僕射申國公士廉特進鄭國公魏徵中書令駙馬都尉德安郡公楊師道兼中書侍郎江陵縣子岑文本中散大夫守尚書禮部侍郎顏相時中散大夫守國子司業朱子奢給事中許敬宗朝散大夫守國子博士劉伯莊朝散大夫行太常博士吕才祕書丞房玄齡朝散大夫行太學博士馬嘉運朝散大夫行起居舍人褚遂良朝議郎守晉王友姚思聰（唐書作廉）太子舍人司馬宅相祕書郎宋正時（唐書有李淳風無宋正時）籠緗素則一字必包舉殘缺則片言靡棄繁而有撿簡而不失同茲萬頃滕埒自分譬彼百川派流無壅討論歷載琢磨玄畢勤成一家名文思博要凡一百二十帙一千二百卷并目録一十二卷義出六經事兼百氏究帝王之則極聖賢之訓天地之道備矣人神之際在焉昭昭君日月代明於下土離離若星辰錯行於躔次斯固墳素之苑囿文章之江海也是爲國者尚其道德爲家者尚其變通緯文者尚其溥諒足以仰觀千古同羲文之爻彖俯觀百王軼姬孔之禮樂豈止刻石漢京懸金秦市比丘明之作傳侔子長之著書而已哉

王勃集序　楊炯

大矣哉文之時義也有天文焉察時以觀其變有人文焉立言以垂其範歷年滋久遞爲文質應運以發其明因人以通其粹仲尼旣没游夏光洙泗之風屈平自沉唐宋弘汨羅之跡文儒於焉異術詞賦所以殊源逮秦氏燔書斯文天喪漢皇改運此道不還賈馬蔚興巳虧於雅頌曹王傑起更失於風騷僶俛大猷未忝前載洎乎潘陸奮發孫許相因繼之以顏謝申之以江鮑梁魏羣材周隋衆製或苟求蟲篆未盡力於丘墳或獨徇波瀾不尋源於禮樂會時沿革循古抑揚多守律以自全罕非常而制物其有飛馳倏忽倜儻紛綸鼓動包四海之名變化成一家之體蹈前賢之未識探先聖之不言經籍爲心得王何於逸契風雲入思叶張左於神交故能使六合殊材並推心於意匠八方好事咸受氣於文樞出軌躅而驤首馳光芒而動俗非君之博物孰能致於此乎君諱勃字子安太原祁人也其先出自有周濬啓大明之裔隱乎炎漢弘宣高尚之風晉室南遷家聲布於淮海宋臣北徙門德盛於河汾宏材繼出達人間峙祖父通隋秀才高第蜀郡司户書佐蜀王侍讀大業末退講藝于龍門其卒也門人謚之曰文中子

聞風睹奧起予道性揣摩三古開闢八風始擯落於鄒韓終激揚於荀孟父福時歷任太常博士雍州司功交阯六合二縣令爲齊州長史抑惟邦彥是曰人宗絕六藝以成能兼百行而爲德司馬談之晚歲思弘撥史之功楊子雲之暮年遂起叅玄之歎君之生也含章是託神何由降星辰奇偉之精明何由出家國賢才之運性非外獎智乃自然孝本乎未名人應乎初識器業之敏先乎就傅九歲讀顏氏漢書撰指瑕十卷十歲包宗疑作綜六經成乎朞月懸然天得自符音訓時師百年之學旬日兼之昔人千載之機立談可見居難則易在蹇咸通於術無所滯於詞無所假幼有鈞衡之略獨負舟航之用年十有四時譽斯歸太常伯劉公巡行風俗見而異之曰此[redacted]童也因加表薦對策高第拜爲朝散郎沛王之初建國也博選奇士徵爲侍

讀奉教撰平臺鈔略十篇書就賜帛五十疋先鳴楚館孤峙齊宮乘忌側目應劉失步臨秀不容尋反初服遠遊江漢登降岷峨觀精氣之會昌覽靈奇之胕蠁考文章之跡徵造作之程神機若助日新其業西南洪筆咸出其詞每有一文海内驚瞻所製九隴縣孔子廟堂碑文宏偉絕人稀代爲寶正平之作不能奪也咸亨之初乃叅時選三府交辟遇疾辭焉友人凌季友時爲虢州司法盛稱弘農藥物洒求補虢州叅軍坐免歲餘尋復舊職棄官沉跡就養于交阯焉長卿坐廢於時君山不合於朝豈無媒也其惟命乎富貴比於浮雲光陰踰於尺璧著撰之志自此居多觀覽舊章翺翔羣藝隨方滲漉于何不盡在乎詞翰倍所用心嘗以龍朔初載文場變體爭構纖微競爲雕刻糅之金玉龍鳳亂之朱紫青黃影帶以徇其功假對以稱其美

骨氣都盡剛健不聞思革其弊用光志業薛令公朝右文宗託末契而推一變盧照鄰人間才傑覽清規而輟九攻知音與之矣知己從之矣於是鼓舞其心發洩其用八紘馳騁一作驟於思緒萬代出沒於毫端契將往而必融功未來而先制動搖文律宮商有奔命之勞沃蕩詞源河海無息肩之地以茲偉鑒取其雄伯壯而不虛剛而能潤雕而不碎按而彌堅大則用之以時小則施之有序徒縱橫以取勢非鼓怒以爲資長風一振衆萌自偃遂使繁綜淺術無藩籬之固紛繪小才失金湯之險積年綺碎一朝清廓翰苑豁如詞林增峻反諸宏博君之力焉矯枉過正文之權也後進之[redacted]翕然景慕久倦樊籠咸思自釋近則面受而心服遠則言發而響應教之者逾於激電傳之者速於置郵得其片言則忽焉高視假其一氣則邈矣孤騫竊形

骸者既昭發於樞機吸精微者亦潛附於聲律雖雅才之變例誠壯思之雄宗也妙異之徒別爲縱誕專求怪說爭發大言乾坤日月張其文山河鬼神走其思長句以增其滯容氣以廣其靈已逾江南之風漸成河朔之制謬稱相述罕識其源扣純粹之清機未投足而先逝覽奔放之褊節已滯心而忘返迺相循於跼步豈見習於通方信謂不同非墨翟之過重增其放豈莊周之失唱高罕屬既知之矣以文罪我其可得乎君以爲摛藻彫章研機之餘事知來藏往探賾之所宗隨時以發其惟一作文應變稽古以成其殆察微循紫宮於北門幽求聖律訪玄扈於東洛響像天人每覽韋編思弘大易周流窮乎八索變動該乎四營爲之發揮以成注解嘗因夜夢有稱孔夫子而謂之曰易有太極子其勉之寤而循環思過半矣於是窮著蔡以象

告考爻彖以情言既乘理而得玄亦研精而徇道虞仲翔之盡思徒見三爻韓康伯之成功僅踰兩繫君之所注見光前古與夫發天地之祕藏知鬼神之情狀者合其心矣君又以幽贊神明非杼軸於人事經營訓導洒優游於聖作於是編次論語各以羣分窮源造極爲之詁訓仰貫一以知歸希體二而致遠微言式序大義昭然文中子之居龍門也睹隋室之將喪知吾道之未行循歎鳳之遠圖宗獲麟之遺制裁成大典以贊孔門討論漢魏迄于晉代删其詔命爲百篇以續書甄正樂府取其雅奧爲三百篇以續詩又自晉太熙元年至隋開皇九年平陳之歲褒貶行事述元經以法春秋門人薛收竊慕同爲元經之傳未就而殁君思崇祖德光宣奥義續薛氏之遺傳制詩書之衆序危闕舉藝文克融前烈陳羣稟太丘之訓時不逮焉孔伋傳司寇之文彼何功矣詩書之序並冠於篇元經之傳未終其業命不與我有涯先謝春秋二十八皇唐上元三年秋八月也不敗其樂顏氏斯殂義賈誼服賦作養空而浮賈生終逝嗚呼天道何哉所注周易窮乎晉卦又注黃帝八十一難幸就其功撰合論十篇見行於代君平生屬文歲時不倦綴其存者纔數百篇嗟乎促齡材氣未盡殁而不朽君子貴焉兄勔及勮磊落詞韻鏗鍧風骨皆九變之雄律也弟助及勣惣括前藻網羅羣思亦一時之健筆焉友愛之至人倫所極永言存殁何痛如之援翰紀文咸所未忍蓋以投分相期非宏詞說潸然擘涕究而序之分爲二十卷具諸篇目三部盛作恨不序於生前七志良書空撰得於身後神其不遠道或存焉

文苑英華卷第六百九十九

登仕郎胡柯　鄉貢進士彭叔夏　校正

文苑英華卷第七百　序二

文集二

駙馬都尉喬君集序　盧照鄰

昔文王既没道不在於兹乎尼父克生禮盡歸於是矣其後荀卿孟子服儒者之褒衣屈平宋玉弄詞人之柔翰禮樂之道已顛墜於斯文雅頌之風猶緜聯於季葉痛乎王澤既竭諸侯爲麋鹿之場帝圖伊梗天下作豺狼之國秦人一滅舊章大愚黔首羣書赴火化崑岳之高煙儒士投坑變蓬萊之巨壑樂沉於海河間王初睠睠於古篇禮適諸夷齊叔孫區區於綿蕝安國討論科斗五典叶從史遷祖述獲麟八書爰創衣冠禮樂重闡三代之風玉帛謳歌無墜六經之業鬱其興詠大雅於是爲羣自此迄今年逾千祀孔門論賦相如爲入室之雄闕里裁詩公幹即升堂之客陸平原龍驚學海浮天泉以安流鮑參軍鶴翥文場伐黃金之平埒臨曲臺之上路面通衢之小苑蓮紅水碧堪釣叟之淹留桂白山青宜王孫之攀折香車貴士不掩龍關縫掖書生時通驛騎坐蘭徑敞松扉北牖動而清風來南軒幽而白雲起欣然命駕弔曲江之隑洲興盡而歸聆伊川之笙吹三朝慶謁趨劒履於南宮五日歸休聞歌鍾於北里雍容車騎屢動雕章嘯傲煙霞仍涵寶思奢不敗德笑金谷之羅紈儉不邀名悲蘭陵之芻布榮期三樂君實四之平子四愁我無一矣君教訓子弟不讀非聖之書撫愛家僮常恐名奴之辱婚嫁已畢欲就金丹輪蓋非榮猶思道樹明霞曉挹終登不死之庭甘露秋團儻踐無生之

岸凡所著述多以適意爲宗雅愛清靈(疑作虛)不以繁詞爲貴足以傳諸好事貽厥孫謀故撰而存之凡爲若干卷云爾

南陽公集序　前人

昔者龍蹲東魯陳禮樂而救蒼生虎據西秦焚詩書以愚黔首通其變參天二地謂之神合其機一陰一陽謂之聖是以楚漢方鬭蕭曹絳灌負長劒於此時袁曹已平徐陳應劉弄柔翰於當代聖人方士之行亦合異時而並宜謳歌玉帛之書何以同條而共貫文質再而復殺周之損益足徵驪翰三而始(疑作改)虞夏之興亡可及美哉煥乎斯文之功大矣自獲麟絕筆一千三四百年游夏之門時有荀卿孟子屈宋之後直至賈誼相如兩班敘事得丘明之風骨二陸裁詩含公幹之奇偉鄴中新體共許音韻文成江左諸人咸好瓌姿艷發精博爽麗顏延之急病於江鮑之間疎散風流謝宣城緩步於向劉之上北方重濁獨盧黃門往往高飛南[redacted]輕清惟庾中丞時時下墜嗟乎古今文士遞相毀譽至有操我戈矛啓其墨守三都既麗徵夏孰於上林九辯已高責春歌於下里躋駮之論紛然遂多近日劉勰文心鍾嶸詩評異議鋒起高談不息人慙西氏[redacted]論拾翠之容質謝南金徒辯荆蓬之妙拔十得五雖曰肩隨問一知二猶爲臆說俞(疑)曰未可人稱屢中化魯成魚曷云其遠非夫妙諧鍾律體會風騷筆有餘妍思無停趣作龜作鏡聽歌曲而知亡爲龍爲光觀禮容而識大齊魯一變之道唐虞百氏之文懸日月於智懷挫風雲於毫翰含今古之制扣宮徵之聲細則出入無間麤則彌綸區宇逶迤綽約如玉女之千嬌突兀崢嶸似靈龜之孤抃乘槎上漢誰問坳塘(莊子作堂)之淺深荷戟入秦寧議長安之近遠是非未定曹子建皓首爲期離合俱傷陸平叔終身流恨超然若此適可操刀自茲已降徒勞舉斧八病爰起沈隱侯永作拘囚四聲未分梁武帝長爲聾俗後生莫曉更恨文律煩苛知音者稀常恐詞林交喪雅頌不作則後死者焉得而聞乎貞觀年中太宗外厭兵革垂衣裳於萬國舞干戚於兩階留思政塗內興文事虞李岑許之儔以文章進王魏來褚之輩以才術顯咸能起自布衣蔚爲卿相雍容侍從朝夕獻納我之得人於斯爲盛虞博通萬句對問不休李長於五言下筆無滯岑君論詰亹亹聽者忘疲許生章奏翩翩談之未易王侍中政事精密明達舊章魏太師直氣鯁辭兼包古義褚河南風標特峻早鏘聲於冊府變風變雅立體不拘於一塗既博既精爲學遍游於百氏自弱冠指佞雞樹登賢內掌機密外脩國史晨趨有暇持綵筆於瑤軒夕拜多閑弄雕章於琴席含毫顧盼漢家之城闕風煙逸韻縱橫秦地之林泉魚鳥黃山羽獵幾奏瓊篇汾水樓船參聞寶思南津弔屈去逐蒼梧之雲西路悲昂來挽蔥巖之雪江湖廊廟造次不忒其儀沙塞朝廷顛沛必歸於是使名流俱至龍翰闐門愛客相尋雞談滿席嚶嚶好鳥花欲白兮柳將飛瀲瀲遊魚蓮欲紅兮蘋可望綠樽恒湛齊閣臨霞綺札逾新園亭坐月凡所著述一千有餘篇今之刋寫成三十卷余早遊西鎬及周史之闕文晚臥東山憶漢庭之遺事平津侯之賓館馬廐蕭條李司隸之仙舟龍門荒毀交交黃鳥集於栩兮集於桑營營蒼蠅止於藩兮止於棘九原可作松有隧兮免有埏三湘不追川無梁兮鳥無徑輟斤之慟何獨莊周聞笛而悲寧惟向秀徒勸觀海未知渤澥之倪永好談天莫究氤氳之數遂抽短翰爲之序云

陳氏集序

盧藏用

昔孔宣父以天縱之才自衛返魯迺刪詩書（文粹書作定禮）述易道而修（陳集作作）春秋數千百年文章粲然可觀者（文粹無者字）也孔子歿二百歲而騷人作於是婉麗浮侈之法行焉漢興二百年賈誼馬遷爲之傑憲章禮樂有老成人（文粹無人字）之風長卿子雲之儔瑰詭萬變亦奇特之士也惜其王公大人之言溺其（陳集文粹並作於）流辭而不顧其後班張崔蔡曹劉潘陸隨波而作雖大雅不足然其遺風餘烈尚有典刑宋齊已來（文粹作之末）蓋顛頽矣逶迤陵頽流靡忘返至于徐庾天之將喪斯文也後進之士若上官儀者繼踵而生於是風雅之道掃地盡矣易曰物不可以終否故受之以泰道喪五百歲而得陳君君名（陳集作諱）子昂字伯玉蜀人也崛起江漢虎視函夏卓立千古横制頽波天下翕然質文一變非夫岷峨之精巫廬之靈則何以生此故有（文粹作其）諫諍之辭則爲政之先也昭夷之碣則議論之當也國殤之文則大雅之怨也徐君之議則刑禮之中也至於感激頓挫微顯闡幽庶幾見變化之朕以接乎天人之際者則感遇之篇存焉觀其逸足駸駸方將摶扶摇而陵太清獵遺風而薄嵩岱吾見其進未見其止惜乎湮厄當世道不偶時委骨巴山年志俱夭故其文未極嗚呼聰明精粹而淪剥貪饕桀驁以顯榮天乎天乎吾始未知夫天焉昔眷與余有忘形之契四海之內一人而已良友歿矣天其喪予今採其遺文可存者編而次之凡十卷恨不逢作者不得列於詩人之什悲夫故粗論文（陳集有之字）變而爲之序至于王霸之才卓犖之行則存之別傳以繼於終篇云耳

上官昭容集序

張說

臣聞七聲無主律呂綜其和五彩無章黼黻交其麗是知氣有壹鬱非巧辭莫之通形有萬變非工文莫之寫先王以是經天地究人神闡寂寞（文粹作鑒）幽昧文之辭義大矣哉上官昭容者故中書侍郎儀之孫也明淑挺生才華絕代敏識聰聽探微鏡理開卷海納宛若前聞摇筆雲飛咸同宿構初沛國夫人之方娠也夢巨人俾（集作畀）之大秤曰以是秤量天下及昭容既生彌月夫人弄之曰秤量天下豈在子乎孩遂啞啞應之曰是生而能言蓋爲靈也越在襁褓入於掖庭天實啓之故毀家而資國運將興也故成德而受任自則天久視之後中宗景龍之際十數年間六合清謐內峻圖書之府外闢修文之館搜英獵俊野無遺才右職以精學爲先大臣以無文爲恥每豫遊宮觀行幸河山白雲起而帝歌翠華飛而臣賦雅頌之盛與三代同風豈惟聖后之好文亦云奧主之協讚者也古者有女史記功書過復有女尚書決事宮闈昭容兩朝專美一日萬機顧問不遺應接如響雖漢稱班媛晉譽左嬪文章之道不殊輔佐之功則異迹秘九天之上身没重泉之下嘉猷令範代罕得聞庶姬後學嗚呼何仰然則大君據四海之圖懸百靈之命喜則九圍挾纊怒則千里流血静則黔黎乂安動則蒼甿罷弊入耳之語諒其難乎貴而勢大者疑賊而禮絕者隔近而言輕者忽遠而意忠者忤惟窈窕柔慢（文粹作曼）誘掖善心忘味九德之衢傾情六藝之圃故登崑巡海之意寢翦胡刈越之威息璿臺珍服之態消從禽嗜樂之端廢獨使温柔之教漸於生人風雅之聲流於來葉非夫玄黃毓粹貞明助思衆妙扶識羣靈挾志誕異人之寶授興王之瑞（集作端）其孰能臻斯懿乎鎮國太平公主道高

帝妹才重天人昔嘗共遊東壁同宴北渚倏來忽往物在
人亡憫雕琯之殘言悲素扇之空曲上聞天子求楸掖之
故事有命史臣敘蘭臺之新集凡若干卷列之如左

文苑英華卷第七百

登仕郎胡　柯　鄉貢進士彭　叔夏　校正

文苑英華卷第七百一　序三

文集三

孔補闕集序一首　洛州張司馬集序一首
尚書崔孝公集序一首　楊州功曹蕭君集序一首
楊騎曹集序一首　工部侍郎李公集序一首
文編序一首
殿中侍御史蕭君文章集録序一首

孔補闕集序　張說

唐會稽孔季詡（集作翊）字季和識真之士也弱冠制舉授校
書郎轉國子主簿年三十一卒於左補闕祖紹安中書舍
人考楨絳州刺史季和清規素業有奕代之訓依仁游藝
其聖者之後汞昌之始接跡（集作踐）書坊有廣漢陳子昂鉅
鹿魏知古高陽許望信都杜澄昌樂谷倚廣陵馬懷素東
萊王無競河南元希聲臨淄李伯魚譙國桓彥範僉謂季
和神清韻遠拆理探微衛叔寶之比也嗚呼人斯云亡世
閱多故十年之外零落將盡而後來（集作死）者皆首華金步
鳴玉負璽冊地揮翰紫宸何嘗不拜職之日歎在劉王裔
臨壇之時恨無謝盍壽者矣頃見許州之子風裁可觀潘
子之門有尼夏侯之學傳建集作者五卷以示予稱從弟
四人皆良器恰相如之遺草幸公業之不亡自（集作因）敘曩
意存之篇首云爾

洛州張司馬集序　前人

夫言者志之所之文者物之相雜然則心不可蘊故發揮以形容辭不可陋故錯綜以潤色萬象（集作物）鼓舞入有名之地五音繁雜（集作會）出無聲之境非窮神體妙其孰能與乎洛州司馬張公名希元中山人也族高辰象氣壯河山神作銅鈞天開金印孝友內植禮樂外滋勵行閨庭鄉人謂之曾子飛名都邑諸儒號曰聖童下帷覃思穿牀（集作牆）嗜古蓬山芸觀之書群玉懸金之記魯宮藏篆汲冢遺編無不日覽萬言暗識三篋博學吞九流之要處盈若虛雄辯敵四海之鋒退藏於密漢王問策知帝者之師楚子聞名實諸侯之選故得雄飛白簡鷹揚丹筆卷襜帷於天郡設鈞距於皇州（集作郡）若乃抗埋輪之章執驚馬之議旌賢有通德之教疾惡存謇背之文繼軌前途遇物成興理關刑政咸歸故事之臺義涉箴規盡入名臣之奏加以許與氣類交遊豪傑仕遭夷險身更否泰昔嘗攝戎幽易謫居邛嶲亭皋漫漫興去國之悲旗鼓洶洶助從軍之樂時復江鸎遷樹（集作谷）隴鴈出雲夢上京之臺沼想故山之風月發言而宮商應搖筆而綺繡飛逸勢標起（集作孤標）寄（集作奇）情新拔靈仙變化星漢昭回感激精微混韶武於金奏天然壯麗綷雲霞於玉樓當代名流翕然崇（集作宗）尚自大夫之頌成室太史之賦京都魏則十龍儒雅晉則三陽（張載字孟陽弟協字景陽亢字季陽並有才藻爲綴英華誤作楊）藻綴朝分南北運迄周隋文人才子重世間出豈止罔流（集作柟櫊）體物陳琳得以示人鵾鶵

寄辭阮籍稱其王佐故以開國籍鱗次乎史傳之首入文場羽儀乎天下之半公增繁榮葉桂林之一枝彌廣源流（集作派非）判江之九派宗門多士斯爲盛與且如承家舊德之基賓王歷官之序玉琯銅渾之數黃公玄女之符（英華作冠）落後殪兕（英華作哭非）之巧顧鵲迴鸞之妙詳諸別傳可畧言焉其室邇蘭芬族聯棣萼荷千里之嘉獎接四友之良遊謹撰令引式題前集七子賦詩期取類於鄭志一家垂範庶齊衡於孔藂來日新文請諸（集作欣）君子起儀鳳之後景龍以（集作之）前凡若干卷列之如目

贈禮部尚書孝公崔沔集序　李華

文章本乎作者而哀樂繫乎時本乎作者六經之志也繫乎時者樂文武而哀幽厲也立身揚名有國有家化人成俗安危存亡於是乎觀之宣于志者曰言飾而成之曰文有德之文信無德之文詐皐陶之歌史克之頌信也子朝之告宰嚭之詞詐也而士君子恥之夫子之文章偃商傳焉偃商歿而孔伋孟軻作蓋六經之遺也屈平宋玉哀而傷靡而不遠六經之道遯矣論及後世力足者不能知之知之者力或不足則文義寖以微矣文顧行行顧文此其與於古歟帝唐文行大（一無大字）臣太子賓客贈禮部尚書博陵李公崔氏諱沔字若（唐書作善）冲安平公愷之少子也世爲德表門爲上族振發純英滋漸名訓大包淑和高厲遐清行先乎孝藝裕乎文質者可以股肱王室揆文可以彌成

邦教進士登第舉賢良方正對策第一召見拜校書郎歷陸渾主簿朝廷以公直躬正詞擢左補闕以公嫉邪忿佞除殿中侍御史文端武淑遷起居舍人學該典禮拜尚書祠部員外郎議事惟允遷給事中立言成訓改中書舍人辭乞就養授虞部郎中節高天下擢御史中丞剛亦不吐降著作郎道冠儒林遷祕書少監動爲人範除左庶子宜均大政拜中書侍郎望尊地逼出爲魏州刺史人惟求舊入拜（一作爲）左散騎常侍貳東宮居守集賢院學士祕書監太子賓客兼懷州刺史罷州役職副守薨于位時開元二十四年冬仲月旬有七日春秋六十七贈禮部尚書海内冠帶涕哀宗師公爲御史綏（一作糾）輸誠之囚（一作罔）持國屬

之罪爲給事中拒貴倖怙恩之詔削大臣忤旨之刑爲中丞數發太倉減上林禽鳥之給以賑艱食陝東之人仆而復起官官犯法執以按劾權寵屛息朝章大行推舉時賢（一作權貢舉）時得陸尚書景融李楊州瑱宋上黨遥宋兵部鼎等僉爲國器在中書詔命之出上考天時下從人心異於斯者必替其否在魏州屬雨水敗稼乃弛禁便人先行後聞活者萬計公自爲常侍賓客恒任介正德播天下而不容於朝置之散地竟孤其道時乎初公與元兄御史渾齊名弱冠遊京師縉紳儒學之士皆曰崔氏伯仲必至台司既而御史君夭沒公終于（一作於）副守則向之所屬適爲人慟悲哉公之侍疾也孝達于神祇居憂也哀貫乎天地喪期有

數而茹蔬終身慈不貸姦貞不肆直道勝而齊物德全而及人慱厚崇高篤實有耀儔於古烈蓋魯衛之君子歟在魏州車駕東巡關外諸侯公爲上第由是分掌選署仕進之族知勸馬親友（一作交）隣里饑者待公而炊寒者待公而裘蒸嘗之奠待公而後具故祿廩雖厚家未嘗足開元中天下富穰車服過制公菲飲食卑宮室濯衣澣冠俾人瞻我而化其不化者亦慙乎心矣見天下之善如不及從而佐之見天下之不善如探湯從而誨之則卒蹈於中庸翻然於不廸巳過半矣中朝議政或疑群謀未允公援六經伸百氏覆於時事事舉其中天下莫不諷誦焉文集經亂離多散逸今其存者二十九卷長子成甫進士擢第校書郎

陝縣尉知名當時不幸早世嗣子祐甫論譔先志一卷爲第三十卷傳祖禰之美合於禮經見公文章知公行事則人倫之叙治亂之源備矣豈唯化物諧聲爲文章而已乎奉詔脩道德經疏藏于三閣行乎天下反魏晉之浮誕合玄言於世教其於道也至乎哉祐甫純孝而文直清而和希公門者謂公存焉明發不寐泣次遺文以華北州隣壤婚姻之舊嘗趨公門備閱家編祐甫代華爲校書郎華以是味公之道也熟詞則不敏有古之直焉（一作皆唐文粹）

楊州功曹蕭穎士文集序　前人

開元天寶間詞人以德行著於時者曰河南元君德秀字紫芝其行事（一無此三字）趙郡李華爲墓（一無墓字）碣巳書之矣（一無）

(此四字)以文學著於時者曰蘭陵蕭君頴士字茂挺梁(一有國字)鄱陽忠烈王之後曾祖某官大父某官考諱某莒縣丞咸有德不至尊位(一作咸有位不至尊)君七歲能誦數經背碑覆局十歲以文章知名十五譽高(一作蒲)天下十九進士擢第歷金壇尉揚(一作桂)州參軍祕書正字河南參軍辭官避地江左永王修書請君君遁逃不與相見淮南節度使(三字一作連帥)表君爲功曹參軍(一作揚州功曹)相國諸道租庸使第五琦請君爲介君以先世寄殯嵩條(一作濮)因之遷祔終事至汝南而歿嗚呼春秋若干天下儒林爲之顛頓君爲金壇尉也會官不成爲揚州參軍也丁家艱(一作難)去官爲正字也親故請君著書未終篇御史中丞(二字一作府)以君爲慢官離局奏謫

罷職爲河南參軍也寮屬多嫉君才名上司以吏道(一作事)責君君拂衣渡江遇天下多(一作有)故其高節深識皎皎如此君以爲六州之俊(一作君謂六經之後)有屈原宋玉文甚雄壯而不能經厥後有賈誼文詞最(一作詳)正近於理體枚乘司馬相如亦瓌麗才士然而不近風雅楊雄用意頗深班彪識理張衡宏曠曹植豐贍王粲超逸嵇康標舉此外皆金相王質所尚或殊不能備舉左思詩賦有雅頌遺風干寶著論近(一有乎字)王化根源此後夐絕無聞焉(一作此外皆夐絕無聞)近日陳拾遺子昂文體最正以此而言見君之述作矣(五字一作君述作)君以文章制度爲己任時人咸以此許之不幸歿於旅次文集若干卷(一作有文十卷)行於代(一作世)其篇目雖存章句遺落(一作逸)古所謂有其義而無其詞者也(一有是字)後之爲文者取以爲法焉今海內至廣人民至衆求君之比不可復得難乎哉君有一子(二字作子一人)曰存爲蘇州常熟縣主簿雅有父(一作家)風知名於代(一作世)以華平生最深見託爲敘力疾直書云爾(一作皆唐文粹)

楊騎曹集序　前人

開元天寶之間海內和平君子得從容於學以是詞人材碩者衆然將相屢非其人化流于苟進成俗故體道者寡矣夫子門人德行言語政事文學四者無人兼之雖德尊於藝亦難乎備也後之學者希慕先賢其著也亦名高天下行修言道以文吾見其人矣弘農楊君諱極字齊物隋

觀德王之後祖正某魯王府諮議父珣永平令得進士舉邦族高之君幼孤事繼母以孝聞讀書務盡其義爲文務申其志義盡則君子之道弘矣志申則君子之言信矣舉進士時刑部侍郎樂安孫公逖以文章之冠爲考功員外郎精試群材君以南陽張茂之京兆杜鴻漸瑯邪顔真卿蘭陵蕭頴士河東柳芳天水趙驊頓丘李琚趙郡李萼李傾南陽張階(唐登科記有李頎李欣張諧無李卿張階)常山閻防范陽張南容高平郗昂等連年高第華亦與焉既而丁艱禮足哀餘名教稱之外調補太子正字歷右驍衛騎曹參軍求道於弘正禪師百千人中獨受心要與清和張茂之房安禹鉅鹿魏幼卿爲禪惠之交河南元德秀隴西崔器范陽盧治(疑作)

始爲道義之交大官薦賢使臣請介莫不推君爲首以方外爲意不之受也識者讜議以論道許之質純氣和動必由道談笑中雅名理入玄所著文章多入玄中雅之才者也不幸嬰風疾逝于京洛享年五十八向道之流聞之涕洟君及張房既沒而狂胡起逆殘雹天下神祐善人安靜其終始乎終始之理至矣遊方之內爲哀遊方之外爲道或固然歟永泰二年余旅疾延陵故人之孤更來候余君子孤年十餘一身奉親孝敬和敏有先人風與余隣居炊汲相望候余小間捧君之集十卷詩賦贊序頌記策凡一百七十五篇咨余爲序睠之愴然且名之曰德元字之曰長宗昔許衛尉與徐孝穆徐陵字孝穆英華誤改孝爲存友善衛尉孤善

心年在童孺奉孝穆戕曲盡情禮孝穆憐之延譽當時况德元在羇旅之中集先人文拜乎床下求宣徃烈余於孝穆之感不其倍乎乃如其篇第因舉其行事以德元幼孤不知先父之執故爲備陳之

工部侍郎李公集序　賈至

易曰觀乎天文以察時變觀乎人文以化成天下然則唐虞賡歌殷周雅頌美文之盛也厥後四夷交侵諸侯征伐文王之道將墜地於是仲尼刪詩述易作春秋而敘帝王之書三代文章炳然可觀泊騷人怨靡揚馬詭麗班張崔蔡曹王潘陸揚波扇飈大變風雅宋齊梁隋蕩而不返昔延陵聽樂知諸侯之興亡覽數代述作固足驗夫理亂之源也皇唐紹周繼漢頌聲大作神龍中興朝稱多士濟濟儒術煥乎文章則我李公傑立當代於戲斯文將喪久矣胥鄭衛者難與言咸頀之節被氈裘者難與議周公之服而公當頽靡之中振洋洋之聲可謂深見堯舜之道宣尼之旨鮮哉希矣觀作者之意得易之變知書之達究詩之微極春秋之褒貶可謂孔門之弟洙泗遺徒失其韻俗揚波扇飈餔糟歠醨時有婉麗之什浮艷之句皆牽於詔旨廹於時事然亦音亦作言近而與深語細而諷大罔有不含六經之奧義覽者其知夫子之牆乎至先大夫與公有皮鮑之知公嗣子吏部侍郎季卿與至有聲譽之好德業度量弱歲聞之於趨庭公文學編簡中年得之於吏部所見

異辭所慱與文敢不序焉夫其游夏之文學不備顔子之德行許郭之機覽未聞班張之賛述而公文與行協識與才并是故大名震於當代德慶流於後葉不其偉歟

文編序　元結

天寶十二年漫叟以進士獲薦名在禮部會有司考校舊文作文編納于有司當時叟方年少集作少年在顯名跡切耻時人諂邪以取進姦亂以致身徑欲塡陷穽於方正之路推他回及時人於禮讓之庭不能得之故優游於林壑怏恨上於亮下於讓於當世是以所爲之文可戒可勸可安可順侍郎楊公見文編歎曰以上第汚元子耳有司得元子是賴叟少師友仲集作中行公公特爲國子司業公聞之諭叟曰於戲吾常

恐直道絶而不續不虞陽（集作揚）公於子相續如纏明年有
司於都堂策問群士叟竟在（在集作摩於）上第爾來十五年矣
更經喪亂所望全活豈欲跡忝（集作忝）戎旅苟在冠冕觸踐
機危以爲榮利蓋辭謝不免未能逃命故所爲之文多退
讓者多激發者多嗟恨者多傷閔者其意必欲勸之忠孝
誘以仁惠急於公直守其節分如此非救時勸俗之所須
者歟叟在此州今五年矣地偏事簡得以文史自娛乃次
第近作合於舊編凡二百三首分爲十卷復命曰文編示
門人第子（集作子弟）可傳之於篋笥耳叟之命稱則著于自釋
云不録時大曆三年丁未中也

殿中侍御史蕭（集作府字）君文章集録序　獨孤及

詩者志之所之也（七字集作足志者言足言者文）情動於中而形於聲文
之微也繫于歌頌暢于事業文之著也君子脩其詞立其
誠生以比興弘道殁以述作垂裕此之謂不朽侍御諱立
南蘭陵人也御史中丞汝州刺史府君之仲子奕世純厚
（集作蝦）及公始大褓襁克岐十五而立神静氣和才與道并
孝悌忠信以爲已任行有餘力故幼而學文嘗謂楊馬言
大而迂屈宋詞侈而怨沿其流者或文質交喪雅盛相奪
盍爲之中道乎故夫子之文章深其致婉其旨直而不野
麗而不艶天寶元年詔徵賢良方正以備多士公時年十
七射策甲科盛名翕然震恒（集作譠）京邑論者知遠大之跡
自此始也既而荏苒宦途遭遇世故歴佐戎幕周旋江海
攸徂之邦必聞其政嘉謩成績藏在諸侯之策既言中蘷
倫亦動與吉會由是自廷尉評拜監察御史轉殿中丞（集作侍御史）
觀其逐逐利往冥冥翰飛方將乗鸞鳳以騁鶱視青
雲如咫尺天道何善而無報與其才而不與其壽成其器
而不成其志命矣夫斯才也而有斯年也公之元兄尚書
庫部員外郎兼侍御史曰某與公俱以文學政事爲臺閣
領袖冉冗之雙鳳纔舉棠棣之一花先落天倫之慟可勝
既耶以公瑰姿璞（集作瑋）度利器淑德與東流皆逝今則已
矣可以藏遺芳以示後嗣者其唯夙昔麗藻平生翰墨乎
於是茹痛開緘収（集作技）血散帙緝其遺札得詩賦贊論表
啓序頌銘誄誌記凡若干篇編爲五卷以爲集録庶幾弔

賈生者省（集作賦）鵩集之日問相如者知封禪（集作禪草）猶存云
爾

文苑英華卷第七百一

文苑英華卷第七百二　序四

文集四

趙郡李公（一作華）中集序　獨孤及

志非言不形言非文不彰是三者相爲用亦猶涉川者假
舟檝而後濟自典謨缺雅頌寢世（文粹作王）道陵夷文教（集作亦）
下衰故作者往往先文字後比興其風流蕩而不返乃至
有飾其詞而遺其意者則潤色愈工其實愈喪及其大壞
也儷偶章句使枝對葉比以八病四聲爲桔拲拳拳守之
如奉法令聞臯陶史克之作則呷然笑之天下雷同風馳
（集作驅）雲趨文不足言言不足志亦猶木蘭爲舟翠羽爲檝
翫之於陸而無涉川之用痛乎流俗之惑人也久（集作舊）矣
帝唐以文德敷乂（集作祐）于下民被王風俗稍丕變至則天
太后時陳子昂以雅易鄭學（集作圈）者浸而嚮方天寶中公
與蘭陵蕭茂挺長樂賈幼幾勃焉復起用三代文章律度
當世（集作振中古之風以弘文德）公之作本乎王道大抵以五經爲泉
源抒情性以託諷然後有歌詠美教化獻箴諫然後有賦

頌懸權衡以辨天下公是然後有論議至若記叙編録銘
鼎刻石之作必採其行事以正褒貶非夫子之旨不書故
風雅之指歸刑政之根本（集作本根）忠孝之大倫皆見於詞然
後中古之風復形於今（集無此十字）于時文士馳騖飈扇波委
二十年間學者稍厭抑揚（集作折揚）黄華而窺咸韶（集作池）之音
者什五六識者謂之文章中興公實啓之公名華字遐叔
趙郡人安邑令府君第三子質直而和純固而明曠達而
有節中行而能斷孝敬忠廉根於天機執親之喪哀達神
明而（文粹作其）任職鞶務（集作績）外若坦蕩而内持正性讜而不
犯（集作諫不犯顔）見義乃勇舉善惟懼不及務去惡如復讐與朋
友交然諾著於天下其偉詞麗藻則和氣之餘也學博而
識有餘才多而體愈迅每述作則筆端（集作鋒）風生聽者耳
駭開元二十三年舉進士天寶二年舉博學宏詞皆爲科
首由南和尉擢秘書省校書郎八年歷伊闕尉當斯時唐
興百三十餘年天下一家朝廷尚文夫羿工乎中微拙於
使人無已譽公才與時并故不近名而名彰時輩歸望如
鱗羽之於虬鸞也十一年拜監察御史會權臣竊政（集無政字）
柄貪猾當路公入司方書出按二千石持斧所嚮列郡（集作部邑）
爲肅爲姦黨所嫉不容於御史府除右補闕禄山之難
方命圮族者敵天聰明勇者不得奮明者不得謀公危行
正詞獻納以誠累陳誅兇渠完封疆之策闔犬迎吠故書
畱不下時繼太夫人在鄴初潼關敗書聞或勸公走蜀諸

行在所公曰李方寸何不若間行問安否然後輦毋安輿
而逃謀未果爲盜所獲二京旣復坐謫杭州司功叅軍太
夫人棄敬養公自傷悼以事君故踐危亂而不能安親旣
受汚非其疾而貽親之憂及隨牒頤終養而遭天不弔由
是銜罔極之痛者三故雖除喪抱終身之戚焉謂志已虧
息（文粹作厭）陳力之願焉因屏居江淮間（三字集作江南）省躬遺名誓
心自絶無何詔復授左補闕又加尚書司封員外郎重書
連徵公卿以下傾首延佇至止之日將以司言處公公曰
焉有虧節辱志者可以荷君之寵乎遂稱（集作移）病請告故
相國梁公峴之領選江南也表爲從事加檢校吏部郎中
明年遇風痺徙家于楚州山陽縣（五字集作楚州文粹作山陽）疾痛貧

甚課子弟力農圃贍衣食（集作服）雅好修無生法以眞寂思
慮視爵禄形骸與遺士同唯吳楚之士君子譔家傳修墓
版及郡（集作都）邑頌贊守宰功德者靡不齎貨幣越江湖求
文於公得請者以爲子孫榮公遇勝（集作暇）日時復綴録以
應其求過是而往不復著書素（素字集作少）時所著者多散落人
閒自志學至校書郎已（文粹作以）前八卷并常山公主誌文實
將軍神道碑崔河南生祠碑禮部李侍郎碑安定三孝論
哀舊遊詩韓幼深避亂詩序祭王端員外沈起居興宗裴
員外騰文別元旦詩并楊騎曹集序王常山碑並因亂失
之（自志學至失之集本無此八十六字文粹有之）名存而篇亡自監察御史已（集作以）
以後迄至于今所著述者公長男（集作子）恭字宗叙編而集

之斷自監察御史已前十卷號爲前集其後二十卷頌賦
詩碑表叙論誌記讚祭文凡一百四十四（集作三）篇爲中集
其中陳王業則無疆頌議世道則原卜論質文論主文而
譎諫則言醫含元殿賦敦禮教則哀節婦賦靈武二孝讚
與外孫女二孩書表贊達盛德則元魯山碣房太尉頌德
銘（集作德政碑）崔賓客集序平原張公頌梁國李公傳德先生
誄權著作墓表（集作志）李夫人傳盧夫人頌一死一生之間
杼其交情則祭蕭功曹劉評事張博士文吟詠情性達於
事變則詠古詩辨卿大夫族姓則盧監察神道碑思舊則
三賢論自叙則別相里造范倫序詮（集作論）佛教心要而會（集作合）
其與同則南泉眞禪師左溪郎禪師碑其餘雖比興

（集作波瀾）萬變而未始不根於道德（集作典謨）故覽公之文知公之
質不俟覿容貌聽詞氣而後覩其行（集無此五字）若使（集作假令）束
帶立於史臣之位具備獻替（集無此四字）足以潤色王度正一
代之訓典（集無此六字）天而病之國（集作時）不幸也（集作歟）然遐叔
身甚病而心甚壯文益贍而才不竭則前路逸氣詎可度
矣他日繼於此而作者當爲後集及常游公之藩也久故
録其述作之所以然著于篇（然遐叔至著于篇五十八字集本作公之病也嘗以斷文見託詒某書曰桓譚論揚雄當有身後名華亦謂足下一桓譚也及於公才宜播其述作之美用於後人故拜命之辱而不讓今著其文德冠於篇首焉）

宇宗序（集作字宗緒）

自應舉至及第五卷經亂離致失自南和尉至校書

郎三卷因亂離亦致失自校書郎至伊闕尉監察御史十卷爲中集在茗䒩自補闕至員外郎二十卷正文具如此集其齊平陽誌銘在伊闕時集中其常山公主誌文賁將軍神道碑洞玄生碑安定三孝論祭戶部裴員外文崔河南生祠碑禮部李侍郎碑哀舊遊詩韓幼深避亂詩序楊騎曹集序並遺失求不獲

（自應舉以下集有此一百四十字文粹無之）

自志學至失之一段八十六字與篇末一百餘字大槩相同或當時初草如此姑從英華兩存之文粹集本則互有去取今注逐段之下

刑部侍郎贈右僕射孫文公集序　顏真卿

古之爲文者所以導達心志發揮性靈本乎詠歌中乎雅頌帝容作而君臣動色王澤竭而風化不行政之興衰實繫於此然而文勝質則綉其鞶帨而血流漂杵質勝文則野於禮樂而木訥不華歷代相因莫能適中故詩人之賦麗以則詞人之賦麗以淫此其効也漢魏已還雅道微缺梁陳斯降宫體聿興既馳騁於末流遂受嗤於後學是以沈隱侯之論謝康樂也乃云靈均已來此秘未（集作未及）覩盧黃門之序陳拾遺也而云道喪五百歲而得陳君若激昂頹波雖無害於過正榷其中論不亦傷於厚誣何則雅鄭在人理亂由俗桑間濮上胡爲乎綿古之時正始皇風奚獨乎凡今之代蓋不然矣其或斌斌彪炳郁郁相宣膺期運以挺生奄寰瀛而首出者其唯僕射孫公乎公諱逖河南鞏人其先自樂安武水寓于涉而徙（集作從非）焉父嘉之以詞學登科官至宋州司馬公風裁徵明天才傑出學窮百氏不好非聖之書文統三變特深稽古之道故逸氣上濟而高情四達羌索隱乎渾元之始表獨立乎（集作於）常均之外不其盛歟年數歲即好屬文十五時相國齊公崔日用試土火爐賦公雅思遒麗援翰立成齊公駭之約以忘年之契爾後遂有大名故其試言也年未弱冠而三擅甲科吏部侍郎王丘試竹簾賦降階約拜以殊禮待之相國燕公張說覽其策而心醉其序事也則伯樂川記及諸碑記（集作誌）皆卓立千古傳於域中其爲詩也必有逸韻佳對冠

絕當時布在人口其詞言也則宰相張九齡欲掎摭疵瑕沉吟久之不能易一字公之除庶子也苑咸草詔曰西掖掌綸朝推無對議者以爲知言凡斯夥多庸可悉數故燕國深賞公才俾與張九齡許景先韋述同遊門庭命子均垍申（集作施）伯仲之禮江夏李邕自陳州入計繕寫其集齎以詣公託知己之分其爲先達所重也如此公又雅有清鑒典考功時精覈進士雖權要不能逼所獎擢者二十七人數年間宏詞判等入甲第（一無此字）者一十六人授校書郎者九人其餘咸著名當世已而多至顯官明年典舉亦如之故高（集無此字）第者必稱孫公而已夫然信可謂人文之宗師國風之哲匠者矣公凡所著詩歌賦序策問贊碑誌表

踈制誥不可勝紀遭二朝之亂多有散落子宿絳成等夙奉過庭之訓咸以文章知名同時臺省乃(集作仍)編次公文集爲二十卷列之于左庶乎好事者傳寫諷誦以垂乎無窮亦何必藏名山而納石室也門生(文粹無此二字)金紫光祿大夫檢校刑部尚書上柱國魯郡開國公顏真卿昔觀光乎天府實荷公之獎擢見命爲序豈究端倪時則永泰元年仲秋之月也至若世系閥閱蓋存諸別傳此不復云

齊昭公崔府君集序　崔祐甫

天以日月經緯爲文地以丘陵川澤爲文剛柔雜也其施於人也鍾磬竿瑟文其樂九章三贊文其禮典謨詠歌文其言國之大臣業參政本發揮皇王之道必由於文故虞有皐陶洎益稷以嘉言啓迪舜禹以降伊傅周召訓命策誥並時而興秦之李斯著事而辟自茲厥後蜀丞相孔明有出師表晉司空茂先有鷦鷯賦皆輔臣之文也財成陶治於是見焉我族叔父齊昭公諱日用佐命中朝光照千里王山雲海迥然昭曠德宇道源深入其極弱冠鄉貢進士擢第周歷臺署振耀雄名玄宗之在臨淄邸也公常遭逢於路先幾洞鑒式瞻興表還避(禮記作辟)而拜契合雲龍及唐元夷內難參謀輔翊天推大寶事協經綸入爲將相變(疑作燮)諧戡靜道應元臣其大才明識如是公薨五十載嗣孫起居舍人儒以文事主便蕃禁闥追懷前烈思有以發揚垂裕奉昭公之文集以請焉伏覽碑頌誌論章表贊序

凡五十餘首詩幾三百篇卓爾孤標氣高調遠若雅琴度曲衆音無味則我遠祖長岑濟北雕龍之美昭公能纘承矣公嗣子宗學通古訓詞高典冊才氣聲華邁時獨步仕於開元中爲起居郎再爲尚書禮部員外郎遷本司郎中時文國禮十年三人終於右司郎中年位不充海內歎息儒即右司之子有瓊瑩之質鸞鳳之章家國之寶也重名清貫三代於茲昭公之後其大矣祐甫先君左僕射與昭公道藝敦睦故贈答詩云棣華襲韡萼桂樹連芳根又接閈共懷鉛齊生狙賁王祐甫之生也後不及昭公之當代儒曰叔父當代序故敘焉

獨孤常州集序　李舟(見獨孤集)

傳曰物生而後有象象而後有滋滋而後有數數成而文見矣始自天地終于草木不能無文也而況於人乎且夫日月星辰天之文也丘陵川瀆地之文也羽毛彪炳鳥獸之文也華葉彩錯草木之文也天無文四時不行矣地無文九州不別矣鳥獸草木之無文則混然而無名而人不能用之矣人無文則禮無以辨其數樂無以成其章有國者無以行其刑政立言者無以存其勸誡文之時用大矣哉在人賢者得其大者禮樂刑政勸誡是也不肖者得其細者或附會小說以立異端或言遠(二字集作雕斵)成言以裨對句或志近物而(集作以)玩童心或順庸聲以諧俚耳其甚者則矯誣盛德汙衊風教爲蠱爲沴(集作蠹)爲妖爲孽噫文之弊

有至是者可無膈乎天后朝（集作時）廣漢陳子昂獨泝潰波以趣清源自兹作者稍稍而出先大夫嘗因講文謂小子曰吾友蘭陵蕭茂挺趙郡李遐叔長樂賈幼幾洎所知河南獨孤至之皆憲章六藝能探古人述作之旨賈爲玄宗巡蜀分命之詔歷歷如西漢時文若使三賢繼司王言或載史筆則典謨訓誥誓命之書可彷彿於將來矣嗚呼三公皆不處此地而連蹇多故惟獨孤至常州刺史享年亦促豈天之未欲振斯文耶小子所不能知也已矣常州諱及有遺文三百篇安定梁肅編爲上下帙分二十卷作爲後序常州愛士而肅最爲所重討論居多故其爲文之意肅能言之比葬傳陵崔貽孫又爲神道碑悉載行事而膈

其不登論道之位崔公剛而好直其詞不黨君子謂之知言昔班孟堅美漢得人之盛曰文章則司馬遷相如又曰劉向王褒以文章顯是則四君子者有漢之文雄歟然而遷無鄉曲之譽虧大雅明哲保身之美（集作義）相如薄於貞操有滌器受金之累向無威儀遺文以繆而身幾不免褒多爲歌頌當時議者以爲淫靡不急其他無聞焉大較詞人多陷輕躁否則悏狹迂僻於事放弛其能蹈履中道可謂物主者寡矣孰與常州發論措詞皆王霸大畧孝悌之至達於神明善於（集作與）人交乂而敬之當官正色不畏強禦加之以仁惠愛物吏民敬畏（集作鄉）而文又如是乎其餘則三（集作二）是君既言之矣今直錄崔氏之作綴於篇末云爾

禮部員外郎陶氏集序　顧況

樂殷上帝上帝臨下俾夫文星驚動民心二南六義在乎章句安樂哀思在乎音響君子入其國觀其樂知其教制氏（出漢書）徒備乎鏗鏘此言之大傳稱不朽易曰尚詞唐詞臣姓陶氏諱幹與方思深之裔前漢青後漢謙東晉侃至靖節貞白二先生生人表秀間朝有在方守省署慶鍾于君開元十八年進士上第天寶文明載登宏詞拔萃兩科累陟太常博士禮部員外喉舌密勿壇場破的無發不中行在六經志在五言尤精賦序朝出暮偏殷如奮鐸聲塞海隅凡諸溺音蔚公之容風山籟靜然華實光于苑囿綦毋著作潛王龍標昌齡則其勍敵登公之門李膺之門也

鮑馬二京兆中書謝舍人良弼良輔侍御史李封殿中劉全誠名自公出名著公器神人所惟寧貴不名詳矣大抵文體十年一更有體病而才贍有言紆而事直有文勝而理乖雅艷殊致雲和之源杳以無窮折爲萬派嗣子問儒爲法官捧先人之集霜露之疾將廻于吾綦毋通問之世友撫事編次咨於彝訓稽於故實是有冠篇之述乎哉

信州刺史府君集序　前人

上天文明以配我朝光照四海麗于百穀主文之臣如太皡之於勾芒先甲之士也公姓劉氏名太真天寶中與兄太冲登秀才之科蘭陵蕭茂挺目以丘門游夏官踐御史左史尚書紫微郎祕書監工刑部三侍郎時謂得人翕然

邁義恐在其後君既聳善心知視人色與人行加人言勝人
在位者見君之如此物惡其上自然不容君既施政春煦
物雨濡物風動物惠歸物在位者又聞君之如此主恩人
望斯未之替竟免其官亮徙彼褊人不徵細故必獲他咎竊
名之黨自此而堅然則於是清響不奮哮嘵有聲或以其
言黷朝典貶于西鄙泣拜曰不然日月有蝕五星有孛故
能成天之紀唐堯之時亦有讒豎故能成堯之大夫國有
蠹如樹之有蝎不敢覆焉役文之士懼禍之不暇朝夕虔
惕苟無深疵不敢言瑕春秋暮矣溫溫生疾竟終餘水之
上君門深而不得覲舊邁而不得歸明主方覺而君已歿
有文集三十卷遊名山而窺洞壑者畧舉奇峯紀勝境至

於鬼惟不可紀焉臨終賦詩意不忘本凡古人所詠山水
遊仙田家之什朓蔚羅走思以自適其可得乎奄忽之辰
以兄從表兄弟平生相愛手運遺札心存顧託家子諷構
厥德不忘前好得而敘之

文苑英華卷第七百二

文苑英華卷第七百三　序五

文集五

右拾遺吳郡朱君集序　顧況

因都國出麟角鳳喙爲續斷之膠與本無異朱君能以煙
霞風景補綴藻繡符於自然山深月清中有猿嘯復如新
安江水文魚彩石歷歷可數其杳瓊倏颯若有人衣薜荔
而隱女蘿立意皆新可創離聲槃友之什情思最切雖有
諫職心遊江湖謝病而來慕出塵之侶精好涅槃維摩經
愛人爲善有志未就終於廣陵舟中識與不識聆風嚮義
相與興歎我主人延陵包君兵部李侍郎禮部劉侍郎皆
有託孤之舊予郁襲其先行敘事父友泣捧遺文祈余冠
序

監察御史儲公集序光羲　前人

聖人賢人皆鍾運而生述聖賢之意亦係鍾運盛衰矣開元

十四年嚴黃門知考功以魯國儲公進士高第與崔國輔員外綦毋潛著作同時其明年擢第常建少府王龍標昌齡此數人皆當時之秀而侍御聲價隱隱轔轢諸子其文篇賦論凡七十卷雖無雲雷之會意氣相感而扶危拯（集作儲）急（作）病綽有賢達之風拔身虜庭竟陷危邦士生不恥可以言命然窺其鴻黃窈窕之學金石管磬之聲如登瑶臺而進玉府靈篇邃宇景物寥映綠流翠草佳木好鳥不足稱珍嗣息曰溶亦鳳毛駿骨恐墜先志泝洄千里泣拜告余曰（集作云）我先人與王右丞伯仲之歡也相國縉雲嘗以序冠編次會縉雲之謫亡焉後輩據文之士風流不接故小子獲忝操簡伏恐魂遊無方嗤責造次茫茫古道不見來者豈以龍戰害乎鹿鳴（集作門）齊竽競吹燕石爭寶鳴呼薄遊之士未躋一峯已代其峻登閬風者乃知其迤邐昏明掩谿將盡復通之者其若是乎

丞相鄴侯李泌文集序　梁肅

唐興九世天子以人文化成天下王澤洽頌聲作洋洋焉與三代同風其輔相之臣曰鄴侯李公泌字長源用比興之文行易簡之迹贊事盛聖辦章品物疏通以盡理閎麗而合雅舒卷之道必形於辭其偉矣夫予嘗論古者（集作之）聰明睿智之君忠肅恭懿之臣叙六府三事同八風七律莫不言之成文歌之成聲然後浹於人心人心安以樂播於風俗風俗厚以順其有不由此者爲理則粗在音則煩粗之弊也悖（集作朴）煩之甚也亂用其道行其位者歷選百千不得十數嘻才難不其然乎開元中公七歲見丞相始興張公九齡張駭其聰異授以屬辭之要許以輔相之業洎始興歿不六十載公果至宰相封侯有文集二十卷其習嘉遯則有滄浪紫府之詩其在王庭則有君臣賡載之歌或依隱以翫世或主文以譎諫步驟六義發揚時風觀其詞者有以見上之任人始興之知人者已初太上當陽公以處士延登內殿實敷黃老之訓至德初宣皇以元良受禪公則獻太階頌昭慕堯之道賡文以廣平伐罪公則握中權之柄參復夏之功大德不官既追五嶽之隱大用不器終踐代天之職方將憑庶工以成邦教載直筆以修

唐書命之不融凡百興歎既甍之來載皇上召篆之暇思索時文徵公遺編藏諸御府於是公之文辭光大一門（四字集作大光）近歲（集作閬一歲）肅以監察御史徵詣京師始得集録於公子繁且以序述見託公之執友諫議大夫北平陽城亦謂予曰鄴侯經邦緯俗之謨立言垂世之譽（集無此六字）獨善兼濟之畧藏在冊牘載於碑表唯斯言不可以不傳於後嘗謂肅曰（集無此四字）吾子辭直蓋存乎篇序既咏嘆之不足因著其所以然貽諸好事者凡詩三百篇誌表記頌（集作贊）序議述又百有二十其五十篇缺獨著其目云

秘書監包府君集序　前人

文章之道與政通矣世教之汙崇人風之薄厚與立言立

事者邪正臧否皆在焉故登高能賦可以觀者與圖事諭詩三百可以將命可與專對若子產入陳以文辭為功仲尼弟子用文學命科文學者或不備德行德行者或不兼政事於戲才全其難乎有唐故秘書監丹陽公包氏諱佶字幼正烈考集賢院學士大理司直贈秘書監諱融實以文藻盛名揚於開元中洎公與兄起居何又世其業競爽於天寶之後（二字集作未其後）一動一靜必形於文辭由是議者稱為二包孝友之美聞于天下擬諸孔門則何居（集作得）德行公居政事而偕以文為主不其偉歟諷諭其從政則執度行志率誠會理不苟簡晦昧以撓其守故其言體要而動有事功易稱君子之光傳美忠文之實公之謂也（集作矣）

常州刺史獨孤及集後序　前人

大曆丁巳歲夏四月有唐文宗常州刺史獨孤公薨于位秋九月既葬（集無此五字）門下士（集作客又作生）安定梁肅咨諏先達稽覽故志以公茂德映乎當世美化加乎百姓若發揚秀氣磅礴古訓則在乎斯文斯文之盛不可以莫之紀也於是綴其遺草三百篇為二十卷以示後嗣且（集作乃）繫其辭曰夫大者天道其次人文在昔聖王以之經緯百度臣下以之弼成五教德又下衰則怨刺形於歌詠諷議彰乎史冊故道德仁義非文不明禮樂刑政非文不立文之興廢視世之治亂文之高下視才之厚薄唐興接前代澆醨之後承文章顛墜之湮王風下扇舊俗稍革（集作作者迭起）不及百年文體反正其後時寖和溢而文亦隨之天寶中作者數人頗節之以禮（集無其後至以禮二十三字）洎公為之（集作之為）於是則（集作又）操道德為根本總經籍（集作禮樂）為冠帶以易之精義詩之雅興（集作訓）春秋之褒貶屬之於辭故其文寬而簡直而婉辯而不華博厚而高明論人無虛美比事為實錄天下凜然復覩兩漢之遺風善乎中書舍人崔公祐甫之言也曰常州之文以立憲誡世褒賢遏惡為用故議論最長其或列于（集作於）碑頌流於詠謌峻如嵩華浩（集作盛如）江河若贊堯舜禹湯之命為誥為典為謨為訓人皆許之而不吾試論道之位宜而不陟誠（集作哀）哉公諱及字至之秘書監府君之中（集作第四）子道與之粹天授（集作付）之德聰明博達剛毅正

直中行獨復動靜可則孝弟（集作仁厚）積為文本文藝成乎餘力凡（集作其）立言必忠孝大倫王霸大略權正大義古今大體其中雖波騰雷動起伏萬變而殊流會歸同志於道故於賦遠遊頌嘯臺見公放懷大觀超邁流俗於仙掌函谷二銘延陵論八陣圖記見公識探神化智（集作理）合權道於議郊祀配天之禮呂諲盧奕之謚見公闡明典訓綜覈名實若夫述聖道以揚儒風則陳留郡文宣王廟碑福州新學碑成功以旌善人則張平原頌李常侍姚尚書嚴燕子緯給事頡叔墓銘（集作誌）鄭氏孝行記李睢陽楊懷州碑墓世德以貽後昆則先秘書監靈表陳黃老之義於是有對策文演釋氏之奧於是有鏡智禪師碑於論文變之損益

於是有李遐叔集序稱物狀以怡情性集作稱物狀之美而暢其性情於是有瑯琊溪述盧氏竹亭記杼久要於存殁之間則祭貫尚書相里侍郎元郎中集作員外李叔子文其餘紀物叙事一篇一味皆足以追蹤往烈裁正枉簡噫天其以述作之柄授夫子乎不然則吾黨安得遭遇乎斯文也初公視肅以友肅亦仰公猶師每申之話言必先德禮集作道德而後文學且曰後世雖有作者六籍其不可及已荀孟朴而少文屈宋華而無根有以取正其賈生史遷班孟堅云爾吾子可以集作唯予可與共學當視庶子成名四字集作當視斯文肅鄙集作承其言大發蒙惑集作用發吾覆今則已矣知我者其誰哉遂銜涕爲叙俾來者於是集作有以觀夫子之志若立身行道始終出處皆

載夥銘之狀故不備之集作於此篇

補闕李君前集序　前人

文之作上所以發揚道德正性命之紀次所以財成典禮厚人倫之義又其次所以昭顯義類立天下之中三代之後其流派別炎漢制度以霸王道雜之故其文亦二賈生馬遷劉向班固其文博厚出於王風者也枚叔相如楊雄張衡其文雄富出於霸塗者也其後作者理勝則文薄文勝則理消理消則言愈繁繁則集作斯亂矣文薄則意愈巧巧則集作斯弱矣故文本於道失道則博集作傳之以氣氣不足則飾之以辭蓋道能兼氣氣能兼辭不當則文斯敗矣唐有天下幾二百載而文章三振初則廣漢陳子昂以風雅革浮侈次則燕國張公說以宏茂廣波瀾天寶已集作已還則李員外蕭功曹賈常侍獨孤常州比肩而出集作作故其道益熾若乃其氣全其辭辨六字集作其辭源辨博馳騖古今之際高步天地之間則有左補闕李君君名翰趙郡贊皇人也天姿朗秀率性聰達博涉經籍其文尤工故其作叙治亂則明白坦蕩紆餘集作徐條暢端如貫珠之可觀也陳道義則游泳情性探微鉛冥渙乎春水之將泮也廣勸戒則得失相維吉凶相追焯乎元龜之在前也頌公美則溫直顯融協于大中穆如清風之中人也議者又謂君之才若崇山出雲神禹導河觸石而彌六合隨山而注巨壑蓋無物足以導其氣而閟其行者也世所謂文章之雄捨君其

集作而誰歟弱冠進士登科解褐補衛縣尉其後以奏集作書記再叅淮南節度軍謀累遷大理司直天子聞其才召拜左補闕俄加翰林學士夫士之處世用捨計集作關乎才進退牽乎時始君筮仕值蔽善者當路故屈於下位天寶末房公琯韋公陟薦公充史官諫司之任當國者不聽乃已中歲多難時方用武故屈於外藩及夫入宣室而揮宸翰也方用人文以飾王度則因疾罷免噫昔之君子贊人運與事并得信其志者稀集作寡矣集作痛其餘屬雅道喪鈇黃鐘棄本集作毀棄若孟子轗坷士安多病亦何可勝論唯斯文足以振當世餘烈足以遺後嗣此之謂不朽君既退歸居于河南之陽翟家愈貧而祿不及志逾集作愈邁而文益壯暇日以㫖所述作三十卷目爲

前集命子序之君與子實有伯喈仲宣之義故書于篇

崔處士集序　王仲舒

帝唐綏珮之士年未壯其文老成者曰博陵崔秀文峻亮而堅剛貞而和止疑立而毅其行也不邇聲利其文也文質相制才氣相發於古人立意中往往振起風雅知君者謂君得詩禮之際自然之機故也方將逞詞縱翰爲邦國之聞人遭命否厄若干年而夭嗚呼惜哉嘗曰文之難爲久矣世有執異端爲公是驅法政爲利物或雕刻雪月以趣佻巧或侈衒奇詭以新聞見或拘實而忘雄或飾辭而契本使曲直亂次褒貶錯行作者以壓溺處之未嘗吊也深而通簡而茂華而不流純而不朴仁義物體之序屬辭

興事之端於大化也粲而不殊作者之教吾其奉哉由是治帝王之制度以啓箴諫則漢宣中興頌作焉諷前史之闕以貞黜陟則翟儀贊形焉較英雄之功伐以傳後世則三傑頌存焉其餘暢贊人之德評一時之事不附於彼而立於才纍然貫珠於遺體不可備舉與君游者猶是文援人人在於餘地則君妙識深行又足徵矣噫夫彼化工醇其器堅其志而不使之遂豈將惑於從善者之心乎余於君從母之昆弟也嘗爲碣銘志君之文篇目遺逸乃綜而次之叙而引之

翟儀擬作翟義王莽時人

右僕射贈太子太保姚公集序　權德輿見集本

文章者其士之蘊耶微斯文則士之道不彰不明又況宗公大君子綱紀百度琢磨九德以至於經大猷斷大事不由此塗出者猶瞽之無相歟蓋修之有本末得之有厚薄耳至若推於心術暢於事業行顧言言中倫者太保有焉太保姓姚氏諱南仲吳興人博究古今安舒方重外清和而內剛明有直質而無流心學于詩之愷悌易之貞厲且曰史魚仲山甫吾之師也故以之修身以之懿文其遜志肄業通達強立則博約以明義類郊居宴息勇退肥遁則吟味以達情性詳延特起對有明法拾遺補闕在帝左右義激於中書陳於前肝膈悃愊以盡規爲己任切於時病者皆精爲上言之疏兩河安危夷門要害盍建元侯以屏東夏疾吏道雜而多端條陳選部官人之法斂下饑旱舉

成湯六事凡如此書數十上請改卜貞懿皇后陵地一篇尤深切著明武皇嚮納被以命服因詔侍臣極言得失宰司上賀百執事聳視以爲雖神爵黃龍炎漢紀年之瑞不若是也周旋臺閣損益文憲由左馮翊理陝州教化清平分閫東郡閑邪秉直志氣所伸勇若諸賁天下之人稱爲竟以貞勝而登端右是皆以立誠居業言而履之之効也故其含章匪躬諷議居多其他則歌詩有逸韻叙事爲實錄皆搭根柢而無枝葉愔愔然君子儒之言其在是乎昔公之理海鹽而介浙右也德輿方僑於吳辱忘年之歡暨叨貳六職而公入踐師長馨香茂實耳目聞知公嗣子太僕主簿袤孝謹而文來懷罔極捧公述作二百篇列爲

十編以論次見授故粗舉公之所履與爲文之旨而敘之
云爾

文苑英華卷第七百三

文苑英華卷第七百四　序六

文集六

徐泗濠節度使贈司徒張建封文集序　權德輿

昔有虞以濬哲文明理天下故有諧八音陳九德賡歌康哉之臣周宣王修文武之業以開中興故有歌烝人賦韓

奕清風大雅之什春秋之際諸侯列辟（集有辟字）大夫感物造端能賦可以圖事稱詩可以諭志然則元侯宗工作爲文章本於王化繫於風俗亦其志氣之所發也司徒諱建封南陽人簡廉疏達信厚誠直秉公司大以禮義爲干櫓非道不處視圭組猶裲襠以褐衣寛傳（集作褐冠傳帶）游于京師當時賢公名卿盛服先王之倫皆迎門締交就義若渇贊師律於盟津大鹵二府由祭視主柱下方書朝廷以州部要害選難符守歷巴陵陟壽春婺婺亥虜（集作慮非）壤地相接衆寡懸絶物情不交（集作支）斬其使者以徇傳首於行在所屏翰淮海我爲金湯選要觀望者皆革心服義而東夏安矣加地進祿察廉三郡（文粹作都）授鉞貞師涖于徐方就加六職端

右之任追命三公論道之秩其始終艱貞光大也如是昔左丘明載單襄公之言曰忠文之實也智文之輿也仁文之愛也義文之制也則司徒觿時之大忠明智戴仁抱義皆推本乎斯文然後足言足志踐履章灼故其辨古人心源定是非於群疑之下則韓君別録痛詆時病以發舒憤懣則授元杜諸宰相書其餘賛勲閥(文粹作伐)表丘壠銘器叙事放言諧理皆與作者方駕而歌詩特優有仲宣之氣質越石　之清拔如雲濤溟漲浩漾無際而天琛夜光往往在焉其入覲也獻朝天行一篇因喜氣以攄肝膈覽其詞者見公之心焉其還鎮也德宗皇帝紓天文以送別湛恩異倫輝(文粹作耀)動中朝至於内廷錫宴君唱臣和皆酌六義

之英而爲一時之盛夫文之病也或牽拘而不能騁或奔放而不自還公則財成心匠(文粹作切近)揮斥細故英華感槩卓爾其宏大拆理研幾泊然其精微全才逸氣與勲力相宣(集作直)盡在是矣公之理也徐人宜之故尚書克家纂業用嗣厥服猶鮑氏之居司隸鄭人之賦緇衣大君推恩善善春秋之義也永懷先志乃集遺文以德輿嘗承司徒之權表列編次凡二百三十篇承詔作序是用拜君命之辱而不敢讓云

兵部郎中楊君集序　前人

周家忠厚文章備乎二代先師有郁郁之歎故周任史克仍叔吉甫之倫生焉漢氏刬煩苛亦利澤訓辭深厚議論宏大故賈誼楊雄司馬遷相如之才出焉唐興幾二百歲紹聞(集無聞字)周漢之逸軌以人(集無人字)文華國猶雲漢之爲章于上江漢之爲紀于下九功成焉百度貞焉王澤浹洽故斯文煥發秉筆之士皆欲泝末流而挹清源拔埃壒而棲顥氣至若詞合雅言中倫疏通而不流博富而有節潔静夷易得其英華者其弘農楊君歟君諱凝字懋功孝弟純懿中和特立早歲遘難於江湖間與伯氏嗣仁叔氏恭履修天爵振儒行東吳賢士大夫號爲三楊易象之懿文孔門之言詩皆生知之舉進士甲科賢公交辟典(集作由)校秘書四遷至冠柱後惠文徵拜右(集作左)史歴司封員外右(唐書集本作左)司郎中不附離權右隂爲所中以其(集作介)外相師律

非君莫可他日計事如京師復命于梁會其帥既歿軍司馬代之詔未下兵火氣燄殺人以逞明神佑善獨脫死地中貴人持尺一詔書徵還燕居四年不交人事磅礴三古推明六義措跡愈退而屬詞愈精時恭履捐館一紀君與嗣仁倍手足之愛壬午歲嗣仁以中執法廉湘中七郡風俗君起家爲兵部郎中伯仲昌大輝華中外方將乘迅飈摩赤霄極文采之用爲太平嘉瑞協書命於謩訓薦聲詩於郊廟命屈其才未如之何君嘗以爲尚氣者或不能精審言理者或不能彪炳鏤蒸彝景鐘與緣情比興者或不能相爲用仲宣體弱公幹未遒才難而力不足從古所病故懋功於六經百氏之中如良金巧冶鍜鍊在手而又弛

槁防蘗約束恬然而據上游坦然而蹈中行其叙事推理況（集作伉）今据古多而不煩簡而不遺彌綸條𢀞無入而不自得所著文一百四十餘篇歌詩倍之皆天球大圭奇采逸響不待數衍璜珮玦之目然後知其妙噫自天寶已還操文柄而爵位不稱者德輿先大夫之執曰趙郡李公遐叔河南獨孤公至之狎主時盟爲詞林龜龍止於尚書郎二千石屬者亡友安定梁肅寬中平夷朗暢僟邁間起博陵崔鶠元翰懏厚周密精醇不雜二君者雖嘗司密命裁賛書而終不越於諫曹計部今懋功亦以中兵下大夫奄忽不淑豈造物者不與其全歟復舛錯歟此吾徒故人所以索然出涕而有百身之痛也嗣仁類其文爲二十篇（集作卷）

編緘詞甚哀猥見授簡以德輿早辱厚善忘其不能其代德家法與踐履始中終之說嗣仁剌石紀墓既詳言矣徒采其述作大旨直書以綴于篇

比部郎中崔君元翰集序　前人

易賁之彖曰觀乎人文以化成天下故闕里之四教門人之四科未有遺文者荀況孟軻修道著書本於仁義經術之枝泒也迨夫騷人怨思之作游士從衡之論剌譏捭闔文憲陵夷至漢廷賈誼劉向班固楊雄司馬遷相如之倫彛然復興有古風烈然則文之用也横三才之中經紀事物（集作萬事）章明統類不可已也殷之三說命周之命君陳君牙楚射父之訓詞鄭東里之潤色天子諸侯名（集作告）命之文也張老之輪奐史克之騆駜吉甫之清風伯喈之無愧賢士大夫頌述之文也至若夫子紀延陵墓叔向寓子産書董仲舒射策書天人相與之際阮元瑜書記翩翩之任觸類滋多非文不彰後之人力不足者詞或侈靡理或底伏文之難能也如是博陵崔君元翰東漢濟北相長岑令之後也曾祖某濟州刺史祖某鳳閣舍人考某以經明歷衛州汲縣尉虢州湖城縣主簿親歿遂不復仕探古先微言著尚書演範周易志象及三國春秋幽觀之書門人諸儒易其名曰貞文孝父君紹文宗雕龍之慶究貞文法義之學絜廉清方敦直莊明博見強志不取合於俗默而好深湛之思舒而爲彬蔚之文師遵六籍磅礴二漢不爲物

遷不爲波流初閉（文粹作間）關隱約於河朔之間年殆知天命甫與計偕至京師洎傳學宏詞直言極諫凡三登甲科名動天下初自典校秘書連辟汧公北平王二司徒府管奏記之職歷太常寺協律郎大理評事錫以命服登朝廷（文粹無廷字）爲太常寺博士禮部員外郎貞元七年春轉職方員外郎知制誥八年終罷爲比部郎中十一年夏感疾不起其壽四百甲子其文若干篇閎茂博厚菁華縝密足以希前古而聳後學記（文粹作紀）循吏政事則房栢鄉碣孫信州頌叙守臣勳烈則黎陽城碑劉幽求（文粹作州）神道碑表宗工賢人兆域則李太師梁郎中誌文撰門下（集作門中撰）德善則貞文孝父誌碣二銘攄士忘氣以申感槩則與李都統及三（文粹

作二從事書慕文粹作詮乘門心法則大覺禪師碑推人情以陳
聖德則請復尊號表鋪陳理道則有制策藻潤王度則有
詔誥嚮所叙詩書說命駉頌而下君皆索其粹精故能度
越倫類有聲名於代其他詩賦贊論銘誄序詔等合爲三
十卷如黃鍾玉磬弘文粹作琮璧琬琰奏於懸間列在西序其
彰彰者雖漢庭諸公不能加也無溢言曼辭以爲夸大無
謟笑柔色以資孟晉勁集作婞直而不能屈已清剛而不能
容物孤文粹作介特寡徒晚達中廢斯亦命之所賦也德輿蚤
文粹作昔歲與君遊於集無於字江湖間又接武侍從登文石之陛
常所論著倫探簡編君之孤某既除喪泣捧遺文見咨序
引故如其篇第直書以冠之云爾文粹無爾字

中嶽宗元先生吳尊師集序　前人

道之於物無不由也無不貫也而況本於玄覽發爲至善
言而蘊道猶三辰之麗天百嘉之麗地平夷章大恬淡溫
粹飄飄然軼八紘而泝三古與造物者爲徒其不至者遣
言則華涉理則泥雖辨麗可嘉采真之士不與也宗元先
生吳君其知言者歟先生諱筠字貞節華陰人生十五年
篤志於道與同術者隱于南陽倚帝山閟覽古先遐蹈物
表芝耕雲卧聲利不入天寶初玄纁鶴版一作書徵至京師
用希夷啓沃脗合玄聖請度爲道士宅於嵩丘乃就馮尊
師齊整受正法初梁貞白陶君以此道授昇玄王君自王
君至先生凡五代矣皆以陰功救物爲王者師十三年召
入大同殿尋又詔居翰林玄宗在宥天下順風所嚮乃獻
玄綱三篇優詔嘉納志在遐舉累章乞還以禽魚自況藪
澤爲樂得請未幾盜泉汙于三川羽衣虛舟泛然東下棲
匡廬登會稽浮淛河息天柱隱機埋照順吾靈龜有時放
言以暢天理且以園公歌詠於紫芝弘景怡說於白雲故
屬詞之中尤工比興觀其自古王化詩與大雅吟步虛詞
遊仙雜感之作或遐想理古以哀世道或磅礴萬象用冥
環樞稽性命之紀達人事之變大率以啇神挫銳爲本至
於奇采逸響琅琅然若戛雲璈而凌倒景昆閬松喬森然
在目追集無此字近古遊方外而言六義者先生實主盟焉至
若揔論谷神之妙則有玄綱篇哀蓬心蒿目之遠於道也

則有神仙可學論疏瀹澡雪使無落吾事則有洗心賦嚴
棲賦修胷中之誠而體乎大一作天均有心目論契形神頌
其他抗章寓書贊美序別非道不言言而可行泊然以微
妙卓爾而昭曠合爲四百五十篇傳大真人之言盡在是
矣以大曆十三歲歲直鶉首止于宣城道觀焚香返真於
虛室之中門弟子有邵冀玄者率巖其徒寧神于天柱西
麓從其命也大原王顏常悅先生之風採道也熟自先生
化去三歲顏爲御史中丞類斯遺文爲三十編拜章上獻
藏在秘府冀玄者偏得先生之道如槁木止水刳心遺形
自先生化去二十五年一作歲類其文章一作以其文編請傳永久
其有遥廷一作遥遺卓詭之論猶不列於此編一無編字至若挺神

奇祛物一作見怪告鍊蛇之地合珩鎣之符備刻於金石者之論說一作皆備於刻金石者之說今徒采獲斯文以序崖略且俾後學知道者必知言云　一作皆唐文粹

穆公集序　許孟容

班孟堅謂有漢文章與三代同風巨唐化成稽古斯文酖炎靈之盛浸息淫靡歸於正聲由是業文之士蓄靈含粹光價時獨者徃徃間出吾友河南穆員字興直麟蔚鳳采自天而授誦六經得其研深閱百氏得其英華屬詞匠意必本於道夫龍圖龜書三統之有述皆文之蘊也自雅頌風騷而下則又粉澤而成黼藻雕鐫而爲形象比其音而曲度之緣其情而哀樂之悠遠易直昭明典則本情性而

根教化者率漫羨魁壘上科每下盧每反繁音艶彩背怪誕而尚沉溺者也穆君泝其波流擇其宗師以爲文宣王經春秋序詩書繫易象猶日月不可及矣游夏荀孟李斯賈誼之徒是宜學者十駕百已鑽仰而憲章者也故其文融朗恢健沉深理辨墉闥四會精銳百鍊結而爲峻極散而爲游演其工也與今而從古其旨也懲惡而聳善跡夫孝于其上慈于其下擇中庸而後蹈推久要而後交則向之詞藝由積衆淳耀發而爲身瑞者也顏回黃憲仁而夭促楊雄司馬遷才而不試穆君年逾四十用止幕畫并四賢之德器而祿壽似馬彼洪鑪埏埴直卑不直歟爲天地無心歟徇萬化歟大凡碑誌文冊銘讚記序六十五首共成十卷於先府君先夫人玄堂誌見自身刑家自家刑國父父子子夫夫婦婦之道於祭顏太師張相國文見君仁臣忠捍患成功感憤激烈死輕鴻毛之道向使假其永齡登金馬石渠與獻納論思之臣發揮謨訓潤色王度則聖朝文苑頌甘泉賦羽儀卿雲褒皐群子之列加一士也斯楊嗣仁所以賦已友之哀余所奠疑矣宋之問遺草編次授於伯兄舊御史中丞今常州刺史善知音者佳子期乎發篋開卷如外玄圃將垂來代敢失其傳

西漢文類序　柳宗元

左右史混久矣言事駁亂尚書春秋之旨不立自左丘明傳孔氏太史公述歷古今而爲史記文粹作迷歷古今史記迄于今

交錯相亂莫能離其說獨左氏國語記言不參於事戰國策春秋後語頗本古集作右是史尚書之制然無古聖人蔚然之道大都集作抵促數耗矣而後之本者罷集作爨之文之近古而尤壯麗莫若漢之西京班固書傳之吾嘗病其畔散不屬無以考其變欲采比義會年長疾作駑墮愈文粹作日甚蜀集作年長疾駑惰愈日甚未能勝也幸吾弟宗直愛古書樂而成之搜討磔裂攟摭融結離而同之與類推移不易時月而咸得從其條貫森然炳然若開群玉之府指揮聯累圭璋琮璜之狀各有列位不失其敘雖第其價可也以文觀之則賦頌詩歌書奏詔策辯論之辭畢具以語觀之則右史紀文粹作記言尚書國語戰國策成敗興壞之二字文粹作哀字說大備

無不苞也噫是可以爲學者之端耶始吾少時有路子者自贊爲是書吾嘉而叙其意而其書終莫能具卒俟宗直也故删取其叙繫于左以爲西漢文類首紀殷周之前其文簡而野魏晉已降則盪而靡得其中者漢氏漢氏之東則既衰矣當文帝時始得賈生明儒術武帝尤好之（集作焉）而公孫弘董仲舒司馬遷相如之徒作風雅益盛敷施天下自天子至公卿大夫士庶人咸通焉於是宣於詔策達於奏議諷於詞賦傳於歌謠由高帝迄于哀平王莽之誅四方之文章蓋爛然矣史臣班孟堅修其書拔其尤者充于簡册則二百三十年間列辟之達道名臣之大範賢能之志業黔黎之風美列焉若乃合其英精離其變通論次

其叙位必俟學古者興行之唐興用文理貞元間文章特盛本之三代抔于漢氏與之相準於是有能者取孟堅書類其文次其先後爲四十卷

楊評事文集後序　　前人

贊曰文之用辭令褒貶導揚諷諭而已雖其言鄙野足以備於用然而闕其文采固不足以竦動時聽夸示後學立言而朽君子不由也故作者抱其根源而必由是假道焉作於聖故曰經述於才故曰文文有二道辭令褒貶本乎著述者也導揚諷諭本乎比興者也著述者流蓋出（一作述）於書之謨訓易之象繫春秋之筆削其要在於高壯廣厚詞正而理備謂宜藏於簡册也比興者流蓋出於虞夏之詠歌殷周之風雅（一作雅頌）其要在於麗則清越言暢而意美謂宜流於謠頌也茲二者考其旨義乖離不合故秉筆之士恒偏勝獨得而罕有兼者焉厥（一作故）有能而專美命之曰藝成雖古文雅之盛世不能並肩而生唐興以來稱是選而不作者梓潼陳拾遺其後燕文貞以著述之餘攻比興而莫能極張曲江以比興之隙窮著述而不克備其餘各探一隅相與背馳於道者其去彌遠文之難兼斯亦（一作無亦字）甚矣若楊君者少以篇什著聲於時其炳燿尤異之詞諷誦于（一作於下同）文人蒲盈于江湖達于京師晚節遍悟文體尤邃叙述學富識遠才涌未已其雄傑老成之風與時增加既獲是不數年而夭其季年所作尤善其爲鄂州新

城頌諸葛武侯傳論餞送梓潼陳仲甫汝南周源河東裴泰武都符（一作苻）義府泰山羊士諤隴西李諫（一作練）九六序廬山禪居記辭李常侍啓遠遊賦七夕賦（一作詩）皆人文之選已用是陪陳君之後其可謂具體者歟嗚呼公既悟文而疾旣即功而廢廢不逾年夭病及之卒不得窮其工竟其才遺文未克流於世休聲未克充於時凡我從事於文者所宜追惜而悼慕也宗元以通家修好幼獲省謁故得奉公元兄命論次篇簡（一作目）遂述其制作之所詣以繫于（一作其）後　一作皆唐文粹

文苑英華卷第七百四

文苑英華卷第七百五　序七

文集七

相國李公集序　劉禹錫

天以王(集作正)氣付偉人，必餙之使光耀于世。粹和絪緼積于中，鏗鏘發越形乎外。文之細大，視道之行止，故得其位者，文非空言，咸繫于訏謨宥密，庸可不記。惟唐以神武定

天下，群慝既讋，驟示以文，韶英之音與鉦鼓相襲，故起文章爲大臣者，魏文貞以諫諍顯，馬高唐以智謀(集作謩)奮，岑江陵以潤色聞，無草昧汗馬之勞，而任遇在功臣上，唐之貴文至矣哉。後王纂承，多以國柄付文士。元和初，憲宗遵聖祖故事，視有宰相器者，貯之內廷，繇是釋筆硯而操化權者，十八九。公實得時而光焉。公諱絳，字深之，趙郡人。在貢士中傑然有奇表，既登太常第，又以詞賦外甲科，授秘書省校書郎。歲滿，從調有司，設甲乙問以觀決斷，復居高品，補渭南尉，擢拜監察御史。未幾，以本官充翰林學士，居中轉尚書主客員外郎，歷司勳郎中、知制誥，遷中書舍人。風儀俊整，敷奏讜切，言事感動上，輒目送之。一旦召至浴堂門與語，半日將移(集作柄)用于大寮，稔熟民聽，遂拜(一字集作送出爲非)戶部侍郎。明年遷中書侍郎、同平章事。毅(集作般)然有直聲，及冊免而聞望益大。周旋公卿間，五爲尚書，歷御史大夫、左僕射，一以三公領太常，刺近輔，居保釐，登齋壇，皆再焉。太和三年，以司空鎮南鄭，居二歲，坐氣剛而折，海內寃惜之。後三年，嗣子前京兆府戶曹掾璆、次子前監察御史褒、行項等，泣持遺草，請編之。筆(集作肇)自從試有司，至于宰天下，詞賦詔誥，封章啓事，歌詩贈餞，金石颺功，凡四百餘篇，勒成二十卷。上所以知君臣啓沃之際，下所以備風雅詩聲之義。洪鍾駭聽，璒瑟清音。其在翰苑及登台庭，亟言大事，誠貫理直，感神動(集作通神)祇，龍鱗收怒，天日迴照，古

所謂一言興邦者，信哉。始愚與公爲布衣游，及仕，識服章同邑。其後雖翔泳勢異，而不以名數華初心。今考其文，至論事疏，感人肺肝，毛髮聳然(集作昏聳)。嗚呼，其盛唐之遺直歟。

相國韋公集序　前人

漢庭以賢良文學徵有道之士，公孫弘條對第一，席其勢鼓行人間，取丞相且侯，使漢有得人之聲，伊弘發也。皇唐文物與漢同風，故天后朝燕國公說以詞標文苑徵，玄宗朝曲江公九齡以道侔伊呂徵，德宗朝天水姜公公輔、杜陵韋公執誼、河東裴公垍以賢良方正徵，憲宗朝河南元公稹、京兆韋公惇以才識兼茂徵，隴西牛公僧孺、李公宗閔以能直言極諫徵，咸用策甲科(文粹集作對策甲)於天下，繼爲

有聲宰相古今相望落落然如驊星辰與夫啓版築飯牛者興矣公本名惇舉進士登賢良既仕方更名處厚字德載漢丞相扶陽侯之裔孫後周逍遙公夐之八代孫右僕射某之元子生而聰明絶人在提孩發言成詩未幾能賦受經於先君僕射學文於伯舅許公孟容及壯通六經旁貫百氏洞天人之際遂探曆數明天官窮性命之源以至于佛書尤所通達（四字集作尤遂）初爲集賢殿校書郎宰相李趙公監修國史引公直東觀就改咸陽尉遷右拾遺轉左補闕世稱有史才而能諫諍入尚書爲郎歷禮部考功皆人望所在上方用威武以讐不庭宿兵寖久帝丞相貫之酌人情上言不合意冊免因歷詆所善公在伍中出爲開州

刺史居二（集作三）年執友崔敦詩爲相徵拜户部郎中至闕下旬歲間以本官知制誥穆宗新即位注意近臣召入翰林充侍講學士初授諫議大夫續換中書舍人侍遊蓬萊池延問大義退而進六經法言二十篇優詔荅之賜以金紫尋遷權知兵部侍郎知制誥翰林侍講史館修撰長慶四年春敬宗踐祚以公用經術左右先帝五年稔聞其德尤所欽倚內署故事與外庭不同凡言翰林（集作內翰）學士必草詔書有侍講者專備顧問雖官爲中書舍人或它官知制誥第用其班次耳不竄言於訓詞至是上嘉公且有以寵之乃使內謁者申命去侍講之稱慮未諭于百執事居數日降命書重舉舊官以明新意尋直拜夏官貳卿由是

內庭辭臣無出其右者凡密旨必承乎權輿故號承旨學士上富有春秋未親庶政有疑（集作凝）滯視公如蓍龜寶曆季年官壺間一夕生變人情大駭雖咼臣無所關決惟內署得預叅畫（四字集作叅馬）群議悶（集作閑）然俟公一言而定戡難纘服再維乾綱今上繼統（集作明）策勳第一擢拜中書侍郎同中書門下平章事以高才遇英主功顯人伏言無不從筆端膏寸澤及天下盡罷冗食請歸才人事先有司物止常貢城社無犯（集作訖）嚴廊益尊感恩盡瘁不啚神用太和二年十二月上前言事未及畢辭疾暴盛（文集文粹作疾暴作集作疾暴）僨以朝服委地同列白奏搢笏扶持之不能起上命中貴人左右翼負（文粹作輔）歸于中書如大醉狀上震驚咨嗟徵醫

賜藥旁午疊委會暮肩輿至第詰旦以疾（集無疾字）不起聞贈襚加常禮後十年嗣子蕃以太子舍人直弘文館編次遺文七十通銜哀貢誠乞序以冠其首謹按公文未爲近臣以（文粹作已）前所著詞賦（文粹無此二字）讚論記述銘誌皆文士之詞也以才麗爲主自入爲學士至宰相以往所執筆皆經綸制置財成潤色之詞也以識度爲宗觀其發德音福生人沛然如時雨褒元老諭功臣穆然如景風命相之冊和而莊（集作壯）命將之誥昭而毅薦賢能其氣似孔文舉論經學其博似劉子駿發十難以摧言利者其辨似管夷吾噫逢時得君奮智謀以取高位而令名隨之豈不偉哉初蕃既纂修父書咨于先執李習之請文爲領袖許而未就一旦

習之悄然謂蕃曰翺昔與韓吏部退之爲文章盟主同時倫輩柳儀曹宗元劉賓客夢得直韓柳之逝久矣今翺又被病慝不能自述有孤前言賫恨無巳將子薦誠于劉君乎無何習之夢奠于襄州蕃具道其語余感相國之平昔且嘉（文粹作憐）蕃之虔虔孝敬（四字集作虔敬）庶幾能世其家故不敢讓云爾（六字集作固不讓云）

禮部員外郎柳宗元文集序　前人

八音與政通而文章與時高下三代之文至戰國而病涉秦漢復起漢之文至列國而病唐興復起夫政龎而土裂三光五嶽之氣分（扶問切）太音不完故必混一而後大振初貞元中上方嚮文章昭回之光下飾萬物天下文士爭執

所長與時而奮燦焉（集作然）如繁星麗天而芒射（集無射字）寒色正人望而敬者五行而巳河東柳子厚斯人望而敬者歟子厚始以童子有奇名於貞元初至九年爲名進士十有九年爲材御史二十有一年以文章稱首入尚書爲禮部員外郎是歲以疎雋少檢獲訕出牧邵州又謫佐永州居十年詔書徵不用遂爲柳州刺史五歲不得召病且革留書抵其交中山劉禹錫曰我不幸以謫死以遺草累故人禹錫執書以泣遂（文粹作因）編次爲三十二（文粹作四十五集作三十）通行於世子厚之喪昌黎韓退之誌其墓且以書來弔曰哀哉若人之不淑吾嘗評其文雄深雅健似司馬子長崔蔡不足多也安定皇甫湜於文章少所推讓亦以退之言爲然凡子厚名氏與仕與年暨行巳之大方有退之之誌若祭文在今附于第一通之末云　退之言（集作退之之言）

衢州刺史呂君集序　前人

五行秀氣得之居（劉集作若非）多者爲雋人其色激灔於顏間其聲發而爲文章天之所與有物來相彼由學而致者如工人染夏以視羽畎有生死之殊矣初貞元中天子之文章煥乎垂光慶霄在上萬物五色天下文人（文粹作人文）爲氣所召其生乃蕃靈芝蓮蕭（呂集作膗）與百果齊拆然煌煌翹翹出乎其類終爲偉人者幾希矣東平呂和叔實生是時而絕人甚遠始以文學振三川三川守以爲貢士之冠名聲四馳（文粹作名都西馳）速如羽檄（文粹作翼）長安中諸生咸避其鋒兩

科連中鍵乃愈出德宗聞其名自集賢殿校書郎擢爲左拾遺明年犬戎請和上問能使絕域者君以奇表有專對材膺選轉殿內史錫之銀章還拜尚書戶部員外郎轉司封遷刑部郎中兼侍御史副治書之職會中執法左遷緣坐出爲（二字呂集作謫劉集無此二字）道州刺史以善政聞改衡州年四十而歿後十年其子安衡泣奉遺草來謁咨余叙（文粹作俾呂集作紬）之成一家言凡二百篇勒成十卷（集本無此四字）和叔名溫別字化光祖考皆以文章至大官早聞詩禮於先侍郎又師吳郡陸贄（文粹作李質）通春秋從安定梁肅學文章勇於藝能咸有所祖年益壯志益大遂撥去文學（劉集作學）與雋賢交重氣槩覈名實歆（劉集作歎呂集作忻）然以致君及物爲大欲每與其

徒講疑考要皇王覇強之際臣子忠孝之道出入上下百千年間詆訶角逐疊發連柱（文粹作中）得一善（呂集無此三字）輙肝衝擊節揚袂頓足信容得色舞于眉端以爲按是言循是理合乎心而氣將之昭昭然若揭日月而行孰能闕其勢而爭天光者乎（劉集無乎字）嗚呼言可信而時與道甚長而命窄精氣爲物其有所歸乎古之爲書者先立言而後體物賈生之書首過秦而荀卿亦後其賦和叔年少遇君而卒以謫似賈生能明王道似荀卿故余所（文粹無所字）先後視二書斷自人文化成論至諸葛武侯廟記爲上篇其他咸有爲而爲之始學左氏書故其文微爲富豔夫羿之關弓唯巴蛇九日乃能盡其彀而廻注鷃爵亦要中於尋常之間非羿之手弓有能有不能所遇然而然也後之達解者推而廣之知余之素交不相索於文字之内而已

白氏長慶集序　元稹

白氏長慶集者太原人白居易之所作也（白集元集文粹並無也字）居易字樂天始年二歲未（白集元集無此字）始言試指之無二字能不誤（事具樂天與余書内）始既言讀書勤敏與他兒異五六歲識聲韻十五志詞（諸本作詩）賦二十七舉進士貞元末進士尚馳競不尚文就中六籍尤擯落禮部侍郎高郢始用經藝爲進退樂天一舉擢上第明年中拔萃甲科由是試（諸本無試字）性習相近遠求玄珠斬白蛇（文粹有等字）等賦洎百道判新進士競相傳於京師矣會憲宗皇帝策召天下士樂天

對詔稱旨又中（白集文粹作盛）甲科未幾選（白集文粹無選字）入翰林掌制誥比比上書言得失因爲喜（白集文粹作賀）雨詩秦中吟等數十章指言天下事人比之風騷焉予始與樂天同校祕書前後（諸本作之名非）多以詩章相贈答會予譴掾江陵樂天猶在翰林寄與百韻律體（白集文粹作詩）及雜體前後數十軸（諸本作章）是後各佐江通復相酬寄巴蜀江楚間洎長安中少年遞相倣競作新詞自謂爲元和詩而樂天秦中吟賀雨諷諭閑適等篇時人罕能知者然而二十年間禁省觀寺郵候墻壁之上無不書王公妾婦牛童馬走之口無不道至於繕寫模勒衒賣於市井或持之以交酒茗者處處皆是（杭越間多作碑模勒樂天及予雜詩賣於市肆中抗白集文粹並作揚）其甚者有（白集文粹有有字）至於盜竊名姓苟求自售雜亂間廁無可奈何予常於平水市中（鏡湖旁草市名）見村校諸童競習歌詠（諸本作詩）召而問之皆對曰先生教我樂天微之詩固亦不知予之爲微之也又雞林賈人求市頗切自云本國宰相每以百金換一篇其甚僞者宰相輙能辨別之自篇章已來未有如是流傳之廣者長慶四年樂天自杭州刺史以右庶子詔還予時刺郡（文粹作部）（白集無郡字）會稽因得盡徵其文手自排纘成五十卷凡二千一百九十一首前輩多以前集中集爲名予以爲皇帝（白集作陛下元集文粹作國家）明年當改元長慶訖於是因號曰白氏長慶集大凡人之文各有所長樂天之長可以爲多矣夫以諷諭之詩長於激閑適之詩長於遣感傷之詩長於切五字

律詩百言以（白集文粹作而）上長於贍五字七字百言而下長於情賦贊箴誡之類長於當碑記敘事制詔長於實啓奏表狀長於直書檄詞策剖判長於盡摠而言之不亦多乎哉至於樂天之官族景行與予之交分淺深非敘文之要也故不書長慶四年冬十二月四（白集作十）日微之敘白氏長慶集五帙都五十卷（通後集七十卷三千七百餘首）

京兆元少尹集序　白居易

天地間有粹靈氣焉萬類皆得之而人居多就人中文人得之又居多蓋是氣凝爲性發爲志散爲文粹勝靈者其文冲以恬靈勝粹者其文宣以秀粹靈均者其文蔚温雅淵疑疏朗麗則檢不阨（集作扼）達不放古常而不鄙新奇而

不怪吾友居敬之文其殆庶幾乎居敬姓元名宗簡河南人自舉進士歷御史府尚書郎訖京兆亞尹凡二十八年著格詩一百八十五律詩五百九賦述銘記書碣贊序七十五總七百六十九章合三十卷長慶三年冬遘疾彌留將啓手足無他語語其子途云吾平生酷嗜詩白樂天知我者我歿其遺文得樂天爲之序無恨矣既而途奉理命號而告予無幾何會予自中書舍人出牧杭州歲餘改右庶子移疾東洛明年復刺蘇州四年間三換官徙復奔命不啻萬里席不遑煖矧筆硯乎故所托文久未果就其刺蘇州又副郡治數月政方暇因發篋閱昭居敬所著文集其間與予唱和者數十首燭下諷讀悽惻久之怳然疑居敬在傍不知其一生一死也遂援筆草序序成復視涕與翰俱悲且吟曰黃壤詎知我白頭徒念君唯將老年淚一灑故人文重曰遺文三十軸軸軸金玉聲龍門原上土埋骨不埋名嗚呼居敬若職業之恭慎居處之莊潔操行之貞端襟靈之曠澹骨肉之敦愛丘園之安樂山水風月之趣琴酒嘯吟（集作咏）之態與人久要遇物多情皆布在章句中開卷而盡可知也故不序時寶曆元年冬十二月乙酉夕在吳郡西園北齋東廡下作序

著作佐郎顧君集序（英華分文粹序詩集序作兩門按皇甫湜集題作顧況詩集序則當在七百十三卷英華既編入文集門或恐不專是詩姑仍其舊）　皇甫湜

吳中山泉氣象（文粹作壯）英淑怪麗太湖異石洞庭朱實華亭清唳與虎丘天竺諸佛寺鈞鎖綿絕君出其中間翕輕清以爲性結冷汰以爲質喣鮮榮以爲詞偏得（文粹無得字）於逸歌長句駿發踔厲往往若穿天心出月脇意外驚人語非尋常所能及最爲快也李白杜甫已死非君將誰與哉君諱況字逋翁以文入仕其爲人類其詞章嘗從韓晉公於江南爲判官驟成其磊落大績入佐著作不能慕顧（集作順）爲衆所排爲江南郡丞累歲脫縻無復北意起屋於茅山意飄然若將續古三仙以壽九十卒湜以童子見君楊州孝感寺君披黃衫白絹（集作文粹作絹）鞳頭眸子瞭然燦燦（集作文粹作爛爛）清立望之真白珪振鷺也既出接歡然以我爲楊雄孟

輒顧恨不及見四(文粹作三)十年於茲矣知音之厚曷嘗忘諸去年從丞相京公襄陽有曰(集作白)顧非熊生者在門訊之即君之子也出其詩果工袖君集(八字集作出君之詩集)二十卷泣請(集作示)余發之京公適移涖宣武軍余裝歸洛陽諾而未副今又稔矣生來速文乃題其集之首為叙

相國曲公集序燕國公(集作燕國張公)曲江公(集作曲江張公)

八代孫(此下集有江陵節度參謀監察御史裏行贈十三字)

有疑滯(集作或有疑滯)悄然(集作憮然)

呂君集序皇王覇強之(集作王覇富強之術)

長慶集序制詔(元稹集本作制誥)

文苑英華卷第七百五

文苑英華卷第七百六　序八

文集八

太尉衞公會昌一品制集序二首　鄭亞(見李德裕集)

綸綍(文集蜀集並作綍紼)之興載籍之始先王發號施令明罰勑法蓋本於此也唐虞之盛二典存焉夏殷之隆厥有訓誥自衞征甘誓乃有誓命之書皆三代之文一王之法也虞夏之際代祀綿遠其代王掌制之名氏莫得而知至于成湯太甲則有仲虺伊尹為之訓誥高宗得傅說則有說命之篇周公召公相成王則有洛誥酒誥周官顧命秦始皇帝并一區宇丞相李斯實掌其言漢興當秦焚書之後侍從之臣皆不習文史蕭曹之輩又乏儒墨之用每封功臣建子弟其辭多天子為之縱委於執翰者亦非彰灼知名之士武帝使司馬相如視草率皆文章之流以相如非將相之(集本文粹並無之字)器也厥後寖以微長(集本文粹作寖微寖長)下于魏晋亦代有其人我高祖革隋文物大備在貞觀中則顔公師古李公文本與焉在天后時則李公嶠崔公融出為燕許角立於玄宗之朝常楊繼美於代宗之代(集作世)洎憲宗皇帝英武啓運雄圖赫張中興之業高映前古其時則先太師忠公翱翔内署有密勿賛佐之績平吳定蜀時(文粹作實)唯其功及登樞衡作霖雨尊王室卑諸侯圖蔡料齊外定内理顯王言於典誥彰帝範於圖籍紀在徽冊播於無窮特進太子少保分司東都衞公長慶中事惠皇為翰林學士

訓誥之業彰於傳聞昭肅皇帝統握乾符寤寐良弼詔自淮海復升台庭盡付玄機允厭神度每彤墀（集作彤庭）奏罷別承天睠帝亦講伊尹傳說（集本文粹作伊訓說命）之旨定元首股肱之契以太平之制度上古之文教咸屬於公焉會先太后懿號未立帝明發有永懷之痛公述汾麓神井之瑞贊繞樞懷日之慶懋遵聖緒光慰孝思於是承命有宣懿祔廟之制及武宗郊昊天拜清廟文物胥備朝廷有禮華夷述職河朔修貢乃顯神庥薦徽號奉揚一德以示萬方於是撰仁聖文武至神大孝之冊封域無虞天子脩然有求玄之思乃範貞金模聖表隆準日角燭于宮庭中外臣僚咸欲以頌山河而褒日月也公於是有聖容之贊天街之北

德鬻攸居因饑憑陵怙衆強禦嚴之以刀斗而勒爾無懼申之以文告而腆（集之作坦）然不率天子震怒旋命征之公獨運沉機上資宸斷萬里勝負決於帷中雷霆既震犬羊遷（集作文粹作遂）潰疣贅披抉腥羶解離遁其名王復我貴主公於是有討北狄之詔天寶末薊門爲首亂之地瘡痏榛棘襲世未平至於漁陽帥師仲武掃除妖孽滅獲仇讐奉揚威神乃底康靖仍願勒石於盧龍之塞以叙聖功飛章上聞帝用允若公祇膺（文粹作應非）明命舒展格言呼嘯神祇吐納嵩華當晝而文星現不縣而白鳳來成諸侯不朽之勳尊元后無私之化公於是有幽州紀功之碑潞師劉從諫死其子因闟河之嶮恃甲兵之衆請爵爭地屢聞王庭中外

疑迷互撓天聽帝將耀神武公累疏（文粹作獻）忠（集作竒）謀且言曰重耳在喪不聞利父雄渠受戮抵以拒君況明皇舊宮天井內地跨援（集本文粹作連）河北脅倚山東豈可行有（一作育）匪人坐爲汙俗若是可忍孰不可容沃心無疑躡足乃定又曰上黨居天下之脊當河朔之喉今漳水雄兵常山勁卒是爲脣齒寔懼因依不若乘其（文粹作於）未萌制其將動帝俞其奏乃妙選使臣以勞諭之嚴立刑賞以勸戒之魏侯鎮侯戮力從命絕壺關之右臂收涇水之上游獲茲渠魁在此成算又轅門叛將潢水餘兇竊上相之旌旗盜晉陽之管鑰帝怒斯赫人心愈疑咸以師老于郊梟巢尚固議罷兵者蚊聚請宥過者雷同公又揚笏而言曰彼地則義師

師介（集作師分）宗室是玄祖（英華作文王恐非）勤商之邑后稷造周之邦瓜瓞具存堂構斯在苟虧策畫不襲仇讐則是獎彌牟逐主之風長冒頓射親之俗詩稱築室于道書謂疑謀勿成由是洞啓宸衷大破群議運籌制勝舉無遺策防微慮遠必契神機授鉞之臣伏膺承命謝安之圍碁尚却曹參之飲酒方酣果有軍書繼聞戎捷砥磨周鉞水（集本文粹作典）淬鄭刀萬里來袁紹之頭顱二塚葬蚩尤之肩髀歡聲雖震於朝市喜氣不見於形容何其纂立功勳鎮定風俗若是之重也（集本文粹無他字）公於是有伐上黨之制平晉陽之勅宗華可汗獻琛輸賮越自絕漠（集本文粹作域）通於本朝文畢伯士之亂呼韓谷（文粹作鹿）蠡之師或執王而朝靈囿或解辮而拜

芔泉並垂於策書（集作史冊）光被明命公於是有諭廻鶻之命
五慰堅昆之書四文章等於訓傳機事出於神明固將偃
仰邳右之符傲睨鬼箝之録聞之者可以袪聾瞶得之者
可以弼邦國每牙管既授芝泥將熟（一作乾）嘗於前席親授
筆札公亦分陰可就落簡如飛時有急宣關於密畫內庭
外制皆不與聞或勢切疾雷機難終日宣室未召武帳莫
開公則手疏（集本文粹作疏于）封章達於旒扆（集本文粹作衮）當乙夜觀
書之際未嘗不稱羨再三此又豈可與傳（集作賦）洞簫而諷
於後庭聞子虛而嗟不同世者論功校（集作較）德耶歲在乙
丑群公常伯以天子之道貫於神祇一年而風雨攸序炎
沴不作二年殲醜虜與北伐之詩四年誅猗童詠東征之

歌而又移（集本文粹作伐）摩尼之風壞浮圖之俗偃兵反樸四海
胥定思欲增鴻名光下武公乃覩東序之圖按西崑之諜
鋪舒名實藻縟文采（集作質）類于上帝爲唐神宗公於是纂
章天成功神德明道之冊文號位既畢華夷會同方將命
禮官召儒者訪匡衡后土之議採公玉明堂之圖考肆覲
之禮於汾生取封禪之書於天子盡皇王之盛事極臣子
之殊功而軒鼎將成禹書就掩然猶進先嘗之藥獻高手
之醫藏周旦請代之書追漢宣易名之美作爲大誥祈于
昊天始終一朝紹續九德其功伐（文粹作攻伐集作攻閥）也既如彼
其制作也又如此故合武宗一朝冊命典誥奏議碑讃軍
機羽檄凡兩帙二十卷輒署曰會昌一品制集紀年追聖

德也書位旌官業也歲在丁卯亞自左掖出爲桂林九月
公書至自洛以典誥制命示于幽鄙且使爲序以集成書
尋玄珠莫究其（集本文粹作不究於）倪域聽希聲莫窮於高下承命
震恐（集本文粹作惴）幾移朝夕援筆而復止者三四念江陸修濫
辭讓不及因齋絜以序焉夫全功難持大名難兼（集作堅）日
赫於晝而乏清娟月皎於夜而無溫煦冬之爲候也則雪
霜飄暴凍入肌髮夏之爲用也則金流石爍火走膚脉如
陽春高秋者稀焉南則瘴風毒虺之爲厲也北則獯戎黠
虜之爲患也如洛陽咸秦者幾焉鵰鶚不傳之以馳騁驊
騮不授之以騫翥如應龍者鮮焉仲尼聖賢之宗也位止
於司寇老（集本文粹作師）聃道德之祖也官不過柱史如姬旦者

幾焉是以保衡傳說左右殷宗（集本左右殷王）召公畢公寅亮周
室咸著大訓克爲元龜書契巳（文粹作已）來未之多有李斯以
刻石紀號之文勝而不在休明之運又何足數哉周勃霍
光雖有勳伐而不知儒術枚皋嚴忌善爲文華而不至巖
廊（文粹作巖廟集作廊廟）自是以降其類寔繁惟公蘊開物致君之
才居元弼上公之位建靖難平戎之業垂經天緯地之文
萃于直躬（集本文粹作于厥躬）慶是全德蓋四序之陽春九州之
咸洛品彙之應龍人倫之姬旦（集本此下有也字）後之學者其景
行之云爾（集作文粹無云字二字）

同前（代桂府榮陽公）　　李商隱

唐葉十五帝謚昭肅始以太弟茂對天休遂臨（去聲）西宮入

高廟將以準則九土指麾三靈乃顧左右曰我祖宗並建豪英範圍古昔史卜宵夢震嗟不寧是用能文惟厤掌武以永大業今朕奉承天命顯魏乃辟庸不知帝賚朕者其誰氏子焉左右惕兢威靈迷撓章指周訥揚吃不能仰酬既三四日乃詔曰淮海伯父汝來輔予霞披霧消六合快覩四月某日入覲是月某日登庸淵角奇姿山庭異表爲九流之華蓋作百度之司南帝由是盡付玄機允厭（入聲）神度左右者咸不知其夢耶卜耶金門朝罷玉殿宴餘獨銜（集作含）日光靜與天語帝亦幽闡徵召誥說命之旨定元首股肱之契曰我將俾爾以大手筆居第一功麒麟（英華作凌煙恐非）閣中霍光且圖於勲伐玄洲苑上魏牧（集作收）別議於文

章光映前修允兼具美我意屬此爾無讓焉公拜稽手曰臣某何敢以當之在昔太宗有臣曰師古曰文本高宗有臣曰嶠曰融玄宗有臣曰說曰瓌代宗有臣曰衮至於憲祖則有臣稱廟曰忠公並稟太白以傳（集作傳）精神納非煙而敷藻思才（集作材）可以淺深魏邴道可以升降伊臯而又富僧孺之新事識庾特之奇字清風濯熱白雪生春淮南王食時之工裴子野昧爽之獻疑王粲之夙搆無稱衡之加點然後可以弘宣王畧輝潤天文豈伊乏賢可纂（集作續）舊服帝又曰舜何人也回何人哉朕思丕承汝勉善繼無忝厥乎爾之先公復拜稽首曰易曰中心願也詩曰（集作云）何日忘之臣敢不夙夜在公以揚鴻烈會一日上明發於

法（集作清）宮之中念兆人之衆顧九州之廣永懷不待之痛式重如存之敬公伏奏曰唯先后懋守丕基允（集作永）資內助秀南頻（集作頻非）嘉禾之瑞開烈山神井之祥德駕河洲淑有沙麓將顯降嬀之配未弘褒紀之恩渝（集作論）美椒塗掩華蘭掖緑山破彷夙聞齊主之悲採石傳形早降漢皇之慟繞繩有慶鳴社承輝而懿號未彰貞魂莫祔恐無以懋遵聖緒光慰孝思公於是承命有宣懿祔廟之制初文宗皇帝思宗社之靈祧祖之重傳於夏啓既不克終歸於余（左傳作與）夷又（集作亦）未能立乃推帝堯敦叙九族之道弘魏文榮樂諸弟之志（集作意）嘗曰頡邸吾寧忘耶及武宗讓踰三四位當九五出潛離隱躍泉在天揚八彩於堯眉挺二肘

於湯臂故外則上公列辟內常侍貴人咸願擬議形容依稀彩飾公搢圭歸美吮墨摛詞詠日月之光華知天者之務也贊乾坤之易簡作易者之事乎公於是有聖容之贊天寶季年物豐時泰骨鯁者慕周偃武肉食者効晉清談豕不犺牙薑因撻尾氛輿燕易駕衙巴梁九十年鑾輅不東三千里華戎遂隔日者上玄降鑒元聖恢奇遂於首亂之邦先有納忠之帥復我疆理平我仇讐（集作疆理我邊鄙臧獲我仇讐）負羽蒙輪已聞於深入赤茀邪幅將事於駿奔陳萬（集作方）賄以展儀備四旅（集作驅介）而告捷仍願（集無願字）於箕星之分巫閭之旁追琢貞珉彰灼來業以文上請獨意宗臣公乃更夢江臯重吞羅鳥町疃（集作畦）河濟呼嘯神祇述列（集作烈）聖

之英猷若藩維(集作大藩)之深懇既事苞理亂思屬安危不惟嵩岳降神固亦文星助彩螭蟠龜戴(集作載)蟲篆鳥章搆思而君茁硯焚灑翰而元常筆閣公於是有幽州紀聖功之碑天街之北獯鬻攸居結以閼氏(集作支)降我皇女奉春君婁敬嘗爲遠使下杜(集作社是)人揚望長作書工乘以無年遂忘舊好分偵邏於既脫遺祭酹(集作酹祭)於蹛林俾我刁斗晨驚堠零夜設公乃上資宸斷旁輝(集作耀)軍謀心作靈臺手爲天馬克國四夷之學此日方知薛公三策之徵他時未爽既而鬼籍飛辨邳石降籌不使郭門仍譏於叚頻寧教李邑更毀於班超勢叶聲同火熔水灌遂得朝還貴主暮遁名王轄柳塞之歸車復梅粧而向闕及晋成赤狄衷師

歸珪有閼伯之弟兄誕景升之兒子將憑蜀閣欲恃吳錢姑務連雞靡(集作不)思縛虎既乘(集作垂是)文誥尚有群疑公乃挺身而進曰重耳在喪不聞利父衛朔受貶祇以拒君今天井雄藩金橋故地跨控河北脅倚山東豈可使明皇舊宮坐爲汙俗文宗外相行有(集作宥)匪人忠謀既陳上意旋定俄又埃昏晋水霧塞唐郊殊懿公之東涉(集作徙)渡河若紀侯之大去其國稽于時議憚在宿兵公又揚㧑而言曰彼地則義師帥唯宗室乃玄(集作文非)王勤商之邑后稷造周之邦瓜瓞具存堂搆斯在苟斵策畫不習仇讐則是奬夙沙縛主之風長冒蝢射親之俗昔武安君用戕坑卒四十一萬齊桓公受胙立功一十二國今真將軍爲時而出賢

諸侯代不乏人况其俗産代地之名駒富晋涔之良璞有抱樹辭榮之節有漆身報德之風耶躡足以謀屈指而定謝安之圍碁尚劫曹參之飲酒正酣適有軍書果聞戎捷邯牛謝衆丕豹出奔樂毅不歸鄒衍已去砥磨周鉞水淬鄭刀萬里來袁紹之頭顱二塚埊蚩尤之肩髀何其綦立大効(集作功)樹建嘉績若是之速歟宗英可汗既畏皇威遂聞請吏留黎徑路對湩酪以知羞毳幕氈裘望衣冠而有慕文畢(集作大典)伯士之軛呼韓單于之師或執玉而朝靈囿或觧辮而拜井泉並垂於冊書光彼明(集作名)命百王共貫三代同規公於是奉命有討北狄之詔伐上黨之制諭廻鶻之命五尉堅昆之書四每牙管既授芝泥將乾(集作熟)上

輒曰爾有獨斷朕(集作戎)無疑謀固俟沃心不可假手公亦分陰可就落簡如飛故每有急宣關於密畫內庭外制皆不與聞此又豈可與羙洞蕭而諷於後庭聞子虛而嗟不同世者論功而校德耶其有勢切疾雷機難終日屬宣室未召武帳不開公莫暇昌言且陳密疏賈太傅之憂國故動(集作洞)深誠山吏部之論兵詎因夙習凡所奏御罕或依違及武(下言其升遐英華作宣非)宗下武重光崇名再易公又觀圖東序按諜西崑率億兆同心列公卿定議以一十四字垂百(集作憶)千萬年藻縟詞華鋪舒名實奏晋於玉檢瑆繩之內平勃於綠疇譏鼎之間方將命禮官召儒者訪匡衡后士之議採公玉明堂之圖考肆覲之禮於梁生取封禪之書

於天子盡皇王之盛事極臣子之殊功而軒鼎將成禹書
兢掩然循進先嘗之藥獻高手之醫藏周旦請代之書追
漢宣易名之義作爲大誥祈于昊天始終一朝紹續九德
其功伐也既如彼其製作也又如此故合詔誥奏議碑贊
等凡一帙一十五卷輙署曰惠昌一品集云紀年追聖德
也書位旌官業也不言制禁崇論道也惟公字文饒姓李
氏趙郡人蓋大鼎（集作鼎是）中立有風雨翕張之氣蓺臺高邑
名（集作有）山河隱軫之靈萃于直躬慶是全德許靖廊廟之
器黄憲師長之姿何晏神仙叔夜龍鳳宋玉閑麗王衍白
皙馬援之眉宇盧植之音聲此其妙水鏡而爲言託冊青
而爲裕至於好禮不倦用和爲貴敬一人而取說讜三（集作）

六位而無咎意（集作點）以默識確乎寡詞車（集作連非）匠胡奴罔
迷於半面背碑覆局無俟於專心聿承儉訓不有長物昔
循甲官端坐心齋江革分謝朓之舊襦便爲卧具周正得
表憲之談柄常（集作嘗）在講筵五車自娛三篋能識麗則孔
門之賦清新鄴下之詩重以多能推於小學王子敬之隸
法遒媚皇休明之草勢沉著異代（集作時）相逼當世（集作代）罕
儔不妄遇人（集作不忘過人非）慎於取友與李杜齊名者火願（集作）
須僑札交既者稀故能應是昌時媚於天子憲章皇極爕
理玄穹燭耀家聲粉飾國史侔帝典之灝灝噩噩尊王道
之蕩蕩平平而又不節怨嗟知進憂亢張良竟稱多病王
允方務厠神無頴陽之善田乏好時之巨産何曾之食既

踈（集作踈去）虞㤿之鮓方嘗憂其厚味有爽和氣肴簌（疑作蔌）無
在（集作任）琴鶴有餘成萬古之良相爲（集作作）一代之高士縈
爾來者景山仰之某昔在左曹每（集作實）事先帝雖詭詞望
利不接於言話而申義約文庶窺於風釆代天之言既集
蟠地之樂難忘盖屬才華用爲序引以鄒衍之迂惟將潁
嚴之淺近忽焉承命何所措辭五嶺幽遐八桂森爽莫逢
慱約寧遇切磋處無價之場卒然占玉登（集作立）不枯之岸
粗爾論珠雖嘗有意焉亦不知量也某叩頭再拜上（集無此六
字）

右李德裕集兩序前篇鄭亞爲桂帥時所撰今集用
之其後篇疑亞先委判官李商隱代作亞復改定故

有異同

文苑英華卷第七百六

文苑英華卷第七百七

文集九　　序九

樊南甲集序　　李商隱

樊南生十六能著才（集作十）論聖論以古文出諸公間後聯爲鄆相國華太守所憐居門下時勑定奏記始通今體後又兩爲秘省房中官恣展古集往往咽噣於任范徐庾之間有請作文或時得好對切事聲勢物景衺（集作哀）上浮壯能感動人十年京師寒且餓人或目曰韓文杜詩彭楊章檄樊南窮凍人或知之仲弟聖僕（羲叟）特善古文居會昌中進士爲第一二嘗表（集無表字）以今體規我而未爲（集作焉）能休大中元（集作九非）年被奏入嶺（集作領）當（去聲）表記所爲亦多冬如南郡舟中忽復括其所藏火（燹息淺反）墨汚（烏汚反）半有墜落因削筆衡山洗硯湘江以類相等色得四百三十三件作二十卷喚曰樊南四六四六之名六博格五四數六甲之取也未足矜十月十二日夜月明序

樊南乙集序　　前人

余爲桂林從事日嘗使南郡舟中序所爲四六作二十編明年正月自南郡歸二月府貶選爲盩厔尉與班縣令武公劉官人同見尹尹即晉假叅軍事專章奏屬天子事邊康季榮首得七關數月（集作日）李玭得秦州月餘朱叔明又得長樂州而盐丞相亦尋取維州聯爲章賀時同僚有京兆韋觀文河南房魯樂安孫朴京兆韋嶠天水趙璜長樂馮顓彭城劉允章是數輩者皆能文字每著一篇則取本去是歲葬牛太尉天下設祭者百數他日尹言吾太尉之薨有杜司勳之誌與子之奠文二事（集有文字）爲不朽十月尚書范陽公以徐戎凶悍節度闕判官奏入幕故事軍中移易牒刺皆不關决記室判官專掌之其闕記室者記室假故余亦叅雜應用明年府薨選爲博士在國子監太學始主事講經（集作始復欲註書講經）申誦古道敎太學生（三字集作天下學生）爲文章七月尚書河東公守蜀東川奏爲記室十月得見吳郡張黯見代改判上軍時公始陳兵新敎作塲（集作新練兵作教場）閱數兵實判官務檢舉條理不暇筆硯明年記室請如京師復攝其事自桂林至是所爲已五六百篇其間可取者四百而已三年已來喪失家道平居忽忽不樂始尅意事佛方願打鍾掃地爲清凉山行者於文墨意緒濶畧爲置大牛（集作太平）篋奎遺破裂不復條貫十月弘農楊本勝始來軍中本勝賢而文尤樂收聚戕刺因懇索其素所有會前四六置京師不可取者乃強聯桂林至是所可取者以時以類亦爲二十編名之曰（三字集作爲）四六一此事非平生所

專尙應求備卒不足以爲名直欲以塞本勝多愛我之意遂書其首是夕是大中七年十一月十日夜火盡燈暗前無鬼鳥一如大中元年十(集作十二)月十二日夜時(是序前四六之夕)書罷未明不成寐(集作書罷未數漈明而不成寐)

權公集序　楊嗣復

唐有天下二百二十載用文章顯於時代有其人然而自成童就傳以及考終命觧巾筮仕以及鈞衡師保造次必於文(集作是)視聽必於文(集作是)采章(集作文采)皆正色而無駁雜調韻皆正聲而無奇邪滔滔然如河(集作滔滔然如江河　文粹作滔滔如河)東注不知其極而又處命書綸綍之任專考覈品藻之柄參化成輔翊之勳初中終全而有之得之於相國文公矣

公諱德輿字載之天水人也族望祖宗之遠當官行己之道語在國史銘於壙而碑於途此不敢詳今所載者因緣文業而已早歲爲淮南江西從事掾管記室之任屬詞詣理奏入而報可移文走檄疆事寧觧登朝爲起居舍人改駕部員外郎換司勳郎中選中書舍人凡四任九年專掌詔誥大則發德音修典冊灑朝廷之利澤增盛德之形容小則褒才能叙官業區分(文粹作文別)流品申明誡(集作沮)勸無誕詞無巧語誠直溫潤眞王者之言公昔自纂録爲制集五十卷託於友人湖南觀察使楊公憑爲之序故今不在編次之(文粹無之字)內其他千名萬狀隨意所屬牢籠今古窮極微細周流於親愛情理之間磅礴於勳賢久大之業不爲利疚不以菲廢本乎道以行乎文故能獨步當時人人心伏非以德爵齒挾而致之貞元中奉詔考定賢良草澤之士昇名者(文粹作士)十七人及爲禮部侍郎擢進士第者七十有餘(文粹作二)鸞鳳杞梓衆集其門登輔相之位者前後凡十人其他征鎭岳牧文昌掖垣之選不可悉數方且繼居重任者猶森然(十字文粹作繼踵其任者今猶森然)非精識洞鑒其詞而知其人何以臻此耶憲宗皇帝紹開中興始以(集作初)英明申威提法武功既愈(文粹作俞)文教是圖元和五年冬執政暴疾既瘠且痺未旬日而公作相憲章儒術潤色王度使和聲順氣發自廊廟而浹於幽遐我之所長時久(文粹作以)推戴王立氷絜無緇磷遷染之譏以文德自終豈徒然哉嗣

復不佞發跡門館儀曹台席皆忝前躅公之元子中書舍人璩不幸短命其嗣憲孫(文粹作子憲)泣奉文集求鄙詞以冠篇首雖觀於巨海難抱波濤而籍用白茅所資誠敬其五十卷次第具在集目謹序

文泉子集序　劉蛻

於西華主之降也其三月辛卯夜未半野水入廬漬壞簡策既明日燎其書有不可玩其辭者噫當初不敢自明其書十五年矣今水之來寇余命也已矣故自褐衣以來辛卯以前收其微(集作微)詞屬意古今上下之間者爲外內篇焉復收其怨抑頌記嬰於仁義者雜爲諸篇焉物不可以終雜故離爲十卷離則名之不絕故授之以爲文泉泉之

時義大矣哉蓋晉十以九流之文旨酡以不竭之義曰泉崖谷結（集作枯）珠璣昧則將救之雲雷亢粢盛乾則將救之余豈垂之空文哉自辛卯迄甲午覆研（五見切）于襄陽之野

笠澤蘩書序　陸龜蒙

蘩書者蘩脞之書也蘩脞猶細碎也細而不遺大可知其所容矣乾符六年春卧于笠澤之濵敗屋數間蓋蠹書十餘篋帕（集作伯）男兒裁三尺許長碣齒猶未遍教以藥劑象梧子大小外研墨泚筆供紙札而已體中不甚（集作堪）羸耄時亦隱几強坐内壹欝則外揚爲聲音歌詩賦頌銘記傳叙往往雜發不類不次渾而載之得稱爲蘩書自當（去聲）護（集作綴）憂之一物非敢露世家耳目故凡所諱其中畧無避焉

陳先生集序　黄滔

唐設進士科垂三百年有司之取士也喻之明鏡喻之平衡未嘗不以至公爲之主而得喪之際或失於明鏡或差於平衡何哉俾其負不羈之才藴出人之行歿身末路抱恨泉臺者多矣嗚呼豈天之否其至公之道耶抑人之自坎其命耶潁川陳先生實斯人之謂歟先生諱黯字希孺父諱贇通經及第娶江夏黄夫人賢而生先生無昆弟姊妹十歲能詩十三袖詩一通謁清源牧其首篇詠歌河陽花向時豆新愈（瘡之如豆）牧戲之曰藻才而花貌胡不詠歌先生應聲曰玳瑁應難比斑犀定不加天嫌未端正滿面與裝花鈿是聲名大振於州里十七爲詞賦作燕武謁漢武帝陵廟賦便爲作者推伏二十爲文先生松姿柳態山屹波注語默有程進退可法早孤事太夫人彌孝愓愓愉愉承顔侍膳雖隆雲霄之望終確綵衣之戀既而及其子蔚冠太夫人勉之曰付蔚於潘岳之蹉佚爾於郄詵之桂方起於鄉薦求試貢闈巳過不惑之年矣及會昌乙丑逮咸通乙酉其間以寧家兼在疚之日斷絶往來吳楚之江山辛勤秦雍之槐蟬嗟嘆知己之許與同郡王肱蕭樞同邑林顥漳浦赫連韶福州陳蔇陳發詹雄同時而名價相上下嗚呼斯八賢皆以不羈之才出人之行懇乎進趨恂恂乎鄉黨而無所成豈天之意否其公耶抑人之自坎其命也俾有司失其明鏡差其平衡之如是結寃氣於宜路之中　永恨於泉臺之下豈不甚歟先生之文詞不尚奇切於理也意不偶立重師古也其詩篇詞賦牋檄皆精而切故於官試尤工滔即先生之内姪也自丱趨隅洎隨計之歲先生下世後二十年而忝登科第東歸之日求遺藁其家經兵火也少得其文三十首他處得詩若干首敬俟增而後述天復元年滔叨閩相之辟旋使錢塘與羅郎中隱遇曰咸通初與先生定交於蒲津秋賦則五老化爲流星詩則漢武横汾先生之試官嚴郎中下都之吟諷秋場五十人之降仰今遺藁可蘩願爲之序既還不及求增謹以所得之文賦詩牋分爲三卷收淚搦管爲之前序將寓正

即爲之後序正郎負宇內之雄名也用釋泉臺之恨時天復二年壬戌秋七月十日

陳先生集後序　羅隱

潁川陳先生諱黯字希儒褎者與予聲跡相接於京師各獲譽於進取咸通庚寅歲膠其道於蒲津秋試之場自後俱爲小宗伯所困不一朞（疑）甲申春告予以婚嫁之牽制東歸青門摻執之後余亦東遊逮大梁時故抗州盧員外溥在幕齋其文軸謂余曰陳君罷而東豈期斯文之終窒乎子東及之爲我歸其文而激其來余至維揚及歸其文遵其言相懽月而後別爲我謝范楊公龍門之後不復顧矣由是音塵杜絶天復元年四門博士江夏君通家相好

于吳越靣余論及場中褎之名士及希孺之表也余不覺愴然懷舊明年黃君以其文章德業爲之序以寓俾予繫述遂得申斯言嗚呼大唐設進士科三百年矣得之者或非常之人失之者或非常之人若陳希孺之才美則非常之人失者矣夫德行莫若敦於親戚文章莫若大於流傳今已備於江夏之筆矣余不克再敬止書交道于是噫

湘南應用集序　前人

隱大中末即在貢籍中命薄地卑自己卯至于庚寅一十二年看人變化去年冬河南公按察長沙郡隱因請事筆硯以資其旨明年夏隱得衡陽縣主簿時硤州盧侍御自龍城至右司張員外遊曲江迴皆謂隱不宜佐屬邑（三字集作

作此等邑）於戲隱自卜也審江表一白丁耳安有空將卷軸與公相子弟爭名幸而知非得以減過冬十月乞假歸覲阻風於洞庭青草間因思湘南文書十不一二蓋以失落於馬上軍前故也今分爲三卷而舉牒祠祭者亦與焉其月二十四日序

舟中錄序　錢珝

乙卯歲冬十一月余以尚書郎得掌誥命庚申歲夏六月以舍人獲譴佐撫州馳暑道病秋八月自襄陽浮而下舟行無後因觧束書視所爲辭藳剪剪（一作蘙蘙）冗碎可存者得五百四十篇丞相表奏百篇區別編聯爲二十卷夫體正而有倫辭約而居要始終明白茲所以爲誥也國朝聲名

辭臣率能由是而作堂閣秘邃不與漢魏爭高下而荒學小子以一日視其冗隙閒其可見堂奧而得規摹哉以是代天子言誠不知而作也古者黜幽不過考三載之績余月居六年見考無績用思黜不亦宜乎所編聯不敢以集稱埋諸舟中遂曰舟中錄是年九月錢珝自序於沔陽之南

苙澤纂書序乾符六年春卧于苙澤之瀨（集作自乾符六年春卧病于苙澤之濆）裁三尺（集作裁未三尺）

文苑英華第七百七

文苑英華卷第七百八　序十

遊宴一

春日孫學宅宴序　王勃

若夫懷放曠寥廓之心非江山不能宣其氣負鬱怏不平之思非琴酒不能洩其情則林泉為進退之場樽酒是言談之地曰衣迸酒青陽在節鳧鴈亂而江湖春梅柳開而庭院晚楚屈平之瞻望放子何之王仲宣之登臨寃兮徃矣俠客時有呂傾鸚鵡之盃文人代輕聊舉麒麟之筆人乘一字四韻成篇

梓潼南江泛舟序　前人

咸亨二年六月癸巳梓潼縣令韋君以清湛幽凝鎮流靖俗境內無事蟻舟於江潭縱觀於丘壑洲然有山林陂澤之思遂長懷悠想周覽極睇思其人則呂望籍茅於磻溪之陰屈平製芰於涔陽之浦覺瀛洲方丈森然在目於是間以投壺雜以妙論亦有嘉餚旨酒鳴絃朗笛以補尋幽之致焉預於斯者若干人爾

秋日宴季處士宅序　前人

若人爭名於朝廷者則冠蓋相趨遁迹於丘園者則林泉

見託雖語嘿非一物我不同而逍遙皆得性之場動息匪自然之地故有季處士者遠辭濠上來遊境中披白雲以開筵俯青溪而命酌昔時西北則我地之琳琅今日東南乃他鄉之竹箭又此夜乘槎之客猶對仙家坐菊之賓尚臨清賞既而依稀舊識歡吳鄭之班荆樂莫新交申孔程之傾蓋向時朱夏俄涉素秋金風生而景物清白露下而光陰晚庭前柳葉纔聽鳴蟬野外蘆花行看江上數人之內幾度琴樽百年之中少時風月蘭亭有昔時之會竹林無今日之歡大（一作丈）夫不縱志於生平何屈節於名利人之情矣豈曰不然人賦一言各申其志使夫千載之下四海之中後之視今知我詠懷抱於茲日

秋日游蓮池序　前人

人間齷齪抱風雲者幾人庶俗紛紜得英奇者何有煙霞召我相望道術之門文酒起予放浪沉潜之地少畱逸客塞鴈飛鳴北斗横而天地秋西金用而風露降幽居少事野性多閑登石岸而鋪筵坐沙塲而列席琳瑯觸目朗月清風之後人珠玉在傍鸞鳳虬龍之君子汀洲地遠波濤濺日月之輝人野路殊原隰擁神仙之氣平郊樹直曲浦蓮肥隱士泥清仙人水綠越林亭而極望生死都捐出宇宙以長懷心靈若喪悲夫秋者愁也酌濁酒以蕩幽襟志之所之用清文而銷積恨我之懷矣能無情乎

夏日宴宋五官宅觀畫障序　前人

宋五官芝庭襲譽盛文史於三冬桂幄凝驩照綺羅於九夏樽浮綠蟻每披仙霧之文障列青牛更寫行雲之態爾其龍編繡質貿錦分花隱映樓臺比窓簾之在旦參差花葉若桃李之恒春楚嫂調絃韓娥對酒虹橋度幔鵲鏡臨粧佩引琅玕詎動懷風之韻鞍廻玳瑁唯奔逐日之姿魚鳥冷而相親泉石紛而在翫宋家斯近蜼別謝於登垣秦氏未遥自堪畱於駐馬驚鴻擅美丹青貴近質之奇吐鳳標華宮徵得緣情之趣遞揚筆妙式暢辭端

夏日登韓城門樓寓望序　前人

下官狂走不調東西南北之人也流離歲月羇旅山川輟仙駕於殊鄉遇良朋於異縣面勝地陟危樓放曠懷抱驅馳耳目韓原奥壤昔時開戰鬬之場秦塞雄都今日列山河之郡池臺左右覺風雲之助人林麓周廻觀巖泉之入興則有驚花亂下戲鳥平飛荷葉滋而曉霧繁竹院靜而炎氣息賞歡文酒思挽雲霄人賦一言庶旌六韻云爾

夏日登龍門樓寓望序　前人

夫益者三友助道術可存同心三人助金蘭可浴况乎詩書舊好被樂廣之高天鄉黨新知掃顏回之陋巷尋勝地叙清蕪脫野客之荷衣入幽人之桂坐櫺花浮酌對文章而無憂葛蔓調絃撫鍾期而有遇既而南方夏晚北牖晴開中園之弱柳含煙曠野之陰雲蔽日低虹飲水向溪谷而全斜戲鳥凌空御林亭而半度興含情逸共敦行役之

期搦管含毫獨對當人之序

越州秋日宴山亭序　前人

昔王子敬瑯琊之名士常懷習氏之園阮嗣宗陳畱之俊人直至山陽之坐豈非琴樽遠契必兆朕於佳辰風月高情每畱連於勝地是以東山可望林泉生謝客之文南國多才江山助屈平之氣况乎楊子雲之故地巖壑依然宓子賤之芳猷絃歌在屬紅蘭翠菊俯映砂亭黛栢蒼松深環玉砌參差夕樹煙侵橘柚之園的歷秋荷月照芙蓉之水既而星廻漢轉露下風高銀燭掩花瑶觴抒興一時仙馭方深攅俗之懷五際飛文情動緣情之作人分一字四韻成篇

仲氏宅宴序　前人

僕不幸在流俗而嗜煙霞恨林泉不比德而稽阮不同時處良辰而欝悏仰高風而杼柚者多矣豈夫司馬卿之車騎上客盈門仲長統之園林群英在席坐卧南郭蕭條東野江波浩曠晴山紛積嘉鴛鸞之接翼曜江漢之多才顧斜景而危心瞻火雲而變色思傳勝餞敢振文鋒蓋同席者高人薛曜等耳盍各賦詩放懷叙志俾山川獲申於知已煙霞受制於吾徒也

上巳浮江宴序　前人

吾之生也有極時之過也多緒若夫遭主后之聖明屬天地之貞觀得畎畝之相保以農桑爲業而託形宇宙者幸

矣況乃偃泊山水遨遊風月樽酒於其外文墨於其間則造化之於我得矣太平之縱我多矣無疑以上巳芳節雲開勝地大江浩曠群小紛糾出重城而振策下長浦而方舟林壑清其顧眄風雲蕩其懷抱于時序躔青律運啓朱明輕荑秀而郊戍青落花盡而亭皐晚丹鷰紫蝶候芳晷而騰姿早鶯歸鴻俟迅風而弄影巖暄蕙密野淑蘭滋弱荷抽紫踈萍泛綠於是儼松舲於石嶼停桂楫於璇潭指林岸而長懷出河州而極睇妍粧袨服香驚北渚之風翠幙玄帷彩綴南津之霧若乃尋曲渚歷迴溪榜謳齊引漁歌互起飛沙濺石湍流百勢翠崿丹崖岡巒萬色亦有銀鉤犯浪掛頳翼於文竿瓊轄疑乘波耀錦鱗於畫網鐘期在聽玄雲白雪之琴阮籍同歸紫桂蒼梧之酎既而遊盤興遠景促時淹野日照晴山煙洗晚方披襟朗詠餞斜光於碧岫之前散髮高吟對明月於青溪之下客懷既暢遊思遄征視泉石而如歸佇雲霞而有自昔周川故事初傳曲路之悲江甸名流始命山陰之筆盍遵清轍共抒幽襟俾後之視今亦猶今之視昔一言均賦六韻齊疏誰知後來者難輒以先成爲次

秋日宴洛陽序　前人

夫以東京勝地南邑高秋三塗鎮而九派分白露下而清風肅或出或處人多朝野之歡以嬉以遊時極登臨之所征衣流寓切下走之蓬襟觧榻邀期屬上賓之桂席於是

齊道實歎琴樽倜儻論心晋連促膝但有潘楊之密戚一作契得無管鮑之深知簪組盛而車馬喧庭宇虛而管絃亮近臨銅陌斜控銀塘菊照新花泛輕香於遠坎荷凋晚葉翻翠影於長波聽囀方窮歡酬逾洽年忘小大傲天地於平生志混榮枯得林泉之意氣願長繩以繫日幾近光陰思短札以陵雲或陳歌味人探古韻成者先呈

遊山廟序　前人

吾之有生二十載矣雅躭城闕酷嗜江海常學仙經博涉道記知軒冕可以理隔鸞鳳可以術待而事親多衣食之虞登朝有聲利之迫清識滯於煩城仙骨摧於俗境嗚呼阮籍意踈嵇康體放有自來矣常恐運促風火身非金石

遂令林壑交喪煙霞版蕩此僕所以懷泉塗而惴恐臨山河而歎息者也粵以勝友良暇相與遊於玄武西山廟蓋蜀郡三靈峯也山東有道君廟古者相傳以名焉爾其丹壑叢倚玄崖糾合俯臨萬仞平視重玄乘杳冥之絶境屬芬華之暮節玉房跨霄而懸居瓊臺出雲而高峙亦有野獸群狎山鶯互轉崇松埒巨栢爭陰積瀨與幽湍合響耿耿焉逸逸焉王孫何以不歸羽人何以長往其玄都紫微之事耶方歛手鐘鼎息肩巖石絶視聽於寰中置形骸於度外不其然乎時預乎斯者濟陰鹿弘胤安陽邵令遠耳盍詩以言志不以韻數裁焉

守歲序　前人

歲月易盡光陰難駐春秋冬夏錯四序之涼炎甲乙丙丁紀三朝之曆數十二月之陰氣玉律窮年一萬歲之休禎金觴獻壽賁周禮作卉鼓鼓雷動煙火星流侲子黃童統鈎陳而驅赤疫諸王等集陳玉帛而謁一作朝朝諸侯京兆天中竦樓臺而徹漢長安路上亂車馬而飛塵王承相之登臨行將在目戴侍中之重席忽爾明朝槐火滅而寒氣消蘆灰用而春風起魚鱗布葉爛五色而翻光鳳腦吐花爍百枝而引照悲夫年鬢將晚志事寥落公孫弘之甲第天子未知王仲宣之文章公卿不識對他鄉之風景憶故里之琴歌柏葉爲銘影疑泛新年之酒椒花入頌先開獻歲之詞作者七人同爲六韻

三月上巳祓禊序　前人

觀夫天下四方以宇宙爲城池人生百年用林泉爲窟宅雖朝野殊致出處異途莫不擁冠蓋於煙霞披薜蘿於山水況乎山陰舊地王逸少之池亭永興新交許玄度之風月琴臺寥落猶停隱遁之賓釀渚荒涼尚遇逢迎之客仙舟溶裔一作曳若海上之槎來羽蓋參差似遼東之鶴舉或昂騏驥或泛飛鳧俱安名利之場各得逍遙之地而上屬無爲之道下棲玄邈之風永淳二年暮春三月遲遲風景出沒媚於郊原片片仙雲遠近生於林薄雜花爭發非止桃蹊群鳥亂飛有踰鸚谷王孫春草處處爭鮮仲阮芳園家家並翠於是携旨酒列芳筵先祓禊於長洲却申交於

促席良談吐玉長江與斜漢爭流清歌遶梁白雲將紅塵並落他鄉易感增悽恨於茲辰羈客何情更歡娛於此日加以今之視昔已非昔日之歡後之視今亦是今時之會人之情也能不應乎且題姓字以表襟懷使夫會稽竹箭則推我於東南崑阜琳琅亦歸于於西北

晚秋遊武擔山寺序　前人

若夫武丘仙鎮吳王殉殁之墟驪嶠崇基秦帝昇遐之宅雖珠衣玉匣下賁窮泉而廣岫長林終成勝境亦有霍將軍之大隧廻駕祁連樗里子之孤墳竟開長樂豈如武擔靈岳開明故地蜀夫人之葬迹任文公之死所岡巒隱隱化爲闍崛之峰松栢蒼蒼即入祇園之樹引星垣於杳障

下布金沙棲日觀於長崖傍臨石鏡瑶臺玉甃尚控霞宮寶刹香壇猶芬仙闕瑚瓏接映臺凝夢諸疑之雲壁題相暉殿寫長門之月美人紅影下綴虬幡少女風吟遥喧鳳鐸群公以玉律豊暇儒林埶而延情錦署多閑想巖泉而結興於是披桂幌歷松扉梵筵霞屬禪扃煙敞雞林俊賞蕭蕭鷲嶺之居鹿苑仙談亹亹龍宮之偈于時金方啓序玉律驚秋朔風四面寒雲千里層軒迴霞齊萬物於三休綺席乘雲窮九垓於一息碧雞靈宇山川極望石兕長江汀洲在目龍鑣翠轄駢闐上路之遊列榭崇闉磊落名都之氣湫湫焉洋洋焉信三蜀之奇觀也昔者升高能賦勝事仍存登嶽長謡清標未遠敢攀盛烈下揆幽襟庶旌西

土之遊遠嗣東平之唱云爾

夏日宴張二林亭序　前人

張二官松駕乘閑桂筵追賞引簪裾之勝侶狎丘壑之神交辯縱於鮮顺道深於喻指香杯濁醴是河朔之平生雄筆清詞得高陽之意氣林亭曠望季倫調伎之園泉石周游子晉登仙之浦舟浮葉影簟積花文黄鵲度而颯驚丹烏傾而日晚出處之情一致筌蹄之義兩忘沉轄畱驤眺乘羊於衛玉彈毫可作明擲地於孫金共題橫吹之篇用記茲辰之樂人探一字四韻成篇

綿州北亭群公宴序　前人

下宮一作客人間獨傲海内少徒志不屈於王侯身不絶於塵俗孤吟五嶽長嘯三山昔往東吴已有梁鴻之志今來西蜀非無張載之懷况乎踐名場携勝友風月無幾琴酒俄乖半面十年一别千里何少府故人攀桂撫金石而論心韓法曹新餞班荆臨江湖而執手離亭北望煙霞生故國之悲别舘南開風雨積他鄉之思于時登雲寡色白日無光沙塵起而桂浦昏鳧鴈下而蘆洲晚傍隣巻野霜風橘柚之園斜桃碧潭直斷芙蓉之水既而登臨惜别驂駕少畱　季札何人覯　逢贈縞子荆不慭思掛傾城惆悵北梁揖琴臺而漸間徘徊東道思錦署以行遥嗟乎人事乖矣江山遠矣請命離前之筆爲題别後之資五際飛文想群公之不讓一言有贈知下筆之有神

宇文德陽宅秋夜山亭宴序　前人

若夫龍津宴喜地切登仙鳳閣玄虚門稱好事亦有似仙山臨水長想巨源秋風明月每思玄度未有能星馳一介畱美跡於芳亭雲委八行杼勞思於彩筆遂令啓瑶緘者攀勝集而長懷披瓊翰者仰高筵而不暇王子猷之獨興不覺浮舟嵇叔夜之相知欣然命駕琴樽重賞始詣臨邛口腹良遊未辭安邑乃知兩鄉投分林泉可攘袂而遊千里同心煙霞可傳檄而定友人河南宇文嶠清虚君子中山郎餘令風流名士或三秋意契闢林院而開襟或一面新交叙風雲而倒屣彭澤陶潛之菊影泛仙樽河陽潘岳之花光縣妙理疑巖巖思壁家藏虹岫之珍森森言河各

控驪泉之實偶同金碧暫〈照〉詞場巴漢英靈潛光翰院疊疊焉蕭蕭焉信天下之奇託也于時白藏開序青女御律金風高而林野動秋露下而江山靜琴亭酒榭磊落乘煙竹徑松扉參差向月魚鱗積磴還昇蘭桂之峯鶩翼分橋卽映芙蓉之水亦有紅蘋綠荇亘渚連翹玉帶瑤華分楹間植池蕪夕敞香牽十步之風岫幌霄褰氣襲三危之露縱冲衿於俗表晋逸契於人間東山之賞在焉南澗之情不遠夫以中牟馴雉猶嬰觸網之悲單父歌魚罕繼鳴琴之趣俾夫一同詩酒不撓於牽絲千載巖溪無慙於景燭云爾

遊冀州韓家園序　前人

銅溝水北石鼓山東星辰當畢昴之墟風俗是唐虞之國雉堞燕分晋稱天子之舊都而向街當衢有高人之甲第祥風塞户瑞氣中庭芳酒蒲而綠水春朗月閑而素琴薦家童掃地蕭條仲舉之園長者盈門廓落東平之室梧桐生霧楊柳搓風眺望而林泉有餘奔走而煙霞足用神龍起伏俱調鼎鑊之鳴滋鳳雌雄並入笙竽之奏高情壯思有抑揚天地之心雄筆奇才有鼓怒風雲之氣南庭興晚東徑陰生石髓拆而隱士歸玉山崩而野人醉僉爲文在我卜翰苑當仁王羲之之蘭亭五百餘年直至今人之賞石季倫之梓澤二十四友始得吾徒之遊陶陶然落落然則大唐調露之元年獻歲正月也

與員四等宴序　前人

自稽阮寂寥伊班超忽高蹉不嗣中胥誰賞古今惜芳辰者停鶴軫於風衢懷幽契者佇鸞觴於月徑已矣哉林壑遂喪煙霞少對良會不恒神交復幾請沃非常之思但宣絕代之遊託同志於百齡求知已於千載道之存矣無乃然乎人賦一言俱裁四韻

文苑英華卷第七百八

文苑英華卷第七百九　序十一

遊宴二

宴族人楊八宅序　楊盈川（名犯𤋮陵諱名當時只書其官）

僕聞八音繁會合其德者宮商萬壑沸騰殊其流者涇渭方以類聚物以群分出言斯應則四海之內可以爲兄弟吾道不行則同舟之人可以成胡越夫俗徒擾擾天下喧喧風雲竭而交道衰勢利行而小人長固知深期罕遇所以縱傾蓋之談高契難并所以泣相知之晚道之存也獨在茲乎楊八官金木精靈山河粹氣一門九龍之緌冕四代五公之緒秩天資學業口談夫子之文日用溫良身佩先王之德獨遊山水高步煙霞諸侯聞之而願交三公禮之而爭辟暫同流俗薄遊朝市人倫賞鑑同推郭泰之名好事相趨畢詣楊雄之宅爾其年光六合常（疑）邑三春膏雨零於山原和風蕩於城闕逶迤別舘花開玉樹之宮望

望八川苔發璜溪之水當此時也披雲霧傲松喬坐忘樽酒之間戰勝形骸之外彫蟲壯思則符彩驚人非馬高談則鏗鏘滿聽亹亹然信天下之奇賞陶陶然誠域中之樂事若使陳雷可作攝齊於廊廡之間管鮑再生擁篲於高門之外盍因文會共記良遊人賦一言同裁四韻

初秋於竇六郎宅宴序　駱賓王

六郎道合採葵嘯懸鶉而契賞諸君情諧伐木仰登龍以締歡于時一葉驚寒下陳柯而捲翠百花凝照對（集作擈）盧罇以披紅旣而俱欣得兎之情共掩亡羊之淚物我雙致匪石席以言蘭心口兩齊混汙隆而酌桂雖忘筌載笠與交態於靈臺而搦管操觚叶神襟（集作心）於勝氣盍陳六義

請賦一言即事凝毫成者先唱云爾

秋日於益州李長史宅宴序　前人

夫以五嶽栖真杳眇青谿之上六爻貞遁寂寥滄海之濵斯並激俗矯時獨善之風自遠懷才韞智（集作價）兼濟之道未弘長史公玄牝凝神靈丹應物得喪雙遺巢由與許史同歸寵辱兩忘廊廟與山林齊致乘展驥之餘暇俯沉犀以開筵曲浦澄漪似對任棠之水芳亭興洽如臨（疑作歸）山簡之池加以秋水盈塘（集作襟）寒皐（集作郊）蒲望州渚肅而兼葭變風露凝而荷芰疎忘懷在真俗之中得性出形骸之外雖四子講德已擅（集作頌）羡於中和而五際陳詩未形言於大雅爰命廬謏題其序云側弁頹山（集作弁側山頹）自有琴歌

晋客操瓢樂翰非無山水助人盍各賦詩式昭（集作貽）樂事云爾

初秋登王司馬樓宴序　前人

司馬公千里騰光冀外臺而展足九日多暇敞麗譙以開筵于時葭散秋灰檀移夏火鴻飛漸陸踈（集作流）斷吹以來寒鶴鳴在陰振（集作上）中天而警露於是餚開玉饌交雜佩以薰蘭（集作蕑）酒泛金花（集作翹）溢（集作映）非清樽而湛菊雖旁臨廣沠有異漳渠之遊而俯瞰崇墉雅叶城隅之會物色相召江山助人請振翰林用濡筆海云爾

秋日與群官（集作公）宴序　前人

昔掛瓢隱舜蹈箕山而不歸臨組逃齊泛滄波而長往咸用潛神（集作心）物外擯影丘中豈若擬迹小山陶心大隱叶仲長之怡性偶潘岳以（集作之）栖閑群公或道洽忘筌契金蘭而貴舊或情深傾蓋披玉葉以交（集作文）新于時玉女司秋金烏反照煙含碧篠結虛影於鮮枝風起清蘋動波紋於輿態加以庭榴剖實耀丹彩而含珠岸石澄瀾泛清漪而散錦既而誓敦交道俱忘白首之情言欸朝期（一作欵爾連襟）共挹青田之酒不有雅什何以攄情共引文江同開筆海云爾

晦日楚國寺宴序　前人

夫天下通交忘筌蹄者蓋寡人間行樂共煙霞者幾何群賢挹（集作抱）古人之清風翫新年之淑景情均物我緇衣將

素履同歸迹混汚隆廊廟與江湖齊致于時春生城闕氣改川原聞遷鶯之候（集作後）時行欣官侶見遊魚之貪餌坐悟機心加以慧日低輪下禪枝而反照法雲凝蓋浮定水以涵光忘懷在真俗之中得性出形骸之外雖屬（集作交）非胥靜多慙谷口之遊（集作談）然醉可逃喧自得山陽之氣詩言志也可不云乎

薛大夫上亭宴序　陳子昂

夫貧賤之交而不可忘珠玉蒲堂而不足貴閉門無事對黃卷以終年高論不疲逢故人而永夜薛大夫其人也下官昔承顏色早蒙車騎之知晚接恩光不異平津之舊蔡邕書史許以相資張載文章見稱於代爾其華堂別業秀

木清泉去朝廷而不逞與江湖而自遂名流不雜既入芙蓉之地君子有鄰還得芝蘭之室披翠微而列坐左對青山俯盤石而開襟右臨澄水斟淥酒弄清絃索皓月而按歌追凉風而解帶談高趣逸體静心閑神耿耿而臨雲思飄飄而寓物林軒寂寞星漢縱横思欲乘汗漫而群遊與直情而合契歡窮興洽樂往悲來悵鸞鶴之不存哀鵷鳩之久沒徘徊末歎慷慨長懷東方明而畢昴升北閣曙而天雲净悲夫向之所得已失於無何今之所遊復羈於有物詩言志也可得聞乎

冬夜宴臨卭李録事宅序　前人

下官遊京國久矣接軒裳衆矣池臺鍾鼓雖有會於終朝

琴酒管絃未窮歡於永夕豈非殊我親愛異我風謡而使臨堂有懷聞樂增歎者也何公曹嶲州耆老迹尚於沉冥李録事吾土賢豪義多於游俠高軒置酒甲第迎賓絲竹紛於綺窓琅玕盛於彫俎樓臺若畫臨故國之城池軒騎如雲捴名都之車馬於是乘興自此而遊安得不放意晋歡遺老忘死金壷漏晩銀燭花微北林之煙月無光南浦之星河向曙赤車使者下官雖謝於古人錦里名家群公豈慙於昔彦我之懷矣每集作實在於斯同賦一言俱為四韻

早秋上陽宫侍宴序　宋之問

臣聞神器至大非聖無以光臨寳位至尊非神無以長守我金輪聖神皇帝垂妙覺撫鴻勲出軒宫而鎮紫微卷璽衣而襲玄衮釋罘祝綱萬族咸寧華故維新五刑不用潤王律而含元氣輪金渾而調順咒窮荒極遠重譯左言之俗負阻憑危背德殊風之類莫不厥角稽顙執贄來庭煙火通於萬方車書混於千界慶延八室享配於明祇辟水三雍講論乎道義麟鳳薦祉龜龍奉圖石銘顯瑞於郊畿王書告祥於宫掖以日繼月紛綸蔵蕤竹帛書之而未窮夷夏歌之而不極聖人之具品周矣天子之能事畢矣自千古以下迄于梁隋何功於人比我全德於是寧宴坐展豫遊順四時乘六辨先王洛食上帝河都樞機正於域中雨露均於天下徒觀其離宫別殿複道而亘南端高閣

重甍瞰崇墉而連北斗滄州曉氣化為宫闕之形閶闔秋風亂起金銀之樹降璚輿而式宴簪紱凝嚴披鏤檻而昇高山河在目參光有地遊日月於天邊睨遠無窮見城池於掌上四達分九重之路積樹稍雲雙莖當鐵鎖之橋流珠耿漢霞漿玉醴與湛露而俱傾鳳管龍絲雜商飇而共襄作流汗拜首而為序云　垂妙覺垂集作乘

奉勑從太平公主遊九龍潭尋安平王宴別序　前人

安平王地惟藩翰才實宗英懸鵲鏡於胷懷運龍泉於掌握以為時和政理實探道之期賤物貴身尚延齡之術悠然遠覧廼卜兹山屬聖主之能仁遂賢王之雅好羅紈罷

御與朱邸而長辭金玉蒲堂棲白雲而不顧巖石信美結搆多奇錦壁周庭以造天玉泉注户而鳴蟄三光貝樹影入山窓九節昌蒲光搖砌水竹林茅宇自冥棲隱之心藥物圖書即有靈仙之氣人惟帝念一作命巖穴所以增輝地入王家樵採尤其不伲嗟乎林棲谷飲古亦有之豈有貴而爲王鍊形雲鍪希世獨立萬古誰儔子晉已來一人而已群公等銜紫泥之寵命間清溪之逸遊駐騄駬步巖石籍落花而聽時鳥累宿忘歸蔭芳樹而弄春泉窮年不厭衣冠車馬明日下於春山鸞鶴笙歌今宵共乎芳月隱淪可作將知心與事違城闕非遥終惜風流雲散下官少懐微尚早事靈丘踐疇昔之桃源晉不能去攀君王之桂樹

情可何之請人賦一言俱裁六韻

奉陪武駙馬宴唐卿山亭序　前人

一人御曆乾坤盡覆載之功四海爲家朝野得歡娛之契若廼侯門向術近對城隅帝子垂休時過戚里銀鑣絳節辭北禁而渡河橋駿馬香車出東城而臨甲第林園洞啓亭壑幽深落霞歸而疊嶂明飛泉灑而迴潭響靈槎仙石徘徊有造化之姿苔閣茅軒髣髴入神仙之境芳醪既溢妙曲新調林園過衛尉之家歌舞入平陽之館是日也凉陰稍下溽暑將闌前階晩而白露生後池夕而秋風起重茲行樂欣陪駟馬之遊繼以望舒不頓六龍之轡爰命椷札咸令賦詩記清夜之良遊歌太平之樂事各探一字先成受賞云爾

三月三日奉使京宮雨中禊飲序

三月上巳有祓除禊飲者成俗久矣摯虞對而不經束晳言而有禮漢庭故事衣冠就玄霸之橋晉國遺風韜軿耀畢嫣之浦與秦宮者我大周之所建也境連伊塞岸俯河都清暑必在於三伏洙寒不踰於十里占星已畢權仙關而威百神瞻日將成宜聖皇而福四海吾儕忝與露寢初黍雲韜遠北京之宴樂坐南山之霧雨相與會良友陶慕春席幽林觴曲水是日也雜英初發群物半榮春透迤而上山雪欲蓋而藏谷高人一坐杞梓交陰作者肆進芝蘭同氣遞襲歌詠不登絃管稽叔夜之鳴琴偏衣綠竹郭子

期之春酒本出青山論史可聽談玄愈默不覺齊萬品溢九圍愛流波惜遲景顧眄相謂雖非巢許之間左右同聲盍各巖泉之助請舉翰操紙賦詩言志人探一言俱題四韻

上巳泛舟昆明池宴宗主簿席序　前人

僕不遊於茲十有五載矣心由物感退矣不忘跡爲事牽近而難挹南陽宗邑文通學古器重名高令君有奉倩象賢丞相生玄成邁德暮春脩以文之會上巳邀祓禊之遊乃結搢紳撰清辰殷殷轔轔歊霧鶩塵望於昆明之濱觀其大浸川陸博賫畿甸凫鷺發海來往沉浮日月麗天東西出入千年珍館無復豫章四面金堤仍同樹杞是日也

駕肴錯轂，備朝野之歡娛；袪服靚粧，匝都城之里閈。翠幕星布，錦帆霞屬。餘瀝下醉於緗人，新聲遠聒於川后。縱目遐覽，識皇代之承平；得意同歸，有吾儕之行樂。高明一座，桂樹蘂生；君子肆筵，王山交映。束晳以言談得俊，張華以史漢先鳴。登旨酒而無荒，絃清琴而自逸。於是泛連榻，命孤舟。桃水漲而浦紅，蘋風揺而浪白。逼匡阜兮遵彭蠡，邈矣載浮；指衡岳而超洞庭，眇焉疑到。曲島之光靈乍合，神魂客遊；中流之萍藻忽開，龜魚潛動。晞鏤鯨而鼓棹，共看燒劫之灰；歷牽牛而問津，欲取支機之石。晴光劃野，有象而必形；夕陽照山，無奇而不見。思濫今古，心揺草木。漢家城闕，遺之以雜霸之風；秦塞膏腴，潤之以太平之色。景窮

勝踐，歸限嚴闉。思染翰於上林，頽揮戈於濛汜。主稱未醉，唯見馬駐浮雲；賓共少留，自有魚銜明月。宮商待叩，群公之獲助已多；序引先題，下走之求蒙不逮。請授素幅，以頌佳遊。使一時之興詠遥存，千古之姓名常在。

春遊宴兵部韋員外韋曲莊序　前人

長安城南有韋曲莊，京郊之形勝也。却倚城闕，朱雀起而為門；斜枕岡巒，黑龍卧而周宅。賢臣作相，舊號儒宗；聖后配元，今為戚里。韋戎官雙珠絶價，百金懿名，文華得俊於陸氏，兄弟擅譽於荀家。先人結廬，當大廈之地；衆賓連袂，乘暮春之月。觀其奧區一曲，甲第千甍，冠蓋列東西之居，公侯開南北之巷。嬴女樓下，吹鳳降於神仙；漢妃館前，濯

龍走其車馬。地靈磊落而間出，天爵蟬聯而相繼。拜郎起草，襲鳳而傳羔；補衮司槐，送伯而迎季。爾乃闢虛幌，敞華筵，闔門之秀士咸集，京邑之清流畢萃。萬株果樹，色雜雲霞；千畝竹林，氣含煙霧。激樊川而縈碧瀨，浸以成陂；望太乙而隣少微，森然逼座。尚書未至，曳履驚鄰；宫尹遽來，鳴騶動壑。登王俎，醉金觴。地高而珍物雖豊，理洞而清徽不雜。以醉觀德，因談獲情。外戚遨遊，自携歌吹；主人賞會，但有琴詩。於是下高臺，陟曲沼，鋪落花以為藉，結垂楊而代幄。霽景含日，晚霞五彩而丹青；韶望卷雲，春皋一色而凝黛。景闌興逸，氣清心遠。仰大儒之肆，其德可師；入處士之廬，斯人若在。諷誦於逸彭之藻，沐浴於扶陽之墟。向來捴清議，擅風流，即事奇儁，佳辰行樂，安可無述？文在茲乎！鄴國善誘（一作議），詞宗見收，士末內史禊亭之集，竊倚琳琅；衛尉別業之遊，濫先題目。歸軒莫駐，麗城將掩。拙而不速，恨無倚馬之才；婉而且徵，請談雕龍之什。公命賦水字，盍成四韻云爾。

文華（集作文章）陸氏（集作班氏）秀士（集作秀才）煙霧（集作煙雨）景含日（集作容歛月）恨無（集作愧無）

先天酺宴序　張說

先天初（集作元）祀孟冬十月，東都留守韋公寅奉聖朝述宴（集作宜）嘉旨，乃合洛京之五省，招河尹之二縣，將吏咸集，佩璋（集作章）有序，鏘鏘濟濟，偘偘誾誾，供張於興教之門，式酺

宴也原夫樂生於心非因結風之奏和達於氣無待陽春之節蓋澤之所及者（集作也）深則情之所感者遠國家天地一統君臣百年朝榮舊德之緒野服（集作類）先疇之業玄化漸漬洪恩既久太上功成（集作德）不宰夏后命子之初皇帝孝理無為漢祖事親之日先堯舜之（集作於）天屬見文武之（集作於）同時前古未逢斯人何幸是日六樂振作萬舞萳弱（英華作攸同非）鳥獸徘徊士女踴躍則知衆庶觀聽之所樂也肯酒絡繹大庖燔炙芳溢風煙醉泝阡陌則（集作又）知衣冠酣暢之所適也由近而視遠萬國之慶皆然自明而察幽三靈之歡（一作欣）可接若夫吟咏德澤播越仁聲斯固雅頌之余風（集作波）政教之遺羙固（集作凡）我詞客安可（集作敢）闕如賦

詩展事垂列于后

季春下旬詔宴薛王山池序　前人

有生之微萬殊無方之感（集作盛）一節陽和而動植暢春藹而皇壤悅后皇所以發時令布新慶二南邁周召之風百辟形金石之詠者也碧樓日暖青（集作南）山雪殘首獻歲之浹辰尾暮春之提日帝京形勝借山林而入遊戚里池臺就脩竹而開宴泉賜御府味給天厨仙倡侑樂中貴督酒太平佳事前史未書大矣哉一德日新九功惟叙運璿樞而均四氣握金鏡而靜萬方堯舜湯文不遠顏於咫尺夔龍伊呂共接武於朝廷不可見而見焉不可聞而聞者豈深思勝殘去殺累百年之至仁推曆按圖啓千齡之昌運河清難得人代幾何擊壤之歡良有以也地即（集作此則）青門上路朱邸平臺城煙履起而泪山野風時來而過水春將悵別愛落花之洒途夏如欣會玩峯雲之映沼爾其列筵授（集作受）几分曹設幕艤送江鳧船迎海鶴魚龍免劍曼延揮霍鸞鳳鳴簫鼓作（集作鸞鳳簫鼓朋鳴華作）申錫逾（集作開）於百甕蕊惠（集作心）出於三爵炮炙熏林塘醪醴飫仁壑抃急管於無算醉湛恩以取樂群公賦詩俾僕題序長卿消渴覺含毫之轉遲子雲兆（集作老）夫見雕蟲之都廢敢憚鄙詞之訥澁恐貽盛集之蕪穢云爾

南省就竇尚書山池（集作亭）尋花柳宴序　前人

尋花柳者上賜群臣之宴也大哉春氣同夫聖心無物不

榮有情咸說（集作達）况乃五教敷洽萬邦懷和尉候警而莫犯刑法存而不用歷觀近古此遇良難諸公入金門侍瑤殿窈窕雲閣葳蕤華館（集作綾）不亦泰乎然王事靡盬夙夜在公接良會於愷懌（集作澤）散煩襟於清曠不亦優（集作佳）乎爾其嘉賓爰集勝賞斯俻召絲竹於伶官借池亭於貴里雕俎在席金羈駐（集作臨）門遠山片雲隔層城而助興繁鶯芳樹遶高臺而共樂旨酒未缺方塘半陰盍陳既醉之詩以永太平之日

集賢殿書院奉勑送學士張說上賜宴序　張九齡

集賢殿者本集仙殿也上不以（文粹無此二字）惟睿作聖而循垂

意好學用相必本於經術圖王亦始於師臣及乎鴻生碩儒博聞多識之士自開元肇建以迄于今大用徵集煥乎廣內而聽政餘暇式讌在茲忠臣嘉賓得盡心之所聽明文思有光被之德故下以道親上亦歡甚即於御座爰發德音以爲候彼神人事雖前載傳於方士言固不經遂改爲集集作仙爲賢去華務實且有後命增其學秩是以集賢之庭更爲論思之室矣中書令燕國公外獮庶績以奉沃心之謀內講六經以成潤色之業故得出入華殿師長翰林惟帝用臧固天集作凡所賴拜命之日荷寵有加降聖酒之疊頒御廚之膳食以樂侑人斯德飽時有侍中安陽公等承恩送集作預焉學士右散騎常侍東海公等攝職在焉或

稷契大賢或淵唐諱雲諸彥文王多士周室以寧武帝得人漢家爲盛而高視前古獨不在於今乎咸可賦詩以光鴻烈

陪王司馬宴王少府東閣序　前人

夫道行與廢命也非謀之不臧命通與塞時也豈力之爲歟古之君子推其分養其和仲尼得之以弦歌傳說因之以版築至若詩有怨刺之作騷有愁思之文末之微言匪云大雅王六官志其大者司馬公引而伸之謫居何心不欲賈生之投分集作弔窮愁非我安用虞卿之著書嘗以風月在懷江山爲事薄領何廢形勝不孤集作辜與孤同既好樂而無荒亦尚集作上同而不入追乎倚集作考層閣憑華軒川澤

清明上懸秋景岑嶺迴合下帶谿流連草樹而心搖際煙氣而目盡茲邦枕倚是日登臨豈子虛之過詫誠仲宣之信美物色起殊鄉之戚誰則無情而道術得異人之資吾方有遺於是旨酒時獻清談間發歌滄浪以放言詠蟋蟀而傷儉蓋古人之作者豈異於斯盍賦詩焉以揚厥集作其美

之戚集作之感　有遺集作有適

宴宗主簿席序匝都城匝集作空請授素幅集作請授素篆以頌集作以頌興詠集作歌詠

文苑英華卷第七百九

文苑英華卷第七百十

序十二

遊宴三

韋司馬別業集序　張九齡

杜城南曲斯迎郊之美者也背原面川前峙太乙清渠修竹左並宜春山露下連俗（集作谿）氣中絶此皆鄭公之有也余固已聞之開元歲夏四月猥忝散職居多放情跂彼一行無忘於夙尚時因（集作其）七召果獲於前期廼與起居舍人蔡公萬年主簿韓公惠而得朋欣然命駕韋公方拭席見待羞以藥物之滋倚琴相歡雜以嘯歌之韻清言移景閑步周林翻飛自情俯仰爲得斯亦吾儕之樂事幸可而同也扶陽餘慶皤溪古跡樹留梓漆器用天成庭漸芝蘭馨香世襲斯乃韋氏之懿業是所謂異馬而韋公尚其同之樂忘其身（集作累）之貴均林棲於服冕齊菲食於焚枯彼

未可量吾見其大跡繼前軌將爲龍以爲光道包遠圖豈一丘而一壑二三君子相與志之云

益州長史叔置酒宴別序　前人

天子建五長守四方内以承衛京師外以攘却戎狄則有持其節制未十年而歷踐撫其封疆既一行而安（集作寧）輯盡在我叔父備聞於（集作于）朝廷昔者吉甫是欽仲著孝友之德楚子所畏耀在諸侯之選世有實績今以美濟俾我張氏㷀彼士林以媚於一人以正于四國豈非德能光大謀必變通思古人之獲心施君子之不器所以前拜小司馬兼擁旄於五命（集作京）今爲（集作再命）左常侍特（集作仍）惣戎於三蜀軏模素遠緯有先路之風聲車服載馳光備上軍之

禮命莫不文茵暢轂淑旂綏章嘽嘽皇皇垐將出乎華陽
威已疊乎夜郎是蒔也四序鱗次屬當春夏之交千里草
長有懷原隰之徃乃闢軒宇速（集作邀）賓寮自髦士而及同
姓啓（集作由）金華而下建禮或交以道合豈徒隸好之風或
情以族親所（集作於）謂宗盟之義龜組交映肴蔌駢羅而聲
欲成文發中堂之絲（集作絃）管志在激（集作擊）節感四坐之衣
冠必名義以（集作而）爲言雖聚散而何有酒酣相顧驪歌乃
作白日西下求壯士之翻車青山南登愛忠臣之叱馭凡
我明懿賦詩餞行　綽有（集作蔚有）

歲除陪王司馬登薛公逍遥臺序　前人

故郡城有荒臺焉雖層宇落構而遺制巋然邑老相傳斯

則薛公道衡之所憩也薛公不容隋季出守海隅豈作臺
榭以崇奢蓋因丘陵而視遠必有以清滌孤憤舒嘯佳辰
寄文翰以相宣仰風流而未泯今司馬公英達好古清譽
藹時迹有忤於貴臣道未行於明主以長沙下國同賈誼
之謫居六安遠郡無桓譚之不樂嘗以爲仁不異遠必敷
政以愛人窮當益堅已恒（集作垣）懷而樂地屬府庭閑暇江
浦清明南山（集作土）陽和覺寒氣之向盡東郊物候（集作候暖）愛
春色之先來於是乎命輕舸以亂（集作乘）流趣高臺而降宅
（集作埋）越荒堞披古馗（集作道）躋隱嶙而三休俯芊綿而四極
其遠則煙遠墟井指𨸏駱（集作貊）以南馳雲合山川距荆吳
而北走其近則深谿見底鱗介之所出沒喬林夾岸羽毛
之所翺翔悠哉薛公無不寄也意神期之可接陟彼峻隅
想風景之不殊剪爲茂草司馬公又以爲峴山故事感羊
祐以興言湘水遺風懷屈原而可作況登高能賦得無述
爲某實小人受教君子雖羲之樂會稽之士自與許詢而
仲舉愛（集作禮）豫章之人復招徐孺是日也群賢（集作英）在焉
猥惟陋才忝陪下列祗命爲序請各言詩（集作言志）

宰相及百官定昆明池旬宴序　孫逖

古者天子居青陽服蒼玉於是乎和令布德行慶施惠其
義遠矣粤若稽古皇帝御天下之十有九載溥暢神化弘
宣大明氐羌來享四方無事元凱升朝百揆時序年屢豐
而多慶物由庚而自樂乃賜群臣十日宴所以畢春氣樂

太平也越三月巳巳會于定昆明池於是秉鈞宗公執事
庶尹玄袞赤舄黼衣繡裳奉璋珴珴珮玉鏘鏘仰丹闕而
拜命俯清川而樂飲大庖孔碩尹京爲致饔之司旨酒思
柔柱史爲佐樽之政既錫之以高會又悅之以備樂修妓
羅舞名倡間歌含姑洗於鍾鼓動陽春於羽籥陟則設帟
降則具舟榜文鷁以沂洄與飛鷗而御玩魴鱮甫甫鳧鷺
翼翼薰風敷散於草木喜氣宛延於郊甸亦既醉止于胥
樂兮夫恩之所覃者深則感之所及者遠引之於大足以
助天地之同和伸之於微足以致魚鱉之咸若大君垂裕
豈虚也哉詩以展事抑惟舊典我上相裴公中書令蕭公
保乂皇極緝熙文教以爲正國風美王化者莫近於詩徵

言浸遠大義將鈌乃命華刻浮靡遒勁揚雅頌斷雕爲樸取實棄華親題首章以倡在位皇矣上帝式歌文王之德穆如清風方聞吉甫之頌請問其目列之於左

湖中宴王使君序　前人

書曰寇賊姦宄又曰奪攘矯虔延于平人干國之紀常州刺史王公奉若天命肅清江服德之至也不言而默信令之行也不言而知懼政未朞月路不拾遺斯亦隨武子鄭太叔常從事於茲矣歲三月使車行郡輕舟入湖自公及私寓物成趣水照金章春明朱紱倚禹穴於前棹迴越城於後屏南國春暮鶯花亂飛東山晝晴林嶺皆出載酒公讌尋幽水嬉班秩以節在宴樂而有禮贊笏斯皇覺雲湖

之增價夫皇華乘傳朝寄之重丘壑林藪幽趣之適在此行也兼而有之請賡載歌用旌厥美

趙六宅浴後宴序

昔孔門達者言志於夫子曰浴乎沂風乎舞雩咏而歸豈非遊必有方道在則樂貴潔清以象德輔精爽而成趣吾友趙子亦事斯語矣歷選暇日咨謀同心備預芳華有事沃盥炎火電煙洞房燠若探湯以申誡　水知其善清以流其惡則形之汾澮苦而利於病則神之藥石雖雅琴養德惠風析醒曾何喻哉未足多也振衣而退繼酒爲樂需食有節誦言無譁所貴酬暢以和湫底夫始於澡身終於養神樂只君子曷嘗違仁左衞騎曹張晉明仲紙染毫俾

余題序

仲春群公遊田司直城東別業序　陶翰

余聞有天下不聞理天下故夏臺門（集）而生自（集作白）秋官濬而守中不然我群公法家之流惟刑是恤亦何暇閣挂巾車鏘鏘乎在此堂矣司直鴈門田侯行脩器傳心遠地偏於是啓郊園之扉主簿天水姜侯詞才俊秀雅志堅直於是傳翰林之檄嗟乎城池不越井邑不移林篁忽深山巒斗起出廻塘而入蒼翠更指深亭因曲岸而捫穹嵌忽升絕頂雲天極思河山蒲目菑畝春色蒼茫遠空煙間之宮闕九重砌下之亭皐千里臨眺之壯也罇酒既醉舞袖登筵歡洽在斯獻酬無算措九州於樂府移三典於頌章

皆我順堯之心除秦之政所以偶春服之宴也咸請賦詩

劉侍御夜月讌會序　元結

兵興已來十一年矣獲與同人歡醉達旦詠歌取適無一二焉乙巳年（集作歲）彭城劉源在衡陽逢故人或有在者日昔（英華作措非）相會弟寬遠遊始與諸公待月而笑語竟（集作競）與諸公愛月而歡醉詠歌夜久賦詩言懷於戲文章道喪蓋亦久矣時之作者煩雜過多歌兒舞女且相喜愛系之風雅誰道是耶諸公常（集作嘗）欲變時俗之淫靡爲後生之規範今夕豈不能道達情性或（集無此字）成一時之美乎

陪李採訪泛舟蓬池宴李文部序　蕭穎士

聖后欽明天工懋恤人瘼罷前監郡仍昔樓（集作樓）剖其爲

寄也大馬若乃地（疑作池）梁墟城浚都舳艫萬里閭閻千室通邑之衣也東至于河西至於海亘長淮而彌甸服方域之雄也牧守之任循良之選豈易人哉今茲春歲聿旱人咨荒歎朝廷廑東方之耗斁也慎簡大賢而臨涖之明詔乃下俾鉅鹿守李公徃馬亦既褰帷零雨其析矜人瘵痳貴余（疑作余）日衰被青徐而周兗豫有政刑矣已而襄國士女結去思之怨大君愍然又命公族之良前文部侍郎東陽繼馬擅文儒之後所以司綸翰無銓尺矣韞戎略之權所以參簡稽貳麾節矣登朝而備屧清貫出守而再踐名邦其鎮撫斯境式慰饑渴宜矣秋九月鉅鹿舟輿次于是都明使君客馬懿夫尊卑有序敦晋鄭之好前後斯諠羙

召杜之德温温二公善可知馬越三日宴集于南亭具水嬉也出層城横通川廻環里閭曠望郊壥抑抑威儀徒馭如馳人導馬隨以至于遂池矯翠帝登畫鷁揖讓有禮獻酬無斁威哉赫乎方伯所以饗邦君也爾乃洲島廻互林亭蓊欝天海清平豁若萬頃澄湛乎其間紅葉照灼緑菱搓漾浅草細萍往往蘩生邀魚舟望白鳥江湖勝勢去去非遠既而涉則在岸泛則在流珍羞間海陸之錯妙舞應荆吳之奏參差逶迤笑語忘疲亦千古一時也晚林未踈堤草更緑輕雨泛灑微風清潤泝洄淪漣終日夕焉二公喜（一作嘉）昇平生至樂歡然有命賦詩客有欣遇二府遊賔筵之末從事斯文爰操簡請同賦四韻嗣於國風之後焉

河中鸛鵲（疑作雀）樓集序　李翰

後周大冢宰宇文護軍鎮河外之地築爲層樓遐標碧空影倒洪流二百餘載獨立乎中州以其佳氣在下代爲勝槩四方儁秀有登者悠然遠心如思龍門若望崑崙河南尹趙公受帝新命宣風三晋右賢好事遊人若歸小子承連帥之眷列在下客八月天高獲登兹樓乃復俯視舜城傍窺秦塞紫氣度關而西入黄河觸華而東匯龍攄虎視下臨八洲前董暢諸題詩上層名播前後山川景象備於一言上客有前美原尉宇文邈前櫟陽郡鄭鯤文行光達名重當時吳興姚係長樂馮曾清河崔邠鴻筆佳什聲聞遠方將刷羽肴（疑）天追飛太清相與言詩以繼暢生之作

命余紀事書於前軒

春夜宴諸從弟桃園序　李白

夫天地者萬物之逆旅也光陰者百代之過客也而浮生若夢爲歡幾何古人秉燭夜遊良有以也況陽春召我以煙景大塊假我以文章會桃李之芳園序天倫之樂事群季俊秀皆爲惠連古今詠歌獨慚康樂幽賞未已高談轉清開瓊筵以坐花飛羽觴而醉月不有佳作（集作詠）何申雅懷如詩不成罰依金谷酒（集有斗字）數

夏日諸從弟登汝州龍興閣序

夫槿榮芳園蟬嘯珍木盖紀乎南火之月也可以處臺榭居高明吾之友于順此意也遂卜精勝得乎龍興留寶馬

於門外歩金梯於閣上漸出軒戶遐瞻雲天晴山翠遠而四合暮江碧流而一色屈指鄉路還疑夢中開襟危欄宛若空外嗚呼屈宋長逝無堪與言起予者誰得我二季當揮爾鳳藻飛乎鸞觴(一作叟乎霜腹)與白雲老兄俱莫負古人也

冬夜裴郎中薛侍御(英華作郎非)置酒讌集序

二公以太司馬之命領浙河東西十有三州之政相與周爰諮度平均邦賦者三月矣當割而遊刃無間臨機而舍拔則獲由是在簿領之際無江海而閑冬十月辛未徵會于此堂讌朋友故舊也賢豪畢萃升降有序縫衣淺帶十有五人聲同故窮達不問意得而御懷(集作衾)皆遺肴芳酒濃夜寂琴暢慷慨言志絡繹舉白肝衝抵掌啞啞大笑三

爵耳熱萬念如洗不復計名身之親疎憂患之去來也況他累乎既醉余以箸擊酒(集作唾)壺叩商而歌其詞曰簿領日盈機知君傲煩囂飲和自忘渴況以初筵招道契跡自親誰謂列宿遥何用結同心緑琴復長瓢日月若走馬炎凉催斗杓一年觧大顙(集作笑)幾日如今宵奉君千金壽莫使歲寒凋是日也(集無也字)禮成於意歡生於同滯憤積慘篲掃湯沃方今滄溟(集作溟海)始波世未康矣(集作世屯未康)二公克壯其猷(集作猶)以立事爲己任行當自致青雲之上不復與適莽蒼者群矣吾儕浮沉其間風水俱逝(集作與風水俱)他日或潛淵(集作泉)或唳天一離一合雲動雨散然後知今日罇酒未易再得將子無金玉其音姑偕賦以卒貺

華山黃神谷讌臨汝裴毗陵十四明府序(按圖經仙人黃盧子得道昇仙之所)　前人

黃盧子威景上漢千歲矣晉碧峯白雲以貽後世故清機勝事未始有極余使(集作吏)于華之明年道侶裴冀亦再命爲臨汝令夏六月假道解邑稅鞅此地(集作山)思欲追高步詰真境於是相與攜手及二三友生童子將命者六七人挈長瓢荷大壺以濁醪素琴會于黃神之谷輿也按谷之西頂實三峯東面石壁藂倚東爲洞壑乳竇潛泄成盤渦兩崖合闕若與天接三二子將極其深也(二字集作登探也)至則繫馬山足披蓁石門入自洞口至於梯路躡連嶂而輿疊嶂度嶇嶔而躡崚兢寅緣絶磴及横嶺而止瀑身乎飛泉

濯纓乎清漣想夫君俟我於蓮花峯之下(五字集作碧花峯下)(集作碧空)而嬋娟愛而不見搔首空山然後靡靈草以爲席傾流霞而相歡(集作勸)楚歌徐動沂詠亦發清商激於琴韻白雲起於筆鋒是日也高興盡而世緒遺幽情形而神機生頹然覺形體(集作骸)六藏悉爲外物天地萬有無非秋毫既醉且止(集作亦既醉止)則亦足言以志仙跡且旌吾友嘉會之在山也

鄭縣劉少府兄宅月夜登臺宴集序　前人

夏六月小暑至矣吾兄方幕夜天掃月榭有酒如乳醑我乎城南(集作隅)城臨近高山俯瞰(集作矙)平隰秦郊漢院相錯如繡且有顥氣足以娛人故數君子稱觴焉其誰同之有

若功曹隴西李華參軍榮陽鄭洵卿瑯琊王休（集作沐）河東
裴閱鄭尉京兆韋造皆卿材也（一作俊）同而形體相忘道契而
（集作故）機事不入是以有高會遠望危言浩歌或心愜清機
寓興於物或語及陳迹盱衡而笑於是初筵而惠好脩中
飲而意氣接既醉而是非遣夫彭澤採菊隱候臨風謂之
盛矣况高城古臺深夜朗月芳罇良友佳境勝事今夕何
夕八者俱并盍亦借賦於此乎觀三二子之志

建丑月十五日虎丘山夜宴序　前人

方今內有夔龍皋伊以佐百揆外有方叔召虎以守四方
江海之人高枕無事則琴壺以宴友朋嘯歌以展霞月吾
黨之職也我是以有今茲虎丘之會巖巖虎丘其莫吾西門

峯然如香樓金道自下方而躋躍鎖丹霞白雲於蓮宮之
內會之曰和氣滿谷陽春逼人巖煙掃除肅若有待余與
夫不亂行於鷗鳥者銜流霞之盃而群嬉乎其中笑向碧
潭與松石道舊兕觥既發賓主醉止狂歌送酒坐者皆和
互趣所奏（集作吳趨數奏）雲去日沒梵天月出（集作日）萬里如練松
陰依依狀若晉客于斯時也撫雲山爲我輩視竹帛如草
芥頽然樂極衆慮皆遣於是奮髯屢舞而歎今夕何夕同
者八人醉罷借賦以爲此山故事

九日陪廉使盧端公宴東樓序　于邵

國家以桂林重鎮吳越襟帶有郡縣可以綱紀有蠻夷可
以羈縻朔南聲教蓋以此始（一作知）皇上（一作帝）纘承大位之明年啓謨
群后載命連率是以范陽盧公自京而來條察二十八州
諸軍事千里之地遂無外虞三軍之士皆務前敵（疑）然後
賞必勞罰必害官不易法府無留事封畧既靜公堂自閑
况重陽美景得不爲樂大合賓佐高張郡樓紅塵參地青
山垌牧連天漲海來接蒼梧憑高而翠霭轉微送遠而白
鴈看沒泛椒菊而籌爵頻絲桐而間奏賓醉月上主待露
晞想彭澤之獨遊悵馬臺之陳迹今日之會何其盛歟余
負累謫居卒起庭府黜叅佐之禮陪上罇之娛韓灰已燃
鄒谷自燧奉命爲序冠于群篇辭之所難敢謝不敏請分
賦五韻書諸即事云

晚秋陪盧侍遊石橋序　前人

以公責左遷于茲迨一周星矣首疾心痗纏日經懷實由
南冠尚轡憂所未忘是以幽求人境之外將蕩滌煩慮得
諸石橋久之豈無他人不如我志願言卒獲者亦久之發
中侍御史范陽盧子至監理下國未浹辰而居閒乘暇行
鑣載勒致爲客數公方駕儐從如林煌煌焉奔走乎堤落
延矚乎禪官（疑）矣三登彌高累息以進而後偕集于橋下
徒觀夫挂長虹以飛來陵半霄而勢去下空如谿纖蘿不
生上頂爲惟佳木蓊秀不可得而揔載也以爲本於融結
膺可自然資於造化力役不及明矣東極大水北走長安
羅郭雉堞如示諸掌大田多稼宜乎有秋群山積翠以回
合好鳥追飛而下上有是勝賞以是開懷盍賦新詩以紀

一時之事也侍御以嘗忝鵷沼潤色鴻業以文司錄俾序良遊敢復畢辭多慙老敗

陪諸公宴京兆王叅軍宅序　前人

王叅軍國族之貴介子也兄抗衡神都抵掌翰苑淯日行道推心與人故士君子頹遊芝蘭不避風雨僕校文者得無勸乎冬至十月飛雪千里携我入室接君初筵嘉餚惟錯清酤有萸取適可以齊鷓圖及酣可以去孤白始爲合獻之禮終爲縱飲之樂有足多也飛鵾戾天宿鳥擇木鍾皷告瞑軒裳欲歸主人諸僕一歲三捷斯文可覩愚以更請賓將不然蓋言之不可以亡也多媿皆讓

春宴蕭侍御林亭序　前人

監察御史蕭公以初獻戎捷塞庭無事從杖輿之暇日邀幕賓而揖我必選以勝况臨清江始乘安流終踐樊圃嘉客以入華亭豁開桴浮往來上下皆見竹樹引外郊雲物鳧鷖爲夫人家禽豈日駐花間天鋪潭底自爲勝槩而蕭公於是咨嗟咸荷賓榮惜此交歡愛此遲景飛觴舉白亦云醉止顧我以客時無間焉拜升堂之嘉慶抱壽慶之余瀝殿中侍御史鄭公文宗也退而喜曰今日之會允爲良辰不有斯文無以終䜩遂歷賦諸韻凡二十余篇命爲序引讓之不可

遊李校書花藥園序　前人

春吹萬以爲物皆有役我智者惟役之不殆終而有用故君子盡心於藥焉恐精華之不逮已也崇文館校書郎李公寢門之外大亭南敞大亭之左勝地東豁環岸種藥不知斯地幾十步但覩其縹䌽霞錯葱蘢煙布容葉層映虛根不搖珠點夕露金燃曉光而後花發五色色帶深淺藂生一香香有近遠色若錦繡酷如芝蘭動皆襲人靜則奪目此李公及時之適也至若上苗可食下體兼採予入孤飯華薙蕭葅既甘平而性寒又辛溫而執熱癖除而不爲去傳風愈而安知及書此李公谷中之本也吾徒沐公馨香愛我藥石皆可右坐願爲佳遊風生白蘋日映丹浦披搖羅霏則花飛鏡中虛涇崢嶸而山在海底入門而未辨金谷問地而不言河陽况春醞已清家園可摘飲盡落景

勸無後時憶戴而乘興自來知鍾而聽絃立應此李公推心之分也禮曰發慮以憲語云從吾所好慮以觀進好無思邪而公智周未兆根據有益上符性命之理下從耳目之玩舉一物而庶美集得不謂之難哉韓康隱名徒盡職者羊叔相遺吾無間然聊對諸人之意用觀賦物之作予乃條也敢無述乎

文苑英華卷第七百十

文苑英華卷第七百十一　序十三

遊宴四

江西觀察宴度支張侍御南亭花林序　顧況

右洞庭左彭蠡公所臨也先庚式戎後甲徵文公所揔也夫以清净和平之德下施於民循之不理既當其樂不觀其華不在此曜騰光自開自落而已欣戚之氣實棲其間繡衣使者詞客張君相閤之賢從事于公疆理一曰均賦二曰省徭三曰主文能中質兹亭之樂其可節乎盖取之明離麗君子健應之象

宴常袞子宅序　前人

昔洛（文粹作維）下鄴中蘭亭峴首文雅之盛風流之事盖一方耳今席有芳樽庭有嘉木飲酒賦詩皆大國聖朝群龍振鷺握蘭佩玉者也在古其有陋乎在今其有榮乎終宴一夕寄懐千載是時也暮春駘蕩孟夏恢台之交耳（文粹無耳字）

中和節奉陪杜尚書宴集序　梁肅

沛乎聖人在穆清之中合四序茂萬物謂二月之吉殷天人之和肇以是日爲中和節原夫中以立天下之本和以通天下之志明君所以揔萬邦也奉時以協氣播氣以授

人元侯所以承王（集作丕）命也于時上元甲子之六歲地平天成河海清宴（集作海宴河清）君臣高會由内及外粤我主公揔（集作敉）揚州領東諸侯既承湛露之澤且脩式燕之禮乃邀中貴人及我上介部從事列將群吏大官重客峨星弁執象笏朊劔曳綬列于賓席者百有餘人火旗在門雷鼓在庭合樂既成大庖既盈左右無聲旨酒斯行廼陳獻酬之事乃酬無筭之歛於是群戲坌入絲竹雜遝（集作沓）毬蹈槃舞橦懸索走之疾（集作捷）飛丸挼距扛鼎踰刃之奇迭作於庭内急管參差長袖嫋娜之美陽春白雪流徵清角之妙更奏於堂上風和景遲既醉（集作樂）且儀自朝及暮惟節有是（集作度）君子謂福禄之所浹在是命矣既醉小子且（集無此字）

輙起而言曰大君有命令節玆始我公宴喜于以受祉歌以發德歌集作詩以頌美于胥樂兮胡可廢已公曰善廼俾坐客偕以六韻成章授簡爲序上以志王澤所及次以紀方鎮之歡末以示將來盛事云爾

上巳日陪劉尚書宴集北池序　符載

才智宏傑者其人尊政教易簡者其民泰時節和暢者其游盛地形盤鬱者其宴雄我尚書劉公挺天姿之英特秉人心之愉樂乘上巳之暄淑趣北池之汗漫操四駕騰百祥皇皇韡韡氣象飄動眞高會也況乎九天之澤滂沱下尌新握龍節保寧坤維苟或風流褊儉不耀是則欲顚頓寵榮也豈承荷錫命之意乎巖巖西蜀古稱天府之奧也

江山數千里羌蠻萬餘落歲時風俗豪侈凡所好尚奇僑譎怪遭值此際得攄胷襟故尤爲壯觀矣先期旬日也嚴徑術洗涯岸洞篁篠熾薹榭有事之辰也擁幢蓋揖賓客寅及於近郊邪及於北池其降車也鼙鼓發登舟也絲桐揭鮮纜也百戲作覽水府摧江離叱天吴拉馮夷躍龜魚騰蛟螭召琴高嘯宓妃蓬壺以迴泊若雲蔚而霞帔一何壯也及乎耳煩目劇綿趣靜境稍自引去千空闊水波不夭水嬉之倫儲精蓄銳天高日晏思奮餘勇實有赤縣兩動四羅群山簪裾坐于天上思慮遊於象表又何曠也觀爲朋曹獻奇較藝鉤索勝負於是劃萬人之浩攘豁一路之清泚南北穩徹中無飛鳥爰扗緜彩從風爲標爛然長虹橫拖空碧乃計才力量遠邇一號令雷鼓而飛千㭬動萬夫呼閃電流於目背羽翼生於肘下觀者山立陰助鬬志肺腸爲之沸渭草樹爲之偃悴揭竿取勝揚旌而旋觀其猛厲之氣騰陵之勢崇山可破也青天可登也若使移於摧堅陷陣之地寧有對宇宙乎夫文質殊途古今異宜君子作事得時也是都也有軍旅焉有南詔焉有西戎焉尚或以清流激湍一觴一詠爲賓客之娛者是不知變也而識者咍之其觀一時之能事成千古之休烈在今辰也豈與夫求和少長咸集同日而言哉載自顧薄劣塵厠下介謬厠陳璋之任被命首敘敢逡巡乎請賦八韻以耀蘭亭諸子也先是故太師韋公因是令節課賓寮賦詩廼取

諸黃裳以爲韻今尚書繼之以青蓋欲使其五色相宣耳

九日陪劉中丞賈常侍宴合江亭序　前人

井絡萬方之奧區也重陽四序之佳節也合江一都之奇勝也張此筵者中司劉公焉監此事者常侍賈公焉是亭鴻盤如山橫架赤霄廣場在下砥平雲截而東西南北㢠然也場中羅崇牙大八旆亭上列雕盤玉斝主人與賓朱紫爛然相與峩冠揖讓而臨之雷鼓震動壺觴波湧山川風景凌軒入坐地形勝天氣嘉人心洽三者既極遂成歡娛不知醉之無從也夫和樂之在人心也未嘗不激於衷而形於外此自然之數是言也其何故哉禮曰有爲而爲之曩者蕃隅變故主帥殂殁而子繼弟及者有之毒民殺吏

者有之逐將攘位者有之兵戈一動羶腥數歲今坤維禍起太尉公薨落山川之所控引兵軍之所雜蹂蕃蠻之所連屬師漏於涓滴釁成於波瀾安危之計懸在絲髮我常侍沉斷玄機發如飆馳以聘睞之力移山丘之勢我中丞聰明英傑動與神遇承要約當談笑間萬形施張已在靈府遂乃推大誠布大賞誅橫猾拔雋異息老稚洗故瑕一日而聲作浹旬而恩被盈月而政成森然萬户與令清净麾幢之所至也自耆耋至于童孺瞻其馬首拜其玉顏唯恐其不爲父母也故茲會之晏賞今日之愉樂與彼登栢景之山落孟嘉之帽飲菊酒佩絳囊者豈同日而言哉於戲非常侍無以康護全蜀非中丞無以恢建盛烈熊羆二

美輝映一時若使載事者聆而書之可以聳忠良而驚奸慝也載忝幕府之舊謬親文翰憑良會之奇勝來群情之踴躍敢竭思慮紀其風流至于登臨眺聽之與烟霞草樹之狀即存乎大雅六韻之什此無備焉

中和節陪何大夫會讌序　前人

中和王節也萬國承之樂洪慶也夫天地之大德曰生發生之盛氣曰春春之於孟也萌動而方微於季也發泄而過強唯仲春木德乃茂沃生人之愷樂洗萬物之枯槁當三陽之正中凝四氣之太和以正星鳥以推律度五年春皇帝負黼扆臨前殿酌天心之旻美順人情之煦嫗啓襟宸疑作宸襟於高選建嘉名於振古遂下明詔詔天下以每年春二月朔旦爲中和之節焉凡八紘九州舟車所至之域莫不嚮風蹈躍承順帝則即今日之會我岳鄂連帥御史大夫何公蓋所以祗明詔宣德教而歡萬民也夫景不和無以破昏蒙之氣地不雄無以壯光華之會且觀夫廣場削平空廻無涯黄鶴前峙以峥嵘大江旁注而逶迤朝之日晴陽始昇鏡清無塵高楊如煙拂冠垂紳主人乃揖乎英僚上介洎簪裾耆老之客相與羅拜於北向已而叙登于阼階之上脱劍搢笏百戲具舉焉旌旗飄飄馬鳴蕭蕭始金鼓以一振忽端立而揚鑣鐵衣錚鏦白羽在腰列高的於虛碧翻大旆於回飆既而鑑疑作鏜絲桐耀丸劍齊入體以岑崟疊涌而川注暄風徐來春日未歛美人盤跚綏

步前墀態生橫波怨拂蛾眉感青春之不再歌朱實之離離音綿眇以切雲塊遠放而如遺樂及於繁奏爵及於無筭檢一變至於懽懽一變至於醉莫不載時之交泰飲公之惠洽恬悦饜飫充塞臟腑而已哉大夫涵青雲之器極黄裳之美忠厚方直清明而深竭至忠以輔國啓大誠以御物下車於江夏自始至於茲日德行浹人於骨髓禮義澤人於思慮馨香問望久而益茂故地方千里民蓋百萬口親愛如父母威畏如神明利劍水鏡日懸户牖此所以無留訟無冤志熙熙穆穆爲清淳之俗焉今天子以皇極大中之道居鴻寶之位垂二十載矣如天之覆如地之幬如春之仁如秋之威神聖聰明文武温龔伴羲農之遐想

軼唐虞之絶軌況乎稷契咎夔許謨其內也如彼韓侯申甫輔柔其外也如此則何憂乎北邊何患乎犬戎異日也若飛詔發來大夫有鼎鉉之拜則天下之理又未可量矣鄙夫樸野亦承玉筆之一人也授教序述慙醜無措請咸賦八韻用極中和之美焉 簪裾一本作簪文

冬日洛下登樓宴序 吳少微

僕抱書鍜河洛歲月多矣曷嘗不憶林宗想元禮慨然今古追思盛德有太原莊稚材特達信而好事招奬英奇亦千載一時也取樂文翰不孤風景置旨酒命群公列坐層樓觀望天地烟霞咫尺左右娛賓山水凄清縱橫在目其時既晩其日將闌度比牖之凉風下南端之白日覽物增

思遊子多懷迺眷斯文期乎不墜云爾

秋夜侍姑叔讌會序 權德輿

叔父至自東周第如新定就長子桐廬尉之養也途出雲陽德輿之僑居在焉拜慶之後式展讌餞掇蔬焚枯以實圓方叔父諸姑既就坐群從伯仲或冠或丱中外稚孺凡四五十人差其長幼爲侍坐之列暢之以旨酒既醉不諠侑之以清絃中奏彌靜夭夭申申其樂無垠發之於恬曠得之於名教稍間則圓魄照坐微風入林殘暑盡銷清光交映歌詩類事舉節應觴覺聽視之內無非和樂雖謝庭羯末之盛雪花柳絮之興及夫情適於中率禮無違亦一時也乃命編次其文且書其時時建中四年之七月德輿操觚以序

臘日與諸公龍泓宴集序 前人

清祀嘉平著於三代蓋祭百種以報嗇表一歲之順成故吾徒亦休澣考勝用文會友龍泓古地大江在下可以縱遠目可以滌煩襟况簪裾成列觴豆備薦酒酣神王舉手拊節盡一日之澤遺百慮如遺二三子唯今日可以酒狂而不書是無勇也

同德寺湊禪師院群公會集序 穆員

歲五日杜楊州出鎮東洛群公禮賓用餞會於此堂以候於戲從公率俗道機變態倦息得於此樂道得於此泉君子同之員亦同之况乃竹深寒庭雪凈禪室境捐世染坐

對天涯茸茗代醪清論如樂蓋勞生之少息群心之一勝會耳惜乎夕鳥集暝客散候人至車馬行各從爾司復返吾患嚮來所聚倏爾成空索過風於前林求往夢於既寤不可及也尚書郎李君曰其可及者詩猶庶乎詩之哉

泉州席使君宴邑中赴舉秀才於東湖亭序 歐陽詹

貢士有宴我牧席公新禮也貞元癸酉歲邑有秀士八人公將首薦集本文粹作薦之于闕下古者相覲相祖有享有宴享以昭恭儉宴以示慈惠二典爲用鮮或克兼諸侯升俊造於天子遣之日唯行鄉飲酒之禮則享禮也胾肉玄酒莫飲莫食公念肉不使食則仁不下浹酒不使飲則歡不上

交方欲激邦俗於流醨致于大乎德行而賢者仁未伊浹才者歡未我交其若嵬嵬何以秋七月與八人者鄉飲之禮既脩乃加之以宴饎移已膳醴出家醞求絲桐匏竹以將之選華軒勝境以光之後一日遂有東湖亭之會公削桑梓之禮執賓主之儀揖讓升堂雍容就筵樂遍作而情性不流爵無筭而儀形有肅鏘鏘焉濟濟焉於是老幼來窺盡室盈岐非其親懿則其閭里皆内訟而誓遷善焉於戲行其教不必耳提而口授移其風不必門翦而戶吹公斯宴則風移教行其間矣直盡心竭誠奉主化民之宰也煙景未暮酒德俱飽有逡巡避位而言曰夫詩者有以美盛德之形容君侯因片善附小能回一邑之心成一邑之行

又昭吾人恭儉於嘉亭示吾人慈惠於清宴回人心成人行周孔之才也昭恭儉示慈惠管晏之賢也不有歌詠其如六義何是日人有芊棠頖宮之什客有天水姜閎河東裴參和潁川陳翊邑人濟陽蔡沼佐贊盛事亦獻雅章小子公之畤幸鼓徵聲先八人者鳴捧豆伺徹將在公之側覩衆君子之作遂從小商之後書其旨爲首序同上（文粹無此五字）

三月三日茶宴序　呂温

三月三日上巳禊飲之日也諸子議以茶酌而代焉迺撥花砌愛庭陰清風逐人日色留興卧措青靄坐攀香枝閑鶯近席而未飛紅蘂拂衣而不散迺命酌香沫浮素杯殷凝琥珀之色不令人醉微覺清思雖五雲仙漿無復加也座右才子南陽鄒子高陽許侯與二三子頃爲塵外之賞而曷不言詩矣

陪永州崔使君游宴南池序　柳宗元

零陵城南環以群山延以林麓其崖谷之委會則泓然爲池灣然爲溪其上多楓柟竹箭哀鳴之禽其下多芡芰蒲蕖騰波之魚韜涵太虛澹灩閭里誠遊觀之佳麗者已崔公既來其政寬以肆其風和以廉既樂其人又樂其身于暮之春徵賢合姻登舟于兹水之津連山倒垂萬象在下浮空泛景蕩若無外橫碧落以中貫陵太虛而徑度羽觴飛翔匏竹激越熙然而歌婆然而舞持頤而笑瞪目而倨

不知日之將暮則於向之物者可謂無負矣昔之人知樂之不可常會之不可必也當歡而悲者有之況公之理行宜去受厚錫而席之賢者率皆在官蒙澤方將脫鱗介生羽翮夫豈趑趄湘中爲顑頷客耶余既委廢於世恒得與是山水爲伍而悼兹會不可再也故爲文志之

送徐從事北遊序　前人

此篇當在七百三十二卷餞送門今已移入姑存其目

遊大林寺序　白居易

余與河南元集虛范陽張允中南陽張深之廣平宋玉安定梁必復范陽張特（集作時）東林寺沙門法演智蒲士堅利辯道深道建神昭雲皋恩慈寂然凡十七人自遺愛草堂

歷東西二林抵化城憩峯頂登香爐峯宿大林寺大林窮遠人跡罕到環寺多清流蒼石短松瘦竹寺中唯板屋木器其僧皆海東人山高地深時節絕晩于時孟夏如正二月天山(文粹作梨)桃始華澗草猶短人物風候與平地聚落不同初到怳然若別造一世界者因成口號絕句云人間四月芳菲盡山寺桃花始盛開長恨春歸無處覓(集作覓處)不知轉入此中來既而周覽屋壁見蕭郎中存魏郎中弘簡李補闕渤三人姓名文句因與集虛輩歎且曰吁此地實匡廬間第一境由驛路至山門曾無半日程自蕭魏李遊迨今垂二十年寂寥無繼來者嗟乎名利之誘人也如此時元和十二年四月九日太原白樂天序

三遊洞序　前人

平淮西之明年冬予自江州司馬授忠州刺史微之自通州司馬授虢州長史又明年春各祗命之郡與知退偕行三月十日參會於夷陵翌日微之反棹送予至下牢戍又翌日將別未忍引舟上下者久之酒酣聞石間泉聲因捨棹進策步入缺岸初見石如疊如削其怪者如引臂如垂𨄔(三字集作如垂幢)次見泉如瀉如灑甚(集作其)奇者如懸練如不絕綫遂相與維舟巖下率僕夫芟蕪刜翳梯危縋滑休而復上者凡四五焉仰睇俯察絕無人迹但水石相薄磷磷鑿鑿跳珠濺玉驚動耳目自未訖戌愛不能去俄而峽山昏黑雲破月出光氣含吐互相明滅晶熒玲瓏象生其中雖有敏口不能名狀既而通夕不寐迨旦將去憐奇惜別且歎且言知退曰斯境勝絕天地間其有幾乎如之何俯通津綿歲代寂寥委置罕有到者乎(集無乎字)予曰借此喻彼可爲長太息者豈獨是哉豈獨是哉微之曰誠哉是言矧吾人難相逢斯境不易得今兩遇於是得無述乎請各賦古調詩二十韻書于石壁仍命予序而紀之又以吾三人始遊故目爲三遊洞洞在硤州上二十里北峯下兩崖相廞間欲將來好事者知故備書其事

文苑英華卷第七百十一

文苑英華卷第七百十二　序十四

詩集一

玉臺新詠集序　徐陵

陵雲槩日由余之所未窺千門萬户張衡之所曾賦周王
璧臺之上漢帝金屋之中玉樹以珊瑚作枝珠簾以瑇瑁
爲匣(一作押)其中有麗人焉其人也五陵豪族充選掖庭四
姓良家馳名永巷亦有潁川新市河澗觀津大家嬌娥曾
名巧笑楚王宮内無不推其細腰衛國家人俱言訝其纖
手閱(一作説)詩明禮非直(二字一作豈)東鄰之自媒婉約風流無
(一無此字)異西施之被教弟兄協律自(一作生)小學歌少長河陽
由來能舞琵琶新曲無待石崇箜篌雜引(一作句)非因(一作關)
曹植傳鼓瑟於楊家得吹簫於秦女以至寵聞長樂陳后
知而不平畫出天仙閼氏覽而遥妬且如東鄰巧笑唯侍
寢於更衣西子微顰將横陳於甲帳陪游馺娑(思我切)騁纖
腰於結風長樂鴛鴦奏新聲於度曲粧明(一作鳴)蟬之薄鬢
照墜(一作墮)馬之垂鬟反插金蓮横抽寶樹南都石黛最發
雙蛾北地燕支(一作胭脂)偏開兩靨亦有嶺上仙童分丸魏帝
腰中寶鳳授暦軒轅金星與婺女爭華麝月共姮娥競爽
驚鸞冶袖時飄韓掾之香飛燕長裾宜結陳王之佩雖非
圖畫入甘泉而不分言異神仙戲陽臺而無別真可謂傾
國傾城無對無雙者也加以天情開朗逸思彫華妙解文
章尤工詩賦琉璃硯匣終日隨身翡翠筆牀無時離手清
文蒲篋非唯芍藥之花新製連篇寧止蒲萄之樹九日登
高時有緣情之作萬年公主非無累德之辭其佳麗也如
彼其才情也如此既而椒宮(一作房)宛轉柘館陰岑絳鶴晨
嚴銅鋪晝净(一作銅梁晝靖)三星未夕不事懷衾五日猶余(一疑)誰
能理曲優游少託寂寞多閑厭長樂之疎鍾勞宮中(一作中宮)
之緩箭輕身無力怯南宮之擣衣生長深宮笑扶風之織
錦雖復投壺玉女爲歡盡於百嬌爭博齊姬心賞窮於六
箸(一作著)無怡神於暇景唯屬意於新詩可得代彼萱蘇微
蠲愁疾但往世名篇當今巧製分諸(一作封)麟閣散在鴻都
不務(一作籍)連章無由披覽於是然脂暝寫弄筆(一作墨)晨書
選(一作撰)録艷歌凡爲十卷曾無參於雅頌亦靡濫於風人
涇渭之間若斯而已也麗以金繩裝之寶軸三臺妙札亦
龍伸蠖屈之書五色花箋皆河北膠東之紙高按(疑)鉛粉
仍定魯魚之文辟惡生香聊防羽陵之蠹雲飛六甲高禪
玉函鴻烈仙方長推丹枕至如青牛帳裏餘曲既(一作未)終

朱鳥窻前新粧已竟方當開茲縹帙散此緗編（一作緗繩）求對玩於書帷長循環於纖手如鄧學春秋儒者之功難習竇傳郄老金丹之術不成固勝西蜀豪家託情窮於魯殿東臺甲館流詠止於洞簫變彼諸姬聊同棄日猗與彤管無或譏焉（一作皆藝文類聚）

河嶽英靈集序　殷璠

序曰梁昭明太子撰文選後相效著述者十餘家咸自稱盡善高聽之士或未全許且大同至於天寶把筆者近千人除勢要及賄賂者中間灼然可尚者五分無二豈得逢詩輒贊往往盈帙蓋身後立節當無詭隨其應詮揀不精玉石相混致令衆口銷鑠爲知音所痛夫文友神情體雅

編紀者能審鑒諸體安詳所來方可定其優劣論其取捨至如曹劉詩多直致語少切對或五字並側或十字俱平而逸價終存然挈缾膚受之流責古人不辨宮商詞句質素恥相師範於是攻乎異端妄爲穿鑿理則不足言常有餘都無比興但貴輕艷雖滿篋笥將何用之自蕭氏以還尤增矯飾武德初微波尚在貞觀末標格漸高景雲中頗通遠調開元十五年聲律風骨始備矣寔由主上惡華好朴去僞從真使海內詞人翕然遵古有周風雅再闡今日璠雖不佞竊嘗好事常願删略群才贊聖朝之美爰因退迹得遂宿心粤若王維王昌齡儲光羲等三十五人皆河嶽英靈也此集即以河嶽英靈爲稱詩一百七十首分爲上下卷起甲寅終乙酉論次于序以品藻各冠于篇額如名不副實才不合道縱壓梁竇終無取焉

篋中集序　元結

元結作篋中集或問曰公所集之詩何以訂之對曰風雅不興幾及千歲（集作年）溺於時者世無人哉嗚呼有名位不顯年壽不終獨無知音不見稱頌死而已矣誰云無之近世作者更相沿襲拘限聲病喜尚形似且以流易爲辭不知喪於雅正然哉彼則指詠時物會諸絲竹與歌兒舞女生汙惑之聲於私室可矣若令方直之士大雅君子聽而誦之則未見其可矣吳興沈千運獨挺於流俗之中強攘於已溺之後窮老不惑五十餘年凡所爲文皆與時異故

朋友後生稍見師效能似類者有五六人於戲自沈公及二三子皆以正直而無祿位皆以忠信而久貧賤皆以仁讓而至喪亡異於是者顯於（集本文辯作榮）當世誰爲辯士吾欲問之天下兵興於今六歲人皆務武斯焉誰嗣已長逝者遺文散失方阻絶者不見近作盡篋中所有總編次之命曰篋中集且欲傳之親故冀其不亡於今凡七人詩二十二首時乾元三年也

華陽屬和集序　于邵

六義詩人之蘊雅貫三極而正存象外班九流而化行天下夫然則游夏登科於孔門獨擅文學雖風流萬古而不易者文乎哉且日新之謂盛德業崇之謂不朽自大欽之

南在漢有文翁實長西蜀開設學校爲來者宗師順流千載而餘芳不泯歷魏有高眹晉有張華皆好古博聞能述道事講信脩睦傳之無窮是以在縣巴有渝有挾鼓濮率相勸道人無隱焉洎大曆初尚書左僕射冀國崔公登壇受命邊鄙不聳旣國用偃武而家將訓文近取諸身旁求是類高選幕客無非其人彬彬然文質協乎中而英華發乎外矣殿中侍御史滎陽鄭公道同斯應參乎理戎以王帳之暇而清詞間作盈我懷袖式歌且謠以爲離群索居誰與晤語故自相府及冀公達於儲公凡所獻酬纘爲三卷仍以屬和爲集之目夫屬和者唱予和汝擊發商徵亦取諸伐木相求之義斯蓋鄭君之意也同聲于邵聞而且

喜即之寓目騂若春榮遂講我以宣布咨我以序引取彼弊帚無相患焉

大唐中興間氣集序　高仲武

詩人之所作本諸心心有所感而形於言言合典謨則列於風雅暨乎梁昭明載述已往撰集者數家推（集作權）其風流正聲最備其餘著錄或未至正焉何者英華失於浮游玉臺陷於淫靡珠英但紀朝士丹陽祗（集作止）錄吳人此由曲學專門何（集作無）暇兼包衆善使夫大雅君子所以對卷而（集作起）長歎也唐興一百七十載屬方隅叛換戎事紛綸業文之人述作中廢粵若肅宗先帝以殷憂啓聖反正中興伏惟皇帝以出震繼明保安區宇國風雅頌蔚然復興所謂文明御時上以化下者也其不揆菲陋輙罄謏聞博訪詞林採察謠俗起自至德元年首終於大曆末年作者數千選者二十六人五言詩一百四十首七言詩附之列爲兩卷略叙品彙人倫命曰中興間氣集且夫微言雖絶大制猶存詳略其臧否尚可擬議古之作者因事造端敷弘體要立義以全其制因文以寄其心著王政之興衰國風之善否豈其苟悅權右取媚薄俗哉今之所收殆革斯弊但使體狀（集作格）風雅理致清新期觀者易心聽者竦耳則朝野通取（集作載）格律兼收自鄶以下非所附隸凡百君子幸詳至公（二字集作於至理矣）

左補闕安定皇甫公集序　獨孤及

五言詩之源生於國風廣於離騷著於李蘇盛於曹劉其所自者遠矣當漢魏間（集作之間）雖（文粹作已）朴散爲器作者猶質有餘而文不足以今揆昔則有朱絃疏越大羹遺味之歎歷千餘歲至沈詹事宋員外（集作考功）始財成六律（文粹作品）彰施五色使言之而中倫歌之而成聲緣情綺靡之功至是乃備雖去雅寖遠其麗有近於古者亦猶路鼗出於土鼓篆籀生於鳥跡也沈宋既殁而崔司勲顥王右丞維復崛起於開元天寶之間得其門而入者當代不過數人補闕其人也補闕諱冉字茂政玄晏先生之後也（集本文粹無也字）銀青光祿大夫澤州刺史諱敬德之曾孫朝散大夫饒州樂平縣令諱价之孫中散大夫潭州長（集作刺）史諱顥之子十

歲能屬文十五而老成右丞相曲江張公深所歎異謂清
頴秀擢有江徐之風伯父秘書少監彬尤器之自是令問
休暢舉進士第一歷無錫縣（集本文粹無此字）尉左金吾兵曹今
相國太原公之推轂河南也辟爲書記大曆二年遷左拾
遺轉右補闕奉使江表因省家至丹陽朝廷虛三署郎位
以待君之復不幸短命年方五十四而歿嗚呼惜哉君忠
恕蕪恪居官可紀孝友恭讓自內形外言必依仁交不苟
合得喪喜慍罕見於容故覿君述作知君所尚以景命不
永斯文未臻其極也蓋存於遺札者凡三百有五十篇其
詩大畧以古之比興就今之聲律涵詠風騷憲章顔謝至
若麗曲感動逸思奔發則天機獨得非師資所獎每舞雩

詠歸或金谷文會曲水脩禊南浦愴別新意（文粹作聲）秀句輒
加於常時一等才鍾於情故也君毋弟殿中侍御史曾字
孝常與君同稟學詩之訓君有誨誘之助焉旣而麗藻競
爽盛名相亞同乎聲者方之景陽孟陽孝常旣除喪懼遺
製之墜於地也以予與茂政前後爲諫官故銜痛編次（集本文粹作集）以論譔見託遂著其始終以冠于篇

吳興晝公集序　于頔

詩自風雅道息二百餘年而騷人作其旨愁思其文婉麗
亡楚之變風歟至西漢李陵蘇武始全爲五言詩體源於
其風流於騷故多憂傷離遠之情梁昭明所造文選錄古
詩十九首亡其姓氏觀其詞蓋東漢之世李蘇之流自建
安中王仲宣曹子建鼓其風晉世陸士衡潘安仁揚其波
王曹以氣勝潘陸以文尚氣勝者魏祖興武功於二京已
覆文尚者晉武圖帝業於五胡肇亂觀其人文興亡之迹
人焉廋哉宋高祖平桓玄定江表文帝繼業五年間江左
寧謐魏晉文章鬱然復興康樂侯謝靈運獨步江南俯視
潘陸其文炳而麗其氣逸而暢驅風雷於江山變晴昏於
洲渚煙雲以之慘淡景氣爲其澄霽信江表之文英五言
之麗則者也逮乎高（一作齊）世宣城守謝玄暉亦得其詞調
函於風格不侔康樂矣梁陳已降雖作者不絕而五言之
道不勝其情矣有唐吳興開士釋皎然字清晝卽康樂之
十世孫也得詩人之奧旨傳乃祖之精華江南詩人莫不

楷範函於緣情綺靡故詞多芳澤師古典制故律尚清壯
其或發明玄理則深契真如人不可得而思議也貞元壬
申歲余分刺吳興之明年集賢殿御書院有命徵其文集
余自採而編之得詩五百四十六首分爲十卷納于延閣
書府上人以余嘗著詩述論前代之詩逸（疑）託于集序辭
不獲已畧志其變上人之植情和順稟質端懿中秘空寂
外開方便妙言說於文字了心境於定惠又釋門之慈航
智炬也余游之內者何足以扣玄關謝氏世爲詩人豈佛
書所謂習氣云

右（集作左）（下同）諫議大夫崔君集序　權德輿

洙泗門人登四科者唯稱端木賜卜商可與言詩以其善

於取類敏於喻禮然則緣情詠言感物造端發爲人文必本王澤貞元十二年夏四月庚辰皇帝御麟德殿命通儒碩生與緇黃上手（集作首）雜論奧賾互相發明繇是京兆韋君以四門博士召見三玄六學博辯宏大精義具舉宸心乃愉尋獻七百字詩一章詞華彬蔚詔旨優荅浹日受秘書郎踰月遷右補闕未半歲拜右諫議大夫其餘以文發身以直事君言語侍從論思諷議賈生當受釐之問方朔擅不窮之智近臣渥命榮冠一時薦紳競勸巖谷（集作穴）皆聳初君年十一嘗賦銅雀臺絕句右拾遺李白見而大駭因授以古樂府之學且以瓌琦軼拔爲已任至弱冠乃嗜然曰四始五際今既遠矣會情靈（集作性）者因於物象窮比

興者在於聲律蓋辯以麗麗以則得於無間合於天倪者其在是乎彼惠休稱謝永嘉如芙蓉出水鍾嶸謂范尚書如流風回雪吾知之矣遂苦心藻廌儷詞比事纖密清巧度越群倫嘗著天竹寺六十（集作十六）韻魯郡文忠公序引而和之使畫工圖於仁祠摘句配境偕爲勝絕又於江南著卧疾二十韻晉國忠肅公手翰以美之曰卓爾獨立其在我常生乎其爲名臣宗公所稱賞如此又與竟陵陸鴻漸杼山僧皎然爲方外之侶沉冥博約爲日最久而不名一行不滯一方故其與羽衣也則曰遺名攝方袍也則曰塵外被（集作披）儒服也則今之名字著焉周流三教出入無際寄詞詣理必於斯文自貞元五年始以晉公從事至京師迨今十年所著凡三百篇嘗因休沐悉以見示德輿鄙昧不能言詩徒以掖垣之寮辱命爲序豈愛之厚而忘其不能歟前此論著別爲篇第後此者方紬懷仙章句而不復賦人間之事矣今茲詩集以類相從獻酬屬和因亦編次且以聖誕日麟德殿三教講論詩爲首凡十卷云

唐使君盛山唱和集序　前人（集無）

古者采詩成聲以觀風俗士君子以文會友緣情放言言必類而思無邪悼谷風而嘉伐木同其聲氣則有唱和樂在名教而相傳約此北海唐君文編盛山集之所由作也初文編以英華籍甚輝動朝右書法草奏爲明庭羽儀談者謂翰飛容侍潤色名命如取諸懷之易也八年夏佩盛

山印綬朱兩幡而西天子雅知其文采慰勉甚厚且曰第如新淮分我憂歎於是惠而保之四封熙熙比歲連課爲百城表率十九年冬既受代轉遷于夔上方以愷悌紓息之爲大人文華國之爲細或者蘊而央之使目不暇瞬庸詎知嚮時歲月不來之推轂邪理盛山十二年其屬詩多矣非交脩繼和不在此編至於營合道志詠言比事有父敬之義焉睽携窮歎惆悵感發有離群之思焉班春悲秋行部遲容有記事之敏焉煙雲草木比興形似有寓物之麗焉方言善謔離合變化引而伸之以極其致昔魏文帝稱劉公幹五言詩之善者妙絕一時抱朴子云讀二陸之文恐其卷盡今覽盛山十二之作有似之凡漢庭公卿左右曹

方國二千石軍司馬部從事暨巖棲處士令弟才子稽合屬和二十有三人共若干篇盍簪則七子偕賦發函亦千里善應尊賢下士備見於斯葳蕤照燭雖南金青玉之不若也噫文編所友善者僕多善之周星之間物故殆半梁寬中楊懋功尤爲莫逆之交零落如何可言况其雅音已矣多歎三復感念涕洟集于筆端是集也編於德輿嘗有木桃瓊瑶之往復辱求序引所不敢讓者僕夫子徵還道舊之日破涕爲笑於斯文也

文苑英華卷第七百十二

文苑英華卷第七百十三　　序十五

詩集二

左武衛胄曹許君集序一首

裴氏海昏集序一首　劉商郎中集序一首

盛山十二詩唱和集序一首

主客員外郎盧公集序一首

董氏武陵集序一首　澈上人集序一首

因繼集重序一首

左武衛胄曹許君集序　權德輿

建安之後詩教日寖重以齊梁之間君臣相化牽於景物理不勝詞開元天寶已來稍革頽靡存乎風興然趨時逐

進此爲綦繪紳佩之徒以不能言爲耻至吟咏情性取適章句者鮮焉有許氏子者名經邦字某世得命官不書于此如疑作姑舉其始終之畧以著于篇君天授純静不遷於物脩檢之中須有夷曠早孤家于鄱陽有佳山水遂以貞遯爲心不近聲利孝敬温信著於州里保閑樂退無所撓承家人近習未嘗見其喜愠之色講學業文以此爲適相國第五公之爲郡也軾閭懸榻以禮之咨於連帥薦授試左武衛胄參軍有别墅去家百里秋八月泝溪而上灘激險不幸溺於秋濤之中嗚呼践儒行而未申其用霑初命而未至於禄受全氣而不終其壽此三者所以爲士友之病凡所賦詩皆意與境會疏導情性含寫飛動得之於静

故所趣皆遠其道退其徒寡不交當世故知之者稀惟昌黎韓愈泰山羊滔最爲友善羊既物化韓爲江西從事今年冬予役于鍾陵而君去世之三歲也文行實録皆得之於韓噫嘻士之脩道向晦不耀於時以泯没者可勝道哉如許君者絜身於困約之中講藝於蓬茨之下以六義之文爲富以一畝之宫爲泰齊人吹竽楚人泣玉故志業内固英華未發介然居易以至歿身其古之牆東谷口之徒與韓以其詩三百篇授予故類而爲集

此序云昌黎韓愈友善又云韓爲江西從事按愈元和十五年止曾刺袁州時德輿已卒權集亦無此篇恐誤

裴氏海昏集序　　呂温

海昏集者有唐文行之臣故度支郎中專判度支事贈尚書左僕射正平郡公裴氏諱某字某考地毓德會友輔仁氣志如神英華發外之所由作也初公遠河洛之難以其族行攀大別浮彭蠡望洞庭徘徊乎湓流聘仰乎（集作廻翔于匡湓流聘于）海昏有歐山之奇脩江之清陽溪之瀑湯（集作陽）泉之靈竹洞花塢仙壇僧舍鷄犬鍾梵相聞於青嵐白雲中數百里不絶時也俗以遠而未擾地以偏而獲寧開元之遺老盡在循歌詠乎外平公悠然樂之遂與我外王父故屯田郎中集賢殿學士河東柳公諱某外叔祖故相國宜城伯諱渾洎故太常少卿蘭陵蕭公定故秘書少監范陽盧公虛州故左庶子隴西李公紓爲塵外之交極心期之賞唯故給事中汝南袁公高故將作監河南元公亘以後進預焉江左縉紳諸生望之如神仙邈不可及每賦一泉題一石毫墨未乾傳詠已徧其爲物情所注慕如此無何朝廷命公盈虛東南漕引吳楚中原百萬之衆仰食於公人不堪煩我若無事往往佩聯印擁大蓋枉道而過舊山林壑之間琴詩不廢心計順指而軍國飫贍其大雅之全才（集作材）者歟於戲太尉侍中勤勞王家惠于生人至公再世又以盛德屈於年運慶如蹇川其決必大由是焜燿之烈重集于我邠公邠公始以大孝聞中以大用顯次以大忠畀藩屏三朝出入二掾述先職而掌邦賦脩祖德而踐台衡

理刑之政篆在樂石定蜀之武藏在册府漢南之化方洽于人謳加以優游藝文惇悦經術身被華衮門全素風不畏强禦不侮孤賤久要皆當代長者推轂必一時俊傑海内士大夫如麟羽之歸龍鳳（集作鸞）君子曰憲公忠獻公之勳德節公之雅道爲不亡矣邠公以霜露之感泣編遺文思所以垂諸不朽以爲節公消息出處之道始於海昏遂於正集外别次當時唱和游覽餞勞之作凡九十六篇勒爲海昏集上下卷不遠三千里授簡於小生俾酌歸趣而爲序引某嘗備中臺之屬實辱至公之遇聞命已（集作以）哀敬不敢文爲姑陳古義用贊風訓昔者三代陳詩以觀民風詐信（集作信詐）淫羕我蹤靜剛柔（集作柔剛）於是乎取之喜怒哀樂

吉凶存亡於是乎觀之兆於此必應於彼成乎終必見乎始詩不可以爲僞魏公子爲南皮之游以浮華相高故其詩傲蕩驕志勝而專勤而不安晉名士爲金谷之燕以邪侈相扇故其詩濫溺淫志治而緩從而不返正平公爲海昏之會以禮義相誨故其詩恬淡退志莊直立志退以獨全其道立以蕉濟於時立而不矜退而不怨（集作悲）適而不放樂而不荒親而不比數而不黷如切如磋婉而有直體曰比曰興近而有深致仁者見之遁世而無憂知者見之愛身而有待睽乎若冬陽之煦油乎若春澤之浸其誘人也易其感人也深卒不知其所以然也夫如是則觀南皮之詩應劉焉得不夭魏祚焉得不短觀金谷之詩潘石焉

得不誅晉室焉得不亂觀海昏之詩裴氏焉得不興我唐焉得不理詩之時義其大矣哉天人家國之際其至矣哉爲節公郇公之子孫者其無忘哉元和五年五月七日朝議郎使持節道州諸軍事守道州刺史上騎都尉賜緋魚袋東平呂温謹述

劉商郎中集序　武元衡

天運地轉剛柔生焉禮辯樂形文章出焉天之文莫麗乎日月地之文莫秀乎山川聖人觀象立言用稽述作發乎情性形於咏歌大則明天下政途彌綸王化爾小則又舒一時幽憤刺見國風故子夏云在心爲志發言爲詩聲成文謂之音也固可動天地感鬼神則正始之道存焉有唐文士彭城劉公諱商字子夏眷于一先後之輩睦于兩中外之親緣情所鍾愛亦加等領惟遭華秉國樞重變贊台衡之務統臨井絡之人其孤乃緘鐍遺文提捧萬里猥期序引將佐詞林予感悼故知惻覽華藻珠玉綴錯清泠自飄皆素所狎聞也泫然涕下不能自收矧公遐情浩然酷尚山水著文之外妙極丹青好事君子或持水素越淮湖求一松一石片雲孤鶴獲者寶之雖楚璧南金不之過也脫歲擺落塵滓割弃親愛夢寐靈仙之境逍遥玄牝之門又安知不攀附雲霓蛻迹巖壑超然懸解與漫汗游乎無間邪著歌行等篇皆思入窅冥勢合飛動滋液瓊瓌之朗潤濬發綺繡之濃華鮮（疑作縟）境成文隨文變象是謂折繁

音於孤韻貫清濟於洪流者也今所編錄凡二百七十七篇及早歲著胡笳詞十八拍出入沙塞之勤崎嶇驚畏之患亦云至矣有若太原王緒河東裴茂茂弟篤河南豆盧峯馮翊嚴紳紳弟綬及余伯舅洎于子夏咸以儒業相資冠冑群族雄詞麗句遍在人間予與司空嚴公親結義深相與編葺恨不得繼采詩之末播于樂章且傳諸名士庶幾不朽忝以宿姻舊好撫事追書故言之不讓也

開州韋處厚侍講盛山十二詩序　韓愈

韋侯昔以考功副郎守盛山人謂韋侯美士考功顯曹盛山僻郡奪所宜處納之惡地以枉其材韋侯將怨且不懌（集作釋）矣或曰不然夫得利則躍躍以喜不得利則戚戚以

泣若不可生者豈常侯公之謂哉常侯讀六藝之文以探周公孔子之意又妙（集作能字）爲詞章可謂儒者夫儒者之於患難苟非其自取之其拒而不受於懷也若築河堤以障屋霤其容而消之也若水之於海冰之於夏日其託而忘之以文詞也若奏金石以破蟋蟀之鳴虫飛之聲況一不快於考功盛山一出入息之間哉未幾果有以常侯所爲十二詩遺余者其意方且以入溪谷上巖石追逐雲月不足日爲事讀而詠歌（集作歌詠）之令人欲棄百事往而與之游不知其出於巴東以屬朐䏰也于時應而和之者凡十人及明（一作此）年常侯爲中書舍人侍講六經禁中名處厚和者通州元司馬名稹爲宰相洋州許使君名康佐爲京兆忠州白使君居易爲中書舍人李使君景儉爲諫議大夫黔府嚴中丞武（方崧卿韓集舉正作謨時爲秘書監樂天集有制詞）爲秘書（集有少字）監溫司馬造爲起居舍人皆集闕下於是盛山十二詩與其和者大行於時聯爲大卷家有之焉慕而爲者將日益多則分爲別卷常侯俾予題其首云

云

主客員外郎盧公集序（集作紀）　劉禹錫

心之精微發而爲文文之精妙詠而爲詩猶夫孤桐朗玉自有天律能事具者其名必高名由實生故久而益大尚書郎盧公諱象字緯卿始以章句振（集作震）起於開元中與王維崔顥比肩驤首鼓行於時妍詞一發樂府傳貴由前進士補秘書省校書郎轉右衛倉曹掾丞相曲江公方執文衡揣摩後進得公深器之擢爲左補闕河南府司錄司勳員外郎名盛氣高少所卑下爲飛語所中左遷齊汾鄭三郡司馬入爲膳部員外郎時大盜起幽陵入洛師冬夏衣冠不克歸王所爲虜劫執公墮脅從伍中初謫果州長史又貶永州司户移吉州長史天下無事朝廷思用宿舊徵拜主客員外郎道病留武昌遂不起故相崔太傅時爲右史方在鄂以文誌其墓其詞曰噫公妙年有聲振耀當代翺翔雲路不虞蹭蹬盛名先物易生瘢疵三至郎署坐成遺羞蹭蹬江皋棲棲沒齒見知者恨之公遠祖元魏北齊後周皆爲帝師公之叔父嵩山逸人諫議大夫顥然真隱者也公下世後七十三年其孫元符捧遺草來乞辭以表之嘗經亂離多所散落今之存者十有二卷凡若干篇

董氏武陵集序（集作紀）　前人

片言可以明百意坐馳可以役萬景工於詩者能之風雅體變而興同古今調殊而理冥達於詩者能之工生於才達生於明二者還相爲用而後詩道備矣余嘗執斯評爲公是且衡而度之誠懸乎心默揣群才鈞銖尋尺隨限而盡如是所闕者百態一旦得董生之詞杳如搏翠屏浮層瀾視聽所遇非風塵間物亦猶明金粹羽得于遐裔雖欲勿寶可乎生名侹字庶中幼嗜屬詩晚而不衰心源爲鑪筆端爲炭鍛鍊元本雕礱群形糾紛舛錯逐意奔走因故沿濁叶爲新聲嘗所與游皆青雲之士聞名如盧杜（盧員外象）

杜員外甫高韻如包李（包祭酒佶李侍郎紓）迭以章句揚於當時末路寡
徒佐余歡甚因相謂曰問者身以廷尉屬爲荆州從事移
疾罷去幽卧于（集作於）武陵迨今四年言未信於世道不施
于（集作於）人寓其性懷播爲吟詠時復（入）發笥紛然盈前凡五
十篇因地爲目吾子嘗號知我盍表而出（集作志）之爲生羽
翼余不得讓而著於篇因系之曰詩者其文章之蘊也（集作耶）
義得而言喪故微而難能境生於象外故精而寡和千
里之謬（集作繆）不容秋毫非有的然之姿可使户曉必俟知
者然後鼓行於時自建安距永明已還詞人比有唱和相
發有以朔風零雨高視天下蟬噪鳥鳴蔚在史策國朝因
之粲然復興由篇章以躋貴仕者相踵而起兵興已還右
武尚功卿大夫以安（集作要）濟爲任不暇器人於文什之間
故其風浸息樂府協律不能足（去聲）新音（集作詞）以度曲夜諷
之職寂寥無紀則董生之貧卧于裔土也其不得於時者
歟其不試故藝者歟

澈上人集序　前人

釋子（集本文粹有爲字）工詩尚矣體上人賦别怨約法師哭范尚
書咸爲當時才工之所傾歎厥後比比有之上人生於會
稽本湯氏子聰察嗜學不肯爲凡夫因辭父兄出家號靈
澈字源澄雖受經論一心好篇章從越客嚴維學爲詩遂
籍籍有聞（去聲）維卒乃抵吳興與長老詩僧皎然游講藝益
至皎然以書薦於詞人包侍郎佶包得之大喜又以書致
于李侍郎紓是時以文章風韻主盟一于（集作於）世者曰包李
以是上人之名由三公而颺如雲得風柯葉張王（文粹作柯少葉張）
以文章接才子以禪理説高人風儀甚雅談笑多味貞
元中西游京師名振輦下緇流嫉之造飛語激動中貴人
因侵誣得罪徒汀州會赦（二字文粹作入會稽）歸東越時吳楚間諸
侯多賓禮招迓（集作延）之元和十一年終于（集作於）越之山陰
寺七十有一門人遷之建塔于（集作於）宣州開元天柱峯之
陲從本教也初上人在吳興居何（文粹作柯）山與晝公爲侣（皎然字清晝時以字行）
時予方以兩髦執筆硯陪其吟詠（文粹作詩）皆曰孺
子可教後相遇于京洛與支許之契焉上人歿後十七年
予爲吳郡其門人秀峯捧先師之文來乞辭以以志且曰
師嘗在吳賦詩僅二千首今删取三百篇勒爲十卷自大
曆至元和凡五十年間接詞客文人酬唱别爲十卷今也
思行乎昭代求一言羽翼之因爲評曰世之言詩僧多出
江左（文粹作右）靈一導其源護國襲之清江揚其波法振沿之
如幺絃孤韻瞥入人耳非大樂之音獨吳興晝公能（文粹作服）
備衆體晝公後澈公承之至如芙蓉園新寺詩云經來白
馬寺僧到赤烏年謫汀州云青蠅爲弔客黄耳（集作大）寄家
書可謂入作者閫域豈獨雄於詩僧間耶

因繼集重序　白居易

去年微之取予長慶集中詩未對答者五十七首追和之
合一百一十四首寄來題爲因繼集卷之一（因繼之辭具微之前序中）

今年予復以詩五十首寄去微之不逾月依韻盡和合一百首又寄來題云因繼集卷之二卷末批云更揀好者寄來盖示餘勇磨礪以戰（集作須）我耳予不敢退舍即日又收拾新作格律共五十首寄去雖不得好且以供命夫文猶戰也一鼓作氣再而衰三而竭微之轉戰迨茲三矣即不知有百勝之術多多益辯耶抑又不知鼓衰氣竭自此爲遷延之役耶進退唯命微之微之走與足下和荅之多從古未有足下雖少我六七年然俱已頭白矣竟不能捨章句拋筆研何癖習如此之甚歟而又未忘少年時心每因唱酬或相侮謔忽忽自哂況他人乎因繼集卷且止於三可也忽恐足下懶發不能成就至三前言戲之者姑爲巾

幗之挑耳然此一戰後師亦老矣宜其櫜弓匣刃彼此與心休息乎和晨興一章錄在別紙語盡於此亦不備書二年十月十五日樂天重序　復以詩（京本作復以近詩）

文苑英華卷第七百十三

文苑英華卷第七百十四　序十六

詩集三

追昔游集序　李紳

追昔游盖歎逝感時發於悽恨而作也或長句或五言或雜言或歌或樂府齊梁不一其詞乃由牽思所屬耳起梁漢歸諫署升翰苑承恩遇歌帝京風物遭讒邪播歷荊楚

涉湘沅踰嶺嶠荒陬止高安移九江泛五湖過鍾陵泝荊江守滁陽轉壽春改賓客留洛陽廉會稽過梅里遭讒者再賓客爲分務歸東周擢川守鎮大梁詞有所懷興生於怨故或隱顯不常其言冀知者於異時而已開成戊午歲秋八月

李賀集序　杜牧

太和五年十月中半夜時舍外有疾呼傳緘書者牧曰必有異函取火來及發之果集賢學士沈公子明書一通曰我亡友李賀元和中義愛甚厚日夕相與起居飲食（杜集作會）賀且死嘗授我平生所著歌詩離（杜集作雜）爲四編凡二百二十三首數年來東西南北良爲已失去今夕醉解不復得

寐即閱理篋帙忽得賀（杜集文粹有詩字）前所授我者思理往事凡與賀話言嬉游一處所一物候一日一夕一觴一飯顯顯焉（杜集作然）無有忘棄者不覺出涕賀復無家室子弟得以給養卹問常恨想其人詠（杜集作味）其言止矣子厚於我與我為賀集序盡道其所由來亦少解我意牧其夕不果以書道其不可明日就公謝且曰世謂賀才絕出於前讓居數日牧深惟公曰公於詩為深妙奇博且復盡知賀之得失短長今實敘賀不讓必不能當公意如何復就謝極道所不敢敘賀公曰子固若是是當慢我牧因不敢復辭勉為賀敘然其甚慚（杜集文粹無此字）唐皇諸孫賀字長吉元和中韓吏部亦頗道其歌詩雲烟緜聯不足為其態也水之迢迢

不足為其情也春之盎盎不足為其和也秋之明絜不足為其清（諸本作格）也風檣陣馬不足為其勇也瓦棺篆鼎不足為其古也時花美女不足為其色也荒國陊殿梗莽丘壠不足為其恨怨悲愁也鯨呿鰲擲牛鬼蛇神不足為其虛荒誕幻也蓋騷之苗裔理雖不及詞或過之騷有感怨刺懟言及君臣理亂時有以激發人意乃賀所為無得有是賀復能探尋前事所以深歎恨今古（杜集作古今）未嘗經道者如金銅仙人辭漢歌補梁庾肩吾宮體謠求取情狀離絕遠去筆墨畦逕間亦殊不能知之賀生二十七年死矣世皆曰使賀且未死少加以理僕奴（文粹集本作奴僕）命騷可也賀死後凡十有五年京兆杜牧為其序

唐詩類選序　　顧陶

在昔樂官采詩而陳於國者以察風俗之邪正以審王化之興廢得蒭蕘而上達萌治亂而先覺詩之義也大矣遠矣肇自宗周降及漢魏莫不政治以諷諭繫國家之盛衰作之者有犯而無諱聞之者傷懼而鑒誡寧同嘲戲風月取懽流俗而已哉晉宋詩人不失雅頌正直言無避頗遵漢魏之風逮齊梁陳隋德祚淺薄無能激切於事皆以浮豔相誇風雅大變不隨流者無幾所謂亡國之音哀以思王澤竭而詩不作矣公子聽五音知國之興廢豈虛謬也國朝以來人多反古德澤廣被詩之作者繼出則有杜李挺生於時群才莫得而問（疑）其亞則昌齡伯玉雲卿千運

應物益適建況鵠當光羲郊愈籍合十數子（李白杜甫王昌齡陳伯玉孟雲卿沈千運韋應物李益高適常建顧況于鵠暢當儲光羲孟郊韓愈張籍姚合）挺然頽波間得蘇李劉謝之風骨多為清德之所諷覽乃能抑退浮偽流豔之辭宜矣爰有律體祖尚清巧以切語對為工以絕聲病為能則有沈宋燕公九齡嚴劉錢孟司空曙李端二皇甫之流實繫其數（沈佺期宋之問張說張九齡嚴維劉長卿錢起孟浩然司空曙李端皇甫曾皇甫冉）皆妙於新韻播名當時亦可謂守章句之範不失其正者矣然物無全工而欲篇詠盈千盡為絕唱其可得乎雖前賢纂錄不少殊途同歸英靈間氣正聲南薰之類朗照之下罕有孑遺而取捨之時能無少誤未有遊諸門而英菁畢萃然卷而玷類全無詩家之流語多及此豈識者寡

擇者多實以體詞不一憎愛有殊苟非通而鑒之焉可盡其善者由是諸集悉閱且無情勢相託以雅直尤異成章而已或聲上聲流樂府或句在人口雖靡所紀錄而闕疑作闕切特病者此乃究其姓家無所失之或風韻標特識興深遠雖已在他集而汩沒於未至者亦復掇而取焉或詞多鄭衛或音涉巴歈苟不虧六義之要安能間之也既歷稔盈篋搜奇畧罄終恨見之不徧無慮選之不公始自有唐迄于近歿凡一千二百三十二首分爲二十卷命曰唐詩類選篇題屬興類之爲伍而條貫不以名位卑崇年代遠近爲意騷雅綺麗區別有觀寧辭披揀之勞貴及文明之代時大中景子之歲也

唐詩類選後序　前人

余爲類選三十年神思耗竭不覺老之將至今大綱已定勒成一家庶及生存免負平昔若元相國稹白尚書居易擅名一時天下稱爲元白學者翕翕號元和詩其家集浩大不可彫摘今共無所取蓋微志存焉所不足於此者以刪定之初如相國令狐楚李凉公逢吉李淮海紳劉賓客禹錫楊茂卿盧仝沈亞之劉猛李涉李璆陸暢章孝標陳罕等十數公詩猶在世及稍淪謝即文集未行縱有一篇一詠得於人者亦未稱所錄僻遠孤儒有志難就粗隨所見不可殫論終愧力不及心庶非耳目之過也近則杜舍人牧許鄆州渾洎張祜趙嘏顧非熊數公並有詩句播在人口身沒纔二三年亦正集未得絕筆之文若有所別爲卷軸附于二十卷之外冀無見恨若須待見全本則撰集必無成功若但泛取傳聞則篇章不得其美已上並無採擿蓋前序所謂終恨見之不徧者矣唯歙州敬方才力周備興比之間獨與前輩相近亡歿雖近家集已成三百首中間錄律韻八篇而已雖前後叟接或畏多言而典刑具存非敢遐棄又前所謂無慮選之不公者矣嗟乎行年七十有四一名已成一官已棄不懼勢逼不爲利遷知我以類選起序者天也取捨之法二十通在故題之于後云耳

周朴詩集序　林嵩

顏子聖聲與日月而不盡黔婁貧譽等江河而共存嗚呼先貧俱足亦顏黔之流而能於詩惜哉不雍容於金馬門蹴踏宣尼戶乾符七年閩城殞賊悲夫先生名朴字見素生於釣臺而長於甌閩與李建州頻方處士干爲詩友一篇一詠膾炙人口鸑鷟蹈軼祥瑞皇家迂避而貧聾瞽不重高傲縱逸林觀宇宙視富貴如浮雲蔑茂珪璋如草芥惟山僧釣叟相與往還蓬門蘆户不庇風雨稔不杭數不變晏如也詩人張爲嘗貽先生詩曰到處只閉户逢君便展眉閩之廉問楊公發李公誨中朝重德羽翼詞人奇君之詩召而不往或曰達寮憐才而子避之何也先生曰二公憐才吾固不往苟或見之以吾之貧恐以攝假之牒見黜耳亦接輿於陵未能加也於蟠鶴翅泥曳龜尾一丘一壑

寬于天地先生爲詩思遲盈月方得一聯一句得必驚人未暇全篇已布人口有僧棲浩高人也與先生善捃拾先生遺文得詩一百首中和二年冬十月携來訪余且驚且喜余欲先生之文與方干齊集畢遂爲之序小子以詞賦傳拄投(疑作技)文非所業但直舉其美文醜作者

唐風集序　　顧雲

大順初皇帝命小宗伯河東裴公掌邦貢次二年選者來隱者出異人俊士始大集都下於群進士中得九華山(杜荀鶴集序有人字)杜荀鶴抜居上第諸生謝恩日列坐既定公揖生謂曰聖上嫵文教未多(杜集作之末)張思得如高宗朝拾遺陳公(四字杜集作射洪拾遺陳公子昂)作詩出繼(杜集作没)二雅馳驟建安削苦

澀僻碎畧淫靡淺切破艷冶之堅陣擒雕巧之酋師皆摧撞(杜集作幢)折角崩潰解散掃蕩詞場廓清文祲然後有戴容州劉隨州王江寧率其徒揚鞭按轡相與呵樂來朝於正道矣以生詩有陳體可以潤國風廣王澤固擢生以塞詔意生勉爲中興詩宗生謝而退次年寧親江表以僕故山皆隱者出平生所著五七言三百篇見簡詠其雅麗清苦(杜集作省)激越之句能使貪吏廉邪臣正父慈子孝兄良弟順(杜集作悌)人倫紀綱(杜集作紀綱)備矣其壯語大言則決起逸發可以左攬工部袂右拍翰林肩吞賈喻八九於胸中曾不蔕介或情發乎中則極思冥搜游泳(杜集作神遊)希夷形兀枯木五聲勞於呼吸萬象悉(杜集作貪)於抉剔信詩家之雄傑者也

美哉裴公之知人爲不誣矣於戲旌別淑慝史臣之職也僕幸得(杜集無此字)爲之叙録(杜集有乃分爲上中下三卷目曰唐風集十二字)視其人齒尚壯才力未盡謳吟之興方酣俟其繼作得如周頌魯頌者廣之爲唐風集老而益精留次序(十三字杜集作別爲之次序)景福元年壬子夏述

禪月集序　　吳融

夫詩之作者善善則詠頌之惡惡則風刺之苟不能本此二者韻雖甚切猶土木偶不生於氣血何所尚哉自風雅之道息爲五言七言詩者皆率拘以句度屬對焉既有所拘則演情叙事不盡矣且歌與詩其道一也然詩之所拘悉無之足得放意取非常語語非常意意又盡則爲善矣

國朝能爲歌詩者不少獨李太白爲稱首蓋氣骨高舉不失頌詠風刺之道厥後白樂天爲諷諫五十篇亦一時之奇逸極言昔張爲作詩圖五層以白氏爲廣德大教化主不錯矣至於李長吉以降皆以刻削峭抜飛動文彩爲第一流有下筆不在洞房蛾眉神仙詭怪之間則擲之不顧邇來相斅學者靡漫浸淫困不知變嗚呼亦風俗使然君子萌一心發一言亦當有益於事矧極思屬詞得不動關於教化沙門貫休本江南人幼得苦空理落髮於東陽金華山機神穎秀止于荆門龍興寺余謫官南行因造其室每談論未嘗不了於理性自是而往日入忘歸邈然浩然使我不知放逐之感此外商榷二雅酬唱循還越三日不

相往來佷踈矣如此者凡朞有半上人之作多以理勝復能創新意其語往往得景物於混茫之際然其旨歸必合於道太白樂天既殁可嗣其美者非上人而誰丙辰歲余蒙恩詔歸與上人別袖出歌詩草一本曰西岳集（後改曰禪月集）以爲盡矣竊慮將來作者或未深知故題於卷之首時己未歲嘉平月之三日

顏上人集序　　顧蕘

顏公姓薛氏字茂聖少工爲五言詩天賦其才逈超名輩蕘同年文人故許州節度使尚書薛公字大拙以文人不言其名擅詩（一本作時）名於天下無所與讓唯於顏公許待優異每吟其警句常曰吾不喜顏爲僧喜有詩僧爲吾枝派

以增薛氏之榮耳性端靜寡合而價譽自彰名公鉅人爭識其面余景福間爲尚書郎故相國陸希聲爲給事中一日謂余曰顏公自荆門惠然訪我興盡而去無以贈其行請於知交賦送別余亦勉爲應命而莫之披覩也後數載余罷自合江沿峽流而下至荆之日方遂疑闕（二字疑）閱其篇章睹其儀相然後知師之盛名不虛得（一作傳）也向之送別者自故太傅相國當政公而下凡四十三首余亦別爲一卷陸相國爲序余纔忝清華荐蕪史任宜以師之名字書于文苑傳中緝編未遑漏略是懼今且掇師之序于詩集之前其五言七字詩凡四百篇以爲儒釋之光余與師周旋殆將十稔始仰師爲詩家之傑今與師爲方外之期

契分知心言之無愧若師本教之行自爲其徒所宗則非愚儒之所敢知也光化三年孟夏序

同前　　李詗

夫仁明至儉之君汲淳覆邪懲嗜慾玩好俾奇侈捐隱異貢璧烈而不能致純玉而不用者蓋宗廟之彝器在貞堅和潤之全德也故和氏三刖而不死崑崗縱焚而不夷俾受瑞者于今稱其美焉然則稱其美固亦久矣而知其美之名者將在於何焉夫唯詩秦人焚之既燼益恬抑可對於是而又大矣則今之人稱詩之美者亦久矣旨也將在於何焉泊乎得其綱組（一作紐）序而明之則二南微隱之旨行於世爲百家宗旨者在乎序也詗讀左丘明傳素王微

旨則知懲勸之道教化之本周孔之標度盡在於詩矣顧詩之言惡可容易而語乎釋門高德顏公尚爲詩不入聲相得失哀樂怨歎直以清寂景搆成數百篇其音清以和其氣剛以達妙出無象虛涵不爲冷然若懸未扣而響信其功之妙也不可得而稱矣信其旨之深也不可舉而言矣於戲河漢蕩蕩而東人見其浮重載矣不知其所以浮者何也雅頌郁郁而南人見其化夷俗矣不知其所以化者何也吾師復不接於彼植於此其所以者何也詗常蒐文徽儒秉丘索穴睹師之作異而序之不足舉師之美爲後人宗旨也

又玄集序　　韋莊

謝玄暉文集盈編止誦澄江之句曹子建詩名冠古唯吟
清夜之篇是知羙稼千箱兩岐奚少繁絃九變大濩殊稀
入華林而珠樹非多閱衆籟而紫簫唯一所以擷芳林下
拾翠巖邊沙之汰之始辨辟寒之寳載雕載琢方成瑚璉
之珍故知頷下採珠難求十斛管中窺豹但取一斑自國
朝大手名人以至今之作者或百篇之内時紀一章或全
集之中微微數首但掇其清詞麗句録在西齋莫窮其巨
泒洪瀾任歸東海捴其記得者才子一百五十人誦得者
名詩三百首長樂暇日陋巷窮時聊摭縢以書紳匪攢心
而就簡盖詩中鼓吹名下笙簧擊皃氏之鍾霜清日覩淬
雷公之劍影動星津雲間分合璧之光海上運摩天之趐

奪造化而雷雲湧趂役鬼神而風雨奔馳但思其食馬留
肝徒云染指豈慮其烹魚去乙或至傷鱗自慙乎鼊腸易
盈非嗜其熊蹯獨羙然則律者既採繁者是除何知黑白
之鵶強識淄澠之水左太冲十年三賦未必無瑕劉穆之
一日百函焉能盡麗是知斑張屈宋亦有蕪辭沈謝應劉
猶多累句雖遺妍可惜而備載斯難亦由執斧伐山止求
嘉木挈瓶赴海但汲井泉等同於風月烟花各是其樝梨
橘柚昔姚合所撰極玄集一卷傳於當代已盡精微今更
採其玄者勒成又玄集三卷記方流而目眩閱麗水而神
疲魚兎雖存筌蹄是棄所以金盤飲露唯採沆瀣之精花
界食珍但享醍醐之味非獨貽於短見亦可貽於後昆採

實去華俟諸來者光化三年　七月二日前左補闕韋莊述

文苑英華卷第七百十四

文苑英華卷第七百十五　序十七

詩序一

夏日諸公見尋訪詩序一首　登秘書省閣詩序一首

入蜀紀行詩序一首　李舍人山亭詩序一首

崇文館宴集詩序一首　送并州旻上人詩序一首

送徐錄事詩序一首　群官尋梅隱君詩序一首

晦日藥園詩序一首

宴皇甫兵曹宅詩序一首

送東海縣尉詩序一首　樂府雜詩序一首

宴梓州南亭詩序一首

七日綿州泛舟詩序一首

楊明府過訪詩序一首

宴鳳泉石翁神祠詩序一首

初春於圭峯送盍府實參軍宴詩序一首

洪崖子鸞鳥詩序一首

送工部尚書弟赴定州詩序一首

送毛明府詩序一首　會諸友詩序一首

夏日諸公見尋訪詩序　王勃

天地不仁造化無力授僕以幽憂孤憤之性稟僕以耿介不平之氣頓忘山岳坎坷於唐堯之朝傲想煙霞頗頓於聖明之代情可知矣賴乎神交勝友得山澤之虯龍隱路幽居降雲霄之鸞鳳楊公沈公行之者仁義禮智用之者乾元亨利玄經岩品而白鳳翔素牒開而紫鱗降金門待詔謁天子於朝廷石室尋真訪下官（一作客）於丘壑幽人待士非無北壁之書隱士迎賓自有西山之饌席門蓬巷佇高士之來游叢桂幽蘭喜王孫之相對山南花圃澗北松林黃雀至而清風生白鶴飛而蒼雲起停琴綠水仲長統之歡娛置酒清山郭子期之賓客足可銀鉤人探一字四韻成篇

入蜀紀行詩序　前人

總章二年五月癸卯余自常安觀景物于蜀遂出褒斜之隘道抵岷峨之絕徑超玄谿歷翠阜迨彌月而臻焉若乃採江山之俊勢觀天地之奇作冊壑爭流青峯雜起陵濤

鼓怒以伏注天壁嵯峨而橫立亦宇宙之絕者也雖莊周詫呂梁之險韓侯怯孟門之俊曾何足云蓋登培塿者起衡霍之心游涓澮者發江湖之思況乎躬覽勝事足踐靈區烟霞為朝夕之資風月得林泉之助嗟乎山川之感召多矣余能無情哉爰成文律用宣行唱編為三十首投諸好事焉

登秘書省閣詩序　楊盈川

若夫麒麟鳳凰之署三臺四部之經周王群玉之山漢帝蓬萊之室觀星者入而考南北大象入於機衡披帝冊而貿龍神負圖出於河洛司先王之載籍掌制書之典謨劉向沈研楊雄寂寞之士於茲翰墨馬融該博傅毅文章之才

此馬游夔莫不出言斯善有道則尊黼黻其德行珪璋其事業心同匪石達人千載之交手握靈珠文士一都之會陶泓（集作陰）寡務紬素多閑命蘭芷之君子坐芸香之秘閣徒觀其重欄四絶閣道三休紅梁紫柱金鋪玉碣平看日月唐都之物候可知坐望山川裴秀之輿圖在即虹蜺爲之回帶寒暑由其隔澗豈直崑崙十二瀛海千尋西州有百尺之樓東國有千秋之觀于時五行金王八月秋分風生閶闔之門日在中衢之道煙雲悽慘白露下而四郊空林野蒼茫青天高而九州廻登山臨水無非宋玉之詞高閣連雲有似安仁之興列芳饌命雕觴扼腕抵掌劇談戲笑假使神仙可得自箴松喬富貴在天終輕許史間之以

博奕申之以詠謌陶陶然樂在其中矣登高而賦群公陳力於大夫聞善若驚下走自強於玄晏輕爲序引綴在辭章

崇文館宴集詩序　前人

天下之器也神立貳者所以經其化聖人之寶也大建儲者所以贊其庸易所謂照於四方禮所謂貞於萬國皇家以中樞北極清都有天子之宮儲后以大火前星蒼震有乾男之位因心也孝常問安於寢門行已也恭每不絶於馳道有父子君臣之道焉有夏干冬羽之事焉於是發德音降明詔封紫泥於璽禁傳墨令於銀書齒于成均所以明其長幼通於博望所以昭其賓客東方曼倩之文史即

預禊詞角里先生之羽翼仍叅獻壽爲賓者四友等黄龍之簡才論奏者八人同赤烏之下士莫不縉紳舊德縫掖名儒衣簪拜高闕之門駿駕陪直城之路琢磨其道玉質而金相黼黻其詞雲蒸而電激琴書暇景風月名辰周旋揖讓觀禮儀之溢目合異離堅聞辯論之盈耳八珍方饌寒温取適於四詩一獻雕觴賓主交懽於百拜爾其清垣繚繞冊禁透迤魚鑰則環鎖晨開雀牕則銅樓旦闢周廬綺合廨署星分左輔右弼之官此焉攸集先馬後車之任於是乎在顧循庸菲濫沐恩榮屬多士之後塵預群公之末坐聽笙竽於北里退思齊國之音覩瓌寶於東山自恥燕臺之石千年有屬咸蹈舞於時康四坐勿諠請謳歌於

帝力小子狂簡題其序云

李舍人山亭詩序　前人

永嘉有高陽公山亭者今爲李舍人別墅也廊宇重複樓臺左右煙霞棲梁棟之間竹樹在洲汀（一作汀洲）之外龜山對出背東武而飛來鶴阜相臨向東吳而不進青溪數曲赤巖千丈寥廓兮惚恍似蓬嶺之難行深邃兮耿然若桃源之失路信可謂赤縣幽棲黄圖勝景從來八子闢高陽之邑居今日四郊逢舍人之置驛故知樊家失業遂作庾公之園習氏不游終成濮陰之地其人也凝脂點漆瓊樹瑶林學富文史言成準的蔑荀爲漢帝之親凡蔣是周公之裔田孟嘗之待客照飯無疑孔文舉之邀懽樽中自溢三

多事隙五日歸休奏金石而蒲堂召琳琅而觸目心焉而醉德焉而飽大隱朝市本無車馬之喧不出户庭坐得雲霄之致於是乎百年無幾萬事徒勞唯談笑可以遺平生唯文詞可以陳心賞既因良會咸請賦詩雖向之所歡已爲陳迹俾千載之下感於斯文

送徐録事詩序　前人

徐學士風流倩倩容貌堂堂汝南則顔子更生洛下則神人重出書有萬覽之者實符於鄭玄州有九游之者頗類於斑固懷岐嶓之舊迹想江漢之遺風粤在於永淳元年孟夏四月始以内率府録事出攝蒼溪縣主簿同彼漆園之莊周聊居賤職異乎安定之梁竦不憚勞人騑驂而欲

行紛紜而戒道是日也鶴鳴于野龍昇于天詩成流火之文易占清風之卦聖主以叶時同律義在於省方皇儲以守器承祧任隆於監國留臺務静傳望時閑於是乂敬之善交平生之故友臨御溝而帳飲就離亭而出宿居成別易坐覺悲來平原二客追子高而已遠河上諸公餞林宗而有慕兩鄉風月萬里江山脩路爲下泣之思長天非寄愁之所何以剸疑作剸我戒之必軾何以贈行上路不拜孫子荆傾國之送豈若是乎潘安仁金谷之篇盡於思一作斯矣

送并州旻上人詩序　楊盈川

三元日月不能改弦望之期四序炎涼不能移變通之運況乎人生天地嶽鎮東西良時美景始雲蒸而電激臨水登山忽風流而雨散道之常也復何言哉是旻上人天骨多奇神情獨王法門梁棟豈非龍象之雄晉國英靈即是河汾之寶道尊德貴所以名稱並聞盡性窮神所以身心不動徧觀天下暫游城闕劉真長之遠致雅契高風習鑿齒之宏才深期上德芝蘭一面暫悦新知垂棘連城將游舊府鷄山法衆餞行於素滻之濱麟閣良朋祖送於青門之外是日也河山雨氣原野秋陰風烟淒而禁籞寒草木落而城隍晚雲中振錫有如鴻鵠之飛水上乘杯更似神仙之別左右爲之寬動金石由其色變恒山岱岳看寶鼎於風雲帝里神州對長安於白日兩鄉綿邈何當惠遠之

游千里相思空有關山之望群賢僉議咸可賦詩題其爵里編之簡牘

晦日藥園詩序　前人

天下皆知禮之爲貴用周旋揖讓之儀天下皆知樂之爲盛節金石絲簧之變是則忠信之薄飾容貌於矜莊風俗之徵陶性靈於歌舞殊不知達人君子遺形骸於得喪之機心照神交混榮辱於是非之境非若諸公者大夫之相知也以爲煙霞可賞歲月難留遂欲極千載之交歡窮百年之樂事莫不如珪如璋令聞令望濟濟鏘鏘同會於文場者也于時丁丑之年孟春之晦歲陰入於星紀斗柄臨於析木衣冠雜沓出城闉而盤游車馬駢闐俯河濱而帳

飲乃有神州福地上藥中園左太冲所云當衢向術澁安仁以爲面郊後市九莖仙草摇八卦之祥風四照靈葩泫三危之寶露豈直帝神農旋赤鞭而驅毒崔文子擁朱幡以救人山圖採之而得道姮娥竊之而奔月若斯而已哉加以回溪激石茂林脩竹澹風日之逶迤妙山泉之體勢然後芳杜若藉芝蘭高論參玄飛觴舉白凡我良友同聲相應心冥寵辱推富貴於皇天事一窮通任運隨於大命若使適情知足則玉帛子女爲伐性之源達變通機則尊官厚禄非保全之地所以列坐羲皇之代安歌帝堯之力陽光稍晩高興未闌請諸文會之游共紀當年之事凡厥衆作列之於後

群官尋楊隱居詩序　前人

若夫太華千仭長河萬里則吾土之山澤壯於域中西漢十輪東京四代則吾宗之人物盛於天下乃有渾金璞玉鳳戢龍蟠方圓作其輿盖日月爲其扃牖天光下燭懸火黴之一星地氣上騰發大雲之五色以其不貪爲寶均珠玉以咳唾以無事爲貴比旂常於糞土諸侯不敢以交游相得三府不敢以辟命相期與夫形在江海心游魏闕跡混朝市名爲太隱可得同年而語哉天子巡於下都望於中嶽軒皇駐蹕將尋大隗之居堯帝省方終全潁陽之節群賢以公私有暇休沐多閑忽乎將行指林壑而非遠莞爾而笑覽煙霞而在矚登峴北踐莓苔阮籍之見蘇門止聞鸞嘯盧敖之逢高士詎識鳶肩憶桑海而無時問桃源之易失寒山四絶烟霧蒼蒼古樹千年藤蘿漠漠誅茅作室挂席爲門石隱磷而環階水潺湲而匝砌乃相與旁求勝境遍窺靈跡論其八洞實唯明月之宫相其五山即是交風之地仙臺可望石室猶存極人生之勝踐得林野之奇趣杯浮若聖巳茂松喬清論凝神坐驚河漢游仙可致無勞郭璞之言招隱成文敢嗣劉安之作

宴皇甫兵曹宅詩序　前人

皇甫君冠冕於安定李校書羽儀於隴西岑正字明目於漢南石宫坊指（疑作抵）掌於河朔高侯邦之司直下走齊之濫吹若夫風雲龍虎水火陰陽隔千里而應之莫不潛契

於同聲矣聖明千載區宇一家掩八紘以得之莫不高會於中京矣是日（入聲）也河圖適至海鯨初死五嶽四瀆漢皇帝崇其望祀一日三朝周天子展其莊敬君臣慶色朝野歡心玄晏先生開甲第而留賓二三君子赴龍門而廣讌陰雲巳墨肅氣彌高霜寒萬里之園氷納千金之水面郊後市即爲潘岳之居累代通家咸言李膺之客百年何計相知在於我心四海何求爲樂止於名教抽毫進牘皆請賦詩日暮途遠聊裁序引

送東海孫尉詩序　前人

東川孫尉文章動俗符彩射人官裁下士宣大夫之三德運偶上皇作東南之一尉庸才擾擾流俗喧喧談遠近爲

等差叙中外爲優劣殊不知三元合朔九州同軌蓬瀛可訪還疑上苑之中日月不占更似靈臺之下彼其之子未爲後時凡我友朋無勞疑別徒以士之相見人之相知必欲軒蓋逢迎朝游夕䜩亦常烟波阻絶風流雨散去矣孫侯遠離隔矣但當晨看旅鴈君逢繫帛之書夕望牽牛余候乘槎之客未能免俗何莫賦詩綴集衆篇列之如左

樂府雜詩序　　盧照鄰

聞夫歌以詠言庭堅有歌虞之曲頌以紀德奚斯有頌魯之篇四始六義存亡播矣八音九閡哀樂生焉是以叔譽聞詩驗同盟之成敗延陵聽樂知列國之典彝王澤竭而頌聲寢伯功衰而詩道缺秦皇戚學星琯千年漢武崇文

市朝八變通儒作相徵博士於諸侯中使驅車訪遺編於四海發詔東觀綠掖成陰獻書南宮快鉛踵武王風國詠共驪翰而升沉里頌途歌隨質文而沿革以少卿長别起高唱於河梁平子多愁寄遥情於壟坂南浦動關山之役作者悲離東京興黨錮之誅詞人哀怨其後鼓吹樂府新聲起於鄴中山水風雲逸韻生於江左言古興者多以西漢爲宗議今文者或用東朝爲美落梅芳樹共體千篇隴水巫山殊名一意亦猶負日於珎狐之下沉螢於燭龍之前辛勤逐影更似悲狂罕見鑿空曾未先覺潘陸顔謝蹈迷津而不歸任沈江劉來亂轍而彌遠其有發揮新題孤飛百代之前開鑿古人獨步九流之上自我作古粤在茲

乎樂府者侍御史賈君之所作也君升堂入室踐龜字以長驅戢翼蓄鱗展龍圖以高視林宗一見許以王佐之才士季相看知有公卿之量南國蛟龍之陣下觸詞鋒東家科斗之書來游筆海朝陽弄翮即踐中京太行垂耳先鳴上路當赤縣之樞鑰作高臺之羽儀動息無愆於温仁顛沛安由乎正義王伏奏謹依汲直之聞銅街埋輪先定雍門之罪霜臺有暇文律動於京師繡服無私錦字飛於天下九成宮者信天子之殊庭群仙之一都也五城既遠得崑閬於神京三山已沉見蓬萊於古輔紫樓金閣雕石壁而鏤群峯碧甃銅池俯銀津而横衆壑離宮地險冊磵四周徼道天迥翠屏千仞衛尉簑蒙葺之署將軍無刁斗之

警中巖罷燠飛霜爲之夏凝大谷生寒層潍以之秋沍天子萬乘驅鳳輦於西郊群公百僚扈龍軒而北轄春秋絡驛冠蓋蒲於青山寒暑推移旌節喧於黃首夕宿雞神之野朝登鳳女之臺青鳥時飛白雲無極千年啓聖邈同汾水之陽七日期仙願類緱山之曲經過者徒知其美揄揚者未歌其事恭聞首唱遂屬洛陽之才俯視前脩將麗長安之道平恩公當朝舊相一顧增榮親行翰墨之林光標唱和之道於是懷文之士莫不嚮風靡然動麟閣之雕章發鴻都之寶思雲飛綺札代郡接於蒼梧泉湧華篇岷波運於碣石萬殊斯應千里不遺同晨風之鴆北林似秋水之歸東壑洋洋盈耳豈徒懸魯之音郁郁文哉非復從周

之說故可論諸典故彼以笙鏞爰有中山郎徐令雅好著書時稱博物探亡篇於古壁徵逸簡於道人撰而集之命余爲序時槐巾三蜀歸卧一丘散髮書林狂歌學市雖江湖廓朗實庶蕭條綺季留侯神交髣髴遂復驅偪幽憂之疾經綸朝廷之言凡一百一篇分爲上下兩卷俾夫舞雩周道知小雅之歡娛擊壤堯年識太平之歌詠云爾

宴梓州南亭詩序　前人

梓州城池亭者長史張公聽訟之別所也徒觀其巖嶂重復川流灌注雲愁綺閣負綉堞之逶迤潤户山樓帶金隍之繚繞信巴蜀之奇制也時鳳扆多閑上得和平之政鯷瀛有截下無交爭之人以公寄切上僚故久無州將連四

千石之重任揔十萬井之雄斑職逾劇而道彌高位逾崇而德彌廣市獄無事時狎鳥於城隅邦國不空旦觀漁於濠上賓階月上横聯蜷之桂枝野院風歸動葳蕤之萱草則有明珠愛客置芳酒於十旬羽服神交契仙游於五日圓潭寫鏡光浮落日之津維樹開帷彩綴飛煙之路藤蘿杳藹挂疎陰以送秋凫鴈參差結流音而將夕百年之歡不再千里之賀何嘗下客悽惶暫停歸轡高人賞翫豈輟斯文咸請賦詩六韻成章云爾

七日綿州泛舟詩序　前人

諸公迹寓市朝心游江海訪奇交於千里惜良辰於寸陰常恐華負琴書荒凉山水於是厖㢟人事鳴棹川隅言追

挂犢之才用卜牽牛之賞遨生經笥送炎氣以擢纓郝氏書囊臨秋光而曝背似遇緱山之客還疑星漢之游頗駐景於高天想乘霓於縮地繁絲亂響凉酎時斟戲翔羽於平沙釣潛鯉於曲浦乘流則逝不覺忘歸咸可賦詩採韻成作

楊明府過訪詩序　前人

夫清風動駕謁阮籍於山陽素雪乘舟訪戴逵於江路猶名高好事迹標良史未有鶯臨綺月筵開許郭之談花聚星繁門枉繁荀陳之馭泛煙光於紫激翻露色於丹滋亭皐一望平蕪千里萋萋芳草童兒牧馬之塲壟亹朝川野老休牛之塔釣臺隱隱先生之桑梓可知茨嶺巖巖隱士之

風流尚在豈使臨卭樽酒歌賦無聲彭澤琴書田園寢詠其詩不録

宴鳳泉石翁神祠詩序　前人

夫圯上黄公靈期已遠湘中玄乙化跡難徵況乎神理歸然近帶青溪之路瓌資可望俯控丹巖之下予以歸骸空谷言隔市朝濯髮長川載罹寒暑心灰兩寂長無具爾之歡形木雙枯將有終焉之志不悟喬鶯始囀喈喈於鶺鴒野蔓初開韡韡於棠棣命壺觴而引宴即沐新蘭尋襇户以安歌仍攀野桂萋萋春草王孫游兮不歸秩秩斯干幽人去而忘返鼓我舞我脩袖蕭於中巖神之聽之多祐與於觸石爰有嘉命咸遣賦詩請題四韻列之如右

初春於圭峯(集作邪嶺)送益府賓參軍宴詩序

駱賓王

分首三秦(集作春非)送歸(集作君)千里青天(集作山)白日非舊國之春秋玉斝金樽(集作斝金樽)是他鄉之杯酒況復圭峯南望切登高之情渭水北流動臨川之歎于時寒光將歇春景未華殘雪飄花循開六出輕水涵鏡未辯三川晨風軫孫楚之情岐路下楊朱之淚雖載言載笑賞風月於離前而一詠一吟寄心期於別後詩言志也可不云乎

洪崖子鸞鳥詩序

陳子昂

鸞鳥篇者晉人洪崖子之所作也洪崖子遁我玄冕貴其默行矯迹汾水習隱洛陽乘白驢衣羽褐游朝市之際雜

縉紳之間時人或將龔共青牛師蒯子訓之陳迹也常以琴鸞時棲明王之瑞君子獨立矯世之方於是和墨濡情灑翰縟意寄孤興於露月沉浮標於山海乃集瑶圖洗玉池翩翩然又以自得也時尚輦奉御梁國喬侶聞其風而悅之乃刻羽引(集作商)商霏(集作飛)毫揆牘扣歸昌之律叶朝陽之音率諸君子屬而和之者十有五子(集無子字)余始末(集作未)知夫洪崖也喬子慕義命余序之凡若干首

送工部尚書弟赴定州詩序

張說

宵旰天子送冬卿之詩也河朔從歲恒陽侯(英華作侯非)牧借威六官導俗千里俾乎列城遷仰上之化隣境蒙波及之澤不然者豈一小郡而勞大賢哉尚書河東侯朝廷之舊

宰也操法度於掌握運陶鈞於方寸是將敷皇惠寒谷挾纊而知暄暢君恩疲人飲德而自飽蘇其犒瘁樂我陽和元宗殿國亦望於此于時春帶餘寒野銜殘雪太官重味御酒百壺供帳臨岐假絲竹以留宴傾城出餞會文章以寵行三台厚常寮之意八座深聯事之囑既而離人遽起班馬爭嘶尋太行之遠(集作連)山想邯鄲之長陌雖仰瞻鴻鴈來往易於前期而相對桑榆遲暮難於遠別送歸之地歡恨(集作悵)如何應制華篇凡若干首騫翔鸞鳳欲挂千金之木糾合虬(集作蛟)龍附藏群玉之府置之懷袖以慰遐心云爾

送毛明府詩序

前人

昔之謂良宰者講道議行訓俗式人出自郎官遷登郡守不以才限流品位迂寵賄(集作路)聖曆之際任賢稽古毛明府執德不回發言無擇雍容文雅罷曲池(集作江)之曳裾樽酒絃歌即平鄉之製錦甲朝辭洛宴別嘉賓孟夏涉河路踐芳草眷彼燕趙項羅戎羯金華毒三北之師杼軸醜二東之賦毛公將勝苛居簡止濁除濫(集作徐清)不下堂而為理有入境而先歎朋知坐間弦望何時盍賦金谷之詩遠送邯鄲之陌愛而不見同夫樹萱

會諸友詩序

前人

谷子者昔與說聯務遂山出入三載事志相得情深交于尋屬吾人秩(集作秋)遷迫吏畿劇愛而不見春也再(集作載)華

今說復謝書坊補他職窮裒之意不（集作無）擇儒林喜且把
袂攜舊趦觵觴帶餘日盻玩文墨茶談平生茲歡豈多後面方
未沉沉春雨人亦淹留

文苑英華卷第七百十五

文苑英華卷第七百十六　　序十八

詩序二

雲母泉詩序　李華

洞庭湖西玄石山俗謂之墨山山南有佛寺寺倚松嶺松嶺下有雲母泉泉出石中引流分渠周遍庭宇發源如乳運末泒如淳漿享茶沭蒸灌園溉濯（集作盥）皆用之大浸不

盈大旱不耗自墨山西北至石門東南去東陵廣輪二十里盡生雲母嶆嵴道路燦燦（一作烟烟）如列星井泉溪澗色皆純白鄉人多壽考無癖痼疥搔之疾華深樂之潁川陳公天寶中與華同爲諫官公性與道合忽於權利方挂冠投簪顧華以名山之契乾元初公貶清江丞移武陵丞華貶杭州司功恩復左補闕上元中俱奉詔徵公自清江至武陵道路多虞詔（一作制）書不至華泝江而西次于岳陽江山延望日夕相見（二字一作相顧竊）思與高賢共飲雲母之泉躬耕墨山之下敢遠朝命以徇私欲秋風露寒洞庭微波一聞猿聲不覺涕下況支離多病年齒（一作肅）始衰顧藥餌（一作餌藥）扶壽以究無生之學事乖志負火爇予心寄懷此篇亦以

書予（一作公）之志也（次有古詩茲不具載）（一作皆唐文粹）

登頭陀寺東樓詩序　前人

侍御帝公延安威清江漢舅氏員外象名高天下賓主相持（疑）賢乎哉王師雷行北舉幽朔太尉公分麾下之旅付帷幄之賓與前相張洪州夾攻海寇方收東越夏首地當郵置吉語日聞喜氣填塞於江湖生人鼓舞於王澤頭陀古寺簡棲遺文境勝可以滌濯心靈詞高可以繼聲金石二大夫會臺寺之賢携京華之舊十有餘人燦如瓊華輝動江甸淡金地登朱樓吾無住心酒亦隨盡（一作浄）將以斗擻煩襟觀身齊物日愬元氣天清太空無有遠近皆如掌內辨衡巫於黕黛指洞庭於片白古今横前江下茂樹方

黑春雲一色曰屈平宋玉其文宏而靡則知楚都物象有以佐之舅氏謂華老於文德忘其瑣劣使爲諸公叙事不敢煩也詞達而已矣

泛沔州城南郎官湖詩序　李白

乾元歲秋八月白遷於夜郎遇故人尚書郎張謂出使夏口沔州牧杜公漢陽宰王公觴于江城之南湖樂天下之再平也方夜水月朗（集作方夜水月如練）清光可掇張公以殊有勝槩四望超然乃顧白曰此湖古來賢豪游者非一而枉踐佳境寂寥無聞夫子可爲我標之嘉名以傳不朽白因舉酒酹水號之曰郎官湖亦由鄭圃之有僕射陂也席上文士輔翼岑靜以爲知音（集作言）乃命賦詩紀事刻石湖側將

與大別山共相磨滅焉

顧著作宣平里賦詩序　劉太真

宣平里環堵之宅嘉木垂陰蹊篁孕清友生顧君寓之所也前相國宜城伯夏官卿傳陵公陳蓬州藏用上人贊顧君而訪之鄙夫與焉披襟嘯風境邈神王孰炎暑焉知市朝吾君則超然如在天壤華頂之上意喬松可得而友也乃賦六言詩以紀會既明日屬文之士翕然而和之八音鏗其盈耳環堵爛而溢目舉國傳覽以爲盛觀太真獲因首唱不敢遺繼之美

晚春崔中丞林亭會集詩序　梁肅

德充則體和道勝則境靜（集作勝）挪常理也前左馮翊崔公

意遺富貴跡叶幽曠與浩氣爲徒故不導引而壽以善閑爲事故無江湖(集作海)而閑春池始平芳草如織乃啓虛館延群賢鳴琴濁酒以侑談笑搴英翫華以賞景物脩竹蒲座(集作嶼)以環合紫藤垂旒(集作地)以縈結地有滄州之趣烏無城郭之音信上智之高居人間之方外者也于時衆君子飽公之和惜日不足顧相謂曰夫養正在我叙位在時今朝廷盧老更之席以待園綺公實舊德行將論道不暇焉可晦而息乎盍詩可以興可以群盍歌詠之以志斯會且用祝公以君子萬年受茲介福焉爾

賀蘇常二孫使君鄰郡詩序　前人

古之厚風俗美教化必播於歌詠垂於無窮故風有二南之什傳稱兄弟之政其事尚矣二孫鄰郡詩者前道州刺史李蕚賀晉陵吳郡伯仲二守之作也二公脩懿文之烈成變魯之政地無夾河之阻人有同舟(集作風)之樂抑近古未之有也故道州詩而美之屬而和之者凡三十有七章溢(集作流)於道路蓋云盛矣初伯氏用雅度碩畫掌柱下史(集作方書)出擁麾幢四領江郡仲氏以茂學達才由尚書郎貳京兆守上饒與元貞元間偕以治行聞天子嚚之於是仲有吳苑之寄伯受晉陵之命自䖍(丑極切又恥陵切)亭以東禦兒以北面五湖負大江列城十二縣環地二千里政教(集作理)同和風雨同節禮讓同俗熙熙然有太平之風每歲土膏將起場功(集作滌場)向畢二公各約車輿(集作以)將命者十數人循行邑里勞之斯拊喻之斯藏民樂其教且飽其和然後用籩豆觥(集作醆)笙僎友愛於交(集作郊)壤之次綽綽怡怡有裕有(集作也)歡二邦之人於斯觀德可謂之榮矣本夫(集作乎)詩人之志有四焉美其德美其位美其政美其鄰信可以編諸唐雅昭示後學豈止於塗歌里誦追遷忻慕而已肅掌辱二公之眷謹序篇首庶采詩者得之陳於太師以知吳風

周公瑾墓下詩序　前人

昔趙文子觀九原有歸歟之歎謝靈運適(集作遊)朱方興墓下之作或懷德異世或感舊一時而清詞雅義終古不眛十三年春予與友人歐陽仲山旅游於吳里巷之間有墳巋然問於人則曰吳將軍周公瑾之墓也予嘗覽前志壯公瑾之業歷于(集作於)遺墟想公瑾之神息駕而弔徘徊不能去昔漢綱既解當塗方熾利兵南浮江漢失險公瑾嘗用寡制衆挫強爲弱燎火一舉樓船灰飛遂乃張吳之臂壯蜀之趾以魏祖之雄武披攘蹴蹋救死不暇袁彥伯贊是功曰三光三分宇宙斯隔富哉言乎於是時彌遠而氣(集作名)益振世逾往而聲不滅有由然矣詩人之作感於物動於中(六字集作感於物象)發於詠歌形於事業事之傳者其辭盛志之大者其感深故仲山有過墓之什廓然其慮粲乎其文可以窺盤桓居貞之道梁父閑吟之意凡有和者當繫於斯文(集作乎)

游雲門寺詩序　　前人

上德與（集作以）汗漫爲友無江海而閑其次則仁智相從有
山水爲樂故合志同方賢者有紫桑之隱游道同趣吾徒
爲雲門之會其造適一也先會一日沙門釋去諠命我友
相與探玉笥上會稽然後泝若耶過鳳林而南意欲脫人
世之羈鞅窮林泉之遐奧於是捨舟清瀾叉策閑原遞杳
靄而歷嶇嶔入深翠以泛廻環遂至於（集無於字）雲門觀其群
山疊秀（集作峯）秦望拔起五峯嶢嶢列峑沉沉上摩碧落旁
湧金界其下則百泉會流蓄爲澄潭涵虛鏡徹鳴（集作激）瀨
玉漱冷冷之聲與地籟唱和不待笙磬而五音迭作眺聽
之（集無之字）不足則凝思宴息怳焉疑諸天樓觀列在咫尺（集作
步）庭衢之中別有日月既而動步真境坐聆法音合漆園
一指之論詣淨名無住之本萬累（集作慮）如洗百骸坐空視
松喬爲弱喪輕世界於棄葉蓋道由境深理自外獎故也
昔之遠公紀廬山謝客題石門道流勝賞今古一貫曷可
不賦貽雲山羞乃各爲詩以志斯會同乎道者有隴西李
公受高陽齊霞舉約會未至亦請同賦此篇用廣夫游衍
之致云　坐聆（浙本文粹作靜聆）之論（文粹作之論）

鄂州何大夫創製夏亭詩序　　符載

豐城有神劍非司空無以發沉塞揚光彩爲天下之重寶
江夏有善地非亞相無以起榩峙作亭榭爲天下之至勝
虛極必盈晦極必明開物之務繫於賢者此自然之理也
先是郡中寺曰頭陁名與碑並登臨鍾萃大雲氣色下配
礫石公政教既備游心佛寺慨此頹落乃沛然而張之聳
阿閣矗長檻嚴像設熾臺塔凡所相好皆嶄新也方務剪
伐用探勝會一時景歟（疑）值井心罙入意謂粹絕余將獲
之廼緣後殿穿窮窕出乎蒼莽之巔果有實境待我而啓
萬古不偶今爲知音通塞之際若有感也觀乎經營之初
也鏟嵽嵲埋坎窞斬榛楛掘株抃翳薈掃盡天形嶷然山
川雲氣一朝噴泄公智動於內形象於外口䟽手指煥然
成亭修儉無過因歸於中當於是延賓介洎郡之士君子
相與開襟而登之殊觧乎（疑）凌決漭駕崢嶸壓夏口撐大
別開井開於砌下擁城闉於宇後倚檻凝立在青冥中連
山積水悠悠淼淼長想一去周流物表何如宇宙於此爲
細繇是言之因知公宏邁可以拔幽陋材智可以陶品彙
應用不測與造物者爲徒乎崇崇夏籍南峴何羊祜之事
齊芳求久夫詩者比興而詠志也凡我登覽盛美偦傲無
述豈文士之意乎況主人唱首韻鏗金石得不搜思上承
獻酬請咸繼大夫之後賦六韻之作耳

丼子堂各賦一物詩序　　前人

丼子堂近取嘉木以名之也戊寅歲常侍李公陋舊制畫
新制茲堂一搆官舍增氣槩巍然也堂中廣數筵環軒有
六閣閣有雅琴古籍繪圖篆隸砌下有短松弱柳蘭荃芳
杜名花百品羅植左右旨春陽至于沍寒之際未嘗不鋪

霞疊雪照爛庭廡新花驟發不留故態佐以壺酒與賓娛之其興宴當高會雖登山臨水不敵也或月蒲清夜簾帷沉沉洞開群扉歛袵端坐此際有以見公萬累去百靈集氣衝寥廓與古爲徒豈獨馳心政術區區於鍾陵之氓而已矣是知此堂也外可以延風景內可以輔性靈改作之思符規中律請因以所覩一物賦三韻極書當時之美使將來君子知李公有深旨焉

常賓客宅宴集詩序　權德輿 集無

太子賓客常兄彯華纓佩金龜爲清時大僚有年數矣始以傳士奉朝請周歷臺閣出分藩符入作卿長乃領内府又賓東朝拜章乞告優詔得請致仕就第燕閑自頤中外

族屬嘗僚貴仕以觴酒祝延發禮脩賀者多矣以兄始登朝行實自禮寺蕃祉吉祿此爲推輪於是衆君子學逦行脩嘗踐此任者與今之引經據古屈職在列者同聲撰日復脩茲會乃有夏官小司馬左右曹侍臣書殿東觀柱下史南宮郎九旋十 疑 而鄙夫忝焉入門而右勝槩迎步聳檻於賓位羅松篁於石徑清冬之時寒翠溢目則煕春聳弁焜灼駘蕩又可知也軒盖上下壺觴交錯聆主人之言則同惇史聽衆賓之論如在曲臺徜徉乎禮文傅約乎法義樂在名教慶茲壽寵中飲露醉抗音擊節乃相謂曰季倫金谷實有歌詩元亮斜川亦疏爵里况今賀得謝之美賦必類之詞愛景羨祿遺簪投轄盛集之君是者有幾安可没而不書俍微非薄因附官業今裴辛呂三君子皆講學稱職而司勳蒲歲復留再帖郎位猶四命焉前此者柱史之超拜浹日矣鄙夫之忝茲一紀矣二左曹東觀二十年矣 陳君二十年馮君二十年張君十八年今云二十年蓋中言也 小司馬向三十年矣而主人逾四十年矣其余折中定議損益於儀法多矣 兵部二十八年主人四十五年同逾東全數也 外有平陽長樂三 疑作二 連帥遠 集作常 君抑 疑作鄉 君絳郴和三郡守裴君李君前蘇州常君信州陸君守之介劉君六邑之長姜君合中外歷是者十九人因廣斯文且爲禮官之籍

秦徵君校書與劉隨州唱和詩序　前人 集無

儒有秦公緒者當天寶埋平之毋 疑作世 輿麗則鼓盛多 疑

於當時遭多故道進身退越部山水佐其清機圜冠野服脩然自放宅遐心於事外得佳句於物表不知華纓册之爲貴者幾四十年方帥時賢軾閭懸榻昔鄭公通德有鄉門之號泰君麗句創里亭之名慕風騷者多所嚮仰貞元中天下無事大君好文公緒舊游多在顯列伯喈文舉之徒爭爲薦首而壽陽大夫公之章先聞故有書府典校之拜時動靜不滯於一方矣七年春始與予遇於南徐白頭初命色無愠怍知名歲久故其相得甚歡因謂予曰今業六義以著稱者必當唱酬往復亦所以極其思慮較其勝敗而文 疑作又 以時之聞人序而申之悉索笅中得數十編皆文場之重名強敵且見校以故敵故 二字疑 隨州劉君

長卿贈答之卷惜其長往謂予宜叙慼夫彼漢東守嘗自以爲五言長(去聲)城而公緒用偏伍奇師攻堅擊衆雖老益壯未嘗頓鋒詞或約而旨深類乍近而致遠若珩珮之清越相激類組繡之玄黄相發奇釆逸響爭爲前驅至於室家離合之義朋友切磋之道咏言其傷折之以正凡若干首各見于詞云

蕭侍御喜陸太祝自信州移居洪州玉芝觀詩序　前人

太祝陸君鴻漸以詞藝卓異爲當時文人凡所至之邦必千騎郊勞五漿先饋嘗考一畝之宮於上饒時江西上介殿中蕭侍御公瑜權領是邦相得歡甚會連帥大司憲李

公入覲于王蕭君領廉察留府太祝亦不遠而至聲同而應隨故也先是嘗舍于道觀因復居之竹齋壓白湖水在下春物萌動時鳥變聲支頤散髪心目相適蕭君悦其所以然也既展賓主之貺又歌詩以將之其詞清越鏗若金璧得詩人之辯麗見君子之交好詩既成而太祝有酬和之作復徃之盛粲然可觀咨有前法(集作决)曹掾崔君茂實文場之舊以六義爲己任攘臂援筆而爲和者惟三賢師友風騷迭爲強敵志之所之發爲英聲其於奇正相生質文相發若笙磬合奏組繪(集作繢)交映君子曰侍御唱之大祝酬之法曹和之是三篇也不可以不紀况合散出處之未始有極耶以鄙人嘗學於是俾冠以序其或繼而和者用先成爲次序云

崔衛二公(文粹作崔吏部衛兵部)同任渭南縣尉日宿天長寺上方唱和詩序　前人

易之同人曰文明以健中正而應故道同於内而氣相求情發於中而聲成文以觀以群以比以興清河崔勵仁河東衛從周於是有清秋仁詞往復十七韻之作初二賢皆以秀造分校秘府弘文之書貞元初同爲渭南尉聯曹結綬相親(集作視)莫逆勵仁自府庭旋歸税駕於斯國門勝槩東莊在下馳車徒而走聲利者此爲咽喉外煩埃壒中孕閑曠畫懸清光夕湛虛明上方之鍾磬深夜之月露耽聽寂寞情靈感發投者報者無非瓊瑤如金絲應(集作相)和孔

翠翔集盡在是矣厥後同爲左右補闕從周以本官入爲翰林學士勵仁累以尚書郎知制誥既而勵仁西垣即真從周復以外郎掌誥洎勵仁遷小宗伯而從周即真俄掌貢舉實爲之代元和三年秋勵仁爲吏部侍郎從周爲兵部侍郎重九休澣聯鑣道舊永懷曩篇二紀于兹慮壁之郗壞詩人之磨滅不若刻勒片石之爲堅且久也惟二賢大雅閎達人倫龜玉更爲王陽迭爲田蘇便蕃清近烜赫章大其於爲霖爲礪四方之屬耳目久矣然則志氣之所舒英華之所攄其濫觴於此乎德輿與二君子同爲諫官同掌書命相繼典貢士分曹居中臺其間交代迭處不可具舉敢叨益者之數實悦同心之言追琢既具序夫本

末亦二君子之志也

暮春陪諸公游龍泓熊氏清風亭詩序　前人

暮春三月時物具舉先師達賢或風于舞雩或詠（集作楔）于蘭庭所以暢情靈滌勞苦使神王道勝冥夫天倪吾徒束支體於府署以薄書爲桎梏有日矣故因休沐之暇考近郊之勝郭北五里有古龍泓龍泓北下有州人秀才熊氏清風亭蓋故容州牧戴幼公前蒼部郎蕭元植賢熊氏之業之文尚茲境之幽曠合貲以構（集作營）之創名以識之五年矣初入環堵中有琴書披篁躋石忽至茲城（集作池）郡章二江分泒於趾下匡廬群峯極目於桃上或澄波淨緑相與無際或孤煙歸雲明滅變化耳目所及異乎人寰志士

得之爲道機詩人得之爲佳句而主人生於是習於是其脩身學文固加於人一等矣況其志勵於螢雪之下業成於薪水之餘則甲科令名如在指顧是會也有御史府楊君薛君環列崔君校理魏君皆以文發身或再戰再克予與皇甫君不繇是進亦陪其歡虛中曠然取樂名教而主人趨隅拜下敬恭得禮請酌古道徧徵歌詩因曰自十數年間佐是府者騰陵杳冥離會靡常衆君子用章乎時未始有極然異日之適非今日之適也至若心同於內跡膠於外交臂瞻視吾喪我於此亭者一生幾何是不可以不紀乃次詩于屋壁各疏爵里以爲清風亭故事云

吳尊師華原露仙館詩序　前人

世人於逆旅弱喪之中而村（缺）執膠固唯仙師吳君超然懸解於是有華原露仙之作本於道生終於物冥蓋順一氣之聚散隨百昌以化生爲疣爲贅爲決爲潰委和歸根泊然大觀至於谷神隱景之道又何可究耶衆君子用徵聲詩師亦繼和是皆遺形達生之言也或曰若師之道可以坐忘矣惡用言說涉於名迹耶予曰道德上下經與內外雜篇豈非老嚴之言耶終日而盡道師之心也彼方以生死爲一貫又何有於名迹哉又曰既言之可矣惡用詩之矣師又泛然而和之斯皆玄同而不圍於物者也於是或者退而鄙夫書之以冠於群篇云

文苑英華卷第七百十六

文苑英華卷第七百十七　序十九

詩序三

奉送前合州徐使君赴上都詩序　穆員

二月中節時芳爲人榔先攀折而垂水待臨泛而蒲花迎酒客而笑鶯隨詩人而吟有良二千石徐公觧印南國将赴鎬京與東風遲日偕至洛中賢士大夫以公著（一作香）名茂實詩言酒態相從於賞春之場其潤色也與鶯花並東溪南陌詩餘函合迭爲晋楚者日有聞焉惜乎偕賦不疲群芳未老而不謀者別中道間之嚮之待人攀折臨泛與笑而吟者又似有意乎傷且怨矣矧同游者之心乎僕也貧不知春病不逮會諸公以異日徵文之籍不獲辭焉所以叙作者之意共歎春未去而公去故其思也同

緱山道中五詠詩序　前人

仲春之節洛帥還近郊亞尹尚書郎御史元公李公嵩公将事如軍賞心百里寻時有所縶不克與偕三君子賦嵩峯漢陵維源竹澗仙壇五篇遺我居者善乎詩之時用也如繪出其芳鏡涵群象暈呈鮮彩琴韻雅音俛仰吟咏之間若在春元之上晴峯之下境移衆目勝集我心詩之時

用也如此否則一時得之人與閑雲並散興與夕陽俱盡春與殘花共謝游者居者等無及焉他日屬和之聲洛陽爲之動既編次盈什則不可不紀其所以然

蝗旱詩序　前人

甲子歳秋大旱螽蝗生其爲異也聽如疾風視如飛雨仰如陰雲俯如流水乃至天降其高地增其厚明爲之昏其災也如農夫薙草繁霜凋木烈火燎原嗚呼甚矣矧夫旣枯之稼僅遺之粒其可望也余時從師于東周居鎮之府僚友霍揔賦蝗旱詩一章七十有二句其指兵生蝗蝗生和和生瑞猶夫空谷之響立表之影以其類至必然若乃春秋書災紀異之法詩人風化美刺之義備閱章句則知

其文余味之深叙者以爲引

聯句詩序　呂温

河東栁茂直與余有潘楊之睦且道義相得也余兄弟志守拙黙不交當世晨昏之外靖事一室顧我者唯茂直而巳以爲切磋蓋常事討論有宴息導（集作道）志氣徙然起憤議世事（集作時事文粹作時世）余欲無言其或晴天曠景浩蕩多思永夜高月耿耿不寐或風露初晓恍若有得或煙雨如晦緬懷所思則（文粹作不然）何以節宣條舒暢達情性其有易於詩乎乃因翰墨之餘琴酒之暇屬物命篇聯珠迭唱（文粹作唱）王審韻諧律同聲相應研情比象造境皆會亦猶衆壑合注浸（集作霈）爲大川群山出雲混成一氣朗宣五色微闡六

義雖小道必有可觀其在兹矣茂直命余序述存以緗簡俾後之觀者知吾黨所立之濫觴

上巳日燕太學聽彈琴詩序　韓愈

與衆樂之之謂樂樂而不失其正（蜀本作節）又樂之尤（閣本作光）也四方無鬭爭金革之聲京師之人既庶且豐天子念致理之艱難樂居安之閑暇肇置三令節詔公卿群有司至于其日率厥官屬飲酒以樂所以同其休宣其和感其心成其文者也三月初吉實惟其特司業武公少儀於是總太學儒官三十有六人列燕於（集作于）祭酒之堂樽俎既陳肴羞惟特醼羊叙行（蜀本作有序）獻酬有容歌風雅之古辭斥夷狄之新聲褎衣危冠愉愉（蜀本作與與）如也有一儒生魁然其形抱琴而來歷階而升坐于樽俎之南鼓有虞氏之南風賡之以文王宣父之操優游夷愉廣厚高明追三代之遺音想舞雩之詠歎及暮而還（集作退）皆充然若有所得也武公於是作歌詩以美之命屬官咸作之命四門博士昌黎韓愈叙之

送陸員外出刺歙州詩序　前人

貞元十八年二月十八日祠部員外郎陸君出刺歙州朝廷夙夜之賢都邑游居（集作從）之良齎咨涕洟咸以爲不當去歙大州也刺史尊官也繇郎官而往者前後相望也當今賦出於天下江南居十九宣使之所察歙爲富州宰臣之所薦聞天子之所選用其不輕而重也較然矣如是而

齎咨涕洟以爲不當去者陸君之道行乎朝廷則天下望其賜剌一州則專而不能或（閣本作成）謂（集無此字）先一州而後天下豈吾君與吾相之心哉於是昌黎韓愈道願留者之心而泄其思作詩曰我衣之華（一作美）兮我佩之光（集有兮字）陸君之去兮誰與翱翔（集有兮字）斂此大惠兮施于一州今其去矣（一作兮）胡不爲留我作此詩歌于逵道無疾其驅天子有詔

荆潭裴均楊憑唱和詩序（唐藝文志有裴均荆潭唱和集一卷即此也元和九年均師荆南諸本作始並非）　前人

從事有示愈以荆潭酬唱詩者愈既受以卒業（一作集非）因仰而言曰夫和平之音淡薄而愁思之聲要妙懽愉之辭難工而窮苦之言易好也是故文章之作恒發於羇旅草野

至若王公貴人氣得志蒲(集作氣蒲志得)非性能而好之則不暇以爲今公開鎭蠻荆統郡惟九常侍楊公領湖之南壤地二千里德刑之政並勤爵禄之報兩崇乃能存志乎詩書寓辭乎詠歌往復循環(集作還)有唱斯和搜奇抉恠雕鏤文字與啇布閭里顒顒專一之士較其毫釐分寸鏗鏘發金石幽耿感鬼神信所謂材全而能鉅者也兩府之從事與部屬之吏屬而和之苟在編者咸可觀也宜乎施之樂章紀諸冊書從事曰子之言是也告於公書以爲荆潭唱和詩序

凌助教蓬屋題詩序　柳宗元

儒有蓬户甕牖而自立者河間凌士燮窮討六籍皆有著

述而尤邃春秋爲儒官守道端莊植志不回在京師十二年家本吳地(集作也)欲歸而不可得遂構蓬室以備揖讓之位棟宇簡易僅除風雨蓋大江之南其舊俗也由是不出環堵坐入吳甸包山震澤若在牖外所謂求仁而得斯固然歟與夫南音越吟慕望而不獲者異日道也夫厚人倫懷舊俗固六義之本群公是以有發德之什書在屋壁余序而引之

愚溪詩序　前人

灌水之陽有溪焉東流入于瀟水或曰冉氏嘗居也故姓是溪曰(集作爲)冉溪或曰可以染也名之以其能故謂之染溪余以愚觸罪謫瀟水上愛是溪入二三里得其尤絕者家焉古有愚公谷今予家是溪而名莫能定土之居者猶斷斷然不可以不更也故更之爲愚溪愚溪之上買小丘爲愚丘自愚丘東北行六十步得泉焉又買居之爲愚泉愚泉凡六穴皆出山下平地蓋上出也合流屈曲而南爲愚溝遂負土累石塞其隘爲愚池愚池之東爲愚堂其南爲愚亭池之中爲愚島嘉木異石錯置皆山水之奇者以余故咸以愚辱焉夫水智者樂也今是溪獨見辱於愚何哉蓋其流甚下不可以溉灌又峻急多坻石大舟不可入也幽邃淺狹蛟龍不屑不能興雲雨無以利世而適類於余然則雖辱而愚之可也甯武子邦無道則愚智而爲愚者也顔子終日不違如愚睿而爲愚者也皆不得爲真愚

今余遭有道而違於理悖於事故凡爲愚者莫我若也夫然則天下莫能争是溪余得專而名焉溪雖莫利於世而善鑒萬類清瑩秀徹鏘鳴金石能使愚者喜笑眷慕樂而不能去也余雖不合於俗亦頗以文墨自慰漱滌萬物牢籠百態而無所避之以愚辭歌愚溪則茫然而不違昏然而同歸超鴻蒙混希夷寂寥而莫我知也於是作八愚詩紀于溪石上

法華寺西亭夜飲賦詩序　前人

余既謫永州以法華浮圖之西臨陂池丘陵大江連山其高可以上其遠可以望遂伐木爲亭以臨風雨觀物初而游乎顥氣之始間歲元克己由柱下史亦謫焉而來無幾

何以文從余者多萃焉是夜會茲亭者凡八人既醉克巳欲志是會以貽於（集作于）後咸命。爲詩而授予序昔趙孟至於鄭賦七子以觀鄭志克巳其慕趙者歟卜子夏爲詩序使後世知風雅之道余其慕卜者歟誠使斯文也而傳于世庶乎其近於古矣

王氏伯仲唱和詩序　前人

僕聞之世其家業不隕者雖古猶今（集作之）也求之於今而有獲焉王氏子某與余通家代爲文儒自先天巳（集作以）來策名聞達系（集作乘）毫翰而踐文昌登禁掖者紛綸華耀繼武而起士大夫掉鞅於文囿者咸不得攀而倫之乙亥歲某自南徐來執文既予詞有遠致又著論非班詔不能讀

（集作續）父兄之書而乃徵徃疾之功以爲名吾知其奉儒素之道專矣問以兄弟嗣來京師會于舊里若瓌瑒在魏機雲入洛由是正聲迭奏雅引更和播塤篪之音韻調律呂之氣候穆然清風發在簡素非（集無此字非）文章之冑曷能及茲況宗兄握炳然之文以贊闕右（集作石）（集作豸鷹）冠銀章樂映江湖則嚮時之美談必復其始某也謂予傳卜氏之學宜叙于首章揉斧於班郢之門斯強顏耳詩凡若干首

晏二十四秀才花下對酒唱和詩序　前人

君子遭世之理則呻呼踴躍以求知於世而遯隱之志息焉於是感激憤悱思奮其志畧以効於當世必（集作故）形於文字申於歌詠是故（集無故字）有其具而未得行其道者之爲也晏君志乎道而遭乎理之世其道宜行而其術未用故爲文而歌之有求知之辭以余弟同志而借未達故爲贈詩以悼時之徃也余既困辱不得預睹世之光明而幽乎楚越之間故合文士以申其致將俟夫木鐸以間於金石大凡編辭於斯者太平之不遇人也

香山居士寫真詩序　白居易

元和五年予爲左拾遺翰林學士奉詔寫真於集賢殿御書院時年三（英華作四非）十七會昌二年罷太子少傅爲白衣居士又寫真於香山寺經藏（集作藏經）堂時年七十一前後相望殆將三紀觀今照昔慨然自嘆者久之形容非一世事幾變自（集作因）題六字以寫其（集作所）懷

序洛詩序　前人

序洛詩樂天自序在洛之詩也予歷覽古今歌詩自風騷之後蘇李以還（李陵蘇武始爲五言詩）次及鮑謝徒迄于李杜輩其間詞人聞知者累百詩章流傳者巨（集作鉅）萬觀其所自多因讒冤譴逐征戍行旅凍餒病老存殁別離情發於中文形於外故憤憂怨傷之作通計今古十（集作什）八九焉世所謂文士多數奇詩人尤命薄於斯見矣又有以知理安之世少離亂之時多亦明矣予不佞喜文嗜酒（集作詩）自幼及老著詩數千首以其多也故章句在人口姓字落詩流雖才不逮古人然所作不啻數千首以其多矣作一數奇命薄之士亦有餘矣今壽過耳順幸無病苦官至三品免罹

飢寒此一樂也太和二年詔授刑部侍郎明年病免歸洛旋授太子賓客分司東都居二年就領河南尹事又三年病免歸履道里第再授賓客分司自太和三年春至八年夏在洛凡五周歲作詩四百三十二首除喪朋哭子十數篇外其他皆寄懷於酒或取意於琴閑適有餘酣樂不暇苦詞無一字憂歎無一聲豈牽強所能致耶蓋亦發中而形外耳斯樂也實本之於省分知足濟之以家給身閑文之以觴詠絃歌飾之以山水風月此而不適何往而適哉茲又以重吾樂也予嘗云理世之音安以樂閑居之詩泰以適苟非理世安得閑居故集洛詩別爲序引不獨記東都履道里有閑居泰適之叟亦欲知皇唐太和歲有理世

安樂之音集而序之以俟夫採詩者甲寅歲七月十日云爾

題致仕武賓客嵩山舊隱詩序　顧雲

賓客諱攸緒則天皇后從姪也天授中封安平郡王遷殿中監出爲揚州大督府長史聖曆中弃官隱居嵩山避榮寵也想其始來捫危選勝駕廻裁基鉶走伊波控隱士飲牛之渚螺排緱嶠對仙人駕鶴之峯移紫府之全模寫清都之勝槩王桃植砌董杏栽壇瓊帳合蘿高床平石古飛流界練貫幽響於風湍曙景張屛掛清光於露螢時或春花發盡秋雨晴初虛籟調風斜牕印月吞露華兮漱煙液而樂天和吟酒賦兮唱吟歌焉知帝力又又龍圖去呂龜咢還

劉中宗皇帝方欲訪道崑巖鳴鑾嵩嶽遥飛鶴版親授蕭軒扣蓬蓽之荒扉遠徵枚乘掃皇華之右席強走嚴陵莫不黃屋翹襟高霞疊夢由是輕颺出浦明月離雲繞拜宸階旋登甲觀以公嘗棲洞府不喜塵機雖當掛珮垂紳愈君投羅觸罟及飛章上闕雪泣辭天帳祖席於青門轄仙裝於紫陌乃知飛霜匝野水雀疑作冰雀留不死之蠶烈日焚溟珠岸有不枯之草故能振清風於戚里飛迅駕於雲逵宜乎與禄產分鑣夷齊結轍比夫吞腥咽腐懷禄偷安者不亦優乎今則八桂森指五芝零落立松崖而晝日不見王孫掃石壁以題詩別招遯客豈無來哲能紹玄蹤聊剖短章用旌高烈時曆文英武明德至仁廣孝皇帝御宇十二歲也龍集辛卯律中林鍾十二月丙寅題

在會稽與京邑游好詩序

造化之功東南之勝獨會稽知名前代詞人才子謝公之倫多所吟賞湖山青秀超絶上國群峯接連萬水都會昇高而望盡目所窮蒼然黯然兀然澹然先春煦然似晝似翠似水似氷似霜似鏡削玉似劍者霞布似窈窕者霜清似英絶者如是者千狀萬態綿亘數百里間則夫盤龍於泉巢鳳於山蘊玉於石藏珠於潤一作淵固必有奚真駭目喪精之所也其土沃其人文雖遏閩蠻而不知疑作失禮節雖枕江海而不甚瘴疫斯焉郡邑一何勝哉將天地之樂萃於此耶至於物土所產風氣所被鳥獸草木之奇妖治

嬋娟之出前聖靈蹤徃哲盛事此傳記所詳不假重言也斯但粗述其勝耳僕雖乏才自恃從至此晨夕習業之外游覽所得吟詠煙月攄散情志自足一時之興也亦足快哉然時或倚檻南臨回首西望相交朋遠誰與同之每思徃年於京洛間見時俗之士浮淺之流多誇邑外人家有水木田園庄舍甚爲奇勝可比江山嘗與俱徃謂信然今在此乃知前者之悠悠妄誇耳不足聽且夫方壺員嶠桃源洞天自標真聖之居不與囂塵相接非但討幽隱已也至於人寰所有游觀必常（一作當）顯敞知名若會稽山水深不可測高不可及如是乃能孕靈怪藏珍寶生霞雲而盡勝槩耳豈於十畝之地朝夕之間鑿爲汙池植爲幽藪源

流既遁根抵可知深不過藏青蛙密不過栖鳥鵲而能出奇爲勝哉今之君子多尚奇好事貴遠顯揚幽僻反陋則言之而實不足徵也不然則是人能與造物爭功矣今序其事貽諸朋好知之者幸棄彼冗瑣而同此游也爲通理矣輒以數篇鄙拙寄贈誠玷視聽貴盡其樂以資笑言

題望春亭詩序　　楊夔

夫樓閣亭榭之建其名既殊其制亦異至於瞰江流跨嶺脊延親賓合歌樂晴朝月夕肆坐放懷蓋其致一也然則有以位名之者以氏名之者以且干（二字疑作景後同）名之者以意名之者取近而言以位名之於洪州滕王閣是也以氏名之於江州庾樓是也以且干名之者於鄂州黄鶴樓是也以意名之今見望春亭焉望之名愚知之矣或曰誌其始建之時也其未然乎四時相序春實稱首春德發生德合仁也愛民之務莫先於仁仁以合天天以合仁治道盡矣意望者其在茲乎於是賦五言詩一章八句

堂陽亭子詩序　　劉詠

堂陽縣者王趙古封清彰大邑厥貢惟上其民實繁山川超絶於水經物產闐駢於地誌覧高海岸過田光春雪之言會出河魴動張翰秋風之思爲貨泉之藪澤乃煙月之津梁者焉其東亭也地壓上流名居勝境傍依古堞下瞰平原羅物象於簷楹簇江山於左右一川風景隨青暮以長新四面煙花逐炎涼而各異至若春草碧春波青雲乍

合雨初晴風颺柳花汀鷺起棹穿荷華浦魚驚此景也桃源金谷謬得其名又若秋蓼紅秋水緑菡萏香鳧鷗浴陌上人歌隴首詞月中魚唱江南曲此時也青草洞庭比之不足故得蘭臺俊彦蓬島神仙或因税駕之飲競縱臨川之賞乃有扶風員外悉皆留題粉壁著詠雕梁隋珠與趙璧相鮮鳳竹共鸞絲迭奏廻鋪詞律妙盡精華乃文苑之儀刑實翰林之圭臬詠竊窺宗伯強述荒蕪何異對烏兎而耀螢光見珠璣而銜魚目孰知不可安忍無言輒憑藤角之花少紀蘭臺之事白沙製序徒向慕於古人淥水裁詩竟有虧於先哲遽成一絶以厠群英者矣天祐初春月日戊寅謹序

卷終

文苑英華卷第七百十八　序二十

餞送一

秋日登洪府滕王閣餞別序一首

秋日楚州郝司户宅遇餞霍使君序一首

秋日餞別序一首

冬日羈游汾陰送韋少府入洛序一首

越州永興李明府宅送蕭三還齊州序一首

感興奉送王少府序一首

江寧吳少府宅餞宴序一首

送李十五序一首　送白七序一首

送劼赴太學序一首　送宇文明序一首

秋日餞尹大官序一首

秋夜送閻五還潤州序一首

秋日餞陸道士陳文林序一首

登鄭城西北樓送崔著作入都序一首

送崔融等從梁王東征序一首

秋日登洪府滕王閣餞別序　王勃

豫章（一作南昌）故郡洪都新府星分翼軫地接衡廬襟三江而帶五湖控蠻荊而引甌越物華天寶龍光射牛斗之墟人傑地靈徐孺下陳蕃之榻雄州霧列俊采（一作彩）星馳臺隍枕夷夏之郊賓主盡東南之美都督閻公之雅望棨戟遙臨宇文新州之懿範襜帷暫駐十旬休假（一作暇）勝友如雲千里逢迎高朋滿座騰蛟起鳳孟學士之詞宗紫電青霜王將軍之武庫家君作宰路出名區童子何知躬逢勝餞時唯九月序屬三秋潦水盡而寒潭清煙光凝而暮山紫儼驂騑於上路訪風景於崇阿臨帝子之長洲得天（一作仙）人之舊館層臺聳翠上出重霄飛閣翔（一作流）丹下臨無地鶴汀鳧渚窮島嶼之縈廻桂殿蘭宮即（一作列）岡巒之體勢披繡闥俯雕甍山原（一作源）曠其盈視川澤紆（一作盱）其駭矚閭閻撲地鍾鳴鼎食之家舸艦彌津青雀黃龍之軸雲（一作虹）消雨霽彩徹區明（一作雲衢）落霞與孤鶩齊飛秋水共長天一色漁舟唱晚響窮彭蠡之濱雁陣驚寒聲斷衡陽之浦遙襟（一作吟）甫（一作俯）暢逸興遄飛爽籟發而清風生纖歌凝

而白雲遏睢園綠竹氣凌彭澤之罇鄴水朱華光照臨川之筆四美具二難并窮睇眄於中天極娛游於暇日天高地迥覺宇宙之無窮興盡悲來識盈虛之有數望長安於日下目（一作指）吳會於雲間地勢極而南溟深天柱高而北辰遠關山難越誰悲失路之人溝（一作萍）水相逢盡是他鄉之客懷帝閽而不見奉宣室以何年嗟乎大運不窮（一作時運不齊）命途多舛馮唐易老李廣難封屈賈誼於長沙非無聖主竄梁鴻於海曲豈乏明時所賴君子見機（一作安貧）達人知命老當益壯寧移（一作知）白首之心窮且益堅不墜青雲之志酌貪泉而覺爽處涸轍而相（一作猶）懽北海雖賒扶搖可接東隅已逝桑榆非晚孟嘗高潔空餘（一作懷）報國之情阮

籍猖狂豈効窮途之哭勃三尺微命一介書生無路請纓等終軍之弱冠有懷投筆愛一作慕宗慤之長風捨簪笏於百齡奉晨昏於萬里非謝家之寶樹接孟氏之芳鄰他日趨庭叨陪鯉對今茲一作晨捧袂喜托龍門楊意不逢撫凌雲而自惜鍾期相一作既遇奏流水以何慙嗚呼勝地不常盛筵難再蘭亭已矣梓澤丘墟臨水一作別贈言幸承恩於偉餞登高作賦是所望於群公敢竭鄙懷恭疏短引一言均賦四韻俱成請灑潘江各傾陸海云爾一無此十字

秋日楚州郝司戶宅遇餞霍一作崔使君序　前人

上元二載高和八月人多汴北地實淮南海氣近而蒼山陰天光秋而白雲晚川塗所亘鄢路極於崤潼風壤所交

荊門泊於吳越憑勝地列雄州城池當要害之衝寮寀盡鵷鸞之選昌亭旅食悲下走之窮愁山曲淹留屬群公之宴喜披鶴霧陟龍門故人握手新知滿目欽崔公之盛德果遇攀輪慕郝氏之高風還逢解榻接衣簪於座右駐旌棨於城隅臨風雲而解帶騁江山以揮涕巖楹左峙俯映玄潭野逕斜開傍連翠渚青蘋布葉亂荷芰而動秋風朱草垂榮雜芝蘭而涵晚液藏仙舟於石岸薦綺席於沙場賓友盛而芳罇滿林塘青而上筵肅琴歌迭起俎豆駢羅煙霞充耳目之翫魚鳥盡江湖之賞情槃樂極日暮途遥思染翰以凌雲願麾戈以留景嗟乎素交為重覺老幼之同歸朱紱儻來豈榮枯之足道且欣風物共悅濠梁齊天地於一指混飛沉於一貫嗟乎此驩難再殷勤北海之筵相見何時惆悵南溟之路請揚文筆共記良游人賦一言俱成四韻云爾

秋日餞別序　前人

黯然別之銷魂悲哉秋之為氣人之情也傷如之何極野蒼茫白露凉風之八月窮途蕭索青山白雲之萬里奏鳴琴則離鵾別鶴驚岐路之悲心來勝地則時雨凉風助他鄉之旅思琴書人物冀部關西去馬歸軒雲間日下揚學士天璞自然地靈無對二十八宿禀太微之一星六十四爻受乾坤之兩卦論其器宇滄海添江漢之波序其文章玄圃積煙霞之氣幾神之外猶是卿雲陶鑄之餘尚同稽

阮接光儀於促席直覩明月生天贊詞辯於中筵但覺清風滿室悠哉天地含靈有喜慍之容丘也東西悵望積別離之恨煙霞直視蛇龍去而泉石空文酒求朋賢俊散而琴歌斷門生餞別如北海之郡前高士將歸似東都之門外研精磨墨運思龍章希存宿昔之資去啓相思之詠

冬日羈游汾陰送常少府入洛序　前人

游汾勝壤樓船高漢帝之詞卜洛名都城邑辦周公之跡仰天文而窺日月雖共光華憑地理而考山川即殊南北常少府玉山四照珠胎一色縱橫振鋒穎之才吐納積江湖之量子雲筆札擁鸞鳳於行間孫楚文詞列宮商於調下牽絲一命披林野而隨班考績三年指蘭臺而赴選移

征駕背長亭地隔風煙人離歲月　既同斟桂之歎(一作飲)　岐路屈塵即斷驚蓬之思下官詩書拓落羽翮摧頹朝廷無立錐之處丘園有括囊之所山中事業暫到漁樵天下棲遲少留城闕忽逢萍水對雲雨以無聊倍切窮途撫形骸而何託于時冰霜裂地星象廻天朔風動而關塞寒明月下而樓臺曙各題一字傳之兩鄉云爾

越州永興李明府宅送蕭三還齊州序　前人

嗟乎不游天下者安知四海之交不涉河梁者豈識別離之恨松枝(一作杖)　薜衣琴罇爲得意之親臨遠登高煙霞是賞心之事有梁孝王之下客僕是河南之南孟嘗君之上賓子在北山之北幸屬一人作寰中之主倏(疑作翛)　然四皓爲方外之臣俱游萬物之間相遇三江之表許玄度之清風朗月時慰想思王逸少之脩竹茂林屢陪歡宴加以惠而好我攜手同行或登吳會而聽越吟或下宛委而觀禹穴良談落落金石絲竹之音輝雅智飄飄松栢風雲之氣狀當此時也嘗謂連璧無異鄉之別斷金有好親之契生平於張范之年齊物於惠莊之歲三光廻薄未殫投分之情四序循環詎盡忘言之道豈期我留子往樂去悲來横咽水而東西緒愁雲於南北況乎泣窮途於白首白首非臨別之秋(一作愁)　嗟岐路於他鄉他鄉豈送歸之地蓐收戒序少昊司辰清風起而城闕寒白露下而江山遠徘徊去鶴將別蓋而同飛斷續來鴻共離舟而俱泛古人道別動便經年今我言離會當何日山巨源之風猷令望善佐朝廷稽叔夜之潦倒麤踈甘從草澤行當山中攀桂徃徃思仁野外紉蘭時時佩德人非桃李豈得無言子兑(疑)蕭韶當須振響勉酌傷離之酒具陳感別之詞各賦一言俱題六韻

感興奉送王少府序　前人

八十有遇共太公晚宦未遲七歲神童與顔回早死何益僕一代丈夫四海男子衫襟緩帶擬貯鳴琴衣袖闊裁用安書卷貧窮無有種富貴不選人高樹易來風幽松難見日羽翼未備獨居草澤之間翅翮若齊即在雲霄之上鳥衆多而無辨鳳馬群雜而不分龍荆山有刖足之夫湘水聞離騷之客人貪材富閈窺卿相之門貌弱骨剛豈入王侯之宅王少府北辭伊闕南登洹山過我貧居飲我清酒一談經史亞比孔先生再讀詞章何如曹子建山岳藏其跡川澤隱其形一旦覩風雲千年想光景孔夫子何須頻刪其詩書焉知來者不如今鄭康成何須浪注其經史豈覺今之不如古王少府乃可畏後生學問人也各爲四韻共寫別懷

江寧吳少府宅餞宴序　前人

蔣山南望長江北流伍胥用而三吳盛孫權困而九州裂遺墟舊壤百萬里之皇城虎踞龍盤三百年之帝國關連石塞地實金陵霸氣盡而江山空皇風清而市朝改昔時

地險資爲建業之雄都今日太平即是江寧之小邑吳生俊宷輔佐烹鮮我輩良游方馳去鵠梁伯鸞之遠逝自有長謡閔仲叔之遐征欲逢厚禮臨別浦枕離亭陣雲四面洪濤千里簾帷後闢竹樹映而秋煙生棟宇前臨波潮驚而翔（一作祥）風動嗣宗高嘯緑軫方調文舉清談芳樽自蒲想衣冠於舊國便值三秋憶風景於新亭俄傷萬古情窮興洽樂極悲來愴零雨於中軒動流波於下席嗟乎九江爲別帝里隔於雲端五嶺方踰交州在於天際方嚴去舳且對窮途玉露下而蒼山空他鄉悲而故人別請開文囿共瀉詞源人賦一言俱題四韻

送李十五序　前人

夫人生百齡促膝是忘言之契丈夫四海交順非贈別之資然乃想山川之遼遠送歸將遠惜歲年之不待行樂無時於是輟離驂以火留敞幽亭之多暇山芳襲吹疑居蘭室之中水樹（一作榭）含香宛似楓江之上御溝新溜近入離絃賓館餘花遲催別酒既而榮波東注灞岸南登浮蟻傾而高宴終飛鳥（一作睃鳥）落而離宮散雖相思爲贈終結想於筆滋而素賞無憀盍申情於麗藻人爲四韻各賦一篇

送白七序　前人

天地所以間南北山川所以別風雲陽舒陰慘覺造化之爲勞日運星廻恨古辰之不完白七宮天台傑氣地乳（一作）蘂奇精當盍交之歎熊頭飈通候以之鸞鶴靈珠耀掌是琴酒之文人長劍横腰即風雲之烈士屬天象掩峻帝道徵奇吐　之珠玉作　朝廷之鑾鳳寰中握手得希代之英靈天下傾心盡當年之意氣整秋駕駐春裝背横溪之七曲對長亭之十里中情易感下調多愁送君當東陸之前逢我在北風之別嗟乎良友不追神交已遠同人者少方見阮籍之眼青知我者稀不學馮唐之首白唯當遜游絶壑族悲空山幽桂一叢賞古人之明月長松百尺對君子之清風既而花鳥争飛烟霞競集青山高而望遠白雲深而路遥貴余以道誰能者後五千言贈子以言空有離前四十韻

送劼赴太學序　前人

今之游太學者多矣咸一切欲速百端進取故夫膺受末學者因利乘便經明行脩者華存實爽至於振骨鯁之風標報賢聖之言懷遠大之舉蓋有之矣未之見也可以深慕哉且吾家以儒輔仁述作存者八代矣未有不久於其道而求苟出者也故能立經陳訓刪書定禮揚魁梧之風樹清白之業使吾徒子孫有所取也大雅不云無念爾祖易不云幹父之蠱書不云　詩不云不如友生四者備矣加之執德弘信道篤心則口誦廢食忘寢渙然有所成望然有所伏然後可以託教義編人倫彰風聲議出處若意不感慨行不卓絶輕進苟動見利忘義雖上一階履半級何足恃哉終見棄於高人但自溺於下流矣吾被

服家業霑濡庭訓切磋琢磨戰兢惕勵者二十餘載矣幸以薄伎獲踐戎役嘗恥道未成而受祿恨不得如古君子四十強仕也而房族多孤飦粥不繼逼父兄之命覩飢寒之切解巾捧檄扶老攜幼今既至於斯矣不蠶而衣不耕而食吾何德以當哉至於竭小人之心申猶子之道飲食衣服晨昏左右庶幾乎令汝無反顧憂也行矣自愛游必有方離別咫尺未足耿耿嗟乎不有居者誰展色養之心不有行者孰就揚名之業邐豆有餞裁水盡心盖各賦詩叙離道意云爾

餞宇文明序　前人

昔者王烈登山林泉動色嵇康入座左右生光豈非仙表

足以感神眞姿可以錯物况我巨山之凛孤出昇華之麗清崎群公之好善下官之惡俗接霓裳於勝席陪鶴轡於中軒俱拔之標各杖專門之氣煙霞用足江海情多言泉共秋水同流詞鋒與夏雲爭長雖楊庭載酒方趨好事之游而肆樂含毫請命昇遷之筆同抽藻思共寫離恨

秋日餞尹大官往京序　駱賓王

尹大官三冬業（一作懸）暢指蘭臺而拾青辭六郎四海情深飛桂樽而舉白于時兔華東上龍火西流劍影沉波碎楚蓮於秋水金輝照岸秀陶菊於寒隄既切送歸之情彌軫窮途之感重以清江帶地悶吳會於星津白雲在天望長安於日路人之情也能不悲哉（集作乎）雖道術相忘叶神交於靈府而風煙懸隔貴申心於翰林請振詞鋒同（一作用）開筆海人爲四韻用慰九秋云爾

秋夜送閻五還潤州序　前人

閻五官言返維桑脩途指金陵之地李六郎交深投漆開筵浮玉斝（集作白玉）之樽于時璧彩澄虛濔輕光於雲葉珪陰散廻搖碎影於鳳梧雖桂醑蘭釭暫淹留於一夕而青山黃鶴將惆悵於九秋請勒四言俱伸五際

秋日餞陸道士陳文林序　前人

陸道士將游西輔康（集作通）莊指浮氣之關陳文林言返東吳脩途走落星之浦於是維舟鏡（集作錦）水藉蘭葉（集作若）以開筵結騎金隄泛榴花而（集作於）祖道于時赤熛紀節青女

司辰霜雁銜蘆舉賓行而候氣寒蟬噪柳帶涼序以愴（集作含）情加以山接太行聳羊腸而飛盖河通少海疏馬頰以開津（集作潤）登高切送歸之情臨水感逝川之嘆既而嗟別路之難駐惜離樽之易傾雖蒙邑（集作漆園）筌蹄已忘言於道術而陵（一作淩）陽風雨貴抒情於詠歌各賦一言俱成（集作同爲）四韻庶幾別後用暢離憂云爾

登薊城西北樓送崔著作入都序　陳子昂

僕嘗倦游傷別久矣况登樓遠國銜酒故人憤胡孽之侵邊從王師之出塞元戎按甲方割鮮卑之壘天子賜書且有相君之召而崔侯佩劍即謁承明群公負戈方絕大漠燕山北望遼海東浮雲臺與碣館天殊亭障共衣冠地隔

撫劍何道長謠增嘆以身許國我則當仁論道匡君子思報主仲冬寒苦幽朔初平蒼茫天兵之氣冥㓕戍雲之色白羽一指可掃九都赤墀九重行欣讌樂(集作佇觀獸凱)心期我願斯遂(集作誠必願斯我遂)君(集有之字)心共有策勳飲至方同廊廟之歡偃覇(後漢作伯集作武)橐弓借爾文儒之首劃丘故事可以贈言同賦登薊樓送崔子云爾

送著作佐郎崔融等從梁王東征序　前人

古者凉風至白露下天子命將帥訓甲兵將以外威荒戎内輯中夏時義遠矣自我大君受命百蠻蟻伏匈奴含蒲桃之宫越裳重翡翠之貢虎符不發象胥攸同實欲高議雲(集作靈)臺偃白天下而林胡遺孽蓬亂邊甿驅蚊蚋之師

怠雷霆之伐乃竊海裔弄燕陲皇帝哀北鄙之人罹其辛螫以東征之義降彼偏裨猶恐威令未孚亭塞仍梗乃誅元帥命佐軍得朱邸之天人乃黄閣之元老廟堂授鉞鑿門申命建梁國之旌旗吟漢庭之簫鼓東向而拜北首(集作道)長驅霓旌(集作蜺旄)羽騎之殷戈翻落日突鬚蒙輪之勇劍決浮雲方且徹火九都窮踏頓存肅慎弔姑餘傍徨赤山巡御日域以耶我王師襲天討也歲七月軍出國門天晶無雲朔風清海時比部郎中唐奉一考功員外郎李迥秀著作佐郎崔融並參帷幕之賓掌書記之任燕南悵别洛北思歡頓旌節而火留傾朝廷而出餞求昌丞房思玄衣冠之秀乃帳蕙圃席蘭塘環曲榭羅羽觴寫中京之望縱

候亭之賞爾乃投壺習射傳奕觀兵叩(一作鐙)金鐃戛瑤琴(集作瑟)歌易水以慷慨奏關山以徘徊穎陽半林徹陰生(集作出)座思長風以破浪恐白日之蹉跎酒中藥酣援劍起舞則巳氣横遼碣志掃纏戎抗手何言賦詩以贈

文苑英華卷第七百十八

文苑英華卷第七百十九　序二十一

餞送二

送王侍御赴劍南序一首

送麴郎將使默啜序　陳子昂

蓋聞北夷不羈之日久矣天子垂玄默穆皇風而很居華心蟻伏請職歲一月上將恤戎乃以金章假麴公爲司賓卿載馳錦車諭意雲幕且欲頓單于之膝受呼韓之朝不踰青春復命紫闕其忠臣烈夫之節感激壯矣朝廷以遠赴（集作赴此）絶國追送郊丘（集作近郊）登熊山望鴈塞黄雲千里亭皐悠然僉曰賦詩絶句以贈

送吉州杜司户審言序　前人

嗟夫德則有隣才不必貴昔有耕於巖石而名動京師詞感帝王乃位昇（一作畢）武騎夫豈不遭昌運哉蓋時命不齊

竒偶有數當用賢之世賈誼竄於長沙居好文之朝崔駰放於遼海况大聖提象群臣守規杜司户炳靈翰林研機策府有重名於天下而獨秀於朝端徐陳應劉不得劘其壘何王沈謝適足靡其旗而載筆下寮三十餘載秉不羈之操物莫同塵合絶唱之音人皆寡和群公愛禰衡之俊留在京師天子以桓譚之非讁居外郡蒼龍闕茂扁舟入吳告别千秋之庭廻棹五湖之曲朝廷相送駐旌蓋於城隅之子孤游淼風帆於天際白雲自出蒼梧漸遠帝臺半隱坐隔丹霄巴山一望魂斷渌水於是邀白日籍青蘋追瀟湘之游寄洞庭之樂吳歈楚舞右琴左壺（一作左琴右壺）將以緩燕客之心慰越人之思杜君乃挾琴起舞抗首高歌哀

皓首而未遇恐青春(一作雲)之蹉跎且欲携幽蘭結芳桂飲石泉以飾味(一作明飾)詠商山以卒歲返耕餌木吾將老焉群公嘉之賦詩以贈凡四十五人具題爵里合絕(集作含絕)

瞱上人房餞齊少府使入京序　前人

永淳二年四月孟夏東海齊子官于此州雖黃綬位輕而青雲望重故能委邦君而坐嘯屈刺史而知名屬乎鑾駕巡方諸侯納貢將欲對揚天子命我同行(集作行人)執玉帛而當朝擁騑驂而戒道指途河渭發引岷嶓粵以丙丁之日次于瞱公別舍盍言離也爾其巖泉列坐竹樹交筵吐清藹於軒牕棲白雲於左右參差池榭亂山水之清陰繚繞階庭雜峯崖之異勢入禪林而避暑肅風景於中林開水殿而追涼徹氛埃於戶外理琴合奏翠斝時行談窈窕於天人極留連於晷刻既而歡樂極良辰征攀白日而不廻唱浮雲而告別山光黯黯凝綠樹之將曛嵐氣沉沉結蒼雲而遂晚雖同交未阻風月可留岐路方乖關山成恨嗟乎朝廷子入期富貴於崇朝林嶺吾棲學神仙而未畢青霞路絕朱紱途遙言此會之何時願相逢而誰代求懷千古豈知仁者之交凡我三人盍崇不朽之迹斯文未喪題之此山同疏六韻云爾　清陰(集作清音)

餞陳少府從軍序　前人

夫歲月易得古人疾没代不稱功業未成君子以自強不息豈非懷其寶思其用然後以取海內之名以定當年之策展其才力受以驅馳少府叔鳳彩龍章才高位下班超遠慕每言關塞之勳梁竦長懷耻為州縣之職屬胡兵犯塞漢將臨邊商君用耕戰之謀充國起屯田之策皇華出使言收疆埸之功白水開筵遂為雲雨之別爾其蒼龍觧角朱鳥司辰溽景薰(集作蒸)天炎光折地山川漸遠行人動游子之歌罇酒未空送客起貧交之贈嗟呼楊朱所以泣岐路蘇武所以悲絕國古之來矣盍各言志以敘離歌

送懷州皇甫使君序　宋之問

甸服三百里共京都參化良吏二千石與天子分憂覃懷奧區必寄能者皇甫使君累司籠職夙著香名威惠歷刺於外臺風流載欽於京國議者應南宮之象實謂光朝使乎奏西河之能更勞為郡襜帷即路供帳出郊宿雨碧滋浮漢城之氣色朝陽紅景入太山之草樹新豐美酒不換離心函谷重關能捱別恨河內未理暫借寇恂潁川既輯佇歸黃霸廟堂側席群公以尚義相高川陸分途我輩以贈言為貴兒筵開灞岸路指太行請居人贈王粲之詩去者留阮公之作

送尹補闕入京序　前人

河間尹公博物君子觧褐調慈州司倉白雲在天不樂為吏有竹林近鄠杜南山彈琴讀書日益淪放雖道貴物外久無世情身退名高再顯天爵遂使公卿舉手羔鴈成群無何敕書到泰徵詣函洛天子以其老成達學帛藏有古

人風命典著書職在補闕時議以謂伯喈得召仲甫登聞旣而藉馬入關西携老幼重見喬木載馳舊山念出處事遠居人惜别離車將遠九我同志賦詩贈行

三月三日於灞水曲餞豫州杜長史别昆季序　前人

上巳佳游近郊春色朱軒映野見東流之祓禊白雲在天愴南登之送别杜長史言辭灞滻將適荆河戀舊鄉之喬木藉故園之芳草鴒原四鳥是日分飛輿泉二龍此時云逝緑潭一望青山四極秦人去國乘右軸之脩途洛客思歸憶東京之曲水請染翰操紙即事形言各賦蘭亭之詩咸申蕙陂之贈

送裴五司法赴都序　前人

夫有别必感今昔共之盖理通聚散事均窮達望秦是斷腸之所況念故園懷洛多掩涕之人更分良友裴五官業傳河寶才誕岳靈彩思有神鬚眉若畫一日不見鄙恡都生千里送歸風流忽遠朝英出餞廻北走於郊隅野墅銷雰引南山於庭際客飲恨而歡促席含情而景遲目喬樹之將華青門戀舊背芳萱之稍吐金谷逢春舉杯伊何願君軫之少駐賦詩於是旌余志之所之敢謂座賓盍宣離唱

表侍御帝餞永昌獨孤少府序　前人

春其暮兮勞志士之幽嘆友其行矣結吾徒之遠悲豈不以時物華歲好事者賞而不足名流才子相歡者懷而不見河南獨孤冊風儀松竹詞賦雲泉清義多許（一作南史之）才選署半（一作曹署）北部之尉表侍御風霜利器金石宏材執憲稱柱下之雄禮士採域中之俊爾乃撰辰開宴考地疏筵落花覆沼懸藤掃砌竹林以清氣娛賓蘭畹以芳心愛客環坐三尺起君子之風祖道百壺酌賢人之酒去留交軫舞詠相喧管召魚樂杯薰鷺醉此時奚生（集作怨）盛集無何是日增悲韶芳亦盡啼鳥送晚遥棲御史之林班馬嘶歸近送舍人之驛夫登高動詠贈遠形言豈鄙懷之庶幾乃群公之事業盍請離唱用貴洛陽之紙焉人採一言各題四韻

鄭公園池餞韋侍郎神都留守序　張説

夫良才出乎休運大任歸乎令德四海旣安乃注意於賢相兩都分正實具瞻於師尹鸞臺侍郎兼左庶子韋公國之楨幹人之表儀矜嚴有叔子之容持重得楊公之望門（集作闈）通禁省當朝稱累代之名管綜諸閣帖職盡一時之美頃以五星東聚八月西巡武王旣入於鎬京君陳當往於洛邑者（集無者字）中日晷之盈縮均天宇之會同清廟明堂政理之本也敖倉武庫兵食之原也機務所總半天下之軍國聽訟寔繁連海隅之郡縣恩有容而處遠事有疎而授親腹心遐寄惟賢是屬歲次臨單閼月在長嬴同蕭何之居守當陰識之留鎮北闕拜辭西堂宴餞大君垂藻承（集作

乘月露之光榮元良賜服被星海之耀潤執事以同列之好載壺酒而送行鄴公以彌甥之禮掃郊園(集有而字)留別此地有離洲別嶼竹館荷亭曲沼環合而連注叢山相望而間起幽隱長寂蕭條遠風通終南之雲氣下昆明之水鳥爾其駐馬青林肆筵碧岸清管四發坐客增悲高臺一望游人忘返甞公方祗率嘉命保釐成周樹之風聲流我王澤然而臨觴不樂首路遲遲瑣闈夕拜戀未央之宮闕錦服晝遊懷杜林之桑梓層城日下高蓋雲飛天子賦詩已載寵行之史群公盛集湏傳出宿之文凡若干首合成一卷陸生何幸暫游朝宰之間商也悲然輕述國風之序云爾

餞常侍舒公歸覲序　蘇頲

右散騎常侍兼國子祭酒崇文館學士舒公邦之碩儒也富於學深其智秉辟雍之禮講金華之義者甞有日焉辨大而言若訥位高而志益下造膝則人無異辭匪躬則我有余力儀正可象聲希必應此所以孔光密而張輔龍也故進避榮而榮自取退崇讓而讓得之既而命列幡旆焜煌照於西第徒成俎豆眷戀馳乎東國每洒涕而祈主將候顔以拜親天子懷公達之舊惜康成之往乃睠中留久而下制是月惟閏乘春戴陽服老萊之衣飄組夫二擁終童之傳送車數百晨省偏其傳呼晝游嘉其飲餞來而喜懼經躍鯉之新泉至則光輝對廻龜之舊浦夫志於道者二三子之莫逮善於孝者千萬人之所說未有册誠注於闕下白首登於堂上門生仰而結轍邦牧趨而負弩豈非訓廣(一作廣非)受封就宋傳業俾魯師之教者其馮毋之榮乎於是絲庭華省之家虎觀鴻都之士屬鷁鷁鳴矣楊柳依依情㨂江上之楓思結河邊之草吳州日見楚山雲絶莫不捧袂黯然彈毫以贈庶幾離言之至知儒行之尊歟

餞宋司馬序　張九齡

宋司馬才通命蹇雲翼泥盤(集作蟠)蔡邕朔方不廢琴書之業賈誼宣室欲言鬼神之事既而出宿南浦與鳴鴈而(集作以)同歸追餞北渚對江山(集作丘山)而不樂是日渚雲欲霽林鳥將春惜時物之芳華重情人之自遠群公有感中座無

歡他日清風自當玄度之夕兹辰零雨得無子荆之詠遂相與援翰賦詩贈行

景龍觀山亭集送密縣高贊府序　前人

景龍東山初生弟也始其署金牓築鳳臺窮土木之功極岡巒之勢議與盤古(集作石)同體造化較力何其壯哉自吾君茅茨不翦采椽不斲既抑華而務實將設教以垂範以故平陽化爲罷歌舞於其地麻姑見者變桑田於此時所謂長女之宮鬱爲列仙之館其後常(集作甞)有好事以爲勝游今日芳辰携手接袂往往而在袛取樂焉高十宮雌伏都畿星言至止聞殊庭之可尚召嘉客以相驩徒觀其匠幽奇宅爽塏十里九坂豈唯梁氏之作千巖萬壑宛是吳

中之事青林脩竦（集作篠）而垂〻綵緑蘿蒙籠以結陰清流若鏡下照金沙之底雜花如錦傍緣石菌之崖則可以藻飾形神揮斥氛滓相顧風塵之表無負雲霄之槩既而東主西賓酒酣樂闋聚必有散詎伊麋鹿之群往而不返固亦山林之弊高公乃振衣而起舉杯有屬却訃送人出長安之東道退思征馬向洛陽之南陌雖暫勞於州縣迫於簪領方欲厭於承明資其騫躍夫如是相知意氣何恨仳離盍賦詩焉以贈行者

送李郎中赴京序　孫逖

今上有天下之十載鑾輅在鄴而大夫師長庶士御事分曹成周俾贊居守歲八月詔下東都召水部員外郎李公

拜工部郎中崇德也李公主善秉哲敏才慮行葆光能明宜樞自達始以茂才擢第與今中書舍人許公俱補廣陵掾相與沿達淮泗嘯詠雲物雅頌允鑠東南有光官匪慢而趣成道不行而樂在自時厥後蓋四三年或翰飛禁垣或鷹騰仙闕接武軒陛迭耀冠劍夫豈求之歟皆温良恭儉讓以得之也所謂謙受益德必聞崑崙琅玕南國橘柚無遠不屆彼何言哉傳置具車候亭出餞西顧洸碭北陰肅殺風落崤澠霜飛河濟金羈載馳紫亭何遠夫居四民時地利周所以貴冬官草奏議應列宿漢所以寵郎署之人也之德也必能簡孚乃職克休厥聲天秋虛求名（疑）庭久席矣凡今作者賦　詩贈行

送李侍御之芳黔中掌選序　前人

高陽氏之才子侍御其人焉夏之文求也藝無而有之矣頊者持斧河朔獨擅專城明罰飭法所向風靡是以有黔中之往俾脩河朔之政不然者何萬里而南爲至如遐荒靡莫之俗置吏羈縻之道則衆賓叙之矣倦談者何得而稱焉

送張補闕歸鄴序　前人

余射策於洛城南門者有年數矣補闕張子嘗同彙征逮揮翰於禁庭又聯官於近侍人各有舊所貴於同聲吾愛其才敢忘於久要承明厭直河朔言歸且鄴惟舊都漳有深淡昔聞七子今在一門北州爲督當有聚星之會西垣

贈別請陳零雨之詩

送蔣冑曹充隴右營田判官序　前人

古之使臣必有命介所以謀闕計事類能撰功蔣侯之往佐輶軒蓋其義也夫其敏行精識長才博聞克荷詩禮之訓聿脩清白之業故妙年從官已著老成之風早飛未騁共許垂天之翼是行也必能使田有封洫事著典常儲峙孔殷甲兵不頓愛人許國何以尚茲時中丞公充寵天朝而子勤役邊鄙豈不以策名委質者義方之大訓出入顧復者常情之小慈不貴垂堂之說還嗤倚門之望懿乎哉又聞君子之遠其子也河隴　先秋鷹隼方擊贊成糾慝今也其時群公題之賦詩以贈

送裴參軍充大稅使序　前人

古之王者稅公田衡虞之人給郊廟賜與之用無有遠邇咸率乃職越會稽郡者海之西鎮國之東門都會蕃育膏肆蕪倍故女有餘布而農有餘粟以方志之所宜供天府之博斂篚絲紵緡金刀浮江達河命爲洗舟之役撰功匠績實賴飲氷之使是行也裴子爲政焉廼命水工具行器節制費用詳度川陸指洞庭以北上向長安而西矣談笑之外厥有成功樽俎之間見其從事展使能者非子而誰而疇昔交情今茲吏道歎淪落於荒服結殷勤於官次喬木之國子其歸乎篁竹之鄉余何爲者肝膽楚越始合終離嗚呼岐路素絲得其幾矣十月冬旱三江晝晴憂故園之黃落見長河之鴻鴈澤國山水天資助人炎方草樹歲寒未入居者變客行者徇公拜神禹之清祠泛五員之濤水車馬疊跡傾越人於外郊樓船接艫溢吳歌於寒浦贈君以不拜戒君以登陟攬旆何道賦詩詠曰不録

送遂州紀參軍序　前人

遂州參軍紀公吾友雲將之令弟也敏於行志於道克脩人彝允副兄最噫周公之胤紀爲其首天祚明德必將有後不然何棣華之可久也選曹舉善群吏須才九霄始構一命而佪穆卜吉日遄征畏途緬躋岷峨遐涉褒漢宿息巖險凌臨湍悍仗信不慄載義必亨方慕忠臣之志固無畱堂之責爾之寡兄克施有政是則是效念茲在茲福利則覩心求隔遠嫌則荒言自絕固雖邛僰之産巴蜀之饒不潤脂膏誰謗薏苡戀厥丕德時維哲人群公贈言要僕題序

送康若虛赴任金鄉序　前人

昔太史公涉汶泗登鄒嶧以觀孔氏之遺風康子之吏於是邦有以見古人之心矣況大君出豫將事升中之禮有司擇人俾佐奉高之邑利在求舊急於使能位俾才難亦可宗也夫強學者義之用工文者藝之本明識者智之府令名者德之輿予曰疑四德以待百事如農之旣勤若射之有志行無越思往無不利彼游刃於理劇固恢恢乎有餘地矣初余以朋友之故謫居荒服憔悴湘汾縉雲不調明時殆將十載是舉也所謂理舊汙績常職信有國之令典知若人之晚成五月鳴蜩載驅翹翹贈之維何折彼桑條餞之維何席彼秀萋炎雲在天景風拂野時煥方熾吾子勉之請各賦詩以無忘平生之好

送竇侍御知河西和糴還京序　高適

天子務西州之實歲糴億計何始於貴取而以耗稱俾邊兵受寒戰馬多庚輓域中之稅鑄海上之山江淮之人蓋奔命矣豈財賦之地抑以從來將利害之鄉猶有所闕廟堂精思其故表竇公自憲闈而董之闡精集作開釋叢脞之病發揮鹵莽之極政之大者不其然與今農夫力於必登薦賈知夫勇賤鳴集作於戲盘石惟思之義以見天下之兵我幕

府京公勤勞王家常用此道干戈所適戎狄相吊宜哉八月既望公於是領錢穀之要歸奏朝廷副節制郎中裴公軍司馬員外李公追臺閣之舊游惜軒車之遠別席樓船於池上泛雲物於城下胡琴（集作羌笛）繚繞限陝僊羅核（集作肢）裴映帶洲渚醉後歡甚東日遐瞻（集作東林日高）語岐路於樽前指京華於天耿有若司直崔公之逸韻嘉其廷評數賢之間作適忝斯人之後敢拜首而序云

送王侍御赴劍南序　陶翰

國家既誅邛筰之游蒐收滇池之陳地以蠻陬君長未即序徼外新國約非甚堅將欲宣王風布中典必候才英矣監察御史王公志摽勁節天假異能秉心而忠義必聞多方而文武不墜我中丞鮮于公以功名立破城江南開啓而虜不敢窺城峻而敵不敢守者皆倚匡時之策仗横行之氣不然者豈有夕捨一尉旦磨（疑作麾）三軍盱衡於不毛之間決勝於大荒之表取廷評者浹月登憲府者周星繡衣照於江原風霜掃於劔壁斯不足畏矣中朝名雅嚮義趨風餞筵傾誠翰墨紛瀉百壺追送來登董原之野萬嶺蒼然更繞華陽之國予以授簡敢無斯文

文苑英華卷第七百十九

文苑英華卷第七百二十　序二十二

餞送三

送李兵曹往江外序一首

送孟校書往南海序一首

送封判官攝監察御史之磧西序　陶翰

夫子以忠義爲名以才能爲用頃年投筆多制勝之謨聞歲策勳有斯皇之命以西師之未鮮右地之多虞何寧此材豈獲居息我主將所以封弱水擒月氏畧康居取勃律雖出車之任事屬於才能而入幕之賢功歸於帷幄嗟乎非萬里無以見遠圖非三軍無以知壯節古人於是歷孔道窮河源豈勤勞而樂行役茸絶域而厭諸夏必以爲擔石者能喪志懷安者也而拜命封侯功成事立不同日言矣勉哉封子守其嘉謀輶軒將馳繡服將假雖天下險阻

玉關之風故不足爲子慮耳帝鄉山川徙倚將遠別路雲樹蒼茫欲秋可以贈離杯可以贈離唱乃命座客唯然賦詩

送史判官之河南序　前人

子始以詞進而果以政聞拔起翰林激昂儒服朝升一尉暮入五府漢東之駕緫返河南之檄適至皇皇之命未嘗寧居將欲拒其辟書韜其利用若清規椎刻已異於天下矣周鄭之風好僻齊魯之政或詭使戎臣所以政疑於勵精銳於塡舉以東夏侯子得無戒之哉於是中朝名士左補闕任侯序其詠詞大常王簿楊公鳩其宴餞筆墨以之聚至文章以之感合不有君子胡寧是焉中條氣凝河氷將壯關中送客美使者之賢泗上諸侯盛主人之禮愼爾行役勉哉輶軒別筵再興詞賦間作故我有後甲之術凡不在任氏之唱者實隷於斯矣

送李叅軍水運序　前人

壯哉大河之功也南分淮泗東委溟渤呀呷長川呼吸萬里若舟檝是戒風濤無虞則三萬之廩可得而西矣故朝廷大役實難其人李公精義宏高德量魁達聲聞關右義徹浙川我侍御史薛公資之以成務也於是驛騎首路列筵在庭山川且長語笑云隔勵其節宜其規使白波徐清紅粟流衍則國家之事濟矣勉旃故交不敏詩以投贈之

送李叅軍序

人生相知心乎僕之心嘗語君矣相天疑以志相忠以言以居則無悶以動則無悔孰謂子非天下之知己乎同官爲僚同志爲友豈不欲晤語終日盡平生之懽然而天時者盈虛也人事者倏忽也一合一否與時而來不有聚何以同二人心不有散何以見四方志長揖而去勉哉東軒楊花初飛郊草先碧自秦及洛雲山千里子衿之首章善矣吾從也

餞崔朔司功入計序　前人

多天子至自河華中使至司功崔公朝於京師禮也今天下有道聲教必被要荒來格況其邇者乎政莫大於殷會使莫大於述職故學於禮足以專對崔公近之矣及夫三

物成者斯義歟征驂如飛郊暮來祖渭上西眺寒源無色賦皇華而送崔氏行焉

送蕭少府之幽州序　前人

頃林胡大寇邊殺右將軍於是幽薊之北門不啓天子方憂朔漠之事問盧龍之策公安得收其宏畧匣長劍塊然爲一尉哉夫感於事則忠義全登於危則臣節見必也海水晏燕山空代雲胡沙談笑而靜蓋王師之義全言未畢征馬將散三嘯於離郊之上敬而辭焉

送崔司戶過隴迎大夫序　前人

夫公銜紼海裔東歸玉門戎夏已康金甲已息伊大夫皆受賜矣矧司戶公詩禮是勗庭闈是故疑假輶軒登隴雲

而四望矣吾朋乃驅征騎携旨酒歌白雲以贈之關河始風秋草尚碧衆皆詩人也安闕乎文哉

送崔二十一之上都序　前人

士之相知故不在舊僕一覩君詞志慷慨情幹絕人是欲片心樹善君子風義相感矣言卒獲時不與而清秋至樂未央而別恨生則臨岐憮然把袂如失蘭可佩也掇而贈君酒可忘憂酌以酬我且士爲疑當世虛己之運主司推心之特而不能翰飛沖天凌厲勁翮非人英也子之往矣吾無間然乃徵詩寮以贊行色

送孟大入蜀序　前人

襄陽孟浩然精朗奇素幼高爲文天寶年始游西秦京師詞人皆歎其曠絕也觀其匠思幽妙振言孤傑信詩伯矣不然者何以有聲於江楚間嗟呼夫子有如是才如是志且流落未遇風塵所已疑謂天下無否泰無時命豈不謬哉翰讀古人文見長楊羽獵子虛賦壯哉至廣漢城西三千里清江寅緣兩山如劍中有微徑西入峨嵋有奇幽皆感子之興矣勉旃故交不才以文投贈

送惠上人還江東序　前人

自延陵季子來詣上國齊魯晉鄭賢豪風靡及夫顧陸入洛亦稱南金今錢塘惠上人挺一盂振一錫則呼吸詞府頡頏朝賢長江之南世有詞人舊矣於是侍御史王公維太子舍人裴公總寄彼好事於焉首唱才賢翕集文墨敷

芬作者爲之不寧詞林爲之一振此公家本富春棲於天竹白雲青岫方丈之居江風海濤一杯而泛窮其奧旨耶空王之法門曠其精心有真如之理性不然我群公風流虛佇歌詠間作者豈無哉正月械裝東旅征帆南岸眺吳山而可見值湖水之將碧震澤千里孤舟湫然北思我曹時開離贈卷也

送王大校書不第俗從竹非歸睢陽序　前人

才格可得而仰也文章可知而畏也故往年有公連之捷矣九流之學日盛三鼓之音未歇今茲有天官之阨矣天將啓子於世故命以才授子於亨故先以屈屈伸理也才位時也子姑感激毫翰增脩詞律沖天之舉吾倚而待焉

歡洽豈常離言實早河岳西別彼心哉鎬京庭闈東瞻誰謂家遠草色將變雲天浩然詩而詠言將以述志

送盧湞落第東還序　前人

噫天生秀明雋而才之有九流胡蒙而屯之故君子守之以知息之命而固有湏也不然者盧氏子魁岸特達而若是尚脉脉於公車之下而三歲不覩哉灞城春潤風暄景遲鶯聲始調栁色堪醉當此而褰足千里背而東豈意者歟衆皆賦詩以慰行旅

送謝氏昆季下第歸南陽序　前人

吾常游江表得二謝焉青青子衿始在童丱時已辦其稍雲噴浪之兆江河蕭散垂二十秋忽然上京再瑩心目詩

騷之興天假流畧之奥日新才藝克脩文鋒甚鋭吾以此自負不爲非知人矣金門未偶征盖言旋雲峯閉於武閣春野開於楚郢盖將窮計（一作討）策府琢磨詞律他日之奮六翮登九霄未爲後（一作俊非）耳春水尚寒郊草無色何以贈別必在乎斯文

送田八落第東歸序　前人

田子行於古而志於文雅多清調將有新律鋒鏑甚鋭將來者其憚之勿以三年未鳴六翮小挫則遂有清谿白雲之意夫才也者命在其中矣屈也者伸在其中矣將子必安吾以是觀德灞亭栁緑昆池草青于何送歸無易訶詠

江州刺史送李侍御序　李華

侍御歷憇漢上湖陰江左之賦干府之入不匱愛人之頌有餘前相國劉公居佐帝庭行無一人隠侍御時賢高譽盛府舊僚傳檄速駕江城風動當千八心厭兵品物思理將束貪狼之口掩破骨之傷濡足而前化危爲安此大丈夫懸弧四方之志與夫竄身漁釣山林枯槁異日論也天下有道貧且賤焉耻也今聖人在上夔龍宣力而老夫耳心貪賤得非人生窮達固有分耶方理舟潯陽追跡幽人觧纓網陵顥淳雖病瘸齒衰而神王顴頷之中齊榮辱一視聽是非哀樂無自入矣侍御忽告余行余知悒焉軫心豈紛累未滌將悲亦有道且以犢孳荼䴵歌而餞之曰江沉沉兮雨凄凄洲渚没兮玄雲低傷別心兮聞鼓鼙

送十三舅適越序　前人

舅氏適越華拜送西階之下俟命席端舅氏曰吾交侍御鮑君夫玉待琢者也知我者鮑君成我者鮑君是以如越求琢於鮑昔子路去魯告顔生曰何以贈我夫贈人以言古之道也况背楚山陵淛河覩會稽之險棹鏡水之波窺禹穴之冥冥仰秦望之峨峨如不誡我汝將若何華拜手曰柔而立咎繇所以成九德也寛而静師乙所以諧五聲也文犀明珠之珍伏於掌握之間此君子所以恢令名也再拜稽首

送房七西游梁宋序　前人

君子既學之患不能行也河南房敬叔其行之者歟我思

古人之道其旁君哉安親於羇旅之中誹道於茅茨之下不改其樂以文會之吾與旁也顔子屢空曾參衣敝聞宋之君子落落有竒節竒節發於仁義者也以顔曾之行求仁義之均勉旃斯有望

送薛九遠游序　前人

士之舒羽毛宣聲調不在高位在有道自王乂玄晏發左思名盛當時價壓百代薛都卿以夷澹養素以文章導志自淅右游湖左一句一韻遍於衣冠江山爲之鮮潤煙景以之明媚其餘情性所得蓋古人之儔歟南陽有累兼有道之高玄晏之道論其措意則王乂左思豈其遠乎惠然訪余告以行邁將棹溪吴越濡札江嶠東南勝事落爾貿

中兄爲諸侯上賓知大夫之官族古所貴勉之哉病叟李遐叔贈

送薄九自牧往義興序　前人

中明檢而能曠年邁體衰而人罕知之陽羡山深水濶海隅幽阻而人罕知之以中明之玄姿默識陽羡之清濟秀石人乎哉清乎哉之子所以爲貴也詩者輔佐情懷其舊俗則泰伯之讓德延陵之高風因是而阻王孫緑物而興之遠也矣

送張十五往吴中序　前人

邯鄲遐叔風病目疾家貧不能具□□爰以言自醫南陽張士容引帽攝策晨告余曰雖耕楚□而無糧費相里杭州刑部郎李君以道教我以文傳我將求飦粥於二賢可乎余諗之曰嘗讀大雅美張仲之德孑其後乎欲而求仁愚以爲可今賢士君子多在江淮之間吾見二丈夫必開館拂席聆相如之玉聲盡家之有無也不爾者人而不仁如禮何人而不仁如樂何息言息言此獲麟之絶筆也

送觀往吴中序　前人

見觀送蘭州兄詩敬不踰節情而中禮是篇也得詩人之一端矣先王省方命太師陳詩以觀人風固非遠嶠之松雪清江之雲月變也久矣將如之何觀其勉之在昔蘭陵府君高平贇公栢仁（疑作人邑名下同）懿公兄弟三人有重名於天下鉅鹿蘭陵之穆也故楊州孝公後之觀之世父也高

平贇之嫡也吾後之宣城文昭公栢仁之嗣也故中丞蘇州後之夫知卿大夫之族姓班位之高下見貴春秋而此道將亡自族之不知况他人乎觀於經感士丐鄭子之祖德於史慕子長孟堅之自叙羇旅無書往吴中蒐以備家傳之遺闕附之於篇吾病矣老矣是行也慰我秖命聿脩之心永泰二年四月庚寅叔父華序

送何萇序　前人

廬江何秀才棹流千里候余柴門執弟子見師之禮余竦然自何德以堪之意者賢大夫賈廬州待余甚等談余過實是以致秀才神邁氣專文詞有調孤雲超忽迥出秋江若游公卿間必成名然亦光湛靈擬物米斷其發也在礪

磨而已用此申千里之報也何氏之先喆比干德通神明受策阜昌世爲大官有勳有德適追來孝亦以祝秀才也元老趙公華黍疇年之歡夫貴與尊議功論德不究其涯秀才將奉郡之命宣方面之烈我思古人實獲我心

送蔣十九丈奏事畢正拜殿中歸淮南幕府序　賈至

天子以淮海多虞黎人未乂命舊相崔公董之公以封略所覆澄清是首辟柱史蔣公作之如翰負風以石投水于茲五稔方隅克定乃朝天闕將命述職帝用嘉之進其命秋七月流火言旋幕府懿親良朋寵行惜别曰兵興十年九州殘弊生人凋喪植物耗竭行者罹鋒刃之艱處者困

求奪之累豈不以連率之敗類使臣之無耻獨揚州一隅人尚完聚屢遇海島震盪再當河南離叛亟供職役之繁而室家相保耕績未罷得非崔公之賢乎公之賢而其佐可知矣今朝廷多故戎狄未服塞門不啓人心驚駭魚鹽之殷舳艫之富海陵所入也齒革羽毛玄纁璣組東南所育也匡時之謨富人之術幕府所畫也豈伊方隅是賴得不勉歟時臨岐贈言盍各有望衆君子之志其詩乎

送于兵曹往江夏序　賈至

予謫居洞庭歲三秋矣有客自蜀浮舟來者則河南于侯能讀古人書辨當世務年踰四十猶沉下位爲靜者之尚退乎先達之沿賢乎與予岳麗譙緑烏嶼一時累月多情甚歡忽然挂帆告我行邁豈非窮轍不能濡故也馮翊太守王公移鎮武昌好賢下士所以衣縫掖襲藝文者歸之如川吾子東行謂得時矣

送李兵曹往江外序　前人

千里之馬維而不馭則意在空谷而遠思豐草累鷙之鶚韝而不搏則心在窮徼而愈懷雲霄是以濟時命代之才或湮淪未遇之士耿然在滄海之上扁舟之中矣李侯吾將鮑子也我知其爲人立身清而廉從政敏而達内以孝悌著外以信義稱嘉辰良宵亹亹清話又足見林宗高識叔度宏量一命佐邑非以政學也再命環衛之曹非爲官擇也徒棲遲下位禄未代耕是以去游鏡亭探禹穴水宿

雲卧彌年始還今又疋馬出關艤舟洛下念安石東山之賞懶子猷剡溪之興何雲思浩蕩而野情寥廓哉予困於徒勞累在五斗昇沉風波之裹踢踏長吏之前豈倉州遠蹈之情南陽躬耕之意臨岐長酒有愧長劍想子行邁路經東門見潁川陳蕪河南于頤爲問道心無恙星鬢如何宿昔蔓空復爲安邑也予近得陰君祕訣之北方河車郊原近山金鼎夕燎秋來氣冷爐火適宜刀圭一開與子携手

送孟校書往南海序　元結

平昌孟雲卿與元次山同州里以辭學相友幾二十年次山今罷守舂陵雲卿始典校芸閣於戲材業次山不如雲

卿詞賦次山不如雲卿通和次山不如雲卿在次山又非（集無非字）謅然求進者也誰言時命吾欲聽之次山今且未老雲卿少次山六七歲雲卿名聲滿天下知已在朝廷及次山年雲卿何事不可勿隨長風乘興蹈海勿愛羅浮往而不歸南海幕府有樂安任鵬（集作鷴）與次山最舊請任公爲次山一白府主趣資裝雲卿使北歸慎勿令徘徊海上請公等（集作弟）醉歌以送之

文苑英華卷第七百二十

文苑英華卷第七百二十一　序二十三

餞送四

秦中奉送前涪城賀拔明府歸蜀序一首

送張玄武序　　元結（集無）

乙未中詔與張公爲玄武縣大夫公舊友河東柳潛夫裴季安扶風竇伯明趙郡李長源河南元次山將辭讌言悉以言贈上有勸仁惠卹勞苦之風下有惜離與戒行後之諭（一作論）元子聞之中有所指國家將日極太寧垂休八荒故自近年兵出滇外討者或曰西南少疲是以天子特有命也將天之命斯未易然於戲蜀之遺民化於秦漢純古之道其由未知無置（一作智）此焉（一有故字）姑取靡也如德以涵灌義以封植其教遲遠其人迎喁至乎不可固未必也則曰保仁以敦養流惠以懷恤知其所勞示其所安無以醜之當可然也潛夫聞之中興不樂歎曰吾嘗與朋友有四方之異不甚感人如今之心多問其故對曰嗟嗟子能有是言也吾故感焉行有規矣多無曰我四十於此無曰我時禄位下哉公乃復曰當不失於二公之意爲與年觀會之方也已敢戒行後敢自清慎終不貽朋友之憂何如於是醉歌中堂極樂而已諸公有贈逝相編次

送王及之容州序　　前人

乾元初（集作中）漫叟浪家于瀼溪之濱以耕釣自全而已九江之人未相喜愛其意似懼叟衣食之不足耳叟亦不促促而從之有王及者與夫剡人焉以文學相求不以羈旅見懼以相安爲意不以可否自擇及於叟也如是之多叟在舂陵及能相遊歲餘而去將行規之曰叟愛及者也無惑叟言及方壯可強藝業勿以遊方爲意人生若不能師表朝廷即當老死山谷彼區區於財貨之末局局於權勢之門縱得鍾鼎亦胡顏受納行矣自愛耿容州歡於叟者及見（集作到）容州爲叟謝主人聞幕府野次久矣正宜收擇謀夫引信才士有如及也能收引乎二三子賦送遠之什以系此云

送譚山人歸雲陽序　　前人

吾於九疑之下嘗愛泉石今幾三年能扁舟數千里來遊者獨雲陽譚子譚子文學隱名山野隱身雲陽之阿世如君何牧犢愛雲陽之幸峻公不出南岳三十年今得雲陽一峯下見譚子又在焉彼真可家之者耶子去爲吾謀於牧犢近峻公有泉（集有山二字）石老樹壽藤縈垂水可灌田一夫火可燒種菽粟近泉可爲十數間茅舍所詣纔通小船吾則（集作則吾）往而家矣此刱舜祠之奇佐陽華之殊異瀌泉之勝絕見峻公與牧犢嘗一二說之松竹滿庭水石蒲堂石魚負樽鳥舫運觴醉送譚子歸于雲陽漫叟元次山序

餞副大使李藏用移軍廣陵序　　李白

夫功未足以蓋世威不可以震主必挾此者持之安歸所以彭越醢於前韓信誅於後況權位不及於此（集有者字）虛生危疑而潛苞禍心小拒王命是以謀臣將啖以節鉞誘而烹之亦由（集作猶）借鴻濤於奔鯨膾生人於哮虎呼吸江海

橫流百川左縈右拂十有餘郡國討（集作計）未及誰當其鋒我副使李公勇冠三軍衆無一旅橫倚天之劍揮駐日之戈吟嘯四顧熊羆兩集蒙輪扛鼎之士杖干將而星羅上可以決天雲下可以絶地維翕振虎旅赫張王師退如山立進若電逝轉戰百勝僵屍盈川水膏於滄溟陸血於原野一掃瓦鮮洗清全吳可謂萬里長城橫斷楚塞不然五嶺之北盡餌虵豕（四字文粹集本作盡餌於修虵）勢盤地蹙不可圖也而功大用小天高路遐社稷雖定於劉章封侯未施於李廣使慷慨之士長吁（集作呼）青雲且移軍廣陵恭揖後命組練照雪樓船乘風簫鼓沸而三山動旌旆（集作旗）揚而九天轉良牧出祖烈（集作列）將登筵謌酣易水之風氣振武安之瓦

海日（文粹作月）夜色雲帆（文粹作河）中流席闌賦詩以壯三軍之士白也筆已老矣序何能爲

秋夜送孟贊府兄還都序　前人

夫士有飾危冠佩長劍揚眉吐諾激昂青雲者莫不（集作二字咸）誇炫意氣託交王侯若告之急難乃十失八九我義兄孟子則不然耶道合而襟期暗親志乖而肝膽楚越鴻騫鳳立不循常流孔明披書每觀於大畧少君讀易時作於小文四方賢豪汯（集作然）景慕雖長不蒲（集作過）七尺而心雄萬夫至於酒情中酣天機俊發則談笑蒲席風雲動人（集作天）非嵩丘之（集作騰）精何以及此白以弱植早飲香名況親承光輝恩甚華萼他鄉此別誰無恨耶時林風吹霜散

下秋草海鴈嘶月孤鶴翔（集作飛翔）雲驚魂動骨憂悲淅流（集作落漾）杭手緬邁傷如之何請各賦詩以寵岐路

春於南浦與諸公送陳郎將歸衡嶽序　前人（集無）

仲尼旅人文王明夷苟非其時賢聖低眉況僕之不肖者而遷逐枯槁固其宜耶朝心不開暮髮盡白而（文粹無此字）登高送遠使人增愁陳郎將義風凜然英思逸發來下專城之榻去邀才子之詩動清興於中流橫（文粹作流）素波而遥去諸公仰望不及聯（文粹作連）章祖之序惣起予輒冠名篇（文粹作賢）之首作者嗤我乃爲撫掌之資乎

秋於敬亭送從姪耑游廬山寺　前人

余小時大人令誦子虛賦私心慕之及長南遊雲夢覧七

澤之壯觀酒隱安陸蹉跎十年初嘉興季父謫長沙西還時余拜見預飲林下耑乃稚子嬉遊在傍今來有成鬱負壯（集作秀）氣吾衰久矣見爾慰心申悲道舊破涕（集作啼）爲笑方（集作乃）告我遠涉西登香爐長山橫蹙九江却轉瀑布天落半與銀河争流騰虹奔雷（集作電）激（集作濺）射萬壑此宇宙之奇詭也其上有方湖石井不可得而窺馬羡君此行撫鶴長嘯恨丹液未就白龍來遲使人著鞭先往桃花之水孤負宿（集作夙）願慙未歸於名山終期後來攜手五岳情以送遠詩寧闕乎

江夏送倩公歸漢東序　前人

昔謝安四十年卧白雲於東山桓公累徵爲蒼生而一起

常與戈公遊賞貴而不移大人君子神契寘(集作寘契)合正可乃爾僕與倩公一面不忝古人言歸漢東使我心痗夫漢東之國聖人所出神農之後季良爲大賢爾來寂寂無一物可紀有唐中興始生紫陽先生先生六十而隱化若繼跡而起者惟倩公焉蓄壯志而未就期老成於他日且能傾產重諾好賢工文即惠休上人與江鮑往復各一時也僕平生述作罄其草而授之思親遂行流涕惜別今聖朝已捨季布當徵賈生開顏洗目一見白日冀相視而笑於新松之山耶作小詩絕句以寫別意辭曰路入漢東國川藏明月輝寧知喪亂後更有一珠歸

言歸漢東(古本作與言歸東)路入(集作彼美)

冬夜於隨州紫陽先生飡霞樓上送烟子元演隱仙城山序　　前人

吾與霞子元丹煙子元演氣激道合結神仙交殊身同心誓老雲海不可奪也歷考天下周求名山入神農之故鄉得胡公之精字(集作術)胡公身揭日月心飛蓬萊起飡霞之孤樓鍊吸景之精氣延我數子高談混元金書玉訣盡在此矣白乃語及形勝紫陽因大誇其(集無此字)仙城元侯聞之乘興將往別酒寒酌醉青田而少留夢魂曉飛渡綠水以先去吾不凝滯於物與時推移出則以平交王侯遁則以俯視巢許朱紱狎我綠蘿未歸恨不得同棲烟林對坐松月有所感歎(集作欸)然銘契譚石乘春當來且抱琴卧花高枕相待以寵別賦而贈之

金陵與諸賢送權十一昭夷序　　前人

斯高柄秦嬴世不二三傑伏草與漢並出莽夷朱暉耿鄧乃起自古英達未必盡用於當年去就之理在大運耳我君六葉繼聖熙乎(文粹作于)玄風三清垂拱穆然紫極天人其一哉所以風(集作青)雲之(集本文粹無之字)豪士散在商鈞四坐明哲皆清朝旅人吾希風廣成蕩瀁浮世素受寶訣爲三十六帝之外臣即四明逸老賀知章呼余爲謫仙人蓋實錄耳而嘗採姹女於江華收河車於清溪與天水權昭夷服勤爐火之業久矣之子也沖恬淵靜翰才(文粹作才幹)峻發白每一篇一札皆昭夷之所操吁捨我而南若折兩翮(集作翼)時歲律寒甚(集作苦文粹作色)天風苦(集作枯)聲雲帆涉漢冏若絕電舉目四顧霜天崢嶸銜杯叙離而群子賦詩以出餞酒仙翁李白辭

春於姑孰送趙四流炎方序　　前人

白以鄒魯多鴻儒燕魏(集作趙)饒壯士蓋風土(集作俗)之然乎趙少公(集作翁)才貌瓌雄(集作雅)志氣豪烈以黃綬作尉泥蟠當塗亦猶鵷棲鶴籠不足以窘束鸞鳳耳以嫉惡抵法遷于炎方辭高堂而墮(集作墜)心指絕國而(集作以)摇恨天與水遠雲連山長惜光景於頃刻開壺觴於洲渚黃鶴曉別愁聞命子之聲青楓暝色盡是傷心之樹然自吴瞻秦日見喜氣上當攫玉弩摧狼狐洗清天地雷雨必作自與白日

迴照冊心可明巴陵半道坐見還吳之棹今雪觧而松栢
振色氣和而蘭蕙開芳僕西登天門望子於滄(集作西)江之
上吾賢可流水其道浮雲其身適方大適何往不可亦何
戚戚於岐路(集作路岐)哉

送李侍御充汝州李中丞副使序　任華

華州汝州兩京股肱郡也朝廷以股肱之郡非有股肱之
才者則不可造次任焉是以命華州牧兼御史中丞李公
亟乘轅於汝所以轂於華而急於汝者何盖由華已致理
而汝乆缺人乆缺者何不易其遷故也然則州有兵而刺
史爲之使使不可以獨理爰命前監察御史李公爲之副
清泗上朝周之路絶漢東封汝之心岐然長城蕃我王室

亦在副貳之力也且御史仲兄金吾將軍嘗處中司之雄
職鎮於上洛之要地招我於芸閣之上假我以栢臺之榮
與華甚厚同於骨肉華見侍御如見金吾方將遠別値余
有犬馬之疾不遂携酒灞岸賦詩河梁魂銷暮雲心折秋
草而已矣汝頴自古頗多奇士荀陳令族豈無子孫君其
善待之無忘推遷至如公堂閑坐對三十六峯或青雲半
收或新月初挂當有佳句時時寄來

送王舍人歸壽春侍奉序　前人

太子舍人王良輔時人覩之呼爲玉人我心重之有如瓊
枝今隴西公即舍人諱公(一作侯)之親也公尤哀而憐之情
義同於長兄禮秩優於諸弟夫如是豈得爲萬里之別乎
盖以舍人急於倚門之期切以趨庭之戀之何因留之
贈言贈言伊何莫過於勤孝立身伊何莫過於守正而已
秋天壓溟海白波走洞庭後期何日悵惘(一作恨)僾聲

送祖評事赴黔府李中丞使幕序　前人

自武陵守擁旄分閫有唐已來李公一人而已自非忠義
特達有文武才畧者曷以致茲公以黔巫之地西控微瀘
彭濮東接桂林象郡北漸巴峽南馳滄溟盖蠻夷獷俗罕
遵聲教必藉於幕畫而詳延祖生豈伊異人即我府主隴
西公之嘉客也方將表於金闕而加之鐵冠適會有黔中
之命相繼而至夫天下之寳當與天下共之况黔中桂林
兄弟之國又何間然哉俾朝廷知黔中得人與桂林得人

何異出餞何許舜亭峩峩凭檻窺黿鼉之窟酹酒滴魚龍
之背金石絲竹雖有泰聲青山白雲恨非吾土華承命製
序因贈以言不慮吾子以忠貞爲本又當指蹤不選地感
恩不顧身死見賢良則引而薦之勿憚勿疑見仇怨則報
之以德勿瑕勿疵吾常以此爲終身之寳今以終身之寳
贈君以謂何如也

送杜正字暫赴江陵拜覲叔父序　前人

吾見驥子齠齔之時愛其神清知其才清今果爾也頃漂
淪荆楚既孤且貧求食於誰託身於誰四海茫茫未獲所
寄及遇我隴西公獲所寄矣公以故人之子憐而收之去
津整而寄乎南山罷轉蓬而蔭於桃李君子曰隴西公在

正字爲不孤已今離叔父頗久暨歸阮家之巷感知已厚恩尋赴李膺之門華與臨別撫其背曰高門積慶無忘乎聿脩厥德大名難繼宜其自強不息念哉

送溫司馬進降誕方物序　前人

昔者黃帝生於壽丘文王生於岐陽數千年間以爲盛美況我明主感龍而生如鳳之鳴黃河爲之淸率土爲之寧豈壽丘岐陽足云哉是以四方牧守咸獻方物用賀南山之壽長居北極之尊今此邦使乎誰膺慎擇則司馬溫曬其人也曬相門子溫其如玉五德備焉堅其如金百鍊成焉既出車彭彭群公追餞於北郭草亭巃嵸群峯疊出青石透迤秋水下藏碧沙對此爲別歡酒而已

送宗判官歸滑臺序　前人

大丈夫其誰不有四方志則僕與宗衮二年之間會而離離而會經途所亘凡三萬里何以言之去年春會於京師是時僕如桂林衮如滑臺今年秋乃不期而會于桂林居無何又歸滑臺王事故也舟車往返豈止三萬里乎人生幾何而倏聚忽散遼夐若此抑知已難遇亦復何辭歲十有一月二三子出餞于野霜天如掃低向朱崖加以尖山萬重平地卓立黑是鐵色銳如筆鋒復有陽江桂江略軍城而南走噴入滄海橫浸三山則中朝群公豈知遐荒之外有如是山水山水既爾人亦其然衮乎對此與我分手忘我尚可豈得忘此山水哉

桂林送前使判官蘇侍御歸上都序　前人

桂林秦所置郡也南臨天池東枕滄溟西馳牂牁北走洞庭地方三千里帶甲數萬卒實五府一都會矣連帥之任朝廷難其人徃年命御史中丞張公公號爲稱職去年又命我以佐之初張公受命之日以爲五嶺荒服不同於他邦百蠻獷俗不可以獨理乃薦武功蘇瀚自秘省校書郎除金吾掾攝監察御史以佐焉瀚在幕中多所匡輔洎張公家艱去職瀚統其留務稟其正色操持紀綱而十州之地晏如也洎如（疑衍）我公至止觀其迹而羨其政將表請焉瀚辭以父辭墳墓不見兄弟已六年願得生入武關一到闕下足矣公從之或餞於西堂或鐏於東樓或饌於亭皐（一作高亭）凡飲餞之盛未有若此之綢繆者也且子有善公爲揚之且子有功公爲敘之子有患公爲排之子有屈公爲伸之亦何異朊騏驥於鹽車擲秋鷹於天畔乃騰驍難料擊摶在即亦足以快意矣且爾兄吾兄也爾身吾身也雖萬里爲別何別之哉雖然不能不愴恨儻見二相國當爲深陳江嶺安危之體焉料子必見潘庶子因登高把酒南望千峯白雲離披橫在山畔與我疇昔所見豈有異乎由是盍令人思北歸

送姜司户赴宣州序　前人

士莫不伸於知已屈於不知已頃姜生以調集不偶薄言東歸乃告辭於吏部徐公公素知其才惜其去竟不與之

別無何授宣城掾得不謂小伸於知己乎秋天晚晴碧色如掃橫度一鳥時時行雲益令姜生有懷吳會况還家有循陔之慶移一作趨府有牒辟之命哉僕與斯人曾未覿止其友人姜一作公正範與余善邀余序之範誠以我筆家流則不知姜意以爲如何也

送李燮宰新都序　前人

宗室後進有以學術辭藻著稱者燮也少好學通九流百家之言善屬文頗有大節去年制舉不捷無何以書歷抵二相國論安邊術由是召試西掖凡數十百人燮與莊若訥高郢同入高等何垂翅於制舉而奮翼於西掖哉盖道之柤伸命之通塞各有時也執政以燮大人在蜀故授新

都以榮之燮豈不欲高步臺省時時與朝廷群公談笑所以俯就遠縣盖爲大人屈耳秦雲滿天倏聚忽散與子分飛亦爾也古人別遠貴於贈言予昔爲什邡令盖鳴琴不下堂而理今領新都則異於彼焉盖以鹽井灰於焚爇之後畊庶瘡於刀箭之末樹立存育洪惟艱哉况奔衝填湊晝夜風雨誅求供應旬晦山岳其親庶務則宜戴星而出戴星而入焉其接賓客則宜一沐三起一飯三吐焉此朋友之望也如月照雪峯花飛錦江當有新詩時復寄來念之哉李生

秦中奉送前涪城賀拔明府歸蜀序　前人

吾嘗以忠孝禮義清慎此六者士君子立身從政之道而蕪之者稀涪城蕪之矣何以知之嘗糾余郡又宰吾邑每升其堂以觀其政况不以編户遇我而以國士待我情顧交深貫於金石自我不見于兹五年長安相逢如自天落而喜可知也公以時命未遇一作偶駕言于歸南山巖巖分我鄉之南北秦雲日暮類吾徒之聚散况公之仲兄季第與余爲忘年交涪水春風巴山秋月靡游不同又阻山陽之歡又此河梁之別二事交戰祇酒一作醉我心今紫微郎常公朝廷之詞伯而公之舊也君其請賦一詩以大誇西蜀父老矣

文苑英華卷第七百二十一

文苑英華卷第七百二十二　序二十四

餞送五

薦福寺後院送辛嶼尉洛郊序　任華

一昨渭北節度工部尚書臧公表薦辛嶼尉洛郊盖知嶼事親以孝聞與朋友以信聞於吏道以幹聞不然非所聞也秋七月將之官乃胥命於此寺後庭盖所以破臨岐之妄想銷操袂之煩惱也僧院少客蒼苔滿地終南曉晴洗然黛色日暮飲罷鍾聲傍出一作山贈言曰子之叔父以清白著稱歷踐臺省官至二千石子其刻己自厲無墜叔父之風　操袂操疑作摻下同韓集舉正云晉人草書參作枲

送李審秀才歸湖南序　前人

平西原之歲隴西李審自湘東來才甚清氣甚和節甚奇心甚高僕是以恨相知晚也秋九月又言歸於湘東衆君子出餞于北郭碧峯巉巉出於栢稍有如虎牙夾天而立加以白日欲落挂在巖半横照灘水月帶微明一作一帶微月一操袂于茲揮袂于茲恨無崐山片玉以相贈贈君桂林之一枝審再拜曰幸甚

重送李審却赴廣州序　前人

吁嗟乎蒼梧之片雲或隨風而東或隨□風而西片雲既如是孤客亦如是昨日李生言歸湘東今□日李生將赴南海

昨日今日豈有二李生乎亦猶前日蘇秦與今日蘇秦不殊耳所以然者何耶蓋乘流則進見幾而作明有志於四方非凝滯於一塗其中或有不得已之事亦不惟有也昔孔丘嘗爲東西南北之人張儀亦爲燕趙齊楚之客其已乎滄波遠天混秖暮色孤舟一去曷日而旋歸哉

送標和尚歸南岳便赴上都序　前人

南岳有大比丘其名曰道標性聰惠（一作惠通用）穎悟通於禪門精於律儀善於說法該於儒術是以禪師伯之律師仰之法師宗之儒流服之自登戒壇凡四十餘夏致弟子彌漫於江嶺間不下萬二千人不然安得前後連率新舊岳牧莫不嚮風稽首焉屬我中司隴西公方崇東流之法化

南越之俗是以惠然杖錫而公侍（一作得）之禮敬甚厚前隴西公曰維摩經不云乎法無往來常不住故金剛經不云乎應無所住而生其心每念雙林樹下將歸乎湘東郡又憶王舍城中嘗詣於漢北闕公難違其意悵然久之乃命幕中樂安任華爲之序序云彼上人者甚爲稀有方以般若爲舟而浮于洞庭以大乘爲車而游于京師皇帝深信釋氏必將延入內殿問以祕藏豈唯將相得歸依之地王侯發迴向之心而已乎王（疑）曰如吾言焉

送虔上人歸會稽覲省便遊天台山序　前人

國書所載名山如天台者鮮矣故老萊遊于斯應真遊于斯虔上人亦遊于斯老萊崇於孝者也應真崇於道者也二公之美上人兼而有焉上人緇侶之澄肇詞場之沈謝讀盡貝葉能了於空淨如蓮花不著於水不然安得衆君子禮敬若是焉言歸膝下則孝名爲戒將遊物外而朗詠長川豈徒蔭長松以隱身承瀑布以洗足是將探擷靈藥搜訪仙經歸獻北堂求同西母也鏡湖秋月當見色空稽山片雲能引詩興剡溪白鳥知爾無機雲門疎鍾訝君來暮豈不謂然邪今朝贈別桂林花洞庭白煙濕袈裟虔上人與君各在天一涯

送魏七秀才赴廣州序　前人

此邦詞客往來亦云多矣其有論詩則爲詩人對酒則爲酒徒如魏秀才元積者不可多得兄爾兄殿中侍御史萬

成吾友將爲遠別豈同他人江亭暮天勿辭一醉醉後鮮纜則月照滄海猿啼碧山其柰爾何

夏夜對雨餞李玕擢第還鄭州序　前人

今年東都秀才登第者凡十數人隴西李玕爲之稱首且宗伯方以拔淹滯愍勤舊爲務而玕則年甫二十餘豈張公意耶其如考舊文則上等試文策又上等欲以年少棄可乎不可也朝廷由是翕然謂張公之用心也周選才也當不膠柱於一途耳夏五月李玕將歸于鄭我中司李公惜明晨東郊之別成此夜西園之會桐葉滴其踈雨竹枝鳴其夕風夜酒既醉俾我小爲之序

崔中丞城南池送徐侍郎歸（集作還）京序　獨孤及

侍郎昔爲河南督郵河陽令其觧龜也東人思其遺美今出入夷險歷二十餘（集無此字）載而一來廳樹未老佐吏半在公位望章綬輝光城邑觀者榮之而東都主人亦以籩豆醆斝微會脩好之不暇凡萃止十有五日而去去之日主人歎瞻仰（集作之佇）莫及也故又釃酒于此池池上有雙彩艫與竹齋對布賓主位于罇之左右而蘭臺金閨建禮承明之英十有八人序列其次池外有關塞雙嶺遥作外户嵩高逶迤數峯當窻伊洛春樹若刺繡布錦仙桃火燃顧我則笑於是遊眺之不足則舉白以相勸而狂歌送之唱棹鳴根簫皷陳乎其間醉中疑三江五湖去人不遠謂千慮萬事無非妄作况少別可以輿愴乎但駰馬行塵明日將遠登而無賦謂罇酒何宜歌而詩之且以見追攀者之心也（集二字作志）

送成都成少尹赴蜀序　前人

歲次乙巳定襄郡王英又出鎮庸蜀謀亞尹僉曰左司郎成公可温良而文貞固能幹力足以叅大畧彌成庶務既條奏詔曰俞往公亦（集無亦字）朝受命而夕撰日卜十一月癸巳出車吉尚書諸曹郎四十有二人歎軒騎將遠故相與載籩豆醆斝封羊鱠魴脩飲餞于肅明觀以爲好飲中客有賦蜀道難者公曰士感遇則忘軀臣受命則忘家姑務忠信夷險一致患已不稱于位於行邁乎何有言訖抗手建節即路且以怭（集作紛）悅刀礪侍輕軒而西凡強學以脩業積行以取位赴知己不爲名適四方不違親卿大夫之孝也吾子其無忘可移之忠將咨度是務使岷峨其人昔慁不作天聽自民誰謂蜀遠別細故也豈蔕芥乎凡今會同非詩無以導居者之志

送吏部杜郎中兵部楊郎中入蜀序　前人

二公罷東西之（集無之字）曹草奏啓事之劇而叅軍西南時人或譏朝廷易其大難其細及以爲不然方今天子命將帥以守四方丞相秉鉞爲唐南仲擇佐命介宜先才者賢者事孰大焉彼採薇出車以遣役勞勤我則異於是受王命者不言勤赴知己者不愴離今日斗酒姑展交好遂以道吾子（集無子字）四方之志亦使蒲坐歌二公乎

送賀若員外巡按畢歸朝序　前人

今年春上以富人侯爲丞相百揆時叙九州賦錯方欲脩職貢之法崇底慎之典使六府修九序成尚書吏部郎中（集無中字）賀若公貞明直躬特達公器才足以懋功藏事政足以弘道救物故俾繡衣持斧巡撫江介分王命也公電發神機霜淬智刄其始至也問謠俗省疾苦命司書視年數之上下削邦縣之版圖實其衆寡以差井賦然後勞來安集宣皇恩而煦之饑者如得食寒者如得纊使苞茅之貢必叙而杼軸之詩不作冬十一月命群吏致事言旋于京師且將捧府檄於南陔侍版輿以西上禮也夫其由自家以刑國資事親以事君奉慈訓不廢陳力將君命不違色

養忠孝之大者兇姦宄已殄（集作以弭）干戈將戢朝廷方以律今章程責成三府然操六轡騄四駱周爰咨詢以成天下之務在是行乎翰飛方騁瞻望何及唯獻熟（集作酬）東閣弼成大猷使蒸人粒海水靜農夫高枕及亦預焉九拜首（集作執手）于路岐者請偕賦鴻鴈取之子于征劬勞于野爰及矜人哀此鰥寡以爲善頌

送常員外充副元帥判官之東都序　前人

太尉臨淮王之秉旄淮沂也天子命公爲介洎臨淮薨而相公（集作國）太原公繼授兵符盡護東夏諸將亦表公叅戎周軍事如初命故事官至左右掖垣不驅傳不就辟（十二字集作登掖垣者不驅傳居諫臣者不就辟）將使其能必易其秩故自左補闕爲

尚書郎元年仲春始以使節赴洛陽經大盜虔劉之餘頑民雖遷汙俗未返三軍之心注於帥帥（下帥字集作師非）之耳目屬於叅佐以公貞諒文敏能恤大事且成宣之後也故以部從事咨焉夫民殘則訛訛則流禁流莫若以德兵不戢則翫翫則暴禁暴莫若以信建信與德以爲幕中之畫繄吾子是冀將賀不暇別於何有我飲餞者姑以詩代路車乘馬

送潁州李使君赴任序　前人（見集本）

公之爲潁州也朝廷以不失人爲明潁人以得父母爲幸公獨以去色養爲戚故執事者難之其爲公謀者則曰受命忘家公也愛親讓祿私也君子不以私廢公不以孝棄忠況國家方親親賢賢而當潁人傒師長之日可以此時急聞禮而緩君命乎公曰諾然後明日朱兩轓而東竭力致身之誠於是乎全矣方當輯寧疲人襦而袴之宜其大王事而小行役豈徂暑之熱遠道之思與前期之難足攪胷臆賦詩勗別于以特贈

送澤州李使君兼侍御史充澤潞陳鄭節度副使赴本道序　前人

今歲皇帝擇可以守四方之臣分命大司徒凉公作藩汧（集作岐）陽平秩西夏凉公季弟曰抱真敬事好學仁勇忠信凡仁則不偷勇則不撓忠則能宣（集無宣字）力信則人任焉故天子器之方倚以胥附使宅高平綏厥有衆董次將之任

且以柱後惠文冠冠之詔下之日軍府胥悅蓋蕭何守關中舉宗詣軍而凉公荷方邵（英華有南字非）之寄亦以愛弟居東旅于行間忠之大者夫高平上黨之地趙魏燕代潞之咽喉太行恒山爲之襟帶公居有專城之任行有亞旅之職其畧足以固其封疆其惠足以柔其民人勗哉夫子進吾往也伯兮仲兮執兵之要謹身以肥家自家以刑國高平之政可以未行而窺矣彼瞻望佇立壯夫耻之非歌詩莫足以贈

送餘杭薛郡守入朝序　前人

有大道者遺小成之迹抱宏畧者非曲士所見公嘗以匪躬之故三入承明時議用舟檝期公者七載矣而猶建隼

河壖洗幘江島輿貝錦之歎詠跋胡之詩豈不以名至盛德至廣而厦材多節夷道若纇（英華作纇非）乎今天子受宣室之釐忽思賈誼以謗書之篋先示樂羊且搜玄珠俾諸册闕則巨鱗方縱未可料也雖欲抱黃老（作子非）之術與赤松子遊公器所歸難乎免於珪組矣夏五月弭棹雎溪脂車而西火雲成峯郊草如織誰謂秦遠跂予望之有以見升青（集作赤）霄捧白日在此行也謂攀四牡者各賦南山有臺之四章取樂只君子德音是茂以爲志（集有之爾二字）

送孫侍御赴鳳翔幕府序　前人

右扶風之地跨汧隴蜀扼秦西門帝命司徒爲方叔開府之日搜賢自貳於是孫侯以監察御史領司徒掾夫子卿

族也用文學纘緒而弟兄皆材伯曰宿以秋官郎辟丞相府仲曰絳拾遺君前及余爲寮夫子則以貞幹肅恪之能入主方書出佐戎政花萼灼於三臺時人榮之二月丙午乘傳詣部人謂扶風於是乎有三幸獲白額而南山有採藜藿者一幸也（先是司徒於南山擒賊帥高玉）今夫操兵者如虎而司徒仁而愛人二幸也其府君則賢其幕府多士而孫侯懿之以文德三幸也恪於德以臨事度於（集作其）義以從政力於忠以成績吾子勉之其蔑不濟矣士爲知己者用豈干榮乎請居者歌之持貺行邁

送王判官赴福州序　前人

松梓楩柟茂於深山不能逃匠石之顧賢士君子晦於言迹不能使人不已知其勢然也之子言忠信行篤敬以文雅麗則括而羽之而世皆觀顧我獨儉德吾固知長風六翮必有時而去及御史大夫李公之命介也辟書四下果以嗣宗爲首歲二月載驟四駱脂車而東閩中者左滇海右百越嶺外峭峻風俗剽悍歲比饑饉民方札瘥非威非懷莫可綏也議者其謂君臣戎幕以義佐師律以禮報國士以直道罷人以德使安危懸於指掌勝負决於談笑則咨謀之道弘矣豈椎髻殊俗覆車畏途足爲志士之怵惕哉凡我出祖者亦既借賦

送洪州李別駕還任序　前人

別駕者（集作以）嘗宰三縣佐四郡未始不以應直爲己任亦

未始以應直銜己名仕有餘力則寄傲於琴趣遠是以曲高意精是以聲全得於心而形於手故非外獎所及當其操絃如操政焉時人知其琴不知其政善而無伐光而不耀故也今也來思（集作斯）上台鮮楊鄉大夫士從之如不及時因觀操縵之妙可以見從政之道是行也吾子其懋脩乃德恪微爾位夫亦將抑與不暇求於何有繼楊（二字集作惟湯）郢音明旦將遠廬峯溢水大江間之風景可同而聽不可共由是衆君子賦詩以壯別且曰備折楊黃（集作皇）華之韻用杼他年之相思

送韋評事赴河南召幕畢還京序　前人

自唐蒙司馬相如開牂牁（漢書作牂牱）鑿零山於是西南夷君

長始受漢印及國家綬以大道振以長策滇越卭棘世亦皆爲外臣蠢兹六蠻獨抗王旅天子方將闢外戶掃絶漠故授相國衛公鉞俾出作方叔入爲吉甫且募如貔之介士將剪長蛇之速飛由是分命我廷尉評事常公實佐其任公以止戈諭之採薇歌之使政有典則人知義所故燕齊少年韓魏勁卒召募如景附赴敵如猋馳自春至于是月受命羽檄之下凡萬八千計然後頒賜筭級將朝于京師夫勤王集作事之謂忠周爰咨詢之謂智銜命而不忝集作潛非干素之謂信姑樹三德載馳六轡行當以杜下之書替幕中之畫是役也冥宜羽翰非瞻望所及矣請俱集作偕賦以知魏風

送宇文協律赴江西序　前人

復周正之年天子以潤州刺史張公林集作休爲豫章牧集作太守豫章之人既庶且富部從事縣大夫缺而不補先以徵協律於會稽時人皆賀豫章之得賢協律之遭遇君子則曰夫子刃有集作之餘地不曾切玉劃集作封小鮮而用其鉅無乃不可乎夫子曰不然蓋其不患秩卑而患已素飡不患國士之不我遇患遇之而不答苟有用我者吾其爲執射乎於是舉帆西陵是日于邁然後知大夫之感義而不私集作思其身也于越集作于或非長路江皋暮春沉吟秦山悽愴鏡水豈不知今日斗酒明旦不共頓懷安敗名無勇也怨別傷遠非丈夫也苟將申其道而成其務則萬里咫尺少別何有二三子其詠歌之以代雜珮

送常司直還福州序　前人

遠別非難行路難行路非難相逢難始者與吾子會于撫以吾一日長乎子子嘗敬弟兄之好而不吾先自雲擢兩散凡四悲秋而一會面亦既道舊別又繼之斯亦可以愴矣然君子患德之不建集作逮不患人之不我知吾子克愼厥身以荷先大夫之覆露責然將命爲邦司直被服文行而鐮礪之揚其家聲吾唯子之望豈行邁與聚散足貽志士之悄戚乎是別也秖以歌詠貺吾子而已

送廣陵許戶曹充召募判官赴淮南序　前人

冉驪不庭三年矣王師戒嚴將問罪荒服於是上將分職

愼選乃僚以許公有持斧舊名斷犀餘地故授以戎政俾發卒于東夫三河之人豪全齊之人武荊吳之人悍籍其餘勇可以盡敵信以致之緊公是賴然則諭王命敦師律度程以料民徵騎以濟衆歌事以遣役輯謀以定功在是行乎高天晚秋殺氣動地靡靡岐路悠悠旆旌送離如之何賦小戎以爲好

送六合林明府清白名聞上都赴選序　前人

今之爲邑者秖事趣辦而已矣之子獨以公廉不苛聞於朝廷夫公則能廉集作力廉則不苛集作苟不苛則無害六合之人飽是三德故家肥人讓而名隨之集有宜字其黜陟考績集作幽明之日首冠英華作守官非賢能之選也宜哉上方勤恤人隱

渴良吏如不及之子今間將與位偕行當見函洛春物迎馬首於千里之外勿謂無城衰草足悋遠別二三子何以持贈其歌詩乎

送陳留張二十七少府郎東都赴選序　前人

每歲孟冬集作春大冢宰懸象魏之法以官民材天下髦士於是乎雲屯詞峯角立智刃今子投袂而起將皷行乎其間以嚴樂之材力利商周之衆寡集無此十二字其於湛盧發硎批郤如玉繁弱在手捨掞則獲者吾惟子之望當知君子廣其業達其道則榮譽貴仕可得而捨區區秋風瑣瑣岐路又足爲志士之感哉十六字集作嫋嫋秋風悠悠遠道足爲志士之感哉雜珮可以申永懷罇酒可以慰別緒其贈言之分顧謂集作調座者志之

文苑英華卷第七百二十二

文苑英華卷第七百二十三　序二十五

餞送六

送蘭侍御史還序一首

送渭南劉少府執經赴東都省覲序　獨孤及

彼徇名者遭時多故乘地高勢罕不爭先著（集無著字）鞭而（集無而字）務飛速以誇當代獨吾子以文行裕蠱思不出其位奉籯金之所遺羞地芥而不拾其初筮仕（集作以筮）也典校秘書秘書之職修尉于渭南渭南無粃政歲二月以紛悅觿燧歸覲于洛白華之戀也和氣用事春物滿眼之子于征五綵其服想成皋花合穀洛水大是吾子拜嘉慶問清高之日歟夫克家而家肥策名而名彰居官而官辨孝之大者則貂蟬羔鴈在子外府姑務遠圖何嗟少別到洛陽為我寄聲謝鳴皋故山村離如之何詩以贈遠

奉送元城主簿兄赴任序　前人

往歲兄之尉鉅鹿（二字集作匡）德刑成禮義舉粃政杜紊綱緝人曰滋民如此其達（一作志）必大十四年春王正月再命于元城元城地雄人悍士壤賦錯處宋衛中山燕齊趙魏之都會三川輻湊四術轂擊兄方以德舉吏此大都（集作邦）則千里之迹兆於是矣彼徒勞者其鶱翥之濫觴乎歲物已春秦山草綠（集作日綠）亦既撰（集作選）吉駕言徂東豈不知棠棣之詩廢則和樂之詩（集作好）缺盍使伯氏仲氏偕詠歌之以贈行邁

送開封李少府勉自江南還赴京序　前人

世或謂邦有道穀或謂全於德者不以徇名降志彼於致命猶數數然執與李候兩忘而脗合之張其天機與道出處道長則陳力筮仕績成而退藏於密戰勝江海之上然後乘歸流而返舊京乃知夢雲麗天則切玉利器於夫子為鄧林之一葉耳而精微純粹豈中士所能得其門哉然當今堯親九族契敷五教材之美者工將度之子雖忘機機未忘子肅詎知泥蟠沙卧不為雲霄之鑿柄乎但蘭舟桂檝倏忽鳥逝朔風（集作方）秋草奈離憂何緣情者莫近於詩二三子盍詠歌以為贈

送弟偭之京序　前人

蒼龍居玄枵之歲與爾吹塤篪於長安靈臺之下當時爾方青衿余適紈袴各志小學相期大來其後爾以經術薦

遂觀藝乎（集作光於）上國余牢落兩河為病所繫星分雨散十有二載中間蹔携手一笑者及今二三年（五字集作及今而三）昨日遊寓今成疇昔此會綿邈空在（集作存）夢想豈不欲申橘柚之性詠和樂之什樂未終也別又繼之然君子脩誠則物應克己則名彰爾能珪璋特達甲胄忠信致逸足於千里吾有望焉方務遠圖何嗟少別到秦地有問吾事者為報江湖間心

送李白之曹南序　前人

曩子之入秦也上方覽子虛之賦喜相如同時由是朝諧公車夕揮宸翰一旦襆被金馬蹇累而行出入燕宋與白雲為伍然則適來時行也適去時止也彼碌碌者徒見三

河之遊倦百鑑之金盡乃議予於得失爵成之間曾不知才全者無爵成志全者無得失進與退於道德乎何有是日也出車桐門特之（集作將駕）于曹仙藥蒲囊道書盈篋異乎兆爲之辭越仲尼之去魯矣送子何所乎臺之隅短歌薄酒擊筑相和大丈夫各乘風波未始有極哀樂且不足累上士之心况小別乎請偕賦詩以見交態

送薛覅士業遊廬山序　前人

薛侯敦於詩固於學敏於行時然後言言而寡尤口不言禄禄亦不及識其真者也（集作以）爲未歎而薛侯居之澹如君子哉若人也方以城市鄙於丘壑倦遊不如嘉遯是月也拂纓上之塵西遊廬山山上有峯頂大林下有東林西

林化成（英華作城非）遺愛六寺慧遠道生二公昔嘗眷戀於斯焉履痕屐齒遍滿崖谷神期盻蠁恒若對面之子之往獲心契矣苟藏器於身時行則行大之將來隱顯一致彼安貞者其或有（集作爲）利涉之樞機乎趙補闕驊王侍御定張評事有略各以文爲貺記行邁之所以然余亦持片言用代蹂麻瑶華之贈

送張覅士申還舊居序　前人

海水不揚波久矣故昆蟲草木得遂本性夔蓋巢由（集作許）各安其節天鍾靜於子而博之以文洞（集作大）壑無底虛舟任觸世皆尚白獨守太玄顧流俗而不言退將脩乎初服吾於是見全人之操矣了（集作乃）知白雲上下蓋無心自出

黃鶴飛去當有時而來他年孤舟冀再會於五湖之口

送史覅士歸涂陽別業序　前人

初史侯至是（集作自）帝丘僕方釃酒於蔣氏之館揖讓堂下由東階升於是一酌而賓禮舉再酌而交態接三酌而威儀幡幡深衷畢見醉衷（集作中）投分客中忘形吾固知握手難常嘉會可惜其聚也言不浹日而意氣感其散也與未及盡而離憂至則臨觴徙倚孰能不以之黯然窮陰欲臘漳涂氷厚班馬連嘶歸雲無色非詩何以見離群者之志

送張徵君遊江南序　前人

初貞元二年進賢星明於是夫子與廣陵馬曾俱以玄纁辟焉一命而俯受服赤墀之下子守（集作其）節不奪歸耕南

陽議者稱焉之利用陋子之獨善及以爲不然君子之道舒之則雲蒸雨降以救大旱卷之則天倪道機不盈一握姑務忠信以安聖時則歌國風於畎畝是亦爲政有民人焉有社稷焉何必薄遊然後稱德至是夏六月以菰菜之興扁舟而東是行也與夫乘桴揚舲者不同日矣津樓望極（集作直望）江漢在目少別非志士所悲深衷豈短章能見桃源秋至僕當搴其仙實俟子於武陵之南溪

首夏于越亭奉餞常卿使君公赴婺州序　劉長卿

今年春王正月皇帝居紫宸正殿擇東南諸侯以我公爲少光禄自姑蘇行春於東陽愛人也頃公之在吳值攙搶

搆戾南紀斗牛（集作牛斗）波動滄海塵飛金陵公夷險一心忠勇增氣四面皆敵姑蘇獨靜卧甲霜天洗兵寒水竟使浙西士庶不見烟塵公之力也朝廷聞而多之以爲姑蘇之人已理東陽之人未化是邦（一作拜）也宜哉卿月既明仁風載清出入數藩從容九棘在虞秦而皆智豈滕薛而異名頌聲洋洋實此行矣于越便道金華前山梅花過時槐色獨（集作猶）在白雲芳草盡入詩興公實秉文律將（集作特）爲詞雄逶迤退公知八詠之有繼作矣

仲秋奉餞蕭郎中使君赴潤州序　前人

皇帝臨軒旰食憂濟在人擇良二千石與之共理民有疾苦得以安之吏有侵漁得以去之爲風化之本繫黎元之命不其難哉故內外關官自御大夫已下多責成元輔唯剖竹分符寄决在禁中又以政貴有成化難數易至於理行超異公論當徵但增秩賜金或移典大郡而已由是我蕭公建隼兹地化行五年漢庭群公方待以右（集作美）職而竟有南徐之命蓋天子憂遠人而緩徵拜也公才可以濟物德可以化人五行之用備四時之氣足不立法而去弊不示禁而止奸寒者有衣饑者有食百城萬井若百（集作衆）草之得陽春亦不知其所以然而然也詔書既至公乃向闕北拜腰章遂行南徐之人望公如歸此邦之人去公如失千騎照路出於東郊男女蒲野壺漿更奏泣涕以送（集作涕泣如雨）邀遮以畱或攀我車或維我舟臨風嗚咽慷慨高秋君子是（集無此字）謂有古人之遺愛矣凡工文者得無詩乎

送張都督赴嘉州序　于邵

伊人之平康由我以專達否則政弛人何賴焉在昔漢宣求懷至理思與二千石之良者共之貞深（一作竟探）其元以化天下非道熙陟降理際天地（一作人）則不可膺是高選尚書左僕射冀國公審才以底用論定而後請將欲更蘇息復整齊且如張公無出其右繄受授則爲潛但彼嘉陽之人所益多矣况學致廣大心自精微議道置法若示諸掌一舉雲翼三十爲郎分兵領部義然後取公以之才大時論用少以今之多艱乎謂用大則用之大用小則用之小在我而已抑無情焉良月撰吉輕舟既具長空青冥未有黃落緹騎百從載旌而前戈矛生風左右如武且犀灘古地熊羆外虞通波萬里并客攸攝其無以易者盍思無邪耶營寮爲心望此行矣大幕邀餞三軍勒較（一作斂）樂只君子如何可忘而後利涉信宿人歸父母其顏渥冊下令如春受敎賜知常謀始（疑）不浹年而國賦足軍實倍啓迪厥達爲諸侯雄

送王郎中赴蘄州序　前人

大君當宁之七載也日月會於降婁有詔尚書倉部郎中王公恭寬敏惠出典于蘄蘄之上有華車外賦有牙幢華領思與良二千石共理者朝廷乂之亦既俞往允兹僉屬曾未浹辰抗手言邁惜此別易合宴公堂期其出郊于以

送遠且觀坐彼一方困于無告誰爲禁暴聞公知歸邦非人則不寧政無從則奚措今所往者人安之哉公之下車會是爲念以公之素範不敢言利因公之善價無乃近名惟名之崇惟德是累將善救物繫公冀焉然後導達其和發萌以憲化行無二當借寇恂理平第一更徵黃霸他日之會賓寮有光悠悠旆旌灔灔春物想青林之漲水見黃石之平磯佳興未孤前期猶邈賦詩追餞者翰林之故事吾何間然

送李員外入朝序　前人

食租衣稅王者之常賦自至德改元之後兵連天下軍用仰給四方諸侯各有戎事將發內布外而王命急宣不咨

皇華無以專達前十數輩皆課登而旋今尚書戶部郎李公中朝駿選次董斯任以西蜀最大南賧多賈委之斯來于以藏事是以數年于茲卒多前功冀公憂國忘家一心同德方錫貢以納既度於常筭故泉穀之分必先此矣遠（疑作達）于上京然及方鎮遂能入者億計行者接武秦郊不關持此更賀冀公之勤其國本也如此李公之達於時用也如彼使乎誰務將膺對敭挾兩驂以戒途歌四牡而復命北驛開餞中軍宴私蘭院香風雜花潛送廣庭張樂妙音交作冀公以請召未許送君先鞭我心如馳不敢留止行後題巳赤管俯伏青蒲答天子休命當使臣之始賞者爾

送峽州劉使君忠州李使君序　前人

國有戎事今茲十年外姦內宄略無寧歲是以人之思理不敎而然者久矣夫非良二千石則無以光昭帝俞勤恤人隱自邑居蕩析牧守承弊中和頌聲斯道寢息今皇帝之臨御也嘗垂意於理道夫能官人則能安人爲官而擇人俾受夫賴尚書駕部郎中劉公司門員外郎李公分命之拜中朝駿選劉公之舉也以宣慈惠和李公之得也以溫良恭儉咸推大略仁而愛人文學政事家邦必達矧茲偏隅由我專制苟利於物其可易乎然後理兵期於知禁求瘼在乎不擾擇流愷悌汔可小康豈潁川之姦黨散落濟南之畏如大府而已壽星之會涼秋八月言辭北闕將

驚南轅借（疑作惜）王馬之不留合六官以追餞乃卜勝撰吉咸集于吏部郎元公之居室地遠朝市家藏水木納終峯於宇下道滲園於方外風廻景泛匪寒匪燠入室而芝蘭襲人趨庭而珠玉交輝琴言自清座右必誠夫然則行者可以慰遠道居者可以依翰林二公於是撫席而言曰西楚風殊東巴路迥高堂雲雨遇荆門而可見皇州冠蓋別瀟水以長懷多謝故人酬我以酒寵我之作群公何謂以不腆斯文遂冠于篇首惣南宮之賦者凡四十有六章次之爵里亦當使君之佳傳云

送賈中允之襄陽序　前人

孔宣父說儒者之行有自立焉有近人焉有交友焉研精

六藝較明舊史冠天人之際探得失之源非自立歟伏義而居立信爲實難得易失不謀苟合非近人歟終始之要膠固也患難之失身命也益者損者吾其擇焉非交友歟夫然則道之將行周流四海而無匱者庸可旣乎頃年隱廬山之霧去秋舉湘江之帆聞有道而來終有得而去所合必義所依必仁凡諸揖奉惜此言別累卜勝踐屢邀醉心雖雲蒸霧毒猶勝炎風而踈桐衰栁亦傍秋色時之所感事有攸會切於覲問而速是行者則尚書季父領鎮南之軍伐淮西之叛方除天地之害載戢干戈之威用重望繫人渴日爲父與尚書備相知之分憶昨執手于今三年負累遐荒莫由展禮南北不援我勞如何願即籍寀之勤

永奉通明之德

送太子僕馬公序　前人

嘗讀舊史氏見汲長孺之爲人與之並生其時則願從長者不敢避風雨况今之有人而捨勤乎太子僕馬公骨鯁端莊則如此而布和展惠信而好古煥乎其有文章則汲生之所不及明矣方將摶空直上高視廖廓秉尚父黃鉞登范睢青雲顧夫蒼生不爲負矣屬群盜未息四郊猶虞春闈無事冬日可愛故自南自北從諸侯遊如竹箭之有筠雖霰雪之奚改未可量也予固不敏奉以周旋幾合獻酬之禮且陪文酒之事青溪白雲引我歸思械械寒水颼颼冰岸道勝獨往高歌以行夫至人達觀物無不可出則耀金組入則狎輦蘿蓋與時消息在我舒卷群公悵別則如之何

送趙評事赴東都序　前人

大盜旣臧東郊遂啓前馳龜蒙左夾碣過數千里華戎反華彼阻戎之餘承夏禹之慶駿奔走滁怨思熏諸匪人因得請命連踵關下歸甚忘亡（一作志忘非）是以身田（一作身由非）筐之貢不待錫而至者已紛組（一作紛）於長府申命職方郎中滎陽鄭公達于伊洛以惣其事夫劇不可以專精故資於命介道且求於兼適必託乎至公大理評事天水趙侯當交辟之下膺至公之選罷戎西府受詔東周虛舟出不繫之外景鍾爲待叩之用故士君子隨之而不避風雨則

文行忠信不其末（一作美）歟鳳翔尹兼御史大夫高公勤於容禮迫此王命曾是公器與時共之追鋒告行惜別而已行軍司馬侍御史李公王帳居左金樽叙離群公當筵相顧不足白日陶暑青槐好陰牙幢宴如亦旣醉止左右歡甚詩人與全爭論逸價特以餉趙故拜命之辱輙冠于首篇

送譚正字之上都序　前人

皇上御寓之明年布和發號其在野無遺賢將以啓迪理本蓋古先哲王之前大者分命十使周流天下弓旌一舉澗陸其空戶部侍郎趙君故得譚子於瀟湘矣譚子受薦不拜趙君當薦不避朝廷官之不疑君子悦是三者之備

公也者而（一作其）至矣哉況恭懿明允文爲在禮發言有章
臨事不（一作無）惑可以入備顧問出咨典謨豈止祖述六藝
指歸舊史棲遲龍樓之下寂寞鉛槧之間哉僕孤奉盛明
黜佐藩徼不自意而邂逅相遇念一老而得之周旋嘗與
語（一作話）言爲我消息日月之會時惟季冬星廻于天歲且
更始聽傺（一作騌）蕭索長年所悲豈堪伊人告我以去方將
背九疑之積阻泛蒼梧以連海經界于分（疑）廣合于上都
謁崇明馳象魏講舊於知己從事於吾黨雲霄之外自此
而階遷客者何叙之而已

送劉協律序　前人

寺廣德年三掌注起居建中初擢修國史討論之際嘗覽
周朝作相奕世載德名列於紫微傳於青史者今協律劉
侯之先歟協律富有文采挺然秀拔懷長策以待時感知
己而爲用似續以才而不階門户求合以道而不憚風塵
士君子之行有足多也零桂雖秋涼風未至江山紆邈言
出東路帆席悠悠指途南海南海有國之重鎮北方之東
西中土之士㡿鯨連轂擊合會於其間者日千百焉況中
丞元公載緝斯人言愍其旅金節始按休聲洽聞求賢重
官方賀封往（疑）老夫病矣負累杜門幾煩相問挹我以禮
媿無風水之便且有登臨之別行矣自愛吾無間然

送紀奉禮之容州序　前人

紀氏之子曰文楚資於事毋敬以愛兼則百行可知博於
好古而功業著則文采可知丈夫於代能有是而無倦加
體道以自牧出入中外身無擇行爲不達者未之有也頃
屬世故家貧背胡越嶺執爨以養當車就安人皆知之用
是不乏所以長者繼轍來者升堂既榮於親又悅其子甚
大慶也夫時有通塞事有從宜親安道存適則爲可容州
經畧之府南據交阯北達蒼梧李郎中受委中朝聯典大
郡凡有化理悉爲世程紀子嚮風慕義不遠千里釋板輿
即輕舸晨飡夕膳不改舊物從一樂土之一樂土誰其間
焉郎中之愛子良鈞業擅家實官登王畿美秀而文芝蘭
可襲吾子一見足以滌塵慮慰客遊與諸子之得子亦何
以異也行矣自愛時興元大赦之仲春桂林遷客于邵之

別序云

送李校書歸江西序　前人

與子中外表也親之至也異姓莫先睽隔不面老而方合
可謂（一作爲）長歎息矣昌期遠會于零桂之間哉大火之交
南秋可畏其欻如蒸其華轉鮮昏霾而禽鳥欲絕曦赫而
薄鑠無措易練不足以禦流汗並燎不足以敵炎氛（一作氣）
予遷容也是甘其艱予薄遊也何在斯獘況依藉門户本
儒家之文行總貫陰陽乃王官之武備聰明精密道不苟
合真吾人之益者也以世多故始家廬陵悲鄉國之眇邈
想丘園以蕪沒覊旅南土復何言哉季子無金未下妻嫂
淮陰寓漂終取王侯無以風雨爲晦無以名位自薄乘時

體命其乃光乎亍屬湘東之命子有滏西之役非適之適我勞如何雲天茫茫行矣自愛

宴餞崔十二弟校書之容州序　前人

方伯盧公因牙門之清淨闢前館之爽塏乃命宿設具牢加籩言邀故人以寵行也清河崔子曰真源嘗典校石渠應諸侯之聘踐言勵行積學累藝一作仁而建中初天下文明懼乎遺逸黜陟十道君舉先在有詔集於京師將以更秩既而容管經畧處置使隴西李公從而請焉猗歟真源以受命㡳祿已利也以從人之求國務也身不可先於國祿不可急於求翻然迴車假道于桂盧公執疇昔之好惜今辰之別朝陽初升賓筵始合子夜云艾主賦未晞觴觶

交飛而取樂塤篪相協以奏雅盧公意未之盡將命以篇顧謂遷客曰罷論幾何日輟使復何日請子之叙我今夕于子離席而辭曰老者敗者僚者也一作末也憂能傷人思無可者公之所命其得人乎公曰得哉是敢操觚而進發言有素一以論我公之講舊一以樂李公之得賢風煙不殊南北鸎間顯允崔子勗哉令聞云

送藺舍人兼武州長史序　前人

舍人丈以元昆尹京之明月始為西府連辟將展驥足於廣西之地所以懲彼叛亂與人休息君子謂此舉也得於治理失於屈賢譬諸汙池而集鵷鳳矣然則國家多故亭障猶虞不為利遷可以道進所居則化我何在焉況瓌姿偉望約之以禮兄友弟悌必因子心無絲食之間遠仁知三州之與四海云爾勉此于邁怡然告別群鸎尚囀四月猶花長江一望翠巘如畫佳興蕭目局唯宦遊監察御史楊公特進兼鴻臚吳公慰相宴接情言不盡諸公陪歡各以義洽邵野人也實忝中表趨風自允渴日增勤俄然仳離如失羽翼郊坰之送惜也何言

送藺侍御史還序　前人

河龍疑之塞秋為邊防每歲徵師郡縣強家之子能控弦帶甲勇為人敵而應召焉行軍司馬侍御史藺公戒茲戎昭來閱軍實威用震罰而不及人爰興六月之師集我三邊之事況長源自清但挹朝海大厦已構尚勞持斧位寵

杜詩之選職由韓厥之寄忝彼玉帳鎮茲金方亦既勤矣由是正風俗恤人隱刑章無煩一作無頗頒賦惟允上行下效一作交心莫不盡大鴻臚吳公國之良二千石也必先中權之令載勤東道之禮金蘭用譽風味相合樂只君子會于公堂清絃發越洋洋乎盈耳一夕三醉主人曰未也若然者群公陪歡其有間乎秋八月鶗鴂始鳴衆芳皆歇我有歸思整轅而西晴川漸瀝日上旌旆寒野莽蒼風入節竿況肅殺以時羽騎方下元戎之師且有後命行軍欲久留得乎請言詩以寵餞薦周旋而不墜耳

文苑英華卷第七百二十三

文苑英華卷第七百二十四　序二十六

餞送七

春宵餞廬司馬丈歸澧陽序　于邵

丈人承門戶之資擢衣冠之秀司武湖上休有令問移家澧陽吾取道勝蓋內緣世故從所擇焉況端公丈二十年間王事靡盬開物致理洽聞朝廷辟公府而載峩峩鐵冠鎮方隅而寵授金鉞膺我重寄每懷離別豈不欲往職是忽戎六丈念切在原崎嶇過嶺亦既至止自冬徂春二龍齊驤䌫轡交映出恭入友論者榮之春二月巾車戒僕言旨歸路凡我同志猶惜別如此而況端公是日之心乎觀察判官鄭公初筵叙離方繼以夜願留候騎陪盡此歡舉白

而衆賓已酬未晞而主人猶請郤上負明聖來貳藩隅終沐蔭庥忝招座右覩今夕之樂想分岐之恨豈登山臨水而曰送乎

送前鳳翔楊司馬赴節度序　前人

御史大夫李公擁旌旄領鳳翔尹西控數州之地將戡定叛亂糾逖寮吏未及下車而思其人故司馬之才膺此駿選幕中之畫居然有待公頃佐是藩天蹕在雍戎馬鉅計注之有司大東小東無不仰給日承顧問休聲四聞人到于今或受其賜交辟之下得無光乎況宏畧泉深碩謀雲蓄材氣自逸禮容必循鴻鵠之舉煙霄可仰在此行也公之友兄銜命在館繡衣持照金王相鮮不由其門孰見庭

羡驥足方騁鴒原惜别河橋一分雲岫千里鳳凰潭上刀斗初傳寶鷄祠下旌旗不捲以言（疑衍）此送遠豈如贈言行前鶯花亂我心曲干旄羡得賢也二三子取而賦之

送王司議季友赴洪州序　前人

洪州之爲連率也舊矣自幽薊外姦加之以師旅十年之間爲巨防焉當閩越奥區扼江關重阻既完且富行者如歸逍徃之今大和會故朝廷重於鎮定咨爾宗枝勉移獨坐之權實專方面之寄七州奔走而承命一都風化以在我是以王司議得爲副車况加彼數賢爲之爲理何憂乎杼軸爲弊何畏乎寇戎不奔軼然則政由宇下風馳境上上下之交理道彰矣良辰歲首群公叙離蒼然霜林墜葉

爲聚别怨旣如此歲窮又如此此豈長年之所獨悲抑同人之所增歎邵史官也歲（一無此字）職在書法以中丞宣力王室以司議碩畫幕中子將書之行矣自念

送張中丞歸魏博序　前人

大河故瀆魏之奥境魏大名也今國家以連帥之重特命右僕射田公以鎮撫焉授方面之寄爲諸侯之倡職貢不侯於命錫朝奏必資於佐幕是以張侯有獻歲之會一之日天子勞勤于次二之日有司行賞以扶（疑）因題柱之舊榮加專席之新寵風生漢闕價重周行光照帝俞僉允時望且端揆有度材之鑒中司懷匪石之心温温恭人表以光大多矣恩逾三接詔復兩河何銅臺之地逕覽上京之

春盡栢署追餞粉闈惜别才兼二美識者榮之今寰海無虞人神叶道遵我王度樹之風聲有來雍雍信足樂之詩可以群興而群公賦之

送盧侍御赴佰州使幕序　前人

聖朝以上台清河王鴻勳茂績焯見群后得（一作俾）兼綰中樞將二十年南征北伐投艱排難則倍之矣是則國有恒岳以公配之而有土天有上將以公委之而分閫勤則至矣位亦極矣談者爲羡其誰間然故得高枕安邊苞茅述職出奬忠義入延秀異不遠數千里而得盧君君亦感激知己奔波從事雖立資於時實由昔用譽不家而食盡室以行峨鐵冠而利往陪玉帳以參畫何風雲會合而至是

乎初此行也鍾陵有連帥之府落帆江浦上謁告離府公以禀命則同奬王室脩好則不間遐方爰遵上公是厚賓介我以雜珮必先餼牽便蕃初筵禮無遠者玄冰仲月白鴈南飛大舟横江信宿千里且務從軍之樂不賦苦寒之行蓋時人義之者多矣僕江西旅人也趨風明庭同等見顧常忝座右之客不賤屏外之員送君此行抑有由也然安得容容擽（疑作摻）子之袪乎

送高侍御還鳳翔序　前人

高侍御文行忠信士林之秀者也御史大夫崔公大勳既集視人如理高選入幕實佐戎機至於是邦隱若敵國攬轡之後郡邑以清若然者艱難之時事鮮不及矣十一月

河氷始堅山葉皆盡胥此寒嶮届于漢陽且欣郊迎然後疆事昨又繼燭盡使君之歡今之枌蓰合舍人之宴入室而喜親狐白當杯而願假豸冠熒煌蠟花可以醉止請賛露晞之賦用慰臨岐之恨爾

宴餞嚴判官使還上都序　前人

馮翊嚴氏之子曰暮昭宣世業嗣續未廣能讀古訓雅爲新詩有叔度黄中之稱有季野四時之備故清風襲人人得披襟而前蓋所嚮者多矣去年冬鄭司勲奉服嶺之役以掄材官人將予爲介以體一而二事則於交廣乎何有今年春將復命奏庸公以便道歸定省尋水之下可歌白華龍駒生庭神仙作尉至是邦也而賀者盈門味道探牘

遂亦浹辰以王事期迫不敢怠遑是以元方不得將車而旋嚴尊猶切倚門之望有以然也與司勲有西掖之舊文行忠信君子人歟既與予同事又與予同術不追飛雲霄既將置之州牧盧公叙别於枌蓰郎中蕭公置酒于望旦皆飛白縱飲高歌結歡屬天降霖潦九泒會同雲帆際天行亦勤矣余羈紲未觧處墊溺之地與子言别夫復何耶群公推以舊老略其敗北俾冠篇首得不謂之牽歟常山公于邵序

送尹判官之江陵序　前人

文者人之華行者人之實不華無以見本匪實無以要終是以知在格物　物格則知至及夫至也何所不集焉尹十五官其集之矣故忠信寳於家貞幹珍於國前年度支扱平糴之法典斯南海今春轉運郎均輸之便導彼西江豈止度四方經費之用蓋在佐副相尹丞之秩先是太夫人在堂指途於涔陽原隰煌煌絜爾壽觴由此告輙孰不稱慶况高門傳綸誥之榮相宅主公台之兆光啓前列我有漗焉孟夏告朔雲陰四合風雨如晦江濤若崩南颷未廻好是行邁老夫沐普恩之宥（一作澤）承近地之遷鵠之首尾可以交歡言且既别私其則邪（一作别邪）

送鄭判官之廣州序　前人

今年夏日月會于鶉火公治分汴東之幕經度邦賦于桂之南議絶乎争烝人得以相慶秋九月荐加五府之命自

嶺之外一以咨之而中丞包公舉賢任能捐萬里勞思之煩委一都專達之計我州我㢊雖達德實難于取于求而受賜猶舊觀察使范陽盧公儈雲天之忽間惜姻好之遐阻置酒高會邈歡累日誰言醉止必待露晞然後維舟陽江宿設候館遊以舟楫（一作以遊以楫）欲别不能漲濤湧澐長空不分湞外徼以内賦詠蒼梧之白雲所以道與簡會壯遊心逸聚散之分抵（疑作我）勞如何况公風監恢達博聞明辨從事貞固守常直道奉緇衣之前慶秉扶搖之上激作人之表予所望焉昭昭令聞日賀光大矣

送崔判官赴容州序　前人

服嶺之外列巨防者五而容其一焉自中原多故邑居蕩

析始則有長吏苟完之命今年春有詔特命元公都督十二州諸軍事資其庶富而宣乎教化者也夫教之以循化之以仁俾其歸于王而不隔乎荒則書同文車同軌當南北萬數千里而還職馬不其遼哉傅陵崔公光膺副車之選秋八月傳次于壽春安豐縣之東亭前臨芍陂泖漫無際（一作天）雖淮海之內浸藪則多而勝景之中堪遊蓋少故邀留既別非此而何邵孤奉明恩負累炎徼邂逅相遇歡戚不同既而前多岐路行有先後日暮猶遠自有窮途之泣木華徵賦更切長年之悲其賦離之什則亞相崔公冠乎首矣群公其次第之

送房判官巡南海序　　前人

兩河稽誅爲日舊矣固是迷悖腥聞于天法將汙瀦罪爾無赦是用調發集于東郊瞻上將於五道興王師之十萬千金之費實資經度中之（一作之中）別有鹽府既傅之用不勤於人豈與夫漢武事邊窮兵蜀主以小謀大而較其損益哉則天下佑亂不得不除宇內稱兵不可不戢惣是任者惟我國楨兼御史中丞包公專其事佐衛倉曹房公分其巡公英姿秀發相門派慶以公忠爲己任以學行爲身文蹈和以全真脩睦以合義長途逸翮則未可涯冬十月桂林務要阜（一無此字）番禺利往輕楫既具高帆欲張煌煌元公作鎮南海在公爲外舅在國爲屏臣潘楊佳姻氷王相映式瞻之地其誰不懷桂管經畧觀察使范陽盧公惜雲雨爲別悵江山斐間置酒高會徵詩寵行南天不寒四氣爭暑黃柑未摘盧橘又（一作未）花請因衆芳以動佳興將我府公之厚意也

送盧判官之梧州鄭判官之昭州序　　前人

中前（一作朝）有蕭墻之變王宮不開夫蕃尚在我憂未弭都人共駭遠服多虞大唐恩汔可之安率土獲將來之祐詔下哀痛恩單動植天地更張乎範圍日月復次於黃道人既受賜其官爰議其能非其能則我命用褒奪其賜則彼曠何載授之（一作此）二者至于勤斯桂管都防禦經畧觀察使范陽盧公道千乘之國齊百蠻之化敬事而信視人如傷項者嶺外諸守除書中絕內無合契之符外闕分憂之

寄望吳隱而莫至希士燮以實難是用舉所知延幕客盧與鄭二郡有光凢官材定論物格知至今之抑與誰曰不然必能發準的於彀中化陋夷於度內上以奉知己下以拯黎元力行近仁於斯爲美何必秉鈞當軸方及於人哉桂林陽亭南越之勝雙旌啓路舉棹茲始諸公惜別宿設戒期雲岫座中煙花雨後愛時景之可共悵高帆之不留遷客于邵書其事

送楊兵曹太祝兄弟序　　前人

天寶中諺掌鉛槧領卿大夫門子出於龍樓以皷篋爲事是時與楊氏兄弟相見于今十年矣曾不以薄劣移意克全乎相知不出樓數年各以才進果行敏德依仁據義焜

煌而金王交映肅穆而風塵不雜入其門森森然是所謂難矣屬中原多故荆棘未剪竄身郊山復與合疇昔之好實獲我心今年春清羗白氏相率爲寇震我郡邑毒痛生人而楊公侍親日有憂色擇地以養告别遂行是以二王趙蕭四族偕徃懿親容友義切同舟並駕而逸足相追拔茅而彙征斯吉方將導黑水以合漢適樂土而中權豈止奔波雲山悵望岐路而已蓋隨之爲義也大矣巴防楚塞緩轡千里東出桐栢南拒荆州三江五湖可以利涉心斷印否薄送于郊非斯人之爲别吾誰爲賦矣

初冬餞崔司直赴京選集序　前人

大官大邑惟賢者主之臨安大邑也而崔公兼領浹年之

間與人致誦雖化更有命居之無何然與人休息行難爲繼矣屬太夫人在堂閨門之敬舊家於漢上張仲孝友行思杈輿諱公維私式歌弄印崩波私沂（一作松沂　疑作沿沂）重阻疊里亦既至止稱歡壽觴前彭州司馬公之元昆所遊有方嘉此良會皆才雋開物刃有餘地從士大夫遊必先曲禮北遊當山公（一作令）持刈楚之鍔信多士發長鳴之日也以二龍方騁未可量也國有衡鏡人歸品藻十月良月駕言彼前慶續兹高選雖欲勿用其若才何雖古人捧檄在此行也固同人惜離出餞于野遠山四合長空沉寥望青林而不盡看白日而將暮忝座右之末陪難孫之行不腆斯文俾專序别盖讓之不可遂冠于篇首

送康兵曹入蜀序　前人

與兵曹公敵惠於今三世矣然則子之大人某當侑隨之日雖中年隔别而榮問不輟（一作問）不虞康子來陟（疑作涉）吾境見父之執果於覲親可謂達也况風骨爽秀機會駿發約之以禮博我以文青雲之姿於是乎見矣以日迫諸（一作兕非）家君在蜀乘間赴覲麋違底寧曾未信宿駕言千邁以此道别無如之何副相嚴公惣統江劒東西郡邑盖以百數皆風靡波偃奔走乎大府威名之下誰不心注（一作注心）且鳥擇高梧人歸如水吾子之徃知有舊乎郊垌之南乎以送遠楊柳雖緑我意悲春喬梓有方君心是慶白華之美者故歌而送之幕中有行軍馬公判官張公書記崔公

高副時選相期郢匠執子之手幸謝故人

送蕭兵曹赴上都序　前人

蕭公顯名三蜀出入東西川垂二十年矣至於是邦必聞其政盖禮者德之幹利者義之和由之不失其道也噫夫克有其美而抑與之徒淹歲月未上霄漢俾其知已者懸而已雖多亦奚補於時議哉有以知君子不見而彰義然後取信吾寶也杜陵鄉曲千里而近楚王壇上瞻望仍遲鴈隨陽而昨夜初過木落山而寒霜始白今日何日江干送歸豈無樽酒可以罥餞國家開設會府綜覈九流衡懸而不欺輕重論定而必先遠大之子之徃求善價而沽諸孚愛惟允將美利而利物夫然則家之肥而國又肥也南

山之南日復羇齒時因便風無金玉爾音千里常生歧予何及

送孟司户赴山南序　前人

今之天府急賢爲事者多矣然則中丞張公賢而佐之公惣統巴微盖群邑百數皆夙興夜寐奔走乎梁州一方無虞千里坐嘯何寇盗之敢暴不潑清而彌肅所以賢與不肖有别而孟户曹應辟焉非夫學究精微德含光大貞幹克副于公望勤勞可著乎王家豈中丞之與能而幕府之英選能致如此閏四月告䡖指途出郊相餞昨夜殘雨朝煙稍霽黄鳥上下緑陰若浮此時送君微我無酒况東郊西郊鼓鞞猶作征軸之弊又急乎安人勉旃孟侯無以自

媚

送穆司法赴歙州序二首　前人

央曹掾穆侯理行歸于歙十月寒矣艱哉是行休於嘉陵之陽（一作隅）日與樵牧爲伍而吾子言涉江水至於室廬告䡖之期不遠千里然則取諸羽翮擊彼風水時之來也鳴可驚人而愛親之道敬養爲切安得擇仕而以三語爲屈哉東江歙門又足助與地氣初閉河風稍嚴青冥爲空黄落向盡感物論别者庶存乎歌詩

二

人謂穆子通於理者也哀然作掾縈問所致（一作歸）自（一作故字）隴之下清風可挹人能盡離邵真知勉矣頃以令弟仕于歙太夫人就養適乎遠雖迫王事心馳倚閭朝辭府庭夕次郊郭不俟高駕拂衣而南群公錫類詎敢留心各以壺酒埀楊好陰金秋始交火雲猶赫指日獻壽在原增光送君遂行千萬無盡

初夏陸萬年廳送奉化陸長官之任序　前人

予籍奉化君之猷甚矣今也何幸辱與萬年君遊而獲展禮焉公有入室之清行有顏門之奥學加之理要飾以藝文三十年中徇宰一邑是何奇偶之所不倫乎先是公由外署嘗攝行此職未拜真而復罷人到于今思之豈彼人之幸猶多而資公之政爲理不然奚十年之外復與此合耶况今年吏曹尤難其選天子申明乎詔令宰轄論定乎

官材天官卿孜孜於取捨膺此舉也授受者安易爲力哉拜恩前殿隨牒上道萬年君軫陟岡之歎愴異縣之遠叙離公堂言具旨酒二三親好獻酢有章既敬而兄又悦而弟上友下恭何其韡歟鶉尾之會火雲初飛前春花木是日仍茂感而惜分（一作令）於是爲切夫以卿士大夫之會未嘗不引詩人之興以宣其志萬年君所以進牘抽翰邀文屬辭蓋合斯義將用貺别云耳

送金壇常明府序　前人

將理大國若烹小鮮不敢撓之故也况子男之爲邑庸可撓乎方今兵薄四海師老十年釐人之耕桑窮人之術數勤以奉中國剪以賜諸軍軍興猶艱國議尚之非夫表微

物外洞鑒人間曷能除其灾害拯彼塗炭於戲天官氏得之於帝金壇矣公文以藻身行以厲俗道必爭于損益名可達於家邦醇粹居中而英華發外且三辟大府連衡者人皆奪容一登廷評獨行者我無愠色樂天知命君子攸難偶爾墮銓序之勞超然在甲科之列一（一作）豈無清切之地竟追親人之選飛鳧此去逸驥何施然則其崩角所不容悼心而無告者我實行矣爾何對焉鍾茅之閒化可見矣厚地始坼寒山盡空同雲不開積雪增沍楊溝追餞將亭愈邈心乎愛矣何日忘之今之送君感別而已

送河南王少府還任序　前人

王公秀出士林香傳國譽王立增映金聲自遠故弱冠之後代爲文人不四三年而交辟如契豈惟鴻鵠勢在千里自是鳳雛生而五色今大夫當弄印之貴積蒼生之望立程朝端舉正天下少府公晨昏之際戀深獨立爰自東洛達于上京且因王命得及私覲橋梓之慶實爲時榮然則赤縣多務不遑久畱素琴在御疋馬云邁清風齊景隨我佳興又足名也頃忝臺憲出于門闌遂使小子知名敢忘國士之遇心乎愛矣此別何言前郊一葉凉風已半金吹漸瀝淒然欲寒兵部員外郎王公以從父之仁敦北阮之好偎顧同舍謂余知音相期都門方以送遠才子東矣得無斯文

送陳畱李少府歸上都序　前人

天寶年中以公持刈楚之柄言采其華將板其俗蓋良馬逐逐在公之伯仲乎忝嘗齊衡汞以爲好迨茲二紀相逢蜀遊不虞斯來復與前合兄惣括六藝又擢一枝青春之年黃綬標映瑩若王立踏然鶴時長空無倪可以直上人之望也今諫議大夫崔公典國之貴介弟於公爲外舅焉以兄弟之子猶子也氷玉不間濇楊載睦始君之來拜乎姻婭由君之美加乎愛矣東林表郗公遠鑒南宮實夫子知賢光昭好逑能以德選自中形外論者休之實沉之會言旋上國蜀多名園載酒交餞雪氷杓下同雲始飛寒暄正中跋涉無苦寻亦羈齒久而越吟曷爲歸期十月良月方將尋鮑子之舊復田蘇之遊君君行此不勤（一作數）卬否尚書兵部郎趙公謀以既別尚書虞部李公作爲新題群公僉同各以位叙云

送家令祁丞序　前人

祁丞公表微造理之士也嘗精其思而深於詩譬其神而存乎象深於詩者得之於風雅存乎象者受之於丹青非奇峰絶壑則不能運其機非緣情體物則不能動其興機興之作爲達者多之去年八月閩越納貢而吾子實董斯役水陸萬里寒暄浹年三江五湖敻然復遊遠與爲別故人何情虞部郎中岑公贈詩一篇情言兼至當時之絶也几叙所以廣意既先見我又何載言（一作焉）送君都門舉手千萬

卷終

文苑英華卷第七百二十五　序二十七

餞送八

送趙旻歸江東序一首　送賈九歸鳴水序一首
送從叔南遊序一首　送從舅赴陽翟序一首
送楊倓南遊序一首　送庫狄縱入蜀序一首
送盛卿序一首
送通上人之南海便赴上都序一首
送銳上人遊羅浮山序一首
送朱秀才歸上都序一首
送陳秀才序一首　送冷秀才東歸序一首
送竇秀才序一首　送蔡秀才序一首

送朱拾遺序一首
陪江西李大夫東湖賦詩送宣武軍趙判官還使序一首　送帝處士適東陽序一首
送張明謙適越序一首　送謝舍人赴朝廷序一首
奉送泉州席使君赴任序一首
送李補闕歸少室養疾序一首
送耿拾遺歸朝廷序一首
送朱拾遺赴朝廷序一首

送趙旻歸江東序　于邵

四官擢天府一枝之秀，居十二年，而先其文章，用譽聲馳（一作惟）寰海內，行循（疑作脩）槩正，為人言，故王公卿士願見顔色，皆延以座右，挹以上樽，結平生之至驩，聽傳習之餘論，翕然而風靡矣。自隨牒吳楚，諸府交辟，有車轔轔，無一日而止。故驟遷於維荆，仍假治書，亦既達矣。今上觀兵鳳翔之歲，公以錫貢會于闕庭，舉朝延首，以望其拜，屬多難之際，蒼黃易誣，斬馬未聞於去佞，弘羊且偏於用法，是有流沙之譴，不及旬日，至于五原。犬戎合圍，我在堅壁，以功復為詞，曹外掾。雖雷雨作解，而風塵未厭，流離辛苦，又届乎漢陽，雲天路長，骨肉為念，將欲出三峽，浮二江，漸達於吳昌，接行鴈於舊地，問伯魚之他日，蓋生死骨肉之會，豈勝言哉。大寒之歲，衆木皆死，相彼松栢，雖復小凋，而貞心勁節不敗，柯易葉實，君子之大端也。恃此既別，不知其他。

送賈九歸鳴水序　前人

賈生深於義者也，又能保和天資，強學不倦，甘禦寇之執變，處原憲之非病，行於（一作遊）林泉，蓋數周矣。實沉之會，賁然來思，南郭之下，言尋舊好，顧州縣而不為，道屈齊得失而戒，茲福利實君子之大端也。知我者鮮，謂予知之，朝夕之驩，經時不去，式歌且賦，嘗至于夜分，不知天下之秋颯然而至，詠釆薇以獨往，始班荆而送別，南指蜀路，江山四蔽，苟吾道之可存，居鳴水而何陋，是為不侵不叛之地，得以長處約矣，乃知全謀央策，可以遠馭青溪白雲，時復助興，二三子豈知樂在其中乎？出郊之時，論別而已。

送從叔南遊序　前人

叔父乃相國東海公猶子之慶裔今少師郢國公外王父之介弟也生於台庭長於儒門脩先王之典禮操作者之文律斯亦叔父立身之道弘矣屬時艱難流離辛苦田園蕪沒族黨淪謝斯又叔父厚生之道窮矣三十年間爲東西人豈無常科亦有世路道之不由吾其與也得非恢達自是處之無悶耶况郢公和義以仁如存展敬居常館給不度以年因得造寢席問起居不敢墜睦親之禮久矣夫不羈之才若不繫之舟不然則何以泛其流而析其滯歟既而將登商顏尋綺季冀儲之顯晦進浮滄浪追漁父遁代之始終或經九疑或入五嶺探靈感廣異聞崇朝命駕來告于邁不憚者結遐方之離思所賀者從諸侯之勝遊敬奉觴以祖軷遂贈言於慎夏云

送從舅赴陽翟序　前人

昔者秦賦渭陽之詩蓋孟公子（三字一作君子）之出祖也綿歷千祀頌聲不泯幼失慈愛於斯爲苦未嘗不廢卷撫膺書紳自勉以爲罔極之報祭在如存之禮不其然歟自幽燕稱亂伊洛內覆爰我舅黨舉族東遷祏室無祀名園何在永懷展敬渴日無緣叔舅十年過江三命作吏慶垂必復休有令聞使車斯來輒不自意陽翟駿選天書寵光思同晝遊有日矣伯舅京劇先鳴扃由偕往小子江華罷守未離繫滯指途惜別卜勝初筵當獻歲之方春對上林之晴雪興酣景晏欲罷不能則叔舅之慈惠鍾於我也良可知矣

望鈞臺舊都返伊川故里出鄢郢長道控河淮要衝于焉馳名于以在我况清白以世業留遺貞幹以天資自許鴻鵠之舉雲霄可期慙無酷似拜命之辱叙離道念肅不喻乎司勳員外郎鄭（一作程）昌緯邵同等也實爲首唱其或繼之者則以多爲貴爾

送楊倓南遊序　前人

弘農楊倓世以文藝登甲乙科而倓克構前烈復脩儒行升高作賦正始言詩期于拾青今也被褐蓋未遇云爾桂林之遊我何憂哉在幕則副使韋公存乎舊判官韋公置乎客其外則韓萬州爲知舊則倓不孤客則倓有已知則倓可遊乎亦子之舊也見其來則撫之憂則樂之命諸子以同之其他則不如二三子之強大嘗所媿焉忽有餘與言將南邁尋桂江之遠近度疑山之險易適諸侯之管披三越之圖並蒼梧以右轉觀象地之發跡亦何謝泛五湖探禹穴而暢其孤憤哉扁舟一葉風濤千里於所適復何危乎吾當候子於壽星之會而復祗命所在念此無忽興元之元季夏之望河南于邵詞

送庫狄縱入蜀序　前人

夫以禮樂爲用檢身若不及者嘗聞其語矣今見庫狄子雅而有之况心氣爽練尤於妙理原憲非病黔婁自安沽之哉吾待價也漢陽之末人食如玉有妻子以宜家無饘粥以餬口余承艱否又不能救憂四月告余以行舉家杖

藜將赴于蜀蜀多奇士吾道其南風水之便宜未量一作嘗也瀧俗春晚梅花始發言送山路蕭然雨寒四郊多壘舉手千萬

送盛卿序　前人

老夫貧累炎方僻處南館東阻高岸西臨通衢衡門寂寥誰與爲晤數日之後而得比隣盛卿者聦道以閑處約以靜詩禮日訓柴荆晝闢嘗思急病之用載勤稽古之力每接以三餘時復一見來不飲酒去無可欲儒之敬愼有如此者春三月叩門告别且曰本剡中人也家於錢塘一入桂林一作嶺十周星矣漸走長安之道將尋吴會之事乘其波流聊以自適僕老者病者以憂以悒留之則難别又不

易子之不飲不可以斗酒歡一作勸我以窮途無得以束脩贈執手分手傷如之何雲雨一散江山萬里東西南北其有會乎遷客于邵贈言而已

送通上人之南海便赴上都序　前人

通公釋門之秀者也生本達節出脩梵行表之以威儀文之以外教始具戒于衡山之下瀟湘之間嘗以律人法雖可住而相不可住是以杖飛錫入五嶺將遠一作遐舉於羅浮尋跡於現靈爲矯其因而集乎緣遊其方而廣乎志洪惟通公之爲心也其至矣夫猶復歷天柱訪爐峯背淮淝即嵩潁翱翔乎中國以及乎上京上京聖君布政之所也公觀夫宮闕則曷若西方之諸天公接彼龍象則曷若西方之衆聖加以探密藏傳意味發揮象法啓迪來學在此行也扁舟而南溟漲茫茫要荒積阻動千萬里歲月不之計岐路不之悲曠哉釋子不可得而攀也

送鋭上人遊羅浮山序　前人

釋子一作氏之有出家猶儒門之務行道既得其道則思其通過去諸佛以故能聖則出證於無生歸於等觀安可俛乎有乘精於斯勤於斯乃至旋頂無苦剜身爲樂赴湯蹈火而不捨晝夜者是夫鋭公天縱明惠學究多聞誦詩三百而言思無邪閲部十二而心義自了寄文章爲語默任施捨爲行藏内脩爲法津外習爲秘苑子則不敏人皆仰之前年皆一作背自瀟湘登桂嶺大人君子延方丈之室與

論實相下士齊人奉次第之食爲説皆空習靜而外郛求安得朋而西山有寺青蓮宮裏日月背中雜法侶常遊而吾儕不聞嘗憶浮山是蓬萊一島浮來與羅峯合秀班房理臺一作室七十有二松閣王一作石樓千百其數麻姑舞鳳之地葛仙蟬蜕之所將欲導殊勝廣異聞鋭公此行天下莫二矣十月良月晴天愛景密葉彌茂繁花不寒群山壁立而合沓百巒長江海連而澎湃萬里搜奇索異可駐行舟懷哉勝遊不愧相送迨春之冰泮期我於荆峴之間乎

送朱秀才歸上都序　前人

嘗喜南中之遇墨客者甚矣今又得會稽朱因卿焉序而字之蓋美之爾況其學也博其文也精凡作爲篇章皆可

與詠處之於代則詩人之選也邵故東西南北願與脩好從可知矣始至之日贄見于我府公府公答之以客禮亦既館給終然宴私高枕延國士之風開門多長者之轍義非苟合道不虛行叩清徵而況我知音執禮容而許我先達歡與老夫接脣與亂（英華作消非）子遊風雨如晦孰云其已而（一作西）北走長安萬里帝王居治所也賢關啓鑰哲匠見焉鵬摶鳳翥造次於是彼美因卿在斯一舉餘勇可賈矧爾發中瀟湘悠悠鄢郢阻脩商峴衡疑白雲間之登山臨水楚人之重別也人涉卬否衛詩之歎異也雖欲勿歎得無歎乎

送陳秀才序　前人

秀才以我府公有元昆同官之舊邂逅不見于今三年故不遠數千里泝瀟湘踰零桂而循來上謁府公府公嘉是來也館有加籩之饒讌有承筐之禮上下交好州人悅之既而盈卷新文惠予佳句艤舟將往咨我緒言夫閉門循來者遷客之心也窮巷迂轍者達士之情也以達士之情也眷率遷客不腆之作雖處憂危得無承（一作詩）乎多謝之仁行矣自愛

送冷秀才東歸序　前人

昔忝御賦多與太學英達爲之游二十年間學者逃難石渠遂閉鼓篋無聞近三四年復與士合每歲以故事選實而流頌聲則江寧冷侯由此擢秀今之與比前或少雙是以中朝宗文當代秉義者蓋嚮風矣不復相鄙愚無間然得爲田蘇之遊不負金石之契亦既多矣吳會之地慈親倚門冷侯言歸心切攸往白雁初過清真轉高駕言東遊雲雨惜別邵亦是日理裝也始同末異愴此岐路冷侯深於詩也祕監韋公叙焉其爲歌詩以出餞皆漢廷顯達士林精妙各附爵里爲一時之榮邵何言哉既別而已

送竇秀才序　前人

曩歲忝西掖舍人與秀才世同官遊朝赴玉墀夕下金闕于今二十年矣今復左遷僻地羈旅信安不期東遊邂逅相遇而能倍（一作信）年下禮論舊加敬實高標雅裁爲邦家之光故懷袖椎文予得與詠長途逸足予將企望而殿中

侍御史范陽盧公聿來監州持我文柄辭簡書之畏嘗翰林主人來者飲德挹之不竭嘯歌攸同迨茲中冬將盡厚意不虞作別況予之與名輩者乎如何選（一作撰）舟告我行邁羅郭之下穀川可厲枯桑慽而不知有風暮天晚而且欲飛雪此時以長年其悲懷哉曷日相會哉

送蔡秀才序　前人

蔡氏之子曰虛舟以十月良月旅次於信安謂余老於文者展後進之禮清晨來思贈余舊文凡數十篇與之討論導以無倦蔡子乃盱衡而納焉夫如是則何患乎名不揚道不行春官卿復將示諸掌乎挑兮達兮亦以求日言飲之酒時無間焉客非滯者遊有常者言告言歸明日遂行

維江南地暖於景度短急張帆便風猶可及遠蔡子其將邁乎常山公于邵敘別

送朱拾遺序　顧況

楚天暮秋衰草多霜我送朱兄置酒寒塘他方有遺名之人語出世之事昔我（一作者成）大師居毗耶離方丈之室以虛空量納諸群有爲法而來難於酬對兄辯才者精於語默雪山有草可生醍醐上賢不自豊故貧也上智不任數故樂也言出以機在心爲咎故慎也和平發中金玉鏗鏘如秋水之溢塘殊不知長松倚空遠鶴孤唳如（一有朱字）兄也將刀畫水水中不斷以道親人人何有別何山不可以爲家何水不可以泛舟我送朱兄浮于亂流主明不在諫故（一有

諫字）臣在瀾漫之遊

陪江西李大夫東湖賦詩送宣武軍趙判官還使序　前人

相國大司徒統戎于汴汴之介者有長輿廣頴乘遽四方交驩諸侯以利君實我大夫待以加等問其所欲蓋相國於其君義疎而後有誠誠存而後有別此敬相國而及子其告復乃賦平字之什以寵之春秋之義凡君子之嘉一善接一士皆欲有所用必相其宜而比之昔代之阿鄄燕侵河上晏相之薦穰苴文能附衆武能威敵果却燕晉之師

送帘處士適東陽序　前人

珠玉在淵蘭在深林士不定方而處東陽佳地樓上隱侯之八詠溪中康樂之贈咎常生翱翔若復故都會子放逐相逢姑蔑之山所栽新詩婉而有意凢遊山水昔無卷軸復無幽人携手一何異飛鳥一翼行車隻輪眼界孤矣於（疑作放）言自譴以貺處士乎哉

送張鳴謙適越序　前人

晉司空十四代梁尚書左僕射纘武代孫曰鳴謙問行於我我對曰廼祖蹈道隱黄鵠山乃先敦德隱朝陽山今子洽聞繼脩先好是一門而三隱矣基仲之處也雲翔冥廓亦復何礙又將嫁于四方余常適越東至剡南登天姥天姥而西即東陽太末姑蔑之地盤桓乎弋陽其山霞錦其

水紺碧其鳥好音其草芳葩奪人眼睛猶未麗也仙人城在其上可以汰神可以建文可以棲子獨不見錯誅而囚樂乎感隙駟之末光事奎龜之脩齡觀萬化之始終道訓曰處其厚不處其薄丈夫之事子亦從此逝矣適人之適孰與自適其適乎

送謝舍人赴朝廷序　梁肅（見集本）

初公以文似相如得盛名於天下大曆再居獻納俄典書命時人謂公視三事大夫猶寸步耳爾來六七年同登掖垣者已迭操國柄而公方自廬陵守入副九卿帯大舉遲不其然歟前史稱漢文帝對賈生語至夜半且有不早見之歎矧公才爲國華識與道并當欽明文思之日繼宣室

前席之事必將敷陳至論超履右職使賢能者勸彼棘寺竹刑豈君子淹心之地乎亦既撰吉晉陵主人於夫子有中朝班列之舊是日惜歡會不足乃用觴豆宴酬以將其厚意意又不足則陳詩贈之屬而和者凡十有一人小子適受東觀之命從公後塵行有日矣存乎辭者祗以道詩人之意而已至於瞻望不及之思不敢自序云

奉送泉州席（集作石）使君赴任序　前人

使君至德初以一命領太原尉俄歷御史參丞相軍事所從之主則李侍中王黃門其人當時議者謂翰音上騰非決起所及展轉祿仕三十餘年乃以宰邑功次除晉安守其恬於名利如是體命者歟後時然乎傳稱士任重而道

遠惟先尚書文公茂德盛名光乎（集作于）前朝吾子淑慎其身荷伯父覆露銀章皁蓋秩二千石方將布王澤以牧閩人得不謂重且遠乎行當變餘善之俗使至齊魯然後祗承優命超處審闥（集作近藩）廼其盛也七月之吉火雲在天征車徂東瞻望不及所當慎者殘暑而已豈以遠道爲戒哉操札（一作慘袂）如之何序以道意

送李補闕歸少室養疾序　前人

昔司馬相如當漢六葉爲言語侍從之臣今天子用人文化成亦以君有相如之才擢居諫職且掌宸翰賦頌書奏槩然同風夫君子之道與命與時三者并則不期（集作斷）達而達不然則或鼓或罷或塞或通是以長卿屢去其官而君亦以疾退息各其時也君曩時忝夏圭（集作主）頌比干駁龍射虎其詞最盛如夏雲秋濤變化騰湧蔚乎當代學者誦之及夫朝夕論思上左所器異故乞身之表七上而後賜告有以見聖王之愛才也夫賢者境不靜則神不怡身不安則疾不去故夫子斃游江湖樂其靜也復還少室就其安也易傳稱養正則吉矧夫氣甚和志甚邁與愈瞻而才未（集作不）竭是行也方憩于雲林之中陶然自養以餌浩氣然後階（集作陛）浮雲翼疾風登紫垣步清漢當此時無妄之疾抑自去不暇安肯住於邁廬（集作肌膚）間哉始君未爲近臣時論有積薪之歎及其造退朝廷厚優賢之禮今也于歸君子賦考槃之詩此數者足以覯子之義不可以不序

焉爾

送耿拾遺歸朝廷序　前人

國家方偃武事行文道命有司修圖籍（集作三字條祕圖籍）且慮有闕文遺編逸詩墜禮分命史臣求之天下若汲冢墓陵山穴之徒必從而搜焉拾遺耿君於是乎擁輕軒奉明詔有江湖之役亦勉已事將復命闕下七月乙未改轅而西將朝夕論思左右帝扆用廣夫天祿石渠之籍託風求（集作於）吟咏情性之作當堯舜之聰明魏丙之謨猷以拾遺之才之美其翰飛遠邇不可度已衆君子盍將賀不暇彼吴秦離別於我何有作者之志小子承命而序之

送朱拾遺赴朝廷序　前人

上將以道莅天下先命大臣舉有道以備司諫故朱君長通有拾遺之拜時議以爲明天子在上百僚奉職於下化既成矣而猶廣獻納以通諷諭聖人之心其至矣初長通以比興之文名震翰林又以玄遠之致升聞天朝其静也聃滄海以遂志其動也披白雲以受詔吳中賢士大夫相賀不暇長通方移疾餌藥不出東山者三年或曰以君之才之識宜行而止宜語而默且君命召其可以久乎由是不俟駕亦不敢言病獻歲之吉涉江而西夫宴息以弘道由道以致遠位在乎忠道在乎辭蓋拾遺之志如此彼離別之難秦吳之遠前期之不易皆付之樽中可也又曷足置於心胷間群賢於是乎酒酣歌詩以代雜珮之贈

文苑英華卷第七百二十五

文苑英華卷第七百二十六　序二十八

餞送九

送竇拾遺赴朝廷序　梁肅

至哉聖人在穆清之中注意左右獻納之臣於是扶風竇

拾遺易直(四字集作遺直)由華陰令擢拜左拾遺詔下之日士大夫相見而喜曰遺直舉矣直道其行乎頃之會國家舉風力以變元氣闡文明以張四維上曰五諫寂寥七臣安在由是獻可彌遠者悚以奉職夫君亦朝服貫然時然後行七月初吉整車祀軷安定梁肅舉觴以祝曰夫有其道而不得其位得(集作有)其位而不得其時昔人所以爲歎也君以懿文當百寮師師之盛履王臣謇謇之位行見夫束帶彤墀之下高議明堂之側宣上德抒下情唯夫子(集作天下)是望彼吟味(集作咏)風騷優游平勃之事又曷足爲長者言耶非歌詩無以見惜別之志不可以不賦

送嵩拾遺歸嵩陽舊居序　前人

高人出於華族冠冕處乎山林於士儀見之矣在魏周際逍遙嵩公語默之間全清净之道閒餘二百載之子以純懿貞粹追烈祖之蹤一門清風獨光(集作映)今古可謂全美也已初士儀與孔君述睿同隱于嵩丘上嗣位舉逸民孔以諫議大夫徵且詔護太子乘輿還自漢中吾子方倘佯於松桂之下鶴板入谷拜左拾遺固辭獻納之任遂有江湖之適議者稱孔之兼善吾子之自得出處一轍消息同符然後知刻意而高待時而動者俱失其道理矣楊州刺史杜公蘊伊祁之望悦禽息之風士儀依仁游道幾歷寒暑既浩然有歸思乃忽乎以將行予嘗同召諫官同被儒服所不同者執李公之御與蹈潁陽之塵而已會脫韁鎖隨烟霞訪吾子於巉巖之側豈或碌碌久爲躁靜之異乎先書寄懷且以序衆君子考槃之什

奉送劉侍御赴上都序　前人

才全者必幾於道志正(英華作大非)者必安於時初劉君以文章游翰林深於文者以公幹越石爲比中歲有邁世志脫略纓弁住江湖間論者又比之阮始平陶元亮未幾詔掌柱下方書出參蜀漢軍事俄復自適其適道岷江浮湘潭歷敷淺源而東君子謂君涉履所至擬司馬子長遂留滯吳南以道自居其名益振其致愈遠向非才全志正又曷由光茂如是乎今軒堯在上伊傳作輔方舉賢能以熙衆職故劉君朝服貫然將如京師御史延陵包公祖而觴之

且曰易傳不云立誠以居業論語不云邦有道則智吾子居可大之業當則智之時是往也將賀不暇豈愴別乎二三子尚未醉盍各賦詩以代疎麻瑤華之贈中丞既歌詩首(集作首章)命和者用古意皆以一百字成之凡七篇

送周司直赴太原序　前人

今年春上以副丞相鮑公領太原尹假節主河東諸侯北門安閑夷夏是賴秋七月其部從事大理司直周頌自廣陵赴焉是宜後(集作復)命禮也初朝廷謂晉陽國家之豐沛天下勁兵所處(集作處也)故以推轂之任付鮑公公謂三軍經用仰淮湖之餽非仁智不足任也故以泛舟之役咨司直司直器略宏遠文敏忠信夫文則經遠(集作有經)敏則有功忠

信則厚事三務既成單車而還議者謂司直道將光大(集作大光)乎不然時之與才何其參會也夫躡摶風之便者其翼必大列構厦(集作構大厦)之重者其材必廣頃鮑公由尚書郎爲韓侯之佐三四年間董戎于藩穆如清風文武爲憲以司直之懿文碩畫翔集翰林之上陵厲(集作邁)之勢不可度巳非光大而何士有不俟嘗辱盛府之召之子于役我亦(集作心)載馳因賦思鴈門一章盖取夫欲往從之路遠莫致云爾

送前長水(集作安)裴少府歸海陵序　前人

秋風木落臨水一望而(集無而字)遠客之思多矣而裴侯復告予將歸故國傷懷贈別之詩於是乎作也夫道勝則遇物

而適文勝則緣情而美裴侯溫粹在中英華發外既乘興而至亦虛舟而還與夫泣窮途詠式微者不同日矣若悲秋送遠之際宋玉之所以流歎也況吾儕乎

送皇甫七赴廣州序　前人

予同郡皇甫生膺清氣和敏學而文嘗纂家範數千言自遠祖漢太尉晉玄晏先生以還門風世德煥燿篇録生聿修之志可觀矣予聞璵璠在璞與碔砆等耳及夫琢而成器則價重當世以吾子之質且琢之不已名者公器其可避乎鎮南杜公負佐世之才有盛名於天下門閭之賓唯吾子屬斯往也亦以赴知已而求善價吾儕贈之以詩蓋勉行而已豈以遠道爲戒乎唯酒可以破別愁衆君子不可以不醉焉爾

送張三十昆季西上序　前人

恒衛大陸之間土厚風淳世生儒人其大名大節之後著於天下唯張氏爲盛曩予得其叔季曰芃曰芑始冠章甫游翰林蓋相知矣而未深也間八九年又相遇於江淮間則叔也秀才登科已知名於代季也立誠居業爲後進之表加以簡直强毅恭寬信敏文史足用施(集作施)張不窮嚮吾所稱土風儒人蓋此也今年上求士於四方楊州牧扶風公嘗得叔爲門閭之賓因以充選議者謂扶風舉賢不避親叔得舉不以私則其才可知也季屬文以氣爲主以經爲師慕宗伯之賢從州黨之賦則其志可知也始大曆

末予應詔至京師時予伯氏以文德都絲綸之任博約之道於予最深絕絃之悲仰前修而未遠斷金之契於吾子而益厚別者(集作若)人所不免況予情乎凡道不合則信(集作)分不深言不盡則意不見序所以盡言而信道焉爾無金玉爾音焉

送鄭子華之東陽序　前人

鄭侯身甚否而意甚泰家愈貧而學愈富言政必及王言性必及道言文必及經而動不踰閑貞不絕俗年出三十其志未光抑有由哉夫風之行也則萬竅怒號時之止也不能動纖毫士不用則塊爾而已遇則雲蒸雨隨是牽於時而不由於巳鄭侯雖有洛陽(集作下)之才滄中之學其如

時止何傳曰美惡周必復吾子困于駹硊星幾周矣或者其將復乎予材薄體弱曩遇晉陵守獨孤公方執文柄爲當世(集作時)律度見視有終日不遠之歎公既問服予將絶絃袠門銜悲適覯吾子于即晉陵之出也一見而覩其禮再見而同其志志同而忘其言悲歎兩集而不知其止迺來蓋一紀矣詩人賦繁霜之月予滞于吳子游東陽當逆旅之次送乘桴之士命旨酒登高樓酣歌氣振人莫知者夫物不可以終聚必受之以散離會不紀何用文焉(集作爲)既而叙行且以見志

送靈沼上人遊壽陽序　前人

上人形就而心和行獨而志潔辱與僕游殆二十年矣初用文合晚以道交淡而文文而敬他人未有知也(集作未之知也)今年春予有幽憂之疾謁長桑氏于東南上人以無住爲樂將邁乎壽陽相待形骸之外相忘江湖之上比夫世間重事者不同日矣彼都人士高陽許生孟容開封鄭侯通誠皆於上人有忘言之契相(集作想)與夫二者道舊之暇必荷錫而遊問小山叢桂何在濠上鯈魚樂否予至東越亦訪支許故事歸而於虎丘之精廬先出後期以志少別云爾

送沙門鑒虛上人歸越序　前人

至人不在方實相無所住此沙門鑒虛所以順理而隨世也適遊皇都談天於重雲之殿今也于歸將休于沃州之上(集作山)泛然則(集無則字)無事獨與道俱遇物成不遷之論閑吟有定後之作可謂遠也矣曩予師來東(集作越)業天台之道追石門之游爾來巳十數年長松飛泉寢(集作寝)寐吟想送子于徃情如之何東南高僧有普門元浩予甚深之友也相遇之際幸說鄙夫擾擾俗狀且當澡灌心垢弃期於無何之鄉

送皇甫尊師歸吳興卞山序　前人

尊師以齊物爲師抱神爲事有年數矣外則質貌蒼古遺是非於耳目內則冲氣浩然卷虛無於稟籥常誦道德上下篇徃來吳中諸山如浮雲獨鶴自適其適吾陋且遁迹不暇又焉識其所以戊辰仲夏覯于山陰精舍于時方牧追右軍許邁之期下走(集有喜字)作壼丘禦寇之遇亦既合契於焉飽和百骸自理滓濁如洗先是師藏道書于卞山之下留止未幾忽乎將行不受一毫之施且輕千里之别有以見無待之情矣予欲脫形神於鞅絆蹈方外之逸軌有志未就心焉(集作馬)火馳命養空而游相從於赤水之上師乎師乎斯言不苟也夫

送常十六進士及第後東歸序　前人

盖都有司馬楊王遺風生嘗篺游西南覽其江山頗奮文辭歎蜀觧嘲四子講德之式及夫秀士升貢有司處之以上第時輦歸之以高名飄飄然有排大風摩青天之勢今歲後四月謝諸朋游輕騎東出且以五綵之服拜慶于(集作)

於庭闈榮哉孝乎是往也予嘗與生爲五湖之游矣今則繫在柱下不能奮飛送歸如何爲媿爲羡大雅云敬愼威儀以近有德蓋雖有雜珮不如此詩轂而爲好以志少別

安定梁肅序

送元錫赴舉序　前人

自三閭大夫作九歌於是有激楚之詞流於後世其音清越其氣淒厲吾友君貺者實能誦遺編吟逸韻所作詩歌楚風在焉初元之明年予與君貺兄洪俱忝淮南軍事屬河外塵起羽書御至每沉迷簿領之際一見夫人清陽則煩襟洗如也又常愛其人也澹然其靜也曠然其適也泛然其德集作無不與也且從賓薦之禮以赴揚名之期又見

其志也秋氣云暮蕪城草衰亭皐一望烽戍滿目邊馬數聲心驚不已感離別於茲日集作辰限鄉關於遠道孰曰有情而不歎息傷時臨岐者得無詩乎

送薛評事還晉州序　符載

十八年秋七月余自潯陽來赴丞相府與評事始相值初挹其風貌次聆其嘉話終覽其篇詠如遊三山入仙洞沉深窈窱稍造異境烟霞草樹別有姿狀使人澹然忘歸也夫詩之所主大者存諷刺備勸戒觀風俗之美惡細者聘江山采雲物導性情之幽滯評事公之什才思凝遠高韻孤枝躍出寥廓至于天池雲飛鶴去不可附近尚使名聲濩落晚歲不偶斯乃執文柄者之咎也薛生何有哉廣陵握手秋往汾晉湫湫長路肅辰氣清想君馬上見落葉聽候鴈一吟一嘯自有遐趣亦足以開遊子顏也千里之別勿復恨恨

送袁校書歸秘書省序　前人

國朝以進士擢第爲入官者千仞之梯以蘭臺校書爲黃綬者九品之英其有折桂枝坐芸閣非名聲衰落體命轗軻一作河外不十數歲公卿之府緩步而登之袁生富有春秋挺豪健之姿心氣剛明端行美文余始見於海昏抵湓浦西遊長安長安士大夫甚多之日者昌黎韓公尹京兆朗鑒之下應鄉賦浩浩千輩生爲甲冠繇是爲聞秀才焉天官侍郎以判銓調士生涉高級繇是授讐校之官焉於戲

人之生也患詞不脩誠不立苟進取行已者盡倂一作佇生也欲逃問望傲富貴其可得乎去年秋有休澣之請來覲于伯兄展禮于亞相棣萼增韡韡之盛賓主得厭厭之樂道光事備青春北歸柳出一作茁帝里蘭芳省署爾侶持觴吟弄風月一作烟藉藉當年爲樂如何走以嘉禮一來江夏相值於諸侯之館因得與群彥賦祖行詩實亦從此旋歸舊隱偶長松老鶴爲度時之適豈復以華髮爲肺一作肝腸之慮哉中朝珪組一作璋君子太半皆匡廬之舊間闊久矣爲余揖其休暢也

送崔副使歸洪州幕府序　前人

今四方諸侯裂王土荷天爵開蓮花之府者凡五十餘鎮

焉以禮義相推以賓佐相高長城巨防懸在一士苟人非髦彥延納失所雖地方千里財富百倍(一作萬)有識君子咸舉手而指之我主君常侍李君以南昌軍倅辟于崔君眞得賢也崔君名稅字公約天質方厚氣色淳重有端正之行業有操斷(一作切)之利用柔則水順剛乃山峙工文章善笑謔(一作談咲)言語飲酒可百觴交朋好與遊者如攀瓊枝坐瓊圃油然竟日而不知厭也始以貞幹調補義興尉參河南府軍事割而不細曠而能斷蹤跡清直風聲藹然是知動公卿之顧走群府之檄士林籍籍有自來矣十六年冬自洛陽抵襄州歷江夏將祗承本府之命大夫何公上才碩望作鎮茲地十四年矣急才愛士與飢渴等每賓客至

登膺門下陳榻者輒損折威重降就禮數歡愉周旋襟期洞開況與常侍交分重丘山疆埸連風烟見我從事蹔如會面不得不留連繾綣以道平生之意乎繇是窮勝賞酬(一作極)宴醵景無徒盡花不浪發江夏郡東有黃鶴山山中頭陁大雲精舍題師竹院惟一師茶園又有東城石壁壁前有桃李樹千株澤國多雨芳華久困適值寒食前後天野晴明衆花齊發火然雪白是日也或咍丸劒之跳躍鄙絲桐之嘈囋大夫乃減徒御挈琴酒相與屢遊乎其間遭石而坐觸陰而息雅杯徐行微微春風好鳥一聲爲我笙鏞徃復如此彌旬畢晝皆所以娟主人之志盡公約之歡也明發理棹黯然愁慕南浦悠悠別如之何於戲古人云

良辰美景賞心樂事四者難并今賓并之矣常恐後會追之不及恨恨正在於此耳公約得不思之乎得不念之乎展布才力好輔君子以成賓主之美乃所望也副相視事久困倦劇未能操觚抒思故小生敢於叙述冠于首章不知慙怍之無從也請咸賦春中一物爲道路之志

送盧端公歸巴陵兼徃江夏謁何大夫序　前人

己卯歲主君以清凈之理治洪州之三年也侍御史盧公自江夏展禮于我來之日至徃之日凡甲子四焉享勞祖軷憔然不足即客之重輕可知也將行主人賦五言詩一首韻諧金石光寵道路亦命酬和璨如編玉顧謂部從事符載序而導之云端公名泰卿(一作師)字成業有當世才幹塊

瑰磊落不縈苛細工爲文能讀三略六韜覩其發論指畫規模宏拔眞卓然之士也中歲轗軻竄逐江湖萍泛雲遊二十餘年常侍於公有松柏之心有管鮑之知故再遊長沙一至鍾陵相望益重相歡逾劇方翻驊騮之足簸鵰鶚之翮電發千里風生九霄豈止於賓其裝橐而已哉蓋通塞有時難與命言悠悠北歸悵望如何山有木工則度之常時而語矣況在其封域焉載知副相必起羸發困結攬賢傑延於參畫之地寧使涉洞庭波視木葉落歸守蓬戶飢餓且夕哉勉矣風水唯當痛飲醉高秋之別

送盧端公歸恒州序　前人

今天子纘嗣鴻業也雨露霶然沈濯八荒藩隅安謐文修

聘問是以侍御史盧君奉本府司空王公之命以乘馬玉
帛展禮于我焉夫使之來也擁萬里之傳結四隣之歡大
或議兵食細即道欵曲重輕之齊懸於俯仰非才人快士
之選即何以當之端公必而能斷壯而宏遠練時務之畫
負豪爽之聲始至也其氣直而肅其詞遜而婉其儀恭而
和折旋應對雅會機要我太尉公恱而延坐與語目爲雋
異顏色禮數橫加其間可謂賓之秀發者也繇是先太師
之意達賢司空之禮備聟襟之志也展賓主之好也深則
皇華之美盡在此矣亦何必誦詩三百然後爲得乎太尉
南康公作坤維之梁柱二十三年矣大勳大德播塞宇宙
藻籍今古逈無其曹明司空英姿粹氣授於天造忠厚義

烈繼芳前休異日也合德同心翊戴是思勤於王家康活
民庶小子見史臣載事之筆濡翰流離之不暇也實近爲
司空抃手而遥知端公俳佪此地久而彌暢太尉嚴館戒
吏厚餼具牢（作羊）米禾芻薪亦如之唯恐其超然道別也端
公感惜恩儀屢廻征駕自去歲之鑿水至今歲之流火方
遂其行焉蟬鳴嘒嘒涼飈欲動繚繞長路愁懷若何九月
十月之交想端公下太行抵常山停車騎拂霜雪嚴城旦
開弓戟如林復命于雙旌之下赫然有光也主君以尊重
之命下介引而敘之抽毫之際臨深履薄之不啻也咸賦
四韻以代雜珮之贈焉

送盧侍御史赴王令公幕序　前人

持俯仰全檢劑從容溫謹之地齷齪之士也跨時俗尚奇
儻抗志風雲之表從橫之才也監察御史范陽盧公神宇
聳峙襟靈爽拔脫苛細於塵垢得豪雋於意氣義分形於
造次才畫充於懷抱邁跡遐逸與人無倫年未弱冠爲鄴
陽尉目事必割閒無留刃勢掩曹輩快聲颷馳江西伯常
侍鮑公祭酒李公寵以賓介之目授以叢劇之務政或闕
漏我能補焉無幾何馳車遠遊北至恒冀聞以利計于司
徒王公司徒器之開深沉之懷垂沛然之愛歡則膠固義
存諷諭故能不四五年始自黃綬歷廷評司直冠惠文冠
御史雖取恩知已實自躡青雲之梯也况年纔黑髮采色
照地奮于名跡其心嶷嶷則氣高五白之傳室有千金之

數直大夫豪達之事豈足累臨目（一作日）之祖耶一昨扁舟
南行次廬陵郡下適值侍御將歸華幕幸接便道爲共濟
之遊話酬意密（一作察）備取賢主君之盛業歎喜失次若無
所從因輒以狂替私自忖度以爲人生於世其公者樹勳
烈銘鼎彝休聲巍巍垂之無窮其私者富貴壽考而已矣
今令公功德格皇天忠義貫古人地方數千里甲兵十餘
萬身爲上公壽方無疆英英三子般如川瀆尚書以寬厚
保師旅大夫以沉毅威暴亂都尉以才智承恩澤一門雄
雄洪業所鍾生人之美盡於斯（一作北）矣成天下之務者時
也射萬世之利者勢也若當此時抗雙旌驅四牡星馳卅
陛對敭休命彼燕趙東平之諸侯耻不若也皆執玉帛爭

脩覲禮使純誠動鬼神之感光耀增日月之輝君臣之道穆穆皇皇則史冊之美又盡於此矣夫何犬戎之瑣細而敢爲大國之患難紓令公之思慮哉侍御犀額鸞頷骨狀甚貴懸知是行也必能露冊懇騁飛辨大陳明義以酬國恩士一作山中異日偶承來問聞侍御褰衣結綬從公于北闕之下明天子以卿大夫印綬加之不可得而讓也窮秋葉脫厲號霜勁矣行道開襟下帆鍾陵衆君子珪璋儒士英華照爛羨侍御之所從也樂請杼詩什以貺之載懦夫也酬賜鉞二字所謂以附于叙末

文苑英華卷第七百二十六

文苑英華卷第七百二十七　序二十九

餞送十

夏日盧大夫席送敬侍御之南海序　符載

今天下司王職之官官立帥帥立屬制置滋乆繁冗日甚二年春皇帝以易簡之道大黜冗吏詔近臣冠惠文冠者四人分行郡國以權之所至之邦刀布粟帛有廢供給辦二千六百石得自考課殿最以聞朝廷重其寄能其人以監察御史敬公清明上才克荷斯任故自黔中距于南海盡得而董之夏四月辛巳至于江夏六月丁酉馳于嶺嶠

鄂管運帥御史大夫盧公闢以高館羅以籩豆搜文以餞之禮也先是侍御之至風威儀稜江湖颷馳如霜氣肅物莫不震惕我大夫政有和裕賦無逋曠饔夕飧朝問候君子有以見天王之臣行者以威重居者以恪敬也且國家尚兵已來百萬軍食仰給黎庶者數年矣至於靡弊等劘矣今群寇底定生人始泰如飢腸凍骨易施饘褐是行也軌大中翕皇風決滯究察賢良使海隅蒼生沐浴汪濊者正在於是豈獨責稽逋之賦乎小子濫以儒列廁末座大夫欲卑賤者得申其志至很而命之載久栖山林詞樸意拙跪受簡牘伏用靦汗然各請賦五言一章頌皇皇之盛也

鍾陵夏中送裴判官歸浙西序　前人

樹生人之求籠天下之利塩鐵而已矣非剸犀切玉之器操劃利病之權務通泉貨上充天府下活人命則不得而居之國家委中丞李公以王賦之柄輕重之權實才授也去年春三月至于秋八月不雨關中飢饉職司憂焉以豫章江夏長沙諸郡地產瓌材且憑江湖將刳木爲舟以漕國儲乃命河東裴從事承檄擁傳與三諸侯圖之從事名滉字瀾之風緒高華中和而深敬恭文敏羽翼吏道始以幹局爲萬年尉中歲遠竄乎南徼會恩澤下降李公聆其才而辟之方今藩維大臣奉法謹文所至之邦朝令夕供加以瀾之禮以持外誠以發內温温多可中無疵吝故方帥地主瞻其顔色聽其謦欬略去形體相與懽愉醆斝之下闇然事緝斯所謂賢士哉君人也與夫用威造勢者豈同年而語耶耿耿千帆從風飛揚復命主人賓亦有光或者云勤不報屈不伸余不信矣况我公於公揖珪璋之望於私敦中外之愛感歎流落慨然盈懷即异日調和鼎鉶掄材取士得不與中丞同力合謀也水國方夏白波無邊檣烏一動吟嘯千里主公知非文什無以紓一作綴離志奉送將歸偎令首敘腆焉如歎但欲言鼓韶濩者之唱調耳一作但欲爲鼓唱韶濩者之調耳

潯陽歲暮送徐十九景威遊潞府序　前人

道舊者同志之至歡乎送遠者有情之至悲乎二者激人中腸我獨何謂鍾此懷抱始余與徐君識面余獨一言道合遂相顧攬載即亟往候太傅夫人起居他年余及楊郎中偕詣梓潼依李太傅生亦相從其於講道藝攻闕漏時上下郪中諸山賦詩舉酒吟嘯風月每至忘形骸也爾後鳥飛雲散南北四去邈邈悠悠凡十餘年一昨余被命召爲江西從事生乃枉道顧訪病劣不任罷歸潯陽生亦策馬相隨余有茅居一作屋在郡南西嶺下前有芙蕖菱芡後有高梧大竹家貧無他具日爲徐君舂黃粱爚園蔬鰋鱺數器相顧下筯頽然簷下快然偃仰至宵夜即燎薪火觴白酒引滿之際更語曩事襟期浩然如太古時人間萬累無非糟粃斯一何爲樂之甚也徐君僑寓成都日久常欲

扶持尊老歸家洛陽寒氣綿薄不與意會有澤潞從事尚書郎郄君士美生之姑之子也長材端操敦好中外將自玆始裂裳而從之開顏未執（執熟通用）執袂相送歲暮風雪獨遊萬里會面寄書杳杳何期又一何愁慕之深也徐君方厚有志氣履行醇固善為文匿華用晦叩之乃應加以身長七尺聲如笙（一作含）簧能飲酒斗餘談語聘睞自有標韻所至之地方伯牧守洎賢士大夫莫不為予前席倒屣即士道其幾乎喪矣兄山東望雄諸侯賢明舉才携雋樹勳當世豫章之榦寧逊於班輸之目乎厚自珍重無患知己崔君行先齊君照（一作熈）予之舊友也郄君士美盧君項予得之友人蕭易簡也此數君子皆以宏才賓畫幕中寒暑推謝為余問其無恙否耶復以是便代雙鯉

荊州與楊衢說舊因送遊南越序　前人

載弱年與北海王簡言隴西李元象洎中師高明會合于蜀四人相依然約為友遂同詣青城山斬刈蓁蒿手樹屋宇俱務佐王之學初載未知書其所覽誦章句而已中師發明大體擊去疵雜誘我於疏通廣博之地示我於精淳玄頣之際偲偲之道實有力焉無幾何共欲張聞見之路方乘扁舟沿三峽造潯陽廬山復營蓬居遂我遁棲二三子以道德相播以林壑相高精綜六籍翱翔百氏繇是聲譽（一作稱）殷（上聲）然為江湖聞人居五六年載出廬岳歸蜀問起居中師愛惜離思振衣相送泝九江歷楚抵梯歸而旋執袪之際互修前志已已歲自成都至中師自長安僑寓荊州羈旅相依各被婚娶困于柴水去歲迄今山問莽蓁王李二生相次殞零草堂無主雲林索寞鄉風長想不知溯之橫墜也噫青城匡廬岑崟際天下有煙霞上有神仙緬懷曩昔逍遙其下背負素琴手持道書掬泉掃石吟嘯終晝（一有之字）是時年少無事費傲光景造適則止不知其他孰謂倏忽與中師啓頌襟期晦明一十二年于玆矣辭山林墮塵滓五變星霜矣歲月馳于外憂喜攻于内動非濟當世之務靜不庇環堵之室泥塗碌碌視日旦暮末言念此厚用慙穢思欲攀石門之松桂宿靈溪之煙月可再得乎然跼蹐者多繫乎出處知幾者不滯于進取前年冬中

師聊整文思起嘗於禮闈問飛聲騰陵諫動公卿當（疑作常）伯輸教俯授高第雖不當素尚亦天路之鴻漸也世之繇此而進者必聯振六翮聿求昇翥苟有便捷（一作振）躍登青冥十六七矣中師旅食淹恤内顧勤窶策馬南向慰其室家未幾而橐金中罄庖煙屢絕乘時蒸鑠將遊炎方又何其濩落也相國齊公挺鸞皇之儀欝經綸之蓴新荷天寵鎮安越服執事行業明白且曰親舊或將倚假道之禮不為丁寧結約束以自輔乎重慎舟檝無畏遠道議者云五嶺風候加飡飯日舉醇酒數觴可以佐助正氣生其志之

宣城送黎山人歸滁上瑯琊山居序　前人

有沃田有良耜土膏脈發凌春而耕之播種稑之種極耘

耨之力其或七年旱九年水穫不登於秉庾者此天時也非爲農之不精也用聰明端思慮古先典籍鑽研而求之以道德爲冕弁以仁義爲組綬其名不光其位不及身尚嬰於貧賤者此人時也非爲學之不至也山人誦堯舜之言服堯舜之行四十年矣鬢毛班白龍鍾布褐得不曰命之水旱歟山人名復氣清骨植凡態不入揖讓應對甚有素士之風探賾以知章居易以安貧立誠以守晦服勤以樹善始結茅於滁上有瑯琊山清泉白石羅在戶牖耕漁之暇時時開素卷飲濁醪以雲霞爲賓友以林籟爲簫管頹然竟歲不知其他頃有好事者日抵其廬舍莫不叢口一意頌我中丞崔君之賢明山人聞風褰足於蓬戶齋心

於宣城手持短書候謁鈴閣中丞厚德如山愛敬士大夫降千乘之嚴貴納縫掖之顛頓相與談話惠其氣色枯株旱草霢霂膏雨嗟夫古人云國士遇我正在此耳何必他感然後捐軀乎況復與其文藝之優贍慨其羽毛之頹弱將欲借搏扶之力鴻漸之勢拔自泥滓化窮爲通黎君心腸得不快然哉中丞下車日久政成俗阜倉廩實禮義立府中清淨白晝無事遂卄心於賓客焉朱軒洞開四壁風涼彈絃清歌絡繹行觴簪裾荷蕙陶然一醉居無何山人有歸歟之興中丞乃抽妙思動高韻以大雅之什貺之文人幕客聯和瓊璧組繡郤夫知到山之日徠鶴顧迎視有喜色也嗚呼（一作戲）幽蘭生於大澤香薰芬馥過時不採摧

於蓬蒿矣黎君隱於滁上蘊才蓄力是行不偶老於風塵矣去矣自愛謹候休問載早客也才識短陋猥以敘述冠于群什如勵泰山之上兢惶惴恐之不暇也敢爲首乎

奉送良郢上人遊羅浮山序　前人

良郢法師多聞強學風表端凈拔乎出萃者也始童子剃落轉持麈尾講仁王經白黑讚歎生希有想既進具酷自砥礪加之以聰明迅發至於修多羅毗尼達磨書雜如是若干種法上人悉知解以佛門言之文學則游夏也以法將則韓彭也異日必能破魔軍闡玄風當來像教不墜於地矣甲申歲夏六月中丞楊公下車長沙之三年也余自故山扁舟一葉主人舍我于東館師荷簦振策惠然相顧

始見其青蓮眼目水田衣裳其心則懽如也次聞縱論雲湧波委甚嚴如也居累日報余以羅浮之行雲心不定稍欲引去噫沙門釋子棄捐萬慮携三衣鉢乞食自給晦宿聚落朝行亂山心冥境界何樂如此悲夫塵勞之士校名利溺愛縛區區于尋尺之内寧復拱懷於方外之游哉常聞說者云有蓬萊一島浮至與羅山合并因命曰羅浮風煙草樹木有異態余未嘗踐履其心技癢師到日爲我般勤手疏寄北來擅越也

奉送裴二十一兄閣老中丞赴黔中序　權德輿

裴兄居諫大夫五年休問籍甚其於匪躬擬古切劘獻替掖垣衆君子徒見其拜章伏閣而莫知其所以言者然則

發舒純誠弘大聰明以貢於穆清者可勝道耶每漢廷大僚與六官二職之缺群情屬目俟其授受久矣壬子詔書有黔巫長帥之拜秩於清憲褒以命服周行諸公以爲一方之宰且惜其去而未喻也及夫別殿前席沃心交感重藩符之所付慮安集之不稱凡所以輟近臣惠遠人之旨纖悉備厚上許周月之代兄求三歲之理又以見首公急病而忘其勤遠淹卹然後諸公知惜別爲細而感恩爲大在此行矣自牂牁見後漢志唐文多用此二字亦或從牛前漢及他書或以爲柯皆船杙也集韻通用通道夜即置吏以示綏懷以安剽輕失其理則蕭然愁擾得其和則驩然感悅方略招徠繫於官師以兄之慈惠直信粹清蕉白爲仁由已不改其度使大化淳流在明誠

洞開推人情以賦政便習俗而不擾彼四封集作境之内如熱得集作待濯如水走下史臣操簡以傳循吏使者急宣以將徵命雖欲復三歲之言其可得乎未間則褰赤帷飲醇酒晏晏言笑中無町畦雖欝蒸霧雨之候無自而入矣大丈夫被薦紳彯華纓弘宣職業無有遠邇則嚮之玉堂清禁論思侍從與今之龍節前導金龜映組皆所以事君也豈有中外之異耶祖軷酹醉宣言相勉在加飡寓書而已至若山川風物與騷離瞻望之歎皆備於詩人所賦故不拜書集作茲不書

送安南裴中丞序　前人

士君子循道致用感恩宣力則萬里如咫步集作尺溟波循康莊況金印照路熊車伏軾集作伏能戴軾提封甚闊命賜甚厚此裴侯所以忻笑就道視交州如衞輗之前則天時之瘴熱地里之回遠皆細故也初裴侯夷退燕息未嘗角逐於有司且曰不試則已豈能自售其後累以惠文法冠爲戎輅上介甫登中臺旋鎮南服蓋純鋼百汰不得自閑於匣中明矣今天子惠茲元元邁唐虞之風鄙夫司言九年玷忝清途集作近顧不能裁成謨訓著一代典法耗竭蚩鄙爲明時羞思得上分憂歎下布條職使四封之内列郡和洽斯亦大丈夫之事也因君是行聊復起予追思往歲携手相樂與蘭陵蕭元植范陽盧載初官遊出處多在江介索然物故何可勝言又想夫楊栁古灣秣陵仁祠寒夜促膝

歡言舉酒晦明飈馳忽二十年各乘風波時一會合今日出祖話別在加飡自愛而已至若馬文淵集作泉之功略士威彥三國志士燮字威彥爲交阯太守英華作王彥威非之教化膘集作慓俗裔人納諸掌握明珠文犀視同涕唾皆裴侯彀中所畜也不復煩言

奉送黔中元中丞赴本道序　前人

中丞頃持邦憲靈襟集作臺坦蕩中立不倚公輔之望懸於人心者久矣大方夷道且無町畦持刀筆者忮害爲繳故前年有餘杭之命左遷也大君端拱穆清深恤人隱慮遠黎之未集作不康擇可以富集作宣教之者以餘杭風政表課第一故有持節黔中之拜天之愛人斯謂甚矣受命之日

尤徒戒行鄙人以使者之微假道于此竊當祖軷辱在賓
筵敢宣言於集作于執事曰夫蹈全德者事無夷險播善政
者地無遐邇然則五溪之垠其將泰乎呂梁懸水尚在忠
信矧夫巴黔故地方鎮專達惠飫夷落與行禮讓然後翺
翔清朝羽儀百僚倚伏之數庸詎知不以此乎夫臨觴捧
袂愀然悽愴此兒女之仁也固壯夫恥之愚亦恥之引滿
舉白既醉而罷文則不腆蓋指事云

送水部許員外出守郢州序　前人

吏二千石與中臺郎循良雋茂旋相爲重在其推擇所切
而已故叔載以文術而居郎位以吏理而分郡節時所重
難輙居選中其初已獻賦射策取甲科如地芥交諸侯之

聘車不輟歎縣外臺察視入佐著作休聲日揚乃擢建禮
與伯氏左曹蔓附相鮮濟濟於公朝怡怡於閨門士君子
末集作詠歌屬和以爲榮觀昔郢中之客能爲陽春白雪之
曲泊梁水部郎何遜文含清律重於江南今叔載有必類
之詞比興溫雅其於宦遊宜乎典水曹而牧郢人也況漢
南長帥風行列郡郡守清静公廉遵詔條而已以叔載内
平夷而外質重不佻不流佳言析理亹亹可復施於列藩
如發硎投刃況得漢南之歡舊矣又何疑於報政邪大則
以尤異徵細循轉遷劇部皦然前知不足爲賀觴酒祖軷
姑以紓居者之愀愴云

送建州趙使君序　前人

予嘉趙侯者在京下十餘年禄甚薄而心甚泰操利權燻
灼可以順指變化者趙侯頷不游其津退然自得集作是鄙
夫識之曰斯可以爲君子矣今茲以蘭臺郎滿歲佩二千
石印綬受明天子面命牧茲建人爲仁由己斯亦不細是
邦爲東閩劇地故相安平穆公嘗理焉穆公予之戴侯也
故能言之當孝文避狄時延之際移書四方詞義憤切寄
跡奔問請以州師赴蹈凡穆公所以彰大名操大政者皆
建之爲也趙侯於斯時實爲從事賓榻虛左得之甚懽凡
趙侯所以令聲籍甚四征交辟者由穆公發之也今日幢
蓋昔時山川存問遺老悽凉故事至止之日情何可言屬
者狀往行於考功易嘉名於博士斯亦士君子盡誠於所

奉其可謚耶頃予忝職西垣殆將十歲草列郡命過於百
數每發緘含毫未嘗不惕然慎重以其四封之内性命所
繫故也或歎趙侯官尚卑而地頗遠予以爲不然昔孔門
諸生以蒲莒單父著稱況諸侯之貴乎東漢循吏以交阯
九真報政況建溪之邇乎則趙侯襜軾之間猛鷙飛伏勞
徠所及鰥孤樂康陟明善價如建瓴水雖欲勇退知止其
可得乎南轅計日祭軷即路白晝美景如歸故鄉行矣趙
侯當以書札爲念也

送循州賈使君赴任序　前人

使君嘗以司直佐黔陽黔陽之政舉又以贊善守寧夷寧
夷之人又乃令以周行慰諭僞詔領海豊天慈覆露無有遠

邇及夫書於循吏爲後法程則古人交阯九真之績與河内潁川固何以異焉知今日麾蓋不爲使君南溟之變化耶追思從兄秀才爲使君門閭之賓褰歲晤語備徵理行愴族屬之凋落集作零蓋睽離之悄悵事可覆視言爲不誣朱轓郡節三伏就路衆君子祖道或賦列爲一編延頸邑指在徵書北轅而已

送歙州陸使君員外赴任序　前人

始予與公佐俱以圜冠褒衣息偃於江湖間練塘鏡溪樂在雲水師心自放相視莫逆其後則攻集作敗過内訟知道不遠人洗其心虛以順外逮三四集作三四年又俱以法冠趨車爲諸侯賓攝衣塵中與俗駕並馳間關道路離憂多而

歡言少七年詔書以禮官博士徵鄙夫於吳十六年以尚書祠部徵公佐于越其間闊忽焉十歲心期寓書常若對面中朝大夫君子皆以推轂爲己任未至如歘然亦既覯止笑與抃會月未再朞麾幢在門繇是大夫之賢者士之仁者皆惜其去以公佐有端操直質無巧言諂笑得之自是不得自是故也今天子加恩元元愼重吏師則列郡長人不輕於中都官明矣況宣城有賢長帥以厲風俗新安有佳山水以資勝踐爲仁由己賦禄且厚此皆不期集作斯至而至者然則表課陟明疾者傳置行當以尺一徵書奪于集作於是邦邦人雖欲遮道借留末由也已又惡用令日少別爲戚戚耶公佐畜神自愛以俟良會　卷終

文苑英華卷第七百二十八　序三十

餞送十一

送當塗馬少府赴任序一首

送義興袁少府赴官序一首

送崔端公赴江陵度支院序　權德輿

今年春上始命二小司徒主量入經費之節辨縣賦榷筦之法皆内有郎吏外有從事多冠惠文冠分道將命督課郡國其或才軼群倫望重搢紳者揔二府之職而兼領之故執事有今茲南荆之命用能選也初執事以名聲文采為士林所仰方退然深居於華陽僊府講道肄業恬曠自居諸公之辟日至山下且以道勝於内則出處不殊儒衣昂然徐就知己及參揔世物更若劇職動成故事去如始至論文變則能窮損益之旨商功利則能通輕重之權故

數年之間三踐憲司赤紱在服襜如褒博諸生榮之歲十二月自鍾陵抵江陵驅車即路不憚氷雪况騷楚遺韻楓江遠目在此路也情如之何五言詩送别之始故自戴臨川蕭王二柱史已降皆徵文貺遠字用五而詞多楚者以地理所歷且行古之道也

送韋起居老舅假蒲歸嵩陽舊居序　前人

九年正月左史韋公移疾既踰時左曹以聞得請當免遂以角巾野服如東周舊山（集有前此二字恐非）中朝廷搢（集作薦）紳先生之徒車轂擊於通馗觴酒交於竹林執其衣袪惜乎分陰弦晦屢移其懽不厭或發於歌詠以將厚意外孫權德輿序而言曰大凡士之生世有二道焉其出也宣其功緒播其利澤納忠服勞以服天下其處也味道之腴與古為徒休影息跡以閑身世不如是者細則牽於利欲大則囿於得喪識真者羞之公之先扶陽始以丞相致仕為西漢盛典逍遥以安車不屈為北朝外臣至是左史又能伸其志以弘其世嘉遯德風盛乎一門况吾君用大和理萬物動者静者各遂其方則陳力以致用絜身以弘教其利一也故左史得以聰明為駢枝以名聲為纆繳無耗氣無焚和退然葆真獨與道徃鷗鳥不動家人忘貧是行也朶頤者知懼矣出車家林揮手青門擁途而祖者唯恐不及合歡也忘印綬之輕重陳詩也無章句之約束放言無擇造適則笑行觴無筭既醉而罷爵成彼是曾不得（集無此字）棲於

念慮之中而惠風閑雲飄拂左右動用視聽無非大方推（集作排）是類而廣之則泛清伊陟嵩丘又可知也小生無以為贈謹序其所以然附于編（集作篇）

奉送崔二十三丈諭德承恩致仕東歸舊山序　前人

大易之言君子也有出處語默之異或有猷有為以宣事功或不營（集作勞）不忮以順天理則陳力廊廟之上絜身（集有於字）巖石之下皆其所也至於振風聲以功時化無乃處者裕乎丈人燕居積四十年而天爵人爵合發至京師周月而解巾致政之詔再下豈徒然哉初躬耕於延州三茅山之趾安仁食力辭利不入心霛（集作靈）曠而體胖道義富而

家肥閭門淑行流於鄉黨泊然與白雲鷗鳥同其無事去年春鶴書下江南江南守臣多方以起之至止之日褐衣召見未受命而被以章紱既受命而侍於宮朝循性蹈道不遷於物抗章乞身詞直而明九五上而後得請之詔下寵秩優禮周行聳視上以為天下之本至重必資賢人以奉三善故命職命官皆在於是及不得已而賜告也猶以審諭道德處之不然者豈無他豐禄耶蓋尊元良以貞萬國聖人之心也戯夫士能自審出處之宜而不惑者鮮矣或圖（集作圖）於利欲四顧蒲志或沒於黨類不能自還嚮非強志峻節皦然清厲大圭不琢獨鶴無侶難乎哉追思曩歲一踐巖遥蓋二三（集作十）年矣徐話舊故有悲有歡唯冥冥翰飛不可及已輕裝喜氣心與道勝軟輪徐驅故山有輝想夫草堂環合喬松千餘本交柯翳景吟泫風露幅巾長謠偃放其間一氣不耗四支交暢清時外臣其樂如何非仁聖不能全不奪之操非堅強（集作明）不能果獨往之志惇史古風復行於今群公惜別飛蓋擁道如漢廷祖二疎故事而類之以歌詩德輿泝其心源也熟故斯言不作

送徐諮議假蒲東歸序　前人

徐生用經術歷太學太常二博士諮議于王門徊翔于天朝褒衣赤紱官品第五移疾請告歸息于讓王之舊鄉其進也量力其退也脩性斯可嘉矣國朝禮文酌損三代最為詳正生所洽通而又采獲古今亡於禮之禮者考論稽合傾有條貫故顧居守東仲徐左曹元封今歸侯公和皆深知之生喟然曰州閭達者凋落大半吾過懸車數歲已為壽班在下大夫不云賤况天爵貴於纓冕田廬樂於都邑思雲卧水宿食稻與漁則華榱列鼎不如是之適買勇於退不能留行可以言賀胡為愴別鄙夫嘗游息三吳間殆二十年每耳聞水國如話鄉黨則徐生亦吾之僑舊也可忘情耶商皓遠矣以不才者處之退朝隱几幸類休沐江海之思油然而生適因送歸愛此行色時歲荏苒去異粻無幾何多疾早衰筋骸日耗乞身自便雖未敢言涉江而南聊寄夢想秋九月太子賓客權德輿序

送杜尹閣老赴東都序　前人

叔通之於文學政事若雄鋋百練窾郤中節比年（二字集作頃）由東曹郎給事黃門俄以中執法守上洛得幹支郡視方任焉乃（集作及）今亞尹洛師實顓府政冬十月至自統霤來朝京師三接面命出車就道凢所以慈惠東人者得悉數焉以叔通之華資茂實而須長師於後命者蓋使洛邑耆老周知功化然後又一詔條焜燿恩禮夫如是則吳公之理平第一不復專美於前書矣又豈以翱翔（集作旬翔）疾徐為叔通道耶岐燕元老理具惜別文昌六職夏官卿趙公而下舉白出祖交歡道舊鄙人病不能醉亦笑言擊節於其間衆君子皆賦愧序引之辱

送許校書赴江西使府序　前人

紳冕之士角逐於名聲者必以射策東堂校文石渠爲稱首於公範言之皆其細者予與公範尋世好以約交道獲申十年之敬出處多故及兹再會久飽諸公之議今日得之心包大猷口㭊精理可以稽合同異懸照是非夫然者焯當世之譽交大府之辟疾若機響不亦宜乎國家尚用兵車之會且思磐石之固俾賢王秉旄節主江西諸侯辟書四下大搜儁望公範拂拭縫掖從容長裾赴知己之命伸丈夫之志固當酌六經精義以贊軍政俾介胄之下禮讓與行且以中庸明誠之根本覃思於文藻致用於政事發硎投刃固在於遠者大者庸詎知今兹一舉非圖南之羊角耶臨岐話别迭以勉固志業而已若愀然涕下以聚

散爲念此可畧也衆君子置之

月夜泛舟重送許校書聯句序　前人

公範持江西辟書駕言即路其出處之跡與婉婉之畫鄙人不腆已爲之序引且吳抵鍾陵二千里而遥凡我諸生愴離讌之不足（集有序字）故再徵斯會秋月若晝方舟泝沿笑言不譁引蒲造適公範乃握管作三字麗句僕與二三子聯而繼之申之以四五六七以廣其事如其風煙月露與行者居者之思各見于詞

送張校書歸湖南序　前人

予初與知柔交相見（集有之禮而退四字）雖未知其歸而意其賢遠今七年方再會於鍾陵交歡歡甚言理理詣其容温然而不餙邊幅其中曠然而不施扃鐍渇善好義困而彌彰（集作固）締交（集作文）親仁久而益敬其於官名爵成之際則得之自是不得自是故年過四十方一命典校諸生以爲屈甚（集作善）而張恬然儒冠峩峩不耻敝緼吟詠古道以文自娱獻歲南征者以寓璟堵於長沙故也亦將叅質文於屈宋詳歲時於荆楚楓樹千里片帆鳥飛晨征夜泊無非詩興彼湘君帝子之遺迹江蘺杜蘅之春色皆落君彀中矣而修軷者得無詞焉（集作乎）

送陸校書赴秘省序　前人

陸氏爲江南冠族子容一門將（集作特）以文藻行實振起風緒叔父群從歲爲儀曹首科子容亦登甲乙豐校秘書（集作文書府）

繇是君子謂春官天官之舉不失人子容之名不過實歲七月將泝江流如（集作入）京師途出練湖實（集作賓）訪予言别予業以貧病不能自振方具蓑笠鎡錤耕鑿吳門子容以名聲文采官遊上國吳秦之遠道出處之殊致在此别也情如之何子容諸父深源方源我族之出有早歲遊處之舊故得君之道因是而深别離愀愴亦用加等於序引也所不敢辭

送薛十九丈授將作主簿分司東都序　前人

丈人罷碭山尉之歲德輿未（一作年）既亂寓居南徐拜手之初就傅未足以遜志歌詩未足以類事嬉于親（集作硯）席不知羞會離之際亦命之賦爾來向三十年矣因緣進越

濫次于朝而丈人以河陰丞蒲歲參調亦既感泣悲歡相乘微辨風采乍疑憂想而又微楊惲史氏之學發羊曇西州之歎家風代德有所未知遺文逸簡甫獲傳授以丈人素履厚行含章立誠黃流（集作琮）白珩璨然內照可以書惇史激薄俗者有焉方安舒以絜己耻孟晉（孟勉也晉進也出漢書）以枉道俛首受署不競於時方今王在在鎬東人望幸百執事之府署盡備擇才以理繕工之屬分領厥司所趨者靜其祿不薄（集作不薄其祿）且以嵩峯之下素業在焉與夫角逐於京劇者異日論也離觴舉曰征蓋就途因以弱歲菲詞發篋見示且曰今日之別其可默耶直書下情拜命之辱

送許協律判官赴西川序　前人

十年冬予與今左曹相君兵部郎崔君同受詔禁中雜閱對策以第其等將命於廷有請程百職之功緒者且以郎吏課曹爲言時相君爲吏部郎崔爲右補闕因相顧曰直言方識切吾黨其可捨諸予撫手賀之以爲得雋及後詔下徵他日之詞則許生也典校蒲歲西遊岷峨丞相彭城公雅聞其才辟以從事十三年冬以府檄計事至于京師獻歲廻車釃酒祖道以子之直而和敏而文策名於天府叶志於元臣摶迅飈翔層雲將賀不暇給而別何爲愴悢君子中飲（集作歡）皆賦使鄙夫類之

送嶺南常評事赴使序　前人

大夫杜公用德禮威信訓齊南海居二年以部從事檄召京兆常君君溫文裕蠱鋭於術學在綺襦青衿之歲椠若冰玉年方冠仕至廷尉評擁大府之傳赴賓主人之命其徒榮之且楩柟巨幹不產培塿則知天鍾美茂亦多在世德其要在聿修之不怠而已彼吏理與將命事之細者況新發於硎錯刃韜（集作溢）匣不折不缺之誠豈足爲執事道耶予嘗被公辟書辱在下介顧以多病不敢遠遊南方析（集作斬）執事者芳訊見及則詳言羡化佇爲中和樂職之頌以抒下情

送李十弟侍御赴嶺南序　前人

士君子之發令名沽善價鮮不由四征從事進者翔集翰飛蓋視其府之輕重耳則侍御之今日猶鄙夫之昔時也因想昔與今徐方連帥王僕射德素盛府主公楊尚書達夫同登龍門於鍾陵爾來二十年矣二賢以大僚碩望當明天子注意分閫之重鄙夫顧無所用亦五叨中臺俯仰印綬以過量自愧追懷舊恩敢忘其所自耶況侍御溫良敏肅用文術自賛初爲州里所舉俄屬聖朝以舊勳推恩累更祿仕（集作位）再至京劇今茲簪法冠駕軺軒感於已知不計勤遠又焉知圖南水激（莊子作擊）之變化不在此耶既賀侍御所從又悅達夫之舉賓主之間仁義（集作所字）在焉欵門吿別思以言爲貺至若洪範之攸好德盤銘之日日新皆侍御所執也又（集作今）何言焉敬謝達夫慎夏自愛無金玉爾音而已

送李十二弟侍御赴成都序　前人

相國臨淮公觀風俗於井絡之下辟禮所及皆雋人賢士隴西李侯虛中敏厚而文嘗再中正鵠於大（集無大字）春官天官氏同門生已翰飛三臺出入承明獨用恬退結黃綬於伊洛或靜以勝熱或羸而不囂予意其必遇真工大冶以發鉶刃今果哉惠文趨黃閣（集作閤）視其所舉問其所從可以交賀矣行當見相君政成一方執介圭歸上京（集作台）則掖垣侍從之選不在從事之賢者吾不信也中外零落始衰多疾祖道握手潸然涕洟至若銅梁玉壘之勝踐使軒賓榻之盛集皆備於歌詩者之說不能悉數云

送李十兄判官赴黔中序　前人

今名卿賢大夫繇參佐而升者十七八蓋刷羽幕廷而翰飛天朝異日之濟否視所從之輕重故予內兄以黔巫之地爲夷途安流者受署於中執法王君故也以王君之馨香望實宜處清近久矣惟天愛人授茲一方則兄之赴知己誠可賀也兄端明文敏焯見吏理奉本府之書奏陳遠人之便宜已（集作以）事復命驅車就路敢用觴酒宴輭繫之以言曰武陵辰溪四封十五郡大凡五十餘城以仁佐賢寧彼縣道婉婉語（集作話）言化爲風謠然後徵理行之第一獻賓寮之功用夫如是得不謂所從之重乎京師離群咏嘆仁政寓辭鈴閣之下無金玉其音

送商州崔判官序　前人

商於之地輿郊圻接吟藩部條職顯達於京師且有賦輿得署賓介今二千石以宗室貞幹自中臺郎出守首辟博陵崔君君溫恪廉清且以文敏緣飾三命官至氾水主簿吏理有聞以中外之勳華文雅所憑者厚遊必有方（集作常）翔而後集然則君之委質商之報政二者其相爲用乎園綺風聲夢想如在古祠喬木爲寄遐心

送右龍武鄭錄事東遊序　前人

予弱歲時從師於黨塾鄭生已用經術上第諷古先格言圓冠紳帶綽綽溫雅里閈僑居年輩爲長迨今踰二紀三徙官至親軍紀綱椽青袍化緇斑鬢如艾徐道舊故悲歎相因以鄭生之理文脩行而職業未稱得不爲大來之將然歟抑食浮於人者或腊毒歟予不知也今則請急於環列遵途於江介懷舊遊也吳中多賢士君子居易求志爲予多謝之

送台州崔錄事二十一丈赴官序　前人

夏四月臨海紀綱椽崔雅璋受命選部出東門是歲重表甥權德輿始至京師寓居同里顧其室空無以自況遠輒竊仁者之義申之以言云古之君子脩誠以慎獨居易以養正行實中茂而纓緌外華其或不至則安之若命蓋直已而不必用蹈道而不必行居今行古者實鮮而雅璋是已言必踐學必思四命官率由會府進不苟而交不黷簡蕭肅給推心爲理蒲歲罷去則與令弟躬耕於茅山之下

睦姻食力脩家法考農政嘻嘻申申有義有仁起於棖闑
被於鄉黨之動也之靜也得古之遺風闇然而未彰不易
其方寧蹇連以終否無奇衺以害正華髮承弁知者嘆之
且夫列郡之督郵視天臺之司轄地征之衆寡賦政之細
大爲樞爲柅何莫由斯乎獨知臨海之人受賜不暇矣又
況琪樹風清石橋月明羽人僊子髣髴如覿遺（集作遣）有涉
無與境而勝象外之歡可勝既乎今大君子主制河東諸
侯府多儁賢且有雅璋者庸詎知今日適越不爲異時之
大來耶二三君子送遠加等醴酒以祖道歌詩以發志賢
雅璋而思仙山故也各見于詞

招隱寺上方送馬典設歸上都序　前人

扶風馬諫茂直直方中和之性發於恬曠放言遣詞示（集作亦）有餘力知名舊矣故相得甚歡觀覽其卷則謦會心府
三復不倦若霜鴻清唳松雪孤映或諸生所不能至者而
茂直至之且多特（集作持）操尤病苟進故調於南宮仕於東
朝戰勝無悶官閑更適適相遇于南徐餞愴離居官局所
係言旋上國乎乃與一二疎放之客詣精廬上方主人又
以毀茗籍芳代夫飛觴舉白玄言至論代夫握手流涕畤
物且舉靈臺曠然晴江有楓千里在目茂直深於詩者衆
君子以詩貺之

送睦州李司功赴任序　前人

郡功曹實亞都吏而冠六聯選部銓署勤於他職李侯宗
室子器幹明茂蒞官處煩率無留事清脩緣飾傾心於士
友此其可尚也乎接李侯中外之姻十二年矣曩歲既展
禮屬乎有禮官之命來趨闕下今茲得調甫獲再會又屬
乎承乏代斷於儀曹不得授館以觴酒相歡繞數四耳征
蓋將去離憂愍然竊聞太夫人賢明有闈（英華作閨非）門訓誡
乎之內妹主中饋勸以義出則事良二千石分曹賦事入
則順承慈歡琴瑟靜好名教之樂豈待多禄耶富春江漁（集作魚）浦潭紀行之詩與郡中坐嘯主諾之謠吾知之矣族
屬羈滯於江南者衆寓書難徧悉爲多謝

送當塗馬少府赴官序　前人

乎始與馬生相遇於南徐州皆以刋（集作列非）校冗員涵泳文

誼生以既不得調乖反初服與計偕乎放浪（集有游字）江湖間
因爲東諸侯辟召旋忝朝命與漢廷臣並行於西垣南宮
中時生窮闔（集作蘭）旅食射策未中積歲於靈臺之下儒衣
甚敝詩思不詘亦與其徒三數生嬉春感秋觴酌吟嘯視
豪游曠貴者傲如也先皇帝不以僕不肖使操刈楚之柄
輙以得士自賀豈惟竊不遺不偷之目而已耶今茲（一作之）
出青門結黃綬筮仕賦禄於東南之奧區且曰外兄州尊
理行充茂所以利攸往而不薄於中都官誠有由也然則
郡齋言詩幕廷主畫雖欲勇退其可逃乎清和之月草木
條暢京邑氣正在陽則舒方宜會合坐嘆離索追計舊故
向三十年湖塘里巷疑在前日各有班鬢愴茲離襟又何

可言也爲予敬謝中丞君乃者南康永嘉廬江晉陵已爲二千石表率今當明天子守臣之寄爲仁由己固又與前四郡不侔賦政之暇知君自熟豈敢爲曹丘耶但交賀而已

送義興袁少府赴官序　前人

過江山水陽羨居最性質夷淡者得之愈深袁生愿恭文敏渴善好學今茲試吏其本可書先正南陽王實扶中興之運光啓土宇慶流後昆國有令典延世命官弁巾筮仕偶得佳境况青春之年綵衣黃綬出則爲政入則承歡以世德遺直而慎脩之不怠異時必復此其推輪歟追思童丱（集作）年游寓茲地煙潭雲洞杳篠靜深邑中諸生多業文者亦清輝勝槩之所發也生其勉之名有（集作）衛許胄曹首類歌詩鏘然在聽很微不腆俾敘夫群篇

文苑英華卷第七百二十八

文苑英華卷第七百二十九　序三十一

餞送十二

送從舅沐入京序一首

送三從弟長孺擢第後歸徐州覲省序一首

送再從弟少清赴潤州叅軍序一首

送從兄頴遊江西序一首

送從兄立赴崑山主簿序一首

送從叔赴任鄱陽序一首

送三從弟况赴義興尉序一首

送玄上人歸天竺寺序一首

送道休闍黎歸婺州序一首

送靈澈上人廬山廻歸沃州序一首

送渾淪先生遊南岳序一首

送從兄南仲登科後歸汝州舊居序一首

送鈕秀才謁信州陸員外便赴舉序一首

送獨孤孝廉應舉序一首

送興平鄭少府歸上都覲省序一首

送巴東林明府之任序一首

送盐山林少府之任序一首

送常熟許少府之任序一首

送建上人訪尋陽司業後詣涇原劉行軍序一首

送元和上人往五臺山序一首

送從舅泳入京序　權德輿

從舅詞甚茂行甚脩嘗見其緣情百餘篇得騷楚之遺韻故江南煙氣多在其句（集作中）蓬累江湖坎壈終歲而衣不襲突不黔彼乘堅驅良臧沒於康莊者復何人哉繇從舅而言可以言命冬十一月方以大袟單衣挈書笈西遊且見訪曰予不試久矣道不可以終窶今將遊上京抵名卿以决出處其可乎哉德輿曰時有通塞道有顯晦審時行道惟賢者能之今王度清夷紀律昭明宴安迷邦是爲大謬是舉也得審時行道之宜矣又何敢規

送三從弟長孺擢第後歸徐州覲省序　前人

吾嘗思天下之理必求其端於士行傳厚人文昭明則理道從之孤卿大夫皆繇士而進得不謹於初以自重耶然則鏌干之刃騄驥之步百鍊千里必俟知者此長孺所有獲進於左君之門也左君嘗貳六官之半復以綱轄再臨儀曹銛鋒絕足於是乎得且爾齠歲（集作年）秀發好學不遷迨乎弱冠餘勇可賈脩詞體物講貫習復發鏃（集作功）中的觀者偉之夫每歲登名者四方之人皆屬耳目以評其當否不可誣也若爾之褊遜務時敏沛然得之與時遠至如在步武矣吾與長孺曾王父在永崇開耀（集作輝非）之間繼以賢能之書來獻于王庭德名家法華萼相輝曁吾早歲亦將砥礪充賦而先友過聽遷以名聞蓬茅之中未盈而仕既而中外族姻有以前心見勉者吾以爲雖冗員解巾亦君所命也豈可更名越禮以孟晉求售耶循性所安遊寓湖海或辱賓召亦嘗從之頃歲以禮官徵在闕下因緣朝獎忝胄清近既非所宜居常鞅然歲時易過道義難就視爾之年猶前日耳每思孔孟不惑不動心之言以爲元龜而未能也然則舉於鄉者士君子之本爾能聿脩其慰如何叔父以廷尉評典城于蘄（集作豐）里有課最家有教義篤言歸寧拜慶上堂青絁被體桂枝在手服名教者相賀況吾之心耶宗門單尠群從（集作從弟）之登（集無登字）仕次者不十數輩相愛以誠惜別爲甚因爾之文藝徵吾之出處故詞雖繁而不能已也噫風水之積厚也方可以負大舟大翼爾其勉之（集有其字）餘則節食（集作良會）慎夏寓書而已十四年四月從曾祖兄德輿叙

送再從弟少清赴潤州參軍序　前人

今年群從之調試於天官春官者以十數與薦舉秀既有其人而少清以經明解巾參南徐州軍事其伯氏掾周衛叔氏簿郟城代耕話別徵詩導志夫千里足下九江濫觴致遠就深在乎不已況爾文敏脩絜潔身立誠康莊渤澥吾見其往至如鮑昭之詞律孟嘉之風流又其次也想白

卄歲僑居是邦趨朝七年東（一作榮）以紳珮烟霞井田如在目前舉白祭軷離憂加等尚書公以政成事簡鎮安一方幕庭婉婉多我之執爾其敬恭以事長者求爲可知闇然日彰獨吾所謂不已之道在此而已十三年三（集作二）月醉後序

送從兄穎遊江西序　前人

昔安丘敬公以王佐之才而運丁符氏故經綸大畧堙阨不振如其乘時行道可以財成家邦豈止於相區區前秦與王景略齊名而已時軋道塞從古以然德輿與兄實承安丘之遺烈其後枝流以食舊德故兄能踐中行蹈貞厲守師氏之訓脩君子之詞愨靜而用晦誠謙以居約者向

二十年袞衣大帶名未登於王府方以一葦爲航遊江湖間今將省家於上饒順流於潯陽羈旅之中未始以進趣爲念鄙則不敏粗爲悊兄言之自十數年間戎車居天下之半故純白清靜之士多欝而不發其或倚佳名（集作兵）席世（集作勢）鄉以取貴富者皆朝爲屠沽夕拖章組風波變化以萬萬計其次或雜與諸生之徒冠桂後惠文持從事使者之檄監於府寺諠於傳置風流不還聲實相遠然則得喪本不足以滑曠士之慮又況今之得喪耶先師曰知足者不以羨自累行脩於內者無位而不作此二者可以書紳而三復也鄙夫所獻者如斯已矣如其地理所歷與煙霜之候皆備於詩人之思此略而不書

送從兄立赴崑山主簿序　前人

士君子筮仕之門有以代德庥廕而奉清廟齋祠者及夫試吏就祿與秀才孝廉郎等蓋以舊服流慶後昆宜之其於奬人爲善之義深矣從兄承烏奕簪纓之後荷蕆綵文誼之訓敏於學行而薄於宦名乃今調於天官署崑山主簿以姑胥之通邑士衡之佳句僑舊耕種（集作植）多依是間上有良二千石爲東諸侯表率其餘躬敬事夙夜勤敏推輪積水或在茲乎從弟中書舍人德輿序其所懿俾群從偕賦

奉送從叔赴任鄱陽序　前人

叔父端懿誠厚退然自牧傳洽前載不以沽名待價爲心

德輿羈卄時伏見從叔義與君戶部君送別二序自前秦安丘敬公至周千金恭公而下德善功烈辨其昭穆叔父承千金廣川清水三葉紹封之慶其素履淑行二叔父實詳言之爾來三十餘歲矣服義日茂用晦如初以仁愛任恤復趨選部銅章列城得之不勤昔季路宓不齊理蒲與單父爲孔門上第弘之在人仁遠乎哉況番君故地理通下邑其壤沃其境清惠和簡廉可以游刃異日九江之西上百里課第於有司者其在叔父乎佐酒罷醉歌詩爲禮有命曰爾宜序譔序

送三從弟況赴義興尉序　前人

漢廷諸公皆附經術而施政事故其有猷有爲不疚不懼

若況者嘗理左右史記事記言之經傳暮訓居有司藉奏中乃令叅調署吏以養以仕言顧於行行本於經脩性勤身而禄在其中矣夫學者病口隸其言而心不能通故吾三年第經明者三百餘士而知類通達者往往有焉嘗與賢諸侯河東柳敬叔吳郡陸伯冲寓書往復論取士之道二君子言之頗詳若況之所覆其吾與二君子之所欲求也豈無多文之富耶而況不耀豈無趣捷之敏耶而況不為蓋質素者受采必固平夷者遵道必遠況之志其在是乎吾與況也行以五綵衣裳視朝夕膳羞褐初鮮綬黃甚新彼陽羨有佳山水玉潭東舍溪南岳洞靈仁祠偎觀邑子鄉尊窮年勝賞筮仕於斯其樂如何有以賀義方之慶

輕尐别之戚伯仲群從類其詩文亦命小子瑑繫（集作繁非）於編末時皇帝御極甲子赦令之後一月也

送玄上人歸天竺寺序　前人

度門之教根於空寂因修以取證階有以及無不踐精深之習而悟虛無之理者未之有也未得為得則其病歟僕久味斯法思與言者既而得玄禪師師早誦大乘經各（集作言）後數萬言晚得觀門之學今則色空如一哀樂不入矣桑門之患有二焉未得之患為外見所雜既得之患為內見所縛今玄公翛然於二見之間（集作門）不內不外宜夫至妙身戒心惠合於無倪且以句吳有山水之絕境天竺又經行之靜界振錫而往其心浩然蓋隨緣生與觸物成化而不為外塵所引也幅巾男子權德輿稽首

送道依闍黎歸婺州序　前人

予與惠公游十年而惠公以其徒依公見訪藹然之和發於眉宇得其道者不待言說予嘗欲黜健羨遺名聲不使塵機世相滑㴩靈府故每隨縉紳士則神怠與依惠游則性勝蓋循分而動亦境所由然上人以東陽為山水佳地且生約二德昔所游踐況雲洩石室花發桃巖是二精舍為東南甲乙乃振錙錫泛然而行道機法樂盡在是矣如僕者方牽攣世教未得與師為方外之遊遐情幽賞期一二偈疏

送靈澈上人廬山迴歸沃州序　前人

昔廬山遠公鍾山約公皆以文章廣心地用賛後學俾學者乘理以詣因言而悟得非玄津之一派乎吳興長老晝公掇六義之精英首冠方外入其室者有沃洲（集作州通用）靈澈上人上人心冥空無而迹寄文字故語甚夷易如不出常境而諸生思慮終不可至其變也如風松相韻冰玉相叩層峯千仞下有金碧聳鄙夫之目初不敢眡三復則淡然天和晦於其中故睹其容覽其詞者知其心不待境靜而靜況會稽山水自古絕勝東晉逸民多遺身世於此夏五月上人自鑪峯言旋復于是邪予知夫拂方袍坐輕舟泝沿鏡中靜得佳句然後深入空寂萬慮洗然則嚮之境物又其稊稗也鄙人方景慕（集作行）企尚之不暇焉（集作惡）敢

以離群爲歎

送渾淪先生遊南岳序　　前人

予卅歲時遇渾淪於荊溪從見其山中(疑衍)巾羽衣有玄古之貌瞻敬不暇未遑問道倏然一別俄六七年今茲獻春相訪于練湖之濱藥囊葵杖就館於我參希夷之旨折萬物之理皆發於全樸冥于大道(集作逋)非夫人之爲道道烏乎在嘗以郭氏注莊生之書失於脗合萬物物無不適然則梟鸞鸑鷟無非遂性使後學者憒然不知所奉因自爲注解并作三十三篇指要佳言精理特出古人之右矣夫然者睹其容則鄙悋無自入聞其言則和易浹於內兩忘所得得之至也既而振拂屨杖超(集作冷)然遠遊浮洞庭涉廬阜然後揮手人世南登衡山將長往而不返耶或蹔遊人間而不可得見之耶予風波之人未脫世累得以愚薄自全靜每造適今日之別在於忘言

送從兄南仲登科後歸汝州舊居序　　前人

古者採詩以辯志升歌以發德繫於時風播爲樂章有不類者君子羞之今兄能泝其末流詠于深源志之所之不遷於物以爲洙泗弟子起予者商而又嘉回之屢空鄙賜之屢中故帶經食力耕於汝山之下環堵蓬茨若蔭華榱逸韻麗藻鏘然在聽去歲臨汝守首賢能之書貢于儀曹瞻言正鵠審固則獲前此亦嘗失之矣退實無慍羸而不矜蓋能反諸己而已且用燕賈之道故也今將抵洛郊歷平陽與賢諸侯交歡假道然後自洛之汝燕居中林磅礴右昔務居遠大鶱出幽谷鵬擊南溟將與群從叔季復脩異日之賀豈止於今耶南宮郎有雅知兄者且與德輿爲僚徵詩既別以附其志謹序

送鈕秀才謁信州陸員外便赴舉序　　前人

清旭燕居有秀才鈕氏以儒者衣冠訪我於衡門之下用文一軸與刺偕至訪其行也則曰將抵賢二千石陸上饒然後自江而西射策上國且上饒以儒詞邁氣待東南之士士至必循分加禮繇是褒衣之徒恥不登其門故殿中韓侍御亢直工爲直詞嘗既若以序故臨海守李君子從父戶部皆以文義風騷爲師友又既若以詩矧夫植文行於內親仁賢於外強學不倦潔己以進今茲行也以桂林一枝爲己任豈虛也哉辱徵不腆是用詞達

送孤獨孝廉應舉序　　前人

取士以孝秀二科古道也家有賢者時論多之君子之群從皆以文藻射策或致位郎署今孝廉又以溫凊之餘力行居棨棨茂行脩西遊太學吾子當(集作知天)上第之後衣春服吟舞雩東還南徐拜慶堂下粲粲門子經術發身古人有俯拾地芥之說斯濫觴矣

送與平鄭少府歸上都覲省序　　穆員

凡我東周之遊誰非君子之門吏子之至也惠群公之思且惜其去之速予有別墅我爲其崇富清溪翠竹豐流鷺

窣樹比而遐幽而曠美而不華野而不陋用厥群勝甲於東溪四月之節其芳始茂葉成清陰花結朱實中林惟篠碧玉呈鮮叅風之秋與輕暑偕至二三子春醪夏服於是乎宜之陟則在庭降則在舟湍冷竹韻合如簫管時有山鳥雜乎其間群籟同音俱以留客而嚴城暮日與林泉意殊奪我當歡趣子命駕諸公以爲他日過庭之問（一作間）次詩禮者其惟吾黨與東溪乎屬聿徵詞實假會文之友况吾子以言以立可久可大作者之意不惟系召南之什宜用緇衣之美副焉

送巴東林明府之任序　歐陽詹

國以人爲本縣令親人之親者苟有命授無非慎擇今年

執政又加精選自吏曹銓擬仕（集作枉）而退下者十之五六濟南林公以始仕之調參砌之歹請宰一邑天官劇巴東也而使爲之平衡無疑鈞軸不轉非輕重質器目以昭如則安可於其難而易若此解褐結綬當時之盛既受牒恭命而南征（集作濟南）公與予鄉而且故幼而知公行先鄉曲譽是通閭井之意術以經明（集作明經）升實操教化之本今有杜稷有民人則弓矢入養叔之手徽絃在師曠之膝何徽之不中何妙之不盡去矣無使朱邑魯恭專美（集作何）是官其餘則巫峽峨峨岷江湯湯水天下清山天下秀遊盤貴境爲池爲墉退公暇而（集作多暇）爲我迴睞

送盬山林少府之任序　前人

新授盬山尉孝廉郎濟南林君脂轄東轅涖官也盬山滄州之屬邑也滄州戎狄接境（集作際）之地國家虞守之會東南吾恃力之卒西北有矜功之衆從事之劇惟天下先若非機足應權達能通變則不之與也公以二善而時與之夫騏驥未馳知有致遠之能（集作力）干將未割知有剸堅之功堂堂林君不假曾試（集作假道試使）嶧桐嶰竹必中音律勉以能事爲邦之光祿者所以食人爲國俸者所以表（集作衣）人賛時予尚知之而君豈不知之苟知之何往而不利

送常熟許少府之任序　前人

始入仕一有縣尉或中或上或緊銓衡評才若地稱而命之至於緊無得幸而處而緊中之美者尤難以人今年孝

廉郎高陽許君授常熟尉者實緊中之美君十三舉明經十六登第後三舉進士皆屈於命去冬以前明經從常調蔭資貴中之乙判居等外之甲既才且地擢以是官夏四月隨牒之官（四字集作隨之官之牒）玉貌青春芬芳有備望崇陰而委質簪蘭陔以辭親征車轔轔所往在目異時九仞由茲一簣在邦猶家也不出於忠信許君常以爲己任夫何郵哉士之生制四方之志軫念於離別非所以爲士也行乎哉

送建上人訪陽司業後詣涇原劉行軍序　前人

建上人自茲又（集作而）西吏爲故人也至（集作巫）咸山有道釋子建上人元和之淳氣以類合休神遂性褰與少司成陽

公得于林棲公從下風之請斯㢡大君之爵同方相致殊途且來雖羈鸞冥鴻一飛一籠遐心遠意終共超曠遊佛廟賞匡（集作靈）臺湖氷片玉光潔再裕來爲去始散實聚終上人故人有在西土曰大夢未覺還宜一歡陶瓶芒履此焉而徃東路看（集作著）首悠然高雲西之人幾日而覿松栢之本（集作下）無凡草鸑鷟之侶無凡禽西之人豈陽公之儔歟則（集作則字）覯遇之辰瓊玖之列詩云可頌德覿於斯其撰之竹帛儻傳俾後之人知貞元是歲賢人之會二也

送無知上人徃五臺山序　前人

無生永存旨不易源綿兮在煩滴兮處渾釋氏子味其實歸其根其教雖傳非言可言惟相似者復到其門無知上

人其到門者歟上人從儒至道從道至釋如歷星月以得白日若投（集作棄）扇蔞而灑長風真空洞照熱惱頓盡水其性雲其身周四海以終靜出六合而非寄維揚秋杪方至自閩日未成旬作臺山之適目闕河於不計擬衣食乎隨施怡如也澹如也以（一作此）行逢流得抵（集作柢）匿舟無程峨峨五峯幾日而上登異清凉侶善知識所至也之至玄之又玄乎予弱冠之年周（集作同）世諦之學神不遠逮溺在利名（集作名利）禮足而別悽然自傷岐途既殊聊各以行勉哉無知公勉哉歐陽生

送李孝㷞及第東歸序　前人

明經自漢而還取士之嘉也經也者聖人講善之録志立身正家齊國理在乎其中爲人之父（集作父者）莫不欲其子之明爲人之君（集作君者）莫不欲其臣之明明斯行行斯近則平乎性命遠則成乎政令爾來加取比興屬詞之流更曰進士則近於古人之立言也爲時稍稱其侻倖浮薄之輩希以無爲有雖中乾外矯（集作稿）多捨明趨進俾去華敦（集作取）實君子惡以真混假含章抱器乎捨進爲明新及第李孝㷞則含章抱器捨進爲明者晳晳肌膚松寒玉清以志學升太學以學就升宗伯背文手沾滯義口占二戴（集作工載非）不徃（集作售）皇鄭復來校短書出長卷精慱（集作專）炳煥儔倫褎然聖朝貞元癸丑歲明經登者不止（集作上）百人孝㷞冠其首非獨學勝亦以文聞則具（集作有）我芳華加之典實不

惡夫侻倖浮薄角力於比興屬詞並失分兮未知鹿死誰手不爲也拾青紫之有路獻榮名以趨庭長途春光我美多彼噫盡藝而適猶有前聞家食非明時相待之意孝㷞其志之

送洪儒卿赴鄉舉序　前人

三折肱爲良醫予五升詞場四遭擠摭是以竊知乎文則洪氏子舉秀才前後（集作其非）勝負予得而廣（集作度字）夫子（集作天子）黼黻之性加好勤苦之節紡績墳典織組篇什覩經綸機杼則重錦繡段日日當成今年秋預貢士首薦（五字集作貢士果居首薦）歌鹿鳴以飲（集作食爲）餞想鵰摶而飾駕金欲入（集作求）鍛玉將就磨光芒顥耀朝夕以冀廻鴈宥海秋風落山雖難別

離問（集作向）慶無恨中鵠餘失循思三井發升冬玄月期會闕下

送族叔行元落第歸廣陵序　前人

族叔行元既射策於主司不合春二月將歸淮南所寓群公設祖方獻未酬族（集無此字）叔悄然有不暢之色群公亦愕爾而阻歡小子侍觴奉觴而前曰歸好事春美時酒樂物叔於三者加同人將之而有未悅豈禮闕失意之爲乎昆吾產金荊山產玉自民後巧鎔琢盖多唯干將和璞有大聞非百鍊則其工（集無工字）良可用歟非三獻而其寶可（集作乃）真歟苟良苟真不即成不即售適以精其研稔其實如叔也亦何稽於一邅迍哉若昔之人作必行動必中則是蘇

秦無屐穿之歎甯戚無石爛之歌孫弘無十上之勤商鞅無再干之勞也知泰而不知否知易而不知難是夫人也非所以待乎叔也叔如之何叔忻然見卞氏又（集作再）來之路平歸心納春景安酒意四坐以叶千鍾有娛既醉升車秋爲到期

送薛大信歸臨晉序　呂温

先師曰益者三友吾能得之豈惟直諒多聞而已可以旁魄天人談堯舜之道則有吾族凡臯可以根本性情語顏夷之行則有太原王晤簡可以發揚古訓論三代之文則有河東薛大信此三君子或道以樂我或行以約我或文以博我遭時則有光遁世則無悶其爲益也不亦大乎大

信與予最舊始以孝弟餘力皆學于廣陵之靈巖寺雲卷其身討論數歲常見大信述作必根乎六經取禮之簡樂之易（六字集作禮之簡要）詩之比興書之典刑春秋之褒貶大易之變化錯落混合崢嶸特立不離聖域而逸軌絕塵不易雅制而瓌姿萬變有若雲起日觀盡成冊霞峯折靈掌無非峻勢皆天光朗映秀氣孤拔豈藻飾而削成者哉聖上方欲觀人之文潤色鴻業秉筆者如三光得天每賀大信有其時矣無何余被鄉曲之譽賦于闕下以文乖時體行失俗譽再爲有司所黜此時大信亦與計偕知機全高匪刃不試昔趙殺鳴犢仲尼臨河而逝予之見黜予亦逡巡事雖不同其所感一也歲八月以岵屺之戀告予于歸予思

古人有處有贈乃語之曰吾聞賢者志其大者文爲道之飾道爲文之本專其飾則道喪反其本則文存且使不存又何傷矣彼邦是堯舜之遺俗唐叔之所理必有忠信如君者焉問安之暇可與之處琢磨仁義浸潤道德考皇王治亂之迹求聖哲行藏之旨達可以濟乎天下窮可以攄其光明無爲硁硁筆硯間也行矣大信苟非同志勿失予言

文苑英華卷第七百二十九

文苑英華卷第七百三十　　序三十二

餞送十三

送友人遊蜀序　　呂温

始吾挹至源之貌若龍底積雪聳寒木於雲谿次吾覽至源之文若驪龍追走（集作相追）弄明月於泉窟未吾聽至源之論若泰山欲雨倒雲氣於滄溟如其貌可以振肅周行如其文可以光潤石渠如其論可以感動宣室而淪蕩江海垂二十年則不知天所以生之之意貞元甲乙歲以親故勸勉來遊京師時然後言無辯以動衆樂然後笑無歡以接物義然後取無食以寧居慨然悔之決策長往因登紫閣峯而指曰西南青冥色連岷峨吾行何歸山盡則住翌日告別于友人太原王玄運顧謂予曰高雲出岫無時雨之會與風悠揚轉遠而散若至源者其猶雲耶盍亦贈之序予和汝

送鄭權尚書序　　韓愈

嶺之南其州七十其二十二隸嶺南節度府其四十餘分四府府各置帥然獨嶺南節度爲大府大府始至四府必使其佐啓問起居謝守地不得即賀以爲禮歲時必遣賀問致水土物大府帥或道過其府府帥必戎服左握刀右

屬弓矢帕首袴鞾迎于郊及既至大府帥先入據館帥守屏若將趨入拜庭之爲者大府與之爲讓至一至再乃敢改服以賓主見適位執爵皆興拜不許乃止虔若小侯之事大國有大事諮而後行隸府之州離府遠者至三千里懸隔山海使必數月而後能至蠻夷悍輕易怨以變其南州皆岸大海多洲島飄（集作颿）風一日踔數千里漫瀾不見蹤跡控御失所依險阻結黨仇機毒矢以待將吏撞搪呼號以相和應蜂屯蟻雜不可爬梳好則人怒則獸故常薄其征入簡節條（集作條條而疎）目時有所遺漏不究切之長養以兒子至紛不可治乃草薙而禽獮之盡根株痛斷乃止其海外雜國若躭浮羅流求毛人夷亶之洲林邑扶南真臘

于陁利之屬東南際天地以萬數或時候風潮朝貢蠻胡賈人舶交海中若嶺南帥得其人則一邊盡治不相寇盜賊殺無風魚之災水旱癘毒之患外國之貨日至珠香象犀瑇瑁奇物溢於中國不可勝用故選帥常重於他鎮非有文武威風知大體可畏信者則不幸往往有事長慶三年四月以工部尚書鄭公爲刑部尚書兼御史大夫往踐其任鄭公嘗以節鎮襄陽又帥滄景德棣歷河南尹華州刺史皆有功德可稱道入朝爲金吾將軍散騎常侍工部(集有侍郎二字)尚書家屬百人無數畝之宅僦屋以居可謂貴而能貧爲仁者不富之效也及是命朝廷莫不悅將行公卿大夫士苟能詩者咸相率爲詩以美朝政以慰公南行之思韻必以來字者所以祝使公成政而來歸疾也

送殷員外使迴鶻序　前人

唐受天命爲天子凡四方萬國不問海內外無小大咸臣順於朝時節貢水土百物大者特來小者附集元和睿聖文武皇帝既嗣位悉治方內就法度十三年詔曰四方萬國唯迴鶻於唐最親奉職尤謹丞相其選宗室四品一人(李孝誠)持節往賜君長告朕之(集作之朕)意又選學有經術(集作法)通知時事者一人與之爲貳由是殷侯侑自太常博士遷尚書虞部員外郎兼侍御史朱衣象笏承命以行朝之大夫莫不出餞酒半右庶子韓愈執盞言曰殷侯(一作殷大夫)今人適數百里出門惘惘有別離可憐之色持(集作襆)被入直三省丁寧顧婢子語刺刺不能休今子使萬里外國獨無幾微出於言面豈不真知輕重大丈夫哉丞相以子應詔真誠知人矣士不通經果不足用於是相屬爲詩以道其行云

送許使君刺郢州序　前人

愈嘗以書自通於于公顛累數百言其大要也言先達之士得人而託之則道德彰而名問(集作聞)流後進之士得人而託之則事業顯而爵位通下有矜乎能上有矜乎位雖恒相求而不相遇于公不以其言爲不可復書曰足下之言皆是矣(三字集作是也)于公身居方伯之尊蓄不世出群(集無出群字)之才而能與卑鄙庸陋相應荅如影響是非忠乎君而

樂乎善以國家之務爲己任者乎愈雖不敢私其大恩抑不可不謂之知己恒矜而誦之情已至而事不從小人之所不爲也故於使君之行道刺史之事以爲于公贈凡天下之事成於自同而敗於自異爲刺史者恒私於其民不以實應乎府爲觀察使者恒急於其賦不以情信乎州由是刺史不安其官觀察使不得其政財已竭而斂不休人已窮而賦(韓集舉正作愈)愈急其不去爲盜也亦幸矣誠使刺史不私於其民觀察使不急於其賦刺史曰吾州之民天下之民也惠不可以獨厚觀察使亦曰某州之民天下之民也斂不可以獨急如是而政不均令不行者未之有也其前(集有之字)言者于公既已信而行之矣今之言者其有不信

乎縣之於州猶州之於府也有以事乎上有以臨乎下同則成異則敗者皆然也非使君之賢其誰能從(集作信)之愈於使君非燕遊一朝之好也故其贈行不以頌而以規

送鄭十校理序　前人

祕書御府也天子猶以爲外且遠不得朝夕視更始聚書於集賢殿別置校讎官曰學士曰校理常以寵丞相爲大學士其他學士皆達官也校理則用天下之名士(集作而)能文學者苟在選不計其秩次唯所用之由是集賢之書盛積盡祕書所有不能處其半書日益多官日益重四年鄭生涵始以長安尉選爲校理人皆曰是宰相子能恭儉守教訓好古義施於文辭者如是而在選公卿大夫家選之

子弟其勸耳矣愈爲博士也始事相公於祭酒分教東都生也事相公於東太學今爲郎於都官也又事相公於居守三爲屬吏經時五年觀道德於前後聽教誨於左右可謂親薰而炙之矣其高大遠密者不敢隱度論也其勤已而務博施以已之有欲人之能不知古君子何如爾今生始進仕獲重語於天下而慊慊若不足真能守其家法矣其在門(集有下字)者可進賀也求告來寧朝夕侍側東都士大夫不得見其面於其行日分司郎吏與留守之從事竊載酒殽席定鼎門外盛賓客以餞之既醉各爲詩五韻且屬愈爲序

送楊巨源少尹序　前人

昔疏(集作踈)廣受二子以年老一朝辭位而去于時公卿設供帳(漢書作張)祖道都門外車數百兩道路觀者多歎息泣下共言其賢漢史既傳其事而後世工畫者又圖其跡至今照人耳目赫赫若前日事國子司業楊君巨源方以能詩訓後進一旦以年滿七十亦白丞相去歸其鄉世常說古今人不相方(集有及字)今楊與二疏豈其異意耶(集作其意豈異也)余(集作予)忝在公卿後遇病不能出不知楊侯去時城門外送者幾人車幾兩馬幾駟(一作疋)道邊觀者亦有歎息而(集無此字)知其爲賢與否而太史氏又能張大其事爲傳繼二疏蹤跡不落莫否見今世無工畫者(集有而字)畫與不畫固不論也然吾聞楊侯之去丞相有愛而惜之者署以爲其都少尹

不絕其祿又爲歌詩以勸之京師之長於詩者亦屬而和之又不知當時二疏之去有是事否古今人同不同未可知也中世士大夫以官爲家罷則無所於歸楊侯始冠舉於其鄉歌鹿鳴而來也今之歸指其樹曰某樹吾先人之所種也某水某丘吾童子時所釣游也鄉人莫不加敬誡(集作戒)子孫以楊侯不去其鄉爲法古之所謂鄉先生沒而可祭於社者其在斯人歟其在斯人歟

送幽州李端公序　前人

元年(集有春字非)今相國李公爲吏部員外郎愈嘗與偕朝道語幽州司徒公(劉濟)之賢曰某前年被詔告禮幽州入其地迓(文粹作訝)勞之使累(文粹作里)至每進益恭及郊司徒公紅帕

（集作棟）首韡袴握刀（杭本有在字）左右雜佩弓張（集作韔）服失插房俯立迎道（閣本作賓）左其禮辭曰公天子之宰禮不可如是及府又以其服執（集作即）事其又曰公三公不可以將服承命及館又如是（集作之）卒不得辭上堂即客階（文粹有即字）座必東鄉愈曰國家失太平於今六十年夫十日十二子相配數窮六十其將復平乎（韓集即正作平）平必自幽州始亂之所出也今天子大聖司徒公勤於禮庶幾帥先河南北之將來覲奉職如開元時乎李公曰然今李公既朝夕左右必數數爲上言元年之言殆合矣端公歲時來壽其親東都東都之士大夫（一作大夫士）莫不拜于門其爲人佐甚忠意欲司徒公功名流千萬歲請愈以言爲使歸之獻

送水陸運使韓約（一作重舉）侍御歸所治序　前人

六年冬振武軍吏走驛馬詣闕告飢公卿廷議以轉運使不得其人宜選才幹之士往換之吾族子重華適當其任至則出贓罪吏九百餘人脫其桎梏給耒耜與牛使耕其傍便近地以償所負釋其粟之在吏者四十萬斛不徵吏得去罪死假種糧齒平人有以自效莫不涕泣感奮相率盡力以奉其令而又爲之奔走經營相原隰之宜指授方法故連二歲大熟吏得盡償其所亡失四十萬斛者而私有其贏餘得以蘇息軍不復飢君曰此未足爲天子言請益募人爲十五屯屯置百三十人而種百頃令各就高爲堡東起振武轉而西過雲州界極於中受降城出入河山之際（集作險）六百餘里屯堡相望寇來不能爲暴人得肆耕其中少可以罷漕輓之費朝廷從其議秋果倍收歲省度支錢千三百萬八年詔拜殿中侍御史錫服朱銀其冬來朝奏曰得益開田四千頃則盡可以給塞下五城矣夫田五千頃法當用人七千臣令吏於無事時督習弓矢爲戰守備因可以制虜庶幾所謂兵農兼事務一而兩得者也大臣方持其議吾以爲邊軍皆不知耕作開口望哺有司常僦人以車船自他郡往輸乘沙逆河遠者數千里人畜死蹄踵交道費不可勝計中國坐（集有見字）耗虛而邊吏恒苦食不繼今君所請田皆故秦漢時郡縣地其課績又已驗白若從其言其利未可遽以一二數也今天子方舉群策

以收太平之功寧使士有不盡用之歎懷奇見（集作死）而不得施設也君又何憂而中臺士大夫亦同言侍御韓君前領三縣紀綱三（集作二）州奏課常爲天下第一行其計於邊其功烈又赫赫如此使盡用其策西北邊故所沒地可指期而有也聞其歸皆相勉爲詩以推大之而屬予爲序

送楊儀之支使歸潭州序　前人

愈在京師時嘗聞當今藩翰之賓客惟宣州爲多賢愈與之游者有二人焉隴西李博清河崔群群與博之爲人吾知之道不行於主人與之處者非其類雖有享之以季氏之富不一日留也以群博論之凡在宣州之幕下者雖不得（集作盡）與之游皆可信而得其爲人矣愈未嘗至宣州而

樂頌其主人之賢者以其取人信之也今中丞之在朝愈
日侍言於門下其來而鎮（集作領）茲土也有問湖南之賓客
者愈曰知其客可以信其主者宣州也知其主可以信其
客者湖南也去年冬奉詔爲邑於陽山然後得謁湖南之
賓客於幕下於是知前之信之也不失矣及儀之之來也
聞其言而見其行（自於是以下二十三字集作及支使之來也聞其言而信其行於是知前之信之也不失矣）則向之所謂群與傳者於吾何先後爲儀之（集作支使）
明（集作智）足以造謀材足以立事忠足以勤上惠足以存下
而又侈之以詩書六藝之學先聖賢（集作人）之德音以盛（集作成）
其文以輔其質宜乎從事於是府而流聲實於天朝也
夫樂道人之善以勸（集作勸）其歸者乃吾之心也謂我爲邑

長於斯而娟夫人云者不知言者也工乎詩者歌以繫之

送竇平從事序　前人

踰甌閩而西（集無此字）南皆百越之地於天文其次星紀其星
牽牛連山隔其陰鉅海敵（集作敵）其陽是維（集作皆）島居（集作夷）
卉服之民風氣（集作俗）之殊著自在（諸本作古）昔唐之有天下號
令之所加無異於遠近民俗既遷風氣亦隨雪霜時降癘
疫不興瀕海之饒固如其（諸本作加於）初是以人之之（集作於）南
海者如東西州焉皇帝臨御天下二十有二年詔工部侍
郎趙植爲廣州刺史盡牧南海之民署從事扶風竇平平
以文辭進於是（集作其）行也其族人殿中侍御史牟合東都
交遊之能文者二十有八人賦詩以贈之於是昌黎韓愈
嘉趙南海之能得其人壯從事之答於知我（一作已）不憚行
於遠也又樂（集有其字）貽周之愛其族叔父能合文詞以寵榮
之作送竇從事少府平序

送孟東野序　前人

大凡物不得其平則鳴草木之無聲風撓之鳴水之無聲
風蕩之鳴其躍也或激之其趨也或梗之其沸也或炙之
金石之無聲或擊之鳴人之於言也亦然有不得已者而
後言其歌也有思其哭也有懷凡出乎口而爲聲者其皆
有不（集作弗）平者乎樂也者鬱於中而泄於外者也擇其善
鳴者而假之鳴金石絲竹匏土革木八者物之善鳴者也
維天之於時也亦然擇其善鳴者而假之鳴是故以鳥鳴

春以雷鳴夏以蟲鳴秋以風鳴冬四時之相推敚其必有
不得其平者乎其於人也亦然人聲之精者爲言文詞之
於言又其精也尤擇其善者而假之鳴其在於唐虞咎繇
禹其善鳴者也而假之以鳴夔不（不本作不能）以文辭鳴又自
假於韶以鳴夏之時五子以其歌鳴伊尹鳴殷周公鳴周
凡載於詩書六藝皆鳴之善者也周之衰孔子之徒鳴之
其聲大而遠傳曰天將以夫子爲木鐸其弗信矣乎其末
也莊周以其荒唐之詞鳴（集有於楚二字非莊子未嘗仕於楚）楚大國也其
亡也屈原以（集作以屈原）鳴臧孫辰孟軻荀卿以道鳴者也楊
朱墨翟管夷吾晏嬰老聃申不害韓非慎到田駢鄒衍尸
佼孫武張儀蘇秦之屬皆以其術鳴秦之興李斯鳴之漢

之時司馬遷相如楊雄最善鳴者也其下魏晉氏鳴者不及於古然亦未嘗絶也就其善鳴者其聲清以浮(集作淳)其節數以急其詞淫以哀其志弛以肆其言也亂(集作辭)雜而無章將天醜其德莫之顧耶何爲而(集作乎)不鳴其善鳴者也唐之有天下陳子昂蘇源明元結李白杜甫李觀皆以其所能鳴其存而在下者孟郊東野始以其詩鳴其高出晉魏不懈而及於古其他浸淫乎漢氏矣從吾游者李翺張籍其尤也三子者之鳴信善鳴矣抑不知天將和其聲而使鳴國家之盛耶抑將窮餓其身思愁其心腸而使自鳴其不幸耶三子者之命則有懸乎天矣其在上也奚以喜其在下也奚以悲東野之役於江南也有若不釋者然(集作不懌然)者故吾道其命於天者以(集有字)解之

送李愿歸盤谷序　前人

太行之陽有盤谷盤谷之間泉甘而土肥草木叢茂居民鮮少或(集有曰字)謂其環兩山之間故曰盤或曰是谷也宅幽而勢阻隱者之所盤旋(石本無此字)友人李愿居之愿之言曰人(集有之字)稱大丈夫者我知之矣利澤施於(集作于)人名聲昭乎(集作于)時坐于廟朝(文粹作堂)進退百官而佐天子出令其在外則樹旗旄羅弓矢武夫前呵從者塞途供給之人各執其物夾道而疾馳喜有賜(集作賞)怒有刑才俊(集作畯)滿前道古今而譽盛德入耳而不煩曲眉豐頰清聲而便體秀外而惠中飄輕裾翳長袖粉白黛綠者列屋而閒居妒寵而負恃爭妍而取憐大丈夫之遇知於主上(集作天子)用力於當世者之(集有所字)爲也吾非惡此而逃之是有命焉不可幸而致也窮居而野處升高而遠望(集作望遠)坐茂樹以終日濯清泉以自潔采於山美可茹釣於水鮮可食起居無時惟適之(集作所)安與其(集有有字)譽於前孰若無毀於其後與其(集有有字)樂於身孰若無憂於其心車服不維刀鋸不加理亂不知黜陟不聞大丈夫不遇於時者爲之(二字集作之所爲)也我則行之伺候於公卿之門奔走於形勢之途足將進而趑趄口將言而囁嚅處汙穢而不羞觸刑辟而誅戮僥倖於萬一老死而後止者其於爲人賢不肖何如也昌黎韓愈聞其言而壯之與之酒而爲之歌曰

盤之中維子之宮盤之土維子之稼(四字石本作可以稼一作可以藝稷黍)盤之泉可濯可(集作而)沿(四字一作可以濯而盥焉)盤之阻誰爭子所窈而深廓其有容繚而曲如往而復嗟盤之樂兮樂且無央虎豹遠跡兮蛟龍遁藏鬼神守護兮呵禁不祥飲且(集作則)食兮(集有既字)壽而康無不足兮奚所望膏吾車兮秣吾馬從子于盤兮終吾生以徜徉

送董邵南遊河北序　前人

燕趙古稱多感慨悲歌之士董生舉進士連不得志於有司懷抱利器鬱鬱適茲土吾知其必有合也董生勉乎哉夫以子之不遇時苟慕義彊仁者皆愛惜焉矧燕趙之士出乎其(集有情字)性者哉然吾嘗聞風俗與化移易吾惡知其

今不異於吾（集作古）所聞（集作云）邪耶以吾子之行卜之也董生勉乎哉吾因之有（集有所字）感矣爲我吊望諸君之墓而觀於其市復有昔時屠狗者乎爲我謝曰明天子在上可（集有以字）出而仕矣

送區冊序　前人

陽山天下之窮處也陸有丘陵之險虎豹之虞水有（文粹無此二字）江流悍急横波之石廉利侔劒戟舟（集有之字）上下失勢破碎淪溺者往往有之縣郭無居民官無丞尉夾江荒茅篁（集作叢）竹之間小吏十餘家皆鳥言夷面始至言説不相通畫地爲字然後可告以出租賦奉期約是以賓客遊從之士無所爲而至愈待罪於斯且半歲（集有矣字）有區生者誓言

相好自海挐舟而來升自賓階儀觀（集作冠非）甚偉坐與之語文義卓然莊周云逃空虛者聞人足音跫然而喜矣况如斯（文粹無此字）人者豈易得哉（集作耶）入吾室聞詩書仁義之説欣然喜若有志乎（集作於）其間也（集有且字）與之翳嘉林坐石磯投竿而漁陶然而（集作以）樂若能遺外聲利而不厭乎（文粹無此字）貧賤也歲之初吉（文粹作吉）歸覲（文粹作拜）其親酒壺既傾序以識別

送令縱上人西遊序　前人

其行異其情同君子與其進可也令縱釋氏之秀者也又善爲文浮泛（集作游）倘佯跡接天下藩維大臣文武豪士令縱未始不褰裳而負業往造其門下其尊行美德建功植（集作樹）業令縱從而爲之頌歌（集作歌訟）典而不諛麗而不淫其有中古之遺風歟及促席接膝（十三字集作其中有古人之風所與乘間致辭促席接膝）譏評文章商較人士浩浩乎不窮愔愔乎深而有歸於是乎吾忘令縱之爲釋氏之子也其來也雲凝其去也風休方歡而已辭雖義而不求吾於令縱不知其不可也盍賦歌（集無此字）詩以道其行乎

送高閑上人序　前人

苟可以寓其巧智使機應於心不挫於氣則神完而守固雖外物至不膠於心堯舜禹湯治天下養叔治射庖丁治牛師曠治音聲扁鵲治病僚之於丸秋之於奕伯倫之於酒樂之終身不厭奚暇外慕夫外慕徙業者皆不造其堂

不嚌其胾者也往者（集作時）張旭善草書不治他伎喜焉草書怒焉草書（八字集作喜怒）窘窮憂悲愉佚怨恨思慕酣醉無聊不平有動於心必於草書焉發之其觀於物見山水崖谷鳥獸蟲魚草木之花實日月列宿（集作星）風雨水火雷霆霹靂歌舞戰鬭天地事物之變可喜可愕一寓於書故旭之書變動猶鬼神不可端倪以此終其身而名後世今閑之於草書有旭之心哉不得其心而逐其跡未見其能旭也爲旭有道利害必明無遺錙銖情（集作精）炎於中利欲鬬進有得有喪勃然不釋然後一決於書而後旭可幾也今閑師浮屠氏一死生解外繆（集作膠）是其爲心必泊然無所起於（杭本作於起）其世必淡然無所於嗜泊與淡相遭頹墮（集作墮）

委靡潰散（集作敗）不可收拾則其於書得無象之然乎然吾
聞浮屠氏善（閣本作善）幻多技能閑（集作歸字）如通其術則吾不能
知矣

送李礎判官正字歸河南序　前人

貞元中愈從太傅隴西公于汴州李生之尊父以侍御史
管汴之鹽鐵日爲酒殺羊享賓客李生則尚與其弟學讀
書習文辭以舉進士爲業愈於太傅府年最少故得交李
生父子間公薨軍亂軍司馬從事皆死侍御亦被讒爲民
日（礎之父仁鈞流愛州英華作由非）南其後五年愈又貶陽山令今愈以
都官司員外郎守東都省侍御自衡州刺史爲親王（集有府字）
長史亦留此（三字杭本作政）掌其府事生以（集作自）湖南從事請告

來覲於時太傅府之士唯愈與河南司録周君巢獨存其
外則李氏父子相與爲四人離十三年幸而集處得讌而
舉一觴相屬此天也非人力也侍御與周君於今爲先輩
盛（杭本作成）德（集有若字）李生温然爲君子有詩八百篇傳詠於時
唯愈也業不益進行不加修顧唯未死耳往拜侍御謁周
君抵李生退未嘗不發愧也往時侍御有無盡費於朋友
及今則又不忍其三族之寒飢聚而館之踈（集作疏）遠畢在
（集作至）禄不足以（集有爲字）養李生雖欲不從事於外其勢不可
得已（集作止）也重李生之還者皆爲詩愈最故故又序云（集作）
之

文苑英華卷第七百三十　終

文苑英華卷第七百三十一　序三十三

餞送十四

送浮屠文暢序　韓愈

人固有儒名而墨行者問其名則是校其行則非可以與
之游乎如有墨名而儒行者問其名則非校其行則是可
以與之游乎楊子雲稱在門牆則揮之在夷狄則進之吾
取以爲法焉浮屠師文暢喜爲文章其周游天下凡有（集有所字）
行必請於搢紳先生以求詠歌其所志貞元十九年春
將行東南柳君宗元爲之請（集作序）解其裝得所叙詩累百

餘篇非至篤好其何能致多如是耶惜其無以聖人之道告（集有之字）者而徒舉浮屠之說贈焉夫文暢浮屠也如欲聞浮屠之說當自就其師而問之何故謁吾徒而來請也彼見吾君臣父子之懿文物禮樂（集作事爲）之盛其心必有慕焉拘其法而未能入故樂聞其說而請之如吾徒者宜當告之以二帝三王之道日月星辰之所以行天地之所以著鬼神之所以幽人物之所以蕃江河之所以流而語之不當又爲（集作就）浮屠之說而瀆告之也人（集作民）之初生固若禽獸夷狄然聖人者立然後知宮居而粒食親親而尊尊生者養而死者藏是故道莫大於（集作過乎）仁義教莫正（集作大）乎禮樂刑政施之於天下萬物得其宜措之於其躬體安

而氣平堯以是傳之舜舜以是傳之禹禹以是傳之湯湯以是傳之文武文武以是傳之周公孔子書之於冊中國之人世守之今浮屠者孰爲之而孰傳之耶夫鳥俛而啄仰而四顧夫獸深居而簡出懼物之爲己害也猶且不免焉弱之肉彊之食今吾與文暢安居而暇食優游以生死與禽獸異者寧可不知其所自耶夫不知者非其人之罪也知而不爲（集有之字）者惑也悅乎故不能即乎新者弱（集作溺）也知而不以告人（集作之）者不仁也告而不以實者不信也余既重柳請又嘉浮屠能喜文辭於是乎言

送廖道士序　　前人

五嶽於中州衡山最遠南方之山巍然高而大者以百數獨衡山爲宗最遠而獨爲宗其神必靈衡之南八九百里地益高山益峻水清而益駛其最高而橫絕南北者嶺郴之爲州在嶺之上側南（二字集作測）其高下得三之二焉中州清淑之氣於是焉窮氣之所窮盛而不過必蜿蟺扶輿磅礴而鬱積衡山之神既靈而郴之爲州又當其（集無其字）中州清淑之氣蜿蟺扶輿磅礴而鬱積其水土之所生神氣之所感白金水銀丹砂石英鍾乳橘柚之包竹箭之美千尋之名材不能獨當奇（蜀本無奇字）也意必有魁奇忠信材德之民生其間而吾又未見也其無乃迷惑沒溺於老佛之學（集作教）而不出耶廖師郴民而學於衡山氣專而容寂多藝而善遊豈吾所謂魁奇而迷惑沒溺者耶廖師善知人若

不在其身必在其所與游訪之而不吾告何也於其別申以問之

送石洪處士赴河陽參謀序　　前人

河陽軍節度御史大夫烏公爲節度之三月求士於從事之賢者有薦石先生者公曰先生何如曰先生居嵩邙瀍穀之間冬一裘夏一葛（集有食字）朝夕飯一盂蔬一盤人與之錢則辭請與出遊未嘗以事免勸之仕則不應坐一室左右圖書與之語道理辨古今事當否論人高下事後當成敗若河決下流而東注若駟馬駕輕車就熟（集作夷）路而王良造父爲之先後也若燭照數計而龜卜（集作兆）也大夫曰先生有以自老無求於人其肯爲某來耶從事曰大夫文

武忠孝求士爲國不私其(集作於)家方今寇聚於恒師環其疆農不耕收(集作牧)財粟殫亡吾所處地歸輸之塗治法征謀宜有所主(集作出)先生仁且勇若以義請而彊委重焉其何說之辭於是譔書詞具馬幣卜日以授使者求先生之廬而請焉先生不告於妻子不謀於朋友(集作其朋)冠帶出見客拜受書禮於門內宵則沐浴戒行事(集作李)載書策問道所由告行於嘗(集作常)所來往者晨則畢至張筵於上東門外酒三行且起有執爵而言者曰大夫真能以義取人先生真能以道自任決去就(一無此三字)爲先生別又酌而祝曰凡士之去就出處何常惟義之歸遂以爲先生壽又酌而祝曰使大夫恒無變其初無務富其家而饑其師無甘受

佞人而外敬正士無味於諂言唯先生是聽以能有成功保天子之寵命又祝曰使先生無圖(杭本作圖)利於大夫而私便其身圖先生起拜祝辭曰敢不敬蚤夜以求從祝規於是東都之人士咸知大夫與先生果能相與以有成也遂各爲歌詩六韻遣(集作退)愈爲之序云

送溫造處士赴河陽軍序　前人

伯樂一過冀北之野而馬羣遂空夫冀北馬多於天下伯樂雖善知馬安能空其羣邪解之者曰吾所謂空非無馬也無良馬也伯樂知馬遇其良輒取之羣無留良焉苟無留良雖謂無馬不爲虛語矣東都固士大夫之冀北也恃(集作懷)才能深藏而不賈(集作市)者洛之北涯曰石生其南涯曰溫生大夫烏公以鈇鉞鎮河陽之三月以石生爲才以禮爲羅羅而致之幕下未數月也以溫生爲才於是以石生爲媒以禮爲羅又羅而致之幕下東都雖信多才士朝取一人焉拔其尤暮取一人焉拔其尤自居守河南尹以及百司之執事與吾輩二縣之大夫政有所不通事有所可疑奚所諮而取焉士大夫之去位而巷處者誰與嬉遊小子後生於何考德而問業焉搢紳之東西行過是都者無所禮於其廬若是而稱曰大夫烏公一鎮河陽而東都處士之廬無人焉豈不可也夫南面而聽天下其所託重而恃力者惟相與將耳相爲天子得人於朝廷將爲天子得文武士於幕下求內外無理(集作治)不可得也愈縻

於茲不能自引去資二生以待老今皆爲有力者奪之其何能無介然於懷邪生既至拜公於軍門其爲吾以前所稱爲天下賀以後所稱爲吾致(集作致字)私怨於盡取也留守相公首爲四韻詩歌其事愈因推其意而敘焉

送權秀才序　前人

伯樂之廐多良馬卞和之匱多美玉卓犖瑰(集作奇)怪之士宜乎游於大人君子之門也相國隴西董公既平汴州天子命御史大夫吳縣男爲軍司馬門下之士權生實從之來權生之貌固若常人耳其文辭引物連類窮情盡變宮商相宣金石諧和(一作龢)寂寥乎短章春容乎大篇如是者閱之累日而無窮焉愈常觀於皇都每年貢士至千餘人

或與之遊或得其文若權生者百無一二焉如是而將進於明有司重之以吳縣之知其果有成哉於是咸賦詩以贈之

送何堅序　前人

何於（集作與）韓同姓爲近堅以進士舉於吾爲同業其在太學也吾爲博士堅爲生生與博士爲同道其識堅也十年爲故人同姓而近也同業也同道也故人也於其志不得願而歸其可以無言耶堅道州人道之守陽公賢也道於湖南爲屬州湖南楊公又賢也堅爲民堅又賢也湖南得道爲屬道得堅爲民堅歸唱其州之父老子弟服陽公之令道亦唱其縣與其比州服楊公之令吾聞鳥有鳳者恆

出於有道之國當漢時黃霸爲頴川（集有守字）是鳥也實集而鳴焉若史可信堅歸吾將賀其見鳳而聞其鳴也已

送王塤秀才序　前人

吾嘗（集作常）以爲孔子之道大而能博門弟子不能偏觀而盡識也故學焉而皆得其性之所近其後離散分處諸侯之國又各以所能授弟子原遠而末益分（集作引）蓋子夏之學其後有田子方子方之後流而爲莊周故周之書喜稱子方之爲人荀卿之書語聖人必曰孔子子弓子弓之事業不傳唯太史公書弟子傳有姓名字耳（一作有姓名耳）曰馯（音韓姓也）臂子弓子弓受易於商瞿蓋孟軻師子思子思之學蓋出曾子自孔子殁群弟子莫不有書獨孟軻（集有氏字）之傳得其宗故吾（集作余）少而樂觀焉太原王塤示余所爲文好舉孟子之所道者與之言信悅孟子而屢贊其文辭夫沿河而下苟不止雖有疾遲（集作遲疾）必至於海如不得其道也雖疾不止終不得（集作幸）而至焉故學者必慎其所道道於楊墨老莊佛之學而欲之聖人之道猶航斷港絕潢以望至於海也故求觀聖人之道者必自孟子始今塤之所由既幾於知道如又得其船與檝知沿而不止嗚呼其可量也哉

送齊皞（一作皡非）下第序　前人

古之所謂公無私者其取捨進退無擇於親疏遠邇唯其宜可焉其下之視上也亦唯視其舉黜之當否不以親疏

遠邇疑乎其上之人也故上之人行志擇誼坦乎其無憂於下也下之人克己慎行確乎其無惑於上也是故爲君不勞而爲臣甚易見一善焉可得詳而舉也見一不善焉可得明而去也及道之衰上下交疑於是乎舉讎舉子之事載之傳中而稱美之謂之忠見一善焉若親與邇不敢舉也見一不善焉若疏與遠不敢去也衆人之所同好焉矯而黜之乃公也衆人之所同惡焉激而舉之遹忠也於是乎有違心之行有怫志之言有內愧之名若是者俗所謂良有司也膚受之訴（集作愬）不行於君巧言之誣不起於人矣嗚呼今之君天下者不亦勞乎爲有司者不亦難乎爲人亡（集作亡）鄉道者不亦勤乎是故端居而念焉非君人者

之過也則曰有司焉則非有司之過也則曰今舉天下人焉則非今舉天下人之過也蓋其漸有因其本有根生於私其親成於私其身以己之不直而謂人皆然其植之也固久其除之也實難非百年必世不可得而化也非知命不惑不可得而改也已矣乎其終能復古乎若高陽齊生者其起予者乎齊生之兄爲時名相出藩于鎮南朝之碩臣皆其舊交齊生舉進士有司用是連枉齊生齊生不以云乃曰我之未至也有司其（集作豈）枉我哉我將利吾器而俟其時耳抱負其業東歸於家吾觀於人有不得志則非其上者衆矣亦莫計其身之短長也若齊生既不得志矣（五字集作既至矣）而曰吾未至也不以閔於有司其不亦鮮乎哉

吾用是知齊生後日誠良有司也能復古者也公無私者也知命不惑者也

送牛堪登第歸序　前人

以明經舉者誦數十萬言又約通大義徵辭引類旁出入他經者又誦數十萬言其爲業也勤矣登第於有司者去民畝而就吏祿山是進而累爲卿相者常常有之其爲獲也亦大矣然吾未嘗聞有登第於有司而進謝於其門者豈有司之待之也抑（集作御）以公不以情舉者之望於有司也亦將然乎其進而謝於其門也（集無也字）則爲私乎抑無乃人事之未思或者不能舉其禮乎若牛堪者思慮足以及之材質足以行之而又不聞其往者其將（集無將字）有以哉遠衆（集作俗）而求識立奇而取名非堪心之所存也由是而觀之若堪之用心其至於（集作爲）大官也不爲幸矣堪太學生也余傳士也傳士師屬也於其（集無其字）登第而歸將榮於其鄉也能無說乎

送進士王含秀才序　前人

吾少時讀醉鄉記私怪隱居者無所累於世而猶有是言豈誠旨於味耶及讀阮籍陶潛詩然後乃知彼雖偃蹇不欲與世接然猶未能平其心或（集作不）爲事物是非相感發於是有託而逃焉者也若顏氏之子（集作子之）操瓢與簞食曾參歌聲若出金石彼得聖人而師之汲汲若不可及其於外也固不暇尚何事麴蘗之託而昏冥之逃耶吾又以爲

悲醉鄉之徒不遇也建中初天子嗣位有意貞觀開元之丕績在朝廷之臣爭言事當此時醉鄉之後世又以直廢吾既悲醉鄉之文辭而又嘉良臣之烈思識其子孫今子之來見我也無所挾吾猶將張之況文與行不失其（集作於）世守渾然端且厚惜乎吾力不能振之而其言不見信於世也於其（集作是）行姑與之飲酒

送（集作贈）張童子序　前人

天下之以明二經舉於禮部者歲至三千人始自縣考試定其可舉者然後升於州若府其不能中科者不與是數焉州若府總其屬之所升又考試之如縣加察詳焉定其可舉者然後貢於天子而升之有司其不能中科者不與

是數焉謂之鄉貢有司 者惣州府之所升而考試之加察
詳焉第其可進者以名上於天子而藏之屬之吏部歲不
及二百人謂之出身能在是選厥惟艱哉二經章句僅數
十萬言其傳注在外皆誦之又約知其大說繇是舉者或
遠至十餘年然後與乎二千之數而升於禮部矣又或遠
至十餘年然後與乎二百之數而進於吏部矣班白之老
（二字蜀本作者）半焉昏塞不能及者皆不在是限有終身不得與
者焉張童子生九年自州縣達禮部 一舉而進立於二百
人之列又二年益通二經有司復上其事繇是拜衛兵曹
之命人皆謂童子耳目明達神氣以靈余亦偉童子之獨
出于等夷也童子請於其官之長隨父而寧毋歲八月自

京師道（一作函）陝南至虢東及洛師北過大河之陽九月始
來及（集作反）鄭自朝之聞（集作文）人以及五都之伯長群吏（集作群縣）
皆厚其餼賂或作歌詩以嘉童子童子亦榮矣雖然愈
將進童子於道使人謂童子求益者非欲速成者夫少之
與長也異觀少之時人唯童子之異及其長也將責成人
之禮焉成人之禮非盡於童子所能而已也然則童子宜
暫息乎其已學者而勤乎其未學者可也愈與童子俱陸
公之門人也慕回路二子之相請贈出（趙德本無出子）與處也故
有以贈童子

送陳密序　前人

太學生陳密請於余曰密承訓於先生今將歸拜（集作覲）其
親不得朝夕見頎先王賜之言密將以爲戒密來太學舉
明經者累年不獲其選是弗利於是科也今將易其業也
三禮是習願先生之張之也密將以爲鄉榮余媿乎其言
遺之言曰子之業信習矣其儀容信合於禮矣抑吾所見
者外也夫外不足以信内子誦其文則思其義習其儀則
行其道則將謂子君子也爵祿之來也不可辭矣科寧有
利不利耶

同吳武陵送前桂州杜留後序　柳宗元

觀室者觀其隅隅之巍然直方以固則其中必端莊宏達
可居者也人孰異夫是今若杜君之隅可觀而中可居居
之者德也贊南方之理理是以大惣留府之政政是以光

其道不撓好古書百家言洋洋蕭車行則與俱止則相對
積爲義府溢爲高文慈而和肆而信豈詩所謂抑抑威儀
惟德之隅者耶今徃也有以其道聞于天子天子唯士之
求爲急杜君欲辭爭臣侍徒之位其可得乎濮陽吳武陵
直而甚文樂杜君之道作詩以言余猶吳也故於是乎序
焉（集無焉字）

送邠寧獨孤書記赴辟命序　前人

僕聞歲驟遊邠疆今戎帥楊大夫時爲候奄盡護群牧用
晉法箠令不吐強禦下莫有逗撓陵暴而犯令者沉斷壯
勇專志武力出麾下取主公之節鉞而代之位鶡冠者仰
而榮之今又能旁貴文雅以符（一有撒字）召文士之秀者河南

獨孤宻署爲記室俾職文翰翕然致得士之稱於談者之口蓋朝廷以勇爵論將帥豈濫也哉獨孤生與仲兄實(集作寔)連舉進士並時管記於漢中新平二連帥府俱以筆硯承荷舊德位未達而榮如貴仕其難乎哉噫自犬戎陷河右逼西鄙精(集作積)兵備虞縣道告勞內置中府太倉之蓄僅而獲㸑投石而賈勇者思所以奮力論者以爲天子且復河壖故疆拓達西戎而罷諸侯之兵則曳裾戎幕之下專弄文墨爲壯夫捧腹甚未可也吾子歷攬古今之變而通其得失是將植密畫於借箸之宴發群謀於草(集作章)奏之筆上爲明天子論列熟計而導揚威命然後談笑罇俎賦從軍之樂移書飛文諭告西土切脅之伍俾其簞食壺

漿犒迎王師在吾子而已往慎辭令(集有無字)使諭蜀之書燕然之文炳列于漢史眞可慕也不然是瑣瑣者惡足置齒牙間而榮吾子哉

送薛判官量移序　前人

仕於世有勞而見罪凡人處是鮮不怨懟忿懥列於上愬於下此恒狀也異於恒者其道宜顯薛生司貨賄於軍興之際兵亂不去然得以不犯由太行以東皆傳道之可以爲勞矣而竟連大獄以至於放不慼(集作戚)於貌不悱於心樂以自肥而未嘗尤於物其有異於恒矣哉朝廷施恩澤(集有大字)凡受謫者罪得而未薄乃命以近壤薛君去遠而吏於朗是其漸於顯歟君子學以植其志信以篤其道有異於恒者充而大之茍推是以往雖欲辭顯難矣

送李判官往桂州序　前人

士之習爲吏者恒病於少文故給而不肆飾於華者恒病於無斷故放而不制今李生學於詩有年矣吟詠風賦頗聞乎人至於是州惟州之牧咨焉以贊戎事而糾郡(集作群)吏甚直且武豈所謂吏而華者耶以府丧罷去擇而之乎有禮之邦推是道也以往然而不際於禮則吾不知也

送寧國范明府序(永本作詩序)　前人

近制凡得仕於王者歲登名於吏部兵部則必叅其等列分而合之率三十人以爲曹謂之甲名書爲三其一藏之有司其二藏之中書洎門下每大選置大考績必關決會

驗而視其成有不合者下有司罷去甚衆由是吏得爲奸以立威賊智以(集作而)弄權詭竊寵易而莫有(集作示)其實必求端慤而習於事辯達而勤其務者命之官而掌之居三年則又益其官而後去其職有范氏傳眞者始來京師近臣多言其美宰相聞之用以爲是職在門下甚獲休問初命京兆武功尉旣有成績復於有司爲宣州寧國令人咸曰由邦畿而調者命東西部尉以爲美仕范生曰不然夫仕之爲美利乎人之謂也與其給於供備孰若安於化導故求發吾所學者施於物而已矣夫爲吏者人役也役於人而食有(集作其)力可無報耶今吾將致其慈愛禮節而去其欺僞陵暴以惠斯人而後有其禄庶可平吾心而不愧

於色苟獲是焉足矣季弟爲殿中侍御史以是言也告於其僚咸悅而尚之故爲詩以重其去而使余爲序

送薛存義之任序　前人

河東薛存義將行柳子載肉于俎崇酒于觴追而送之江(蜀本有之字)滸飲食之且告曰凡吏於土者若知其職乎蓋民之役非以役民而已也凡民之食於土者出其什一傭乎吏使司平於我也今我(集無我字)受其直怠其事者天下皆然豈唯怠之又從而盜之向使傭一夫於家受若直怠若事又盜若貨器則必甚怒而黜罰之矣以今天下多類此而民莫敢肆其怒與黜罰何哉勢不同也勢不同而理同如吾民何有達于理者得不恐而畏乎存義假令零陵二年

矣蚤作而夜思勤力而勞心訟者平賦者均老弱無(蜀本作毋)懷詐暴憎其爲不虛取直也的矣其知恐而畏也審矣吾賤且辱不得與考績幽明之說於其往也故賞以酒肉而重之以辭

送詩人廖有方序　前人

交州多南金珠璣瑇瑁象犀其產皆奇怪至於草木亦殊異吾常怪陽德之炳耀獨發於紛葩瓌麗而罕鍾乎人今廖生剛健重厚孝悌(集作道)信讓以質乎中(集作內)而文乎外爲唐詩有大雅之道夫固鍾於陽德者耶是世之所罕也今之世恒人其於紛葩瓌麗則凡知貴之矣其亦有貴廖生者耶果能是則吾不謂之恒人矣是(集作實)亦世之所罕

也

送澥序　前人

人咸言吾宗宜碩大有積德焉在高宗時並居尚書省二十二人遭諸武以故衰耗武氏敗猶不能興(集注有不能二字非)爲尚書吏者間十數歲乃一人末貞元年吾與族兄登並爲禮部屬吾黜而季父公綽更爲刑(一有吏部二字)部郎則加稠焉又觀宗中爲文雅者炳炳然以十數仁義固其素也意者復興乎(三字集作復其興乎)自吾爲僇人居南鄉後之頴然出者吾不見之也其在道路幸而過余者猶(集作獨)得澥澥質厚不諂敦朴有裕若器焉必隆然大而後可以有受擇所以入之者而已矣其文蓄積甚富好慕甚正若墻焉必基之廣

而後可以有蔽擇其所以出之者而已矣勤聖人之道輔以孝悌復嚮時之美吾於澥焉是望汝往哉見諸宗人爲我謝而勉焉無若太山之麓止而不得升　其唯川之不(集作似)已乎吾去子終老於夷矣

送李渭赴京師序　前人

過洞庭上湘江非有罪左遷者罕至又況踰臨源嶺下灕水出荔浦名不在刑部而來吏者其加少也固宜前余逐居永州李君至固怪其棄美仕就醜地無所束縛自取瘴癘後余斥刺柳州至于桂君又在焉方屑屑爲吏噫何自苦爲(集作如)是耶明時宗室屬子當尉畿縣王師連征不貢二府方汲汲求士李君讀書爲詩有幹局久遊燕魏趙代

聞知人情識地利能言其故以是入都干丞相盐國事不
求獲於集作乎已而已以有獲于嫉其不爲是久矣今而曰
將行請余以言行哉行哉言止是而已

文苑英華卷第七百三十一終

文苑英華卷第七百三十二　序三十四

餞送十五

送徐從事北遊序　柳宗元

讀詩禮春秋莫能言說其容貌充充然而聲名不聞傳於世豈天下廣大多儒而使然歟將使晦其說諱其讀不使世得聞傳其名歟抑處於遠仕於遠不與通都大邑豪傑角其伎而至於是歟不然無顯者爲之唱集作倡以振動其心聲集作歟今之世不能多儒可以盖生者觀生亦非晦諱

其說讀者然則餘二者爲之決矣生北遊必至通都大邑通都大邑必有顯者由是其果聞傳於世歟苟聞傳必得位得位而以詩禮春秋之道施於事及於物思不負孔子之筆舌能如是然後可以爲儒儒豈（集作字）可以說讀爲哉

此篇誤編在七百十一卷今移入此

送辛殆庶下第遊南鄭序　前人

朝廷用文字求士每歲布衣束帶偕計吏而造有司者僅半孔徒之數春官上大夫擢甲乙而升司徒者於孔氏高第亦再倍焉僕在京師凡九年於今其間得意者二百有六十人其果以文克者十不能一二嘗從俊造之後頗涉藝文之事四貢鄉里而後獲焉方之於釣者絲綸不屬鈎

喙甚直嗜（蜀本作懷）有美餌者（蜀本無者字）而觖望獲魚之慕則善取者皆指而笑之今辛生固窮而未達遲久而不試褒衣之徒視子而捧腹者蓋不乏焉（四字蜀本作蓋不之知焉）辛生來（集作嘗）南依蠻楚專志於學爲文無謬悠迂誕之談鍛鍊剪截動可觀采故相國齊公接禮加等常爲右客且佐其策名之願遂笺典墳（集作墳典）䄂文章比來王都笑揖群伍文昌下大夫上士之列見而嚣興爭爲詖譽由是爲閒人戰術藝之場莫與爭鋒然而遷延三北躑躅不振豈其直鈎而釣懷美餌而羨魚者耶若辛生者有司抑之則已不然身都甲乙之籍其果以文克歟今則囊如懸磬不備室寓食方將適千里求仁人被冒畏京此以降棧道吾欲抑而不歎其若心

曾何然吾聞焚舟而克于劒而盟者皆敗北之餘也子之厄困而往覇心勇氣無乃發於是行乎成拜賜之信刷壓境之恥無乃果於是舉乎往愼所發如志遄返自固植以遂子之欲姑使談者謂我言而中不猶愈乎

送獨孤申叔侍從（蜀本作覲）往河東序　前人

河東古吾土也家世遷徙莫能就緒聞其間有大河條山氣蓋關左文士往往彷徉臨望坐得勝槩焉吾固翹翹褰裳奮懷舊都日以滋甚獨孤生周人也往而先我且又愛慕文雅甚達經要才與身長（上聲）志益強力挾是而東大豈徒往乎溫凊奉引（蜀本作覲）之隟必有美製儻飛以示我我將易觀而待所不敢忽古之序者期以申導志義不爲富厚

而今也反是生至於晉出吾斯文於筆硯之伍其有評我太簡者愼勿以知文許之

送內弟盧遵遊桂州序　前人

外氏之世德存乎古史揚乎人言其敦大朴厚尤異乎他族由遵而上五世爲大儒兄弟三人咸爲帝者師其風之流者皆好學而質重遵余弟子（蜀本無予字）也廣而不肆異而不嚚孝敬忠信之道拳拳然未嘗去乎其中蓋由其中出者也浸潤以詩易動搖以文采以余棄于南服來從余居五年矣未嘗見其行有悖乎義言有異乎行者則余之棄也適累斯人焉以愛余而慰其憂思故不爲京師遊以取名當世以桂之邇也而中丞之道光大多容賢者故洋洋

爲樂附而趨以出其中之有夫如是則宜其（集無其字）奮翼鱗乘風波以遊乎無倪往哉其漸乎是行也

送從兄偁罷選歸江淮詩序　前人

伯氏自淮陽從調抵于京師冬十月牒計不至擯祚而退顧謂宗元曰昔吾祖士師生于衰周與道同波爲世儀表故直道而仕三黜不去孔氏稱之遺佚而不怨厄窮而不憫孟子賛之今吾逡逡末路寡偶希合進不知嚮退不知守所不敢折其志感其心遵祖訓也然而闕滫瀡之養乏庚釜之畜逼迸無成東騖淮湖雖欲脫細故於胷中味道腴於舌端勉脩厥志懼不恒乆子當慰我窮局之懷祛我行役之憤傳之以文發於詠歌吾非子之望將誰望焉宗

元再拜曰夫聞善不慕與聾瞶同見善不敬與昏瞽同知善不言與瘖瘂同則聞之先達乆矣矧吾兄有柔儒之茂質恢曠之弘量敢無敬乎有述祖之美談安道之貞節敢無慕乎覩徽容而敬聞嘉話而慕敢無言乎言不稱德文不盡志適爲累而已矣於是賦而序之繼其聲者列于左凡五十七首遂命從姪立序（集無序字）編爲後序終焉

送從弟謀歸江陵序　前人

吾與謀由高祖王父而異謀少吾二歲往時在長安居相邇也與謀皆甚少獨見謀在衆少言好經書心異之其後吾爲京兆從事謀來舉進士復相得益知謀盛爲文辭通外家書一再不勝懼祿養之緩棄去爲廣州從事復佐邕州連得薦舉至御史後以智免歸家江陵有宅一區環之以桑有僮指三百有田五百畝樹之穀蓺之麻養有牲出有車無求於人日率諸弟具滑甘豐柔視寒燠之宜其隙則讀書講古人所謂（集作爲）求其道之至者以相勵也過求州爲吾留信次具道其所爲者凡士人居家孝悌恭儉爲吏祗肅出則信入則厚足其家不以非道進其身不以苟得時退則退尊老無井臼之勞安和而益壽兄弟衎衎以相友不謀食而食給不謀道而道顯則謀之去進士爲從事於遠始也吾疑焉今也吾是焉別九歲而會於此視其貌益偉問其業益習叩其志益堅於虖吾宗不振乆矣識者曰今之世稍有人焉若謀之出處庸非所謂人歟或問

管仲孔子曰人也謀雖不識於管仲其（集有於字）爲道無悖亦可以有是名也抑又聞聖人之道學焉而必至謀之業良矣而又增焉志專矣而又若不足焉孔子之門不道管晏則謀之爲人也其可度哉吾不智觸罪擯越楚間六年築室茨草爲圃乎湘之西穿池可以漁種黍可以酒甘終爲永州民又恨徒費祿食而無所答下愧農夫上慙王官追計往時咎過日夜反覆無一食而安於口平於心若是者豈不以少好名譽嗜味得毒而至於是耶用是愈賢謀之去進士爲從事以足其家終始孝悌今雖（集有欲字）羨之豈復可得謀在南方有令名其所爲日聞於人吾恐謀不幸又爲吾之所悔者將已之而不能得可若何然謀以信厚少

言畜(集作蓄)其志以周於事雖履吾跡將不至乎吾之禍(三字蜀本作吾之所悔者)則謀何悔之有苟能是雖至於大富貴又何慄耶振吾宗者其惟望乎爾

送僧浩初序　前人

儒者韓退之與余善嘗病余嗜浮圖言訾余與浮圖遊近隴西李生礎自東都來退之又寓書罪余且曰見送元生序不斥浮圖浮圖誠有不可斥者往往與易論語合誠樂之其於性情昭(集作奭一作盡)然不與孔子異道退之好儒未能過揚子揚子之書於莊墨申韓亦(一作皆)有取焉浮圖者反不及莊墨申韓之怪僻險賊耶曰以其夷也果不信道而斥焉以夷則將友惡來盜跖而殘(一作賤)季札由余乎非所

謂去名求實者矣吾之所取者與易論語合雖聖人復生不可得而斥也退之所罪者其跡也曰髡而緇無夫婦父子不爲耕農蠶桑而活乎今(集作人)若是雖吾亦不樂也退之忿其外而遺其中是知石而不知韞玉也吾之所以嗜浮圖之言以此與其人遊者非不能通其言且凡爲其道者不愛官不爭能樂山水而嗜閑安者爲多吾病世之逐逐然唯印組爲務以相軋也則舍是其焉從吾之好與浮圖遊以此今浩初閑其性安其情讀其書通易論語唯山水之樂有文而文之又父子咸爲其道以養而居泊焉而無求則其賢於爲莊墨申韓之言而逐逐然唯印組爲務以相軋者其亦遠矣李生礎與浩初又善今之往也以吾

言示之因北人寓退之視何如也

送濬上人歸淮南覲省序　前人

金仙氏之道蓋本於孝敬而後積以衆德歸於空無其敷演教戒於中國者離爲異門曰禪曰法曰律以誘掖迷濁世同(集作用)宗奉其有脩整觀行尊嚴法容以儀範于後學者以爲持律之宗焉上人窮討秘義發明上乘奉威儀三千雖造次必備嘗以此道宣於江湖之人江湖之人悅其風而受其賜攀慈航望彼岸者蓋千百計天子聞之徵至闕下御大明秘殿以問焉導揚本教頗甚稱旨京師士衆方且翹然仰大雲之澤以植德本而上人不勝顧復之恩退懷省侍之禮懇迫上乞還(集無此字)遂無以奪由是杖錫東

顧振衣晨征右司員外郎劉公深明世典通達釋教與上人爲方外遊始榮其至今惜其去於是合郎署之友詩以貺之退使孺子執簡而序之因繫其辭曰上人專於律行恒久彌固其儀刑後學者歟誨于生靈觸類蒙福其積衆德者歟覲于高堂視遠如邇其本孝敬者歟若然者是將心歸空無捨筏登地固何從而識(一作議)之乎古之贈禮必以輕先重故鄭商之犒先乘韋魯侯之贈後吳鼎今餞詩之重皆衆(集作後)吳鼎也故乘韋之比得序而先之且曰由禮而不敢讓焉

送琛上人南遊序　前人

佛之跡去乎世久矣其留而存者佛之言也言之著者爲

經翼而成之者爲論其流而來者百不能一焉然而其道則備矣法之至莫尚乎般若道(集作經)之大莫極乎(集作於)涅槃世之上士將欲由是以入者非取乎經論則悖矣而今之言禪者有流盪舛誤迭相師用妄取空語而脫略方便顛倒眞實以陷乎己而又陷乎人又有能言體而不及用者不知二者之不可斯須離也離之外矣是世之所大患也吾琛則不然觀經得般若之義讀論悅三觀之理晝夜服習而身行之有來求者則爲講說從而化者皆知佛之爲大法之爲廣菩薩大士之爲雄修而行之者(蜀本作者之)爲空蕩而無之者(蜀本作者之)爲礙夫然則與夫增上慢者異矣異乎是而免斯名者吾無有也將以廣其道而被於遠故

好遊自京師而來又南出乎桂林未知其極也吾病世之傲逸者嗜乎彼而不求乎此故爲之言

送元暠師序　前人

中山劉禹錫明信人也不知人之實未嘗言言未嘗不讎元暠師居武陵有年數矣與劉遊久且暱持其詩與引而來余視之申申其言勤勤其思其爲知而言也信矣余觀近世之爲釋者或不知其道則去孝以爲達遺(蜀本作遺)情以貴虛今元暠衣粗而食菲病心而墨貌以其先人之葬未返其土無他(集無他字)族屬以移其哀行求仁者以冀終其心勤而爲逸遠而爲近斯蓋釋之知道者歟釋之書有大報恩七篇咸言由孝而極業世之蕩誕慢訑者雖爲其道而好遠其書於元暠師吾見其不違且與儒合也元暠陶氏子其上爲通侯爲高士爲儒流(集作儒先蜀本作儒先生)資(集作見)其儒故不敢忘孝跡其高故爲釋承其侯故能與達者遊其來而從吾也觀其爲人益見劉之明且信故又與之言重(蜀本有叙字)其事

送賈山人南遊序　前人

傳所謂學以爲己者是果有其人乎吾長京師三十三年遊鄉黨入太學取禮部吏部科校集賢秘書出入去來凡所與言無非學者蓋不啻百數然而莫知所謂學而爲己者及見逐於尚書居永州刺柳州所見學者益稀少常以爲今之世無是決也居數月長樂賈景(集作宣)伯來與之言

邃於經書傳取諸史群子昔之爲文章者畢(一作必)貫統言未嘗詖行未嘗怍其居室愔然不欲出門其見人偘(蜀本作侃)而肅召之仕快然不喜導之還中國視其意夷夏若均莫取其是非曰姑爲道而已爾若然者其實爲己乎非己乎使吾取乎今之世賈君果其人乎其足也則居其匱也則行行不苟之居不苟容以是之於今世其果逃於匱乎吾名逐祿貶言見疵於世余(集無余字)奈賈君何於其之也即其舟與之酒侑之以歌歌曰充乎已之居或蹈其塗匱乎已之虛或盈其廬孰匱孰充爲泰爲窮君子烏乎取以寧其躬若君者之於道而已爾世孰知其從容者耶

送元十八山人南遊序　前人

太史公嘗言世之學孔氏者則黜老子學老子者則黜孔氏道不同不相爲謀余觀老子亦孔氏之異流也不得以相抗又况楊墨申商刑名縱横之説其迭相訾毁抵捂而不合者可勝言耶然皆有以佐世太史公没其後有釋氏固學者之所怪駭舛逆其尤者也今有河南元生者其人閎曠而質直物無以挫其志其爲學恢博而貫統數無以躓其道悉取向之所以異者通而同之搜擇融液與道大適咸伸其所長而黜其奇衺要之與孔子同道皆有以會其趣而其器足以守之其氣足以行之不以是道求合於世常有意乎古之守雌存雄者及至是邦以余道窮多憂而嘗好斯文留三旬有六日陳其大方勤以爲諭余始得其爲人今又將去余而南歷營道觀九疑下灕水窮南越以臨大海則吾未知其還也黄鵠一去青冥無極安得不馮豊隆愬飛廉以寄聲於寥廓耶

送班孝廉擢第歸東川覲省序　前人

隴西辛殆庶猥稱吾文宜叙事晨持縑素以班孝廉之行爲請且曰夫人殆所謂吉士也愿而信質而禮言不黷慢行不進越其先兩漢間繼脩文儒世其家業其風流後胤（英華作裔避諱）耽學篤志之士往往出於其門今夫人研精典墳不告劬勩爲者舉鄉里登春官獲居其甲焉家于蜀之東道其嚴君以客卿之位貳是方岳爲大夫良今將拜慶寧覲光耀族屬是其可歌也道出于南鄭外王父以將相之重九命赤社爲諸侯師今又將征（集作丞）駕省謁從容燕喜是又可歌也故我與河南獨孤申叔趙郡李行純行敏等若干人皆歌之矣若乃序者固吾子宜之柳子曰吾嘗讀王命論及漢書嘉其立言彼生彪固之冑歟相國馮翊王公功在社稷德在生人其門子遊文章之府者吾嘗與之齒彼生嚴氏之出歟承世家之儒風沐外族之休光彼生專聖人之書而趨君子之林宜矣哉遂如辛氏之談濡翰于素因寓于辭曰爲我謝子之舅氏珠王將至得無脩容乎

送嚴公貺下第歸興化覲省詩序　前人

嚴氏之子有公貺者退自有司踵門而告柳子曰吾獻藝

不售於儀曹之司（集無司字）賈貨不中度敢逃其咎詰朝將行願聞所以去我者其可乎哉余諭之曰吾子以冲退之志端其趣嚮以淬礪之誠脩其文雅行當承教戒於獨立之下濬發清源激揚洪音沛哉鏗鏗乎充於（集作于）四體之不暇吾何敢去子恭唯相國馮翊公有大勲力盈於旂常極人臣之尊分天子之憂殿邦坤隅柄是文武若子者生有黼黻粱肉之美不知耕農之勤勞物役之艱難趨其庭有魏絳之金石焉候其門有亞夫之棨戟焉中人處之不能無傲而子之伯仲皆脱略貴羙服勤儒素退託於布衣帶之任如少習然故繼登上科以及於子是可舉嚴氏之教誦乎他門使有矜式也而吾子又引慝内訟撝謙如此

其何患乎賈之不售而自薄哉於是文行之達者若高陽齊撅者借賦命余序引余朴不曉文故書嚴子之嘉言編于其（集作右）簡竊褒貶（與國本作字）之義以贈

送蔡秀才下第歸覲序　前人

僕之始貢於京師著者卦之曰是所謂望而未覩隱而未見曠乎遠而有榮者也今茲歲在鶉首若合於壽星其果合也（集作乎）僕時悒然遲之謂其誕慢恠迂是將不然然而從寘於懷耳未克決而忘之也後果依遙遷就四進而獲卒如其言云噫彼莫莫者其有宰於人乎不然何應其（集作其應）前定若是之彰（集作章）明也今蔡君馳聲耀譽聞於公卿戰藝之徒推爲先登而五就鄉舉往則見罷意者前定之期殆未及歟故君子之居易俟命樂天不憂者果於自是也君其勵文學焉丈人牧人南邦君展覲承顏婆娑愉樂之暇則充其經笥茂是文苑時焉逃哉遲速之事則瞽史之任吾不及知

文苑英華卷第七百三十二

文苑英華卷第七百三十三　序三十五

餞送十六

送趙大秀才往江陵序　柳宗元

士之知感激許與常欲（蜀本無欲字）以有報爲志者則凡志乎道者咸願爲之如趙生厥乎哉來謂余曰宗人尚書以碩德宗功由交廣臨荆州仁我君子姓恩禮重（集作備）厚有賢子爲御史好學而甚文交我若同生歡欣交通我誠樂爲之用甚不辭也不幸遭重痼六旬而後知人方其急也大懼不克報尚書公之恩又懼無以當御史君之心以沒每念於（集作乎）是則未嘗不盡然內傷若受鋒刃自是而後調藥石時飲食生血補氣強筋植骨榮衞之和膂力之剛追

今茲始全然爲人舒幹抗首文翰端麗其材足以用敢辭而往以劾於戲下其言云爾自吾竄永州三（一作四）年趙生亟見視其狀專（蜀本作恭）謹愿慤觀其跡温客簡靖聞其言徑直端誠自尚書理（蜀本理作之爲）荆州異政日至至則趙生喜（蜀本作竇）抃起立伸目四顧不啻若自已而爲之者誠宜有報知已之道又誠宜有大賢而爲之知也是行也趙生其將奮六翮翔千里以爲轅門大府之重增羽儀之盛其爲美矣故余繼之以辭

送甯七秀才序　前人

所謂先聲後實者豈唯兵用之然（一本無然字）雖士亦然若今由州郡抵有司求進士者歲數百人咸多爲文辭道今語

古角夸麗務富厚有司一朝而受者幾千萬言讀不能十一即偃仰疲耗目眩而不欲視心廢而不欲營如此而曰吾能不遺士者僞也唯聲先焉者讀至其文辭心目必專以故少不勝京兆甯中立其文懿且高其行愿以恒試其藝益工久與居益見其賢然而進三年連不勝是豈拙於爲聲者歟或以甯生之不勝爲有司罪余曰非也穀梁子曰心志既通而名譽不聞友之過也名譽既聞而有司不以告有司之過也人之視聽有所止神志有所不及古之道名譽未至不以罪有司而况乎今（集作今乎）甯生樂植乎內而不欲揚乎外其志非也孔子不避名譽以致其道今甯生伏其文簡其友思自得於有司抑非古人之道歟將行也余爲之言既以遷其人又以移其友且使惑（興國本作或）者知釋有司也

送元秀才序　前人

周乎志者窮躓不能變其操周乎藝者屈抑不能貶其名其或處心定氣居斯二者雖有窮屈之患則君子不患矣元氏之子其殆庶乎言（集作貌）恭而信行端而靜勇於講學急於進業既遊京師寓居仄陋無使令之僮闕交易之財可謂窮躓矣而操愈（集作逾）厲志之周也才濯而清詞簡而備工於言理長於應卒從計京師受丙科之薦獻藝春卿當三黜之辱可謂屈抑矣而名益茂藝之周也苟非處心定氣則曷能如此哉余聞其欲退家殷墟脩志增藝懼其

沉鬱傷氣懷憤而不達乃往送而諭焉夫有湛廬豪曹之器者患不得犀兕而剸之不患其不利也今子有其器宣其利秉其時夫何患焉磨礪而坐待之可也遂欣欣而去

送豆盧膺秀才南遊序　前人

君子病無乎內而飾乎外有乎內而不飾乎外者無乎內而飾乎外則是設機（集作饑）爲穽也禍孰大焉有乎內而不飾乎外則是焚梓毀璞也詬孰甚焉於是有切磋（集作琢磋）磨鏃礪栝羽之道聖人以爲重豆盧生內之有者也余是以好之而欲其遂焉而恫以幼孤羸餒爲懼恤恤焉遊諸侯求給乎是固所以有乎內者也然而不克專志於學飾乎外者未大吾願子以詩禮爲冠屨以春秋爲襟帶以

圖史爲佩服琅乎璆璜衡牙之響發焉煌乎山龍華蟲之
采列焉則揖讓周旋乎宗廟朝廷斯可也惜乎余無禄食
於世不克稱其欲成其志而姑欲其速反也故詩而序云

送婁圖南秀才遊江（集作淮）南序　前人

僕未冠求進士聞婁君名甚熟其所爲歌詩傳詠都中通
數經及群書當時爲文章若崔比部于衛尉相與稱其文
（集有衆字）皆曰納言曾孫也而又有是咸推讓爲先登後十餘
年僕自尚書郎謫來零陵覿婁君猶爲白衣居無室宇出
無僮御僕深異而訊之乃曰今夫取科者交貴勢倚親戚
合則插羽翮生風濤沛焉而有餘吾無有也不則饜飲食
馳堅良以歡（集無此字）歡于朋徒相貿爲資相易爲名有不諾

者以氣排之吾無有也不則多筋力善造請朝夕屈折於
恒人之前走高門邀大車矯笑而僞言卑陬而姁媮偷一
旦之容以售其伎吾無有也自度卒不能堪其勞故舍之
而遊逾江湖（集作湖江）出豫章至南海復由柱而下也少好道
士言餌藥爲壽未盡其術故行（蜀本作往）且求之僕聞而愈疑
往時觀得進士者不必若婁君之言又少能類婁君之文
學又無納言之大德以爲之相無比部衛尉以爲之知而
升名者百數十人今婁君非不足也頗不樂而遁耳因爲
余留三年他日又曰吾所以求於心者未克今其行也余
旣與其遁於名而又德其久留於我也故爲之言夫君子
之出以行道也其處以獨善其身也今天下理平主上亟

下求士之詔婁君智可以任職用事文可以宣風歌德行
於世必有合其道而進薦之者遷而爲處士吾以爲非時
將曰老而就休耶則甚少且銳龐而自養耶則甚碩且武
問其所以處咸無名焉若苟焉以圖壽爲道又非吾之所
謂道也夫形軀之寓於土非吾能私之幸而好求堯舜孔
子之道（集作志）唯恐不得幸而遇行堯舜孔子之道唯恐不
憔若是而壽可也求之而得行之而憔雖夭其誰悲今將
以呼嘘爲食咀嚼爲神無事爲閑不死爲生則深山之木
石大澤之龜蛇皆老而久其於（蜀本作於其）道何如也僕嘗學
（集有於字）儒時（集作持）之不得以陷於是以出則窮以處則乖其
不宜言道也審矣以吾子見私於僕而又重其去故竊言

而書之而客授焉

送苑論登第後歸覲詩序　前人

八年冬余與馬邑苑言揚聯貢于京師自時而後車必挂
轄席必交袵量其志知其達于昭代究其文辨其勝于太
常探而討之則明韜於淳朴（集作朴厚）之質行浮於休顯之間
遊公卿之間質直而不犯恪謹而不慍交同列之群以誠
信聞余拜而兄之以爲執誼而固臨節不奪在兄而已是
歲小司徒顧公守春官之鈌而權擇士之柄明年春同趨
權衡之下並就重輕之試觀其掉鞅于術藝之場遊刃乎
文翰之林風雨生（集作交）於筆札雲霞發於簡牘左右圜視
朋儕拱手甚可壯也二月丙子有司題甲乙之科揭于南

宮余與兄又聯登焉余不厚顔懷愧而陪其遊久矣夏四月告歸荆衡拜手行邁輪移都門之轍轅指秦嶺之路方將高堂稱慶里閈更賀曳裾峨冠榮南諸侯之邦遐登王粲之樓高視劉表之榻桂枝片玉光生于家是宜砥商維之阻艱帶江漢之浩蕩（集有以字）談笑顧眄超越千里而無倦極也然而景熾氣燠徃即南方乘陵炎雲呼吸溫風可無敬乎慎進藥石保安其躬是亦非兄之所宜私也群公追餞于霸陵列筵而觴送遠之賦圭璋交映或授首簡於余曰子非知言揚者乎安得而黙耶余書而授之（一作余受而書之）編于群玉之右非不知讓貴傳信焉爾

送侯權秀才序　白居易

貞元十五年秋余始舉進士與侯生俱爲宣城守所貢明年春余中春官第既入仕凡歷四朝才朽命剝蹇躓不暇去年各蒙不次慰遷尚書郎掌誥西掖然青衫未解白髮已多矣時子尚爲京師旅人見除書走來賀余因從容問其官名則曰無得矣問其生業則曰無加矣問其僕乘橐輜則曰日削月朘矣問別來幾何時則曰二十有三年矣嗟乎侯生當宣城別時文才志氣我爾不相下今余猶小得遇子卒無成由子而言余不爲不遇爾嗟乎侯生命實爲之謂之何哉言未竟又有行色且曰欲謁東諸侯恐不知我（集作我知）者多請一言以寵別余方直閣慨然竊書命筆以序之爾

送丘儒赴舉序　皇甫湜

吾居河陰丘生敲門請曰儒貴求知余謹自露願以是非賜決語其學如荷蝢之冨聽其音如清廟之樂觀其刻意厲行如奉商鞅之法而懼秦刑吾驚而與之遊踰年將闘其藝於洛下吾送來（集有遊字）洛下喩之曰子知市乎懷貝玉以之名都之肆未有不售者也挈而之三家之墅未有不爲盗困幸矣（集作盗而困矣）子將安寘哉京師貝才市也一人不知子也他人知子一門不容子也他門容子子謹持其所有以徃未有不成者也今子之類固以勢能移事者稱爲一不知爲一相移白變而復（集作爲）黒倒上而爲下吾未如之何矣生不信而試果困而見吾酌酒而賀之曰謹持貝玉以徃之都市可矣曰諾乃序其行

吉州送簡師序　前人

鳳羽而麟毛鳥與獸也經傳以與比於聖人豈非以其心不以其形者耶師雖佛其名而儒其行雖夷狄其衣服而人其知（三字文粹作仁義其心）雖未齒於士與鳳麟類矣不猶愈於冠儒冠服朝服或（集作惑）溺於淫怪之說以斁彝倫者耶嗚呼師吾獨賢也刑部侍郎昌黎韓愈既貶于（集作于字）潮州浮屠之徒（集作浮屠之士）歡快以抃師獨憤起訪余求序行以資適潮不顧蛇山鱷水萬里之險毒若將朝得進拜而夕死可者嗚呼悲夫吾絆（集有而字）不得侶師以馳

送同年任畹歸蜀序　沈亞之

十年新及第進士將去都乃大宴朝賢卿士與來會樂而都中樂工倡優女子皆坐優人前贊舞百奮袖出席於是堂上下匏吹絃簧大奏即暮既罷生揖語亞之曰吾家世居蜀嘗以進士得第吾少能嗣其業幸余之文得稱甚光顧爲我序還家之榮亞之辭謝不敏曰願無讓曰始生與兄來舉進士得黜（集作絀）及綴字爲便口之句歷贊其文於公卿之門由是一歲而知名八年成都貢士生名在貢首九年生與其兄式貢京兆京兆籍貢名生爲亞首生之兄盇在列下十年禮部第士生名在甲乙如是而後歸亞之以爲相如還蜀之榮而生未後也

送薛廙士序　杜牧

廙士之名何哉潛山隱市皆廙士也在山也且非頑如木石也在市也亦非愚如市人也蓋有大智不得大用故羞恥不出寧反與市人木石爲伍也國有大智之人不能大用是國病也故廙士之名自負也謗國也非大君子其孰能當之薛君之廙（文粹有士字）有盖自負也果能窺測堯舜孔子之道使指制有方弛張不窮則上之命一日來子之廬子之身一日立上之朝使我輩居則來問學仕則來問政千辨萬索滔滔而得若如此則善苟未至是而遽名曰廙士雖吾子自負其不爲矯歟其敢用此贈行

送豆盧廙士謁宋丞相序　陸龜蒙

龜蒙讀楊雄所爲書知太玄準易法言準論語晚得文中子王先生中說又知其書與法言相類道之始塞而終通子雲執範（集作乾乾）不足當也何者子雲仕於西漢末屬莽賢用事時皆進符命取寵雄獨默默以窮愁著書病不得免人希至其門止一侯巴（漢書作芭）從之受太玄法言而已文中子生於隋代知聖人之道不行歸河汾間脩先君之業九年而功就謂之王氏六經門徒（集無徒字）弟子有若鉅鹿魏公河南（疑作濟南集作清河）房公京兆杜公代郡李公咸北面稱師受王佐之道隋亡文中子沒門人歸于唐盡發文中子所受之道左右其理（集作治）文皇（集作太宗）每歎曰魏徵教我功業如此恨不使封德彝見之逮今十八聖舉其君必曰太宗舉其相（集作臣）必曰房魏上下之心恥不及貞觀則生人受賜

足矣豈非文中子之道始塞而終通乎丈人文中子外諸孫也誦文中子之書不絕于口率弟兄耕稼以自給一旦訪（集作謂）龜蒙曰宣中（集作仲非）兵荒來人不足犬豕之食安能遂退藏耶吾從子相天下矣吾西而見之龜蒙曰丈人外族之門人嘗作良輔今復家有丞相必以房魏之道致君中興是內外有德於四海也此行徒東歸也（一作乎）丞相未升甲科時年纔出弱冠龜蒙幸得參遊中以兄事之許與膠固形於詠歌及丞相爲朝鉅儒居侍從之列龜蒙江湖邅（集作間）病不能起一耒而耕一船而漁有文三十編有書數千幖未嘗干東諸侯（四字集作干求諸侯門）故沒沒（集作汲汲）然無一人道着名字今丞相方築太平之基架群材立清廟丈人

乘間宴語幽仄試丞相音演以念以小榭（集作柱）城北秋霖聲
高中夜對榻有苦吟生耶因問丈人之行叙房魏得王佐之
道丞相追貞觀之風小子御與言曩日之分雜而書之用以
爲送

送侯道士還太白山序　前人

侯生嘗舉進士名彤作七言詩甚有態度不見十年自云
再貢於有司藝不中度輒得黜齟齬不與世合去入老子
法中作道士更名雲多居太白山在雄州西南梁州之地
苦寒霜雪恒積雖夏五六月赫日在上群峯若焚我獨皓
然玉竦巖壁澗壑之木不數百（集作十）年不能爲材及其堅
良又不與他等居（集作民）乘是氣皆壽而不衰況（集作矧）養生

者耶吾今南遊天台既將復而老焉余曰夫物命乎天者
人不能有存乎人者天不能奪推其氣則謂（集作爲）之一考
其命則有懸絕不類者焉余曰噫（集無三字）居恒寒之地而不
夭者吾不信也居恒燠之地而不壽者吾不信也信其（集作乎）
命乎天者人不能有而已矣傳曰仁者壽則恒寒之地
不仁者夭而死矣恒燠之地仁者壽而生矣苟恒寒之地
壽其不仁者恒燠之地夭其仁者是寒燠爲不祥之氣又
何以佐天地之生植乎哉如此則居寒而壽居燠而夭吾
益不信也信其（集作乎）存乎人者天不能奪而已矣或曰仁
者壽不仁者亦壽不仁者夭仁者亦夭吾又不知命乎天
存乎人果可信乎未也無乃自壽自夭自仁自不仁耶天
不能與之（集無之字）又安能奪也（集作耶）行（集作信）矣子姑務乎仁
無以山寒自欺則吾亦信子之（集作而之）壽矣

送小鷄山樵人序　前人

小鷄山在震澤西出吳胥門背朝日行四十里得野步市
曰光福光福西五里得土山山土多石寡無大林木率生
小櫟樸樕皆薪材直吳之爨此爲助焉連延廣袤不一其
主爲書畫疆界（一作互）以相授自冢至麓凡二百弓東北倍
高而加半焉余所置多少如此余家大小之口二十月費
米十斛飯成理魚菽輩十斛（一作斛）薪然後足四時賓祭沐
浴澣濯疾病湯藥粥糜（一作縻）在外歲入五千束足矣其掌
而供事者顧及小鷄之樵畦也乾符六年春弗雨夏支流

將絕八月暴雨而巨觸可實而行之矣九月朔方置薪二
百五十於門召而責之曰吾一夏來撤敗屋援庭草以炊
雨之明日望爾來矣何數蕪而至晚得非赭吾山而爲汝
之利耶吾（一作老）而欺如名惡何及（英華作反字）笑曰吾年餘八
十矣元和之中（一無之字）嘗從吏部遊京師人言國家用兵給
金帑粟不足用當時江南之賦已重矣殆今盈六十年賦
數倍於前不足之聲聞於天下得非專地者之欺甚乎吾
有丈夫子五人諸孫亦有丁壯者自盜輿以來百役皆在
亡無所容又水旱更害吾稼未即死不忍見兒孫寒餧之
色雖盡售小鷄之木不足以濡吾家況（一作矧）一二買名爲
偷乎今子一爨竈不給而責吾之深吾將欲移其責於天

下之守則吾死不恨矣余嘆之曰汝之信也然當發於余汝姑歸與之酒繼之以歌云

長其舩兮利其斧輸其薪兮勿乎侮田乎登兮穀乎庾突晨烟兮逢縷縷窓有明兮編有古飽而安兮惟編是伍時不用兮吾無撫汝　一作皆唐文粹

文苑英華卷第七百三十三

文苑英華卷第七百三十四　序三十六

贈

贈集作送陳八秀才赴舉序　歐陽詹

諸侯歲貢俊秀才集作於天子故陳侯今年有觀光之舉白露肅物青天始高雲廻鴻磐集作盤言遵求途吾觀夫雄心銳志將領能事則夷山堙谷不盡其心力何東堂一枝南

荆一片足塵土（集無土字）其慮耶勉哉陳侯有其才奏其試知有成矣

贈復州崔使君序　韓愈

有地數百里趨走之吏自長史司馬以下數十人其禄足以仁其三族及其朋友故舊樂其（集作乎）心則一境之人喜不樂乎心則一境之人懼大丈夫官至刺史亦榮矣雖然幽遠之小民其足跡未嘗至城邑苟有不得其所能自直於鄉里之吏者鮮矣況能自辨（蜀本作辦下同）於縣吏乎能自辨於縣吏者鮮矣況自辨於刺史之庭乎由是刺史有所不聞小民有所不宜賦有常而民產無恒水旱疫癘（集作癘疫）之不期民之豐約懸於州縣（二字杭本作前）縣令不以

信民就窮而歛愈急吾見刺史之難爲也崔君爲復州其連帥則于公愈以爲崔公（集作君）之仁足以蘇復人于公之賢足以庸崔君有刺史之榮而無其難爲者將在於此乎愈嘗辱于公之知而舊遊于崔君慶復人之將蒙其休澤也於是乎言

贈（集作送）孫生序　皇甫湜

浮圖之法入中國六百年天下胥而化其所崇奉乃公卿大夫野盡荒人盡饑教盡頹天下將無而始渾然自上下安之若性命固然也孫生天與之覺獨曉然於厚夜聰然於大醉發憤著書攻而指斥之其詞委備痛入肝血乃忘力之不足以死爲斷庶幾萬一悟主救人者嗚呼不得古人而與之必也生乎遂（集作道非）除肉刑一女言也能移高山一翁願也彼髡褐雖翳地其無足覔乎西江之涯值生盡出其說以爲贊（集作序）而見余余既悲異之乃約其言

別

秋晚入洛於畢公宅別道王宴序　王勃

下官才不曠俗龍（一作識）不動時克皇（一作帝）王之萬姓預乾坤之一物早師周禮偶愛儒（一作愛神）宗晚讀老莊動諧真性進非干物自疎（一作跡）朝市之機退不邀榮誰識王侯之貴散琴樽於北阜喜耕鑿於東陂野老披荷暫辭幽澗山人賣藥忽至神州驚帝室之威靈佇皇居之壯麗朝遊魏闕見軒冕於南宮暮宿靈臺聞絃歌於北里交情獨放已厭

人間野性時遣（一作[illegible]）少晉都下道王以天孫之重分曲阜之新基畢公以帝室之華擁平陽之舊館迹塵鍾鼎思在江湖居榮命於中朝接風期於下走綠縢朱紱且混以蘿裳列榭崇軒坐均於蓬户賓主由其莫辨語默於是同歸終太王之樂善備將軍之挹容是日也雲繁雨驟氣爽風馳高秋九月王畿千里高窗向術似元禮之龍門甲第臨衢有當時之驛騎英王入座牢醴（一作酤酒）還陳高士臨筵樵蘇不爨是非雙遣自然天地之間榮賤兩忘何必山林之下玄談清論泉石縱橫雄筆壯詞煙霞照灼既而神馳象外宴洽寰中白露下而南亭虛蒼烟生而北林晚鷄鶴始望不及牲牢麋鹿長懷非忘林藪先生負局倦城市之塵

埃遊子橫琴憶汀州之杜若况乎迹不皆遂時不再來屬
宸駕之方旋值群公之畢從洛城風景此會無期戚里一作
維嶺笙竿浮驩易盡仰雲霞而道意捨塵事而論心夏仲御
之浮舟顧乘春水張季鷹之命駕思動秋風策藜杖而非
逐勑一作整柴車之有日青溪數曲幽人長往白雲萬里帝
鄉難見安貞抱朴已甘心於下走全忠履道是所望於群
公倘心迹克諧去留咸遂廟堂多暇返身滄海之隅軒冕
所辭廻首箕山之路尋赤松而見及泛黃菊以相從雖源
水桃花時時失路而幽山桂樹往往逢人庶公子之來遊
幸王孫之畢至芽君待客自有金壇王烈迎賓還開石架
惟恐一丘風月侶山水而忘年三徑蓬蒿待公卿之來日

對光陽之易晚惜雲霧之難披群公鄴縣鳧飛入朝廷而
不出下走遂川鶴去謝城闕而依然敢抒重襟爰疎短引
式命離前之筆希存別後之資凡我故人其辭云爾

別盧主簿序　前人

林慮主簿清靈士也達于藝明乎道詮柱下之理駁河上
之義撮其綱統成其卷軸吾儕服其精博時議稱其典要
可謂賢人師古一作古言老氏不死矣夫靈芝既秀蘭蕙同薰
仙鳳于飛鵷鸞舞翼何則物類之相感也况乎同得此義
目擊道存此僕所以望風投欵披襟請益展轉於寤寐殷
勤于左右詩不云乎中心藏之何日忘之然變動之不居
乃聚散之恒理琴樽暫離一作會山川有別惟高明之捧撒

屬吾人之解帶王事靡盬良時易失盍陳雅志各叙幽懷
人賦一言同䟽四韻云爾

春夜桑泉別少府序　前人

下官以窮途萬里動脂轄以長驅王公以傾餞百壺別芳
筵而促興是以青陽半序明月中宵離亭擁花草之芳別
館積琴歌之思去留歡盡動息悲來惜投分之幾何恨知
音之忽間他鄉握手自傷關塞之春異縣分襟意切悽惶
之路既而星河漸落煙霧仍開高林靜而霜鳥飛長路曉
而征驂動含情不拜空佇聽於南昌揮涕無言請投文於
西候因探一字四韻成篇

秋夜於綿州群官席別薛昇華序　前人

夫神明所貴者道也天地所實者才也故雖陰陽同功宇
宙勠力山川崩騰以作氣星象磊落以降精終不能五百
年而生兩賢也故曰才難不其然乎今之群公並受奇彩
各杖異氣或江海其量或林泉其識或簪裾其跡或雲漢
其志不可雙得也今並集此矣豈英靈之道長而造化之
功倍乎然僕之區區常以爲人之百年猶如一瞬非不知
風月不足懷也琴樽不足戀也事有切而未能忘情有深
而未能遣故僕射群公相知非不深也相期一作愛非不厚
也然義有四海之重而無同方之感分有一面之深而非
累葉之契故與夫昇華者其異乎嗟乎積潘陽之遠好同
河汾之靈液目罥良友相依窮路是月秋也于時夕也他

卿怨而白露寒故人去而青山迥不其悲乎盍各賦詩云爾

送冀州別洛下知己序　前人

東西南北丘也何從寒暑陰陽時哉不與河陽古樹無復殘花合浦寒煙空驚墜葉王生賈業（一作番）入天子之中都夏統乘舟屬群公之大會風煙匝地車馬如龍鍾鼓沸天美人似玉芳筵交映旁傲（一作徼）豹象之胎華饌重開直報疑蛟龍之髓季鷹之思共命駕果爲秋風伯鸞之適越登山以求淥水辭故友謝時人登鄂坂而迂迴入卬山而北走何年風月三山滄海之春何處風花一曲青溪之路賓鴻逐暖孤飛萬里之中仙鶴隨雲（一作書）直去千年之後悲

夫光陰難再子卿殷勤於少卿風景不殊趙北相望於洛北鶯鶯雅什俱爲贈別之資鸚鵡奇杯共盡忘憂之酒

贈李八騎曹序　駱賓王

夫人生百齡促膝是忘言之契丈夫四海交顧非贈別之資然而想山川之遼遠送歸將遠惜歲華之不待行樂無時是用輟征驂以少留敞離亭之（集作而）多暇山芳襲吹坐疑蘭室之中水樹含春宛似楓江之上加以御溝新溜迸入離絃賓館餘花逗催別酒旣而榮波東注灞岸南登綠蟻空（集作傾）而高宴終金烏落而離言促雖相思有贈終結想於華滋而索賞無聯盍申情於麗藻人爲四韻各賦一言

夏初餞宋三少府之豊城序　前人

黯然銷魂者豈非生離之恨歟況帝里天津槐衢分黑龍之水巴陵地道楓江遥（集作連）白馬之門親友徘徊締歡言於促膝故人樽酒棲離淚於交順于時晚吹吟桐疑奏離別之曲輕秋入麥（一作夜）似驚搖落之情白日將頹青山行暮想姑蘇之地夕露霑衣望吳會之郊斷雲（集作風）飄蓋嗟乎岐路是他鄉之恨溝水非明日之歡雖（集無此字）玉斗臨吳太阿之氣可識金陵若楚小山之路行遥盍各賦詩式昭離緒云爾（集無此二字）

別冀侍御崔司議序　陳子昂

朝廷歡娛山林幽晦（集作壽）思魏闕嵬巳九飛飲岷江情復三樂進不忘匡救於國退不慙無聞（集作悶）在林冀侍御崔司議至公至平許我以語默於是矣夫達則以公濟天下窮則以大道理身嗟乎子昂豈敢負古人哉蜀國酒醇無以娛客至於挾清琴（集作瑟）登高山白雲在天清江極目可以散孤憤可以遊太清爲一世之逸人寄千里之道友吾欲不謝於崔冀二公矣所恨酒未醉琴方清王事靡盬驛騎遄遠（集作連）不盡平原十日之飲又謝叔度累日之歡雲山悠悠嘆不及也載想房陸畢子爲軒冕之人不知蜀山有雲巴水可涉（集作興）睽闊良會我心慇然請以此酬寄謝諸子爲巴山別引也陳子昂酢詞曰有道君匡國無悶子在林白雲峨嵋上歲晚來相尋（二十一字英華作王仲烈知吾此情示之可笑）

別（集作送）中嶽二三真人序　前人

夫愛名山歌長往世有之矣（文粹有若夫二字）放身宵嶺宴景雪林卑俗不可得而聞時士不可得而見則吾欲高視終古一笑昔人嵩山有二仙人自浮丘公王子晉上朝王帝遺跡金壇鳳簫（文粹作笙）悠悠千載無響吾每以是臨霞永慨撫膺嘆息（文粹作增嘆）常謂煙駕不逢羽人長往去囂世走青雲登王女之峯窺石人之廟見司馬子微馬太（集作大）和霓裳耿然真壑獨立真朋羽會金漿玉液則有楊仙翁玄默洞天買上士幽棲牝谷玉笙吟（文粹作吹）鳳擢裴（集作文）駐鶴方且迷軒轅之駕期汗漫之遊吾亦何人躬接茲賞實欲執青節從白蜺陪飲崑崙之庭觀化玄元之府宿心遂矣冥其骨

耳焉（文粹作笑）豈知瓊都命淺金格（文粹作籙）道微攀倒景而迷途顧中峯而失路塵縈俗累復沮吾和仙人真侶求幽靈契驂青芝而延佇邀會何期結冊桂（集作砂）而徘徊遠心空絕紫烟去黃庭極仰寥廓而無光視寰區而寡色悠悠何往白頭名利之交咄咄誰嗟玄運盛衰之感始知楊朱岐路墨翟（文粹作子）素絲常平辭家而不歸鮑焦抱木而枯死可以慟可以悲古人之心吾今得之也（文粹作矣）

別常侍御使蜀序　張九齡

子之友曰常侯始以才進中而遇坎自廷尉評爲益州刺史行欲美也王蘊（集作映）而山輝善無小也鶴鳴而天聽俄自謫官假其察視奮飛泥蟠皇華原隰爲持斧之使（集作史）受負弩之禮非其明義清節高邁卓絶時輩所羡朝議推多亦焉得利其往蹇而振其廢滯而今而後予有以見舉德之輶爲神之介雖不本於利而終享其實者有矣夫火中暑徂使車云邁心同道合旨酒有餞或席次林藪（集作授）或觴臨郊岐風流相從日夕以繼者於若人如此其厚也僉以爲無欲而自致常子之謂道有善而不揚朋友之爲過然則今之所至莫善於詩盍賦一章以羡吾友故有斯作也

禹廟別常士曹序　孫逖

世稱命祠者禹廟之謂矣初少康以一旅之衆復禹之績祀夏配天不失舊物立祠制位茲其始也炳靈不測潛德

有孚東南方土宅不祗若故自班白至于童幼駿奔走執籩豆相望道路歲無虛日郡掾常公諸侯之良也掄才膺行秉秀騰實清明在躬造次於是夫率人以斂邦賦之重簡才備行郡事之急撰功底績者非常公而誰詩曰鴻鴈于飛哀鳴嗷嗷維此哲人謂我劬勞常公有焉練日明禋沭芳祠宇邀祝史以陳信宴朋徒而寵行川澤紆餘莽棟膠葛天與澄霽神助幽陰萬像皆清百籟非俗蓄洞澤以東匯亘連岡而南指嵐氣沉沉陽景不入神光爛爛陰堂自明川其駭人也常公乃挹瓊芳酹玄酒倚余棹兮中洲君不行兮夷猶令洞庭兮無波使江水兮安流要言餞招神具斯醉宴衆愷悌初自明而達幽景福興作終出無而

入有祭典不黷于一事其勤飾（斯判）繼之徒旅想京闕之雲物
東園有洛西河雌雉歷金門瑣珌象闕則知聲明之盛也登
鄠杜躋崤函則知形勝之美也詩人所以適樂國君子所
以樸土風及君此行二者備矣則傴僂下士爵湮（一作湮沈）外
邦者尚有何言哉凡我同人賦詩贈別云

卧疾舟中相里范二侍御先行贈別序　李華

華與二賢早相得偕偹君子之儒而獨無成偕勵人臣之
道而獨失節偕遇文明之運而獨衰病天寶中奉詔薦軍
政北至朔垂駐車山陰辱司徒公太尉公一盼之恩先時
爲伊闕尉忝相公尚書約子孫之契不幸孤負所知斷頓
受汙流落江湖于今六年大明升於暘谷幽蟄附於光輝

（一作耀）元惡掃除太階如砥天下衣冠謂華爲相府故人詔
書優下促華赴職稽首震惶恨無毛羽左司員外郎張公
侍御史相里公殿中侍御史張公監察御史范公嚴公望
高職雄持斧登車江湖霜清道路風起華也潦倒龍鍾百
疾叢體衣無完帛器無兼蔬以妻子爲童僕以笠屨爲車
服並轂無由呻吟舟中大别之陽有焞龜之父揲蓍之老
華請占命之厚薄乃裹龜囊蓍而言曰三靈人爲宗則人
過於蓍龜也耳目主於心則心過於視聽也足下被儒者
之服讀先聖之書與身消息足知性命胡爲而煩子之
二物不足占足下華病不能拜拳拳扣顙（一作頭）敬承先生
況服勤西方之教久齊生死之域言其外者則儒不成矣

與匹夫同敗名節矣與墨劓同既衰病矣與癈疾同雖牽
率尫憊匍匐顛沛君父含弘宰政不遺適爲朝廷之穢相
府之羞也又安得恃爲故人哉其內者則大師微旨幸遊
其藩甘露灌注於心源寶月照明於眼界無得之分可與
進矣負薪之憂忍不爲言江亭憑檻平視漢皐武昌柳暗
湓城花發一榮一枯有懽有慼離別之念又焉得不悲乎
四言詩雅之遺也以睨雅士盍以雅爲贈乎則知車馬佩
玉之多又爲末也病夫李華序

別韓方源序　元結

昔元次山與韓方源別于商餘約不終歲復相見於此山
忽八年於今始獲相見悲懽之至言可極耶次山與方源

昔年俱順於山谷全然之意今方源得如其心次山汙在
（集作其）冠冕次山一顛方源再之慙羞時復引酒求其安我
今方源欲安家肥陽次山方理兵九江相醉相辭（一作相辭相畱）
不必如昔年之約此情豈易然者耶乙未之前次山有元
子乙未之後次山有猗玗子戊戌中次山有浪說悉贈方
源燕方源見次山之意

別王佐卿序　前人

癸卯歲京兆王契佐卿年四十六河南元結次山年四十
五時次山頊日（二字集作澒日）浪遊吳中佐卿頊日（集作澒日）去西蜀
對酒欲別此情易耶在少年時握手笑別雖遠不恨以天
下無事志氣猶壯今與佐卿年近五十又逢戰爭未息相

去萬里欲強笑別其可得乎與佐卿去者有清河崔異與吹山住者有彭城劉灣相醉（集作辭）相留幾日江畔主人鄂州刺史韋延安令四座作詩命余為序以送遠云

別崔曼序　前人

漫叟年將五十與時世不合垂三十年愛惡之聲紛紛人間傳陵崔曼惑叟所為遊而辨之數月未去會潭州都督張正言薦曼為蜀邑長將行叟謂曰叟異時乃山林之（集無之字）一病民耳宜不相罔行矣勿惑吾子有才業且明辨又方年少必能樹勳庸垂名聲若求先達賢異能相拔拭正在張公張公往年在西域主人能用其一言遂開境千里威振絕域寵榮當世（集無此四字）公往在淮南逡巡指麾萬夫風從遺逢猜疑弛而不為今海內兵革未息張公必為時用吾子勉之所相規者宜緩步富貴從容謀晝少節酒平氣槩耳

文苑英華卷第七百三十四

文苑英華卷第七百三十五　序三十七

雜序一

帝範序　唐太宗文皇帝

朕聞大德曰生大寶曰位辨其上下樹其君臣所以撫育黎元陶鈞庶類自非克明克哲允武允文皇天眷命曆數在躬安可以濫握靈圖叨臨神器是以翠嬀薦陶唐之德玄圭錫大禹之功冊字呈祥周開七百之祚素靈表瑞漢啓重華之基由此觀之帝王之業非可以智競不可以力爭者矣昔隋季版蕩海內分崩先皇以神武之姿當經綸之會斬靈蛇而定王業啓金鏡而握天樞然由五嶽含氣三光戢耀豺狼尚梗風塵未定余以弱冠之年懷慷慨之志思靖大難以濟蒼生躬擐甲冑親當矢石夕對以魚麗之陣朝臨以鶴翼之圍敵無大而不摧兵無堅而不破剪長鯨而清四海掃欃槍而廓八紘既承佑天潢澄清璇極襲重光之永業繼寶籙之隆基戰戰兢兢若臨深而馭朽日慎一日蘊善始而令終汝以幼年偏鍾慈愛義方多闕庭訓有乖擢自維城之居屬以少年之位未辨君臣之禮

節不知稼穡之艱難余每思此爲憂未嘗不廢寢忘食今自軒昊以降迄于周隋經天緯地之君纂業承基之主興亡治亂其道煥然（一作焉）所以披鏡前蹤博採史籍聚其要言以爲近誡云爾

大唐三藏聖教序　同前

蓋聞二儀有像顯覆載以含生四時無形潛寒暑以化物是以窺天鑒地庸愚皆識其端明陽洞陰（一作明陰洞陽）賢哲罕窮其數然而天地包乎陰陽而易識者以其有像也陰陽處乎天地而難窮者以其無形也故知像顯可徵雖愚不惑形潛莫覩在智猶迷況乎佛道崇虛乘幽控寂弘濟萬品典御十方舉威靈而無上抑神力而無下大之則彌於

宇宙細之則攝於毫釐無滅無生歷千刧而不古若隱若顯運百福而長今妙道凝玄遵之莫知其際法流湛寂挹之莫測其源故知蠢蠢凡愚區區庸鄙校其旨趣能無疑惑者哉然大教之興基乎西土騰漢庭而皎夢照東域而流慈昔者分流（一作形）分跡之時言未馳而成化常現常隱之世民仰德而知遵及乎晦影歸真遷儀越世金容掩色不鏡三千之光麗象開圖空端四八之相於是微言廣被極含類於三途遺訓遐宣導群生於十地然而真教難仰莫能一其旨歸典學易遵邪正於焉紛糺所以空有之論或習俗而是非大小之乘乍沿時而隆替有玄奘大法師者沙門之領袖也幼懷貞敏早悟三空之心長契神情先

包四忍之行松風水月未足比其清華仙露明珠詎能方其朗潤故以智通無累神測未形超六塵而迥出隻千古而無對凝心內境悲正法之陵遲栖慮玄門慨深文之訛謬思欲分條析理廣彼前聞截僞續真開茲後學是以翹心淨土往遊西域乘危遠邁杖策孤征積雪晨飛途間失地驚沙夕起空外迷天萬里山川撥烟霞而進影百重寒暑躡霜露而前蹤誠重勞輕求深願遠（一作達）周遊西宇十有七年窮歷道邦詢求正教雙林八水味道飡風鹿苑鷲峯瞻奇仰異承至言於先聖受真教於上賢探賾妙門精窮奧典一乘五律之道馳驟於心田八藏三篋之文波濤於口海爰自所歷之國總將三藏要文凡六百五十七部

譯布中夏宣揚勝業引慈雲於西極灑（一作注）法雨於東垂聖教缺而復全蒼生罪而還福濕火雲（一作宅）之乾燄共拔迷途朗愛水之昏波同臻彼岸是知惡因業墜善以緣昇昇墜之端惟人所託譬夫桂生高嶺雲霞（一作露）方得泫其花蓮出淥波飛塵不能汙其葉非蓮性自潔而桂質本貞良由所附者高則微物不能累所憑者絜（一作淨）則濁類不能沾夫卉本無知猶資善而成善況乎人倫有識不緣慶而求慶方冀茲經流施將日月而無窮斯福遐敷與乾坤而可久（一作永大）

一作皆石本

律疏序　長孫無忌

議曰夫三才肇位萬象元分稟氣含靈人爲稱首莫不憑

黎元而樹司宰因政教而施刑法其有情恣庸愚識沉愆
戾大則亂其區斷小則紊其品式不立制度則未之前聞
故曰以刑止刑以殺止殺刑罰不可弛於國笞箠不得廢
於家時遇澆淳用有衆寡於是結繩啓路盈坎流源輕刑
明威大禮崇敬易曰天垂象聖人則之觀雷電而制威刑
覩秋霜而有肅殺懲其已犯而防其未然平其徽纆而存
乎博愛蓋聖王不獲已而用之古者大刑用甲兵其次用
斧鉞中刑用刀鋸其次用鑽鑿薄刑用鞭朴其所由來亦
以尚矣昔白龍白雲則伏羲軒轅之代西火西水則炎帝
共工之年鵜鳩筮賓於少皞金正策（一作榮）名於顓頊咸有
天秩典司刑（一作刑司）憲大道之化擊壤無違迨乎唐虞化行

事簡之代議刑以定其罪畫象以愧其心所有條貫良多
簡略年代浸遠不可得而詳焉堯舜時理官則謂之爲士
而皐陶爲之其法略存而往往概見則風俗通所云皐陶
謨虞造律是也律者銓法也易曰理財正辭禁人爲非曰
義故銓量輕重依義制律尚書之大傳曰丕天之大律注
云奉天之法法亦律也謂之爲律昔者聖人制作謂之爲
經傳師所說則謂之爲傳此則丘明子夏於春秋禮經作
傳是也近代以來兼經注而明之則謂之爲義疏疏之爲
字本以疏闊疏遠立名又廣雅云疏者識也案疏訓識則
書疏記識之道存焉史記云後主所是疏爲令前主所是
疏爲律漢書云削牘爲疏故云疏也昔者三王始用肉刑

赭衣難嗣皇風更遠朴散淳離傷肌犯骨尚書大傳云夏
刑三千條周禮司刑掌五刑其屬二千五百穆王度時制
法五刑之屬三千周衰刑重戰國異制魏文侯師於李悝
集諸國刑典造法經六篇一盜法二賊法三囚法四捕請
法五雜法六具法商鞅傳授改法經爲律漢相蕭何更加
李悝所造戶興廄三篇謂之九章之律魏因漢律爲一十
八篇改漢具律爲刑名第一晉命賈充等增損漢魏爲二
十篇於魏刑名律中分爲法例律宋齊梁及後魏因而不
改爰至北齊併刑名法律爲名例後周復爲刑名隋因北
齊更爲例唐由於隋相承不改名者五刑之罪名例者五
刑之體例名訓爲命例訓爲比命諸篇之刑名比諸篇之

法例但名因罪立事由犯生命名即刑應比例即事表故
以名例爲首篇第者訓居訓次則次第之義可得言矣一
者太極之氣承三爲一黃鍾之數所生焉名冠十二篇之
首故云名例第一大唐皇帝以上聖凝圖英聲嗣武潤春
雲於品物緩秋官於黎庶今之典憲前聖規模章程靡失
鴻纖備舉而刑憲之司報行殊異大理當其死坐刑部處
以流刑一州斷以徒一年一縣將爲杖罰不有解釋觸塗
睽誤皇帝彝憲在懷納隍興軫德禮爲政教之本刑罰爲
政教之用循昏曉陽和相須而成者也是以降綸言於台
鉉揮折簡於髦彥爰造律疏大明典式遠則皇王妙旨近
則蕭賈遺文緣泝討源自枝窮葉臻甄表寬大裁成簡久

譬權衡之知輕重規矩之得方員遵彼三章同符畫一者
矣

春秋正義序　孔穎達

夫春秋者記人君動作之務是左氏（一作史）所職之書王者
統三才而宅九有順四時而理萬物四時序則玉燭調於
上三才協則寶命昌於下故可以享國永年令聞長世然
則有爲之務可不慎歟國之大事在祀與戎祀則必盡其
敬戎則不加無罪盟會協於禮興動愼（一作順）其節失則貶
其惡得則褒其善此春秋之大旨爲皇王之明鑒也若夫
五始之目彰於帝軒六經之道光於禮記然則此書之發
其來尚矣但年紀綿邈無得而言暨乎周室東遷王綱不

振楚子北伐神器將移鄭伯敗王於前晉侯請隧於後竊
僭名號者何國不然專行征伐者諸侯皆是下陵上替內
叛外侵九域騷然三綱遂絕夫子內蘊（一作韞）大聖逢時若
此欲垂之以法則無位正之以武則無兵賞之以利則無
財說之以道則不用虛歎銜書之鳳乃似喪家之狗既不
救於已往亦（一作冀）垂訓於後昆因魯史之有得失據周經
以正褒貶則（一無則字）一字所嘉有同華衮之贈一言所黜無
異蕭斧之誅所謂不怒而人威不賞而自（一作人）勸實永世
而作則歷百王而不朽者也至於秦滅典籍鴻猷遂寢漢
德既興儒風不絕（一作泯）其前漢傳左氏者有張蒼賈誼尹
咸劉歆後漢有鄭衆賈逵服虔許惠卿（一有之等二字）各爲詁訓

然雖取公羊穀梁以釋左氏此乃以冠雙屨將絲綜麻方
鑿圓枘其可入乎晉世杜元凱又爲左氏集解傳取丘明
之傳以釋孔氏之經所謂子應乎母以膠投漆雖欲勿合
其可離乎今校先儒優劣杜爲甲矣故晉宋傳授以至于
今其爲義疏者則有沈文何休蘇寬劉炫然沈氏於義例
粗可於經傳極踈蘇氏則全不體本文唯傍（一作旁）攻賈服
使後進之學（一作後之學者）鑽仰無成劉炫於數君之內實爲翹
楚然聰惠辨博固亦罕儔而探賾鉤深未能致遠其經注
易者必具飾以文辭其理致難者乃不入其根節又意在
矜伐性好非毀規杜氏之失凡一百五十餘條習杜義而
攻杜氏猶蠹生於木而還食其木甚非其理（一作非其理也）雖規

杜過義又淺近所謂捕鳴蟬於前不知黃雀於（一作在其）後按
僖公三十三年經云晉人敗狄于箕杜注云郤缺稱人時
（一作者）未爲卿劉炫規云晉侯稱人與殽戰同案殽戰在崤
晉文公之前何得云背殯（一作喪）用師（一作兵）以微（一作賤）者告
箕戰在崤晉文公之後非有（一作非事）背殯（一作喪）用師（一作兵）何
得云與殽戰同此則一年之經數行而已曾不省覽（一作勘省）
上下妄規得失又襄公二十一年傳云邾庶其以漆閭丘
來奔公以（一作以公）姑姊妻之杜注云蓋寡者二人劉炫規云
是襄公之姑成公之姊只一人而已按成公二年成公之
子公衡爲質及宋逃歸按家語本命云男子十六而化生
公衡已能逃歸則十六七矣兒年（一作公衡之年）如此則於時成

公三十三四矣計至襄公二十一年成公七十餘矣何得有姊而妻庶其此等皆共事歷然猶尚妄說況其餘錯亂良可悲矣然此諸義疏猶有可觀今奉勑删定㮣以為本其有踈漏以沈氏補焉若兩義俱違則將申短見雖課率庸鄙仍不敢自專謹與朝散（一作請）大夫守國子博士臣谷那律故四門博士臣楊士勛四門博士臣朱長才等對共参定至十六年又奉勑與前脩疏人及朝請（一作散）大夫行太常（一作學）博士上騎都尉臣馬嘉運朝散大夫行大學博士上騎都尉臣王德韶給事郎守四門博士上騎都尉臣蘇德融登仕郎守大學助教雲騎都尉（一無都字）臣隨德素等對勑使趙弘智覆更詳審為之正義凡三十六卷冀貽諸

學者以裨萬一焉

臣範序　天后

蓋聞惟天著象品物同於照臨惟地含章群生等於亭育顧以庸昧忝位坤元思齊厚載之仁式罄普覃之惠廼內廼外思養之志靡殊惟子惟臣慈誘之情無隔頗申彌懇上嵇紫機爰洎衆僚聿匡玄化伏以天皇明逾曆哲志切旁求聱裕總川岳之靈珩佩聚星辰之秀群英蒞職衆彥分司足以廣扇淳風長隆寶祚但母之於子慈愛特存雖復已積忠良猶且更垂勸勵昔文伯既達仍加喻軸之言孟軻已賢更益斷機之誨良以情隆撫字心欲助成比者太子及王已遵脩身之訓群公列辟未敷忠告之規近以

服辰遊心文府聊因煬管用寫虛襟故綴序所聞以為臣範一部想周朝之十亂爰著十章思殷室之兩臣分為兩卷所以發揮元行鎔範身心為事上之軌模作人臣之繩準若乃遐想綿載耿鑒前脩莫不元首居尊股肱宜力資棟梁而成大廈憑舟檝以濟巨川唱和相依同功共體然則君親既立忠孝形焉奉國奉家率由之道寧二事君事父資敬之途斯一臣主之義其至矣哉休戚是均可不深鑒夫麗容雖麗猶待鏡以端形明德雖明終假言而藥石今故以茲所撰普錫具僚誡非筆削之公貴用裨道之益何則正言斯重玄珠比而尚輕選語為珎蒼璧喻而非寶是知贈人以財者唯申即日之歡贈人以言者能致終身

之福若使佩茲箴戒同彼韋弦脩已必顧其規立行每觀其則自然榮隨歲積慶與時新家將國而共安下與上而俱泰察微之士宜所三思庶照鄙誠敬終高德凡諸章目列之後云

黃帝八十一難經云　王勃

黃帝八十一難經是醫經之秘錄也昔者岐伯以授黃帝黃帝歷九師以授伊尹伊尹以授湯湯歷六師以授太公太公授文王文王歷九師以授醫和醫和歷六師以授秦越人秦越人始定立章句歷九師以授華佗華佗歷六師以授黃公黃公以授曹夫子夫子諱元字真道自云京兆人也蓋授黃公之術洞明醫道至能遥望氣色徹視腑臟

洗腸刳胃之術往往行焉浮沉人間莫有知者勃養於慈父之手每承過庭之訓曰人子不知醫古人以爲不孝因竊求良師陰訪其道以大唐龍朔元年歲次庚申冬至後甲子遇夫子於長安撫勃曰無欲也勃再拜稽首遂歸心焉雖父伯兄弟不能知也蓋授周易章句及黃帝素問難經乃知三才六甲之事明堂玉匱之數十五月而畢將別謂勃曰陰陽之道不可妄宣也針石之道不可妄傳也無猖狂以自彰當陰沉以自深也勃受命伏習五年于茲矣有升堂覩奧之心焉近復鑽仰太虛導引元氣覺滓穢都絕精明相保方欲坐守神仙棄置流俗噫蒼生可以救耶斯文可以存耶昔太上有立德其次有立功其次有立言非以徇名也將以濟人也謹錄師訓編附聖經庶將來君子有以得其用心也

山亭興序　前人

仁者樂山智者樂水即去深山大澤龍蛇爲得性之場廣漢巨川珠貝是有殊之地豈徒茂林脩竹王右軍山陰之蘭亭流水長堤石季倫河陽之梓澤下官天性任真直言淳朴拙容陋質恥少之丈夫蹇步窮途坎壈之君子文史足用不讀非道之書氣調不羈未被可人之目潁川人物有荀家兄弟之風漢代英奇守陳氏門宗之德樂天知命一十九年負笈從師二千餘里有弘農公者日下無雙風流第一仁崖知宇照臨明日月之輝廣度冲襟磊落壓乾坤之氣王夷甫之瑤林瓊樹直出風塵嵇叔夜之龍章鳳姿混同人野雄談逸辯吐滿腹之精神達學奇才抱填胸之文籍簪裾見屈輕脫屣於西陽山水來遊重橫琴於南澗百年奇表開壯志於高明千里心期得神交於下走山人對興即是桃花之源隱士相逢不異菖蒲之澗黃精野饌赤石神脂玉案金盤徵石髓於蛟龍之窟山樽野酌求玉液於蓬萊之峯溪橫燕尾巖竪龍頭鍛野老之真珠掛幽人之明鏡山腰半折溜王烈之香膏洞口橫開滴巖遵之芳乳藤牽赤絮南方之物產可知粉漬青田外域之譏風在即人高調遠地奧氣清抱玉策而登高出瓊林而更遠漢家二百所之都郭宮殿平看秦樹四十郡之封畿山河坐見班孟堅騁兩京雄筆以爲天地之奧區張平子奮一代宏才以爲帝王之神麗珠城隱隱闌干象北斗之宮清渭澄澄混漾即天河之水長松茂栢鑽宇宙而頓風雲大壑橫溪吐江河而懸日月鳳凰神岳起烟霧而當軒鸚鵡春泉雜風花而滿谷望平原蔭蘩薄山情放曠即滄浪之水清野氣蕭條即崆峒之人智搔頭坐唱頓足起舞風塵灑落直上天池九萬里丘墟雄壯傍吞少華五千仞裁二儀爲輿蓋倚八荒爲戶牖榮者吾不知其榮美者吾不知其美下官以詞峯直上振筆札而前驅高明以翰苑橫開列文章於後殿情興未已即令樽中酒空彩筆未窮須使山中兔盡

山亭思友人序　前人

高興之後中宵起觀舉目四望風寒月清鄰人張氏有山亭焉洞壑橫分奇峯直上欝然有造化之功矣嗟乎大丈夫荷帝王之雨露對清平之日月文章可以經緯天地器局可以畜洩江河七星可以氣衝八風可以調合獨行萬里覺天地之崆峒高枕百年見生靈之齷齪雖俗人不識下士徒輕顧視天下亦可以敝(疑)寰中之一半矣惜乎此山有月此地無人清風入琴黃雲對酒雖形骸真性得禮樂於身中而宇宙神交卷烟霞於物表至若開闢翰苑掃蕩文場得宮商之正律受山川之傑氣雖陸平原曹子建足可以車載斗量謝靈運潘安仁足可以膝行肘步思飛情逸風雲坐宅於筆端興洽神清日月自安於調下云爾

春夜令狐正字田子過樊廬序　宋之問

田二官考室潁陽令狐九閑居渭涘徵君太守世業相親洛邑秦京道遊非遠春山採藥揖二子之高蹤夜月迴車入故人之窮巷闢書幌卷琴帷綠竹一藂清風三尺幽吟所托遊仙招隱之詩嘉話伊何卅丘白雲之事榮枯未蔫飽我以老氏之言舉白無譁醉余以胡丘之說池塘潤於時雨衣巾漸於和氣蘭欲芳而逼人林將曙而催鳥嗟乎語默恒理聚散何常請揮翰寫心用旌厥事使嵩高洞裏記茲夕之當歌太白巖中念今宵之秉燭共編四韻貽諸好事云

卷終

文苑英華卷第七百三十六　序三十八

雜序二

續書序　王勃

叙曰書以記言其來尚矣越在三代左史職之百官以理萬人以察揚于王庭用實大焉苟非可以爕理情性平章邦國敷彝倫而叙要道察時變而經王猷樹皇極之綱維資生靈之視聽皆可略也昔者仲尼之述書也將以究事業之通而正性命之理故曰吾欲托之空言不如附之行事道德仁義於是乎明刑政禮樂於是乎出非先王之德行不敢傳非先王之法言不敢道紀千數百歲斷自唐虞迄于周漢風(一無此字)流所存百篇而已以此見聖人言約理舉神明不勞(一作營)而體時務之撰矣故能法象天地同符易簡借前箸於筌蹄驅後生於軌物密而顯宏而奥久而彌新用而不竭非古之聰明聖智玄覽傳達孰能為此哉孔安國曰帝王之制坦然明白可舉而行嗟乎其言甚大可使南面稱聖人之後矣自時以降史述陵遲人自為家標指失中陳事亂而無當制理參而不一由是大典散而

人文乖是非繁而取舍謬矣夫古先哲人制述之意不其踈乎我先君文中子實秉厤數生於隋末覩後作之遠方憂異端之害正乃喟然曰宣尼既沒文不在茲乎遂約大義刪舊章續詩爲三百六十篇考僞亂而脩元經正禮樂以旌後王之失述易讚以申先師之旨經始漢魏迄于有晉擇其典物宜於教者續書爲百二十篇而廣大悉備嗟乎賢聖之述豈多爲哉噫亦足垂訓作則冐天下之道如斯而已矣當時門人百千數董薛之徒並受其義遭代喪亂未行于時歷年永久稍見殘缺貞觀中大原府君考諸六經之目則亡其小序其有録而無篇者又十六焉嗚呼玆不可復見矣家君欽若丕烈圖終休緒廼例六經次禮

樂叙中說明易讚永惟保守前訓大克敷遺後人勃兄弟五六冠者童子六七祗祗怡怡講問伏漸之日久矣躬奉成訓家傳異聞循恐不得門而入才之不逮至遠也是用厲精激憤宵吟晝詠庶幾乎學而知之者其脩身慎行恐辱先也豈聲祿是殉前人之不繼是懼聞疑者承命爲百二十篇作序而兼當補脩其闕爰考衆籍共參奥旨泉源浩然罔識攸濟嗚呼小子何敢以當之也其盡心力乎始自總章二年洎乎咸亨五年刊寫文就定成百二十篇勒成二十五卷昔者文中子曰漢魏之禮樂未足稱其書不可廢也尚有近古之對議存焉制詔冊則幾乎典誥矣後之達昭者將有得於斯文乎于時龍集閼茂勉躔前脩在

大唐御天下之五十七祀也

四分律宗記序　前人

昔在調御利見迦維光宅淨都撫臨法界仰揚垢路之業以疆理情田闡導毗尼之藏以隄防性海二邊雲徹方知實相之尊十刹風行乃識真如之貴將使龍象緇服維明克允鵞鷺玄明有恥且格五篇垂範豈同訓夏之科七聚分宗寧比歌虞之制功存離欲道在降魔仙苑創基因善果以調物提河滅跡憑淨戒以爲師誠拯溺之舟航而禦黠之銜策者矣故能莊嚴百福紛繪三身摧憍慢山拔生死樹覆簣菩薩之道濫觴正覺之源除惑箭而斷愛枝鎖恚刀而鮮疑網自銀棺掩耀金杖殊珍五師烟騰四分雲

譎波離曆旨明而更明飲光妙跡盛而愈盛其後卑摩覃思循沉赤水之輝惠遠研精尚玷玄巖之彩遂使瓊編浩汗利涉迷於要津瑶軸紛綸登高暗於飛陛熟習者傳而寡用志學者勞而少功七衆所以遲廻八部由其大息丕應冥發厤感潛觸爰挺異才式扶象訓有西京太原寺索律師俗姓范氏其先南陽人也殷覇洪亂周藩茂族八鸞與四牡競馳棨繪與青蝸疊照六軍卿冑績著於鍾彝三傳儒門業流於訓詁律師丱襟霞映峻局霜凄筠抱顯於髫齡蘭芬凝於丱齒由是糠粃禮樂錙銖名教以堯舜爲塵勞以周孔爲桎梏爰依白法遂託玄徒探鷲嶺之微言得龍宮之秘藏咸亨之祀椒房諒陰捨槐里而構巷一作巷

園因金穴而開銀地伽藍肇建號曰太原明陽一作湯所及咸收時望自價隆東會譽重摩騰竺法猷之苦鄭支道林之遠致將何以發明禪宇光應綸言律師乃以道衆羽儀釋門棟幹粤自弘濟來遊太原經行德人於斯爲盛旣而懼六和之紊緒悼三聚之乖宗稽法令之遺文討惠猷之舊業網羅一作網維近護吞含覺明原始要終探賾索隱芟夷龐贅剪截駢枝收絕代之精微詰往聖之紕繆葭灰屢變槐燧驟遷開遮持犯之異同廢立止作之輕重故以該象牙之扇窮貝葉之圖鑽研刊削五載而就名曰開四分律宗記凡十卷三十七萬六百三十言律師又以爲仲尼述易申妙典於繫辭元凱談經託餘文於釋例爰因多暇更

輯舊章牢籠秘密之宗發揮沉鬱之旨名曰開四分律宗拾遺鈔凡十卷四十萬餘言所以裨助三明抑揚四諦弘八正之道成一家之言庶使衆善雷奔群疑霧歛照歡戚之兩鏡蕩欣憂之二瓶憑此戒田方躋定境豈直功周沙甸道制鐵圍而已哉弟子才非玄度識劣真長本乏凌雲之詞虛荷彌天之眷揄揚盛烈顧孫綽而多慚歸依勝侶仰郄惜而自勵輒牽庸陋輕序德音豈比夫公理昌言資繆實之引太冲作賦假士安之談蓋所謂觀傳而識班閒樂而竊抃者矣故曰四分律宗記序

揚州看競渡序　　駱賓王

夏日江干駕言臨眺于時桂舟始泛蘭棹初遊鼓吹沸於二字集作咽江山綺羅蔽於集無於字雲日便娟舞袖向淥水而集作以全低飄颻歌聲得集作聽清風而更遠是以臨集作眼波笑臉艷出浦之輕蓮映渚蛾一作娥眉麗穿波之半月服集作靚粧舊飾此日增奇絃管相催茲辰特妙能使洛川迴雪獨美集作猶賦陳思巫嶺行雲專稱宋玉凡諸同好請各賦詩云爾

神龍曆序　　李嶠

昔者龍負河圖八卦列明時之象龜呈洛字九疇開叶紀之文青巖啓而六甲飛黃壤墾而五行敍故知乾筴遠符靈秘法効用常邀乎聖期研幾測深必貫於神道皇軒於是乎合而不死帝俾於是乎推而致福自重黎並命叔

仲分官理八節而調四時部三元而齊七政權衡度律在虞夏而無脩正朔陰陽及殷周而備舉旣而王風版蕩戰國縱橫暦史忘三家之言疇人失二官之業履端闕而歸餘壞攝提差而孟陬殄廢時亂日非直羲和湎淫亡甲丧子豈唯商辛暴虐漢興草創肇譔紀綱而方士異詞天官橫議張蒼從甲乙之術未叶變通鄧平用丁丑之元旋聞踈濶當塗圮閣典午陵遲戎狄升僭僞之壇寓縣乏神祇之主三辰九野歷析景而分躔二象七衡孰當期而合度建元髙而不競沿木火而無譏典百代之闕文後千齡之大統匪我昌運疇能離此國家草昧區夏權輿品物萬方同會徵訟之往河南五綿運謀神靈之入東井然玄珪受

命紫籙登樞白一作回玉斗而察璿璣把珠囊而膺曆數勤於水土大禹之平滌山川禮乎方圓高辛之迎送日月應天神龍皇帝大横纂極元良繼體乃神乃聖三王接袂而扶轂允武允文五伯連衡而擁篲於是乎東明捧日西披占風南震雄王之壓北清驕子之落粟同水火人類胥庭行圖徒施干戈不用上庠講道而宣化比屋畊田而鑿井功成理定之業協律登歌疇德瑞聖之符陳郊謁廟萬官咸事百度已康猶且存省闕遺徵求典故以為欽為歷象哲后之恭天事神敬授人時明君之勸農關土自麟德創紀四十餘年雖斗憲未移而渾儀漸變蔡伯喈所謂術無恒是洛下閎所謂歷後當差昔太初肇規使易高皇之制

元和新造旋移孝武之法因時通變厥有前聞爰命典司更從刊正金紫光禄大夫行秘書監駙馬都尉上柱國楊慎交鍾鼎貴遊山河寶氣赤泉疏社軒裳接于五公朱輪贈言翰墨連於七子資玉環之舊德擁金埒之新慶簫吹鳳管朝昇烏鵲之樓漸疑閡龍章暮下麒麟之閣臨西山典籍之府摠東壁文章之事九源百氏之説盡入胷襟六家三統之書咸歸掌握求言董率實許詳明左散騎常侍兼脩國史上柱國陳留縣開國公柳冲望重簪纓才高翊璉家風推其直道帝範籍其謨明吐白鳳而草玄言垂紫貂而步黄閣忝司國典時望允諧副掌天書朝寄斯在鎮國軍一作大將軍右驍衛將軍知太史局事迦行志中散大夫守禮部侍郎上騎都尉嚴善思正議大夫行太史令上護軍傳志忠等或禮閣一作闈兵鈐以賢才而入用或天門地理緑道術而見知皆學富偃亭藝超甘石窮神盡智之妙闡落銅凡測遠窮高之方懸裁玉表朝請大夫行大史局令瞿曇悉達朝請郎行司歷徐保文承議一作奉郎行司歷南宫説等或善分天部或工言筭法稽長短之效無煩於驗識被圖察休咎之徵非假於登臺上庫凡此衆哲各承朝委悉達等則專司課務撮覈其真志忠等則監共討論用裨其闕雖異禮而各術並用心而合契於是精研六位通考十端立東西之定儀一作定東西之令儀採南北之遺事會數於天九地十起元於子二丑三追日暮之行按星分之

度以推四時之發生以步三元之盈縮然後分至啓閉無愆於玉衡弦望遷離必應於銅史綿窺幽室已見飛灰雜候清臺仍看合璧追論古法師驗前章八十一寸為日分徒言精密六百八年為歲紀終非允當歷祀之所紕繆異端之所穿鑿莫不裁之繩準格以銓衡究天道之精微開日官之軌憲容成再出不能添黍累之功壽王重生無以議分毫之失豈比夫時爭兩閏始載鄒人之語亥有二首方聞絳老之年序臨安寧歲次強圉皇帝撫天下之三載也珠圖改御寶曆初調授以冊鳳之官領以玄鳥之署候耕耘之節非藉杏花宣昏夕之期詎須蓂葉參幽明而制術邁古今而垂範玉儀既正金鏡逾明知聖祚之無疆識

懷生之求太元符允合可以觀天地之心能事畢甄可以為帝王之式盛矣美矣無得而稱紀次勒成名曰大唐神龍曆云爾

忠州江亭喜重遇吳參軍見牛司倉序　陳子昂

日月交分春秋代謝昔歲居單闕適言別於茲都今能集昭陽復相逢於此地山川未改容貌俱非敘名宦而循嗟問鄉關而不樂雲天遂解琴酒還開新交與舊識俱歡林壑共煙霞對賞江亭廻瞰羅雜樹於堦基山榭遥臨列群峯於戶牖爾其冊藤綠蓧俯映長筵翠渚洪瀾交流合坐神融與洛望直情高覺清溪之仙洞不遥見滄海之神山乍出既而行舟有限嗟此會之難留別日無幾嘆分岐之易遠徘徊北渚惆悵南津江陵之道路方賒巴徼之雲山漸異嗟乎離言可贈所願保於千金別曲何諠各請陳於五際

喜遇冀侍御崔司議二使序　前人

余獨坐一隅孤憤五蠹雖身在江海而心馳魏闕歲時仲春幽卧未起忽聞二星入井四牡臨亭邀使者之車乃故人之駕隱機一笑把臂入林既聞朝廷之樂復此琴樽之事山林幽寂（集作昧）鍾鼎舊遊語默談（集作譚通用）詠今復一得況北堂夜永西軒月微巴山有望別之嗟洛陽無寄載之客江關離會三千餘里名位寵辱一百年中歡娛如何日月其邁不為目前之賞以增別後之思蟋蟀笑人夫子何嘆

衡嶽十八高僧序　盧藏用

夫理存於業理契則業忘心宅於形心寂則形勝豈不以體會機化通同我人馳無役有而冥合出生入死而無際古之懸解者懷挾海岳提挈天地掌擲千界身沒一絲前際後際其非動無去無來而常樂豈支離其德孟浪其言哉蓋同體大非而物不能自物也則有詠（疑作泳）其洪波志其小行指玄源以驤首和（疑作扣）幽鍵而少留亦能押闔形神度越茲數則衡嶽思海之列可得而稱矣衡嶽寺者梁天監三年立本名善思（一作果）暨陳改為大明有隋號為衡嶽則衡山之心也二十八宿上飛翼軫之晶三十六都下

蟠吳楚之紀嵷駁舒蔚燦爛炳煥以萬殊松標玉聳清蒼璀錯以億尺水碧巖霜而育粹雲（一作露）芝佇秀以孕直幽岫葳氣絕頂無跡遊其質者（一作也）則漣盧清明挹其靜者則營魄淵澹信神明之所棲遲也故異人接踵於此焉遊靈迹葳蕤道風綿邈自鷲巖西闕象教東流勝躅雖多宗玄或替至於仗智慧劍懷煩惱軍理以意傳階惟神遇者未有斯美之盛也然而年代攸邈故老或遺其詮細微後生何述有沙門惠日俗姓慶氏濮陽人也息心達道利見觀方自北徂南爰憩茲嶽入空寂舍覺今昔常然到清涼池知我人非遠備聞衆異祗覿前脩而山間朴畧簡編無次遂覃思翰墨傳采遺風事無虛美務存摭實自思大師

凡一十八人著之于傳藏用早遊斯道頗涉藝文承日公之恩獎聞裴真之故事心存目想若見斯人倘玆理或存亦旦暮之期也遂懐鉛秉翰序其傳焉

開元大衍曆序　張說

特進集賢院學士脩國史上柱國燕國公臣張(集無張字)說言曆者先王以明時授人敬天育物者也辰極恒居斗運不息晦朔相催而變月寒暑徃來而成歲日月右轉(集作追)周天之度落星辰左旋正時之氣合積餘分而置(集作致)閏配甲子而設蔀鳳鳥為司曆人受職分分而加之者百圖(集作鈞)必過毫毛而減之者千里必差何則古法存而其人異也不有(集作見)大聖執(集作誰)能起之伏惟開元神武皇帝陛

下欽崇天道㫺徽月令受命再新改制創曆十有三祀詔沙門一行上本軒頊夏殷周魯五王一侯之遺式下集太初至于麟德二十三家之衆義比其異同課其疎密或前疑而後定或始會而終乖振古未探之象必發揮於神筭大鈞不測之氣盡覼縷於天聰乃更審日晷(集作晷度)之短長覆星間之廣狹繩九道之朓朒糺五精之進退叅大衍天地之數綜八卦六爻之序一轍於文王也覆(文粹作覈)春秋交餂之辰研九疇五紀之奥同符(文粹作同文集作有同)於孔子也柎軸萬象優遊四載奏章(集作章)朝竟一公夕落臣說奉詔金門成書策府先有理曆陳景善筭遵昇首尾叅玄之言接承轉籌之意因而緝合編次勒成一部名曰開元大衍曆經七章一卷長曆三卷曆議十卷立成法十二卷天竺九執曆一卷(九執曆名出西域集本文粹無天竺九以上十七字)今古曆書二十四卷畧例奏章一卷凡五十二卷(唐會要作經章十卷長曆五卷曆議十卷立成法天竺九執曆二卷古今曆書二十四卷畧例奏章一卷凡五十二卷唐藝文志作大衍曆一卷又曆議十卷曆立成十五卷曆章一十四卷七政長曆三卷心機筭術括一卷二書與英華互有異同當考)所以貫三才周萬物窮數術先鬼神稱制曰者即聖人顧訪之旨標謹拔者是曆家進退之詞非軒后至聖不啓履端之業非容成詣業不就歸餘之經攥其圖也七政之天心不遠守其術也千歲之日月可知盖中黄之寶符大(文粹作太)紫之神器者也謹以十六年八月端午赤光照室之夜皇雄成紀之辰當一元之出符獻萬壽之新曆伏望藏之書殿録於記言掌

之大史頒於司(集作日)曆制曰可

文苑英華卷第七百三十六

文苑英華卷第七百三十七　序三十九

雜序三

孝經序　唐玄宗皇帝

朕聞上古其風朴畧雖因心之孝已萌而資敬之禮猶簡及乎仁義既有親譽益著聖人知孝之可以教人也故因嚴以教敬因親以教愛於是以順移忠之道昭矣立身揚名之義彰矣子曰吾志在春秋行在孝經是知孝者德之本歟經曰昔者明王之以孝理天下也不敢遺小國之臣而況於公侯伯子男乎朕嘗三復斯言景行先哲雖無德教加於百姓庶幾廣愛刑于四海嗟夫夫子没而微言絶異端起而大義乖況泯絶於秦得之者皆煨燼之末濫觴於漢傳之者皆糟粕之餘故魯史春秋學開五傳國風雅頌分爲四詩去聖愈遠源流益別近觀孝經舊註踳駮尤甚至於迹相祖述殆且百家業擅專門猶將十室希升堂者必自開户牖攀逸駕者必騁殊軌轍是以道隱小成言隱浮僞且傳以通經爲義義以必當爲主至當歸一精義無二安得不翦其繁蕪而撮其樞要也韋昭王肅先儒之領袖虞翻劉邵抑又次馬劉炫明安國之本陸澄譏康成之註在理或當何必求人今故特舉六家之異同會五經之旨趣約文敷暢義則昭然分註錯經理亦條貫寫之琬琰庶有補於將來且夫子談經志取垂訓雖五孝之用則別而百行之源不殊是以一章之中凡有數句一句之内意有兼明具載則文煩畧之又義闕今存于疏用廣發揮

老子道德經序　同前

朕昔在元聖強著玄言權輿真宗啓迪來裔微文誠在精義頗乖撮其旨歸雖蜀嚴而猶病摘其章句自河公而或畧其餘浸微固不足數則我玄元妙旨豈其將墜朕誠寡薄常（一作常）感斯文猥承有後之慶恐失無爲之理每因清宴輙扣玄關隨意所（一作所意）得遂爲箋註豈成一家之說但備遺闕之文今兹絶筆是詢于衆公卿臣庶道釋二門有能起予類於卜商鍼疾同於左氏渴於納善朕所虛懷苟副斯言必加厚賞且如諛臣自聖幸非此流懸市相矜亦云小道既其不諱誠（一作咸）可直書勿爲來者所嗤以重朕之不德（一作皆本文）

九疑山記序（見八百三十二卷一作九疑山圖記）　元結

隨求即得大自在陀羅尼神呪經序　任華

我本師設教務存饒益會因啓聖方有激揚則大梵懷愍念之心如來演神妙之句使無願不滿有求則隨故此經標之爲其品題矣夫大自在者天之王陀羅尼者呪之目蓋以憑神呪威力同天王自在且呪有八首除八難也經唯（一作雖）一軸明一乘也若聽受講誦若書寫帶持即是金剛之身便作如來之眼是知煩惱大海本從妄想中生業障高山亦因覺悟而破則頸邊瓔珞衣中寶珠未足比其珎矣懿夫能摧他敵不假韓信之登壇能致甘雨乃同傅說之作相此則有功於國矣至若火坑成水刀刃爲塵毒

龍生慈夜义作禮此則有功於人矣及乎泥黎自苦阿（一作何）旁鶩怍人便生於天上塔猶在於城南此則有功於鬼矣非我有九十九億那由他諸佛同心同德安樂（一有人字）曷致於此矣粤有雅和尚者誕於中土如從西域而來不讀外書只說東流之法丙午歲訪余於景城西嚴之蘭若從容曰此呪有不可思議之力竟無序述謂之何哉華答曰唯然和尚謹聞命矣將欲無垢之呪可驗静居之言足徵豈獨施於信者亦將悟彼疑者若可信而信信不應疑而疑（一無此二字）則三途之中不出入此輩畧述少言耳亦乃勉旃諸仁

懷素上人草書歌序　顔真卿

開士懷素僧中之英氣槩通疎性靈豁暢精心草聖積有歲特江嶺之間其名大著故吏部尚書韋公陟覩其筆力勗以有成今禮部侍郎張公渭（集作謂）賞其不羈引共遊處（集作居）兼好事者同作歌以讚之動盈卷軸夫草書（集作藁）之作起於漢代杜度崔瑗始以妙聞迨乎伯英尤擅其美羲獻茲降虞陸相承口訣手授以至於吳郡張旭長史雖恣性顛逸超絶古今而楷法精詳特爲真正真卿早歲嘗接遊處屢蒙激勸教以筆法資質劣弱又嬰物務不能懃（集作懇）習迄用無成追思一言何後可（集作可復）得忽見師作縱橫不群迅疾駭人若還舊觀向使師得親承善誘亟揖規模則入室之賓捨子奚適嗟嘆不足聊書以冠諸篇首

河南于氏家譜後序　于邵

序曰邵高叔祖皇尚書左僕射侍中太子太師燕國定公諱志寧博學多聞徇忠秉直爲秦府十八學士其左右庶子不道嘗撰諫苑三十篇（唐書作二十卷）以諷之凡有文集若干卷於代又述作之外脩集家譜其受姓封邑衣冠婚嫁著之譜序亦既備矣歷一百七十餘年家藏一本人人遵守未嘗失墜洎天寶末幽寇叛亂今三十七年頃屬中原失守族類逃難不南馳吳越則北走沙朔或轉死溝壑其誰與知或因兵禍縱横吊魂無所或道路阻塞不由我歸或田園湮没無可廻顧所以舊譜散洛無餘將期會同（一有經字）考集不齊奚（疑）爲脩集實難有待今且從邵一房自爲數

例有若九祖長房今太子少保譙國公傾與邵同升于朝服肱四聖為國元老邵之弟也有若九祖第三房今襄王府録事叅軍載與邵同在京列保家覆道為宗室長邵之兄也各引才識子弟叅定其宜從而審之誰曰不可又以子孫漸多昭穆編次紙幅有量須變前規亦春秋之新意也今請每房分為兩卷其上卷自九祖某公至玄孫止為下卷自父考及身已降迭相補注即令邵以皇考工部尚書為下卷之首此其例也且諸房昭穆既同尋而繹之可以明矣後能代習家法述作相因從子及孫從孫及子孫孫子子與復宗祧豈唯兩卷乎將十部而彌盛矣其文公第四子安平公房此（疑）建平公已上三房衣冠人物全少

今與文公第五子齊國公文公第六子華陽公文公第七子平恩公文公第八子襄陽公文公第九子桓州刺史併以六房同為一卷就中第五卷已下子孫皆名位不揚婚姻無地湮沉斷絶寂爾無聞但存舊卷而已後有遇之者知之者以時書之其五祖九祖分今叙在三卷並録之于後時貞元八年歲在壬申八月朔日金紫光禄大夫太子賓客上柱國襲恒山郡開國公于邵述

戴氏廣異記序

顧況

予欲觀天人之際變化之兆吉凶之源聖有不知神有不測其有干元氣汩五行聖人所以示怪力亂神禮樂刑政著明聖道以糾之故許氏之說天文垂象蓋以示人也古文示字如今文不字儒有不本其意云子不語此大破格言非觀象設教之本也大鈞播氣不滯一方檮杌為黃熊彭生為大豕萇弘為碧舒女為泉牛哀為虎黃母為黿（一作鼈）君子為猿鵠小人為虫沙武都婦人化為男成都男子化為女周娥殉墓十載却活嬴諜（一作娰）暴市六日而蘇蜀帝之魂曰杜鵑炎帝之女曰精衛洪荒窈窕莫可紀極古者青烏之相冢墓白澤之窮神姦舜之命夔以和神湯之問革以語怪音聞魯壁形鏤夏鼎玉牒石記五圖九籥說者紛然故漢文帝召賈誼問鬼神之事夜半前席志怪之士劉子政之列仙葛稚川之神仙王子年之拾遺東方朔之神異張茂先之博物郭子潢（一作横）之洞冥潁黃門之稽

聖侯君素之精（一作旌）異其中神奧顧君真誥周氏之冥通而異苑捜神山海之經幽冥之録襄陽之耆舊楚國之先賢風俗所通歲時所記吳興陽羨南越西京注引古今辭標淮海裴松之盛弘之陸道瞻等諸家之說蔓延無窮國朝燕梁四公傳唐臨冥報記王度古鏡記孔慎言神怪志趙自勤定命録至如李庾成張孝舉之徒互相傳說譙郡戴君孚幽賾最深安道之胤若思之後邈為晉僕射逵為吳隱士世濟文雅不隕其名至德初天下肇亂況始與同登一科君自校書終饒州録事叅軍時年五十七有文集二十卷此書二十卷用紙一千幅蓋十餘萬言雖景命不融而鏗鏘之韻固可以輔於神明矣二子鉞雍陳其先志

泣請父友兄得而叙之

維摩經畧疏序　梁肅

聖非道不生道非教不明教非人不行是三者相依而住道有大小權實故凈明以在家成化人有聖賢淺深故智者以初依啓法然後因言遣言即象忘象俾後學有以得正真之終始（二字集作路）遊道義之門戶（集無戶字）祖而述之存乎其人天台上人（二字集作大）比丘然公纂智者之法裔（集作胤）探毗耶之妙賾一貫文字之學會歸解脫之淵以爲昔智者太師之演是經也備偏圓頓漸之義盡方等生蘇之體其旨遠其道微微言在茲茲用不惑故常外闡其訓内澄其照凡百學者望崖而歸嘗謂門弟子曰祖師所述其道甚

著（集作火）而嗜簡者或病其繁習（集作玩）精者則遺其粗吾欲因而就之以伸其教删而裁之以存其要何如弟子比丘湊作禮以請公於是削其浮辭合爲十軸不失舊則其義惟明與前部偕行號爲凈名畧疏原夫聖人有以見生生根器之不齊也故用四教五味經而緯之有以見萬法弛張之不殊也故用一道一乘會而成之然則聖人隨感以利物（集作見）故其數不得不差賢哲因感以立誠故其業不得不傳觀其所感則毗耶之與天台杜口之與立言雖偕（集作階）位不同廣畧異宜至於赴機施化其揆一也肅嘗受經於公門遊道於義學之到（集無此二字）雖鑽仰莫能（集作至）而嗟嘆不足故序其述作之所以然者乎（集作于）辭疏成之歲

歲在甲辰吾師自晉陵歸于佛龕之夏也

陪獨孤常州觀講論語序　前人

晉陵守河南獨孤公以德行文學爲政一年儒術大行與洙泗同風公以爲使民悅以從教莫先乎講習括五經英華使夫子微言不絶莫備乎論語於是俾儒者陳生以魯論二十篇於郡學之中率先講授乃季冬月朔公既視政與二三（集作一二）賓客躬往觀焉已而公遂言曰昔文公用儒變蜀蜀至於魯當大曆初元新被兵饉之苦今御史大夫贊皇李公爲是邦憨學道圮闕開此庠序自後俊（集作華）秀並興與計偕者歲數十人子衿之詩起而復廢鄉飲酒之禮廢而復興至于今風俗遂敦美矣哉仁人之化也摳衣

之徒承其波流得不勉歟既誨而厲之又悅以動之朱輪遲遲逮暮而歸士有獲在左右覩公之施教退謂人曰夫四時繼氣而成物仁賢繼功而成化是學校也非贊皇不啓非我公不大誠之以經書潤之以仁義君子得之以脩詞立誠小人仰之以遷善遠罪決決乎不知所以然以至夫政和而人泰舊史記前召（集作邵與召同）後杜而南陽移風民到于今稱之矧贊皇植學之本與我公道之以德德則有成而未播於叙述後人謂之何哉鄙不佞謹紀公之雅訓或傳諸好事者云爾

通典序（杜佑自序附出）　李翰

儒家者流愽而寡要勞而少功何哉其患在於習之不精

知之不明入而不得其門行而不由其道何以徵之夫五經群史之書大不過本天地設君臣明十倫五教之義陳政刑賞罰之柄述禮樂制度之統究理亂興亡之由立邦之道盡於此矣非此典者謂之無益代（一作世）教則聖人不書學者不覧儻人寘（一作究）煩而無所從也先師宣尼祖述堯舜憲章文武七十子之徒常（一無常字）宣明大義三代之道百代可師而諸子云云猥復制作由其門則其教已備反其道則其人可誅而學者以多閱為廣見以異端為傳聞是非紛然塞胷濛鴻（一作澒洞）茫昧而無條貫或舉其中不知其本原其始不要其終高談有餘待問則泥雖驅馳百家日誦萬字學彌廣而志彌惑聞愈多而識愈疑此所以勤苦而難成殆非君子進德脩業之意也今通典之作昭昭乎其警覺群迷歟（五字一作警學者之群迷與）以為君子致用在乎經邦經邦在乎立事立事在乎師古師古在乎隨時必參今古之宜窮終始之妙始可以度其終（一作古）古（一作終）可以行於今問而辯之端如貫珠舉而行之審如中鵠夫然故施於文學可為通儒施於政事可建皇極故採五經群史上自黃帝至於我唐天寶之末每事以類相從舉其終始（一作始終）歷代沿革廢置及當時群生論議得失靡不條載附之于事如人支脉散綴其（一作於）體凡有八門勒成二百卷號曰通典非聖之書乖聖人微旨不取焉惡煩雜也事非經世綿俗（一作經國禮法）程制亦所不録棄無益也若使學者

得而觀之不出户知天下未從政達人情罕更事知時變為功易而速為學精而要其道甚直而不徑其文甚詳而不煩推而通放而準語備而理盡例明而事中舉而措之如指諸掌不假從師聚學而區以別矣非聰明獨見之士孰能脩之淮南元戎之佐曰尚書主客郎京兆杜公君卿雅有遠度志於典邦（一作邦典）篤於（一作學）好古生而知之以大曆之始實纂斯典累紀而成杜公亦自為序引各冠篇首或前史有闕申高見發明以示勸誡用存景行近代學士多有撰集其最著者御覧藝文玉燭之類網羅古今傳則博矣然率多文章之事記問之學至於刊列百度緝熙王猷至精至粹其道不雜比於通典非其倫也於戲今之人賤近而遺遠昧微而觀著得之者甚鮮知之者至（一作甚）稀可以（二字一作可為長）歎息也翰與杜公數旬探討故頗詳旨趣而為之序（七字一作翰嘗有斯志約乎舊史圖之不早竟為善述者所先故頗詳旨趣而為之序庶將來君子知吾道之不誣）一作皆本文

杜佑自述序

佑少嘗讀書而性且蒙固不達術數之藝不好章句之學所纂通典實採群言徵之人事將施有政夫理道之先在乎行教化教化之本在乎足衣食易稱聚人曰財洪範八政一曰食二曰貨管子曰倉廩實知禮節衣食足知榮辱夫子曰既富而且教斯之謂矣夫行教化在乎設職官設職官在乎審官才審官才在乎精選舉制禮以端其序立

樂以和其心此先哲王致治之大方也故職官設然後興禮樂焉教化齊然後用刑罰焉列州郡俾分領焉置邊防遏戎敵焉是以食貨爲之首（十二卷）選舉次之（六卷）職官又次之（二十二卷）禮又次之（一百卷）樂又次之（七卷）刑又次之（大刑爲甲申兵一十五卷）其次（五州八卷）州郡又次之（一十四卷）邊防末之（一十六卷）或覽之者庶知篇第之旨也（本初纂錄止與天寶之末其有要須義論者亦便及以後之事）

魏國公貞元十道錄序　權德輿

序曰自夏書禹貢周官職方漢志地理厥後史臣繼有其書國家將九夷丕冒四海梯航聲朔過前古遠甚相國魏公明誠助化育與學窮古今百揆師長十年樞衡贊端拱無爲之風以宥天下王佐盛業論著形焉嘗以爲言區域

者闊略未備或傳疑失實於是獻海內華夷圖一軸古今郡國縣道四夷述四十卷盡瀛海之地窮鞮譯之詞陳農不獲之書朱贑未條之俗貫穿切劘靡不詳究開卷盡在披圖朗然又撮其要會切於今者（集作日）爲貞元十道錄四卷其首篇自貞觀初以天下諸州分隸十道隨山河江嶺控帶紆直割裂經界而爲都會在景雲爲按察在開元爲採訪天寶以州爲郡在乾元復郡爲州六典地域之差次四方貢賦之名物廢置升降提封險易因時制度皆備于編而又考迹其疆理以正繆（集作謬）誤採獲其要害而陳開置至若護單于府並馬邑以（集作而）北理榆林關外宜隸河東樂安自乾元後河流改故道宜隸河南合川七郡北與龍坻南與庸蜀四遠不相宜應於武都建都府以恢邊備凡類是者十有二條制萬方之樞鍵出千古之耳目故今之言地理者稱魏公焉公之意豈徒洽聞廣記以學名家而已哉蓋體國遠馭不出戶而知天下親百姓撫四夷真宰相之事也凡今三十一節度十一觀察與防禦經略以守臣稱使（一有守字）者共五十列于首篇之末其三篇則以十道爲準縣距州州距兩（集作西）都其書道里之數與其四鄙所抵其事覈其言詳閎覽默識精微錯綜斯爲至矣德輿忝掖垣之屬承公話言盱衡碩指珠貫冰釋辱命授簡書其大端輒罄斐然之辭豈揚不朽之業時貞元壬午歲夏四月謹序

李弈登科記序　趙傪

選士命官有國之大典察言考行先王之舊規古者命於鄉而升於學俾大樂正論造士之秀者而升諸司馬曰進士進士者謂可進而授之爵祿也然則前（一作歷）代選士其科不一洎聖（一作既）有唐高祖以神武靜天下用文教貞萬姓武德五年帝詔有司特以進士爲選士之目仍古道也自鄉升縣縣升州州升府皆歷試行藝秋會貢於（一作于）文昌咸達（一作造）帝庭以光王國然後會群后謁先師備牲牢奏金石尊儒教也君明試其業主張其文覈能否於聽覽之間定取舍於筆削之下職在考功郎後至玄宗開元二十五年重難其事更命春官小宗伯主之而業文志學之士

知勸矣於是獻藝輸能擅場中的者牓第揭出萬人觀之未浹旬而名達四方矣近者佐使外藩司言中禁彈（一作戕）冠憲府起草粉闈由此與能十恒七八至於（一作于）能登台階忝容命者亦繁有徒所謂選才授爵之高科求士濫觴之捷徑也不其然歟粵自武德至乎貞元閱崔氏本記前後嗣續者在我公爲多焉顧惟寡昧獲與斯文因濡翰而爲之序（一有十字）七年春三月丁亥序（一作述）　一作皆本文

文苑英華卷第七百三十七

文苑英華卷第七百三十八　序四十

雜序四

地志圖序　呂温

廣陵李該（集作彦）博達之（集有士字）士也學無不通尤好地理患其書多門歷世浸廣文詞浩蕩學者疲老由是以獨見之明法先聖之制黜諸子之序記述仲尼之職方會源流考同異務該暢從體要倬然勒成一家之説猶懼其與未足以

昭啓後生乃裂素爲方儀攄書而畫隨方面以區別擬形容而訓辭命之曰地志圖觀其粉散百川黛凝群山元氣剖判成乎筆端任土之毛有生之類大鈞變化不出其意然後列以城郭羅乎（文粹作于）陬落内自五侯九伯外洎要荒蠻貊禹跡之所窮漢驛之所通五色相宣萬邦錯峙毫釐之差而下正乎封畧方寸之界而上當乎分野乾象坤勢炳焉可觀與夫聚米擬其端倪畫地陳乎梗槩固不可同年而語（文粹有其字）詳畧各也每虚室燕居薄帷晴褰普天之下盡在屋壁户納四海窗籠八極名山大川隨顧奔走殊方絶域舉意而到高視華裔坐横古今覩帝王之疆理見宇宙之寥廓出遐入幽曾不崇朝與夫役刑神於歲月窮轍

跡於區外又不可並軌而論勞逸也且夫删百代之典綜群言之首繁而不亂疎而不漏才識以潤之册青以𦀚之使嗜學之徒未披文而見義不由户而觀奥斯訓道（文粹作導）之明也窮地而述遠世而載事極鴻纖理通皦昧混一家之文軌張大國之襟帶覈人物之虚實揔山川之要會表皇威之有截明王道之無外斯乃功用之大也見蒼梧塗山則思舜禹恤民之艱覩窮邊（集作絶）大漠則悟秦漢勞師之弊覧齊墟晋壤則見（集作想）桓文勤王之霸觀洞庭荆門則知苗蜀恃險之敗王者於是明乎得失諸侯於是鑒于興替斯又懲勸之遠也然則本之所以廣學流中之足以贊鴻業垂之可以示後世豈徒由近觀遠以智自樂爲室

中之一物哉而時無知音道不虛行舉地成圖聞天無路此志士儒林所以爲之歎（集作類）息也某久從君遊辱命序述庶明作者之意俾好事（集作學）君子知其所以然

道州律令要録序　前人

某頃累忝官尚書省御史臺徧觀諸曹多書令式格律於其屋壁苟非以官遊爲情而奉其職者皆得日夕省覽起出入目存心悟累累（集作章章）然如貫珠如循環吏無以欺臨事不惑决繁滯舉枉直而恊于大中中人以（集作已）上固可馴（集作循）致吾不知其誰肯之何前賢處心恤事之周也若州縣者卑而近於人遠而切於得失動有懸人命關風俗而惰者委成於一吏望空而署勤者檢閱而山積神憒氣沮卒無所歸致政（集作政令）之弊不亦宜乎此州法吏何洛庭良吏（集作士）也與之撮其要講其義書之（集作于）廳記（集作事）之左某不深於法猶慮未盡後來君子其究成之此長人者之所急元和五年五月二十七日

風后握機圖序　嚴從

中黄子曰予觀風后握機圖殆有情哉然年代遷遠文字損缺或致憖謬矣惜乎夫兵者禁暴覆殺之大機也天地神靈之所閟也洞則王昧則亡故皇帝湯武得其道矣然則兵之用也豈惟道乎亦有工拙矣語大者有三徵焉昔伊尹勸湯吕望勸周子房勸漢祖鄧禹勸光武可謂知運命之徵也樂生破竹迎刃之喻曹劌三鼓候衰而作可謂

知和氣之徵也孫臏邀敵於馬陵韓信置軍於水上可謂知地勢之徵也故古人有言曰能知三徵霸世之師至夫以智料智因奇縱奇千變萬化不可殫備今夫握機者約而遠幾而深用少以（一作以少而）濟廣貫一以總萬微乎微乎可以神會雖（疑作難）以跡融非智合聚賢役心淵妙者不可以常識借之今予依風后大吉畧爲此圖以擬方陣陣有八物有八容八八相值可離可合中有容効三元天子上將所居常静不動以象玄極以配中黄（一作黄中）其理微矣若乃四衡夾三軸九地夾二天蛉龍嘯虎當前後之衡雲鳥風蛇居摶掣之要敵寡則從雲鳥翼之翦風蛇之勢合而圍之彼衆則奮龍虎之衝接雲鳥之勢突而擊之亦百勝之術

也昔諸葛孔明以傑時之智將求其源而未得也乃曰八陣成可以橫行天下然武侯八陣法亦有虎翼翔鳥兄明武侯所胥則風后五圖也桓溫見蜀將八陣云是常山蛇勢徒妄言耳常山蛇者法出孫子謂之率然蓋直陣也故桓溫覽孫子而有是言殊無指哉然此離合之勢奇正之術故曰或離而為八或合而為一以正合以奇勝其要此矣公孫子儒者也至注釋務析精奧而多引空言以誣後人何哉馬總述云增字發明未得精了更益煩蕪予昔常覽焉中失其本每思經述近乃得之聊因時暇刊繁舉要亭而第焉二百八十言殆不過尺幷為圖式以悟後賢庶有賴云爾

擬三國名臣讚序　前人

昔孔子舉詩書作後王者之法其稱殷頌曰天命玄鳥降而生商書天工人其代之然則聖人受命賢人受任龍騰虎躍風流雲蒸求之精微其道莫不咸係乎天者也故夫受天之命者不可以苟代天之理者不可以私前聖知其如此故明四目達四聰高居而審聽處幽而遐覽群才必用衆功乃廣然後天應以福而太和之化臻矣雖三光襲（一作遊）照五運潛周嫣圖啓而揖讓與夏鼎移而干戈用德業相踵（一作躡）也夷不同然激揚名義增廣基宇何嘗不得賢則理失賢則危哉是故五老尊而軒風熾三仁去而殷道衰淮陰來而漢家昌亞父亡而楚王滅姬漢已降大象淪夷當極者不以垂拱居尊干祿者必以權利邀進鏡物者不以虛已為德達才者必以寒儁為嫌故洪綱強（集作紐）而萬目頹大理虧而廉讓塞貞良並退而莫進賢士卷藝以深潛故伯夷為之哀歌綺里為之高遁晉重戢名以避其患楚狂遁世以全其身豈惡富貴哉蓋有為而然也夫明王旰食以求士君子含德以俟時然求應之感徒深而君臣之分猶鮮者何也蓋經達之道難而世乏鮑子蕭何之智也若夫鮮鮒為相古今所罕有登壇受爵賢者（一作哲）欲（疑作歎）其難漢高始以為疑齊桓終受其福乃知有管仲之才無鮑叔之介則桓公不納有韓信之略無蕭何之聽則漢高不容齊桓漢高不易值矣蕭公鮑子豈屢得哉夫

未遇良鑒則夜光不為寶時逢哲后則負鼎可升朝歷求邃古爰覽近圖臣主之際授受之外垂大明以敘下推至公以臣上則有我唐太宗文武大聖皇帝魏文貞者之流也蓋至理之代君子不以王爵私其身而況親屬乎是以貞觀之中賢者在朝各崇至公馬周懷奇思而拔起隴畝李靖多大功而終始擾用魏徵數直諫而優游撫納我之得才於斯為美彼三國之臣主始當草昧之期卒踐陵遲之運君無尺土之漸而以爭奪為德臣無素定之分而以偷合為功然其屬衰亂之間固貞仁之節接風塵之會吐傅奕之謀用能各奉其主克立（一作佐）厥勳者亦不可誣也文若清淑沉懿有顏氏之德靈鑒洞照有子房之能推戈

疑給下有終始之勤篤誼守節有風雲之槩歎（一作感）王室之多故懷黍離以永吟遂委忠曹公冀匡復而天命潛華人心則殊姑廻備物之謨卒抗非常之錫雖欲匡上以德翻乃殺身成仁夫（一作乎）仁義豈有恒在乎不捨道而已是故比干湛身於殷后微子亢（一作抗）跡於周邦雖二美同歸而三仁齊致公達慷慨總角耀奇惡奸臣之擅命想桓文之高舉群雄競起漢曆寖微翻然回慮吐詞魏幕原其所以然者豈不以叅揄之聊非魯陽可止溝瀆之節豈仲尼所嘉是以攝管仲之高蹤攀魏武之遐轍全生之理其亦遠乎崔子矯然植青松之操鯁詞直對則左右失容揞生取義千載稱美雖遇讒譖（一作讖）蓋亦其素志矣若乃天命未改則人思其舊乾道將革則物厭其常是以司隸之儀見悲於漢叟先王之跡遠播於汝隅孔明躬耕南陽盤桓俟主吐籌獻策識鼎峙之形總衆臨戎有席卷之望原其去就抑亦懷漢之雅志焉及其撫戎幕持國鈞開誠心布公道賞不失德罰不濫刑又雖古之遺直不能尚也昔管仲用法伯氏無怨子羔刑人終以見德孔明之謫李嚴蓋近之矣周瑜魯肅咸起諸生鷙踪鳥林鷹揚赤壁然肅為布衣當襄漢之際標賣田宅分財結士以求人傑此其志不小也公瑾推第於孫策子敬輟粟於周郎咸有異於人者也子布剛簡懷不撓之節觸桓王創業首贊經綸仲謀嗣立躬自扶翊古人所謂託六尺之孤者歟既而忠言

屢發直道不回折弋獵之娛沮鈞臺之樂斯又王臣蹇蹇國之元老者哉夫江東之於天下猶四體之有一掌耳權不能恢闡雄量以（一有容字）求忠讜而乃輕肆忿毒厭聞至言始抽刃於虞翻終投刃於子布翻既謫終遐裔昭亦廢處家僮故使時望桂傷元功圯毀由是見仲謀之器小也其不能厠跡中原懋長世之業者宜矣夫以子布忠賢承奕代之遇一言忤旨有不測之辜況賤跡之士而欲自下干上罄其孤慮者乎善料古者必察乎今善籌遠者必謀諸近讚詠之作豈必褒既往之陳蓋將暢其幽情貴使來葉有可觀者聊後釆斷為其讚云

長慶宣明曆序　唐穆宗皇帝

古者聖人莫不研七精之數以察天道（一作以授天道）設四時之官以授人事在顓頊之代雖罕（最）漫靡察制度未備然已有重黎二官故可得而（一無而字）述是以欽昊天協時月必首於堯舜之典叙九章用五紀亦冠於周宗之書則知發端受命斯為本也我國家作天地以制法統陰陽以立極恭惟烈祖嘗所盡心載誕神人協成曆象太史究閎洛之術大惠極容成之妙而體（一作躬）聖創制隤（一作探賾）懸窮神順時氣之發斂考星度之疎密故亦窮變化洞窈冥矣然後陰陽和刑罰清八風之叙立萬物之序成累聖讚序必更紀曆推體元居正之道彰敬授惟新之法斯舊典也曷敢廢乎朕以菲薄未明至理荷祖宗之耿光守聖人之大寶深

懼不德獲戾于上玄感易象之隨時懷禮經之聽朔又嘗覽漢丞相魏弱翁之奏以為帝王法天地順四時以理國家是奉宗廟安天下之大禮也爰命太史洎乎疇人候望於清臺論思於別殿究以微妙考其禎祥觀渾儀以見天心視圭影而知日至則八卦之氣不雜百工之職允釐豈必於記鳳威之晨晦明無爽候仙蓂之莢弦望不愆今勒成三十四卷命之曰長慶宣明曆承唐堯授人之規庶於是矣効軒后合符之驗非所企焉因叙制作之由在乎篇首

荔枝圖序　白居易

荔枝生巴峽間樹形團圓如帷蓋葉如桂冬青華如橘春

榮實如丹夏熟朵如蒲桃（集作蒲萄）核如枇杷殼如紅繒膜如紫綃瓤肉瑩白如冰雪苷如醲酪（四字文粹集本並作漿液甘酸如醲酪）大畧如彼其實過之若離本枝一日而色變二日而香變三日而味變（集無日字）四日五日外色香味盡去矣元和十五年夏南賓守樂天命工吏圖之（集無之字）而書之（集無書字）蓋為不識者與識而不及一二三日者云

黠戛斯朝貢圖傳序　李德裕

昔越裳貢雉薦於宗廟西旅貢獒陳以典訓所以感其至而戒其初也仁聖文武至神大孝皇帝御曆之四年矣天瑞爍爛王道昭焯五材並用六礜斯柔布政宣室以張神化振兵朔野以耀威靈故得天符而清日晏而明虫螟不生嘉穀以成中外（集作寓）既安四夷來庭由是龍荒君長黠戛斯遣使注吾合素等上表獻良馬二匹絕大漠而貢赤誠涉流沙而露赭汗非至德所感孰能臻於此乎皇帝以前有鸞旗（集作所）焉用驥騄不貴龍友鳴鸞鼓車乃命其使見於內殿賜以珍膳錫之文錦謹按故相魏國公賈耽所撰古今四夷述黠戛斯者本堅昆國也貞觀二十一年其酋長自身入朝授以將軍印拜堅昆都督逮于天寶季年朝貢不絕洎中國多難以廻鶻隔礙黠戛斯忿其桀驁乘彼荐饑於是破龍庭焚罽幕蕭條萬里地無種落得出重泉而見白日披氛霧而覩青天臣伏見太宗謂群臣曰南荒西域自遠而至其故何哉宰臣玄齡對曰殊域來朝者

中國乂安帝德遐被所致也太宗曰向使中國不安亦何緣而至朕觀此懷懼何者昔秦始皇并吞六國漢武帝威加戎狄今殊方輿類無遠不賓竊比秦始漢武想無多愧亦欲傳之子孫念（集作僉）二主之末途朕所以不能不懼審臣伏思太宗往昔之懼致我唐百代之隆則聖祖貽謀可謂深矣此太宗所以永保鴻名為受命之祖陛下所以丕承王業為中興之君豈不宜哉天旨以賈耽有陳平鎮撫之才得充國通知之敏其所述作該明古今詔太子詹事京宗卿祕書少監李（集作呂）述往莅賓館以展私覿稽合同異覼縷闕遺傳胡貊兜離之音載山川曲折之狀條貫周備文理洽通臣伏以貞觀初中書侍郎顏師古上言者周

武王天下太平遠方歸款周史乃集其事爲王會篇今萬國來朝蠻夷率服亦可圖寫請撰爲王會圖有詔從之臣輒因常宗卿李（集作呂）述所紀異聞飾以會（集作繢）事敢叙率服以冠篇首

注孫子序　杜牧

兵者刑也刑者政事也爲夫子之徒實仲由冉求之事也今者據案聽訟械繫罪人笞死于市者吏之所爲也驅兵數萬撅其城郭纍其妻子斬其罪人亦吏之所爲也木索兵刃無異意也笞之與斬無異刑也小而易制用力小者木索笞也大而難制用力多者兵刃斬也俱期於除去惡民安活善民（集作人）爲國家者使教化通流無敢輒有不由

我而自恣者其取吏（文粹有也字）無他術也無異道也俱止於仁義忠信智勇嚴明也苟得其道一二者可以使之爲小吏盡得其道者可以使之爲大吏故用力少者其吏易得也功易見也用力多者其吏難得也功難就也止此而已無他術也無異道也自三代已降皆由斯也子貢頌夫子之德曰文武之道未墜於地在人賢者識其大者遠者不賢者識其小者近者季孫問於冉有曰子之戰學之乎性達之乎（集作也）對曰學之季孫曰事孔子惡乎學冉有曰即學之於孔子者大聖兼該文武並用適聞其戰法實（集作猶）未之詳也後不知自何代何年何人分爲二道曰文曰武離而俱行因使縉紳之士不敢言兵或耻言之苟有言者世以爲麄暴異人人不比數嗚呼亡失根本斯爲最甚周公相成王制禮作樂尊大儒術有淮夷叛則出征之夫子相魯公會于夾谷曰有文事者必有武備叱辱齊侯伏（集作服）不敢動是二大聖人豈不知兵乎周有齊太公秦有王翦兩漢有韓信趙充國耿弇虞詡段熲魏有司馬懿吳有周瑜蜀有諸葛武侯晉有羊祜杜公元凱梁有韋叡元魏有崔浩周有韋孝寬隋有楊素國朝有李靖李勣裴行儉郭元振如此人者當此一時其所出計畫皆考古校今奇秘長遠策先定于內功後成於外彼壯健輕死善擊刺者供其呼召指使耳豈可知其所由來哉牧幼讀禮至于四郊多壘卿大夫之辱也謂其書真不虛說年十六時見盜

起閫（作圍）二三千里殺戮將相族誅刺史及其官屬尸塞城郭山東崩壞殷殷焉聲振（集作震）朝廷當其時使將兵行誅者則必壯健善擊刺者卿大夫行列進退一如常時笑歌嬉遊輒不爲辱非當辱不辱以爲山東亂事非我輩所宜當知牧自此謂幼所讀禮真妄人之言不足取信不足爲教及年二十始讀尚書毛詩左傳國語十三代史書見其樹立其國滅亡其國未始不由兵也主兵者聖賢才（集作材）能多聞博識之士則必樹立其國也壯健擊刺不學之徒則必敗亡其國也然後信知爲國家者兵最爲大非賢卿大夫不可堪任其事苟有敗滅真卿大夫之辱信不虛也因求自古以兵著書列於後世可以教於後生者凡十數

家且百（集作數）萬言其孫武所著十三篇自武死後凡千歲將兵者有成者有敗者勘其事跡皆與武所著書一一相抵當循印圈模刻一不差跌武之所論大約用仁義使機權也武所著書凡數十（文粹作十數）萬言曹魏武帝削其繁剩筆其精切凡十三篇成爲一編曹自爲序因注解之曰吾讀兵書戰策多矣孫武深矣然其所爲注解十不釋一此者蓋非曹不能盡注解也予尋魏志見曹自作兵書十餘萬言諸將征伐皆以新書從事從令者克捷違教者負敗意曹自於新書中馳驟其說自成一家事業不欲隨孫武後盡解其書不然者曹豈不能耶今新書已亡不可復知予因取孫武書備爲其注曹之所注亦盡存之分爲上中下卷後之人有讀武書予解者因而學之猶盤中走丸丸之走盤橫斜員直計於臨時不可盡知其必可知者是知丸不能出於盤也議於廊廟之上兵形已成然後付之於將漢祖言指縱（文粹作蹤）者人也獲兎者犬也此其是也彼爲相者曰兵非吾事吾不當知君子曰叨居其位可也

文苑英華卷第七百三十八

文苑英華卷第七百三十九　論一

天

真玄先生箴天論一首　天論上中下三首

道

神仙可學論一首　神仙傳論一首
黃治論一首　方士論一首
養生論一首　太古無爲論一首

天

真玄先生箴天論　盧綽

有真玄先生者深粹虛寂冲凝簡素故其動也則局四海而監九垓其靜也則棲一枝而㝢環堵覆其守樸與物無

競雖質居巖穴之間神王煙塵之表以首月元日乃蔭雲蓋濯飛流涉西岑面東陸操白簡染朱翰俯而屏息仰而起曰天蕩蕩乎蒼蒼乎固無得而稱也余有疑焉請杜其惑夫虧盈益謙天之道也禍淫福善天之察也春榮秋落天之時也晝明夜晦天之運也擊電鼓雷天之怒也蒸雲施雨天之澤也因斯以言則庶類萬物非天無以成受形育氣非天無以立大哉傳哉乾之化也故書云唯天爲大唯堯則之詩云謂天蓋高不敢不跼易云先天而天弗爲後天而奉天時是禎祥之來不誣也至於報施何乃爽歟惡均而異罰善同而殊效唐虞慎讓祚不及子湯武逆成福垂累世應物無親者其若是哉諂諛饕餮非貴則富蘗絜貞素不賤必貧譎詐反道者曜蟬鳴佩直言順常者傳刃伏鑕悲夫何蓬華草萊之人遇時而爲卿相膏腴縉紳之士失勢而作輿臺豈窮達之有數乎何否泰之無定也至於積德致敗變險成功立信受尤行仁（一有格字）招咎者豈勝數哉或一飡莫給或萬錢損廢或紈綺斯弊或短褐不完或黃髮不終或襁褓先斃其於平施不亦謬乎夫德合天地道濟生民而有削伐之累貞貫古今應稱百代而有餒絕之憂其於與善不亦過乎然負異才蘊奇調洞識幽顯智周動植而不免繩樞瓮牖糲食布衣何所累若此之斥也夫鵰隼以摯擊爲恒理不可食之以粒豺虎以搏噬爲常性不可啗之以草非其故爾蓋信性分然則既授之

以距角而責之以觸歷既任之以爪牙而罰之以獲殺者不亦近於諂乎苟正其味則一敗兩全矣化惡不知變形教善若易嗜也鴆毒害物而裂腹虺蝮觸手而鮮腕然則欲其弗害者曷若勿生乎如力不能易則不可稱聖能而不改則不得謂仁匪聖匪仁將何以爲萬物將（一無將字）生也扛鼎拔石者不得云不舉鴻毛竭河飲澤者不得云不盡杯水是知大既任小何以辭乎必爲治其若是將恐亂之未息於是少選之間肅然若有自天而降者襜霞衣控風轡飛鳳駕拖蜺旌如影如響若虛若㵳乃謂余曰帝有命焉子其清耳曰一氣既分萬象云備隨感斯化生而無記故大者自大不可移之於小短者自短不可易之以長多

者不覺有餘少者不知所足臧之斯傷各守其貞任之自是豈較工拙於其間哉是以百足一蹠其行一也六眸一目其視一也火鼠夏遊而不知其熱水草冬茂而莫辨厥寒各安所安不可易位必非其位則西施與嫫母同姿苟當所卉則資實將腐鼠齊味各稟其性余何須焉若美則留之醜則去之其於簡也不亦勞乎善則與之惡則奪之其於慮也不亦繁乎故任之則理息放之則無累余以無告故能成萬物余以無心故能安群有是知善惡共域吉凶同貫唯爾所召誰其制之今子誚余以不治何乃爽也故不治而謂之至治夫生不余謝死則余尤榮不余善辱則余讐多不余獲少則余求不與余共樂而責余同憂

乎乃愍而訓之曰若物皆然則爲惡招禍修善致福徒虛言耳又徵余曰何言之容易也論者多云命有定數運有常期非補養所能延非備習所能益此皆非通識不可與言道也是以不昵不義因此而行無賴無取一作所自斯而作以之爲家則家敗以之爲國而國亡故桀紂志之於前而莽卓踵之於後所以覆宗絕嗣事至而不寤者良此之由也悲夫請以近小喻之遂大夫廣廈崇基人之居也褒衣博帶士之服也故拱差柱跌則廢而正之所以無壞傾之慮領決襟汙則綴而浣之所以無穿垢之憂故能恒保其貞固常守其完潔也若傾而不視纖而不澤則坐見頹陷立視緇皺矣故修福穰災爲惡敗德若聲之召響影之

隨形各有主司自然冥會惡積者報速善小者應遲猶夫秋生則夏殞春敷則冬落根深則難拔器滿則易盈故不可以遠近證有無不可以賒促定虛實耳信目中庸尚所不免以短度長下愚固其致蔽是知朝菌不可言椿鶴蜉蝣不足語春秋況以七尺之形百年之命欲辨生於沙界語死於塵劫其可得乎然言者皆以應朝一無此字報與自然異此蓋思之未精至也夫所告者莫非由已所感者皆是自知萬物各有本性故因而用之耳猶蓺苗蒔果初雖耕灌在功至於結實成味則非人力所爲也又靈芝之駐年神丹養性竟能禦風撫羽陵歷蹈霞此乃功用自然者也萬象運爲莫非此類終日施用不悟其理動成鋒楯不亦

眛乎至於自然之性余亦不知其所以莫知所以然而然也於是言終形滅莫知所之余乃惕然恍然忘視聽若遺形體者久之乃神寃憂盡累息蕩然與萬物因心不知榮辱之有異也

天上論　劉禹錫

世之言天者二道焉拘於昭昭者則曰天與人實影響禍必以罪降福必以善徠窮阨而呼必可聞隱痛而祈必可答如有物的然以宰者故陰騭之說勝焉泥於冥冥者則曰天與人實剌異迅集作霆震于畜木未嘗在罪春滋乎堇荼未嘗擇善跖蹻焉而遂孔顏焉而危集作厄是茫乎無有宰者自然之說勝焉余之友河東觧人柳子厚作天說以

折韓退之之言文信美矣蓋有激之云而非所以盡天人之際故余作天論以極其辯云大凡入形器者皆有能有不能天有形之大者也人動物之尤者也天之能人固不能也人之能天亦有所不能也故余曰天與人交相勝耳其說曰天之道在生植其用在强弱人之道在法制其（英華作之）用在是非陽而阜生陰而肅殺水火傷物木堅金利壯而武健老而耗眊氣雄相君力雄相長天之能也陽而藝樹陰而揫斂防害用濡禁焚（文粹作焚禁）用光斬材窾堅液礦硎芒義制强禦（集作許）禮分長幼右賢尚功建極閑邪人之能也人能勝乎天者法也法大行則是爲公是非爲公非（文字文粹作是非爲公）天下之人蹈道必賞違之（集作善）必罰當其賞

雖三族之貴萬鍾之祿處之咸曰宜何也爲善而然也當其罰雖族屬之夷刀鋸之慘處之咸曰宜何也爲惡而然也故其人曰天何預乃人事耶惟告虔報本肆類授時之禮曰天而已矣福兮可以善取禍兮可以惡招奚預乎天耶法小弛則是非駁賞不必盡善罰不必盡惡或賢而尊顯時以不肖參焉或過而僇辱時以不辜參焉故其人曰彼宜然而信然理也彼不當然而固然豈理耶天也福或可以詐取而禍或以苟免人道駁故天命之說亦駁焉法大弛則是非易位賞恒在佞而罰恒在直義不足以制其强刑不足以勝其非人之能勝天之具盡喪矣夫實已喪而名徒存彼昧者方挈挈然提無實之名欲抗乎言天者

斯數窮矣故曰天之所能者生萬物也人之所能者治萬物也法大行則其人曰天何預人耶我蹈道而已法大弛則其人曰道竟何爲耶任人（文粹作天）而已法小弛則天人之論駁焉今人以一己之窮通而欲質天之有無惑矣余曰天恒執其所能以臨乎下非有預乎治亂云爾人恒執其所能以仰乎天非有預乎寒暑云爾生乎治者人道明咸知其所自故德與怨不歸乎天生乎亂者人道昧不可知故由人者舉歸乎天非天預乎人爾

天論中　　前人

或曰子之言天與人交相勝其理微庸使戶曉盍取諸譬焉劉子曰若知旅乎夫旅者群適乎莽蒼求休乎茂木飲

乎水泉必强有力者先焉否則雖聖且賢莫能競也斯非天勝乎群次乎邑郛求蔭於（集作于）華榱飽于餼牢（集作宰）必聖且賢者先焉否則强有力莫能競也斯非人勝乎苟道乎虞芮雖莽蒼猶郛邑然苟由乎匡宋雖郛邑猶莽蒼然是一日之途天與人相交勝矣吾固曰是非存焉雖在野人理勝也是非亡焉雖在邦天理勝也然則天非務勝乎人者也何哉人不幸則歸乎天也人誠務勝乎天者也何哉天無私故人可務乎勝也吾於（文粹作于）一日之途（文粹有耳字）而明乎天人取諸近也已或（文粹作問）者曰若是（文粹作是之）則天之不相去乎人也信矣古之人曷引天爲答曰若知操舟乎夫舟行乎濰淄伊洛者疾徐存乎人次舍存乎人風之

怒號不能鼓爲濤也流之泝洄不能峭爲魁也適有迅而安亦人也適有覆而膠亦人也舟中之人未嘗有言天者何哉理明故也彼行乎江河淮海者疾徐不可得而知也次舍不可得而必也鳴條之風可以沃日車蓋之雲可以見怪恬然濟亦天也黷然沉亦天也阽危而僅存亦天也舟中之人未嘗有言人（集作天）者何哉理昧故也問者曰吾見其駢焉而濟者風水等耳而有沉有不沉非天曷司歟答曰水與舟二物也夫物之合并必有數存乎其間焉數存然後勢形乎其間焉一以沉一以濟適當其數適乘其勢耳使彼勢之附乎物而生猶影響也本乎徐者其勢緩故人得以曉也本乎疾者其勢遽故難得以曉也彼江海

之覆（文粹作江海之覆也）猶伊淄之覆也勢有疾徐故有不曉耳問者曰子之言數存而勢生非天也天果狹於（文粹作于）勢耶答曰天形恒圓而色恒青週迴可以度得晝夜可以表候非數之存乎恒高而不卑恒動而不已非勢之乘乎今夫蒼蒼者一受其形于高大而不能自還於（文粹作于）卑小一乘其氣于動用而不能自體於（文粹作于）俄頃又惡能逃乎數而越乎勢耶吾固曰萬物之所以爲無窮者交相勝而已矣還相用而已矣天與人萬物之尤（文粹作元）者耳問者曰天果以有形而不能逃乎數彼無形者子安所寓其數耶答曰若所謂無形者非空乎空者形之希微者也爲體也不妨乎物而爲用也恒資乎有必依於（文粹作于）物而後形焉今爲室

廬而高厚之形藏乎內也爲器用而規矩之形起乎內也音之作也有大小而響不能踰表之立也有曲直而影不能踰非空之數歟夫目之視非能有光也必因乎日月火炎（文粹作燄）而後光存焉所謂晦而幽者目有所不燭耳彼狸狌（文粹作猩）犬鼠之目庸謂晦而幽耶吾固（集作故吾）曰以目而視得形之粗者也以智而視得形之微者也烏（文粹作焉）有天地之由有無形者耶古所謂無形蓋無常形也（集作耳）必因物而後見耳（文粹作焉）烏能逃乎數耶

天論下　　前人

或曰古之言天之曆象有宣夜渾天周髀之書言天之高遠卓詭有鄒子今之言有自乎答曰吾非斯人之徒也大

凡入乎數者由小而推大必合由人而推天亦合以理揆之萬物一貫也今夫人之有頭（集作顏）目耳鼻齒毛頤口百骸之粹美者也然而其本在乎腎腸心腑天之有三光懸寓萬象之神明者也然而其本在乎山川五行濁爲清母重爲輕始兩位既儀還相爲庸噓爲雨露噫爲雷風乘氣而生群分彙從植類曰生（按尚書傳海隅蒼生謂草木也）動類曰蟲倮蟲之長爲知最大能執人理與天交勝用天之利立人之紀綱或壞復歸其始堯舜之書首曰稽古不曰稽天幽厲之詩（集作時）首曰上帝不言人事在舜之庭元凱舉焉曰舜用之不曰天授在商中宗襲亂而興心知說賢乃曰帝賚堯民之餘難以神誣商俗已訛引天而敺由是而言天預人

乎

道

神仙可學論　吳筠

洪範嚮用五福其一曰壽且延命至於期頤皇天猶以爲景福之最況神仙度世永無窮乎然則長生大法一作無憂等倫以儔擬當代一作世人物忽而不向一作尚者何哉嘗試論一作言之中智已下逮乎民甿八字一作愚智已下泯泯與飛走蠕翹一作蟯同其自生自死昧識所求不及聞道則相與大笑之中智已上爲名教所檢一作拘區區於三綱五常不暇聞道而若存若亡一有若字能挺然竦身不使恒情之所汩沒專以脩練一作鍊爲切務者千萬或一人而已又行之者密得之

者隱故舉俗一作世罕聞其行一作方悲夫昔桑矯問涓子曰自古有死復云有仙何如二字一作如之何涓子曰兩有耳夫言兩有則理豈一無豈字無不存理無不存則神仙可學也一作矣嵇公言神仙以特受異氣稟之自然非積學之所能致也未必盡其端矣有不修學而自致者特稟受異氣也有必待學而後成者功業充也有學而不得者初勤而中惰誠不終也此三者各有其方一作玄肯不可以一貫推之人生天地中殊於衆類明矣感則應激則通所以耿恭援刀平陸泉湧李廣發矢伏石飲羽一作入石沒羽精誠在於斯須土石應猶影響一作猶若響應況丹懇久著真君不爲潛運乎潛運則不死之階立矣孰爲真君則太上也爲神明宗極獨化於窈

一作杳冥之先高居紫微陰隲兆庶詩稱上帝臨汝書曰天鑒孔明福善禍淫不差毫末而迷誤之子焉測其元一作源日用不知背本向末故遠於仙道者有七焉近於仙道亦七焉當世之士不一作能能窺妙門洞幽賾雷同以泯滅爲真實生成爲假幻但所取者性所遺者形甘之死地乃謂常理殊不知乾坤爲易之蘊乾坤毀則無以見易形氣爲性之府形氣敗一作毀則性無所存性無所存則於我何有此遠於仙道一也其次謂仙必有限竟歸淪墜之弊一作墮之源彼自昏於智察則信其誣罔詎知塊然之有起自寥然之無積虛中一作而生神神用而孕氣氣凝而漸著累著而成形形立而神居乃謂一作爲人耳故任其流遁則死返其

宗源則仙所以招真以鍊形形清則合於氣含道以鍊氣氣清則合於神體與道冥謂之得道道故一作固無極而仙豈有窮乎舉世大迷終於一作當不悟遠於仙道二也其次強以存亡爲一體謬以道一作前識爲悟真云形體以敗散爲期營魄以更生爲用乃厭見有之質謀將來之身安知入造化之洪爐任陰陽之鼓鑄遊魂遷革別守他器一作魂遊變遷隔別守器神歸異族識昧先形猶鳥化爲魚魚化爲鳥各從所遇兩不相通形變一作化尚莫能知之況死而再造誠可哀者九字一作豈有死而再造誠可哀也而人不哀遠於仙道三也其次以軒冕爲得意功名爲不朽悅色耽聲豐衣厚味自封殖爲長策貽後昆爲遠圖焉知盛必衰高必危得必喪成必虧守此

用爲深固，置清虛於度外，耳恬靜智（一作肯以恬淡）交養中和，寧性通真爲意乎？此遠於仙道四也。其次強盛之時，爲情愛所役，班白之後，有希生之志（一作心），雖脩（一作君）學始萌，而傷殘未補，靡蠲積習之性，空務皮膚之好（一作存），竊慕道之名，乖契真之實，不（一作未）除死籍，未載玄籙，歲月荏苒，大期奄（一作忽）至，及將殂謝，而怨咎神明，遠於仙道五也。其次聞大丹可以羽化，服食（一作餌）可以延年（一作齡），遂汲汲於爐火，孜孜於草木，財屢空於八石，藥難効於三關，不知金液待訣於靈人，英芝（一作芝英）必滋於道氣，莫究其本，務之於（一作修其）末，竟無所就，謂古人欺我（五字一作言人我欺），遠於仙道六也。其次身栖道流，心溺塵境，動違科禁，淨無脩持（一作習），外邀清譽之

名（一作外招清淨之譽），內蓄姦回之計（一作謀），而至人（一作人之）可罔，神不可欺，遠於仙道七也。其次性好（一作文若性就）玄虛，情忘（一作寡）嗜慾，不求榮顯，每樂清閑，體氣至仁，含弘至靜，栖真物表，超迹岩巒，想道結襟，無爲爲事（三十二字一作不知榮顯之可貴，但守恬淡以自高，不見淫僻之可欲，非用邪以自真，體含至靜，超迹塵滓，棲真物表，道侶結衿，以無爲爲事），近於仙道一也。其次意（一作希）高般古，刻志上（一作意尚）行，知榮華爲浮寄，忽之而不顧，知聲色能（一作爲）伐性，捐之而不取，剪陰賊，樹陰德，懲忿損慾，齊毀譽，處林嶺，修清真，近於仙道二也。其次身居祿位之榮，心慕道德之府，以忠貞而奉上，以仁義而臨下，弘施博愛，內陰清澈，外混囂塵，惡殺好生（四十字一作身居祿位之愓，心遊道德之鄉，奉上以忠，臨下以義，於己薄，於人厚，仁慈恭和，弘施博愛，外混囂濁，內守清真，潛形隱迹，好生惡

死），近於仙道三也。其次瀟洒蓽門，樂貧甘賤，抱經濟之器，泛然若虛，洞古今之學，曠然若無，爵之不從，祿之不受，確乎以方外爲上（一作尚），恬乎（一作然）以攝生爲務，此近於仙道四也。其次禀類明（一作明類）之姿，懷秀拔之節，奮三代（一作忘機）之旅，當銳巧之師，所攻無敵，一戰而勝，然後靜以安身，和以保神，精以致真，近於仙道五也。其次追悔已（一作既）往，洗心自新，雖失之於壯齒，冀收之于（一作於）晚節，以功補過，過落而功全，以正易邪，邪亡而正在，轗軻不能移其操，諠譁不能渝（一作亂）其慮，唯精唯微，積以成著，其近於仙道六也。其次至孝至貞（一作至忠至孝），至義（一作真）至廉，按真誥之言（一作說），不待脩學而自得，比干剖心而不死，惠風溺水以（一作而）獲生，

伯夷叔齊，曾參孝已，人見其沒，道使之存，如此之流，咸入仙客，謂之隱景潛化，死而不亡，此例自然，近於仙道七也。取此七近，放彼七遠，謂之拔陷區，出溺塗，碎禍車，登福輦，始可與涉神仙流矣（一作涉神仙之流耳）。於是識元命之所在，知正氣之所由，虛凝澹（一作淡）漠，怡（一作恬）其性，吐納屈伸，和其體（一作神），高靈保定之良藥，匡輔之表裏，無滯形神俱超，雖未得昇騰，吾必知揮翼丹（一作紫）霄之上矣。夫道無形，無爲有情有性，故曰人能思道，道亦（一作必）思人，道不負人，人無負（一作負於）道。淵哉言乎！世情謂道體玄虛，則貴無而賤有，人資器質，則取有而遺無，庸詎知有自無而生，無自（一作因）有而明，有玄元（三字一作有無）混同，然後爲至（一作象），故空寂玄寥，大道

無象之象也兩（一作二）儀三辰大道有象之象也若但以虛極爲妙不應吐元氣流陰陽生天地運日月也故有以無爲用無以有爲資是以覆載長存仙聖不滅故謂生者天地之大德也所以見宇宙之廣萬物之殷爲吾存（一作形）也若煙散灰滅何異於天傾地淪彼自昭昭非我所有故曰死者天人荼毒之尤也孰能褒（一作保）大德黜荼毒拂衣絕塵獨與道隣道豈遠乎哉行斯至矣夫至虛韞寂（一作妙）待感而靈猶金石含響待擊而鳴故豁方寸以遵（一作契）虛虛則靜憑至靜以精（一作積）感感則通通則宇泰定天光（一有內字）發形性相資未始有極且人之禀形模範天地五臟六腑百關四肢皆神明所居各有所主守存之則有廢之則無

有則生無則死故去其死取（一作保）其生若乃諷太帝之金書研洞真之玉章集帝一於絳宮（一作闕）列三元於紫房噏二曜之華景登七元之靈綱道備功全則不必郵阡大還而高舉矣此皆自凡而爲仙自仙而入（一作爲）真真與道合謂之神人神人能存能亡能晦能光出化機之表入大漠之鄉無心而朗鑒無翼而翱翔嬉明霞之館宴（一作遊）羽景之堂歡齊浩刼而福無疆壽同太虛而不可量（十六字一作歡齊浩刼而無疆壽此太虛而無量）此道布在金簡安可輕宣其奧密乎受學之士宜咨玉簽以探其秘焉及儒墨所崇忠孝慈仁（一作忠真孝慈）慶及王侯福薦祖考祚流子孫其三者（一作以至此者）孰與爲大於戲古初（一作舉也）不可得而詳之義軒已來廣成赤松令

威安期之徒何代不有遠則載於竹帛近則接於見聞古今得之者皎皎如彼神仙可學炳炳如此凡百君子胡不勉哉（焉一作）一作皆本文

神仙傳論　梁肅

予嘗覽葛洪所記以爲神仙之道昭昭焉足徵已試論之曰夫人之生與萬物同彼由妄而生由生而死生死相沿未始有極聖人知其本虛也其體無也示以大道俾性情其無妄而反諸本焉本則不生不生則不死然後能周游太虛出入萬變朝爲羲農暮爲堯舜或存而亡或亡而存天地莫能覆而載也陰陽莫能陶而蒸也寂然不見其朕曠乎不識其門是之謂至神至神也者視天地四海若毛

（集作毫）末而已萬古之前億載之後若一息而已列禦寇謂不生者能生不化者能化蓋謂彼也不性其情者則不然其用有際其動有待存亡相制倚伏相繫其道有數窮則壞故列禦寇謂生者不能不死不死者不能不化蓋謂此也彼仙人之徒方竊竊然化金以爲丹鍊氣以存身覬千百年居於六合之內是類龜鶴大椿愈（集作逾）長且久不（集作何）足尚也噫後之人迭爲所惑不思老氏損之之義顏子不遠之復乃馳其智用以符籙藥術爲務而妄於靈臺之中有所念慮其末也謂齒髮不變疾病不作以之爲功而交戰於夭壽之域號爲道流不亦大哀乎按神仙傳凡一百九十人予所尚者唯柱史廣成二人而已餘皆生死之

徒也因而論之以自警云

黃冶論　李德裕

或問黃冶變化余曰未之學也焉知無有然天地萬物皆可以至理索之夫光明砂者天地自然之寶在石室之間生雪牀之上如初生芙蓉紅苞未拆細者環拱大者處中有辰居之象有君臣之位光明外徹採之者尋石脉而求此造化之所鑄也儻至人道奧者用天地之精合陰陽之粹濟之（集作以）神術或能成之若以藥石鎔鑄術則踈矣昔人問楊子鑄金而得鑄人以孔聖鑄顏子（三字一作鎔冶顏子）至於殆庶幾未若造化之鑄丹砂矣方士固不足恃劉向葛洪皆下學上達極天地之際謂之可就必有精理劉向鑄作

不成得非天意寶此神機不欲世人皆知之矣

方士論　前人

秦皇漢武非好道者也始皇擒滅六國兼羲唐之帝號漢武翦伐匈奴恢商（集作殷）周之疆宇皆開闢所未有也雖不能守（集作尊）周孔之道以爲教化用湯武之師以行吊代而英才遠畧自湯武以降鮮能及矣豈不悟方士之詐哉蓋以享國既久懽樂以極馳驟（集作騁）弋獵之力疲矣天馬駭雞之求息矣魚龍角抵（集作觝）之戲倦矣絲竹鞞鼓之音厭矣以神仙爲奇以方士爲翫亦庶幾黃金可成赤（集作青）霄可上固不在於齋神鍊形矣何以知之荀卿稱千人萬人之情一人之情是也百王之道後王是也余聞武宗之言

是以知耳嘗於便殿言及方士皆譎詭（集作詐）丕誕不可信也上曰吾知之矣宮中無事以此遣悶耳余嘗覽曹植論言左慈封（一作對非）君達之類家王及植兄弟以優笑畜之耳斯言信矣大抵方士皆習靜者爲之隱身嵓穴不求聞達如山鹿野麋是其志也豈樂翹車之召哉敢自衒其術面欺明主者亦已鮮矣時既不用逐之可也殺之非也若以其詐而可誅則公孫卿欒大無非行詐殺其千勢利以自衒者足以大戒蘭艾同焚斯爲甚矣貞觀末以（集無以字）高宗不誅天竺方士那維延婆娑寐逐之歸國斯可爲後王法矣

養生論　牛僧孺

僧孺嘗讀嵇康養生論曰導養得理以盡性命下可數百年至於調節嗜慾全息正氣誠盡養生之能者僧孺以養身之於養生難與易相遠也所以康能著其論而陷大辟蓋能其易不能其難者也且天地衆生之道衆而貴之者寡然而貴乎生以有用於道也生而無用焉貴其生矣而又況康不能養乎哉且康居於是世能忘名利之名而不能使人忘其名能忘其情慾之情而不能自忘其情能防已喜怒於內而不能防人之喜怒於外雖其名利情慾喜怒之心不攻乎內而能致其康寧焉碩大焉循善豢者之犬彘肥腯適足使屠膾之刃促乎已矣出而處語而默是養其生者也處而語出而默生其喪矣沮焉溺焉道無邪

行無詭言中規行中矩而得其時是養生於出處者也孔焉孟焉可而仕否而退是養生於出處語默之間者也若中散者栖乎下不可謂出揚其名不可謂黙非出處則在用中於禮義人倫之道也禮者道之器也而肆情傲物蔑棄冠服是禮之大喪也禮喪而道喪則鍾會欲無怒晉王欲不刑之不可得也然康之為人區區不列於中人豈欲必衆故不得不明也先人有求生以害人有殺身以成仁引而謂（一作論）之哉以拆文（一作天）垂論則人之中者引而惑又有患難以相死此得則死此則得道得死而為壽不以非道得生而為壽也仁如比干而剖死直如屈原而溺死廉如介推而焚死忠如蕭望之而藥死而道存洋洋乎不

已乎謂所存之生至遂大是能養生者若碌碌愚生不以五常之道為人乎焉知其壽歟焉知其昆蟲歟木石歟靈蛇千年乎不知其壽也石有時而泐乎不知其久也葵能衛其足乎不知其全也若康之養生有類是也適為下矣又況不能類之者哉嗚呼能養生於道者生死長短可也

太古無為論　劉蛻

不得時者之言太古也無為而人化其禁畏也以使待令而從之也夫既為之君又為之師以受令而教其供也畏生而自禁畏令而君從則是不待君令而為太古時人也既君令之不立與人且猶不辦孰能得人心而化其無為哉夫天下之服一人也必其有所相須果身服歟自化也已果心服歟而心無為也已誰為太古之人也而勤何居焉夫庖犧氏之用契書也始代結繩則太古之政安用契（一作結）無為之心太古之家安用契無為之信果使有其（一作異）心則是賤教而尚其不教者也夫人之恭也必待詔相教而後能敬若豺獺也則不教而恭君子苟受其不教而能則豺獺亦敬也何貴人為故曰不得時者之言

文苑英華卷第七百三十九

文苑英華卷第七百四十　論二

陰陽

五行禄命葬書論　呂才

叙宅經曰易曰上古穴居而野處後代聖人易之以宮室蓋取諸大壯逮乎殷周之際乃有卜宅（新唐書會要作擇）之文故詩稱相其陰陽書云卜惟洛食此則卜宅吉凶其來尚矣至於近代師巫更加五姓之説言五姓者謂宮商角徵羽

等天下萬物悉配屬之行事吉凶依此爲法至於（舊唐書作如）張王等爲商武庚等爲羽欲以同韻相求及其以柳姓爲宮以趙姓爲角又非四聲相管其間亦有同是一姓分屬宮商復有複姓數字徵羽不别驗於經典本無斯説諸陰陽書亦無此語直是野俗口傳竟無所出之處唯按堪輿經云黄帝對於天老乃有五姓之言且黄帝之時不過姬姜數姓暨於後代賜族者多至如管蔡郕霍魯衛毛聃郜雍曹滕畢原酆郇並是姬姓子孫孔殷宋華向蕭亳皇甫並是子姓苗裔自餘諸國準例皆然因邑因官乃分枝葉（舊唐書會要並作分布根葉）未知此等諸姓是誰配屬宮商又檢春秋以陳衛及秦並同水姓齊鄭及宋皆爲火姓或承所出之祖或繫所屬（新唐書作分）之星或取所居之地亦非宮商角徵羽共相管攝此則事不稽古義理乖僻者也

叙禄命曰謹按史記宋忠賈誼（舊唐書作議）司馬季主云夫卜筮者高人（會要作談）禄命以悦人心矯言禍福以盡（新唐書作規）人財又按王充論衡云見骨體而知命禄覩命禄而知骨體此則禄命之書行之久矣多言或中人乃信之今更研尋本非實録但以積善餘慶不假建禄之吉積惡餘殃豈由刼殺之災皇天無親常與善人禍福之應（新唐書作天人之交）莫（會要作其）猶響影故有夏多罪天命勦（新唐書作剿）絶宋景修德妖字夜移（新唐書作妖星退舍）學也禄在豈待生當建王憂勤損壽不關月值空亡長平坑卒未聞共犯三刑南陽貴士何必俱

當六合歷陽成湖非獨河魁之上蜀郡炎燎豈由災厄之下今時亦有同建（舊唐書作年）同禄而貴賤懸殊共命共胎而夭壽更異按春秋魯桓公六年九（二唐書作七非）月魯莊公生今檢長曆莊公生當乙亥之歲建申之月以此推之莊公乃當禄之空亡依禄命書法合貧賤又犯勾絞六害（會要作空）背驛馬生身尅驛馬驛馬三刑當此生者並無官爵火命七月生當病鄉爲人尩弱身合短（諸本作矬）陋今按齊詩譏莊公云猗嗟昌兮頎而（舊唐書會要作若）長兮美目揚兮巧趨蹌兮唯有向命一條法當長命依檢春秋莊公薨時計年四十五矣此則禄命不驗一也又按史記秦莊襄王四十八年始皇帝生宋忠注云因正月生爲此（二字舊唐書作乃）名政依檢襄

壬四十八年歲在壬寅此年正月生者命當背祿法無官爵假當(諸本作得)祿合奴婢尚少始皇又當破驛馬生驛馬三刑身尅驛馬法當望官不到金命正月生當絕下爲人無始有終老而彌吉今驗史記始皇乃是有始無終老更彌凶唯違命生法合長壽計其崩時不過五十祿命不驗二也又檢漢武故事武帝以乙酉之歲七月七日平旦時生亦當祿空亡下祿命書法無官爵唯向驛馬尚隔四辰依祿命法少無官榮老而方盛今檢漢書武帝即位年始十六未年已後戶口減半祿馬不驗三也又按後魏書云高祖考文皇帝皇大興元年八月生今按長曆其年歲在丁未以此推之孝文皇帝背祿背命並驛馬三刑身尅驛馬

依祿命書法無官爵命當父死中生法當生不見父(三十七字英華作其命背父)今檢魏書孝文皇帝身受其父顯祖之禪禮云嗣子位定在於初喪踰年之後方始正號是以天子無父事三老也孝文皇帝受禪異於常禮躬爲天子(新唐書作躬率天下)以事其親而祿命例云不合識父祿命不驗四也又按沈約宋書云宋高祖癸亥歲三月生依此而推祿之與命並當空亡依祿命書法無官爵又當子墓中生唯宜嫡子假有次子法當早死今檢宋書高祖長子先被篡殺次子義隆享國多年高祖又當祖祿下生法得嫡孫財祿今檢宋書其孫劉劭并劉濬並爲篡逆幾失宗祧祿命不驗五也

敘葬書曰易曰古之葬者厚衣之以薪不封不樹喪期無數後代聖人易之以棺槨蓋取諸大過禮云葬者藏也欲使人不得見之(會要作故人之不見也)然孝經云卜其宅兆而安厝之以其復土事畢長爲感慕之所窀穸禮終永作鬼神之宅朝市遷變豈得先(舊唐書作不得豫)測於將來泉石交侵不可逆(會要作先)知於地下是以謀及龜筮庶無後艱斯乃備於慎終之禮曾無吉凶之義暨近代以來加之陰陽葬法或選年月便近或量墓田遠近一事失所禍及死生巫者利其貨賄莫不擅加防害遂使葬書一術乃有百二十家各說吉凶拘而多忌且天覆地載乾坤之理備焉一剛一柔消息之義詳矣或成於晝夜之道感於男女之化三光運於上四時通於下斯乃陰陽之大經不可失之於斯須也至

於喪葬之吉凶乃附此爲妖妄傳曰王者七日而殯七月而葬諸侯五日而殯五月而葬大夫經時而葬士乃踰月而已(六字舊唐書作士及庶人踰月而已)此則貴賤不同禮亦異端(會要作數)欲使同盟同軌赴吊有期量事制宜遂爲常式法既一定不得違之故先期而葬謂之不懷後期而不葬譏之殆禮此則葬有定期不擇年月其義一也春秋又云丁巳葬定公雨不克葬至於戊午襄事禮經善之禮記云卜葬先遠日者蓋選月終之日所以避不懷也今檢葬書以己亥之日用葬最凶謹按春秋之際此日葬者凡有二十餘件此則葬不擇日其義二也禮記又云周上赤大事用日出(舊唐書會要作平旦)殷尚白大事用日中夏尚黑大事用昏時鄭玄注云

大事者何謂喪葬也此則直取當代所尚不擇時之早晚春秋又云鄭卿子産及子太叔葬鄭簡公於時（新唐書作是）司墓大夫室當葬路若壞其室即日出（舊唐書作平旦）而堋（舊唐書會要作空下同）不壞其室即日中而堋子産不欲壞室欲待日中子太叔云若至日中而堋恐久勞諸侯大夫來會葬者然子産既云博物君子太叔乃爲諸侯之選國之大事無過喪葬必是義有吉凶斯等豈得不用今乃不問時之得失唯論人事可否曾子問云葬逢日蝕（舊唐書會要作捨）於路左待明而行所以備非常也若依葬書多用乾艮二時並是近夜半（舊唐書會要作半夜）此則文與禮違今檢禮傳葬不擇時其義三也葬書云富貴官品皆由安葬所致年壽（舊唐書會要作命）延

促亦由墳壠所招今按孝經云立身揚名於後世以顯父母易曰聖人之大寶曰位何以守位曰仁是以日愼一日則澤及於無窮苟德不建而人無援（舊唐書作後會要作援援字是出左傳文五年）此則非論（舊唐書會要作由）安葬吉凶而論福祚延促臧孫有後於魯不關葬得吉日若敖絶祀於荆不由遷厝失所此則安葬吉凶不可信用其義四也今之喪葬吉凶皆依五姓便利古之葬者並在國都之北兆域既有常所何取姓墓之義趙氏之葬並在九原漢之山陵散在諸處上利下利蔑爾不論大墓小墓其義安在及其子孫富貴不絶或與三代同風或分六國而王此則五姓之義大無稽古吉凶之理何從而生其義五也且人臣名位進退何常亦有初賤而後貴亦有始泰而終否是以子文三巳令尹展禽三黜士師安（舊唐書會要作卜）葬一定更不回改冢墓既成曾不華易則何因名位無時暫安故知官爵弘之在人不由安葬所致其義六也野俗無識皆信葬書巫者詐（舊唐書作祚）其吉凶愚人因而（會要作此）徼倖遂使擗踊之際擇葬地而希官品荼毒之秋選葬時以規財祿或云辰日不宜哭泣遂莞爾而受弔問（三字舊唐書作對賓客受弔）或云同屬忌於臨壙乃吉服而不送其親聖人設教豈其然也葬書敗俗一至於斯其義七也

折滯論　　盧藏用

藏用常以俗多拘忌有乖至理乃著折滯論以暢其事詞

曰

客曰天道玄微鬼神（一作神理）幽化聖人所以法象衆庶由其運行是故太昊（一作大撓）造甲子容成著律曆黄公裁變玄女啓謨八門御時六神直事從之者則家（一作兵）強國富違之者則輔（一作將）弱朝危有同影響若合符契先生亦嘗聞之乎主人曰何爲其然也子所謂曲學所習儒（儒一作昧）所守徒識偏方之小（一作詭）説未究大道（一作亨衢）之通論蓋易曰先天不違傳稱人神之主範圍不過三才所以廬中進退非邪百王所以無外故曰國之將興聽於人將亡聽於神又曰禍福無門唯人所召人無釁焉妖不自作由是觀（一作言）之得失興亡並關人事吉凶悔吝無涉天時且皇天無親

惟德是輔爲善者天降之福不善者天降之殃高宗脩德桑谷以變宋君引過法星退舍此天道所以從人者也古之爲政者刑獄不濫則人壽賦斂蠲減（一作省）則人富法令有恒則國靜賞罰得中則兵強所以禮者士之所歸賞者士之所死禮賞不倦則上争先赴（一無赴字）苟遠此途雖卜時行刑擇日出令必無成功矣自季代（一作叔世）遝詭俗多徼倖競稱拒力争勝（一作誦）詭言屈政教而就孤虛棄信賞而從推步附會前史變易舊經依託空文以爲徵驗（一作據）覆軍敗將者則隱祕無聞偶同幸中者則共相崇（一作文）飾豈唯聽之增惑亦乃學人自是嗚呼時俗訛謬一至此焉夫（天一作著若）甲子興師非成功之日往亡用事異制勝之時（一作辰）

苟脩其德（一作人事苟脩）何往不濟夫（夫一作至若）環城自守接陣重圍無闕（一作闕）地形不乖天道若兵強將智粟積城堅（八字英華作兵強智積甲堅）雖復屢轉魁剛頻移太歲坐推白武行計貪狼自符鷄鬬之祥多移蟻附之困故曰任賢使能則不時日而事利法審令正（一作明法審令）則不卜筮而事吉養勞貴功則不禱祀而得福此所謂天時不如地利地利不如人和故（一無古字）太公犯雨逆天時也韓信背水乖地利也並存人事俱成大業削樹而斬龐消爨火而斃張郃未必暗同歲德冥會日遊俱運三門並占四殺社鄣齒劒抑唯計沮垓下悲歌實階利印若以並資厭勝不專良圖則長平盡坑固須恒滯衰城無噍亦可常保是知拘而多忌終喪大功百姓與能必違小數金鷄樹上（一作王鵲）方爲楚國之殃高畢枕中適搆淮南之禍刻符止（一作指）盜叉更亡身被髮邀神翽招夷族吁嗟（一作嗟乎）威斗　不禳赤伏之運築城斷岡何救素靈之哭火災不驗裨竈無力以窺天超乘階凶王孫取監於觀德九徵九變是曰長途人謀鬼謀良歸有道此並經史陳迹聖賢通規人遠乎哉詎宜滯執客乃蹙然避席曰鄙人困蒙不階至道請事斯語歸于正途而今而後方焚著龜毀律曆廢六合斥五行浩然清慮則將奚若荅曰此所謂過猶不及也夫甲子所以紀（一作配）日月律曆所以通歲時金木所以備法象龜著所以前人用（一作吉凶筮）聖人以是神明德行輔助謀猷存之則叶贊成功執之則凝

滯於物消息之理（一作義）其在茲乎客于是循墻匍匐帖然無氣口喑（一作坎）心醉不知所以荅矣（一作皆舊書本傳）

陰陽不測之謂神論　顧況

黄帝建立甲子考定星曆於是有天地神人之官少昊既衰神人雜擾顓頊命羲和以司之天地三苗九黎不復亂逆周室既壞君不告朔漢道隆興方定餘閏世時昭昧（一作方定大餘隨世昭昧）君平李生張衡索紞陳訓韓友卜珝京房管輅郭璞干寶樂房班固云陰陽抱多忌以爲無益嗟乎古論陰陽以和神人以順風雨以播稼穡以除災害後之學者但張恢譎不自戒慎以固親疎（一作規親）之道不精逆順之理不達性命之分而裁衣拜官沐浴剪爪徵於曆日豈不悖

（一作謬）哉左道亂政先王無赦往見術者卜筮之書及諸家秘訣七曜九宮六壬三五（一作百）復返十精飛鳥（一作鳥）天目地耳計神漢曆以天赦母倉爲吉祥曆以雲漢宼莫爲吉各生具氣天竺聿法復與大演有差吾誰歸矣又以姓配音以音配墓以墓配殺此莊惠以荒唐舛駮之論且黃帝二十五子得其姓者十三人或以地爲姓或以官爲姓或以謚爲姓或以王父字爲姓士會在虞爲陶唐氏在夏爲御龍氏在商爲豕韋氏在周爲唐杜在晉爲范宣子在隋爲隨武子在秦爲劉氏女嫁欒黶爲祈氏焉此一人之身改（一有正字）姓三改氏五范蠡在陶爲朱公在齊爲鴟夷子范雎稱張祿先生第五倫王伯（二字疑）齊鮑永本姓包京房

本姓李張良之後爲晋氏田橫之後爲王氏姓有兩字三字四字五字孰先孰後孰是孰非長平同坑南陽同封將日或同吉凶或異行年本命其事安在周時王尺漢代黃鍾河汾鼎氣沉埋自久不可仰則其道多門行則無盡不如（疑）也是故文字非上學上學神聽原其性也集解非宗師宗師受授扶於理也端心靜一神明將至黃帝遺玄珠罔象得之漢主心動獲貫高襄子心動得豫讓披髮祭野野人之遺魂非有陰陽筭術之功涉津無涯安濟所舀釋氏五蔭輪爲四生或居人中以爲鬼神唯代有佛法獨能究竟白雲依山出入自得飛以（疑）鳥滅虛空不礙清明在躬志氣如神陰陽不測唯佛而已

善惡無餘論　牛僧孺

易曰積善之家必有餘慶積不善之家必有餘殃則其善惡之迹俱無餘也不者善人之子不必皆惡若慶必加於善人殃必加於不善人乎恐慶殃之謬加也力人而已余固曰善惡慶殃俱無餘也餘慶勸人之善餘殃誡人之惡則善人之子能有不恃慶怠於善者惡人之子能不有恣惡倈其殃者乎末代之君世祿之人先見萬乘之尊我八音之娛我五味之飽我黃金白璧之富我不知兄弟得道而傳之（一有矣字）已行不善而失之乃至乎萬乘爲匹夫世家爲皁隸焉謂餘慶之可恃乎父善及子乎子不善而父伐之石碏是也母善及弟乎弟不善而兄殺之周公是也父

母與兄弟不能令子弟之不善又可以恃餘慶於天下乎父惡殃子乎父出之而尭貴之虞舜是也母惡殃子乎母惡之而父好之鄭莊公是也兄惡殃弟乎兄伐而齊立之桓公是也父母兄弟不能攻子弟之善而況餘殃可累於天下乎且善者天下好之常道也惡者天下惡之亦常道也豈有將好惡先必稽其所自哉必不然矣若以勸善懲惡爲意則當懲報後於身猶慮其不信況欲遠懲於身後而取人之信者乎又不然矣昔夫差信伍員初善也任宰嚭終惡也初善覇天下終惡滅全吳前慶後殃若皆身也太甲放桐宮初惡也任伊尹終善也初惡受拘囚終善復天下前殃後慶亦身也吳之嗣可以前慶後殃殷之嗣可

以前殃後慶乎于固謂殃慶皆復於身也不復乎子孫也然乎敢謂善必慶而貴惡必殃而賤也所以貴者道貴也所以賤者道賤也道之貴乎孔父素王也道之賤乎殷辛獨夫也餘慶餘殃吾則不信之矣

宜數有報論　李德裕

宣父（集作尼）罕言性命不語怪神非謂無也欲人嚴三綱之道奉五常之教脩天爵以致人爵不欲信（集作言）富貴在於天命祿福由於冥數昔衞卜協於沙丘爲謚已久秦塞屬於臨洮名子不辯朝歌未滅而周流冊烏矣白帝尚在而漢斷素蛇矣皆兆發於前而符應於後不可以智測也（集作矣）周孔與天地合德與鬼神合契將來之數無所遁情而

狼跋於周鳳衰於楚豈親戚之義不可去也人倫之教不可廢也條侯之貴鄧通之富死於兵革可也死於女室可也唯不宜以餧終此又不可以理得也而命有時來盜有名器者謂禍福出其（集作於）胷懷榮枯生其（一作於）口吻沛然而安嗑（集作溘）然而笑曾不知黄雀遊於茂樹而挾彈者在其後也余乙丑歲自荆楚保釐東周路出方城聞有隱者居於泥塗不知其所如也（姓姜不知其名）往謂方城長曰居守後三（集作二）年南行萬里則知憾余者必因（集作月）天譴譖余者必自鬼謀雖抱至寃不以爲恨矣（集作也）余嘗三遇異人非卜祝之流皆遁世者也初掌記北門有管涔山隱者謂余曰君明當在人君左右爲文翰之職然須値少主余聞之聘（集作愕）貽洒然變色隱者似（集作亦）悔失言避席求去余徐問曰何爲而事少主對曰君與少主已有累世因緣（集作緣業）是以言之余其年秋登朝至明年正月穆宗纘緒召入禁苑及爲中（二字集作尸）丞御史有閩中隱者叩門請見余因下榻與語曰時事非久公不早去冬必作相禍將至矣若亟請居外代公者受患公（集無公字）後十年終當作相自西南而入是秋出鎭吴門歲經八稔（英華作經歲入覲）尋又杖鉞南燕秋暮有邑子于（集作王）生引鄴郡道士而至纔升賓階未及命席謂余曰公當爲西南節制孟冬望舒前符節至矣三者皆與言協不差歲月自憲闈竟十年居相由西蜀而入代余執憲者俄亦竄逐唯再謫南服未嘗有前知之士（士字集作者）

爲余言之豈禍患不可前告（集作後）者神道所秘莫得預聞乎自古銜寃歿世者多矣冥報之事或有或無遂使好亂樂禍者以神道爲茫昧余嘗論之仁人上哲皆（集作必）達生知命如顏氏之子犯而不校釋門達磨了空喻幻必不思報矣其下柔弱無心者力不能報所能報者乃中人耳（集作矣）強悍任氣如伯有灌夫之流亦在其臨歿之際方寸不撓魂魄不散唯結念於此是以能報夫人之捨生也如薪盡火滅溘然而散則無能爲矣其達於道（集作理）者使心不亂則精爽常存終始（集無此二字）不生不滅自可以超然出世升濟神明其次精多寃強則能爲厲冥報之事或有或無理在此也

禱祠集作祝論　前人

聖人二字集作語曰丘之禱久矣又曰祭則受福豈非聖人與天地合德與鬼神合契無所請禱而禱必感通唯牧伯之任不可廢也失時不雨稼穡將枯閉閤責躬百姓不見君非遍走群望則皆謂太守無憂人之意雖在畝畝不絕歎音余前在江南毀淫祠一千一十五所可謂不諂神黷祭矣然歲或大旱必命集作令掾屬祈請積旬無效自然行未嘗不零雨隨車或當霄而應其術無他唯至誠而已將與祭必間居三日清心齋戒雖禮未申於洞酌而意已接於神明所以理郡八年歲皆大稔江南集作左黎庶謳謠至今古人乃有剪爪致詞積薪自誓精誠集作意上達雨必滂沱

此亦至誠也苟誠能達天信能及物焉用以肌膚自苦焦爛爲期動天地感鬼神莫尚於至誠故備物不足報功禴祭所以受福余以爲人患不誠天之去人不相遠矣

陰德論　前人

陳平稱吾多陰謀道家之所禁吾世即廢亦已矣不能復起七字蜀本作終不復興以吾多陰禍也至曾孫何國絕班生著陳平之言以爲世戒理當然矣而邴丞相纔及子顯黜爲關内侯至孫昌乃絕國絕三十二歲復紹而張湯杜周子孫世有令名皆在顯位其故何哉邴丞相於漢宣之德可謂至矣晉荀息以忠貞之故不敢負獻公程嬰以託孤之義不忍欺趙氏所以繼之以死終不食言邴丞相於史皇孫徵君臣之分無親戚之情而保養曾孫仁心惻隱置於間燥給以私財介然拒天子之使因是全四海之命漢書稱因赦天下郡邸獄繫者是恩及四海也又奏記霍光決定大策旣而顯徵卿英華作君非之美削士伍之辭其深厚不伐古所未有夏侯勝以爲有陰德者必饗其樂以及子孫是宜篤生賢人世濟其美古所謂有後者良謂是矣焉在傳爵邑而已哉張杜有後者豈用法雖深而所治者或能去天下之惡除生人之害所以然也

宜數有報論非久袁本作非人

禱祠論與天地合德此下袁本有與日月合明五字未詳

文苑英華卷第七百四十

文苑英華卷第七百四十一　論三

封建

封建論（并序）　李百藥

貞觀二年朝廷議將封建諸侯百藥於是上封建論以諫之太宗竟從其議論曰

臣聞經國庇民王者之常制尊主安上人情之大方思闡治定之規以弘長世（太宗實錄作久）之業者萬古不易百慮同歸

然命曆有賒促之殊邦家有理（實錄作治）亂之異遐觀載籍論之詳矣咸云周過其數秦不及期存亡之理在於邦（舊唐書作論）國周氏以鑒夏殷之長久遵黃唐之並建維城盤石深根固本雖王綱廢弛而枝幹相持故使逆節不生宗祀不絕秦氏背師古之訓棄先王之道踐華恃險罷侯置守子弟無尺土之邑兆庶罕共治之憂（實錄作共乂之功）故一夫號呼（唐書作澤）七廟隳圮（唐書作祀）臣以爲自古皇王君臨宇（實錄作海）內莫不受命上玄飛名帝錄遘遇（二字諸本作緇構遇）興王之運殷憂（實錄有爲字）啓聖之期雖魏武攜養之資漢高徒（實錄作斷）役之賤非止意有覬覦推之亦不能去也若其獄訟不歸菁華已竭雖帝堯之光被四表大舜之上齊七政非惟（唐書作止）情存揖讓守之亦不可固焉以放勛重華之德尚不能克昌厥後是知祚之長短必在天時政或盛衰有關人事宗周卜世（唐書作隆周卜代）三十卜年七百雖淪胥之道斯極而文武之器猶存斯則龜鼎之祚已懸定於杳冥也至使南征不返東遷避逼禋祀如綫郊畿不守此乃陵夷之漸有累於封建焉暴秦運距（唐書作短）閏餘數鍾百六受命之主德異禹湯繼世（實錄作業）之君才非啓誦借李斯王綰之輩咸（唐書作盛）開四履將閭子嬰之徒俱啓千乘豈能逆帝子之勃興抗龍顏之基命者也然則得失成敗各有由焉而著述之家多守常轍莫不情忘今古理蔽（實錄作昧）澆淳欲以百王之季行三代之法天下五服之內盡封諸侯王畿千乘（貞觀政要作理）之間俱

爲采地是則以（政要作將）結繩之化行虞夏之朝用象刑之典治劉曹之末紀綱弛（唐書作既）紊斷可知焉刻（唐書作鍥）船求劍未見其可膠柱成音（唐書作文）彌所多惑徒知問鼎請隧有懼勤（唐書作覇）王之師白馬素車無復藩籬（實錄作維）之援不悟望夷之釁未甚羿浞之災既羅高貴之殃寧異申繒之酷此乃欽明昏亂自革安危固非守宰公侯以成興廢且數世之後王室浸微始自藩屏化爲仇敵家殊俗國異政強淩弱衆暴寡疆埸彼此干戈日尋（實錄政要作侵伐）臺駘（左傳作狐駘）之役女子盡髽崤陵之師隻輪不返斯蓋略舉一隅其餘不可勝數陸士衡方規規然云嗣王委其九鼎凶族據其大（實錄作京）邑天下晏然以治待亂何斯言之謬也而設官分職任賢

使能以循良（唐書作吏）之才膺共治之寄剌舉（唐書作郡）分竹何代
無人至使地或呈祥天不愛寶民稱父母政比神明曹元
首方區區然稱與人共其樂者人必憂其憂與人同其安
者人必拯其危豈容委以侯伯則同其安危任之牧宰則
殊其憂樂何斯言之妄也封君列國藉慶門資忘其先業
之艱難輕其自然之崇貴莫不世增淫霆代益驕侈自離
宮別館切漢凌雲或刑（左傳作形）人力而將盡或召諸侯而共
落（唐書作樂）陳靈則君臣悖禮（實錄作亂）共侮徵舒衛宣則父子聚
麀終誅壽朔乃云爲己思治豈若是乎內外群官選自朝
廷擢士庶以任之澄水鏡以鑒之年勞優其階品考績明
其黜陟進取事切砥礪情深或俸祿不入私門妻子不之

官舍頒條之貴食不舉火剖符之重衣唯補褐（實錄唐書並作葛）
南郡太守（政要作南陽郡守）弊布裹身萊蕪縣長凝塵生甑專云
爲利圖物何其爽歟總而言之爵非世及用賢之路斯廣
民無定主附下之情不固此乃愚智之（唐書作所）辯安可惑哉
至如滅國殺（唐書作弑）君亂常干紀春秋二百年間略無寧歲
次雖咸秩遂周王帛之君魯道有蕩每等衣裳之會縱使
西漢哀平之際東洛桓靈之時下吏淫暴　必不至此爲
政之道（唐書作理）可以一言蔽焉（唐書作可以一言以蔽之）伏惟陛下握紀
御天膺期啓（實錄作開）聖救億兆之焚溺掃氛祲於寰宇創業
垂統配二儀以立德發號施令妣萬物以（唐書作而）爲言獨照
宸衷永懷前古將復五等而脩（實錄作循）舊制建萬國以親諸

侯竊以漢魏以還餘風之弊未盡勛華既往至公之道斯
華（政要作乖）況晉氏失馭宇縣崩離後魏乘時（一作時乘）華夷雜處
重之以關河分阻吳楚（實錄作越）懸隔習文學（諸本無此字）者尚（唐書作學）
長短縱橫之術習武藝（諸本無此字）者盡干戈戰爭之心畢
爲狙詐之階彌長澆浮之俗開皇在運因藉外家驅御群
英任雄猜之數坐移時運非克定之功年踰二紀民不見
德及大業嗣文（實錄作主）世道交喪先王（唐書作一時）人（實錄作文）物掃
地將盡雖天縱神武削平寇虐兵威不息勞止未康自陛
下仰順聖慈嗣膺寶曆情深致理（唐書作治）綜覈前王雖至道
難（唐書作無）名言象所絕（唐書作紀非）略陳梗槩實所庶幾愛敬蒸
蒸勞而不倦大舜之孝也訪安內豎親嘗御膳文王之德

也每憲司讞罪尚書奏獄大小必察枉直咸舉（唐書作申）以（唐書作舉）
斷趾之法易大辟之刑情必（唐書作仁心）隱惻貫徹幽顯大
禹之泣辜也正色直言虛心受納不簡鄙訥無棄蒭蕘帝
堯之求諫也弘獎名教敦勸（唐書作勸勵）學徒既擢明經於青
紫將升碩儒於卿相聖人之善誘也群臣以宮中暑濕寢
膳或遠（唐書作乖）請徙御高明營一小閣遂惜十家（唐書作家人）之
產竟抑子來之願不紊陰陽所感以安卑陋之居去（政要作頃）
歲凶（唐書作荒實錄政要作霜）儉普天饑饉喪亂甫爾倉廩虛空聖情
矜憫（唐書作愍通用）勤加賑（唐書作惠）卹竟無一人流離道路猶且食
啗藜藿樂撤簨虡言必悽動貌成臞瘦（唐書作癯瘠）公旦喜（實錄作嘉）
於重譯文命矜其即序陛下每見四夷款附萬里歸仁

必退恩進省疑神勤慮恐妄勞中國以求(唐書作事)遠方不藉萬古之英聲以存一時之茂實心切憂勞跡絶遊幸每旦視朝聽受無倦智周於萬物道(實録作功)濟於溥天(唐書作天下)罷朝之後引進名臣討論是非備盡肝膈唯及政事更無異辭纔及日昃必命才學之士賜以清閑高談典籍雜以文詠間以玄言一夜忘疲中宵不寐此之四道獨邁往初斯實生民以來一人而已弘茲風化昭示四方信可以期月之間彌綸天壤而淳朴(唐書作粹)尚阻浮詭未移此由習之已(唐書作永)久難以卒變請待琢琱(唐書作斲雕)成朴以質代文刑措之教一行登封之禮云畢然後定疆理之制議山河之賞未爲晚焉易稱天地盈虛以時消息況於人乎美哉斯言

也

五等論　李公緒

蓋爲天下任勢而不任人任勢者諸侯是也任人者郡縣是也五等之制始於黄唐郡縣之治剏於秦漢守令爲政小理察而大勢危諸侯牧民近多遠而遠慮固聖人苞彼小違以援大安然後足以藩固内外爲千百年計得失成敗備在典謨是以其詳可得而說也三代所以長而且治者積仁義又任勢故也秦氏所以短而亂者積刑罰而維持者也漢兼置郡縣雜而任之所以兩代皆二百年自魏晉以降謀不圖遠唯事任人不復任勢是故易代殺伐皆不末年易曰恱以使人人忘其勞孫卿有言不利而利之不如利而後(一作從非)利之之利世知其爲人不如厚已利物不如圖身安上在於恱下爲已存乎利人然跡其衰亡恒在同姓失職諸侯微弱也故劉頌上書陸機五等論皆欲建立成國今復古制則不可也何者昔舜禹奠九州然後揖讓契棄脩仁義二三十世下至湯武然後滅(漢書作放弑)秦自非子襄穆蠶食諸侯六七百年始皇之時乃并六國以德者如彼用力者如此甚難故億兆之所咸以爲凡帝者必須天人感應世所不測綿歷代序經數十世乃可得耳故絶希望僥倖之心及漢祖起於布衣忽成大業古則承聖王之烈漢祖起於秦之弊不因父祖所資天地提三尺之劍而取天下夫鐫石者難爲功摧朽者易爲力其勢然

也韓英之徒見漢取天下之易故數年之中反者六七王莽之亂南面者蜂起漢獻之時稱制者三國又光武曹馬皆自閭閻而升帝位孫劉二族各據一方逮晉之失御九服分崩以迄于今二三百年跨州連郡者二十餘姓皆擅假符璽列置百辟或至數世或盡一身前車雖覆後迹不懲觖望之心死而無悔其懷不遜之意挾無君之心而日致湮滅者不可勝紀今若借之以成國假之以勢權則人欲帝王矣若欲建萬國則宗室功臣朝士外戚亦不至千人矣其無功德者則無容望封如置數百千國便力強起於驕奢遠度之則反漢氏之初可爲殷鑒若盡建諸侯與滅繼絶是求無亡國一世之後又有子弟功臣無置之地

如此則疏遠者擬強國親勳舊無尺土此周之所以衰自漢以來海内士子官京師編名天朝恥爲藩職今一旦令背皇闕趨外邦爲諸侯陪臣必不可也其雄俊之人負才之豪當生奸計競尊其主是所謂特移勢與萬國雖賢不可復建設使黄帝更出亦不議之矣是故孔子曰周因於殷禮所損益可知當擇宜於今者而用之耳竊謂宜如漢初置郡國度其強弱遠近領之以牧伯節之以網紀大都偶國並后匹嫡皆亂之道也其嗣子之立也詔旨師旅之興當諮牧伯以防未然若有妄舉者而皆國除又天朝之威制其越逸子弟之力足爲扞屏選其賢者能者入爲公卿出爲侯伯此周召晋鄭朱虚齊梁之爲也然則骨肉世疏亦不可久今強盛宜法主父推恩分封漸次黜之而受封之君輙屬州牧不可繼於父兄每封世建號使親者恒強疏者稍弱其王侯無子親嗣大功不得及有過皆從國除還屬郡縣更立子弟親者以君之則朝廷有恃維城有固此萬世之利也

漢祖吕后五等論　李翰

或稱漢祖建五等封異姓其計得乎高后立王非劉氏其事順乎嘗試論之曰夫思治惡亂體國之常理去危就安宅生之大域然而制業圖遠隨化會機是非較於毫釐得失差於興滅可不謂然乎揆夫高祖造漢殷鑒亡秦宗族無尺土（一作寸）之封子弟立空虚之地故衆枝莫助而孤根易拔封建之心肇於此矣又爲大業可以力取神器推於命歸思得攬（一作包）四海以獨富舉百郡而（一作以）從欲而外誘異端内疑成計及見群心交阻偶語間興適悟天下不可獨理專欲不能蓋衆分利推恩先封雍齒然後將士歆手不懷反覆豪俊息意（一作慮）知難於（一作挺）動五等之制於是行焉既而鑾輅龍旗（一作旂）皆王室穆昭黼衣朱黻即功臣子孫君利世祚人安定主上敦子愛之情下結體信之志群后固犬牙之勢匹夫絶烏合之舉此所以爲計之是也何創五等之議不遵三代之典境土踰溢隄防濡下權敵上都制方偶國過當啓陵僭之端怙強速交争之兆賈誼痛其將亂晁錯憂其必危卒使諸侯失節朝廷忿忌此所以爲計之非也且夫中興之主不讓肇基之勳成務之臣有高（一作成有）佐命之力故禮樂大備取維新之格言琴瑟不調除仍舊之弊法觀乎孝惠既崩高后稱制侯王諸吕何不可哉當若早（一作畢）署禄産之位宜序親疏之節小其國以圖全薄其勢以遠害而陳平周勃亦分茅錫土將相之後誓同山河舅甥之國穆若唇齒預閉覬覦之心不踐嫌猜之路克復明辟央自我躬高謝壽陵不（一作無）負先帝安有齊兵之觀變代邸之危疑哉此所以爲計之得也神害乆盈物無兩大以吕氏之盛跨漢朝之權專禁兵以候疑秉大政以速謗趦趄異姓畜姦侯隙刺促大臣側目相視自投機穽貽後憂虞此所以爲計之失也嗚呼物有益之

而損損之而益凡人臨事多惑視往則明向使高祖呂后觀既往之勢折一作折當時之疑斷必全之策杜未萌之禍則惠文之間無劉呂之難哀平之末有晉鄭是依况復周陳諸家休戚連漢黎獻思德謳歌未改雖天命興廢孰能明之然人謀叶容必無悔矣　一作皆唐文粹

吳季札論　獨孤及

謹按季子三以吳國讓而春秋褒之余徵其前文於舊史氏竊謂廢先君之命非孝也文粹無也字附子臧之義非公也文粹無也字執禮全節使國簒君弒非仁也文粹無也字出能觀變入不討亂非智也文粹無也字左丘明太史公書而無譏余有惑焉夫國之大經實在擇嗣王者慎德而作文粹作之不建故以

賢則廢年以義則廢卜以君命則廢禮是以太伯之奔勾吳也盖避季歷季歷以先王所屬故簒服嗣位而不私太伯知公器有歸亦斷髮文身而無怨及武王繼統受命作周不以配天之業讓伯邑考官天下也彼諸樊無季歷之賢王僚無武王之聖而季子爲太伯之讓是徇名也豈曰至德且使爭端興于上替禍機作于內室遂錯命於子光覆師於夫差陵夷不返二代而吳滅以季子之閎集作宏達博物慕義無窮向使當壽夢之眷命接餘昧之絕統必能光啓周道以霸荊蠻則大業用康多難不作闔廬文粹作閭安得謀於窟室專諸無所施其匕首嗚呼全身不顧其業專讓不奪其志所去者忠所存者節善身牧矣謂先君何與

其觀變周樂慮危戚鍾盖若以蕭墻爲心社稷是恤復命哭墓哀死事生孰與先釁而動治其未亂棄室以表義挂劍以明信孰與奉君父之命慰神祇之心則獨守純白不義于集作于義嗣是潔已而遺國也吳文粹作國之覆亡君實階禍且曰非我生亂其孰生之哉其孰生之哉

天性論　論太子　李德裕

余開成中作鎮淮服聞東宮爲人所搆天子赫然大怒召宰相及公卿大僚議於內殿其時諫者僉曰太子幼年思慮未至亦曰太子之年足以改過往復移時大略不出於此夫明主可以理奪其要在於聞所未聞昔千秋上書言子弄父兵罪當笞耳武帝一言而寤盖以簡而當理魏太

祖常謂諸子曰吾必不用左右之言以理汝曹何者使左右君子也必不離人父子之間使左右小人也小人之集無此三字言必不可用其時無人以此言寤主因問主上太子之過得於何人言之者與太子恩愛厚薄何如哉如文宗聰明睿智聞之必寤既寤之後太子必安以余揣之不三數月則父子如初矣盖以父子之愛發於天性言之必當易寤况又一子乎是以漢高覩四皓上壽悲歌鴻鵠宣帝以玄成退讓令傳淮陽元帝聞史冊稱器人於絲竹鼓鼙之間默然而笑皆屈已捨愛可不謂之天性哉惜乎文宗竟不得一聞是言豈太子之命也歟

夏王等六代論　李谿

魏曹元首六代論稱夏殷周與人共治歷世數十秦王獨制二世而亡亦言周氏陵夷侵弱六底非秦廢五等之爵置郡縣之官至晉陸士衡著五等論陳八代秦漢興亡之由言五等之制始於黃唐郡縣之治創自秦漢以爲周制萬邦思治群后圖身及承微積弊王室遂卑猶保各位祚垂後嗣秦棄道任術顛沛之釁實由孤立夫百世非可懸御善制不能無弊侵弱愈於殄祀土崩甫於陵夷欲權其多福取其小禍總二家之旨皆是五等而非郡縣徒苟救於疾顛而未免於陵夷也譬循醫者苟欲救人之死而不能愈其病苦豈謂知經脈藥石之本央存亡禍福之機乎且陵夷土崩二患俱免者豈無通論哉但二家不能知耳

故皆引五等之長說郡縣之短元首則言五等藩衛引春秋勤王之事以爲證欲使秦人割裂州國分王子弟使土有常君人有定主士衡又謂五等之國爲己土衆皆我人安我受其利國傷家嬰其病故爲己思制郡縣之長進趨（文選作取）之情銳安人之譽遲是以侵百姓以利己損實事以養名故爲利圖物以爲諸侯享食茅土萬國受世及則南面之君各務其治九服之人知有定主此皆不知之說也夫春秋之時諸侯以擅相攘伐苟欲求霸則以正王室爲事故曰求諸侯莫如勤王外雖詐忠以邀名內實包藏禍心以圖神器此老子所謂將欲弱之必固強之也豈所以爲藩衛哉所謂爲己思治者誠憂其國傷其家病而致治

矣且若國不富兵不強則未出於傷病也若富國強兵彊陵弱衆暴寡歷而爲九并而爲七是豈非古制耶故知雖火其力猶益也比身臂則不同矣夫身手者大小常定也諸侯之土變易者也向使臂指能變而爲大小於身又烏可得而使耶是知五等之制不計於大小強弱皆得擅權獨斷自有鄉相恣之則不遜削之則怨陵夷逆節固必有矣且士衡云勢足者反疾土狹者逆遲夫土狹既不免逆豈過正境土者之災耶假令小制七國則反有遲速者之小異耳不足稱也豈如郡縣之主權弱勢輕跨有千里召阻山嶠奸謀未畢而身已遷代然而強兵練甲足以禦四夷之患人徒租稅足以蒲家國之急則未必無土崩之事

而秦漢俱敗豈由此耶元首又徵秦之敗於委政趙高誅夷宗族西漢則王氏擅朝排擯宗室後漢則閹豎執衡孤立於上此乃滅君親臣強之殃而非郡縣之失也設有侯伯之國則亦助亂而已焉足賴哉由是觀之五等與郡縣其利害相去遠矣向使早覺悟廢五等世及之法立郡縣可制之符以矯周枉威靈不假於臣下及刑戮強兵耶（此句疑）則必脩文武之業設霸王之術設業固則帝位危矣雖各安其國致天子於何地豈可以爲思治哉今郡縣或侵百姓損實事然而升降黜陟在於一人比之侯伯固不爲大患也又且奉京師之法稟宰輔之威雖職官遷轉不一而法已定矣五等者世及相承擅更法令如魯作丘甲晉

立六軍鄭鑄刑書如此者寔繁天下所以安上之國土非愛事身與子孫也安與不安在於立教化正法令國雖一姓而法已萬變豈所以爲知有定主哉由是知曹陸之論所謂藩衞者乃簒逆之萌也思治者乃禍亂之萌也定主者乃不定也夫如是則焉有不爲患也昔漢有吳楚七國之患元首乃懲之於高祖封建地過古制引賈誼之言欲衆建諸侯而少其力使海内若身之使臂臂之使指則下無背叛之心上無誅伐之事士衡亦謂漢大啓侯王境土踰溢以七國爲過正之災若然者則班固漢書贊言周制千八百國載記分天下爲九州二百一十國則千八百九十國也公侯百里伯七十里子男五十里其爲褊小以極

矣其卒也強不一一於骨肉以懲秦失去其弊政用其上策如此則可歷世長遠而支泒強大矣豈有周室陵遲嬴氏土崩之釁乎

本論　牛希濟

周文之先自公劉后稷積德累仁以至于文王天下之心歸焉循服事於商武王從兆庻之心順歷數之命以取天下既而有疾嗣王幼弱乃命周公旦以輔相成王周公以第之親叔父之尊公其心而不疑焉攝天子履萬乘車輅朝諸侯於明堂以施教化召公不悅四國流言伐四國戮管蔡以安社稷然後制禮作樂七年之後成王齒長德懋乃歸其政公亦不離王室乃命伯禽受封於魯思不變四海之望遠乎哉君子曰即周防也若是武王獨知周公之才之美兄弟之國天下之人皆不知也向非周公則非成王之天下也天下疑矣然武王之心公乎哉知子之弱而私之知弟之德而讓之且憂後世兄弟相及豈周之盛德爲不及歟曰是知之深也所以能明輔相其子若有疑焉則與之天下希存其子亦難矣周公雖不爲王者然其道則與大王王季文王爲同德矣成康以降名仁者多矣孰可與之爲伍盖姬周之得天下未幾而武王崩紂之子禄父猶存若委少主無聖人之助則少康之舉嗣夏（左傳作祀夏）配天不其偉歟此周公所以孜孜焉爲而不有夫其聖德過於武王遠矣今後王之嗣君也亦莫不蔽於私愛忘其善

惡曰彼長也冢嫡也天下之本也莫之可易至有不離襁褓之中童嬰之列而即大位焉亦使強臣而爲之輔其詔制之旨曰周公然也成王然也豈惟政亂國危殆宗廟不血食者有之矣曹馬之君即其人也自征伐以來受命創業之主或起自布衣之中亭長之役部尉之列大夫之家卿相之位或歷試諸難或十年軍中足以知歷數在躬時運興廢經始之艱難臣下之忠良人情之巧僞是以出一言舉一事易一法必使合於典誥垂於後世守文之君也生於深宮長養（一作於）婦人之手慈愛之鍾焉世子之教不行焉身軀則安於玉堂金殿輿服之盛耳目飽於聲色靡曼之樂曷能知君臣父子之道忠信邪佞之屬農桑艱難

之本故小人易欺焉况幼稚乎且人君之心爲天下之晦明仁者樂於明而匪仁者便於暗故時之晦也盗竊興焉魑魅行焉君之晦也賢良死焉邪佞用焉是以小人奸臣唯樂於幼君少主若保姆之態也以提其耳目導其言語教其喜怒行則行止則止易爲之使欲求天下之治可乎况近世之嗣王也始自誕生厥月無問名之禮至于婚冠無金石之樂告廟之儀非莫聞焉春誦夏絃秋詩冬禮上庠齒胄之道或縱不知封爵之命掌言者亦不知其誰師保之道正其身乎左右之人賢與愚乎其即位也降先君之冊冢宰與百執事延頸内向而朝新君焉衮冕端拱之默于殿上雉扇熒煌香煙蓬勃一作起左右紛紛然莫之知

也班列千百稱慶而退至于積年之中宰執大臣延英入閤稱述聖德舞蹈而已使有言者皆申有司徒空言耳敢及於時乎敢及於執權亂政之人乎設有一言明日之制行矣不復用矣歷觀前代明王賢后未嘗不與名臣賢士厚享宴之禮接見之儀俾其忠信相親亡於畏憚通於商較以正先王之得失以窮聖人之能事故兩漢金馬石渠文章之選以備顧問爲侍從之臣至有大臣武帳之前亦奏謁或排闥於危疑之際以問安否以圖後事太宗文皇帝貞觀之初北門之選舉十六族也皆建功定策有布衣之交非天下文行之士不預焉既久與遊處非唯知民間之疾苦時之否臧從而更之以熙帝載至於臣下之情性

好惡無不悉焉他日之任用莫不適其材矣近世朝廷豈無忠信謇諤之士從欲致君之危救時之弊指陳千百於上前敷揚其達乎諫章其賢乎若後稍挂聖慮左右心天顔得之矣又有以惑之矣其朝退也黄門伎女聲樂駢羅俳優之人調笑相雜擁衛以至於内殿又日幸于兩軍遊于其所其從樂乎斷可知矣故自乾符之亂至於今日莫可救止盖少主奸臣之所爲也或曰冢嫡之幼善惡未知愚欲易之以卜長世廢嫡立庶聖人所惡未知其可也曰君人者上以安宗廟下以庇蒸人雖長嫡之義其不善易之可矣且仲雍王季之長子讓西伯之聖德斷髮文身以避於吴爲吴太伯盖成父之志也隱公魯之賢君居位稱

攝欲讓其弟後疑其長矣吾將與之桓公聽羽父之譖以疑其兄致於篡弑又晉襄公之薨也子周有兄而不慧不能辨菽麥群臣迎公子周以立政是以治三駕而楚不能爭又穆公之亡也君無長子趙盾思立長君乃迎公子雍于秦將欲立之穆嬴朝夕抱太子以朝且泣曰先君以此子之賢吾受子之賜此子不才唯子是怨今君雖終言猶在耳此子何罪而外求君趙孟懼大義於衆人遂背秦好立靈公幼而好靈竟爲所殺國是以亂漢高帝遷都長安也以吕后爐於糟糠其子盈爲太子上以趙王如意似我知盈懦弱卒不能易及惠帝之世幾爲吕嫗所滅非平勃之不能加誅及擇諸王之賢者迎王於代邸是爲文帝不

十年幾致刑措又呂邑之亂霍子孟定廢立之冊立宣帝遂獲中興衛伯王之於晉武也君臣之交矣知主鬯之不惠必傾世祚撫其床而歎曰此座甚可惜也帝心不悟終以正度爲君果致元海唱四方之亂宗廟焚毀兩京版蕩懷愍二帝俱爲俘執而崩晉祚中絕國分爲十六普天之下皆墜壚炭比惠帝之所爲也是知冢嫡賢而臣擇立者必亡若立嫡爲亂執古之道乎擇善爲治曰亂嫡庶之制乎且天子之孝以安宗廟克荷祖考之業卜世於長久豈以擇善廢不肖爲罪乎至唐虞之君知其子朱均不肖不可付以宗廟之重又懼其流毒於生民乃棄其子而禪於有德若此子之賢遜以配天之業授於他人乎是知君惟其

明不必拘伯仲之制易曰明兩作離洊雷震若不明不法此覆國亡家之罪人也何長之爲若君明於上小人比周之黨其能進乎其獲用乎其寘於亂乎主少不明者亂之本也故曰元良者天下之本也莫若先以正之正之者非在廢長擇善而已無使叔孫之禱曰主少國家多難祝我者使我速死無及於亂此憂之深也悲哉

文苑英華卷第七百四十一

文苑英華卷第七百四十二　論四

文

雕蟲論并序　裴子野

宋明帝博好文章才思朗捷常讀書奏號稱七行俱下每有禎祥及幸讌集輒陳詩展義且以命朝臣其戎士武夫則託請不暇困於課限或買以應詔焉於是天下向風人自藻飾雕蟲之藝盛於時矣梁鴻臚卿裴子野論曰

古者四始六藝總而爲詩既形四方之風且彰君子之志勸美懲惡王化本焉後之作者思存枝葉繁華蘊藻用以自通若悱惻芳芬楚騷爲之祖靡漫容與相如扣其音由是隨聲逐影之儔棄指歸而無執賦詩歌頌百帙五車蔡應等之俳優揚雄悔爲童子聖人不作雅鄭誰分其五言爲家則蘇李自出曹劉偉其風力潘陸固其枝葉爰及江左稱彼顏謝箴繡鞶帨無取廟堂宋初迄于元嘉多爲經史大明之代實好斯文高才逸韻頗謝前哲波流相尚滋有篤焉自是閭閻少年貴游總角罔不擯落六藝吟詠情性學者以博依爲急務謂章句爲專魯淫文破典斐爾爲功無被於管絃非止乎禮義深心主卉木遠致極風雲其

興浮其志弱巧而不要隱而不深討其宗途亦有宋之風也若季子聆音則非興國經也趨室必有不敢荀卿有言亂代之徵文章匿而采斯豈近之乎

偃武脩文論　李竦

國有二柄以濟人天有四時以成歲文武者君之威惠春秋者天之生成故人君法天時順人望人歸於德天應以時莫不奉此而寧災由斯而康俗所謂文者足以經邦國所謂武者足以定禍亂故武在合變不可一黷文貴經久可守爲常請借前事而明之庶斯得矣夫以堯舜揖讓湯武干戈干戈在乎止武揖讓資乎偃武故得享國日久多歷年所三王既徃霸者是繼晉文伐原以示信齊桓勤王

以稱德宋殤好戰以殞越徐偃專文以喪亡王霸陵夷列於秦漢始皇威懾六國建萬代業隳城郭焚詩書卒使宗廟爲墟身殞下國黷武之徵也高皇夷秦項誅韓彭陸生著書叔孫制禮脩文之漸也光武以長者戡難孟德以應變即戎故得擒樊崇破袁紹雖未悉於至理道亦存乎息戈晉文之對何曾不聞經國惠皇之溺賈后竟至破家吳王石頭之都劉備益州之地但區區於守險曾不暇于脩文後魏則多難臨朝後周則經國日淺雖孝文捨辮髪服衣冠未能倒載干戈休放牛馬武帝降高緯戮晉公甲兵未寧中道而殞武則不可文則不如東晉之僅保江山宋祖之草創杜稷道成以殷憂啓祚蕭衍以戡定興王陳主

以好內亡隋皇以征遼喪皆不明於文武適足爲我驅除況高祖端拱無爲太宗大功繼統高宗致位於玄默中宗御俗以康寧睿宗之恭膺大寳玄宗之克清海內肅宗之收復二都皇帝之光有六合左乂今四夷向化萬姓歸心總七聖之殊勲正百王之墜典然而干戈未息瘡痍未瘳脩文之期取則不遠偃武之義今則時哉

質文論　李華

天地之道易簡易則易知簡則易從先王質文相變以濟天下易知易從莫尚乎質質弊則佐之以文文弊則復之以質不待其極而變之故上無從暴下無從亂記曰國奢則示之以儉國儉則示之以禮禮謂易知易從之禮非酬

酢揚襲之煩也儉謂易知易從之儉非茅茨土簋之陋也蓋達其誠信安其君親而已質則儉儉則固固則愚其行也豈肥天下愚極則無恩文則奢奢則不遜不遜則詐其行也淍瘠天下詐極則賊亂故曰不待其極而變之固而文之無害於訓人不遜而質之艱難於成俗若不化而過則愚之病淺于詐之病也無恩之病緩於賊亂之極也故曰莫尚乎奢也奢而後化之求固而不獲也利害遲速不其昭昭歟前王之禮世滋百家之言世益欲人專一而不爲詐難乎哉吉凶之儀刑賞之級繁矣使生人無適從巧者弄而飾之拙者眩而失守誠僞無由明天下浸爲陂池蕩爲洪荒雖神禹復生誰能救之夫君人者脩德以治天

下不在智不在功必也質而有制制而不煩而已太康啓子禹孫當斯時有堯舜遺人親受禹之賜國有羿奪內則夏之六卿外則夏之四岳而羿浞愚弄鬬爭內外默然一以聽命至少康艱難而後復原由（一無由字）是觀之則聖有謨訓何補哉漢高除秦項煩苛至孝文玄默仁儉斷獄幾措及武帝脩三代之法而天下荒耗則文不如質明矣漢氏雖歷産祿吳楚之亂而宗室異姓同力合心一舉而安且漢德結於人心不如夏家諸呂吳楚之強倍於羿浞安漢至易而復夏至難何也周德最深周公大聖親則管蔡爲亂遠則徐奄並興四（一無此字）夷多難復子（一無子字）明辟兼虞夏商之典禮後王之法備矣太平之階厚矣至成王季年而

後理唯康王垂拱囹圄虛空逮昭王南征不返因是陵夷則郁郁之盛何爲哉周法六宮備職六宮備數四時盛祭車服盛飾至於下國方五十里卿大夫士之多軍師之衆大聘小聘朝覲會同地狹人寡不堪覲謁大何得不亂小何得不亡記云周之人強民（一作仁）窮賞罰故曰殷周之道不勝其弊考前後而論之夏商之失於質而無制周弱失於制而過煩故也愚以爲將求致理始於學習經史左氏國語爾雅荀孟等家輔佐五經者也及藥石之方行於天下考試仕進者宜用之其餘百家之說讖緯之書存而不用至於喪制之縟祭禮之繁不可備舉者以省之考求簡易中於人心者以行之是可以淳風俗而不泥於坦明之路

矣學者局於恒教因循而不敢差失（一作失於）毫釐古人之說豈或盡善數骨肉之罪而褒叔向不忍聞之言而書昭伯敬龜筴之信而陳僂句使不仁之人萌芽賊心而仁義之士閉目掩卷何如哉其或曲書常言無裨世教不習可也則煩瀆日亡而易簡日用矣海內之廣兆民（一作億兆）之多無聊於煩彌世曠久今以簡質易煩文而便之則晨命而夕周踰年而化成蹈五常享五福理必然也孔子言以約失之者鮮矣與其不遜也寧固傳曰以欲從人則可記曰大樂必易大禮必簡顏子曰無施勞經義可據也如是爲政者得無以爲惑乎（一作皆唐文粹）

文論　顧況

周語之畧曰孝敬忠信仁義智勇教惠讓皆文也天有六氣地有五行此十一者經緯天地叶和神人名之爲文其實行也文顧行行顧文文行相顧謂之君子之文爲龍爲光上古云言之無文行之不遠堯之爲君聰明文思文王既沒文不在茲乎文王之代草木鳥獸皆樂文王之沼曰靈沼文王之臺曰靈臺虞芮不識文王入文王里所見耕者讓畔行者讓路班白不提挈自相謂曰吾黨之小子不可治於君子之庭詩人美之云文王斷虞芮之訟晉文與楚子戰而霸謚曰文公夫以伏羲之文造書契黃帝之文垂衣裳重華之文除四凶舉八元周公之文布法于象魏夫子之文木鐸徇路此其所以理文也伊尹之文放太甲

霍光之文廢昌邑呂尚之文殺華士穰苴之文斬莊賈毛遂之文定楚從藺相如之文奪趙璧西門豹之文引漳水沉女巫建安正始洛下鄴中吟詠風月此其所以亂文也夫以文求士十致八九理亂由之君臣則之舜堯禹湯有文桀紂幽厲無文太顛閎夭有文飛廉惡來無文昔霍去病辭第曰匈奴未滅無以家爲於國如此不得謂之無文范蔚宗著後漢書其妻不勝珠翠其母唯薪樵一廚於家如此不得謂之有文且夫日月麗于天草木麗于地風雅亦麗于人是故不可廢廢文則廢天莫可法也廢天則廢地莫可理也廢地則廢人莫可象也郁郁乎文哉法天理地象人者也周易贊乾曰大哉乾元萬物資始贊坤曰至哉坤元萬物資生唯大者配乾至者配坤幽者賾鬼神明者賾禮樂不失於正謂之文

編年紀傳論

皇甫湜

論曰古史編年至漢史司馬遷始更其制而爲紀傳相承至今無以移之歷代論者以遷爲率私意濫（集本文粹作蕩）古法紀傳煩漫不如編年寺（二本作漫）以爲合聖人之經者以心不以跡得良史之體者在適不在同編年紀傳繫於時之所宜才之所長者耳何常之有故（二本作夫）是非與衆人同辯善惡得聖人之中不虛美不隱惡則爲紀爲傳爲編年是皆良史矣若論不足以折星極辭不足以壯（二本作壯）無窮雖爲紀傳編年斯皆罪人且編年之作豈非以事繫日以日繫月以月繫時以時繫年者哉司馬氏作紀以項羽承秦以呂后接之亦以歷年不可中廢年不可闕故書也觀其作傳之意將以包該事跡參貫話語纖悉百代之務成就一家之說必新制度而騁（二字集作然後馳）才力焉又編年之史（二本作紀事）束於次第牽於渾并必舉其大綱而簡於叙事是以多闕載多逸文乃別爲著錄以備時（二本作書）之語言而盡事之本末故春秋之作則爲尚書左氏（二本作傳）之外又爲國語可復省左史於右合外傳於內哉故合之則繁離之則異削之則闕子長病其然也出太古之軌鑿無窮之門作爲紀傳世家表志首尾具叙錄表裏相發明庶爲得中以是無媿太初以來千有餘歲史臣接躅文人比踵卒不能有

所改張奉而遵行傳以相授斯亦奇矣（自出太古至奇矣七十一字二本作于是草舊典開新程爲紀爲傳爲表爲志首尾具叙述表裏相發明庶爲得中將以垂不朽自漢至今代以更八年興歷于其間賢人靡有史臣繼踵推今古之得失論述作之利病各擢聞見競誇才能改其規模殊其體統傳以相授奉而遵行而編年之史遂廢蓋有以也）唯荀氏爲漢紀裴氏爲宋略強欲復古皆爲編年然其善語嘉言細事詳正（二本作說）所遺多矣如覽正史方能備明則褒貶（三字二本作則其密漏）得失章章於是矣今之作者苟能遵紀傳之體裁（文粹作制）同春秋之是非文敵遷固直蹤（二本作如）南董亦無上矣儻謬乎此則（五字二本作儻捨源而事流棄意而微跡）雖服仲尼之服手握（二本無此字）絕麟之筆等古人之章句署王正之月日謂之好古則可矣顧其書何如哉

人文化成論

呂温

易曰觀乎人文以化成天下能諷其言蓋有之矣未有明其義者也嘗試論之夫一二相生大鈞造物百化交錯六氣節宣或陰闔而陽開或天經而地紀有聖作則寔爲人文若乃夫以剛克妻以柔立父慈而教子孝而箴此室家之文也君以仁使臣臣以義事君予違汝弼獻可替否此朝廷之文也三公論道六卿分職九流異趣百揆同歸此官司之文也寬則人慢糾之以猛猛則人殘施之以寬寬以濟猛猛以濟寬此刑政之文也樂勝則流遏之以禮禮勝則離和之以樂與時消息因俗變通此教化之文也文者蓋言錯綜庶績藻繪人情如成文焉以致其理然則人文化成之義其在茲乎而近代諂諛之臣特（文粹作將）以時君

不能則象乾坤祖述堯舜作化成天下之文乃以旂常冕服章句翰墨爲人文也遂使君人者浩然忘本沛然自得盛威儀以求至理坐吟詠而待升（集作太）平流蕩因循敗（文粹作闇）而未悟不其痛歟必以旂常冕服爲人文則秦漢魏晉聲明文物禮縟五帝儀繁三王可曰煥乎其有文章矣何衰亂之多也必以章句翰墨爲人文則陳後主隋煬帝雍容綺靡洋溢編簡可曰文思安安矣何滅亡之速也觳之以名義研之以情實既如彼較之以今古質之以成敗又如此傳不云乎經緯天地曰文禮不云乎文王以文理（文粹作治）則文之時義其大矣哉焉可以名數末流雕蟲小伎廁雜其間也（文粹作乎）

文章論

李德裕

魏文典論稱文以氣爲主氣之清濁有體斯言盡之矣然氣不可以不貫不貫則雖有英辭麗藻如編珠綴玉不得爲金（集作全）璞之寶矣鼓氣以勢壯爲美勢不可以不息不息則流蕩而忘返亦猶絲竹繁奏必有希聲窈眇聽之者悅聞如川流迅激必有洄洑逶迤觀之者不厭從兄翰常言文章如千兵萬馬風恬雨霽寂無人聲蓋爲是也（集作矣）近世詔命唯蘇廷碩叙事之外自爲（文粹作謂）文章才實有餘用之不竭沈休文獨以音韻爲切重輕爲難語雖甚工旨則未遠夫荆璧不能無瑕隋珠不能無纇文旨高妙豈以音韻爲病哉此可以言規矩之内未（集作不）可以言文章外

意也較其師友則魏文與王陳應劉討論之矣江南唯於五言爲妙故休文長於音韻而謂靈均已（文粹作以）來此秘未覩不亦誣人甚矣古人辭高者蓋以言妙而（蜀本作言妙而文粹作言工）適情不取於音韻（曹植七哀詩有徊泥諧依四韻王粲詩有攀原安三韻班固漢書贊及當時詞賦多用協韻荀勖元勳包漢舉信是也包文粹作左）意盡而止成篇不拘於隻耦（文選詩有五韻七韻十一韻十三韻二十一韻考今之文字四韻六韻以至一百韻類皆雙韻無有隻韻者）故篇無足（蜀本作定）曲詞寡累句譬諸音樂古辭如金石琴瑟高於至音今文如絲竹鞞鼓迫於促節則知音（文粹作律即知聲）之爲弊也甚矣世有非文章者曰辭不出於風雅思不越於離騷模寫古人何足貴也余曰譬諸日月雖終古常見而光景常新此所以爲靈物也余嘗爲文箴今載于此曰

文之爲物自然靈氣怳惚（文粹作惚怳）而來不思而至杼柚得之澹而無味琢刻藻繪珍（集作彌）不足貴如彼璞玉磨礱成器奢者爲之錯以金翠美質既彫良寶斯棄此爲文之大旨也

同前　　牛希濟

聖人之德也有其位乃以治化爲文唐虞之際是也聖人之德也無其位乃以述作爲文周孔之教是也纂堯舜之運以宮室車輅鍾鼓玉帛之爲文山龍華蟲粉米藻火之爲章亦已鄙矣師周孔之道忘仁義教化之本樂覇王權變之術困於編簡章句之內何足大哉况乎澆季之下淫靡之文恣其荒巧之説失於中正之道兩漢以前史氏之學

猶在齊梁以降國風雅頌之道委地今國朝文士之作有詩賦策論箴判贊頌碑銘書序文檄表記此十有六者文章之區別也制作不同師模各異然忘於教化之道以妖艷爲勝夫子之文章不可得而見矣古人之道殆以中絶賴韓吏部獨正之於千載之中（疑作下）使聖人之旨復新今古之體分而爲四崇仁義而敦教化者經體之制也假彼問對立意自出者子體之制也屬詞比事存於褒貶者史體之制也又有釋訓字義幽遠文意觀之者久而方達乃訓誥雅頌之遺風即皇甫持正樊宗師爲之謂之難文今有司程式之下詩賦判章而已唯聲病忌諱爲切比事之中過於諧謔學古之（疑作文）者深以爲慙晦其道者揚袂而行又屈宋之罪人也且文者身之飾也物之華也宇宙之內微一物無文乃頑也何足以觀且天以日月星辰爲文地以江河淮濟爲文時以風雲草木爲文衆庶以冠冕服章爲文君子以言可教於人謂之文垂是非于千載殁而不朽者唯君子之文而已且時俗所省者唯詩賦兩途即有身不就學口不知書而能吟詠之列是知浮艷之文焉能臻於理道今朝廷思堯舜洽化之文莫若退屈宋徐庾之學以通經之儒居燮理之任以楊孟爲侍從之臣使仁義治亂之道日習于耳目所謂觀乎人文可以化成天下也

表章論　　前人

人君尊嚴臣下之言不可達於九重表章之用下情可以上達得不重乎歷觀往代策文奏議及國朝元和以前名臣表疏詞尚簡要質勝于文直指是非坦然明白致時君易爲省覽夫聰明睿哲之主非能一一奥學深文研窮古訓且理國理家理身之道唯忠孝仁義而已苟不踰是所措自合於典謨所行自偕於堯舜豈在乎屬文比事况人君以表疏爲急者竊以爲稀况覽之茫然又不親近儒臣必使傍詢左右小人之寵用是爲幸儻或改易文意以是爲非逆鱗發怒畧不爲難故禮曰臣事君不授其所不及蓋不可援引深僻使夫不喻且一郡一邑之政訟者之辭蔓引數幅尚或棄之况萬乘之主萬機之大焉有三復之

理國史以馬周建議不可以加一字不可以減一字得其簡要又杜甫當雪房琯表朝廷以爲庾辭儻端明易曉必庶幾免於深僻之弊夫僻事新對用以相誇非切於理道者明儒尚且忖思移時豈守文之主可以速達竊願復師於古但寘於理何以幽僻文煩爲能也

文苑英華卷第七百四十二

文苑英華卷第七百四十三　論五

武

辯侵伐論　柳宗元

春秋之說曰凡師有鍾鼓曰伐無曰侵周禮大司馬九伐之法曰賊賢害人則伐之負固不服則侵之然則所謂伐之者聲其惡於天下也聲其惡於天下必有以饜（集作厭）于天下之心夫然後得行焉古之守臣有朘（一作私又作人）傷（又作没）人之財危人之生而又害賢人者內必棄於其人外必棄於諸侯從而後加伐焉動必克矣然猶校德而後舉量力而後會備三有餘而（集作以）用其人一曰義有餘二曰人力有餘三曰貨食有餘是三者大備則又立其禮正其名脩其詞（集作辭）其害物也小則誥誓命（集作微）令不過其隣雖大不出所暴非有逆天地橫四海者不以動天下之師故師不踰時而功成焉斯爲人之舉也故公之公之而鍾鼓作焉夫所謂侵之者獨以其負固不服而壅王命也內以保其人外不犯於諸侯其過惡不足暴於天下致文告脩文德而又不變然後以師問焉是爲制命之舉也（集無也字）非爲人之舉也故私之私之而鍾鼓不作斯聖人之所志也周道

既壞兵車之軌交于天下而罕知侵伐之端焉是故以無道而正無道者有之以無道而正有道者有之不增德而以遂威者又有之故世日亂一變而至於戰國而生人耗矣是以有其力無其財君子不以動衆有其力有其財無其義君子不以師師合此三者而明其公私之說而後可焉嗚呼後之用師者有能觀乎侵伐之端則善矣

伐國論　　　李德裕

自古得伐國之女以爲妃后未嘗不致危亡之患者何也亡國之餘焉能無怨氣其立基創業之祖宗必皆一時之英傑其社稷山川之鬼神常爲一國之所奉授(集作受)其血食忿其臧亡故能爲厲矣必生分美之色蠱惑當世之君

使其骨肉相殘以壞於內君臣相疑以敗于外危亡之兆鮮不由此史蘇所謂必有女戎妹喜妲己褒姒是也史蘇所謂(集作言之)詳矣今不復論是以晉獻得驪戎佚女太子有雉經之酷禍及三世符堅納慕容姊弟秦宫有鳳兮之謠敗於五將(符堅於五將山敗)梁武取東昬所幸幾至危國隋文嬖陳主之妹終於(集作必)殞身此其(集作皆)禍敗之著明者矣又夏姬入荆子反斃於奔命吳人始叛楚矣吳嬪至晉世祖怠於爲政戎狄遂(集作乃)亂華矣所以王珪覩廬江美人正言納說如王珪者可謂識微之士明於禍福矣

守在四夷論　　　牛僧孺

傳曰古者天子守在四夷蓋言能令四夷不侵咸自守境洎周漢迄隋多不知守身但欲令四夷自守殊不知四夷自守國內皆成四夷也因著論以明之何者夫守之大旨(山文粹作凡)以防攻也善防其攻者莫若防其敗善防其敗者莫若防其亡夫四夷不守境不過於畧地侵城是有敗無亡也若王者之貴如天如地苟落一星伐一樹不足損天地之光輝(一作曜)蓋帝王之權能殺人能生人能達人能窮人能貧人能富人故一國之人思親(一無親字)之必伺君好而贊之雖似親之其實攻之王者守大道淪(一作論)非道昌(一作是)則不見敗而有亡也況四夷之攻至難者有四國人之攻至易者亦有四四夷之攻以白刃國人之攻以巧言四夷之攻以詖聲國人之攻以秘隱四夷之攻以兵相害國

人之攻以矯相親四夷之攻以兵相侵國人之攻以矯相益故觀白刃則懼而思守也聆巧言則耳(一作悅)而思受也聽聲詖則警而思備也遇秘隱則惰而思述也逢相害則恚而思讐也見相親則惑而思近也值相侵則忿而思報也得相益則和(一作喜)而思隣也攻邊則人人思守也攻身則人人思受也抑人情之常非所鑽鑿而異也且王者之守有六失守之不固則非道攻之守之不貞則色攻之守之不約則聲攻之守之不廉則聚歛攻之守之不儉則奢侈攻之守之不正則和佞攻之守之不仁則征伐攻之夏捨淑德而嬖妹喜是色攻而亡也殷捨德音而耽愔愔是聲攻而亡也周厲捨廉節而悅榮夷公是聚歛攻而亡也

秦始皇捨節儉而起阿房是奢侈攻而亡也漢靈捨正直而近刑人（一作用刑臣）而是佞倖攻而亡也隋煬捨慈仁而事遼東是征伐攻而亡也自三王百代無四夷之攻而亡者皆以守身不謹爲嗜欲所攻（二字川文粹作攻而亡）故也雖得四夷自守復何益哉或云幽王（一有自以二字）爲犬戎所滅僧孺以爲幽王自以守道不固頻舉僞烽嗷嗷天下空於杼柚（英華作小東大東杼柚其空）加以褒姒以色攻俾諸侯不信而敗非獨由于四夷也至於晉之十六國稽其本則禍生於惠帝也賈后以色攻賈謐以佞攻致令八王並興生人殲半然後戎夷乘間敢爲（一作有）窺覦可謂四夷先起於內不由四夷不守於外也故有德者必先守身而後四夷無德者不先守身但

今（一作務）四夷自守曾不防戎夷（一作狄）在其中國故攻秦之胡者二世也豈必東夷南蠻西戎北狄哉沈尹戌雖舉守四夷之言而未盡（一作不盡）守身之道是載華而畧實非垂範之旨也敢因文字以附簡書（一作編）之闕　一作皆唐文粹

戰論（并序）　杜牧

兵非危也殺非殘也而戰必挫北是曰不循其道也故作戰論焉

論曰河北視天下猶珠璣也天下視河北猶四支也珠璣苟無豈不活身四支苟去吾不知其爲人何以言之夫河北者俗儉風渾淫巧不生朴毅堅強果於戰耕名城堅壘峇（音頟）嶭（五結切）相貫高山大河盤互交鎖加以土息健馬便於馳敵是以出則勝處則饒不窺天下之產自可封殖亦猶大農之家不待珠璣然後以爲富也天下無河北則不可河北既虜則精甲銳卒利刃（一作刀）良弓健馬無有也卒（族忽切）然夷狄驚四邊摩封疆出表裏吾何以禦之是天下一支兵去矣河東盟津滑臺大梁彭城東平盡宿厚兵以塞虜衝是六郡之師嚴石護疆不可他使是天下二支兵去矣六郡之師厥數三億低首仰給橫拱不爲則緣（一作沿）淮巳北循河之東南盡海西叩洛經數千里赤地盡取繞能應費是天下三支財（英華作兵）去矣咸陽西北戎夷大屯赫呼膻腥（一作羶）徹於帝居周秦軍師不能排闥於是盡剷吳越荊楚之饒以啖戍兵（一作兵戍）是天下四支財去矣乃使吾

用度不周徵徭不常無以膏齊民無以接四夷禮樂刑政不暇脩治品式條章不能備具是天下四支盡解頭腹兀然而已焉有人解四支其自以能久爲安乎今者誠能治其五敗則一戰可定四支可生夫天下無事之時殿寄大臣偷處榮逸爲家治具戰士離落兵甲鈍弊車騎（一作馬）刓弱而未嘗爲之簡帖整飾天下雜然盜發則疾毆疾戰此宿敗之師也何爲而不北乎是不蒐練之過者其敗一也夫百人荷戈仰食縣官則挾千夫之名大將小裨操其餘羸以虜壯爲幸以師老爲娛是執兵者常少糜食者常多築壘未乾公囊巳盈此不責實料食之過其敗二也夫戰輒小勝則張皇其功奔走獻狀以邀上賞或一日再賜一

月累封凱旋未歌書品已崇爵命極矣田宅(一作宮)廣矣金繒溢矣子孫官矣焉肯捜奇外死勤於我(一作戎)矣此賞厚之過其敗三也夫多卒兵士顛翻大都則跳身而來剌邦而去廻斫刀鋸菜色甚安一歲未更旋已立於壇墀之上矣此輕罰之過其敗四也夫大將將兵柄不得專恩臣詰責第來撝(一作揮)之至如鏜然將陣殷然將鼓一則曰必爲偃月一則曰必爲魚麗三軍萬夫環旋翔佯愰駭之間虜騎乘之遂取吾之鼓旗此不專任責成之過其敗五也元和時天子急太平嚴約以律下常團兵數十萬以誅蔡天下乾耗四歲然後能取此盖五敗不去也長慶初盜擾子孫悉來走命是內地無事天子寬禁厚恩與人休息未幾

而燕趙甚亂引師起將五敗益甚登壇注意之臣死竄且不暇復焉能加威於反虜哉今者誠欲調持干戈洒掃垢汙以爲萬世安而乃踵前非是不可爲也古之政有不善士傳言庶人謗發是論者亦且將書于謗木傳于士大夫非偶(一有言字)而已　一作唐文粹集本並同

守論(并序)　前人

往年兩河盜起屠囚大臣刼戮二千石國家不議誅洒束兵自守反脩大曆貞元故事而行姑息之政是使叛臣(文粹作逆輩)益橫終唱患禍故作守論焉

論曰厥今天下何如哉干戈朽鈌鈇鉞鈍含弘混貸煦育逆孽殆爲故常而熟視事大人曾不歷算周思以爲宿謀方且嵬岸抑揚自以爲廣大繁昌莫已若也嗚呼其不知乎其俟蹇頓顛傾(集作頹)而後爲之支計乎且天下幾里列郡幾所而自河已(文粹作以)北蟠城數百金堅蔓織角奔爲寇伺吾人之憔悴(文粹作顦顇)天時之不利則將與其(文粹無其字)朋伍羅絡郡國將孩乳(文粹作駭亂)吾民於掌股之上耳今者及吾之壯不圖擒取而乃偷處恬逸第第相付以爲後世子孫背脅疽根此復何也今之議者咸曰夫倔強之徒吾以良將勁兵以爲銜策高位美爵充飽其腸安而不撓外而不拘亦猶豢擾虎狼而不拂(文粹作佛)其心則忿氣不萌此大曆貞元所以守邦也亦何必疾戰焚煎吾民然後以爲快也愚曰大曆貞元之間適以此爲禍也當是之時有城數十千

百卒夫則朝廷待之貸以法故於是乎闊視大言自樹一家破制削法角爲尊奢天子養威而不問有司守恬而不呵王侯通爵越錄受之覲聘不來几杖扶之逆息虜胤皇子嬪之裝緣采飾無不備之是以地益廣兵益強僭擬益甚侈心益昌於是土田名器分劃大盡而賊夫貪心未及畔岸遂有淫名越號或帝或王盟詛自立恬淡不畏走兵四略以飽其志者也是以趙魏燕齊卓起大唱(文粹作倡　新唐書藩鎮傳作同日而起)梁蔡吳蜀躡而和之其餘混傾軒囂欲相効者往往而是運遭孝武宵旰不忘前英後傑夕思朝議故能大者誅鋤小者惠來不然周秦之郊幾爲犯獵哉大抵生人油然多欲欲而不得則怒怒則爭亂隨之是以教笞於

家刑罰於國征伐於天下此所以裁其欲而塞其爭也大曆貞元之間盡反此道規區區之有而塞無涯之爭是以首尾指支幾不能相運掉也今者不知非此（文粹作此非）而反用以爲經愚見爲盜者非止於河北而已嗚呼大曆貞元守邦之術求戒之哉

二陣圖論　王叡

炙轂子曰夫兵者凶器戰者危事自古聖王不得已而用之仗德而行則湯征葛乃爲帝王若恃力而戰則紂放牧野終罹戮辱春秋傳曰兵之設久矣聖人以興亂人以廢廢興存亡昏明之術皆兵之由也復曰文不犯順武不違敵蓋軒轅五十二戰義在惜民湯武七十二征本惟靖難

且文而不武武而不文不可謂椎則文臣在聰明器量鑒人別材故曰文椎可以爲相武臣在俊傑深沉果敢決斷故曰武椎可以爲將二畧兼濟則可以入爲相運籌於廟堂之上則可以出爲將折衝於萬里之外然而將相之務在見有才力者賞之愚詐者去之如有才力者不賞則忠烈疑而不進愚詐者在傍則讒邪黨翕而爲欺如此行之則何功而不立何罰而不行何才之有遺何戰而不勝孔子曰我戰則克祭則受福又曰不教民戰是謂棄之如兩軍交鋒之際列兵無陣由人民居而無城池立而無墻塹寇盜衝擊則何以捍禦譬如蹴鞠較力猶設機便以護手足況有兵而無隊伍有隊伍而無行陣有行陣而無奇正

有奇正而無權變起自黃帝命其臣風后演之本文不越一百字詞約旨微非聖賢莫能研究太公起前孫吳韓項並由斯術唯孔明尤盡其妙生之於心機不形之於文義雖君臣父子不相傳授近者李筌圖載八陣只言或合而爲一或離而爲八不陳四奇變化之旨不顯天衝地軸衝翼之文將帥覽之難曉今淑畫天地二陣圖明八陣八變之源爝火助陽自忘短綆庶幾英傑覩之稍裨焉

將畧論　前人

炙轂子曰昔祝其之會仲尼云夫有文德者必有武備遂斬萊人頭足異處故曰文武之道未墜於地是以古之儒者服逢掖之衣頂章甫之冠佩環玦負櫑劒近代文儒恥

言兵事苟或議及則僉謂之竟人今以翠華去鄷鎬黃屋軫堯心率土之濱莫寧啓處方可論兵粗議將畧矣且自罹亂已來儒道既息武弁是崇然而將帥多以勇力爭強少有精練兵機而懷謀策者所謂以強凌弱以衆暴寡迭相吞噬適足以塗炭生靈搆怨結禍夫兵之成敗在將帥之器能各有限劑須定等差淮陽侯與漢高祖論絳灌以下用兵多少信曰陛下可將十萬衆所謂能將將不能將兵夫高祖之雄才大畧尚如此況其下哉楚子玉賢大夫也亦不能越三百乘（左傳以子王雖多剛勇総曰無禮故不能將一二萬人）是以王翦能將六十萬而李牧不能二十萬此方見將帥才器之大小也凡爲將料敵之情僞而後決策制勝須知彼師之

能否乃操我之所長假如韓信能設伏走我則逐奔不遠難誘也從襲不及難陷也白起能攻城野戰則當深溝高壘以挫其銳俾蜂蠆無所施其毒螫虎狼無不能逞其爪牙本謀既壞伺其大隙而擊之因變奇正以待敵整衡軸以攻險兵法曰始如處女敵人開戶後如脫兎敵不及距此兵之要也司馬宣王曰諸葛孔明志大而不見機多謀而少決好兵而無權雖提卒十萬已墮吾計中破之必矣及鄭褒亦能知毋丘儉好謀而不達事情文欽勇而無算至儉兵敗皆如其言又淄濡見樊伷爲武昌從事與州人設饌十餘度自起比至日中可得知以兵五千足以擒之果在濡之度內漢王謂魏大將栢直口尚乳臭不能當韓信謂騎

將馮敬雖賢不能當灌嬰謂步將項它不能當曹參吾無患矣乃使韓灌曹三將軍果大破之後魏高祖宏曰青齊之兵可以禮遇徐兗之卒理須義撫斯測度將卒之明驗也今之將帥多不自量其才器又不知彼之短長率爾合戰卒然求勝由聚卵以擊山驅羊而鬬虎欲期弭兵靜亂不亦難哉帝王宜開英鑒審將帥之器量文武之才則崇勳大業庶幾可立夫宰制山河劃割彊宇舉大綱則易定滋苛細則難安故子房佐漢畫大謀六七件遂定天下孔明搬蜀決沉機三二策據成嶲特英雄之大畧將帥之宏規也安危之機存亡之要審諸將畧可見徵焉

倒戈論　楊夔

予讀周書至武王滅紂倒戈歸馬示天下不復用跡其事惑焉以武王之聖有望旦之輔滅獨夫紂旌其功於一時可矣且曰終不復用其未然乎夫上古淳結繩知禁中古朴赭衣懷畏末俗巧嚴法不化故淳散而朴朴散而巧巧之變萬詐生焉則內荏外剛之心詎革於干戚之舞乎周之祚七百誠曰永久然以臣臨君以兵向闕者多矣齊桓南伐楚北伐戎晉文取叔帶於溫定襄王于鄭非二國崇示大順尊奬王室則周之社稷存若綴旒自漢而下有國者罔不以兵力秦以黷武而滅梁以無備而亡我太宗究滅亡之源委房杜以政房杜以天下之大不敢決於胸臆於是敢諫則先王魏論兵則讓英衛深謀宏法來代有準

洎林甫即明皇既安之日隨旨順色以稔君惡乃以羯夷勇暴之卒專我兵柄竟使獸心爲國禍本其爲黷亂國常褻慢武義不亦甚乎且蒐苗獮狩所以講武經閱戎事也故曰預備其不虞有備而無患則武之道豈可一日而忘諸嗚呼班子之善斷不能以鉛刀攻其堅造父之善御不能以朽索制其逸則有國者可以棄兵乎

文苑英華卷第七百四十三

文苑英華卷第七百四十四　論五

賢臣

三名臣論（管樂諸葛）　李翰

或問於翰曰昔諸葛亮擁膝南陽爲梁甫吟自比管仲樂毅州平元直以爲信然雖涯量罕窺而遺跡可見夫此三名臣者亦有優劣乎願聞其說翰辭不敢對至于再三問者固（二字一作固請）不得已（川文粹有而字）應之曰豈易言乎豈易言乎夫目（一無目字）小者不足以論大體（一無體字）近者不足以量遠奈

何況議大賢能制律管者可以候四氣之徵測日晷者可以知千里之度察徵覩著由麁考實儻容寄言象於斯矣如僕所揣則管不逮樂孔明其伯仲之間與（一作耳）問者曰何爲（一作謂）其然也昔管仲相桓公九合諸侯一匡天下興齊定霸尊周勤王（川文粹作興周定王）功其懋哉仁亦至矣孔明收荊州散敗之餘建策通吳合從破魏奉先主西入劍門下車而三分天下翊戴後嗣纘脩舊勳刑政孚於偏方威德振於中夏雖短祚中否而王業殆成樂生一爲燕將繞勝齊師挫衂于二城之間狼狽于兩國之際軍不振旅身卒奔（一作犇）亡子獨推而崇之冠於二賢之首誠所未諭莫（一作其）有說耶翰應之曰子之所問（一作聞）者未與（一作末歟）語功則

信焉（一作然）語才則不爾夫才生於代功與運成固有才優而功微運合而才劣先當稽以道德覈於終始審其邪正觀其去就然後可以（一無以字）明也夷吾當旣亂之時輔有過（川文粹作道非）之主功濟諸夏澤被生人信爲美矣然邀（一作徼）功事讐（一作儲）務入之情速矣肆奢越禮盈量之意見焉故仲尼雖稱其仁終小其器止於霸者之佐殆非王臣之良孔明從容三顧後起籌畫必當締搆必成事屯而業亨主闇而國理（一作治）兵弱而鄰疆（一作彊鄰）畏服功大而本朝不疑斯亦難矣然窺其軍令跡其用法必俟（一作使）中原克（一作可）復然後厚賞寬刑玄德常稱馬謖言過其實不可大用之卒致喪敗斯所謂濟於事而未全於道得諸已而未審於人

樂生一戰舉齊二城未下待（一作從）之以德牧（一作收）之以禮捨權變于攻取之際行王道於軍旅之間事雖不成業亦弘（一作大）矣向使昭王不死惠王不疑則其功未可量也夏侯太初論之詳矣及其逃燕之責亡而奔趙趙王問以圖燕之策樂生流涕而對曰臣昔之事燕昭王（一作昔日之事燕王）猶今日之事大王也千秋萬歲之後尚不敢侵其僕隸而況謀子孫乎因棄祿宵遁善夫長者之言可謂懷祿不屑其榮周身不遠於道比諸二子不亦優乎主恩非臣下之所圖天命豈生人之所制安可（川文粹作敢）以功業之成敗斷才能之短長耶且夫運有通塞命有脩短蓋天意也豈人事乎昔韓信將伐魏問得不以周叔爲將乎聞不用迺大喜向

使魏人用之則漢師不敢川文粹作果濟河矣然則周叔之才
亦韓信流亞也終湮滅而無聞焉古之大才而功不著者亦
何可勝道哉翰長兄御史君體純王之德負經遠之才常
感憤於周韓之間嘯詠於管樂之際守之以忠信文之以
禮樂藴弼諧之大畧以康濟爲已任進逢國難謀猷不行
退有家艱哀毀過禮官纔元士年止終身一作命止中年官一作位
不登於廟堂名不書于史冊斯才也斯運也誰見三分九
合之優劣離一作辭燕對趙之去就哉由此觀之斷可知矣
問者嘆息而退　一作皆唐文粹

三賢論　李華

或曰吾讀古人之書而求古人之未獲嗟夫遐叔謂曰無

世無賢人其或世教之至淪於風波雖賢而不能自辯况
察者未之究耳一作乎鄭衛方奏正聲間發極和無味至文
無彩聽者不達又以爲怪譎之音太師樂工亦失容而止
曼都之姿雜于顛額被緼絮蒙蕭艾美醜夷倫自以爲陋
此二者既病不自明又求者亦昏將剖其善惡在遷政化
端風俗則賢不肖異貫而後賢者自明而察者不惑也余
兄事元魯山而友劉蕭二功曹此三賢者可謂之達矣或
曰願聞三子之畧遐叔曰元之志行當以道紀一作純天下
劉之志行當以六經諸人心蕭之志行當以中古易今世
元齊愚智劉感一作慶一物不得其正蕭呼吸折節而獲重
禄不易一刻之安元之道劉之深蕭之志又新唐書作易於夫

子之門則達者其流也然各有病元病酒劉病賞物蕭病
貶惡太極一作亟獎能一作善太重元奉親孝居喪哀撫孤仁
徇朋友川文粹作友朋之急蒞職明於賞罰終身貧而樂天知命
爲以爲一作謂王者作樂崇德殷薦上帝以配祖考天人之
極致也而詞章不稱是無樂也一無此四字于一作於是作破陣
樂詞也一有是樂二字協唐書作訂商周之頌推是而論則見元之道
矣劉名儒史官之家兄弟以學著稱乃述詩書禮樂春秋
唐書作禮易書春秋詩爲五説條貫源流備今古一作古今之變推是而
論則見劉之深矣蕭以史書爲煩一作繁尤罪子長不編年
陳事而爲列傳後代因之非典訓也將正其失自春秋三
家之後非訓齊生人不録坎序纉脩以迄于今志未就而

殁推是而論則見蕭之志矣元攄師保之席唐書作位瞻其形
容不佚其言而見其仁劉被卿佐之服居賓友之地言理
亂根源人倫隱明參乎元精而後見其妙蕭若百鍊之鋼
川文粹作銅不可屈折當廢興去就之際一生一死之間而後
見其大節視聽過速欲人人如我志與時多背恒見詬於
人取其中節之舉是可以爲人師矣學廣而不偏一無偏字精
其貫穿甚於精者又文方復雅商之至當以律度百代爲
任而古之能者往往不至焉超蹈一作絶孤厲不可謂不知
一有者字言也茂挺父爲莒丞得罪清河張惟一時佐廉使按
成之茂挺衫登科自洛至莒英華作自洛陽還莒五字道邀使車發詞
哀乞惟一涕下即日捨之且曰蕭贊府生一賢才資天下

風教吾由是得罪一有亦字無憾也夫如是得不謂之孝乎或曰三子者各有所與遊乎遐叔曰若太尉房公可謂名公一作人矣每見魯山則終日嘆息謂予曰見紫芝眉宇使人名利之心盡矣若司業蘇公可謂賢人矣每謂當時名川文粹作賢士曰使僕不幸生於衰俗所不恥者識元紫芝廣平程休士美端重寡言河間邢宇紹宗深明持川文粹作特操宇弟宙次宗和而不流南陽張茂之季豐守道而斷趙郡李萼伯高含大雅之素一作業萼族子丹叔南誠莊而文册族子惟岳謨一作謀道沉邃麃靜梁國喬潭一作渾非德源昂昂有古風弘農楊椽一作極士膺一作扶敏而安道清河房垂翼明志而好古河東柳識方明遐曠而才是皆慕於元者也劉

在京下嘗寢疹一作疢房公時臨扶風聞之通夕不寐顧謂賓從曰柄唐書作捷一作挺卿若不起無復有神道尚書劉公每有勝理必詣與談數一作終日忘返退而嘆曰聞劉公清言見皇王之理矣殷直清有識高恨言理少對未與劉面常想見其人河東裴騰士舉精朗邁直一作朗邁真直弟霸士會峻清不雜隴西李廣敬仲一作叔堅明冲一作而粹范陽盧虛舟幼直一作真質方而清潁川陳儻言士然談而不厭吳興沈興宗季長專靜不渝潁川陳廉不器行古之一作人道渤海高適達夫落落有奇節是皆重於劉者也工部侍郎韋述脩國史推蕭同事禮部侍郎楊浚掌貢舉問蕭求人海內以爲德選汝南邵軫縉紳鄉有詞舉幹一作詞舉標幹天水趙驊雲

姊才美行純陳郡殷寅直清達於名理河南源衍季融粹徽而同一作周會稽孔至士惟徽述而好古河南陸據德隣恢善於事理河東柳芳仲數該練故事長樂賈至幼隣一作幾名重當時京兆韋收仲成遠慮而深南陽張有畧維之履道體仁有畧族弟遐季選溫其如玉中山劉頡士端竦明簡暢潁川韓極一作拯佐玄一作元行備而文樂安孫益盈孺溫良忠厚京兆韋建士經中明外純潁川陳晉正卿深於詩書天水尹徽一作微之誠明貫百家之言是皆厚於蕭者也尚書顏公重名節郭父友一作故舊與茂挺少相知顏與陸據柳芳最善茂挺與趙驊邵軫洎華最善天下謂之顏蕭文之一作交殷寅源衍陸於二交之間不幸元罷魯山終于

一作於陸渾劉避地逝于安康蕭歸葬先人歿于汝南令一作無復求斯人有之無之是必有之而察之未克也三賢不登尊位不享下壽居易委順賢人之達也不蒙其教生人之病也予知三賢也深故言之不作云　一作皆唐文粹

諫通鑑作爭臣論　韓愈

或問諫議大夫陽城於愈可以爲有道之士乎哉學廣而聞多不求聞於人也行古人之道居於晉之鄙晉之鄙人薰其德而良善者幾千人大臣聞而薦之天子以爲諫議大夫人皆以爲華陽子不喜色館本作色喜居於位五年矣視其德如在集有草字野彼豈以富貴易移其心哉愈應之曰是易所謂恒其德貞而夫子凶者也惡得爲有道之士乎哉

在易蠱之上九云不事王侯高尚其事（蜀本有以字）蹇之六二則曰王臣蹇蹇匪躬之故夫亦以所居之時不一而所蹈之德不同也若蠱之上九居無用之地而致匪躬之節蹇之六二在王臣之位而爲（集作高）不事（蜀本有上字）之心則冐進之患生曠官之刺興志不可則而尤之（古本無之字）不終（袁本注作絶）無也今陽子實一匹夫（趙德本作陽子寔一介之夫）陽子（杭本無此二字）在此位不爲不久矣聞天下之得失不爲不熟矣天子之待之不爲不加（集作知）矣而未嘗一言及於政視政之得失若越人視秦人之肥瘠忽焉不加喜戚于（集作於）其心問其官則曰諫議也問其祿則曰下大夫之秩也問其政則曰我不知也有道之士固如是乎哉且吾聞之有官守者不得

其職則去有言責者不得其言則去今陽子以爲得其言（集疊言字）乎哉得其言而不言與不得其言而不去無一可者也陽子將爲祿仕乎古之人有云仕不爲貧而有時乎爲貧謂祿仕者也宜乎辭尊而居卑辭富而居貧若抱關擊柝者可也蓋孔子嘗爲委吏矣嘗爲乘田矣亦不敢曠其職必曰會計當而已矣必曰牛羊遂而已矣若陽子之祿秩（集作秩祿）不爲卑且貧章章明矣而如此其可乎哉或曰否非若此也夫陽子惡訕上者惡爲人臣招（音翹）其君之過而以爲名者故雖諫且議使人不得而知焉書曰爾有嘉謨嘉猷則入告爾后于內爾乃順之于外曰斯謨斯猷惟我后之德夫陽子之用心亦若此者也愈應之曰若陽子之

用心如此滋（祁本作茲）所謂惑者矣入則諫其君出不使人知之（一有之字）者大臣宰相者之事非陽子之所宜行也夫陽子本以布衣隱於蓬蒿之下主上嘉其行誼擢在此位官以諫爲名誠宜有以奉其職使四方後代知朝廷有直言骨鯁之臣天子有不僭賞從諫如流之美庶巖穴之士聞而慕之束帶結髮願進於闕下而信（集作伸）其辭說致吾言於堯舜熙鴻號於無窮也若書所謂則大臣宰相之事非陽子之所宜行也且陽子之心將使君人者惡聞其過乎是啓（杭本作其咎）之也或曰陽子不求聞而人聞之不求用而君用之不得已而起守其道而不變何子過之深也愈曰自古聖人賢士皆非有心求於聞用也閔其時之不平人之不

乂得其道不敢獨善其身而必（閣本作不以）以兼濟天下也孜孜矻矻而後已故禹過家門不入孔席不暖墨突不黔（袁本作孔席不暇暖而墨突不得黔）彼二聖一賢者豈不以（集作知）自安逸（集作佚）之爲樂哉誠畏天命而悲人窮也夫天授人以賢聖才能豈使自有餘而已誠欲以自補其不足者（集有也字）耳目之於身也耳司聞而目司見聽其是非視其險易然後身得安焉聖賢者時人之耳目也時人者聖賢之身也且陽子之不賢則將獨（集無獨字）役於賢（集作身）以奉其上也若果賢則固畏天命而閔人窮者也惡得以自暇逸乎哉或曰吾聞君子不欲加諸人而惡訐以爲直者若吾子之論直則直矣無乃傷於聽（集作于德）而費於辭乎好盡言以招人過國武子

之所以見殺於齊也吾子其亦聞乎愈曰君子居其位則思死其官未得其位則思脩其辭以明其道我將以明道也非以爲直而加諸人也且國武子不能得善人而多盡言（三字集作好）盡言於亂國是以見殺傳曰惟善人能受盡言謂其聞而能改之也子告我曰陽子可以爲有道之士也今雖不能及已將不能（集作得）爲善人乎哉

近代良相論　李德裕

客謂余曰楊子法言有重黎穎蹇（穎子名犯廟諱不書）二篇品藻漢之將相敢問近代將相可得聞乎余曰唯唯夫股肱與君同體四海之所具瞻（集作瞻也）恩義至重實先於愛敬非社稷大計不可以強諫亦猶父有諍子不獲已而諍豈可以爲常也唯宜將明獻替致其主於三代之隆孝經曰天子有諍臣七人非宰相之職也必求端士正人以當言責導其謇諤救其患難而已雖聖人之言危而不持顛而不扶則將焉用彼相此亦將明獻替之謂也使其君昭明令德不致於顛危也漢之良相十數人矣公孫弘開陳其端而不肯庭（集作廷）辯固未可也蕭望之剛不護闕王嘉訐而犯上致元哀二后有信讒邪之患（集作惡）戮忠直之名此其失者也魏相薛廣德持重守正弼諧盡忠（集作忠信）可謂得宰相體矣近世貞以制動思在無邪松栢所以後彫藜藿由其不採貴不患失言必匪躬似薛廣德者鄭丞相陳丞相有之矣（此謂故右僕射鄭司徒故右僕射陳司徒）麟之爲瑞也仁而不觸王之爲寶也廉而不劌恕以及物善不近名（集有通識二字）高朗令終天下無怨似丙傳陽者王丞相鄭丞相有之矣（此謂故中書王丞相故鄭丞相）好古洽聞應變審敏幾可以成務智足以取捨仁愛樂道（集作善）勤瘁奉公逢時得君不失其政似倪寬者常丞相李丞相有之矣（此謂故中書常司空故居守李司空）用于（集作於）䶵硊以盡天涯雖劒光不沉而鸞翮長鎩靈均之九死無悔柳惠之三黜非辜既歿不瞑號于上帝似蕭望之者所謂李丞相矣（此謂故淮海李司空）余亦同病莫保其生知我者以爲忠亦已鮮矣庶乎數世之後朋黨稍息以俟知音耳

春秋無賢臣論　孫郃

春秋列國周之諸侯受周之封分爲五等五等之下臣爲陪臣陪臣於諸侯君父也諸侯於周王亦君父也陪臣於周義猶大父也夫爲人子之道孝於父者必欲父孝於祖陪臣忠於諸侯者必欲諸侯忠於天子則上下有序（一作忠孝兩全）康乂四方（一作天下）今春秋陪臣張公室侵王室弱周以強諸侯是弱祖而強父佐諸侯而敵周是佐父而敵祖遺祖之怨成父之逆惡莫大焉言之於臣則非忠語之於子則非孝論之於道則傷義推之於情則辜（川文粹作傷）恩遂使姬周削弱杞號而已桓文雖以爲霸何能正之及有封禪請隧之僭管晏雖有其功何能諫之而有反玷毀孔之惡于時風教大壞海內焚如天不能陰隲下民降大聖以爲木鐸歷國七十餘說而不遇奔走齊魯宋衛之郊及若喪家

之狗知不可訓慮後世不懼乃脩春秋明向背其有甚者或夷之或狄之弑君三十六亡國五十二奔走失社稷者不可勝紀書曰帝乃震怒致令海内無一嘉祥但有妖怪謂春秋亂世豈不如然于時人不堪命何耶無賢臣哉予謂此論警衆士大夫多稱之遂聞駿鋸駿鋸徵而奇之或謂可刊金石訓乎今後既而喧傳則有難僕曰春秋豈乏賢者乎謂之無激之耶鮮之耶奈乎孔門何曰孔門仕者鮮又家臣耳子不讀聖賢書乎易云屯其膏小貞吉大貞凶春秋之大夫小貞耳盍以大貞取之以正道取五覇猶罪人

二賢論　管仲　晏嬰

楊夔

子貢以管夷吾之奢晏平仲之儉質于宣尼宣尼以管仲之奢賢大夫也而難爲上晏平仲賢大夫也而難爲下蓋譏其僭上偪下之失或謂無所輕重予敢繼其末以論先後焉夫齊桓承襄公之失政接無知之亂常久亡於外自莒先入有國之後銳心以求其治及叔牙言夷吾之能脫囚服秉國政有鮑叔之助隰朋之佐遂能九合諸侯以成覇業此逢時之大者也若平仲者立於衰替之朝有田國之彊有欒高之侈時非彙時君非賢君當崔杼之弑也能挺然易其盟陳氏之大也能曉然商其短獨立讒諂之伍自全於紛擾之中人無間言時莫與偶若桓公九合諸侯不以兵車信夷吾之力也使晏子居桓公之世有鮑隰之助則其尊周室覇諸侯功豈減於管氏乎以其鏤簋而朱紘孰若豚肩不掩豆以其三歸而反坫孰若一狐裘三十年列國之破家亡者以奢乎以儉乎語曰奢則不遜儉則固與其不遜也寧固然後知聖人輕重之旨斯在

文苑英華卷第七百四十四

文苑英華卷第七百四十五　論七

臣道

樞密（舊唐書作機）論（并序）　徐彥伯

時公卿士庶（舊唐書作王公卿士）多以言語不慎密為酷吏所陷彥伯乃著論以誡於代其詞曰

書曰唯口起羞惟甲胄起戎又云齊乃位度乃口易曰慎言語節飲食又云出其言善千里應之出其言不善千里違之禮亦云（川文粹作曰）可言也不可行也君子不言也可行也不可言也君子不行也嗚呼先聖知言之為大也知言之為急也精微以勸之典謨以告之禮經以防之守名教者何可不循（舊唐書作脩）其詁訓而服其糟粕乎故曰言語者君子之樞機也動（唐書作發）則物應（文類作樞機發則物應）物應則得失之兆見也得之者江海比隣失之者肝膽楚越然後知否泰榮辱繫於言乎夫言者德之柄也行之主也心之志也（唐書作志之端也）身之文也既可以濟身亦可以覆身故中庸鏤其心右階銘其背南容三復於白珪殷（唐書作箕）子九疇於洪範良有以也是以揣摭瑕玷詳點（唐書作參詳）躁競寡無恒以階亂將不密以致危利生於口森然覆邦之說道不由衷變彼如簧之刺可不懼之哉其有識暗邪正思慮微形（唐書作慮微形狀）破金湯之篇伐（唐書作封）禍亂之根用呫囁為椎辯（唐書作川詁譎為全計）以號呶（唐書作譀）為令德至若梧宮問答荊齊所以奔命韓魏加肘知伯所以危殘蔡侯繩息媯也亟招甲兵之罰鄭曼圍宋（唐書作圖宋）卿也而受鼎鑊之誅史遷輕議終下蠶室張紘詭說更齒龍淵（川粹作泉）凡此過言其流匪一或纖循糞土或動成刀劍或苟且其心或脂膏其體（唐書作吻）挾邪作蠱守之而不懈往輒破的去之而彌遠亦何異寒（唐書作韛）皐聚音能也群吹得死為幸何脩名之立乎雖復伯玉沮顏追謝於元凱蔣濟貽恨失譽於王陵犀首沒齒於季章曹嘴齧舌於劉主當何及哉孔子曰予欲無言又云終身為善一言敗之惜也老子亦云多言數窮又云聰明深察而近於死者譏人者也何聖人之深思備慮杜漸防萌之至乎夫不可言而言者曰狂可言而不言者曰隱鉗舌拱默曷通彼此之懷括囊而處孰啓謨明之訓則上言者下聽也下言者上用也辭詰之言猶天地也人覆燾而生為大雅之言猶鐘鼓也人考擊而樂焉作以龜鏡周（唐書作姬）公之言也出為金石孔（唐書作曾）子之言也存其家邦國僑之言也立而不朽臧生之言也是謂德音詰（川文粹作誥）我宗極潰于天下貽厥後昆殷宗耳之於酒醴孫卿喻之以琴瑟

閟里重於四時郢都輕其千乘豈不甦哉豈不休哉但懋績遠大(唐書作懋採大猷川粹作茂績遠世)古念不訓審忠而應精慮而動謀其心以後發定(唐書作擇)其衣以後談不蹈趄(唐書作蹙趨川粹作戚趨)於非黨不屏營於詭遇非先王之至德不敢行非先王之法言不敢道翦其纍纍(唐書作謀謀)之緒撲其炎炎之勢自然介爾景福保茲終吉(唐書作錫茲純嘏)則悔吝何由而生怨惡何由而至哉孔子曰終日行不遺己患終日言不遺己憂如此迺可以言也戒之哉戒之哉

材之大小論(已見三百六十三卷)　李華

四維論　柳宗元

管子以禮義廉恥爲四維吾疑非管子之言也彼所謂廉者曰不蔽惡也世人之命廉者曰不苟得也彼所謂恥者曰不從枉也世人之命恥者曰羞爲非也然則二者果義歟非歟吾見其有二維未見其所以爲四也夫不蔽惡者豈不以蔽惡爲不義而去之乎夫不苟得者豈不以苟得爲不義而不爲乎雖不從枉與羞爲非皆然(集有也字)則廉與恥義之小節也不得與義抗而爲維聖人之所以立天下曰仁曰義仁主恩義主斷恩者親之斷者宜之而理道畢矣蹈之斯爲道得之斯爲德履之斯爲禮誠之斯爲信皆由其所之而異名今管氏所以爲維者殆非聖人之所立乎又曰一維絕則傾二維絕則危三維絕則覆四維絕則滅若義之絕則廉與恥其果存乎廉與恥存則義果絕乎人既蔽惡矣苟得而(文粹無而字)從枉矣爲非而無羞矣則義果存乎使管子庸人也則爲此言管子而少知理道則四維者非管子之言也

辯迹論　劉禹錫

客有能通本朝之雅故者曰蒔之汙隆(集作崇)視輔臣之用房與杜迹何覩焉建官取士之制地征口賦之令禮樂刑法之章因隋而已矣二公奚施爲余愀然曰三王之道猶夫循環非必變焉審所當救而已隋之過豈制置名數之間耶顧名與事乖耳因之何害焉夫上材之道非務所舉必的然可使户曉爲迹也吾觀梁公之迹章章如縣寓(集作寓川文粹作萬)矣曷然哉請借一以明之史不云乎初太宗怒渾戎之橫干塞也度諸將不足以必取當宁而嘆曰得李靖爲師快哉靖時告老且病矣梁公虛其心以起之靖忘老與病一舉虜其君郡縣其地而還夫非伐國之難能也起靖之難能也靖非不克之爲慮居功之爲慮也古之爲將度柄輕不足以遂事重則嫌生焉是以有辭第以見志有多產以取信有子質以臧貳有變監以虞謗其多患也如是若靖者名既成位既崇重失畏偪其患又甚焉微梁公之能盡才能捍患能去忌能照私彼姑藉舊勞居素貴足矣惡乎起哉夫豈感空言而起耶心相見久矣夫豈飾小信而要耶道相籠久矣其後李敬玄擅能失材臣而敗隨之林甫自便進蕃將而亂隨之由是而言固相萬矣子方

規規然窺上材以戶曉之迹此吾之所以不取也若杜萊公者在相位日淺將史失其傳然以梁公之鑒裁自天策府遂以王佐材許之則是又能以道寵房公者矣房之許與迹孰甚焉客無以應而作劉子曰觀書者當觀其志慕賢者當慕其心循迹而求雖博寡要信矣

明贄論　前人

古之人動必有以將意故執贄之道自天子達焉夫芬芳在上臭達於下而温粹無擇有似乎聖人者鬯也故用於天子清越而瑕不自揜潔白而物莫能汙内堅剛而外温潤有似乎君子者玉也故用乎諸侯執之不鳴刑之不嘷似死義者乳必能跪似知禮者羔也故卿執焉在人之上

而有先後行列者鴈也故大夫執焉耿介而一志雉也故士執焉視其所執而知其任是故食愈重而志愈卑位彌尊而道彌廣耿介之志唯士得以行之何也務細而所試者寡齒卑而所蔽者衆言未足以動聽故必激發以取異行未足以應遠故必砥礪以沽鬧借令由士爲大夫捨雉而執鴈其志也隨之額（集作故）耿介之名不施於大夫矣況其上乎然則爲士也不思雉之介爲卿也能思羔之禮歟今夫或者不明分（集作介）推理而觀之則曰此居下而嗜直者是必得志而稔其訐矣彼當介而務弘者是必處高而肥其德矣曾不知訐當其分（集作介）則地易而自遷弘非其所則志遂而無制矣於戲責士以卿大夫之善猶喻君以士之行耳乎以執贄之道得其分（集作介）苟推分（集作介）明矣求刑罰之僭濫得乎

三不欺先後論　呂温

昔宓子賤爲單父也人不忍欺之國僑爲鄭也人不能欺之西門豹爲鄴也人不敢欺之此皆爲政不同同歸于理作幹事之稱首貽牧人之經範汪洋古今輝焯圖史窮理而語固有優劣擇善而行豈無先後請試論之子賤仕衰亂之魯而邑偪强齊仗義爲城池倚仁爲干櫓當鯨吞之大敵鳩很顧之遺黎渙離形檢妙用心術惠訓不倦乃無得而稱視民如傷而不有其愛感而動之陰陽運於無言誠而明之日月懸於方寸是則不求不欺於人而人不忍

欺矣子產攝晉楚之間而靖恭爾位（集作次）役智利物飾躬厲俗守之以信行之以禮告之以慈惠臨之以明察如鏡洞照如衡誠懸是則求人不欺而人亦不能欺矣西門豹當戰國之際（集作初）而克脩茂績身爲（集作有）紀律言有典章剛包其柔威克厥愛權之以法制董之以刑罰火烈人望霜清物心是則責人不欺而人固不敢欺矣夫不忍欺者至誠潛感是曰上德堯舜之吏也不能欺者明智旁達是曰有政三王之吏也不敢欺者嚴威允濟是曰能刑五霸之吏也誠不足至於智智不足至於威大小之間朗然可見然而事在折衷理資漸致德宜全舉道貴兼通必也脩誠而棄智誠未至而致理或（集作釣）任智而廢威智未周而恭

亂將起不若萋（集作慼）而行之迭收其効一之日二之日刑明威立使人畏而不敢欺三之日四之日智達政成使人敬而不能欺五之日六之日志孚誠格使人感而不忍欺以寬濟猛同二氣之（集作而）和平自邇陟遐比三才之（集作而）具美苟非全德大器其孰能至於此乎若不暇會其源流統其宗極而姑（文粹作始）定優劣直論先後則堯舜之吏與王覇不同年而語矣

近代節士論　李德裕

客又謂余曰近世將相旣已聞之矣敢問士君子身在下位而義激衰世者有其人乎余曰焉得無之丁生魏生是也昔蓋寬饒多仇少與在位及貴戚人與爲怨唯諫議大

夫鄭昌愍傷寬饒忠直憂國爲文吏所詆挫上書曰山有猛獸藜藿爲之不採國有忠臣姦邪爲之不起寬饒上無許史之屬下無金張之託職在司察直道而行鄭昌可謂好是正直矣梅福南昌一尉耳與王章無薦引（集作寵）之私無遊宴之好當王鳳之世權歸外戚上書曰鳶鵲遭害則仁鳥增逝愚者蒙戮則智士遠退折直士之節結諫臣之舌群臣皆知其非然不敢獨（集本作能）爭天下以言爲戒最國家之大患也梅福可謂不畏強禦矣余頃歲待罪廟堂六年竊位而言責之官執憲之臣屢（集作屬）薦丁生稱其有清直之操亦有毀之者曰體羸多病必不能舉職余惑是說未及升之於朝而一旦觸群邪犯衆怒爲一孤臣獨夫正言無避亦鄭昌梅福之比也昔貫高竟能以不死白王而高祖賢其然諾戴就不忍以臣謗其君而薛安感其壯節周燕寧恨於不食陸績豈辭於禁錮世歷千祀有此幾人魏生爲酷吏所逼終不詘服辭義雅正有古人之風亦貫高戴就之儔也嗚呼田叔孟舒皆位顯於朝而魏生以輿疾遠竄溘盡道途疑其幽魂必上訴於天矣或曰自古名節之士鮮受厚福豈天意於善人薄耶余曰非也夫名節者非危亂不顯非險難不彰免鈇鑕全性命者尚十無一二（集作二三）況福祿乎若使不受困辱不嬰楚毒父母妻子怡然安樂則天下之人盡爲之矣何貴於名節者哉

舊臣論　前人

或問先王論道之臣事後王乎曰不改先王之道則事之改先王之道則去之以事堯之心事舜禹者其咎繇益稷乎以事武王之心事成王者其周召乎以事漢高之心事惠帝者其蕭曹乎曹參尚不易蕭何之規況高祖之道昔區區楚國醴酒不設穆生先去且穆生豈爲己乎蓋傷廢先王之道不忍見後王之面其不去者焉得免胥靡之恨哉魏晉以（蜀本作已）降居相位者皆靦面愧心而已又有攘臂於其間者掎摭先王之道以謟舊過改張先王之道以媚新君棄先王之故老以掩其羞用先王之罪人以協其志若天地間無神明則已儻有神明鬼得而誅之矣

謀議論　前人

欲知謀議之用捨身名之榮辱觀其立論何如(集作可知)也切於時機明於利害人主易曉當世可行其謀必用而終有後咎鼂錯主父偃是也何者切時機明利害皆怨誹所由生主享其利而自懼其害謀闊意中言高旨遠其道可法其術則疏必有高名而不用於世賈山王陽是也謀既(集作議)不行故能無患智足應變道可與權言雖切於人情意篤於禮義謀不盡用而身無近憂賈誼是也故當漢文之世亦無高位余門客崔權其世叔即朱廣平之維私也(崔世叔名犯廟諱)又嘗預燕公代公之戎幕故知三丞相才業甚備曰廣平好言政事燕公好言文學至於經國遠慮意鮮及之與代公言初若涉川未知所止寥廓廣大莫見津涯

味之既深恩(集作思)意愈密代公嘗為西北邊將帥論四夷事慮必精遠則崔生(集無生字)之言信有徵矣凡侍坐於君子聞其言可以知其才術遠近用此道也

三惑論　王叡

炙轂子曰漢史載楊秉能三不惑歷代以為美也然三惑之中利病各異論曰夫惑於酒者敗賢能損道德廢家業顛狂致疾生於身軀夭折壽考故須誡於過度也且阮籍劉伶陶潛畢卓皆惑於酒悉無所成至於得溺酒名而已夫惑色者壞禮樂損門風傷殘形骸耗蠹金帛怨雖不斂於夷夏政且有妨於霸王齊桓內寵如夫人者六姬外嬖豎豹(疑作貂左傳寺人貂)雍巫(即易牙也)衛靈同斛浴者三人內嬖南子外淫彌瑕之類是也夫惑於財者小則亡身破家大則辱先滅國聚鹿臺之錢積巨橋之粟掊(一作擭)胎拾卵惟利是求盜璧攫金刑戮不懼而又必厚於己而薄於人則義不及於宗親恩不加於左右如此必不得人心而失衆情孟子曰推恩足以保四海不推恩不足以保妻子故君視臣如手足則臣視君如腹心書曰撫我則后虐我則讎斯之謂也苟專利矣則嘉言令猷弗得聞矣過謬錯誤莫得知矣近侍者俾刃以懷憾疎遠者聚謀而待釁憾釁一發身首分離傳曰象有齒以焚其軀賄故也又曰疋夫無罪懷璧其罪則三惑之甚其在茲乎昔漢高祖使隋何說黥布歸漢布既謁漢王倨慢布悔來欲自殺及就舍供帳與高

皇無異布乃大悅燕丹之奉荆卿也子女玩好恣其所欲然後渡易水不以為寒刺秦王視死如歸夫黥布荆軻雄傑之士也猶以服饌聲色變以移志況今將帥士伍乃中才之士乎若不結之以信義厚之以恩賞彼安肯效命死節為貪鄙慳嗇之主哉故士有言曰爾之財賄尚惜我之性命詎可輕捐古語云使人造舟車猶豐酒食冀彼竭機功(疑作巧)則舟無毀溺之患車免顛覆之憂今驅策賢能駕御英傑飾其言以誘撟矯禮貌以卑和欲其盡赤誠竭計策其用諂密以誇聽嬰兒曾不知聰明之士見其肝膽鏡其詐偽亦持虛以待虛設詐以禦詐國士遇我我以國士報之衆人遇我我以衆人報之項羽玩印胥豪叛去曹公

慢易天下咼分是知三惑之中酒者致疑之可矣色者放之可矣財者下愚之醜行也致疑放逐刑戮所宜加投畀豺虎投畀有昊以謝乎衆矣

誠節論　前人

炙轂子曰漢史著誠節立名之士謂其能執一不回死義不顧雖湯鼎之威霜刃之刑不能脇之故節義彰明顯於後世存無一作則愧於英俊沒無一作則果疑作畏於神靈蕩蕩然偃於暗室之中堂堂然行於日月之下卓爲人傑乃有節有義之士也夫能如此者亦賢哲之一體客曰誠如是無乃滯於變通而能成功則拙疑杖節死義可矣旣不能杖節死義又不能變通成功此謂之偷生無耻之夫昔李

陵降匈奴又要成功致老母伏誅妻子棄市斯始規變通而終爲負義且臨患難履顛危雖商賈小人屠沽賤品猶能相拯於窮蹙尚乃任情於依託矧乎頂章甫冠拖縫掖衣口誦先聖之文胸懷德義之典目曰儒士而無慷慨之心不有風雲之操亦何以見分明之男子磊落之丈夫昔如敬通不脩廉隅杜篤請求無厭班固諂竇以作威馬融黨梁而黷貨丁儀貪婪而乞賄路粹哺啜而無耻皆文儒之所賤貞介之所羞夫士無信不可以立身無義不可以立名無節不可以成功無忠不可以成事四者不懷則情同犬豕行比豺狼安足以齒於人倫哉客曰先生斯論不亦傷於嫉惡太甚乎對曰嫉惡不甚則好善不篤若見惡不能去則邪佞之人群臻知善不能用則賢良之士引去苟懷誠節安得不嫉諂諛今公卿席客蔑馮諼毛遂之忠誠佚伯嚭賓肆李園祖珽之欺詐或受賂賣主奉越以事吳或首鼠兩端觀成而望敗窮其操心姦宄蘧蒢戚施與夫誠節之士執一不回死義不顧者亦何遼廓論未已客曰若乎先王之論誠亦富茂迺歛衽而退

文苑英華卷第七百四十五

文苑英華卷第七百四十六　論八

政理

正名論　謝偃

有弘文先生稟氣冲和資靈傑秀理在微而必察言無㿉而不採加以體局凝沉風格峻遠蹤班馬而高出嗣顏冊而委蛇于時日暖朱邃風清紫陌長廊赫奕高閣陰岑先生方該秘紀於千載釋凝滯於萬古於是席長筵列髦俊

散縹帙布青緗簪纓畢萃綺紈咸集乃有以司鎧丈人戎服而至蓬首垢面頰削背傴左挈戟右提鞬頓汗蒙塵不讓而坐先生逆而目之顧而誚曰夫扶者位之基器者名之實苟有叨竊咎悔必臻當今天下文明會昌御運舉宇宙以寵（疑作籠）物馳日月而燭幽忠槩盈朝鵷鷺成列是以鳴王曜蟬者恥方於周召披堅執銳者羞比於韓彭至於採擇人倫招撫要言有美斯達在器無假文武異容正（一作止非）位辯方朱紫無雜任能授用咸得其所是以山無遁客野絕遺賢方欲闡文儒銷鋒刃陳俎豆散牛馬肆志於禮場遊心乎文囿大啓石渠之署廣開天祿之門搜寰內之琳球擢天下之杞梓旅之於東觀會之於北闈考往聖之

遺逸正先賢之紕紊欲令微言隱而更顯至德晦而復明然後草封岱之儀備射牛之皮（疑）今子齒既盡矣形又槁焉上不能貢策獻奇拱珪分祿下不能收視反聽養真存神以螢燭之末光而方增耀於日月消滴之微潤而欲擬浸於江湖其於餘生固亦勞矣猶不免佩紱荷箙坐甲操鋒見長劍而折腰對危冠而屏氣以玆疲朽預此戎班黷汚我文門虧辱我宰塾顧瞻傳素能不恧乎丈人於是俯而歎仰而謝逡巡避席斂衽而對曰僕聞用捨時也窮達命也物固有欲而不可棄此蓋有力者走之豈在吾之所筭也且夫苟非其用則周孔無以措其心當其所能則犬馬猶足効其力今請正名改服從子而遊可乎先生曰噫

子其不言幾失子矣苟能易位余何簡焉

從道論　李翺

中材之人局（集作拘）於書而惑於衆而（集無而字）傳言遠衆不祥書云（集作曰）三人占則從二人之言翺以爲言出於內（集作口）則可守而爲恒則中人之惑者多矣何者君子從乎道也不從乎衆也道之公余將是之豈知天下黨言（集作然）而非之道之私余將非之豈知天下讐言皆是耶（集作然而是之）將是之豈圖是之之利乎將非之豈圖非之之害乎故大道可存是非可恒也小人則不然將是之先攫其利已將非之先怖其害已然則遠害者心是而非之視（集作眎）利者心非而是之故所以（集無此二字）大道喪是非汨人倫壞邪說勝庸

可使衆言必聽衆違必從之耶且夫天下嗤嗤（集作蚩蚩）知道者幾何人哉使天下皆賢人則從衆可也使天下賢人二小人三其可以從乎況貪人以利從則富者之言勝柔人以生從則威者之言勝中人以名從則掯者之言勝而君子之處衆則諄諄然如愚怡怡然如畢當言而黙者三遊同而器異則黙待近而責遠則黙事及而時未則黙小人俱不然所以君子愼言而小人飾言君子俟時而小人狥時也然則君子黙於衆小人黙於獨皆事勢牽之豈心願耶學而從之者得以擇之矣嗚呼治世少而亂世多賢者（集無者字）一伸而邪者（集無者字）百勝在上者言貴和而不貴正在下者言貴從而不貴得設使一室之中一人唱而千（集作十）

人和一人和（集無此三字）一人訥則見在是矣（集無此四字）雖欲言之群而詆之矣當是則見在是（集無此三字）和者人之喜黙者人之怨（集作怒）吾寧從道而罹怒乎寧違道而從衆乎斯以辯之（四字集作斯所謂辯）難易而較（集作權）是非也（集作矣）或曰衆可違而不可從不知乎（三字集作必乎）曰未也君子怯於名而勇於實吾非衆之首衆非吾之從君子完其力而已則奚以違理不吾之問辭非人必從君子耳其聲而已則奚以違所謂君子者進退周旋群獨語黙不失其正而不罹其害者盡（集作蓋）在此而已矣

辯名政論

牛僧孺

史記商鞅見孝公以□□鞅說之以帝王道公曰安得待數十百年以伯說之欲而未不能以強國之術說之而公甚懽也似云強國非帝王之道又若云帝王之道必成於數十百年余愈恐後之爲政者捨強國富人而別求帝王之道則潰潰然無指歸矣請擗而論之且君道無定名便國利人則君之道也然予非謂鞅之政必可以強國富人也而鞅之傳曰令不十年而人大悅家給而人足怯私鬬而勇公戰予則不知皇帝王伯捨此何爲君道也且帝如軒轅虞舜乎斬蚩尤而華（書作格）有苗是不欲強其國歟王如夏啓周文乎戡有扈而伐有崇是不欲強其國歟伯如齊桓晉文乎脩寓政而蒐彼廬是不欲強其國歟況秦之患者六國若不先富其人未（一作而）強其國又可以高枕無爲而

成君道歟況皇帝王伯同位而異名者也孰謂皇帝之名優乎哉王伯之名劣乎哉君人者當務乎道適時不務乎名飾位也故捨名而就時者日昌捨時而就名者日亡宋襄之亡慕伯之名而失時者徐偃之亡慕仁之名而失時者魯隱之亡慕讓之名而失時者若使秦居六國之衝不先富人強國而別求皇帝王伯之道予謂就帝王之名而失時者又安得君於天下乎嗚呼天地不分於皇人帝人王人伯人政利於人皆君也秦始可以弱其國而有天下皇矣乎子曰足食足兵民信之矣又曰既庶矣繼曰富之若此則天子之政亦先強國富人也庸可謂夫子之道非帝王之道歟又曰如有用我者朞月而已可也若如此又

不可謂帝王之道必成於數十百年也或曰予云如有王者必世而後仁百年亦可勝殘去殺矣如此則帝王之道久而成者也予又不知其然矣且堯之有道乎生丹朱焉舜之有道乎生商均焉則堯之道宜成於朱也舜之道宜成乎均也又何堯舜之道未成於身而不成於朱均之世也且危邦之人思治甚於饑人之思食也若以數十百年之道導危邦是猶強柔嘉之食遠其期而給饑人邦危人若此何以安之乎飽之乎予故曰政有富生人強國家皆安得不謂之君道也不知皇帝王伯之名升降也又不知數十百年而成何待也

質無誠論　前人

周衰至秦漢大道根蠹詐源派別姦稔雜紛不可救止往往見強國質小國子弟天子有疑於諸侯亦邀子質之以為膠固春秋之時晉懷質秦而逃歸自立也六國之時燕丹質秦而怨由生也兩漢之時隗洵質而囂再叛也頹風蕩蕩事難殫記豈不由信不以信信之而以質質之以信信人而人信之以疑疑人而人疑之且彼以信矣而我要其質是疑無信矣我以疑疑之彼固不信則質無有矣故記曰殷人作誓而人叛也周人作會而人疑也作誓會勸人叛疑也人疑誓會而叛之況質其子而人疑之則非誓會之比也且君臣之道恩義也禮義結其外父子之道天性也慈孝結其內離其內求其外割其天性拘其恩義是

不若兩全其道內外恩親雙得矣若空知彼不得親其親而固結之是不知彼不親其親而怨矣是又質之無益矣昔有孝如曾參者不思離其親豈可以割之慈如卜商者哭以喪明豈可以奪之忍如樂羊者能食其羹又何以質之夫天下愛義者少愛親者多能從人者少能從欲者多故質而求誠我之利少因質以生怨辭者多矣昔樂毅下齊人有告其叛者燕昭猶能備禮送其妻子何也燕昭信毅毅必不叛也苟或以叛質之無益而生怨也柰何秦漢之時不能以至信信之王道導之導之不能奉順以討之討之不服退加脩德以柔之而務質其子脫禍（疑）之失所則賈怨而生禍釁之得所猶以離其親親非孝者治也於

戲秦漢所以至誠不浹於天下矣

原仁論　肅籌（一作牛僧孺）

救天下者皆曰仁得天下者皆曰利則可乎曰不可也不得已而有天下則曰仁得已而有者則曰利也善畏其利善決其仁（英華作人）皆聖也湯文王是也原意曰聖人視生民以天下襁褓（一作緥）在焚溺無不挈者然則挈而授其家乎將遂挈而有之乎彼家無人而有之不得已而仁（英華作有）矣有人而有之則得已而利矣夏家（一無家字）無人也（謂無微字）湯有以仁殷有以人矣（一作也）文王畏其利前暋明湯（英華作仁）意故曰（一無曰字）無伯夷後聖明文王意故曰周之德可謂至德也已矣

一作皆川本文粹

治論　朱希濟

有國家者未嘗不思治孜孜焉求才汲汲焉用人官無曠位命不虛日多不至於治者何哉蓋不知重其本也夫重其本莫若安人安人之本莫先於農桑上自天子下至庶人未有不須衣食以資養其生此情性之欲一也故率公卿以躬耕於千畝非獨致敬於粢盛也率嬪御以親蠶於繭絮非獨致美於黻冕也皆所以先民之教化也下之人必曰王者后妃尚勤於耕桑余何人哉若天下之人皆相率以耕織爲務則穀帛可指期而取穀帛既賤人各足其所欲所欲之大唯衣食而已不饑不寒則時無怨嗟時無怨嗟則和氣充塞則焉有不豐不稔之歲既庶且富然後

仁義相及王道可行方困饑寒而能致於仁義者雖淳朴之世君子之人幾希矣今天下之人非不耕也非不蠶也率九州之人一人耕而百人食一人織而百人衣王者之征賦在焉諸侯之車服劍器在焉職官之祿廩資焉吏人之求取往焉俾一人耕一人織足上下百人之欲不亦難乎僕嘗客於山東寓於民舍觀其耕也候天時相地宜遠求種稑胼胝手足朝昏引頸以望膏雨借貸以成其饋餉筋力竭盡於磽确汗流汙背（一作顙）忽以霢霂日熾其背（集作顙）無不黧黑又婦人之爲蠶也髮㡭如蓬晨昏憧憧高條長梯蹈險覆危稚女嬰兒目不暇觀歲時之成否斯在外矣其五稼登於場圃也未及簸揚蠶之爲繭也擇未盈筐犬吠喧嘵悍吏繞于居烹茗飲食然後乃曰若干官之常也若干歲之逋也我求之何以應執事之欲若不從我他日之役余無庇爾焉民由是懼其督責之急俾其恐脅之言無不強足其欲粟之熟也糲食未飽蠶之績也家不及絲縷殆不旬五日皆已罄矣至有父子拱手屋壁相顧而坐向使不爲盜不爲非不鬻不時之物不犯及時之禁不受役於鄉豪不爲汙詐之計以給其家可乎故孟子曰父母妻子對之饑寒而不爲非未之有也誠哉是言且古者四人各業以成其國士世其詩書農本其耒耜工傳其繩墨商積其貨財今士大夫以先王言行政事自守恥趨時捷急之辯者固獲用於諸侯矣農人之家恒若（疑作苦）時弊

工之屬也亦受其役而不受其直唯賈之利獨便於時若關禁之賦薄市井之不擾我取積其（疑）物以中之時如不我容捨而之他邦非刼取加諸之力不能爲患農則不然父母存焉桑梓在焉妻子居焉懷土之戀居亦可知使盡室以往曰避煩賦他邦之政亦我邦也欲何以往所以今之世士亦爲商農亦爲商工亦爲商商之利兼四人矣審利要時一中百得易於耕織人人爲之故諸侯庶人亦爭趨之矣且四人之中其一爲農亦以爲鮮矣加之浮食之衆曷可勝紀其大者而有四焉自京達于閩嶺豪右兼并之家或累思進達其身或求侍世（疑）以庇鄉里者多以其子納於黃門俾爲之時且北宮之中唯有四星蓋上以備

左右灑掃之用國家自開元天寶以來中官之盛不下萬
人出詔旨使於四方或持寵錫之命宣慰勞之恩千里伺
其聲塵候騎從其所欲縱情於親愛抗禮於君父不蠶不
農受愚頑之施捨亦有積蓄寶貨爭名競利出入乃權倖
之門指揮僉僕隸之中庸夫者一也道德之士反爲謗議
實可顯加甄別用求其道此爲弊之深者二也即有衣紫
帶金形貌魁偉酒食以招於交逝僕馬以溢於巷陌樗博
擊毬以爲之業自六軍遍于四方或擊毬一入于門中天
子喜悅拜爲上將或都城會府纔統繁多向黨小人撓于
王法其目儒者勢欲吞食竊比仇讐曰我武也文武之事
墜於地及問其日月風雲孤虛向背鐔鍔之所干戈之別

三和六韜之制一沉一浮之財九地之所宜五行之制變
攻守之難易進退之是非莫我知也已失其爲武然用之
爲將欲寄國家之成敗生人之性命其可乎况復喜怒以
刑人視人如草芥嚴暴以及物唯物之利已以至於流亡
以至於敗亂此爲弊之深者三也復有製儒者之冠服習
儒者之威儀語不知書百行無取亦有耳剽心記之學多
背毀於冠蓋之士其誑不達我能是也又道不是者以勝
謗之敗俗倨傲之儀咸致遊宦於州里其官也用刑唯嚴
納賄爲能狡譎之行爲長其行也惣佞媚之術輕折朋友
交結邪僻附近右左炫酒令之奥恃博奕之精諸侯遇之
曰奇才也能狎宴昵吾與之私爲車服器用無所愛焉或

引之於賓佐委之以紀綱授之以守人必盡刻削之能致
聚散之力亦有溥通文藝尤餙狂妄弁之於府政可知也
薦之於朝時可知也冠章甫處同行望之君子哉乃小人
也大凡小人之屬非高名厚禄貴胄之家而無之也負敗
之列行君子斯君子也軒冕之上行小人斯小人也率是
小人在位爲法必苛爲政必僻肉食之外耗蠹齊人此爲
弊之深者四也吁皆遊惰無業賦疑作殘於國害於農之大
者自餘瑣瑣亦易驅除耳然無士不可以爲治世無民不
可以爲國唯明主擇君子之人有輔相之才深治理之道
與之爲政先簡其事則疑省其吏則人易以安且今吏屬
太廣實擾於時古者以十羊九牧不知所從今十羊百牧

矣啗食之不足何從之疑事夫事簡吏者然後可以愛惜
農人盡歸其時什一之外除其賦歛驅彼浮食遊手之衆
使歸田穡即倉廩必實天下之民食斯足矣冠婚喪祭車
馬第宅尊卑之制皆歸諸令式豪民富室不得衣文組金
玉幃幕不得用繒綵茵褥不得施錦繡自宮中至於王公
之家咸遵儉約無使枉費尺帛則天下之民衣斯足矣夫
如是化之於道孰有不以從或曰斯論也乃耳目之常夫
儒者之言由人之食若今日之食已明之日以爲常欲不
之致而不之食可乎况高祖太宗得天下之初從魏文公
之言以王道爲治不三年而化成立國之基斯爲遠矣今
復用其道莫若用賢良遠邪佞重農桑禁遊惰廢不急之

務可以丕復祖宗之耿光堯舜豈遠乎哉何獨治爲

創守論　楊夔

貞觀中文皇帝聽政之暇問房魏以創業守文之難易房對以創業魏對以守文蓋房以經綸之始備極勤劬所以見創業之難矣魏以升平之後率多懈怠所以見守文之難也然則創業之初雄豪未賓生民嗷嗷唯德是歸所以開基之主皆乘釁而起覩覆車之轍焉肯更脩其軌哉當其雲雷未亨天地猶蒙龍虎交馳煙塵晝昏故得一士則前席以待問聞一言則傾耳而聳聽用人若不及從諫若轉圜勇於得而疎於失冒履鋒鏑涉歷險危其取也既勞其得也亦勤誠爲創業之難也及乾坤霧霽山河有主四

海之內罔不臣妾言而必從如影之附欲而必至如響之應愛之可以升九霄怒之可以擠九泉順意者驕有逆耳者畏忌好惡之情不由其臧否賞罰之道匪關於功過下僻以求命衆怒而莫諫此所以爲守文之難也然則自漢而下有天下者孰不始則孜孜以親萬機將僕乎治及時既平俗既康以泰自逸怠於庶務者多矣其終而不惰者則幾希矣且創業之主既得之後猶隳夙志以壞大業而況求既治之後即已安之朝其能納讜言任正人屈己以順從抑心以從下者不亦鮮乎魏文貞公守文之難豈初心盈中心昃也總而論之療饑者易爲食其創業乎醫者難爲藥其守文乎

文苑英華卷第七百四十六

文苑英華卷第七百四十七　論九

釋

明道論一首　梁武帝論一首

食貨

户口人丁論一首　平準論一首

食貨論二首　貨殖論一首

釋

明道論（并序）　傅縡

縡篤信佛教從興皇惠朗法師受三論盡通其學時有大心暠法師者著無諍論以詆之縡乃爲明道論用釋其難其論曰

無諍論言此（一作比）有知（一作弘）三論者雷同詆訶（一作訶詆）恣言罪狀摭（一作歷）毀諸師非斥宿（一作懷）學論中道而執偏心語忘懷而競獨勝方與（一作學非）數論更爲讎敵讎敵既構諍鬪大生以此之心而成罪業罪業不止豈不重增生死大苦聚集答曰三論之興爲日久矣龍樹創其源除內學之偏見提婆揚其旨蕩外道之邪執欲使清源流而不擁玄風闡而無墜其言曠其意遠其道博其流深斯固龍象之騰驤鯤鵬之摶運蹇乘決羽豈能觖望於其間哉頃代澆薄時無曠士苟習小學以化蒙心漸染（英華作冉）成俗遂迷正路唯競穿鑿各肆掎摭（一作營造）枝葉（英華作彼葉非）彼繁本源日翳一師解釋復異一師甲（一作更）改舊宗乙（一作各）立新意同學之

中取捨(一作辭)復別如是展轉添糅倍多惣而用之心無的準擇而行之何者為正豈不渾沌傷竅蝮蛇斷手(一作嘉桐弊牙)雖復人說非馬家握靈虵以無當之卮同畫地之餅矣其所(一作於)失道不亦宜乎攝山之學則不如是守一遵本無改作之過約文申意杜臆斷之情言無預說理非宿構覩緣則(一作爾)乃應見敵然後動縱横絡繹忽恍杳冥或彌綸而不窮或消散而無所煥乎有文章蹤朕不可得深乎不可量即事而非遠凡相酬對隨理詳覈而有(一作有何)嫉詐干犯諸師且諸師始(一作所)說為是可毀為不可毀若可毀者毀故為衰若不可毀毀自不及法師何獨蔽護不聽毀乎且教有小有大(四字一作有大小)備在聖誥大乘之文則斥其道

(一作則指斥小道)今弘大法寧得不言大乘之意耶斯則褒貶之事從佛(一作弘)教學與奪之辭依經議論可(一作何)得見佛說而信順在我語而忤逆無諍平等心如是耶且忿恚煩惱凡夫恒性失理之徒率皆有此豈不(一作可)以三脩未愜六師懷恨而蘊涅槃妙法永不宣揚但冀其忿憤之心既極恬淡之悟自成耳人面不同其心以異或有辭意相反有心口相符豈得必謂他人說中道而心偏執已行無諍外不遠而內平等讐敵鬭訟豈我事焉罪業聚集鬭諍者所畏耳無諍論言攝山大師誘進化道則不如此即習行於無諍者也導悟之德既往淳一之風已澆競勝之心可毀之典盛於茲矣吾願息諍以通道讓勝以忘德何必排擯

(一作拂)異家生其恚怒者乎若中道之心行於成實亦能不諍若以偏著之心說於中論不(一作亦)得有諍固知諍與不諍不(一無不字)偏在一法答曰攝山大師實無諍矣但法師實未哀其節彼靜守幽谷寂爾無為凡有訓勉莫匪同志從容語嘿物無間然故使(一無使字)其意雖深其言甚約今之敷暢地勢不能(一作然)處王城之隈居聚落之內呼吸顧望之客脣吻縱横之士奮鋒穎勵羽翼明目張膽被堅執銳騁異家衍別辭(一作辭)窺伺間隙邀冀短長與相酬對權(一作捕)其輕重豈得默默無言唯唯應命必須掎摭同異發摘玼瑕忘身而弘道忤俗而通教以此為病蓋(一作益)知未達若今大師當此之地亦何必默已而為法師所責邪法師又

言吾願息諍以通道讓勝以忘德道德之事不止不在諍與不諍讓與不讓也此語直是世(一作人)間所重法師慕而言之竟未知勝若為可讓也若他人道高則自勝不勞讓矣他人道劣則雖讓而無益矣欲讓之辭將非虛設中道之心無處不可成實三論何事致爭但須息守株之解除膠柱之意是事皆中也來旨言諍與不諍不偏在一法何為獨褒無諍邪詎非矛盾無諍論言邪正得失勝負是非必矣非謂所說之法而有定相論勝劣也若異論是非以偏著為失言無是無非消彼得失以此論為勝妙者他論所不及此亦為失也何者凡心所破豈無心於能破則勝負之心不忘寧不在(一作存)勝者乎斯則務矜我為得棄他

人（一無人字）之失即有取捨大生是非便是諍論答曰言爲心使心受言詮和合根塵鼓動風氣故成語也事必由心實如來說至於心告僞以使口口行詐以應心外和而內險言隨而意逆求利養引聲名入道之人在家之士斯輩非一聖人所以曲陳教誡深致防枉（一作柱）說現在之殃咎敘將求之患害此文明著甚於日月猶在忘愛軀骨峻制陷湯炭井蠆粉必行而不顧也豈能悅無諍之作而回首革音耶若弘道之人宣化之士心知勝也口言勝也心知劣也口言劣也亦無所包藏亦無所忌憚但直心而行之耳他道雖劣聖人之教也已德雖優亦聖人之教也我勝則聖人勝我（一作他）劣則聖人劣聖人之優劣蓋根緣所宜示

（一作然）於彼於此何所厚薄哉雖復終日按劒通夜擊柝瞋目以爭得失作氣以求勝負勝負在誰處乎有心之與無心徒欲分別虛空耳何意不許我誠（一作論）說而使我譴退此謂鷦鵬已翔於寥廓而虞者猶窺藪澤而求之嗟乎丈夫當弘斯道矣無諍論言無諍之道通於內外子所言須諫（一無諫字）諍者此用末而救本失本而營末者也今爲子言之何則若依外典尋書契之前至淳之世朴質其心行不言之教當於此時民至老死不相往來而各得其所復有何諍乎固知本末不諍是物之貞矣答曰諍與不諍不可偏執本之與末又安可知由末不諍寧知非末於今而諍何驗非本夫居後而望前則爲前居前而望後則爲後而

前後之事猶如彼此彼呼此爲彼此呼彼爲此（一作彼）彼此之名的居誰處以此而言（一作言之）萬事可知也本末前後是非善惡可恒專（一作守）耶何得自信聰明廢他耳目夫水泡生滅火輪旋轉入牢穽受羈紲生憂畏起煩惱其失何哉不與道相應而起諸見故也相應者則不然無爲也無不爲也善惡不能偕而未曾離善惡生死不能至亦終然在生死故得未離而任放焉是以聖人念繞枉（一作柱）之不脫愍黏膠之難離故殷勤教詔（一作示）備諸便巧希向之徒涉求之（一作有）類雖鱗角難成象形易失寧得不反覆（一作髣髴）遐路勉勵短晨且當念已身之善惡莫揣他物而欲分別也（一作而）言我聰明我知見我計較我思惟以此而言亦爲昧

矣他人者實難測或可是凡夫貞爾亦可是聖人俯同時俗所宜見果報所應覩安得肆胷襟盡情性而生譏誚乎正應虛已而遊乎世使俛仰於電露之間耳明月在天衆水皆見清風既至群籟必響吾豈逆物哉不入鮑魚不共腐鼠吾豈同物哉誰能知我共行斯路浩浩乎堂堂乎豈復見有諍爲非無諍爲是此則諍者自諍無諍者自無諍吾俱申（一無申字）取而用之寧勞法師費功夫黜筆紙但申於無諍弟子疲脣舌消晷漏唯對於明道戲論哉糟粕哉必欲具（一作且）考真僞甄觀得失無過依賢聖之言檢行藏之理始終研究表裏綜覈使浮辭無所用詐道自然消請待後筵以觀其妙矣

一作皆陳書本傳

梁武帝論(所論出於釋氏故全以釋典明之)　李德裕

世人疑梁武建佛刹三百餘所而國破家亡其禍甚酷以爲釋氏之力不能拯其顛危余以爲不然也釋氏有六波羅密檀波羅密是其一也又曰難捨能捨大者頭目支體其次國城妻子此所謂難捨也余嘗深求此理本戒其不貪能自徹不有其實必不貪(集作貪)人所寶與老氏之無欲知足司城之不貪爲寶其義一也庸夫謂之作福斯爲妄矣而梁武所建佛刹未嘗自損一毫或出自有司或厚斂氓俗竭經國之費破生人之產勞役不止杼柚其空閭位偏方不堪其苦(集作弊)以此邀(集作徼)福(蜀本作以徼身福)不其悖哉此梁武帝所以不免也

食貨

戶口人丁論　杜佑

昔賢云倉廩實知禮節衣食足知榮辱夫子適衞冉子僕曰美哉庶矣(一本作子曰庶矣哉仍有冉子曰三字)既庶矣又何加焉曰富之既富矣又何加焉曰教之故知國足則人(一作政)康家足則教從反是而理者未之有也夫家足不在於逃稅國足不在於重斂若逃稅則不土著而人貧重斂則多養羸而國貧不其然乎(管子曰以正戶籍謂之養羸羸者大賈蓄家也正數之戶既避其賦則至浮浪以大賈蓄家之所役屬自取其利也)三代以前井田定賦秦革周制漢因秦法魏晉以降名數雖繁亦有良規可(一作不)救時弊昔東晉之宅江南也慕容苻姚迭居中土人無定本傷理爲深遂有庚戌土斷之令則國(二字一作財)豐俗阜寔由於茲其後法制廢弛舊弊復起義熙之際重舉而行已然之效著在前志隋受周禪得戶三百六十萬開皇元年平陳又收戶五十萬洎于大業二年干戈不用唯十八載有戶八百九十萬矣(自平陳後又加四百八十餘萬)其時承元魏之亂(一作西魏喪亂)周齊分據暴君慢吏賦重役勤人不堪命多依豪室禁網隳紊姦僞尤滋高熲覩冗俗(一作流冗)之病建輸籍之法於是定其名輕其數於是(一無此二字)使人知浮客(謂避公稅依強家作佃家也)被強家收半本(一作大半)之賦爲編甿奉公上蒙輕減之征先以(一無以字)敷其信後行其令烝庶懷惠姦無所容隋氏資儲徧於天下俗康人阜(一作人俗康阜)熲之力焉功侔管(一作規蕭)葛道亞伊呂近代

已(一作以)來未之有也國家貞觀之(一無之字)中有戶三百萬至天寶末百三十餘年纔如隋氏之數聖唐之盛邁於西漢約計天下編戶合踰元始之間而名籍所少三百餘萬直以選賢授仕(一作任)多在藝文才與職乖法因事弊覈循名責實之義闕考言詢事之道乖(一無此字)崇秩之所至美價之所歸不無輕薄之曹浮華之伍習程典親簿領謂之淺俗務根本去枝葉因以迂闊風流相尚奔競相驅職事委於群胥貨賄行於公府而至此也自建中初天下編甿一百三十萬賴分命黜陟重爲按比收入公稅增倍其(一作而)餘遂令賦有常規人知定制貪冒之吏莫得生姦狡猾之甿皆破(一作被)其籍誠適時之令典拯弊之良圖而使臣制置

各殊或有輕重未一仍屬多故兵革荐興浮冗之輩今則
衆矣徵輸之數亦以闕矣舊額旣在見人漸難（一作艱）詳今
日之宜酌晉隋故事版圖可增其倍征繕自減其半賦旣
均一人知稅輕免流離之患益農桑之業安人濟用莫過
於斯矣古之理人（一作爲理）也在於周知人數乃均其事役則
庶功以興國富家足教敷（一作從）化被風齊俗和夫然故災
沴不生悖亂不起所以周官有比閭族黨州鄉縣遂均輸
（一無此二字）之制維持其政綱紀其人孟冬司徒獻人數于王
王拜而受之其敬之守之如此之重也及理道乖方版圖
脫漏人如鳥獸飛走莫制家以之乏國以之貧奸宄漸興
傾覆不悟斯政之大者遠者將求理平之道非無其本歟

（一作皆通典）

平準論（準一作糴）　前人

昔我國家之全盛也約計歲之恒賦錢穀布帛五千餘萬
經費之外常積羨餘遇百姓不足而每有蠲恤自天寶之
始邊境多功寵錫旣崇給用殊廣出納之賦支計屢空於
是言利之臣繼進而道行矣割剝爲務岐路多端每歲所
入增數百萬旣而隴右有青海之師范陽有天門之役朔
方布思之背叛劍南羅鳳之憑陵或全軍不返或連城而
陷先之以師旅因之以荐饑兇逆承隙構兵兩京無藩籬
之固蓋是人事且唯天時緬惟高祖太宗開國創業作程
垂訓薄賦輕徭澤浮及萬方黎人懷惠是以肅宗中興之績

周月而能成之雖神筭睿謀舉無遺策戎臣介夫能竭其
力抑亦累聖積仁之所及也（及一作致）夫德厚則感深感深則
難搖人心所繫故速戡大難少康平王是也若斂厚則情
離情離則易動人心已去故遂爲獨夫殷辛胡亥是也今
甲兵未息經費尚繁重則人不堪輕則用不足酌古之道
（一作要）適今之宜旣弊而思變乃澤涸而復流（五字一作澤流而無竭）
夫欲人之安也在於薄斂斂之薄也在於節用若用之不
節寧斂之欲薄其可得乎先在省不急之費定經用之數
使下之人知上有憂恤之心取非獲已自然樂其輸矣古
之取於人也唯食土之毛謂什一而稅役人之力謂一歲
三日未有直斂人之財而得其無怨況取之不薄令之不

均乎自燧人氏逮于三王皆通輕重之法以制國用以抑
兼并致財足而食豐人安而政洽誠爲邦之所急理道之
所先豈常才之士而能達也人（一作民）者瞑也可使由之不
可使因之審其衆寡量其優劣饒贍之道自有其術歷觀
制作之者固非易遇其人周之興也得太公齊之霸也得
管仲魏之富也得李悝秦之強也得商鞅後周有蘇綽隋
氏有高熲此六賢者上以成王業興霸圖次以富國強兵
立事可法其漢代桑弘羊耿壽昌之輩皆起自賈豎雖本
於求利而（一作猶）事有成績自茲以降雖無代無人其於經
邦正俗興利除害懷濟時之畧蘊致理之規（一作機）者蓋不
可多見矣農者有國之本也先使各安其業是以隨其受

田稅其所殖焉豈可徵求貨物捨其所有而責其所無者哉天下農人皆當糶鬻豪商富室乘急賤收至於一作旋致罄竭更仍貴糴一作糶往復受弊無有已時欲其安業不可得也故晁錯曰欲人務農在於貴粟貴粟之道在於使人以粟爲賞罰如此農人有利一作錢粟有所洩謂官以法取收之也誠如是則天下之田盡闢天下之倉盡盈然後行其執數度其輕重化以王道扇之和風率循禮義之方皆登仁壽之域斯不難矣往者一作在昔堯湯水旱作沴而人無捐瘠以國有儲蓄若賦歛之數重黎庶之力竭而公府之積無經歲之用不幸有一二千里水旱蟲霜或一方興師動衆廢於藝殖者寧免賦闕而用乏人流而國危者哉

一作皆通典

食貨論　柳芳

論曰昔開元初宇文融首以稅客戶籍外剩田戶口色役之策行於天下其後天寶間韋堅又以穿廣運潭興漕之利楊慎矜王鉷楊國忠等議財貨之政君子曰融等之敗也豈不哀哉詩云人之多僻無自立辟融等之謂也初玄宗以雄武之才再開唐統賢臣左右威至在已姚崇宋璟蘇頲等皆以骨鯁大臣鎮以清靜朝有著定下無覬覦四夷來寇驅之而已百姓富饒稅之而已繼以張嘉貞張說守而勿失自後賦役頓重豪猾兼并強者以才力相君弱者以侵漁失業人逃役者多浮寄於閭里縣收其名謂之客戶雜於居人者十一二矣蓋漢魏以來浮戶流人之類也是時也天子方欲因士馬之衆賈將帥之勇高視六合慨然有制御夷狄之心然懼師旅之不供流傭之未復思覩奇畫之士以發皇明蓋有日矣而宇文融揣摩上旨款開疑謁見天子前席而見之恨得之晚言發融口策合主心不出數年之中獨立群臣之上無德而祿卒以敗亡既而天子方事四夷國用不足多融之能追而悔焉於是楊崇禮又以善計財帛見幸然廉謹自守與人無害故能獲終融死且十餘年始用韋堅及崇禮慎矜皆以計利興功中人主脅權相滅爲天下笑而王鉷楊國忠威震海內尤爲暴橫人反思融矣大凡數子少者帶數使多者帶二十

使判官佐使遍於天下客戶倍於往時主司守以取決備員而已四十年間覆族者五葉疑人賈害豈天道毀疑作敗夫先王收人之制既富而聚之以興利也儉則散之以除害也所以裒多益寡稱物平施降及後代亦克用乂禮記曰倉廩實而知榮辱人苟不足而可理者自古及今未之有也觀數子之意欲竭人財乘主之欲殫天下之力以供國竊王者之柄以徇已奪疑作奮其長觜以鼓天下於是權歸掌握利出胸臆呼吸指顧舟車沸渭於萬里之外矣人以豐財爲利而融輩竭之矣向之所利者豈不反歟而數子方自以爲功無讓坐受富貴斧鉞已在其後而謂身安於泰山及其死之疑葅醢不足以謝天下豈不愚哉於戲

以玄宗之才業爲中興君，奸臣一説利動明主，堅等竊其餘烈，不顧萬死者，貪爵禄也。蓋國之利器不可以示人。

同前　李德裕

人君不以聚貨制用之臣處將相弼諧之任，則奸邪無所容矣。左右貴倖知所愛之人非宰相之器，以此職爲發身之捷徑、取位之要津，皆由此汲引，以塞訕謗（集作論）頌其（集作此）職者。竊天子之財以爲之賄，聚貨者所以得升矣（集有貴字）。操其奇贏，秉上之意（集作急）（集作告）於有司，以取倍利，制用者所以得進矣。二（集作三）司皆有官屬分部以主郡國，貴倖得其寶賂，多託賈人汙吏處之，頗類牧羊而畜豺，養魚而縱獺，欲其不侵不暴，焉可得也。故盗用貨泉，多張空簿，國用日蹴，生人日困。楊雄上書言（蜀本作云）：漢武運帑藏之財，填盧（漢書作盧）山之壑。今貨入權門，甚於是矣。孟獻子有言：與其有聚斂之臣，寧有盗臣。子輿以利國爲非，楊雄以榷酤與歎。稱其職者必能（集作皆）挾商工之術，有良賈之才。壽昌習分銖之事，弘羊折秋毫之數，小人以爲能，君子所不忍爲也。卜式言天久不雨，獨烹弘羊，天乃雨焉。有仲尼之鳴鼓將攻，卜式之欲烹致雨，而反居相位，可不爲之甚慟（集作痛）哉。

貨殖論　前人

欲知將相之賢不肖，視其貨殖之厚薄。彼貨殖厚者，可以迴天機，幹河獄，使左右貴倖，役當世奸人，如孝子之養父毋矣。陰陽不能爲其冦，寒暑不能成其疾，鬼神不能促其數，雷霆不能震其邪，是以危而不困，老而不死。縱人（集作世）生之大欲，處將相之極位（集作休），兄弟光華，子孫安樂。昔公孫朝穆好酒及色而不慕榮禄，鄧析猶謂之真人，況蕪有榮禄乎。後世雖有貶之者，如用鈇鉞於糞土，施桎梏於朽株，無害於其身矣。則大易之害盈福謙，老氏之多藏厚亡，不足信矣。昔秦時得金策，謂之天醉，豈天之常醉哉。故晉世唯貴於錢神，漢台不慙於銅臭，謂子文無兼日之積，顏氏（集作生）樂一瓢之飲，晏平仲祀不掩豆，公儀休愠（集作相）以援葵，皆爲薄命之人矣。如向者四賢，天與之生則生，天與之壽則壽，窮達壽夭，皆在彼蒼，而望貴倖之知、奸人之譽，終身不可得矣。余有力命賦以致其意，庶後之知我者與歎而已。

文苑英華卷第七百四十七

文苑英華卷第七百四十八　論十

兄弟賓友

兄弟論 并序　常德志

余以天倫篤睦日重月深每惟兄弟孔懷在物無喻嘗讀陸士衡之兄弟文懃懃懇懇未嘗不廢卷歎息向其爲人而世人云陸機兄弟同居以之爲異傷哉斯固異其所稀見也將恐悠悠千載不無此感（疑作惑）敢託陸之旨以作論云客謂陸平原曰吾聞天降地騰夫婦之情見矣星分岳列兄弟之義存焉是以聖人之立教也上稽玄極下順人

情故使判合爲同穴之親昆季有異居之道斯則人倫之大典豈作者之謬陳哉而子大夫名爲習禮伯仲無門庭之別室家匪琴瑟之間雖激楊風俗獨爲君子遠道任心將使先人事也事不師古蒙竊惑焉豈有說乎願聞其旨平原曰何居斯言之玷可謂末學膚受曾莫是師即如君子之談必且輕於身而累於俗以（疑是矣）獨不聞夫六能方駕斯有御天之功駟馬班如用効行地之力是故大鵬之始宛轉北溟鄧林之初婆娑下土至於羽翮相資遂能負蒼天而遊翠青雲而立此則相須之道弘也至如梁山萬仭上千星辰楚殿三休俯臨風雨及土石異勢榱桷分離遂與沙麓俱崩坳塘（莊子作堂）共泯此則相須之道乖也是知

同德者易爲功離心者難爲力在物猶爾而況人乎然不善其（疑作莫）大於不睦溺於情者薄於義寡於私者豈於道故牝鷄晨鳴三賢孥戮關雎樂得十亂同知故名賢之所聞豈鳥有之談也且夫兄弟者同天共地均氣連形方手足而猶輕擬山岳而更重雲蛇可斷兄弟之道無分鶺鴒載飛急難之情斯切先王知兄弟之爲重也故歌之於韶夏之舞誦之於風雅之篇敦骨肉而正人倫風鬼神而動天地大矣哉請爲左右梗槩其說夫兄弟之情也受之於天性生之於自然不假物以成親不因言而結愛鬩墻不妨於禦侮踰里猶惜於伐樹馭朽則須洛而歌彎弓則涕泣而道斯乃情存於不捨義形於惻隱豈如悠悠良辰從

容永歎而已是以四鳥禽也不能各（疑）離別之聲三荊木也不能忍分張之痛矧在人流有靦面目拆枝分骨如何勿傷至於夫妻之爲義矣非有血屬之親譬猶風虎雲龍騰嘯相感如髮彼兩髦結歡二族始有共牢之禮終爲同穴之親斯亦未爲輕也然而德在聽從主唯蘋藻不可以寄百里之命不可以託六尺之孤況有棄姓無常拂衣再醮至如買臣之室主父之妻固未可以言也自非道讚移天德均惟鵲孰能長蠡斯之羽翼茂葛藟之本根者乎是以通人君子動無失德全同生之重則恭順有章戒惟家之索而椒蘭無替夫妻和於鼎飪兄弟穆於清風綠衣無燕燕之悲角弓匪騂騂之歎其或分星宅土開國承家則

能藩屏維城左右王室力足扳山不敢問九鼎之重才能動俗不敢窺司馬之門遂使封豕長蛇望國門而斂迹井蛙幕燕覩盤石而飛鳴故能本支百代洪基峻極配合二儀平章百姓其在白屋黄冠華門圭竇三遜五畝有足相容至有同衾共席推梨讓棗樂以簞瓢榮同華蔓死生契濶白刄交前弟瘦兄肥無骨遠矣爾其交于怡怡揚名以顯高視風俗長揖縉紳斯又足爲樂也而無賴之徒不思其交或溺於私愛棄彼天倫生在膏腴乘藉地勢錫珪分竹奄有山河不能輔車相依股肱同患乃欲掟動我家宗扳塞我本源竟而青蠅飛於干旌無極遊於二壘集矢長勺撫劒共池是以五爭四裂非鬭蛇鬬之妖九合一匡猶

見蟲流之禍鬼神不勝其酷生民不勝其弊吁可畏也何其謬哉又有里閈之人繩樞之子栖息不過於蓬華咀嚼不越於糟糠無財可不忿爭乃復尺布斗粟不能相容睚眦蔕介側目切齒遂使蕞爾箕帚蠢爾孩童萋菲其章成是貝錦於是乎分裂蝸角稱競鴻毛骨肉爲行路之人兄弟無陟岡之望痛矣悲矣何必情矣宮之奇脣亡之歎深可撫心王叔冶斷臂之言足爲流涕其知也如此其謬也如彼遠乎得失豈可同年而語哉是知禍福無門唯人所召靜言成敗則可得而論何則存亡之道若行邁之有途得之者安於廟堂失之者顛沛斯及至如三叔佷傾七國鷄連貔虎搏噬江山表裏當其時也滄波可汲而斷泰山

可踢而覆朱旗尚卷蒼兕未馳不得高壘之謀勿俟銜枚之陣固以氷判瓦解魚潰鳥驚身膏草莽名彰史策經過者爲之廻車言談者爲之洗耳斯豈將不利而兵不勁者哉固以天地所不容人神所同惡者也斯乃在和不在衆在德不在強商周之不敵亦所聞也假使驅長狄駕潰風朱萬附輿慶忌參乘効弓飲石長劒挂頭（疑作顱）冠鷄佩猳拖象拉兕然而使之超九折跨三危浮呂梁赴滄海五尺童子知其必亡何則道之非也苟令心腹無瑕昆季輯穆雖使要離策杖不占緩步周流九逵容可危乎近者劉荆州之意氣衰渤海之縱横當其吐納荆楊鞭笞河朔猛將厲於鵰鶚謀臣盛於雲雨從容嘯咤有席卷八荒之心固

以震懾人靈熏灼宇宙者旣而良圖未就壯志先秋瘡痏寔生蕭牆糜潰天道與人共徃生人與草木俱萎雖睦於曹公尚無旰食之暇安得馬上而舞哉斯有惑之甚也豈如稷契昇朝同心同德魯衛爲政雖休勿休得使康哉良哉洋洋盈耳卜代卜年之祚悠悠無極是知管蔡之王食不如夷齊之餓死君頹之萬不如延陵之退耕詩不云乎彼令兄弟綽有餘裕（一作綽綽有裕）不令兄弟交相爲瘉善哉言也吾無間然今吾手以同穴者重之於天倫異居者成之於行路是見詩人之糟粕未覩宮牆之室家固未可與適道也若以骨肉遠而爲疎即手足無心腹之用判合近而爲重即衣衾爲血屬之親若衣衾附體而可離手足遠身

而可絕斯則室家之不侔於兄弟固亦明矣況作者之意有異是乎夫異家者所以避私同穴者示以不逐（一作及）故傳曰昆季一體又兄弟之道無分然而有分者何謂異居同財者君委支體於行路阻天倫於胡越固非其所謂願聞（疑）也且余聞士龍少遭憫凶攀風樹而興歎懷仁義以罔極零丁齡亂霜露摧心契濶九夷更相爲命常恐黃耳蕭條白駒超忽洞庭木葉零巖花落無時雖復飲啄相依光華未著蹈天踏地每（一作心）深慙德友于兄弟何日忘之將謂吾子有以成教而反問我比以流俗秖足以攪其心慮非所望於吾賢也於是客赧然而起曰僕固小人無聞至道雖生堯舜之代未登孔丘之堂苟有智而無心遂逐情而

忘性言排名義之外身陷泥塗之下令子大夫幸而見覩傳我以友弟弘我以禮經洋洋乎理出天人之表恢恢焉道周仁義之鄉而今而後謹聞命矣是知安社稷御邦家調陰陽化風俗播清猷於緗素垂令範於黎甿橫之於天地而自安處之於生死而無慮者其惟兄弟乎

正交論　李華

上古無文飽於和氣從化而避何交之哉至於善惡分利害競而後有交交天命也附奔走之友夫走（疑）天縱也亦然微鮑子之知管氏則諸夏還爲左衽無歸生之說屈建則椒舉死於他國大者濟天下叔牙夷吾是也小者全宗族聲子伍舉是也慈明奉元禮一如大人真長喪仲祖臨樞慟色由是近於骨肉之恩不止交遊而已矣王邑崇繼前好父事君卿梁松恃貴遺舊構陷伏波兩存其道而後兼善是知人事艱難僅發於造次生死變禮不必更相代朋友漸於講習緣情而親於我爲重憂危相急仕進相推望而不從厚實生怨詩曰喪亂既平既安且寧美道義相成也又曰將恐將懼維予與汝將安將樂汝轉棄予衰勢利相傾也三代之教自家行國樹之以師經啓其心而脩則家事理次定朋友端其姓（疑作性）術攝稱從之聲實諧次諸侯無貢士及於政是以富有賢哲動符六經王業既衰小雅皆廢諸侯無貢士之理司馬無論材之政猷或先王教存國有君子聖人生於魯七十子遍遊諸侯文武之

道嗌口（疑）復明孔伋孟軻之徒並不儒尊漢代人心尚朴群署由州群（疑作郡）公府往往有奇節駭俗之士東京宗祖好學海內翕然是以王室多柱石之臣交遊有死生之友降及魏晉亦未甚渝近代無鄉里之選多寄隸京師隨時聚散懷牒自命積以爲常吹形一發群響雷應銓擇多誤知之固難使名實兩虧朋友道薄蓋由此也況衆邪爲雄孤正失守誘中人之姓（疑作性）易於不善求便身之路庸未直道不從流俗脩身俟死者益寡焉加以三尊闕師訓之喪朋友無寢門之哭學府無衰服之制禮亡浸遠言者爲非人從以偷俗用不篤弊在不專經學淪於苟免者也師乏儒宗則道不尊道不尊則門人不親友非學者則義不

固義不固則交道不重選不由鄉則情不繫府情不繫府則舉薦寡恩三者化人之大端而情禮盡曠儆倖道長而純愨道消悲夫禮首於冠而成人筮日筮賓即事於廟同師之友鄉邦之族醮而禮之楊（疑）相與字之身何以不嚴友何以不敬雖有暴慢無自入焉嗚呼士夫略之禮以墜於地久矣信義不孚斯有漸歟後進未較是以非辯者多附成而遠敗成或非經敗或非義三代之理不能無是矧弊末乎於是大雅之友掃除無忘（疑作安）之交風動利招則不悔機罔名聅則井心鼎鑊傾之以勢則不畏于天地餌之以權則忍絶其親愛苟患所不至故詩有谷風之刺禮有邦朋之禁以此防人猶或踰之嗟夫奇巧釣情者明哲

所惡鋒芒逆物者道家不取受施忘惠者仁義之蠹跡均心異者蠻貊之俗面附背攜者人道所棄遠賢奔利者商販之行俞可強不者僕妾恒姓（疑作性）愛子遺親者犬彘之心若然者無代無之嗚呼至交之道殆絶乎如有唱而無應非唱者過也善交者不好井而惡章貴棄同而即和鮑叔絜廉而敬管仲三歸至知之契故無與二君子不器交議宜然義在切切偲偲匡救其闕善則輔宣之過則以規誨之不從則一心以蔽之不幸寘於刑辟則生死以全之傳曰朋友無大故不棄此之謂也苟能久要之約必存平生之言可復如樓護終身與呂公同食張裔養楊恭母如親則家室有歸人誰廣死古者言之不出耻躬之不逮也

行之難言之得無訒乎務省諸身而已矣

臣友論　李德裕

君之擇臣士之擇友當以氣志為先患難為急漢高以周勃可屬大事又曰安劉氏者必勃也文帝戒太子曰即有緩急（川粹作急緩）亞夫真可任將兵此皆得於氣志之間而後知可以託孤寄命矣何者人君不能無緩急（川粹作急緩）士君子未嘗免於（集無於字）憂患故漢高知周勃可託文帝識亞夫可任信陵降志於朱亥爰盎不拒於劇孟且夫周文由閎天而禦侮宣孟以彌明而免難孔聖得仲由而不聞惡言宋祖失穆之而謂人輕我則擇臣求友得不先於此乎太倉令淳于公歎生子不生男緩急非有益也女緹縈自傷

乃上書贖父罪詩曰鶺鴒在原兄弟急難父子兄弟未嘗不以赴急難（集無此字）為仁孝況朋友之際本以義合貴盛則相湏（集作堂）以力憂患而不拯其危自保榮華坐觀顛覆可不痛哉昔衛青之衰也故人多事冠軍而任安不去吴章之敗也門人更名他師而幼孺自效此所以可貴也善人良士秖可以淡水相成虛舟相值聞其患也則策足先去曰見幾而作不俟終日知其危也則奉身而退曰既明且哲以保其身（集有良字）士之人如是曷若識劇孟朱亥哉

賓客論　前人

古人稱周公吐握下士而天下歸心惟周公則可何也文王之子武王之弟成王之叔父於天下無嫌矣故唯周公

則可（深知他人不可故拜言之）稟上聖之資邪不得入是以好士不爲累也漢武爲戾太子立博望苑使通賓客多以異端進者始皆欲招賢人而天下賢人少小人多賢人難進小人易合難進者鴻寡易合者膠固矣何以知之劉濞有枚乘鄒陽不用其言而憑高田祿伯爲其羽翼劉武有鄒陽韓安國不用其謀而羊勝公孫詭爲其腹心劉安行陰德好文辭雖愛神仙黄白未害爲善終以左吳伍被而敗以是而知雖骨肉之親非周公聖德皆不可也班固稱四豪者六國之罪人也今不復論矣吕不韋習戰國之餘風陳豨值漢網之疎闊逮乎魏其武安終以權勢相傾自武安之後天子切齒衛霍改節則賓客之爲害固可知矣公孫弘起

客館開東閤以延（蜀本有賓客二字）賢人與參謀議非也然謂之賢人必非黨附朝宰交亂將相者矣其時武帝躬親萬機嚴明御下人自守法不敢爲非宰相唯有平津政出一空（音孔出吕覽）自然無傾奪之勢其食（袁本作賓）客故人不居顯位似未足爲朝廷患也然王父偃言朔方地肥饒阻河蒙恬築城以逐匈奴滅胡之本公孫弘以爲不可朱買臣發十難弘不能得其一又奏人不得挾弓弩吾丘壽王以爲不便上以難丞相丞相詘服則知平津之賓客不及天子之近臣明矣雖有賓客（川梓作館）何益於謀議哉況近世秉大政者常不下三四人而輕薄遊相門與梛槐（集作槐梛）齊列所謀以傾奪爲首所議以勢利爲先是以魏其武安之徒共成禍

敗劉班般鐵之客不相往來又役奸智獻其計者導其邪徑苟合匪人世道險巇無不由此昔漢武謂田蚡曰君除吏盡未吾亦欲除吏哀帝責鄭崇曰君門如市人（集本無人字）何以欲禁切主上皆賓客之害也余謂丞相閉閣謝絕賓客則朝廷静矣

文苑英華卷第七百四十八

文苑英華卷第七百四十九　論十一

刑賞

應正論（并序）　王志愔

志愔爲大理正奏言法令者人之隄防隄防不正則人無禁竊見大理官僚多不奉法以縱罪爲寬恕以守文爲苛刻臣濫執刑典實恐爲衆所謗臣常著應正論以見微志因上之其論曰

臣嘗讀易至萃利見大人亨聚以正也六二引吉無咎注

曰居萃之時體柔當位處坤之中已獨處正與衆相殊（一無此四字）異操而聚民之多僻（一無此四字）獨正者危未能變體以遠於害故必見引然後乃吉而無咎也王肅曰六二與九五相與俱履貞正引由迎也爲吉所迎何咎之有未嘗不輟書而歎曰居中理正事之常體見引無咎道亦宜然有客聞而感之因謂僕曰今主上文明域中理定君累司典憲不務和同處正之志雖存見引之吉難（一作誰）應行之於已余竊懼焉僕斂衽（一作襟）降階揖客而謝曰補遺闕於袞職用讜言（一作忠讜）爲己任以蒙養正見引獲吉應此道也仁何遠哉昔咎繇謨虞登朝作士設教理訓物（一作開物一作訓）成務是以五流有宅五宅三居怙終賊刑刑故無小於是舜美其事曰汝明于五刑以弼五教期于予理刑期於（一作於）無刑人協于中時乃功懋哉故孔子歎其正（一作政）曰舜舉臯陶不仁者遠此非明辟執法大人見引之應乎季孫行父之事君也舉竊寳之慠黜受邑之賞明善惡而糾慝議僭賞以塞違在虞舜之功居二十之一主司得行其道時君不以爲嫌此非己獨處正引吉（一作應正）而無咎矣乎觀（一作矣）漁于棠臧伯正色賂鼎在廟哀伯抗詞言者得盡其忠聞之不加其罪故春秋稱臧氏之正曰積善之家必有餘慶此非異操而聚引吉之所致乎魏絳理直晉侯乃復其位郛人辭順趙盾不伐其國此非正體未變爲吉所迎者乎夫在上垂拱臣下守制若正應乎上乃引吉於下而

中士聞道若存若亡交戰於胷臆之中（一作諦正之門）懷疑乎語默之境懼獨正之莫引忘此正之必亨于嗟乎行己立身居正踐義其動也直其止也方維正身如是歟（六字一作維正直而是與何徙而非攸利）何以明之坤六二直方大不習無不利言曰直其正也方其義也君子義以直内義以方外敬義立而德不孤直方大而大而則不疑其所行也稽康撰釋私論曹羲著至公論皆以崇公激俗抑私事主二言可蔽之歸於體正而已矣禮記曰刑者侀也侀者成也一成而不可變故君子盡心焉若以喜怒制刑輕重設此是則橋前驚馬用遣（一作希）旨論人苑中獮兎以從欲廢法理有違而合道物貴和而不同不同而（一作之）和正在其中矣昔任延爲武（吳華作建非）

威太守漢帝誡之曰善事上官無失名譽廷對曰臣聞忠臣不私私臣不忠上下雷同非國家之福善事上官不敢奉詔任延雅奏漢帝是其正一無此字言此則歸正不回乖旨順義不以忤懷見忌斯亦違而合道晏子春秋景公見梁丘據曰據與我和乎晏子曰此同也非和也夫和者君甘則臣酸君淡則臣鹹今據也君甘亦甘所謂同也安得爲和是知一作以齊鹽梅以調羮乃適平心之味獻可替一無此字否而論道乃一作方恢正體之節侯引正而遵度故曰物貴相一無此字和而不同劉晏山辨和同之義有旨哉君以不同見議一作譏未敢聞誨客曰和同乖訓則以聞之援法成而不變者豈恤獄之寬憲耶書曰御衆以寬傳曰寬則得衆

君以嚴綜一作統物異乎寬政矣對曰刑賞二柄惟人主操之崇厚任寬是謂皇一作帝王之德慎之曰以力役法者百姓也以死守法者有司也以道變法者君上也然則非一作匪人臣之所操後魏游肇之爲廷尉也魏帝嘗私勑肇有所降恕肇執而不從曰陛下自能恕之豈可一作足令臣之曲筆也肇知任寬恕五字一作是知寬恕是君道曲從非臣節人或未達斯旨不料其務恕乎一無此字以平刑爲峻將曲法爲寬謹守憲章號爲峉網一作深峉內律云釋種虧戒律一曰誅五百人如來不救其罪豈謂佛法爲殘刻耶老子道德經云天網恢恢踈而不漏豈謂道教爲凝峻耶家語曰王者之誅有五而竊盜不預焉即心辯言僞之流禮記亦陳四殺

破律亂名之謂也豈是儒學執禁孔子深文哉此三教之用法者所以明真諦重玄猷存天網集作綱立人極也然則乾象震曜天道明威齊衆惟刑百王所以垂範折人以法三后於是成功所務掌憲決平斯廷尉之職耳易曰家人嗃嗃無咎女子嘻嘻終吝嚴於其家可移於國何有一無此二字昔崔寔達於理體而作政論仲長統曰凡爲人君宜寫政論一通置諸坐側其大概一作抵云爲國者以嚴致平非以寬致平者也然則稱嚴者不必逾條越制凝網重罰在於施檃括以矯枉用平典以禁非刑故有常罰輕無捨人不易犯防之難越故也但人慢吏濁僞積贓深而曰以寬理之可以無過何異乎命王良御駟一作騑捨銜轡於奔縱

一作蹄請俞跗攻疾停藥石於膏肓適見鞅一作歟駕轉逸膏肓更深醫人僕吏一作夫何功之有又謂僕曰成法之一作而變爲唯帝王之令一作命歟對曰何爲其然也昔漢武帝甥昭平君殺人以公主子廷尉上請論刑左右爲言武帝垂涕嘆曰法令者高一作先帝之所造也用親故撓一作誣先帝之法吾何面目入高廟乎又下負萬人乃可其奏近代隋文帝子秦王俊爲并州總管以奢縱免官僕射楊素曰一曰作奏言王陛下愛子請捨其過文帝曰法不可違若如公意我是五兒之父非兆人之父何不別制天子兒律乎我安能虧法卒不許此是帝王操法叶于禮經不變之義也況於秋官典職司寇肅事而可變動者乎我皇睿哲登宸高

視嚴廊之上宰衡明允就列輯穆廟堂之下乾坤交泰日
月光華庶績其凝衆功咸理聚以正也僕幸利見大人引
其吉焉斯(一作蒴)養正於下位中正是託予何懼乎夫君子
百行之基出處二途而已出則策名委質行直道以事君
(一作人)進善納忠仰大階而輔(一作播)攻謣謣其節思爲社稷
之臣蹇蹇(一作謇謇)匪躬頽參柱石之任處則遠辭徵召高謝
公卿孝友揚名是亦爲政煙霞尚志其用永貞行藏事業
心跡斯在至如水中氿氿天下悠悠執馭爲榮掃門自媚
拜塵邀勢括囊守禄從來長思以爲深耻客乃逡巡不對
遂無以問僕也(一作皆舊唐書本傳)

片言折獄論　懷州應宏詞試　歐陽詹

孔(集作夫)子說季路於人曰片言折獄者其由也歟夫子之
言蓋非(集作非有激)於季路之云也後之人不窮聖旨以爲夫
子美於(集作大)季路任一時之見輕而折獄者有若是焉(四字集作十有八九焉)迂哉斯人也夫兩訟之謂獄獄折而有刑刑者
侀也侀者成也一成而不可變不其重歟古之帝王將刑
一人脩三槐歷九棘訊群臣訊群吏訊萬人億兆絶議然
後治法徇于朝示于野(六字集作徇於朝於市於野)昭然於衆同(集無同字)
方棄之所示容(二字集作以不易也)也君莫聖於堯加有舜禹稷契
佐之莫明于(集作於)舜而有夔龍縉雲高陽佐之莫哲于(集作於)禹莫賢於湯莫察於文武莫智(集作敏)於成康於(集作于)時
皆濟濟盈朝明明在位豈無獨見而可聽斷愼刑之道如

斯(集作法)不敢失明刑獄不可輕也凡至獄訟多在小人至
於訟也皆欲已勝何則不勝乃罪戾隨之若然(一作是則文作祈)則
君子時或妄訟于(集作於)人未有小人而能自訟者片之爲
言偏也偏言一家之詞也(集無也字)偏詞雖君子不信之(三字集作不足以信四字)矧非君子乎且先師曰人而無恒不可以作巫醫
善夫(集無此二字)巫以鬼神占良(集無良字)醫以筋脈體無恒之人
筋脈且不足以自體而況訟(訟集作語言文作有言)乎鬼神不足以
爲占而況視聽乎以斯折獄也小則肌膚必有朴抶(集作抶撲)
之濫焉大即(集作則)性命必有鈇鑕之寃焉夫子祖述堯舜
憲章文武師老聃之誨以(三字集作而)崇周公之(集作此)六人者
(集無此字)無一以(集作好輕文作欲輕)傷於人者夫子豈輕傷人(集作好輕傷)

哉脫夫子實謂片言可以折獄者不幾乎一言可以喪邦
歟夫子之言蓋輕(蜀本作非)於季路賢者(七字集作非苟然者)審之片言
不可以折獄者(集無者字)必然之理也

斷刑論　柳宗元

余既爲斷刑論或者以釋刑復於予其辭云云予不得已
而爲之一言焉(六字文粹作爲之言焉)夫聖人之爲賞罰者非他所
以懲勸者也賞務速而後有勸罰務速而後有懲必曰賞
以春夏刑以秋冬而謂之至理者僞也使秋(集有冬字)爲善者
必俟春夏而後賞則爲善者必怠春(集有夏字)爲不善者必俟
秋冬而後罰則爲不善者必懈爲善者怠爲不善者懈是
敺天下之人而入於罪也敺天下之人而入於罪又緩而

慢之以滋其懈怠此刑之所以不措也必使爲善者不越月踰時而得其賞則人勇而有勸焉爲不善者不越月踰時而得其罰則人懼而有懲焉爲善者日以有勸爲不善者日以有懲是敺天下之人而從善遠罪也敺天下之人而從善遠罪是刑之所以措而化之所以成也或者務言天而不言人是惑於（文粹作于）道者也胡不謀之人心以熟吾道吾道之盡而人化矣是知（文粹無知字）蒼蒼者焉能與吾事而暇知之哉果以爲天時之可得順大和之可得致則全吾道而得之矣全吾道而不得者非所謂天也非所謂大和也是亦必無而已矣又何必枉吾之道曲順其時以諂是物哉吾固知順時之得天不如順人順道之得天何也

使犯死者自春而窮其辭欲一死不可得貫三（文粹作五）木加連鎖而致之獄更大暑數月痒不得搔痺不得搖痛不得摩饑不得時而食渴不得時而飲目不得瞑支不得舒悲號之聲聞於里人如是而大和之不傷天時之不逆是亦必無而已矣彼其所宜得者死而已矣又若是焉何哉或者乃以爲雪霜者天之經也雷霆者天之權也非常之罪不時可以殺人之權也當刑者必順時而殺人之經也是又不然夫雷霆雪霜者特一氣耳非有心於物者也聖人有心於物者也春夏之有雷霆也或發而震破巨石裂大木木石豈爲非常之罪也哉秋冬之有雪霜也舉草木而殘之草木豈爲（集作有）非常之罪也哉彼豈有懲於物也哉彼無所懲則效之者惑也果以爲仁仁必知經果以爲智智必知權（川文粹作果以爲仁必知經智必知權）是又未盡於經權之道也何也經也者常也權也者達經者也皆仁義之事也離之滋惑矣經非權則泥權非經則悖是二者強名也曰當斯盡之矣當也者大中之道也離而爲名者大中之器用也知經而不知權不知經者也知權而不知經不知權者也偏知而謂之智不智者也偏守而謂之仁不仁者也知經者不以異物害吾道知權者不以常人拂吾慮合之於一而不疑者信于道而已也（文粹作矣）且古之所以言天者蓋以愚蚩蚩者耳非爲聰明睿智者設也或者之未達不思之甚也

刑論

牛希濟

刑罰之用蓋將以華人之心勸之於善所以小罪輕刑以正其失大罪重罰以勵其衆將刑王者爲之不舉以示仁恕之心也棄人必於市明其罪之死也皆欲遷人於善豈圖斷其肌膚殘其支體流其膏血盡其性命以逞於威怒者也三代之後五刑之用劓刖之屬最可以爲恥於衆觀者則知其所犯毀其父母之遺體罔不惜痛於心犯者不能諱其罪亦可以永戒其惡所謂有恥且格及笞杖之法易隱其跡行鄉而無愧苟富貴而或得行者其暴犯者不以爲恥誠哉免而無恥漢文帝感緹縈之一言廢肉刑用笞杖及後笞者多死文皇帝親明堂圖亦輕其罰天下之

獄幾亂知刑罰者治之具也不可蹔捨然罰無輕重杖無大小皆成之於胥吏之手斷之於出沒之文上之人其知乎夫鞫獄之法始於疑辯之中成於案牘之內吏典之者捨其罪而彰其是其不與者除其善而彰其惡又復刑律之中或一與一奪隨其取捨以爲出入官必不盡知此爲弊之一也畫灰爲獄誓不願入刻木爲吏誓不願對獄吏之尊聲色之大桎梏之重輕搒掠之多少率由其意孰可與爭此爲弊之二也又或欲其僞而怒其眞惡其輕而思其重或捽其首或批其頰詬辱毆繫無所不至又節其飲食嚴其徽纆外殘其軀內脅其心壯士勇夫且必流涕孤弱之人敢不從命此爲弊之三也或上下其手以取其債

或默疑作點渫富室以求貲賄則衆知其非不能即止此爲弊之四也具獄旣久改爲疑讞遠取支證廣擒黨與淹延歲月以伺赦宥此爲弊之五也桎梏之下易以強抑人之支體頑非木石若加其殘忍取其必然誠雖無罪百不能免盖不勝其楚掠之毒寧甘心於一死狡猾之吏斷成其獄故戮死之後盜自他發衆方知其無辜且桎梏之苦笞棰之嚴輕罪者願重刑而獲出無辜者畏殘害而求死皆狡猾之所能爲也即平人孰敢與吏爲敵公卿尊嚴祭視不及臺寺懸遠訴訟無門死者不可再活親戚焉能申寃何以感致和氣平一水旱此爲弊之六也復有衆皆知非難加以法當炎酷之時縶其傍而成其疾瘦奪其餉而致其饑餓圜扉嚴邃守者羅列親戚之人胡能知其食與不食渴與不渴但成其困以取其斃此爲弊之七也况外府法司又爲不道或土囊以鎮其腹或濕紙以蒙其面拘錄所至號呼莫聞瞑然而去孰知其由昔東海誤殺貞婦致三年之旱今天下之刑晝常雨血尚未足以泄其冤憤且刑罰者遠於人非近於人犯之者皆自求之也非刑之就於人也皆人就也上自天子下至庶人若爲不道必歸於法故商辛夏桀懸首於白旗此天子之刑也則公卿之下獄黎庶之就戮又何足道哉是知上下皆有分故君子常懷畏懼夫厲聲變色揚眉張目樂刑罰以毒物之性命殆非人類信豺狼之心也故曾子曰如得其情則哀矜而勿

喜又于定國每歲次疑作決獄先自流涕悲哉仁者之心深知刑獄之本所以勸人非以虐人也今天下之大九州之衆一歲決獄之多少皆由吏議豈能盡平莫若重明桎梏笞杖重輕之制禁計日月之遠近寒暑靜疑作清溫其所處饘粥每給其饑渴決罪遍求於刑律察詞必盡於疑辯庶幾少塞其弊當不濫於無辜以成王者之理

襃貶論　前人

仲尼之脩春秋也先成其志後誅其意是以晉侯召王書曰天王狩于河陽本其尊獎其謀也許止不嘗藥書曰太子殺其君以爲防微之道卿行稱字得所舉也師行稱人伐有辭也以一字稱襃貶之意爲千載不刊之典亂臣賊

子莫不知其善不可奪惡不可掩其懸之日月以爲王化今國家公卿大臣文武將帥之初命也其爲相者禹稷之化也蕭曹之上也燮理陰陽平和九州斯其人也及其被廢之日竊位之小人也亂國之小人也是不可忍也及復之日周公之被謗也召公之相疑也子文之三已也孫叔敖之三相也然後可以爲賢人其爲將者扞城之材爲國之屏也式遏寇虐底定王國斯其任也其被罪之日匹夫之勇也非國將之材也覆軍敗國棄戈奔北者矣殆不可用也復用之日荀林父再敗而勝孟明視三敗而後獲以何傷乎百執事之間率如是用捨觀其人或始於善終於惡中復可用後又不可用是非相渾善惡相離皆欲遵之

王言以爲之國乃奸謀之深蠹者也後有寒素者與奄人結刑壯（疑）之盟以取鈞軸之任偶以章疏得罪上雖切齒朋援未移衆知必復其位時爲執筆者乃大美其辭以譏其身必使朝廷怒而譴之一南行而已果皆中其旨未朞年而舊相復入僅三歲而公亦入相台文非求宦者乃結官者之深者又機巧之微密者也今之世若蘊曜嫉正之歸國奪其鹽鐵之柄秉休惡景望之文行同居鈞衡之列近師有尚父之號崔之猶子持謀臣之權采納（二字疑）而至中多議定出二相之口趣三鎮之師且曰與晉陽之甲誅君側之惡不逾月而二相被誅九廟以危外之人皆曰武臣之爲亂也我知之矣此皆儒者之爲亂也此意之深罪之明者仲尼皆所宜誅者究朝廷爲亂之本始由君臣同心同德以誅宦官嫉之太甚須至於亂遂至所立必沖幼所命非賢良以階其亂以危社稷之人其知之乎不得以在位者爲賢人負罪者爲非材惜哉賢人之事業夫子之褒貶後之爲史者當訪於長者之譚求之於野人之說斯可以正之矣

賞論　前人

賞勸之典所以顯忠尊賢而待用　感人之心使各盡其材以顯於時以爲立身揚名之本故冠冕衣服車輅祭祀之儀皆以品秩爲差君子之人其耳心爲孜孜於善希公朝之祿賞可以榮於家可以榮於宗廟祖考賞之義也大

矣哉今國家懸高科虛重位此文士之賞也計首級視所傷此武士之賞也文不中理宗伯所棄殺傷奔北軍法所誅擇善勸人亦以明矣衰世之中文假他人之手身居書辭之列名陷澆浮之中坐登卿相之位射不穿札生不見敵榮持斧鉞之柄行居將帥之任皆藉累世之基業或由勳伐之餘名竊位尸祿觀者憤歎而已至有文之衰也行爲四海推重不成一名不沾寸祿老死凍餒之地或有獻一書陳一策探治亂之精微盡當時之利病君上不省察奸邪者深以爲嫌縱未能顯加明誅彷徨爲擠之於散冗斥之於外任不復省問可勝言哉武之衰也弓聲斂氣立爲勍敵馳突擊刺於橫陣之前出入如鬼神謀取必勝瘡

虜遍於首面身委卒伍之中老棄瘦馬之列或有破一大
敵擒一渠帥賞不踰外藩之職賜不越繒帛之微捷聲已
振於萬里姓名未達於九重降符節益封土翻爲統帥之
福豈不悲哉文之求也旣不因於行藝武之用也又不因
於材力乃有溫洩溺之器以媚黃門者有繫鞋自名以從
公相者殷歴官常出入藩翰其餘資材以致名第以榮郡
邑者不可遍數之況時君幼主有宴樂王堂從禽豐草發
自愉悅之意聽從左右之言淫樂之吏優倡之子錫以朱
紫升於官秩下致飛禽犬馬之微物亦光於封賞且國家
以五岳四瀆爲視公侯之秩乃崇其禮尊爵敬神之道也
今厮養禽獸之屬皆列于官與士君子比有于朝無神怨

乎故志士仁人廿心草澤沒身白日不復思用力以在位
者爲深恥昔仲叔于奚救公孫文子（左傳作孫桓子恐避諱）之患請以
繁纓假借也孔子猶曰不如多與之邑將以定來代之制
杜萌漸之謂也漢明帝不以館陶子爲郎寧賜之百萬曰
夫郎出宰百里上應列宿不可濫授信夫爲中興之嗣也
且賞勸不恒服章紊亂君子在野小人在朝將難以守四
海之業若善人在位紀綱大定賞罰必中百官稱職天下
焉能爲亂

文苑英華卷第七百四十九

文苑英華卷第七百五十　論十二

醫

卜相

時令

醫

勸醫論　梁簡文帝

勸醫曰天地之中唯人最靈人之所重莫過於命雖脩短

有分夭壽懸天然而寒暑反常嗜欲乖節故虐（周禮作瘧）寒痟
首致斃不同伐性爛腸摧年匪一極斯之要實在良方故
祇域醫王明於釋典如大師乃以醫王爲號以如來能煩
惱病祇能治四大乖爲故亦有騷人之詠彭城（一作場非）秦國
之稱和緩季梁之遇盧氏虢子之值越人爰至九市（一作父視）
飛仙長生妙道循變六一於金液改三七於銀丸菑王匣
之秘研紫書之奧桃膠何是北斗靡遯（一作錄）其刑（一作形）金
漿非遠明珠還耻其價能使業門之下鼓響（一作獨）聞（一作傳）疵
祝之傍簫聲猶（一作鷽）在周禮疾醫掌萬民之疾凡民之有
病者分而治之歲終則各書其所治而入於醫師知其愈
與不愈以爲後法之戒也至如研精玄理考覈儒宗盡日

清談終夜講習始學則負墟尚謏積功則爲師乃著日就月將方稱碩學專經之後循湏劚談網羅愈廣鈎深理見厭飫不窮惟日不足又若爲詩則多湏見意或古或今或雅或俗皆湏寓目詳其去取然後麗辭方吐逸韻乃生豈有秉筆不訊而能善詩塞兊不談而能善義楊子雲言讀賦千首則能爲賦況醫之爲道九部之診甚精百藥之品難究察色辯聲其功甚秘秋辛夏苦幾微難識而比之術者未嘗稽合曾無討論多以少壯之時涉獵方疏略知甘草爲甜桂心爲辣便是宴馭自足經方泯棄同庚散（見晉書本傳）之讀莊子異孔丘之好周易然而疾者求我又不能盡意攻治假使不能爲地自可即爲已益所以然者若無關

貴賤精加消息以前驗後自可觧之日知所亡坐成妙術而又告以不能也治疾者衆必以溢（一作孟）浪酬塞（一作賽）惡之（一作人）者多愛之（一作人）者鮮是則日處百方月爲千治（一作軸）未嘗不輕其藥性任其死生浮華之功於何而得及其愛深親爲情切支肌（一作安朋）患起膏肓痾與府俞（一作俞附）雖欲盡其治功思無所出何以故然本不素習卒難改變故也周靡（二字一作胡）麻麁藿止（一作絶）救頭痛之病（一作府）麥麴芎窮又救（一作止）河魚之疾（一作腹）思不出位事局轅下醫者忘志（四字一作欲求久侯若侯疑作死）於玄都揚已名於緑帙（一作緗）其可得乎術道困窮於斯實至誠當善思此意更與其美非直傳名于後亦是功德甚深比夫脫一鴿於櫂衡活萬魚於池水不可同日而論焉（一作皆初學記）

華佗論

劉禹錫

史稱華佗以恃能厭事爲曹公所怒荀文若請曰佗術實工人命繫焉宜議能以宥曹公曰憂天下無此鼠輩耶遂考竟佗至蒼舒病且死見（賢遍切）醫不能生始有悔之之歎嗟乎以操之明略見幾然猶輕殺材能如是文若之智力地望以的然之理攻之然猶不能反其恚執柄者之恚真可畏諸亦可慎諸原夫史氏之書于冊也是使後之人寬能者之刑納賢者之諭而懲暴者之輕殺故自恃能至有悔悉（川文粹作恚非）書焉後之或者復（川文粹作覆）用是爲口實悲哉夫賢能不能無過苟寘于理矣或必有寬之之請彼壬人

皆曰憂天下無材耶曾不知悔之日方痛材之不可多也或必有惜之之難彼壬人皆曰譬彼死矣將若何曾不知悔之日方痛生之不可再也可不謂（川文粹作爲）大哀乎夫以佗之不宜殺昭昭然不足言也獨病夫史書之義是將推而廣耳吾觀自曹魏以來執死生之柄者用一恚而殺材能衆矣又焉用書佗之事爲嗚呼前事之不忘期有勸且懲也而暴者復（蜀本作覆）藉口以快意孫權則曰曹孟德殺孔文舉矣孤於虞翻何如而孔融亦以應泰山殺孝廉自譬仲謀近覇者文舉有高名然猶以（三字集作猶亦）可懲爲故事矧他人哉

卜相

八卦卜大演論　王勃

昔者聖人之作易也，始畫八卦以通神明之德以類萬物之情以爲分太極者兩儀也分四象者八卦也成八卦者十六將也司八卦者十二月也分十六將者三十二候也分十二月者二十四氣也分三十二候者六十四卦也司二十四氣者三十六旬也進退於三百六十六日屈伸於三百八十四爻往來飛伏之理盡矣其孤虛消息之端極矣三才之道不可不及也五行之義不能復過也翕之以幽明張之以寒暑會之以生死申之以去就禍福生焉吉凶著焉成敗行焉逆順興焉賢者識其大者遠者不賢者識其小者近者奉之者則順背之者則僭圓立者稱聖偏

極者號賢嘗試論之曰三才易之門戸也八卦者易之徑路也引而申之終於六十四卦天下之能事畢矣陳而別之極於三百八十四爻天下之微理罄矣夫陰陽之道一向一背天地之理一升一降故明暗相隨寒暑相因剛柔相形高下相傾動靜相乘出入相藉泯之者神也形之者道也可以一理徵也可以一端驗也故天尊則地卑矣水濕則火燥矣山盈則澤虛矣雷動則風適矣是以天下有風可以姤矣則地中有雷可以復矣天下有山可以遯矣則地上於澤（疑作澤上於地）可以臨矣天地不變（疑作交）可以否矣則天地既交可以泰矣以風行地上可以觀矣則雷行天上可以大壯矣山附地上可以剝矣則火附天上可以大有矣風行水上可謂渙矣則水在地上可以比矣雷出地奮可以豫矣則風行天上可以小畜矣雷之與水作解矣則風之與火可以家人矣雷在風上可以恒矣則風在雷上可以益矣風在地下可以升矣則雷在天下可以無妄矣風在水下可以井矣則雷在火下可以噬嗑矣風在澤下謂大過矣則以（一作）雷在山下可爲順矣雷在澤下可以隨矣則風在山下可爲蠱矣澤上有水可爲節矣則山下有火可爲旅矣雷在水下可爲屯矣則風在火下可爲鼎矣水在火上可爲既濟矣則火在水上可爲未濟矣澤上有火可以革矣則山下有水可爲蒙矣火在地下可以明夷矣則水在天下可爲訟矣地下有水可爲師矣則山下

有火可爲賁矣澤上於天可爲夬矣則澤下有水可爲困矣山下有天可以爲大畜矣則澤下有地可以爲萃矣以山在澤上可爲損矣則澤在山上可爲咸矣澤上有火可爲睽矣則山上有水可爲蹇矣上天下澤可爲履矣則地下有山可爲謙矣澤上有風可爲中孚矣則山下有雷可爲小過矣山上有風可爲漸矣則澤上有雷可以歸妹矣此天地以對成之義陰陽反合之理故卦相次則反爻以成義易之八卦是也八八相生則錯卦以興理因而重之是也故聖人之道可縱焉可横焉可合焉可離焉逆而陳之未嘗逆焉順而別之未嘗順焉三畫以變雖天地之數可無謟也九六相推雖萬二千五百之浩蕩不能踰於三

百八十四三百八十四之紏紛不能踰於六十四重之以六十四不能過於八卦張之於八卦不能過四象紀之兩儀兩儀之理達而太極得矣故古往今來寒進暑退死生亂動是非謄結未嘗非兩儀也而未嘗離太極也故曰有寒有暑則兩儀不廢也無思無爲則太極未嘗遠也見之則兩儀忘之則太極夫然故不捨二求一未嘗離動以求靜未嘗離動以達靜也有可有不可有不可非聖人之謂也無可無不可是夫子之心也然天下之理不可窮也天下之徃疑不可盡也有窮盡之地者其唯聖心乎有窮盡之路者其唯聖言乎故攬滄海而觀衆水則江河之會歸可見也登泰山而覽群嶽則岡巒之本末可知也是以貞一德之

極權六爻之變振三才之柄尋萬方之動又何往而不通乎文何疑而不釋乎故孔子曰必也正名乎名者義之本也非聖人孰能正之哉若抑末執本研精覃思非聖人之書則不讀也非聖人之言則不取也庶幾乎神明之德可通乎萬物之情可類乎本末之思也夫何遠之有君子可不務乎哉

卜論　李華

天地之大德曰生舜好生之德洽于人心五福首乎壽麟鳳龜龍謂之四靈龜不傷物呼吸元氣於介蟲爲長而壽古之聖者刳而賤之觀其裂畫以定吉凶殘其生勦其壽既勦殘之而求其靈夫何故愚未知夫天地之心聖達之謨靈之壽之而夭𢧵之脁文粹作暵其肉鑽其骸精氣復於無物而貞悔發乎焦朽不其反耶夫大人與天地合其德與日月合其明與四時合其序與鬼神合其吉凶不當妄也壽而夭之豈合其德乎因物求徵豈合其明乎毒靈介而徵其神豈合其序乎假枯殼而决狐疑豈合其吉凶乎洪範曰爾其大疑謀及卜筮聖人不當有疑於人以筮也夫祭有尸自虞夏商周不變戰國蕩古法祭無尸尸之重於卜則明廢龜可也又聞夫鑄刀劒者不成則屠犬衈血而祭之被髮而哭之則成而利蓋不祥器也其神者躍爲龍蛇穿木石入泉源以至發燗光聲音人不能自神因天地之氣化天地之物而爲神固無悉然是亦爲怪古者成宮

室必落之鍾鼓器械必釁之豈神明貴殺享膻腥歟今亡其禮未聞屋室不安身而器物不利用由是而言則卜筮陰陽之流皆妄作也夫絜壇墠而布精意文粹作誠求福之來緬不可致耕夫蠶婦神一草木禱一禽畜皷而舞之謂妖祥如答實歟妄歟犧文之易更周孔之述以爲至矣楊子雲爲太玄設卦辯吉凶如易之告若使後代有如子雲又爲一書可筮則象數之變其可旣乎專任道德以貫之則天地之理盡矣又焉假夫蓍龜乎又焉徵夫鬼神乎子不語是存乎道義也

蓍龜論　干邵

卜筮生靈之縕耶必遵以信時日蓋以法令决嫌疑定猶豫

者也自伏羲畫卦周公制禮率先斯道以惠其人故立筮人建卜口卜職或掌三易以辯乎九筮或開四兆以作乎八命俾吉不相習假爾有常叶乎乾坤調彼昭昧占兆審卦異位同功不其然歟夫以原始要終鉤深索隱則象事知器占事知來蓍辯吉凶則圓神而方知龜窮禍福乃戴陽而履陰繇得蕤蘂終驗彝莊之難兆聞鳴鳳便興敬仲之宗然則筮短龜長嘗聞其語義之何者今試論之且其兆體百有二十夫其頌聲千有二百由是其尚也夫龜者蓍性命之理有好惡之情善出入之端存生死之變冠群甲之長居四靈之間上高法天下平象地受三千歲而遊於蓮葉之上吸以沆瀣之精蓋通其聖也何彼叢薄之下

鬖蓍之中生而無靈長而無識奉大衍之數而為準求元亨之義而為用探賾而知其變審爻而擬其辭豈與夫灼而專達居然獨見同年而語矣史偏(漢書作篇)以之佐昌此其效也墨以之從長又其效也衛人以龜為有知漆雕以為善對又其效也至如管輅卜隣之火孔愉反顧之龜蓋小之也則知靈德感應觸類而長矣故朔望則灼孟冬命疊蓋先王之重者萬事之階也信矣夫

折群疑相論　李德裕

夫相之相在於(集作乎)清明將之相在於(集作乎)雄傑清明者珠玉是也為天下所寶雄傑者虎兕是也為百獸所伏然清者必得大權不能享豐富雄者必當富侈不能得大柄

無而有之者在乎粹美而已余頃歲莅淮海屬縣有盱眙而山多珉王剖而為器清明洞澈雖水精明水不如也而價不及於凡玉終不得為至寶以其不粹也清而粹者天也故高不可測清而澈者泉也故深亦可察此其大略也余嘗精而求之多士以才為命婦人以色為命天賦是美者必將有以貴之才高者雖孟嘗耿小蔡澤折頞亦居萬人之上色美者雖鉤弋之拳子夫之賤亦為萬乘之偶然不如清而粹者必身名俱榮福祿終泰張良是也(前史言張良貌美乎婦人諸葛言以子房之清精不釋陳平之洞裕則如清精者雖矣)擇士能用此術可以拔十得九無所疑也

相論　杜牧

呂公善相人言女呂后當大貴宜以配季季後為天子呂后後稱制天下王呂氏子弟悉以大國隋文帝相工來和輩數人亦言當為帝者後篡竊果得之誠相法之不謬矣呂氏自稱制通為后凡二十有餘年間隋氏自篡至滅凡三十六年間男女族屬殺滅殆(文粹作大)盡當秦末呂氏大族也周末楊氏為八柱國公侯相襲久矣且(集作一旦)以一女子一男子偷竊位號不三二十年間壯老嬰兒皆不得其死不知一女子為呂氏之福耶為禍耶一男子為楊氏之禍耶為福耶得一時之貴滅百世之族彼知相法者當曰此必為呂氏楊氏之禍乃可謂善相矣今斷一指得四海凡人不欲為況以一女子一男子易一族哉余讀荀卿非相

因感呂氏楊氏知卿爲大儒矣

時令

時令論上　柳宗元

呂氏春秋十二紀漢儒論以爲月令措諸禮以爲大法焉其言有十二月七十有二候迎日步氣以追寒暑之序類其物宜而逆爲之備聖人之作也然而聖人之道不窮異以爲神不引天以爲高利於人備於事如斯而已矣觀月令之說苟以合五事配五行而施其政令離聖人之道不以（集作亦）遠乎凡政令之作有俟時而行之者有不俟時而行之者是故孟春修封疆端經術相土宜無聚大衆仲（集作季）春利隄防達溝瀆止田獵備蠶器季春（集無此二字）合牛馬

百工無悖於時孟夏無起土工（集作功）無發大衆勸農勉人仲夏班馬政聚百藥季夏行水殺草糞田疇美土疆土工（集作功）兵事不作孟秋納材葦仲秋勸人種麥季秋休百工人皆入室具衣裘舉五穀之要合秩芻養犧牲趨人收斂務蓄菜伐薪爲炭孟冬築城郭穿竇窖脩囷倉謹蓋藏農以休息之收水澤之賦仲冬伐木取竹箭季冬講武習射御出五穀種計耦耕具田器合諸侯制百縣輕重之法貢賦之數斯固俟時而行之所謂敬授人時者也其餘郊廟百祀亦古之遺典不可以廢使古之爲政者非春無以布德和令行慶施惠養幼少省囹圄賜貧窮禮賢者非夏無以贊傑俊遂賢良舉長大行爵出祿斷薄刑決小罪節嗜

欲靜百官非秋無以選士厲兵任有功誅暴慢明好惡脩法制養衰老申嚴百刑斬殺必當非冬無以賞死事恤孤寡舉阿黨易關市來商旅審門閭正貴戚近習罷官之無事者去器之無用者則其闕政亦以繁矣斯固不俟時而行之者也變天之道絕地之理亂人之紀舍孟春則可以有事乎作淫巧以蕩上心舍季春則可以爲之者乎夫如是內不可以納於君心外不可以施於人事勿書之可也又曰反時令則有飄風暴雨霜雪水潦大旱沉陰氛霧寒暖之氣大疫風欬鼽嚏虐（集作瘧）寒疥癘之疾螟蝗五穀瓜瓠果實不成蓬蒿藜莠並興之異女災胎夭傷水火之訛寇戎來入相掠兵革並起道路不通邊境不寧土地分裂

四鄙入保流亡遷徙之變若是者特瞽史之語非出於聖人者也然則夏后周公之典逸矣

時令論下　前人

或者曰月令之作所以爲君人者法也蓋非爲聰明睿智者爲之將慮後代有昏昧傲誕而肆于人上忽先王之典舉而廢之近而取之若陳隋之季是也故取仁義禮智信之事附于時令俾時至而有以發之也不爲之時將因循放蕩而皆無其意焉爾於是又爲之言五行之反戾相盪相摩妖災之說以震動于厥心古之所以防昏亂之術也今子發而揚之使前人之奧秘布露顯明則後之人而又何憚耶曰聖人之爲教立中道以示于後曰仁曰義曰禮

曰智曰信謂之五常言可以常行一有之字者也防昏亂之術爲之勤勤然書于集作於方册興亡治亂之致永守是而不去也未聞其威之以怪而使之時而爲善所以滋其怠傲而忘理也語怪而威之所以熾其昏邪淫惑而爲禱禳厭勝鬼怪之事以大亂于人也且吾子以爲畏册書之多孰與畏人之言使諤諤者言仁義利害焯乎列于其前而猶不悟奚暇顧月令哉是故聖人爲大經以存其直道將以遺後世之君臣必言其中正而去其奇衺其有嚚然而不顧者雖聖人復生無如之何又何册書之有若陳隋之季暴戾淫放則無不爲矣求之二史豈有復行月令之事者乎然而其臣有勁悍者争而與之言先王之道循十百而

一遂焉然則月令之無益於陳隋亦明矣立大中去大惑捨是而曰聖人之道吾未之信也用吾子之説罪我者雖窮萬世吾無憾焉耳

時論　牛希濟

或曰治亂者天之常也是以十年一小變三十年一大變至於蟲蝗疫癘水旱兵革皆時之數也若其聖人亦不能克疑作兑是不然也何者天之於人也至仁而信其資長百穀草木觸類之物皆所以仁於人也故懼物之不生也春以發之物之不成也夏以長之物之不齊也秋以肅之物之不實也冬以堅之物任陽畏其暵也故夜降雨露以潤之在陰畏其終也故伏陽以蓄之人之不之止也故晦明以息之人之不之時也故馳疑時以警之日月星辰雷電風雨霜露之作無不私於人也焉有爲蟲蝗之時以害其禾稼爲水旱之時以蕩其生物爲疫癘之時以毒其性命爲兵革之時以流其脂膏者上天垂象昭鑑萬物之情始兆高明之象已著未嘗不丁寧先視之於人俾知者通其變而脩其德以爲之防知而不脩夫何言哉聖人所以觀乎天文以察其變又曰先天而天不違後天而奉天時又曰則天之明斯其旨也故天子有日官諸侯有日御皆所以達變於其君若聞祥而逸福必爲禍必疑禍而懼禬益爲善而疑無必定之災桑穀乃中興之道數無可保之福烏雀爲滅亡之運其或有戰争水旱災沴之世皆生民之

所感曾無時日之限而及之也且民之所爲也繫時君之教化若以忠孝恭儉爲治皆可封也暴亂聲色爲好皆可誅也居時之和爲可誅之數上帝之仁且不能祐膺時之亂爲求治之具神明之力必可以恕或者曰三皇之世不能無戰争堯湯之君不能無水旱豈聖德有闕歟蓋時使之然也夫戰之大者孰踰於版泉不周之後人謀之可與乎兵力之可支乎卒滅於有德水旱之數豈過於堯湯之代人無饑色國有常歲若今之世一年之水一年之旱豈惟人不粒食國無儲矣焉能感治水之命有疏鑿之功爲桑林之牲契禱祈之願若時數之必然即當數足而後已豈復有中救之道是知天時不能違於聖德明矣至於長

史爲一郡一邑之攻飛蝗尚不入其境醫門以藥劑之和可以拒時之疾又若時數之一槩寧有擇其地而遺其人哉況宋景一言之善罰星退舍漢之盛德日馭再中其餘感應之跡布在方册是以知天道甚遠人事至近又易以（疑衍）履之說曰素履貞吉幽人之貞所履若吉幽人尚且不懼況聖人乎希濟以爲治亂無時爲人君所行求治則治忘理則亂雖復求治積年一　日遠之禍不旋踵國亦如之皆非拘忌之家所能執必矣

文苑英華卷第七百五十

文苑英華卷第七百五十一　論十三

興亡上（此後史論七卷元本不依年代止以作者先後爲序）

北齊興亡論一首　後周興亡論一首

天命論一首

北齊興亡論　盧思道

或問主人曰往者魏人失御六合雲擾河朔闕（疑作關）右剪爲二國東黑西道（疑作遒）天平北廵兩朝先主分陝而覇龍戰虎争多歷歲杞旣而水運僉竭天祿永終齊室比迹於唐虞周人踵武於漢魏齊有五帝周易四王並纔踰二紀相繼而滅若其元首膺期股肱命世立極補天之業銘常鏤鼎之功至於暴君南面孽臣作輔民怨神怒國殄祀絶

易世之由雖傳之耆舊載於史策通人雅吉其詳可得聞乎主人應之曰吾少仕齊朝晚歸周室因而學業歷兹永久雅好博古雖欲擬議近世治亂粤可略陳在魏正光兆難司旦爾朱榮乘釁内奰滔天泯夏餘燼䟦扈挺禍王城海内生民若崩厥角齊高祖神武皇帝天縱英明之略神挺雄武之才龍攄豹變投袂而起四明昆弟大會韓陵類蚩尤風雨之兵若新都犀象之陳彼曲我直天寶（疑作實）賛之日未移魁大殲醜族然後援立宗枝入纂皇統群后成務天下晏如但芒刺成災震逼爲梗（居鄴）流彘去而不入遷鼎舊鄴國命惟新朝章國憲燦然畢舉渭南失律似烏林之喪師洛北先鳴同官渡之凱入雖天命有歸而盡於此

面方之魏武具體而微文襄嗣業始踰弱冠瓌傑之氣足稱負荷賓禮時秀驅駕群雄內外肅清朝無粃政侯景背恩棄義很顧汝潁蕭衍失信華災蟻聚彭汴於是謀臣運策猛士推鋒渦陽之役克渠延馬南逝寒山之戰其卒隻輪不反王思政入據長安淹歷歲時神旗甞臨如風掃籜三秦勍敵閉關自守五湖之長革音請命魏孝靜以天歷有在鼎祚將遷大禮備物率由舊典允恭克讓推而弗居禍生非慮匕首竊發爾其弗（疑作夷）凶剪暴剛斷英峙天崩地折棠構闕如嗣子幼冲未堪多難文宣雖云外弟少乏令名人望所歸便見推奉于時政有彝倫朝多俊乂爪牙皆韓白之伍心腹盡良平之儔外靜方隅內康庶績主之

不才四海弗之覺也洎乎受終文祖燎天改物兵強地廣國富刑清發號施令必師古始信賞必罰如有四時年穀屢登災害不作敵人竄迹郊境無虞天保受命迄於五祀黃初泰始不能遠尚爰及中年誕縱昏德以萬乘之貴爲長夜之飲散髮視朝肉袒聽政手行刺剔躬運矛鋋寵狎倭諛親愛凡鄙出入市廛遊走衢路太保高隆之佐命元功廟廊上宰僕射高德政龍潛賓友帷幄重臣衛尉卿杜弼碩學偉才拔萃出類光祿大夫元景風流儒雅師範縉紳或赤族見誅或刑頸爲戮並直言竊歎斃於讒口自餘名士良臣非罪遭命淫刑以逞不可殫言劉曹以還逮於僭僞受命稱帝未有若斯之慘者也賴有尚書令弘農楊

遵彥魏太傅津之子也含章秀出希世偉人風鑑俊朗體局貞固學無不綜才雕不適裴樂謝其清吉應劉媿其藻麗溫良恭儉讓恕惠和高行異才近古無二有齊建國便預經綸軍國政事一人而已詰旦坐朝諮請填湊千端萬緒令議如流剖斷部領選舉人物蒲室盈庭求無凝滯虛襟泛愛禮賢好事聞人之善若已有之智調有餘尤善當世諸言屢入時寄無改每乘輿四巡恒守京邑凡有善政皆遵彥之爲是以主昏於上國治於下朝野貴賤至于今稱之俄而文宣不豫嬖於趨（疑）孽儲君繼體纔歷數旬近習預權小人並進楊公慮有危機引身移疾幼主若喪股肱固相敦勉乾明之始難起戚藩變成倏忽殞於殿省詩

云人之云亡邦國殄悴君子是以知齊祚之不昌也孝昭地乃密親位居元輔有姬公之戚無復子之心亦由主弱時艱慮深家國當陽正位事出權道身長八尺腰帶十圍沈深謹厚實有君人之望時甲卒強盛財力殷阜乃睠西顧恒有吞噬之心兼以天保之後懲其淫縱不邇聲色不事晏遊孝於太后篤於昆季慎惜名器愛養黎元後庭嬪嬙皆是藩邸之舊數不盈十竟無私寵特解吏事尤好禮容但政苛碎暗於聽受降年不永朞歲而崩大漸維幾黜其元子武成母弟之親入主宗祐而少稟凶德不孝不仁龍攢在殯淚不承臉太后之喪亦不哀哭纔及公除便衣縫裘縱侈荒淫不知紀極弄酒嗜音夜以繼晝有和士開

者素有(疑衍)和氏之庶孽其面目亦似胡人輕薄几佷爲衣冠所棄武成在田之日引爲參將聞好彈胡琵琶亦解歌舞一面之後便大相愛悅恒在閤內同食共寢淫穢之事無所不爲天保之世文宣知其如此頓鞭二百徒(本傳作徙)配長城後遇赦得還武成爲右丞相久別得還恩眄愈厚信宿之間賞賜巨萬及踐太位親顧彌隆爰自黃門漸至端右盡景娛侍畧不休停就令蹔出便追騎相尋士開作威作福畧無顧憚恩寵勢望燻灼朝野恣性貪淫人倫少例心如谿壑行均犬豕甲第當衢侔擬公室富商大賈朝夕盈門朝士無賴者亦競相諂媚或送婢妾或進子女筐篚苞苴烟聚波屬士開葬母傾朝追送諂諛尤甚者至悲不自勝滉薄邪佞愛踰弟兄名賢素士畧不交言其所薦延奏無不遂榮枯進退定於俄頃于時下陵上替奔競成習士無貴賤風節頓盡趙彥深阿諛順旨俛首懷祿元文遙器能先見不敢措言此外群官靡衣媮食齊室大壞其源始於此禨河清之末長彗爲災太史奏言須有攘救武成便自稱太上傳位後主胡長粲以從舅之親馮子琮以姨夫之戚俱受寄託並當樞要或性識庸近或意懷險薄皆不學無術智能淺短及天統末年武成即世和士開一相處內自擬伊周太尉錄尚書事趙郡王叡明德茂親聰爽俊悟藩王之內時望隆重以士開凶醜宜加屏黜入踐青蒲讜言規諫而少主聰察不類成昭母后才明異於馬鄧

士開禮於踈行長粲爲其謀主遂使密戚賢王絞縊以戮雖遐邇胥怨愚智同憤而依托城社未如之何數載之間肆其穢行與馮子宗夫婦黨獄賣官三家府藏賄貨山積凶愚子弟並處高資更相貨(疑作貿)易擇而後授司徒瑯琊王儼年甫十四兼領憲司憤其所爲切齒忿咤執送南臺異其身首子琮以搆扇兩端一時依法二凶俱勦朝野晏清京師市里儛蹈成群梁董之慶不足斯比瑯邪心實去惡跡乃陵上不容於時俄而賜盡自茲已後政道彌昏高阿那以牧圉之勤重其佞媚韓長鸞以韝紲之能悅其趨走又有女奴陸氏出自掖庭凶智狡筭舉世無疋以保母之恩特見尊寵六宮謂之世師人主以爲內相舞弄王法掩塞天聽慶賞威刑出於婢口頑嚚弟姪布於列位帝戚皇支不能及也陸子駱提婆者出於阜隸本是鞞工愚暗庸短僅辯菽麥與韓高之徒共持國柄宣淫肆暴甚於和氏窮極富貴轉日廻天愚薄之倫折枝舐痔輕者進貨賂甚者緒婚媾朝廷泯然無復廉耻清貞守道更被嗤怪漢世張趙不能喻其萬一晉朝賈郭未足比其錙銖斛律明月屬鏤之錫寃動天地崔季舒龍逢之戮痛切幽明加以內參年少閹官之屬親狎寵私盈滿宮禁干預政事剽掠生民黔首呼嗟以日爲歲其反道違常速亡趨滅事非一緒不可勝陳後主自生[illegible]宮闈長於尼媪不接端士不見正人朝夕諮諏罕聞調諭[illegible]之客便煩(毛詩作蕃)左右莫匪刀鋸之

餘飛鷹走狗蕩其心志慮聽色淫聲亂其耳目論功德者云義軒無以尚述欽明者有稱堯舜不能踰才智之士棄而不任假有名級備員而已憲章綱紀蕩然無餘魚爛土崩以俟劶豕周武大捷平陽乘虛除入將有降心士無鬬志前世耿賈之椎俛眉頓顙先朝貔虎之銳飲氣重足舉晉陽如拾芥攻鄴宮猶振槁萬里百城交臂屈膝南極江淮北盡砂塞西界函谷東至滄溟府帑粟帛之饒兵革士民之衆齊之所畜盡爲周有不亦哀哉

後周興亡論　前人

周太祖文皇帝幼而機驚一作警智數過人屬魏末多故召寡關隴值二將相屠三軍未一見推爲主遂握兵符俄而

魏武西巡奉迎車駕挾天子以會諸侯萬世所一時也撫養荒餘鳩聚兵甲同心之旅不蒲萬人齊神武以大兵數十萬將清灞滻雷動雲移萃於渭曲太祖以數千弊卒振旅而還遂基王業竇泰以勁兵深入一戰喪元高敖曹以銳氣先登臨陣受首兵革一作革車歲動敗鮮勝多高氏雖怙其衆力莫敢先至邙山之舉我師敗績收合亡散退守有餘及蕭氏將亡邊服震擾荆郢內附庸蜀來王器械完整貨財充實帶甲百萬驍將如林晏駕之辰國與齊人相埒矣閔帝以嫡嗣承基應天納禪藐齡厭世末及稱皇以庶長見立纂我鴻緒從容文雅亦守文之良主焉二帝景命不融高祖始登大位于時大冢宰晉公宇文護太祖之猶子也負圖作宰親受顧命國柄朝權頓去王室高祖拱深視彌歷歲年談議儒玄無所關預恭則寡人晉公之不忌也但自下裁物其主不堪累世權強一朝折首其於黨與咸見夷戮惡禽舊物掃地無餘爾乃棄奢淫去浮僞施一德布公道屏重內之饍躬大布之衣始自六宮被於九服令行禁止內外肅然以釋氏立教本貴清淨近世以來糜費財力下詔削除之亦前王所未行一作得非也值　季失德取亂侮亡親御戎軒再舉而滅軍令肅然秋毫莫犯數旬而定不戮一人未及下車華其弊政山東士女欣戴如歸但天性嚴忍果於殺戮血流盈前無廢飲啖行幸四方尤好田獵從禽於外非夜不還飛走之類值無免者識者

以此少之雖有武功未遑文德彝章禮教蓋闕如也練甲治兵將掃沙漠遠圖不遂暴疾升遐宣帝初在東京已多罪失高祖每加嚴訓不能修改嗣位之初餚情自勵踰年已後變態轉興躭酒好色常居內寢角抵逸遊不捨晝夜分命使人徵求子女積之後宮以千萬數此石虎之淫風也寵姬四人並立爲皇后車服節文與內主無別此劉聰之亂政也少在儲宮頗覽經籍臨朝對衆亦有精神但稟情狂特好詭異衣冠形色皆與舊制不同文武侍臣屏棄遐裔內外門閤皆別令臣者看守出入去來並錄其數殿省以目相視然朋淫於家無所簡擇乃至長樂亦有醜聲大象之末忽爲慘虐鞭撻朝士動至數百背及胸腹一時

下手楚毒之理不可忍見　祖宗廟號諱不得稱變易官名
回官（疑）姓族車乘輪輻並　有貴賤之殊婦女莊點亦爲上
下之異後庭嬪妾房有數　人自旦至夕恒令危坐相對有
不如法便即搥楚內外命婦朔望朝謁皆令爲丈夫拜伏
以示肅恭自號爲天不復稱朕此外小事異同不可勝紀
狂惑妖僻開闢未之有也客曰齊武成荒悖肅暗怨結人
神厥嗣不昌理則然矣周祖聰明神武冠世雄奇因愚子
以至顛覆豈人事乎抑天道也蒙有惑焉請聞其說主人
曰寒暑晦明二儀之不同也賢愚治亂五勝之相形也是
以酒池肉林乃周王之締構坑儒焚學亦漢后之驅除齊
自天保受終迄於武平喪國孝昭之外竟無令主河清已

後國基漸墜昏主慢遊於上黎民怨讟於下逮於末葉君
弱臣愚外崩內潰周人取之猶坂上走丸也周武任數矩
（疑）情果敢椎斷擁三秦之銳屬攻昧之秋削平天下易同
俯拾未及三祀宮車晚駕嗣子披猖肆其凶慝眞人革命
宗廟爲墟此蓋天所以啓大隋非不幸也

天命論　李德林

粵若邃古玄黃肇闢帝王神器歷數有歸生其德音者天
膺（一作應）其時承其運命者確乎不變非人力所能爲也龍
圖鳥篆號謚遺跡疑而難信缺而未詳者靡得而明焉其
在典文煥乎湘素欽明至德莫盛於唐虞貽謀長世莫過
於文武大隋神功積於文武（一作王）天命顯於唐叔昔邑姜
方娠夢帝謂己余命而子曰虞將與之唐而蕃育其子孫
及生有文在其手曰虞遂以名（一作命）之成王滅唐而封大
叔及唐叔之封也箕子曰其後必大易曰崇高富貴莫大
於帝王老子謂域內四大王所（一無此字）居一焉此則名虞與
唐羨兼二聖將令其後必大終致唐虞之羨蕃育子孫用
表無窮之祚逮皇帝（一作家）建國初號大興箕子必大之言
於茲乃驗天之眷命懸屬聖朝重耳區區豈足云也有娀
玄鳥商以興焉姜嫄巨跡周以興焉邑姜夢帝隋以興焉
古今三代靈命如一本支種德奕葉丕基佐高帝而滅楚
立宣皇以定漢東京太尉關西夫子生感遺鱣之集歿降
巨鳥之奇累仁積善天申休命太祖誕生庇民匡主立殊

勳於魏室建茂績（一作盛業）於周朝啓翼軫之國肇炎精之紀
爰受厥命陟配彼天皇帝載誕之始（一作初）赤（一作神）光滿室
流於戶外上屬蒼旻其後三日紫氣充庭四鄰望之如鬱
樓觀人物在內色皆成紫幼在乳保之懷忽覩爲龍懼而
失抱帝驚動數旬方始痊復又嘗寢於其室家人開戶正
見一龍　太祖神異也世塗不測窺比丘尼智先保養智
先禪觀靈雅有玄識云此子方爲普天慈父護持正法神
佛佑助不須憂也帝體貌多奇其面有日月河海赤龍自
通天角洪大雙上權骨彎迴抱目口如四字聲若鍾皷手
內有王文及受九錫王生文加點乃爲主昊天成命於是
乎在顧盼閑雅望之如神氣調精靈括囊宇宙威範也可

敬慈愛也可親早任公卿聲望自重周齊王憲謂晉蕩公曰觀隋公神彩恐不爲人臣晉公徐納其言將加不利賴大將軍侯壽固諫乃止憲及內史烏丸軌各奏周武帝云隋公氣調風流合散敬服竊聞世議慮不在人下武帝云此人頭額但宜爲將不須異意待之相者來和爲帝曰觀公骨法必爲王者但願保愛聖躬道士張賓亦言公相是帝王名當圖籙龍飛紫極莫忘臣帝憂懼譏退深自晦跡鄴城內學人陸擬大象初入長安謂所親曰周德已盡楊氏必興隋公往自定州南行至鄴當時遙望擬爲天子昨在路瞻仰定是不疑但未知如何而得後歲當來觀耳謂其所親曰爾無輕言爲貴人患害擬曰天之所命安可害也

明年帝作相於內大象二年夏五月帝初拜楊州總管平晝寢息似睡若見數龍繞身其夜又夢一龍來入被內帝又常出長安城東徹馬上恩懷在濟生民之疑相夜夢一長大人素服冠幘謂帝曰時未至及欲作相夢人云時今至矣天求民主丕顯肇至當晉蕩執國及建德之時君異則天臣非佐命僭嫵讒慝何日云忘我皇外總方面　入司文武具興王之表蘊大聖之能或氣或雲蔭映於廊廟如天如日臨照於冕軒內明外順自險獲安豈非萬福扶持百祿攸集有周之末朝野騷然降志秉鈞一作執鈞鎮衛宗社明神饗其德上帝付其民誅姦逆於九重行神化於四海于斯時也尉迥據舊一作□齊累世之都乘新國易亂之

俗驅馳虵豕連合縱橫地則一作□九州陷三民則十分擁六王謙乘連率之威憑全蜀之險興兵舉衆震蕩江山鴆毒巴庸蠶食秦楚此二虜也窮凶極逆欲割鴻溝之地閉劍閣之門皆將長戟強弩睥睨宸極窮漳河而遠一作達負海連岱岳而距華陽迫脅荊蠻吐納江漢佐鬪嫁禍紛若蝟毛曝骨履腸英華作腹間不容礪爾乃奉殪戎之命運先天之略不出戶庭推轂分閫一麾以定三方數旬而清萬國蕩滌天壤之速規摹指畫之神造化已來弗之聞也光熙前緒罔有不服煙雲改色鍾石變音三靈顧望萬物影響木運告盡褰裳克讓天曆在躬推而弗有百辟庶尹四方岳牧稽圖讖之文順億兆之請披肝瀝膽晝歌夜吟方屈

箕潁之高式允幽明之願基命定命一作宥密如亘如升唯一作惟帝居歆創業垂統殊徽號改服色建都邑叙彝倫薄賦輕徭慎刑恤獄除繁苛之政興清靜之風去無用之官省相監之職奇才間出盛德無隱星精雲氣共趨走於階墀山神海靈咸燮理於臺閣東漸日谷西被月淵一作川教暨北溟之表聲加南海之外悠悠沙漠區城萬里百蠻之廣一作蠢蠢百蠻莫之與競五帝所不化三王所未賓屈膝頓顙盡爲臣妾殊方異類書契不傳梯山越海貢賝奉賮一作贄欣欣如也棄居穴處化以宮室不火不粒訓以庖廚禮樂極一作合天地之因一作同律呂節寒暑之候制作評垂衣之後淳粹得神農之前邀遊文雅之場出入杳冥之極合神謀

一作誤鬼通幽洞微群物歲成含生日用飲和氣以自得沐玄澤而不知也冊雀爲使玄龜載書甘露自天醴泉出地神禽異獸琛木奇草望雲一作非觀海應化歸風儛休祥於圖牒罄幽遐而來止猶且父天子民兢兢翼翼至矣大矣七十四帝曷可同年而言一作語哉若夫天下之重不可妄據故唐之許由夏之伯益懷道立事人授而弗可也軒初四帝周餘六王藉勢一作世因基自取而不得也孟軻稱仲尼之德過於堯舜著述成帝者之事弟子備王佐之材黑不代蒼泣麟歎鳳栖栖汲汲雖聖達而莫許也蚩尤則黃神抗衡共工則黑帝勍敵項羽誅秦摧漢宰割神州角逐爭驅盡威力而無就也其餘炎起妖妄何足數乎賊子逆

臣所以爲亂皆由不識天道不悟人謀競逐鹿之邪說謂飛鳧而爲鼎若使四凶秉一作爭非八元之誠三監懷一作九同臣之志韓信彭越深明帝子之符孫述隗囂妙識真人之出尉迥同謳歌之類王謙比獄訟之民福祿蟬聯胡可窮也而違天逆物獲罪人神嗚呼此前事之大戒矣誅夷葅一作京醢歷代共尤僭逆凶邪時煩獄吏其可不戒愼哉蓋積惡既稔一作或心自絕於善道物類相感理必至於誅戮天奪其魄鬼惡其盈故也大帝聰明群神正直耳目騖於率土賞罰參於國朝輔助一人覆育兆庶豈有食人之祿受人之榮也包藏禍心而不職盡者也必當執法未處其罪司命已除其籍自古明哲慮遠防微執一心持一德立功坐樹上書削藁位尊而心愈下祿厚而志彌約寵盛思之以懼道高守之以恭克念於此則悔回不至事乃畏天豈唯受一作愛禮讖光蒲覆義在知幾吉凶由人妖不自作衆星拱極在天成象夙沙則主雖愚蔽民盡知歸有苗則始爲跋扈終而大服漢南諸國見一面以從殷河西將軍帶一作率五郡而臣漢故招信順之助保太山之安彼陳國者盜竊江外民少一郡地減半州遇受命之主逢太平之日自可厭土嚙璧乞同普天乃復養喪家之疾一作疹遵顛覆之軌趑趄吳越仍爲匪民雖時屬大道偃兵舞戚然國家當混一之運金陵是殄滅之期有命不滔一作謟斷可知矣防風之戮元龜匪遠孫皓之侯守株難得迷而未覺諒

可愍焉斯故未辨玄天之心不聞君子之論也

一作皆隋書本傳內自流於户外至入司文武五百六十五字傳中節去英華卻載全文

文苑英華卷第七百五十一

文苑英華卷第七百五十二　論十四

興亡中

魏武帝論　朱敬則

皇漢失圖網漏讒慝賊臣承間搖蕩宸居宗廟焚燒天子播越於是九州幅裂四海橫流釋位勤王天下雲集初平元年後將軍袁術冀州牧韓馥豫州刺史孔伷兗州刺史劉岱河內太守王匡勃海太守袁紹陳留太守張邈東郡太守喬瑁山陽太守袁遺濟北相鮑信長沙太守孫堅等

同時俱起以討董卓爲名然包藏禍心以暴易亂竊命矯制結黨樹朋觀釁待時莫敢先犯唯魏太祖有汴水之戰孫討虜有陽人之師矣觀曹公明鋭權略神變不窮兵折而意不衰在危而聽不惑臨事決機舉無遺悔近古已來未之有也故梁國橋玄南陽何顒皆云天下將亂非命世之才不能濟也能安之者其在君乎雖復名微衆寡地小力窮官渡受圍濮陽戰屈然天下精明之士拓落之材趙若百川之宗巨海遊塵之集高嶽故有荀彧郭嘉邢顒程昱賈詡朱雲等或歛風長感或一見盡懷然後覽英雄之心騁熊羆之勇挾天子以崇大順扶幼主而顯至公旌賁忠良芟夷叛逆神道輔德百姓與能武功赫然霸業成矣若乃獲魏种而有(疑作宥)之高祖之封雍齒也降張繡而不怨光武之全朱鮪也感臧霸之言以成其氣重關羽之義抑而不追王霸之術也然後法令嚴峻賞罰必行惟材是求惟力是視縱夷齊蒲路顏閔並居未暇存也救弊即可仁則未知且以術臨人力無餘地用智濟物迹君容身欲使蕩蕩玄波涯而不竭飂飂薰風周徧草木玄雲蔭而方雨黃檗衰而木落不可得也荀文若首預經綸提挈草昧清神照乎物表妙識出乎機先造我魏邦繄其是賴一言不合五毒將施無詞寄文空器見志可不劇哉加以孔文舉與道翱翔盡忠漢室崔季珪天骨高爽志在扶傾豈大盜之所安也嗚呼欲盜之子見錦而不見人弭謗之君尤

人而不尤巳豈知群鷗不下衆雀遥驚者乎故陰謀未洩天下已知毒志潛行忠良前懼何夔所以帶藥楊彪由是不出雲長受恩而不謝玄德失著而思奔席上無懷疑之人閫外少自信之士良可恥也固知曹公不能用天下之材成天下之務也昔周武之澤及昆虫不能感食薇之士漢高之功濟草木未能屈歌芝之賢猶且遂其孤貞容其怨讟況功未半古德異樂推遺神器之流離問寶鼎之輕重欲使庶人不識宜(疑)心寧可得乎翻乃疾走惡迹掩耳畏聲讎匹夫念平素殺桓邵斃婁珪道路以目天下鉗口豈不惜哉楊德祖才雖清秀志非遠圖託事行誅死非其罪司馬懿雄材大度勇而有謀審其狠顧知而不剪若言

天下疑也則吾未知其言人事也其智安在故知忌小忿而忘遠圖料目前而忽身後豈所謂旁求哲人俾輔後嗣者哉或問曰天厭漢德海內分崩三雄鼎立俱受眷命乃至控御豪傑削平區宇英圖遠筭何者爲先君子曰孫仲謀藉父兄之資負江海之固未敢爭盟上國競鹿中原自守未餘何足言也蜀先主抱英濟之器無角逐之材遠竄荆蠻畏曹公神武奄有庸蜀乘劉璋之政衰國小人夷風頹俗陋山川險隘異崤函之奧區江漢通流殊河洛之朝市豈得抗衡中夏齊足當途乎前賢易地之談全是不關胷臆且夫度德而處量力而行劉備豈薄先王之舊居輕齊魯之故俗若泰伯之適吳越孔子之入九夷哉蓋不得已也是知才雄者地廣國大者兵強地既由才才寧可易也

晉高祖論

王業不同其來尚矣若乃待辛癸之禪湯武不得稱仁要西伯之資高光無由濟世或寧亂以得志或興禍以取威遭遇雖殊天命一也宣帝聰豪明允博學洽聞敏而好謀寬而能斷其未得志也服勤王事夙夜在公知無不爲竭牧必嚴取信嚴主所謂能臣也及勳德日隆雄材漸著權略不世合變如神受命崇華竭股肱於明帝忍死嘉福遂無君於冲人所謂姦臣也及內難既平外寇斯殄威力翕赫指麾風飛遂乃臨神器以徘徊戮公族以顧望雖大業初構人望斯存若格以名神請罪不暇歸諸天命則前代有辭美哉未盡善也且成湯之在夏世行仁以動諸侯文王之處殷朝好讓以懷鄰國高祖以豁達容物光武以長者得人未有專伏陰謀每行詭計寄何晏以鞫獄示李勝以謬言請戰以見威指水以表信乞穤不與懼有陳恒之譏封墓釋囚不嫌武王之事媿情負理掩耳避聲狼顧以噬魏人狐媚以取天下亦前史所醜也

宋武帝論　前人

蓋聖人不能爲時亦不能失時歷觀帝王之祚（一作作）未有不因人墜塗炭而得志或天下嗷嗷新主之資也是知秦有閻趙之隙漢罹莽卓之災晉由曹氏之專宋實桓玄之篡始得奮其智力救此倒懸陳浞羿之辜問滔天之罪況劉裕天錫神勇雄略命世不得（疑）思漢之謳未暇假從可之會同盟二十七願從一百人雷動朱方風發竹里龍驤虎步獨決神襟長劍一呼義聲四合蕩亡楚已成之業復遺晉乆絕之基祀夏配天不失舊物雖古人用兵不足加也至乃網羅俊异待物知人動必應時役無再舉西盡庸蜀北劃大河自漢末三分東晉拓境未能至也或問前史云克敵得儁奇迹多於魏武此權（一作權）論乎君子曰得儁雖多前非大敵若乃黃帝斬蚩尤高祖制項籍光武抗尋邑曹公挫本初此是奇迹也至若慕容超政不在躬奴僕下品姚泓宗枝猜貳俛首於人盧循祅寇之餘譙縱新造

之國因釁取亂何足可稱至乃潛算樽俎之間明見千里
之外揣機料日不爽錙銖亦古之智士何以加焉但禮樂
文明日不暇給垂風邁德感（疑）所未能人望不逮於建安
天命乃光於魏武又問曰棄德非道捨舊無親有宋功臣
多不及嗣豈理須然乎請聞其要君子曰且夫奸雄者非
淳德之稱謀勇者乃果决之辭故昔之同盟擬覆前敵故
無材不露無心不披譬若同舟遇風寧有隱哉及高鳥盡（盡一作已死）
狡兔死（死一作復烹）其材能我之儔也我非積行累能
彼之知也思已之所行恐彼之已叛是以雄猜內發釁兆
易萌韓彭以之葅醢劉葛由之覆亡然則高談堯舜之道
不忍論桀紂之行思燕齊之血食見漢宋之不仁故尉繚

畏秦王之屈節范蠡識勾踐之忍人綺季不出於商山嫌
漢王之侮慢嚴光潛形於草澤知劉秀之未弘有旨哉又
問曰宋祖入關老相篤爲（此句疑）赫連畏逼姚氏淫昏中原
士庶恥爲臣妾王師梟鏊頗有禮焉所以扣馬攀車請住
關右宮室陵寢是大漢之遺蹤關山重復乃有周之長世
人與不取遠衆獨歸昔項籍見哂於韓生宋高又失於父
老其旨可得聞乎君子曰論項即非在劉爲是以項王之
材天下可以力制人心可以勢奪因宮室之嚴守山河之
固此九州之上腴何彭城之足羡劉裕家本江南全軍遠
克未能制命夏魏施號秦京雖曰關中寔是邊地鞭長不
及馬腹風末不

王買德曰貪歸受禪所留不過愛子待歸一舉而可取卒
如其策智士哉

北齊高祖論

昔張讓段珪濁亂天下漢召董卓將顯其誅竟有小平之
奔曹氏因之乃創覇業鄭儼徐紇黜辱皇猷魏收爾朱榮
欲洗濯宮掖遂至河陰之禍齊人籍此用承明命故曰亂
者理之源機者命之兆不可失也神武崖岸高踈器宇深
沉望之儼然風塵自遠聽之愈厲雷霆或聞至乃足踐列
星聲振原（疑）地赤色映團（一作圓）焦之外青　立旅宿之門
漢高由之自負徒屬以之增畏此所謂曆數在躬推之不
可去也于時魏德已衰群胡得志孝莊殞于虜手節閔縶

（疑）於兇徒義士痛心壯夫瀝血結黨求同盟之會扶翊想
勤王之師者往往而聚焉所以因天下之心覽英雄之議
以普泰元年六月建旗於信都以討爾朱兆爲名當時趙
魏之豪有高慶（本傳作乾）邕高敖曹封隆之李元誠（本傳作元忠以諱作
成）盧文綿（一作偉）崔祖禽（疑）等盡其死力蓋代之傑有尉景
段榮彭樂竇泰匹婁昭薛孤延（本傳作孤延）等共其奔走然後
數亂常之罪顯安忍之辜發義帝之喪三軍縞素承催氾
之逼萬里同心莫不精勇感人神雄略出天地檄詞未草
聲已馳於賊庭王誅欲加乃命懸於鬼籙但犬羊四合觜
距千群大戰韓陵然始得志既而龍驤虎步高下在心開
幕府以臨外藩分晥心而統京邑雖生我者父母立我者

高王既懷震逼之威易爲芒刺之說周鄭交惡衍殖構氣趙鞅畏讒遂起晉陽之甲襄王失據乃有居氾之悲雖表數（疑）相仍公怒未怠紫宸不可久曠冊冗難以更燻遂應飛來之謠乃議遷都之便關西河北剪爲寇讎天平未熙便成敵國於是疆埸大駭鉦鼓相聞邛山之師扶（扶一作枎）馬播而自免砂苑之役跨驃馳以遁歸勝負相參波瀾不定豐功厚利各有可觀者焉昔魏祖西征中道不豫晉景南伐迴兵乃殂此並業未半而意窮功垂成而景促是以晉運末命委曲臨終不可盡也尋高祖其辭魏帝之表可謂其言也哀顧太子之言可謂其事也盡方諸前代各一時也若乃推誠與人懷舊不捨擇子如之蝨看尉景之肱（本傳作胝）喻高昂於肝膽委侯景於半體此明達也牽馬麥田不飲杜酒此嚴斷也放李穆之歸使其富貴感虎兕之對以勸事君此宏量也故能廢立雖多不失臣節兵鋒屢折人望攸存即與夫變賈充忌荀或不同時也

北齊文襄論

神武云日爲我蝕今死亦擁（本紀作死亦可恨）觀其和勑勒之歌哀來何極覽太子之色仍有別憂此豈悲促齡而怨昊蒼哉但強敵在隣奸臣不附以此爲恨也文襄克纂丕基堪負大業追成曩志不忝遠圖故能委任紹宗外平侯景借假貞節內察權豪沙汰衆流釐正群務紀綱具舉朝野肅然況乃嘉思政之忠逢接其手辟陸生之直更賞其能此亦可稱也且夫爲人上者當不忝威儀慎名器先王以之華奬達人因此垂風是故立其章程明其限節水火可蹈禮教難逾今天蔭甫傾洪基靡構國有大難未可三年不言高宴後園豈得一朝盤舞此不慎爾儀也若乃命天子爲癡人比尊名於徇脚恨崔陵之語不念元勳忿孫騰之儀寧思佐命此不惜名器也加以任情蕩思率意以之紅綺如花妖顏若玉决池而弄淫女下獄而罪貞姬叛高慎於洛陽幾傾其父蒸鄭妃於內寢乃繫乎親詩曰人而無儀胡不遄死此之謂也嗟乎楚莊絕纓不顯婦人之節鄭人獻捷尚禮南冠之賢所以盡俘因之材得醉者之力今者陷孝騫之罪賞王儀之心拒蘭欽之慈專諸之劍非不幸也

北齊文宣論

文宣承父兄之資據已成之業磊奇不測內剛外柔屬變起不圖禍機竊發臨事而懼警（疑作驚）而後行故使逆黨無遺夷徒必盡自得政二世樹恩百寮司馬公之養汝只在今日陳恒子之好施惟取一時由是腹心不散勳貴自隨大會晉陽共叙哀酷神彩英颺風調清閑既而人固難知始推天授故曰今日左僕射不減大將軍由是感光祿之言不俟終日聽倉丞之諫理故無歸然遂邇之心赫虎之變爪牙夙將帷幄舊臣尽使隣國寢謀殊邦側席況屬梁運道銷江淮家無（疑）周宗歆闕函谷封泥故得北𨽻砂漢

之隳東懷遼海之際政尚明直時實豐盈膏澤始流菁英已竭中山迫於漢獻高洋劣於魏文但禮樂未施冠屨不假高論王道此實多慚或問曰夏桀無道殷辛雲政舉烽而來一笑擊鼓而飲三千雖曰荒淫未窮鄙穢猶稱有夏多罪天命殛之皇天震怒命我文考今者顓祖狂昏中酒而作莫不手自支解躬行剸斫大集婬嫗爲笑目前廣命宗親聚塵座上鄴城無自保之容當軒有供御之困或斃行以罵衆寮或擘尻以示群下加以土木不息金鳳臨雲徵歛日增長城千里仍得快樂世以保乂豈天地不仁降災萬姓之疑將多僻適與相逢岐路無歸我心如醉此即甘酒嗜音之談蓋成虛論三風十愆之説併是高談君子

曰源深者流長德盛者祚遠壓之汏雖著書之德在人齊神武伐暴勝殘有大功於天地其嗣雖復失道仍未殛於神明故書曰天惟五年須夏湯之子孫是也問曰神武之初基實多佐命文宣應籙共匡霸圖其間文武高材略不世出風流名士拔萃逸群屬主暴政荒時艱路澀未有裂裳遠竄行從近關聞者尚足動心遇者曾不驚慮此復何哉君子曰達人之道布在方冊顯晦之迹理同可尋若乃色斯舉矣翔而後集則仲尼去衞夷齊讓國清風流長高節遠列固絶倫矣其次則南山之叟東門之賢范蠡泛江湖尉繚去城市此又見幾而作也亦有貞不絶俗隱不違親冥默園林卷舒人事八月羊酒聘之而不來四時束帛徵之而不屈亦可與語上矣過此以往何足言哉良爲道喪已久應恥不追崩騰闇主之朝淪沒驕君之世何足惟乎悲夫嚴尚既歿誰與爲言俗物蒲塗彼衆我寡俾將來不昧知其志焉哉

文苑英華卷第七百五十二

文苑英華卷第七百五十三

興亡下

梁武帝論一首　陳武帝論一首
陳後主論一首　隋高祖論一首
隋煬帝論一首　两漢辨亡論一首

梁武帝論

梁高祖聰明文思寛厚通博生而神異動多奇怪此天表也求元之初群賢受命竭懐輔正盡力康衢細隟未開纖塵不動而椎圖英筭孤識獨見審長河之將決知崑山之必焚理欲先天未遑後舉叫嘯龍虎合集風雲馳两函以取荆州連五都疑以震都邑長流遠邁獨決方寸霜風飛掃

雲雨霈沐白旄一麾頑童授首乃弔寃魂而謝牛酒昭筐篚而軾善人師不疲勞人無怨謳謳歌是逼獄訟攸歸代德立成眷命斯在然躬覧載籍備睹興亡留心求瘼勵精納善雖化未大道時亦小康也若尋其德音討其風俗尚根浅易拔源涸難流禍亂相仍盖其宜矣且兵號義旗戰稱伐罪勝非已利功豈私成湯有慚德去道近也武無愧容其私厚也昔魏太祖兵鋒無敵神機獨行大戰五十六九州静七八百姓與能天下慕德猶且翼戴弱主尊奬漢室降及宋高剪平僞孽安復王家義聲薄天高誠動日然更懸兵四徼决勝五湖北静燕塵西清秦霧宏勲不讓盛德見推備物蒲庭猶非望故晋帝今日之所事本所廾心義士猶或非之通人尚爲薄德況梁取天下又甚於斯南康主盟實稱齊帝奉之以成大順承之而動義兵國步旣寧家怨又雪君稱主祭臣復何猜借人之名而不復命者也尋其錫文考其謙讓事同對面理非飾詞寧知悠悠江山相去千里矯情僞迹頓至於斯示人此心豈躬行事欲令節義行於比屋其可得乎夫君人者日月齊其明陰陽資其信江海同其量天地偕其容未有飾智驚愚衒材惑衆較武力於羊侃示腰腹於賀琛商略儒宗取異於章句變置官品無求於典實每事皆欲先入人疑作所唱後須稱賛父作子注君制臣歌受佞無厭進諂不倦浮華道長輕薄路開以天譴爲嘉祥用妖怪爲休祉聚斂俱極賞罰無章

有識爲之寒心群寮曾不先覺若言位是神物何須下殿走乎若言負重須休何勞受贖歸乎若言息人是務何須納叛臣乎若言呑代有時何須中許和乎利器不藏奸夫得志然則侯景之兵我人也伏我器也驅我人揭我器而取儁者豈異術哉由上之失教也君父幽辱宗廟傾危帝子王孫跨州連郡未有晋鄭齊心牟盧合契五侯九伯列海分山牢疑闡申包胥之頓哭秦庭茅夷鴻之幣謁呉國户口徒衆不覩死戰之人寵遇雖多寧有報恩之士江淮無波瀾之阻城關絶藩籬之固長州杜若一旦凋零稽山竹箭忽然摧折可不甚歟或問曰梁主不以黄屋爲尊紫宸爲貴離欲絶愛遺色歸空有湯武之憂勞若堯舜之臞

臘享國五十若登春臺忽爲羇旅叛臣嗚吠逋醜長戟指
闕強弩臨城兵折意窮忿毒而没善不可恃岐路何歸君
子曰梁主之美誠如子言神無與善未敢聞命何者武帝
暮年荒誕實甚殫守縣之力不充自縱之資盡丁口之租
纔足緇衣之費昔夏桀以九州之富秦皇以六合之尊造
瓊室而天下土崩作阿房而寰中瓦解況地比一郡國乃
三分外在（疑作有）征戍之勤内有雕靡之弊加以金刹寶柱
爛熳雲霞至于銀榜朱簾的皪星月神怒人怨禍積患生
過往必來何足疑也且夫惡於齊而保於我何補也得一
夫而亡一國非智也昔趙納馮亭有長平之禍梁受侯景
成未福之災金甌忽傷悔之何及

陳武帝論

孔子曰夏道不亡商德不作商道不亡周德不作梁自侯
景入寇蕭詧外奔西隣責言南風不競篡殺三帝覆没兩
都可謂亡矣但人痛既深天道亦悔是以大命集於有陳
也武帝身長七尺垂手過膝蓋姚襄劉備之儔也惟寬以
容物明以知人曠蕩不羈雄勇蓋世聲振嶺表功濟日南
屬王室不綱大難未已江湖群盜日尋戈戎是以投袂而
呼夕不待旦以梁大寶三年二月會王僧辨於白茅灣齊
小白之合諸侯以謀王室藏子源之要天地惟討賊臣故
戮力盡心有死無二義聲一發其從如雲端居不言神光
𤃱室建牙將指飛龍在天其所志也叛而伐之伏而舍之
伐叛刑也柔伏德也德刑既舉人知其心且爲仇讎暮爲
賓友文公指白水蕭王推赤心不足加也若乃侯瑱賊將
也降無季布之疑安都敗師也歸受孟明之任重孝穆之
義待之如賓釋歐陽之囚惟賢是用故得群材畢用衆勇
合威盪徧地之横流廓滔天之巨禄纔侯景於竹町執王
僧於草間爰其息歸瞻烏遂止仍以新不間舊疏不間親
高讓近臣方求別統昔魏推袁紹漢謝項王道貴能伸理
不嫌屈及江陵不守喪君有君疆場無虞群臣輯祖（疑作睦）
足以攄三幢（疑）之遺憤歌萬國之夙悲既上宰變圖假立
非次晉出子圉秦納貞陽陵谷遷移對之長歎君臣易位
但覺悲哉況乃居氾不歸焉用方伯在鄭未納誰曰勤王

於是潛謀腹心陰召武旅囚杜陵於別室告文帝於臨時
舟乘旦潮旗寢夜月掃重氛於絳闕反宸極於紫微役不
浹辰區宇大定加以北挫蕭軌西拒王琳聖德日新元勳
漸茂然後繼宋齊之丕業承舜禹之大名昇壇而告上玄
分珪以揖郡后大哉美哉人無間焉但雲雷尚屯邊塵未
弭甚日告漸緩衣在庭楚之王孫歎布衣之末迺燕之太
子踐機橋而不歸悲夫

陳後主論

長城公器識古人承平嗣主覩其求忠讜之士禁左道之
人淫祀妖書鏤薄假物即古明哲何以加焉但強寇臨邊
南國斯蹙禮義不舉苛刻日滋鄰好不敦驕傲是務嬖妾

五十盡有珥貂之容麗服一千咸取夭桃之色加以貴妃夾坐御客承筵玉貌絳脣咀嚼宮徵花牋綵筆吟詠烟霞長夜不疲略無醒日于時也隋德甫隆南被江漢厚待間諜羊叔子之傾敵人不伐有喪楚恭王之結憐好加以賀若謀勇應變如神擒虎雄風臨機若電莫不迎刀自裂聽皷爭奔斬張悌之守迷降薛瑩之知命紫殿正色不用袁憲之言白刃交前但為無社之計嗟乎龍盤虎踞之地露草霑衣千門雙闕之間風煙歇絕臨江離別之感赴洛鳴咽之悲五百里之俘囚纍纍不絕三百年之王氣寂寂長空一國為一人興前賢以後愚滅其來尚矣或問曰安樂公劉禪歸命侯孫皓溫國公高緯長城公陳叔寶並稱域

中之大攜天下之尊或斲壁逃降或逃竄就繫必不得已何者為先君子曰客所問者具在方冊請為吾子陳之任自擇焉若乃投井求生橫奔畏死面縛請罪膝行待刑是其謀也馬上唱無愁之歌侍宴索達摩之曲劉禪不思隴蜀叔寶絕無心肝對賈充以不忠之詞和晉帝以隣國之詠是其才也縱黃皓變岑昏寵高攘狎江揔是任也剝面鑿眼孫皓之刑棄親即讎高緯之志其餘細故不可殫論聽吾子之懸衡任夫人之明鏡客曰入井下策也

隋高祖論

昔孫資陰謀晉宣入輔鄭譯矯制隋文受遺自此而有魏人從斯以遷周鼎蓋天厭亂德神誘其衷若妄揖河冰遂成王業誤擊金鼓仍啓霸國也況體貌奇特儀表絕人周太祖之欽明異其風骨齊憲王之聰察憚以非常常鼎一見以委誠越公聞名而進女是以稱劉季之靈怪者不謀同詞說中典之應識者往往偶語屬周多世故禍難荐臻始以后父之尊遂受托孤之寄騎虎不下犄角是因不利孺子非唯管叔之言社稷輸人寧止休公之對所以尉遲舉魏從亂如雲王謙擁蜀其徒若市遂能驅駕豪傑委任忠良不下廟堂天下大定然後謳歌允集文物滿庭卿雲曉聚長星夜掃拱揖而朝群后昇壇而類上帝紹舜禹之遺躅光漢魏之匕名於是流曠蕩之玄風浸淳古之膏澤削秋荼之繁令革亡國之哀聲加之以恪勤廣之以質素

太陽滿昆蟲之穴湛露垂行葦之苕教人七年亦可以即戎矣俄屬陳朝喪德江海揚波自絕于天結怨于下乃以開皇八年十月承少昊之秋氣動文昌之將星下蜀漢之舟翩翩龍躍集幽并之騎蕭蕭馬鳴一葦而可以橫大江三令而可以陵湯火蔣山苦戰子文之寃鬼飛揚建業大崩叔寶之金湯不守既遭岸上之虎非復水中之龍斬伯謚以謝陳人禮陸機而慰吳士春波暫洗汙俗咸新秋露一零弊化斯改乃下制曰令率土大同含生遂性內外職位遐邇黎人家家自脩人人克念使不軌不物蕩然俱盡此乃憂勤之心見於動靜故使六合之中觀如曉日八紘之內若遇新晴況復盡力於人屬精為政躬親以率下因

心以感物煙火萬里風雨四時野有擊壤之歌天無垂象
之誠玄　冊徵煙燧不驚玉檻金河波瀾久息天子登雲
臺而訪道實垂拱而無爲公卿指日觀以推誠願升中而
每竭可謂盡美矣未盡善也然天性既猜素無學術意不
及遠政惟目前是以牝雞司晨讒人罔極剖符罕山河之
冋盟多蒭黜之悲恩不終於有功罰每深於無罪啓閱
扌之兆借實沉之兵楊素決其波漲衛注其隙柳遠草制
房陵尚遣穆子授戈豎卜仍在禍非天降釁是人謀是以
知隋運之不永矣君子曰昔陸孟知中興之徵宣帝始重
儒術李通稱漢家之命世祖專信讖文時好既行其流遂
廣故子雲符命舜敏僞言即其類也高祖少愛不經之談遂

好迂誕之說所以王劭順旨表充取容賞溢丘山恩深江
海豈不弊乎又祥瑞者聖人之應也至若八百集於孟津
六王至於陔下周人岐山之北晉衆江漢之南負樂就陳
攜手適宋牛馬內向群盜外奔宗社乂安黎民不散此瑞
之上也若乃連珠共軫的皪清漢之涯合璧齊輝光芒黃
道之上四時不爽百穀用成家有孝慈人懷禮義此善之
應也至如白鹿朱鳶璚露卿雲鳩雀異毛草木殊狀此並
沐我皇澤煦我帝春聖人圓城之中天子生成之物豈足
表太平之日顯休明之辰而隋主好之意不能盡遂令巧
僞相半何其薄哉近石虎之有中原也鱣胡凫羯牧馬驅
羊子女殄於淫昏文物盡於鋒鏑猶得厭六馬駕四麟燃

連理之材黃白雉之肉若天道不惑應降以災由斯而談
斷可知矣隋之眷眷後何爲哉問曰晉克金陵功多者屬
吏隋平建業德俊者尤　豈爭名於朝事必須此將廉恥
道盡莫畏簡書乎君子曰曉兵之家因敵變化故有功成
請罪之義君命不受之談今者王濬乘風賀若先戰苟有
大利何簡細瑕方知責兵士之汙宮闈徵軍司之隱玉帛
豈不陋乎始疑范燮後入孟側不前卻克有詞馮異不語
時無君子斯焉取斯豈與夫自伐無慚奮髯直出而相類
乎又問曰王者初興必有佐命莫不同聲相應同氣相求
白雲之辭慶龍清風之集雕虎不以夷險易志不以遠近
隔心千載一時其來尚矣三代以前緬邈無際兩漢之後

聲名可尋若乃庇俗臣時體國經野謀出心膂政待股肱
但清濟之入濁河波瀾莫辨蚊蚋之附驥尾遐速罔知既
因論討之餘願示懸衡之末君子曰神人無功達人無迹
張子房玄機孤映清識獨流踐若發機應同急箭優游淡
泊神交太虛非諸人所及也至若陳平荀彧賈詡荀攸劉
曄郭嘉田豐沮授崔浩張賓等可謂天下之菁英帷幄之
至妙中權合變因敗爲功爰自秦漢訖于周隋蘭菊相薰
惟有此矣加疑蕭何之鎮靜關中寇恂之安輯河內葛亮
相蜀張昭輔吳茂弘之經理瑯琊景略之獨諧永固劉穆
之衆務必舉楊遵彥百度惟貞蘇綽共濟艱難高熲同經
草昧雖功有大小運或長短咸非疑股肱之材悉爲忠烈

之士若乃威以靜國謀以動鄰抗鼓出師三軍賈勇置兵境上千里無塵內外兼材惟孔明景略也故崔浩云王猛是苻堅之管仲劉裕是德宗之曹瞞孫盛云孔明善輔小國子產之流也斯言中矣

隋煬帝論

煬帝美姿儀性聰慧少好學善屬文故高祖獻后特所鍾愛矯情飾迹有曹丕之釣名傾承中使若子楚之仁孝況南平江左北靖塞垣楊素譽其賢桑和說其貌屬青宮失愛子掖流恩遂映前星乃昇明兩衣冠雖偉入朝少四皓之賓公宴雖多言譚止七子之客但奸心未露僞跡斯窮沐猴而冠輕薄之材不久況虎爲善爪牙之毒會施故無

道於大慚之晨蒸淫於易簀之夕罕高宗之諒闇有卅朱之慢遊于時隋德在人群生樂業二十年之訓聚百萬衆之精疆乘天下之有盈驕海內之無事乃自以土廣三代威振百蠻恃才矜巳傲很明德內懷險躁外示寬平盛衣服以掩姦飾詞令以拒諫更乃荒淫無度法令滋章人力盡於穿築杼軸空於聚斂十室之內思亂者一二焉方始馭八駿建五牛穆天子之白雲更遠瑤池之外秦始皇之覲日方踐石梁之前或以衢路受刑或以滋味被戮死不可無罪而免賞不可有功而要相顧懍然莫知攸止十室之內思亂者五六焉於是斛斯外奔玄感內逆兵陷遼水糧衝河黎月暈七重知髮唄之祀畢日光四散覺兆庶之

分崩且選妖麗恣荊淫嘉辭嫗之慢言樂少年之醜識不軌不物無威無儀關梁不通賦役斷絕更乃逆取五年之課以充長夜之娛十室之內思亂者八九焉當此時也小人方興群盜孔熾大者剽州邑小者劫村閭擾擾四人俱靡息肩之處喧喧九土居爲關戰之場天子乃幸維揚泛舳艫驅虎賁之騎唱龍舟之歌以大江爲天塹以長淮爲地險周章至於戲下猶自未知閻樂入於廡前何不告我昔爲天下之重今乃一夫所輕豈不惜哉彼煬帝者聰明多智廣學博聞豈不知蛟龍失雲漁夫足得爲害鯨鯢出外（疑作水）螻蟻可以爲災忽乃棄崤函之奧區遠河洛之重阻言賊者獲罪敢諫者受刑豈不是色酔其心天奪其鑒

竄吳夷以避其地虛宮闕以候聖人蓋爲大唐之驅除也君子曰小人之心猶火也火之性必須有所燒小人之心必須有所害當其受寵遇也排忠良庇（疑）道德辨足以移視聽辭足以結主心導之以淫奢引之以苛刻人困而不卹政荒而不修如螻蟻潰隄防不覺其敗如春風養草木但見其盛事至而未知禍構而方懼素無材略不能以求全本自必恩豈能得衆成事進退唯谷無處容身或出奔以圖生或殺主而自解耿觀史策遍採興亡開役者多是愛臣害上者無非近習然庸君暗主莫肯遠之復何言哉

兩漢辯亡論　權德輿

言兩漢所以亡者皆曰莽卓予以爲莽卓簒逆汙神器以亂齊民自賈夷滅天下耳目顯然聞知靜微厥初則亡西京者張禹亡東京者胡廣皆以假道儒術得伸其邪心微一時大名致位公輔詞氣所發損益繫之而多方善柔保位持祿或陷塒君以滋厲階或附兇沴以結禍胎故其蕩覆之機簒奪之兆皆指導之馴致之雖年祀相遠循手授顧指之然也其爲賊害也(文粹無也字)豈直莽卓之比乎禹以經術爲帝師身備漢相特見尊信當主臣之重極儒者之貴永始元延之間天地之眚屢見言事者皆譏切王氏顓政時成帝亦悔懼天變而未有以決駕至禹弟辟左右以問之須其一言以爲律度爲禹計者亦須(集作宜)陳大易堅

氷之誡誦小雅十月之剌乘其嚮納痛言得失反以罕言命不語怵爲詞致成帝不疑之心授王氏寢盛之勢上下恬然聽忽亡國儻帝慮不至是猶當開陳切劘面別廷辨矧當就第宴間之際虛懷訪決之時方且視小男於牀下官子婿於近郡欵欵然用家人匹夫爲心以身圖安不恤國患致使群盜世(文粹作弄)權迭執魁柄禍稔毒流至于新都不可遏也斯可憤也逮至東都順桓之間國統亡三(集作絕)胡廣以鉅儒柄用位極上台初梁冀席外戚之重貪戾當國既鴆質帝議立嗣君公卿大臣皆以清河王蒜年長有德屬最尊親可以靖人亦旣定策冀乃憚其明哲且不利長君私於蠡吾獨異群議爲廣議者亦當中立如石介然

不回率趙誡之徒同李杜所守然後(文粹無與字)三事百工正詞於朝雖冀之暴恣豈能一旦盡誅漢廷郡公耶反徇一息之安首鼠畏懦竟使清河徒廢蠡吾爲梗邦家陵夷漢道日蹙結黨錮之獄成閹寺之禍禍亂循環以至董卓赫赫漢室化爲當塗蓋棟橈罪折之所由來久矣彼梅福以孤遠上疏張綱以卑秩埋輪獨何人哉而不是思也噫嘻就利遠害榮通醜窮大凡有生之常性也暨乎手持政柄體國存亡則謹之於初決之於始以導善氣以遏亂原若禍胎既萌則死而後已白刃可蹈鴻毛斯輕柰何禹廣於完安之時則務小忠而立細行數數然獻吉筮於露著沮立後於探籌及決安危之際邦家之大則甘心結舌陰拱

觀變豈止(文粹作正)然也方又熾欻欻以燎原決湯湯以襄陵投天下於煙煨擠萬民於昏墊百代之下無所指名雖史贊粗言而不究論本末且出不越境書弒君之惡言僞而辨有兩觀之誅若當春秋之時明禹廣之罪作誡來世可勝既乎向者(謀作若)西京抑損王氏尊君卑臣則庶乎無哀平之壞東京登庸清河主明臣忠則庶乎無靈獻之亂大漢之祚未易知也或以國之興亡皆有陰隲之數非人謀能亢則但取瞽矇(文粹作聾)者而相之立土木偶而尊之被以章組列於廊廟斯可矣何堯舜之或咨或吁殷周之或夢或卜憂勤日昃之若是然後爲理耶予因肆右(集作古)史且嘗春秋褒貶之學心所憤激故辨其所以然

秦論上　羅袞

亡秦者不在胡亥趙高子嬰亦不在始皇亡秦者李斯也胡亥固亡國器也以秦授之者過也趙高不幸秦徇之爽左右者不圖則固噬其主矣子嬰立於已亂四十餘日而亡考其行事不無庸主之材其猶坐四屋之間環火已熾雖有殺火之術欲設何由哉始皇雖不以仁義死之日天下無事民爲擇君但其遺詔不行於斯耳李故有名天下臣主相得六國既平不能於此時推廣使秦脩帝王之道固亦失矣及始皇外崩姦臣謀亂又不能於此時制變爲存秦之計卒使趙高得行其謀胡亥極其惡子嬰孤死於蒼黃之地始皇失賢嗣遂暴惡於後世嬴氏之鬼以不食

者李斯之故也然則趙高之際爲李斯者義宜奈何奔蒙恬立扶蘇爲國討賊以固其社稷可也當是時蒙恬與扶蘇將三十萬之師屯上郡蒙恬之威外震匈奴内信秦國三世積功兄弟忠信尊用於世扶蘇長子直諫而出雖然始皇故知之所以無詔封諸子而獨書與扶蘇欲以爲嗣雖天下之人皆知其賢而以爲當立故陳勝吳廣作亂乃詐托公子扶蘇以從民望向使李斯以蒙恬之威舉其兵以扶蘇之望令天下而誅一趙高豈難哉賊臣既誅恬斯乃復相與盡其材輔賢明之主以寛静天下秦不亡矣不唯不亡且將與斯不務出此躭祿畏害怵惕於傾危之際使秦有殺適立庶淫刑雷決殺君亡國之惡窮天地而不振者李斯之故也悲夫

秦論下

或謂袞曰子言秦亡與存秦之計明矣吾聞國之興亡乃有天命設使李不失其計秦果不亡乎袞曰吾雖不言天其實天之道子雖稱天以問於我而未識天之說夫所謂天者平無私也故曰皇天無親惟德是輔君人者有德天則贊而興之無德則革而亡之興亡之命在乎天而所以興亡在乎人也商書曰夏王弗克庸德慢神虐民皇天不保監于萬方啓迪有命眷求一德俾作神主此言桀不能常有德不敬神明不恤下民天下不安桀之所爲乃廣視萬邦有堪天命者則開而導之以湯有純一之德求使代桀

爲天地神祇之主也故曰非天私我有商惟天祐于一德二世無德爲所以亡之道天是以革而亡之使扶蘇果立則固有德爲所以興之道天必贊而興之矣不當奪嬴與劉代夏以商也或曰李斯之失當責其不任職雖曰不忠不智也子加以亡秦之譏不亦重乎袞曰吾豈欲加諸斯也蓋聖人之道不得易焉昔鄭公子殺靈公也謀於子家子家權不足以禦亂懼譖而從之春秋以首惡故書曰鄭公子歸秡其君夷斯其類也子欲易聖人之道乎哉

文苑英華卷第七百五十三

文苑英華卷第七百五十四

史論一

晉書宣帝總論　唐太宗文皇帝

夫天下（一作地）之大黎元為本邦國之貴元首為先治亂無常興亡有運是故五帝之上居萬乘以為憂三王以來處其憂而為樂競智力爭名利（一作利害）大小相吞强弱相襲逮乎魏室三方鼎峙干戈不息氛（一作氣）霧交飛宣皇以天挺之姿膺（一作應）期佐命文以纘治武以棱威用人如在己

求賢若不及情深阻而莫測性寬綽而能容和光同塵與時舒卷戢鱗潛翼思屬風雲飾忠於已詐之心延安於將危之命觀其雄略內斷英猷外決殄公孫於百日擒（一作摛）孟達於盈旬自以兵動若神謀無再計矣既而擁衆西舉與諸葛相持抑其甲兵本無鬬志遺以巾幗方發憤心杖節當門雄圖頓屈請戰千里詐欲示威且秦蜀之人勇懦非敵夷險之路勞逸不同以此爭功其利可見而反閉軍固壘莫敢爭鋒生怯實而未前死疑虛而猶遁良將之道失在斯乎文帝之世輔翼權重許昌同蕭何之委崇華甚霍光之寄當謂竭誠盡節伊傅可齊及明帝將終棟梁是屬受遺二主佐命三朝既承忍死之託曾無殉主之報天

子在外內起甲兵陵土未乾遽相誅戮貞臣之體寧若此乎盡善之方以斯為惑夫經討之策豈東智而西愚輔佐之心何前忠而後亂故晉明掩面恥欺偽以成功石勒肆言笑姦囬以定業古人有云積善三年知之者少以為惡一日聞於天下可不謂然乎雖（一有自字）隱過於（一無此字）當年（一有而字）終見嗤於（一無此字）後世（一作代）亦猶盜（一作竊）鍾掩耳以衆人為不聞銳意盜金以（一作謂）市中為莫覩故知貪於近者則遺遠溺於利者則傷名若不損己以益人則當禍福人而福己順理而舉易為力背時而動難為功況以未成之晉基逼有餘之魏祚雖復道格區宇德被蒼生而天未啓時寶位猶阻非可以智競不可以力爭雖則慶流後昆而身終

於此面矣

晉書武帝總論　一作皆晉書本文

同前

武皇承基誕膺天命握圖御宇敷化導民以佚代勞以治易亂絕縑綸之貢去雕琢之飾制奢侈（一作俗）以變儉約止澆風而反淳朴雅好直言留心採擢劉毅裴楷以質直見容嵇紹許奇雖仇讎而不棄仁以御物寬而得衆宏略大度有帝王之量焉于（一作於）時民和俗靜家給人足聿脩武用思啓封疆決神筭於深衷斷雄圖於獨見（一作儀表）馬隆西伐王濬南征師不延時種（一作摽）屓削跡兵無血刃揚越為墟通上世（一作代）之不通服前人之未服禎祥顯應風教肅清天下之功成矣霸王之業大矣雖登封之禮讓而不

爲驕泰之心因斯以起見土地之廣謂萬葉而無虞覩天
下之安謂千年而永治不知處廣而一作以思狹則廣可長
廣居治而忘危則治無常治加之建立非所委寄失材志
歆歔於昇平行先迎於禍亂是猶將適越者指沙漠以遵塗
欲登山者涉舟航而覔路所趣逾遠所何一作尚轉難南北
倍殊高下相反求其至也不亦難乎況以新習易動之基
而無久安難拔之慮故賈充兇豎懷姦志以弄一作擁權揚
駿豺狼包禍心以專輔及乎宮車晚出諒闇未周藩翰變
親以成跡連兵競滅其根本棟梁廻一作迴忠而起僞讎衆
各衆其兇威曾未數年綱紀大亂海内版蕩宗廟播遷帝
道王猷反居文身之俗神州赤縣翻成被髮之鄉棄所大

以資人掩其小而自託爲天下笑其故何哉良由失慎於
前所以貽患於後且知子者賢父知臣者明君子不肖則
家亡臣不忠而國亂國亂不可以安也家亡不可以全也
是以君子防其始聖人閑其端而世祖惑荀勖之姦謀迷
王渾之僞策心屬移於衆口事不定於已圖元海當除而
不除卒令擾亂於區夏惠帝可廢而不廢終使傾覆於洪
基夫全一人者德之輕拯天下者功之重棄一子者忍之
小安社稷者孝之大況乎資三世而成業延二葉以喪之
所謂取輕德而捨重功畏小忍而忘大孝聖賢之道豈若
斯乎雖則善始於初而乖令終於末所以殷勤史策不能
無慊慨焉　一作皆晉書本文

宋略摠論　裴子野

宋高祖武皇帝以盖代雄才起匹夫而并六合尅國得儁
寄迹多於魏武功施天下盛德厚於晉宣懷荒伐叛之勞
而夷邉蕩險之力百勝可得而論者矣政疑足行陣之間
却孫恩蟻聚之衆一朝奮臂掃桓玄盤石之宗方軌長驅
則三齊無堅壘廻戈内赴則五嶺靡餘妖命孫季高於巨
海之上而番禺席卷擢朱齡石於百夫之下而庸蜀來王
羌胡畏威交爲表裏董率虎旅以事中原石門巨野之隘
指麾開闢關頭覇上之阻曾莫藩籬虜其酋豪遷其重寶
登未央而灑酒過長陵而下拜盛矣哉悠悠百年未之有
也於是倒載干戈休兵泗水彤弓納陛肇有宋都蔕芥必

除華夷莫拒然後請乎上帝步驟前王乘陵去之而莫猜
心高祖受之而無媿色古之所謂義取天下者斯之謂乎
若其提挈草創則魏孟何劉輔相揔持則穆之徐羨鎮惡
道濟經其武傅亮謝晦綿其文長沙以冢弟共艱難武烈
以清貞定南楚其他胥附奔走雲合霧集若榱椽之構大
厦衆星之仰河漢或取之於民疑舉或得之於未名群才
必逞智能咸効爵不妄加官無私謁晉末所以荒濟疑淆
混阿黨容縱莫不驅掃華易與之更始君行畢菲而國不
爲陋民勤征戍而下無怨讟品令宥密賞罰端平遠無不
懷邇無不附屬爲郡縣者則南過交趾西包綊閣北劃黃
河而繞東海七分天下而有其四自永初末歲天子負扆

務懷以燕代爲戎岐梁重梗將拔六師屠桑乾而境北地
三事大夫願（疑作顧）相謂曰待夫振旅凱入乘轅南反請具
銀繩瓊檢告報東嶽既而洮弗興郎年獻（疑作猒）世嘗陽王
狎于弗訓以敗與太祖寬肅宣惠大臣光表超越二昆來
應寶命況明內斷不欲政由甯氏克㦲權逼不使芒刺在
躬親臨朝事率尊恭德斟酌先王之典强宜（疑）當時之宜
吏乂其職育孫長子民樂其生鮮陷刑辟仁厚之化既已
播流率土忻欣無思不服每駕廵幸蕭皷聽聞百姓扶携
老幼想望儀刑愛之孜孜如日不足初徐傅伏誅繼求內
相王弘處之而思降彭城欲之而弗遠王華殷景仁以忠
允熙帝載謝弘微王曇首以沉密贊樞機徐　王僧綽以

體國彰信義謝方明劉道生以治惠稱良能高簡則令明
清貴則王舊（疑）文章則顏延之謝靈運有澡麗之鉅才儒
雅則裴荀何傅擅師表之高學剛亮骨鯁則袁粲蔡子度
建言忠盡則范泰何尚之宗室蕃翰帝弟帝子則江夏衡
陽廬陵隋王建平臨川新喻或清令而審或文敏而洽皆
傳愛以禮士明靡以流譽十三四年爲多士矣上亦蘊藉
義文思弘儒府庠序建於國都四學聞乎家巷天子乃移
蹕下輦以從之束帛識語以勸之士莫不敦悦詩書沐浴
禮義淑慎規矩斐然向方其行脩言道者然後登朝受職
威儀輕佻者不齒於鄉閭公官非寶羽不來庭私家非軒
蓋不逾閾冠冕之流雍容如也於是文教既興武功亦著

命將受律指日如斯檀蕭薄伐則南岱象浦劉斐爰整則
西踐仇他（疑作池）良駒巨象充塞外庭奇琛環貨下逮百遼
禽獸草木之瑞月有六七繩山諷海之譯歲且十餘江東
以來有國有家豐功茂德未有如斯之盛者然值北虜方
强周韓歲擾金墉虎牢代失其御二十七年偏師克復河
南橫蹂强胡百萬之衆匈奴遂跨彭沛航淮浦設穹廬於
瓜步請公主以和親于時精兵猛將嬰城而不敢鬬謀臣
智士折撓而無可稱天子乃朝饗單于臨江高會於是起
盡戶之役貸富室之財舳艫千里緣江而陳我守既嚴胡
兵亦怠且大川所以限南北也疲老而退歸我追犇之師
櫜弓褁足係虜之民流離道路江淮以北蕭然矣重以含

章巫蠱始自三逆合殿酷帝史籍未聞仲尼以爲非一朝
一夕之故其所由來者漸矣辨之不早辨也元嘉之禍其
有以焉世祖率先九牧大雪宽耻身當歷數正位天居聰
明絢（疑練）達博聞强記威可以整法智足以勝姦君人之略
幾將備矣一時之風流領袖則謝莊何偃王彧蔡興宗袁
顗袁粲樂武名將則沈慶之柳元景宗慤（疑作慤）之或絜清
以秀雅或驍果以步（疑）類因以軌道廓之中方知向時之
士若頹墜之經綸忠勁匪躬諒直雖晋之狐趙無以尚焉
帝即位二三年間方逞其欲拒諫是已天下失望夫以世
祖才明少以禮度自肅思武皇之節儉追太祖之寬恕則
漢之文景宗曾（疑作）何足云景和申之以淫虐太宗易之以

昏縱師旅荐興邊鄙蹙迫人懷苟且朝無紀綱內寵方議共安外物已覩其敗已初世祖登遐委重於二載疑作戴詳汏典戴載明大宗晏駕亦託孤於王阮漢近之道同歸冲人之禦如一然宋祚未絶於末光更以宗王之見害水德遂亡於後　實由強臣之受辱且顧命郡公從容自重畏懦伊霍之機綺靡唐虞之際於是蔚炳胥變明命就遷俯仰之間興衰易用矣周自平王東遷崎嶇河洛其後二十四世而赧始亡之漢自章和以降顛覆閹監其後百有餘載而獻始禪之何則周漢靈長如彼難拔近代脆促若此易崩非天時亦人事也開夫鴻荒者難為慮因事者易為力曹馬規模懸乎前載苟有斯會實啓英雄而況太宗為之驅除

先顛其　本根既蹙枝葉遂摧斯則始於人事也昔二代將亡殷辛夏癸相去數百年間異世而後出宋則景和元徽首尾不能十載而降霆過於二君斯則天之所棄篤於前王者也天意人事其徵如是雖欲勿霣其可得乎君乃拯厥塗炭豢逆取之辱者湯武之志也私鉏當路餙揖讓之名者近代之事也其應天從民道有優劣故宗廟社稷脩短異數不然則何殊右緬邈如斯之遠也夫山岳崩頹必有朽壞之隙春秋迭代亦有去故之悲是以臨危亡而撫理運未有不扼腕流連者也近古之獘化薄俗行乎宋氏之成敗得失著乎行事從而言之藏於篇矣縶叙其所以創業垂統而懷其舊俗遺風逮於賢人君子英聲餘論以附于茲子野曾祖宋中大夫西鄉侯以文帝之十二年受詔撰元嘉起居注二十六年重被紹疑作詔續成何承天宋書其年終于位書則未遑述作齊興後數十年宋之新史既行於世也子野生乎泰始之季長於永明之年家有舊書聞見又接是以不用浮淺因宋之新史為宋略二十卷剪截繁文刪撮事要即其簡寡志以為名夫黜惡章善臧否與奪則以先達格言不有私也豈以勒成一家貽之好事蓋司典之後而不忘焉

梁典高祖事論　何元之

歷究前書詳觀徃行昭晰千載氛氳萬古考其寬猛知布政之善惡驗其黜陟識其主之是非以褒求今工拙可見

齊季昏霍政由群小朝宰被無辜之誅藩戚罹淫刑之害高祖龕兄弟之戮因天下之心舉荊雍之師典易疑武之伐指揮則智勇風從號令則遐邇嚮應取郢郢若拉枯定金陵如沃雪黃越既斬白旗乃懸師不疲勞民無怨謳樂推　在代德是膺逆取順治享年四紀萬幾事廣六職務殷負扆君臨勤於聽覽兢兢罔倦乾乾不已加以藝業之美莫以比倫洞曉儒玄該羅內外舉洙泗之餘教紆其膏肓探周孔之遺文正其魚魯於是廣開庠序敦勸後生親自觀試策其優劣由近及遠咸從風化執經者連袂負笈者排有濟濟多士於斯為盛至若御民之術未為得也敢以徃瞽請究其說夫根深者葉茂源廣者流長故聖王欲

其茂長前爲深廣是以擇沃壤以置王畿國都圍於六鄉封城號於千里其外則布之以五等列之以萬國分疆畫野立樹黨閭境隴以懷其仁桑梓以安其俗諸侯守境土以筆於上天子執賞罰以臨于下有功則褒無道則廢二伯彌于內朝九牧佐于外政問之以賢戚參之以懿親弘仁義於區中被禮樂於遐表忠信之禮達謙讓之風行衞乃覬覦之心絕兵戈釁息刑辟靡用獄訟罔興然後龜龍遊於池沼鸞鳳棲於苑囿及其末世雖主昏於上民亂於下猶晉鄭有依桓文是相絕而更續顛而必扶數百年外方至於滅周道既沒斯風漸衰洎于後代其弊尤甚罔恤民之不存而憂士之不祿涖民之長守次更爲前人未安後人

便及迎新送故疲於道塗爲君者甚多爲民者甚少由是君臣之義薄彼惡之萌興下上遁情甚於仇敵百城恣其暴奪億兆困其徵求損棄舊鄉奔亡他縣地荒邑散私少官多於是倉庫既空賦歛更重天示譴禍地出妖祥饑疫互生水旱交至民不堪命轟然土崩數十年間還爲黎庶高祖博覽今古備觀興亡循復躡其遺風襲其弊法澆漓逾甚淆紊日滋梁氏之有國少漢之一郡太半之人並爲部曲不耕而食不蠶而衣或事王侯或依將帥携帶妻累隨逐東西與藩鎮共侵漁助守宰爲蠧賊收縛無罪逼迫善人民盖疑作盡流離邑皆荒毀由是刼抄蜂起盜竊群行陵犯公私經年累月抵父疑者比室將辟者接門青災亟

降囹圄隨蒲夕散朝聚有若市廛加以朝霧內叢而宮方外曠有其位而無其職非其事而侵其官四海至殷機事輻湊人君雖敏有所不周人君雖明有所不照豈可專於親覽忘彼責成就此而言大失有二習守膠之弊棄更張之善屈子投江寧論其痛賈生慟哭豈喻斯悲自五胡競逐晉室東徙權寓江濱遂淹時代桓伐燕秦而不振劉克函洛而還亡至於宋齊疆場侵蹙高祖躡斯頹運有志吞并斯實王者之宏材有國之通準然六納魏主一入洛陽竟無所成得不補失民既勞止訖可小康昔勾踐之欲滅吳前爲其政兵強國富然後用之一舉而虜夫差再舉而霸中國高祖進不擇將退不教民雖慕古人安能有濟孫

子曰善戰者前勝而後求戰善勝者前戰而後求勝明者出師必前料敵豈可恃茲人事幸彼天時者哉且國有累卵之憂俗有土崩之勢開幸人之志兆亂臣之心遂使侯景被吾甲而冠王城驅我人而圍天闕勢如破竹易若轉圜萬里靡沸四方瓦解社稷淪胥龜玉毀廢事非一夕其所由來漸矣太宗孝慈仁愛實守文之君惜乎爲賊所殺至乎文章妖艷隳墜風典誦於婦人之口不及君子之聽斯乃文士之深病政教之厚疵然雕蟲之技非關治忽壯士不爲人君焉用世祖聰明特達才藝兼美詩筆之麗罕與爲匹伎能之事無所不該極星象之功窮蓍龜之妙明筆法於馬室不愧鄭玄辨雲物於魯臺無慚梓慎至於帷

籌將略朝野所推遂乃撥亂反正夷凶殄逆紐地維之已絶扶天柱之將傾黔首冢拯溺之恩蒼生荷仁壽之惠微管之力民其戎乎鯨鯢旣誅天下且定早應移鑾西楚旋駕東都禋祀宗祊清蹕宮闕西周岳陽之敗績信 宇文之和通以萬乘之尊居二境之上夷虜乘釁再覆皇基率土分崩莫知攸暨謀之不善乃至於斯敬皇世祖之裔允膺下武而貞陽以旁枝外入濫尸非次陳武興勤王之師至正當 壁之后驅斥潛(疑作僣)王誅鉏亂臣國亡重康彝倫復叙旣而天不福善早世登遐土德代興火行告謝驃騎王琳懷申胥之志蘊荀息之忠爰納嗣君更紹頹運於是嘯命方岳大興師旅龍虎戰鬭水潰山崩君臣播越寄

命齊上若乃袁弘典周而速咎王朱復泰而延殃天欲亡之非人能救夫創天下者至明者也喪天下者至暗者也是以禹湯興其功桀紂廢其業莫不得之者前主失之者後君逮茲梁室有異於此何則高祖撥亂除殘反身招於禍亂世祖復讎雪恥翻手命於寇讎敬皇繼祀而鼎移後嗣紹基而祚徙書曰皇天無親惟德是輔自天所祐歸于有德元之官自有梁備覩成敗昔因出軸流寓齊都窮愁著書竊慕虞子但梁室極促簡牘多闕所得遺逸略不盡舉未獲旋反更窮搜訪採其聞見撮其衆家一代之事可得覩矣

周書皇后傳論

魏徵(按周書令狐德棻撰)

書紀有虞之德(一有載字)釐降二女詩述文王之美(一有稱字)刑于寡婦(一作妻字)是知婚姻之道男女之別寔有國有家者之所慎也爰自三代迄于魏晉興衰之數得失之迹備乎傳記故其詳可得聞焉若乃納聘以德防閑以禮大義正於宮闈王化行於邦國則坤儀式固而鼎命惟新(一作永)矣至於邪僻旣進法度莫脩冶容迷其主心私謁蠹其公(一作朝)政則風化陵替而宗社不守矣夫然者豈夫皇王之龜鏡(一作鑑)歟周氏率由姬制內職有序太祖創基脩衽席以儉約高祖(北史作武皇)嗣曆節情欲於矯枉宮闈有魚貫之美戚里無私溺之尤可謂得君人之體宣皇外行其志內逞其欲溪壑難滿採擇無厭恩之所加莫限廝皂榮之所及無隔

險詖於是升蘭殿而(北史作以)正位踐椒庭而齊體者非一人焉階房帷而拖青紫緣(一作承)恩幸而擁玉帛者非一人(一作族)焉雖辛癸之荒淫趙李之傾惑曾未足比其髣髴也民厭煩苛(北史作人厭苛政)斁事實多太祖(北史作文字)之祀忽諸特由於此故叙其事迹以爲皇后傳云　一作周書本文

周書八柱國傳論

前人

蕭何文史自愛懼秦法誅戮乃推奉漢高李通家傳讖術知劉氏當興遂翊戴光武終而白水復禹中陽纂堯方策以爲美談功臣仰其徽烈趙貴志懷忠義首唱大謀爰啓聖明克復讎恥關中今百二之險周室定三分之業彼此一時足爲連類獨孤信威申南服化洽西州信著遐方光

照隣國侯莫陳崇以勇悍之氣當戰爭之秋（一作利）輕騎啓高平之扉匹馬得長城之俊（一作長坑之俊）並以宏才遠略附鳳攀龍績著元勲位居上衮而識慚明哲咸以凶終惜哉信雖不免其身慶延於後三代外戚何其盛歟初魏孝莊以爾朱榮有翊戴（一作戴）之功拜榮柱國大將軍位在丞相上榮敗後此官遂廢大統三年魏文帝復以太祖建中興之業始命爲之其後功參佐命望實俱重者亦居此職自大統十六年以前任者凡有八人太祖位摠百揆都督中外諸軍事魏廣陵王欣元氏懿戚從容禁闈而已此外六人各督二大將軍以（一作分）掌禁旅當爪牙禦侮之寄當時榮盛莫與爲比故今之稱門閥者咸推八柱國家云

一作皆周書本文

文苑英華卷第七百五十四

文苑英華卷第七百五十五

史論二

隋書儒林傳論一首　隋書隱逸傳論一首

王昕及弟晞傳論一首　平臺稱略論十首

三國論一首

隋書儒林傳論　魏徵

儒之爲教大矣其利物博矣篤父子正君臣尚忠節重仁義貴廉讓賤貪鄙開教（一作政）化之本源鑿生人（一作民）之耳目百王損益一以貫之雖世或汙隆而斯文不墜經邦致治非一時也涉其流者無其祿而富懷其道者無其位而尊故仲尼頓挫於魯君孟軻抑揚於齊后荀卿見珍於強

楚叔孫取貴於隆漢其餘處環堵以驕富貴安陋巷而輕王公者可勝數哉自晉室分崩中原喪亂五胡交爭六（一作）經籍道盡魏氏發迹代陰經營河朔得之馬上茲道未弘暨夫大和之後盛修文教縉紳碩學濟濟盈朝縫掖巨儒往往傑出其雅誥奧義宋及齊梁不能尚也南北所治章句好尚互有不同江左周易則王輔嗣尚書則孔安國左傳則杜元凱河洛左傳則服子慎尚書周易則鄭康成詩則並主於毛公禮則同遵於鄭氏大抵南人簡約得其英華北學深蕪窮其枝葉考其終始要其會歸其立身成名殊方同致矣爰自漢魏碩學多清通逮乎近古巨儒必鄙俗文武不墜弘之在人豈獨愚蔽於當今而皆明哲於往

昔在乎用與不用知與不知耳然綦之犇詰庶績必舉德於鴻儒近代左右邦家咸取士於刀筆縱有學優入室勤踰刺股名高海內擢第甲科若命偶時來未有望於青紫或數奇（一作將）運舛乃棄置（一作必委棄）於草澤然則古之學者祿在其中今之學者困於貧賤明達之人志識之士安肯滯於所習以求貧賤者乎（一作哉）此所以儒罕通人學多鄙俗者也昔齊列康莊之第多士如林燕起碣石之宮（一作室）群英自遠是知俗易風移必由上之所好非夫聖明御世亦無以振斯頹俗矣自正朔之變（一作不一）將三百年師說紛綸無所取正高祖膺期纂曆平一寰宇頓天網以掩之賁旌帛以禮之設好爵以縻之於是四海九州強學待問之

士靡不畢集焉天子乃整萬乘率百僚遵問道之儀觀釋奠之禮博士罄懸河之辨侍中竭重席之奧考正亡失（一作逸）研覈異同積滯群疑渙然冰釋於是超擢奇俊厚賞諸儒遠于（一作乎）四方皆啓黌塾（一作校）齊魯趙魏尤多英拔（一作學者尤多）負笈追師不遠千里講誦之聲道路不絕中州儒雅之盛自漢魏以來一時而已及高祖暮年精華稍竭不悅儒術專上刑名執政之徒咸非篤好既（一作暨）仁壽之間遂廢天下之學唯存國子一所弟子七十二人煬帝即位復開庠序國子郡縣之學盛於開皇之初徵辟儒生遠近畢至使相與論討得失於東都之下納言定其差次一以聞奏焉于時舊儒多已凋亡二劉拔萃出類學通南北博通古今後生鑽仰莫之能測所製諸經義疏縉紳咸師宗之既而外事四夷戎馬不息師徒怠散盜賊群起禮義不足以防君子刑罰不足以威小人空有建學之名而無弘道之實其風漸墜以至滅亡方領矩步之徒亦多轉死溝壑凡有經籍自此皆湮沒於煨塵矣遂使後進之士不復聞詩書之言皆懷勸欲（一作攘敓）之心相與陷於不義傳曰學者植也不學將落然則盛衰是繫興亡攸在有國有家者可不慎歟諸儒有身沒道存遺風可想皆採其餘論綴之於此篇云　達於四方（此上隋書有京邑二字）

隋書隱逸傳　一作皆隋書本文　前人

自肇有書契綿歷百王雖時有盛衰未嘗無隱逸之士也

故易稱遁世無悶又曰不事王侯詩曰皎皎白駒在此空谷禮云儒有上不臣天子下不事王侯語曰舉逸民天下之民歸心焉雖出處殊途語默異用各言其志皆君子之道也洪崖兆其始箕山扇其風七人作乎周年四皓光乎漢日魏晉以降其流逾廣其大者則輕天下細萬物其小者則安苦節甘賤貧或與世同塵隨波瀾以俱逝或避世（隋書本文作遺時）矯俗望江湖而獨往狎翫魚鳥左右琴書拾遺粒而織落毛飲石泉而蔭松栢放情宇宙之外自足懷抱之中然皆欣欣於獨善鮮汲汲於兼濟而受命哲王守文令主莫不束帛交馳蒲輪結轍奔走巖谷唯恐不逮何哉以其道雖未弘志不可奪縱無舟楫之功終有堅貞之操

是以立懦夫之志息貪競之風與苟得之徒不可同年共日所謂無用以爲用無爲而無不爲也故叙其人列其所以備隱逸篇云　列其所隋書作行

王昕及弟晞傳論　蘇世良

自晉失綱紀世道交喪遺風餘烈掃地將盡魏父疑遷宅伊洛情存典故衣冠舊族威儀式序於是風流名士往往間出遵業王誦導清流於前元明孝諧振芳塵於後元景少自矜莊早馳名譽儀範詞韻標映人倫雖樂廣王衍之徒不能尚也嘗試論易稱君子之道四焉是以朝廷之士入而不出山林之子往而不返然則入朝廷者宜盡忠義以忘軀希貞固之幹事昇之宰輔必致元氣之和處以末

班思竭匪躬之節往山林者便可遠親避世枕石漱流上期御氣飡霞下足激貪勵俗隱顯之徒在斯而作外漸疑應實內謝治身義與隨時情非高尚食人之祿忘人之憂淡泊囂塵之中虛無廊廟之下始之以踈簡成之以誕敖高談莊老獨扇玄風送疑軌長軀流宕忘返乃至阮籍爲名教罪人叔夜以高才齒劒惜哉王公以禮度自拘異於二子但迹預周行志輕流俗凝神於陳力之地嘯咏於伏奏之辰義匪勞心情乖易祿足爲累矣雖然善人天地之紀安可絕乎昆季履道俱有風尚閨門雍穆見重時皇末建之時晞處帷幄情存稽古蓋有憑焉

平臺秘略論十首　王勃

孝行一

論曰昔之列桐珪建茅土者非一君焉至於孝思可稱仁風茂存乎緗牒十一而已豈非生於深宮之中長於婦人之手膏肓積乎驕慢情奔疑淪乎嗜慾嗚呼有國有家者可不誡乎

貞脩二

論曰美哉貞脩之至也或抗情激操仗清剛而厲俗或理韻和神抱清方而守道或旌奇表善擢才於不次之階或剖滯申嫌措辭於難圮之地並能以禮昇降以時舒卷既明且哲以保其身盛矣哉原夫御俗裁風變彝倫者寄乎直全身遠害得隨時者存乎變夫然故進不違義退不復

生清貞靜一保其道委迤屈伸合其度易曰君子或出或處或默或語天下何思何慮同歸而殊途百慮而一致此之謂也

文藝三

論曰易稱觀乎天文以察時變傳稱言而無文行之不遠故文章經國之大業不朽之能事而君子等役心勞神宜於大者遠者非緣情體物雕蟲小技而已是故思王抗言詞訟恥爲君子武皇裁勑篇章僅稱往事疑二字不其然乎至若身處魏闕之下心存江湖之上詩以見志文宣王有焉

忠武四

論曰陰陽代興剛柔合運威恩參用以成化文武相資以定業況乎甲（疑）俠自我宗子維城者乎城陽之權略明決卒摧呂氏之變任城之志意剛斷實啓有魏之業蓋有助焉陳思雅懷忠勇義形家國表奏未昌洞曉兵數績著疆埸長沙武陵亦足云也

益政五

論曰東平以盛德匡時大興禮樂齊獻以至親統物光濟中外淮陽安定峻必行之典安陸扶風深受遺之泣能義形家國理極忠貞使黃河如帶垂芳不朽盛矣乎守方雅以調蕃政用公直而掌朝論昂然直上凛有生氣衡陽太原亦足云也

導師六

論曰前史稱良藥苦口而利於病忠言逆耳而利於行豈非專情竭於不顧主色期於難犯中人以下罕免斯累其有抗辭必盡忠烈橫匪石之心聞善若驚君王動順風之請相須之際良可詠也清河之恭慎真懇雅爲亂益（疑二字）上引聖朝下託師傅和矣哉

褒容（疑）七

論曰原夫重藝尊師登奇佇逸道存萬里神交一面故有推輪擁篲寡人忘千乘之榮越席分庭上才當四海之禮斯實蕃邸之盛事間平之用心也而有矯情役智揚（疑逸）名利之間室（疑作窒）隙蹈瑕乾沒英翹之地便僻脂韋飾其迹丑言巧辭運其辯假君王之顧盻用君王之威福傳曰好善而不擇人則前代有以之傾矣至於興諧文雅賞盡煙霞月庭廣闢風閨洞敞西園故事下蘭坂而肖（疑）歌東苑遺塵坐視（疑）庭而曉賦折旋書藝之園翱翔儁詠之際洋洋乎亦爲樂之一方也

初俊八

論曰夫濫觴懸米　蕃浮天地之源寸株尺蘗擢梢雲蔽景之幹豈非積微成大陟遐自邇易曰山下有泉蒙君子以果行育德故考其前事備之于篇

規諷九

論曰夫陵谷好遷乾坤忌滿哀樂不同而不遠吉凶相反

而相襲故有全中卒（疑）行用心於不爭之場杜漸防危投逸（疑作迹）於知幾之地昔之善持滿者用此者也諺曰禍不入慎家之門前代有以之興矣至若中山激難重存親禮武陵變色復延情愛子建之陳辭貢憤長沙之發對因機雖亦各遵其心未若洪慶之希聲也

慎終十

論曰詩云靡不有初鮮克有終若夫東平之奉憲遵約耿介原陵之奏中山之兒　思齊懇懃濮陽之託庶幾乎可謂慎終矣至于（一作子）塵之奉行文處（疑此句中）慰之遠述河澗陳思尅己並未易誣也

三國論

論曰漢自順桓之間國統屢絶奸回竊位閹宦蒲朝士之蹈忠義履冰霜者居顯列則陷祀忤之誅伏閭巷則嬰黨錮之戮當是時也天下之君子掃地將盡雖九伊周十稷契不能振已絶之綱舉土崩之勢明矣嘉平中大黃星見楚宋之分遼東殷馗曰其有真人起於譙沛之間以知曹孟德不爲人下事之明驗也先時秦帝東遊亦云金陵當有王者興董扶求出又曰益州有天子氣從茲而言則長江劍閣作吳蜀之限天道人謀有三分之兆其來尚矣然廢興有際崇替遞來每攬其書曷能不臨卷而永懷撫事而伊鬱也嘗試論之曰向之疑何進納公業之言而不追董卓催汜棄文和之策而不報王允則東京焚如之禍闕

右亂麻之亂何由而興哉至使乘輿蒙塵於河上天子露宿於曹陽百官饑死於牆壁六宮流離於道路蓋由何公之不明賈詡之言過也於是劉岱喬瑁張超孔伷之徒舉義兵而天下響應英雄者騁其驍悍逞其謀能海內囂然於茲大亂矣袁本初據四州之地南向爭衡劉景升擁十萬之師坐觀成敗區區公路欲居列郡之尊瑣瑣伯珪謂保易京之業積既窘魏術亦憂終譚尚離心琮琦失守其故何哉有大賢而不能用覩長策而不能施便謂力濟九區智周萬物天下可指麾而定宇宙可大呼而致也嗚呼悲夫余觀三國之君咸能推誠樂士忍垢藏疾從善如不及聞諫如轉規其割裂山河鼎足而王宜哉孫仲謀承父兄之餘事委瑜肅之良圖泣周泰之痍請呂蒙之命惜求（一無求字）休穆之才不加其罪賢子布之諫而造其門用能南開交趾驅王嶺之卒東界海隅兼百越之衆地方五千里帶甲數十萬若令登不早卒休以永年神器不移於暴酷則彭蠡衡陽未可圖也以先主之寬仁得衆張飛關羽萬人之敵諸葛孔明管樂之儔左提右挈以取天下庶幾有濟矣然而喪師失律敗不旋踵奔波謙積之間羈旅袁曹之手豈拙於用武將遇非常敵乎初備之南也樊鄧之士其從如雲比到當陽衆十萬餘操以五千之卒及長坂縱兵大擊廓然霧散脫身奔走方欲遠竄用魯肅之謀然投身夏口于時諸葛適在軍中向令帷幄有謀軍容宿練包

左車之計運田單之奇操懸軍數千夜行三百輜重不相繼聲援不相聞可不一戰而擒也坐以十萬之衆而無一矢之備何異區犬羊之羣餌豺虎之口固知應變將畧非武侯所長斯言近矣周瑜方嚴兵取蜀會物故於巴丘若其人尚存恐玉壘銅梁非劉氏有也然備數困敗而意不折終能大啓西土者其惟雅度最優乎武侯既歿劉禪舉而棄之覩譙周之懦詞卅忿憤而忘食聞姜維之立事又慷慨而言憙惜其功垂成而智不濟豈伊時喪抑亦人亡乃知德之不脩棧道靈關不足恃也魏武用兵髣髴孫吳臨敵制奇鮮有喪敗故能東擒夜布北走強袁破黃巾於壽張斬眭固於射犬擐戈北指蹋頓懸顱擁旆南臨劉琮

東手振威烈而清中夏挾天子以令諸侯信超然之雄傑矣而弊於褊刻失於猜詐孔融荀彧終罹其災孝先季珪辛不能免愚知操之不懷柔巴蜀砥定東南必然之理也文帝富於春秋光膺禪讓臨朝恭儉博覽墳籍文質彬彬庶幾君子者矣不能恢崇萬代之業利建七百之基骨肉齊於匹夫銜樞委乎他姓遠求珠翠驟禮諒闇之中近抱辛毗取笑婦人之口明帝嗣位繼以奢淫征夫困於兵革人力殫於臺榭高貴鄉公明決有餘而深沉不足其雄才大畧經綸遠圖求之數君竝無取焉山陽公之墳土未乾陳留王之賓館已啓天之報施何其速哉故粗而論之式備勸戒俾夫來者有以疾諸者焉

文苑英華卷第七百五十五

文苑英華卷第七百五十六

史論三

夷惠清和論　皇甫湜

論曰伯夷不降其志不辱其身非其君不事非其民不使乃至餓死而不顧是以孟子謂之爲清（集無爲字）柳下惠辱其身降其志不羞汙君不辭小官乃至屢黜而不去是以孟子謂之爲（集無此字）和若校之聖人則彼之所行皆一方之士

也夫聖人之道可以進則進可以止則止是天下之是非天下之非出攣拘之域不凝滯於物通塞若水變化猶（集作若）龍動之謂權（集作聖）靜之謂道非可以一善目非可以一行稱安肯立惡人之朝黜而不羞耻武王之粟餓而至死故曰彼之所行皆一方之士也即而評焉（四字集作若在即而秤處）於清和互有長短請列而辨之彼伯夷者揭摽表於不臧蹈臣子之所難行信道之篤執之如山嫉惡之心惡之如鬼清風所激有心必動此其爲（集作所）長也至於傳之汎愛易之臨時聖人之權濟物之義豈止不（集作未）暇亦將有妨焉柳下惠辱身以求利物累身以事無道唯斯人是哀唯吾道是存薰蕕雖同河濟不雜此其長也至於無道則隱

亂邦不居而飲盜泉水食不仁粟垂傲物之迹延寬身之仁又君子所不由矣則清和之用於與奪爲(集有功字)均雖然清之流矯於前而激於後使萬年亂臣賊子懼貪夫惡人耻且衆人之難行(二字集作所難爲)者也和之迹疑於往而敝於今使代末偷苟之輩有容貪利之徒得語且衆人之易爲者也顔回曰舜何人也孟軻曰謂其身不能是賊其身夫然則士之率性飭躬立志希古當以聖人爲準的中庸爲慕尚力苟不足寧終止焉則清與和皆非通道不可準則若循迹而辨以矯俗爲心必不得已願附清者

東晉元魏正閏論　前人

論曰王者受命於天作主於人必大一統明所受(一作授)所

以正天下之位一天下之心舜傳之堯禹傳之舜以德禪者也桀放于湯紂(一作受)殺于武以時合者也秦滅二周兼六國以力成者也漢除(一作革)秦社稷以義取者也故自堯以降或以德或以時或以力或以義承授如貫始終(一作終始)可明雖殊厥迹皆得其正以及魏取於漢晉得於魏史冊旣載彰明可知百王旣通行萬代無異辭矣惠帝無道群胡亂華晉之南遷實曰元帝與夫祖乙之圮耿盤庚之徙亳幽王之滅戲平王之避戎有異乎哉(四字一作其事同其義一矣)而拓跋氏種實匈奴來自幽代襲有先王之桑梓自爲中國之位號謂之滅邪晉實未改謂之禪邪已無所傳而皆(一作一)生之著書皆有帝元今之爲録者皆閏晉可謂失之遠矣或曰元之所據中國也對曰所以爲中國者以禮義也所以爲夷狄者無禮義也非繫於地(四字一作豈繫於地哉)杞用夷禮杞卽夷矣子居九夷夷不陋矣沐紂之化殷氏爲頑人矣因戎之遷伊川爲陸渾矣非繫於地也晉之南渡人物攸歸禮樂咸在流風善政史實存焉魏氏恣其暴強雹此中夏斬伐之地雞犬無餘驅士女爲肉籬委之戕殺指衣冠爲芻狗逞其屠刈種落蘩熾歷年滋多此而帝之則天下之士有蹈海而死而天下之人必者(一作登)山而餓忍食其粟而立其朝哉至于(一作於)孝文始用夏變夷而易姓更法將無及矣且授受無所謂之何哉又曰周繼元隋繼周國家之興實繼隋氏子謂是何對曰晉爲宋宋爲齊齊爲梁

江陵之滅則爲周矣陳氏自樹而奪無容於言況隋兼江南一天下而授之于(一作於)我故推而上我受之隋隋得之周周取之梁推梁而上以至于堯舜得天統矣則陳姦於南元閏於北其不昭昭乎其不昭昭乎

一作皆集本唐文粹

漢將李陵論　白居易

論曰忠孝智勇四者爲臣爲子之大寶也故古之君子奉以周旋苟一失之是非人臣人子矣漢(一有將字)李陵策名上將出討匈奴竊謂不死於王事非忠生降於戎虜非勇棄前功非智召後禍非孝四者無一可而遂忘其宗哀哉予覽史記漢書皆無明識竊甚惑之司馬遷雖以陵獲罪而

無譏可乎班孟堅亦從而無明譏又可乎按禮云謀人之軍師敗則死之故敗而死者是其所也春秋所以美狼瞫（尺甚及）者謂（一作焉）能獲其死所而陵獲所不死得無譏焉觀其始以步卒深入虜庭而能以寡擊衆以勞破逸再接再捷功執大焉及乎兵盡力殫摧鋒敗績不能死戰卒就生降嘻墜君命挫國威不可以言忠屈身於夷狄束手爲降（一作俘）虜不可以言勇喪戰勳於前隤（集作墜）家聲於後不可以言智罪逭於躬禍胎（一作移）於毋不可以言孝而引范蠡曹沫爲比又何謬歟且會稽之耻蠡非其罪魯國之羞沫必能報所以二子不死也而陵苟免徵軀受制於強虜雖有區區之意亦奚爲哉夫吳齊者越魯之敵國匈奴者漢之外臣俾大漢之將爲單于之擒是長寇讎辱國家甚矣況二子雖不死無陵生降之名二子苟生無陵及親之禍酌其本末事不相侔而陵竊慕之是大失臣子之義也觀荅子卿之書意者但患漢之不知己而不自內省其終始（一作始終）焉何者與其欲刺心自明刎頸見志曷若效節致命以取信於君子（一無乎字）與其痛毋悼妻尤君怨國曷若忘軀（一作身）守死而紓禍於親焉或曰漢（一無漢字）武帝不能明察苟（一作下）聽流言遽加厚誅豈非負德荅曰設使陵不苟其生能繼以死其（一作則）必賞延於世刑不加親戰功足以冠當時壯節足以垂後代忠孝智勇四者立而死且不朽矣何流言之能及哉嗚呼予聞之古人云人各有一死死或重於泰山生或輕於鴻毛若死重於義則視之如泰山也若義重於死則視之如鴻毛也故非其義則君子不輕其生得其所則（一無則字）君子不愛其死惜陵之不死也失君子之道焉故隴西大夫以李氏爲愧不其然乎不其然乎

大夫（京本作士大夫）　一作皆集本唐文粹

省試顏子不貳過論　韓愈

論曰登孔氏（一作子）之門者衆矣三千之徒四科之目孰非由聖人之道爲君子之儒者乎其餘過行過言亦云鮮矣而夫子舉不貳過唯顏氏之子其故何哉請試論之夫聖人抱誠明之正性根中庸之至德苟發諸中形諸外者不由思慮莫匪規矩不善之心無自入焉可擇之行無自加焉故惟聖人無過（集有故字）所謂過者非謂發於行形於言人皆謂之過而後爲過也生於其心則爲過也顏子之過此類也不貳者蓋能止之於（集作于）始萌絕之於未形不貳之於言行也中庸曰自誠明謂之性自明誠謂之教自誠明者不勉而中不思而得從容中道聖人（集有者字）也無過者也自明誠者擇善而固執之者也不勉則不中不思則不得不貳過者也故夫子之言曰囬之爲人也擇乎中庸得一善則拳拳伏（集作服）膺而不失之矣又曰顏氏之子其庶幾乎言猶未至也而孟子亦云顏子具聖人之體而微者皆謂不能無生於其心而亦不暴之於外考之於聖人之道差爲過耳顏子自惟其若是也於是居陋巷以致其誠飲一

瓢以求其志不以富貴妨其道不以隱約易其心確乎不拔浩然自守知高堅之可尚忘鑽仰之爲勞任重道遠竟莫之致是以夫子歎其不幸短命今也則亡謂其不能與已並立於至聖之域觀教化之大行也不然集有夫字行發於身加於人言發乎邇見乎遠苟不慎也敗辱隨之而後思欲不貳過其於聖人之道不亦遠乎而夫子尚肯謂之其殆庶幾孟子尚復謂之具體而微者哉則顏子之不貳過者在是矣

鼎國論集作三國論　李德裕

魏蜀吳三分天下而亡有先後非形勢有輕重積仁集作文積累粹作積仁義有厚薄察其政柄所歸則亡之先後可知也蜀政

在於黃皓皓隸人也內不能修武侯之舊典外不能制姜維之黷武綱紀日壞君子不服所以先亡也魏自明帝已集作之後政歸仲達齊王已以集作降唯守空宮亡之淹速繫於師文粹作昭昭之志將移神器之重須服天下之心未立大功亦不敢取所以蜀滅而魏亡也孫皓雖驕奢極欲殘害用刑而自專生殺之柄不牽帷牆之制運盡天亡而後夷滅由是而知人君不可一日失其柄也神龍之脫深泉震雷之無煙氣威靈既露人得制之蔣濟睍魏文帝與夏侯尚詔曰作福作威爲亡國之言所謂柄者威福是也豈可假於臣下哉後世集作代觀三國之事可不戒懼哉

宋齊論　前人

宋齊以降繼體承祧者君德寖微王道寖集作陵替繼緒之初如華大運除舊集作降宥解網以悅衆心仁義之風薄骨肉之情廢前史論之詳矣然未得中攻之可也如弓之高下者抑舉琴瑟之不調者更張此亦天之道也豈獨人事哉唯用其罪人不可甚矣天下之惡一也古人言一心可以事百君百心不可以集無此字事一君豈有不忠於前朝而能忠於後王者哉毀梟臺春秋之所譏先儒之所惡宋齊之君有一於此必爲美政梟臺見妖尚不可毀況無妖者乎燕人之思邵伯耳棠勿剪楚人之懷叔子望碑墮淚彼人臣也而見思若此雖時移政改莫匪舊臣昔伯益贊禹稱大舜之德曹參事惠帝守蕭何之法魏文帝初受漢禪群

臣皆贊蜀本作楊魏德唯衛臻獨稱漢美文帝曰天下之珍當與山陽共之爲人臣者罔念於此可謂有百心矣

張禹論

夫社稷之計安危之機人君不能獨斷者必咨於所敬之臣然臣有忠邪時有險易交有淺深義有厚薄范睢山東之匹夫也入虎狼之秦嚴不測之險可謂情集作交疎義薄矣而能尊昭王去穰侯開秦霸業之基以安固後嗣可謂忠於昭王矣夫能獨斷者英主也古人言謀之欲多而集無此字斷之在獨蓋爲此矣天有震雷之怒龍有逆鱗之恨蜀作狼所以人君在於能斷耳然親戚之際恩義之重不集無不字斷之於己不可也張敞所謂明詔以恩不聽群臣以義固

爭而後許而令明詔自親其文非策之得也漢文帝誅薄昭斷則明矣於義則未安也周宣餞中伯有孔碩之詩秦康送文侯（二本作公）興如存之感況（集此無字）太后尚存唯一弟薄昭尚（二本作而）斷之不疑非所以慰毋氏之心也漢成帝車駕至張禹第辟左右親問禹以天變禹以年老子弱於曲陽有隙反（二本作乃）言新學小生亂道誤人宜無信用帝雅信愛禹由此不疑王氏致漢室之亡成王莽之篡皆因禹而發可謂漢之賊也國之妖也雖蛇鬭於鄭鷁退於宋妖不甚於禹矣朱雲欲以尚方斬馬劒斷佞臣頭斯爲當矣後代有類於此者其臣可以范睢爲師表張禹爲至（二本作鑒）戒

夷齊論　前人

昔夷齊不食周粟餓於（集作于）首陽之下仲尼稱其仁美其德（孟子稱伯夷聖之清者也）蓋以取其節而激貪也所謂周粟者周王所賦人之祿是也諫而不從不食其祿可矣至於聞淑媛之言輙殄薇蕨斯可（蜀作所）謂不智矣夫薇蕨者元氣之所發生四時之所順成日月之所燭風雨之所育周焉得而有之哉若以粟者周人之播殖則夷齊得非周人乎反覆其道蓋未當理然夷齊之行實誤後人於陵仲子慕夷齊者也乃至不義其兄之祿絜則絜矣仁豈然哉厥後商雒四友畏秦之酷避秦之禍豈止潔身而已然殄紫芝以爲粮飲清泉以爲漿終老南山以養其壽斯可謂仁智兼矣

鼎國論神龍之脫深泉（此上表本有如字）

宋齊論未得中（表本作政未得中）

文苑英華卷第七百五十六

文苑英華卷第七百五十七

史論四

三良論

秦穆之殺三良詩人刺之矣春秋譏之矣今不復議唯三良許之以死而前代無議何也且臣道莫顯於咎繇孝友

莫盛於周公咎繇尚不殉於舜禹二后周公尚不殉於文武二王三良詎可許之死乎如三良者所謂殉榮樂也非所謂殉仁義也可與梁丘據安陵君同譏矣焉得謂之百夫特哉昔荀息許晉獻一（集作以）言繼之以死君子猶歎斯言之玷不可爲也豈得以生同榮樂死共埃塵以爲忠也（集作乎）晏平仲言君爲社稷死則死之斯言得之矣自周漢迄于巨唐殺身成仁代有髦傑莫不顯一身之義烈未有繫一國之存亡唯紀信乘黄屋以誶（蜀作許）楚赳卅焰而存漢數千年間一人而已漢祚四百由（集作猶）此而興余謂漢祖封建紀氏宜在曹蕭之上報德未稱良可悲也

張碑強論　前人

楊子美碑強之覺陳平非也若以童子膚敏善揣吕后之情奇之可也若以爲反道合權以安社稷可謂不其悖哉授兵産禄幾危劉氏皆因碑強啓之嚮使留侯尚在（集作存）必執戈逐之將爲戮矣觀漢高（集作高祖）遺言吕后制其大事可爲謀無遺策矣以王陵有廷諍之節置以爲相謂周勃堪寄託之任令本兵柄況外有齊楚淮南盤石之固内有朱虚東牟肺腑之親是時産禄皆匹夫耳吕后雖心不在哀將相何必危懼必當憂傷不食自促其壽豈能爲將相之害哉漢高祖曰非劉氏而王者天下共擊之此慮屬在吕宗矣何可背之歟年稱制八年産禄之封殖（文粹作植）固矣若平勃二人盡先朝露則劉氏之業必歸吕宗及吕后之

殁刼酈商以紿吕禄計亦窘矣周勃雖入北軍尚不敢公言誅（蜀本作訟）諸吕豈不艱哉賴産禄皆徒隷之人非英傑之士儻才出於世豈授其紿說哉嗟呼與其圖之於難豈若制之於易由是而言平勃用碑強之計斯爲謬矣留侯破産以報韓結客以徂（文粹作沮非）秦招四皓以安太子所爲必伏義居正由此知不尚權譎明矣

晉文公不合取楊樊論　皮日休

三代之賞臣下以爵不以位以名不以器迨夫後世君弱臣侈撥去古法能立一功者先伺君地焉能立一勳者先窺君器焉由是於魯有三桓於齊有田常於楚有白公是賞過有僭生焉甚者奪主其（集作從）來尚矣且姬之列侯守

其本封勝其上(集作主)爵賜(集作錫)之以斧鉞分之以鍾彝休戚其民生殺於國其貴已極矣遇天下無事則行其德化奉其貢職居則待乎巡狩行則赴於會同遇天下有事則申之以鍾鼓行之以征伐上以定王室下以正諸侯真侯伯之職業也是常節也苟天子有錫宜以德讓之豈當更受其地也苟讓不獲聽受之者其爵可也(謂文天子命晉爲侯伯)其器可也(謂周天子享晉文侯秬鬯圭瓚)且天子之地方千里不千里則不足以待諸侯諸侯之地既侵天子之甸由削枝者必及乎幹剸肉者必至乎骨何者勢使之然也如晉文既定襄王于郟鄏王勞之以地(謂陽樊茅温原欑田)陽人不服(陽樊大邑在畿內)晉侯圍之乃辱其宗祊苦其人民虜其甥舅嗚呼其亦不仁矣是晉文雖有入天子之功而有陵天子之威也當王之賜宜讓曰臣重耳以湫湫之德擅專征之任遇翟寇肆虐天王少遠宗祐(集作廟)臣敢與下國之師殺兇臣定王室乃臣之常也不足賞也苟天王特念小伐不寘諸刑列唐叔之祚獲臣有奉爲賞厚矣苟爲畿內之地爲臣之邑是上濫其賜下僭其受也雖天王之荐寵臣其若宗廟之靈百姓之心後世之罪何而晉文曾不是讓又請隧焉豈內輕衰周之陵遲外恃諸侯之強盛而爲耶殊不知周王之尚守乎典禮也(謂請隧不許)且王曰昔我先王之有天下也規方千(集作萬非)里焉以爲甸服以供上帝山川百神之祀以備百姓兆民之用(已上周襄王之言)且王之所錫(集作賜)田皆在周甸也王明知在甸內與乎晉者是力不足(集作能)制晉也如力足制晉肯以規方千里之內地與夫諸侯哉是王之語晉侯以規方千里者譏其受地也文公不悟卒而受之嗚呼文公之覇也有召君之譏請隧之僭不爲甚矣甚者在陽樊也

漢靳丁公論　前人

忠之爲稱也非委身事人(五字文粹集本作蓋欲委身以事王)不以猜懼貳其心不以辯說貳其心不以疑懼貳其心者乎(集作也)上有過諍於公不揚名於私豈猜懼之足入乎上有忌逾乎進不逾乎退豈辯說之足入乎上有間(去聲)懼乎心不懼乎事豈疑懼之足入乎夫苟祿懷生而仕者上有過言未省(集作息)而懼乎誅諫未辭而去乎位自以得古人三諫不從之義然幸其生貪其祿是猜懼而貳其心者也上有忌必姦于心機媚于聲氣不思已之不聰而謂上之受謗不思道有未可而謂辯之足從辯之足去(四字集作必文粹作不從辯而去)是辯說而貳其心者也上有間必傒彼愛取乎厚也必謟彼幸求其捨也有愛不可傒倖不可謟即苟而已矣是疑懼而貳其心者也嗚呼劉項之作也淮陰不以猜懼而去項乎曲逆不以辯說而去項乎淮南不以疑懼而去項乎去彼而就此果竭忠(集作謂)乎果謂不忠乎是利則存不利則亡者也則丁公臨敵無殺誠惻隱之心者也豈有猜懼辯說疑懼者邪有利則存不利必亡者邪與其不忠則彼三侯者(謂淮陰侯淮南王曲逆侯是也)未可免鼎鑊之誅刀鋸之刑也是高祖

斬之果不爲當噫漢之初立未爲無人當因（集作丁公）毃刑未聞有一言而戾者將固之命邪（集作也）悲矣

周昌相趙王論　前人

夫剛柔之分在乎性得失之機繫乎用苟剛暴則勝柔柔久則勝剛物之常理也或用之以剛處柔以柔處剛其機必得矣如以剛處剛以柔處柔其機必失矣周昌之性剛也呂后之性剛也漢高以百歲後以趙王如意爲憂故縶昌相趙嗚呼漢高之意非遑志於一時納慮於一諫而相昌乎不然何其用之失也如以昌之剛足固趙國則趙王之兵甲能當漢乎是不可一也如以昌之剛足固趙王則呂后之徵王特一鄭夫之力耳是不可二也如以昌之節

足以存趙不過乎死死則趙王就徵耳是不可三也卒使百歲之後如意冤戮周昌憤死惜哉漢祖未崩前以周勃統南軍以昌領北軍以陳平爲謀主則呂后之命（集作令）產祿之謀不能當大難而不迴秉大節而不墜者也苟使握軍政執相權昌必能之柰何悞用

秦穆公謚繆論　前人

聖人務安民不先置不仁以見其仁焉不先用不德以見其德焉苟如是是見危者已墜而欲援觀鬪者將死而方救噫其亦不仁矣以高辛之仁化用一摯摯之不善天下之民捕堯以爲君以唐堯之仁化用一鯀鯀之不績天下之民諫禹以爲功夫如是摯之與鯀是高辛唐堯誠用之也非先置也推其誠而用之人民尚倍之如是況先置者耶當晉獻驪姬之亂後奚齊卓子之死餘重耳在翟夷吾居秦以秦穆之力制翟而安晉其能必矣夫重耳之賢也天下知之又其從也皆足以相人國（趙衰顛頡舅犯之謂）如先立之必能誅亂公子去暴大夫翼德於成周宣化於汾晉而穆公反（集作乃）取公子縶之言（謂公子縶曰君若求置晉君以成天下之名則不如先置不仁者以滑其中也）乃置先夷吾是爲惠公公之入也背內外之賂（謂許里克以汾陽文粹作晉之田百萬丕鄭負蔡之田七十萬許公子縶河外列城五黃金三十鎰白玉珩六雙）誅本立之臣（惠王二年春殺里克秋殺丕鄭是也）烝先父之室（謂惠公烝於獻公夫人賈君是也）故生民興誦（謂輿人誦曰佞之不佞果喪其田是也）死者無報（謂惠公即位改葬恭世子而鬼于外也）卒身獲于秦（公以九月獲十月歸）而子殺於（文萃作晉謂十五年

文萃作三年惠公卒懷公立秦乃召重耳於楚而納之晉人殺懷公於高梁是也）嗚呼致是也非晉人之罪抑秦人之罪耶（集作也）夫摯立八年不善而去鯀用三載弗績而誅況晉惠公之在位作宗廟之蠹蝎爲社稷之狼莠一立十五年其爲害也大矣今之學者以秦穆爲繆尚疑其謚得斯文也可以謚繆爲定

酇文終侯論　羅隱

沛后既得秦蕭何改秦之法故三章之約焉而何竟自汗者豈非欲刑（一作刑）其德於萬代乎不然奚繫之在人先也且漢之功臣何居第一何不首行其法則後之立功爲相者難貪瀆規弄而法必不加則亂臣賊子於是　何之法不救當時而豈救後代乎

荀息論

牛希濟

晉獻公子九人聽驪姬之譖也太子申生縊于新城重耳奔蒲夷吾奔屈盡逐群公子唯姬之子奚齊及其娣之子卓子留於宮公疾病召荀息將使立奚齊荀息曰臣竭盡股肱之力加之以忠貞不濟則以死繼之公曰何爲忠貞對曰公家之利知無不爲忠也送往事居耦俱無猜貞也公薨荀息立奚齊里克使人殺之喪次荀息將死之人曰無益也不如立卓子于朝荀息又立之里克曰三怨將作秦晉輔之子將何如荀息曰吾與先君言矣我欲復言然爲一作謂人已乎里克殺卓子于朝荀息死之丘明褒之曰詩人有言曰白圭之玷尚可磨也斯言之玷不可爲也以

荀息有復言重諾之義夫荀息晉國之大夫爲執政之臣顧命以立其君人能殺之已不能討之是　於國再立卓子以偷其安里克之告又不得誅以害其主雖曰復言何歎之有且獻公以荀息爲執政也以荀息爲能賢也而嬖之二子令二子無辜而死是荀息之不賢所致其無乃辜先君之托孤之寄乎且已以大夫也不宜從君於昏而立幼稚知諸子之賢不能立之以利於晉爲國家長世之計乎此疑周於姬氏之黨乃變之疑衍寵之黨也立二君而不能定其位縱其賊以致亂於其國若亡之黨不可以立乎非已智力之能全也其輕許之乎是輕之言而許之是貪其位而固其權復言以死之子其不死人以誅之於子矣

大國之力不能保其身知賊不討不可謂之忠縱具疑作其爲霊不可謂之貞事變寵幼弱之子遠霸王賢哲之君耦俱無猜其若是乎若群盜力爭不能討勝而死猶將賢之若不能討賊無謀自殞將何以尚之哉匹夫匹婦死於溝壑者無以異之凡顧命受遺之日擇長輔少之道非伊周之才智且將不濟豈荀息所能也是以憲宗彌留之日內外疑恐姦邪之人畏蓋一無蓋字之明復誅其黨有來中盡與裴晉公諳及大政者公勃言曰當問大臣此非中殿事告者遽退杜黃裳時爲庶子亦以王佩繫上陽周一作問問太子安否及臨慰勤之曰冢宰大臣前揭喪中覩天顏哀毀之狀莫不相顧而泣又意萬國之得主也即深謀遠慮於

防微之道如是之備及後國家以副君之命必有社稷之難遺詔擇立以爲之常蓋不由大臣之謀始也皆左右近密建議奉迎位既及定乃命百辟以行大禮始謀之臣即新君受賜之地遷之重權委以大政南北二軍歸其肘腋九城之禁由其管鑰若明然公議者尚可知其諫主及後誅戮嗣王之英武者或擇幼冲之可教者其議立之父輪告不實之狀循環署其名民間謂之車轂狀官者謂之金輪圖常有請趙公同署名者公歔欷流涕不忍執筆其子曰事既行矣禍不可變一家三百口在於今日大人何疑之有請筆代署時宦官畏大臣不從必與誅戮當動搖天下及見其名莫不喜悅由是緩命其子以居清列終致權

睎疑閹豎傾覆宗社皆趙公之所爲也或曰趙公之生也由不如荀息之能盡其生也生之與死皆亂國者何升降之有二子者可謂異代而同罪丘明之褒不其繆歟

崔烈論

漢室中葉戎狄侵軼之患邊郡畧無寧歲兵連禍積歷世不已天下以困國用不足権酤租筭之外方許民間竭產助國出金贖罪貨鏹以爲郎以爲經世之術救弊之務逮至桓靈之世天子要之百萬然後用爲三公崔烈常以賄求備位於公輔問其子外以我爲何如對以銅臭之說垂於前史然近之其（疑）人主無桓靈之僻自咸通之後上自宰輔以取方鎮下至牧伯縣令皆以賂取故中官以宰相

爲時貨宰輔以牧守爲時貨銓注以縣令爲時貨宰相若干萬緡刺史若干千緡令若干百緡皆磬言於市井之人更相借貸以成其求持權居任之日若有所求足其欲信又倍於科矣爭圖之者仍以多爲愈彼以十萬我以二十萬彼以二十萬我以三十萬自宰邑用賄之法爭相上下復結駟連騎而往觀其堆積之所然後命官權倖之門明如交易夫三公宰相坐而論道平治四海調燮陰陽爲造化之主方鎮牧伯天子藩屏以固宗廟社稷之重刺史縣令爲生民教化之首率皆如是不亡何待度其心而聞其謀即皆販婦之行一錢之出希十錢之入十萬者望二十萬之獲三十萬者圖六十萬之報盡生民髮與骨髓尚未足以厭其求漢之亡也人主爲之國家之禍也權倖爲之或曰兆其纍者崔氏之子爲不朽之罪人乎武帝開之於前桓靈成之於後以至今日鍾（疑作踵）而行之而已且烈之世不聞教子以義方不能遺子孫以清白多藏若是俸禄之所獲乎不及於昆弟親戚矣不施於隣里鄉黨矣其賄賂得之乎今日用之以逺（疑）不亦是乎且桓靈之世家謀且曰烈爲相矣不如是則群道（疑作盗）之所奪乃積之者過非用之者罪也被髮而祭於河（左傳作野）者辛有知其必戎作俑者其無後乎仲尼懼其殉葬蓋知防其漸之日也明明天子許而行之何罪之有崔子素無異闘貪禁固利者小人之常也不施於親戚自圖於爵位者亦小人之常也何

足加其罪有國家者不以仁義而務財利之道許而行之斯不可矣不許而自行之而不能知之又不可矣是亦覆國家者不亦過乎

石碏論

衛莊公寵州吁也且又縱之石碏諫曰臣聞愛子教以義方弗納於邪驕奢淫泆所自邪也四者之來寵禄過也君若與之即將定若猶未也後將悔公不聽州吁竟殺其君而自立石碏之子厚與州吁遊禁之不可春秋之世有弑君之子或朝於王預諸侯之盟不復加討是以厚問定君於石子曰王覲爲可曰何以得覲曰陳桓公方寵於王若朝陳使請必可得也厚從州吁如陳石碏使告於陳曰衛

國禍小老夫耄矣此二人者實弒寡君敢即圖之陳人執州吁于濮石碏使其宰獳羊肩涖殺石厚于陳君子曰石碏純臣也惡其君而厚預焉大義滅親其是之謂乎父子之道天性也君臣之道人一有之字義也石子諫莊公也以義方教子一作令厚之爲也無義方之訓哉且厚非弒君之謀爲亂之首州吁既立仍從之遊州吁之爲君也命石子遊必將從之況於厚乎已爲大臣國有亂賊而不能討之忘其君也父子相欺以成殘忍之計是忘其親也爲臣不忠爲父不慈將使衛國之人父子相爭屠矣是以先見之明知州吁之必能爲亂也當戮力以除之豈止一諫而已哉知石厚必從惡也當嚴殺以討之無使必陷於戮不能救

亂以安其國不能諫君以全其子莊公之忘也州吁之戮也石厚之死也皆石子忍　況其君乎或曰周公之誅二叔聖人之教也日磾之棄愛子賢人之事也若不如是將何以止於亂乎夫周公知二叔之心不利於成王必危於宗廟故先除之以保天子之尊以安大本豈若石子弒莊公而後欺而誅之日磾怒其子與宮人戲蓋防淫亂之本以靜於國石子成其亂而誅之必不使從篡之黨而後誅之也然周公聖人也日磾賢人也知其必至於亂皆不得已而行之且周公日磾防其亂而先誅之以靜於國石子成其亂而誅之無益於理反爲相欺之計殘忍之行無父子之慈滅天屬之道且厚能問其父以定君之計是知是

非理亂之理也是尊父子之道無疑父之心也疑父之心逆天之道也今乃欺之令朝於陳以行詐計斯人心之執忍之矣不若告其子以理且曰州吁爲子弒其父爲臣弒其君也天地所不容者人之子不可與之爲伍也是以吾禁子之遊且吾爲大臣欲誅弒君之賊以報其國不討其賊是吾有殺君罪也能使州吁朝陳且勿往我將報之石厚尚能求計於其父豈必陷父於惡若然者可以保其子全父子君臣之道矣今石碏以殘忍之性亂君臣父子之理以安其身以求其名而曰大義滅親爲罪莫大於亂國不孝莫大於絕嗣今石子亂其國而殺其子矣及後樂羊爲魏將伐中山中山殺其子而遺之一杯羹樂羊坐於幕

下食之以盡乃拔中山文侯賞其功而疑其心貪其功忘骨肉之痛蓋石子之流也屈突通當隋室之亂未從王師太宗使其子召之通反弓射之曰昔與汝爲父子今與汝爲仇讎既而捨弓矢於地再拜號泣以別隨后曰臣智力俱困非敢負陛下也然後來歸此又能全君臣父子之道也且能殘其子爲仁義之人者未之有也爲仁義之人能殘害其子者亦未之有也丘明脩千載王化之文欲開父子相疑之心親親相滅之理大非聖人之心乎

秦穆公謚論注文百萬七十萬文粹作方百里七十里按國語注云百萬百萬鎰也七十萬七十萬鎰也當從英華又黃金三十鎰國語作四十鎰佞之不佞文粹作佞之不佞國語當作佞之見佞

文苑英華卷第七百五十七

文苑英華卷第七百五十八

雜論上

與邢邵議生滅論　杜弼

邵以為人無還行(一作人死還生)恐是為蛇畫足弼荅蓋謂人死歸無非有能生力然物之未復(十八字一作弼曰物之未生本亦無也無而為有不以為疑因前生後)何獨致恠邵云聖人設教本由勸奬故懼以将

(一作有)來望各遂其性荅(一作弼)曰聖人合德天地齊信四時言則為經行則為法以虛示物以詭勸民(北史作人)將卜魚腹之書有異鼇楹之詰安(北史作得)使北辰降光龍宮韜(一作韞)牘孰如所論福果可以鎔鑄性靈弘奬風教為益之大莫極於斯此則真教何為非實邵云死之言澌精神盡也弼曰此所言澌如射箭盡手中畫也小雅曰無草不死月令又云靡草死動植雖殊亦此之類無情之卉當春(一作尚德)還生含靈之物何妨再造若亡草死猶有種在則復人死亦有識識種不見謂以無為者神之在形亦非目矚离朱之明所(一作不)能覩雖蔣濟觀眸賢愚可察鍾生聽曲山水呈狀乃神之工豈神之質猶玉帛之非禮鍾鼓之非樂以此方之(一作而推)義斯見矣邢云季札言無不之亦言散盡若復聚而為物不得言無不之也弼曰骨肉下歸於土魂氣則無不之此乃形墜魂遊往而非盡如鳥出巢如蛇出穴由其尚有故云無所不之若令無人也之將焉適延陵有察微之識知其不隨於形仲尼發習禮之歎美夫神(一作其字)與形別若許以廓然然則人皆季子不謂高論孰此為無邢云神之在人猶光之在燭燭盡則光窮人死則神滅弼曰舊學前儒每有斯語群疑衆惑咸由此起蓋辨之未至思之者不篤竊有未見可以覈諸燭則因質生光質大光亦大人則神不係於形形小神豈小故仲尼之智必不短於長秋孟德之雄乃遠奇於邢顒(一作崔琰)神之與形亦猶君之有

國國實君之所統君非國之所生不與同生孰云俱滅邢云捨此失彼生生恒在周孔自應同莊周之鼓缶和桑扈之循歌弼曰共陰而息尚有將別之悲窮轍以遊亦興中途之歎況乎(一作曰)聯體同氣化為異物稱情之服何害於聖邢云鷹化為鳩鼠變為鴽黃母為鼈皆是有生之類也類化而相之猶光去此燭燃於彼燭弼曰鷹未化鳩鳩則非有為鼠未化為鴽則以無論、相之乃似並對之稱既非二有何可兩立光去此燭得燃彼燭神去此形亦託彼形又何貳(一作感)哉邢云從欲使土化為人木為(一作生)眼鼻造化神明不應如此弼曰腐草為螢老木生(一作為)蝎造化不能為其然也其後別與邢書云夫建言明理宜出典謨

而遠孔肯釋獨爲君子若不師古物各有心焉首欲東誰其能禦但（一作奚）取於適衷何貴於得一逸韻欲高管懷未諭前後往復再三邪理屈而止　一作皆此齊書本傳

勞生論　盧思道

莊子曰大塊勞我以生誠哉斯言也余年近（一無近字）五十羸老云至追惟疇昔勤矣厥生乃著茲論因時事云爾

罷群屏居有客造余者少選之頃盱行而言曰生者天地之至（一作大）德人者有生之最靈所以作配兩儀稱貴群品妍媸愚智之辨天懸壤隔行已立身之異入海登山今吾子生於右地九葉卿族天授俊才萬夫所仰學綜九流（一作派略）慕孔門之游夏詞窮歲月（一作麗則）擬漢日之卿雲行藏有

節進退以禮不諂不驕無慍無懌偃仰貴賤之間從容語默之際何其裕也下走所欣羡焉余莞爾而笑曰未之思乎何所言之過也子其清耳請爲左右陳之夫人之生也皆未若無生在余之生勞亦勤止紈綺之年服（一作伏）膺教義規行矩步從善而登巾冠之後影（一作濯）纓受署韁鏁仁義籠絆朝市失翹陸之本性喪江湖之遠情淪此風波溺於倒置（一作蹟）憂勞總至事非一緒何則地胄高華既致嫵於管庫才識美茂亦受嫉於愚庸篤學強記聾瞽於焉側目清言河瀉木訥所以疾（一作疾）心豈徒蟲惜春螿（一作蠜）（一作鴟）愶腐鼠同江都而求數傳長沙而不歸固亦魯值臧倉楚逢靳尚趙壹爲之哀歌張昇於是慟哭有齊之季不遇休

明俛眶就鞅蹋踦（一作屏跡）無地段珪張讓金貝是視賈謐郭槐（一作淮非）腥臊可饜淫刑以逞禍延（一作近）池魚耳聽惡來之諂足踐龍逢之血周氏末葉仍值辟王欽劭昇階汗流浹背蜀（一作苫）客之踵躋焦原比（一作匹）茲非險齊人之手執馬垂方此未危若乃羊勝句注之道攜鞍振策武落雞田之方櫛風沐雨三旬九食不敢稱弊此之爲役蓋其小小者耳當今運祚（一作泰運）肇開四門以穆晃旒司契於上夔龍佐命於下岐伯善卷恥徇幽憂卞隨務光悔從木石今年在秋方已迫知命情禮宜退不獲晏安一葉從風無損鄧林之攢植雙鳧退飛不虧漱澥之游沫耕田鑿井晚息晨興候南山之朝雲覽北戶（一作堂）之明月汜勝九穀之書觀其

節制崔寔四人之令奉以周旋晨荷蓑笠白屋黃冠之伍夕談稼穡（一作穡穀）靄體途足之倫濁酒盈樽高歌滿席恍（一作怳）兮惚兮天地一指此野人之樂也子或以是羨余乎客曰吾子之事既聞之矣他人有心又請論其梗槩余答曰雲飛泥沉卑高異等圓行方止動息殊致是以摩霄運海輕雁羅於數澤五衢四照忽斧斤於山林余晚植昌辰遂其弱質（一作尚）顧（一作觀）人事之殞落（一作損獲）眂（一作觀）時路之遭危立冬脩夜靜言長想可以累歎悼心流涕酸鼻人之百年脆促已甚奔駒流電不可爲辭顧慕周章數紀之內窮通榮辱事無足道而有識者鮮無識者多褊隘凡近輕險躁薄居家則人面獸心不孝不義出門則諂諛諂傲無愧

無恥退身知死忘伯陽之炯戒陳力就列棄周任之格言悠悠遂一作遠古斯數一作患已積迄於近代此蠹尤深范子一作卿撝讓之風搢紳不嗣夏書昏墊之罪執政所安朝露未晞小車盈董石之巷夕陽早落阜蓋塡闖竇之里皆如脂如韋俯僂匍匐敬惡求媚舐痔自親美言謟笑劭其愉樂詐泣佞哀恤其喪紀近通旨酒遠送一作貢文馳艷姬美女委如脫屣金銑玉華棄同遺迹及鄧通失路一簪之賄無余棄冀就誅五侯之貴將起向之求官買職曉謁晨趨投刺望塵之舊遊偃仰上堂之夜客始則亡魂褫魄若牛見之遇獸心戰色沮似葉公之見龍俄而抵掌揚眉高視闊步結侶棄廉公之第携手哭聖卿之門華轂生塵來如

激矢雀羅競設去等絶絃飴蜜非茸山川未阻千變萬化鬼出神入爲此者皆衣冠士族或以文藝服一作藝能有不恥不仁不畏不義罔一作靡愧友朋莫慙妻子外呈厚貌内蘊百心由是則紆青佩紫牧州典郡冠情一作冠慎刼人厚自封殖研歌姒舞列鼎撞鍾耳倦絲桐口飫珍旨雖素論以爲非而時宰不之責末俗喧鄙一作未鱼如此之弊余則遠時薄宦屏息窮居甚耻驅馳深畏乾没心若死灰不營世利家無擔石不齎一一作費囊錢偶影聯官將數十載駑拙致笑輕生所以告勞也眞人御宇斲雕爲朴人知榮辱時反邕熙風力上宰内敷文教方邵重臣外揚武節被之大道洽以淳風舉必以才爵無濫授稟斯首鼠不頒衣簪附一作何黨比周掃地俱盡輕薄之儔藏景竄跡碟石變爲珪瑜一作成瑜璞蕢莠化爲芝蘭翦俗攪時駭耳織目今悉不聞不見莫余敢侮易曰聖人作而萬物覩斯之謂乎

一作皆隨書本文

愚夫哲婦論　謝偃

昔有愚夫者家本大賈積資巨萬既生豪門長乃潤屋所衣必極麗食必窮珍而稟性頑魯不閑貨殖既而父終兄喪生計歸之每有貨易動多遺利其妻敏而有識常私數曰若此子家貧無日矣夫常市珠及玉所費萬計唯獲燕石魚目而還妻覩而誚之曰此非眞也何失鑒其若是乎於是愚夫乃作色地鬚攘袂瞋目顧而呵其妻曰吾訪肆

人皆云美玉也問諸閭吏咸云美珠也吾固先訪而後市先問而後買豈吾專擇而擅取哉其妻怒而復曰夫玉石異體珠目殊狀雖色類相似而明潤懸絶但子愚昧未詳耳若使人言是而隨是之人言非而隨非之此卽取捨在彼子何預焉故有離朱之目者不可惑之以色有師曠之耳者不可惑之以音今若問人而後識者此乃聾瞽之事也豈有耳目者所爲哉是於夫妻怨競累日不息時隣家有寓居遊士聞而嘆曰誠哉哲婦之言可謂信而有徵

君子無屈論　崔弘慶

君子無屈道無屈也苟行君子之道身至困而道不屈苟失其道困亦宜之象害舜桀伐湯紂囚文王管蔡謗周公

桓魋傷孔子臧倉毀孟軻小人見之曰爲善多屈也不善而伸人（一無人字）君子則發揮也道在我不怍或忮攘失道咪邪以爲正乃觸途因以隨之亦宜矣申生自絶仲由就醢泄冶誅於陳屈原沉於湘是也爲德行伸於德行爲言語伸於言語爲政事伸於政事爲文學伸於文學自此以來未有行之而道未伸者也立於世未嘗不出於人也不伸不高乃似是而非名之曰妖和之不正言德行之妖辨之不正言文學之妖身爲妖而不知困將至而乃然是由大惑也至於六藝百工苟得其道亦伸也嗚呼人以貴尊極爲道不屈余以道尊名遠爲道伸文王伸於王道周公伸於輔相孔子孟軻伸於儒學都至（疑）賤道愚人謂之屈而不爲也聖賢苟利於人隱其身亦不恥而乃爲也稷播殖禹治水伊尹負鼎太公屠釣是也自舜至于丘軻道皆同也當行道之心非求富貴也道苟行矣曷謂之屈哉君子無屈昭昭矣

辯詰論　前人

弘慶作君子無屈論有爲文學伸於文學之說或詰弘慶曰子非君子歟何道屈也久矣是夫迷其問詰然未數所以酬也及審已行之行而辯之余誠非君子也讀孝經則思君子之行讀春秋則思君子之志讀易則思君子之性命讀詩則思君子之諷興讀書則思君子之載言讀禮則思君子之防亂讀樂章則思君子之理心至於非法道未

嘗敢言行也夫是鄉里稱余朋友佳余於不道覽（疑）伸也矣曷來謂爲屈哉如以行之未備志之未固性命之未達諷興之未深載言之未當防亂之未至盧舉之濫彰此乃朋友情也非吾之答語曰四十五十而無聞焉斯亦不足畏也矣余年去三十尚二年矣則去四十五十尚十年二十年矣足得聞（疑）其心術實其文舉（疑）也余又何畏哉若以進取之道屈則孔子至聖終於下位顏生至賢竟歿於陋巷顏孔以來則歷書史聖賢尚屈於　進取況聖已降乎余於進趨之道不敢言屈也已矣況予得其友未六七年望其進三四年到於七十尚有四十余矣今天下一家主聖臣忠又不可比披靡之周齷齪之燕而余生之時非爲不遭也求進爲久也前不遠也豈終於寒綏困苦於千萬人之下哉

擬公孫龍子論

公孫龍者古人之辯士也嘗聞其論願觀其書咸亨二十年歲次辛未十二月庚寅僕自嵩山遊於汝陽有宗人王先生名師政字元直春秋將七十博聞多藝安時樂道恬澹浮沉罕有知者僕過懋焉縱言及於指馬因出其書以示僕凡六篇勒成一卷其夜僕宿洞玄觀韓先生之房先生名玄最字通元從容人間虛談自保與僕觀其書且謂僕曰足下後生之明達者公孫之辨何如僕曰小子何足以知之然伏周孔之門久尋聖賢之論多矣六合之內聖

人論而不辨六合之外聖人存之不論簡而易之欲其可行也神而明之存乎其人也陳詩書定禮樂身心之道達而已家國之用足而已變而通之未嘗滯之引而伸之未嘗蕩也令天下思之而後及也令天下得之而不過也若此則六經之義具矣五常之教足矣安取辭堅别白之辯乎故曰若公孫之論非不中也非不妙也其辭逸其理恢其術空其義犏令人煩非高賢不能知也非明達不能究也抑可以爲聖人之理不足以爲聖人之教若隨方而言觸類而長何必白馬堅石猶存其理乎故曰因是論之也即直之論也惑其文則不可以爲易矣達其意則不足以爲難矣可存而不可守也可辨而不可行也知者不必言

言者不必用也然天下之理不可廢也天下之言不可汩也故理可貫也言可類也若使僕借公孫之理乘公孫之意排合衆義揞（一作偣）勞群言則雖天下之異可同也天下之同可異也天下之動可靜也天下之靜可動也堅不堅白不白石非石馬非馬何必聚散形色離合一二者乎先生曰天下有易迷之者難則天下無易矣天下有難能之者易則天下無難矣足下當有易之地用無難之辨能爲龍之所爲乎僕笑而荅曰使虎豹之力移於麋鹿固爲虎豹矣使鴈鶩之　移於鷹隼固爲鷹隼矣故以仲尼之道託於盗跖之性則盗跖固爲仲尼矣令公孫龍之理處於弟子之心矣弟子且非公孫龍乎遂和墨褰紙援翰寫心篇卷字數皆不踰公孫之作人物義理皆反取公孫之意觸類而長隨方而説質明而作日中而就以事源代迹皆（疑）因意而存義也以幸食代白馬尋色而推味也以慮心代指物自外而明内也以達化代通變縁文而轉稱也以香辛代堅白憑遠而取近也以稱足代名實居中而擬正也或因數陳色或反色在數或棄色取味或以氣轉形明天下之言無所不及也發沉源而廻騖闢榛路以先驅㢘將來君子有以知其用心也

寱（王計切）論　　元結

元子天寶中曾預讌於諫議大夫之坐酒盡而無以續之大夫歎曰諫議散冗者貧無以繼酒嗟哉元子醉中議之

曰大夫頗能用一謀令大夫尊重如侍中威權等司隷何若大夫問謀對曰大夫（集本文粹無此二字）得寱婢一人在人主左右以寱言爲先諷則可請有所説大夫不聞古有郤侯侯家得寱婢寱則寱言言則侯輙鞭之如是一歲婢寱如故侯無如婢何有夷奴每厭勞辱則假寱其言似不怨主而若忠信侯聞問之則曰素有寱病寱中寱言非所知也引寱婢（集作妾）自辨詞説云云侯疑學婢鞭之不止髠之鉗之奴寱愈甚奴於是重窺侯意先事寱説説侯之過警以禍福侯又無如奴何客有知侯禍機因寱奴之先扣侯門諌侯侯以改過免禍侯納客爲上賓復（方六切）其奴命曰寱良氏子孫世在于郤大夫誠能學奴效婢假寱言以幾諫人

主俾悔過追誤與天下如新大夫見尊重威權何止侍中司隸大夫乃嘆曰嗚呼吾爲（文粹作謂）令之士君子曾不如郤侯夷奴耶

丐論

天寶戊子中元子遊長安與丐者爲友或曰君友丐者不太下乎對曰古人鄉無君子則與雲山爲友里無君子則與松栢爲友坐無君子則與琴酒爲友出遊於國見君子則友之丐者今之君子吾恐不得與之友也丐者丐論子能聽乎吾既與丐者相友喻求罷丐友相喻曰子羞吾爲丐邪有可羞者亦曾知未也嗚呼於今之世有丐者丐宗屬於人丐嫁娶於人丐名位於人丐顏色於人甚者則丐

權家奴齒以售邪佞丐權家婢類以容媚惑有自富丐貧自貴丐賤於刑丐命命不可得就死丐時就時丐息至死丐全形而終有不可丐者更有甚者丐家族於僕圉丐性命於臣妾丐宗廟而不敢丐妻子而無辭有如此者不可爲羞哉吾所以丐人之棄衣棄食提罌荷（集作倚）杖在於路傍且欲與天下之人爲同類耳不然則無顏容行於人間夫丐衣食貧也以貧乞丐心不慙跡與人同示無異也此君子之道君子不欲全道邪幸不在山林亦冝且嬰杖隨我作丐者之狀貌學丐者之言辭與丐者之相逢使丐者之無恥庶幾時世始能相容吾子無驕（集作矯）然取不容也於戲丐者言語如斯可編爲丐論以補時規

漫論（并序）　前人

乾元乙亥至寶應壬寅歲時人相誚議曰元次山嘗漫有所爲且漫聚兵又漫辭官漫聞議云云因作漫論論曰世有規檢大夫持規之徒來問叟曰公漫然何爲對曰謾爲公也漫何以然對曰漫然規者怒曰人以漫指公者是他家惡公之辭何得翻不惡漫而稱漫爲漫何檢括漫何操持漫何是非漫不足準漫不足規漫無所施漫也他效漫焉何師公髮已白無終惑之叟俛首而謝曰吾不意公之說漫至於此意如所說漫焉是（集作足）耻吾當於漫終身不羞著書作論當爲漫流於戲九流百氏有定限邪吾自分張獨爲漫家規檢之徒則奈我何

化虎論　前人

都昌縣大夫張粲君英將之官與其友賈德方元次山別且曰吾邑多山澤可致麋（集作麏）鹿爲二賢羞賓客何如及到官書與二友曰侍我化行旬月使虎爲鹿豹爲麏梟爲鶌鳩蝦蟇爲兎將以豊江外庖厨豈獨與德方次山之羞賓客也德方對曰嗚呼兵興未（集作歲）久戰爭日甚生人怨痛何時休息君英之化豈虎豹將恐虎窟公城豹遊公庭梟集公檻群蛙匝公而鳴敢以不然之論反化君英次山異德方報君英化虎之論豈直望化虎哉次山請商之君英所曰待吾化虎然後羞吾屬也其意蓋欲待朝廷化小人爲君子化諂媚爲公直化奸邪爲忠信化進競爲退讓

化刑法爲典禮化仁義爲道德使天下之人心皆涵純朴豈止化虎而羞我哉德方未量君英幾次山故編所言爲化虎之論

漫論壬寅歲（此下京本有蒙字）

漫不足規（下京本有漫無所用四字）

他郊（京本作何効）

文苑英華卷第七百五十八

文苑英華卷第七百五十九

雜論中

詞科論 并序　沈旣濟

開元以後四海晏清無虞不肖恥不以文章達其應詔而舉者多則二千人少猶不減千人所收總有（集作百）一禮部員外郎沈旣濟論曰

初國家治自顯慶已來高宗聖躬多不康而武太后任事參決大政與天子並太后頗涉文史好雕虫之藝永隆中始以文章選士及永淳之後太后君天下二十餘年當時公卿百辟無不以文章因循遐久浸以成風以至開元天寶之中上承高祖太宗之遺烈下繼四聖理平之化賢人在朝良將在邊家給戶足人無苦窳四夷來同海內晏然雖有宋畝上略無所措奇謀雄武無所奮百餘年間生育長養不知金鼓之聲烽燧之光巳至於老故太平君子唯門調戶選徵文射策以取祿位此行巳立身之美者也父教其子兄教其弟無所易業大者登臺閣小者任郡縣資身奉家各得其足五尺童子耻不言文墨焉是以進士爲士林華選四方觀聽希其風彩每歲得第之人不浹辰而

周閭天下故忠賢雋彥韶才茂晥行者咸出於是而桀奸無
良者或有焉故是非相陵毀稱相騰或扇結鈎黨私爲盟
歃以取科第而聲名動天下或鈎摭隱慝嘲爲篇詠以列
於道路迭相談訾無所不至焉

難進論　李翰

賓有裳錦握蘭韜劒懷玉介然獨立默而無言主人惟而
問之曰僕觀今之士君子所求速進體必盡飾而足下望
問若有疑造庭若有懼隱文彩匿芬芳掩光暉潛穎利此
何謂也豈有以哉客曰夫順時而動嘉會不可以智求藏
器於身知巳不可以力致有道足輔天地而不用於人行
足應神明而不信於俗僕所以候寬和之色伺清晏之間

願因左右思待擯介或没齒不遇豈直斯須之頃與主人
日僕方運思量深游精絶遠巨蚌潛於溟海剖而探其珠
靈龜巢於嘉林灼而訪其兆而况同聲相應同氣相求者
乎蟋蟀候秋而吟蜉蝣乘陰而出豈借援於左右求容於
儐介哉而足下牽流議於俗忽常道之要豈安彼詭隨昧
而不察兹理將有所感激憤而爲此言乎客曰主人可謂
知其一未知其二夫察言觀行下之所以上達言有邪正
百慮紛紛行有是非萬變舛錯憂虞不可以一逕驗悔悋
不可以一理徵事固有上不援下無黨禮義以爲干櫓忠
信以爲甲胄見利不斷其分見害不更其守杖必然之畫
恥干飾而進則有從俗浮沉與物厚薄絜其衣服矜其車

徒俛仰權貴之門逶迤富利之室人玩其飾孰察其心然
則矩步規行不如由徑之速達一辭三讓不如苟合之易
親據邀乘邪是有先鳴之勢難進易退但積後時之悲此
主人所宜察者一也士固有履敦懿佩禮文漸漬德教之
泉栖息道素之域然而委身草莽沉跡蓬茨位末名卑譽
不聞於左右含光蓄銳價不動於當時雖折節求容毁方
取合行衰於寡黨才蔽於世人後有養高釣名之徒勳餘
戚裔之位歷玄關排朱門鵷翼鳳翔乞言鄉校之口虎皮
羊質假論崔馬之譚而悠悠者莫不望景星奔籍響風靡
夫向聲背實人之常情索隱探微代所希及田父獲玉驚
輝廡之躍靈蛇獻珠貽按劒之怒然則遵古人懿業類[illegible]

狗之巳陳道先王法言比屠龍而莫用此主人所宜察者
二也固有聚精會神盡智畢議謀於未兆慮於未形探玄
妙之源養浩然之氣寘立群情之表獨與大道爲隣復有
騁變効奇　談詭論文彫琢之辯縱煒燁之詞不思作則
垂訓期於動聽駭目夫繁聲奪雅令色惑真綆短不可以
汲深褚小不可以懷大曲彌高而和寡技逾下而賞多此
主人之所宜察者三也士有作矜莊之色厲耿介之辭披
苦懷揚憤思悉精銳貢忠誠矯枉推直深言切詳弘其體
防剪（一作翦）其淫侈復有事無可否順之如流言無是非應
之如響傳訪遠引不綜成敗之幾虚美飾非但以苟容爲
度夫吉人之辭寡躁人之辭（一作詞）多頌德記功易以藻飾開邪

介疾或犯忌諱逆耳之談容之者少利口之說悅之者多然則辨佞進而登庸忠謇退而獲戾此主人之所宜察者四也士固有懷經濟之略蘊滑稽之才而擬非其倫厠失其位皆屑屑聚論者騰喧咋之辭連袂並馳者効趨走之技龍蕺補鼠非所嚮其逸足牛鼎烹鷄豈傷殊於常器然則含章秀發秘思混而不分默識玄通幽旨隱而莫啓此主人之所宜察者五也士固有當理以言由（一作申）方以進而闒茸非所鑿枘異宜或以小人所長乘於君子所短或以己所未逞（一作逵）不信人所能然則道源蔽而不通心境曠而不接辨雖博萬物不能釋其疑辭智雖絡天地不能效其長策故語曰誰能爲之孰令聽之此主人之所宜察者六也且夫春樹桃李秋收其實春樹　茇夏蒙其刺生實未成同爲后七所生俱沐陽和之施不殖不藝終歲闕甘旨之豐不芟不耘毫末成尋拱之患亮明才士之智匡時尊主之臣可不熟計其吉凶深究其得失乎而或安於近禁玩於浮名忘至理而悅佞言貴辨僞而惡切直外恃位以陵物內自負而輕士譬猶廢東作而待歲魅比轅而適越是以弘奬之意未嘗真取舍之要未嘗周（集作同）徒有好賢之名終無用賢之實亦良可悲矣安在其進乎主人曰若然者行不必遠言不必揚賢人沉抑以爲常良士無登進之理將何以革此弊而求其通乎賓曰何爲其然也揚振風以扇物清濁必効其響懸明鏡以鑑形姸惡無隱其象苟能坦其量清其心先公而後私捨名而責實得意而忘象遠佞而納忠則君子可知不仁者遠於是術夷途以招絕跡總脩林以刈翹楚則何才不舉何藝不揚是知行藏有宜取捨有分爲仁由己芝蘭雖幽而自芳子荀好之珠玉無脛而自至審此要也夫何問焉主人矍然謝賓而退齊居三日罷鍾鼓遠宴私執謙下之心去驕代之色夢想正士饑渴直言然後備禮延賓昇堂而訪焉言行計從於是家安而國治（一作理）矣

六逆論　柳宗元

春秋左氏言衛州吁之事因載六逆之說曰賤妨貴少陵長遠間親新間舊小加大淫破義六者亂之本也予謂少陵長小加大淫破義是三者固（集有誠字）爲亂矣然其所謂賤妨貴遠間親新間舊者（集有雖字）爲理之本可也何必曰亂夫所謂賤妨貴者蓋斥言擇嗣之道子以母貴者也若貴而愚賤而聖且賢以是而妨之其爲理本大也（集作矣）而可捨之以從斯言乎此其不可固也夫所謂遠間親新間舊者蓋言任用者之道也使親而舊者愚遠而新者聖且賢以是而間之其爲理本亦大矣又可捨之以從斯言乎此其不可固也必從斯言而亂天下謂之師古訓可乎此又不可者也嗚呼是三者擇君置臣之事天下理亂之大本也爲書者執斯言著一定之論以遺後代上智之人固不惑於（集作干）是矣自中人而降守是以爲大據而以致敗（一作賊）

亂者固不乏焉晉厲死而悼公入乃理宋襄嗣而子魚退
乃亂貴不足尚也秦用張祿而穰侯乃安魏相成璜而
踈吳起乃危親不足與也符氏進王猛而殺樊世乃興胡
亥任趙高而族李斯乃亡（蜀本作藏）舊不足恃也顧所信何如
耳然則斯言殆可以癈矣噫古之言理者罕能盡其說建
一言立一詞則甈甈而不安謂之是可也謂之非亦可也
混然而以（集作已）教於後世莫知其所（集有以字）去就明者慨然
將定其是非則拘儒瞽生相與群而咻之以爲狂爲悖而
欲世之爲（集作多）有知者可乎夫中人可以及化者天下爲
不少矣然而罕有知聖人之道則固爲書者之罪也

守道論　前人

或問曰守道不如守官何如對曰是非聖人之言傳之者
誤也官也者道之器也離之非也未有守官而失道守道
而失官之事者也是固非聖人之言乃傳之者誤也夫皮
冠者虞人之物也物者道之準也守其物由其準而後其
道存焉苟舍之是失道也凡聖人之所以爲經紀爲名物
無非道者命之曰官官足以行吾道云耳是故立之君臣
官府衣裳輿馬章綬之數會朝表著周旋行列之等是道
之所存也則又示之典命書制符璽奏復之文參伍殷輔
陪臺之役是道之所由也則又勸之以爵祿慶賞之美懲
之以黜遠鞭朴桎梏斬殺之慘是道之所行也故自天子
至于庶民咸守其經分而無有失道者和之至也失其物

去其準道從而喪矣易其小者而大者亦從而喪矣古者
居其位思死其官可易而失之哉禮記曰道合則服從不
可則去孟子曰有官守者不得其職則去然則失其道而
居其官者古之人不與也是故在上不爲抗在下不爲損
矢人者不爲不仁函人者不爲仁率是（集作其）職司其局交
相致以全其功（集作工）也易位而亂各安其分而道達於天
下矣且夫官所以行道也而曰守道不如守官蓋亦喪其
本矣未有守官而失道守道而失官之事者也是非聖人
之言傳之者誤也果矣

天爵論　前人

梆子曰仁義忠信先儒名以爲天爵未之盡也夫天之貴

斯人也則付剛健純粹於其躬倬爲至靈大者聖神其次
賢能所謂貴也剛健之氣鍾於人也爲志得之者運行而
可大悠久而不息拳拳於得善孜孜於嗜學則志者其一
端耳純粹之氣注於人也爲明得之者爽達而先覺鑑照
而無隱盹盹於獨見淵淵於默識則明者又其一端耳明
離爲天之用恒久爲天之道舉斯二者人倫之要盡焉是
故善言天爵者不必在道德忠信明與志而已矣道德之
於人猶陰陽之於天也仁義忠信猶春夏秋冬也舉明離
之用運恒久之道所以成四時而行陰陽也宜無隱之明
著不息之志所以備四美而富道德也故人有好學不倦
而迷其道撓其志者明之不至耳有照物無遺而蕩其性

脘其守者志之不至耳明以鑒之志以取之役用其道德之本舒布其五常之質充之而彌六合播之而奮百代聖賢之事也然則聖賢之與愚也職此而已使仲尼之志之明可得其（集作而）奪則庸夫矣校（集作授）之於庸夫則仲尼矣若乃明之遠邇志之恒久庸非天爵之有級哉故聖人曰敏以求之明之謂也爲之不厭志之謂也道德與五常存乎人者也克明而有恒受於天者也嗚呼後之學者盡力於所及焉或曰子之所謂天付者者君開府庫焉量而與之耶曰否其各合乎氣者也莊周言天曰自然吾取之

王言論　李德裕

夫帝王與群臣言不在援引古今以飾雄辯唯在簡而當

理雄辯不足以服奸雄之心唯能塞諍臣之口昔田蚡（蜀本有爲字）請考工地益宅武帝曰遂取武庫衛（集有武字非）將軍言郭解家貧又曰布衣權至使將軍知此其家不貧殷仲文言音樂好之自解宋祖曰吾只恐解此謂簡而當理足使奸臣奪心邪人破膽矣余歷事六朝彌諧二主文宗辭皆文雅而未嘗騁辨武宗言必簡要而不爲文飾皆得君人之量能盡臣下之辭豈唯王言如是人臣亦當然也其有辨若波濤辭多枝葉文經意而飾詐矯聖言以蔽聰此乃奸人之雄游說之事（集作士）焉得爲之獻替哉爲（文粹有臣字）人者當戒於斯慎於斯必不獲罪於天矣

豪俠論　前人

袁盎汲黯皆豪俠者也若非氣蓋當世義動明主豈有是名哉袁盎曰緩急人所有故善劇孟匿季心（英華作布非）汲黯好游俠任氣節故乃善灌夫所以知其然也余以（集無此字）斯言豈徒妄發楊子所謂孟軻之勇類於是矣夫俠者蓋非常人也雖然以諾許人必以節義爲本義非俠不立俠非義不成難兼之矣所謂不知義者感匹夫之交（集作挍據是）君父之命謂貫高危漢祖者是也所與（集作利）者邪所害者正爲梁王殺袁盎者是也此乃盜賊耳焉得謂之俠哉唯鉏麑不賊宣孟承基不忍志寧（統于承基爲承其乾賊于志寧見其執喪盡哀不忍害之）斯爲真俠矣淮南王憚汲黯以其守節死義所以易公孫弘如發蒙耳黯實氣義之兼者士之任氣而不知義皆可

謂之盜矣然士無氣義者爲臣必不能死難求道必不能出仕近代房孺復問徑山大師欲習道可得至乎徑山對曰學道者唯猛將可也身分首裂無所悋（集作顧）惜由是而知士之無氣義者雖爲桑門亦不足觀矣

君臣（集作子）論　前人

士之有氣志而思富貴者必能建功業有氣志而輕爵祿者必能立名節二者雖其志不同然時危世亂皆人君之所急也何者非好功業不能以戡亂非重名節不能以死難此其梗槩也好功業者當理平之世或能思亂唯重名節者理亂皆可以大任平澹和雅世所謂君子者居平必不能急病理煩遭難亦不能捐軀濟危可以羽儀朝庭潤

色名數如宗廟瑚璉園林鴻鵠雖不爲人常用而自然可貴也（此謂王濛劉真長之儔）然世亦有不拘小節（集作此）而能全大節者如陳平背楚歸漢漢王疑其多心令護諸將又疑其受金可謂不能以名節自固矣及功成封侯辭曰非魏無知臣安得進漢高祖曰若子可謂不背本矣其後竟誅諸呂以安（漢集作劉氏）漢比（集無此字）近世宰相上官儀詩多浮艷時人稱爲上官體實爲正人之所病及高宗之初竟以諫廢武后心存王室至於宗族受禍郭代公倜儻不羈之士也少不以名節自檢當蕭岑內難保護睿宗雖履危機竟全臣節則名節之間不可以一槩論也陳平能不背魏無知所以必不負漢王矣今士之背本者人君豈可保之哉

文苑英華卷第七百五十九

文苑英華卷第七百六十

雜論下

虛名論

李德裕

夫與膏肓同病者不可療（集作治）也與衰亂同風者不可理也劉向上書曰幽厲之際朝廷不和轉相非怨君子獨處

守正不撓衆枉勉彊以從王事則反見憎毒讒愬（蜀本作訴）故其詩曰密勿從事不敢告勞無罪無辜讒言（集作口）嗷嗷又曰分曹爲黨往往群朋將同心以陷正臣正臣進者理之表也正臣陷者亂之機也漢與幽厲之世同風矣于寶晉總論曰朝寡全德之士鄉乏不二之老進仕者以苟得爲貴而鄙居正當官者以望空爲高而笑勤恪其倚伏虛曠依阿無心者皆名重海內晉文與元成之世同風矣所謂虛曠名重者蓋議（集作譏）山濤魏舒之儔耳後之竊虛名者曾不得與山魏徒隸齒而靦貌於世未嘗自愧趨之者如飛蛾赴火唯恥不及豈蚩蚩負蟨之謂哉虛名者以衆多爲其羽翼時不敢害後來者以聲價出其口吻人不敢議

以此相死自謂保泰山之安可以痛心矣（集作哉）

小人論

世所謂小人者便辟巧佞飜覆難知（集作信）此小人常態不足懼也以怨報德此其甚者也（集二字作矣）背本忘義抑又次之便辟者踈遠之則無患矣飜覆者不信之則無尤矣唯以怨報德者不可預防此所謂小人之甚者也背本者雖不害人亦不知感昔傷蛇傳藥而能報飛鴞食椹而懷音以怨報德者不及傷蛇遠矣背本忘義者不及飛鴞遠矣至於白公負外翼之德宰嚭遺灌溉之恩陳餘棄父子之交田蚡忘跪起之禮此可與叛臣怨子同誅豈止於知已之義也世以小人比穿窬之盜殊不然也（集作矣）夫穿窬之

盜迫於饑寒莫保性命於高貲者有何恩義於多藏者有何仁愛既無恩愛則是取資於路拾金於野若能識廉恥而不爲是有償金者之行矣（集作也）若忍饑饉而不食是有蒙袂者之操矣所以陳仲弓觀梁上之盜察非惡人由（集作以）是而言盜賊未爲害矣然操戈鋋挾弓矢以衆暴寡殺人取財謂之盜比於以怨報德之人者亦未爲甚焉何者人之父子兄弟有不相知者有德於人者是知之矣焉得負之哉

退身論　前人

老子曰功成名遂身退天之道也昔余常感焉自大夫種以至於前朝李右相元中書皆宴安厚味終嬰大戮所以

文種有弓藏之恨李斯有税駕之歎張華頗優游而不獲傳亮賛識微而不免此四子者皆神敏知機聰明志古圖國致霸動必成功自謨（集作謀）其身猶有此恨況常人哉其難於退身者以余忖度頗得古人微旨天下善人少惡人多一旦去權禍機不測操政柄以禦怨誹者如荷戟以當猛（集作狡）獸閉關以待暴客者若捨戟開關則寇難立至遲遲不去者以延一日之命庶免終身之禍亦猶奔馬者不可以忘（集作委）轡乘流者不可以去檝是以懼禍而不斷未必皆耽禄而患失矣何以知之余前之在朝司諫病辭免尋即遠就澤國自謂在外而安豈知天高不聞身遠受苦（集作害）近者自三公鎮于舊楚懇辭將相歸守丘園而行險

之人乘隙構患竟以失巨浪而懸肆去灌木而嬰羅余豈不知身退雖殃蓋耻同種斯之不去也則知勇退者豈容易哉而陸士衡稱不知去勢以求安辭寵以招禍（集作福）斯言過矣唯有遭逢善人則庶可無患故范雎得蔡澤退而不辱虞丘得孫叔去而不疑（集作困）其次剛毅者有心者亦可矣子文舉子玉以靖國隨會避郤子以紓亂皆保其安矣若小人則禍必及之無所逃也終不及乘扁舟變姓名浩然五湖之外不在人間之世斯可以免矣

隨論上下篇（并序）　李宗閔

宗閔讀孟軻書至于王霸之説未嘗不歎曰嗟乎知其時之可者不知時之不可者也即牛鼎之事未嘗不歎曰嗟

乎知其身之不可不知其身之可也於是退而着讀論上
下篇因明王霸之所以興廢進退之所由同異且以觧執
事者之云耳

論上

客有問宗閔曰孟軻稱齊王由反手謂管仲爲不足爲若
是則功業存乎人不存乎時不亦信乎宗閔曰非也可以
王而王可以霸而霸非人之能爲也皆此時也人皆奉時
以行道者也不能由道以作時者也能因變以建功者也
不能由因一作功以反變者也昔者紂爲無道以流毒於群
邦天下嚣然不待文王之仁人然後忻戴之也苟有息肩
之所則民莫不疾乎奔走如逃其水火焉當此之時有能

扶義陵戎除去大憝則民莫不爭被矢石以報其父兄之
仇故太公相武王起而革滅獨夫以成王業宜建其國雖
無大惠於群邦天下順焉雖文王之仁且欲招而懷之也
苟微霆殺之害則諸侯孰肯忘國從亂而違其天子焉當
此之時有能匡飭暴彊夾輔王室則諸侯孰肯不爭奉盟
誓以休其戰伐之勤故管仲相桓公從而撫之藩衛宗周
以立乎霸功亦宜也誠使太公居管仲之勢而能以周王
天下乎吾有以知其不能也太公管仲並時而起則吾未
知孰前焉故仲尼稱管仲曰如其仁稱桓公正而不譎豈
有非其道也而仲尼稱之且曰聖人之門無道桓文之事
吾不信也客曰然則古人爲天下者亦如是乎宗閔曰固

也所由曰道道之不可易禮樂仁義之謂矣所遭曰時時
不可常應天順民之謂矣昔者陶唐氏之爲天下也法天
而則地授時以任民垂其衣裳而天下無爲推其誠心而
刑罰不用當此之時各順其情性樂其胥俗保其奉命故
謂之至時一大變及有虞之爲天下也始放四凶以除民
害是故勤而不德時又一變焉及夏后氏之爲天下也始
用肉刑以寒民心是故威而不能懷時又大變焉及湯武
之爲天下也始及干戈放殺昏霆是故善而不能善時又
大變焉及桓文之爲天下也始合諸侯以匡王室是故順
而不能革彼三王二公皆元德也夫豈樂爲相反哉勢異
則事殊時遷則俗易執一不可以通變循古不可以制變

是故觀時而立功論世而創業唐虞各以其道而自帝三
代各以其變而自王二公各以其時而自霸不其大哉吾
故曰禮以因人苟有以因之不必法乎古也樂以和人苟
有以和之不必法乎古也兵者除亂苟有以除之不必法
乎古也爲政者乎疑理天下必法乎古人也況古之行法
豈有常亦有從其宜當其道天下隨時而已矣然膠柱鼓
瑟惡能成其音聲哉若乃誦前聖之言守已行之制遭變
而不通得時而不隨夫如是可謂王莽宋襄公之言不足
爲有道者也昔者王莽嘗爲德化矣不問可否語必援經
不量人心動必據古於是天下煩潰從而喪之此不知變
之禍也昔者宋襄公常爲仁義矣楚人尚詐我必信彼兵

尚奇我必正用欲以興商道覇諸侯一戰而爲敵所執再戰而身死國削爲天下僇笑此不知時之禍也易曰功業見乎變又曰隨時之義大矣非天下之至明孰能通乎變非天下之至聖孰能通乎時且軻之所言前王之遺迹矣君子亦云道而已矣何必履其故迹耶嗚呼自周室下衰諸侯放恣仁義之道隳沒於戈兵微管仲中國幾爲戎矣而曰不足爲也孰可爲之哉

論下

客有曰王覇之事旣聞之矣或言伊尹負鼎百里奚飯牛而孟軻非之曰未聞枉己而直人者也又曰聖人之行不同絜其身而已矣又可信乎宗閔曰非也聖人以枉道爲

耻以屈道爲辱　不以屈身爲辱唯守其道故雖辱其身而進焉非其道故絜其身而退焉進豈有他唯道所在而已矣天生聖人者孰爲然哉爲行天下之大道也立天下之大教也利天下之人民也故天下有不由其道者聖人憂也天下有不知其教者聖人憂也天下之人民有不寧者聖人憂也聖人之職也如此聖人之憂也如此得其時遭其會上有明天子下有明諸侯遑遑然求合豈不曰今辱吾身則天下蒙其安百姓得其利不辱吾身則天下不蒙其安百姓不得其利吾寧以一身之故而危天下病百姓哉此伊尹之所以樂爲割烹而不顧其耻也若不得其時不遭其會上無明天子下無明諸侯則必汲汲而求退豈不曰今辱吾身澤得施乎民道得行乎世吾往也今不辱吾身澤不得施乎民道不得行乎世吾止也雖然吾豈圖是安哉亦將激偷倖之風全百姓之教以爲乎後之人耳此顏回所以樂窮巷而不動其心者也故易曰時止則止時行則行動靜唯其時故傳曰富貴可求雖執鞭之事吾亦爲之取捨唯其義也然則趨時不可以絜己喪義不可以圖身亦猶追亡者趨拯溺者濡豈樂爲之哉其勢則然也故曰觀逐者於其反也觀行者於其終也柰何君子之道豈可以小知哉非匹夫之爲諒也覩懸鼓之危有救之道小覇則可王則不可而曰非堯舜之事吾不忍爲之是知堯舜之道乎是謫

堯舜之言乎且軻之言過矣所惡夫干進務入者懼其爲利也苟不知爲利於辱何有哉客曰然則仲尼不蒙耻而進何也宗閔曰仲尼將蒙耻而不得當也豈不願之乎當仲尼之行也上之人害其道下之人壅其言猶且歷說諸侯環軒於天下冀幸時君之一悟王風之變其存心遇合惓惓而不能已焉終無可柰何故逐於魯斥於齊圍於匡蒲厄於陳蔡栖遑狼狽於楚鄭之間其道逾窮其進彌塞不知者以仲尼之爲欲顯榮其名位富貴其躬者也孰知聖人急於扶世而不恤其難者哉故嘗稱伯夷不辱其身且曰我異於是及公山弗擾以費畔而欲從之豈不將由是道行捨其耻焉可也今牛鼎雖爲辱猶不愈於公山氏

乎因斯而言仲尼亦有枉也惡有仲尼枉已而不能直人哉安得乎絜其身而已是故水受濁以渟物不傷其清石受磨以利物不磷其堅君子屈已以教人不害其義嗚呼進取之士誠能察伊尹顏淵之所以進退思仲尼執鞭亦爲觀大易動靜不失其時後匹夫之果其行無忘兼濟之道則雖有甚於牛鼎之耻吾將歌頌之不暇又何譏焉若果孟軻之言則人之相率獨其善而已矣惡能理天下哉

隋對女樂論　來鵠

隋儒林有說高祖謂群臣曰自古天子有女樂否楊素以下莫知所出遂言無之房暉遠進曰臣聞窈窕淑女鍾鼓樂之此即王者房中之樂著於雅頌不得言無隋文悅噫

而史不刊者朝與職俱無人也夫秦齊晉皆有女樂由余去孔子行錫魏絳之謂也漢祖唐山夫人能楚聲又舊云祭天用女樂魏武有盧女能鼓琴特異於諸妓則女樂者秦齊晉漢魏俱有之而楊素以下皆不能言者豈以所問是古天子耶若是則有太昊使素女鼓五十絃瑟悲哀帝禁不止後之帝王遂能有之群臣不能以是言但賢暉遠之說暉遠引詩臆對終爲博古通知殊不明恣率一時之言頗昧二南之旨且詩曰參差荇菜左右芼之窈窕淑女鍾鼓樂之說者后妃有關雎之德乃能供荇菜備庶物以事宗廟盛德者宜有鍾鼓之樂也故琴瑟在庭荇菜羞之上下樂作以盛其禮耳謂以樂樂（上音岳下音落）淑女非謂淑女執其樂也淑女爲后妃也安有后妃執樂也荇菜謂在宗廟用也安有謂王者房中樂耶是皆乖謬之甚暉遠瞽詩而終（始疑作）對欺朝而罔君蓋由隋日無人浪言至是女樂之對僭可君道之問若何上下相蒙履霜於此悲夫

廣廢莊論（并序）　李磎

王坦之作廢莊論一篇非莊周之書欲廢之其旨意固佳矣而文理未甚工也且秪言其壞名教頹風俗而未能屈其辭折其辨是真詬之而已莊周復生肯伏之乎其終篇又同其均彼我之說斯魯邁（疑）也然則莊生之書古今皆知其詭於聖人而未有能破之者何哉則聖人果非而莊生果是矣既莊生云非聖人云是何爲不能勝非哉余甚

憎之或有曲爲之說使兩合於六經者或有稱名實學與玄奧不同欲兩存者皆妄也故荀卿曰天下無二道聖人無兩心則異術必宜廢矣余既悟荀卿言嘉王生之用心而憐其未盡故爲之廣云世多以莊子爲玄奧吾獨以爲粗見理而未盡耳汪洋七萬余言然撮其大指舉類而證其得失可見矣且觀其體虛無而不知虛無之妙也研幾於天命而未及天命之源也樂言因任而未知因任之本也窮極性情而未盡性情之變也何以知之夫虛無用之心也必馮於有者也有之得行也必存於虛也是以有無相資而後功立獨貴無賤有固已疎矣且所謂無者特未明也惠子以其言之無用而應之曰知無用始可與言用

矣今夫地非不廣且大也人之所用容足耳側足而墊之至黃泉人尚有用乎此言假四旁之無用也以自踰其虛辭則敏矣然無用之說有三不可混而同一有虛無之無用者有有餘之無用者有不可用之無用者虛無之無用者則老子埏埴鑿戶之說其用在所無也有餘之無用者則側足之喻其用必假於餘也不可用之無用者苗之莠粟之秕也今莊之壞法亂倫是秕莠之無用矣而自同於有餘之無用不亦謬乎此所謂體虛無而未知虛無之妙也稱屠牛而養刀牧羊而鞭其後指窮於爲薪皆在生得納養之和壽矣故譏滅裂鹵莽者責任席之上設食之間而不和滅者然而衞靈公石槨之銘脩短必有天數矣豈

在鞭與不鞭

養哉其理自乖舛此所謂研幾於天命乃未及天命之源也夫因任者因群才可任而任之耳而莊生欲任天下而不理曰聞在宥天下不聞理天下也天地固有常矣日月固有明矣星辰固有列矣樹木固有立矣禽獸固有群矣以爲上古至德同乎無知其德不離同乎無欲是謂素朴而人性得矣自懸仁義禮樂而人好和（一作知）爭歸於利也斯甚不然夫天地日月樹木禽獸不假理者也人則假理者也人生必有欲有欲之心發於自然欲不能無求求不能無爭爭不能無亂故聖人立仁以和之陳義以禁之而反以爲害之者則今戎狄之相刼殺魚鼈之相啗食孰行仁義禮樂於戎狄魚鼈之間哉含氣之類莫靈於人物有知也有欲也而人反無之何如且果無知也果無欲也則汜是非好惡分別賢不肖宜皆起於人也而稱厲之人夜半生子遽然取火而視之汲汲然恐其似已者言人皆欲好善而惡惡故可放之而自理也夫厲之有是心也豈非聖人之分别驅動使之然乎安可放之耶如曰天機非由於聖人則固自有知有欲矣仁義禮樂何罪哉此所謂樂言因任而未知因任之本也自生人以來莫不有爭上好勝之心未爲之法則爭歸於義先王知其然也故高爲之法訓而峻爲之行而人竟（疑作競）學之亦是爭勝已而爭勝之術道也猶火之燎上也因爲之竈以煬之水之趨下也

因鑿之溝以注之是亦燎注之得宜也燎與注者得宜則無焚溺之憂矣爭與上者術理則無暴亂之禍矣由知其本而順理之也然則無竈焉火固自燎矣無溝焉水固自流矣將壞竈以絶燎毁溝以息注勢必不可也徒使燎與流者失宜耳無賢聖焉人固有所希慕矣不尚賢彌聖法削曾史之行以絶人之好慕果不可絶徒使所慕所好在於非理耳由不知其本而逆施之莊生徒知好高慕上之離其本而不知好慕之心發於天機欲絶聖賢使天下各止其知安其分而無所慕何異於毁溝壞竈以止水火者乎其術一何迂此所謂窮極性情而未盡性情之變也用是以覩彼於虛無焉天命爲因任焉性情焉詵詵然道之

而無一洞明者不知玄奧者固如是乎故曰粗見理而未盡者也雖根源老氏而詭聖敗法尤深王生欲廢之宜哉或曰莊子皆寄言爾以名實案之不亦疎乎夫寄言者若大鵬尺鴳肩吾連叔雲將鴻蒙漁父盜跖求其理者不可責以事也誡惠子以嗜鼠曹商以舐痔遣其趨者可謂之忿也如是吾豈不鍊哉若理之所塞趨之所塞則託以寄言而免也至於稱至人得醴氣之守潛行萬物而不空得道者挈天地騎列星外死生而色若孺子者公爲虛誕無足詰焉

薦士論　牛希

朝廷求賢之道備於往古以經學文藝之流凡設十有二

科以待之郡國每歲貢士盡應其科其外諸侯各舉所知以爲裨補聖世奏章不絕於明庭爵賞實煩於王命當承平之時卿大夫家召傭書者給之紙筆之資日就中書錄其所命每昏暮親朋子弟相與候望以其昇沈以備於慶賀除書小者五六幅大者十有二三（一作一二）幅每日斷長補短以文以武不啻三十餘人一歲之內萬有餘衆或考秩遷滿或方伯慰薦或代　功勞或昇獎舊勳制詔之辭必嘉其官業賞其才藝褒其行實叙其勞績無一日不爲之未嘗得一賢士與天子共治於四海未嘗得一賢將與天子鎮靜於　二邊非求之不廣薦之不至也豈五百年一賢生世哉夫畫餅不可以充饑誦藥不可以愈病蓋無其實

而有　名使之然也自朝廷及郡國諸侯之所舉皆無其實將如之何嘗試論之自文藝之流假手於人投擲於公卿之門者率不能知其僞公試之地尚復乞貸經學之子考帖之時預有歌括問義之日一席之內對者六七皆誦本疏別無新意更相救助發起義端有司但記其屬求之也以爲之去留即經學文藝之謬也如是況漢世公卿大夫皆以通經對策名動天下然後登用或居諫諍之列或處燮理之任朝廷每有水旱災沴彗孛陵犯日月薄蝕必引所通經義證據以爲之救殆與今日之經學者異矣若文學侍從之臣必選於切問近對之才必本於諷諫理辭之要故其文章傳之至今又與今日之辭賦者異矣郡國

所送群衆千萬孟冬之月集於京師麻衣如雪紛然滿於九衢是非相雜固不可知矣諸侯所薦率皆應權倖之旨承交遊之命取其虛名奏署謂之借聽（一作廳）取其謬舉之說謂之橫薦凡四方表函達於中書者必可指期於清貫美秩名邦劇邑諸侯之薦士也宰執之命官豈唯平生未交於一言蓋見其姓字而已豈能擴實哉官達倖門易如秋草能復貴賤之別　冠裳之重矣朝廷委輔相之權衡覽諸侯之章疏視其文信其人以爲薦公孫弘董仲舒之學也相如牧皐之才也冉季政事之能也孫吳將帥之略也時君既不問其實安可不信大臣之言從而與之上下相蒙其何以濟且姬周之世薦賢者多受賞魯史有之矣

魏晉之日門生故吏有罪必連坐舉主史有之矣今薦賢之賞久已廢矣連坐之典又不行矣况今之所舉非徒古者知之審取其必達取其必富貴 如一死生不變之爲誠明也薦其爲將也覆軍擒帥代國獲地然後以爲得薦其爲相也富國安人來諸侯之朝成覇王之業然後以爲得今之舉也士爲筮仕結綬之漸一命一官而已他日之功過皆莫知也薦人用人之道何以得其賢矣昔孔文舉薦禰正平以爲堪任大臣有臯陶稷契之才漢后委而棄之竟不能知其道之否臧狄仁傑薦張柬之有宰相業武后用之爲相果能克正唐祚有中興之功文舉之薦禰衡也委而棄之仁傑之薦柬之也舉而用之豈繫吾道之廢

興豈繫曆數之理亂乎然用之則如此不用之則如彼騏驥伏櫪安能千里之步龍泉在匣孰知截玉之利悲夫用與不用耳士之於世不可期於一人之知已者苟有知者甘心死節尚且不疑况復昇榮顯之中行心膂之事安人之安而存隨之利人之利而 有之利天下者以利已之厚者也利百姓者乃利其身之遠者也君子之人豈不利其身哉爲國家得人則理失人則亂古今不易之常理安可不以求士爲急詩曰濟濟多士文王以寧以四海所歸之聖尚假多士之力况中庸之主哉易曰君子不家食吉仲尼以天縱之德猶思賢者與之共食况尋常人哉又曰皎皎白駒在彼空谷蓋遺賢之歎也又曰束帛戔戔賁于丘園蓋求之於野也賢人君子何代無之哉上之人其求之以道旣不廢於朝夕於所薦不公所用非賢將難以至於理當在仲明上賞 坐之典以正之奸邪攀緣之路漸將息矣一舉之妄後當自獲其辜知有畏矣在位者斯有賢者矣有道之士爭趨之矣

貢士論　　前人

禹畫九州列貢輕重舉賢用材咸在其中故周官司馬得俊造之名乃進於天子謂之進士又天子於射宮以擇諸侯所貢之士若善者乃受上賞不善者黜爵其次削地得預於射宮以射諸侯之義而爲諸侯所舉者重所用者大漢法郡州若干戶歲貢若干人吏以籍上聞計州里之大

小材之多少謂之計籍人主親試所通經業策問理優深者乃中高第有行著鄉里辟選自古而然漢世得人於斯爲盛國家武德初令天下冬季集貢士於京師天子制策考其功業辭藝謂之進士已廢於行實矣其後以郎官權輕移之於禮部大率以三場爲試初以詞賦謂之雜文復對所通經義終以時務爲策目雖行此擢第又不由於文藝矣惟王公子弟器貌奇偉無才無藝者亦冠於多士之首然相士之道備嘗聞之有門閥清貴者有狀骨卿相者有容質秀麗者有才藻可尚者有權勢抑取者有朋友力盛者機權沉密詞辯雄壯臧否由已昇沉在心群衆必集其門若凡公相來交請友識面爲難動必有應遊必有從

寮處隱會深誠重約朱門甲第之間鬼神不能知者盡知之雖名臣碩德高位重權可以開闔之可以搖動之可以傾覆之有司畏之不敢不與之者言泉疾於波浪舌端利若鋒鋩所排歿九泉所引昇霄漢黙無言衆必謂之長者發中心病時皆目之亮人秋風八月鞍馬九衢神氣揚揚行者避路取富貴若咳唾視州縣如奴僕亦不獨高於貴冑亦不賤彼孤介得其術者捨耒耜而取公卿乖其道者抱文章而成痼疾朝廷取士之門於斯爲寂衰世以來多非其人明庭無策問之科有司望疑至公之道登第之人士辭賦皆取能者之作以玉易石羊質虎皮日（一作白）抱憤之人汨沒塵土天九重高不可以吁加以浮薄之子遞相

唱和名第之中以隻數爲上賤其雙數以甲乙爲貴輕彼兩科題目之間增其異名至其傳粉燻香服飾鞍馬之費多致匪人成於牧宰取資貨以利輕肥朋黨比周交遊酒食亂其國政於斯爲盜竊願明君賢臣悉以同力大革其弊復以經明行脩爲急所謂斥彼浮華敦其茂實儒風免墜失取士之道

寒素論

堯舜興於畎畝之中以仁義而得天下曾顏非諸侯之祚以德行而居儒道之首以曾顏比之於天子天子喜之以桀紂比之於匹夫匹夫怒之豈在其貴賤之位哉爲仁義一日則爲君子不爲仁義一日則爲小人豈在世載相襲冠裳相承吁哉蒲輪不往諸侯之家束帛不在闕庭之下皆巖穴隱逸之人行仁抱義之子化之於鄉里聞之於郡國達之於朝廷然後求之豈在鄉大夫之子哉諸侯鄉飲之禮敬年尚齒使少年知禮老者獲養脩長幼之道也天子太學父事三老兄事五更教人以孝教人以悌興教化之本也文不以爵禄爲差也況布素對策名聞於天下者有之矣徒走以取公卿者有之矣鄭康成捨胥吏之役歸爲儒者黃叔度牛醫之子以德行聞今服冕之家流品之人視寒素之子輕若僕隸易如草芥曾不以爲之伍寒賤之子能以道德自尊文藝自將見之若敬大臣避之若逢摯獸又不自審之所致也堯舜何人也猶將比肩其道流

品何人也余何人也曾不自敬其身故且朝爲匹夫暮爲卿相者有之矣朝爲諸侯暮爲餒鬼者有之矣道之用捨在於我而已是玉之美者不產於廊廟之下爲瑚璉之器材之美者不出於里閈之內爲棟樑之用士之美者非貴冑之子而登卿相之位況投竿而爲王者師挽車而爲王子相豈白屋之士可自遺之哉

銓衡論

王者列官分職以成庶政材不可失官不可曠故銓者以慎擇爲目衡者以公平無私或失於是豈稱其本自周室以司馬宗伯選士漢魏晉宋降及國朝委吏部擇官上自郎吏下至丞簿皆禀之銓注科名入選品秩所蔭勲代授

任四方奏薦加黜仲書㪅名取姓其爲猥詐不可勝紀以天下之大九州之衆職官將萬餘員令長簿尉官秩至卑理道與下最親朝廷輕之委有司而已今吏部自尚書至郎吏五人抱案者向百餘輩桀黠詭譎必出於是視其官屬如弄嬰兒若啗之以利即左右手之不若皆舐筆署夕且未之暇焉能得其過者掄材爲善久廢其事爲人擇官殆無虛日其稍留心者止於詰其縢緒循其資歷黜其㫺遷求其殿犯豈有問其爲政之本爲理之道至若試以章判拘以棘圍嚣文之徒偏得其便乞憐之子畧無愧容大爲奸端不可以取亦函居清官若罷無資財考秩既深然後送堂時宰視之不成𦘕徇區區風塵殍死者衆是胥吏賄

賂之交填咽街巷聒于耳目清資劇邑必有主者朝列作一夕之中以藥爲之某官若干萬錢某邑若干束絹公然大言曾無畏懼憧憧政路指期而取某之官也納賄償債且未之能豈復爲政爲理是以生民致困歲月凋弊逋逃林藪竄伏萑蒲小者掠行旅大者破井邑天下九州蜂飛蝟起以至於阽危宗社夫衆庶非樂於遠父毋棄妻子之疑爲盜賊弃心於白刃之下生業既亡饑寒是逼遂陷於此皆爲政之驅也持衡者得不以銓擇爲急

不招士論

史記以衛青爲大將軍門下賓客蘇建常責其不招士青曰自魏其武安招至賓客天子常切齒夫選賢任能乃天子之柄豈臣下之所爲哉太史公亦美其慎重予竊未然之夫諸侯貢士者在禮經一與再不貢有黜爵削地之制則當位者其可嘿嘿乎且魏其武安之厚賓客非有賢智士也皆任俠之徒以力折公侯爲能以權傾州縣爲重如是則天子安不切齒哉蕭何薦韓信王陵舉張蒼鮑叔舉夷吾子皮任子產如有益於國濟於時豈天子之能罪哉其後武帝詔於青問選士青但欲以富金貫人多者皆應命賴賢大夫趙禹知其事召問其故皆𦕈𦕈然罔審是非與土偶無別遂悉命其徒於末流中第田仁任安武帝與語大悅皆擢用之若武帝常切齒不當於青之門下選士也得田仁任安恊於上意亦　當罪青之門有人也武既

不然而青以爲切齒無乃誣上之言歟抑唯欲聚富金多財者歟抑㥚其金帛恐招致賢彥有所費耗歟若然則出塞之功無乃幸而成者歟

小功不稅論

小功不稅制於古行於今然古儒今儒終以爲不可何也由不爲辯後所以惑也古人不可者曾子曾子曰小功不稅則是遠兄弟終無服也而可乎說者云以爲依禮小功之喪日月已過不更稅而追服則是遠處之親聞喪恒晚晚終無追服言不可也今之不可者韓文公以爲小功之親多而未疎又不比古圖疑衍國分境狹今之遠者或數千里之外是愈無追小功者矣亦不可也夫禮始於文武制

於周公定於孔子此聖人貫萬行極人情其爲五服之差宜已謹矣彼曾子仁厚純篤之行以禮爲薄而私怍之附禮所以文制云定者正爲此也恐厚者過焉而止之謂也恐薄者不及焉而限之謂也昔子路有姊之喪可以除之弗除也曰弗忍孔子曰先王制禮行道之人皆弗忍也子路聞之遂除之子路弗忍獲正於聖人而後無惑曾子欲稅小功亦弗忍不幸不獲正於聖人使惑者至於今弗解也韓文公可謂與曾子同志而未思於周公孔子者

小人論既無恩愛表本作既無恩愛仁義

文苑英華卷第七百六十

文苑英華卷七百六十一　議一

封禪

郊祀

廟樂

封禪

封禪議　顏師古（貞觀十一年）

將封先祭義在告神且備欵謁（唐書作謁敬）之儀方展慶成之禮固當爲（唐書作於）壇下距（唐書作趾）預（會要通典作先）申齋絜贊饗已畢然後登封既表重愼之深兼示行事有漸今請祭於山下封於山上四出開壇道埸通議南面入升於事爲允今請山上圜壇廣五尺高九尺用五色土爲之（唐書作加）四面各設一陛（唐書作階）御位在壇南升自南陛（唐書作階）而（會要作宜）就行事（二字唐書作上附玉牒）舊藏玉牒止用石函亦猶書盛篋笥所以或呼爲石篋然其形大質重轉徙非易岱宗儻無此石皆應取自他山所以不爲混成累輯而作大要在於周固稽其縝（會要作緝）密而近代儀注更名石礍礍非稽古之文（會要作稱）本無

義訓可尋贏（會要作盈）縮之間貴在折中（會要作衷）不煩紛議更增疑惑今請方石三枚以爲再累其十枚石檢刻方石四邊而立之纏以金繩用備檢約凡言封者皆是積土之名利建分封亦以班杜立號謂之封禪厥義可知今若置牒壇上止因累石不加繕築即以爲封匪唯嚴秘之道有如簡率亦乃名實不副理恐乖爽今請於圜壇之上安置方石封印（唐書通典作璽緘）既訖（會要作畢）加五色土築以爲封高一丈二尺而廣二丈金玉重寶質性堅貞宗祀嚴禋皆充器幣豈嫌華靡寔貴精確況乎三神壯觀萬代鴻名禮極殷崇事資藻縟玉牒玉檢式韞靈琦（會要作事韞靈琦）傳之無窮永存（會要作在）不朽至于廣袤之數足以載文辭緘束之方務在申膠固今宜立制隨時損益豐功厚德既以跨躡前蹤盛典宏規無勞一遵曩式今請玉牒長一尺三寸廣厚各五寸玉檢厚二寸（唐書有長短闊一如玉牒七寸）其印齒疎密隨印大小距石之設意取牢固本資實用豈云巧（唐書作雕）飾今既積土厚封更無差動天長地久寧假支持斜設橫安請並弗（會要作不）置勒石紀號垂裕後昆美盛德之形容闡后王之休烈其義遠（通典作大）矣其事尚焉我皇聲暢九垓威橫八極靈祇不愛其寶兆庶無得而稽但當贊述希夷以攄臣下之至具（會要作其）祭壇之例（會要作制）登封之所肆覲萬國受記（會要作職）百神固宜刻頌顯（會要作播通典作明）揚功業至如小距環壇（會要作圜）石闕別樹（唐書作建）事非經據無益禮儀煩而非要請從減省神靈璽

實而弗用由來無所施行其六璽雖以封書莫不拔于羣下受命之璽登封則用昭事上玄表玆介福休徵緯兆豈因常貫又封檢之璽分寸不同即事而言請並更造既順肅虔之理永垂創制之名禪壇制度請從新禮行事儀式亦並依之自外委細不載於文者職在所司隨事量定議曰謹率愚管其錄如前庸疑之言不足觀採但封禪大禮舊典不存秦漢以來頗有遺跡闕而不備難可甄詳昔在元封倪寬專賛其決逮乎光(會要作建)武梁松獨尸其事緇紳雜議不知所裁至如流俗傳聞記注臆說未嘗從事徒有空言乖殊不一曷足云也且夫沿革不同著之前誥自君作古聞諸往冊方今台鉉佐時遠超風后秩宗典職追邁

伯夷究六經之妙旨畢天下之能事納于聖德稟自宸衷果斷而行文質斯允詔旨集公卿及儒生學士議登封事謹依訪聞具件如右但封禪大禮舊典不存秦漢以來頗有遺跡闕而不備難可甄詳昔在元封時主博採羣論建武有司亦稟成規至如記注近書委巷浮說不足憑據無所取材且夫沿革不同著於往冊自君作古寔惟令範聖朝丕業方貽萬載臣下庸蔽不敢專決請垂鑒察克斷宸衷謹錄奏聞伏聽裁擇謹議

封禪射牲議 高宗　　裴守真(永淳元年)

議曰據周禮及國語郊祀天地天子自射其牲漢武帷封太山令侍中儒者射牛行事至於餘祀亦無射牲之文但親春射牲雖是古禮久從廢省難以施行據封禪禮祀日未明十五刻宰人以鑾刀割牲質明而行事比鑾駕至時牢牲惣畢天皇(通典作陛下)唯奠玉獻酌而已今若祀前一日射牲事即傷早祀日方始射牲事又傷晚若依漢武故事即非親射之儀事不可行請從減罷謹議

郊祀

皇后不合祭南郊議 中宗　　褚元量(景龍三年)

議曰夫郊祀者明王之盛事國家之大禮行其禮者不可以臆斷不可以情求皆上順天心下符人事欽若稽古率由舊章然後可以交神明可以膺福祐然禮文雖衆莫如周禮周禮者周公致太平之書先聖極由衷之典法天地

而行教化辨方位而叙人倫其義可以幽賛神明其文可以經綸邦國備物致用其可忽乎至如冬至圜丘祭中最大皇后内主禮甚尊崇(一作禮位甚尊)若合郊天助祭則當具著禮典今遍檢禮經(一作周官)無此儀制蓋由祭天南郊不以地配惟將始祖為主不以祖妣配天故惟皇帝親行其禮皇后不合預(唐策作助會要作同)也謹按大宗伯職云若王不與祭祀則攝位注云王有故代其行祭事下文云凡大祭祀王后不與則攝而薦豆籩徹若皇后合助祭承此下文即當云若不祭祀則攝而薦豆籩今於文上更起凡明(一作則)是別生餘事夫事與上異則別起凡凡者生上起下之名不專繫於本職周禮一部之内此例極多備在文中不可具錄

又王后助祭親薦豆籩而不親徹案九嬪職云凡祭祀贊后薦徹豆籩注云后進之而不徹則知中徹者爲宗伯生文若宗伯攝祭則宗伯親徹不別使人又案外宗掌宗廟之祭祀王后不與則贊宗伯此之一文與上文相諡何以明之按外宗惟掌宗廟祭祀不掌郊天足明此文是宗廟祭也又按王后行事揔在內(英華作外非)宰職中檢其職文唯云大祭祀后祼獻則贊瑤爵亦如之鄭注云謂祭宗廟也注所以知者以文云祼獻祭天無祼所以(一作似此)得知又祭天之器則用陶匏亦無瑤爵注以此得知是宗廟也又內司服掌王后六服無祭天之服而巾車職掌王后之五輅亦無后祭天之輅祭天七獻無后亞獻以此諸文參之故

知后不合助祭天也唯漢書郊祀志則有天地合祭王后預(唐策作助會要作同)享之事此則西漢末代強臣擅朝(會要作權)悖亂彝倫黷神諂祭不經之典事涉誣神故易傳曰誣神者殃及三代太誓曰王稽古立功立事可以永年承天㒸丕天之大績斯史策之良誡豈可不知今南郊禮儀事不稽古臣忝守經術不敢默然(會要作緘默)請旁詢碩儒俯循(一作攄)舊典遵(一作採)曲臺之故事行圓丘之正儀使聖朝叶昭曠之塗天下知文物之盛豈不幸甚(唐策作美歟)謹議

一作皆舊唐書本傳

駮祝欽明請南郊皇后充亞獻議　蔣欽緒

議曰周禮凡言祭祀享三者皆祭之互名本無定議何以明之按周禮典瑞職云兩圭有邸以祀地則祭地亦稱祀也又司几筵云設祀先王之昨(讀作祚)席明(一作則)祭宗廟亦稱祀也又內宗職云掌宗廟之祭祀此又非獨天稱祀地稱祭也又按禮記云惟聖人爲能享帝此即祀天帝亦言享也又按孝經云春秋祭祀以時思之此即宗廟亦言祭祀也經典此文不可備數據此則欽明所執天曰祀地曰祭廟曰享未得爲定明矣又周禮凡言大祭祀者祭天地宗廟之揔名非(一作不)獨天地爲大祭祀也何以明之按鬱人職云大祭祀與量人受舉斝之卒爵按尸與斝皆宗廟之事則宗廟亦稱大祭祀又欽明狀引九嬪職大祭祀后祼獻則贊瑤爵此乃宗廟稱大祭祀

之明文欽明所執(會要作云)大祭祀即爲祭天地未得爲定明矣又周禮大宗伯職云凡大祭祀王后有故不預(會要作赴)則攝而薦豆籩欽明惟執此文以爲王后有祭天地之禮欽緒等據此乃是王后薦宗廟之禮非祭天地之事何以明之按此文凡祀大神祭大祇享大鬼臨(一作帥)執事而卜日宿視滌濯涖玉鬯省牲鑊奉玉齍(一作詔)大號理其大禮(三字一作禮)制相天王之大禮若王不與(會要有大字)祭祀則攝位此已上一(會要作云)凡直是王兼祭天地宗廟之事故通言大神大祇大鬼(六字英華只作大祇會要作大祭今以舊唐書祝欽明傳增入)之祭也已下文云凡大祭祀王后不與則攝爲豆籩徹此一凡直是王后祭宗廟之事故惟言大祭祀也若云王后合助祭天地不應

重起凡大祭祀之文也爲嫌王后有祭天地之疑故重起後凡以別之耳王后祭宗廟自是大祭祀何故取上凡相天王之禮以混下凡王后祭宗廟之文此是本經科段明白又按周禮外宗掌宗廟之祭祀佐王后薦玉豆凡王后之獻亦如之王后不預則贊宗伯按此王后有故不預則宗伯攝而薦豆籩外宗贊之內宗外宗所掌皆佐王后宗廟之薦本無佐祭天地之禮但天地尚質宗廟尚文玉豆宗廟之器礿非祭天所設請問欽明若王后助祭天地在周禮使何人贊佐若宗廟攝后薦豆祭天又命（一作合）何人贊佐並請明徵禮文即知攝薦是宗廟之禮明矣按周禮司服云王祀昊天上帝則服大裘而冕享先王則袞冕內

司服掌王后祭服無王后祭天之服按三禮義宗明王后六服謂褘衣搖（周禮注及唐史並作揄英華皆作搖）翟闕翟鞠衣展衣褖衣也褘衣從王祭先王則服之搖翟從王祭先公則服之闕翟饗諸侯則服之鞠衣以采桑則服之展衣以禮見王及見賓客則服之褖衣燕居則服之王后無助祭於天地但自先王已下又三禮義宗明王夫人之服云后不助祭天地五岳故無助祭天地四望之服按此則王后無祭天之服明矣又三禮義宗明王后五輅謂重翟厭翟安車翟車輦車也重翟者后從王祭先王先公所乘也厭翟者后從王享諸侯所乘也安車者后宮中朝夕見於王所乘也翟車者后採桑所乘也輦居者后遊宴所乘也按此則皇后

無祭天之車明矣又禮記郊特牲義贊云祭天無祼鄭玄注云惟人道宗廟有祼天地大神至尊不祼圓丘之祭與宗廟祫同朝踐王酌泛齊以獻是一獻后無祭天之事大宗伯次酌醴齊以獻之是爲二獻按此則祭圓丘大宗伯次王爲獻非攝王后之事欽明等所執王后有故不預則宗伯攝薦豆籩更明攝王后宗廟之薦非攝天地之祀明矣欽明建議只及引禮記祭統曰夫祭也者必夫婦親之按此是王與后祭宗廟之禮非關祀天地之義按漢魏晉宋後魏齊梁周陳隋等歷代典（一作史）籍與王令主郊天祀地代有其禮史不闕書並不見往代王后助祭之事又高祖神堯皇帝太宗文武聖皇帝南郊祀天無皇后助祭處

高宗天皇大帝永徽二年十一月辛酉親有事于南郊又總章元年十二月丁卯親祀南郊亦並無皇后助祭處又按大唐禮亦無皇后助祭南郊之禮欽緒等幸忝禮官親承聖問竭盡聞見不敢依隨伏以主上稽古志遵舊典所議助祭實無正（一作明）文若以王者制禮自我作古明主立斷非臣所敢言謹議（一作皆舊唐書祝欽明傳）

南郊先燔後祭議　唐子元（徐堅同議開元年中）

議曰臣等謹按明慶年修禮官長孫無忌等奏改燔柴在祭前狀稱祭祀之禮必先降神周人尚臭祭天則燔柴者臣等按禮迎神之義樂六變而（一作則）天神降八變而（一作則）地祇出九變則思神可得而禮矣則降神以樂周禮正文

非謂燔柴以降神也按尚臭之義不爲燔之先後假如周人尚臭祭天則燔柴容或燔臭先以迎神然則殷人尚聲祭天亦燔柴何聲可燔先迎神乎又按明慶中無忌等奏稱晉氏之前猶尊古禮周魏以降妄爲損益者今按郭璞晉南郊賦及注爾雅祭後方燔又按宋志所論亦祭後方燔又檢南齊北齊及梁郊祀亦先飲福酒訖燔燎（一作後方燔）又按後周及隋郊祀亦先祭後燔據此即周遵後燔晉不先燔無忌之奏（一作事）事（一作義）乃相乘又按周禮大宗伯職以玉作六器以禮天地四方注云禮爲始告神時祭（一作薦）於神坐也又（文作一下文）云以蒼璧禮天以黃琮禮地皆有牲幣各放（一作如）其器之色又禮器云有以小（一作少）爲貴者祭天特牲是知蒼璧之與蒼牲俱合奠之神座理即（一作節）不惑又云四珪（圭珪通）有邸以祀天旅上帝即明祀昊天上帝之時以旅五方天帝明矣其青珪赤璋白琥玄璜自是立春立夏立秋立冬之日各於其方迎氣所用自分別矣今按明慶所改新禮以蒼璧與蒼牲蒼幣俱用先燔蒼璧既已燔矣所以遂加四珪有邸奠之神座牲既已燔矣所以更加騂牲允其實（一作實）俎混昊天於五帝同用四牲失特牲之明文加爲二犢深乖禮制（一作意）事乃無憑請依貞觀舊禮先祭後燔庶允經義謹議（一作皆舊唐書禮儀志）

廟樂

定宗廟樂議二首（此篇英華題作太宗廟樂舞名議非）　顏師古

貞觀十四年六月一日詔曰殷薦祖考以崇功德比雖加以誠潔而廟樂未稱宜令所司詳諸故實制度（一作定）奏聞秘書監顏師古議曰近奉德音俾令鑿華嘉名創立寔宜允副（會要有此十六字）伏惟聖祖弘農府君宣簡公懿王並積德累仁重光襲軌化覃行葦慶崇（會要作出）瓜瓞詩云濬哲惟（一作維）商長發其祥言殷之先祖久有深德（四字一作久而有深智會要作久而深智）虞夏二代發禎（會要作祺）祥也三廟之樂請同奏長發之舞其登歌則各爲辭太祖景皇帝迹肇漆沮（一作沮漆）教新豳岐胥宇之志既勤靈臺之萌始附詩云君子萬年永錫祚胤今遐遠之期惟天所命以長（一作長與）福祚流于子孫也廟樂請奏永錫之舞代（會要作世）祖元皇帝丕承鴻緒克紹宏猷實啓蕃昌用集寶命易大有彖曰其德剛健而文明應乎天而時行言德應天道行不失時剛健靡滯文明不犯也廟樂請奏大有之舞高祖太武皇帝膺期馭曆揖讓受終奄有四方仰齊七政介以景福申茲多祐（一作佑）式崇勿替誕保無疆易曰大明終始六位時成謂其終始之道皆能大明故不失時成六位也詩有大明之篇稱文王有明德廟樂請奏大明之舞文德皇后厚德載物凝輝（一作暉）麗天易曰含弘光大品物咸亨言坤道至靜柔順利貞資生庶類皆暢達也廟樂請奏光大之舞謹議（一作皆通典）

二　許敬宗

議曰臣聞七廟觀德義冠於宗祀三祖在天式彰於嚴祀致敬之情允洽大孝之道克（一作宜）宣是以八佾具陳肅儀形於綴兆四懸備展被鴻徽於雅音者（一作考）作樂之明義擇皇王之令典前聖所履莫大于茲伏惟皇帝陛下天縱感通率由宸極孝治（一作理）昭懿光被於八埏愛敬純深追崇於百世（一作葉）永言錫祚思（一作弘）頌聲鍾律革音播鏗鏘於享（一作饗）薦羽籥成列申蹈厲於蒸嘗爰制（一作詔）典司加隆（會要作崇）稱號（一作加隆）循聲覈實敬闡尊名竊以皇靈滋慶濬源長委邁吞鷰之生商軼擾龍之肇漢咸（一作盛）韶光於九二漸發迹於三分高祖紐地補天重張區宇返魂肉骨再造生靈恢恢帝圖與二儀而合大赫赫皇道共七曜以齊明雖復聖迹神功不可得而窺測經文緯武敢有寄於名言敬備樂章式昭夔範具列如左皇祖弘農府君宣簡公懿王三廟樂請同奏長發之舞太祖景皇帝廟樂請奏大基（通典作惜）之舞世（通典作代）祖元皇帝廟樂請奏大成之舞高祖太武皇帝廟樂請奏大明之舞文德皇后廟樂請奏光大之舞七廟登歌請每室別奏謹議

（一作皆舊唐書音樂志）

論立對破陣善慶二舞議（高宗永淳元年）　裴守貞（見舊唐書幷會要）

議曰竊惟二舞肇興謳吟攸屬贊九功之茂烈叶萬國之歡心義均韶夏用兼賓祭皆祖宗盛德而子孫享之詳覽傳記未有皇王立觀之禮況升中大事華夷畢集九服仰

垂拱之安百蠻懷率舞之慶甄陶化育莫匪神功豈於樂舞別申嚴敬臣等詳議每奏二舞時天皇不合起立謹議

魯議　高郢

周公居攝七年致政而歿成王康王追思其德命魯侯代代（一作代之）祀以天子禮樂魯君得乘大輅建太常外祭郊社內祭嘗禘虞夏商周之服器與官（一無此字）兼而用之以廣魯於天下郢竊謂自天子至庶人尊卑貴賤待禮而別豐者不可殺殺者不可豐成康過賜非禮也魯君受賜亦非禮也何則郢聞有其（一無其字）位而後行典禮仲尼不臣門人非君也季札不嗣吳爵非長也周公不王而禮樂以王者是以非禮誣周公也設若誣周公以非禮魯謂昊天上帝亦可以（亦無以字）誣乎柰何使魯人郊昔孔子憤歎於衰周而欲求禮於魯及觀其僭乃言曰魯之郊禘非禮也周公其衰乎魯用天子禮樂者本以郊上帝既非聲名文物之當用可知矣又恐未來（一作來者）以杞宋用王禮爲疑（一作從）因言杞之郊也禹也宋之郊也契也是天子之事守也杞宋二王之（一無之字）後得先祖禮樂魯何守而用之耶猶恐其未能又言曰天子祭天地諸侯祭社稷祝嘏莫敢易其常古是謂大嘏此乃申言名位不同禮樂（一無此字）亦異數之定分也夫子之言昭昭如揭日月而學者或以爲事更聖人未聞可否雖措辭於魯議者於讜默之道則可矣於發揮之義恐未盡也詩曰爾之教矣人胥效矣魯侯用王禮其臣亦用

侯之禮故季氏舞八佾旅泰山三（亦無此字）設公廟歌雍徹嗟乎禮之不早辯也如此古者父爲天子諸侯子爲士祭禮從子不得從其父邘晉應韓武王之穆得用備物享武王乎若享非禮之褒是周公不得爲聖也如（一作知）其不享是成康祗以王者禮樂餕周公於（一作子）魯矣安在其爲成康乎且周公之績孰與伊尹（一有佐商二字）成康之名孰與太戊崇異伊尹不過號爲保衡至于沃丁太戊亦不加以王禮或謂周公叔父也於伊尹而爲親故尊而異之夫太伯太王之長子三以天下讓於王季王季得之以傳祚於文武故孔子曰太伯其可謂至德也已矣及武王克紂追（一有大字）王王季文王而不追王太伯豈武王忘太伯之德而不親乎

蓋以等威之禮名分之別爲萬代之準不爲一人之私也夫人情無常以禮爲常以禮從情動則有悖且如王者祖有功而宗有德祖宗之廟代代不毀大凡繼體之君皆欲尊崇其父至于德功未著則不敢妄加廟稱者情非不欲限禮而已矣故禮之行于宗廟父子不得遂其私而況成康又得以天下之公器大典獨私于（一作尋）周公乎周公有大勳于周土田附庸以益之則可秬鬯圭瓚以賜之則可若天子禮樂成康所恃以爲尊也胡可以假人成康雖欲尊於周公伯禽其忍受之以出僭其君入陷其父乎若周公躬制禮樂墳土未乾而子孫弗克負荷首（一無此字）亂亡者之度孔子稱其衰不亦宜乎（一作皆唐文粹）

卷終

文苑英華卷第七百六十二　議二

明堂

明堂議三首　郊丘明堂等嚴配議三首

明堂大饗議一首　明堂告朔議三首

明堂議　魏徵（貞觀五年）

議曰明堂之作其所由來遠矣爰自軒唐逮乎秦漢有損有益或同或異記述參差莫能詳究今稽諸古訓參以舊圖其上圓下方復（文粹作復）廟重屋百慮一致異軫齊（唐舊書禮儀志會要文粹並作）歸暨當塗膺籙未遑斯禮典午聿興無所取則裴頠以諸儒持論異端鋒（唐書文粹作蠭）起是非舛互靡所適從遂乃以人廢言止爲一殿宋齊即仍其舊梁陳遵而不改

雖嚴配有所祭饗不匱求之典則道實未弘何者夏禹哲王致美于祭服周公大孝備物於宗祀聖人設教夫豈徒哉然則身處卑宮神居重屋斯豈苟求壯麗崇飾華侈固亦致孝尊親之道因高事天之義求其遠趣非無深旨蓋以神以虛玄無聲無臭視之不見聽之不聞既杳冥而莫測故廣袤之度罔知（自何者至此一百一字唐書會要文粹並無）夫孝因心生禮緣情立心不可極故備物以表其誠情無以盡故飾宮以廣其敬宣尼美歎（諸本作意）意（諸本作其）在茲乎自五帝迄今代有損益宮室制度每越舊章重屋規模獨虧前典文祖過上階之儉世宗踰卑宮之陋配天致極理必未安伏惟陛下以上聖之英靈承皇天之眷命一六合而光宅得萬國

之懽心九譯之貢既陳明堂之位仍闕永言殷薦誠感自中(自五帝至此九十四字諸本並無)臣等親奉德音(諸本作令)預參大議思竭塵露增崇(諸本作徽增)山海凡聖人有作義重隨時萬物斯覩事資通變比擬蔡邕之說則至理失於文繁若依裴頠所爲則大體(二字諸本作又)傷於質略求之情理未臻(諸本作允)厥中今之所議非無用捨請爲五室重屋上圓下方既體有則象又事多故實下室備布政之居上堂爲祭天之所人神不雜禮亦宜之其高下廣袤之規几筵尺丈之度(諸本作制)則並隨時立法因事制宜自我作故(諸本作而)不(諸本作何)必師古圖像備陳決之聖慮廓千載之疑議爲百王之懿範不使泰山之下惟聞皇帝之法汶水之上獨稱漢武之圖則通乎神

明庭幾可俟子來經始成之不日謹議

同前　顏師古

議曰竊以明堂之制爰自古昔求諸(舊唐書會要文粹並作之)簡牘全文莫覩起自(舊唐書會要文粹作始之)黄帝降及唐(諸本作有)虞爰歷夏殷迄于周代各立名號別創規摹衆說舛駮互執所見鉅(諸本作巨)儒碩學莫有詳通斐然成章不知裁斷究其旨要實布政之宮也徒以戰國從橫典籍廢棄暴秦酷烈經禮湮亡今之所存傳記雜說用爲準的理實(文粹作實亦)蕪昧然周書之敘明堂記其四面則有應庫(諸本作門)雉門據此一堂固是王者之常居耳其青陽總章玄堂太廟及左个右个與月令(諸本無此二字)四時之次相同(唐志作用)則路寢之義足爲隱括(諸本作明證)又云(諸本作文)王居明堂之篇載帶以弓韣禮於禖下(諸本作禮于高禖下)九門磔禳(諸本作禳磔)禦止(諸本作以禦)疾疫置梁除(文粹作陰)道以利農夫令國爲(諸本作有)酒以合三族凡此等事(諸本作凡一事等)皆合月令之文觀其所班(諸本作爲)皆在路寢者也又記云(三字諸本作載禮)昔者周公朝諸侯于明堂之位天子負斧扆南鄉而立明堂也者明諸侯之尊卑也周官又云周人明堂度九尺之筵東西九筵堂一筵據其制度即太寢也尸子(諸本無此二字)亦曰黄帝曰合宮有虞氏曰總章殷曰陽館周曰明堂斯皆路寢之徵知非別處大戴所說初有近郊之言後(諸本作復)稱文王之廟進退無據自爲矛楯原夫負扆受朝常居出令(諸本作立)既在皐庫之內亦何云於郊野哉孝經傳

曰(諸本作云)在國之陽又無里數漢武有懷創造廣集(諸本作詢於)縉紳言論紛紛(諸本作然)終以不定(諸本作終無定據)乃立於汶水之上而宗祀焉明其不拘遠近無擇其方(唐志文粹作亦無方面)孝成之世(諸本作代)表行城南雖有其文厥功靡立平帝元始四年大議營起(諸本作創)孔牢等乃以爲明堂辟雍大學一實三名(諸本四字作其實一也而有三名)金衰(唐志會要作褒)等又稱經傳無明文不能分別同異中興之後蔡邕作論復云明堂大廟一物二名鄭玄則曰在國之陽三里之外淳于登又云三里之外七里之內景巳之地賴容(字子嚴)釋例亦曰明堂大廟凡有七名其體一也苟立同異競爲巧說並出自胸襟曾無師祖審見且夫功成作樂治(諸本作理)定制禮草創從宜質文遞變

旌旗冠冕今古不同律度權衡前後莫(諸本作不)一隨時之義斷可知矣聖上大啓崇基光膺寶運功高開闢之後德邁邃古之初鳳紀龍官嚳昳澮於溟渤隨山練石慙培塿於方壺大樂與天地同和豈奏夔時之韶夏大禮與天地同節寧踵前代之膠庠天縱多能睿喆玄覽總五行之秀氣抱六藝之菁華秩宗茂典皆取必於宸極共工妙術咸稟訓於深衷隱顯無遺洪纖必應百神受職萬物斯覩將建明堂爰降綵綖規矩之度久已蓄於聖懷遠近之宜實不惑於僉議(自聖上至此一百五十四字本無)假如姬旦(諸本作周公)舊章猶當擇其可否宣尼彝則尚或補其闕漏況乎鄭氏臆說淳于謏聞匪異守株何殊膠柱昔漢謹封禪博召諸生則乖戾

多端事乃依違累載惟倪寬先覺獻奏昌言獨斷之於天子於是制詔始下決策施行紹列辟之鴻明成天下之壯觀今既時和歲稔俗阜萌安兆庶子來鈞繩咸具揆景置臬良其會也愚謂不出牖雉邇接宮闈(唐書會要作闡)實允事宜量無所惑但當上遵天旨祗奉德音作皇代之典彝(諸本作明堂)求貽則(諸本作範)於來葉區區碎議皆可略而不論悠悠常談不足循其軌轍謹議

同前　陳貞節(舊唐書志作王宗仁有馮宗陳貞節等議)

議曰臣等竊聞明堂之建其所從來遠矣(舊唐書有自字)天垂象聖人則之蒿柱茅簷之規上方下圓之制考之大數不踰三七之間定之方中必居丙巳之地豈非得房心布政之所當太極上帝之宮乎故俯仰從容(諸本作仰協俯從)正名定位人神不雜各司其序則嘉應響至保合太和焉(唐王作昔)漢氏承秦經籍道息旁求堙墜詳考(文粹作擄唐志作究)難明孝武初議立明堂於長安城南遭竇太后不好儒術事乃中廢孝成之代又欲立於城南議於制度莫之能決至孝平元始四年始制造於南郊以申嚴配光武中興(會要作元是)元年立於國城之南自魏晉迄於梁朝雖規制或殊而所居之地恒取景巳者(者自會要作而巳)斯蓋百王不易之道也高宗天皇大帝纂承平之運崇朴素之風四夷來賓九有咸乂永徽三年詔禮官學士議明堂制度羣儒紛競各執異端久之不決因而遂止者何也非謂財不足力不堪也將以周禮既

遂禮經甚(諸本作且)紊事不師古或爽天心難用作程神之(諸本無之字)不孚佑者也則天太后總禁闈之政籍軒臺之威屬皇室仲圮之期躋和熹(後漢作熹諸本作喜)從權之制以為乾元大殿承慶小寢當正陽巳(諸本作亭)午之地實先聖聽斷之宮表順端門(唐志文粹作闕)儲精營室爰從朝饗未始臨御乃起工徒挽令摧覆既毀之後雷聲隱然衆庶聞之或以為神靈之象也於是增土木之麗因府庫之饒南街北闕建天機大儀之制乾元遺趾興重閣層樓之業(會要作基)煙焰蔽日梁柱排雲人斯告勞天實貽誡煨燼甫爾(文粹作邇)遽加脩復況乎地殊景巳未答靈心跡匪膺期乃申嚴配事乖(諸本作昧)彝典神不昭格此其不可者一也又明堂之制木不鏤工(文粹作土)

不文今體式乖宜違經紊禮離鑴所及窮侈極麗此其不可者二也高明爽塏事資虔敬宸近（唐志文粹作邇）宮掖何以祈天人神雜擾不可物取（諸本作牧物）此其不可者三也況兩（會要作四）京上都萬方取則而天子顧當陽之位聽政居便殿之中職司其憂豈容沉默當須審巧歷（文粹作歷）之計擇煩（文粹作繁）省之宜不便者量事改脩可因者隨時（唐書會要作而文粹作宜）適用削彼明堂之號克復乾元之名則當宁無偏人識其舊矣謹議

郊丘明堂等嚴配議　孔玄義（乾封元年）

議曰謹按孝經云孝莫大於嚴父嚴父莫大於配天既言莫大於配天明配尊大之天（舊唐書通典會要無此二字）昊天是也物之大者莫大（唐書作若）於天推父比天與之相配行孝之大莫過於此以明尊（唐書作配）之極也又易曰（唐書會要作云）先王以作樂崇德殷薦之上帝以配祖考鄭玄注上帝天帝也故知昊天之祭合祖考並配請奉太宗文武聖皇帝高宗天皇大帝配昊天上帝於圓丘義符孝經周易之文也神堯皇帝肇基（會要作開）王業應天順人配感帝於南郊義符大傳之文也又按祭法云祖文王而宗武王祖始也宗尊也所以名祭爲尊始者明一祭之中有此二義又孝經云宗祀文王於明堂文王言祖而云宗者亦是通武王之義故知明堂之祭祀以祖考請奉太宗文武聖皇帝祖（諸本無此言）高宗天皇大帝配祭於明堂義符周易及祭法之文也謹議

同前　沈伯儀

議曰謹按禮有虞氏禘黃帝而郊嚳祖顓頊而宗堯夏后氏亦禘黃帝而郊鯀祖顓頊而宗禹殷人禘嚳而郊冥祖契而宗湯周人禘嚳而郊稷祖文王而宗武王鄭玄註云禘郊祖宗謂祭祀以配食也禘謂祭昊天於圓丘祭上帝於南郊曰郊祭五帝五神於明堂曰祖宗伏尋嚴配之文於此最爲詳備虞夏則退顓頊而郊嚳殷人則捨契而取（會要作郊）冥去取既差（唐書作多）前後乖次則（舊唐書志會要通典作得）禮之序莫尚於周禘嚳郊稷不聞於二主明堂宗祀始兼於兩配成王以（二字唐志作成以）文王武王父子殊別文王爲父上主五帝武王對父下配五神孝經曰嚴父莫大於配天則周公

其人也昔者周公宗祀文王於明堂以配上帝不言嚴父武王以配天則武王雖在明堂理未齊於配祭既稱宗祀義獨主於尊嚴雖同兩祭終爲一主故孝經緯曰后稷爲天地主文王爲五帝宗也必若一神兩祭便則五祭十祠薦獻蘋蘩（舊唐如此英華并會要作頻繁）禮虧於數此則神無二主之道禮宗（諸本作崇）一配之義竊尋貞觀永徽共遵專配顯慶之後始創兼尊必以順古而行實謂從周爲美高祖神堯皇帝請配圓丘方丘（通典會要作澤）太宗文武聖皇帝請配南郊北郊高宗天皇大帝德邁九皇功開萬寓制禮作樂告禪升中率土共休普天同賴竊惟莫大之孝理當揔配五天謹議

同前　元萬頃（范履冰同議）

議曰伏惟高祖神堯皇帝鑒乾構象闢宇（通典作土）開基太宗文武聖皇帝紹統披元循機闡極高宗天皇上帝弘祖宗之大業廓文武之宏規三聖重光千年接旦神功叡德羣圖牒而難稱盛烈鴻猷超千古（舊唐志作古今）而莫擬豈徒錙銖堯舜糠粃殷周而已哉謹按見行禮昊天上帝等祠五所咸奉高祖神堯皇帝太宗文武聖皇帝兼配今議者引祭法周易孝經之文雖近稽古之辭殊失因心之旨（通典作雖近古之祠殊失聖旨）但子之事父臣之事君孝（會要作恭）以承（唐志通典作成）志忠而順美竊惟（唐志通典作以）兼配之禮特稟先聖之懷爰取訓於（唐志通作前）規豫申情於大孝詩云昊天有成命二后受之易曰殷薦之上帝以配祖考敬尋厥旨本合斯義今若遠據

遺文近乖成典拘常不變守滯莫遷（唐志作通）便是臣黜於君遽易郊丘之位下非於上靡遵弓劔之心豈所以申太后哀感之誠徇皇帝孝思之德慎終追遠良謂非宜嚴父配天寧當若是伏據見行禮高祖神堯皇帝太宗文武聖皇帝今既先配五祠理當依舊無改高宗天皇大帝齊尊耀魄等邃合樞闡三葉之宏謨（唐志作基）開萬代之鴻業重規疊矩在功烈而無差享地郊天豈祠配之有別請奉高宗天皇大帝歷配五祠以申典禮謹議

明堂大饗議

議曰謹按明堂大饗惟祀五方帝故月令季秋令云是月也大饗帝則典禮所云大饗不問卜鄭玄注云謂徧祭五帝於明堂莫適卜是也又按祭法云祖文王而宗武王鄭玄注云祭五帝五神於明堂曰祖宗故孝經曰宗祀文王於明堂以配上帝據此諸文明堂正禮唯祀五帝配以祖宗及五帝五官神等自外餘神並不合預伏惟陛下追遠情深崇禮（唐志作禋）志切故於明堂饗祀加昊天上帝皇地祇重之以先帝先后配饗此乃補前王之闕典弘嚴配之虔誠往以神都郊壇未建乃於明堂之下廣祭衆神蓋義出權時非不刊之禮也謹按禮經其內官中官等五嶽四瀆諸神並合從祀於二至明堂總奠事乃不經然則宗祀配天之親雜與（會要作以）小神同薦於嚴配之道理有不安望請每歲元旦唯祀天地大神配以帝后其五嶽以下請依禮

於冬夏二至從祀方丘圜丘庶不煩黷謹議

明堂告朔議（聖曆元年）　閻仁諝（會要作閻仁諝班思簡等同議）

議曰臣等謹按經史正文無天子每月告朔之事唯禮記玉藻云天子聽朔於南門之外周禮天官太宰正月之吉布政於邦國都鄙干寶注云周正建子之月吉朔日也此即玉藻之聽朔矣今歲首元旦於通天宮受朝讀時令布政事則京官九品以上諸州朝集使等咸列於庭此則聽朔之事畢而合於周禮玉藻之文矣而鄭玄注云玉藻聽朔以秦制月令有五帝五官之事遂云凡聽朔必特牲告其時帝及其神配以文王武王此鄭注之誤也故漢魏至今莫之適（會要作行）用按月令云其帝太昊其神句芒者謂之

宣布時令告示下人其令祠云其帝其神耳所以爲敬授之文欲使人奉其時而務其業每月有令故謂之月令非謂天子每月朔日以配祖帝而祭告之其每月告朔者諸侯之禮也故春秋左氏傳曰公既視朔遂登觀臺又鄭注論語云禮人君每月告朔於廟有祭謂之朝享魯自文公始不視朔是諸侯之禮明矣今王者行之非所聞也按鄭所謂告其帝者即太昊等五人帝其神者即重黎等五行官雖並功施於人列在祀典庶天子每月拜祭告朔之文臣等謹檢（會要作按）禮論（一作記非）及三禮義宗江都集禮貞觀禮顯慶禮及祠令並無天子每月告朔之事若以爲代無明堂故無其告朔之禮則江都集禮貞觀禮顯慶禮及祠令

著祀五方上帝於明堂即孝經宗祀文王於明堂也此則無明堂而著其饗祭何爲告朔獨闕其文若以爲（一作君）有明堂即令告朔則周秦有明堂而經典正文並無天子每月告朔之事臣等詳求（一作歷觀）今古傳考載籍既無其禮不可習非望請停每歲一月（一作每月一日）告朔之祭其文以正國經竊以天子之尊而用諸侯之禮非所謂須告朔令（一作須告朔於）諸侯使奉而行之之義也謹議（一作皆備唐書志）

同前　王方慶

議曰謹按明堂天子布政之宮也蓋所以明（一作順）天氣統萬物動法於兩儀德被於四海者也夏曰世（唐諱）室殷曰重屋姬曰明堂此三代之名也明堂天子太廟所以宗祀其祖以配上帝東曰青陽南曰明堂西曰總章北曰玄堂中曰太室雖有五名而以明堂太廟（一無此二字）爲主漢代達學通儒咸以明堂太廟爲一漢左中郎將蔡邑（一作蔡邕）立議（會要作義）亦以爲然取其宗祀則謂之清廟取其正室則謂之大室取其向陽則謂之明堂取其建學則謂之太學取其圜水則謂之辟雍異名而同事古之制也天子以孟春正月上辛日於郊惣校受十二月之政還藏於祖廟月取一政班於明堂諸侯以孟春之月朝于天子受十二月之政藏於祖廟月取一政而行之蓋所以和陰陽順天道也如此則禍亂不作（會要作生）災害不生（會要作作）矣故仲尼美而稱之曰明王之以孝理天下也人君以其禮告廟則謂之告朔聽

視此月之政則謂之視朔亦曰聽朔雖有三名其實一也今禮官議稱按經史正文無天子每月告朔之事者臣議按春秋文公十（會要作六）年閏十月不告朔穀梁傳云閏附月之餘日天子不以告朔左氏傳曰閏月不告朔非禮也閏以正時時以作事事以厚生生人之道於是乎在矣不告閏朔棄時政也臣據此文則天子閏月亦告朔矣（文粹有以此二字）寧有他月而廢其禮者乎傳考經籍其文甚著何以明之周禮太史職云頒告朔於邦國閏月告王居門終月又禮記玉藻云閏月則闔門左扉立於其中並是天子閏月而行告朔之事也禮官又稱玉藻天子聽朔於南門之外周禮天官太宰正月之吉布政於邦國都鄙于實注云周

正建子之月吉日也此即玉藻之聽朔矣今每歲首元旦通天宮受朝讀(會要作頒)時令布政事京官九品以上諸州朝集使等咸列於庭此聽朔之禮畢而合於周禮玉藻之文矣禮論及三禮義宗江都集禮貞觀禮顯慶禮及祠令並無王者告朔之事者臣謹按玉藻云玄冕而朝日於東門之外聽朔於南門之外鄭玄注云朝日春分之時也東門皆謂國門也明堂皆在國之陽每月就其時之堂而聽朔焉卒事反宿於路寢凡聽朔必以特牲告其時帝及其神配以文王武王臣謂今歲元旦通天宮受朝讀時令及布政自是古禮孟春上辛惣校受十二月之政藏於祖廟之禮耳而月取一政頒於明堂其義昭然猶未行也即如禮

官所言遂闕其事臣又按禮記月令天子每月居青陽明堂總章玄堂即是每月告朔之事先儒言舊說天子行事一年十八度入明堂大饗不問卜一入也每月告朔十二入也四時迎氣四入也巡狩之年一入也今禮官立議惟歲首一入耳與先儒既異在臣不敢用(一作同)鄭玄云凡聽朔告其帝臣愚以爲告其朔之時(一作日)明五方上帝之一帝也春則靈威仰夏則赤熛怒秋則白招矩冬則叶光紀季月則含樞紐也並以始祖而配之焉人帝及神列在祀典亦於其月而饗祭之魯自文公始不視朔子貢見其禮廢欲去其羊孔子以羊存猶可識(一作議)其禮羊亡其禮遂廢故云爾愛其羊我愛其禮也漢承秦滅學庶事草創明堂辟雍其制遂闕漢武帝封禪始建(一作造)明堂於太山既不立於京師所以無告朔之事至漢平帝元始中王莽輔政庶幾復古乃建明堂辟雍爲禘祫祭(三字會要作禘祫)於明堂諸侯王列侯宗子(一作室)子弟九百餘人助祭畢皆益戶賜爵及金帛增秩補吏各有差漢末喪亂尚得其禮爰至後漢祀典仍存明帝永平二年郊祀五帝於明堂以光武配祭牲各一犢奏樂如南郊董卓西移記載烟滅(一作載籍烟滅)告朔之禮於此而墜暨於晉末戎馬生郊禮樂衣冠掃地揔盡告朔之禮於此而墜暨于元帝過江是稱狼狽禮樂制度南遷蓋寡彝典殘缺無復舊章軍國所資臨事議定(一作之)既闕明堂寧論告朔宋朝何承天纂集其文以爲禮樂

雖加編次事則闕如梁代崔靈恩撰三禮義宗但捃摭前儒因循故事而已隋大業中煬帝命學士撰江都集禮只抄撮禮論更無異文貞觀顯慶禮及祠令不言告朔者蓋爲歷代不傳所以其文遂闕各有由緒不足依據今禮官引爲明證在臣誠實有疑陛下肇建明堂事遵古典告朔之禮猶闕舊章欽若稽古應須補葺若每月聽政於一堂(一作明堂二字)事亦煩數孟月視朔恐不可廢謹議

由緒(浙本文粹作緣由)　一作皆舊唐書志

同前　張齊賢

議曰禮官狀云經史正文無天子每月告朔之事者謹按穀梁傳曰閏月天子不以(一無此字)告朔是知他月天子告朔

矣又按左氏傳以魯侯不告朔爲棄時政也則諸侯閏月亦告朔矣又按周禮太史職頒告朔於邦國之中(一作下)禮記玉藻天子聽朔於南門之下(一作外)皆有閏月王居門之事是天子亦以閏月告朔矣非是天子不告而諸侯亦告也穀梁子去聖尚近雖閏月告朔之義與左氏不同然皆以天子諸侯每月當行告朔之事兩禮之說(一作兩禮)其文甚著不可謂經史無正文也又禮官狀以(一作云)周禮天官太宰職云正月之吉始和布治(唐會要如此英華作政恐元本避諱)於邦國都鄙乃懸象(一無此字)法于象魏使萬人觀之(一作象)浹日而斂之即是謂禮記玉藻之聽朔因此遂謂王者唯以歲首元旦一告朔此說非也何者大宰所云布治(唐會要如此英華作政恐元本避諱)

于邦國都鄙者布其所掌太宰之典也故地官司徒職則布教典春官宗伯職則布禮典夏官司馬職則布政典秋官司寇職則布刑典唯冬官司空職亡以五官之職言之則其職亦當布事典也此乃六官各以正月之吉宣布其職之典非告朔也于寶之注以(一無此字)經所云正月之吉者即是正月之朔日也故辭云吉是朔日也今云告朔日者即(一作是)傳寫之誤不可據以爲說也又禮官狀云每月告朔者諸侯之禮故云左氏傳云既視朔遂登觀臺今王者行之非所聞也又云以天子之尊而用諸侯之禮非所謂頒告朔令諸侯使奉而行之謂此大謬也何者左氏所言視朔者猶玉藻之聽朔也今禮官據左氏有魯侯行視朔之禮即謂諸侯每月當告朔玉藻亦有天子行聽朔之禮又有閏月王居門之事即(一作若謂)天子惟歲首一告朔何其一取而一捨也又孝經云昔者明王事父孝故事天明又云明王以孝理天下豈有王者設教使諸侯尊祖告朔而天子不告也非所謂以明事神訓人事君之義又禮官狀云鄭所謂告其時帝者即大皞等五人帝此又非也何者鄭注惟言告其時帝及其神配以文王武王不指言天帝人帝但天帝人帝並配五方時帝之言包天人矣但以文王武王作配則是並告天帝人帝諸侯受朔於天子故但於祖廟告而受行之天子受朔於上天理宜於明堂告其時之天帝人帝而配以祖考也故玉藻疏載賀瑒義亦以

時帝爲靈威仰等五天帝且聖人爲(一作唯)能饗帝孝子爲(一作唯)能饗親今若但告人帝則聖人之道未備非所謂能饗也又禮官狀云若天子每月朔旦告祭然後頒之則諸侯安得受而藏之告而行之是明太宰以歲首宣布一歲之令太史從而頒之令既頒矣政既行矣而王猶日月告朔復欲何所宣布者春官太子職云頒告於邦國是揔頒一歲之朔於天下諸侯故諸侯得受而藏之告而行之而王猶月月告朔頒之于官府都鄙也此謂畿內彼謂畿外事不相關也又禮官狀云漢魏至今莫之用者秦人滅學經典不存漢祖馬上得之未能備禮自魏以(一作以下)喪亂弘多豈可以漢魏廢禮欲使朝廷法之也又禮官狀云禮

論等及祠令並無天子每月告朔之禮崔靈恩三禮義宗廟祭服義亦載天子視朔之服不可言無也又貞觀顯慶禮及祠令非徒無天子每月告朔之文亦無天子歲首告朔之事今禮官何以言天子歲首一告朔乎借于擊㭊昭然易了每月告朔在禮不疑尊祖配天於義爲得若乃創制垂統損益舊章或欲每月聽政或欲孟月視朔此則斷在宸極事關執政固非群議所得參詳謹議

一作皆唐會要

文苑英華卷第七百六十二

文苑英華卷第七百六十三　議三

宗廟

太原寢廟議一首　定宗廟議一首
七廟議二首　廢隱太子等四廟議二首
太廟遷祔議一首　論肅明皇后請別立廟議二首
遷廟議二首　重修五員廟議一首

太原寢廟議　顏師古（貞觀九年）

議曰伏奉詔旨欲太原立高祖寢廟博達卿士詳悉以議聞伏惟聖情感切永懷纏慕思廣蒸嘗事深追遠但究（唐志作傍）觀祭典考驗（唐志作遍考）禮經宗廟皆在京師不欲下土別置至若（二字唐志作昔）周之豐鎬並（唐志作實）爲遷都乃是因事更（唐志作便）營非云一時俱（唐志作別）立其郡國造廟爰起漢初率意而行事不稽古源流漸廣大違典制是以貢禹韋玄成匡衡等招聚儒學博謀（會要作詢）廷議據此陳奏遂從廢毀自斯以後彌歷年代輟而弗（會要作不）爲迄今永久按禮記曰祭不欲瀆瀆則不敬書云禮煩則亂事神則難斯並睿哲之格言皇王之通訓况復尊揚素志實招（擬作昭）懿則俾遵儉約無取豐殷今若增立寢廟別安主佑有乖先古（會要作旨）雅率舊章垂裕後昆理謂不可誠以天衷不遺至性罔極固宜勉割深衷俯從大禮則刑于四海式光萬代列採縉紳僉曰惟允謹議

定宗廟議　岑文本（貞觀九年）

議曰臣聞揖讓受終之后革命創制之君莫不（二字一作何嘗不）崇親親之義篤尊尊之道虔奉祖宗爰致（一作致敬）郊廟自義乖闕里學滅秦廷儒雅既喪經籍堙（一作湮）殄雖兩漢纂修絕業魏晉敦尚斯文而宗廟制度典章散逸習所傳而競偏說是所（一作執淺）見而起異端自昔迄茲（會要作今）多歷年代語其大畧兩家而已祖鄭玄者則陳四廟之制述王肅者則引七廟之文貴賤混而莫辨是非紛而不定陛下至德自然孝思罔極孺慕踰匹夫之志制作窮聖人之道誠宜定一代之宏規爲萬世之彝典臣等奉述睿旨討論往載（會要作載籍）紀七廟者實多稱四廟（一作祖）者蓋寡校其得失昭然可見春秋穀梁傳及禮記王制祭法禮器孔子家語並云天子七廟諸侯五廟大夫三廟士二廟尚書咸有一德曰七世之廟可以觀德至於孫卿孔安國劉歆班彪父子孔晁虞喜干寶之徒或學推碩儒或才稱博物商較古今咸以爲然故其文曰天子三昭三穆與太祖之廟而七是以晉宋齊梁皆依斯義立親廟六豈非有國之茂典不刊之休烈乎若使違羣經之正說（一作明文）從累代之疑議背子雍之篤論遵康成之舊學則天子之禮下逼於人臣諸侯之制上僭於王者非所謂尊卑有序名位不同者焉（通典作也）況復禮由人情非自天墮大孝莫重於尊親厚本莫先於嚴配數盡四廟非貴多之道祀建七世得加隆之心是知德厚者流光乃經世之高義德薄者流卑實不易之令範臣等參議請依晉宋舊典（一作故事）立親廟五（一作六）其祖宗之典（一作制）不在此數（一作武德舊典）庶承天之道典於治（一作理）定之辰尊祖之義成於孝洽之日謹議（一作皆舊唐書志）

七廟議

議曰昔孫（會要作荀）卿子云有天下者事七代有一國者事五代則天子七廟古今達禮故商（一作尚）書稱七代之廟可以觀德祭法稱王立七廟一壇二墠王制云（會要作曰）天子七廟三昭三穆與太祖之廟而七莫不尊始封之君謂之太祖太祖之廟百代不遷祫祭之禮毀廟之主陳於太祖未毀之廟主皆升合食於太祖之室（會要作廟）太祖東向昭南向穆北向太祖者商之玄王周之后稷是也太祖之外更無始祖但商自玄王已後十有四代至湯而有天下周自后稷已後十有七代至武王而有天下其間代數既遠遷廟親廟皆出太祖之後故得合食有序尊卑不差其後漢高受命無始封祖即以高皇帝爲太祖太上皇高帝之父立廟饗祀不在昭穆合食之列爲尊於太祖故也魏武創業文帝受命亦即以武帝爲太祖其高祖（會要作皇）太皇處士君等並爲屬尊不在昭穆合食之列晉宣創業武帝受命亦即以宣帝爲太祖其征西豫章潁川京兆府君等並爲（會要作亦）以屬尊不在昭穆合食之列歷茲已降至于（一作於）有隋宗廟之制斯禮不易（一作攺）故宇文氏以文（一作武字）皇帝爲太祖隋室以武元皇帝爲太祖國家誕受天命累洽（一作葉）重光

景皇帝始封唐公實爲太祖中間大(一作代)數既近列在三昭三穆之内故皇家(會要作國)大廟唯有六室其弘農府君宣光二帝尊於太祖親盡則遷不在昭穆合食之數今皇極再造孝思匪寧奉二月二十九日敕宣光以下(今作七室以下)依舊號令尊崇續又奉三月一日敕既立七廟須尊崇始祖速令詳定者伏尋禮經始祖即(一作則)是太祖太祖之外更無始祖周廟(會要作朝)太祖之外以周文王(會要作皇)爲始祖不合禮經或有引白虎(唐諱)通義云后稷爲始祖文王爲太祖武王爲太宗及鄭玄注詩雍序太廟(一作祖)謂文王以爲說者其義不然何者彼以禮王者祖有功而宗有德周人祖文王而宗武王故謂文王爲太祖耳非祫羣主合食之太祖

今之議者或有欲立涼武昭王爲始者殊爲不可何者昔在商周稷卨始封湯武受命湯武之興祚由稷卨故以稷卨爲太祖即皇家之景皇帝是也涼武昭王勳業未廣後主失守(一作國)國土不傳景皇帝始封實基明命(會要作德)今乃捨封唐之盛烈崇西涼之遠構考之前古實乖典禮魏氏不以曹參爲太祖齊梁不以蕭何爲太祖晉氏不以胡公殷王卬爲太祖宋氏不以楚元王爲太祖陳隋不以胡公楊震爲太祖則皇家安可以涼武昭王爲太祖乎漢之東京大議郊祀多以周郊后稷漢當郊堯制下公卿議議者僉(一作多)同帝亦然之唯杜林正議獨以爲周室之興祚由后稷漢業特起功不緣堯祖宗故事所宜因循竟從林議

文傳稱欲知天上事問長人以其近之武德貞觀之時主聖臣賢其去涼武昭王蓋亦近於今矣當時不立者以必不可立故也今既年代深遠方復立之豈是(一作是非)三祖二(會要作三)宗之意實恐景皇失職而震怒武昭虛位而不答非社稷之福也宗廟事重禘祫禮崇先王以之觀德或者不知其說既灌而往孔子不欲觀之今朝命惟新宜應慎禮祭神如(一作如神)在理可不(會要不可)誣請準敕加太廟爲七室享宣皇帝以備七代其始祖不合別有尊崇之議謹議

一作皆舊唐書志

同前　　劉承慶(尹知章同議)

議曰謹按王制天子七廟三昭三穆與太祖而七此載籍之明文古今之通稱(一作制)皇唐稽考前範詳探(一作採)列辟崇建宗靈式遵斯典但以開基(會要作國)之主受命之君王迹有淺深太祖有遠近湯武祚基稷卨(六字會要作昔湯太武受命祚因稷卨)祖代遠出乎(會要作于)昭穆之上故七廟可存若夏繼唐虞功非由鯀漢除秦項力不因堯及魏晉經圖周隋撥亂皆勛隆(會要作崇)近代祖業非遠受命始封之主不離昭穆之親故肇立宗祊罕聞別(一作全)制夫太祖以功建昭穆以親崇有功百代而不遷親盡七葉而當毀或以太祖代淺廟數非備更(會要作至)於昭穆之上遠立合遷之君曲從七廟之文深乖迭毀之制皇家千齡啓旦四(會要作六非)葉重光景皇帝濬德基(會要作啓)唐代數猶近號雖稱(一作崇)於太祖親尚列於昭

穆且臨六室之位未申七代之尊是知太廟當六未合有七故先朝未有宣光景元神堯文武六代親廟大帝登遐神主升祔於廟室以宣皇帝代數當滿準禮復遷今還止有光皇帝以下六代親廟非是天子之廟數不當有七本由太祖有遠近之異故初建有多少之殊敬惟三后臨朝代多儒雅神祊事重禮豈虛存規模可沿理難變革宣皇既非始祖又廟無祖宗之號親盡既遷其廟不合重立若禮終運往建議復崇實（通典作恐）違王制之文不合先朝之旨請依貞觀之故事無改三聖之宏規光崇六室不虧古議謹議（一作皆舊唐書志）

廢隱太子等四廟議　裴子餘（開元三年）

議曰謹按前件四廟等並前皇嫡嗣（一作亂）殞身昭代聖人（一作上）哀骨肉之深錫蒸嘗之厚憲章往昔垂法（一作範）將來今欲使陵廟有憑神靈是享故禮曰禮從宜又曰夫孝者善繼人之志善述人之事禮從宜者明可置也善繼志者不可改也我太宗文武聖皇帝功成理定制禮作樂太上皇能事斯畢窅然高視皆以禮順於情情通則類應樂感於物物感則德和所以深悼友于敬申孝享範圍軌躅潤色鴻名昔嫄廟列周戾園居漢並位非七代置在一時斯並前史（一作代）宏規後賢令範固知父子之愛兄弟之恩情有所殷（會要作殺）方從大教又按春秋狐突適下國遇太子使登僕曰予將以晉畀秦秦將祀予此則太子之言無復明

矣對曰神不歆非類人不祀非族君祀無乃殄乎此則晉有其祀立廟必也（一作矣）雖史有詳畧而微旨見存又定公元年立煬宮經傳更無異說鄭玄注云煬公伯禽之子季氏禱而立其宮也竊以宮廟國號建立不殊季氏陪臣煬公遠祖因禱立廟尚不爲嫌豈與夫睿聖深恩（會要作因心）闡揚至化篤惟親之祀垂可（會要作永）久之法考之漢儲晉嫡則如彼言乎周廟魯宮則如此豈可使晉求秦祀戾匪漢思所枉者深所直者鮮黷神慢禮理必不然昔炎德撫秦自以功高百代天下郡國皆立高廟二祧不遷九祖並享三分國用四海共違徙議廢興竟無得失既而疾因夢譴嗣闕承祧雖天道有因亦人事何補既非此例不假推揚但樂有差等禮亦異數恭聞正議虔訪有司金石取象於軒懸牢禮不虧於乾豆談樂廢廟絕恩棄德神之無形亦可欺也又按周禮官有其職修其事若廢官去職何以敬神失敬與誠何以降福且尊以儲后位絕諸侯謚號既崇官吏有典去羊存朔非禮所安徇利忘禮何以爲國謹議（一作皆通典）

同前　段同泰

議曰古先哲王作範貽訓不背時而立矩必隨俗而裁規由是因人以設教從宜而制禮苟反經以合禮膠柱以調弦故三代所以損益不同百王所以昇降斯別伏據隱太子章懷節愍懿德等皆禀殊恩式創陵寢一蓋蘋藻驟移

壇柘豈非睦親繼絶悼往推恩者歟光漢置奉園晉修虞祀書稱咸秩禮記(舊唐志作記會要作祀)百神紛綸葳蕤可略言矣按陳貞節奏狀云伏見隱太子章懷節愍懿德太子等四廟遠則從祖近則堂昆並非有功於人立事於代而寢廟相屬祼獻連時又引漢元帝朝貢禹奏及丞相韋玄成匡衡等議以爲先王典禮不可越者臣愚以爲貢禹上書匡衡奏記理異於此事匪其倫何者上述祖宗遠論壇墠徃復於商周之際徘徊於遷毀之間隱太子等並特降絲綸別營祠宇義殊太廟恩出當時如逝者之錫蘋蘩亦猶生者之開茅土寵章所及誰謂非宜且自古帝王建封子弟寄以維城之固咸登列郡之榮豈必有功於人立事於代

生者曾無異議逝者輙此奏停雖存歿之迹不同而君親之恩何別此則輕重非當情禮不(會要作宜)均神道同是難誣人情孰云其可又奏狀云合樂登歌有同列帝者隱太子等廟比來祼享皆稟舊章牲止少牢舞纔六佾進無季氏之僭退用諸侯之禮恭惟故實未爲乖謬自兹以降斷亦可知又據匡衡議恩奉太子后園親未盡謹檢(會要作亦)隱太子是皇帝曾伯祖本服緦麻章懷是伯父本服周年懿德節愍咸是堂昆本服大功親並未盡廟不合廢又準禮有以舉之莫敢廢也故劉歆以爲德薄者流卑德盛者流光禮無所不順故無廢廟又漢司徒掾班彪云貢禹毀宗廟匡衡改郊兆皆數復紛紛不定者何禮文缺微古今異制各爲一家未易可偏定也考觀諸儒之議劉歆傳而篤矣據班彪之言足明古今異制禮合從宜按匡衡之議奉太子等以親未盡不毀斯則遠窺青史無可廢之文上固皇枝有深根之美一朝罷廢竊爲不可隱太子陵廟等權與建立素非禮官詳定蓋是恩從中來斯事非外獎至如漢置奉園睦親也晉修虞祀繼絶也索神以祭則旁洽百靈咸秩無文則遠霑累代且匱神乏祀春秋所非陵岡在原詩人攸歎國家仁及草木孝通神明澤既漏於三泉恩亦覃於九族豈有遠則堂伯祖近則堂諸昆服未絶於緦麻情見遺於黍稷臣愚以爲置之則綴族廢之則收恩綴族則廟存收恩則享絶事關聖慮奏定爲宜謹議

太廟遷祔議　陳貞節(蘇獻等議開元四年)

議曰禮天子三昭三穆與太祖爲七昭穆迭毀而太祖常存聖人之大典也若禮名不正則莫獻無叙矣謹按孝和皇帝在廟七室已滿今睿宗大聖真皇帝是孝和之弟甫及仲冬禮當遷祔但兄弟入廟古則有焉遞遷之禮昭穆須正謹按禮論晉太常賀循議云禮兄弟不相爲後也故殷之盤庚不序湯甲而上繼於先君漢之光武(唐志如此英華作武宜非)不嗣於孝成而承於元帝又曰晉惠帝無後懷帝承絶(一作統)懷帝自繼於世(唐諱)祖而不繼於惠帝其晉惠帝當同湯甲孝成別出爲廟又曰若兄弟相代則共是一代昭穆位同不可兼毀二廟此蓋禮之常例也荀卿子曰有天下

（二字一作位天子）者事七代謂從禰以上也尊者統廣故恩及遠祖若傍容兄弟上毁祖考此則天子有不得全事於七代之義也孝和皇帝有中興之功而無後嗣請同殷之湯甲漢之成帝出爲別廟時祭不虧大祫之辰合食太祖奉睿宗神主昇祔太廟上繼高宗則昭穆永貞獻祼長序禮也此萬代之典敢不颺言謹議（一作皆舊唐書志）

論肅明皇后請別立廟議　前人

議曰禮宗廟父昭子穆皆有配座每室一帝一后禮之正儀自夏殷而來無易茲典伏惟昭成皇太后有太姒之德以配食於睿宗則肅明皇后無帝（舊唐書志作啓）母之尊自應別立一廟謹按周禮云奏夷則歌小呂以享先妣者姜嫄也

姜嫄是帝嚳之妃后稷之母特爲立廟名曰閟宮又禮論云晉伏系之議云晉簡文鄭宣后既不配食乃築宮于外歲時就廟享祭而已今肅明皇后無祔配之位請同姜嫄宣后別廟而處四時享祀一如舊儀謹議

遷廟議　權德輿（貞元十五年九月）

今年夏四月禘享于太廟太祖景皇帝東嚮之位并遷廟之位又伏准今月十六日勑帝祫之祭禮之大者先有衆議猶未精詳宜更令百僚議限至二十六日內聞奏者臣聞禮有五經莫重於祭祭稱百順實受其福故曰萬物本乎天人本乎祖以太祖始封之重當殷祭東向之尊百代不遷下統昭穆此孝享嚴禋之極制也周自后稷十六代

至武王毁廟遷主皆太祖之后故序列昭穆合食無嫌漢之太上皇主瘞于園寢尋置別廟是爲屬尊故周漢皆太祖之位正自魏至隋則虛其位魏明帝祔以太上（集無上字）皇別廟未成故權設對祫後有司定七廟之制太祖以下爲昭穆二祧旋至三少帝運移於（集作于）晉晉不以兄弟爲代數故元帝上繼武帝簡文上繼元帝至安帝時然後征西至京兆四府君遷盡未及殷祭運移于宋初永和中疑四府君主所藏之禮詔公卿博議范宣請（文粹有特字）築一室荀泓請室朽乃止蔡謨亦請改築別室若未展者當入就太廟以征西府君東嚮議竟不行宋齊梁陳北齊周隋悉虛其位以待太祖皆以短祚其禮不申則自魏以降太祖列

昭穆之位非遍例也武德中親廟四自宣簡公而下貞觀中立七廟六室自弘農府君而下開元中始制九廟追尊獻懿祖故自武德至于開元太祖在四廟七廟九廟之數則東向之虛又非例也廣德二年將及殷祭有司以二祖親盡當遷太祖九室既備其年冬祫於是正太祖於東向藏二主於夾室凡十八年矣建中二年冬祫有司誤引蔡謨征西之議以獻祖居東向懿祖爲昭太祖爲穆此誠乖儀（一作疑）倒置之大者也議者或引春秋禹不先鯀湯不先契文武不先不窋以爲證且湯與文武皆太祖之後理無所疑至於禹不先鯀安知說者非啓於太康之代而左丘明因而記之耶向者有司以二主藏夾室非儀（文粹集本作宜）則

可闕殷祭非敬則可處東向之位則不可是以貞元七年
冬太常上奏請下百寮僉議詔可其奏八年春有于頎等
一十六狀至十一年又詔尚書省集議有陸淳宇文炫一
狀前後與同有七家之說至於藏夾室虛東向遠遷園寢
分饗禘祫如（集作加）幣玉虞（集作虛）主而枚卜瘞埋援（集作廥）引
滋多皆失禮意臣等審細討論惟置別廟及祔于德明興
聖二說最爲可據德明興聖之廟從（集作循）別廟也等于（集作於）
創立此又易行伏以德明皇帝於舜禹之際與稷契同
功契後爲殷向五百年稷後爲周逾八百年德明流光無
窮啓皇運于后景福靈長與天地準又獻懿二祖於興聖
皇帝爲曾玄猶周人祔於先公之祧也此亦亡於禮之（文粹

無此二字）禮者也明尊祖之道正大祭之儀（集本文粹作義）禮文祀典
莫重於是凡議同者七狀百有餘人其中明儒禮官講貫
詳熟臣於貞元八年蒙聖恩以博士徵至京師屬當會議
時與崔儆劉執經同狀十一年臣官備近侍不在議（集本文粹作議禁）
中乃今累叨忝獲二宗伯職業所守典禮是司研考
古今蹩竭愚管豈敢以疑文虛說黷陛下嚴敬重難之心
其夾室等五家不安之說謹具六條上伏惟聖慮裁擇謹議

同前　　元稹

謹按禮官以順宗至德大聖大安孝皇帝神主升祔則中
宗太和大聖昭孝皇帝神主當爲代數當遷之廟議者云中
宗復辟中興當爲百代不遷之廟臺省官等又議云則天
爲居攝則中宗非中興之主不得爲不遷之廟以愚所裁
皆非得禮之中也按禮官爲臺省官等議但以爲中宗非
中興故不得爲不遷之宗皆曾不知雖實爲中興亦不得
爲不遷之廟何則祖有功而宗有德蓋爲始有功者爲祖
始有德者爲宗非謂後代有功有德者盡爲祖宗也按禮
緯云唐虞立二昭二穆與太祖之廟爲五夏不立太祖之
廟四廟而已至後代以禹爲宗亦立五廟其餘仲康後厥
位少康代寒浞豈非嗣夏中興哉並無祖宗之號至殷以
契爲始祖初立五廟後代以湯爲宗遂立六廟太戊武丁
之徒雖有中宗高宗之名蓋子孫加之懿號而已亦無不
祧之說周人以后稷爲始祖後代又祖文王而宗武王遂

立七廟唐虞殷周雖立廟之數不同其實親親之廟皆以
四爲準禮記王制云天子七廟三昭三穆與太祖之廟而
七蓋后稷文武三廟爲不遷其餘成康已降盡爲祧廟故
周禮守祧註云先公之祧祔於（集作于）后稷之廟先王之祧
祔於文武之廟若以爲後代有功有德者盡爲不遷之廟
則成康刑措宣王中興平王東遷（集作周）之始王並無（集作盡爲）
不祧之說豈非有功有德哉蓋以爲七廟之數既定若親
盡之廟不毀則親親之昭穆無所設矣故不得不祧耳至
漢承秦滅學之後諸儒不通大義匡衡貢禹之徒遂建議
云高帝爲太祖孝文爲太宗孝武爲代宗孝宣爲中宗惠
景已下爲遷廟適值漢祚不永昭成已降德不逮於四君

向若漢有八百之祚繼德之君有若孝文孝武者七人盡爲不遷之廟豈可後代遂爲不祀其祖禰哉不經之言孰甚於此又有以七廟之外別立祖宗之廟爲說者以理推之尤爲不可借（集作假）如聖朝以景皇帝爲太祖神堯大聖大光孝皇帝爲高祖文武大聖大廣孝皇帝爲太宗別立昭穆之廟六合不遷之廟爲九盡以爲積厚者流澤廣故以增親親之廟六矣夫傳無窮者爲萬代計國家以聖生聖以明繼明無非有德之宗盡是有功之祖則有祖有宗（集作百祖千宗）盡居（集作歸）別廟於禮又可乎必若俟其褒貶然後定祧遷則是臣子有輕議之非萬代無可傳之法考殷周則無據言情（集有酌字）禮則兩乖酌（集作考）古宜今孰云可者也

若削漢朝不經之說徵殷周可久之文從親盡則遷之常規爲百（集作萬）代不朽之定制（集作計）不易親親之祀終無它惑之疑誡一王盛典也謹議

重修伍員廟　李善夷

伍相公員也廟在澧江之渚自爲寇之擾爲兵火所焚爲野火所燎爲風雨所壞爲江浪所侵垂二十年向爲墟矣雖有鍾山將侯之驗其神亦無所依止澧守欲重建廟宇里人曰不可員楚之仇也鞭我死君其過也甚又曰員孝於父者其廟廢之則無以旌其孝建之則無以勸其忠太守不決一日問余愚曰太守不知伍員非不忠於君者楚平王非員之君也書曰普天之下莫非王土率土之濱莫非王臣楚之君即非天子也當平王之時君上乃周景王也楚子實天子之臣員即楚之陪臣吳楚之君乃五等封以其國迫近蠻夷地雖廣不得爲侯伯而爲子男故仲尼修春秋吳越楚雖大而不稱王止稱吳子越子楚子而已王乃彼之自僭則欺天欺天則安得其下不逆夫覆載之內天子爲君上固不可異二諸侯賜弓矢然後征賜斧鉞然後殺楚子諸子觀兵滅國無代無之子胥周之臣也君在上不欺天者忠也復父仇者孝也忠孝既備安得無馨香之祀乎

文苑英華卷第七百六十三

文苑英華卷第七百六十四　議四

祭祀

先代帝王及先聖先師議一首
昊天上帝及五帝異同議一首
論配坐議一首　功臣配饗議一首
禘祫議一首　加籩豆增服紀議二首
景皇帝配昊天上帝議一首
禘祫議一首　敬鬼神議一首

先代帝王及先聖先師議（顯慶二年七月十七日）

長孫無忌（許敬宗同議）

議曰謹按禮記祭法云聖王之制祀也（舊唐志作功）法施於人則祀之以死勤事則祀之以勞定國則祀之能禦大災則祀之能捍大患則祀之又云堯舜禹湯文武皆有勳烈於人及日月星辰人所瞻仰非此族也不在祀典準此帝王合與日月同例恒加祭饗議在報功爰及隋代並遵斯典其漢高祖祭法無文但以前代迄今多行秦漢故事始皇無道所以棄之漢祖典章法垂於後自隋已上亦在祀例伏惟大唐稽古垂化網羅前典唯此一議（一作禮）咸秩未申今新禮及令無祭先代帝王之文今請聿遵故實（唐志作事）修附禮令依舊三年一祭仍以仲春之月祭唐堯于平陽以契配祭虞舜於河東以咎繇配祭夏禹于安邑以伯益配祭殷湯于偃師以伊尹配祭周文王于酆以太公配祭周武王于鎬以周公召公配祭高祖于長陵以蕭何配又按新禮孔子爲先聖顏回爲先師又準貞觀二十一年詔亦以孔子爲先聖更添左丘明等二十二人與顏回俱配尼（通典作宣）父於太學並爲先師今據永徽令改用周公爲先聖遂黜孔子爲先師顏回丘明並爲從祀謹按禮記云凡學春官釋奠於其先師鄭玄注云官謂詩書禮義（通典作禮樂詩書）之官也先師者若漢禮有高堂生樂有制氏詩有毛公書有伏生可以爲師者又禮記云始立學釋奠于先聖鄭玄注云若周公孔子也據禮爲定昭然自別聖則非周即孔師則偏善一經漢魏以（會要作已）來取捨各異顏回夫子互作先師周公宣公迭（通典作更）爲先聖求其節文遞爲得失所以貞觀之末（通典作制）親降綸言依禮記之明文酌康成之奧說正夫子爲先聖加衆儒爲先師永垂制於後昆革往代之訛謬而今新令不詳制旨輒事刊（通典作更）改遂違明詔但成王幼年周公踐極（通典作攝政）制禮作樂功比帝王所以禹湯文武成王周公爲六君子又說明王孝道乃述周公嚴配此即周公（會要作姬旦）鴻業合同王者祀之仲尼生衰周之末拯文喪之弊祖述堯舜憲章文武弘聖教於六經闡儒風於千代（通典作載）故孟軻稱生靈以來一人而已自漢以來（會要作降）奕葉封（通典作繼）侯崇奉其聖迄於今日胡可降茲上哲貶乎（通典會要作俯人）先師且又丘明之徒見行其學貶爲從祀亦無故事今請改令從詔於義爲允其周公仍依別禮配享

武王謹議

此篇自祭唐堯至準貞觀共八十八字英華元脫去

今以舊唐志會要添入

昊天上帝及五帝異同議

議曰依（舊唐志作據）祠令及新禮並用鄭玄六天之議（通典會要作義）圓丘祀昊天上帝南郊祭（通典作祠）太微感帝明堂祭太微五天帝臣等謹按鄭玄此義唯據緯書所說六天皆謂（通典作爲）星象而昊天上帝不屬穹蒼故注云月令及周官皆謂圓丘所祭昊天上帝爲北辰星曜魄寶又說孝經郊祀后稷以配天及明堂嚴父以配天皆爲太微五帝考其所說殊乖（諸本作舛）謬特深按周易云日月麗乎（唐志作於會要作于）天百穀草

木麗乎（同上）地又云在天成象在地成形足明辰象非天草木非地毛詩傳云元氣廣（諸本作昊）大則成昊天據遠視之蒼然（六字諸本作遠視蒼蒼）則稱蒼天此則天以蒼昊爲體不入星辰之例且天地各一是曰兩儀天尚無二焉得有六是以王肅羣儒咸駁此義又檢太史圓丘圖昊天上帝外別有北辰坐與鄭義不同得太史令李淳風等狀稱昊天上帝圖位自在壇上北辰自在第三（通典會要作二）等與北斗並列（通典作別）爲星官內坐之首不同鄭玄據緯書之（唐志通典作所）說此乃羲和所掌觀象制圖推步有徵（通典作恒）相沿（唐志通典作緣）不謬又按史記天官書等太微宮有五帝者自是五精之神五星所奉以其是人主之象故況之曰帝亦如房心爲天王之例

（諸本作象）豈是天乎周禮云兆五帝於四郊又云祀五帝則掌百官之誓戒唯稱五帝皆不言天此自太微之神本非昊天（諸本作穹昊）之祭又孝經惟云郊祀后稷無別（通典作別無）圓丘之文王肅等皆以爲郊即圓丘圓丘即郊猶王城京師異名同實符合經典其義甚明而今從鄭說分爲兩祭圓丘之外別有南郊違棄正經理深未允且校吏部式惟有南郊陪位更不別載圓丘式文既遵王肅祠令仍行鄭義令式相乖理宜改革又孝經云嚴父莫大於配天下文即云周公宗祀文王於明堂以配上帝則是明堂所祠正在配天而以爲但祭星官文違明義又按月令孟春之月祈穀於上帝左傳亦云凡祀啓蟄而郊郊而後耕故郊祀后稷

以祈農事然則啓蟄郊天自以祈穀謂爲感帝之祭事甚不經今請憲章姬孔取王去（唐志作考取王）鄭四郊迎氣存太微五帝之祀南郊明堂廢緯書六天之義其方丘祭地之外別有神州謂之北郊分地爲二既無典據理又不通亦請合爲（會要作於）一祀以符古義仍並請循（唐志作條）附式令永垂後則謹議

論配坐議（文粹作唐太宗皇帝配天議）　前人（顯慶元年）

議曰臣等謹尋方冊歷考前規宗祀明堂必配上帝而伏羲五代本配五郊預入明堂自緣從祀今以太宗作配理有未安伏見永徽二年七月詔建明堂伏惟陛下天縱孝（舊唐志作聖）德追奉太宗以（唐志文粹作巳）遵嚴配當時高祖先在明

堂禮司致惑竟未遷祀率意定儀遂便著令乃以太宗文皇帝降配五人帝雖復亦在明堂不得對越天地深乖明詔之意又與先典不同謹按孝經曰（二本作云）孝莫大於嚴父嚴父莫大於配天昔者周公宗祀明王於明堂以配上帝伏尋詔意義在於斯今所司行令殊爲失旨又尋漢魏晉宋歷代禮儀並無父子同配明堂之儀（二本作義）唯法云周人禘嚳而郊稷祖文王而宗武王鄭玄註曰禘郊祖宗謂祭祀以配食也禘謂祭昊天於圓丘郊謂祭上帝於南郊祖宗謂祭五帝五神於明堂也尋鄭玄（二本作出）註乃以祖宗合爲一祭又以文武共在明堂連祏配祠（唐志作祀）良爲謬矣故王肅駁曰古者祖有功而宗有德祖宗自是不毀之名非

謂配食於明堂者也審如鄭義則孝經當言祖祀文王於明堂不得言宗祀也凡宗者尊也周人既祖其廟又尊其祀孰謂祖於明堂者乎鄭引孝經以解祭法而不曉周公本意殊非仲尼之義旨也又解宗祀武王云配勾芒之類是謂五神位在堂下武王降位失君叙矣又按六韜云武王伐紂雪深丈餘五車二馬行無轍跡詣營求謁武王怪而問焉太公對曰此必五方之神來受事耳遂以其名召入各以其職令（唐志作命）焉既而克殷風調雨順豈有生來受職殁則配之降尊敵卑理不然矣故春秋外傳曰禘郊祖宗報五者國之祀典也傳言五者故知各是一事非謂祖宗合祀於明堂也臣謹上考殷周下洎貞觀並無一代兩

帝同配於明堂唯南齊蕭氏以武明昆季並於明堂配食事乃不經不（二本作未）足援據又檢武德時令以元皇帝配於明堂兼配感生帝至貞觀初緣情革禮奉祀高祖配於明堂奉遷代祖專配感帝此則聖朝故事已有遞遷之典取法宗（文粹作崇）廟古之制焉伏惟太祖景皇帝締構（唐志作構室）有周建絕代之丕業啓祚汾晉創歷聖之洪基（文粹作曆聖之洪緒）德邁發生道符立極又代祖元皇帝潛鱗韜慶屈道事周導濬發之靈源肇光宅之垂裕稱祖清廟萬代不遷請停配祀以符古義伏惟高祖太武皇帝躬受天命奄有神州創改制物（文創作粹改舊物）體元居正爲國始祖抑有舊章昔者（文粹作有）炎漢高帝當塗太祖皆以受命例並配天請遵故實奉

祀高祖於圓丘以配昊天上帝伏惟太宗文皇帝道格上玄功清下黷拯率土之塗炭布大造於生靈（唐書作協天造於上靈）請准詔書宗祀於明堂以配上帝又請依武德故事並（二本作兼）配感帝作主斯乃二祖德隆（文粹作業）永不遷廟兩聖功大各得配天遠協孝經近申詔意臣等叨濫職定彝章敢執禮經昧死陳情（疑作請）謹議

功臣配饗議　顏師古（貞觀十六年）

議曰竊以肅恭禋祀經邦彝訓追遠念功歷代鴻典故當立文定制適事從宜垂裕後昆永貽憲則聖皇馭寓玄化醇深錯綜遺文苞括舊藝於穆清廟備孝享於吉蠲股肱良哉豫銘常之配侑爰發明詔俾命率由秩宗致請博謀

僚列淺聞寡見無足觀採但禮經殘缺年載遐深傳習各殊執見靡一爾雅說祀禘為大祭公羊義大事謂祫何休所釋又異鄭玄然皆一配之文曾無重祝之證是非衆論雖曰踳駮隆殺二端厥趣可覩謹按祫者合食禘乃禘祭禘小於祫理則非疑商書稱從與其大享周礼著祭於大蒸是知小祀不及功臣其事又無可惑魏晉以降莫不遵行中間雖經差失梁朝又以矯正有齊立號朝宗河朔周氏命曆卜食咸陽修定禮義皆有憑據同遵此典未嘗釐革今欲更改實謂非宜六經莫見斯文三雍不顕（會要作揚）其跡悠悠之論蔑足云也且夫無豐于昵昔賢著誡瀆則不敬祀典明文徒見異端假從臆說煩而非當於義無取又

尋古之配祭皆在於冬據其時月益明非禘况乎臣之立功各因所奉享祀之日從主升配禘之為祭自於本室廟未毀者不至太祖之庭君既不來而臣獨當祀列對揚尊極乃非所事豈容山河之誓務乎殷重霜露之感從於簡畧論情即理孰曰可安今請祫配功臣禘則不豫（會要作及）依經合義進退為允謹議

禘祫議（上元三年）　史玄璨

議曰按禮三年一祫五年一禘公羊傳云五年而再殷祭兩文雖互其義畧同禮記正義引（通典會要作列）鄭玄禘祫志云春秋僖公三十三年十二月薨文公二年八月丁卯大事（諸本作享下同）于太廟公羊傳云大事者何大祫也是三月喪畢新君二年當祫明年春（唐志作當）禘于羣廟僖公（二字唐志作又宣公八年禘僖公也）宣公八年皆有禘則後禘去前禘五年以此定之則新君二年祫三年禘自爾以後五年而載（諸本作再）殷祭則六年當祫八年當禘又昭公十年齊歸薨至十三年喪畢當祫為平丘之會冬公如晉（通典會要作齊）至十四年祫十五年禘傳云有事于武宮是也至十八年祫二十年禘二十三年祫二十五年禘昭公二十五年有事于襄公是也如上所云則禘已後隔三年祫祫已後隔二年禘此則有合禮經不違傳義謹議

加籩豆增服紀議　崔沔（開元二十三年）

議曰伏準今月十八日恩敕節文宗廟致享務在豐潔禮

經沿革必本人情籩豆之薦或未能備物服制之紀或有所未通者謹按太常奏狀陸海所產鮮美之味隨所有者皆充祭用今既湏豐理應加數宗廟之奠每座籩豆各加十二者臣竊聞識禮樂之情者能作知禮樂之文者能述述作之義聖賢所重禮樂之本（文粹作制）古今所崇變而通之所以久也所謂變者變其文也所謂通者通其情也祭祀（通典作礼）之興肇於太古人所飲食必先嚴獻未有火化茹毛飲血則有毛血之薦未有麴蘖汙罇杯飲則有玄酒之奠施及後王禮物漸備作為酒醴伏（會要作用）其犧牲以致馨香以極豐潔故有三牲八簋之盛五齊九獻之殷然以神道至（文粹作尚）玄可存而不能（文粹會要作可）測也祭禮至（文粹作主）敬可備

而不敢（通典作可）褻也是以毛血腥爛（文粹作血腥爛孰）玄罇犧象麈
不畢登於明薦矣然而薦貴於新味不尚褻雖則備物猶
存節制故禮云乃天之所生地之所長苟可薦者莫不咸
在備物之情也又曰三牲之俎八簋之實美物備矣昆虫
之異草木之實陰陽之物備矣此節制之文也鉶俎籩豆
簠簋罇罍之實皆周人之時饌也其用通於燕饗賓客而
周公制禮咸（文粹有異字）與毛血玄酒同薦於先晉中郎盧諶
近古之知禮者也著家祭禮觀其所薦皆晉時常食不復
純（文粹作盡）用禮之舊文然則當時飲食不可闕於祀（文粹作祠）祭
明矣是變禮文而通其情也我國家由禮立訓因時制範
考圖史於前典稽周漢之舊儀清廟舊時享祀（四字諸本作享特）

禮饌畢陳用周之制也而古式存焉園寢上食時膳具設
遵漢法也而珍味極焉職貢來（一作助）祭致遠物也有新必
薦順時令也苑囿之內躬稼所取蒐狩之時親發所中莫
不割鮮擇美薦而後食盡誠敬也若此至矣復何加焉但
當申勑有司祭如神在無或簡怠增勗（文粹作勗增）虔誠其進
貢珍羞或時物（會要作及時）鮮美考諸祀（通典文粹作祠）貢典有所漏
略皆詳擇名目編諸甲令因宜而薦以類相從則新鮮肥
濃盡在是矣不必加於籩豆之數也至於祭器隨物所宜
故大羹古食也盛於甄甄古器也和羹時饌也盛於鉶鉶
時器也亦有古饌而盛於時器也故毛血盛於盤玄酒盛
於罇未有薦時饌而追用古器者由古質而今文便於事

也雖加籩豆十二味足以盡天下美物而措諸清廟有兼
倍之名近於後矣昔魯人丹桓宮之楹又刻其桷春秋書
以非禮禦孫諫曰儉德之恭也侈惡之大也先君有恭德
而君納諸惡無乃不可乎是不以越禮而享宗廟（四字文粹作而崇侈於宗廟）也又據漢書藝文志墨家之流出於清廟是以貴
儉由此觀之清廟之不尚於奢舊矣太常所請恐未可行
又按太常奏狀今酌獻酒爵制度全小僅未（通典作無）一合執
持甚難不可全依古制循望稍須廣大者（文粹作臣）竊據禮文
有以小為貴者獻以爵貴其小也不可反制（諸本作小不及制）敬
而非禮是有司之失其傳也固可隨失釐正無待其（諸本並無其字）議而後革然禮失於敬猶奢而寧儉非大過也未知今

制何所依準請兼詳令式據文而行又按太常奏狀外祖
父母服請加至大功九月姨舅加至小功五月堂姨舅舅
毋服諸加至祖免竊聞大道既隱天下為家聖人因之然
後制禮禮教之設本於（舊唐志作為）正家家道正而天下定矣
正家之道不可以二（唐志作）惣一之（唐志作定）義理歸本宗父以
尊崇毋以厭降豈忘愛敬宜存倫序是以內有齊斬外皆
緦麻尊名所加不過一等此先王不易之道也前聖所志
後賢所傳其來久矣昔辛有適伊川見被髮而祭於野者
曰不及百年此其戎乎其禮先亡矣往修新（唐志會要作貞觀修）禮
時改舊儀（唐志會要作章）漸廣渭陽之恩不遵（會要作尊）洙泗之典及
弘道之後唐元（會要作隆乃明皇諱）之間國命再移於外族矣禮云

徵兆儻或斯見會要作因斯見矣天人之際可不誠哉開元初補闕盧履冰嘗進狀論喪服輕重勑令僉議于時羣會要作衆議紛拏各安所唐志會要作積習太常禮部奏依舊定皇帝唐志會要作陛下運稽古之思發獨斷之明至開元八年特降別勑一依古禮事復典故唐志作故實人知方向式固宗盟社稷之福更圖異議竊所未詳願守八年明旨以為萬代成法謹議

同前　　楊仲昌

議曰伏奉去月二十七日勑太常卿韋縚奏稱正月十八日恩赦節文籩豆之薦或未能備物服制之紀或有所未通宜令禮官學士詳具奏令諸馨香之物甘旨新鮮肥濃之味陸海所產皆充祭用每座籩豆各加十二酒爵制度

亦令廣大者徧學固陋嘗聞於師謬忝廷議之末思答守官之用謹按禮曰夫祭不欲煩煩則黷文粹有制字亦不欲簡簡則怠又鄭玄云人生尚褻食鬼神則不然神農時雖有黍稷猶未有酒醴及後聖作為醴酪猶存玄酒示不忘古春秋曰蘋蘩薀藻之菜潢汙行潦之水可羞於王公可薦於鬼神又曰大羹不致唐志作和粢食不鑿此明君人者有國奉先敬神嚴享豈肥濃以為尚唐志文粹作上將儉約以表誠則陸海之物鮮肥之類既乖禮云文粹作文之情而變作者之法皆充祭用非所詳也會要作宜易曰樽酒簋貳用缶納約自牖此明祭存會要作尚簡易不在繁奢所以一樽之酒二簋之奠為明祀也抑又聞之夫義以出禮禮以體政違則有紊是稱不經薦肥濃則褻味有登加籩爵則事非師古與其別行新制寧如謹守舊章又漢家園陵八節上食自茲以降代行其典國初貞觀之後禮法刊定今陵寢見有八節之奠兼朔望常食聖心追遠每物加薦不敢黷於宗廟請施會要作有行字之於園陵愚忝主司頗非知禮布之執事惟裁擇焉

又外祖父母請加至大功九月姨舅齊類加至小功五月堂姨舅舅母並請加至祖免者謹按會要作臣聞儀禮曰外祖皆緦又曰外祖父母以尊加從母以名加並為小功五月其為舅緦鄭文貞公魏徵已議同從母例加至小功五月訖今之所加豈異前旨雖文貞賢也而周孔聖也以賢改聖後學何從堂舅堂姨舅母並升為祖免則何以祖述禮經乎如以外祖父母加至大功則豈無加報於外孫乎如以外孫為報服大功則本宗庶孫何同等而相陵乎儻必如是深所不便竊恐內外乖序親疏奪倫情之所沿何所不至理必然也昔子路有姊之喪而不除孔子問之子路對曰吾寡兄弟而不忍也子曰先王制禮行道之人皆不忍也子路聞而遂除之此則聖人因言以立訓援事而抑情是明例也禮不云乎無輕議禮明其蟠於天地並彼日月賢者由之安敢小有損益也況乎喪服之紀先王大猷奉以周旋以匡人道一詞寧措千載是遵涉於異端豈曰弘教伏望各依正禮以厚儒風太常所請增加愚見以為不可謹議

右二篇舊唐志・會要通典以服紀不當入祭祀遂並
分兩處唯英華總爲一議蓋元詔併指二事當仍英
華之舊

景皇帝配昊天上帝議　獨孤及（永泰二年）

謹按禮經王者禘其祖之所自出而以祖配之凡受命始
封之君皆爲太祖繼太祖（唐志會要作已）下六廟則以親盡迭毀
而太祖之廟雖百代不遷此五帝三王所以尊祖敬宗也
故受命於神宗禹也而夏后氏祖顓頊而郊鯀纘禹黜夏
湯也而殷人郊冥而祖契革命作周武王也而周人郊稷
而祖文王則自古必以首封之君配昊天上帝唯漢氏崛
起豐沛豐公太公皆無位無功德不可以爲祖宗故漢以

高皇帝爲太祖其先世微故也非足爲後代法伏惟太祖
景皇帝以柱國之任翼周弼魏肇啓（文粹作成）王業建封于唐
高祖因之遂以爲有天下之號天所命也亦猶契之封商
后稷之封邰郊禘祖宗之位宜在百代不遷之典郊祀太
祖宗祀高祖猶周之祖文王而宗武王也今若以高祖創
業當躋其祀是棄三代之令典尊（文粹會要作遵）漢氏（文粹作代）之末
制黜景皇帝之大業同於豐公太公之不祀反古違道斯
（文粹作失）孰甚焉（舊唐志作孰莫大焉會要作孰將甚焉）夫追尊景皇帝廟號太
祖高祖太宗所以崇尊（會要作尊崇）之禮也若配天之位旣易
（唐志作異）則太祖之號宜廢祀之不修廟亦當毀尊祖報本之
道其墜於（唐志作于）地乎漢制擅議宗廟以大不敬論今武德

貞觀之憲章未改國家方將[illegible]敬祀事以和神人禘郊之間
恐非所宜言（文粹作臣）謹稽禮之舊文參諸夏殷周漢故事配
食天地之制（自謹稽至此二十字唐志作謹稽禮文參諸往制）請仍舊禮（文粹作典）謹
議

禘祫議　韓愈（貞元十八年）

右今月十六日勑旨宣令百寮議限五日內聞奏者將仕
郎守國子監四門博士臣韓愈謹獻議曰伏以陛下追孝
祖宗肅恭（集作敬）祀事凡有疑（三字集在凡在擬議）不敢自專率求厥
中延訪羣下然而禮文繁漫所執各殊自建中之初迄至
今歲屢經禘祫未合適從臣生遭聖明涵泳恩澤雖賤不
及議而志切（集作在）効忠今輒先擧衆議之非然後申明其

說一曰獻懿廟之主（集作之祖）宜永藏之夾室臣以爲不可夫
祫者合也毀廟之主皆當合食於太祖獻懿二祖即毀廟
主也今雖藏於夾室至禘祫之時豈得不食於太廟乎名
曰合祭而二祖不得登（集作祭）焉不可謂之合矣二曰獻懿
廟主宜毀之宜瘞之（六字集作宜毀而瘞之）臣又以爲不可謹按禮
記云（集無云字）天子立七廟一壇一墠其毀廟之主皆藏於祧
廟雖百代不毀祫則陳於太廟而饗焉自魏晉以降始有
毀瘞之議事非經據竟不可施行今國家德厚流光創立
九廟以周制推之獻懿二祖猶在壇墠之位況於毀瘞而
不禘祫乎三曰獻懿廟主各宜遷於其陵所臣又以爲不
可二祖之祭於京師列於太廟也五百年矣今一朝遷之

豈惟(文粹有使字)人聽疑惑抑且二祖之靈眷顧依遲(集作遅)不即饗於下國也四曰獻懿廟主宜附於興聖廟而不禘祫臣又以爲不可傳曰祭如在景皇帝雖有太祖其屬乃獻懿之子孫也今欲正其子東饗之位廢其父之(杭本作子)大祭固不可爲典矣五曰獻懿二祖宜別立廟於京師臣又以爲不可夫禮有所降情有所殺是故去廟爲祧去祧爲壇去壇爲墠去墠爲鬼漸而遠之(集作違之)其祭益稀昔者魯立煬宮春秋非之以爲不當取已毀之廟既藏之主而復築宮以祭之今所議與此正同又雖違禮立廟至於禘祫也合食則禘無所主(集作其所)廢祭則於義(集作禮經注)不通此五說者皆所不可故臣博采前聞求其折中以爲殷祖玄王周

祖后稷太祖之上皆自爲帝又其代數已遠不復祭之故太祖得正東饗之位子孫從昭穆之列禮所稱者蓋曰(集作自)紀一時之宜非傳於後代之法也傳曰子雖齊聖不先父食蓋言子爲父屈也景皇帝雖太祖也其於獻懿則子孫也當禘祫之時獻祖宜居東饗之位景皇帝宜從昭穆之列祖以孫尊孫以祖屈求之神道豈遠人情又常祭甚衆(集作頻)禘祫(集作祫祭)甚寡則是太祖所屈之祭至少所伸之祭至多比於伸孫之尊廢祖之祭不亦順乎事異殷周禮從而變非所失禮也臣伏以制禮作樂者天子之職也陛下以臣議爲有可采粗合天心斷而行之是則爲禮如以爲猶或可疑乞召臣對面陳得失庶有發明謹議

敬鬼神議　李谿

古人言敬鬼神之禮有禱祠祭祀皆所以立不刊之典而教人孝悌非謂能爲禍福而求益則何以言祈福歟若然者則必知鬼神之所在矣不然則何以知其益耶且書稱帝堯命重黎絕地天通無有降格以言天神不降于地地人不奸于天(注云修矣)各有其所自然不擾也左氏傳稱大禹鑄鼎象物使人知神姦莫能逢魑魅魍魎此亦言捍禦僻邪也今據史記列堯先禹後年代甚明若既使重黎能絕地天通則人神已不降格矣夏禹何所加益而鑄鼎耶若禹非妄作實欲知神姦則是重黎不能絕天地之通矣研斯二說將爲妄則列之經史以爲實則甚相悖今不知鬼

神尚在域中耶爲前聖所遏絕而不通也有無之間果未可詳辨以爲果有耶則宣尼固當語神而不拒子路問事也以爲果無耶則丕山蹊隧之逢不列於史策既千里著論亦無復也自此已往或謂之有或謂之無竟無定止有無尚未知而君子敬之豈足求益耶然道固若是矣道斯在豈必徼福而後爲哉若徼福而後爲則是內懷詐僞曲諂之心非不愧乎屋漏也今江東委巷之禮祠夏禹蜀人則祠先主與武侯祈祝徼福昧亦甚矣且夏之後桀奔南巢蜀之後主面縛於成都苟有神禹先主武侯之靈何不救也豈有未能救其骨肉子孫而愛他人乎推而考之則鬼神未必能專爲利害也設令能害盈福謙饗于克誠亦

惟德所動吉凶由人而已豈變化所爲哉易曰小人不見利不勸不威不懲若以鬼神未能福人而無敬是不見利不勸也未能禍人而無懼是不威不懲也可以君子而同於小人乎是故敬而無失匪有他也禁淫祀黜踈怠匪求益也苟有前聖之典籍在則禱祠祈福亦設教諭道而已故君子敬順而勿疑

文苑英華卷七百六十四

文苑英華卷第七百六十五　議五

選舉

吏部兵部選人議　崔融（開耀元年）

議曰太極生而兩儀見聖人作而萬物覩仰以觀法於天夫君人者以天下之目視以天下之耳聽以天下之智慮

以天下之力動故號令能究而臣情得上聞八千年之初不可得而詳矣夫二十四氣之後請推揚而陳之軒轅氏之立議明臺斯所以上官於賢也陶唐氏之清問衢室斯所以下聽於人也以大舜之德也而有告善之旌以大禹之功也而有欲諫之鼓然則三皇乘策而下濟五帝繁（一作擊）手而上行唐虞揆響而光宅禹湯驟馳而奄甸雖步驟之道不同而啓沃之情一貫可不務乎今天皇垂衣裳負黼扆獨得千年之景運猶懼一物之未安發德音採輿議憂選司之或爽慮考績之弗明此天皇堯舜之用心也有司伏奉明旨以吏部兵部選人每年萬人已上及其銓量十枚六七疲於來往虛費資糧者愚臣敢不悉以陳之夫

唐虞稽古建官惟百舉八才命四子上有以明其化下有以晏其風康哉之歌於是乎出郁乎之德於此自興夏商倍之亦克用乂濟濟多士文王以寧自周道無章秦原競逐張官設府班員積於簡書選衆舉才受垂（疑）一於典憲降及漢魏下逮周隋豈其然歟無聞（一作問）焉爾皇家再造區夏重張宸極四神蹶雨而來遊五聖奔星而下降禮明樂備天平地成八百餘國之君長襲賓廷之冠帶七十二代之帝王仰仙閭之軌躅量其土宇固可頓堅亥而迷大章筭其臣人罔已讋容成而驚隸首室多忠信家盡孝慈老夫不知帝力童子羞論覇道文也武也左之右之實蕃有徒不可勝既出門無咎適顯於明時比屋可封何驚於

聖俗誠望博謀俊德敷求哲人兩曹妙選三官備設然後收其杞梓搴其蕭稂其有狀犯贓私罪當懲貶案覆已定景迹具存者此等既未合得官遠來徒爲勞費伏望許同選例限以歲年諸色入流每年參選資品未著伎藝未工此等自知未合得官情願更加修習伏望許同選例録以選勞闕（疑）外諸州道理迢遞河洛之邑天地所中伏望詔東西二曹兩都分簡留放既畢同赴京師選人每年長名常至正月半後伏望速加銓簡促以程期夫然有著者不來無德者不至來者就而簡之至者速而遣之因其物情亦何疲於來往順其人欲亦何費於資糧入官考績先憑善最比來乃有不論德行惟據功夫獎勸之道未爲折衷

者愚臣敢不明目以論之書不云乎三考黜陟唐帝虞帝之遺烈燦焉禮有之矣百官會計文王武王之彝典存焉京房進課式之言漢王之所未暇盧毓苦眞僞之雜魏后竟以施行盡善之文明詔攸在至如不論德行惟據功夫者此由外州郡牧未盡得賢監司長官時有其濫褒貶不遵令式高下隨其愛憎至公外爽曲私內結伏望播告天下申明舊章其有德有行府寮共推者雖有公坐小失重加褒進之無才無識朝廷罕稱者雖有公事微効量加抑退之德行雖不能茂因之以勤勞者亦量加褒進之然後命繡衣驄馬糺舉內外隨狀推科以情案察刑茲無赦令在必行夫然德行爲上功夫次之折衷之方庶幾此道徵

臣等才謝知今學慙半古海內無事君子盈朝天下有道庶人何議謹議

貢舉議並序（文粹作議楊綰條奏貢舉疏）　賈至

代宗寶應二年六月勑令州縣每年察秀才孝廉取在鄉閭有孝悌廉耻之行委有司以禮待之試其所通之學五經之內精通一經兼能對策達於禮體者並量行業授官其明經進士並停子舉（會要無此二字）道舉亦宜準此所司請今年舉人等或篤（會要作舊）業既成理難速改或遠州所送身已在途事須收獎不可中廢其今秋舉人中有情願依舊業舉試者亦聽明（會要作經）年已後一依新勑時禮部侍郎楊綰奏請勑令公卿已下集議至至時爲中書舍人議曰禮部奏

每歲貢人依鄉舉里選勑今議者譏按夏之政尚忠殷之政尚敬周之政尚文然則文人與忠敬皆統人之行也且謚號（二字文粹作夫）述行美極於文（文粹有人字）文興則忠敬存焉是故前代以文取士本文行也由詞以觀行則及詞也宜父稱顏子不遷怒不貳過謂之好學至乎修春秋則游夏之徒不能措一詞不亦明乎間若禮部取人有乖斯義易曰觀乎人文以化成天下關雎之義曰先王以是經夫婦成孝敬厚人倫美教化移風俗蓋化（舊唐書楊綰傳文粹並作王）政之所由廢興也故延陵聽詩知諸侯之存亡今試學者以帖字為精通而不窮旨義豈能知遷怒貳過之道乎考文者以聲病為是非而惟擇浮艷豈能知移風易俗化天下之事乎

是以上失其源而下襲其流波蕩不知所止先王之道莫能行也夫先王之道消則小人之道長小人之道長則亂臣賊子由是生焉臣賊（文粹作殺）其君子弒其父非一朝一夕之故其所由來者漸矣漸者何謂忠信之陵頹恥尚之失所末學之馳騁儒道之不舉四者皆由取士之失也夫一國之士繫一人之本謂之風贊揚其風繫卿大夫也卿大夫何嘗不出於士乎今取士試於小道而不以遠者大者使干祿之徒趨於（文粹作馳）末術是有道之差也夫以蝸蚓之餌雜垂滄海而望吞舟之魚至不亦難乎所以食垂餌者皆小魚就科目者皆小藝四人之業士最關於風化近代趨仕靡然同（文粹作向）風致使（舊唐書賈至傳作所以楊綰傳同正文）祿山一呼

而四海震蕩思明再亂而十年不復向使禮讓之道弘仁義之風著則忠臣孝子比屋可封逆節不得而萌也人心不得而搖也且夏有天下四百載禹之道喪而殷始興焉殷有天下六百祀湯之法棄而周始興焉周有天下八百年文武之政廢（賈至傳作弊）而秦始并焉觀三代之選士任賢皆考實行故能風俗（文粹作化）淳一運祚長遠秦坑儒生二代而亡漢興雜三代之政弘四科之舉西京始振經術之學東京終持名節之行至有外戚竊位強臣擅權弱主臨朝（文粹作孤立川粹作外立）母后專政而社稷不隕終彼四百豈非學行道扇化於鄉里（川文粹作閭）哉厥後文章道弊尚於浮侈取士術異苟濟一時自魏至隋僅四百載三光分景九州阻域

竊號借位德義不修是以子孫迷顛覆國咸促（賈至傳作不永）國家革魏晉梁隋之弊承夏殷周漢之業四隩既宅九州攸同覆燾亭育合德天地安有捨皇王舉士之道縱（賈至傳作從）亂代取人之術此公卿大夫之辱也楊綰所奏實為正論然自典午覆敗中原版蕩戎狄亂華衣冠遷徙南北分裂人多僑處聖朝一平區宇尚復因循版圖則張閭井未設士居鄉土百無一二因緣官族所在耕築地望繫數百年之外而身皆東西南北之人焉今欲止依古制鄉舉里選猶恐取士之未盡也請兼廣學校以弘訓誘今京有太學州縣有小學兵革一動生徒流離儒臣師氏祿廩尚無貢士不稱行實胄子何嘗講習禮部每歲擢甲乙之第謂

弘奬勸不其謬歟（文粹作哉）祇一足（唐書有以字）長浮薄之風啓僥倖之路矣其國子博士等望加員數厚其祿秩選通儒碩生間居其職十道大郡量置大學館令博士出外兼領郡官召置生徒依乎故事保桑梓者鄉里舉焉在流寓者庠序推之（文粹作焉）朝而行之夕見其利如此則青青不復興刺擾擾由其歸本矣人倫之始王化之先不過是也謹議

舉選議　趙匡本（一無本字）

昔三代建侯與令事異理道損益請自漢言之漢朝用人自詔舉之外其府寺郡國屬吏皆令自署故天下之士修身於家而辟書交至以此士務名節風俗用修魏氏立九品之制中正司之於是族大者第高而寒門之秀屈矣國

朝舉選因（一作用）隋氏之制歲月既久其法益訛夫才（一有至字）因習就固然之理進士者時共貴之主司褒貶實在詩賦務求巧麗以此爲賢不惟無益於用實亦妨其習學（一作正書）不惟撓其淳和實又長其佻思自非識度超然特成孤秀其餘所習悉昧本源欲以啓導性靈奬成後進斯亦難矣故士林鮮體國之論其弊一也又人之心知（一作智）蓋有涯分而九流七畧書籍無窮主司徵問不立程限故修習之時但務抄畧比及就試偶中是期業無所成固由於此故當代寡人師之學其弊二也疏以釋經蓋筌蹄耳明經讀誦（一作書）勤苦已甚其口問義又誦疏文徒竭其精華習不急之業而當代禮法無不面墻及臨人決事取辦（一作辨）胥

吏之口而已所謂所習非所用所用非所習者也故當官少稱職之吏其弊三也舉人大率二十人中方求（一作收）一人故沒齒而不登科者甚衆其事難其路隘也如此雜色之流廣通其路此一彼十此百彼千撓其秩序無所差降故受官多低（一作底）下之人修業抱後時之歎待不才者何厚處有能者何薄崇末抑本啓昏窒明故士子捨學業而趨末後（一作伎）其弊四也收人既少則爭第急切交馳公卿以求汲引毀訾同類用以爭先故業因儒雅行成險簿非受性如此勢必然也浸以成俗虧損國風其弊五也大抵舉選人以秋末就路春末方歸休息未定聚糧未辦即又及秋事業不得修習益令藝能淺薄其弊六也羇旅往來

糜費實甚非唯妨闕生業蓋亦隳其舊產未及數舉索然以空其弊七也貧寠之士在其遠方欲力赴京師而以冀（一作異）無際以此揆度遂至沒身使茲人有抱屈之恨國家有遺才之闕其弊八也官司運江淮之儲計五費其四乃達京邑芻薪之費（一作貴）又十倍其四（一作四方）而舉選之人每年攢會計其人畜蓋將數萬無成而歸十乃七八徒令關中煩耗其弊九也爲官擇人惟才是待今選司並格之以年數合格者判雖下劣一切皆收如未合格而應科目者纔有小瑕莫不見棄故無能之士祿以例臻才俊之流坐成白首此非古人求賢審官之義亦以明矣其弊十也選人不約本州所試悉令聚於京師人既浩穰文簿煩（一作繁）

雜因此俞濫其事百端故俗間相傳云入試非正身十有三四赴官非（一作折）正身十有二三此又弊之尤者今若未能頓除舉選以從古制且稍變更以息弊源則官多佳吏風俗可變其條例如後謹議

雜色之流（此上京本通典有而字）一作皆通典

省官議　杜佑

議曰唐虞稽古建官惟百夏商官倍亦克用乂周建六官各有徒屬雖上文去質吏衆事繁然而條流不紊職非重設秦氏立制多因時宜漢初沿襲後漸（一作其後）增廣光武建武六年廢罷四百餘縣吏職十置（新唐書作署）其一魏太和中分命使臣省州縣（唐書作郡）吏正始中又并合郡縣等晉太元

六年省七百餘員（晉武帝炎以乙酉歲受魏禪年號泰始十年至乙未歲改元咸寧又至庚子改太康年始滅吳案荀勗議傳省州縣半吏在咸寧之後而資治通鑑亦書於咸寧之五年今杜佑通典作晉太元六年且有吳國尚在之語所謂太元乃東晉孝武年號非晉初之武帝佑不應爾疑雕印時誤指泰始爲太元不及咸寧而新唐書作佑傳亦襲其誤爾當考之）隋開皇三年廢五百餘郡國家貞觀初省內官六百餘員詳設官之本爲理衆庶所以古者計人置吏故周官鄉遂稍縣繼約人定員吏無虛設自漢魏晉隋暨于聖唐皆因戰爭流離征繕艱勞即省吏職存（一作在）諸方策晉荀勗桓溫俱有此議息人救弊何莫由斯昔臯繇作士師正五刑今刑部尚書大理卿是二臯陶也垂作共工利器用今工部尚書將作監是二垂也契作司徒敷五教今司徒戶部尚書是二契也伯夷秩宗典邦禮今

今禮部尚書禮儀使是二伯夷也伯益作虞掌山澤今虞部郎中都水使者是二伯益也伯冏作太僕掌車馬今太僕卿駕部郎中尚輦奉御閑廄使者是四伯冏也古者天子有六軍漢家前後左右將軍四人今則十二衛（一有八字）神策等八軍凡有將軍六十人也歷代增益以至於是舊名不廢新職（唐書作資）日加名繁職重不可遍舉所以後周依古周建六官蓋由於此今署徵外官別駕本因漢置隋刺史巡察若今觀察使之有副使也參軍後漢末置參諸府軍（一作軍府）事若今節度判官也官名職務（一作節職）遷易不同空存虛稱皆無事實又司田頃景龍三年嘗置無何以煩宂却停併入司戶殊爲折衷誠宜酙酌繁省詳考損益欲求致

理必也正名神龍中官紀隳紊有司務廣集選人競收名稱其時無闕注授於是奏署員外官者二千餘人自爾遂爲恒制當開元天寶之中四方無虞百姓全實大凡編戶九百餘萬吏員雖衆經用雖繁人力有餘帑藏豐溢縱或枉費（唐志作雖有浮費）不足爲憂今兵革未寧黎庶凋瘵數年前天下簿帳到省百三十餘萬戶自聖上御極分命使臣按比收斂土戶與客戶共計三百餘萬比天寶中纔三分之一就中浮寄仍五分有二出租賦者減耗若此食租賦者豈可仍舊如一州無三數千戶置五十六員官十羊九牧疲吏煩衆（一作人疲吏衆）顧茲大弊實思革之議者多云尚有跋扈未庭併省官吏之後恐被罷者仕進無路別有依托且

縻爵禄兼示（一作亦）隄防此乃常情之說慮非救時之論有才者即令薦用不才者何患奔亡而况各有姻戚顧戀家産後漢建武六年减縣省官公孫述隗囂未滅魏太和正始中則吳蜀鼎立晉大元六年吳國尚在隋開皇三年陳氏割據皆招羅俊乂志相吞滅此時猶不慮有失賢資敵務以救弊爲謀今田悅之徒並是（一作性實）庸瑣繁刑暴賦惟恤軍戎衣冠士人遇如奴虜豈比公孫述諸葛亮之在巴蜀孫權陳霸先之有江南固無范雎業秦賈季强狄之慮斯斷可知矣今若以人情因習既久不能更改制度併省内官但且權停省外官別駕司馬（一作田）及參軍州縣額内官約人戶减縣（一作封字）尉其被罷者但有德行才器委州府

長史摠擇（一作權）論薦固亦不遺器能如或渝濫先坐舉主誰敢罔冐以陷刑章其有不被舉論但全舊名任參當調自當修進更俟甄收暫罷歲時何負此輩如柱國後魏末置並是當時宿德勳盛業崇皆主重兵寵貴第一周隋以後授受至多曁乎國家廻作勲級唯得三十頃地耳又開府儀同三司及光禄大夫亦是官名還爲人多廻作階級隨時立制遇弊變通不必因循重復改作待戎車息駕百姓稍寧（一作康寧）欲增廢官則復舊制謹議

此篇當以通典爲正其注一作乃英華本誤

尚書省官議　前人

議曰昔堯試舜於大麓領録天下事似其任也周之司會又其職焉秦時少府遣吏四人在殿中主發書故謂之尚書尚猶主也漢承秦置及武帝遊宴後庭始用宦者主中書以司馬遷爲之中間遂罷其官以爲中書之職至成帝建始四年罷中書官者又置尚書五人一人爲僕射四人分爲四曹通掌圖書秘記章奏之事及封奏宣示内外而已其任猶輕至後漢則爲優重出納王命敷奏萬機蓋政令之所由宣選舉之所由定罪賞之所由正斯乃文昌天府衆務淵藪内外所折衷遠近所禀仰故李固云陛下之有尚書猶天之有北斗斗爲天喉舌尚書爲陛下喉舌斗斟酌元氣運平四時尚書出納王命賦政四海令及左丞摠領紀綱無所不統僕射及右丞分掌廪假錢穀漢初尚

書雖有曹名不以爲號及靈帝以侍中梁鵠爲選部尚書於是始見曹名摠謂之尚書臺亦謂之中臺大事八座連名而有不合得建異議二漢皆屬少府魏置中書省有監令遂掌機衡之任而尚書之權漸减矣晉以後所掌畧同八座丞郎初拜並集都省交禮遷職又解交本漢制也至於晉宋唯八座解交丞郎不復解交也宋曰尚書寺居建禮門内亦曰尚書省亦謂之内臺每八座以下入侍門生隨入者各有差不得雜以人士凡尚書官大罪則免小罪遣出百日乏代人聽還本職其令及二僕射出行分道之制與中丞同令僕各給威儀十八人自晉以後八座及郎中多有不奏事梁天監元年詔曰自禮闈陵替歷兹永久

即署備員無取職事糠粃文案員尚虛閑空有趨墀之名了無握蘭之實曹郎可依昔奏探自是始奏事矣又詔尚書中有疑事先於朝堂參議然後啓聞舊尚書官不以爲贈唯朱异卒特贈右僕射武帝寵之故也自魏晉重中書之官居喉舌之任則尚書之職稍以疎遠至梁陳舉國機要悉在中書獻納之任又歸門下而尚書但聽命受事而已後魏天興元年置八部大夫於皇城四方四維面置一人以擬八座謂之八國各有屬官分尚書三十六曹及諸外置令大夫主之四年又復尚書三十六曹天賜元年復罷尚書三十六曹別置武歸脩勤二職分主省務至神䴥元年始置僕射左右丞及諸曹尚書十餘人各居別寺北

齊尚書省亦有錄令僕射總理六尚書謂之都省亦謂之北省後濟北王以太子監國立大都督府與尚書省別理衆事仍開府置佐後周無尚書隋及大唐皆有其制累同凡尚書省事無不總龍朔二年改尚書省爲臺咸亨初復舊光宅元年改爲文昌臺垂拱元年又改爲都臺咸通初復舊長安三年又改爲中臺神龍初復爲尚書省都臺居中左右分司都堂之東有吏部戶部禮部三行每行四司左司統之都堂之西有兵部刑部工部三行每行四司右司統之凡二十四司分曹共理天下之事盡矣謹議

此英華有其目而脫其文今以通典增入

僕射議（英華誤以此爲尚書省官議）　前人

按僕射秦官其名則微其職甚細東漢以後雖委任漸重職司會府而非百僚師長之職也又按丞相亦秦官秦氏每羣臣上表皆云丞相臣某爲首漢之宗臣蕭何爲丞相漢儀丞相進天子御座爲起在輿爲下有疾法駕至第問得戮二千石申屠嘉欲斬內史晁錯是也霍光受顧託之重當伊周之地廢昌邑王上表太后丞相臣敞爲首大司馬大將軍臣光次之其尊崇如此中間嘗置左右丞相亦嘗改爲相國亦爲大司徒大抵漢之丞相是爲三公於天下無所不統後漢亦以三公爲宰相則司徒本西漢丞相也其後或爲丞相或爲相國或爲大丞相雖互爲之名其實一也曹公司馬師昭趙王倫王敦王導劉義宣齊高帝

梁武帝爾朱榮陳武帝侯景齊獻武隋文帝皆爲之歷代多非尋常人臣之職亦多爲贈官然自秦以降實居百寮之長今尚書令統領衆務提舉（一作奉持）綱目僕射貳之誠爲崇重且非統國政宰天下之任宜侍中中書令如直以尊崇則太師不然上公太尉始可師長命百寮也龍朔中天寶初嘗改侍中中書令爲左右相遠協伊尹仲虺爲左右相周公召公相成王爲左右之義斯誠允當或謂尚書令僕射則錄尚書之職是官之師長按前代錄尚書霍光張安世王鳳趙熹牟融鄧彪張禹李固王導褚彥回齊明帝之徒或是三師（一作丞相）或是三公或是大將軍大司馬輩之皆兼朝政猶古冢宰百官總己實宰輔也其時別有令

僕令僕射雖嘗改爲丞相名同而職異品秩又未崇極上有三師三公尚書令豈比前代丞相受任也其襲舊名無實者若今刺史皆云使持節按前代使持節得戮二千石其王公已下封國皆南面臣人分茅建社其開府儀同三司則禮數班秩皆如三公置府辟吏今並豈有其實乎此例甚不能遍舉安有僕射因改丞相之名都無丞相之實而爲百寮之師長也又與丞郎絕禮若（不一作）隔品致敬則諸司長官與隔品寮屬其可絕禮乎斯不然矣謹議

（一作皆通典）

省試學生代齋郎議　韓愈（貞元十年）

議曰齋郎職奉宗廟社稷之小事蓋士之賤者也執豆籩

駿奔走以後于其官之長不以德進不以言揚蓋取其人力足（文粹集本無足字）以備其事而已矣奉宗廟社稷之小事執籩豆駿奔走亦不可以不敬也於是選大夫之子弟未爵命者以塞員填闕而教之行事其勤雖小其使之不可以不報也必書其歲歲既久矣於是乎命之以官而授之以事其亦微矣哉學生或以通經舉或以能文稱其微者至於習法律知字書皆有以贊於教化可以使令於上者也自非天資茂異曠日經久以道以業（蜀本作以所業進）發聞於鄉閭稱道於朋友薦於州府而升之司業則不可得而齒乎學矣然則奉宗廟之小事任力之小者也贊於教化可以使令於上者德藝之大也其亦不可移易矣今議者謂學生之無所事謂齋郎之幸而進不本其意因謂可以代任其事而罷之蓋亦不得其理今夫齋郎之所事者力也學生之所事者德與藝也以德藝舉之而以力役之是使君子而服小人之事且非國家崇儒勸學誘人爲善之道也此一說不可者也抑又有大不可者焉宗廟社稷之事雖小不可以不專敬之至也古之道也今若以學生兼其事及其歲時日月然後受其宗彝罍洗其周旋必不法度其進退必不得宜其思慮必不固其容貌必不莊此無他其事不習而其志不專故也此非近於不敬者歟又有大不可者其是之謂歟若知此不可將令學生恒掌其事而隳壞其本業則是學生之數（一作教）加少學生之道益賤而齋

郎之實猶在齋郎之名苟無也大凡制度之改政令之變利於其舊不然則不可爲已又況不如於其舊哉考之於故（一作古）則非訓稽之於今則非利尋其名而求其實則失宜故曰議罷齋郎而以學生薦享蓋亦不得其理矣謹議

舉縣宰（集作令）議　元稹

右吏部以停年課資之格取宰邑字人之官公幹強白者拘於考淺疾癃耄聵者得在選中倒置（集作署）是非無甚於此朝廷將欲漸去其弊所以特設舉薦之科明詔既行起請尋下有司再議釐革何以取信於人據吏部云增加新戶開耕（集作墾）荒田以是課考舊條徵絕繫囚究人申雪亦是政途常事舉案吏不法恐生告訐之風有利益公家又

未指陳其目選授者例無異績尚得四考守常舉薦者從（集作縱）未殊尤豈可二年並（集作便）能令請但行連坐舉主之文不必更依吏部分析（集作外）條件又云見任官及處士散試官等並請停集且處家散試固有才能見任之（集作他）官何妨撫事（集作字）若能（集作皆）限其資歷即與常選何殊今請除見任縣令外其餘並令（集作請）赴集又云檢勘榜樣剝放程式及試書判並請準平選人例處分若此則案牘之吏得肆奸欺書判雖工何關政術有同臧選赴集豈是特舉與官令請應舉薦人量約文狀便令注擬亦不在剝放及試書判之限又云並請注破碎之縣責其効實本舉良能既（集本作冀）蒙傳獎皆居破碎之處恐同貶降之條以前數件

並恐不可施行伏請但依起請節文處分仍請據今年縣令員闕先盡舉薦人數畱闕有餘然後許注擬平選人等冀符允當謹議

吏部議　蔣防

議曰吏部擇才用之地職在辨九流之清濁擇四科之邪正推忠良而進英傑舉廉直而黜不職夫天生萬民樹之以元后元后不能以獨任故委之以羣吏羣吏不能以自達故繫之以選部選部考風化之本源人倫之砥礪也書曰知人則哲能官人安民則惠哲與惠其選部之志歟所謂羣吏者君之耳目君以衆耳聽天下之哀樂則無遠不聞矣君以衆目視天下之得失則無遠不見矣若以耳不爲君之聰目不爲君之明非羣吏之過抑亦選部之過其故何也背輪轅之用雜賢愚之跡以至於此也夫聖人求賢良而授之政事非徒貴賢良之德義蓋重元元之性命也今之有司罕通其意每歲調天下之士但考其書判據其資爲之品第授之祿秩先訪私家利便次論俸錢之厚薄多士盈庭而自售若衆賈之徒（疑）市焉豈銓綜人物品藻英髦之所在也是以天下百姓未臻於和樂者職此之由矣夫以一鏡之明而照天下之形者固難盡其妍媸以一衡之平而稱天下之輕重者固難定其毫釐矣今每歲選人請委州府長史先研其跡行次考其渝濫曾理務者以恪勤廉慎爲一科處丘園者以孝悌貞良爲一科著此二科然

後申送主司按其詞而閱其材材與行必良則試之以理要可觀則從而祿之其郡府長史當校其殊考若材行相反朋黨相資則從而黜之其郡府長吏亦書以下考材如此則天下之共公於選吏吏部郎亦不敢私於天下矣俾夫人顧行行顧材材顧祿祿無虛授人無苟得廉恥之化行貪競之風息矣恭聞十目所視十手所指循是非可辨賢愚可驗况用天下之目乎况用天下之手乎率是道而察案不得其人風俗不致和平者未之有也謹議

兵部議　前人

議曰弧矢之利以威天下其來尚矣仲尼有云不教民戰是謂棄之蓋用仁義爲之本籌畧爲之次果敢爲之末故

曰齊之技擊不可以遇魏之武卒魏之武卒不可以直秦之銳士秦之銳士不可以當桓文之節制桓文之節制不可以敵湯武之仁義所謂善師者不陣善陣者不戰蓋有自矣今之有司不曾端其本而徒襲其末取天下之士以懸的布埒爲之標準捨矢之中否蹻馬之遲速以貌第其人升降其秩豈暇全武之七德射之五善者歟及國家有邊境之虞則被之以甲冑授之以弓矢驅以就役當數倍之師不能屠名城克强敵者何也在司武之不經擇士之無本矣孫吳者兵家之首足不可以行也今孫吳之術卷而不張徒以干戈爲擇士之器何異夫無首而冠肘足而屨哉今請天下應兵部舉選者各習兵書一藝然後試以

弓矢復其武弁所謂智勇兼資材略並運仁義之師復行於湯武之代豈惟式遏寇虐震怛戎虜者哉謹議

文苑英華卷第七百六十五

文苑英華卷第七百六十六　　議六

冠冕

冕服議二首　衣冠乘馬議一首

太子服絳紗袍議一首

經籍

孝經老子注易傳議二首

冠冕

冕服議　顯慶元年九月十九日　長孫無忌

議曰準舊唐志通典會要有武德初撰四字衣服令乘輿唐志作天子祀天地服大裘冕無旒臣無忌志寧敬宗等勘前件令是武德初撰雖憑周禮理極未安謹按郊特牲云周之始郊日南至被

衮以象天戴冕藻十有二旒則天地數也而此二禮俱說周郊與衮大裘事乃有異按月令孟冬天子始裘明以禦寒理非當暑若啓蟄祈穀冬至報天行事服裘義歸通允至於季通典作秋夏迎氣龍見而雩炎熾方隆通典作盛如何可服謹尋歷代唯服衮章與郊特牲義旨相協按周遷輿服志云漢明帝永平二年詔唐志作制采周官禮記始制祀天地服天子備十二章沈約宋書志云魏晉郊天亦皆服衮又王智深宋紀曰明帝詔唐志作制云朕以大冕純玉藻玄衣黃裳郊祀天地後魏周齊迄于隋氏勘其禮令祭服斯則百王通典炎凉無妨復與禮經事無乖殊諸本作舛今請憲章故寔郊祭天地皆服衮冕其大裘請停仍改禮令又準諸本

(作檢)新禮皇帝祭社稷服絺(通典會要並作絺冕唐志作絺)冕四旒三章祭
日月服玄冕三旒衣無章謹按令文是四品五品之服此
即(唐志作則)三公亞獻皆服袞衣孤卿助祭服毳及鷩斯乃乘
輿章數同於大夫君少臣多殊不可攄周禮云祀昊天上
帝則服大裘而冕五帝亦如之享先王則袞冕享先公則
鷩冕祀四望山川則毳冕祭社稷五祀則絺冕諸祠(唐志作祀)
則玄冕又云公侯伯子男孤卿大夫之服袞冕以下皆如
王之服所以三禮義宗遂有二釋一云公卿大夫助祭之
日所著(會要作服)之服降王一等又云悉與王同求其折衷俱
未通允但名位不同禮亦異數天子以十二爲節義在法
天豈有四旒三章翻爲御服若諸臣助祭冕與王同便是

貴賤無分君臣不別如其降王一等則又王著(會要作服)玄冕
之時羣臣並著(諸本作次服)爵弁既屈天子又貶公卿周禮此
文久不施用亦猶祭祀之立尸侑君親之拜臣子覆巢設
誓族之官去蠹置蟈氏之職雖曰古禮(唐志作施周代)難事不可
(唐志作通)行是故漢魏以來(通典會要作年)下迄隋代相承舊事皆服
(唐志作惟用)袞冕今新禮親祭日月乃(作仍)服五品之衣(諸本作服)臨
事施行實不穩便請遵歷代故實諸祭並用袞冕謹議

公卿以下冕服議　楊烱(儀鳳二年)

議曰古者太昊庖犧氏仰以觀象俯以察法造書契而文
籍生次有黃帝軒轅氏長而敦敏成而聰明垂衣裳而天
下理其後數遷五德君非一姓體國經野建邦設都文質
所以再而復正朔所以三而改夫改正朔者謂夏后氏建
寅殷人建丑周人建子至於以日繫月以月繫時以時繫
年此則三王相襲之道也夫易服色者謂夏后氏尚黑殷
人尚白周人尚赤至於山龍華蟲宗彝藻火粉米黼黻此
又百代可知之道也今蘇知機表奏請立節文改章服奉
付禮官學士詳定是非者謹按虞書曰予欲觀古人之象
日月星辰山龍華蟲作會(舊唐志文粹作繪)宗彝藻火粉米黼黻
絺繡由此言之則其所從來者尚矣夫日月星辰者象聖
王光照下土也山者布散雲雨(文粹作物)象聖王澤霑下人也
龍者變化無方象聖王應時(唐志作機)布教也華蟲者雉也身
被五彩象聖王體兼文明也宗彝者虎(唐志諱作武)蜼也以剛

猛制物象聖王神武定亂也藻者逐水上下象聖王隨代
而應也火者陶冶烹飪象聖王至德日新也粉米者人恃
(文粹作時)以生象聖王爲物之所賴也黼者能斷割象聖王臨
事能決也黻者兩己相背象君臣可否相濟也逮有周氏
乃以日月星辰爲旌旗之飾又登龍於山登火於宗彝尊
神明也(唐志文粹並無尊神明也四字)於是乎制袞冕以祀先王也九章
者法陽數也以龍爲首章者袞者卷也龍德神異應時(會要
文粹作變)潛見表聖王深沉遠智卷舒神化也又制鷩冕以祭
先公也鷩者雉也有耿介之志表公有賢才能守耿介之
節也又制毳冕以祭四望也四望者岳瀆之神也虎(唐志作武)
蜼者山林所生也明其象也又制絺冕以祭社稷也社稷

者土穀之神也粉米由之而成象其功也又制玄冕以祭羣小祀也百神異形難可遍擬但粧黼（唐志文粹並無此字）黻之相背昭異名也夫以周公之多才故治（唐志作化）定制禮功成作樂夫以孔宣之將聖也故行夏之時服周之冕先王之法服乃自此之（唐志會要作此之目）出矣天下之（文粹有服字）能事又於是乎畢矣今表狀請制大明冕十二章乘輿服之者謹按日月星辰者已施於旌旗矣龍武山火（文粹作龍山火米）若又不踰於古矣而云麟鳳有四靈之名玄龜有負圖之應雲有紀官之號水爲盛（唐志作咸）德之祥此蓋別表休徵終是無踰（會要作所）此象然則皇王受命天地與（諸本作輿）符仰觀則璧合珠連俯察則銀黃玉紫畫南宮之粉壁不足寫其形狀罄東

觀之鉛黃無以紀其名實固不可畢施（會要文粹作陳）於法服也雲也者從龍之氣也水也者藻之自生也又不假別爲章目也此蓋不經之甚也又鷩冕八章三公服之者也鷩者太平之瑞也非三公之德也鷹鸇者鷙鳥也適可以辨詳刑（文粹作刑曹）之職也熊羆者猛獸也適可以旌武臣之功也又稱藻爲水草無所法象引張衡賦云帶倒茄於藻井披（二本作披）紅葩之狎獵請爲蓮華取其文彩者夫茄者蓮也藻者飾也蓋以蓮飾水也非謂藻爲蓮若以蓮代藻變古從今既不知草木之名亦未達文章之則（文粹作意）此又不經之甚也又毳冕六章三品服之者按此王者祀四望服之名也今三品乃得周王之毳冕而三公不得同王之衮名豈

唯顛倒衣裳抑亦自相矛楯此又不經之甚也又黼冕四章五品服之者考之於古則無其名驗之於今則非章首此又不經之甚也國家以斷鼇鍊石之功今上以緯地經天之德漢稱文景周曰成康講八代之樂蒐三王之禮文物既行矣尊卑又明矣天下已和平矣萬國已咸寧矣誠請順考古道率由舊章弗詢之謀勿庸無稽之言勿聽若夫禮惟從俗則命爲制令爲詔乃秦王之故事猶可以適於今矣若夫（唐書作乃）義取隨時則出稱警入稱蹕乃漢國之舊儀猶可以行於代矣亦何取於變周公之軌物改宣尼之法度者哉謹議

衣冠乘馬議（文粹作朝服乘車議）

劉子玄（景龍二年）

議曰伏以古者爰自大夫已上（文粹作下）皆乘車而以馬爲騑服魏晉已降迄于隋代朝士又駕牛車歷代經史具有其事不可一二而言也至如李廣北征解鞍憩息馬援南伐據鞍顧眄斯則鞍馬之設行於軍旅戎服所乘貴於便習者也按江左官至尚書郎而輒輕乘馬則爲御史所彈又顏延之罷官後好騎馬出入閭里當代稱其放誕此則專車憑軾可服（舊唐志作騾）朝衣單馬御鞍宜從褻服求之近古灼然之明驗也（唐志作矣）自皇家撫運沿革隨時至如陵廟巡謁（唐志作幸）王公冊命則盛服冠履乘彼輅車其士庶有衣冠親迎者亦時以服箱充馭在於他事無復乘車貴賤所行通用鞍馬而已臣伏見比者鑾輿出幸法駕首途左右侍

臣皆以朝服乘馬夫冠履而出止(文粹作只)可配車而行今乘車既停而冠履不易可謂唯知其一而未知其二也何者褒衣博帶革履高冠本非馬上所施自是車中之服必也韈而升鐙跣以乘鞍非惟不施古道亦自取驚今俗求諸折中進退無可(文粹作準)且長裙廣袖翼如襜如鳴珮紆組鏘鏘弈弈馳驟於風塵之內出入於旌棨之間儻馬有驚逸人從顛墜遂使屬車之右遺履不收清道之傍絓驂相續固以受嗤行路有損威儀今議者皆以(唐志作云)秘閣有梁武帝南郊圖多有衣冠乘馬此則近代故事不得謂無其文臣案此圖是後人所爲非當時所撰且觀氏(唐志作代)間(唐志作今)當有古今圖畫者多矣如張僧繇畫羣公祖二疏而兵士

著芒屩者閻立本畫昭君入匈奴而婦人有著帷帽者夫芒屩出於水鄉非京華所有帷帽創於隋代非漢宮所作議者豈可徵此二畫以爲故實者乎由斯而言則梁氏(唐志作武)南郊之圖義同於此又傳稱政宜因俗禮貴緣情殷輅周冕規模不一秦冠漢珮用捨無恒況我國家道秩百王功高萬古事有不便理資(唐志作資於)變通其乘馬衣冠竊謂宜從省廢臣懷此異議其來自久日不暇給未及抑(唐志文粹作推)揚今屬殿下親從齒胄將臨國學凡有衣冠乘馬皆憚此行所以輒進狂言用申鄙見謹議

太子服絳紗袍議(并序)　蕭嵩

開元二十六年肅宗升爲皇太子受冊太常所撰儀注有服絳紗袍(會要作衮下同)之文太子以爲與皇帝所服(舊唐志通典會要作撰)同因上表辭不敢當請有(會要有司字)以易之玄宗令百官詳議嵩與裴耀卿等奏議之

議曰臣等謹按衣服令云皇太子具服有遠遊冠三梁加金附蟬九首施珠翠黑介幘髮纓綏犀簪一(諸本並無一字)導絳紗袍白紗中单皂領褾襈白裙襦方心曲領絳紗蔽膝革帶劒珮綬等謁廟還宮元日冬至朔日入朝釋奠則服之其絳紗袍則是冠衣之內一物之數與裙襦劒珮等無別至於貴賤之差尊卑之異則冠爲首飾名制有殊并珠琉及衣(諸本並無此字)裳采章之數多少有別自外不可事事差異亦有上下通服名制是同禮重則具服禮輕則從省今以

至敬之情有所未(會要通典作不)敢衣服不可減省稱謂須更變名望所撰儀注不以絳紗袍爲稱但稱爲具服則尊卑有差謙光成德謹議(勑改爲朱明服)

經籍

孝經老子注易傳議　劉子玄

議曰謹按今俗所傳孝經題曰鄭注爰在近古皆云鄭注(一無此字)即康成而魏晉之朝無有此說至晉穆帝永和十一年及孝武帝太元元年再聚羣臣共論經義有荀茂祖(二字一作昶)者撰集孝經諸說始以鄭氏爲宗自齊梁已來多有異論陸澄以爲非玄所注請不藏於秘省王儉不依其請遂得見傳於時魏齊則立於學官著在律令蓋由虜俗無

識故致斯訛舛然則孝經非玄所注其驗十有二條據鄭
君自序云遭黨錮之事逃難注禮黨錮事解注古文尚書
毛詩論語爲袁譚（一作潭）非所逼來至元城乃注周易都無注
孝經之文其驗一也鄭君卒後其弟子追論師注所述及
應對時人謂之鄭注其言鄭所注者唯有毛詩三禮尚書
周易都不言鄭注孝經其驗二也又鄭志目録記鄭之所
注五經之外有中候書傳七政論乾象歷六藝論毛詩譜
答臨碩難禮駁許慎異義發墨守鍼膏肓及答甄子然等
書寸紙片言莫不悉載若有孝經之注無容匿而不言其
驗三也鄭之弟子分授門徒各述師言更相問答編録其
語謂之鄭記唯載詩書禮易論語其言不及孝經其驗四

也趙商作鄭先生碑銘具稱諸所注箋駁論亦不言注孝
經晉中經簿周易尚書中侯尚書大傳毛詩周禮儀
禮禮記論語凡九書皆云鄭氏注名玄至於孝經則稱鄭
氏改無名玄二字其驗五也春秋爲演孔圖云康成注禮
詩易尚書論語其春秋孝經則（一作別）有評論宋均於詩緯
（一作譜）序云我先師北海鄭司農則均是玄之傳業弟子也
師所注述無容不知而云春秋孝經唯有評論非玄之所
注於此特明其驗六也又宋均孝經緯注引鄭六藝論叙
孝經云玄又爲之注司農論如是而均無聞焉有義無辭
令余昏惑舉鄭之語而云無聞其驗七也宋均春秋緯注
云爲春秋孝經畧說則非注也謂所言玄又爲之注者汎

辭耳非事實其序春秋亦云　玄又爲之注也寧可復責以
實注春秋乎其驗八也後漢史書存於代者有承謝薛瑩
司馬彪袁山松等其爲鄭玄傳者載其所注皆無孝經其
驗九也王肅孝經傳首有司馬宣王之奏云奉詔令諸儒
注述孝經以肅說爲長若先有鄭注亦應言及而都不言
鄭其驗十也王肅注書發揚鄭短凡有小失皆在訂證若
孝經此注亦出鄭氏被肅攻擊最應煩多而肅無言其驗
十一也魏晉朝賢論辨時事諸注無不撮引未有一言引
孝經之注其驗十二也凡此證驗易爲討覈而代之學者
不覺其非乘彼謬說競相推舉諸解不立學官此注獨行
於代觀夫言語鄙陋義理乖踈固不可以示彼後來傳諸

不朽至古文孝經孔傳本出孔氏壁中語其詳正無俟商
推而曠代亡逸不復流行至隋開皇十四年秘書學士（一作
生）王孝逸於京市陳人處買得一本送與著作郎王劭劭
以示河間劉炫仍令校（一作置又作按）定而此書更無兼本難可
依憑炫輒以所見率意刊改因著古文孝經稽疑一篇劭
以爲此書經文盡正（一作在）傳義（一作正義）甚美而歷代未嘗置
於學官良可惜也然則孔鄭二家雲泥致隔今綸旨發問
校其短長愚謂行孔廢鄭於義爲允又今俗所行老子是
河上公注其序云河上公者漢文帝時人結草庵於河曲
仍以爲號以所注老子授文帝因冲空上天此乃不經之
鄙言流俗之虛語按漢書藝文志注老子者有三家河上

所釋無聞焉豈非注者欲神其事故假造其說也其言鄙陋其理乖訛雖欲纔別朱紫粗分菽麥亦皆嗤其過謬而况有識者乎豈如王弼英才儁識探賾索隱考其所注義者爲優必黜河上公升王輔嗣在於學者實得其宜又按漢書藝文志易有十二家而無子夏作傳者至梁阮氏七録始有子夏易六卷或云韓嬰作或云丁寬作然據漢書藝文志韓易有十二篇丁易有八篇求其符會則事殊隳剌者矣夫以東魯伏膺文學與子游齊列西河告老名行將夫子連蹤而歲越千齡時經百代其所著述沉翳不行豈非後來假憑先哲亦猶石崇謬稱阮籍鄭璞濫名周寶必欲行用深以爲疑臣竊以鄭氏孝經河上公老子二書

訛舛不足流行孔王兩家實堪師授每懷此意其願莫從伏見前（前一作去）月十日勑令所司詳定四書得失具狀聞奏臣尋草議請行王孔二書牒禮部詭如將爲允請即頒行謹議　一作皆唐會要

同前　　司馬貞

議曰今文孝經是漢河間王所得顏芝本至劉向以此本參校古文省除繁（一作煩）惑定爲此一十八章其注相承云是鄭玄所注而鄭志及目録等不載其（一無此字）故往賢共疑焉唯荀昶范曄以爲鄭注故昶集解孝經具載此注而其序以鄭爲主是先達博選以此注爲優且其注縱非鄭氏所作而義旨敷暢將爲得所其數處小有非穩實亦未（一作）非爽經傳其古文二十二章元出孔壁先是安國作傳緣遭巫蠱代未之行荀昶集注之時尚有孔傳中朝遂亡其本近儒欲崇古學妄作此傳假稱孔氏輒穿鑿改更又爲作閨門一章劉炫詭隨妄稱其善且閨門之義近俗之語非宣尼之正説案其文云閨門之内具禮矣乎嚴兄妻子臣妾（一作嚴親兄妻子臣）繇百姓徒役也是比妻子於徒役文句凡鄙不合經典又分庶人章從故自天子已下別爲一章仍加子曰二字然故者連上之詞即爲章首不合言故是古文既亡後人妄開此等數章（一無此字）以應二十二章之數非但經文（一作久）不眞抑亦傳習淺僞至（一作又）注用天之時因地之利其畧曰脫衣就功暴其肌體朝暮從事露髮塗（一作）

徒足少而習之其心安焉此語雖傍出諸子而引之爲注何言之鄙俚乎與鄭氏之所云分別五土視其高下高田宜黍稷下田宜稻麥優劣懸殊曾何等級今議者欲取近儒詭說殘經缺傳而廢鄭注理實未可望請准式孝經鄭注與孔傳依舊俱行又注老子道德經者實謂玄言注家多門穿窮厥旨河上公蓋憑虛立號漢史實無其人然其注以養神爲宗以無爲爲體其詞近其理弘小足以修身絜誠大足以寧人安國且河上公雖曰注書即文立教皆體指明近用斯可謂知言矣王輔嗣雅善玄談頗探（一作深）道要窮神用乎（一作於）橐籥守靜默於玄牝其理暢其旨微在於玄學頗是所長至若近人立教（一作徹）修身弘道則河上

爲得今請望王河二注令學者俱行又案劉向七畧有子夏易傳但此書不行已久所存者多失眞本又荀勗中經簿云子夏傳四卷或云丁寬所作是先達疑非子夏矣又隋書經籍志云子夏傳殘缺梁六卷今二卷知其書錯謬多矣又王儉七志引劉向七畧云易傳子夏韓氏嬰也今題不稱韓氏而載薛虞記又今秘閣有子夏傳薛虞記其質粗畧旨趣非遠無益後學不可將帖正經謹議

一作皆唐會要

文苑英華卷第七百六十六

文苑英華卷第七百六十七　議七

喪服

朝臣被推劾朞以上親不宜停侍衛入內議

魏徵

議曰竊以刑辟之設世輕世重防奸慮禍異代同歸傳曰舜之誅也殛鯀其舉也興禹書云父子兄弟罪不相及此乃哲王盛德稱之自遠爰逮近古漸爲深防刑人不在君側雖著禮經子孫緣於父祖猶無定式故張湯伏辜安世爲漢朝名相嵇康就戮延祖爲晉室忠臣是知君有刑臣之道下無讎天之義至於子孫方之昆弟愛敬不同非無等級考之刑憲參詳古今科條既殊節文又異量輕重以原情因親疎以定制疎而不陋簡而易從示無私之心坦至公之路論德則可大爲法則可久理不失不害意因循弗革切爲未允至若被推劾者朞以上親不許入內此由罪狀初發君怒未怠父子兄弟義不自安上展曆聖之心下申恐懼之意且不聽入未爲失理依舊不改亦非乖謬謹議

嫂叔舅服議

顏師古（貞觀十四年）

議曰原夫服紀之制與統同歸或本恩情或申教義所以慎終追遠敦風厲俗輕重各順其適名寔不可相違喪過乎哀承（疑）象之明訓其易寧戚聖道之遺旨所議兩條寔爲姅駮特降緦紵俾華遺謬歷代之所不竊儒者於是未詳超然玄覽獨照深致竊以憒館脫驂尚云出涕鄰里有殯且輟巷歌況乎昆弟（一作季）之妻嚴親是奉夫之昆弟貲（一作資）業本同遂乃均諸百姓絕於五服當其喪沒閭門縞素已獨晏然玄黃莫（一作不）改靜言至理殊非弘通無益關防實開澆薄相爲制服孰謂非宜在昔子思宣尼之胄爲位哭嫂事著禮文哭既施位明其慘怛苟避凶服豈曰稱

情又外氏之親俱緣於母母舅一列等屬齊尊姨既小功舅乃緦服曲生異議茲亦未安秦康孝思見舅如母語其崇重寧非密戚三月輕服靡副本心愚情爲昆弟之妻服當五月夫之昆弟咸亦如之爲舅小功同於姨服則親疎中節名數有倫帷薄之制更嚴內外之序增睦至如舅姑爲婦其服太輕冢婦止於大功衆婦小功而已但著代之重事義特隆（一作崇）饋奠之重（一作勤）誠愛兼極畧其恩禮有虧慈惠循子之婦並（一作普）服大功已子之妻雖其減降又是厚薄乖衰義理相刑（一作形）以類而言未爲允愜今請冢婦朞（一作周）服衆婦大功既表授室之親又答執笄之養叔仲之後諸婦齊同則周洽平均（一作則周合齊平）更無窒礙矣謹

議（一作皆唐會要）

同前　魏徵（令狐德棻同議）

議曰臣竊聞之（四字文粹作臣聞）禮所以決嫌疑定猶豫別同異明是非者也非從天降非從地出人情而已矣人道所先在乎敦睦由乎親親以及遠親屬有等差故喪紀有隆殺（二十六字舊唐志會要文粹並作夫親有九族服紀有六隨恩以厚薄稱情以立文紀唐志作術）然（會要作原夫）舅之與姨雖爲同氣推之於母輕重相懸（唐志文粹作論殊度義先後實殊）何則舅爲母之本宗（唐志文粹作族）姨乃外戚他族（唐志文粹作姓）求之母族考之終極去之彌遠（唐志文粹作考之經典循實爲重）故周王念齊每稱舅甥之國秦伯懷晉實切渭陽之詩今甥（諸本作在）舅服止一時爲姨居喪五月徇（諸本作循）名喪（唐志作責）實逐

末棄本此（唐志文粹作蓋）古人情有所未悟（唐志文粹作或有未達）今之（唐志文粹作所宜）損益實（二字諸本作實）在茲乎記曰兄弟之子猶子也蓋引而進之也嫂叔之無服蓋推而遠之也禮繼父同居者則爲之朞未嘗同居則不爲服爲從母之夫舅之妻二夫人相爲服或曰同爨緦然則繼父之徒並非骨肉（會要有之親二字）則服重由乎同爨恩輕在乎異居因（諸本作姑）知制服雖繫於名蓋亦緣恩之厚薄者也或有長年之嫂孩童之叔劬勞鞠養恩若所生分饑共寒契闊偕老譬同居之繼父方他人之同爨情義之深淺寧可同日而言哉在其生也愛之同於骨肉及其死也則曰推而遠之求之本原深所未喻若推而遠之爲是則不可生而共居生而共居爲是則

不可死同行路重其生而輕其死厚其始而薄其終稱情立文其義安在且事嫂見稱載籍非一鄭中虞則恩禮甚篤顏弘都則志竭誠感(唐志作竭誠致感文粹作嵩肅致感)馬援則其見也(唐志作之)必冠孔伋則哭之爲位此並躬踐教義仁深孝友察其所行(唐志作尚)之旨豈非先覺者乎(唐志文粹作歟)但于其時上無哲王禮非下之所議遂使深情鬱於(唐志文粹作乎)千載至禮藏於萬古其來久矣豈不惜哉今屬欽明御宇光華再旦(唐志文粹作欽明在神聖人有作)禮樂詳洽一物無遺猶且求念(唐志文粹作慎)終凝神遠(唐志文粹作邃)想以爲尊卑之叙已備(二字唐志文粹作雖與乎大備)喪紀之制或情理未當(唐志作隆文粹作周)爰命秩宗詳議損益(唐志文粹作更詳考正)臣等奉遵明旨觸類旁求採摭羣經討論傳記

或損其有餘益其不足使無文之禮咸秩敦睦之情畢舉(二十二字唐志作或引兼貫無文之禮咸秩敦睦之情仍有俾字)變薄俗於既往垂篤義於將來信列聖所聞(唐志文粹作信六籍所不能談)超終古(文粹作超百王)而獨得者也其損益之事備陳如左(九字文粹唐志並作諸儒所守互有異同詳求厥中明聖旨)謹按曾祖父母舊服齊衰三月請加爲齊衰五月適子婦舊服大功請加爲周年(二字文粹作朞)衆子婦舊服小功今請與兄弟子同爲大功九月嫂叔舊無服今請服小功五月報其弟妻及夫兄亦小功五月舅服緦麻請與從母同服小功謹議

父在爲母及舅姨嫂叔服議　元行沖(開元五年)

議曰夫天地之性惟人最靈者蓋以智周萬物惟睿作聖明貴賤辨尊卑遠嫌疑分情禮也是以古之聖人徵性識本緣情制服則有申有壓(舊唐志會要作厭下同)天父天夫故斬衰三年情禮俱盡者因心立極也生則齊體死則同穴比(會要作狀)陰陽而配合同兩儀之化成而妻喪杖周(二本作朞)情理俱殺者蓋遠嫌疑尊乾道也父爲嫡子三年斬衰而不去職者蓋尊祖重嫡崇禮殺情也資於事父以事君孝莫大於嚴父故父在爲母罷職齊周而心喪三年謂之尊壓者則情申而禮殺也斯制也(二本有可以二字)異於飛走別於華夷義農堯舜莫之異(二本作易)也文武周孔所同遵也(唐志作同所遵也)今君捨尊壓之重虧嚴父之義略純素之嫌貽非聖之責則事不師古有傷名教矣姨妻從母之名又即母之女黨加

於舅服有理存焉嫂叔不服遠嫌疑也若引同爨之緦以忘推遠之跡既乖前聖亦謂難從謹詳三者之疑並請依古爲當謹議

廣喪朋友議　崔祐甫

殿中侍御史安定皇甫政字公理故尚書左丞之子文行兼茂不忝前烈雅度精識(一作識)其儔蓋寡祐甫昔年嘗爲左丞使介而公理又余之族甥故狎焉大曆七年余寓滁而公理寓楚適有來訊示余以所著喪朋友議余美其重禮義有古之遺範瞻望德門執躅無替亦感恩者之所慰幸也公理又念余曰政自從事於文舅氏未嘗以一言見誨豈所望也盍示今議之利病倚歟公理年四十班於赤

墀之下六字亦作班存亦墀簪筆持簡爲王近臣頊又佐廉問董淮
海之部名遂矣權厚矣固當緩步濶視光車美服爲貴爲
達而已矣乃不遺我謏俠不畧我衰憊念噬膚之戚牧門
吏之舊周爰諮謀以師道見待吾亦何有但美子之求益
不倦雖一勺而進可以浸天壤一卷之多可以鎮方城況
其渺瀰既廣嶄崒已峻增之廓之於成名乎必矣皇甫氏
有子哉因覽斯議忽憶永泰中於穆鄂州寧會客席與故
湖南觀察韋大夫之晉同宴適值有錢遠書者知鄭郴州
昃知麗歙州濬或以疾而沒或遇戕於盜韋氏出涕沱若
有一作而言曰二刺史之晉之交友也於是斂七箸離筵席
因歸於所次而哭三日人來弔之者韋則盡哀長號不徒

戚容而已又間歲祐甫佐江南西道連帥魏尚書時屬幕
中之參佐有加官者聚合藥餌卜日爲宴宴前行人至知
團練副使考功邢郎中宇捐館于荊南邢與魏鄉國接近
且邢郎中則諸魏之出於尚書爲內外昆弟適受朝命爲
尚書倅僕感杜蕡規平公之事將入言於府主請罷宴若
不可則請徹樂卒事而同列之士惡我者噞鄙之詞充牣
於聽謂我樵夫農叟之智也好我者顰一作頻戚而相誨曰
愼無以方柄施圓鑿自取辱焉諄諄如不能已僕懦夫也
因是而自悔乃此文粹作及其宴也太庖其酒車傾鄭衛之女
列於賓席之末俳優侏儒設於公堂之下晝日不足繼之
以燭使膳夫欵來酌曰曠飲斯必當見與旹之無筭又焉

得終其詞哉使我不言適其宜也今者追想韋湖南循孔
門之訓其宅則吾不知因縱言之以報公理示之義當矣
又何以規議既成客謂祐甫曰甚韋湖南魏江西二觀察頗
嘗知其風味公直簡諒魏則先之飭情强仁韋之志也今
吾子之論無乃剌魏而附韋乎且子魏之上介也論議不
隱恐非春秋內魯故宋之義盍辯焉祐甫應之曰噫寧以
他規我是論也吾復之熟有日矣韋湖南之晉飭情强仁
誠如來議禮不云乎先王制禮賢者俯而就之不肖者企
而及之子張曰先王制禮不敢不至焉韋氏之喪朋友縱
不由衷亦與夫二者之義合矣吾雖欲不與其可得哉至
於故府公魏尚書公直簡諒清身敬職郡人戴於下朝聽

蒲於上很籍甚盛豈造次之所盡哉但於邢副使之喪若
恐悲而就宴可謂哀樂失其節乃左氏傳所載樂祈左傳作効
告人曰君與叔孫其皆死乎及子招樂憂謂也若情不
至焉率而爲宴則禮經所謂直情而徑行者戎狄之道也
吾雖欲勿議又不可得也且吾之所論者因皇甫公理所
著喪朋友議故縱言及之非敢定二觀察之褒貶文粹無此字
韋湖南吾取節焉而已矣來議又以吾嘗爲魏公使介今
茲著論異於春秋隱魯故宋者茲及近而非中也僕射疑
雖不腆中臺之劇曹郎且棲柱下史有名於著定矣受命
爲尚書介彌縫潤色之職事安可見責以故君子一作以歎故君
之祀嗚呼晉悼公魏絳之君也絳戮悼公之弟韓厥趙宣

之所任也厥裂宣子之僕及其終也悼公謝魏絳曰無重寡人之過宣子曰可賀我矣而絳厥無罪焉豈當不懷（文粹作慎）重公正之（一無之字）世論議之與刑罪（一作與刑罰）當豈異哉子何見過（川文粹有之字）深也嗚呼天下有至公有至當知賢而舉用之至公也臨事而平處之至當也各守其分復何尤哉自漢徐孺子於故舉主之喪徒步千里而行一祭厚則厚矣其於傳繼非可也歷代莫之非也近日張荊州九齡又刻石而美之於後受舉爲叅佐者報恩之分往往過當或撓我王憲捨其親戚之罪負舉其不令子孫以竊名位背公死黨茲或近之時論從而與之通人又不救遂往而不返徐生徐生得非失中之癈痛也常積憤懣困而書之

一作皆唐文粹

改葬服議　韓愈

經曰改葬緦春秋穀梁傳亦曰改葬之禮緦舉下緬也此皆謂子之於父母其他則皆無服可以識其必然經次五等之服小功之下然後著改葬之制更無輕重之差以此知非記其最親者其他無服則不記也若主人當服斬衰其餘親各服其服則經亦言之不當惟云緦也傳稱舉下緬者緬猶遠也下謂服之最輕者也以其遠故其服輕也江熙曰禮天子諸侯易服而葬以爲交於神明者不可以純凶況其緬者乎是故改葬之禮其服惟輕以此而言則亦明矣衛司徒文子改葬其叔父問服於子思子思曰禮父母改葬緦既葬而除之不忍無服送至親也非父母無服無服則弔服而加麻此又著者也文子又曰喪服既除然後乃葬者則其服何服子思曰三年之喪未葬服不變除何有焉然則改葬與未葬者有異矣古者諸侯五月而葬大夫三月而葬士逾月無故未有過時而不葬者也過時而不葬者謂之不能葬春秋譏之若有故而未葬雖出三年子之服不變此孝子之所以著其情先王之所以必其時之道也雖有其文未有著其人者以是（文粹無是字）知其至少也改葬者爲山崩水涌毀其墓及葬而禮不備者若文王之葬王季以水齧其墓魯隱公之葬惠公以有宋師太子少葬故有闕之類是也喪事有進而無退有易以輕

服無加以重服殯於堂則謂之殯瘞於野則謂之葬近代以來事與古異或游或仕在千百（二本無百字）里之外或子幼妻稚而不能自還甚者拘以陰陽畏忌遂葬於其土（文粹作山）及其反葬也遠者或至數十年近者亦出三年其吉服而從於事也久矣又安可取未葬不變服之例而反爲之重服歟在喪當葬猶宜易以輕服況既遠而反純凶以葬乎若果重服是所謂未可除而除不當重而更重也或曰喪與其易也寧戚雖重服不亦可乎曰不然易之與戚則易固不如戚矣雖然未若禮之爲懿也儉之與奢則儉固愈於奢矣雖然未若合禮之爲懿也過猶不及其此類之謂乎或曰經稱改葬緦而不著其月數則以（一作似）三月而後

除也子思之對文子則曰既葬而除之今宜如何曰自啓殯（文粹無此字）至于既葬而三月則除之未三月則服以終三月也曰妻爲夫何如曰如子無弔服而加麻則何如曰今之弔服猶古之弔服也

子游麻衰議　　高郢

衛司寇惠子之喪也其子虎見廢不得爲嗣子游爲之麻衰以譏之將軍文子既悟而虎得復位載在禮典先儒是非之說禮　　戲人書曰盛德不狎侮使彌牟能知禮也是君子也當書直以救失爲不知禮耶是小人也當務（疑）其　能提耳喻之何狎侮之爲乎觀文子未正虎位非不知也重違惠子之志將候告者而行之偃恭何以廣

自許以狎待人重其語言輕其重服乘人之失伐巳之明又非美之位不可謂無辱且多識前言　　其失而䀿適若此設使立人之朝　人之政至於講大禮臨大節獻可替否任賢去邪言可得聞乎無以乃裂冠毁冕行怍而已矣遠觀望之未見其可直人不以其直也不敢以道徇物而忘其身赴井救人傷教害義殆非所謂習禮者矣

嫂叔舅服議第二篇　求之毋族（此下浙本文粹有姨不在焉四字）禮樂詳洽（浙本文粹作五禮詳治）

文苑英華卷第七百六十七

文苑英華卷第七百六十八　　議八

刑法

嗣濮王犯贓請免死議一首

將軍王去榮殺人議一首

復讐議三首　　斷屠議一首

功臣恕死議一首　　刑議一首

嗣濮王犯贓請免死議　　裴子餘

議曰死者不可復生刑者不可復續故聖人但訊於羣臣仰𢧵爰書俯窺刑鼎應議之科有八議親之意特深犯死之條有二犯贓之刑非重廣骨肉之禮則德盛而教尊崇錐刀之禁則化衰而情莫（疑）謹按國子司南之嗣爵重阜

陵當膠東之榮位齊列無聞樂善有墜昭害（疑）但以刑故宥過議人不捨武帝忍受於漢親抵罪可矜高祖約法於秦暴則知原情輕重與事淺深哀死者之銜冤不以親而廢法憫生靈之無識不以法而陷人盜爲因官犯罪專殺以盜之此正盜而爲輕因殺而非重進雖傷於貪黷退非負於幽冤豈惟乾坤感氣雨露所偏然而睠彼親親須明惻隱謹議

將軍三去榮殺人議（并序）　　崔器

右件官打殺本部富平縣令杜徽恩旨以其能放拋石免死奪官自身配陜郡効力中書舍人賈至等未即行下奏請奉進勑旨議者

臣等伏以法者天地之大典帝王守之猶不敢專也若王去榮者乃敢擅殺是臣下之權過於人主開元已前無者尊朝廷也當今(疑)爲天下主愛無親踈得一去榮而失萬姓何利之有又八議名例都無此名十惡科條乃居其一殺本部縣令而陛下寬之王法不行人倫道屈臣等奉詔不知所從夫國以法勝有恩無威慈毋不能使其子養由基射穿七札楚王以爲辱國林慮公主男犯法漢君不爲減罪賤技則去榮何有受去則林慮可徵晉文棄原取信以信大於原也今陝雖要郡不急於法則海内無處不赳(疑)況陝郡乎無法也賈至等皆朝之忠良見尅在近(此句疑)

謹議

復讐議(并序)

陳子昂

臣伏見同州下邽人徐元慶者父爽爲縣吏趙師韞所殺卒能手刃父讐束身歸罪議曰

先王立禮所以進人也明罰所以齊政也夫枕干讐敵人子之義誅罪禁亂王政之綱然則無義不可以訓人亂綱不可以明法故聖人修禮理内飭法防外使夫守法者不以禮廢刑居禮者不以法傷義然後能暴亂不作廉恥以(川文粹作悉)興天下所以直道而行也竊見同州下邽人徐元慶先時父爲縣令趙師韞所殺元慶潛爲(集作讐身)傭保爲其父報讐手刃師韞束身歸罪雖古烈者(新唐書作士)亦何以多(新唐書作加)誠足以激清名教旁感忍辱義士之靡者也然按

之國章殺人者死則國家之畫一(集作畫一之)法也法之不二(新唐書作法不可二)元慶宜伏辜又按禮經父讐不同天亦國家勸人之教者也教之不苟元慶不宜誅臣聞昔者刑之所生本以過亂仁之所利盖以崇德今元慶報父之讐意非亂也行子之道義能仁也仁而無利與亂同誅是曰能刑未可以訓元慶之可顯宥於此矣然邪由正生理必亂作昔禮防至密其弊不勝先王所以明刑本寔由此今倘義元慶之節廢國之刑將爲後圖政必多難則元慶之罪不可廢也何者人必有子子必有親親親相讐其禮誰救聖人作始必圖其終非一朝一夕之故所以全其政也故曰信人之義其政不行且夫以私意而害公法仁者不爲以公

法而徇私義王道不設元慶之所以仁高振古義伏當時(新唐書作義通天下)以其能忘生而徇(集作及)於德也今若釋元慶之罪以利其生是奪其德而虧其利非所謂殺身成仁全死無生之節也如臣等所見謂宜正國之法(新唐書作典)寘之以刑然後旌其閭墓嘉其徽烈可使天下直道而行編之於令永爲國典

同前

柳宗元

臣伏見天后時有同州下邽人徐元慶(文粹作君先下同)者父爽爲縣吏趙師韞所殺卒得手刃父讐束身歸罪當時諫臣陳子昂建議誅之而旌其閭且請編之於令永爲國典臣竊獨過之臣聞禮之大本盖以防亂也若曰無爲賊虐凡爲

子者殺無赦刑之大本亦以防亂也若曰無爲賊虐凡爲理者殺無赦其本則合其用則異旌與誅莫得而並焉（新唐書作不得並也）誅其可旌茲謂濫黷刑甚矣旌其可誅茲謂僭壞禮甚矣果以是示于天下傳於後代趨義者不知所嚮違害者不知所立以是爲典可乎蓋聖人之制窮理以定賞罰本情以正褒貶統於一而已矣向使刺讞其誠僞考正其曲直原始而求其端則刑禮之用判然離矣何者若元慶之父不陷於公罪師韞之誅獨以其私怨奮其吏氣虐于非辜州牧不知罪刑官不知問上下蒙冒籲號不聞而元慶能以戴天爲大恥枕戈爲得禮處心積慮以衝讐人之胷介然自克即死（文粹作死而）無憾是守禮而行義也執事

者宜有慚色將謝之而不暇而又何誅焉其或元慶之父不免於死師韞之誅不愆於法是非死於吏也是死於法也法其可讐乎讐天子之法而戕奉法之吏是悖驁而陵上也執而誅之所以正邦典而又何旌焉且其議曰人必有子子必有親親親相讐其亂誰救是惑於禮也甚矣禮之所謂讐者蓋以寃抑沉痛而號無告也非謂抵罪觸法陷於大戮而曰彼殺之我乃殺之不議曲直暴寡脅弱而已其非經背聖不亦甚哉周禮調人掌司萬人之讐凡殺人而義者令勿讐讐之則死有反殺者邦國交讐之又安得親親相讐也春秋公羊傳曰父不受誅子復讐可也父受誅子復讐此推刃之道復讐不除害今若取此以斷兩

下相殺則合於禮矣且夫不忘讐孝也不愛死義也元慶能不越於禮服孝死義是必達理而聞道者也夫達理聞道之人豈以其王法爲敵讐者哉議者反以爲戮黷刑壞禮其不可以爲典明矣請下臣議附于（文粹有令字）法（文粹有如字）斷斯獄者不宜以前議從事謹議

必達理夫達理（二理字浙本文粹並作禮）

同前（并序）　韓愈

元和六年九月七日富平縣人梁悅爲父報仇殺人（四字舊唐志作殺仇人秦果）自投於縣請罪勑云復仇（舊唐志作仇）殺人自（舊唐志作國）有彝典以其申寃請罪視死如歸自詣公門發其天性志在徇節本無求生（舊唐志有之心二字）寧失不經特從減死（舊唐志有

之法二字）宜決杖一百配流循州由是有此議

右伏奉今月五日勑復仇據禮經則義不同天徵法令則殺人者死禮法二事皆王教之大端有此異同必資論辯宜令都省集議聞奏者朝議郎行尚書職方員外郎上騎都尉韓愈議曰

伏以子復父（文粹無父字）仇見於春秋見於禮記又見（舊唐書有於字）周官又見（舊唐志有於字）諸子（文粹作信）史不可勝數未有非而罪之者也最宜詳於律而律無其條非闕文也蓋以爲不許復仇則傷孝子之心而乖先王之訓許復仇則人將倚法專殺無以禁止其端矣夫律雖本於聖人然執而行之者有司也經之所明者制有司者也丁寧其義於經而深沒其

文於律者其意將(文粹作時)使法吏一斷於法而經術之士得
引經而(新唐書作以)議也周官曰凡殺人而義者令勿讐讐之
則死義(新唐書有者字)宜也明殺人而不得其宜者子得讐也此
百姓之相讐者也公羊傳曰父不受誅子復仇可也不受
誅者罪不當誅也誅者上施於下之辭非百姓之相殺也
又周官曰凡報(集本新唐書作執)仇讐者書於士殺之無罪言將
復仇必先言於官則無罪也今陛下垂意典章思立定制
惜有司之守憐孝子之心戒不自專訪議羣下臣愚以爲
復仇之名雖同而其事各異或百姓相仇如周官所稱可
議於今者或爲官吏所誅如公羊所稱不可行(文粹作議)於今
者又周官所稱將復仇先告於士則無罪者若孤稚羸弱

抱微志而伺敵人之便恐不能自言於官未可以爲斷於
今也然則殺之與赦不可一例宜定其制曰凡有復父仇
者事發具其事因下(下字文粹作申)尚書省集議奏聞酌其宜而
處之則經律(文粹新唐書無律字)無失其旨矣謹議

斷屠議　崔融(聖曆三年)

議曰春生秋殺天之常道冬狩夏苗國之大事豺祭獸獺
祭魚自然之理也一乾豆二賓客不易之義也上自天子
下至庶人莫不揮其鑾刀烹之鶴鼎所以充庖廚故能幽
明感通人祇輯睦萬(會要作百)王千帝殊塗同歸今若(通典作者)禁
屠宰斷弋獵三驅莫行一切不許便(通典作將)恐違聖人之達
訓紊明王之善經一不可也且如江南諸州乃以魚爲命
河西諸國以肉爲齋一朝禁止百姓勞弊富者未革貧者
難堪二不可也加有(會要作又)貧賤之流刲割爲事家業倘失
性命不全雖復日戮一人終慮未能總絶但益恐嚇惟長
姦欺外有斷屠之名內誠鼓刀者衆勢利依倚請託紛紛
三不可也雖好生惡殺是人之小心(通典作是君子之小恩)而考古
會今非國(諸本有家字)之大體但使順月令奉天經造次合禮
儀從容中刑典自然人得其性物遂其生何必改革方爲
盡善伏惟聖主採擇謹議

功臣恕死議　呂温

昔衛蒯聵以竊國之詐盟其陪臣服冕乘軒三死無典近
代惑者爲因口號(一作因爲口實)於是乎有功臣恕死之典考諸

古訓其異端歟稽諸時事其亂本歟何者有國之柄莫大
乎刑賞人生有欲不可以不制天討有罪不可以不刑蓋
刑者聖王所(一作時)以佐道德而齊天下者也功濟乎物不
可以不賞賞勸乎功不可以不信蓋信者聖人所以一號
令而惇天下者也然則恕死之典棄信而廢刑何以言之
夫立功者自八元十亂之後非盡能賢或有起屠販壟畝
行陣之間秉帝王應天順人之勢用力無幾遂貪天功超
騰風雲各得變化率勞怙寵崛强自負僭冐無厭見利忘
義是宜崇威峻法大爲之防而反丹書鐵券許以不死其
功大者可以五作亂而十犯上孰不以暴爲無傷乎且人
君之言如渙汗不反既與之要天地誓山河卒(倉忽反)一旦

失馭有縣韓之罪神怒人怨不得已而誅是棄信也若恣行虓險隳突憲綱或姦鋒將發豈逼宗社乃念斯言之玷忍而不誅是廢刑也何者纔得其塵消之勞（集作勳）螢燭之助而信棄刑廢將焉用之使賢而有功驚寵懼滿自居無過之地何怨死爲使愚而有功小人不幸（集作之）又告以無死是增驕而啓奸適所謂賞之（一有以字）禍也雖怨之死其能免乎夫其賢如太公忠如伊尹惟君知臣可以勿貳而遽宥以罪死是宜其不終非所以待之以誠而盡君子之心也若乃猾如狗盜庸如縣徒未有罪而先恕之死是不許其慕生廉耻自罔名節非所以道之以德而勸小人之善也以爲明君之處勞臣也安之以爵祿拘（集作護）之以紀律

名之以好惡聳之以禍福使得遷善遠罪保勳全名剖符傳慶與國終始恩斯勤斯是亦極矣柰何撓權亂法以罪寵人墜信賞必罰之典虧昭德塞違之道恐非哲王經邦軌物之制也謹議

刑議　楊夔

議曰刑可以立乎堯舜不能去不亦深乎曰貳於法而行之苟違之者是不由砥終而紊之則孰若嚴刑而使知畏姑以一字言之立其墻垣崇其閈閎猶有穴而入者而況於不設乎漢輕其法穽民於禍矣之而不是子更（此句疑）嗚呼致金於路坐拾者以盜不

文苑英華卷第七百六十八

文苑英華卷第七百六十九　議九

貨食

邊防

貨食

貨泉議（文粹作請禁私鑄錢議）　劉秩（開元二十二年）

議曰臣伏奉今月二十一日勑欲不禁鑄錢更令百寮詳

議可否者夫錢之興其來尚矣將以平輕重而權本末齊相得其術而國以覇周景失其道而人用弊考諸載籍國之興衰實繫於是陛下思變古以濟今欲反經以合道而不即改作詢之芻蕘臣雖蠢愚敢不薦其聞見古者以珠玉爲上幣黃金爲中幣刀布（文粹作錢布）爲下幣管仲曰夫三幣握之則非有補於煖也捨之則非有損於飽也先王以守財物以御人事而平天下也是以命之曰衡衡者使物一高一下不得有常故與之在君奪之在君富之在君貧之在君是以人戴君如日月親君如父母用此術也是謂（舊唐志作爲）人主之權今之錢即古之下幣也陛下若捨之任人（唐策有自鑄二字）則上無以御下下無以事上其不可一也夫

物賤則傷農錢輕則傷賈故善爲國者觀物之貴賤錢之輕重夫物重則錢輕錢輕由乎物多多則作法收之使少少則重重則作法布之使輕輕重之本必由乎是柰何而假於人其不可二也夫鑄錢不雜以鉛鐵則無利雜以鉛鐵則惡惡不重禁之不足以雜 心且方今塞其私鑄之路人猶冒死以犯之況啓其源而欲人之從令乎是設陷穽而誘之入其不可三也夫許人鑄錢無利則人不鑄有利則人去南畝者衆去南畝者衆則草不墾草不墾又鄰於寒餒其不可四也夫人富溢則不可以賞勸貧餒則不可以威禁故令法不可以行人之理亂（十字唐志會要作法令不行人之不理）皆由貧富之不齊也若許其鑄錢則貧者必不能爲臣恐

貧者彌貧而服役於富室富室乘之而（會要作則）益恣昔漢文帝之時吳濞諸侯也富埒天子鄧通大夫也財侔王者此皆鑄錢之所致也必欲許其私鑄是與人利權而捨其柄其不可五也陛下必以錢重而傷本工費而利寡則臣願言其失以效愚計夫錢重者猶人日滋於前而爐不知加於舊又公錢重與銅之價頗等故盜鑄者破重錢以爲輕錢錢輕（會要無此二字）禁寬則行錢重（唐志會要無此二字）禁嚴則止止則棄矣此錢之所以少也夫鑄錢用不贍者在乎銅貴（會要有之曲二字）銅貴在於採用者衆夫銅以爲兵則不如鐵以爲器則不如漆禁之無害陛下何不禁於人禁於人則銅無所用銅無所用則銅益賤賤則錢之用給矣夫銅不布下則

盜鑄者無因而鑄無因而鑄則公鑄（會要作錢）不破（會要疊公錢不破四字）人不犯死刑錢又日增必（唐志會要文粹作未作未唐策作斯通典作不）復利矣是一舉而四美兼也惟陛下熟察之謹議

後漢以粟爲賞罰議　呂溫

議曰先王賞以餙喜罰以餙怒喜必待功而賞不僭行怒必（集作句）得罪而罰無輕赦其來尚矣漢氏雜霸道而褻王制昧宪規而徂小利俾人納粟除罪拜爵以罰人則廢法以賞人則廢功以儲蓄則廢本是阻（禁作沮）勞惠奸而怠棄南畝也何以言之惟名與器不可假人而班爵於弃妻之家析圭於滯積之室使屠沽賤隷陵駕英豪苟有懷廉恥之心豈復致患難之死雖月要天地日誓山河而賞不足

以勸矣天討有罪刑之（集作兹）無赦而撓權於殘賊之徒啓法於奸宄之黨使宄人汙（集作酷）吏言暴無傷苟開必免之門孰懲罔極之惡雖臨以斧鉞鄅於鼎鑊而刑不足以威矣且朝縻好爵以粟授受國有常刑以粟出入貪利愛生之夫孰不願空壠畝而貸圭組竭倉廩而救死亡拜爵者坐等封君遂忘其本業免罪者室如懸罄（集作磬）曷保其生聚賞罰者君（集作長）人之大柄農嗇者爲（集作有）國之永圖忽而棄焉曾不是念而利乎國儲之贍是實兵食之僅濟其何補歟然而漢承秦弊中國耗竭高惠務厥完輯孝文守以恭儉德未浹於海外威未行於四夷邊候猶聞擊柝戎士不得解甲兆錯是以權宜之對救弊之術偷利於當代幸

成於一時雖曰有因而爲終貽譏者之誚國家體元御極繼天而作勝(集作騰)軼殷周休有(集作緝休)唐虞率我蒸人登于壽域王一變至於帝帝一變至於皇非大道之暮不聽非聖德之猷不(集作非盛德之事不)問焉有襲(集作習)近古之失策採庸臣之詭論者哉必患國廩猶虛邊餽未繼莫若興李悝之平糴務充國之屯田練將簡兵以省軍費輕徭薄賦以悅人心東作一興西成再秩則太倉之蓄如京矣塞下之稼如雲矣亦何必虧昭德塞違之道墜信賞必罰之典恐非聖唐經邦軌物之制也謹議

錢貨議　元稹

奉進止當今百姓乏(集作之)困衆情所知欲減稅則國用不

充欲依舊則人困轉甚皆由貨輕錢重征稅闇加宜令百寮各陳意見以革其弊者臣以爲當今百姓之困其弊數十不獨在於錢貨征稅之謂也既聖問言之又以爲黎人之重困不在於征(集作賦)稅之闇加悉在於剝奪之不已錢貨之輕重不在於議論之不當患在於法(集作號)令之不行今天下稅賦一法也厚薄一槩也然而廉能莅之則生息貪愚莅之則敗傷蓋得人則理之明驗矣(集作世)豈征稅闇加之謂乎自嶺已南以金銀爲貨幣自巴已外以鹽帛爲交易黔巫溪泱大抵用水銀硃砂繒帛(集作採)中帽以相市然而前人以之理後人以之擾東郡以之耗西郡以之贏又得人則理之明驗也豈錢重貨輕之謂乎自國家置兩稅已來天下之財限爲三等(集作品)一曰上供二曰留使三曰留州皆量出以爲入定額以給資然而節將有進獻以市國恩者有賂遺以買私名者有藏鏹滯帛以貽子孫者有高樓廣榭以熾第宅者彼之俸入有常也公私有分也此何從而得之又國家置度支轉運已來一則管鹽以易貨一則受財以經費近制有年進月進之名有正至三節之獻彼之管鹽有常也受財有數也此又何從而得之且百姓國家之百姓也財貨國家之財貨也不足則取之有餘則捨之在我而已又何必授之重柄假之利權徇彼之徼恩成我之怨府哉今陛下初臨億兆首問羣寮誠能禁方(集作藩)鎮大臣不時之獻貢罷度支轉運別進之名絕賂

遺之私節修靡之俗峻風憲之舉深贓罪之刑精覈考課之條慎選字人之長若此則不減稅而人安不改法而人理矣至于古今言錢幣之輕重者熟矣或更大錢或放私鑄或龜或貝或皮或刀或禁埋藏或禁銷毁或禁器用或禁滯積皆可以救一時之弊也然而或損或益者益法有行不行之謂也臣不敢遠徵古證竊見元和已來初有公私器用禁銅之令次有交易錢帛兼行之法近有積錢不得過數之限每更守尹則必有用錢不得加除之牓然而銅器備列於公私錢帛不兼於賣鬻積錢不出於墻垣欺濫偏行於市井亦未聞鞭(川粹作罪)一夫黜一吏賜(集作賞)一告訐壞一蓄藏豈法不便於時耶蓋行之不至也陛下誠能

採古今救弊之方（集作法）施賞罰必行之令則聖祖神宗之法制何限前賢後智之議論何窮豈特愚臣盜竊古人之見自稱華弊之術哉謹議

錢重物輕議　前人

右臣伏見中書門下牒奉進止以錢重物輕為病頗其宜令百寮各隨所見作利害狀類會奏聞者臣備位有司謬揔邦計權物變弊職分所當固合經心自思上達豈宜待問方始啓謀臣伏以作法於人必求適中苟非濟衆是作不臧所以夙夜寘懷重難其術伏奉制旨旁採庶寮臣實有司敢不知愧既不早思所見上沃聖聰今乃備數庶官有隨奏議無乃失有司奉職之體負尸位素飧之責况道謀孔多是用不集盈庭之言自古所知至於業廣即山稅微穀帛發公府之朽貫禁私室之滯藏使泉流必通物定恒價羣議所共指事皆然但在陛下行之有司遵守利害之説自足可徵若更將廣引古今誕馀詞辯有齊畫餅無益國經恐重空文不敢輕議謹議

廢職田議（并序）　李元紘（開元十三年）

時紛廢京司職田議者請於關輔置屯田以實倉廩元紘建議曰

伏以軍國不同中外異制若人閑無役地棄不墾發閑人以耕棄地省餽運以實軍粮於是乎有屯田其為益多矣今百官所退職田散在諸縣不可（舊唐書本傳有處字非）聚也百姓有所私田皆力自耕猥不可取也若置屯田即須公私相換徵（會要作調）發丁夫徵役則業廢於家免庸則賦闕於國內地置屯古所未有得不補失（會要作若此處置）或恐未可謹議

邊防

與魏徵論突厥議　溫彥博

貞觀十三（三字貞觀政要作四）年頡利初敗而來降者甚衆詔議安邊之術朝士多言突厥恃强擾亂中國為日久矣今天寔喪之窮來歸我本非慕義之心因其歸命分其種落俘之河南兗蔡之地（政要作豫是）散屬（舊唐書突厥傳作居）州縣各使耕織百萬胡虜可得化為百姓則中國有加戶之利塞北可常空矣惟中書令溫彥博議請準漢建武時置降匈奴於五原塞下令（突厥傳作全）其部落得為捍蔽又不離其土俗因而撫之一則實空虛之地二則示無猜之心若遣向河南兗豫則乖物性故非含育之道太宗將從之秘書監魏徵奏曰（突厥傳作言）突厥自古至今未有如斯之破敗者也此是上天勦絕宗廟神武且其代寇中國百姓冤讐陛下以其降伏不能誅滅即宜遣還河北居其故（政要作舊）土匈奴人面獸心非我族類强必寇盜弱則卑服不顧恩義其天性也秦漢患其若是故發猛將以擊之取（取作政要作收其）河南以為郡縣陛下柰何以內地居之且今降者幾至十萬數年之間孳息自（突厥傳作百政要作過）倍居我肘腋甫（政要作術）邇王畿心腹之疾將為後患尤不可河南處也溫彥博奏曰天子之於物

也（政要作萬物）如天地覆載（突厥傳作天覆地載）有歸我者則必養之令突厥破滅（政要作敗）之餘歸心降（政要作部落歸）附陛下不加憐愍棄而不納非天地之道（政要心）阻四夷之意臣愚甚謂不可遣河南亦無所患所謂死而生之亡而存之懷我德惠（政要作厚）恩終無叛逆魏徵又曰晉代有魏時胡落分居近郡平吳以後郭欽江統勸武帝逐出塞外帝不用欽等言數年之後遂傾河（二本作瀍）洛前代覆車殷鑒不遠陛下必用彥博之言遣居內地（二本作河南）所謂養獸自遺患也彥博又曰臣聞聖人之道無所不通古先哲王有教無類突厥餘䰟（政要作魂）以命歸降（二本作我）我援護之使（二本作收）居內地我藉麾之（突厥傳作稟我指麾）教以禮法數載之後盡為農人選其酋首（政要作長）遣居宿衛畏威懷德何患之有且光武有（突厥傳作居）南單于居（突厥傳作於）內郡為漢藩翰終乎一代不有叛逆上竟從其議

拔四鎮議　崔融

議曰北狄之為中國患者久哉唐虞以上為獯鬻殷周之際曰獫狁西京東國有匈奴冒頓焉當塗典午有烏丸鮮卑焉拓跋世則蠕蠕倡狂宇文朝則突厥恣睢斯皆名號因時而改種落與運而遷五帝不能臣三王不能制兵連禍結無代不有長策遠筭曠古莫聞夫胡者北狄之總名也其地南接燕趙北窮沙漠東接九夷西界六戎天性驕傲覘伺便隙鳥飛獸走草轉水移自言天地所生日月所宜南有大漢北有強胡更相馳突至今陷潰者靡歲而寧為漢興高皇以百萬衆窘于平城之下國人羞之逮至武皇患其如此赫然發憤肆志遠畧建元中使張騫始通西域既而列四郡據兩關以斷匈奴右臂乃復度河湟築令居塞以絕南羌北交於是乘障塞絕亭燧出長城數千里矣于斯時也承文景玄默之後國用富強太倉之粟相因水衡之錢貫朽練兵選將深入窮追傾府庫之財殫士馬之力行人使者歲月亭障貳師驃騎首尾關河餓虎未摧其國已耗駝驢既死其人亦殄乃至造皮幣筭緡錢稅舟車榷酒酤夫豈不懷深惟長久之計然而匈奴於是乎孫特遂竄羽檄不行焉始孝武開西域之後為置使者校尉領護之宣元哀平其道不替王莽篡位貶易侯王由是西

域怨叛與中國隔絕並復從屬匈奴斂稅重刻諸國不堪命光武中興皆遣使求內屬自建武至于延光三絕三通至唐太宗方事外討復脩孝武舊跡並南山至於葱嶺為府鎮烟火相望焉其在高宗厲精為政不欲廣地務其安人徭戍繁數用度減耗復命有司拔四鎮其後吐蕃果驕大入西域焉耆以西所以城堡無不降下遂長驅東向踰高昌壁歷車師庭侵常樂縣界斷莫賀延磧以臨我墩煌伏賴主上神鑒通幽沖機測遠下嚴霜之令興時雨之兵乃命右相韋待價為安息道行軍大總管安西都護閻溫古為副問罪焉時也先命蘭州刺史行軍司馬宋師將料敵簡徒倍道據磧賊遂有備一戰而走我師追躡至于焉

耆粮道不繼而止竟亦無功朝廷以畏懦有刑流待價於
瓊州棄温古於秦州放棄二罪而諸將咸黜至王孝傑而
四鎮復焉今若拔之是棄已成之功忘久安之策小慈者
大慈之賊前事者後事之師柰何不圖也四鎮無守則狂
胡益贍必兵加西域諸蕃氣飈恐不能當長蛇之口西域
既動自然威臨南羌南羌樂禍必以封豕助虐蛇豕交連
則河西危河西危則不得救況復邊境守禦之具未整內
郡武衛之備未精方須命將出師興役動衆向之所得今
之所失向之所勞今之所逸可不謂然乎而議者但憂其
勞費念其遠征曾不知其蹙國棘土春秋所譏杜漸防萌
安危之計大南羌者請試言之往孝武皇帝築令居時羣

羌明約與匈奴合兵至十餘萬共圍枹罕遣李息爲擊平
之是則羌胡同惡有自來矣遠而依西海塩池左右漢遂
因山爲塞河西地空稍徙民以居之至宣帝時先零種豪
言願得度湟水逐人所不田處爲畜牧將軍趙充國以爲
不可後羌因緣前言遂度湟水郡縣不能禁乃遣充國與
諸將擊平之是則額牧始言非止於今年耳且漢之匈奴
鳥若今之默啜今之勃律孰與漢之南羌頃者吾兵稍遷
番賊先據要害則河西四郡已非國家之有今復安得而
拔之乎何謂非國家之有但莫賀延大磧者伊州在其北
沙州在其南延袤向二千里中間水草不生爲毎災風横
必石飛吼行人晝看朽骨以知道路夜視斗柄以辨方隅

往往遇鹹泉時時得馬酒而後度焉蓋驅馬死者十四五
人畜疲極若北有强寇則難以度磧漢兵難度磧北　伊
西延安及諸蕃無救則疲兵不能自振不能自振則爲賊
所役屬賊呑之又得肥饒之馬馬肥人逸漢復焉得懸軍
深入乎有以知通西域之艱難也磧南有沙瓜甘肅四州
並以南山爲限山南即吐渾及吐蕃部落賊知漢兵不得
度磧必踰南山分路而下磧北賊與突厥通結相合而前
則涼州以西勢必危矣故曰非國家之有拔之非便主上
以默啜逆天置之度外神武不殺上仁好生遂令匍匐請
命聳踴知恥中國不聞犬吠之警邊亭不識狼顧之憂聖
人之用兵也如此則知啓脩政而有苞奔農脩德而夙沙

至禹焚甲而夷人附舜舞戚而苗民來爲不虛也賈誼書
云（賈誼新書作周）成王問鬻子曰聖王在上位使人富且壽夫富
則可爲也壽不在天乎對曰聖王在上位則天下無軍兵
之事則人免於一死而得一生矣君積於道吏積於德人
無凍餒則免於二死而得二生矣君積於仁吏積於愛則
刑罰廢人無夭閼之誅則免於三死而得三生矣使人以
時而用之以節人無癘疫則免於四死而得四生矣今聖
主在上而得四生稟氣流形孰不幸甚然爲邦之道安不
忘危漢時單于上書願保塞請罷邊備郎中侯應習邊事
以爲不可東漢時西羌作亂徵天下兵賦役無已司徒崔
烈以爲宜棄涼州議郎傅燮厲言曰斬司徒天下乃安涼

州天下要衝國家藩衛世宗拓境列置四郡議者以爲斷匈奴右臂烈爲宰相不念爲國思所以報之之策仍欲割棄一方萬里之土若使左衽之虜得居此地士勁甲堅因以爲亂此天下之至慮社稷之深憂竟從燮議令宜日愼一日雖休勿休採侯應不可之言納傅燮深慮之議然後風爲號令雷爲折衝繕甲兵思將帥上與天合德下與地合明中與人合心善戰者不戰陣一作如斯而已矣按舊安之四鎭委難制之兩克求將來之端考已然之驗伏念五六至于再三愚下固陋知其不可伏惟朝廷再三察焉謹議

設險議

李綌

易稱王公設險以守其國夫爲國之衛恃於山川丘陵郛郭溝池自古而然也左氏傳司馬侯對晉主以九州之險而不以一姓恃險爲殆此欲其夕惕戰慄而進德也說者不知言左氏與大易相反而曰非設險或曰孟子稱地利不如人和夫和不設險以爲周備也何以言之昔周室肇基后稷業隆昌發玉璜佐命而寶龜卜七百之祀師逾孟津諸侯不謀而至遂雷呴風飈音猋殷墟圮裂乃定鼎郟鄏遷都洛食聿脩祖宗之業非棄德也而無險阻以自固遂使晉文作霸召天子於河陽莊王問鼎之失足以爲鑑矣向使周設秦之險秦法周之德則七百之期可以保強大萬葉之制可以無橈撓也且譬之御者焉　今循任商周之德業述商周之仁義然後阻江漢以險使夷狄賓因岳鎭以險使諸侯順憑關梁以險使近甸安張四維以險使百官衆斷刑罰以險使盜賊止求明察以險使奸僞白險之時用大矣哉斯所以來遠鎭邇戢兵䌛甲而守終膠固也謹議

文苑英華卷第七百六十九

文苑英華卷第七百七十　議十

雜議

象古建侯未可議　魏徵

議曰臣聞三代之利建藩屏保乂皇家兩漢之大啓山河同獎王室故楚國不恭齊桓有邵陵之師諸呂稱難朱虛

奮北軍之謀九鼎絶而復安諸侯傲而還肅比夫秦之孤立子弟爲匹夫魏氏虛名藩捍（一作翰）若圖固豈可同年而語哉至於同憂共樂之談百不一存（十二字通典作自隋氏亂離百姓俱起黎元塗炭十不一存）如蒙聖帝敷至仁以流玄澤沐春風而沾夏雨一朝棄之爲諸侯之隸衆心未定或致逃亡其未可一也旣立諸侯當建社廟禮樂文物儀衛左右頓闕則理必不安粗備則事在未暇未可二也大夫卿士咸資祿俸薄賦則官府困窮厚斂則人不堪命其未可三也王畿千里征稅不多至於貢賦所資在於侯甸之外今並分爲國邑京師府藏必虛諸侯朝宗無所取給其未可四也今燕秦趙代俱帶蕃夷黠羌旅拒匈奴未滅追兵內地遠赴邊庭不堪其勞將有他變難安易動悔或不追其未可五也原夫聖人舉事貴在相時或未可理資於通變敢進芻蕘之議惟明主擇焉謹議

一英華多脫畧今以通典增入

賞舊左右議　前人

議曰昔晉文反國爰議從亡之賞漢皇定鼎先說入蜀之功太宗兆恊大横未忘代邸之舊光武符膺赤伏猶念潁川之勤此一霸三王名高前代豈溺情於近習曲私於一物哉蓋理有必然義不得已也書曰人惟求舊左右等攀附麟翼多歷歲年入參社稷之守出爲羈絏之僕冒犯鋒鏑契濶險難或力盡鞍甲（一作馬）恩澤莫沾或身沒戰場子

孫未録羣議不息實由於此今時來有運天門已開故攀桂（疑作擊柱）之讙未絶積薪之歎尚深若不申此大通（疑）考之羣望介之推高潔猶未免言臣等慮不及遠輒申狂瞽伏惟深察悚慄謹議

漢高祖僞遊雲夢議　高叅

或曰漢高帝僞遊雲夢以擒韓信果哉其智足稱也予以爲（文粹作謂）漢祖不思弘遠之規而務一時之計於是乎失政刑矣聖人貴正不貴幸與律不與臧昔者明王五載一巡狩令（文粹作合）諸侯各朝于方岳大明黜陟故無德者削地有功者進律漢時君臨萬國示人以偷僞遊之名不可以訓且當此之時韓信未有逆節一朝繫信而生諸侯之疑天

下皆疑則所利者少而所失者多矣（文粹無以字）昔崇伯之方命圮族共工之靜言庸違帝堯以則哲之明而未有去者蓋以其行僞象恭且有四岳之舉故也向使堯惡四凶之行拒四岳之舉不待試用加之誅放天下必以爲戮不辜矣夫刑一人使天下知其罪則服賞一人使天下知其賢則勸若賞而不勸刑而不服堯所不爲也漢祖不能斟酌古典卒用陳平之言執信而歸於京師一二年間韓王信反馬邑趙相貫高謀栢人陳豨反代地彭越黥布盧綰之徒悉以叛換（漢書項氏畔換換叛與畔同）豈非服勸用刑之失歟傳曰君人執信臣人執忠古之盟主恥襲侵之事況光有天下者乎於戲悠悠千載變詐萌生使天子不復言巡狩諸侯不

敢議朝覲大者自嫌彊盛小者懼於因執是恩信不流于下而忠孝不達于上王者之澤寢以凌遲自雲夢始矣

奏貓鼠議　崔祐甫

右今月日中使某宣進止以籠盛貓鼠示百寮臣聞天生萬物剛柔有性聖人因之垂訓（一作範）作則禮記郊特牲篇曰迎貓爲其食田鼠也然則貓之食鼠載在典祀（一作禮經）以其除害利人雖微必録今此貓對鼠不食仁則仁矣無乃失於性乎鼠之爲物晝伏夜動詩人賦之曰相鼠有體人而無禮又曰碩鼠碩鼠無食我黍其序曰貪而畏人若大鼠也臣旋視之雖云動物異於麋鹿麏兔彼皆以時殺獲爲國家之（一作用）此鼠有害亦何愛而曲全之（一無此十一字）貓受人畜養（一作養育）棄職（一作職既）不脩亦何異於法吏不勤觸邪疆吏不勤扞敵又按禮部式具列三瑞無貓不食鼠之目以此（一作效）稱慶臣所未詳伏以國家化洽理平天符荐至紛綸雜沓史不絶書今玆貓鼠不可濫廁若以劉向五行傳論之此（一無此字）恐須申命憲司察視（一作聽）貪吏誡諸邊侯無失徼巡貓能致功鼠不爲害臣忝樞近職司聰明不揆狂愚輒獻公議謹議　一作昔衛唐書本傳及唐文粹

晉文公問守原議　柳宗元

晉文公既受原於王難其守問寺人教鞮以畀趙衰余謂守原政之大者也所以承天子樹霸功致命（文粹作令）諸侯不宜謀及媟近以忝王命而晉君擇大任不公議於朝而

私議於宮不博謀於卿相而獨謀於寺人雖或衰之賢足以守國之政不爲敗而賊賢失政之端由是滋矣況當其時不乏言議之臣乎狐偃爲謀臣先軫將中軍晉君疏而不咨外而不求乃卒定於内豎其可以爲法乎且晉君將襲齊桓之業以翼天子乃大志也然而（一作則）齊桓任管仲以興進豎刁以敗則獲原啓疆適其始政所以觀視諸侯也而乃背其所以興跡其所以敗然而能霸諸侯者以土則大以力則强以義則天子之冊也誠畏之矣烏能得其心服哉其後景監得以相衛鞅弘石得以殺望之誤之者晉文公也嗚呼得賢臣以守大邑則非失舉也非失問也（集作問非失問舉非失舉失）然猶羞當時陷後代若此況於問與舉又

兩失者其何以救之哉余故著晋君之罪以附春秋許世子止晋盾之義謹議

昭陵寢宮議　王仲舒（貞元十四年）

右奉進止寢宮在山上置來多年曾經野火燒爇摧毁畧盡其宮尋移在瑤臺寺左側今屬連年欲議脩置（會要作理）緣舊宮本山上元無井泉每緣供水稍遠百姓非常勞弊今欲於見住行宮處脩造所冀久遠便人（會要作安）又爲改移舊制恐所見（會要作在）未周宜令中書門下及百寮同商量可否聞奏者守右補闕王仲舒議曰

伏詳勑旨以太宗陵廟衣冠所游嚴上之誠重於改作寔聖人之孝也但以旣經焚毁舊制將來仙馭所經恐違虔

奉之意其本地素無泉源日羞饋祀出於人力登降難爲褻味又仲尼有言易墓非古臣庻兆域尚重芟夷園寢之間豈宜振擾不可再興版築理足明徵陛下聰明聖神德叶文祖寢宮廢墜歲序滋深獨留其功以俟聖旨伏惟精選信任大臣嚴重其禮昭告陵廟以通明靈令於栢城之中卜其近地畧雕琢之費因耕稼之休務録愛人節用之心副文皇還郭之志天下幸甚謹議

同前　權德輿

議曰臣聞古宗廟之制前有廟廟列昭穆後有寢寢陳衣冠自秦漢已來始因陵立廟有寢宮便殿雖廟居陵傍而無必在山上不可在山下之定制且禮文所貴宜也稱也祀事所資敬也絜也伏以昭陵因山太宗所建宮在上以便（集作便於）當時自野火延燒行宮山下亦已久矣今若伐本縮版程功就險神道貴靜或非所宜則與置陵之初事體爲異況舊制旣毁新宮是脩考於便地可以經久所謂宜且（一無且字）稱也又井泉在下汲引爲易饗獻之禮是資嚴恭本於明德惟馨亦在吉蠲爲饎故禮之言祭也水曰清滌言於（一作其）絜淨滌濯也又曰不敢用常褻味所以交於神明也因玆列井以備薦羞所謂敬且（一作而）絜也凡事舉必以制度當否爲大而以人力勞逸爲細若於事爲當而又無（一有所作）勞不亦順昭陵愛人之心乎不亦叶陛下從宜之禮乎今列聖寢宮有在山下者矣然則致敬來格之義豈

山上山下而爲遠近耶臣愚以爲但在栢城之内則不云遠陛下精誠愼重詢及庻寮徒獻所聞伏增戰越謹議

一作皆唐文粹及集本

酷吏傳議　前人

詩美仲山甫曰剛亦不吐柔亦不茹故體備徤順是爲（文粹作謂）全德不然則直已循性能秉一方事舉於中（集本川文粹作照）皆（川文粹作背）理道也得柔之道者爲循吏失剛之理者爲酷吏司馬氏脩史記（文粹有始字）作二傳以誡世爾而後以郅都爲酷吏傳首愚有惑焉都之爲中郎將上欲搏野彘活賈姬從容奏議引宗廟太后之重其爲濟南守誅豪猾首惡人（文粹作道）不拾遺其爲中尉宗室貴臣歛手仄目其爲鴈門

守匈奴不敢近邊至爲偶人像之騎射莫能中然其勇敢氣節根於公廉不發私書不受請寄具此數者爲漢名臣入居命卿出揔列郡（文粹作羣首）堅剛忠純終始若一坐臨江之嫌當太后之怒身死漢庭首足異處有以見漢氏之不綱王澤之弛絶也盖在史氏發而明之以旌事君以勵使臣俾百代之下有所懲勸于長既首冠酷吏班氏又因而從之善善惡惡之義於此缺矣夫椎埋沉命舞文巧詆之徒目爲等夷雜列篇次至於（文粹作其）述賛雖云刋是非爭大體又何補焉噫嚱洪範之沉潛大易之直方皆臣道也都雖未蹈之斯近之矣不隱忠以避死不枉道以善（文粹作灌）官無處父之華異申根之欲所至之邦必以稱職聞其古之

剛而無害（文粹作虐）怒而中節者歟剛似酷彊似仁在辯之不惑而已天下似是之爲失多矣（文粹作天下似而非失之多矣）豈獨是哉開卷之際怳然有感且以司馬氏班氏皆良史氏（文粹作也）猶不能辨也（文粹無也字）故斐然成文

世祖封不義侯議　前人

予讀東漢史至彭寵舉兵拔薊城自爲燕王倉（文粹作蒼）頭子密等因寵獨在便室卧寐遂共殺之以其事詣闕封爲不義侯愚以爲非先哲王封賞之本旨也遂作議云先師曰惟器與名不可以假人又曰必也正名乎又曰惟則定國於戲有國者可不務乎當世祖之初天命再集於此時貞百度正三綱纂脩德教允荅天意時彭寵以南陽舊恩位列上將有舉漁陽之功饋邯鄲之忠竟以讒謗獲罪反側怨望遂攻朱浮於薊自稱燕王時師旅孔熾元元苦甚時君宜以息人紓難爲心則當録念功用昭洗瑕纇次則布之威懷華其非心必不得已則仗大順以討之出王師以征之以明君君臣臣之義此三者皆不能用之或用之而不能盡及夫倉頭子密有便室之逆運其徂忍待其（文粹作時）伺卧寢遂使命懸僕隸倉卒授首及詣闕也封爲不義侯愚以爲伯通之叛命子密之戕君同歸於（文粹字于）亂罪不相蔽各宜致於法昭示王度反乃爵於五等又以不義爲名且舉以不義則莫可侯也（文粹有而此侯三字通鑑作此而可侯）漢爵爲不足勸矣春秋書齊豹盜三叛人名之義無乃異於是乎且

如繰布之哭彭越孔車之瘞主父使於東漢議罪孰甚焉況四方甫定傷痍未復不稽古訓以喜怒爲刑賞使天下陪臺廝養各幸其君之亂而徼侯印授諸侯危疑之勢鼓臣下叛換（漢書項氏訓換叛與畔同）之原棄名器而汨彝倫且以憲令爲戲時風浩浩蕩而不復至使桓靈不君（文粹作道）山陽脅奪本其所自庸詎知非封不義之效歟

西伯受命稱王議　梁肅

太史公曰詩人道西伯以受命之年稱王而斷虞芮之訟遂追王太王王季改正朔易服色十年而崩或謂大雅序文王受命作周秦誓序十有一年武王伐殷妄徵二經以實其說予以爲反經非聖不可以訓莫此（文粹有爲字）甚焉嘗

試言之夫聖人無作作則爲萬代法盖仲尼美文王之德曰三分天下有其二以服事殷又曰內文明而外柔順以蒙大難文王以之未有南面稱王而謂之服事易姓創制而謂之柔順仲尼稱武王之烈曰湯武革命又曰武王末（禮記作末）受命未有父受之而子復（文粹作移）革命父爲天子子云未受當武王之會盟津也告諸侯曰汝未知天命未可以誓師也曰惟我文考（四字文粹作惟九年）大統未集予小子其承厥志孰有王者出征復俟天命天統既改而復云未集禮大傳稱牧之野既事而退（文粹有遂字）柴于上帝追王太王王季文王改正朔書徽號若虞芮之歲稱王則不應復云追王王制既行則不復應（文粹作應復）云改物是皆反經者也夫大

者天地其次君臣聖人知定位之不可易也故制爲上下之禮財成天地之道使各當其分而不相間若億兆之去晉天命之與奪則與（文粹作存字）乎其時聖人順而行之故謳歌（文粹有所字）歸而舜禹揖讓桀紂惡（文粹有盈字）則湯武放伐所謂後天而奉天時不得已而爲之者也若殷道未絕紂惡未極而遂稱王以令天下則不可謂至德也此其非聖者也予以爲大雅作周之義盖承夫積德累仁爲海內所歸往武王因之遂成大業非（文粹有所字）謂革命易姓爲作周也秦誓紀年盖武王周公追考前文陳王業之盛自虞芮始故斷爲受命之歲仲尼憲章文武故因而叙之曰十有一年武王伐殷非所謂自稱王而爲之數也文王既沒經義斯在如曰不然以俟君子

焚舟議　楊夔

秦伯伐晉兩用孟明皆敗績用之不怠復伐于晉晉人不出遂封殽尸霸者以武爲功乎昔楚子敗晉京觀以昭武功楚子不從曰所以稱武者以有七德也我無一焉其可稱哉今稽秦師忽蹇叔之忠諫納杞子之往謀勞師欲以襲國殽及彭衙之敗隻輪不返渡河焚舟示其致死晉不與敵遂霸西戎亦未爲勝也况兩敗一勝與敵乃亡尺全寸焉足爲功哉夫饑虎餓狼一意於吞噬乎吾見晉之懸門不發者君子多矣

文苑英華卷第七百七十　終

文苑英華卷第七百七十一

連珠

連珠二首　梁宣帝

嘗常一作聞盈虛之道雖脩平而必陂損益爲用一作之由在至

象而無盈是以謂地之厚而東南缺惟天爲大而西北懸
嘗常一作聞山有藏玉則草木常榮林有猛獸則藜芧莫採
是以漢儀重見皇王之跡有真周禮猶存龜象之田無改

同前二首　沈約

臣聞烈風雖震不斷蔓草之根朽壤誠微遂霣崇山之峭
是以一夫不經一作佳威於赫怒千乘或一作必致忘於巧笑
臣聞鳴籟受響非有志於要風涓流長邁寧厝心於歸海
是以萬竅怒號不叩而咸應平川是納用卑而爲宰

同前二首　吳均

蓋聞豔麗居身而以娥眉入妬貞華炤物而以絕等見猜
是以班姬辭寵非無妖冶之色楊子寂寞豈乏炫曜之才
蓋聞義夫投節未必識君烈士赴危豈一作非期要利是以
墨子縈帶不蒙肉食之謀申胥泣血非有執珪之位

爲人作連珠二首一作探物作 一作豔體連珠　劉孝儀

妾聞洛妃高髻不資於草澤玄妻長髮無藉於金鈿故雲
名由於自美蟬稱得於天然是以梁妻獨其妖豔衛姬專
其可憐
妾聞芳性染一作深情雖欲忘而不歇薰芬動慮事逾久而
更思是以津亭掩馥秖結秦婦之恨爵臺餘妬追生魏妾
之悲　以上一作皆藝文類聚

擬連珠四十四首　庾信

蓋聞經天緯地之才拔山超海之力戰陣勇於風飈謀謨

出乎胷臆斬長鯨之鱗截飛虎之翼是以一怒而諸侯懼
安居而天下息
蓋聞蕭曹贊務雄畧所資魯衛前驅威風所假是以黃池
之會可以爭長諸侯鴻溝之盟可以中分天下
蓋聞解封豕之結塞長蛇之源必須製裳千里唾血轅門
是以開百里之圍用陳平之一策盟千乘之國須季路之
一言
蓋聞得賢斯在不籍揮鋒股肱良哉無論應變是以屈俔左傳作屈完疑避諱而改
參乘諸侯解方城之圍千木爲臣天下無西
河之戰
蓋聞邯鄲已危徒思馬服薊城去矣空用荆軻是以竹杖

扶危不能正武擔之石蘆灰縮水不能救宣房之河
蓋聞宂蟻銜泉未知遠慮玄禽巢幕何能支久是以大厦
既焚不可灑之以淚長河一決不可障之以手
蓋聞膏脣喋喋市井營營或以如簧自進或以徂詐相傾
是以子貢使乎五都交亂張儀見用六國縱橫
蓋聞謀猷是習權變須長時增齊竈或卧燕墻是以井陘
之兵如鴻毛之遇火長平之卒若秋草之中霜
蓋聞彼黍離離大夫有喪亂之感麥秀漸漸君子有去國
之悲是以建章低昂不得猶瞻灞岸德陽淪没非復能臨
偃師
蓋聞市朝遷貿山川悠遠是以狐兎所處由來建始之宫

荆棘參天昔日長洲之苑
蓋聞天方薦瘥喪亂弘多空思說劍徒聞枕（一作憶投）戈是以
劉琨之英畧莫知自免祖逖之慷慨裁能渡河
蓋聞穀林長遠蒼梧不從唯桐惟葛無樹無封是以隋珠
日月無益驪山之火雀臺絃管空望西陵之松
蓋聞雷驚獸駭電激風驅陵歷開塞枕跨江湖是以城形
月偃陣氣雲鋪非綠林之散卒即驪山之叛徒
蓋聞死別長城生離函谷遼東寡婦之悲代郡孀妻之哭
是以流慟所感還崩杞梁之城灑淚所沾終變湘陵之竹
蓋聞三世用兵既非貽厥陰謀累葉必以凶終是以李都
尉之風霜上蘭山而箭盡陸平原之意氣登河橋而路窮
蓋聞營魂不反燐火宵飛時遭之衛夜之兵或鷩空亭之鬼
是以射聲營之風雨時有寃魂廣莫郡之陰寒偏多夜哭
蓋聞江黃戎馬之徼鄢郢風飈之格乍有去而不歸或無
期而遠客是以章華之下必有思子之臺雲夢之傍應多
望夫之石
蓋聞無悉生離恩情中絶空思出水之蓮無復廻風之雪
是以樓中對酒而綠珠前去（疑）帳裏悲歌而虞姬永別
蓋聞樹彼司牧既懸百姓之命及乎厭世復傾天下之心
是以一馬之奔無一毛而不動一舟之覆無一物而不沉
蓋聞嚴霜之零無所不肅長林之鶩無所不摽是以楚塹
既填遊魚無託吳宫已火歸燕何巢

蓋門名高八俊傷於閹豎之黨智周三傑斃於婦女之計
是以洪澤之蛟遂挫長鐖之虎平皐之蟻能摧失水之龍
蓋聞吳艘蜀艇不能無水而浮以紅間綠（此句疑）不能無弦
而射是以籠樊之鶴寧有六翮之期骯髒（一作航上）之馬無復
千金之價
蓋聞性靈屈折鬱抑不揚乍感無情或傷非類是以嗟怨
之水持結憤泉感哀之雲偏含愁氣
蓋聞遷移白羽流徙房陵離家折里悽恨撫膺是以吳起
之去西河潸然出涕荆軻之別燕市悲不自勝
蓋聞廉將軍之客館翟廷尉之高門盈虛倏忽貴賤何論
是以平生故人灌夫不去門下賓客任安獨存

蓋聞執珪事楚博士留秦晉陽思歸之客臨淄羇旅之臣
是以親友會同不妨懷撫悽愴山河離異不妨風月關人
蓋聞五十之年壯情久歇憂能傷人故其哀矣是以譬之
交讓實半死而言生如彼梧桐雖殘生而猶死
蓋聞秋之爲氣惆悵自憐耿恭之悲疎勒班超之念酒泉
是以韓非客秦避讒無路信陵在趙思歸有年
蓋聞懸鶉百結知命不憂十日一炊無時何恥是以素王
之業乃東門之貧民孤竹之君實西山之餓士
蓋聞胷中無學猶手中無錢今之學也未見能賢是以扶
風之高鳳無故棄麥中年之甯越徒勞不眠
蓋聞十室之邑忠信在焉五步之内芬芳可録是以日南

枯蚌猶含明月之珠龍門死樹尚抱咸池之曲
蓋聞百尺之高累於九碁之上千鈞之重懸於一木之枝
是以截虎尾而非險傷龍鱗而未危
蓋聞居蘭處鮑在其所習白羽素絲隨其所染是以金性
雖質處劍即凶水德雖平經風即險
蓋聞豫章七年斃於豐草芳蘭九畹淪於幽谷是以欲求
其真晉陽有自埋之蒿若賞其聲吳亭有已枯之竹
蓋聞明鏡蒸食未爲得所千將補履乍可傷嗟是以氣足
淩雲不應止爲一作官武騎才堪王佐不應直放長沙
蓋聞勢之所歸威之所假必能繫風捕影暴虎馮河是以
輕則鴻毛沉水重則磐石陵波

蓋聞意氣雖千非資扛鼎風神自勇無待翹關是以曹劌
登壇汶陽之田遽反相如睨柱連城之璧更還
蓋聞卷葹一作施不死誰必有心甘蕉自長故知無節是以
螺蚌得路恐異驪淵雀鼠同歸應非丹穴
蓋聞北卬之高魏君不能削穀洛之鬭周王不能改是以
愚公何德遂荷鍤而移山精衛何禽欲銜石一作枝而塞海
蓋聞君子無其道則不能有其財忘其貧則不能耻其食
是以顏回瓢飲賢慶封之玉杯子思銀珮美虞公之垂棘
蓋聞水之激也實濁其源木之蠹也將拔其根是以延年
之家預論掃墓羊舌之族先知滅門
蓋聞磨礪脊吻脂膏齒牙陵風扇毒向影吹沙是以敬而

遠之豺有五子呼可畏也鬼有一車
蓋聞虛舟不忤令德無虞忠信爲琴瑟仁義爲庖厨是以
從莊生則萬物自細歸老氏則衆有皆無
蓋聞三關頓足長城垂翅既羇既旅非才非智是以烏江
艤檝知無路可歸白鴈抱書定無家可寄

為人作連珠二首　　蘇頲

夫情有理會不可以理遣行有義得不可以義僁定其情
者則理無滯實其行者則義有全故韓馮之妻死哀吟於
松上石祟之妓生効命於樓前
夫恩至深而必報言至信而罔遺繫於我者深不可奪牽
於彼者信不可欺故操力而劓豈爲他人所汚晉扇而殞

竟還大氏之尸

喻對

喻古之治　盧碩

軒昊之代君爲心兆民爲百骸堯舜之代君爲目兆民爲物三代之時君爲醫兆民爲疾五伯之治君爲工兆民爲材二漢之時君爲隄兆民爲水夫心治則百骸從視明則衆物露醫善診則疾不彌漸工善度則木無棄材故委心乃無爲軒昊之治自治也（不言而人化）任目必有待堯舜之治求治也（敦序九族平章百姓）醫不全則生死危三代之治存乎仁（以各所尚救弊）工不審則曲直乖五伯之治資於智（選賢舉能）迨斯已降民爲水矣政爲隄矣（漢武好攻討宣帝任刑名）隄之不完水漂邑矣（哀平之）後寖乎曹馬乃成壞衰焉（干紀亂常皆其臣佐）蠍民不可使爲水水而隄之困矣然則軒昊誠堯舜朋三代仁五伯智二漢法禁人之叛也禁之以致君爲敵兆民有冤讐焉

治家子言　陸龜蒙

武王既伐（蜀本作勝）殷懸紂首有泣於白旗之下者有司責之其人曰吾冶家孫也數十年間載易其鎔範矣今又將易之不知其所業故泣吾祖於鑄田器歲東作必大售殷賦重秉耒耜者一發不敢起吾父易之爲工器屬宮室臺榭傪其售益倍民凋力窮土木中輟吾易之爲兵器會諸侯伐殷師（蜀本作軍）旅戰陣興其售又倍前也今周用鉞斬獨夫四海將奉文理吾之業必廢吾亡無日矣武王聞之懼於是苞干戈勸農事冶家子復八祖之舊

奔蜂對　前人

晉悼公見奔蜂屬土于墉負桑蟲而寘之若有言者不勝其疑也即召師曠以詰其事曠對曰奔蜂無子負蟲而祝之祝之不怠故其形隨之而化也公駭其說曠因從而理之曰伊蜂也欲蟲肖已之速是故祝之誠夫誠之感物雖千品萬形之殊未有不從而應之者也誠之不達感之不應雖體質外均而其心化爲他類矣臣願以人事明之在昔堯欲天下之治祝舜以禪之舜恐天下未治祝禹以傳之傳之誠故三姓之天下化爲一家之治也是則堯舜非不能化其子蓋將傳其祝於至公也是臣又敢以晉國事

直啓王心冀王之速悟曰者曲沃桓叔恤民務德有國之人被其祝無幾而化之雖晨風鬱林魚龍趨潭不是過也逮乎獻公納士蔿之讒逐羣公子伐驪戎而嬖其女使太子將東山之師龍凉玦離顯以義絶讒言卒行見新城之酷二公子繼踵而奔亡當是時懼獻公之毒不啻狼虎之磨牙也此則父化爲虎狼矣既而使兵伐蒲又加兵於屈視其子之居不啻寇戎之所聚也此則子化爲寇戎矣文公在外十九年賢士五人爲之輔公蚤夜而祝之故異體化爲一身也及夫齊桓妻以宗女（一作支）楚成待以諸侯送之於秦卒以得立此則化於他國不能化於父子聞諸獻公未嘗誠而祝之也是知善祝而他類化者奔蜂也不祝

而已子離者獻公也君子謂公之智不如蜂蜂猶能蓄其類今君先有晉國宜乎上保宗廟之基下近（疑作延）百代之資擇其可化而化之無俾奔蜂逞術於君王悼公曰小問而大獲孤之幸也孤其念焉乃立其虒爲太子而使田蘇爲傳

招野龍對

陸龜蒙

昔豢龍氏求龍之嗜慾幸而中焉得二龍而飲食之龍之於人固異類以其若已之性也席其宮沼百川四瀆之不足游芔其飲食洪流大鯨之不足味施施然擾擾然（二字蜀本作擾於）其愛弗去一旦值野龍奮然而招之曰爾奚爲者茫洋乎天地之間寒而蟄暘而升能無勞乎誠能從吾君而

晏安乎野龍矯首而笑之曰若何齪齪乎之如是耶賦吾之形冠角而被鱗賦吾之德泉潛而天飛賦吾之靈嘘雲而乘風賦吾之職仰驕而澤枯觀乎無極之外息乎大荒之墟窮端睨而盡變化其樂不至耶今爾苟容於蹄涔之間惟泥汲之是拘惟蛭螾之與徒牽乎嗜好以希飲食之問是同吾之形異吾之樂者也狎其（一作於）人啗其利者扼其喉戴其肉可以立待吾方哀而援之（一作哀之援之）以手（一作首）又何誘吾納之陷穽耶而不免矣野龍行未幾果爲夏后氏之醢

文苑英華卷第七百七十一

文苑英華卷第七百七十二　頌一

帝德上

南郊頌一首　玄圃園講頌一首

隋高祖功德頌一首　拜南郊頌一首

南郊頌（并序）　梁簡文帝

臣聞惟天爲大聖人敬其德知幾其神聖人契其道故龍官弱言之后合揆於蒼昊鳥紀垂衣之君昭格於上帝莫不巍巍乎穆穆乎渙汗於緑篇氛氳於丹冊者矣我梁皇帝之御天下也乘熛祗之盛曜即璧日（一作月）之遐照等乾覆之壽養合坤載之靈長四三六五之意（一作四三皇六五之帝非）十堯九舜之明名與功偕業將時並自撥亂反正伐罪弔民

馮玉几握金鏡君臨萬國於今二十有二載也緯天維理地軸移澆風於末俗反淳正於區中化不言而先（一作光匪）顯敎不嚴而巳肅流樂復雅遠符雲韶之世墜禮還章非因忠信之薄九垓同軌四海無波儲明變照儀天作兩三袞咸作叶化台光掬葉王風塩梅帝載塵清世晏蒼兕無（藝文類聚有所作）用其武功運謐時平（類聚作雍）鵷鷺咸（類聚并字）有脩其文德桃林散甲華山優（擬作牧）刃玉門罷候紫塞沉鋒屠羊釣鼇之士厭洗耳而襲簪佩版築藏巖之逸去烋殺而紆珩組異人俊乂既間出而在官世鏡河仙亦雍容而廊廟蹇同於多士諤諤比乎得人五典三墨旣蔵甤於璧水九流八索亦續紛於石渠晝一之政萬代表於時和三章之

律百姓沐於仁壽於是龍光之地日浴之鄉紫舌黄支頭飛鼻飲自西自南無思不服款關質子稱臣內向珠樹素禽越火枝之地銀甕丹杖踰沉羽之涘出赤野而連翩度玄妙之泱漭於是（類聚作由）嘉祥被衆瑞登金人澤馬丹甑玉鷄三角九尾四眉（類聚作有）六足抽鋪地之九莖發端門之連理參差於郊藪布濩於宫闕（類聚作闈）府無虛月史弗能記周稱黄鳥之旗夏有玄珪之錫無以踰此嘉祥方玆物萃道洽世昌國殷民阜鄉知舜讓邑比堯封委粟西畝神絲被澤可謂我化若風民應如草我靜如鏡物動循煙天子猶未明求衣日昃不勸撤膳匪躬詢輿訪道鑾旗徐動蘖千里而弗乘寶瑟無虞捐百金而不服廣行四等被慈雨於

枯根大闡三朝（一作明）鶩法雷於羣夢曲成萬物去殺愛生幽弊之民與蒼雷而共悅否滯之義同谷風而開枿昆蟲得性跂蠢欣生三驅有緩前之禽九門無餒獸之藥至德之事如此太平之風如彼乃以恭肅神祇理通孝敬江左以來奕埴未闢爰命將作揆日載營三靈叶響百工咸事究如神造儼類仙居冲秘隱嶙跨千畝於晋日闢曠麗遠吞七里於漢年五達四通廓郊彌野南瞻重嶽北眺芒嶺東臨瀾漲西均舊豐紆餘委蛇丘陵起伏澎湃崑崙山川異態飛梁遂宇洞爝（類聚作燭）穴（類聚作空）懸紫殿仙宮霞騫（類聚作褰）鳥翥霧映倒梁日光疎欽玉桃卷葉銀樹抽芳百果千株三珠八柱朝華與蜜露共鮮晚花與薰風俱落露翕作聚

望比翼之翔翔歸飛時宿聞同心之夜響故以熊熊灼灼炫兩明而仰七曜紛紛沐沐承五煙而帶三靈圜丘閟靜紫壇肅設五精之場千神之位八堦弘麗四維傅敞宛若千仞狀懸流之仙館煥如五彩同瑶山之帝壇石牒神昌之瑞方臻金縷飛光之徵未固是雕是琢鄗茅茨之爲倫非珠非玉嗤丼泉之巳奢望昔方今獨高千古沿襲典等質文斯中於是歲在單閼星次訾陬律中太簇日惟辛卯特有事於南郊甸師清野封人壝宮朱幕夕峙帷宮宿設曉漢斜陰挈壺升漏天子御玉輅動金根八騶揚衡雙龍翼蓋雲罕徐廻鳴鐃韻響風承豹尾日映鶡冠萬騎天行千乘雷動石鎧犀衣之士連七萃而雲屯珠旗日羽之兵

亘五營而星列鬱鬱阡阡震震填填充溢乎國都彌漫於鄽邑者也若乃廻輿降蹕薦禮帝儀揖太清秩羣望被太裘服山冕恭蒼璧之明祀穆靈壇之禋敬黍稷非馨明德惟馨日曜彤精天澄翠色百僚師師九官濟濟千神叶福萬億均慶六典斯備三禮必該焚柴告成罔不欽若翠煙升緑（疑）同河濱之瑞雲丹燎燭天若帝鄉之美氣雲門麗舞咸池廣樂巳叶九部之曲復諧六列之奏金匏既動堂蜿蟬之遊龍玉磬徐鳴觀參差之舞鳳桂軿駕肩士女填噎挾袂爲幃連裾循堵鼓腹擊轅行歌舞抃然後紆玉輦而謝書生登靈臺而望雲大（一作非）物欽明美化跨萬古於茲日廣運愉樂表千載於當今方當巡云云之禮啓亭亭之業封天答犧禮地徵靈南山之壽無極七百之基長固豈不懋哉豈不盛哉菲薄微臣謬與藩服馳心休禮秣馬之願無由徒罄褊辭清風之藻多愧敢敷庸理獻頌十章其辭曰

元始道一渾德氛氳遥哉邃古夐矣初分磅礴地載清朗天文大人覩物生民樹君蛇軀龍準作樂垂衣皇圖炤灼帝篆葳蕤廓寥中代合聖與誰於鑠我后命世天飛玄默馭辯寂照秉真就雲握歷望日臨民謙光履德義禮稱琜車書同軌天下歸仁期章孔備盛化弘道酌衢敬賓欽賢愛老變正（疑）是琜燭車非寶如海之深如日之杲肅恭明神遜聽前蹕配天道尊迎陽義重玄酒陶匏燔柴雲聳蹕

舞論韶籥堯稱拱赫矣郊宮載惟静謐（初學記作郊宮載静紫壇新謐）肅肅禁闈陰陰仙室六戎列野八鑾照日架殿星羅重宮霧出蒲萄金橘靈壽木難表禁開暑貞檜陵寒山池壯麗階閣彤丹葉垂疊雨花落重巒康哉盛德美矣世（初學記作時）豐三辰炳燿七政未隆（初學記作崇）五方來泊四隩茲通懸繩度笮駕鹿追風既隆（初學記作敷）懋化復覩瑞滋金車出野玉露霑墀紫柴神草華平瑞芝長愉汪濊未固雍熈照天漏泱遠肅邇睦惠靡齊民恩彌比屋式光惇史踰斯郁郁皇哉康哉同斯景福

玄圃園講頌（并序）　同前

竊以寶山峻極駘足未窺惠海逶波輕舟誰泛故以探泌

亂（一作詩女）姒類忭迷形百代同昏千年誰啓皇上託應金輪均符玉鏡俯矜若胥續照慈燈鶴禁還春龍泉更曉玄水躍祥丹陵寫電功韜火宅德覆昏衢智惠之光猶初日照忍辱之力如明月珠天成地平遐肅邇穆澤濔無底化行靡外滄河鏡淥碧海調氛停瑞氣於三辰汎祥煙於五節鱗羽被解罹之澤黎元沐至仁之道正化潛通法輪常轉類空鏡之傳虛猶懸河之瀉澗儲君德彰妙象體眷春璦視膳閑辰遨遊心法擩管摛章飫便娟錦縟清談論辯亦參差玉照夏啓愧德周誦慙風乃於玄圃園栖聚德心（一作懋）之英並命陳徐之士樞談求日講道終朝賓從無聲芳香動氣七辯懸流雙因（一作林）俱啓情遊彼岸理愜祇園靈

塔將涌天花乍落于時藏烋仲節麗景妍辰氣泠（藝文類聚作含）金扉霜浮玉宇聖慈沖邃獨幸勝地朱堂玉砌碧水銀沙烏弄翅（類聚作鳴）於瑤音樹蕨（類聚作葳）蕤於姒蘂液水穿流蓬山寫狀風生月殿日照槐煙綢叨籍殊寵陪奉末塵預入寶樓竊窺姒簡梟藻喜忭獨營心靈敢作頌云

皇儀就日帝道昌雲化隆垂拱德蔓鴻芬機乘八解道照三墳巍巍蕩蕩萬代一君重離照景玉潤舒華七淨標美三善稱嘉降茲法雨普洽生牙漣漪義水照曜文花芳園髣髴天宮類寶折論真空玄機入道密宇浮清（類聚作清幽）重闌（一作擔）相藻日映金根（類聚作雲）風搖銀（一作瑞）草肴隨接武搖寶靈珠皆抽四照並按九衢顧惟多猷徒奉瑛瑜終如燕

石更似齊竽

隋高祖功德頌（并序）

薛道衡

太始太素荒茫造化之初天皇地皇杳冥書契之外其道絶其跡遠言說（一作談）所不詣耳目所不追（或作逮）至於入穴登巢鶉居鷇飲（一作不）殊於羽族取類於毛羣亦何貴於人靈亦何用其心識羲軒以降爰暨唐虞則乾象而施法度觀人文而化天下然帝王之任（一作位）可重聖哲之道爲尊夏后殷周之國禹湯文武之主功濟生人（一作民）聲流雅頌然陵替於三五慙德於干戈秦君閏位用刑名爲政本漢執靈圖雜霸道而爲法當塗興而三分峙典午末而四海亂九州封域窟穴鯨鯢之羣五都遺黎蹴踏戎馬之足

雖玄行定嵩洛木運據殽函未止滄海之流詎息崐山之燎叶千齡之旦暮當萬乘（一作葉）之一朝者其在大隋乎粵若高祖文皇帝誕聖降靈則赤光照室韜神晦迹則紫氣騰天龍顏日角之奇玉理珠衡之異著在圖籙彰乎儀表而帝系靈長神基崇峻類邠岐之累德異豐沛之勃起俯膺歷試納揆賓門位長六卿望高百辟猶重華之爲太尉若文命之任司空蒼歷將盡率土糜沸玉弩驚天金芒照地（一作野）姦雄結（一作挺）禍據河洛（一作朔）而連海岱猾長縱惡杜白馬而塞成皋庸蜀逆命憑銅梁之險鄖黃背誕引金陵之寇三川已震九鼎將飛高祖龍躍鳳翔濡足授手應赤伏之符授玄弧之籙命百戰（一作下）百勝之將動九天九

地之師平共工而殄蚩尤剪猰㺄而戮鑿齒不煩二十八將無假五十一征曾不（一作未）踰時妖逆咸盡（一作殄）廓氛霧於區宇出黎元於塗炭天柱傾而還正地維絶而更紐殊方稽顙識牛馬之内向樂師伏地懼鍾石之變聲萬姓所以樂推三靈於是攺卜壇場已備猶弘五讓之心億兆難違方從四海之請光臨寶祚展禮郊丘舞六代而降天神陳四珪而饗上帝乾坤交泰品物咸亨酌前王之令典攺號易稱（一作徽號）因厖萌之子來移創都邑天文上當朱鳥地理下據黑龍正位辨方揆景於星日（一作日月）内官外座取法於辰象懸政教於魏闕朝羣后於明堂除舊布新移風易俗天街之表地脉之餘（一作外）纛徼孔熾其來自久橫行十

萬樊噲於是失辭提步五千李陵所以陷没周齊兩盛競結旃頭聘國（一作秋）后於漠北未足息其侵擾傾珍藏於山東不能止其貪暴炎靈啓祚聖皇馭寓運天策於帷扆播神威於沙朔㳍塞（一作室）氊裘之長皆爲臣僕（一作隸）滄（一作瀚）海蹛林之地盡充池苑三吴百越九江五湖地分南北天隔内外談黄旗紫蓋之氣恃龍蟠獸據之險恒有僭僞之君妄竊帝王之號時經五代年移三百爰降皇情永懷大道愍彼黎獻獨爲匪人今上利建在唐則哲居代地馮宸極天縱神武受服出車一舉平定於是八荒無外乆服大同四海爲家萬里爲宅乃休牛散馬偃武脩文自華夏亂離綿積年代人生（一作遘）戰爭之日（一作具）家習澆僞之風聖

人之遺訓莫存先王之舊典咸墜爰命秩宗刋定五禮申勑太常（一作太子後漢樂名）攺正六樂玉帛樽俎之儀節文乃備金石匏革之奏雅俗始分而留心正術垂神（一作或拱非）聽覽早朝晏罷廢寢忘飡憂百姓之未安懼一物之失所行先王之道夜思待旦革百王之弊朝不及夕見一善事喜彰於容止聞一愆犯歎深於在予薄賦輕徭務農重穀倉廩有紅腐之積黎萌無阻饑之慮天性和恕（一作弘慈）仁慈惻隱恩加禽獸胎卵於是獲全仁霑草木牛羊所以勿踐至於憲章重典刑名大辟伸法而屈情決斷於俄頃故能彝倫攸序上下各（一作齊）肅左右絶諂諛之路縉紳無勢力之門小心翼翼敬事於天地終日乾乾誠愼於無（一作元是）極陶黎民於

德化致風俗於大康公卿庶尹遐邇岳牧僉以天平地成千載之嘉會登封降禪百王之盛典宜其金泥玉檢展禮介丘飛聲騰實常爲稱首天子爲而不恃成而不居冲旨凝邈固辭弗許而雖休勿休上德不德更乃紫誠岱岳遜謝㥶咎方知六十四卦謙撝之道爲尊七十二君告成之義爲小巍巍蕩蕩無得以稱焉而深誠至德咸達於穹壤和氣薰風充溢於寓縣（一作宇宙）二儀降福百靈薦祉日月星象風雲草樹之祥山川玉石鱗介羽毛之瑞歲見月彰不可勝紀至於振古所未有圖籍所不載莫不見所未見聞所未聞（二句一作目所不見耳所未聞）古語稱聖人作萬物覩神靈滋百寶用此其効矣既而遊心姑射脫屣之志已深鑄鼎荆山

昇天之駕遂遠凡在黎獻具惟帝臣慕深考妣哀纏弓劍塗山幽峻無復玉帛之禮長陵寂寞空見衣冠之遊若乃降精熛怒飛名帝籙開運握圖創業垂統聖德也撥亂反正隆（一作齊）國寧人六合八紘同文共軌神功也玄酒陶匏雲和孤竹禋祀上帝尊極配天大孝也偃旆戢戈正禮裁樂納人（一作民）壽域驅俗淳朴（一作福林）至政也張四維而臨萬寓侔三皇而並五帝豈只（一作直）錙銖周漢么麽魏晉而已雖五行之舞載（一作每）陳於清廟九歌之德無紀（一作絶）於雅樂（一作樂府）而玄功暢洽不局於形器懿業遠大豈盡於揄揚臣生輕多幸命偶興運趨事紫極（一作宸）驅馳丹陛一辭天闕奄隔崗湖空有攀龍之心徒懷犇蟻之意庶憑毫翰敢

希贊述昔堙海之禽不增於大地泣河之士非益於洪流盡其心之所存忘其力之所及輒緣斯義不覺斐然乃作頌曰

悠哉遂古邈矣季世四海九州萬王千帝三代之後其風逾替爰逮金行不勝其弊戎狄猾夏羣凶縱慝竊號淫名十有餘國怙威逞暴悖禮亂德五岳塵飛三象霧塞玄精啓曆發跡幽方并吞冦偽獨擅雄疆亭（一作戴）祀二百比祚三（一作前）王江湖尚阻區域未康句吳閩越河朔渭渼九縣瓜分三方鼎峙（一作跱）徂詐不息干戈競起東夏雖平亂離漠矣五運叶期千齡（一作年）肇旦赫矣高祖人靈攸贊聖德挻生神謀獨斷癉惡彰善夷兇靜難宗伯撥（一作撰）儀太史練日孤竹之管雲和之瑟展禮上玄飛禋太一珪璧朝會山川望秩占揆星影移建邦畿下憑赤壤上叶紫微布政衢室懸法象魏帝宅天府固本崇基（一作威）匈河瀚海龍荒狼望種落陸梁時犯亭障皇威遠懾帝德遐暢稽顙歸誠稱臣內向勾（一作共）越提封斗牛星象積有年代自相（一作稱）君長大風未繳長鯨濡網授鉞天人豁然清蕩戴日戴斗太平太蒙禮教周備（一作被）車書（一作車軌）大同復禹之迹成舜之功禮以安上樂以移風憂勞庶績矜育黔首三面解羅萬方引咎納民軌物僉登仁壽聖化隆隆（一作平）生人（一作靈）熙阜虔心恭己奉天事地協氣橫流休風（一作徽）紹至壇場望幸雲亭虛位推而不居聖道彌粹齊迹姬文登發嗣聖

道類漢光傳莊寶命知來藏往玄覽幽鏡崗業靈長洪基隆末（一作盛）崆峒問道汾射（一作祀）窅然御辨遐遊（一作逝）垂雲上仙哀纏率土痛感穹玄流澤萬業用教百年尚想睿圖未維聖則道洽幽明仁霑動植爻畫（一作象）不陳乾坤將息微臣作頌用申罔極

一作皆隋書本傳

拜南郊頌（并序）

王勃

微臣上稽龍懸下閱龜謀觀天地之至道考皇上之大節武宣七德未嘗逾息亂之鄉文招九功未嘗出昇平之域並能懸日月而高視駕雷雨而先鳴或皮幣而踐太階或干戈而躡乾步至於理定創禮功成作樂振長策以敘諸侯設靈機而制羣動循虞階巳泰不能息洞庭之誅夏載

克寧不能罷會稽之戮故將體剛柔而立本法震曜而崇威一戎而寓縣平四罪而華夷服然後皇旗大輅詔殊號於圓丘電轉雲廻奏玄符於孝理天下黎人知四海之安樂寰中殊域奉三靈之康泰德兼祥風灑道與和氣游不言而大寶用貞無事而元功有立拾彼代也其誰與哉若夫應運而生繼天而作鼓動千載之下超騰百王之上遂能發軒庭之景曜躡隋運之頹風揖讓而取文明指麾而清幽夏則我皇唐得之矣高祖以黄旗錫瑞靜雲火之橫氛太宗以赤羽登期補星辰之絶縷授璧圖於斯邑付璿曆於鈞臺人更三聖道昭千古於是俛臨睿極趨四荒於鳳闕之前端委廟堂調萬國於龍軒之下八鑾徐動頓湯

文於後塵九駿長驅佇堯舜於中路邦家之具得矣易簡之業存矣猶有朱蒙戾俗違光遂艾之閒青激遺甿假氣陶鈞之内背熊山而構壓擁浿潭而稽誅竊瀛海之風波弄乾坤之綱紀漢圖西返惟収五郡之名魏律東窮未出三韓之險姦謀蓄於有漸逆節成於不悔長蛟蚋之雷霆附豺狼之羽翼豈知夫至人無外撫天下以爲家真數有歸吊羣方而罪已三門遁甲黄公成不戰之師五壘神兵玄女下先登之策肅牙璋而按律輝旄節而分麾降南宮之元老裂西營之毅卒良將首路偏戎竟野軸轤萬里旌旗四合金細玉匱司空憑首勝之威鶚視龍趨將軍仗萬全之畧負鼇丘而峻壁據黿壑而深溝一鼓而亭塞無塵

七縱而江山失險伐罪以明而不以衆懷遠人於絶境均惠化於殊隣登若木以照臨折紅桃以延佇然後分州列鎮對明月以收營返旆旋戈部玄雲而振旅望神都而獻捷仰靈社以書功辛亥謁於昭陵癸丑告于太廟時乘黒帝月旅玄枵大唐有國之五十一年皇帝有天下之一十九載也元惡既殄萬宇清矣元勲既輯萬寶成矣以爲周郊上帝栽延肅慎之賓漢禮并泉未拯朝鮮之亂想玄功而反側奉先旨以遲廻思答上靈之心以洽庶黎之望爰考吉日遂靜行宫有司具典乘輿乃出撫玄蚪戴翠鳳鼉鼓拔節鯨鍾疏響千乘嶽動萬騎林廻星陳而天行雷震而霧合是時未登夫太壇也廼齋帷宫宿帳殿華蓋移影

鈎陳從蹕千營夕布旦蒼野而煙凝萬幕霄懸背黄閣而霧列既而屛翳清蹕飛廉警旦孫叔奉轡王良聳策雲藏星謐宇曠山明旌軒具照簫笳互凝陟名嶽以告成歷神丘而展事國容象物而動朝章視令而肅宸儀有睟虛徐大帝之庭列侍無譁旁稀華胥之國於是襲衮服戒俎豆端瑞班儼華旒樂懸六代禮備三古奠惟蒼璧藉用白茅鳴孤竹之簫管奏空桑之琴瑟感格以誠不以事動植咸驩敬神以道不以華天人合應然後駐聲名於上邑反文物於仙宮因雷雨而作施法雲天而用響風行電舉未寸景而涉九埏野抃途歌不崇朝而晏六合我之玄極建矣我之能事畢矣趨帝寰而振足越皇衢以驤首不其然乎

雖睿化無方比神圖而絕唱而小臣不佞撫洪筆而當仁
敢作頌曰
遼河巨浸碣石危峯城分玄菟塞接黄龍憑遥作梗恃險
忘恭人殘鬼哭主闇臣凶有罪不綱戎㢁内逐帝隋失御
皇輿外驚九縣塵征三靈霧黷長茲下慢逋我天戮五材
無隕千齡有聖武創元基文清寶命波恬四海明宣七政
息衆以寧綏荒一作綏死以令飛龍繼跡鳴鳳重光遂均夷夏
迭用柔剛戈船泛月劍騎横霜風驅海石電掃扶陽帝師
無戰神兵有伐丞相陪麾司空仗鉞危雲旦起長星夜發
萬壘爭屠千城自墮功超薄伐義極兼該殊方底定善陣
徐廻歸俘獻捷課績分材建侯清廟偃伯靈臺考事龜謨

凝清鳳扆仰覲俯察亭神作祀道則推天功非在巳豐隆
旦出招搖夕指神壇嶽立齋館雲深鑾旗曉引葆吹晨吟
山明野澈日降天臨鏘鏘盛服肅肅珪璿俎豆畢陳笙鏞
間撫玉觴分獻金鐏暢矩青帝鳴琴朱靈會舞上和下悅
神歆神聚収蹕巨野反旆靈壇思周宇宙樂極寰埏德因
時立頌以詞宣帝之功也臣何饰焉

文苑英華卷第七百七十二

文苑英華卷第七百七十三　頌二

帝德中

開元紀功德頌一首　龍池聖德頌一首
大唐封禪一作祀壇頌一首　華山述聖頌一首

開元紀功德頌并序　張九齡

臣聞蠻夷猾夏唐虞已然天之所生類不可絕嘗有拓境
者矣而固也爲患或有款塞者矣而必也無親是以古之
哲王審其若此則限以荒服斷非絕臣不貢不王武功居
後不庭不率文德是先三代所以直道百蠻所以何化逮
乎春秋之衰諸侯以力征伐自出戎心大啓謀夏亂華千
盟偪好王綱弛而若綴天道厭而將華則有纏能攘刧是

息交侵雖雜霸之無成亦反經之所取其負力者乃塹山
堙谷盡境而築長城其黷武者則輓粟飛芻窮兵以耗中
谷文失於下策而悔在末年彼王畧之不恢殆千餘載矣
夫有其虞而無豫思其患而不圖所謂能國將安貴聖物
豈終否道非固窮鑒之者昊天救之者英主玄命陰隲付
畀集作付神武我太宗一戎衣而大定我皇帝再受命而太
平不是古而務文不非今而忘戰以時變而消息與天元
川集本作元與天而合符日月之所照臨陰陽之所陶冶凡有在
地莫不禀朔而東夏郡縣北際山戎先是四十年侵軼數
百里自玆氣奪數以病告既威攘之不讋且力制之不可
或朝或否爲虺爲蛇幽鄣未遑以燧烽邊域安得而弛柝

曠日持久兵連禍結(一作絜)率由事邉是無寧歲二十二春
乃命右羽林衛大將軍兼御史中丞幽州長史張守珪將
中軍都督諸鎮雄名先路夷裔生風載馳信臣繼發精卒
戒嚴有赫張皇若神公卿大夫未始測也將校部曲亦莫
知也皇帝方淵(集作泉又作日避諱)靖以慮之乾剛以斷之初決策
於九重已收功於萬里矣二十二年冬十有二月中貴將
命元戎受律三軍疾雷於不時二庭喪膽於非意欲遁則
衆潰不保欲拒則兵鋒莫當因而(一作命)僞降幸且(川粹作以)紓
禍遷圖反覆將肆鴟張覬覺先入(集本川粹作人)豈伊負我以間
諜而情得乘猜携而討從或奇兵以嘗或厚利以啗無何
變作果自族誅究元惡首鬼得(集作惑)神誘假天威而無前

覆鳥巢而何有於是諸部大駭率種(二本作衆)復歸責以不義
之尤捨其不臣之罪既服即序有威且懷載籍以來固未
之見也昔我睿祖即句驪於拾遺今茲聖謀易林胡於反
掌獻功有續(一作績)後嗣無忘(一作怠)百王所廢之勲四夷未
賓之俗自我底定巍乎發(二本作登)皇其若此也於是彼節使
與羣帥因東師之凱於離而族談合而公議以爲主上惘
一隅之苦垂不伐之畧以計易戰以兵去兵神斷自天虜
平不日且軍未血刃敵免膏原密承無方之謀坐致不陣
之捷有征無戰真王者之師歟而不彰美於吾君得無臣
子之罪不表聖於帝載曷稱文武之時乃率其屬至於固
請帝三讓德而曰俞哉夫曲成萬類者天爲而不有下濟

兆庶者聖成而不居物無謝生於天雖云至道人無歸美
(集作功)於聖何以最靈雖無已無名所宜絶於言象而惟忠
與義固不廢於頌述大雅曰(集作云)徐方既同天子之功又
曰明明天子令問不已其此之謂也臣拜手稽首(集作再拜頓首)
敢獻頌曰
赫赫天威兮被遐荒蠢茲山戎兮不來享(集作王)命南仲兮
整六師出幽陵兮轥九夷皴赤山兮蕩滄海弔無告兮伐
有罪徒不動(集作勤)兮車不殆雷震驚兮兵氣倍昔負固兮
今安在鬼自藏兮裔既平謀既售(集作集)兮聖自明我不戰
兮獻戎捷俾厥後兮揚天聲
聖自明(集作聖日月)

龍池聖德頌(并序)　前人
臣聞昔者玄德升聞皇天眷命元聖有作上帝何言必見
意於休徵不(文粹無不字)忘象於幽贊惟茲降鑒若曰專精道
周萬物者其魄(集作神)尤功濟生人者其祥大粤若古始肇
有君臣巢燧之前寂寥(集作寞)無紀書契而(文粹作之)後炳煥可
覩若乃鬼神雖形品彙紛錯性命未正吉凶不定而太昊
氏將通其德則河爲之出圖人食未粒鳥獸又茹時不耕
稼器無耒耜而神農氏將教其本則天爲之雨粟蚩尤不
道炎帝不制銅鐵鑄兵豺狼橫厲而軒轅氏將禁其暴則
天爲之降玄女洪水方割下民昏墊堯德莫能弭厥災舜
功不能除其害而夏后氏將底其績則洛爲之出書因茲

以還（文粹作降）殆（文粹作蓋）三千歲矣其間木火更王雲物告符有
君很銜鉤魚躍舟素靈哭（文粹作出）黃星見豈不以湯德有慙
武善未盡漢道旣雜魏方亦偏唯以一至之應且爲興王
之兆則未有天錫貞符聖受明（文粹作休）命遂與大禹相續超
與上皇比崇如我國家之盛者焉洪惟龍池蓋天之所以
祚聖即今上卜居之舊里（集作真）京師奕壇之地（集作所）傍無
竇澤中忽（集作無非）檻（集作濫）泉非常而靈液消流無機而神池
（文粹作化）浸廣榮光休氣若煙若雲所未嘗（文粹作曾）有則此之出
雖清可以鑑而深不見底鱗介瑰詭於物（文粹作充蒲）其中時
莫知其所然目（二本作曰）徒見其有異中宗採識者之義狀（文粹
作壓）王氣而來遊聖上慮或躍之時乘（二本作出）飛龍而合應臨

淄始封也邸第在焉上黨歷試也靈符紹至天其以是求
命我唐圖象（文粹作圖家）丁寧有所底止其若玆也夫成數有
時而否至理無代而亡固在乎大聖之生也乘運而作皷
天下之動安天下之危故獎（集作將）順成功自古之啓佑之
也如彼克定多難自天之協贊之也如此初中宗違代（集作
氏非）后黨竊隙大盜伺於得志羣慝起而擅朝（集作權）若綴旒
旒然當此時也天與若不取鬼謀或（文粹作若）不協則我宗祖
之業無乃將墜（文粹有而字）億兆之命亦猶倒懸聖人感（集作盛）
之提劍而起雷電一奮妖沴以清內難旣衰外虞有謐推
戴太上臨照（文粹作照臨）萬邦寔天之爲與人更始系皇統維
乾綱決綻補壞蕩瑕滌穢而乃闕典咸備舊章悉舉處窮

盡達在困必通品物資以再生寰區爲之一變然後反華
僞於朴還澆醨（集作漓）於淳以大道爲原以至仁爲根動推
是心以御於事人見德而興行神享誠而介福故不在於
刑罰亦不在於禱請大造財（文粹作化）成玄猷允（二本作充）塞有如
陽春播澤觸類皆滋大山起雲無遠不徧雖昆蟲草木與
蠻貊要荒樂其所生安其所習在牛羊而勿踐有干戈而
載戢又况於衣冠華夏禮樂家邦而不形（集作刑）於斯須不
夂（文粹作彰）於漸漬者也夫然何教非德何化非經何能事之
不舉何醇精之未極周溥洋溢成（集作於）乎緝熙至於太和
莫不允若體侔天地之大事出皇王之表豈擧跽曲拳盡
禮極力將欲（二本作用）彥聖不啻其口所能稱誦於吾君所可

殆庶於至德且往者之有開也天感精以降聖聖敬命以
奉天此誠有元則欽明文思及玆報本必嚴祇齋慄靈慶
以屬之神化以答之與初相明其徵乃著紛（集作綠）綸先兆
非篤信歟由是言之統天者人合符者聖而美（集作差）德亨
命殊尤篤絕豈多乎哉至如古之與王必有所感五帝更
尚五運傍（集作旁）遁土者黃中之精於金爲母（集作王）水者善
利之物於土爲妃荷應（集作配膺）期而有來必合德而爲表是
則然矣天其或者亦以阜育羣化發揮隤（集作茂文粹作嗇）祉始
告以聖有明徵終成乎帝之神冊因其立象之本會以相
乘之數則載祀（集作代）六百歷紀千年變而通之胡可量也
宗子宗正卿褒信郡王璆（文粹作樂）等若千人伯父伯兄仲叔

季弟聚族相與詣闕上言天意昭著固已久矣人事符合亦至云矣而一德是建太階既平靈臺靈沼赫赫明明天之爲大雖莫能名王之在鎬（集作皇王之鎬）豈無頌聲上初克讓抑而未許至於累請乃曰俞哉史臣不敏敢獻頌曰

體侔天地（集文粹作包）阜育羣化（群閣本作羣）茫茫元昊戴凝戴薄在帝庖犧繼天而作浩浩洪水包山襄陵舜亦命禹夏氏以興龍圖龜書二王是膺湯武以下夫何足徵

右元命

於鑠巨唐乘運而起纘禹之統（集作續）系堯之紀五聖在天丕命曾孫高視河洛同符混元亦有黃龍出於靈沼明明穆穆天子之表

倬彼東井昭彰（集作章）于天沉精降液下爲靈泉靈泉有泚其深無底泌之洋洋其井如醴清德之鑑柔道之體洪源濬規寔天所（集作之）啓

右靈泉（文粹作龍泉）

濯濯靈泉寔（二本作洞）冥皇祇滋液流衍（文粹作行）化爲神池曰止曰行惟聖之作匪鱣匪鮪惟龍之躍植物斯生動物斯樂天根（集作眼非）有見曾是不涸

右神池

靈有休氣紛紛郁郁如山之苞如雲之族潛龍在下瞻烏在（集作斯）屋兆云其吉周爰咨詢既契我龜又叶我人鎬雖舊京其命維新

右休氣

蜿蜿（集作宛蜿）黃龍神池自出靈化惚恍（集作恍惚）噴雲天日告帝之符其儀孔佶或潛於泉或見在（集作乎）田與時順動亦應于（集作乎）天克配我皇無德稱焉

右黃龍

大唐封禪（一作祀）壇頌　張説

皇唐六葉開元神武皇帝再受命致太平乃封岱宗禪社首鑿石紀號天文煥發儒臣志美立碣祀（集作祠）壇曰厥初生人俶有君臣其道茫昧其氣朴畧因時欻起與運而紛落泯泯没没而（集作文粹無此字）無聞焉爾後聖人取法象立名

位衣裳以等之甲兵以怛之於是禮樂出而書記存矣究（集作文粹作反）其源敎（集作文粹作致）敬乎天地報其本致美乎鬼神則封禪者帝王受天命告成功之爲也閎㮣聖之奥訓考列辟之通術疇若天而不成曷背道而靡失由是推之封禪之義有三帝王之畧有七七者何傳不云乎（集本文粹無乎字）道德仁義禮智信順之稱聖哲逆之號狂悖三者何（集本文粹無此）字一位當五行圖録之序二時會四海昇平之運三德具欽明文思之美是謂與天合符名不死矣（集作已）有一不足而云封禪人且未許其如天何言舊史者君莫道於陶唐舜禹（文粹作虞舜）臣莫德於皐陶稷卨三臣備德皆有天下仲尼叙帝王之書繫魯秦之誓明魯祀周公用王禮秦承伯

益按周統孔聖微旨不其效歟然秦定天下之功高享天祿之日淺天而未忘庭堅之德也故大命復集於皇家天之賛唐不惟舊矣其興之也玄靈啓𧺆黃祇顧懷應歸運以義舉撫來蘇以利見護也無放夏之慙武也無伐殷之戰高祖創業四宗重光有德（集本文粹作德有）格天瀾泉蒸雲濡露菌蠢滋育氤氳涵煦若天地之覆載日月之照臨溥有形而希（集本文粹作汭）景罄無外而宅心百有八年于茲矣皇帝攘（集作襄）內難而啓新命戴睿宗而纘舊服宇宙更闢朝廷始位蓋羲軒氏之造皇圖也九族敦序百姓昭明萬邦咸和黎民於變立土圭以步曆華銅渾以正天蓋唐虞氏之張帝道也天地四時六官著禮井田三壤五圻成賦廣九

廟以尊祖定六律以和神蓋三代之設王制也武緯之文經之聖謩之神化之然猶戰戰兢兢日愼一日約規誨以進德遂忠良以代工講習乎無爲之書討論乎集賢之殿寵勇爵貴經門甚乎鵷鷺之列在庭毅乎貔貅（文粹作豹）之師居鄙人和傍感神寶沓至乾符坤珍千品萬類超圖軼（集本文粹作謚）諜未始聞記我后以人瑞爲心（集本有初字）不以物瑞爲意王公卿士儼然進曰休哉陛下孝至于天政合於（文粹作于）道前年祈后土人獲大穰間歲祀圜丘日不奄朔感祥以祚聖因事以觀天天人交合其則不遠意者喬岳（集作文粹作和）埽（集作域）路望翠華之來上帝儲恩俟蒼璧之禮久矣焉可專讓而廢舊勛羣臣固言勸帝知罪至於再至於三帝乃揖之曰欽崇天道俯率嘉話恐德不類敢憚于勤其撰巡狩之儀求封禪之故旣而禮官不誠而備軍政不諆而輯天老練日兩師洒道六甲按隊八神警蹕孟冬仲旬乘輿乃出千旗雲列（集本文粹作引）萬戟林行霍濩燐爛飛焰揚精原野爲之震動草木爲之風生歷郡縣省謠俗問耆年舉百祀興墜典葺闕政攸徂之人室家相慶萬方縱觀千里如堵城邑連歡丘陵聚舞其中垂白之老樂過以泣不圖嵩里之魂復見乾封之事堯雲往舜日還神華靈鬱瀾漫乎穹壤之間是月來至於岱宗祗祓齋宮滌（集作亭）濯靜室凝神玄覽將欵太一議夫泰山者聖帝受天官之官天孫惣人靈之府自昔立國莫知萬數克升中而建號惟七十而

有五我高宗六之而今七矣非夫尊位盛時明德曠代邃潤難弁之甚哉先時將臻夫大封也累封壇（集本文粹作壝）於高岡築泰壇於陽阯（集作址）夫其天壇三襲辰陛十二咸秩衆靈列座有次崇牙樹羽管磬鏞鼓宮懸於重壝之內干戚鈒殳鈎戟戣戳周衛於四門之外代國重器傳代絕瑞旅之於中庭玉輦金轂翠冃黃屋夾之於端路庶官百辟（集作僚）羌夷蠻貊褒成之後讓王之客叙立於禮神之場髦頭拏牙鐵馬金鏃介胄如雪旗幟如火遠匝於清禁之野於是乎以（集有夫字）天正上元法駕徐進屯千乘於平路留羣臣於谷口皇帝御六龍陟萬仞獨與一二元老執事之人出天門臨日觀次流㙺宿巉巖赤霄可接白雲在下庚寅祀

高祖於上封以配上帝命衆官於下位以享衆神皇帝冕
裘登壇奠獻俯僂金奏作（集作叶金奏）俯羽舞撞黃鐘歌大呂
開閶闔與天語請（集本文粹作清）將信公奉斗布度懋建皇極勤
恤蒼生招暇乎未兆禳災乎未萌上下傳節而禮成樂遍
福壽同歸而帝賜神策乃檢玉牒於中頂揚柴燎於高天
虔東誠而上達若憑焰而駕煙日轡方旋神心餘眷五色
雲氣拂馬而（集本文粹作以）隨人萬歲山呼從天而至地越翌日
尊睿宗偹地祇而禮社首遂張大樂覲東后國風惟舊無
黜幽削爵之誅王澤惟新有眚災大賚之慶不浹日至化
洽於人心不崇朝景福遍於天下然後藏金櫃於祐室廻
玉鑾於上都煌煌乎真聖朝之能事而高代之盛節者也

于斯之時華戎殊俗異音同歎曰岳（集本文粹作）合多雨山峻
多雲（一作靈）豈有大舉百萬之師尅期千里之外及行事之
日則天無點翳地無纖塵嚴冬變爲韶景寒谷變爲和氣
非至德孰能動天如此其順者乎昔人云自西自東自南
自北無思不服今信知聖人作而萬物覩其心服之謂矣
或曰祭泰折主先后非禮歟曰是禮也非宜也王者父事
天母事地偹神崇孝無嫌可也且夫柴瘞外事帝王主之
烝嘗內事后妃助之是開元正人倫革弊禮起百王之法
也故令千載承（集本文粹作成）末光聆絕韻咀其實漱芳潤爍玄
妙之至精流不已之淑聲臣說作頌告於神明四（集作三非）皇
墳而六（集作五非）帝典雖吉甫亦莫能名徒採彼輿人之詩曰

大矣哉維天爲大維皇則之（集作則）率我萬國受天之祺子
孫百代人神共保綏之云爾而已矣

華山述聖頌（并序）　達奚珣

序曰懸象著明莫大乎日月我聖人之文也發祥儲祉莫
大乎神祇文之所繇興也原夫天作太華氣雄羣山秉靈
伊河受命如響自坤元之所開拓雲帝之所巡遊祀典雖
存宏圖盖闕洞陰陽之不測其惟大聖歟於是藻翰自天
發揮神化建碑于廟以光寵焉乃命朝英實司其事經始
勿亟庶人子來徒觀其神輸坤殄羙石吹玉追琢之際厥
聲冷然磨礲之後其光洞納樹之平地巖巖斷山六龍盤
薄糾其上羣神羅（集作離）立負其下藝事既畢宸章乃開竊

以洪鑪大造之時天動地業秘籙聿來之日風搖雲起詞
義至廣含元（一作光）氣而運行翰墨至精吐奎星而飛動剛
柔相錯神妙無方合而五光昭離而萬象列宇宙之間粲
如也繇是發巖巒之氣色益祠廟之風稜不怒而威有來
加敬盖因大君之一顧也寵秩榮幸不其至哉初有司以
法駕時巡路直斯地將選巨石先期底功天意若曰夫人
神之主也嚴神以爲人也今穡事未已工徒復興人黨失
業神將何遷方待歲暮以須後圖粵若碑版業乎刊刻通
其變則人不倦節其用而財不傷俾夫役者逸於從事天
之臨下其道有赫曲成萬物何往非宜時厥使臣乃昌言
曰國之大事在祀神之所歆在德以德舉事吾君有光比

夫周銘弇山存乎車轍馬跡漢祠火室蓋欲逞輿一作輕舉至誠逮下可同年而道哉頌聲未作詞客之過小人固陋遊聖難名寔賴文宗繼其不逮敢託品補闕向爲之頌云

天輔聖德配極而崇帝者祖號神行慈旨布澤而洽人之父兮叶命高嶽喻壽其聲招靈祐兮飛文孤標洒翰天類使物覩兮騰雄激烈交夫聲芬偃上古兮發潤飄清惚此先一作光氣覆下土兮探異閱妙意力猶懸空作矩兮徽徃到近辭聽相援一作受無與伍兮

文苑英華　卷七百七十三　十二

文苑英華卷第七百七十三

文苑英華卷第七百七十四　頌三

帝德下

無疆頌八首　慶鴻名頌一首

靈武受命宮頌一首

大唐河西平胡聖德頌一首

鳳翔出師頌一首　降誕頌一首

皇帝親庶政頌一首　中和節頌一首

無疆頌八首　李華

臣華言伏以漢明帝時徼外蠻夷槃木白很獻時歌頌德屬事史官況臣自曾祖至臣備國家職員臣又逮事玄宗肅宗今以餘年獲事陛下官歷御史補闕尚書郎命薄多

文苑英華　卷七百七十四　乙

病不獲奔走闕庭恐先朝露同於泥塵若無歌詩頌德實蠻夷不若也敢述列聖爲無疆頌式昭皇家大慶無窮謹昧死稽首以聞

高祖元頌一

昊昊昊天監於下句興有德句維隨之秋時黷陰凝陽潛未登人思炤矣雷行龍興盪濯雺氛文明乎萬國垂仁烝人載親天監保我子孫巍巍皇皇後之皇丕承之

太宗烈頌二

高祖受天命誕興太宗承天之命帝煬昏逾黎民一作人毒痛甚熱于爐甚溺于塗以號以呼呼天無辜高祖謂太宗爾必有天下爾其訏謨太宗稽首主令二字一作恭受天命臣

請滌除張我師撫征四國剪薙羣慝鼓一方三方振（一作震）驚默炤其靈隨顧而平我負我乳我安我成以奉君父以臨天下任忠孝文武建禮章樂舞我雖明德諫則納汝維時（一作時維）帝降祐之自古明后莫如我德我勛唐無疆天子之無疆本太宗成（一作休）命

高宗康頌三

鍪爲阯爲堂實勤實勤（一作實勤實勤）付俾厥裔丕成后帝帝思不忘神棐靜康不耀而光不求而昌自中方外達夷羌（一作羗）瞻我大邦功叅于廟執貢朝于王油油時雲雨厥百穀滲滲景風扇彼嘉穀飴口飽腹以猒以足俾壽而福都阜成天人

中宗興頌四

扉丙（一無內字）蠆之毒興（一作豐）而爲蝮無（一作謀）虐天人（一無人字）之族天祐聖祚五臣柱（三字一作八柱）將覆帝告五臣保翼朕躬赫赫彤彤日昇雲中五臣受命戡爾頑兇故曰再造我天命（一作下）生人舞鼓既孤（一作成）矣又奉父母

睿宗德頌五

后戚之禍再興其危（一作有）競競廟祧震怒陰命聖子翼登聖父奮其神旅宵伏金斧金斧一斷（一無此四字）殄殲逆亂大聖照臨元元宅心歸祚於（一作于）有功有德於乎盛德

玄宗文頌六

丕鑠玄宗之明克孝克仁允武允文宣祖宗之光垂於（一作于）子孫盛禮畢舉大樂畢陳百蠻來賓元元阜殷戎或不賓悉（一作遣）師徂征罔不頓顙踣於（一作于）雷霆在漢方昌用刑慘酷中都繫考六萬餘人使者按錄誅千萬人然後興王（一作其後賢王）光武赫赫誅沛賓客以千以百孝明稱賢楚獄連年坐死逮捕以萬以千猶曰漢祚宜長越我宗祖不忍用刑至於玄宗哀彼鈇鑕降爲鞭扑誕古萬（一作羣）國大爲屋室醫彼百疾追懷登遐正（一作止）害禽畜芳爲陂池養鱗水族（一作養鱗介族）既濡既渥昆蟲草木享國五十年寓縣晏然逆臣犯天天念蒸人若曰寧我負恥不忍人戰死乃告元子理兵朔鄙西幸蜀都命元子受圖天下既定父堯子舜歸於（一作于）國都無不忻愉無不涕濡付（一作傳）一聖自順升靈

太微嗚呼上聖之道之純不可度思

肅宗孝頌七

穆穆孝慈有如肅宗之誠達於（一作于）神祇爰訓六師震發北陲陵陵雷馳西戎南蠻北狄東夷咸舉其旂佐皇之威帝心天和（一作如天）無筮無卜（一作無筮無欲）自（一作副）然丘岳破裂冰（一作岸）谷逆隸傾覆朝社大復居於（一作于）海之外服以輿以濯以舞以躍帝在東宮孝如文王蒸蒸其思（一作心）天地知其孝既收鎬洛祀於（一作于）陵廟奉迎上聖天日普（一作並）照有凶有孽將噬將齧我旂方設則已顛蹶如燀于（一作於）雪尊嚴而仁仁覆而嚴大臣小臣莫不絜廉躬勤百度百度如其素

今上昭頌八（浙本文粹作照頌）

大邦之興維天相之（一作相）昌興昌則有德繼王昔殷王盤庚武丁昭（一作紹）登殷明剏我帝唐（一作君）丕承天命疊引其慶生我皇聖幼冲聖敬實左右肅宗開國即（一作御）戎羣師禀教舉則成功自西自東如霆如風蕩滌頑（一作元）兇罔不率從既登天（一作大）位於變時邕人咸曰上如太宗延億兆斯年延億兆斯祚（一無此五字）天博地崇（一作地博天崇）罔不爾容玄宗元孫象（一作爲）玄宗列文肅宗元子承肅宗孝理

一作昔唐文粹

慶鴻名頌（并序）　獨孤及

唐興百三十八載皇名在宥天下鑄五兵爲農器栖萬姓於壽域道證德洽神人昌和春正月冢臣上將卿士庶尹洎三老五更公侯伯子男相與揭厲皇猷請增明號上揮（集作撝）謙而未許也僉曰陛下孝達神明道超帝先以德則符廣運以時則復太朴以功則保定丕業格于上下而尊稱猶淺鴻名未光億兆之心戴何載神祇之望何塞天子向南（集作南嚮）而讓者九不得已而俞之乃命有司具昭告之禮二月乙酉備法駕朝太清宮飭（集作勑）宮神以酒掃詔曰（集作月）將使警蹕雲動天旋至於靈壇報功乎三清祈福乎上玄景戌享太廟用明水越席玉豆彫簋之禮炳蕭以合薌灌鬯以報黿（集作報龜）神休擁而萬靈接精意陳而六幽感丁亥朝羣臣於蓬萊前殿於是四方人大和會命太尉班

五瑞合六樂遂展禮奉策虔受大號曰開元天寶（二字集本作天地大寶）聖文神武證道孝德皇帝是日也解商野之三綱受塗山之萬玉大赦天下與人更始協時月同度量賚傑俊書雲物卹高年禮大祇接天瑞受地鼇撫柔萬邦存省其安危遂迎日推筴布慶行賜扇薰風調元氣接（集作拐）千載之大統操三皇之遺珠垂其衣裳與天地合符樂偏禮崇乘輿乃入然後屏椒房而徹黃屋徜徉乎大庭氏之館泊兮凝神沉兮存真想洪崖廣成之倫被衣（集作霓）裳而下鳳闕蹁躚左右上千萬壽凡遭逢昌運沐浴聖渥而不能頌烝人賦江漢吉甫仍叔之罪也臣敢有二事乃作頌曰穆穆閟宮敷時繹思天有成命孝孫受之鋪衍下土報功神祇我瑞如山我福孔夷聖敬攸感上玄豈私誕受鴻名載揚緝熙風動雲行雨飛露垂昆虫昭蘇草木阜滋恭已南面端拱無爲（集作無爲之師）栢皇尊盧萬代一時昭假遲遲上帝是祇永錫多祐萬壽無期

靈武受命宮頌（并序）

臣聞享天降福（一作命）維德也戡難奉時維聖也必有非常之運是與撥亂之君（一作功）以蒼生爲憂不以濡足爲患以寧濟爲業不以脩身爲道此陶唐所以捨而不畏舜禹所以受而不疑靈武舊功皇帝躍龍之所曰者姦臣竊命四海波蕩（一作蕩波）我聖皇帝探命曆（川文粹作曆命）之數啓龍圖作受命（或作禪）之書付于我皇帝皇帝方（一無此字）遊崆峒以求至道

於是羣公卿士負玉旒金璽望氣于芒碭之野三進于(一作於)閭闔之中曰臣聞昔在(一作在昔)蚩尤連禍大盜中國神農之(一作氏)兵莫能勝之(一無之字)天降玄女勑軒轅氏大定其災厥後堯有九州之害而命禹禹以四海之功而授舜陛下主鬯大位十有九年精爽者皆美馨香(一作德馨)乾坤也必聞幽賛玄德上達景福有歸六聖覩命曆之期兆人有樂推(一作臨難)之請陛下畏災運而不處棄黎元而不顧以至仁爲薄以大寶爲輕臣等若不克所請與億兆之衆將被髮撫膺號於天而訴於帝矣皇帝(一有爲字)唯然改容曰豈人心歟丁卯廣平王俶太尉光弼司徒子儀尚書左僕射冕兵部尚書輔國與北軍將士西土耆老萬五千人排闥以訴帝

曰今豺狼穴于(一作居)宮闕陛下兆庶爲餌宗社(一作廟)爲墟若臣等懇誠(一作誠懇)未通是高祖不歆於太廟且陛下涉渭則洪流洄廻鑾則卿(一作慶)雲見布澤而川地廣勤道而嘉禾生靈祇彷彿玄貺幽感臣聞符命待聖而作天運否終而會威棘聆鑾會也睿武英明聖也臣等敢昧死上聞帝乃洒齋宮啓金匱嗚咽拜受詔有司大赦天下改元曰至德元年尊聖父爲聖皇天帝(一作文武皇帝)是日煙雲變作士庶踴躍黃龍見于(一作於)東野紫氣蒲于(一作於)天門翼(一作翌)日也數百里衣裳會兼旬也數千里朝貢會踰月也天下兵車會浹時也四方戎夷(一作狄)會以一旅兼(一作成)百萬之師率胡夷平社稷之難禮郊祀戴聖皇與人合誠心以氣消天厲(一作癘)動罔不吉歆無不報是以白鹿擾于(一作於)王庭靈芝產于(一作於)延英化動而功成淵(唐諱)默而頌聲言禪代者陋蒼梧易姓之名語嗣守者著(一作蓋)陶唐積善之辱述戡定者歎四紀而復夏羨中興者喔三六而滅新於戲神祇之所歸往品物之所法象誠飛龍於尺水仗大義而東嚮矢謨發號寔在此(一作茲)都願篆石宮庭以垂萬古俾過山澤美風雲(一作雲雨)知之奧窮造化識天地之緼(一作蘊)臣炎稽首敢獻頌曰

赫赫河圖啓天之戶(一作祐)雲從億萬皇在九五惟昔陶唐克傳舜禹護也武也夫何足數彼核者彀(一作被核者教)惟恭惟貪天寔有(一作即)命人將不堪皇曰內禪于再于三盡武之

善去湯之慙兵革(一作車)百萬洶洶雷震橫會九州爲行爲陣恃力者蹈從凶(一作命)者順孝以奉天神而撫運至德唐堯崇功大禹皤皤北叟垂白而覩沛邑空歌周原已古徘徊頌聲未介玆土(一作皆唐文粹)

大唐河西平胡聖德頌(并序)　前人

維唐至德二年春正月武威郡胡泊九蕃夷落內伺師旅之間外合很豕之兇據金城害州伯蛇變交戟之下炎焚大澤之中二月乙丑皇帝以五命之服詔太僕崔侑總中權專上將誓軍前之士邦城下之盟又命內常侍劉日新振鼓鐸之音護羌弩(一作戎)之長林竦蝟合會于東郊粵庚午高牙大旆鐵馬長鎩歙以清笳陣以雲蛇位(一作此字)列于

四衝蓬頭執戟鼓以靈鼉達于逵路趫悍獖徭虎裘後臂
北陵于土門之隊鉤車雲梯強弩堅楯齊傳(一作傳是)于西烽
之亭於是引熊虎之師仗龍蛇之錋矛戟四起煙塵火色
金鼓一振天地徘徊血亂玄黃聲囂瓦屋是風雲皆入陣
彼草木盡爲兵日月垂照於窮鄉皇靈赫臨於天外名王
貴馬大玉文具素女錦衣百金之產萬井之資皆委于入
貢之府布于有地之宮是時也千人勇(一作踊)萬人賀羨太
階之符見頌偃伯之儀輿特進金城太守李萬頃洎五邑
長吏軍正大夫等言曰蓋聞王命先天以奉時賢神(一作臣是)
合統以偕運靡垂乎帝籙不能撥亂罔應乎間氣不得遭
逢故大人之作必先靖難以摧兇取暴爲治(唐諱)國以任賢

仗能爲建功磅礴乎茅茨之下葳蕤乎玄古之上斯軒轅
得之以勝蚩尤大夏得之以勝有扈西伯得之去殷代崇
我太宗得之奄有遼海上皇得之克平巨猾陛下得之再
清宇宙掃蕩氛孽(一作孼)允若大唐之新命復高祖之天下
臣等恭惟六聖騰光百有五十祀周貫海寓澤鋪(一作鋪敷)菌
蠢丹穴之賚孤竹之君金刿枯(一作括)羽委命下吏陛下建
大號纘鴻業歸勛祖禰昭事聖皇是必天錫忠良佐成命
器之臣所應皇運之統伏崇羽之兇太康西人求未來裔
願纂石誌美以爲頌云
詔虎(唐諱)臣兮溘天弧載火旗兮耀昆吾齊麾壘兮被戎都

鳳翔出師(一有紀聖功三字)頌(并序)　前人

舜有兩階之舞周有孟津之會皇帝有岐陽之蒐德莫勤
乎安國勛莫醜乎立極利萬物莫近乎去暴蓋天啓(一作受天)
元符輿人請命寘契相合億兆有歸以昌則感鬼神(一作神鬼)
之心以征則去雲雷之難維唐七葉姦臣大盜於二京皇
帝龍鳴於河北觀兵(二字一本作親誓於)雍上建都發號以朝萬國
心嚮天地志通幽明淳精四達大造玄成於是巢山駕海
之羣很驍鳥章之君不期而趣於闕下四十有三萬元帥
廣平王俶太尉光弼司徒子儀等稽首言曰臣聞天啓聖
以俟時聖感時而赴難非神功不能當大運非玄德不能
合人心故軒轅之道也伏蚩尤宗周之仁也稱樞負陛下
之德也大端於人和人和而動天天輿和合氣百姓因之

以獨化四夷因之以子來王師得(一作德)之以貞勝意者河
洛徯怨後東征之期人靈駿奔望西狩之禮天子方齊寶
輅講金匱之書昱日霓旌武賁大車之輪黃鉞靈鼉彤弓
太阿荆韓楚魏之廣七閩五谿(一作㵌)之長金鼓百萬車從
九合大陣於東郊皇帝建白旄以誓於軍中曰維高祖歆
于上天四宗重光照臨下土百有五十祀至於聖皇總武
之干戈備文之法象蕞爾逆虜敢迷天紀盜我符璽黷我
威靈使四海之內兵革縱橫肝腦塗裂旻蒼降鑒錫命於
予俾纘夏已墜之功寬羿未刑之族於戲余匪玉帛山河
是愛惟蒼生之靈(一作災害)是憂匪天命威力是憑惟人心忠
義是保咨爾張目成天羅植髮成千櫓布和成將帥厲氣

成風雷若作進退爾惟鐸（一作旗）鼓若斷首尾爾惟常蛇若
殺鯨鯢爾惟干將若拯沉溺爾惟巨艦夏有一旅之衆武
有十人之謀（一作暮）志定金石信非盟誓爾其念哉是時天
威動六合兵氣連太白乾坤爲之坱北河岳爲之震蕩彼
狐鳴鑿齒之徒不崇朝而聲返于謳歌（一作返於謳歌）形歸于（一作於）
蹈舞者幾過半矣故鄠社之師以形勝灞上之兗以威
逐桃林之陣以奇破河洛之孽以氣摧帝乃開天牢迴豹
尾陵顥氣掃攙搶應龍秉鉞玄女侍坐乃考夏氏配天之
義備漢皇建武之典雲髦玉輅山動地踊降自西雍幸于
京師萬姓前導百靈爲威布德澤望陵寢悲黍稷之將秀
覽城闕之爲墟以雷雨洗川澤以皇風消怨怒以大賞議

勤勞以成功告宗廟以詳刑（一作明）去聾昧以惠政哀困窮
清蹕而奉聖皇稱觴以朝前殿於是東國耆老長安士庶
排御路入天庭動千門呼萬歲煙雲下逓林藪山廻神靈
頌於堂精魄感於廟侯王慶於國父子合（一作洽）於家鍾石
返於縣罍俎陳於席華戎踴躍喜氣磅礴日退（一作非）三合
天聲（一作齊）萬里神謀不得窺其奧天道不能後其時斯一
會之畧也然後動變化爲爐假仁義爲塗陶氣象鑿耳目
與神合司契以道浸漉淪全羣象之形斷珠玉之脛然後
以景星燭夜甘露清氣昇閬風對天老捨鴻名以還太素
秉大曆而統仁（一作人）紀俾天（一無天字）不思而降不祭而歆以
元和感生淳古於是宰臣聚而言曰主上以神武清難至
德遂人崇勛絕瑞光照萬古開闢日月于今六年百姓豈
忘力於帝乎人臣盍謝生於天乎請相與鑿石于誓師之
場告成于會（一作於得）衆之地斯王道之盛典臣炎稽首敢獻
頌曰
天命帝兮蕩祆（一作矢）昏交風雨兮會秦門推聖德兮漫海
外五單于兮勇士會俗鳥獸兮家雲島越浮山兮乏青草
徵羽騎兮列天營啓金縢兮賜長纓日爲車兮雷爲鼓臨
鯨鯢兮掃煙雨開明堂兮饗文祖帝爲皇兮后爲毋登臺
雲（一作雲臺）兮冊玉府篆穹石兮駕終古　一作皆唐文粹

降誕頌（并序）　于邵

皇唐八葉之中興提天綱披寶圖臨八紘俯萬物垂鴻儲

休粤十有七年玄冬陽月旬外三日天子居北堂左介受
厥初之慶自寺弼暨羣官丞令咸歸休澣則歌康衢樂壽
域者其百姓之歡心有司諫掌綸之臣當右掖分宵之直
望閶闔沐薰風齋心以虔稽首獻頌其詞曰
甲觀畫堂繞樞神光十月良月降生我皇煜殊祥兮續我
（疑）繼文時惟聖勳格苗戡黎爲天下君望如雲兮蒼蒼海
隅達我天衢七戎蠢狄西殲北徂外無虞兮白翟遐通嘉
禾薦豐兩樹連里五雲飛空歸大同兮金闕峨峨清晨伊
何萬國筐篚千門詠歌歆太和兮舜膳以甘堯樽以酣誕
彌之朔旬而有三湛恩覃兮南山于前北辰于天臣某獻
壽維億萬年象帝先兮

皇帝親庶政頌（并序）　呂温

臣聞光宅大寶茂育羣生神而明之必在上聖然則所同者道所異者時或以垂拱仰成或以勵精自致及乎俗躋仁壽理洽時邕弛張之政不殊勞逸之功則倍我皇帝體至化含元精苞乾剛履坤順誕膺駿命恢纂鴻休宣八聖之重光集百靈之奧祉如天之燾如地之容皷義爲雷霆奮仁爲風雨斡璇衡而轉七曜懸金鏡而納九圍鄗氛沴而川澄沓禎祥而山委昔軒轅氏斬蚩尤滅火帝功至大矣若非伏風后之助受玄女之符未能尅也陶唐氏誅四罪定水災德至厚矣若非大舜之登庸伯禹之盡力未能成也湯以伊尹爲相始定殷功武以太公爲師乃康周道

高宗紹復資傅說啓沃之言宣王中興賴山甫將明之致（集本川粹作政）今陛下太康四海雄軼二紀百姓不知其日用羣臣無望於清光（二本作風）而乃業邁乎前王功高乎古烈聖作物覩孰知其源竊以管窺天倪蠡挹溟量庶乎大畧可得而言焉陛下自代天統物之初則以屈已濟人爲意虔臨庶政窮總萬樞四冊賢良六親郊祀勤恤於理本盡瘁於生靈詳曠代之所未詳慮列辟之所未慮夏巢輿（一作景天疑作景旲）而方食寒星在而求衣寸陰不捨於論思子夜猶觀乎啓事除一物之患而品類以（二本作獲）安伸匹夫之寃而庶獄自直（一作息）棄瑕而録用含垢而宥過小善可紀必拔於宸衷片言有孚不忘於睿聽至如天時之豐約地利之夷險

邦賦之盈虛師律之貞棊閭閻之疾苦稼穡之艱難人風之情僞吏理之得失莫不密歸神筭潛納皇明雖陰陽不能以氣欺雖神鬼不能以形遁何細而不及何大而不苞何秘而不彰何難而不就猶復登臺念在險之慘聞樂思向隅之情御裘感短褐之寒臨膳憂簞食之餒日慎一日旣泰而不自泰旣安而不自安兢兢乎業業乎此其所以廣運而有成全功之克舉者也然而感覆燾之恩者欲天之彌高荷容載之德者欲地之彌厚仰照臨之明者欲日月之彌光微臣被淳風飲玄澤親把行事親（二本作至）覲昇平憂勞誠難願陛下勉之而已美善誠盡（二本作至）願陛下保之而已若夫雖休勿休玄默優柔君上之體也遹觀厥成蹈

舞頌聲臣下之職也爲而不有德莫至焉知而不稱罪莫大焉臣某敢昧死再拜稽首獻皇帝親庶政頌一首其詞曰

士師邁德玄元儲慶幽而復曜高祖受命貞觀致理開元殷盛艱而復康皇帝親政受命維何邈萬斯年親政維何夕惕乾乾天道福謙我則奉天人生在勤我則率先憂堯之心勞禹之形求人之瘼思國之經年亦豐止御膳不馨夜如何其皇寢未寧偃文脩武太和氤氳海不揚波天無纖氛鳥章之長椎髻之君會朝明庭其從如雲巍巍崇崇於穆昭融宜播大樂以宣皇風鏗鏘盛德蹈厲（二本作舞）神功下臣作頌永示無窮

中和節頌（并序）　白居易

乾清而四時行坤寧而萬物生聖人則之無爲而無不爲神唐御宇之九葉皇帝握符之十載夷夏咸寧君臣交欣有詔始以二月上巳日爲中和節自上下下雷解風動曁日而頌乎四岳決辰而達乎八荒於戲中和之時義遠矣哉惟唐之興我神尭子兆人而基皇德太宗家六合而開帝功玄宗執象而薰仁壽之風代宗垂拱而阜富庶之俗烏弈乎赫赫煌煌八聖重光以至我皇我皇運玄樞陶淳精治（二唐諱）定而化成嗣皇極於穆清納黔首於清平（集作昇平）于時數惟上元歳惟仲春皇帝穆然居青陽太廟命有司考時令以爲安萌芽養幼小緩刑獄布慶賜盖百王常行

之道未足以啓廸天地之化發揮宗祖之德乃命初吉肇爲中和中者揆三陽之中和者酌二氣之和其爲稱也大矣非至德（集作聖）疇能建之於是諶始要終循義討源于以九八節而七六氣排重陽而拉上元煦元氣于原（集作厚）壤則幽蟄蘇而勾萌達噫和風于窮荒則桀驁化而獷俗淳垂萬祀以攄無窮被四表以示大同于時兩儀三辰貞明絪緼千品萬彙熙熙忻忻繇是文武百辟僉拜首而揚言曰大哉曆德合於玄造又曰若在唐尭敬授人時垂於典謨降及周文在鎬飲酒列于雅頌斯盖欽若四序凱樂一方而已未若肇建令節混同天下澤鋪動植慶浹華夷若斯之盛歟盖聖人之作事必導達交太幽贊亭育與元化合其運與真宰同其功丕體哉其至矣賤臣居易忝濡文明之化就賓貢之列輙敢美盛德頌成功獻中和頌一章附于唐雅之末頌曰

權輿胚渾玄化（集作）既分煦嫗絪緼肇生蒸民天命聖神是爲大人大人淳淳爲天下君巍巍我唐穆穆我皇纂承九葉臨照八方四維再張兩耀重光豐融唐虞趨趄（一作越）羲皇乘時有作煥乎文章乃建貞元以正乾坤乃紀吉辰以殷仲春吉辰伊何號爲中和和爲大和中維大中以暢中氣以播和風萌芽昆虫昭蘇有融如幹玄化如運神功（集有於戢二字）德浹道豐萬邦來同微臣作頌垂裕無窮

文苑英華卷第七百七十四

文苑英華卷第七百七十五　頌四

頌德上

唐故襄州刺史靳公遺愛頌（集作并序銘）　張九齡

江漢間州以十數而襄陽爲大舊多三輔之家今則一都

之會故在晉稱南雍在楚爲北津厥繇龐雜亦云難理而前此領郡鮮能安人或猛或寬或拘或抗跡多弗類俗亦弗寧是以天子念與我之共理而公受頒條（石本作頒卿）之寄矣公名恒字子（石本無子字）濟其先某（三字石本作河西）人也祖師幽州長史父禮庭奉天尉監察御史世（石本作代）不苟合義在難進雖無充量之位而有積善之烈矣公性持重有器望即溫而聽厲動敬而居簡（十字集作即溫而厲居敬而簡）度量可以軌物德義可以服人而先王遺言率由好學君子行道必本忠恕浚源水潔勵翼雲翔故一舉爲拾遺已有遠致三入爲御史侃然正色當時知音謂且大用而尚書理本郎官選才亟践諸曹克厭羣議及在典外（集作大）郡遂佐益州攝御史

中丞（集作成丞）都督西南軍事原軫超將豈唯上德翁歸中立實兼文武先是兵連蠻徼歲轉軍儲擾我公私費以巨億公乃急其所病思有以易之建大田於雲南罷饋糧於巴蜀向之踰重阻冒毒瘴負擔以踣斃垂餌（集作耳）於剽掠者每十有五六及公底績盡境賴全至於是邦也政實有素今也唯行不違其方以索其極莫不教之誨之優之柔之從者善之否則威之先德後刑端本肇末物知所勸事則有經率訓者衆多變薄爲厚感惠者深遠既和且均夫然後（石本無後字）人斯耻格庭少爭訟恭佐閑拱屬城晏和（石本作如）其始也一年而政成其終也三年而頌盈愛之如父母畏之如神明開元十二年以理跡尤異廉使上達天子嘉之

稍遷陝州刺史既解印去郡攀車盈途或願（石本無願字）借留無緣而人吏遮道或瞻望不（石本作弗）及而老幼啼呼如是者五里已終朝十日乃出界而皆言曰捨我何之及聞公之喪哀可知矣市爲之罷舂以之輟惠愛之結深古今之感一蓋爲仁由己而遺德在人者其若是乎郡中士大夫與門生故吏聚族而議譔德是以刻石立紀彼峴陽之陋墮淚成碑此峴山之績（集作銘）曰

英英靳公宣哲秉彝爲我髦士作人元龜倜儻大節磊落瑰詞人亦有言天實資之御史直繩郎官高選動必兼能皆再践糾過（集作遏）邪慝彌綸事典遂及我人化流樊沔激勵素風抑揚善政約己爲法急人所病物固推誠事匪

忘敬感被于下仁明在詠舉德不鮮涉道載深穆然清風莫其遺音靳公旣没厥跡可尋靳石是圖以慰旴心

唐濟州刺史裴公德政頌　孫逖

昔太公之理齊也尊賢知尚有功泱泱大風千載不泯石慶古之良相也臨淄社焉于公古之良吏曹也東海祠焉裴公今之良太守也濟北頌焉今古一揆謂之齊志苟非其人名不僞立君子是以知裴公之爲政有異能矣初公以甲子歲秋八月蒞於是邦祗適明命弘敷令典敎之誨之養之育之俾夫闔境之內靡清風漸膏雨醉純德飽話言若卜筮之是孚如草木之允殖用克畏慕外于大縣其明年也皇帝東巡狩至岱宗自洛及兖於皇時邁雷轂萬

乘雲旗千里供帳於東道者九十有六州焉大或數圻次或萬井中產者輕斃膏粱者倍征方事之殷循懼不給茲郡褊小實難圖也公淵然深識卓然遠謀擇利而行慮善以動西自于陽臺（一無此字）穀東盡于良清造舟爲三橋置騎爲馬驛闢野爲西頃除道爲九逵或總或秸或薪或藁或饔或餼或糧或糗爨之踖踖積之栗栗其崇如墉其比如櫛皆先之以方畧繼之以生聚因吏祿之奇羸雜官用之餘羨通變合度豐省中程編户之民秋毫勿與縣是邑無征（一作征徭）令鄉無歛法買不利於乘急農不傷於甚賤且俾其野而安其業人所謂勤而不得（疑作德）施而弗費雖小必濟不亦宜乎抑又聞之居簡則易於德綏處煩則難於柔

克大抵皆是其誰不然公始自知供迫於卒業不鞭一卒不貫一吏繩責勿用鐫譙無施禮以生其恭悅以盡其力役不再令事無後期雖子文治兵之舉叔敖城拆（左傳作城圻）之政類能比德曷足稱多洎鑾輿反旆旌別淑慝監頓使劉日正勸農使盧怡並奏公理行第一議者以爲當矣其三年秋大水河堤壞决諸郡有聞皆俟詔到莫敢興役害旣滋甚功無巳時公以爲執事諉上者非至公之法也便文自營者非盡忠之計也亦既成奏因而發卒播告厥指率籲於人荷鍤者襁屬負畚者麕至從公于邁祁祁如雲公俯臨决河躬自護作雨不張蓋塵不振衣饋不致鮮寢不庽館蔬食以同其烹飪野次以同（一作均）其燥濕柀築競

勤鼛鼓弗勝克輩而成匪亟而速以浹辰之役興百倍之利贍（一作贓）災葦弊人到于今賴焉古之所謂敏則有功豈虛言矣公之方在河上也有執訊者傳詔命公爲宣州刺史公悼其功之不成且懼人之休息未即宣布周之密之公撫巡如初食（疑）厲不輟及堤役旣畢國人皆賀公於是解印出次啓篋見書莫不瞿然而駭曰不虞公去之速也嗚呼曷歸乎乃大哭旣而幢棨就國千旟首途野有輟耕巷無服馬男女以辨號泣相望或觴于郊或餞于境扶服遮道洗瀾駐車莫肯旋歸殆過信宿（一作歸）夫所居人富所去見思前史以爲有德（一有讓字）君子之遺風猗嗟裴公蓋有之矣公名曜卿字煥之河東聞喜人祖某皇廟亳州鄼縣

令父守真皇朝成寧二州刺史贈晉州刺史又贈兗州都督偕受祉必大垂裕不朽彰徽簡冊布昭政（一作賭）聞其緒業有如此者公之昆友故冀州刺史子餘等六人俱以儒行達天下之人謂之六龍公之自出令屯田員外郎韋述等七人俱以才名進天下之人謂之七子其族姻有如此者公舉（疑作覃）訏有聲譽非克類公侯表於龜筮詩禮成於小學八歲神童擢第則已殊於公路矣下髦之後尤邃於文長安中則天首命有司考試調集之士而第其詞之高下公以甲科授秘書省正字異其對也睿宗之在藩邸精選寮屬公爲典籤兼掌文翰愛其材也其文藝有如此者項之遷國子主簿試詹事府丞歷河南府事曹參軍拜考

功員外郎除右司兵部二郎中自長安令臨此郡自宣城守改授冀州翁歸爲政不移於故跡延壽理人亟登於高第入拜戶部侍郎今爲左庶子其閥閱有如此者若乃邁德由己全誠自衷出入孝悌周旋禮樂幅利以儉葆光以和仁而有剛直而不倨微妙析理入於無間清明開物周於有象享茲具美可謂大賢其庇身也弘矣其所憑也厚矣詩曰布政優優百祿是遒又曰君子萬年介爾景福夫如是欲辭福祿其可得乎方當彌綸帝績豈徒潤色吏事而已盧縣父老其乙等懷公之惠不可弭忘思欲銘德頌美討功稱代以予國之史臣也學於春秋褒貶之義乃因邑子校書郎衛憑假詞不能徵拙於我事則詳實言多遺

恨著循吏之傳願守文翁述馬野之詩慙非史克詞曰瞻彼濟矣湜湜其沚有斐君子令聞不已帝省其方和鑾央央務穡布常駿惠于王我隄既溢我民既恤成之不日有始有卒黃髮番番飲公之和矢之不多維以遂歌

唐故幽州都督河北節度使燕國文貞張公遺愛頌（并序）　前人

有唐開府儀同三司行尚書左丞贈太師燕國文貞公諱說字道濟張氏聖文神武皇帝佐命之臣也開元六祀宅于幽朔及公既殁御撰豐碑以爲用公於是邦當華弊之舉訊彼故老徵於前事有以見聖人之情見於辭矣夫潡碣之北有山戎焉乍臣乍驕或息或縱鎮之以大府府有

都督威之以大軍軍有節度二者之任萬邦之屏彌縫其闕必在宗臣曩者天冊之初王尚書不反命則我天后以納言狄公頌之先天之際孫將軍不振旅則我睿宗以太尉宋公爲之洎陘口之役薛公小衂後數稔傷痍未平易置諸將少有稱者則我皇帝注意於文貞公社稷之固生民之傑伊昔銜節未嘗顧身面折二豎辯邪正於君側首謀四凶决安危於天下勇於義力於忠雖有賁育不能奪已自受命處此聲振殊俗終公之代不敢近邊聖人金城其在是矣先是公之未至也軍實耗斁邊儲匱少帑藏乏中人之產輂車無百駟之羣將欲豐之不其難也公問以謠俗因而化之命非人採銅於黃山使興鼓鑄之利命杼

人斬木於燕岳使通林麓之財命圉人市駿於兩蕃使頒質馬之政命廪人搜粟於塞下使循平糴之法物有其官官贍其事如川之至以莫不增一年而財用肅給二年而蓄聚饒羨軍聲武備百倍於往時矣猶以爲不一勞者不久逸不暫費者不永寧旣庶且富人可用也於是塹山澤起亭障塞鷄鳴之阨守阜陵之衝遮大夏之路距盧龍之口延袤千里横絶一方以順天地之心且爲華夷之限命下之日脩塞之後人到于今賴焉夫戎狄遠却暴禁矣貨食滋至財豐矣封守以固人安矣師徒不勞兵戢矣武有七德我其四焉坐致必勝之道以銷未形之患是公之深計遠慮所致也初公之大用實以詞宗雖亟持國鈞而未

執兵柄及台拯中廢荆衡外牧上將復（一有内字）由因以爲將惟幽都克愼厥始惟大原克和厥中惟朔方克成厥終三駕而時靡有爭繇是復踐中樞之任矣文武爲憲斯之謂歟喬岳告成遂登仲虺之相金華念舊仍遵尚父之師高朗令終固其宜也昔周有張仲是稱孝友漢有留侯見推籌畫太守飛聲於朔野司空邁績於西晉及公之貴世德其昌光于祖考則慶州都督刑部尚書追孝於前烈友于兄弟則國子祭酒懷州刺史致美於當代施于祚胤則兵部侍郎駙馬都尉纘戎於後葉人臣尊寵舉集其門豈伊朱綸之盛方繼緇衣之好辯其譜系范陽之大族也叙其封畧燕國之名都也徵其政理幽州之良牧也羨數多矣

斯人之德與夫班伯之榮故郡買臣之鸞守邸盖不侔矣薊縣父老某乙等感之所致久而益思遠詬不才追書盛德徽音已隔空悲梁木之歌碑頌獨存應墮峴山之淚仍係辭曰聖出賢覯爲師爲輔大國宗文殊方畏武帝謂幽朔人思鎭撫受命再贍聿來兹土謀猷旣壯闕漏咸補守固邦寧財豐人聚四牡旣駕三邊無侮又何與文（疑作之）玄衮及黼范陽宗邑燕垂守宇德被塞翁恩深召父琢彼遺愛傳於終古貞石不塞（疑作騫）薊丘之下

唐故洪州刺史張公遺愛頌并序（集作唐太子賓客兼御史大夫洪州刺史洪吉八州都防禦觀察處置使平原郡開國公張公遺愛頌）

獨孤及

北斗魁戴筐六星曰文昌宮其三曰貴相聖人法天建官

作爲台司以左右民於是乎有敬敷五教平章百姓之職居之者下代天工上應星宿其或一麾出守八命作牧内爲吉甫外爲方叔弘道利物其政一也惟唐七世皇帝誅羿浞纂舊服得柱石之臣曰平原張公諱鎬字從周秉中庸之德含光大之量輟耕隴畆爲唐皐䕫推轂於河南楙風于荆門作賓銅樓登侍禁掖牧撫人半歲洪州再稔鰥寡不侮神人咸若慈惠之政洽于百城享壽六十有一歲在癸卯七月壬寅薨于位夫德之被物也厚則物之興感也至故公之捐館自九江至於敷淺原南暨於梅嶺東臻于閩徼而蚩蚩之民靡幼靡艾泣涕乎遺風悽愴乎棠陰懇懇乎若求而不得企而不及也僉曰平原其可謂盛德

也已予惠困窮俾富而庶若解衣衣我輟食食我棄我往其（集作矣）誰育我矣逝矣遠矣音徽沫矣吾儕小人嗚呼疇依盍詠歌之刻諸金石秋八月既殯耆老（集作壽）吉州安福縣丞鄧林（集作琳）玉等一百一十（集作有十）五人乃率籲衆感謀及故吏從事州長縣尹虎賁亞旅鄉老（二字集作卿）大夫相與稽乎陳迹建頌表德用廣留侯之世家紀子產之遺愛禮也公曾祖曰善見位朝議大夫越州司馬司馬生武定任荆州都督府戶曹叅軍戶曹生知古官止代州司馬（二字集作司功叅軍）廣德元年贈太子少傅自司馬至少傅世以儒顯天鍾美於其後嗣四世而生平原燕頷（集作河目）犀額山立玉色森然若大厦棟梁清廟祭器該綜六學大抵以周易爲師

將觀（集作探）化元耻觀朶頤隱居南山蓋三十朞天寶十四年（集作祀）始褐衣召見九用拾繫于（集作乎）才行止牽乎時當無爲無事卽詔（二字集作則）許由善卷各得安其節及人思俾乂則黄公角里不能逃其（集作於）用勢使然也繇是一命左拾遺再命右補闕脩國史三命侍御史四諫議大夫五命中書侍郎同中書門下平章事起布衣二年（集作歲）縮相印佐王業明㪚之盛耀動古今（一作今古）于時至德二載也天子（集作王）方以復夏之師蒐于岐陽三河之人左衽是懼公入叙百揆出分二陜帥東諸侯之兵收復宋鄭誅後至者以懲不恪安危之機懸於方寸方將董正東夏懷柔山戎會帝咨百工曰有能典朕荆楚俾姦宄不作予惟克邁乃訓

於是拜公荆州大都督府長史明年元良肇建上曰疇若予樂正父師之職汝作賓客卒調護太子嘉言惟允於是授太子賓客上思夙夜出納言語侍從之臣命公作散騎常侍會鍾陵鄱陽之間人咨難食上又曰命汝作州伯總十聯之任俾余無虞惟爾（集作汝）賢於是有洪州之拜粤寶應元年冬十月公朝服受命至自臨川彰善用明癉惡用威一法度用信布愷悌用德慰薦掾吏勞倈鰥寡化以公廉扇以禮讓煦而嫗之使自得清而靜之使自定於是豪民猾吏革面歛手家有忠信人懷孝弟暢於事業布於風俗浹於人心被於歌詠是歲也三吳饑人（集作民）相食厲（集作癘）鬼出行札瘥毒痛淮湖之境骼胔成岳而我倉如陵我

民孔阜犬牙之境疵癘不作（集作入）災不勝德也臨海賊袁晁狃于會稽之役侵我東鄙江介大恐民斯繹騷公命左軍屯上饒之隘塞常山之口斬其搪突者三千餘人（集作級）自是姦黨散落不敢南向而射（英華以射字爲句是集本連下文邦字非諸郡恐非）邦人安焉羣舒（集作書成）賊帥揚昭（集作招非）憑蜂聚之衆殺同安郡劉秋子（集作秋）以叛師潰而奔祀我疆埸公覆而取之懸其首于五達之衢凶徒殲焉沈千乘（集本書唐作載）者新安大豪結權剽之黨爲之囊槖用（集作弄）兵潢地虔劉我民桴鼓之聲相聞郡國二千石不能禁公命吹將斬之以徇鋤其根株俾無遺類新安民庶室家相慶江干清焉振六條之宏綱開布大信從善如流視民如赤子克己推誠以百姓心

為心飲之以和俾服從教化輕剽呰窳奪攘矯虔之俗罔
或千于政慘悴（集作乎口牙切恐懼也）蹇亟苛察繳繞之吏不能見
其巧哀敬明庶期于無訟德政行焉脊選乃僚必國之良
有若博陵崔貢昌黎韓洄趙郡李惟岳北海王士華河間
邢宙河東裴孝智隴西李道皆卿才也以嘉言碩畫叅公
軍事澄清之内無濁流審克之下無冤民淑德（集作忒）旌焉
公之鮮短褐而施國章也十有一年矣雖匪躬之故宣力
不暇而滄州願言未始弭忘每曰少伯子房吾之師也累
乞骸骨將角巾故山朝廷方虛三老五更之貞（集作位）待公
而備書未及下而公薨焉嗚呼哀哉哀（集作哀）德之盛典退
身之正志享（集作需）用之遐福三者俱未從人欲斯可以歎

矣惟公出將入相文武為憲讜言成累藏在冊府代莫得
而聞也今採其德刑禮義之善利物者頌之于石慰彼墮
淚者之心焉爾其文曰純粹之氣升于星辰降為賢人皇
王得之以釐百工以騭下民九江之南五品不遜百姓不
親平原來思（集作斯）遵（集作道）之以德俾民化淳寬厚以寧（集作學）
（清淨）清淨餝躬帥先是勤（集作師先是飭躬訓是勤）猛獸不噬夜犬不吠
豐年來臻藹藹令德家有膏雨戶有陽春牧我苦晚（集作慕）
棄我若新（集作若早）寔天不仁南州寥寥東山依依德音若存
千載之後魂魄登此頌聲不泯

唐故開府儀同三司試太常卿懷州刺史贈太子
少傅楊公遺愛頌（并序）　前人

皇帝嗣位二載河南得賢二千石曰猗氏楊承仙者剛毅
公廉仁民愛物起輦轂閒為唐循吏天性（集作生）貞方非有
經術潤飾推誠御衆以身帥先民用不擾政是以茂于時
王師始平河北而覃懷纔歸于我大軍（集作兵）之後城郭為
墟相國凉公拔公于戎馬之上表為刺史俾慰安斯民（集作人）
公既至則吊其瘡痍為剪荆棘省事節用寬其征而均
其力然后濬决古溝引丹水以溉田田之汙萊遂為沃野
衣食河内數千萬口流人襁負不召自至如歸市焉鰥煢
無告不能自耕者貸首種與農器而教道之視五穀所宜
督其程課勞來不怠使人（集作民）無不咸返其本每循行屬
縣問所疾痛時其饑飽心為慘怛如身之恤臂指慈母之

視幼子也性嚴不殘而恭於奉法訓軍以律禁暴必肅有
抵刑者雖捘蔡把（集作祀）禾殺之無赦由是兵不為盜猛獸
不食人河内之犬無夜吠者人人得敦其業而厚其生上
奇其能以璽書勞勉封弘農郡公邑二千戶拜其男鋭河
南府叅軍方倚以牧民（集作人）民（集無此字）不遐其福大曆二年
八月六日公薨于州春秋四十四皇帝悼惜詔曰軍興以
來列郡凋耗二千石少能以政（集作教）化稱者唯承仙苦心
精力惠此一州家給而知禮節氣和而無災害三年有成
表課第一賢守既殁誰其嗣之可贈太子少傅好事者譔
公景行謂公清直疆力能勤其官百城之州三軍之帥可
使居其任重（集作量）不期（集作極）而殁惜哉初岐國公曾旻之

守襄(集作壤)鄧也公爲新軍佐敢冒(集作殊)死督戰奮士卒先蘭(集有矢字)石亂中敗面㵼鼻而不言病卒以是挫敵軍中服其義勇及涼公秉鉞公(集作而)委質焉前後保河陽守高平安潞鎮鄴董戎壹口戮力危機之中賈勇倉卒之間唯盡敵是求嘗不(集作未嘗)顧身元戎賴之卒集大勳由是歷羽林金吾光禄殿中由光禄大夫加開府儀同三司試太常卿而後至於是州也公嘗表請歸葬途由於洛陽人聞楊懷州之至也環而觀之及其還也懷人數千須于路其亡也閭境相吊童子不巷歌允立誠應物者信不足則行失(集作不信)餙智沽名者實不足則名喪若楊公者非仁必由己而誠在言前則不能使千萬人恱之之速如是其官其耆壽等願復攀公之朱轓望公之清揚而靡因也故立石爲碑以慰後人思其詞曰(六律集作彼求思云)

呉公文翁遭時無危因而綏之其績易施公之來思(集作斯)大盜始夷師旅饑饉因(集作丁)于斯時頑民反側比屋流離欽公醇仁而忘怨咨饑者得食寒者得衣豈知典謨以吏爲師豈必法令信則不欺功倍古人愛及芃麥宜從古欲(集作人)俾壽無期嗚呼不憗捨我曷歸公俾我活何以報之我思公兮泣涕此碑

平原公遺德頌　李華

維上帝降靈爲賢弼我大邦鈞明說望協期陳謨仗鉞出師丕赫厥勛大君以距嶺緣湖八州之域天下震擾此邦全寧内輔宗師外飭軍旅咽順荆越鍾以眷右乃命平原賓護東宮而尊大之師長邦憲肅清華夷朱旂暢轂平原戾止秋霜伊何視我直方春雨伊何弘我愷悌公張氏諱鎬字從周河内儒家時賢薦讓詔書徵起三年之間位登將相吉甫方叔平原兼之間歲臨海往(疑)頑覆浙左滔上饒潜皖寇徒戕害長吏潜逼鍾陵宜春盜帥家兵遍山吏不敢問人愁苦之公黙麾偏師勿駭吾人無聲無色羣兇梟夷下遂其順上遂其仁咸曰不有平原遑恤吾身平原之政以類而舉是邦胡寃公薨於鎮八州文武吏人老幼途哭家祭不能舉首夫山傾川竭未爲成災大臣盛德捨榮即哀災之大者刻頌之義發乎心播乎聲施事爲歎感

哀爲德公故吏侍御史博陵崔賁文明殿中侍御史昌黎韓洄幼深監察御史趙郡李惟岳謨道大理寺丞王士華子秀刑部尚書員外郎袁州刺史張澹惟清袁州别駕吳郡陸調牧臣及耆壽袁維清彭正運施希廷李開雲百姓彭伋潘玉等一十二人咨余爲頌撫石而泣故其詞也

哀皇矣明皇求公于野官在諫省將鋤悖兇謂公有勛肅授公肅宗納爲輔翼專征僄戎或蹇或通易簡昭融帝命平原八州隄封深湖大江宣布睿德淳此下國蕩除妖賊安其父子爰及家室時萬時億山川出雲生此元臣獻歲發春三靈化醇今則逝矣南方愁辛嗚呼平原如其仁如其仁

耀動今古（耀集作輝）孝悌（龔本作恥格）臨海賊（此下龔本有帥字）搪揬（集作宊）憀忬寒亟（列字作憀仃謎極）而備（集作而除）楊遺愛頌貸首種（出月令集作貸其種明）必肅（集作以肅）而知禮節（集作而人知禮節）

文苑英華卷第七百七十五

文苑英華卷第七百七十六　頌五

頌德下

唐劍南東川節度使鮮于公經武頌一首

唐檢校右散騎常侍容州刺史李公去思頌一首

陵煙閣勳臣頌二十二首

陵毋頌一首

唐劍南東川節度使鮮于公經武頌　于邵

皇唐八葉伐叛取亂再寧區夏四海絶橫流九州無匪人制要荒以從述職分周召以相夾輔有多士爲内理有方鎭爲外攘垂衣裳而御極惟十有三祀矣大劍之南自秦惠疏疆是一都之會南蠻西戎舊爲敵國伺我休戚爲釁進退國家之有天下也或懷柔羈縻與之連和或掩義背德與之交鋒尋盟問罪不無事矣當天寶中何龍之外郄地千里赤山青海不敢芻（一作致欽）牧絶漠無跡我嘗有之屬燕薊猾亂毒痡生人羣盜乘時釁彼戎復舊怨是以緑林逋藪白晝殘人池隍鞠爲茂草邑里化爲煨燼墜兆萬聚頹垣一平大曆三年夏六月分命漁陽伯鮮于公擁旄仗鉞總統東川八州之地自閫之外帝俞欽哉公才包五行體含四氣揮若神劍扣如鴻鍾其始也凜之以威其漸也濟之以恩作之君師爲之父母由是遠者來來者安也於是驅豺貘之所嗥剪荊棘之所蔽一之歲二之歲葺郡邑正疆理而樹牙幢三之歲四之歲闢田疇闓畚藏而糴軍

實五之歲而甲兵大振六之歲而勇可賈餘七之歲而人有耻疑作聚訓有常矣無恭可禁所謂保大定功有財才疑作斯豐所謂安人和衆兼之者不戰而勝兵將戢乎畿內諸侯始有賴而捍戎於邠隴矣則知漁陽公外陳藩屏而助威武於鑠哉其爲人臣之式歟方今龍安屬邑乂爲重門待暴之地壤連西山分我天限有間道可以招戎偵有絕險可以資敵國不年發中軍之倅爲之鎮守今秋自元戎十乘以先啓行白露始降秋草方實觔角勁而膂力旣堅樵蘇積而糗糧斯峙如熊羆曰千夫長如貔虎曰百夫特前矛茅一作後勁不戮一人君子曰軍政不戒而備矣以此料敵兵必勝戰必克我武惟揚休有烈光福履所將壽考

無疆其猷克壯而佐堯翊湯不其盛歟公名晉字叔明漁陽燕人也其先殷人箕子處其地世有君長北方之強歟至西漢有京兆尹褒惠東漢虎牙將軍輔散遷伊洛相衛之間垂裕後昆繼世流慶粤有高祖父康紹後牧于閬鮮印寓於新政縣伯會二字一作治曾王父與王父因家焉衣冠耒裔松檟斯茂實膏腴而止斯樂土正版圖而終移關內今復爲長安人也公先兄仲通擢枝枝縮黃綬不十年而權生殺於梁益之地入爲京兆尹公自孝廉專經高第再叅環衛累拜棘司四遷柱史連擢華省宰洛邑時號神明牧商於人歌父毋有詔加金商均房等州觀察使處置使又入爲京兆尹歷左右宫相出牧臨邛兼御史中丞充邛南招討都團練使由中司復加節制焉尋遷御史大夫朝廷以爲今之二難時也卓絕載形詔旨談者榮之方將登金鉉調玉鼎徽蒼生之福豈犄殊俗收係虜從衛霍之事乎邵黍嘉實按一作之未很厠諸侯之選拜賜之辱奉以周旋頌聲不作無以報德發彼馨香存乎琬琰匪報也末以爲好遂作頌曰金火間秀實生有德風雲所感以佐王國龍韜豹畧天資默識敦詩閲禮行有餘力忠於事君立名底績鴻鵠斯舉驊騮登跡風雨如晦我心匪易三川震蕩萬里沙磧宗社旣安君臣正焉乃眷西顧實維東川東川伊何人其播遷邑有遺洛家無舊阡爰命虎臣伏茲犀節上天下地惟爾之登拉一作招彼群逋輯我遊闕躬之先之

不日不月七載勤勤三軍克振龍安之役伐原示信么戎宣驕則我觀豐玉帳潛機金鉦俟進漢恩營平先零之功班壯車騎燕然以封軍之一作從所樂吾之所從門生獻頌豈二子之所疇庸哉

唐檢校右散騎常侍容州刺史李公去思頌并序

前人

維貞元二年秋八月天子以郡國二千石之高第者曰隴西李基字基利澤施於裔土美化被乎遐甿是用遵虞書陟明之義叅周官進律之典俾之由檢校右散騎常侍兼御史中丞容州刺史本管經畧守捉招討處置等使爲御史大夫嶺南節度經畧觀察處置等使實授兵符加擁使

節某月自合浦如南海於是縣道谿谷鰥寡孤老泪于士吏相與懷思隱然不去乎心森然不離乎目顧所以昭明其德光示于後嶺南經畧使判官權知容州留後事監察御史裏行同郡李牢（一作字）始以文學居辟選之首遂忝帷席復以謀能當器任之重晋總軍府美公之政大備感公之禮有加因其人之請而上之上可其奏夫其郡之四封濵于百越外則有山寇海孽比境雜處之虞内則有勤戍勞師流散轉死之弊親師其下以撫吾人慰薦傷夷安集疲（一作罷通用）耗懼貨貢之闕至助之以家財憫徭事之繁至代之以私屬選武藝歸老疾罷減塞卒四千餘人以趣農時率浮墮闢汙萊開置屯田五百餘頃以足軍實舍寇賊

之爲縲囚者釋而遣之以除其怨而徂獷以順禁人民之相虜賣者執而誅之以去其害而童昏以安常歲有災濫炎而連燒于廬舍公創其制以禦其鬱攸而邑居以葺舊俗多怨讎訿而致毒于飲食公立其防以解其悁忿而鄉黨以和樹枝幹而啓閉畢脩列亭燧而厄害斯控差重輕以行徵令無不均之譏量遠近以納貢職無不供之責人用富庶家有儲峙敦之以禮懷之以仁絜已而不汚未嘗有貰貸勤身而不怠未嘗有懈弛明足以照遁情隱慝而不爲察威足以制猾人暴吏而不爲苛古之良能何以加此其人之獻狀云耳惟公我有唐宗室枝屬之選鹽州刺史諱孝詵（一作先）府君之曾孫弘農郡太守諱璟府君之孫太子太傅贈司徒諱齊物府君之子洪緒丕績之餘裕弘休純懿之下鍾寬博而柔良高明而疎達根於經義飾以藝文故其仕王畿宰京邑累執憲簡且登軺車備重臣賓介之職居大府紀綱之任三亞京尹兼中司之貴復爲官相在常伯之位歷饒州刺史而後至於是州恩結於人功加於物必聞理効而興頌聲且夫有美焉有刺焉詩人之義也善善而褒之惡惡而紬之春秋之事也使賢士大夫之事業不没於後太史公之制也以余之甞脩史記而爲訓辭緣人之懷心而頌之曰

帝念南方迫界蠻夷人新被寇歲或勞師屬之於公俾養牧之匪直勤身亦帥其屬贍我貧匱字我惸獨息人便農

墾田積粟脩其敎化被以威德賊害既除禍災斯息完我廬舍親我骨肉咸保其生且易其俗蚩蚩羣族孰不掌福播爲頌聲公受百禄彤弓旅矢以長諸侯人之懷德刊石垂休

凌煙閣勳臣頌（文粹作讃）二十二首（并序）　吕温

我二后受成命撫興運乾坤軸摵乾樞鼓元氣而雷域中騰百川而雨天下雲収雨霽如再開闢蕩蕩焉與太極同功貞觀十七年太宗以功成理定秉爲而不有之道讓德於祖考推勞於羣臣念匡濟於艱難感風雲於疇昔思所以攄之無窮乃詔有司擬其形容圖畫於凌煙閣者二十有四人蓋象乎二十四氣之佐天生物（文粹集本無此二字）昭勳德

也昔者舜以九官（文粹作五經）致理周以十亂反正高皇（文粹作祖）以三傑祚（二本作祚或作祚）漢光武以二十八將中興若夫錯綜勳賢牢籠今古雄四代而高視者其唯聖唐乎至若唐莒公劉渝公之倫探元符建帝圖首戴神堯舉晉陽而活天下此則大禹之拯溺也魏鄭公以致君爲己任諫若不及謇謇左右秉心宣猷此則咎繇之颺言也虞永興糾合羣儒旁求百代明備王禮克諧帝樂使我大國煥乎其有文章此則夷夔之制作也長孫趙公舉大義除二兇安宗廟定社稷以振我丕赫無疆之休此則周公之匡救也英衛受天勇智雄武佐聖鼓行海內麾定四方此則太公之鷹揚也房杜玄機朗識並運帷幄神發響效暮成天功此則

蕭何之指縱子房之决勝也尉遲秦程剛毅木訥氣鎮三軍力崩大敵匹馬孤劍爲王前驅此則吳漢之樸忠賈復之雄勇也其餘皆榱棟殊材黼黻異制儔諸古烈罔有慙德皇王之業（集作際）於斯爲盛其始也文爲經武爲緯智斯作忠斯述其末也大不偪小不遏退者全來者逵控而縱之使自用之推而引之使自盡之不設籠檻以觀寥（集作邃）廓之致不頓轡鎖以極權奇之變執一德而衆力展懸大信而羣情竭高祖聚之以義太宗用之以道高宗終之以仁傳聖萬代享其功利此非盛歟昔陸機袁宏爲晉人而歌功於漢魏作者猶或稱之況乎遊聖代觀國光目覩凌煙而頌聲不作其不揣賤劣有亹（文粹作斐）然之志輒盡所蓄各爲讚一章上以見王業之艱難中以明聖賢之相須次以朗前哲之光韻末以聳後人之盛節侯君集張亮負勳跋扈自陷大逆敢沒其名用彰天罰（二本作刑）使伐勞懷貳者懼春秋之義異姓爲後故以河間元王爲讚首云

河間王孝恭

太極構天本由一氣大人創業資我族類堂堂河間仁勇是經適駿有聲爲唐宗英暴隋天亡羣盜猖狂我伐用張時惟（文粹作繼）哲王武有烈光爲爪（文粹作翼）牙肺腸經綸八方自南徂東晏海澄江（平有銑軸光祐）使我父（二本作使父兄）帝天下化家爲邦用竭爾力寵臻其極言不伐色不德以遜以默柔嘉惟則佐高祖建大勳如周旦奭與太宗守大成如漢間平宜

君宜王盤石無疆

房梁公玄齡

梁公先覺龍臥待君長彗流光掃天布新義師雷興公躍其鱗杖策千里來排帝閽婉婉梁公實懿實聰實光實融羽翼義忠若鸞若鴻大風動地儒服從容靜運胷中弛張折衝左右太宗夷屯廓蒙定高祖功功告武成翊開太平我雖忘勞時靡有爭網羅遺賢推轂羣英玉不韜光（文粹作輝）蘭無沉馨飛鴻出冥振鷺在庭濟濟多士太宗以寧太宗寧矣（文粹無此四字）公無事矣闕衮有補惟仲山甫經營四方方叔邵虎大邦鈞軸至則委汝閑居台輔揮（二本作撝）默自虡亦莫敢余（一作余敢）侮高朗令終於（二本作嗚）呼梁公

杜萊公如晦

穆穆萊公奇資粹靈蘊元和氣爲大國禎乘時能恢（文粹作恢）
能唐室天（文粹作大）開故人相携（火與房梁公同有匡濟之志也）直上泰階更
爲陰陽迭作日月佐明四海贊育萬物二人同心王度是
欽如玉如金德音愔愔萬有千古求稱房杜如周申甫

魏鄭公徵

堂堂魏公崇節大志喬幹直聳摩天自致遭風雲時得霸
王器一言委質有死無貳（二本作二）撫我則后各盡其志（嘗事隱太
子李密也）沉浮變通吾道不窮龍戰既息皇建其極俾補衮職
其繩則直諤諤巖巖危言正色保太宗德弼違替否日月
不蝕黜漢霸雜行周王道人或有言秉德不撓（與封德彝廷論）禮

興樂崇德洽道豐保合太和昭明有融起四年中復三代
風言出化成神哉厥功尹躬佐商有耻于湯公以其心（文粹
作志）匡飭（文粹作錦）聖唐爲唐宗臣致唐無疆致唐無疆求式萬
邦

長孫趙公無忌

趙國之先發祥朔上乃祖乃父受天之祐有女而聖（文德皇后）
爲天下母有子而賢爲唐室輔聖賢同契（文粹同氣）千載一覯
丕顯趙公允文允武克忠克仁實有大勳高祖受命太宗
歸尊翼翼乾乾恪居于藩羣孽亂嗣爭窺神器鴻業將墜
公揭大義一匡天地人到于今家受其賜帝將傳聖爰有
顧命汝忠汝誠莫與汝京與我聖子守唐太平公相高祖

有太宗餘（二本作遺）風刑措財豐八荒來同和氣大融妖星襲
月（一作夜襲）禍起中空公將正言（集作之）以正（集作王）帝躬（武氏謀位公以
力爭）力屈羣邪誠阻天聰黜非其尤令問無窮

唐莒公儉

歲寒陰凝氷雪皚皚有鳥擇木先陽春來徛與莒公王佐
之才間運未開登潛龍臺代萬（一本作百）姓請命與天爲媒扶
龍而興振起雲雷權與帝圖經始唐基始覆一簣勃焉巍
巍易失者（集作月）時難知惟幾知幾其神莒公元勳

劉渝公政會

河出崑崙來潤中夏連山合沓橫擁其泒巨靈勃然手拆
（文粹作擘）大華決流東注功並造化與我聖唐將舉晉陽帝命

是將徃拯溺于四方亦既載旆亦既秉鉞強寇當路（王威高君
雅）拒不得發渝公慷慨感義激節用奇制變大事立決雷
奮電（文粹作霆）越天衢八達則莫我敢遏如巨靈破山河勢始
豁赫矣渝公與神齊烈跡如仙掌烱烱不滅

李衛公靖

有隋之末羣盜熾藝帝怒震發五星從太白煥照參野將
有聖人兵定天下金精下射猛毅感激李公矯矯從此奮
跡躍于中原王者則（集作自）獲壯士不死（初公不利於我帝戮之悲其言而免
壯士云自稱云）唐威載赫帝曰汝傑致天之罰手付金鉞俾往式
遏不庭則殺如飈發發如大烈烈摧枯爍雪應鼓如截遠
若荊巫險若江湖強若匈奴莫不率從莫不震恭車書混

同氛祲蕩空衛侯之功功則維何威明惠和策勇駕智長驅仁義仁義曠蕩帝王之將萬古式(二本作昬)瞻鐵山巉巖(詔䌨墳闕象鐵山積石山巉巖一作巉巉)

李英公勣

橫流莫極大亂無象英公傑出應運爲將與楚楚覇與漢漢王天時人事隨我所嚮長蛇縱蠹(王世充)東擴河洛婪婪封豕(建德)來濟同惡(二本作號)虓連聲如雷如霆萬里震驚時維英公諒我太宗斬豕以鉞取蛇于穴羣穢殄滅乃定九㝢乃開明堂奄有大邦金甲同光告成于皇(太宗獻捷于高祖與勣擐金甲爲上下將)皇業用昌帝命英公北伐獫狁雷鼓殷殷旄頭幾殞掃雪(文粹作雲)黒山布唐陽春五原草緑不見南牧島夷未

庭天子親征其鋒維英莫拒莫抗是震是蕩破東海浪天下旣和解鞍投戈袞服委蛇華髮皤皤始終三朝無玷可磨

劉夔公弘基

夔公崢嶸金虎之精應時而生與運俱行總帝元戎震唐天聲瞋目張膽前無金城刿建龍節中分虎旅啓行萬里乘氣一鼓劍揮雷電(二本作霆)旆卷風雨先馳咸陽鎮定天府天府旣定唐集大命入揚王庭出握(文粹作權)兵柄薄伐獫狁朔風不競徂征島夷東海如鏡義始忠卒元勲之盛

長孫邳公順德

泰山未明雲鬱幽崖日觀赫間舒爲丹霞昔我太原賢傑潛兆帝出于震燭其盈門邳公炳焉實耀其間功參造化謀協先天執殳前驅捧轂南轅以勞以舊佐命之先

虞永興公世南

英英永興華德素行以文富國以道佐命天下旣定爲唐儒宗東觀石渠始生(集作出)古風秉精驛(文粹作繹)思假道書圃馳騁(文粹作驅)百代出入三古開(渠作問)羲皇心聽堯舜語歸來帝側獻可替否帝告永興與鴻碩之倫闡六籍三墳建樂章禮文先師是宗先聖是崇於廓辟雍辟雍沉沉天子所臨或絃或歌講古述今其徒八千纓弁森森貘貊羌髦咸詠德音羽林孤兒亦垂青襟洋洋聲教無遠不洎日月所照皆成文字鬱開古始掃蕩澆季實我羣儒成太宗之志

英英永興宜曰文懿(公謚)

尉遲鄂公敬德

洸洸(文粹作侊侊)鄂公百鍊龍鋒(文粹作泉)沉翳未宣氣衝斗間佩非其人(初事金剛)躍入大川神武獲焉提之上天天地之内指麾無前熊威虎力隱若敵國剛毅木訥安劉必勃武德之屯手援禍根掃除氛昏捧出白日(文粹作日月)耀乎天門功成名遂高謝戎事烈烈猛志化爲和氣深地高堂順性保常胥瓊飲露靜奏清商商爲臣勵事君鄂公之德之勲(貞觀後公不交人事常鍊氣服食奏清商之樂以自奉之德之勲二本作之志之仁)

蕭宋公瑀

隋氏不君忠賢莫用桐生朝陽有集惟鳳捨彼頹厦鬱爲

新棟輅車玄衮開國有宋武德之暮羣孽内蠱巍巍宋公
聳節高步不吐不茹不來不去屹崛（文粹作屼）中立爲天一柱
從容而言社稷遂安持誠秉忠光輔二君激濁揚清育（集作）
欲人如身道至廣莫我敢羣境至大不容纖塵雪山倚空
氷鑿照人耿介絶鄰（文粹作倫）爲唐貞臣

張郯公公謹

有倬郯公仡仡而仁（二本作貞）洸洸（文粹作侊侊）而純（二本作仁）實太宗
信臣太宗守藩内難未夷圖之則安捨之則危帝臨安危
機（二句一本作圖之則危帝臨危機）以懼以疑以蓍爲有（文粹作先）知是筮是
咨郯公毅然排闥折蓍抗憤正詞用人事定天意身爲元
龜不識不知順帝之則以定社稷郯公之力公之云亡帝

念其勤若痛在身天慄發中哭不避辰君臣之間曼古未
聞

屈突蔣公通

五運相推土火革期隋化爲唐忠臣不知徇驅義徒奮拒
王師指心誓天摩頸待時人歸有德四海皆叛春日蒲川
孤（文粹作流）氷未泮亡家徇國方寸不亂力屈勢窮排空落翰
東南慟哭血（文粹作聲）盡竃斷仗忠就擒萬國瞻嘆帝曰遹通
古之烈士孝子其親誰不欲子俾侯于蔣授以師紀感恩
不死宣力如彼佐唐扶隋名教之美

高申公士廉

維岳降神佐唐生申忠貞自天孝友如春德爲邦基行（文粹）

（作仁）厚人倫肅肅雍雍真王者臣慶因歸妹光誕（集作延）天配
（文德皇后公之同出德文粹作懿非）婚媾之中雲龍潛會建功（二本作公）南海廓
我無外諒武撥亂弼文開泰遏（文粹作過）彼庸蜀荐鍾澆季文
翁之化若掃于（一作於）地申公攸徂有教無類父子兄弟望
風相媿勃興儒雅大復禮義西南頌聲到今不（川文粹作未）墜
名登元勳理冠羣吏全材大器於鑠厥懿

殷鄖公開山

温温殷公初若儒夫銅印試吏褒衣爲儒大風驅雲忽與
之俱遭逢真宰叅造化蓍天地旣闢厥功有赫從王龔行
佐帝光宅遠展驥足高揮鳳翮以求終譽垂于竹帛

秦胡公叔寶

洛汭之役龍戰未決（王世充與我師陳于九曲）秦公應變臨陣電挍鋭
氣盡來我盈彼竭成敗反掌存亡奄忽虎來風壯鼇轉山
没遂作心膂爰從討代崩圍陷陣火迸氷裂翕如鶚聳蹤
若鯨突功成國定萬古壯骨

程盧公知節

盧公倬然動軼幾先轉禍爲福（與秦胡公降于九曲）攀龍上天繽翻
鵬翼積風乃聳桓桓將軍大敵則勇雷崩山谷貔虎頓伏
飈倒溟波鯨鯢蹉跎見危而進當（死）不讓干城三朝身老
氣壯

段褒公志玄

褒公虎臣先運而臻謁帝大原許唐以身挺（集作擁）劍駕氣

騰風躍雲積忠累仁光有厥勳建旐蜀本作旆北伐細柳宵屯風謐霜凝嚴扃達晨天子之使駐車軍門軍屯肅章門乃外壁門以夜不納制使安衆秉威此真將軍洸洸文粹作侊侊桓桓克壯有聞英華此卷累用洸洸而文粹皆作侊侊疑當時避熈陵藩邸嫌名

許譙公紹

羣動相食血流中原譙公夷陵豺虎與文粹作爲鄰列境連城火炎煙昏皎其一邦如玉不焚三光忽開萬象皆新誰有天下平生故人公與高祖有舊引忠歸城豹變蠖伸金石之契移爲君臣弈弈煌煌爲龍爲光元戎啓行大旆央央式遏大江奄征南方思斯勤斯兩不相可集作忘

陵母頌　皮日休

孔父稱唯小人與女子爲難養也夫女子之忠貞義烈或聞于一時小人之姦詐暴亂不忘於一息使千百女子如小人姦詐暴亂者有矣使千百小人如女子忠烈貞義者未之有也則安國侯之母也不以項強而劉弱俾子事項不以子背君而別事而有恣色對暴君而抗大節捨其生而蹈死地嗚呼春秋書解楊致晉君之命漢史稱周苛拒項籍之爵方諸陵母誠未爲忠何者男子以服敎壯行道忠貞義烈雖死不辱鼎鑊在前而不懼鎖集作笮鑕被體而無怨乃男子之常事也至夫女子以隱帷薄壯執箕箒豈常熟於忠貞義烈哉是女子之有是者猶百物之有瑞者矣豈易爲哉豈易爲哉

文苑英華卷第七百七十六

文苑英華卷第七百七十七　頌六

宫闕上

九成宫頌一首　王勃

臣聞在天垂曜璿宫列乾象之墟在地班形珠闕鎮坤靈之野洎夫三精斡運即寥廓而爲宫九聖旋游遍洪荒而可宅則有瑶房玉室崑山分大帝之庭金屋銀臺滄海濯玄元之宇豈非神明其道騁仙轡於無垠浩蕩其居示清都於不宰若夫冏牖六合奔走八神占日月而揆山川駕陰陽而法天地非聖人其孰能與於此乎至若文開遁甲佽峯城蒼后之蹕樂奏鈞天峒嶺駐黄軒之駕業融環堵下姑射而尋真道濟巖廊望衡山而展事斯則三階遍下

唯臨布政之宫六位時乘未覩巡方之舘其後兩龍齊騖抗瓊闐而同嬉八駿高驤指瑶池而結興殷風不競砂立雄别舘之娱秦道無章雲閣徇殊庭之賞於是功虧大壯頌闕祈招豐屋同忘危軿繼及遂使來年（此句疑）侯跡名山爲縱觀之場並海遵河沃野盡行宫之地皇天震怒於上蒼黎畔慟哭于下土其有斟酌千古文明一代蒿宫不陋茨山可仰斬成東岳唐帝復衢室之尊用饗西岐天子合鈞臺之運得其道也（一作者）盖有存焉國家梯（一作張）霄架極鑿域栽基纂高丘白雲之胤擕函都紫氣之兆宸扉既闢一宇宙而來王聖籙潛躋貳乾坤而作帝高祖天旗夜立制黄馬而先驅太宗日馭晨飛驂緑蟠而首出維立極承

桃之業進燭前文而重光累洽之符歸功下武陛下承靈太一踵曆登三星虹杳祉電（一作雷出）乱發慶丹書碧篆神符煥河洛之文玉斗珠衡天骨挺皇王之表用能揄桐珪而瑄匕鬯肅玉籍而揖宗祧寫黄雨九天騰景萬里御風雷七曜於上博臨之功顯用山川六府而下輔相之宜得玄宫密運敷造化於靈標黄屋神凝創經綸於寶思鳳闈宵静陰靈宣玉闔之華鶴禁朝趨離象峻銅楼之景川分帝子控鯤壑而疏源岳動天孫擁熊山而列鎮其化成也如彼其強幹也如此猶乃停旒正室嚴纊中軒玉階匪泰金門爲險佇虹旆於月澗岳瀆生光飛鶴蹕於煙臯江湖動色桃溪逸彦塞丹井而歸風松磴遺英斬玄關而奉制位兼

河海九卿參巨濟之功道合星辰三事贊經天之象朱轓緝化泣故老於中溪墨綬宣風繞春童於上陌王化之基緯齊懸（一作之期）巳洽天工之代有序建銅儀而測躍象（一作寶）按璿璣而書雲禎氛（一作氣）叠舉祥噬十二紫鷄調夏谷之音大禮三千頳虵應黄鍾之曲蚕功順令業著於青裳蜃磨迎春恩周於黛耜黄砂静瀫爽鳩興頓足之悲丹石銷寃神獬輟推鋒之計詠時和於帝壤動植咸驩歌道泰於華封昆虫自樂星墟列將輝玉節而長驅天策神兵下金壇而決勝横麾赤岅葱山成不戰之郊命（一作會）繳青丘桃野見其亡之兆煙馳火徼勵珠産而移琛雪鶩氷洲駕瑶谿而納賮乾坤徑復載遵赤縣之封曦望環周未出黄圖之

域故夫含吐萬物至功也制平八表大業也一陰一陽神通也乃文乃武聖圖也用能使天下愛寶地不藏珎日月五行風雲四序龍章鳳彩昌奕於郊墟黃鉉紫玉磊砢於垌囿集風雲於翠篴浴井露於朱英澤馬飛鏕山輿結轍殊徼徂至祥書竭東郭之毫累譯同歸朝冊盡南山之竹然後登壇備物陳帝服而展皇儀后室疇庸登太山而小天下功弘事畢袂廣宙而三遷風轝雲揺歷神都而一憇考遺基於汶上稽故典於淹中光緫章之瑞紀嗣乾封之寶曆大矣哉昇中作龠握四海而爲尊則大斯模肇三宮而配末憑大室而高視靈壇八百坐明堂而恭巳諸侯一萬時既貞矣襄城（一作域非）辭訪道之遊功既成矣玄圃頓壽

仙之駕由是南宮奏議和玄禁而成章西土謳歌指皇輿而佇眷咸以殄臺靚穆陽靈開避暑之宮清序鈞調景福制追凉之殿然則高棟深宇威神之大節也順氣發生巡遊之大功也況乎石城金室（一作屋）編輿井鬼（一作近論輿思）之區珠藪瑤池宛在秦豳之境應雷軿而出豫蒼帝其時面炎馭而思和朱明不遠雖塗吟野忭黎元忻望幸之符而屈巳從人天子下勞謙之詔候離啇而從宴尚惕三危清近縣而移鑾猶詳再駕以爲三十六所帝劉非舜禹之心四十二宮全趙異成康之曆詠荆臺而夕厲思蒲坂而晨凝方奉後天之期俯順觀風之請萬靈禔祉三辰合慶姬文考筮容成奏日千旌鳳轉儼鏤象而星陳萬騎龍嘶伐靈

鼉而曉亂靜帷宮於緑野肅帳殿於黃街弁攙搶而走陸梁陳浮靈而候明月前驅雷竦下列鈇於騰鞭後乘雷驚起豐隆於騶轂瓊戈晝洒太陽旋轉日之鋒玉劒宵翻懸象睹衡（一作衛）星之氣天旋霧散岳運川迴林兵護野方臣（疑作方神班固東都賦山靈護野屬御方神兼頌第十七再用）啓路黃麾紫盖樵精氣而西浮雲動神行背封巒而右指吐霧馳風以臻夫九成宮禮也爾時峯横地乳景戴天糜分閬井而圖基蔭秦星而耀阯靈墟寶藏代興汧雍之間峻阜長岑疊鎮岐梁之域丹溪碧洞吐納虹霓偃（一作灌）栢叢篁騰遷雨霧獲秦餘於故兆地擬林光訪周舊於遺風山連水嶈前趨劒棧玉壘千尋傍望斗城金墉萬仞架陰丘而北走境暾鄜祠分沓

郭而西馳塗交隴坂仙都密邇猶連土苑之扃靈宫岹嵤左透崇岡之曲即磽基於磵道利在斯于固拱木於虞衡規同匪日彌峯跨谷層城萬轉歷險乘危迴廊四注山祗盡石出徼道而終年風伯羸糧半長途而中宿架千樓而致極（疑作楔極揚雄甘泉賦楔北極之嶟嶟）爛若神扶羅萬戶而窺天巍如化立離堂早照皦日籠光於綺寮合殿宵深歸雲納影於重廡珉房砥室晝拱相望緑岫紅巖雕櫳間出玄熊蚺蟉俯棟宇（一作梠）而危心青鳥歸飛仰靈軒而墜翼轉飛檐於秀嶺上出重冥蔭反宇於迴谿下臨無地紅葩紫的垂倒井而披文金鎖銀鋪接重扃而炫色儼鉤陳於漢陌太階非遠設陛戟於煙庄仙梯可陟華璫璧散掛明月於崇朝

密綱珠連落奔星於巴矚丹棵（一作梁）發秀彩杳虹文皓璧凝鮮光涵蚕氣銅龍對霤接飛泉而瀑流（一作灑）鐵鳳連甍素還颷而佇立雖南纒統序北室開榮（一作北屋開扆）凛勁氣於叢楹起淒風於洞穴（一作闥）踆烏失轡出澗戶而無光金兔低輪下山扉而變色陰庭阻夏祝融無竊據之因遂屋乘（一作垂）春顓頊定忘歸之策飛廉扣響赴北闕而神寒屏翳收津蹈南端而股戰蒼蒼八桂白露爲霜落落千松玄陰昧景金人列陛來危砌而思裘玉女窺窗伏增巒而請纊陽秋代駕不竭仙圃之華天（一作增）地爲鑪未解幽陵之凍至若氣清乾歩景霽山維栖翠藹於崇榮列朱霞於複榭璅枝累道彩綴文槐碧樹周阿光搖鏤檻靜簾帷而洞㢠

穆羽相和肅坻塄而天臨纖塵不動宸儀有睟蓬萊與城闕俱榮羣后多歡蘿薜共簪裾合賞巖花落砌綴龍扆而成文嶂葉交軒拂鸞旗而追影鑪峯轉藹香傳玉几之風石瀨鳴湍響入銅壺之水乃有稜（一作陵）陽駕鶴奉丹墀而稱臣子晉吟鸞下青蒲而謁帝箕精失耀傳說恭命於東廂昴宿低芒庭堅奉職於西序三臺九署雲端極目霓裳風鬈闕下相尋張良卧疾攀赤松而有地綺季來朝歌紫芝而忘返若夫功成旰食道濟宵衣漢宮追聽覽之餘堯殿得巡來之隙霞登月憩光膺幸於彤闈玉振金聲藻宸章於翠掖洛陽才子承閒盡宣室之談蜀郡詞人還奏動芔泉之賦復有軒庭十四出桂闥而乘茵永巷三千望椒

塗而奉幣翊鸞臺之廣晏亀駕砌之仙遊羅綺芳兮四百春環珮鳴兮九重暮風閨夕敞携步女於歌筵月幌宵朧下姮娥於舞席玄房妖宴雲姬辭豹尾之歡緋幄承顏星媛入魚鱗之戲若乃屯營櫛比對閤道而斜趨廨寺棊分混文昌而外屬周朝瑞鸑聲叅叶律之官陳寶鳴鷄響僕司晨之序名都廣會閭閻萬室帝籞仙垣亭皐千里山村野塾家連菌草之園谷飲川居戶有桃符之水故夫恩加草樹囿原澤而無私道被翔行苑山川而不禁每至旻天戒序高風嘯律虞官獻秋獮之儀司馬奉梁騶之典將軍布卒畧玄灞而東馳都尉閑營統（擬作繞張衡西京賦繞黃山而欵牛首）黃山而北睇於是逢蒙列階蚩尤並轂材官發射期門走仭

杖玄麾而直指鷄視千羣奮朱鬣而橫行龍驤萬計曾旗廣旆出宇宙而三驅疊鼓鳴鍾連（一作運）雷霆而一呼前旌逐日夸父斷洪河之流後騎超山共伯挾崑崙之柱近陵吐焰縟奔電於長鋒灌莽生塵隕飛霜於勁鏃合戈鋋而照地猛兕知窮振罟網而籠天騰龍失據崩林礫石毛羣無挺險之資蔭澤風山羽族落垂雲之影長圍躞蹀得駿馬於泰坰大輅徜（一作翔）徉載飛熊於渭浦然後還師振旅考事陳功皮軒按節牙璋復路祝餘生於大野誓廣校於長䐡腥膻（一作班腥）於巖嶭之墟有蛄於長揚之舘命奔蜂而擧爵火照芔泉總輕騎而行庖雲驚上路聲兼萬籥歌鍾空廣樂之庭禮被三𢹂玉帛盡塗山之會龍胎鳳卵入禹

膳而調芳石乳瓊漿委尭樽而湛色恩霑（一作露）下帛宴液
仙宮雖大夫思濯鷁之歡而天子可廻鸞之奏然後拜鼇
清廟考德齋宮用玄功而不有宅太虛而無迹動崇易簡
規萬祀而化黄金道貫幽明徵百靈而響丹韶得玄珠於
舜海尚驚氷危朗天鏡於尭儀猶勤日昃虔恭上帝東朝
懸待諫之旌清問下人南面聽登聞之鼓則有郊童俟蹕
敢讓天師野老排閽唯歌帝力風行北屋忠臣叔折檻之
諫化溢康衢良使息埋輪之請設神規而動俗庶績其凝
握元符而發祉殊方合應華胥已泰濟羣生於不死之庭
閶闔可觀致仙曆於無窮之境蕩蕩乎發育萬物而顯諸
仁洋洋乎包舉六氣而藏諸用均兩儀而得一恥三皇而

不四者矣臣勃東臯賤飾北阜幽姿常叨召見之恩驟玷
明敭之列書生謁相望闕推輪下客遊梁榮忝賜帛終童
立志空投函谷之繻馬令同時未給尚書之筆雖玄機妙
鍵已寂兆於忘言而詠德陳功請追聲於匪頌其詞曰
九門浩蕩三山超忽帝坐金房仙成玉闕浮丹麗紫栖霞
冠月真匠難徵虛談易越（其一）旋窺鳳紀極睇龍墳魯巢化
没上棟爻（一作支）文分茅宮蔽雨松殿來雲猶迷匪陋尚鈌斯
文（其二）道倫明一風遷繼五禮讚三宮詩歌百堵黄圖未洽
紫庭無輔局促墉垣逡巡度矩（其三）盛衰環襲冲盈舛鶩瘠
宇夏闕瑤扃殷樹奢窮地終壽流天步相曰（一作日）逌奔尋
雲速仆（其四）災延六國運逼三川分雄競侈禮僭圖全飛甍

月徑列廡霞阡乾谿敗楚碣（一石）亡燕（其五）阿房秦構文軒五
里建章漢立仙闥萬扈（疑作祀）詭代齊徑（一作涇疑）達天縱巴望
夷有豐茸泉不祀（其六）宛郊嗣籙譙鄉警衆蜀跨梁岷吳吞
楚夢相宜栽軌崇楹累棟雲闕同華泉臺罕共（其七）晉圖給
（疑作終）否朝（疑作胡）風肆極霧黷丹園塵埋紫域皇階不守帝
庭無色帳殿相臨氊墻間飾（其八）南承有宋北洎亡隋功慙
戸牖守在城池樓船水覘車陣山窺吳庭再毀代邑三移
（其九）火德初融江陽衆（疑）旅奄叔淮船遂朝吳渚象措（疑驕）
泰龍舟壞楚雄圖乃溢傾宮不處（其十）海岳呈華風雷寫慶
剪諸戎首光我靈命紫氣雲蒸黄星月映轘商爲業遵唐
啓聖（其十一）景閟丹繩祥抽翠籙格天垂範模神鷲蹈朱極

重光黄離繼旭道清金鏡時和玉燭（其十二）激規鳳闕毓訓
鸞闈桐宮宿列桂邸霞飛台精變道岳耀栽幾朝盈振鷺
境北馴翬（其十三）武韜弓矢文經步驟奕鳩議獄龍師掌奏
玉帛華夷提封宇宙譯書歲欵祥圖月奏（其十四）帝功得一
乾元用九鏤玉天齊塗金社首神京四邑明堂八牖熒而
可大爲而不有（其十五）魯宮望幸幸封佇悅伺蹕披圖乘時
徒（疑）轍亦驛俟駕蒼虬按節月車宵移星闈曉列（其十六）方
神護野岳將清塗廻麾嶠路逗蹕山樞千靈雷驚萬辟風
趨釣臺有問峒岫無虞（其十七）五城分秀雙巒抗影晝栱彌
峯雕甍亘嶺煙闈夜謐雲房晝靜竹殿栖寒松軒祕景（其十
八）紫庭晨御彤闈早闢天子凝旒辟公奉璧薛蘿齊致簪

裾混迹仙鶴隨輪靈凫墜舃其十九風脩濬畝震廓藻遂玉綱星開金鋪月墜山樓獸矯雲臺鳥次複鄣披丹廻流轉翠其二十伉夷聖宅姑射神心樂翔丹鳳使引青禽羲壇葉暗禹洞花深沼分瑩水花跨珠林其二十一順時宣節分戎講將星騎朝飛雲羅夕張寶鷄獲祉非熊入兕駕掩岐蒐禮高奏秦疑作望其二十二酆庭未遠塗山有戮襄野迷軒清都宥穆罕夷乾步徒豐帝屋光總大猷允歸天祿其二十三命官垂訓靈臺韻雅功昳褱中頌流天下皇圖已泰鴻筆難假帝有力焉惡疑非能者其二十四

文苑英華卷第七百七十七

文苑英華卷第七百七十八　　頌七

宮闕下

乾元殿頌并序　　王勃

臣聞鵬霄上廓瓊都開紫帝之庭鼇紀下清珍野闢黃靈之館兼山配極照鑾闕於霞標洊水涵元湛驪宮於霧壑斯則神徵語怪功潛鳥跡之初理涉非經道昧鶉居之始授鳳書而稽碧落仙構罕存按龜籙而質黃圖金模間起粵若風移處闇增巢恢火運之機業拒嚮明上棟括河圖之粵三揩布政詠匪日於靈臺百堵陳詩頌斯干於考室亦有黃軒瞰月樵門頹九洛之功瑤闥排煙牧野構三河之酷御燕臺而臨北極缺王度於祈招列雲閣而拒南山隕黃謨一作謀於軌道然則卑宮表禮采椽輕四海之尊豐屋延災栢梁非萬乘之有雖因時立事奢儉殊流而弘道在人興亡迭一作遞運靈光末造不窺九室之榮景福宏規猶擁三方之豐聞一作瞻風舊史逮曹馬而無譏觀跡故墟歷周隋而未得自我唐太陵遷構均五方於鶴几之前中野凝圖調六氣於虬牀之下坐圭臺而清俯仰晷緯齊明

臨門邑而重威靈雲雷合響得玄功於大壯其至在茲乎
我大唐鷄渾制極樹神宰而制山河鶴讖裁儀闢太虛而
有天地黃精吐瑞潛龍苞象帝之基紫氣禎一作穎祥鳴鳳
呈真王之表高祖太武皇帝虹星湛色開寶胄於金壺蛟
電凝陰發皇明於石紐白蛇宵斷行移海岳之符蒼兕晨
驅坐遘雲雷之業屬東隣委馭扇虐政於叢祠北拱䝉尊
桼皇圖於寶極蜚鴻集野贍烏衅投足之因青犢疑作犢青犢光
武時賊也嘯風羣鹿無擇音之所天街五裂截鯨浦而飛芒地
紐三分觸鼇山而按節玄虬在御掃圻甸而廓星都黃烏
分麾動扶搖而駭雲陣鑣官杖鉞跨高陌而登元轡野韜
戈陟圯壇而擁號皇圖不恃聖人追卷領之風神器無私

一作移才子奉綦裳之運太宗皇帝雲房揖契壓麟璽於庭
軒雷渚翔英授龍鈐於高席一作周鎬八能一作龍亨運抗鵷邸
而杖朱髦十亂恢基臨鶴州而擁黃鉞唐雲秘族潛開白
水之徵代景迴輪光踐丹丘之運權輿象緯削茅社而建
瓊桃草昧風雲席羅圖而創璿曆紫庭合粹括宇宙於宸
襟丹扆凝尊運陶鈞於寶思擒碧霄而鍊石上清耀魄之
宮詔寰海而捐珠俯睇陽侯之室功驅偃伯頓鶚視於華
封道被來王靜龍吟於武庫玄樞上運卜年開累聖之符
丹竈昇遐遺範敞謀孫之畫皇帝陛下披庭韞慶曜璿蓂
於霞庄蘭殿分休湛珠衡於月館道凝瓊鎮下蒼掖而照
重熙業峻銅樓憩紫軒而揖羣后環四瀛於舜抱湧蟻覃

津栖十景於堯衿巢蝢荷照上元開籙寶龜定皇邑之模
下武崇基飛龍錫帝臺之構貞明啓運濟一作齊玉鏡於鸞
門易簡成功偃銅符於鶴仗一作帳懷降尊於襄野太階志
七起之勞念負重於焦原巾席託三危之險臨翠嬀而則
道天孕時成坐玄扈而披圖神超物外　星浮縱淑曳
珠綬於銅阜雲野疏祥抗瓊枝於桂浦素蟾澄慶六虛充
牝馬之貞丹雀御林二雅合關雎之好璿宮夜靜居龍憁
而調元金房晨開御鸞階而緝化芝庭栖訓遠清和鳳之
儀蘭珮承風競峻當熊之節皇太子承雲紫座翊八柱於
乾維湛粹青衢揖三樞於地戶黃離踵曜太陽分銑樹之
輝蒼震𧏖音少海控銀河之色鶴笙飛奏想丹駕於瓊山

鮑徂捐芳齒玄冠於寶序彤闈問豎禮崇監撫之威黼扆
興賢義極君親之愛若乃東門邸胤疊仙構於熊山西苑
承家導靈波於鴈沼桐珪作瑞鳳毛耀丹穴之英芽壤分
維麟距冠玄丘之俊巽宮延粹闢朱柱於娥臺兑野流芬
疏紫蘭於別館頻隈毓範雲門一作崗分戚里之驪覃嶼凝
規星閣絕郎官之請雕龍命職縱跳澤而驤麟翠鷃調司
順義颷而撫翼月軒宵佇虞谿降璿緯之精霞帳晨披姜
水洞金韜之牘飛鶴書而抽海狀桂壑於是投綸轉麟旆
而揖山容松澗由其削衽軒圖瑞裔泛花綬於鷄林褒紀
祥炎濯蘭纓於鳳水仙臺儆務三珪銓棘序之風天秩調
邦六府變槐衢之典金門獻納縱麟筆於苔牋石館論思

戢龜章於竹槧淹中訪禮蹲龍揚壁水之波稷下談經飛
兎躍環林之秀詞庭吐鳳翫鳥跡於春黌書帳翻螢閱蟲
文於夏閣杏花千畝緋轅照帝藉一作磨壓之功桑柘三宮玄
綬降親蚕之禮圓丘上闢奉蒼璧於靈壇方澤下凝列黄
琮於寶墠朱絃翠瓚履霜懐四響之尊複霤重擔涓日正
三綱之首五靈奔慶冠蚰澤於黄樞六祀銜欣颺麟煙於
緋席遺弓積慕虔深太廟之儀執豆推恩道振明堂之禮
瑤山廣樂備逸調於宫懸洞庭仙奏納遺歌於帝府九韶
分唱后夔清桂序之音六變同和飛鳳掌梧軒之律樽俎
折旋之數苞舉陰陽堂庭節奏之規彌綸宇宙靈襟索隱
控風伯於詞林睿想鈎深詔天吴於筆海神窮獨照傍探

赤水之珍思洽幾深迥寫冊谿之韻金壇紫露昳銀籥而
翻華瑤林白雪藻瓊章而吐絢蟬機撮化銅渾將九聖齊
懸虬箭司更銀漏與三辰合運爽鳩分職素雲類鳥咏之
祥神衛闢司玄水照龍顔之則黄沙鞫草刻叢棘而遷訛
丹石滋苔仰丼棠而息訟融阜再稔方聞外戶之謠昧谷
千箱坐溢康衢之奏百城煙峙望秋露而乘風千室雲開
合霄建而組化彤幃獨選熊轓下蘆鴈之祥墨綬分賢犀
檢降槐鸞之祉鵁駱佇信髦士剖竹而相尋葦杖霑仁鮐
叟攀輪而不暇龍蛇可践野人豐荷杖之驩雞犬相聞城
尉輟鳴桴之響玉雲抽潤湛芳氣於璿臺六府威殷唱豐
歌於銅闕不嚴一作戒而畀東戶恩周動植之津博施而舉

南風化偃胎萌之寓神謨備頊儼七萃於丹樞邃畧防微
肅千廬於紫衛元戎握節郎黄公授犀闕之圖帝座聞韓玄
女薦龍庭之策頡枑捭一作嵌乃中權決勝於兩階白羽俄麾
善陣推亡於四表朱匡反景之域削地弭於文穊黑山明
月之鄉委龍𧰼於武帳錦軒星騖控乾絡而觀風繡服霞
騖羨神紘而問俗川浮渡羽鯨谿靜丹浦之虞陸薦飛毛
熊獸動青雲之偵銀闢瓖兩望紫陌而趨恩鐵幌馳風討
彤闈而瀝思赤馬文彸之寶叢積乎郊虞䘏牛露犬之貢
蒲盈乎儲邸青丘畫野不踰征賦之鄉蒼水奉圖未盡覜
封之貫且夫緯武經文宏業也含幽育明至誠也混齊六
合大功也規模百代昌數也故能襲九空而寧庶物劃千

里而統諸侯休徵象德而動嘉符觸類而至風揚碧洽藻
乾慶於芳年司節河謙疑譪坤禎於明渚瑤枝結慶泉塽
蕩玉蓋之文瓊液浮丼天酒綴金莖之色黄𪏭紫脫湊仙
頡於中畿翠蓋丹莢疊靈林於上序騶䮸候日漾影棠池
北翰翻風栖光理木祥飛丼絡震鱗題瑞朔之元祉絢新
郊楊歡紀和年之序具靈篇之絶貺究仙諜之殊休天人
之際交矣皇帝之道備矣由是三靈物覩扣蘭禁而棲誠
九服子來詠嵩宫而騁力去奢去甚不矜黄屋之隆匪樸
匪雕方順丹墀之請宸規相宅考周舊於靈都睿覽思和
獲秦餘於正殿羣臣列陛奏蕭相之遺模天子臨軒採荀
鄉之故事炎洲入苙篪仙栱於林衡層岱一作昳五松委靈

材於梓匠衢宮記範萬機抗九戸之尊海孽移琛千樂省
十家之費飛簾捲譎徼煙極而浮甍屛翳收津劃星墟而
置䞇逢階百雉光懸寶露之壇瓊壁萬尋影碎崇霞之閣
拖虹梁而四注星漢戲於上榮疊雲棟而三休寒暑隔於
中霤雕楣鶴企杳勢分規繡桷虬奔殊形別起圓璫布藻
鏨羽璧於狼泉方鏡披蓮孕化機於蜃浦芝樓對幄重傳
五日之風芸閣列錢彩鍛三旬之霧文疏皐迴陰兎息肴
於綺寮翠幌鶬霄陽烏鏹翼於珠網豐隆按節下複橑而
司階列缺施鞭低叢楹而假道溫房佇幸煦芳景於佳辰
凉室乘閑凜徂飈於火序金鋪夕照若帝圃之輝瓊英寶
縷炭懸類阿房之聚銀燭煙丘碧桂翊珉陛而披香雨岫

類鈞夾璘流而颭影九衢翔翠雜仙舟於中逵四照霏紅
間靈葩於右㙀神禽率舞光浮肆夏之軒瑞鳥相鳴響叶
鈞天之樂鈎陳宿列儼雙碣於丹霄綺繳霞周闢千門於
紫露衛其左肩嵩鎮申侯降太室之禎前枕華郊伊尹發
空桑之秀揭熊山而北眺貝闕猶存覩龜瀍而西分瓊臺
易接總交中宇廓川陸而疏畿竟想善鄰揆風霜而建野
然則因泰構極祖宗耀金策之符作洛恢基我后創璿居
之始援天引聖隔代重暉横紫都而可襲配玄宫而非遠
故能使神光夜燭鏡麟趾於文除仙液晨華委鸞章於繡
礎靈爻密發八方昭大有之和寶篆潛開六合啓同人之
會兩儀交慶䖏碧墠而翹旌萬寓披歡指蒼軍而候蹕雉

青蒲頌德東朝獻龍鳳之圖而丹極鳴謙南面動貂羊之
詔百神推策望瑤徑而虔誠三讓奉符顧瑤壇而肅事龜
書吐瑞按五校而分營鳳策揚輝翔八鸞而節步帷宮霧
轉列芝蓋於中天帳殿星離輟蒲輪於大野紫鱗充饋若
大帝之共臨素鶴翻華類羣仙之廣宴花開瑞雪委瓊饌
而調芳綵絢祥雲夾珠旗而曳影功推三祖銀繩勒東岱
之威業峻一人金筴奉南山之壽道既成矣玄符集矣代
既貞矣元勲緝矣運三辰而虛玉柄風允渙其中乎懸五
禮而偃金科雷坎光其作解奔烽舉爵溢仙酒於中衢疊
鼓分餚浹宸輝於下里吞九重而上運控八聖而遐征翔
赤驥而睇風區吟翠虬而掩霄甸隱隱轟轟雷動天驚回

輿斜聆而降乎乾元之殿司宮乏職肅坻堮而神行掌舍
怨方煥巖廊而洞啓赫若朱螭負漢而輝横海之鱗默若
蒼鵰架鏊而振垂天之翮千官曉次儀銀牓而端簪萬戸
宵披候瓊膏而肅帶靈戈列陛天官具三揖之儀雲幹充
庭宗佾横（一作寶）九賓之禮珵鯨戒響懸猛簴於端闈銅（一作
鏾）狄分形肅巖扃於左序排紫微而立極宸儀冠明后之
三俯黃道而披軒仙曆用乾元之九蕩蕩乎何聖人之無
外巍巍乎而神功之不窮也臣勅席芳十步企景三冬雖
承宣室之談猶窘靈臺之影仙壇逺秘已多謝於祥鵜大
廈物成復攀榮於賀雀慨深梁甫終乖捧日之歡恩極井
泉未動淩雲之價神圖不測固流絢於丹縢微志可存庶

鏞芳於翠琬敢獻頌曰
紫禁垂耀黃樞鎮野銀樹霜披珠臺月寫衢明立極横神
廟一作廓牡大壯摛爻斯千韻稚其一鶉居化没徂訛道長瓊
構霞明璸軒露敞棄人崇欲達天竈象南巢不救東鄰長
徃其二瑩緘考懿金板藏功道凝茅屋業盛高宮龍階察祲
鵷閣調風推訪華禮酌儉思冲其三懸甃結疊傳異生災千
甍嶺接萬拱星開爭圖絢侈福極凶來風寒碣館露慘蘇
臺其四十館瑩秦金房砥室千間架漢韶雲閟日濟惡承危
同亡異術傾輈未遠遺堰繼出其五龍川結榻鶴塞稱符塵
驚八際霧慘三都穹廬寶極罽幕璿樞司宮墜典掌舍淪
圖其六蒼衢毓祉丹立表聖鳳矯仙樞龍廻寶命道凝金冊

功馳玉鏡紫氣抽華黃輝疊映其七神稽鶴讖迹播鷄渾重
光累極翼子謀孫經天緯象就日提元鸞軒湛粹鳳几栽
尊其八祥抽紫曆業照彤管珍雀朝翻仙蟾夜蒲丹墀獻跡
青臺墜夘椒闈儀風芝閨奉欵其九登三建緒明兩開儀龍
譙霧鬱鵷禁霞披浪分璿渚景峻瑤枝黃扉曉列丹轂宵
移其十龜文徽彥麟旌放逸桂客攀榮松賓改律紫鵷開紀
丹虬聳秩縱掔摶飈登山捧日其十一功融棘序道備槐庭
不仁者遠惟道斯行煙搖墨綬電轉朱轓境懷春翟野散
秋螟其十二鄭竹分科燕棠輟諷銅機化極珠囊叅洞禮貴
冊虬樂調朱鳳珠坰獻寳綿鄉委貢其十三龍闕靜柝鶴塞
投弦歌呈豹尾舞進鳶帬銅撓疑月斥鐵輞星懸繩幽架

險驛霧馳煙其十四霧壇凝紫河宮湛碧翠蓮翻飈丹萁候
魄霜均暑散連珠契璧藹蓋籠霏花衢墜夜其十五年和政
美化極風調靈臺軫詠考室興謠循圖訪典去泰捐雕道
存南面讓屈東朝其十六望雲裁構籠霄建宇方鏡星離圓
璫月聚梓匠傾思林衡授矩畫栱栖煙文軒架雨其十七芝
房疊翠桂廡流丹霞張萬戶霧葺千欒重扃駐燠洞牖栖
寒神加有叙貺入無端其十八帝圖臨御皇僚奉止電戟揮
霜雲旌拒暑紫宮可逼黃衢易履鳳礎騰文麟庭抗禮其十
九珠泥暢績銀繩爵契鶴嶺雲明龍壇景惠道超中古功
推下濟惟帝惟天惟天惟帝其二十

新廣雙城門頌并序　符載

貞元十四年我常侍鍾陵之政成繇賦均調法令脩理男
女小大祗承教化土地千里嗤嗤浩浩莫不刻心化爲端
良然後覃思閑暇將有攺築自我官府至于門臺是用秉
時洗故作新先是城有贅墉横亘東西盤護使地甚曰無
壯瞻彼闉闍亦特其門崇未及雉廣不容軌公斷摇平夷
垣脩塗壞撤規模巖巖四扉每五夜將旦候吏雲委鼓鳴
逢逢輷然洞開軒蓋絕塵一作麗非而並騖軍旅擁闐而坌入
旗過偃游馬不駢蹄一作旗過不偃游馬立不駢蹄徘徊流覽勝氣洋溢
攺作之致騰凌前人真卓然之思也君子謂公氣冥玄極
智逰象覊以盛德紋于大位苟視民之弊吾見其壅閼不
和之氣決防潰澤之不若也豈復有煩究淫濫之志漸于

風俗哉循跡觀政（疑）正在於是公嘗自濡翰有所紀叙實恐揮謙休聲不揚小子愚陋贊述銘頌請刻于貞石之陰使新門之績也皇皇然頌曰

鍾陵古城隘不工麗譙隙穴廢崇牗右貂作鎮寢（一作掃）前蹤中央砥平谿蒙籠嚴城朝旦日曈曈高開四門車馬通此邦此績垂無窮敢紹華藻揚清風

蘄州新城門頌（并序）　前人

城于防春秋書之重時也城于蘄輿人誦之美功也何可謂之功曰余得言之矣大唐庚辰歲秋九月岳鄂觀察使御史中丞鄭公前牧于蘄春始佩銅虎符是年冬十一月蔡人不庭天子詔諸侯之師誅破之我有疆埸與人腹背慮禍甚劇爲虞落然民大愁恐若寇㬥至是邦（一作郡）也夙昔無事人傲慢垂百餘祀城隍不張頹墉壞堞僅爲平野公乃度舊址量客土備畚鍤嘯丁壯勃焉而興於是謹刀布以索力拷鼛鼓以蕩氣嚴進退以設令立師伍以程課烝徒雷呼萬鍤星飛誅墮聳勞間無留時凡甲子五癸即崪然城成矣牗高三雉門容兩轍周廻一千八百四十步門臺睥睨霞絶雲截如崇山斷岸邈不可嚮議金湯者我居首焉日者嗣曹王皐討希烈之叛于此嘗具板榦作爲坯築役徒巨億經費稱是樹而復潰卒無能名風俗耆老以爲蛟螭靈怪蟠窟固護使人不見其績也公躬自省視循理辨物心禱且討輔之至誠遂用堅緻嗚戲蘄城楚舊封也彊淮蔡邇中息地當臨東實生攻奪若嚮時敵者驅鐵衣出穆陵襲我無備搖脛而至即江淮之南吾見其波動矣然俾夫大藩倚（一作椅）其固屬郡抱其勢千里士庶高枕而卧寇不致（疑作敢）萌彎弓捻矢之意者新城之謂也縣是大君聽民間威聲聞望以公有文武上才秉心塞淵可以防方隅可以握貴權故拔自倅牧雄居盛府山川幢蓋皆舊物也寄任之重曼無其儔夫賢爲世出績因時達微新城吾見公之力才事業其堙欝不揚乎鄉生作頌頌以示後辭曰庚辰之歲鶉首有彗人用五兵維彼蘄下壇及風馬實啓戎情在昔無虞茂其闉闍埤堞頹傾我公作守恢拓荒舊乃新其城百堵言言四阿孱顔矗如雲平扼衡據會衝不敢過生人休戚維茲盛烈遭時而發鴻振芳名我有貞石不追不琢孰聞風聲是用作頌冀茲不朽與日月永明

雜頌上

馬寶頌（并序）　梁文簡帝

皇帝應百姓之心副四海之願復履玉衡還臨億兆天地交泰日月貞明至理惟新隆平方始遐邇壹體中外禔福含生欣欣若耘耰之逢夏雨懷情坎坎譬草木之值春風帝王之道超邁開闢睿聖之功彌曆邃古軒羲不足鑒柄堯舜不足憲章至哉大哉無得而稱也五月丁酉朔絲竹會於德陽之堂（一作殿）於時日進內宮星次鶉首仲夏之晷

稍極陽城之圭㽂賓之鍾初應潁川之律縉雲旦卷南風晚扇惠氣入帷清陰周宇玉輿雲罕照日充庭羽林中權分階列校簪笏成行貂纓在席昭天之樂金石鏗鏘報地之禮威儀肅省詔以馬寶示羣臣太僕効官趣馬掌贊三令五中丞聯事舉八麗四圍給役相趨驒煜金鑣陸離寶勒天地無疆之德來星致遠之功鸞眄善鳴龍儀美稱沸毅權奇之威趨攄抑揚之態足轉鶩電眼流含燭霧噴紛霏流沬飄洒數千爲壽豈待原蚕之禁萬里一息不藉杜衡之草王良不能控其銜策伯樂不能辨其文機方知總轡崑岺周非吾馭張樂大野夏有慙德豈止沉河用璧獨有緑文之稱盛德在木偏受蒼龍之名至於千將寶劍遝

服書鄭之軍蓮花烏玉騰威大海之際况乎馬寶義實踰之方當夙沙自歸滑疑橋屈膝欵關入塞偃武脩文去病無出師之勞充國罷議邊之畧五律成珍九河如鏡臣謹按瑞應經彌勒成佛經中阿含經覧愚經並稱第三之馬者三千歲華子云堯漢皆得馬者堯漢皆火德正斗南方乗德而至也豈非聖德汪濊皇風洋溢研機洞元備禮達義是以天不愛道白馬嘶風王澤効祥朱鬣降祉比夫圓蹄方足躑躅在郊風嘯電奔聲疑遨處囿五彩依樹三雀登巢安髣髴於當今弗擬議於休應百辟卿士咸稱萬歲伊臣不佞結慶雲霄親承詔旨預覩寶瑞手舞足蹈贊揚不足宴禮斯畢退而作頌其辭曰

帝廣運德欽明儀郊升道形聲德爲軌仁作經璇璣正太階平剖五禮和六英開四攝行八政轉輪皇飛行聖愍含識資惠命引蒼生歸法性菩提真般若淨七寶均萬邦寧遂停史觀陳詩域中大唯聖期聞一作開玄妙復孝慈解流澤隨因時刑巳措績咸熙三農盛九穀滋萬祇悅八神怡律有節曆得天景星曜慶雲連珠爲月醴爲泉民何幸值皇年乾道應坤馬來度玉關升玉臺鏤錫煥鸞鑣迴槃雲轉蹀塵開千天駟百龍媒來伏阜掃騊駼秣瑤粟委芳芻九夷欵四表清旰胥樂輿頌興

神雀頌并序

許善心隋開皇十六年

臣聞觀象則天乾元合其德觀法審地域大表其尊兩施

雲行四時所以生殺川流岳立萬物於是裁成出震乗離之君紀鳳司鳩一作紀鼋司鳳之后玉鏈玉斗而降金版金縢以傳並陶冶性靈含煦動植耿玄珠於赤水寂明鏡於靈臺一作乎盧堂莫不景福氤氳嘉貺雥集馳聲南薰越響雲韶粤我皇帝之君臨闡大方抗太極负鳳邸據龍圖不言行焉攝提建指不肅清焉喉鑰啓閉括地復夏截夏一作海是剪商就望禮其尊登降一作臧或作咸昌其會綿區浹宇遐至邇安騰實飛聲直暢傍施無體之禮威儀布政之宮無聲之樂綴兆緫章之觀上庠養老躬問百年下士字民心爲百姓月樓日浴熱坂寒門吹鱗没羽之荒赤蚳青馬之裔絆辮請隸削衽承風豈止呼韓北塲遠頌一作勤狼居之岫熄慎南

境近表不耐之城故使天不弗一作愛道地寧恡寶川岳展異幽顯明一作效靈神素游頳圖膏潄醴半景青赤葦歷斷盈尺足懷仁般般擾義祥祐之來若此升降之化如彼而登封盛典雲亭佇白檢之儀致治成功紫燎靡玄珪之告雖奉常定禮武騎草文天子抑而未行推而不有允恭克讓其在茲斯一作乎七十二君信茂如也故神禽顯貞玄應時特一作昭白爵主鐵象之奇赤雀銜丹書之貴班固神爵之頌稜武戴文曹植嘉雀之篇棲庭集牖未若于飛武帳來賀文槐刷彩青蒲將翱赤罽玉几朝御取翫軒楯之間金門但開兼留翬翟之鑒終古曠世未或前聞福召冥徵得之玆日歲次上章律諧太呂玄枵會節玄英統時至尊

未明求衣晨興于於一作含章之殿爰有瑞雀翺翔而下載行載止當扆宁而徐前來集來儀乘軒墀而顧步夫瑞者符也聖主之休徵雀者爵也聖人之大寶謹按考異記一作郵曰軒轅有黃爵赤頭立日傍占云土精之應又禮稽命徵云祭祀合宜則黃雀集昔漢集泰畤之殿魏立文昌之宮一見雍丘之祠三入東平一作平東之府並旁觀迴矚事陋人微奚足稱之矣抑又聞之不刳胎剖卵則鸞鳳馴鳴不漉浸焚原則螭龍盤蜿是知陛下止殺故飛走宅心皇慈好生而潛浮一作浮潛育德臣面奉綸綍垂示休祥預承嘉宴不勝藻躍李虔觶處西土陸機少長東隅微臣慙於往賢逢時盛乎曩代輙竭庸瑣敢獻頌云

太素式肇大德資生玄功不器道要無名質文昺華沿習因成祥圖瑞史赫赫明明天祿大定於鑠我君武義廼武文教惟文橫塞宇宙旁疑射汾軒物重造堯風再薰煥發玉策昭彰帝道御地七神或作飛天飛天或作星聽五老山祇吐秘河靈孕寶黑羽升壇青麟伏早丹烏流火白雉從風棲阿德邵鳴岐祚隆未如仙雀近賀王宮五靈何有百福攸同孔圖獻赤荀文表白節節奇音行行瑞迹化王黼扆銜環陛戟上天之命明神所格徵應在旃伊臣頌焉未緝丹素方流管絃頌歌不足蹈舞而宣臣拜稽首億萬斯年

文苑英華卷第七百七十八

文苑英華卷第七百七十九　頌八

雜頌

靈泉頌并序

駱賓王

聞夫玄功幽贊，靈心以有德是先（集作親），至道冥符，篤行以通神（集作仁）爲本。若乃天經地義，色養叶於因心；夏清冬溫，敬愛弘於庶（集作錫）類。下及（集作逮）六幽之奧，上通（集作洞）三光之精，不有至誠，孰云斯感。有廣平宋思禮，字過庭，朱州刺史昉之適孫，戶部員外郎順之長子。伶（集作幼）丁偷露（集作謝），早喪慈母，未懷鞠育之恩；長增孺（集作思）慕之痛。弱不好弄，長而能賢，趨庭聞詩禮之風，承宗勗曾閔之行。事後母徐氏，至孝烝烝（集作以至孝聞）。嘗恐（集無此二字）暮（集作洛巳）遂乃（集無此二字）南（集作東）北向，興悲泣高堂而已。遂下位，覬微祿以遠躬（集作親是），調露二年，來佐百里，俯就微班之列，將申返哺之情。荷（集作敎）立身其若斯，於從政乎何有（集作遠）。雖屬時多（集作歲）亢旱，金石俱（集作行）鑠，環近川源，殆將湮絕，濬井皆爲湯谷，通波盡化汙池。而太夫人在遲暮之年，有溫勞之疾，非濫漿不可以適口，非源泉不可以蠲痾。膳（集作色）養旣虧，憂惶靡計（集作訴）。俄而廳階之側，忽有清泉（集有而字）自生，因疏導其源，遂流注不竭，味井若體，氣凛（集作冷）如氷。此邑南控刻山，北（集作地）連禹穴，基址多石，岡阜無津，爰自興建以來，曾微穿汲之利。非精誠貫於至（集作有）道，純孝（集作志）浹於無私（集作和非），孰能洽冥旣以通幽涌（集作導）泉源而致養者也。昔漢臣忠烈，窮井飛于一時（集作言）；姜婦孝思，潛波移於七里。靖（集作靜）惟陳迹，夫（集作彼）亦何人。前（集作霸）縣尉梛晃，耿介之士也，道合則金蘭若膠漆，情隔（集作異）則軒冕猶埃塵。片善可嘉，朝聞井於夕殞（集作死），一諾猶重，黃金賤於白珪，以爲執友素交，豈祿利輕肥之謂也；賞音達禮，非鍾鼓玉帛之云乎。所耻者沒而無稱，所貴者存乎不朽。徒懷美志，未遇良才（集作材）。賓王出贊荒隅，途經勝壤，三秋客懷，長恨宋玉之悲；一面交歡，暫寔桓譚之涕。觀玆（集作斯）水之清泚，感若人之精誠，見賢思齊，仰珪璋而有地；揮毫頌美，鏤琬琰而無慙。廼作頌曰：

粤若稽古，厥初生人（集作民）。人誰匪孝（集作其誰不孝），我獨踰（集作難）倫。義不在（集作存）道，人不遺親。愛敬盡力，孝悌通神。顧思罔極（集作顧我思極），因心必（集作感）至。冥契動天，井泉湧地。冷冷無竭，烝烝不匱。曾是不（集作我）思，求錫爾類。爰有徛人，景行芳塵。事諧則感，道洽斯親。情（集作孝）爲禮主，名是實賓。偒斯文之

不墜知盛德之有鄰

大唐平陽郡龍角山慶唐觀大聖祖玄元皇帝宮金籙齋頌并序　崔元明

空洞之中溟涬之際靈文尚矣混成朕焉混成者何象帝之先靈文者何龍漢之年五刧交周尊神遞遷九氣列正無始常然治於流火之亭練於洞陽之館二儀得之以定位三景得之以發光赤明開圖碧落普度玄元奄有大道遂荒真宗天法之以無倪皇仰之而未及羲軒應運堯舜乘時均至化而思齊酌玄風而始賡獨立千古湛兮若存首出百王悠兮不極矣粵若聖祖系襲神宗先天不違後天繼代錫胤慶遠流泒祥長國家纂戎欽承前烈三合一

德六葉同道平陽郡玄元宮者興王之肇兆也惟初授命載告休徵權輿靈迹俶落祠宇昭張於國史乃今昇平求配嘉瑞增修清廟大建於閟宮明白於御碑因吾道爲天下程由玆地爲天下式非夫至道孰能與之哉皇帝御辨無爲齊心正一豁寤有感髣髴真容昭孝孫之精誠貽烈祖之玄訓開元得聖象天寶獲靈符丕變再集而繁昌至敎遂興而畢備秪崇冊禮其高莫二衮龍克光於像設冕旒追尊於帝臨猗那商頌生民周雅儔之於昔今則過焉於鑠玆山會神之寓西對姑射北鄰天柱實通仙之秘府也正殿肅穆廣庭森沉峯巒左右松栝交陰總虛無以靜深也石壇重階甋甓環甃隱隱訣參伍洞章護持三元表辰

八月降誕每至是日展法於斯脩金籙齋啓玉帛印道家之寶王者之儀靡盛於此矣乃開乾門闔坤戶氣弘廣莫風和不周八卦行乎其中矣仰列宿攝魁罡落日淪陰月時沆瀣六甲佐乎其旁矣仙侶順次羽人步虛朝拜九天醮祠五老想鈞陳則黃雲散覆存太一則白鶴來翔其餘侍香金童傳言玉女縹緲煙景徘徊元空求之希微宛如契合惟鎮皇極叶時邕外以廓清萬里戎夷向化內以乂安兆庶年穀滋稔滅格擇疑作格澤漢書天文志格澤者如炎火之狀又見司馬相如大人賦格胡各反澤大各反興昌光動植生成陰陽氣茂利兵所措則戢干戈靈宮所臨則消疵癘矧感通上果神降其福景命來假天子萬年者乎觀主臣郭處寂虔恭是勤夙夜匪懈稟

師之籙佩之嶽符躬執科儀爰謀法要開元十六載御題觀額因隸於玆二十五年上疏議齋帝俞其請於是內使高真自王城而至綸音秘旨從天上而來諸侯肅臨郡邑藏事華故垣墉鼎新經像彤彩艷艷金光熒熒曾是所營曾是有成利乎未真太守臣裴朓弁寮屬等性道孚敬誼形于政奉歎休慶聚合觀徒衆等皆相與遵乃宗極體乎自然熈澹漠於元和抃恬愉於天順微臣嘗佐汾邑親覩聖蹤强名道原用述真宰從窅冥而辨物因象罔而得之其詞曰

元氣之宗粵玄元始朱靈丙午赤明斯起太上道君託胎洪氏後天合德其惟我李爰初啓運符命歸唐海縣攸屬

六葉重光天寶是應萬壽無疆大君推策考曆元陽空玄之中自然妙有無斁之衆勃勃珠口迎不見前隨不見後外物雖變我法彌乂龍角嵯峨肇興靈迹仙宮乃建清都伊宅洞裏天長寰中地隔皇矣大道臨下有赫金籙秘訣玉冊玄言陛壇之禮象法之門聖祖貽訓來告孝孫於玆授命永保元元克昌厥後大慶常存刊此樂石以奉至尊

開元正曆握乾符頌（并序）　張九齡

臣言伏見景寅制書以開元曆握乾符垂示天下幸甚其沙門玄保等所言益部耆舊傳洛下閎改顓頊曆推校最爲精密而曰後八百歲其曆差一日當有聖人定之到于今曆果有差聖果有定誠非常之嘉應曠代之靈符不可

得而間也臣誠歡誠喜臣聞天道先聖而啓期聖人後天而奉時不當乎天心不在乎（集本川粹無乎字）曆數不登乎聖道不合乎（二本無乎字）元符玄命定而王者應幽數起而明者察故洛下閎極其數而知來者舊傳尚其占而示後我皇帝無思而感自然玄同僧玄保等幸會而言豈云素慮非人事也其（集作非）神道也天固以（二本作已）儲祥（一作祉）以俟時積分以差日出入數代多歷年所疇人極力不能課其詳上林雜候亦莫徵其失則明天意以俟（川文粹作竢）聖期期數未臻乃藏於密聖讖將至其（集作如）應如響彼幽深之何有此會通之不謀所以下協黃鍾上稽玄象以和六氣以合三光復其見心間不容髮斗樞且運而况於人時元氣以調而

况於月令於戲天下之動日用不知昆虫草木生者自遂麟鳳龜龍靈者自瑞蠻夷戎狄遠無不至山川神鬼幽罔不洎此聖人所以定天下之象通天下之志而聖人之道備也昔者河出圖洛出書自時厥後符命非一空文而無應其殆乎人爲寔録而有徵焉假（集作用）乎龍負則洛下閎者此其神乎不然是何見之明也夫聖有時而不作物無聖而不覩仲尼感時於鳳鳥古人歎壽於河清皆傷於不逢而恨於難見我后受成命重光于（集作乎）文武累聖而無窮殊祥而無數（集作極）彼衰命之者曾不得而朝聞凡今之人誠何幸而目覩由是觀之當其來運唐虞之屋可封非其有時孔丘之徒不遇時也者千載之會也萬物豈知謝

生於天乎兆人亦云忘力於帝乎微臣荷寵靈揚休命則臣子之志在于盡美而惟天之大終莫能名不勝區區敢獻頌曰

於皇惟后受命于天時來于今兆見厥先既定乃曰允叶斯年赫赫光明應於上玄（集作以應上玄）開元曆（閩本作開元正曆）不違（閩本作不逢）大終（閩本作化天）

潤州丹陽縣復練塘頌（并序）　李華

大蜡之祭辭曰土反其宅水歸其壑先王因流下而導之故曰九州滌源因迤匯而瀦之故曰九澤旣陂以疏天地之氣以利元元之用崇伯汨五行而殛羽山臺駘障大澤而封汾川洪範首之春秋載之地有廣狹事無古今大江

具區惟潤州其藪曰練湖幅員四十里菰蒲菱芡之多龜魚鱉蜃之生厭飫江淮膏潤數州其傍大族强家泄流爲田專利上腴畝收倍鍾富劇淫衍自丹陽延陵金壇環地三百里數合五萬室（或作家）旱則懸耜水則具舟人罹其害九十餘祀凡經上司紛紛與奪八十一斷嗚呼曲能掩直强者以得之老幼怨痛沉聲無告永泰元年王師大剪西戎西戎既斂矣生人舒息詔公卿選賢良先除二千石以江南經用所資首任能者是歲十一月二十三日拜常州刺史京兆韋公損爲潤州聲如飈馳先詔而至吏人畏伏男女相賀即日上無貪刻下無冤憤公素知截湖開（一作閘）壞災甚螟螽臨事風生指期以復羣謗雷動山鎮恬然中

明獨裁文之以禮乃白本道觀察御史中丞韋公元甫（一作浦非）中丞撫手（一作掌）愜心如公之謀且曰興利除害得其人而後行非常之政敢歸叔父公乃申戒縣吏卒徒闢之人不俟召呼咸來（二字一作林）從役畚鍤蓋野浚阜（一作浚皋）成溪（一作蹊）增理故塘繚而合之廣湖爲八十里象月之規儔金之固水復其所如鯨噀射洶洶隱地雷聞泉中先程三日若海之彌望灝灝如吞吐日月沉沉如韞蓄風雨所潤者遠原隰皆春耕者飽憂者泰於是疏爲斗門既殺其溢又支其澤沃瘠均品河渠通流商悅賓價人勇輸賦遐邇受利豈惟此州每歲萌陰乘陽二氣相薄大雨時行羣潦奔流水得（一作勢）所入盈而無傷龍見方雩稼穡其溼時前相國

彭城公劉尚書晏統東方諸侯平其貢稅聞而悅之曰三事以聞詔書褒異焉彭城公宣命至江南捧詔授公公率元僚掾吏令丞以下至于耆艾西向拜手忻戴皇明人心上感天降嘉澤如有神祇昭協厥志公正直而和專靜而斷嫉惡宥過惠人察姦純鈞精堅百鍊不耗伐冰之貴降從士禮詩云靖恭爾位好是正直宜其享多（一無此字）福也吏人入賀公拱而謝之曰尚書劉公觀察韋公奉行王澤也鄙何力之有焉丹陽令杜孟寅秉公之清白延陵令李令從如公之愛人金壇令胡珵稟公之成規及丹陽耆壽周孝瓌百姓湯源等拜首而請曰允爲澤允悅也水歸於澤而澤悅於人百年侵（一作浸）塞而公啓之臣哉鄰哉克諧帝

休永代是式三縣無災若不碣而刻之則命不揚於厥後後之人無以倚負也華嘗學古見訪爲頌曰

望泓泓兮視冥冥鳥閑魚樂葭菼生膏腴利倍起訟爭斯人怨抑痛無聲韋公正直動神靈百年淤（一作游）淀爲滲清饑者飫兮病者寧詔書光寵恩濡榮劃然眊矂復皎明追琢刻頌飂芳（一作芬）馨（一作皆唐文粹）

玉版玄記頌（并序）　于邵

草莽臣稽首獻頌曰臣聞殊祥大報者皇天無私慎終追遠者祖考來格昔上帝之所協德豈蒸人之克預也我皇帝陛下建皇極行大道體元以𤋮覆品物以陶運執斗柄而四序潛廻張地維而八埏至靜方四十載矣而天下大

順巍巍乎其全功歟玄元皇帝陛下之烈祖也寶慈儉以
垂後昆法清淨而示敎父一作文歷千百祀而陛下道存妙
有化洽無爲動之太和寂以玄覽非得一而正乎陛下執
大象敷玄宗聖祖儀刑於郡國景命紛紜於圖史者蓋百
數矣開靈寶於分陜之郊古復明號形縞衣於隆聖之閣
時膚展親探三華於丹墀之上近而得也想五利於滄波
之外遠而洽也故朴畧之初三五以降曾不敢以功階並
也今太白山人李渾等覽因形動未假神遊初入緇帷之
林忽變紫微之境古祠之下猶龍肅然霽色雖澈於清霄
榮光自分於白晝玄宮咫尺仙衛徘徊接電裳以受辭奉
玉顏而專對光啓王室宣昭祖孫方一作寶籙寶而未弘緬

逖聽而奚取由命京畿採訪使戶部侍郎兼御史中丞王
鉷發皇華而載馳望白雲之有處瞻仰如在真風宛同歷
五洞之杳冥詩一門之穿窱行前有會感而遂通石臺藹
茵而特秀玉版熒一作熀煌而自秘式傳無忽祗受不差天
香氛氳芉液浹洽陽烏抱戴而上燭卿雲交映而前引率
皆科斗之文時人無能之者陛下乃齋心服形絕聖棄知
閑居於大庭之館遊夢於華胥之國而後攝外慮嚴天思
捧玄記而納宸極洞一時而萬物覩其辭炳耀而有屬其
義綿延而自久齊聖壽於日月恢國祚於宇宙上以和天
地下以洽神人臣不知其天之爲大也如此遂下明詔百
官荷億載之殊慶追六聖之遺謚旣撰日以嚴配親大祫

於閟宮鳴鑾以肅清蹕在聽臣下以開闢之後無以尚之
於是文武百辟蠻夷君長洎黃緇耆老幼各有等威雲趨玉
闕而請曰陛下奉天之昭錫承祖之大命百王無以徵其
符千載不復遇斯瑞崇累朝之德孝之大者掩至尊之美
謙莫甚乎旣而天聽未迴睿獎猶邈臣下罔知寢處黎人
咸造勿藥而言曰天其或者以天下之物無可以稱陛下
之德故纘戎徽號因聖祖以發明今陛下不得不名之固
非一時之所強名也書曰不臧厥臧人罔攸勸願陛下臧
而勸之抑讓之至于三方霈然曰俞哉斯亦天之所俾也
遂命稽舊典序國儀詔護作貂蟬進纂鴻猷而尊册之明
大訓而奉行之雷雨作解小大以正四靈在郊藪以待命

三光出躔次而延澤豈祗羣臣之私乎率土之私乎臣生
沐淳風欽承寶化百揆時叙空聞賡載之歌三階底平久
著登封之頌伏以神功丕應澤潤生靈挹超代之範圍與
下人之陰隲方軼於周王遊玉黃帝迎年豈與夫河東壽
宮棫陽薦馨而已矣仲尼以舜禹之事丘不得預議者以
方今之盛臣實預焉庶效采詩之典曾何萬分之一伏獻
頌曰

巖巖太白列僊是宅八會真歌三清羽客幽陰肅爽處處
靈一作雲迹皇唐上祖天人元君揮斥六合時乘五雲貽厥
景命昭我聖勳神靈宣功華芝獻壽符錫玄記光資妙有
玉字天長石臺地久億載新兆千齡古書字形科斗臺狀

莢蘂神力莫測象帝之初一作則烈烈遺謚清廟崇之明明徽號我后尊之天授玉記惟皇之禎微臣薦頌遊聖難名

巴州化成縣新移文宣王廟頌并序　喬琳

或曰天生德於聖人是爲文宣蒙以文宣之爲聖人蓋其自生非天生耳夫道有精德有純禮有意樂有神四物幽賛百靈淳感特與天地位而成三故夫子之前未嘗生夫子夫子之後不復有夫子宇宙古今倬惟一人謂天能生曷不能數生也故曰非天生耳河圖鳳鳥言其德梁木泰山言其用謙以况物物由我成且孔聖之道恢張而天下理汙殺而天下亂觀其可以卜理亂也領徒三千傳徒三萬桓文不足仵其衆夾谷之戮齊優兩觀之誅少正氣盪

河岳精廻日月然而俯僂魯卿循循鄉黨行道救世不自其躬且唐堯五臣不無四凶周文十亂不無三叔孔徒萬數之内唯宰我怠於晝寢卜商短於假蓋未聞厥其之奔佛肸之叛遺墟舊宅剌草不生則敎之所入者深化之所弘者遠鏡懸象緯掌著興亡籌萬代於一筭爾我國家敦敎訓格以王者之禮加徽號焉示明王果有宗也德位交叙以奉天特然三皇五帝迄于今春秋釋菜廟食千祀特惟夫子耳則冕旒衮服聖人之餘事封建褒崇有國之盛典化成縣令范陽盧沔純深貞特廉孝絜矩夏大旱偶有事於文宣公焚香至誠雷出自廟指觀倏忽霈然滂沱自下車數月有感輒應無方之神豈情於造物者乎可由而不知也以此頃因祠宇蕪然僻垣墉頽圮甛聚樵牧褻瀆威靈公以必葺而未言頻假寢以夢聖隙地兼聖此爲新宮曰衣冠禮樂不下庶人宣風布教職先令長出家財以資匠費督門吏以勤役工青襟黄髮更唱迭和掾欒雖舊而華榱惟新自甲至癸不及旬而功巳集郡官畢賀百姓未知足見役不及人也君子曰盧侯以心感神以身律人可謂善政也巳矣郡守楊公中和大雅聞善若驚悅而美之曰盧方辭蒲不以家爲出鍾離捧餞脩孔聖遺廟善政之餘地也僉曰都允哉梁國喬琳臺之作爲新廟頌頌曰

殷之系聖周之斯文生我夫子世教之君六藝折衷三才更分視不可見聽不可聞登降既定天人大觀禮樂神鬼

幽明協賛由之則理匪由則亂百王同流萬古彌渙夢奠既兆哲人其萎自家刑國廟貌思之周微唐興千祀于兹春秋祭菜俎豆其時維巴之南亦揭其宇盧公宰邑人之父母假一作僻匪我升堂陋彼環堵爰就爽塏長岡之下相協厥居作爲新宇不日不月既葺且崇頌徒知歸發篋來同斯之未信此也求嘗時惟龍見人懼彪虎寧丁我躬虞鞏是託戸牖之際雷霆震薄兩公及私是刈是穫廟既更矣歲既盈矣公之志思人亦勤止變此夷俗彖乎孔里學者行之造次於是

畋獲虎頌并序　符載

虎在毛物有剛猛而爲暴者也畋而獲之覩令施而士勇

者也且荆爲澤國疆亘雲夢伐戈一作麕麃弋鴻鴈蓋便習也唯獲虎則異故大而張之六年冬十二月臘日甲辰節度使御史大夫樊公大畋于郢城脩軍禮也先期之辰命耆將宿帥將騎步兵五千盛陳於所舍之地越翌日朝陽始昇郊牧静夷建大旆之彤彤抗高旌之萋萋無小無大千戟萬羽閃舒絢煥膠膈磈錯狀濤湧而波汩咸從公而觀之於是樹蘭防列轅門表旗鼓而卒伍縈紆邃葽星陳鱗次中軍發號沸渭洄一作四起拉榛棘秘梗橦高块埤踣一作培徤足剗驍趨脂染鳴鏑血濺飛幟或潰潰以狂顧或奔逯而減地竭銳精以圖免雖絕脰而猶視士氣方雄乃縱火攻烈熖炎炎燒雲飈風㷼陰深巷薈蘙蒙籠抃呼未終

山平澤逼其有冐𪘲攸走煤爐蒙茸袒裼徒搏獨殺者不可勝道維明日復圍于龍山之北岡先是里人之訟乳虎爲暴肆毒貪婪白晝族行圈阜無豕牛林麓絕樵蘇老幼愁恐極於兵寇既卜其穴乃大搜而取之爽氣凌厲士㧖餘怒思與鬭死莫有異慮敲扣拍撲芟殺策硎洞篁篠之宜密劃蒙蔓之纍絡勢窮則搏鬬於莽下觀其怒氣之所狡憤迅軀之所騰踔鋸牙之所噉齰鉤爪之所拏攫傑作人立呀若箕張聲軒一作轟輷暴雷目爍爍炬爰有一人烏獲之倫威𪘲喬傑慓狡獷決憑鬣奮怒毛豎皆裂鐏長戟以撑拒乃匐身而掩刃勢傾力絕四偃在地穿喉貫背爪有餘摶於是騰氣射虹蜺酣謀破山林耄耋喜慶童幼抃淋灕

鼎負獻于公所公以爲天稔其毒必將𣴎𣴎爭剖視其腹即獲乎四子矣於是迴鑣返旆校能計獲發府庫行飲勞賞功也大凡古者天子諸侯四時皆畋因畋以理兵先視其禮儀次察其號令後觀其坐作進退之度有不用命者乃斬之以徇於衆焉武德脩備乃事蒐狩上以奉宗廟下以禮賓客其有肉不登俎材不中器則謂之不軌不物而君子譏之今大夫法先王之制順時序之氣展敬農隙大講戎事卒乘具文章明武脩也威儀肅行伍列禮盛也無逸飛無漏走令張也繫是三者備足焜燿況乎啓沉毅誅暴橫耽耽五虎斃在指顧是得不謂動合模範成堂堂之觀乎公常握文武之柄荷申甫之寄擁旄荆國星霜四周流

愷悌之仁布大中之化政之被民者如陽和煦煦蒸變生物各遂暢達不知其然故無得而稱焉洎於軍旅之際德禮也如是勇練也如是播此智畧寓諸形容因知公之師可以振文經可以翊皇威可以截不庭可以攝四夷與上古儔侶赫赫巍巍即豈獨躪荒山殪猛獸馳騁騙蹷一作躄左旋右抽而巳哉載末儒也猥以縫掖獲陪鞭弭之後目覩盛烈失去畏懦敢愛文字使其闇然而不彰乎廼作頌

曰

玄陰凝兮殺氣厲揚三軍兮順時殺鋋戟罥維兮山谷隘飛走殫兮林莽壞有虎勃起兮萬夫駭鬭呀夭矯兮雷霆喝紆沉慮兮振明戒千一奮兮傾五害旋勝畢兮翻大旆空

皐藪兮樂幼艾勇毅之師無與對可誅不王截海外

文苑英華卷第七百七十九

文苑英華卷第七百八十　讚一

帝德

聖應圖讚一首

聖賢

自古聖帝名賢二十七首

曾參讚一首　玄通大居士讚一首

四皓讚一首　隱者讚七首

先賢讚六首　二孝讚一首

無爲先生讚一首　二疎讚一首

祕閣賀監讚一首

狄梁公立廬陵王傳讚一首

續羊叔子傳讚一首　伊尹五就桀讚一首

梁丘據讚一首　漢三高士讚一首

新城三老董公讚一首　易商君列傳讚一首

帝德

聖應圖讚并序

臣聞啓聖者天也宜有以覺悟受命者聖也必有以明徵故神不言而可知時將至而先兆當陛下龍潛於上黨也或託類於雲物或効靈於卜筮天之意者丁寧垂象唯恐後時而又以潞水之泓深山鹿之挻（集作捷）走馳騁（集作騎）是獲厲流不濡非力所能以明或躍乾之上體時而九四神道幽贊聖期密邇自後而占何著明其若此蓋天福海內地降聖迹以瑞非常之后以決如神之策至于再三明必信耳有郡掾崔弼時共從行見龍騎飛先馳謂河流可涉亦旣數步遽已滅頂非（集作不）沉也安足以驗飛無凡也於何以昭聖事來自久命常惟新臣不勝至願謹爲聖應圖遂獻讚曰

龍之或躍泉有何深神亦成象化爲背禽凌厲是獲明命則恍如彼從掾焉能不沉

聖賢

自古聖帝名賢讚二十七首　庾信

黃帝見廣成子

治身紫府問政青丘龍湖鼎沒丹竈珠流輿（一作丸）雲即雨

落木先秋至道須極長生可求

堯登壇受圖

登壇洛汭沉玉河湄丹圖馭馬綠甲乘龜榮光上幕休氣連帷雖存克讓於見文思

舜舞干戚

平風變律擊石來儀先齊七政更服三危朱干獨舞玉戚空麾南風一曲拱己無爲

禹渡江

三江初鑿九谷新成風飛鶴涌水起龍驚樂天知命無待憂生危舟遂靜亂織還平

湯解祝網

連珠兩起合玉雙沉瑴爲祥樹桑成樂林三方落網一面
驅禽德矣聖政仁乎用心
文王見呂尚
言歸養老垂釣西川岸止磻石溪唯小船風雲未感意氣
怡然有此相望于兹幾年
武丁迎傳說
㕓田路斷辭潤泉飛躬勞版築有弊葦衣賢臣入夢天賜
無違千巖之下遂得同歸
成王刻桐葉封虞
虞叔百里居河之汾帝刻桐葉天書掌文禮以成德樂以
歌薰天子無戲唐其有君

漢高祖置酒沛宮
遊子思舊來歸沛宮還迎故老更召歌童雖欣入沛方念
移豐酒酣自舞先歌大風
漢武帝聚書
獻書路廣藏書柱開秦儒出谷漢聞吹灰芝泥印上王匣
封來坐觀風俗不出蘭臺
袁盎諫文帝
千乘峻轍六轡危行跡廻松坂山叙柳城龍淵地狹華盖
風驚賢臣攬轡可謂忠貞
朱雲折檻
上書直諫有怙明君先求斬馬遂請魚文身摧欄檻義烈
風雲應從御史翻賴將軍
周公戒伯禽
伯禽居魯嗚玉來朝周公政治爲國風謠北山有梓南山
有橋禮容雖備俯仰無驕
五月披裘負薪
披裘當夏俗則爲心雖逢季子不拾遺金禽巢欲遠魚沉
唯深清聲一作躅滅跡何必山林
王祥扣冰魚躍
王祥之母鮮鱗是求水連釣浦凍塞寒流精誠有感無假
沉鈎二老同膳雙魚共浮
孫叔敖逢蛇

叔敖朝出容悴還家母氏顧訪知埋帳蛇爾有陰德陽報
將加終爲楚相卒有榮華
高鳳好書不知流麥
高鳳好學專心不廻流連經笥對翫書臺石門雲渡銅梁
雨來麥流雖遠書卷猶開
張良遇黃石公
張良取履跪授無辭兵書一卷長者三期昔稱韓相今爲
漢師穀城餘石還歸舊祠
師尚父授丹書
尚父一遇周王是覩赤雀既下丹書已陳自論秉鉞長別
垂綸獨有磻石留名渭濱

榮啓期三樂

榮期三樂唯人與年夫子相遇即以爲賢性靈造化風雲
自然雅琴雖古獨有鳴絃

夫子見程生

程生夫子一遇相知薄言傾盖桑陰遂移清陽共羨賢聖
同羇陳詩難別贈絹傷離

鉏麑見趙盾

趙盾將朝端衣整笏鉏麑受命衝冠怒髮惆悵賢臣顧瞻
城闕利劍不抽青槐先絶

蔡澤就唐生相

蔡澤羇旅唐生决疑無勞神策不問靈龜富貴自取年壽

須期雖云異相會待逢時

李陵蘇武別

李陵北去蘇武南旋歸驂欲動別馬將前河橋兩岸臨路
悽然故人此別知應幾年

樊噲見項王

樊噲將軍漢王車右不憚鋒刃何辭卮酒覇上屯軍鴻門
固守持謝范增唯留玉斗

秦穆王飲盜駿馬

駿馬遇盜秦王不嗔先傾美酒翻畏傷人隣兵向國窮冦
侵秦于時大盜還作功臣

延陵季子遇徐君

徐君有禮季子惟賢經過一遇如舊依然人非別後心許
生前長松雖合寶劍猶懸

曾參字子輿讚　蘇頲

百行之極三才以敎聖人敘經曾氏知孝全謂手足動稱
容貌事君事親是則是効

玄通大居士法雲公贈司徒號國公萬廻大師讚

前人

法本無着而乃強名名言則斷法止不生應化得真示空
歸有言似或中法皆虛受以心觀心無凈無垢

四皓讚　李華

時濁世作代文粹危賢人去之商洛深山鸞鶴作鳳文粹潛飛漢以

覇興皇王道衰玉帛雖至先生不歸吾非固然可動而起
龐眉皓髮來護太子至尊動容奪嫡心已四賢暫屈天下
定矣返駕南山白雲千里

隱者讚七首　前人

嚴君平

先生冥冥隱于卜肆宗師老氏精究易義爰衣爰食止足
非利垂簾燕居默養真氣誨人不倦人悅其風皦昧柔剛
在我域中心與世遠事與人同不臣大君不友上公在貴
反賤齊明若蒙遼哉遠哉微妙玄通弋者何爲仰慕飛鴻

嚴子陵

五彩雖美玉不汙質光武盛明子陵不屈芊裘魚釣以此

終日網羅遍野乃乂致雲鴻降公尋申舊延臥禁中舒體展肢加于帝躬星官告占天下聞風富春長往漱濯清江

申屠子龍

齊宣燕昭折節下賢羣儒畢至冠帶森然天子尊崇盛於堯年爰及暴嬴書焚人坑東漢祖宗悉尚儒生生徒橫議公府畏名肆其吻端以正鈞衡物極變興子龍遐征身全道高惟智惟明

陳留老父

去危圖安危則不隕竭而後汲力亦隨盡麒麟遐步終日不踠逃刑諸生自脫何晚深乎智叟孤遊冥遠

管幼安

我蠶我衣我耕我食推心而動神佐正直溟波不沉（一作是淺）伏此之力島夷卉服移我淳德衡門棲遲台佐讓職時非吾世語不如默

留侯

孺子心壯陰讐國寃結客飛鎚天下雷喧神付幽符帝納密言去則項亡就則劉興唯天有鑒類日之昇玄機靜運四海波澄絶粒謝時方追赤松強爲國起鎭定東宮安危在我萬古清風

皇甫義真

桓靈政昏釁因宦者黃巾四起血流天下京師動搖鬼哭匝野義真受鉞誓衆而前即日掃除京觀如山渠帥已死

破棺折元謠頌風興家邦獲安世故紛紛罕有令人旣成其勳又保其身東漢純臣嗚呼義真

先賢讚六首　前人

管敬仲

小白圖霸尊周服楚聿求仁智扶我此舉叔牙知人拔管于魯（一作縻）一言而合爰制師旅布命諸侯威行九土周王南面列國來朝朝服濟河心無動搖束髮左衽遷乎一朝邢歸衞存楚貢苞茅懸車北討山戎遁逃三歸備職不足累德七子仕楚後人霑聽

隨武子

周衰晉霸世有哲卿范武在秦晉國如傾將中軍師（一作帥）

世主夏盟典禮攸興刑政以清神歆正詞國賴直清諸侯朝貢楚不敢爭告老歸政身金德明溥傳嵩岱首冠春秋

東里子產

楚子歎息趙文綢繆馨聞百代風暢春流

荆王晉侯匿我小邦南則荆侵北則晉攻捄首捄尾（一作拔其首尾）跼不能起當炎獲濯國氏之子孤明內斷頌興謗止入陳事周權禮並理諸侯新睦霸主悅喜遺愛不忘我行溱水

鴟夷子皮

龍蟠幽谷潛伏非時蟬蛻高枝飲露而飛進如風行退若雲歸冥冥其義幾赫其歸小粵霸興強吳蕩夷功成不居

先生傳之

樂生

明明昭王文武樂君君臣相趨龍吳雲蒸旣佐弱燕剬耻
南伐風驅雲鼓齊國瓦裂弔厥罷人旌其故節宗彝樂器
歸獻燕闕化弱爲強摧堅俾折鎭以仁義期之感恱梁趙
屏風秦楚弭節天厭諸姬燕不可扶昭王不席樂生道孤
讒行將換齊復爲都季命隣君君告諜燕痛詞而泣義貫
于天勁飈遐舉攝巒將奔趙王慙羞故國獲存赫赫高皇
戎輅北轅徘徊趙墟封其子孫遺風可師名教之源

謝文靖

在昔符秦將覇晉邦百萬雷行飲馬竭江江淮岌業力屈

則降謝公從容子弟董師以少擊多一鼓殲夷

二孝讚并序 前人

靈武二孝曰侯知道程俱羅目不覩朝廷之容耳不聞韶
夏之聲足不登齊魯之境所見戎馬旃裘參於夷狄而能
生養以孝歿奉以哀穿壙起墳出於身力鄉人助之者哭
而反之廬於塚次號泣無節侯氏七年矣程氏三年矣根
於天性陶我孝理其至乎哉埃垢積首草生髮間每大漠
晨空連山夜寂人煙四絶虎豹與隣擁墳椎膺聲氣咽塞
下入九泉上徹九天背爛心朽皮枯節攣草木先秋而凋
落景氣不時而凝煙（一作闕）殊鳥異獸助之悲號萬物有極
此哀無窮大哉二子能以孝終始乎語曰孝如曾參不忍
離於（一作共）親生不忍離（一作生既不忍）歿忍離之哉二子之孝過
於曾氏矣昔吳起忍與母盟陳湯忍匿父喪起謀復楚覇
而戮死湯功釋漢耻而囚廢神道昭昭君何無報九州之
衆誰非人子踐霜露者聞風永懷士有感一諾一顧猶或
與之死生嘉一草一木猶或爲之歌詠而況百行之宗終
天之感乎華奉使朔陲欲覩徃弔焉屬河凌絶渡願言不
果憑軾隔川寄聲二孝因（一作同）爲讚一章敢旌善人以附
惇史其文曰

厥初生人有君有親孝於親者爲子忠於君者爲臣兆自
天命降及（一作成）人倫背死不義忘生不仁愚（唐書作過）及智就
爲之禮文禮文不能節其哀繫道德之元純至哉侯氏創

鉅病殷手足胼胝成此高墳蔬巢爲葜茅蒲爲茵其奉也
敬其生也貧大漠黃沙空山白雲栢庭旣夕松路未晨冤
戎接境豺虎（一作很）成羣夜黑飈動如臨鬼神哭無常聲迥
徹蒼旻風雨漂搖支體鱗皴色慘戚蒿聲酸棘薪苴斬三
年爾獨終身邑子（唐書作嗟嗟）程生其哀也均顧後絶配瞻前
無隣冬十一月浮（一作河）氷塞津吾將唁（一作弔）之其路無因
寄誠斯文揮涕河濵

無爲先生讚 權德輿

至人無感與化升降全而不形保而不蕩汎然順物付（集作時）
之自當苟乖於是無非溺喪保合浩淳先生其人德機
不發鳥獸同羣稽首玄闗請滌蒙昏笑而謂予道不遠身

支離而全以靜爲君淵之則散泊集作汩之則存天性者名木伐蘭薰與時卷舒中若浮雲摯集作挈臭絲棼無撓而真勤而用斯至妙之門百昌皆化吾亦歸根動作天壤集作紀靜爲地文鳥行無章變化沄沄強名無爲以鏡心源

二疎讚

靜專動直惟乾之德酌用不窮君子中庸蹻蹻二疎知微知終功成不居父子清風天子賜金羣公出餞都門之美焯映千古優游衡門棲息化源日飲醇酎心閑道尊人或言利利令智昏清行素風可貽子孫萬物營營吉凶相生環中之樞泊然遺行中林寂寥幽蘭自榮雖有矰繳不羈冥冥知止不殆古先炯戒賢哉大夫終始無悔

秘閣五絕圖賀監草書讚　前人

季真造適揮翰飛壁酒仙逸態草聖絕跡興涵雲海詞韻金石傳於秘丘永永無斁

狄梁公立廬陵王傳讚并序　呂溫

梁公以武氏簒盜國命如綴翊安宗社非我而誰是用蒙大恥履大險聳節振義以持世心開高祖天下於方寸之地盜力雖盛莫之敢闚唐復爲唐繄公是賴後代昧者頗歸功於五臣殊不知五臣之功公所授也客有以李北海所傳示予者述廬陵王廢立之際見公如生貽諸將來可以不惑敢攄憤而讚之詞曰

於休梁公社稷之臣濡跡應變與唐屈伸妖虹橫天鳴牝專長獨立大道指南生人闓闢有期命先我時乃建國本代天張機取日虞淵集作泉洗光咸池潛授五龍夾之以飛臨終指麾皇業再基運起身後功成不知穆若清風巍然宏規凡爲臣者可不度思

續羊叔子傳讚　前人

天厭鼎峙蜀滅魏改錫晉羊公以同四海儒衣登壇嶽鎮荆蠻十萬之衆從公而閑逍遥峴陽傲視勍敵用仁爲間出入無跡吳國雖守吳心已降吞於胷中不見大江動物忘己樂天知命留功遺人國愈身病江漢舊域德膏潛烝化行兵中兵息化興策雖平吳道不相晉來嘉南遷豈曰泯泯

伊尹五就桀讚并序　柳宗元

伊尹五就桀或疑曰湯之仁聞且見矣桀之不仁聞且見矣夫胡去就之亟也柳子曰惡是吾所以見伊尹之大者也彼伊尹者聖人也聖人出於天下不夏商其心心乎生民而已曰孰能由吾言由吾言者爲堯舜而吾生人堯舜人矣退而思曰湯誠仁其功遲桀誠不仁朝吾從而暮及於天下可也於是就桀桀果不可得反而從湯旣而又思曰尚可十一乎使斯人早被其澤也又往就桀桀不可而又從湯以至於百一千一萬一卒不可乃相湯伐桀俾湯爲堯舜而人爲堯舜之人是吾所以見伊尹之大者也仁至於湯矣四去之不仁至於桀矣五就之大人之欲速其

功如此不然湯桀之辨一恒人盡之矣又奚以憧憧聖人之足觀乎吾觀聖人之急生人莫若伊尹伊尹之大莫若於五就桀作伊尹五就桀讚

聖有伊尹思德於民往歸湯之仁曰仁則仁矣非久不親退思其速之道宜夏是因就焉不可復反亳殷猶不忍其遲亟往以觀厥征作聖一日勝殘至千萬冀一卒無其端五往不疲其心乃安遂升自陑黜桀尊湯遺民以完大人無形與道爲偶道之爲大爲人父母大矣伊尹惟聖之首（宋本京本作惟聖人之首）旣得其仁猶病其久恒人所疑我之所大嗚呼遠哉志以爲誨

梁丘據讚　前人

齊景有變曰梁丘子同君不爭古號媚士君悲亦悲君喜亦喜曷賢不讚卒讚於此媚余所仇激讚有以梁丘氏（集無此字）之媚順心御耳終不撓厥政不嫉反已晏子躬相梁丘不毁恣其爲政政貴（集作實）允理時睹晏子食寡肉味（集有缺字）憂其不飽告君使賜中心樂焉國用不墜後之變君罕或師是導君以諛聞正則忌讒賢協惡民蠹國圮嗚呼豈惟賢不逮古變亦莫類梁丘可思又況晏氏激讚梁丘心焉孔悴

漢三高士讚（前漢一人後漢二人）　陸龜蒙

王霸仲儒（後漢作儒仲）清節是履（集作理）有息躬耕黃頭歷齒故人令狐奉書遣（蜀本作遺）子從以車徒入耀閭里旣（集作即）往霸臥一日（集作日又）不起其妻訊之以息愧恥君遺（集作遣）世榮抗志不仕子親耒耜固其宜矣我實信道曷足慙彼霸乃忻然恬澹如水夫高婦賢可謂其美

摯先生恂伯陵之孫學通五經居于渭濱弟子累百馬融服勤以子妻之師而益親融爲大儒恂乃知人和帝之世公卿以聞季直才器宜當輔臣公車就徵禮備玄纁守道不至終爲逸民

外黃申屠少負名節義女執仇令欲論殺蟠以同縣諫請（平江集本作諫議蜀本作陳情）上讞廷尉宥之旌彼孝烈博通羣書復善譚說漢德日衰政實務末（蜀本作漢衰政荒時實慕末）隱於碭山遂與世絶獻帝即位徵爲三公邀若不應宜其宜一（蜀本作之）鴻時人

賢之重者蔡邕明哲終始嗟乎子龍

新城三老董公讚（并序）　皮日休

在漢之取天下也三傑而已矣蕭何苦民力以給兵輸韓信殺民命以騁戰功留侯設詭策以離秦項當其時未聞以仁義說于君者而董公乃諭之以喪義帝至使天下宗漢者爲其喪義帝也夫漢祖以曹參雖有攻城野戰之功不如蕭何也信矣哉至于苦民力殺民命設詭策反不若董公之功也哉如高祖爲天子以公爲師友行其道於時其利可知矣公之道已行於漢而不覩封賞之禮又當時史氏無一字以褒之因爲讚以旌之

項氏狂攘賊我懷王天命未的孰存與亡皤皤董公一言

漢昌一人殺君天下皆傷一人哭君天下皆喪項由是弱漢由是強扶義而征可知軒黄唱仁而戰可知武湯用天子集作用于天道折彼雄銛緊公之道與漢而光

易商君列傳讚并序　　前人

商君者用於孝公制其法而秦給御其謀而魏敗封邑未居輟刑以及嗚呼商君之臣秦雖不必盡是然亦至矣太史公貶之過實非以欺公子卬刑公孫虔拒杜摯之説者乎然有一是亦足以救斯非也余悲商君忠而受刑因重述其行事以讚云集作曰

商君之于孝公也一二見孝公不悟其説非皇王之道行之難不及其身者乎斯孝公之罪也在商君有心於是道

不亦多乎當商君一二説孝公行之商君必為阿衡矣嗚呼卒以奇合特用自蒙於僇悲夫温陵黄伯光曰歎扶術于孝公説以皇王數孝公也皮子以不用爲孝公罪其與其爲阿衡是爲歎折數也夫歎以其術歎時君及後世卒不能免其身也宜哉

文苑英華卷第七百八十

文苑英華卷第七百八十一　　讚二

佛像上

相樂夫人檀龕讚并序　盧照鄰

相樂夫人韋氏者益州都督長史胡公之繼親也夫人寓跡蘭闈栖情香岫琢磨六行與三明而並驅馳騖四禪將十訓而齊駕粤以乾封紀歲流火司辰敬造靈龕奉圖眞相青蓮皓月爭華蚊睫之端寶樹天倡競爽鴻毛之際納須彌於纖芥嘗謂徒言置由旬於方丈今過其實重宣此義敢爲讚云

猗歟實相顯允神工規模鹿苑圖寫龍宮分身諦聽列坐談空羣天颬纚衆寶玲瓏彫牕引月鏤網搖風一窺妙境

高謝塵蒙

西方變畫讚　任華

離一切相脩諸善法夫如是乃得菩薩心心所感者爲應夫如是乃膺多福道無上者歸極感罔極者報親在心佛在相唯心與相昬齒相依二事同源百行宗孝蔣氏兄弟惟孝也哉前殿中侍御史蔣鍊鍊弟前右拾遺鎮鎮弟前無錫尉鏑鏑弟前千牛鏠鏠弟前協　郎鏑等泣血三年哀過乎禮顧西方上聖求福先人故尚書左丞贈太常卿汝南侯大祥敬畫妙法蓮華變一鋪惟此經開佛知見授聲聞記如來祕藏菩薩一作提上緣始發乎鍊也伯仲之心見乎法如來大事之相終成乎太常無餘之度孝矣哉太

常盛德公才師訓天下朝廷遂謙冲之德後生興祿士之嘆邦國殄瘁元元安仰華太常故吏也侍御以華情之眷眷見示經變泣對靈相祇感遺仁侍御女弟潤州長史京兆王宙妻次前信州刺史高陽齊翻妻季前拾遺東海徐闕妻哀禮兼極此道也古所難况衰俗乎敬爲讚曰

大孝尊親其次用勞其次用力蔣氏之子三者備極誠哉孝德匱竭精素哀空上慈乃續靈相光儀既備景福隨之並無衡量

爲韋駙馬奉爲先聖繡阿彌陀像讚并序　蘇頲

大唐唐隆元年六月二十二日右金吾將軍駙馬都尉臣韋鐵等奉爲先聖三七日繡阿彌陀像一鋪臣聞北極尊者有在天而捨萬邦西方聖者有在天而應三界上比義則無不通下抒情則無不感小臣鐵受恩之極昔也尚主悲鳳聲之莫晉中於事君痛烏號之靡逮徽慕一作賤微則殞越何補迴向則精誠所憑爰縷陳於法像仍繡揚於績事伏願蓮花之池莊嚴盛其樂土穀林之野順豫淸其梵宮如是重宣敢稱讚曰

大聖天子去遺烏大師世尊迎譲席布金摛繡圖神迹厭代乘雲此光宅

淨信變讚　前人

道之元尊洞照前刼身也淨信終成後業後業伊何暢我玄風玄風伊何俾我韋公頃發皇揆鎮于蜀國竭心爲政

盈耳頌德寄矣夫人纘茲羣眞函遷副相欸一作剡天如賔府署因修庭除改製既丹既鎬或轉或翳公則斯念余其載覩慕齊含堂追魯壞壁金海珠樹淸都碧虛魂歸自此像設如初禽鳥不入文翁是務神靈所扶文考是賦粤幽讚者老焉釋焉其信受者式護式傳歸以戀兮未以益現即前兮過爲昔玉江流兮錦城關歲未未兮綿奕奕

如意輪畫讚并序　顧況

金剛記寶頂記花三昧頂等一作輪三昧等經云蘇迷盧南有俱露州州西南面夷羅國俱尸那城南去八千由旬至于雪山玆山純白厥草肥膩高六十由旬周二千二百抜提河在左長仙園在右淸熱惱海在南跋陀海在北善法

堂在上普龍洞在下日月廻泊在俱物羅奢半空脇是龍居此洞地堅牢恒沙諸佛成道諸所如意輪於此山間佛言毗勒那鉢奢無忘無心是離那奢多性本空是祇彌物都思觀身實相是悉那鉢多彌觀佛亦然是又問何者是陀羅尼相貌佛言空觀心無爲心廣大心常住心不變異心無無心無無心是恒沙諸佛諸佛摩頂容語也言在身中恐人輕教諸佛不許内外雙立非賢不轉如意輪本名少足少法也其法滿足謂之少足與夫圓滿願廣大大悲等慈慈觀智網寶手千手眼得無畏清浄光除業道破諸暗無障礙無等等與夫普明慈明千光一有王字佛十億之號猶爲至畧浄華宿一作秀王智佛時所立名記普門願行

此應見聞隨方說法法同而名異固云賢刧中千佛助化此爲一佛二尊不並願爲侍者寶德佛時名安忍童子請願之後名如意輪大悲菩薩是愚於薩界畫彼眞形法華經云一華獻畫像漸見無量佛讚曰

同體如來所說惣持法内外雙見爲普門大悲廣運無邊際巳渡塵沙生滅海

阿彌陀石像讚并序　于邵

石龕之作司馬楊公福謙室無他巖盖損巳以藏事憑厥底績資于有家聖無不通必與此合況西方之樂大會之地鳥獸草木長皆爲梵聲我心既降彼應潛速故喜施願往者率多於諸方廷尉平于邵聞而讚曰

俾現睟容蒼然高岑上非道隅下不塵侵自一作俯此中逵發彼往一作羣心往來既護我福攸深右轉清澗前瞻布金獨園對境雙樹齊陰石泉潺潺山木森森詎知奇物未識珍禽西方之因妙樂傳音維是設像毫光載臨去聖何遠玆焉可尋

觀世音菩薩畫像讚并序　前人

佛功德所以俾福也如鄭童之福得無俾乎聞者門闔卒癈債童上絶倒不寤久之而蘇收在懐抱氣則奄奄心知旁懼口不能言遂啓手足以告全審視聽以示舊膝下之愛蒔爾而韶舉以善攝悉能自强父之索于目而奇之曰不有此慧安有此令鄭氏其興乎奇童名自此而始然則

菩薩者利益故觀音者觀世是用績事發于童心相好巳具大圓既照天衣若飛楊柳疑拂以是憑福信無有邊讚曰

奇童奇童兮厄于門門雖廢兮童其存菩薩觀音兮破諸昏冊青相好兮人中尊福我奇童兮來無垠

觀世音像讚并序　前人

孟冬十月旬有三日我皇帝降誕之神也百靈會祉萬方集慶於是檢校刑部尚書左羽林大將軍紀國公臣高昇與一二軍吏稽首言曰竊稽首窅冥臏乎至精道本無二聖惟歸一超於物則拯拔羣迷現於時則亭育衆品電繞之與夜明也豈其傚歟惟聖表聖唐哉皇哉請以眞如之

像延景洪福粹容晋霍神變燭耀四天周迴八部圍遶信足以上旌至德下攄至誠臣哉鄰哉敢爲讚曰

道本一兮聖無二靈相炳兮我身是狀至聖兮昭至尊叶帝閽兮翔天門福穣穣兮委如山

三如來畫像讚（并序）　梁蕭

法王之身有三曰報曰應曰法報身從無邊功德生應身依無邊衆生生法身從如如無有生分別說三其極一貫原夫人道之體離一切相視其本也積大德施（一作得）大慧（文粹作惠）合大道成大身是其報也出入十界隨所利見如水月鏡像（集有像字）是其應也自因至果故不得不有其報病一切病其不得不行其應（一作德）應亦名也報亦名也名乎哉其

實相之賓乎經云觀身實相觀佛亦然嘗試思之以爲衆生蓋反佛者也是三相在佛爲三德在凡爲三障一者生死生死即空寂空寂即法身也二者煩惱煩惱即智慧智慧即報身也三者結業結業即解脫解脫即應身也三德成於悟三障成於迷迷而不服也遂自絶於佛乘（集作身）哀哉予嘗齋心命工裂素作繪聖德之形容可舉目而見見而後知（集無知字）思思而後知至知至之路蓋由是矣瞻仰之不足遂爲之讚庶觀者有以知三如來不在心外不可以有無心取云

大哉法體體如虛空不始不終不垢不净不邊不中是謂涅槃是謂法身諸佛性海是無上正眞（右讚毗盧遮那佛）

妙哉報體體法而大由清净功德（集作得下同）色無礙德色無礙成實智慧範圍法界盡未來際（右讚盧舍那佛）

神哉化功其（集作萬）化無方休有烈光以百億色身播百億國土啓權顯實或默或語示我寂滅雙林之下（右讚釋迦牟尼佛）

三聖一身本無有異恒沙諸佛其道一致衆生唯妄覺（文粹作覺）妄斯至懸像（文粹作象）著明用鑒心地（右總讚）

金剛般若波羅密經石幢讚（并序）　前人

二十五有之内根塵相磨生滅相蕩幹流旋（集作幻）轉徃復無際如來憫之於是開智慧門示諸法如義俾夫即動而寂即寂而照假文字以筌意一色空而觀妙然離一切相得無住心二乘遠而不見十住見而不辨如是信解乎難

哉隴西李氏先夫人常州刺史獨孤公之伯姊也聖善之德自天而植不捨母訓受持是經内涵道機外順化物十一年八月即世于晋陵郡舍公茹尚右之痛追無作之福纘無（集作纘微）言於金石庶幽贊乎妙報嘻傾沙界以施而施有窮等山王之大而大有終唯金剛空印永不壞滅蓋夫人福慧之所以臻也於是乎讚

脫三解（集作界）軛入一相地資惠（集作慧）力兮追琢道妙爲祐與道（集作爲導）實懿德兮石不可轉而字有磷福不極兮

藥師琉璃光如來畫像讚（并序）　前人

聖之道無形無名形以感著名以功立立物有病於妄我則喻其醫物有滯於闇我則照其光其行無方有感必應

(四字集作惟妙無不應)神哉仁[illegible]惟唐代宗孝武皇帝之甥某邑長公主之子曰蘭陵蕭[illegible]靈天潢承訓家範其性孝其氣醇大曆中丁先人銀青光祿大夫光祿卿贈汝州刺史府君之憂自叉(集作卒)哭[illegible]至于大祥哀敬之禮動無違者長公主戒之曰欲報之德豈止於斯乎歸誠上仁可以徼福爾其志之位於是泣遵德命爰用作繪八十之礿(集作物)十二之願赫然如見其全身肅然如聞其音聲自外入者或疑亂怖投體膜拜而不知其粉繪也噫昔人有一至之性或通於神祇以致福慶矧夫孝子之哀思大聖之玄運幽讚之力可思量哉安定梁肅悅聞其風乃爲讚曰

披聖籍兮覽玄功赫神光兮被無窮勿藥用兮醫之王感

斯應兮萬福彰稟于(集作系是)梁兮出于唐畜純孝兮思不忘綽大象兮景焜煌洞冥冥兮福穰穰

繡觀世菩薩像讚　前人

蓮華經普門品載菩薩盛德大業詳矣蓋變動不測之謂神窮神盡性之謂聖慈悲廣運之謂力三者一貫是謂(集作)爲妙覺功不並化尊無二上故佛爲法王我爲素臣或擬諸形容稱其名號資不匱之力報罔極之恩誰其爲之有齊孝女初尚書吏部郎趙郡李公第六女歸于博陵崔綽大曆初居公憂泣血無聲至於大祥俛而思求冥祐徼福上聖針縷之間成就莊嚴其用心也至矣乎公之立行立言天下所推焉存爲人範沒無[illegible]責前際之勝因不可度已此功德也蓋以展[illegible]義者(集無者字)蒸蒸之心崔氏之子以肅嘗獲升公堂以讚述見託痛梁木之壞慟懷恩(集作重懷三字)報恩之烈故像設之所(集有然字)敢著乎辭讚曰

菩薩之德相炳而玆懸身以儀之(集無之字)女也孝思不可方思冀冥福於斯欲報之德斯焉取斯

地藏菩薩讚(并序)　前人

菩薩以大慈運大願弘大道濟大苦俾三界之間利見大人如大地之無不持載故號曰地藏有秘書少監姜侍御史李公之甥太原王氏之第某女頃遭先夫人棄敬養捐辯以暨于小祥或曰此孝也匪報也以報爲功則惟地藏乎乃手針縷之事黼而黻之則而像之煥乎有成毫相畢

觀者然後知聖善之內訓淑女之孝思至矣哉是可以錫爾類也秘書向(集作與)予道之且命讚曰

皇矣上仁乃聖乃神厥功備兮有女伊棘孝思罔極厥成至兮聖儀彰之景福將之無有既兮

藥師琉璃光如來繡像讚(并序)　前人

得妙道者聖之大感罔極者孝之至(集作大)孝有欲報之志聖有善應之功神其願運其力故悲智行焉發乎心彰乎事故像設作焉誰其爲之有齊孝婦孝婦姓某氏前新城令柳誠之室也先是居皇姑亘盧氏夫人憂自卒哭及碁呼天之聲不絕自碁至于大祥追福之功不息乃誦金偈乃贍粹容爰用五綵以成大像莊嚴悲相好昭焯煥爛熉乎

若披毫光而演善願啓清眞而屛（集作摒）濁亂至矣夫乃爲
讚曰
光彼千界赫琉璃兮勿藥之師號大醫兮不形之形妙相
具兮窈冥（一作章施）希夷玄功著兮孝婦之烈心不渝兮章施
五彩福皇姑兮

壁畫三像讚（并序）　前人

貞元元年冬十月會稽龍興寺釋法忍與門弟子道俗衣
冠之衆以五綵色寫釋迦如來像于所居之宇吉祥天女
像在左多聞天王像在右德容威神煥赫熙怡爲佛股肱
作人（集有大字）依歸至矣哉聖人無形以萬利見爲形形生功
功生名是像玄德存（集作在）乎前經二上人以予嘗探微言

之所緣起資爲之讚以示昧者云
上聖有作體神立德天人遵兮我示妙法清我濁劫示存
存兮日歸月依（集作日月歸依）是隼（集作威）是儀破羣昏兮巍（集疊巍字）
乎北王休有烈光護下土兮俾爾含識躋彼樂域萬物睹
兮金甲雄姿示威宣慈我何怒兮唯聖所起吉祥止止天
德至兮粤惟首冠（集作出）佐佑（集作勸佐）千佛成大事兮高明婉
（集作克）柔願與道遊滋景福兮息達本二沙門有德有則知
聖知神（十字集作沙門有則知此聖言）圖此妙相示後昆兮實以善利與
元元兮

千手千眼觀世音菩薩像讚　前人

不形之形無形神人之形也當法王御世有元聖曰觀音

以感通之妙用運溥傳之宏應協讚無上弼成玄功神行
無方形亦丕變故（集作傳）此像設施于羣生此其至矣夫彼
聾盲者方駭其手目之多以致恢詭（集有之諳二字）隨諸毀墮（集作
隨毀墮）無升濟期可不爲大哀乎故壽王府士曹參軍韋侯
修身以仁處順而化夫人京兆杜氏既孀始虞哀且顧禮
追惟冥祐爲素爲繢相近而理遠誠著而感深易稱神而
明之詩云聿懷多福盡在是矣讚曰
良人下世杳冥冥兮配德追遠心不寧兮裂素表聖爲冊
青兮昭赫綵（集作指）繪光（集作究）儀形兮祐彼君子歸福庭兮

大羅天尊畫像讚（并序）　前人

維唐肅宗文明武德大聖大宣（集無宣字）孝皇帝以大功平大

難以大孝纂大業少康復業（集作匡復）下武繼文丕丕崇崇千
古同德亦既猒代去而上僊衣冠晉于喬岳曜魄歸乎太
極惟夏四月十有八日實遺弓之辰皇上追聖（集作藝）祖之
烈光申孝孫之永慕載揚至（集作大）道之賾用弘上清之福
爰詔國工以是日畫大羅天尊像一軀混成眞精揮倬神
化包裹六極覆露九皇巍乎道主之德相既明至哉聖人
之孝思可見小臣肅拜手（集作首）受詔爲之讚云（集作曰）
至陽之原無窮之門大羅之界象帝之尊文明武德有赫
孝宣道光乾元人畏軒轅翼翼睿宗嗣武統天或圖尊容
追孝前文肅拜稽首臣敢颺言惟此功德載煥載玄既祐
聖神介福無邊亦祐我后壽考萬年

此篇編入佛像門疑是附見

藥師琉璃光如來畫像讚并序　前人

於戲至人不可得而見之矣所（集作以字）可見者像設而已藥師者大醫之號瑠璃者大明之道所以洗蕩八苦振燭六幽巍乎其有功復歸於無物蓋其牘（集作蹟）也皇帝德女唐安公主委化歸眞之辰先是命國工繢佛像爰設妙色載揚耿光以追福祥以廸幽賛祐我貴主達于眞乘至哉聖人之慈也小臣某拜手稽首而作偈言

藥師妙法王光被于十方惟皇大聖主文命敷下土二聖合女德廣運慈悲（集作大慈）力莊嚴成（集作此）儀形延福于女英女英受茲福亦以流萬族

繡西方像讚并序　前人

道無方所以法不垢不淨（七字集作法不垢淨）聖人有以見羣生大迷也乃方以聚之淨以極（集作趣）之應形主之列聖輔之俾夫感而通通而應應而不窮其慈善之功乎皇朝故中書舍人贈華州刺史吳郡朱君夫人扶風馬氏以淑行爲宗姻之表明識通出世之道洎居華州之喪晝哭哀慕慟爲律呂（集作度）既而曰予聞妙覺之用無幽不燭宜勤（集作憑）上善以福吾夫廼用五綵章施五色發揮德容及二聖輔煥乎有見聖人之妙相與夫人之至誠希夷之中恊用休福於是乎在矣肅雚以文墨從華州之遊爰美成功或感斯慟讚曰

允方有國兮至聖居之乃示淨妙（集作清淨）兮拯此羣疑美蓮月兮煥金色色相永思兮不可得夫人洞此幽賛力祐我往哲福無極人旣徃道斯存掌王綸没州尊體有美德貽後昆誕膺妙域參聖神誰謂至道默昏昏

釋迦牟尼如來像讚　前人

讚曰法王崩于竺乾露寢（集作浸）二千歲矣有像設糟粕晉示後世上士得之超詣實際其次奉之爲祐爲道爲律爲罤（集作筏）應之遲速視感之深淺觀其所感聖人之情可見矣杜陵吏鮑君游信道之士也建中興元際君游丁先大夫（集作夫人）憂孝純誠至哀感亦至謂至道杳冥在擬議之外聖人形容居瞻仰之內（集作間）有慈力可以追孝有弘願可

以祐神我儀圖之或讚休福於是合用綵繡煥焉發輝天光照臨睟容肅穆有二元聖爲翼（謂左右二菩薩）以夫人（集有氏字）毋德昭聞君游孝思不怠雖欲無利功德能仁其肯捨諸戲夫孝子之志聞一毫之福可以及親者則竭力而奉之矧夫教行於夷夏理貫於幽明而無良之徒坐生異論以蕞爾愚管之所不及擬然世籍之所不書乃尤（集作死字）其先人謂作福無益抑犬豕之類爾何人倫足稱予旣美君游之孝因而志（集作書）之俾不肖者企及云爾

文苑英華卷第七百八十一

文苑英華卷第七百八十二　讚三

佛像中附道像

繡地藏菩薩讚并序　穆員

今年天之不祐我也甚矣春三月謫我以次妹安國寺律師之喪夏四月繼以伯姊楊氏夫人之酷季妹前監察御史裴氏妻泣曰人皆有姊妹而我獨亡所以發於骨髓者深宜格于神明之聽先曰及太夫人嘗爲安國繡地藏菩薩逮卒哭而就是夜季妹嘗與伯姊謂之曰嘗知是像追護于我是用齋衣充直緘淚俱付工亦逮卒哭而就嗚呼萬聖一致乎慈悲莫大於救苦苦有生死之異聖者亦隨之一作人而殊如周之六官分天地四時之職盖同歸於理而各有典司若乃拔三塗證六道紓有生追徃之慟則菩薩超羣聖焉時貞元六年孟秋初七日也將以謹功二字一作請聖功之始旣月而日之且系之以讚

惟我素履景福崇嗟爾至聖玄感通有赫大士願力同五緣萬縷相好備一心十指聖靈萃振幽冥兮如髣髴

畫釋迦牟尼佛讚并序　前人

貞元八年九月二十八日員傷神之慟至是朞外姑故河南令裴君夫人鄭氏雅有天性之愛加人一等而疾視之勤衰感之甚則又加焉至哉母之於子也想其方娠想其旣育想其乳抱想其雅戲想其習敎想其有行生十九年而夭歲一周矣無一日不同其十九年之見其遺跡見其同類見其所從見其所嗜則哀與之新訴於神明而不聞禱之窹寐而莫覩索於太虛而無像追之徃事而日遠乃求大聖之旨裂素點絢冊青睟容願以巳之深慈託於佛之巨力且曰吾子之生也以至仁爲性積善爲行二者之報同期於福今也夭而不深慈託福施不在於生不在於

後宜在於既往矧聖者以巍巍赫赫從而振之然則是像也金蓮之品安知非爾往生乎讚曰

生如花兮夭如花先笑後號鍾我家喪有殺兮悼無涯哀慈母兮晝夜哭歲一朞兮聲相續懇玄聖兮降冥福

繡藥師佛觀世音菩薩讚　前人

萬聖本願同歸乎慈一致乎至有若東方藥師琉璃光佛洎大悲觀世音菩薩其威神德力最著於羣生倬然於人間者也我季妹是用圖厥睟容求以成功其發念也淚逐聲盡福隨響至其成功也靈以指集慶將縷延如其經文則日火不焚水不溺鬼不災祅不厲矧乃無妄之疾有生之害何從而來哉且聖功玄化陰騭潛護宜於自然動亨

元吉彼鮮焚拯溺攘災祓厲之功又安得而施之讚曰

伊聖力溥如天吾何願壽百年

繡西方阿彌陀佛讚并序　前人

唐故監察御史河東裴府君捐館舍二十五月而祥一有直字貞元乙亥歲仲秋再旬有七日其孀員季妹也號曰吾觀天道日昃月虧幾何而追吾觀四時寒來暑往往來如奔吾觀萬物秋落春榮榮落相續吾觀人事禍福倚伏則維其常何天道人事四時萬物同歸於復其運如環而逝者棄于川流日遠未亡之酷終于此生恭聞西方之教有三塗報應之事大聖拯護之功是用發念髣髴有無之間躬現是像嗚呼若聖功則亦無幽冥之苦蓋魂氣無不之也

其返於太初乎苟有三塗則聖者之力唯誠是憑宜乎罪稍一念福積萬指可思量耶讚曰

嚴哉有赫自爾誠睟容巨力於是并能使往生生彼國餘及未亡無終極

繡救苦觀世音菩薩讚并序　前人

惟元精之和惟玄聖之功惟善之報惟人之心順之則宜感之斯契蓋善積而福會心至而靈應類夫有開必先之義存乎恍惚杳冥之間天不言神無像發於寤寐者其昭昭歟我裴氏弱妹疇昔之夜夢老僧意夫聖者祈太夫人之福懇懇焉聖者復之曰當繡若繪救苦觀世音菩薩且視其形則如是誓作覺而念之誠矣未果越旬朔嗣夢如

初是用心宜聖功指集睟容圓光具發朝日曈矓歲八旬有六日我慈親生之辰也願於是畢工於是終聖於是興福於是始同氣不類神明我遺禎夢靡臻斯文敢闕讚曰

猗經文兮頌聖德非知知兮焉識識我夢願兮未符巨力如四維虛空兮夫何有極

繡藥師琉璃光佛讚并序　前人

東方藥師琉璃光佛事具本經今我季妹裴氏嚴是像也誠而禱之其嚴之何裂素黚絇揩以針緝縷以五采章成三十二相八十種好意夫十二上願從之其祝之何況我太夫人福如上願而壽如縷數夫以大聖之力加于積善而赴于精誠宜乎其至也如歸其答也如響其父大無極而

不可思量也如東方虛空一抑經之有偈所以啓廸誓願發揚聖德者也苟以至誠爲用曷敢讓於文乎讚曰

上天報應爲福爲極有赫大聖與天同力而我景行與聖同德存存如山念念如川大聖祇祐一作護同符自然十二願我之事億萬續我之年

畫元始天尊釋迦牟尼佛讚并序　前人

聖人之教有三儒之先師曰孝者德之本教之所由生又曰立身揚名以顯父母孝之終也若乃崇樹景福追護既往有無上無邊之力非智智識識之功則道釋二宗其用一致記曰君子有終身之憂忌日之謂也歲孟秋晦我王母太原郡夫人棄養之辰我公霜露永懷發是上願謂夙

夜種德以無忝爲念裕蠱垂範立家開國不足以爲顯鼎鼐之豐蘋蘩之絜不足以爲響蓼莪罔極石窌啓封不足以爲報且曰元始天尊大道之原也釋迦牟尼佛萬聖之祖也以五綵繪圖二睟容及此辰而就眷命小子替揚聖功其詞曰

嚴哉煥乎觀者迴向有類夫朝日初昇圓月始望又若二聖現于空中髣髴乎不知其像我公孝思福應如響於乎聖力巍巍蕩蕩

達磨大師文粹作和尚法門義讚　僧皎然

我師西來一作方傳于眞訣大輪當路小乘亡轍寘寘世人初見日月權迹有歸光雲不滅

天台和尚法門義讚　前人

我立三觀卽假而眞如何果外强欲明因萬像之性空江月輪以此江月還名法身

二宗禪師讚　前人

裁玉爲璧一體殊稱二聖淵淵果名同證安替天后寂佐玄宗卷道匿迹與時從容邈邈安公行越常致高天無言九有咸庇大海無心百川同味不授心印但以無言應世而物無不化瞳瞳大照有跡可覩不異六宗無慙七祖禪岡一傾人天何怙

能秀二祖讚　前人

二公之心如月如日四方無雲當空而出三乘同軌萬法斯一南北分宗亦言之失

誌一作志公讚　前人

大動之地我安其中高景無氣靈鶴在空出生死阨隨物有終變形駭俗借緒開蒙常携刀尺精意誰通

唐大通和尚法門義讚　前人

覩淨之筌斯言不住四色蓮花白花爲喻應知離相或未圓通吾師惠心雲開天空

唐鶴林和尚法門義讚　前人

眞見之體知而不知性猶無主禪何有支我本圓寂湛而不移事來化人慈力所爲

畫救苦觀世音菩薩讚并序　前人

繪工匠意逼幽若菩薩出現湛兮疑心于內怡然示相于

表非法王妙用何哉誰其主之即湖州刺史諫議大夫樊公夫人范陽縣君盧氏所造也物夫人有恤亂之兆嘗念觀音變雲物懷有月方誕命曰是女且不正名盖取宜子之意也公以積德樹仁膺其錫羨雖菩薩大慈不昧亦江漢間氣所以鍾詩云維岳降神生甫及申斯盖申甫之儔乎於戲至誠既敷上願思答乃於寶勝殿内按經圖變祗於壁上觀世之門不捨毫端禮分身之國詞曰

聖人之體兮有而無迹至人之心兮用而常寂公之小君兮惠性造微我之大士兮慈心莫違保幼子兮永貞無悔覩真儀兮常明不昧慈爲雨兮惠爲風灑芳襟兮襲輕珮

畫藥師琉璃光佛讚 并序　前人

佛以大慈療生死巨病示藥師名以大知諸圓明妙身受琉璃稱無私之鑒湛乎不動誠懇之至感而遂通湖州刺史諫議大夫樊公夫人范陽縣君盧氏得之矣頃因懷姙默念于心先徵佩印之祥載見懸弧之至遂圖此變以答佛慈光射金扉日月不開於天上影臨珠綴煙霄自出於壁間東方如來瞻仰長世輒揚盛美有愧謏才詞曰

藥師之仁隨心至兮十二上願慈不遺兮琉璃之身爲我示兮八十種好相畢備兮繪像報德公夫人兮初祝亂子果克褈兮早見才童邁人倫兮將成大器應甫甲兮如來惠父長可親兮貽厥孫謀壽萬春兮

畫西方變讚　權德輿

惟西方有極樂國以首楞嚴爲理廿六應溥其用神大抵攝萬緣羣動會於虛寂其次則感通信誓爲釐爲福咼於世論者多置爲他方之敎惟孝子信士仰爲冥助則像設之緣繪之用申罔極之報今兹西方變畫故戶部員外郎贈給事中范公之孤曰傳正傳質奉爲先妣博陵崔夫人既練所畫也惟夫人以淑明柔順光配戶部自晝哭之後訓二孤之暇每讀誦大乘微言審諦精理今傳正等又能將順先旨發於孝思於精廬素壁合朱綠金翠之飾天人法相靡不嚴靜以夫人之福履孝子之至誠若乘念以游如經之旨當趺坐於芙蕖上品之中生滅流妄於是昭息孚嘗心奉其教故得替其所以然

畫釋迦如來讚 并序　前人

釋迦大聖以無礙應身演一切法後之人跡文字以爲像設誠明以在中而福祉隨之伯舅武進縣丞府君守儒門言行之訓安貞下位其道未光貞元三年捐館舍太夫人從子于鍾陵承訃發哀茹絰鮮之痛且痛不得當哭泣之位躬即遂之事朞喪之禮有加等又曰悲哀鍾于情而不足以爲冥助也乃稽諸釋氏說以爲幽贊交感之際不相遠也是用徼集作徼景福以作繪事煥以金碧穆然尊嚴瞻仰之際如至佛刹光孝悌通于集作乎神明聖功演乎無方小子德輿謹繫以贊

五色相宣兮聖質昭明福祥下照兮保佑冥冥

繡阿彌陀佛讚并序　前人

十二因緣之中生死循環憂悲蘊聚非天人大聖以利刃斷之慈航濟之則淪胥顛覆(集作没)之不給矣(集作溺不起矣)惟阿彌陀佛化行西方其號極樂有生之乘念感化則游於斯今慈功德者清信女士隴西李氏爲亡夫襄陵尉滎陽鄭君再期之爲也女士歸鄭一周星而孀凡事舅姑以孝從娣姒以敬佐夫以義撫下以仁隱約終歲(集作霎)至于晝哭衛風碩人栢舟之詩實兼痛焉初鄭君族人于晉因以筮仕成命甫臨(集作行)祿未及而大病女士方侍姑于吳承訃加慟弘誓徼福薦于冥冥紉針綴縷叶用五采青蓮白毫髣髴頻伸彼二大士列侍左右睟容交光炳燿煌煌發於

心成於手阿鞞跋致其遠乎哉鄭固善士妻又吾伯舅之女子子也得周知之因以讚曰

西方大聖乘念則至寫彼相好導茲智氣冥功無方以成鄭志

觀世音菩薩等身繡像讚并序　獨孤及

元年建寅月前相州安陽縣令何昌糸以是月甲子當受生之辰痛欲報而罔極哀見在之無住顧非大雄之慈法雲之悲則莫能救拯(集作振)我無明苦果敷祐我弘誓願力乃彰施五色以刺繡成文寫菩薩之真相等觀音之全身於是乎諦觀慈(集作睟)容瞻仰聖位知海潮之梵音不遠蓮華之法塵(集作座)可識將令功德池水灌溉其三業菩提根牙發生於一雨至哉安陽之樹善也弘矣欲廣其善利以偈讚曰(集作云)

法雲垂蔭光破黑業五眼周視四魔怖懾以色觀空於相見法求殖茲(集作慈)緣河(集作恒)沙億劫

佛頂尊勝陀羅尼幢讚并序　前人

道無形相不(集作心)離文字非言無以導引故諸法生於假名非智無以調伏故大音傳於客教茫茫五濁客塵覆之根識相緣生滅相隨世王有爲之牢獄二乘求慧而着空十住(集作地)見性而不(集作非)了徹我智印俟誰司南故(集作教)如來以大悲自定之慧力總持無畏之秘藏雲覆世界雷震羣有淨除我垢令入法性設宗(集作字)根本假文以筌意

也足聲齒舌因音以見法也以十四意(集作音)攝一切智雖入無漏而不捨有爲即色以證空也奉之者惡趣固可使闢(集作闕)閉黑業必爲之清淨況勝緣乎初太保韓國苗公以兩朝秉鈞所積慶賜顧令(集作命)宗子家老曰喪祭之餘以尨功德於是我相國潁川公將演成公弘恩廣慧(四字集作弘誓之果也)是以樹因此幢韓公生代天工德本植焉歿無鬼責惠牙滋焉而潁川公猶興哀於絶絃之地將乞靈於無我之法(集作度)俾法雨雨公身田故琢堅(集作貞)石以刊微言仰之讚之如揭日月嗚呼(集作烏戲)墨點之界有極鐵圍之山有壞唯梵音與法印等虚空而無窮則公之前際疇可彌度(一本作弘度)其詞曰

六趣輪轉根塵相刃死生變化如嚮如勝（集作如響如嚮）何用拯溺惣特祕印道罔不在弘之者人乃繼（集作經）靈幢公子是之（集作）因讚持大力啓迪迷津天魔遁形地獄開門拔箭解縛如日破昏韓公菩根與石長存

藥師如來繡像讚并序

呂溫

藥師如來像者余妻蘭陵蕭氏之所繡也貞元二十年余奉德宗皇帝之命西使吐蕃辭高堂而出萬死介單車而馳不測國故遽至戎情猜閑坎險一遇星霜再周夫人盥饋之餘膏鉛不御日亂蓬首坐銷蕣華異域無期良時自晚始怨冬釭之乂而紅芳已闌方苦夏景之長而碧樹將落書委塵篋跡淪苔揩漸昧音容孰知存沒黷龜不告因夢難徵緬慮成端沿情多緒黃昏望絕見偶語而生疑清旭意新聞疾行而誤喜循環何極刻舟靡（集作匪）尋浩偶理求宵非計得如聞西（集作東）方有金界極樂藥師（集無此二字）大雄散琉璃之寶光照河（集作恒）沙之國土能度羣品（集作衆生）出諸幽厄一念必應萬感皆通是用濬發慧根妙求眞相（集作像）斷鳴機躬織之素染懿筐手績（集作續）之絲盡瘁莊嚴彰施綵繡纏苦心於香縷注精意於針鋒指下而露洗（集作染）青蓮思盡而雲開白月（集作月）然後練時絜室華設珎供夕炬傳照晨爐續煙齊獻至誠泣敷懇願遂得慈舟客濟覺路潛引當道場發念之日是荒裔來歸之辰幽贊（一作感）冥符一何昭焯乃知織廻文之錦無補離憂登望歸之臺空

爲廢日與夫心諧妙理手結勝因進則有濟渡之功退不離清淨爲本從長擇善豈同日而言哉余感其志効爰用贊敘雖在妻子亦無媿詞藏諸閨門未以傳信讚曰

地萬里兮天一極徃無由兮來不得解脫願兮慈悲力五色繡兮黃金飾澄氛昏兮圓相開湛水月兮蓮花臺慈眼睠兮矌心廻死別離兮生歸來海爲田兮劫爲灰身念念兮（蜀本作身念念）無窮哉

文苑英華卷第七百八十二

文苑英華卷第七百八十三　讚四

佛像

尊勝幢讚并序　柳宗元

以佛之尊而尊是法嚴之於頂其爲最勝宜也既尊而勝矣其爲拔濟也亦大塵飛而災去影及而福至睦州於是誠焉不疑礱石六觚其長半尋乃篆乃刻立之爲福馬孺人之墓孺人之生奉佛道未嘗敢怠今既沒睦州又成其志擇最勝具集作且尊之道久集作文之於石以延其休則其生佛所得佛道宜無疑也讚曰

世所尊兮又尊道勝無上兮以爲寶拔大苦兮升至眞靈合贊兮神而神駕元氣兮濟玄津誰爲友兮上品人德無已兮石無隣延末世兮莫坤垠靈受福兮公之勤

毗盧遮那佛花集作人藏世界圖讚并序　劉禹錫

佛說華嚴經眞入集作人沙覺不由諸乘非大圓智不能信解德宗朝有龍象觀公能於是經了第一義居上都雲華

寺名聞十方沙門嗣肇是其上足以經中九會纂成華藏圖俾人瞻禮即色生敬因請余讚之即說讚曰

清淨不染花中蓮捧持世界百億千踴出香海浩無邊風輪負之晝夜旋夫雄九會化諸天釋梵八部來森然從昏至覺不依緣物物極極性自圓寫之絹素色相全是色非色言非言

繡阿彌陀佛讚并序　白居易

繡西方阿彌陀佛一軀女弟子京兆杜氏奉爲皇集作主妣范陽縣太君盧夫人八月十一日忌辰所造也五綵莊嚴一心恭敬願追冥福誓報慈恩讚曰

善始一念千念相屬繡始一縷萬縷相續功績成就相好

具足金身螺髻玉毫紺目報罔極恩薦無量福

繡觀世音菩薩像讚并序　前人

故尚書膳部郎中太原白府君諱行簡妻京兆杜氏奉爲
府君祥齋敬繡救苦觀世音菩薩一軀長五尺二寸闊一
尺八寸紉針縷綵絡金綴珠衆色彰施諸相具足發大（集作弘）
願於哀懇薦景福於幽靈稽首焚香跪而讚曰
集萬縷兮積千針勤十指兮虔一心嗚呼鑒悲誠兮（集作而）
介宜福實有望於觀世音

畫水月菩薩讚（周昉畫）　前人

净渌水上虛白光中一覩其相萬緣皆空弟子居易誓心
歸依生生刧刧長爲我師

畫彌勒上生幨（一作幀）讚并序　前人

南贍部州大唐國東都城長壽寺大苾芻道嵩存一惠恭
等六十人與優婆塞士良惟儉等八十一人以大和八年
夏受八戒修十善設法供捨淨財畫兜率陀天宮彌勒菩
薩上生内衆一鋪眷屬圍遶相好莊嚴於是嵩等曲躬合
掌焚香作禮發大誓願願生内宮刧刧生生親近供養按
本經云可以除九十九億刧生死之罪也有彌勒弟子樂
天同是願遇是緣爾時稽首當來下生慈氏世尊足下致
敬無量而說讚曰
百四十心合爲一誠百四十口同發一聲仰慈氏形稱慈
氏名願我來世一時上生

繡西方幨（一作幀）讚并序　前人

西方阿彌陀佛（集有佛字）與閻浮提有願此土衆生與彼佛有緣
故受一切苦者先念我名祈一切福者多圖我像至於應
誠來感隨願往生神速變通與三世十方諸佛不侔意佛
無若干而願與緣有若干也有女弟子弘農郡君姓楊號
蓮花性發弘願捨淨財繡西方阿彌陀佛像及本國土眷
屬一部奉爲故李氏長姊楊夫人滅宿殃追冥祐也夫範
銅設繪不若刺繡文之精勤也想形念號不若覩相好之
親近也即造之者誠不得不著感不得不通受之者罪不
得不滅福不得不集爾時蓮花性焚香合掌跪唱讚曰
金方刹金色身資聖力福幽魂造者誰弘農君受者誰楊
夫人

寫眞

徐則畫讚并序　柳䛒

徐則東海郯人也沉靜寡慾隱於縉雲山不娶妻常服巾
褐陳太建中應召來憇於至眞觀朞月又辭入天台山因
絶粒養性所資惟松水而已雖隆冬沍寒不服綿絮大傅
徐陵爲之刋山立頌初在縉雲山太極眞人徐君降之曰
汝年八十當爲王者師然後得道隋煬帝爲晉王鎭揚州
聞其名手書召之遂詣揚州晉王欲請受道法則辭以時
月不便其後夕命侍者取火香如平常朝儀之禮至于五
更而死支體柔弱如生停留數旬顔色無變帝遣人送還

天台窆葬是時自江都至于天台在道多見則徒步云得放還至其（或作于）舊居取經書道法分遺子弟仍令淨掃一房內（一無内字）曰若有客來宜延於此然後跨石梁而去不知所之須臾屍柩至方知其靈化時年八十煬帝聞之遣畫工圖其狀貌令柳䛒爲之讚

可道非道常道無名上德不德至德無盈玄風扇矣亦（一作而）有先生夙鍊金液怡神玉清石髓方軟靈丹欲成言追葛稚將侶茅盈（一作嬴）我王逢屬爰感靈誠柱下暫啓河上沈精晋符告信化杖飛聲永思靈跡曷用攄情時披繪素如臨赤城（一作皆隋書徐則傳）

宋使君寫眞圖讚（并序）　張九齡

夫形者神明之表而動用之應也察之苟至則珠玉雖蘊光輝必兆於山泉而眉睫可知賢達亦徵於象骨如宋公之天姿森挺人望儼然一覩清陽不俟深鑒是猶雞羣見鶴象齒知（集作如非）牛居然有差此其殊特者也聲聞如彼風格復（集作又）爾安（集作寧）有陳平之美更虞子羽失之（集作之失）即難肅安（集作即雖安肅）之目素非知公之者偶見斯狀亦已明其瑰異焉初公舉茂才歷長安尉三爲御史再入尚書郎色莊以立朝則百寮祈俾言揚於伏奏則三臺爲表而竟以出守俄復徙（集作從）遷其故何哉由抗直之爲患也然公處屯而必行其道居阨而不改其度能貞其節可謂君子哉才爲國而生命有時而泰彼宋公修志以俟也其後可立而須焉時其（集作有）族兄曰之望若亦曹生之謫居有顧君之畫絕偉公之貌作爲是圖意得神傳筆精形似因命僕爲讚其詞云

宋公卓犖體標山嶽匪石不移如玉斯琢被服忠信規模禮樂望之儼然允謂高邈

侍中兼吏部尚書裴公畫讚（并序）　前人

元聖有作大賢將其命良弼有二侍中是其一所從龍虎實感風雲我之裴公道與上合義深體國策在忠主亦既致於堯舜不唯比於管樂至於執人柄振天綱丹青帝圖金玉王度雖古之作合謂之有開未始聞也夫事可法道可度威可愛儀可象赫咺中來菁英外發故工繪其事所

以見盛德之形容士頌其功所以知和氣之傍（集作導）達五事曰貌一以作恭七聲成文六乃爲頌俾凡今之人色斯而覩耳聽之而知理水有方折辨和氏之價焉山爲具瞻表師尹之重焉讚曰

赫咺人望時爲（一作維）國紀偉量川渟（一作停）高標嶽峙磊落成節精明人（集作入）理倬哉輔臣式是多士丹青炳發儼如至止

楊侍御寫眞讚　于邵

仙狀秀出丹青寫似亭亭玉立峩峩嶽峙野鶴無羣天鵬擊水英華間發崟素相擬銳上當侯豐下有子環林既構鐵柱茲始風騰雲會一日千里相者何爲讚之而已

秦州都督吳公寫真讚　前人

英姿一絕自出常倫揮毫得妙又全其真真不失舊舊有彌新挺如鶚立婉似虹伸當封在骨得正從神綠車協相白馬稱珍吳侯吳侯翻然收（一作妝）秦愛而不見見似思人

尚書右丞徐公寫真圖讚并序　獨孤及

侍御史韓公至（集作志）清以學藝書畫之美聞於（集作于）天下辛丑歲三月以王事靡盬客于豫章與前尚書右丞徐公同舍於慧明（集作命）寺之净室（一作宇）嘗以暇日裂素灑翰畫（集作寫）徐公之貌（集作容）陳於（集作于）公之座偶而美目方（一作其）口和氣秀骨毫釐無差若分形於鏡入自外者或欲擎跽曲拳俯僂上（集作拜）謁不知其畫也衆君子嗟嘆之不足則

足言以讚其美及亦（集作以）繼唱于後（二字一作其）詞（集作讚）曰

哲匠運思天姿是具假之筆精實以神遇居然成象豁若披霧瞻仰（一作如瞻）神鋒如窺武庫婉婉高識昂昂獨步絕頂孤松空波（集作陂）白鷺不犯之色匪躬之故孰知造化亦在毫素

蘇州刺史蕭御史大夫襄武李公寫真圖讚　前人

作繢精至於藝懸擬公之德容（集作於藝懸解擬公德容）與化同製獨立正色神和氣邁婉兮清揚若聞嘉話公綽不欲仲山匪懈形于懿範觀者目駭百寮仰止群吏警（集作儆）戒成務安民亦猶作（集作此）畫

張侍御寫真圖讚　前人

堂堂乎張洵美且恭執法柱下分形畫工玉立冰（集作天）姿霜淬神鋒武庫森戟寒山勁松方彈獬豸以佐夔龍他年雲臺與古同風

大雲寺逸公寫真讚　釋皎然

畫與理冥两身不異淵情洞識眉睫斯備欲發何言正思何事一牀獨坐道具長隨瓶執堪瀉珠傳以移清風拂素若整威儀

楊逵處士寫真讚　前人

識洞才高天貸神與霜縑之上逢君不語聳聳山立翹翹鶴舉置之巖石邈然無侶

張荊州畫讚并序　呂温

中書令始興文獻公有唐之鯁亮臣也開元二十年後玄宗春秋高矣以太平自致頗易天下綜覈稍怠推納寖廣君子小人摩肩于朝直聲遂寢邪氣始勝中興之業衰焉（一作矣）公於是以生人爲身社稷自任抗危言而無所避秉大節而不可奪小必諫大必諍攀帝檻歷天階犯雷霆之威不霽不止日月之（一作幾）蝕爲公却明虎而冠者不敢猛視群賢倚賴天下仰息凜乎千載之望矣不虞天將啓幽薊之禍俾姦臣負乘（一作乘釁）以速致戎詐成讒勝聖不能保褫我公竄于侯服身雖遠而諫愈切道既塞而誠彌堅憂而不怨終老南國於戲功業見乎變而其變有二在否

則通在泰則窮開元初天子新出艱難久憤荒政樂與群下勵精致理於是乎有否極之變姚宋坐而乘之舉爲時要動中上急集作意天光照身宇宙在手勢若舟檝相得當洪流而鼓迅風崇朝萬里不足倫也開元末天子倦于勤而安其安高視穆清霈然大蒲於是乎有泰極之變荆州起而扶之舉爲時窖集作害動咈上欲日與諛黨抗衡于交戟之中勢君微陽戰陰衝客雲而吐册氣欻耀而滅又何難集作歎乎所痛者逢一時事一聖踐其跡執其柄而有可有不可有成有不成况乎差池草茅沉落光耀者復何言哉復何言哉曹溪沙門靈澈雖脫離世務而猶好正直得其圖像因以示予覲而感之乃作讚集作銘曰

唐有棟臣往矣其邈世傳遺像以覺後覺德容恢晏天骨峻擢波澄東溟日照太嶽具瞻崇崇起敬起忠貌與神會凜然生風氣蘊逆鱗色形匪躬當時曲直如在胷中鯤鱗初脫激海以化羊角中頹摩天而下無喜無慍亦如此畫嗚呼爲臣徹爾夙夜

淮南節度使灞陵公杜佑寫真讚并序　符載

丞相灞陵公以虎符龍節淸鎭淮海凡十五年矣有盛德美化加於民可以刻金石以圖其儀一作形遂於龍興佛廟大修繪事自相國洎監軍使樊常侍賓僚將校羅乎素壁森然也有部從事殿中侍御史穆賞作灞陵志太常寺奉禮郎符載作寫真讚以頌之夫蘊二儀統萬類役百靈者莫善於人故得全氣者爲至聖堯舜周孔是矣得間氣者爲大賢夔龍伊尹是矣自曼古逵于茲日一時之理百化之損益未嘗不繫是矣然則造時者必繫乎君者輔時者必繫乎臣也至於蘊咎夔之業得輔弼之道者其灞陵公之謂乎公參三才之粹氣包五行之靈用以大和爲正性以至仁爲厚德以神明爲視聽以禮樂爲肢體涯岸弘大才智傑出注百川而溟海不動臨萬象而玄機獨運脩眉廣額睟容玉色如祥鸞彩鳳徘徊瑞氣得不謂人倫之上才歟公之爲政也根柢於誠信柯幹於刑賞枝葉於禁忌達時之通變識人之好惡聽覽而不察寬裕而有制故蒙澤者如膏雨畏刑者如秋霜萬情浩擾懸我條貫生生之

分名得安一作其性得不謂民之父母歟公之爲學也冠冕六籍衣裳群史履履百氏每讀書取其實而不取其華深研者述號爲通典大抵自開闢旁行至乎歷代有兵食財賦職官禮樂交關于當世者莫不擿拾其英華滲漉其膏澤截煩以趣約裁疎以就密其有覽之者如熱得澤如饑得食五車萬卷盡爲冗廢得不謂立言垂範歟守藩歲久哀乞朝覲上賜優詔聽答惆欵伏見車騎嘽嘽星馳闕下明天子闢閶闔負黼扆延國老於雲臺之下鋪陳皇王之道德發明古今之敎義上以揚君后之鴻化下以言理國之大要是知經天地戡禍亂敦五敎端百揆大君以此柄授公知公不得而讓也夫漢宊之麒麟唐之凌煙愛其德即

圖其人覩其人則景行其事復銘景鍾樹其棠此皆以遺芳餘烈浹於人骨髓者也異日廣陵之氏懷公之惠愛嗅公之馨香企公之軌躅惟袂接式沉吟玆地嚴目而視捧手而指必知夫咨嗟慨詠之聲發於肺肝矣載山林野賤之士猥厠眄睞塵厠下界恭覩盛德敢無詞乎不書爵氏灞陵公之尊也讚曰

碩德昂昂智圓德方武庫矛戟禮容珪璋神氣端凝風儀高張犄天鶴立秋水龍驤擁旄淮南俗阜民康休聲四塞入覲天王天王虛懷待公廟堂始終進退赫然有光後人來斯環遶長廊以此淨域便爲甘棠

劒南西川幕府諸公寫真讚并序　前人

戊辰歲尚書崔公授鉞之四年也初尚書以汧隴殊勳拜執金吾天子循以爲功重而報輕俾作鎮于蜀得自開幕府延納賢雋焉崔公處中下體愛敬士大夫故四方文行忠信豪邁倜儻之士奔走接武麿至幕下縉紳峩峩爲一時偉人時符子客于成都歎其盛美又感得衆君子之歡而茟思私一作欲讚頌之事無由緣殆似行倭縕蓄浩思殊欝欝不快也適會有沙門義全者善卌青尤攻寫真諸公博雅好事皆使圖畫之山客由是得書曩意因述寫真讚十三章使士林才彥不獨仰大府得賢之盛抑亦欲厲詞比跡各明其爲人也

金部陳郎中東美字德將

河目犀額材爲國楨幹局方大質文光明霞出海嶠鸞翔玉京式瞻冠綬褊吝不生

兵部張郎中芬字茂宗

襟靈灑散揮斥塵細佩服五常翱翔六藝諸和養正含嚚經世風裁伊何空山松桂

水部司空郎中曙字文

風儀朗邁振拔氛囂玉氣凝潤鶴情超遼文燭翰苑德成士標閒望何有羽儀中朝

金部尹員外植字玄本

英明淳粹凝作正氣沉盎神明黙分涇渭世或蕩本我則歸至高閣繪圖憲章有寄

禮部裴員外説字公諒

體岸峨峻神機宏廓河發崑崙風生廣莫道以義見文由雅作彰善繩僭讜言無怍

殿中鄭侍御鋼字礪甫

中和曼溢爲祥聖代彩鳳翱翔卿雲灑對誠多被物跡則用晦神宇森森形諸粉繪

監察盧侍御珵字公瑜

蹤通亮直落落公材馴義立則求仁不回松吟石潤雪洒瑤臺高張粉繪清風四來

太常王協律立字元起

王生嶷嶷精粹在體雪山孤峙瑤池見底静必感神動則

由禮共事騫舉出納雲階

左衛劉倉曹闢字太初

皎皎太初器候文椎靈蟠出水秋鶚乘風鑪化宇宙無所不攻他時圖畫麟閣之中

右衛李兵曹公進字德昇

質器渾素寔曰清儒三獻俎豆八音笙竽擺落覊局沉研道樞高播屹立無得而踰

大理錢評事徽字文美

和順中積英華外發碧海靈珠秋天朗月風度可法文章無轍何許風栖峩峩雙闕

劉將軍

雲摩氣英百戰知名蓮花劒利騂角弓鳴臨敵有勇奉身以誠志清淮海材冠戎兵皎皎素壁椎椎華精每遊秦苑翻㔶栁營

徐將軍進朝

姿觀瓌奇和門之雋龐首箕口虎頭鷹瞬臨戎激厲撫上下信厖實知兵龍蛇識陣機謀宏遠墻宇高峻何處功名下邳古鎮

文苑英華卷第七百八十三

文苑英華卷第七百八十四　讚五

圖畫

益州長史胡樹禮爲亡女造畫讚　盧照鄰

夫鎔金運妙徒聲中人之産架寳崇奢未階大乘之化豈若圖徽純素卷舒方丈之筵表裏丹青藻繪多林之色獨爲先覺其在茲乎益州長史公道洽中孚蔭黃裳以貞吉寄隆分陜苴白茅而涉川（一作利涉）猶爲龜組相輝不離泡幻

之域能革結轍尚迷苦愛之津爰捨凈財幸求多福爲亡
女宇文氏敬造像等徵奇繪於水府採妙色於霞莊月面
澄華疑金雲之夜敞蓮毫吐照狀珠浦之晨開花寶參差
眺鶴林其非遠仙雲昐蠁登鷲巖其可望窮形盡相陋燕
壁之含丹寫妙分容嗤吳屏之墜筆式揚顯福俾讚幽魂
其詞曰
正教東漸遺像西至化格三天功超十地儒敷大士弘茲
遠致追慟幽途載營擅施皎潔霜紈照影丹素果發金口
蓮生玉步地寶天花星羅雲布惠炬長設迷津求度

畫馬讚　杜甫

韓幹畫馬毫端有神驊騮老大騕褭清新魚目瘦腦龍文

長身霊垂白肉風㕑蘭筋逸態蕭踈高驤縱恣四蹄雷雹
一日天地御者閑（集作閒）敏去（集作云）何難易愚夫乘騎動必
顛躓瞻彼駿骨實維龍媒漢歌燕市已矣茫哉但見駑駘
紛然往來良工惆悵落筆雄才

吳使君廳鄭華原壁畫松樹讚　于邵

貴之者眞得之者難松有勁質匠乎筆端森踈空倚挺拔
上干如出絕壑若生大寒枝蟠龍變皮折龜攢青蘿若挂
白鷺愁看美華原之墨妙能入室而思彈（疑作禪）顧主人之
比壽從君子之靜觀

江陵府陟屺寺雲上人（三字一作靈人）院壁張璪（一作操）員
外畫雙松讚　符載

世人冊青得畫遺跡張公運思與造化敵根如蹲虬枝若
交戟離披慘澹寒起素壁高秋古寺僧室虛白至人凝視
心境雙寂

龍馬圖讚（并序）　柳宗元

始吾聞明皇帝在位靈昌郡得異馬於河而莫覩其形好
事者涿人盧遵以其圖來示余其狀龍鱗虺尾拳髮（集本文粹作鬈）
環目肉鬣馬之靈怪有是耶居帝閑爲馬（文粹無此二字）幾二
十年從封禪郊籍鳴和鑾者數十事遇禍（文粹無此字）亂帝西
幸馬（文粹無此字）至咸陽西入渭水化爲龍泳去不知所終且
其來也宜于時其去也存其神是全德也既覩（二本作）其形
不可以不贊

靈和粹異孕至神兮倮尾童鬣蹴紫鱗兮巍然特出瑞聖
人兮理平和樂百禮（集作禮樂）陳兮鳴鑾在御大路遵兮世厖
道悖還吾眞兮哀鳴延首慕（文粹作渭）水濱兮沛焉潛泳旋龕
淪兮淵居海遊（文粹作）靈無躋兮出處孔時類至仁兮嗟爾
衆類孰是倫兮進昏死亂阽厥身兮匪馬之慕吾誰親兮
贊之斯圖宜世珍兮

騶虞畫讚（并序）　白居易

騶虞仁瑞之獸也其所感所食暨形狀質文孫氏瑞應圖
具載其事元和九（文粹作元）年夏有以騶虞圖贈予者予愛其
外猛而威內仁而信又嗟其曠代不覿引筆贊之詞曰
孟山有獸仁心毛質不踐生芻不食生物有道則見非時

不出三季已還退藏於密我聞其名微倣之於書不識其形得之於圖白質黑文猊首虎軀是耶非耶孰知之乎已矣夫已矣夫前不見(文粹有其字)往者後不見(文粹有其字)來者于嗟乎騶虞

貘屏讚(并序)　前人

貘者象鼻犀目牛尾虎足生南方山谷中寢其皮辟温圖其形辟邪予舊病頭風每寢息常以小屏衛其首適遇畫工偶令寫之按山海經此獸食鐵與銅不食他物因有所感遂為讚焉(文粹作云)

邈哉奇獸生于南國其名曰貘非鐵不食昔在上古人心忠質征伐教令自天子出劒戟省用銅鐵羨溢貘當是時

飽食終日三代以降王法不一鑠鐵為兵範銅為佛佛像日益兵刃日滋何山不剗何谷不𥨊銖銅寸鐵罔有孑遺悲哉彼貘無乃餒而嗚呼匪貘之悲惟時之悲

畫鵰讚(并序)　前人

壽安令白旻(集本文粹作昊)予宗兄也得丹青之妙傳寫之要毛群羽族尤花所長長慶九(二本作元)年以畫鵰貺予予愛之因以(集無以字)題讚云

摯禽之英黑鵰丁丁鈎綴八爪劒揷六翮想入心匠寫從筆精不外不離一日而成軒然將飛戞然欲鳴毛動骨活神來著形始知造物不必杳(集作窅通用)冥但獲天機則與化爭𩥱幹之馬𩥧𩥧知名薛稷之鶴翩翩有聲研工覈能較

眞鬭靈豈無化人不如我兄

怪松圖讚(并序)　陸龜蒙

有道人自天台(古本作南岳)來示余怪松圖披之其駭人目根盤于巖穴之內輪囷偪側而上身大數圍而高不四五尺偃硯(集作礧碕)然蹙縮然幹不暇而(集本文粹無此字)枝枝不暇而(二本無此字)葉有若龍攣虎跛壯士囚縛之狀道人曰是何奇(二本作物)怪之如是耶子能辯之乎余曰草木之生安能怪耶(二字蜀本作常性耶)苟肥瘠得於中寒暑均於外不為物所䧟折未有不挺而茂者也況(二本作矧)松栢乎今不幸出於巖穴之內脆者則磔然之牙伏死其下矣何自奮之能為是松也雖邪(二本作稚)氣拗年(二本作拆)而正性不辱及其壯也力與石鬬乘

陽之威怒(二本作悲)巳之軋掖而將升卒不勝其墜擁勇鬱遏坌憤激訐然後大醜彰於形質天下指之為怪木吁豈異人乎哉天之賦才之盛者蚤不得用於世則伏而不舒薰蒸沉酣日進其道擢(二本作權)擠勢奪卒不勝其阨號呼呶拏𤼵越赳訴然後大奇出(二本有於字)文彩天下指之為怪民嗚呼木病而後怪不怪不能圖其眞人病(二本作文病)而後奇不奇不能駭於俗非始不幸而終幸者耶道人曰然為我讚之讚曰

松生蔭臨巖嶽(二本作獄)穴械病乎不怪卒以為怪擁腫支離神羞鬼疑道人咨嗟(古本作嗟咨)筆傳其奇(集作援筆傳奇)或怪乎(二本作其)形或奇于辭吾(二本作自)為怪魁是以讚之

雜讚

鶴讚　庾信

武成二年春二月雙白鶴飛集上林園大將鄭偉布弋設罝並皆禽獲六翮已摧雙心俱怨相顧哀鳴孤雄先絕孀妻向影天子愍焉信奏事階墀立使爲讚

九皐遥集三山廻歸華亭別唳洛浦仙飛不防離繳先遭見羈（藝文類聚作台圖）籠摧月羽弋碎霜衣塞傳餘號關承舊名南遊湘水東入遼城雲飛欲舞露落先鳴六翮摧折九門嚴閉相顧哀鳴肝心斷絕松上長悲琴中永別

平臺秘畧讚十首　王勃

孝行第一

受訓椒殿承輝桂闈資父事君自家刑國孝惟忠本忠隨孝得覆薄深淵惟王之則

貞修第二

列藩好德清修互起峻局剛情中乎素履道契玄極芳圖青史爲善不同同歸于美

藝文第三

榮分上邸業盛文場争開寶札競聳雕章氣凌雲漢字挾風霜後之來者其在君王

忠武第四

善政第五

榮開社稷業照旂常是厥藩化或固朝章功成道洽身没名揚唯忠與孝千載生光

尊師第六

奔霆易駭巨谿（疑作壑）難遊主明臣直撫類相求道行言用性逸神休吁嗟盛軌從善如流

褒容（疑作客）第七

功惟應物業貴逢時君王樂道上客含詞情起月肆輿入煙逵文林辨囿何待無之

幼俊第八

列后雲騰英童霧躍年妙識遠理豐詞約寵照王旗文先

銅爵勿疎小善方厥大畧

規諷第九

寵榮有極恭中是守軸碎群毛金銷衆口全忠衛國順時藏垢周之宗盟異姓爲後

慎終第十

具瞻藩猷遐窺國篆罕兼百行多褒一善履忠存性慎終思遠生榮死哀身没名顯

雙白鷹讚（并序）　蘇頲

開元乙卯歲東夷君長自肅慎扶餘而貢白鷹一雙其一重三斤有四兩其一重三斤有二兩皆皓如練色班若綵章積雪全映飛花碎點所謂金氣之英瑤光之精高髻儒

臆長距秀頸奮發而銳堅剛則厲摩天絶海電文粹作雷擊飈
逝觀其行時令順秋殺指麾應捷顧眄餘雄當落鵰之賞
茂仇鶚之敵實稀代之尤也皇上祗膺聖圖欽若王道方
實賢重穀尊儒養艾後宮撤綺繡前殿焚珠玉與王侯卿
士朝夕論思畢無所貴輕衛公之好鶴奇無所珍同漢皇
之却馬畋豈務於馳騁獵以存乎蒐狩未嘗合圍掩群截
羽灑血乃强不攫而猛不噬矣然以萬方入貢懷其來也
三年重譯嘉其至也故仁爲之心有仁則勇威爲之力有
威則重况此鳥猛過於衆重陪於凡禮於君則勸忠祭於
祖則立敬壯其體則用武綷其翼則成文彼寵而服之鶚
也能果榮而戴之蟬也能絜矧乎職命司寇師維尚父聞

鐵刺姦擇善爲吏蓋選士之是式匪從禽之足云此所以
備於圖而徽在位也微臣奉制敢稱讚曰
鷹之大者精明竦峻勁而横絶雄則遠振錦文素絲珠聯
玉潤徃乃奮威將軍所眴鷹之眴者勇銳光芒截海而至
乘風載揚絡以紅聯文其絲章下韝必中惟吏之良

從叔任偃師主簿以馬鞭等奉總目別讚五首作贈

前人

馬鞭

將馭騁馬利之銜策彼其有人敢奉行役

絲牋五十張

曷用絲牋爛其華爲文字當代此實歸焉

銀卷荷杯一

卷舒荷心發用則可清白相照其源自我

布衫段一

紵之以績藍因之染緑兮衣兮俯拾斯漸

吳絹袴段一

吳越之縞裁縫之袴懷風納凉君子尚素

靈濤讚　李華

泱泱一作泱泱靈川滄溟一支每歲八月雄濤應期昧爽風生
凜若切肌淒清陰淬曠朗陽晞雪山潰江神物驅之萬里
齊足千車並馳雷破天動山撻地移湯室雲一作雪分却躍
鷲飛突象瑳切奔鯨合離踣逃夔魖竄蟄龍罷共工折柱

武安行師群源委會祥怪叢滋熾毒乘人帝降明威一日
再至洗其纖疵仲秋大至以蕩以夷世稱伍員忿憾而爲
肇開混元寧莫常斯惟天陰騭日用不知是述是讚嗚呼
愼詞

歲星居心讚文粹作頌下同并序　權德輿

興元紀號皇上宅位六祀七政貞明於上七教敷聞於下
其有不廸不吉不庭不若之徒皆薰然而和嚮然而化春
三月司天氏奏歲星居心宿五度其色黄明潤大光祥文粹
作澤帝位積五十餘日詔下有司頒示中外故臣得而言之
以形歌頌臣謹按歲星五帝爲蒼五行爲木五常爲仁五
事爲貌天意若曰時以至仁爲理覆露萬人洽浹生類協

於五行五事之用則發於星緯形於占（文粹作蓍）應陰騭大化昭報成功玄符幽贊其昭昭如是禮運之論聖人曰以日星爲紀以四時爲柄洪範之叙皇極日歛時五福用敷錫厥庶人發於人格於天天人交感合若符節其年秋平河中之寇葬其遺骸復其世祀班淮右之師用弘文告用去武備此二帝三代所以俽令名也於是一統類以昭德明法制以塞違薦禮百神賔懷殊俗嘉瑞美祥紛委狎至置之而不有哲人端士連茹播職求之如已失然後端拱於穆清怡神於靜冥驅一代爲純誠接萬靈於明庭斯又登邁潔古光昭聞見巍乎紹天統物之盛者也微臣伏於草茅之下（六字文粹作費賤）沐浴仁聖敢獻星歲君心讚一章以備

周詩由庚由儀之闕讚曰

皇矣上帝降鑒下人后王承之制作禮文人用清明家尚孝仁人無厲疵俗以阜蕃敷佑四方（一作海）發爲天祥重華煌煌乃君明堂下煦仁澤上爲祥光肸蠁（集本文粹作回復）感通天人攸同乃去五事乃建大中君君臣臣德輝昭融保佑命之自天無窮微臣作（文粹作頌）歌敢備唐風

此本并權集皆節畧今以文粹增入

霹靂琴讚（并序）　柳宗元

霹靂琴（文粹有者字）零陵湘水西震餘枯桐之爲也始枯桐生石上說者言有蛟龍伏其窾（文粹作嚴）一夕暴震爲火之焚至旦乃已其餘硿然倒卧道上震旁之民稍柴薪之超道人聞取以爲三琴琴莫良於（文粹作于）桐桐之良莫良於（文粹作于）生石上石上之枯又加良焉火之餘又加良焉震之於（文粹作于）火爲異是琴也既良而（集作且入作加）異合而爲美天下將不可載（一作有）焉微道人天下之美幾喪余作讚辭識其越之右與左（集作左與右）以著其事又益以序以（文粹作而）爲他傳辭曰

惟湘之涯惟石之危龍伏之靈震焚之奇既良而異爰合其美超實爲之讚者柳子

酒功讚（并序）　白居易

晉建威將軍劉伯倫嗜酒有（一作作）酒德頌傳（一作行）於世唐太子賔客白樂天亦嗜酒作酒功之以繼之其詞曰

麥麴之英米泉之精作合爲酒孕和産靈孕和者何濁醪

一樽霜天（一作月或作朝）雪夜變寒爲温産靈者何清醑一酌離人遷客轉憂爲樂納諸喉舌之内淳淳泄泄醍醐沆瀣沃諸心胷之中熙熙融融膏澤和風百慮齊息時乃之德萬緣皆空時乃之功吾嘗終日不食終夜不寢以思無益不如且飲

吳興靈鶴讚（事具黄篠齋記中）　前人

有鳥有鳥從西北來丹腦火綴白翎雪開遼水一去緱山不廻噫吳興郡孰爲來哉寶曆之初三元四齋天無微飈地無纖埃當白晝下與紫雲偕三百六十拂擅徘徊上照玄貺下屬仙才詎其居（一作尸）之太守姓崔

文苑英華卷第七百八十四

文苑英華卷第七百八十五　銘一

紀德

唐承相太尉房公德銘一首　李華

玄宗季年逆將持兵天賜房公言正其傾群兇害直事乃不行虜起幽陵連覆二京帝慈烝人避狄西蜀爰命監國文粹作撫理兵北朔登贊為輔讓子以續公賚冊書亦捧瑞玉聖人神聖天地咸若子孝臣忠元元踴躍命帥中軍謀殲羿浞人或有言志屈道行公曰不可屈則佞生柄不在公衆昏噎明退師儲宮出守函谷入為尚書正色諤諤又剌汾澮遽臨彭濮何負而東何負而西公受桎梏邦人悽悽帝懷明德悲文粹作俾我不迷徵拜秋官僉曰休哉薨殂閬中國瘁人哀喬嶽隕蹟輔星昏霾天子洟涕追崇上台巖巖代宗瞻其峻極赫赫房公尊其盛德昔撫宜春今列邦是式建銘江濆以慰南國

四皓銘一首　前人

天靜地一默成四時人妙其用三靈推移遯蛻秦禍出扶漢危道不可屈南山采芝抱和全默一作飽和全終皆享期頤山下水濆四墳纍纍悚慕玄風徘徊古祠

世德銘　權德輿

肅肅我祖玄鳥自天天乙華夏武丁相賢手文命于開國于權肇荒南荊瓜瓞綿綿爰暨周衰征伐下顯凌暴紛紛遇楚而顛嬴吞四方我邦用遷乃宅隴坻乃封甘泉漢魏之際德業集作守相相繼或仁或哲亦夷亦惠圖諜葳蕤十有

三世伊川其戎晉化為東九州輻裂符有關中明明安丘濡跡匪躬二紀清夷明謨之功元魏以降苴茅繼封宜昌鄜域仍世儀同洸洸平涼策勳于隋乃破公祐尅其枚廻運偶聖時土田載開仗節建旄自東徂西才子六人承家鍾慶百里同休南宮並命自時厥後德煇愈盛不享大官世名文行我曾王父弱歲觀光聲軼太學名登奉常儒節三虎聯華並芳翰苑春生士林鳳集作風翔迨至王父保和君易人文獨步天爵自貴晨禽下位賈生不試至今德聲尚聳清議郁郁世範先子承之大節明義人倫宗師行極忠孝道冥希夷卷舒無方焯燿當時曰予無狀亂歲而孤不知義方藐爾惷愚亦既羈丱甫習詩書以直為師與時

浸踈琅琅清風皦皦士則及玆頑童是玷是辱聿脩之誠大懼不克夙夜以思敢銘世德

塔廟

大愛敬寺剎下銘　梁簡文帝

夫波若眞空導大一作群生於假域涅槃有岸引未度於無邉應此十千現玆權實隨方攝受孰能弘濟皇帝昭晝神原心凝寂境深慈降跡下荅蚳㖋握鏡斷鼇經綸世祖一作阻故能天地貞觀日月重光業曠四弘功侔十力惠雲旦聚浸澤灑於遐外法炬夜明揚光燭於梵頂因心孝愛道契神明昭事誠享曰隆哀敬金車荅瑞追德慶於虞年甘露登祀比嘉祥於漢日既而理局舜圖事終典思所以功

超域外道邁寰中廣樹大緣增隆勝善事等淨名齊方便於圓極跡均妙掌襲兩寶於宜因乃於鍾山竹澗奉爲皇考太祖文皇帝造大愛敬寺焉惟玆神岳勢負龍形均太華之四成狀彭門之雙起曲澗推移激水精之浪清風窈蕩散雲母之行顯帶皇邑標地德之慶雲彌望帝蹕矚神居之敞麗昔鴈泉之頹眞如所隲鷲形之岳大聖攸居創此伽藍同符往跡以普通三年歲次壬寅二月癸亥朔八月庚午建七層靈塔百旬既聳千龕乃設漸山啓基踰於禁㮇國土金剎長表邁於意樂世界珠幡轉曜寶鈴韻響聞聲者入道見形者除累仙衣梵帶去鴈塔而來遊天香風笙辭鶴城而下集靈祇叶賛有識歸依四將五龍翹勤翼衛八臂三目頂帶護持雖徦刼盡恒沙衣消巨石儼如常住妙相長存作銘曰

朕哉睿聖至矣炎精功昭鳳紀德契雲名其符七覺爰極四生儀形懋典道駿有聲皇心閑晞理篤天誠八萬神搆二四雲幷懸梁浮柱沓起飛楹日輪下蓋承露上擎玉函緼色珠髮韶明花一作光窋炎聚石影光輕天下欽仰幽頤一作顯贊成法舟斯濟惠海方清淨界無毀金地永貞

秦州天水郡麥積崖一作山佛龕銘并序　庾信

麥積崖者乃隴底之名山河西之靈岳高峯尋雲深谷無量方之鷲島迹遁三一一作二禪譬彼鶴鳴虛飛六甲鳥道乍窮羊腸或斷雲如鵬翼忽已垂天樹若桂華翻能拂日是

以飛錫遥來英杯遠至疏山鑿洞鬱爲淨土拜燈王於石室乃假馭風禮花首於山龕方資控鶴大都督李允信者籍以宿植深悟法門乃於壁之南崖梯雲鑿道奉爲亡父造七佛龕似刻浮檀如攻水王從容滿月照曜青蓮影現須彌香聞忉利如斯塵野還開說法之堂猶彼香山更對安居之佛昔者如來追福有報恩之經菩薩去家有思親之供敢緣斯義乃作銘曰一作云

鎭地鬱盤基乾峻極石關十上銅梁九息百仞崖橫千尋松植一作直陰兔假道陽鳥飛一作迴翼載簭疏山穿龕架嶺紀紛星漢迴旋光景壁累經文龕重佛影彫輪月殿刻鏡花堂橫鐫石壁闇鑿山梁雷乗法鼓樹積天香嗽泉珉谷

吹壓石牀集靈真館藏仙冊府芝洞秋房(一作分)檀林春乳水谷銀沙山樓石柱異嶺共雲同峯別雨冀城餘俗河西舊風水聲幽咽山勢崆峒法雲常住慧日無窮方域芥盡不變天宮

周故內供奉學士懷州河內縣尉陳公(集作君)石人銘　陳子昂

君諱該字彥表綿州顯武人也其先自潁川遷蜀(一有上字)矣曾祖某祖某考某皆養高不仕君少好學能屬文上元元年州貢進士對策高第釋褐受將仕郎其明年制勑天下大儒司屬少卿楊守納薦君應詞殫(集作彈)文律對策高第勑受茂州石泉縣主簿開耀元年制舉太子舍人司議

郎太府少卿元知讓應制薦君於朝堂對策高第勑授隆州蒼谿縣主簿垂拱四年又應制學綜古今對策高第勑授懷州河內縣尉凡歷所職皆以清廉仁愛著聞有周華命天授二(集作三)年恩勑自河內追入閤供奉居未朞年不幸遇疾於神都積善坊考終厥命時年六十三歸葬於豆圖(集作圖)山之陽原禮也嗚呼哀哉古人有云飾顏夷之行不逢青雲之士而聲名磨滅者有之矣嗚呼我陳君歎懿玄默浩(集作素)清溫良馴道執恕(集作志)好古博學(集作好學博古)恂恂焉行高職卑不改其操學優祿薄不怨於天四舉有道三歷下位晏如也非諄諄淑人其誰能涅此(集無此字)而不渝哉夫知命可謂君子矣好學可謂為文矣冊書不藏於勳府青史不昭於方冊於戲一絕故老之口孰知夫子之贊哉吾與君族人也能服美其德尚矣昔子雲稱李元常璿敘令伯皆歿而不朽後世(集作代)稱之斯非君人之徒歟吾豈默而無述其銘曰

闔闔君子好斯文兮縟藻盤章潛卿雲兮棲遲下位允升聞兮金署玉堂見吾君兮鸞階鴻漸期紫氛兮鍾鳴漏盡竟蘭焚兮儒行墨節將何云兮恭承遺言立石人兮金刻冊書記歲辰兮青龍甲午銘茲墳兮

燕然軍人畫像銘(并序)　前人

龍集丙戌有唐制匈奴五十六載蓋署其君長以郡縣畜之荒服賴寧古所莫記是歲也金微(集作徽非)州都督僕固始

傑(集作桀)鷙惑亂其人天子命左豹韜衛將軍劉敬周(集作同)發河西騎士自居延海入以討之特勑左補闕喬知之攝侍御史護其軍事夏五月師舍于同城方絕大漠以臨瀚海君子曰兵者凶器仁者惡之醜虜猖狂厥自招咎今至尊不得已而順伐帝(集作嘗)聞西方之聖有能仁者凶殘(集作吉)之業各報以直則使元惡授首群吡不孤兵無血刃荒戎底定豈不在於大雄乎諸將部校僉曰允哉將軍乃飭躬率士卒因古祠廟圖畫形容有古之彌勒像耶(集作也)天人備容冊素畢彩蓋以昭乎景福也乃作頌曰(江本作銘曰)耀天兵兮征荒服絕雲漢(集作漢)兮出玄極白羽旆(集作飾)兮青雲旗簫鼓鳴兮士馬悲顙左右兮浮屠道備冊青兮妙

天寶功既畢兮業既成神之來兮福冥冥

皇誕日畫像銘并序　蘇頲

蓋聞上聖膺期流虹演慶大仙昭事滿月開祥故能因時叶符感通福應伏惟太上皇提衡御極握鏡臨人萬寓宅心百蠻翹首緬懷姑射乃傳政於繼名寂想耆闍用崇因而詮妙既而炎曦戒律序屬長贏大電繞樞辰推載誕顧猗蘭之不遠攀寶樹以先低則有敬範真容虔資願力洎功德成就莊嚴圓滿近披金縷澈珠頂以凝華傍暎水精寫瓊毫而洞色有緣起念無疆薦祉格于上下普逮飛沉咸啓方便之門轉躋仁壽之域敢爲銘曰

惟皇誕膺承於宥密惟佛生天同於夒日爰規法相是獻

福田層含妙果步起芳蓮仙宮所出曠劫方傳

大唐故悼王石塔銘并序　前人

唐開元五年歲在丁巳四月庚午朔二十一日庚寅故悼王薨於上陽之中禁年曰二歲而未及周嗚呼哀哉王即開元神武皇帝第九之愛子也以其月二十七日景申葬於萬安山之東南嶺壙唯五尺棺不三寸壘石塔一丈于其上不雕不礱從省薄也其銘曰

南有萬安兮北有洛城城可望兮天之京嗚呼悼王寧不戀兮嗚呼悼王寧不見兮倚素塔兮陵翠微空不礙兮雲則飛嗚呼悼王兮其何一作來歸

唐故寶應寺上座內道場臨壇大律師多寶塔銘并序　權德輿

京師東門二里所多寶塔者沙門靈湊等爲先大師薦祉盡敬之地也大師諱圓敬姓陳氏河南陸渾人報年六十四經夏四十四以貞元八年春正月猒代入滅於保壽寺越十有五日遷窆于龍首北原距茲塔西北十餘步初大師入道依本縣思遠寺徵公通法蓮經寶應二年制度編僧籍於東京長壽寺受具於白馬寺本一作奉律師曇無德義言不信解以爲遵道途而歸集作抵都邑涉門閫而躋堂皇故尸羅毗尼以攝妄想五部四分是爲扃鍵然後因定發惠登最上乘優婆鞠一作毱多由是道也敷暢微妙攘除凝冥如一燈傳照一雨潤物弘我法者可勝道哉代宗朝

徵入內道場累詔授興善安國寶慶等寺綱首又充僧錄尋授寶壽寺上座賜律院以居授瑜伽灌頂密契之法講楞伽經起信論譯虛空藏經鑒義潤文世典群書靡不該貫無非宴坐道場沃天心以了義照佛日於中禁鬱爲龍象大拯斯人將滅之夕備申告誡中夜累足如期順化其智惠數其解脫數法予苾芻繚服成列仰護念慈哀之旨捨蓮華多寶之義厥後十五年而功用成丹素觚稜石輪火齊施於外聖像真言多羅祗夜函于內又以見湊公成就付囑而爲上首況不出户庭持經萬徧願力斯滿嚴飾斯崇勒銘于茲以示塵劫銘曰

三生不駐如電如瀑七情格攻知薑如蝮彼上人者爲世

導師乃精毗尼以攝群疑以弘道曰大化緣斯畢建茲嚴事如地踴出國門之東萬寓來同斯爲寶所獨集作耀無窮

溫陵黄伯光曰此卷及後卷中塔銘皆僧墓誌也英華編入銘中殊不類愚意當刪出别爲一卷附諸墓誌之後今姑仍舊識之以諗覽者焉

文苑英華卷第七百八十五

文苑英華卷第七百八十六　銘二

塔廟下

唐故東京安國寺契微和尚塔銘并序　權德輿

和尚俗姓權氏法諱契微天水略陽人十代祖安丘敬公翼爲前秦僕射事備載記曾祖文誕皇銀青光祿大夫涪常二州刺史荆州都督府長史平涼郡開國公祖崇本皇朝散大夫滑州匡城縣令與兄户部郎中崇基水部員外郎崇先皆以文學政事顯名於貞觀永徽之際考同光皇河南縣尉長安縣丞翰林詳定學士與伯兄益州成都縣尉無待仲兄欽桂梓三州刺史若納三人同以大名舉進士擢第文章之美爲當時冠首然其世德鍾慶若後無達者則有以清浄住世故和尚生而悔悟超然玄覺年九歳於薦福寺金剛三藏發心入曼荼羅道場傳持聖印悟入之速發於岐嶷然其德容具樂乎家族敬異將必擇卿士之

良者以嬪之時勇於出世至欲刃其膚以自免翰林府君既捐館毋兄竟不能抑遂以初笄之年（四字集作笄年）被服緇褐至天寶元年始受具於福先寺定賓律師隷東京安國寺師事茲芻尼無勝受心門方便之學以爲心實境化眞由妄遣遣之而眞亦隨盡化之而心乃湛然故外示律儀內循禪悅（集作內修禪說）因初心而住實智離有相而證空法乃通四部經於弘正大師尤精楞伽之義而後住無住證洗六妄離二邊遵大道以坦蕩入法流而洄澓以深惠善誘誨學徒或權或實爲歸爲趣亦循淨名之隨機攝導蜀嚴以忠孝爲言故中外族姻徧沐其化漸漬饒益可勝道哉初以廣德中隨其家南渡安居于蘇州朱明寺以建中二年

九月六日冥然化滅報年六十二經夏四十一弟子尼惠操又其兄子也故探其義味最爲深入乃率顩緇俗號捧金身建塔于東武丘寺之東北岡從其教也姪孫德輿以爲宣父有西方聖人之說東漢有浮圖仁祠之教以其教言之自菩提達摩七葉至大照祖師皆以心法秘印迭相授受故戒生定定生惠得第一義者冲而詣之嗚呼今其詣之矣桑門紀述多不分系緒今備書者亦所以無忘先德故其文也繫銘曰

教旨清淨戒珠圓映識浪情塵還源反性彼一切見皆妄想生精修密詣湛爾融明示現者何此身非父强爲之銘以悼于後

唐故洪州開元寺石門道一禪師塔銘（并序）　前人

鍾陵之西曰海昏海昏南鄙有石門山禪宗大師馬氏塔廟之所在也門弟子以德輿嘗游大師之藩俾文言而揭之曰三如來身以大慈爲之本六波羅密以般若爲之鍵非上德宿殖者惡乎至哉大師法諱道一代居德陽生有異表幼無兒戲嶷如山立湛如川渟舌廣長以覆准足文理而成字全德法器自天授之嘗以爲九流六學不足經慮局然理世之具豈資出世之方唯度門正覺爲上智宅心之域耳初落髮於資中進具於巴西後聞衡岳有讓禪師者傳教於曹溪六祖貞（一作宜）心超詣是謂頓門跋履造請一言懸（集作玅）解始類顏子如愚以知十蛾比淨名默然

於不二又以法性無住化亦隨方嘗禪誦於撫之西裏山又南至于虔之龔公山攫搏者馴悍戾者仁瞻其儀相自用丕變刺史今河南尹裴公久於稟奉多所信嚮由此定惠發其明誠大歷中尚書路冀公之爲連帥也舟車旁午請居理所貞元二年成紀李公以侍極司憲臨長是邦勤護法之誠承最後之說大抵去三以就一捨權以趣實示不遷不染之性無差別次第之門常曰佛不遠人即心而證法無所著觸境皆如豈在多岐以泥學者故夸父喫詬（莊子作契詬）求之愈疎而金剛醍醐正在方寸於是解其結縛其覆如利刃之破胥索甘露之洒稠林隨其義味快得善利者可勝道哉化緣旣周趺坐報盡時貞元四年二月庚

衣春秋八十夏臘六十前此以石門清曠之境爲宴默終焉之地忽謂入室弟子曰吾至二月當還爾其識之及是委化如合符節當夾鍾發生之候叶拘尸（集作户）薪火之期緇素幼艾失聲望路渡澗流而法雨滂洒及山門而天香紛靄天人交際（集作交感之際）昧者不知沙門惠海智藏鎬英志賢智通道悟懐暉惟寬智廣崇泰惠雲等體服其勞心通其教以爲吾師眞心（集作性）湛然與虛空俱唯是體魄化爲舍利則西方之故事傳焉不可已也乃率顯其徒從荼毗之法珠圓玉絜煜耀盈升建玆嚴事衆所瞻仰至七年而功用成竭誠信故緩也德輿徃因稽首粗獲擊蒙雖飛鳥在空莫知逝遠而法雲覆物已被清凉今玆銘表之事敢

拒衆多之請銘曰

達摩心法南爲曹溪頓門巍巍振拔沉泥禪師弘之俾民不迷九江西部爲一都會亦旣戾止玄津横濡玆衆攝護爲大法礪五滓六觸翳然相蒙直心道場決之則通隨器受益各見其功眞性無方如道不竭顧玆夢幻示有生滅微言密用煥如昭晰過去諸佛有修多羅心能悟之在一刹那何以寘哀玆窣堵波

唐杭州靈隱山天竺寺故大和和尚塔銘（并序）

釋皎然

水之性不動而鑒得非夫實相之體耶縱積爲洪溟而未嘗變亦眞我自在之妙致也如來大師獨秉至教群聖拱手俾眞冥到識破堅水之惑豈逾一念之中哉靈隱大師雖外精律儀而第一義諦素所長也故小子誌之大師生緣錢塘范氏諱守眞字堅道齊信安太守瑝之八葉禮旣冠衆君子器之夙有丘園之期不顧玄纏之錫遂詣蘇州支硎寺圓大師受具足戒是夜眼中光現長一丈餘久而方沒蓋得戒之禎也後至荆府依眞公三年苦行尋禮天下二百餘郡聖教所至無不至焉無畏三藏受菩薩戒香普寂大師傳楞伽心印講起信宗論三十餘遍南山律鈔四十遍平等一兩小大雙機在我圓音未嘗異也乃發殊願誦持華嚴遂於中宵夢神人施珠一顆及覺惘然如來在握是歲入五臺山轉華嚴經一百遍追宿心也又轉大

藏經三遍廣正見也至開元二十六年有制舉高行道俗請正名隷大林寺後移籍天竺往（一作住）靈隱峯時大曆二年也至五年三月寓于龍興淨土院謂左右曰夫至人乘如而來亦乘如而去亦其必然也而愚夫欲以長繩繫彼白日安可得乎吾非至人豈逃其盡以此月二十九日告終于玆地春秋七十一僧臘四十五其間臨壇旣多度人無數今不復紀也顯明弟子蘇州辨秀湖州惠普道莊越州清江清源杭州擇隣神偃常州道進如彼鸞鷟之彩共集旃檀之枝江淮名僧難出其右晝之身戒亦忝門人幸忝四子之科獨許一時之學斯文在我何敢讓焉詞曰

房星在天降爲應眞好爵縻我視如埃塵旣投其簪亦褱

其服戒日繞佩禪衣乃沐四十餘夏振振盛名大江東南
爲法長城宣尼既沒微言乃絶我師云亡眞乘亦輟靈隱
峯上春日秋天風生松栢如師在焉持教門人楚英吳傑
儒方荀孟道比文列宿習未盡妄涕猶雪宿巳忘一作眞志
如水一作歸眞如月古之君子名書彝器大師不書將墜于地
紀功者銘傳心者燈藏諸名山不騫不崩

唐蘇州開元寺律和尚墳銘并序　前人

至人於生死一也物有之我亦有之若日月可蝕虚空可
湊乎在至人爲宅心之勝地誠瞽夫不迓之瀑流哉於戲
我法自五天揚于漢廷八俊四賢横世傑出後之學者聆
休風企高躅何吾師之穆其芬馥歟吾師諱某字某先劉

氏之子漢楚王交三十一代孫烈祖某宋嘉南遷爲丞相
掾四代祖遠隨東陽守顯其遺榮之跡畧載本枝全拔俗
之高不書後葉蓋亦垂馴之意乎吾師幼孤伯父哀字如
禮名因敎立孝自天生而宿植緣深心田欲稔因請伯父
哀而捨之事靈隱某禪師因問師入道之次師語曰夫爝
火明乎虚以爝火之心當太虚之境境非心外心非境中
兩不相存兩不相廢今我所謎是爾所知曷有萬法之深
淺優劣乎語畢如涼風入懷醒然清悟天寶四年受戒於
東海大師鑒眞傳講於會稽大師曇一至德中舉高行隷
名開元乾元中有詔天下二十五寺各定大德七人長講
戒律一作律戒吾師其選也頃年淨土一門不愆于念嘗謂人
曰昔聞西方之行是有相大乘此乃蓬心不直達之說何
者夫出言即性發意皆如而一色一香無非中道泥我正
念乎于時六十七天年三十六僧夏一十六壇場孤制律
樞正持僧綱自胥湖南北皆宗仰焉以建中元年六月十
五日寂疾而逝其時有庭樹一本枝葉扶疎及吾其將亡
之朝花正拆而遽萎條始繁而方折亦恒河水上旃檀樹
枝榮枯之意也其年七月五日遷靈龕於武丘西寺松門
之右嗚呼青山不歸白林長謝秋原之上萬境皆悲兩冥
冥而晝陰水浼浼而東逝門人道亮道該清會亮以毗尼
繼其行會以才學傳其贊該以詞物蹤其美三子之外居
廊廡者充江漢焉故觀察使韋公元甫觀察李公栖筠今

虢州刺史李公紓今御史中丞李公道昌林下之跡可追
山陰之遊尚想懷人撫事相顧泫然晝實護才曷足榆楊
盛美以吾釋門之事安敢讓焉詞曰
本師示終兮玄綱絶香山崩兮香海竭大地動兮旃檀折
人天冥兮千光滅我師出嗣兮遺敎張如何斯人兮天不
臧星既雨兮地亦霜生涯昧兮四流長捧遺言兮循往跡
庭無人兮月寂寂百年遐壽兮日長夕萬春上服兮塵巳
襲門前慟兮世人悲瞻影塔兮山之垂栢百經兮舊路岐
雲耿耿兮雨霏霏方城芥盡兮長乘移樂石香名兮不騫
不虧

唐杭州華嚴寺大律師塔銘并序　前人

魏晉中頡邁之士多尚出無生白足高出於海隅青目遐視
於湘表千有餘祀禪律師宗亦吾知若人出秉伊說之鈞躡
黃綺之蹤亦躬珪之輿和光隱顯之外乎我律師其人也
法諱道先俗姓褚氏踰齓出家方冠受具詣光州和尚學
通毗尼于時夏淺德崇壇場屬望蓋天資貞士為東南義
虎雲雨慈味笙鏞道聲常持法華兼創佛廟洎沒身不怠
也世壽七十九惠壽五十八上元庚子歲秋仲月示滅于
本寺是日馳陽昧昧淦雨颼颼烈風崇朝嘉木為折乃東
土福盡之徵也俄然異氣五色亭亭如蓋移晷不一有能字散
偏映精廬即西方往生之意也初吾師未歿其月三日贊
明交疾凝神視色觀身彌陀具相忽現師前滿庭碧花昔

所未有一作覩　其四日昧爽有異人請師謂師為和尚上一作
遂開目彈指曰但發菩提心五之日曼陀羅華自天而雨
悲夫非哲匠去世安至是耶門人神烈義精一作律　等攝齊
何仰繞塔徒哀履名跡而可師書琬琰之不墜詞曰
我法未季哲人是生真慈在物澤灑飈清高戒嚴身佩月
輿瓔貽訓徒張逝不可作瑞花冥濛卿雲繁薄靈轜何止
于此山椒寒飇斷續影塔蕭寥五峯諸子泣望終朝

唐東都奉國寺禪德大師照公塔銘并序　白居易

大師號神照姓張氏蜀州青城人也始出家於智凝法師
受具戒於惠萼律師學心法於惟忠禪師忠一名南印第
六祖之法曾孫也大師祖達摩宗神會而父事印其教之
大旨以如然不動為體以妙然不空為用示真寂而不記
集作說　斷滅破計著而不壞假名師既得之揭以行化出蜀
入洛與洛人有緣月開六壇僅三十載隨根說法言下多
悟由是裂疑網拔惑箭漸離我人相者日月有焉起正信
見本覺頓發菩提心者時時有焉其餘退惡進善隨分而
增上者不可勝紀夫如是可不謂煩惱病中師為醫王乎
生死海中師為船師乎嗚呼病未盡而醫王去海方涉而
船師失粵以開成三年冬十二月示滅於奉國寺禪院以
是月遷葬於龍門山報年六十三僧夏四十四明年傳教
主院上首弟子沙門清閑糾門徒合財施與服勤弟子志
行等營度喪事卜兆於寶應寺荷澤祖師塔東若干步窆

而塔焉示不忘其本也其諸升堂入室得心要口訣者有
宗實在襄復儼在洛道盈在鎮知遠在徐曰建在晉道光
在潤道威在潞雲真在磁集作慈　雲表在汴歸忍在越會幽
齊經在蔡智全景玄紹明在秦各於一方分作佛事咸鼓
鍾鳴乳龍象蹴踏斯皆吾師之教力集作立　也不其盛歟衆
以余忝聞法門人結菩提之緣甚熟請於塔石序而銘曰
伊之西北洛之南一作西　東法祖法孫歸全於中舊塔會公
新塔照公亦如世禮祔于本宗

楚三閭大夫屈先生祠堂銘并序　王茂元

按史記本傳及圖經先生秭歸人也姓屈名原字靈均一
名平字正則本實楚之苗裔大父瑕受屈為卿遂以命氏

先生義特百夫文横千古其忠可以激俗其清可以厲貪
什楚爲三閭大夫屬君虔不惠與靳尚等夷尚嫉原才譖
漏扆令構成豐狀錮絶恩私由是忠言如風不入主聽險
黨若鐵斥爲窮人始楚與齊連衡以弱秦秦以商於之地
六百里爲河外五城以餌楚楚瞀張儀之紿不納先生之
諫子蘭鄭袖内吳于朝虵秦豕齊外披封畧原爲放臣王
卒客死離騷始作從冀幸君之一悟汨羅終赴痛皆醉而
獨醒嗚呼忠在禍先功成罔貴泊成忠死世責何深蓋有
國有家之所大病志士仁人之所悼歎也嗟乎先生君辱
身死周旋存殁之際感慨今古之心宜乎上與比干夷齊
携手作華存義軒之遊假靈於遺芳而因於倖幸者也安

可爲鼠肝蟲臂魚腹鱉黿趾而已哉元和十五年余刺建平
之再一作載歲也考驗圖籍則州之東偏十里而近先生舊
宅之址存焉爰立小祠憑神土偶用表忠貞之所誕卓犖
之不泯也銘曰
麟出非時終困于人劔有雄鋩不用無神矯矯先生不緇
不磷舉世皆醉抱忠没身汨水悠悠言問其濱歸山高高
獨揖清塵誕靈是所粤稱歸土義風敬承廟貌無睹庭而
可修寻期負拏一死不可作余構其宇聳忠來者載陳清酤
乞靈臧氏非愚所取已矣先生蘋蘩誠其吐

盧山東林寺故臨壇大德塔銘并序　劉軻

維元和十年冬十月巳亥我具壽大師歸於盧山東林寺
既圮一作巳事門弟子道深如建等以銘誌爲急白一作曰彭
城劉軻軻一不疊軻字嘗執吾大師之巾錫大師行業德狀轉
能言之乃走其徒持事狀於山陽草堂具道其所以來軻
既受事仰而哭且曰軻何心遽忍銘吾大師俄而曰我而
不銘而誰爲於是銜涕漣漣作石塔銘誌云大師諱上弘
俗饒姓其先臨川人祖公悦一作蛻父知恭世爲南城聞一作門
儒故大師自童子耳熟家訓故風流舉動造次必於儒
者年十五脱然有方外之志遂依舅氏出家暨二十二歲
具戒於衡岳大圓大師大曆八載敕配本州景雲寺後依
南昌瑾律師學四分毗尼既覃精研究或從我駕說而通
者日有百數時謂景雲且在無患無律貞元三年止南昌

龍興寺四方風聞者塵至時江州峯頂寺長老法眞合州
國清寺法裔荆州慶一作度門寺靈裕並有大名於時會有
事於靈壇故三長老攝大師以臨之至四十年春九江守
李公康以東林遠公舊社不可以無主固請住焉前後涖
事凡一十八會彼域之男女繇我而作比丘者萬有五千
五百七十二人大師既通明大教祖述毗奈耶憲章修多
羅心同曹溪事同南山故及我門而陞我堂者未嘗虛返
我所以駕白牛以驅羊鹿就謂我爲小乘者乎繇是薦紳
先生若顔魯公姜相公並願依遺民萊民舊事侍一作待大
師於虎丘鴈門之上故游二林者謂生遠猶在将大去乃
遺言於二三子曰吾生七十有七臘五十有六年非不耆

朧非不高今則去矣爾無謂吾死門人道深懷縱如建中契宗一智則智明雲皐圓信行允等長號無想廼相與立石塔於香爐峯下是月丙寅歸舍利于塔從故事也軻不得讓爲誠於銘銘曰

塔有德功有銘一作銘有功功可祖德可宗宗可師師有資嗚呼千載而下資而後者知是塔有毗李耶之宗師

一作皆馬玗所編續廬山記

文苑英華卷第七百八十六

文苑英華卷第七百八十七　銘三

山川

終南山義谷銘并序　庾信

周保定二年歲次壬午七月己巳朔大冢宰晉國公命鑿石關一作闕之谷下南山之材維公匡濟彝倫弘敷庶績燮理餘暇披閱山經以爲終南敦一作惇物日月虧蔽桃幹栝栢綺桐梓漆年代蘊積于何不有乃謀山澤之官兼引一作列衡虞之匠東出藍田則控灞乘滻西連子午則據涇浮渭泒別八溪流分九谷銅梁西一作四杜石關一作闕雙樓青綺春門溝渠交映綠槐秋市舟檝相通蓄之則爲屯雲泄之則爲行雨青牛文梓白鶴貞松運以寘一作寘宮崇斯雲屋千櫨抗殿龍首千雲萬頃疎苗蟬鳴再熟川后讓德山靈景從豈知運石茸一作舟泉纔通櫟陽之殿穿渠轂水直

繞金墉之城將事未勞何功實重國富人殷方傳千載因
（一作立）功立事敢勒山阿銘曰
寥廓上浮崢嶸下鎮直立（一作立壁）千丈峯横萬仞桂月危懸
風泉虛韻乘輿巖陂舉錦雲根八溪分注九谷通源北涵
桐（一作鋼）井南浮石門撲（或作模）象大狀（一作横鴻大河）規（一作銀）繩百
堵交（一作膠）葛九成徘徊千柱桂棟凌波栢梁乘（一作垂）雨䟽
川剪（一作莫）谷落實摧柯事均刋木功侔鑿河

一作皆初學記

玉帳山銘（一作東宮玉帳山銘）　前人（一作庾肩吾）

玉帳寥廓崑山抵鵲惣葉成帷連雲（一作枝）起幕玉策難移
（一作玉藥難徙）金花不落隱士彈琴仙人看博巖留舊鼎雲上（一作
鑑聚）新荆煑石初爛燒丹欲成桑田屢變（一作盡）海水頻盈（一作
傾）長聞鳳曲永聽簫聲

一作皆藝文類聚

吹臺山銘　前人

江寧吹嶺雖山出筠泰簫下鳳此岫爲眞青楓避日朱草
司（一作伺）晨石名新婦樓學仙人中字玉成南君姓秦（一作吳中
字王城南姓秦）比花依樹登榭要春舞能留容（一作客）聲便度新雕
梁數振（一作遠）無復輕塵

望美人山銘（一作後堂望美人山銘）　前人（一作徐陵）

高唐礙石（一作雨）洛浦無舟（一作州）何處相望山邊一樓峯因
五婦石是三侯崄蹦地肺危陵天柱禁苑斜通春人常（一作
恒）聚樹裏聞歌枝中見舞恰對粧臺諸窗畫（一作併）開斜看

巳識直（一作試）喚便廻豈同織女非秋不來（一作皆藝文類聚）

至仁山銘　前人

峯横鶴嶺水學龍津瑞雲一片仙童兩人三秋雲薄九日
寒新眞花暫落畫樹常春横石臨砌飛簷枕嶺壁繞藤苗
窻衛竹影菊落秋潭桐踈寒井仁者可樂將由愛靖

明月山銘　前人

竹亭標嶽四面臨虛山危簷廻葉落窻踈看椽有笛對樹
無風風生石洞雲出山根霜朝唳鶴秋夜鳴猿堤梁以堰
野路疑村船横埭下樹俠津門寧殊華蓋詎識桃源

行雨山銘（一作梁東宮行雨山銘）　前人

山銘行雨地異陽臺佳人無數神女看（一作羞）來羣幔朝開

新粧旦起樹入牀頭（一作前）花來鏡裏草緑（一作色）杉同花紅
面似開年寒盡正月遊春俱除錦帔併脫紅綸天彩剔藕
蝶粉生（或作多）塵横藤礙路弱（一作垂）柳低人誰言洛浦一箇
河神

一作皆藝文類聚

可汗山銘　謝偃

維貞觀十三年歲在己亥二月甲戌朔八日辛巳聖唐大
使右武衛大將軍慕容寶節度副使朝散大夫任雅相等
肅奉明詔册授大單于眞珠毗伽可汗嫡嗣爲肆葉護可
汗安俵率土廓裁宇外爨者隋曆既終九域淪覆天資聖
明光啓有唐而頡利背思乖我邊域是以輕賚電發直擣
虜庭驅㺯驍雄奔放忠烈百努俱鷇萬鐩齊舉鞭電鼓霓

動天維於上拔山蹴岳移地軸於下雲騎騰盪則川野晝
昏風旗揚曳則辰離黯色擒谷蠡於谷口曾未崇朝斬日
逐於轅門景不移晷龍庭掃塞之外烟滅雲銷瀚海天山
之前波澄霧卷上以震皇威於萬葉下以安億兆於千齡
雖有靈祇賛我有唐亦所以俠崇今單于地是以萬里齊
契四海同規始驗秦防徒營漢城虛築在德非險皇哉唐
哉勒石紀功騰聲不朽詞曰
振天威兮橫朔方星劍騰兮虹旗揚窮絶漢兮越幽荒邦
單于兮冊名王歷千載兮聲彌光

玉華宮山銘　高宗天皇大帝

順請峒山鐫芳金石道光軒駕聲流姬迹矧此崇嚴介通

帝宅峻仵銅柱祥韜金碧飲渭南通鳴岐西格炎生肇授
形著初融高明叶宇(一作序)卜揆裁宮鳳標銜露鳥跂捫空
丹谿繚繞旋(一作堤)樹玲瓏逕分餘雲嶺界斜虹流花縟景
清巘斷風波移控鯉雲飛御鶴沉沉松嶝萋萋蘭幄霧宿
重巒寒生洞壑峯高鳥路月對林垂交篠散綠懸鏡成規
鵷歸繞舜鳳下標椅崖依沫蘚池涵卷葹廣運堯心式昭
夏諺端靈養白申歌祕殿菌閣流霜椒臺凝露玉榮則賞
瑶池肆宴福壽無疆華封斯薦

惡溪銘　李陽冰

天作巨塹險于東南爰丘嶼呀吞　山黑潭殷雲塡塡怒虎
虓虓一道白日四時青嵐鳥不敢飛猨不得下舟入聳棹

行子來馬知雄守雌爲天下蹊(老子作谿)烜赫如此人將畏之
水德至柔狎侮而死畏而六死寧敢放彼

仙掌銘(并序)　獨孤及

陰陽開闢(集本文粹作闔)元氣變化洩爲百川凝爲崇山山川之
作與天地並疑有眞宰而未知尸其功者有若巨靈贔屓
攘臂其間左排首陽右拓太華絶地軸使中裂折山脊爲
兩道然後導河而東俾無有害留此巨跡于峯之顛後代
揭厲於玄蹤者聆其風而駭之或謂詼詭不經存而不議
及以爲學者拘(文粹作物)其一域則惑於餘方曾不知創宇宙
作萬象月而日之星而辰之使輪轉環遶箭馳風疾可駭
於俗有甚於此者徒觀其陰隲無朕未嘗駭焉而巨靈特

以有跡駭世世果惑矣天地有觀(一作官)陰陽有藏鍛鍊六
氣作爲萬形形有不遂其性氣有不達於物則造物者取
元精之和合而散之財而成之如埏埴鑪錘之爲瓶爲缶
爲鈞爲棘規者矩者大者細者然則黃河華嶽之在六合
猶陶冶之有瓶缶鈞棘也巨靈之居也(二字集作於自然七字文粹作於其自然)
蓋萬化之一工也天機冥動而聖功啓元(集作精)至
密感而外物應故有無跡之跡介于石焉可以見神行無
方妙用不測彼管窺者方循跡而求之揣其所至於巨細
之境則道斯遠矣夫以手執大象力持化權指揮太極蹴
路(集作蹋)顥氣立乎無間行乎無窮則捩(文粹作擬)長河如措杯
擘太華若破塊不足駭也世人方以禹鑿龍門而導西河

為神奇可不為(文粹作謂)大哀乎岀我靈掌纖指如畫隱轔磅礴上揮太清遠而視之如欲捫青天以(文粹作而)掬皓露攀扶桑而捧白日不去不來若飛若動非至神曷以生此唐興百三十有八載余尉于華陰華人以為紀崄巖勒之累須嶭山銘蕪然舊典也玄聖巨跡豈帝者巡省代國之不若歟其古之闕文以俟知言歟仰之嘆之琢玉(集本文粹作石)為志其詞曰

天作高山設險西方至精未分川壅而傷帝命巨靈經啓地脉乃眷斯顧高掌遠跖砉如剖竹騞若裂帛川開山破天動地拆黃河太華自此而闢神返虛極跡掛石壁跡豈我名神非我靈變化翕忽希夷杳冥道本不生化亦無形天何言哉山川以寧斷鼇補天世未覩焉夸父(文粹作娥)愚公莫知其蹤屹彼靈掌懸諸龍從介二大都亭亭高聳霞絶煙噴雲抱花捧百神依憑萬峯朝拱長於上古以閱群動下視衆山蜉蝣蠛蠓彼邦人士末揖遺烈瞻之在前如揭日月三川有竭此掌不滅

仙都山銘　常衮

亭亭仙都峻極維嵩屹立溟石削成制(與淛同)東發地直方磨霄穹崇靈沼(一作昭)在上祥雲積中珪植千仞柱寧四封目視不及翰飛靡窮群追(一作皇)奔走列仙會同黃帝攸訪碧嶺(一作巔)是冲开空傍起金溪下融日臨霞附月映綃裳壤絶棲塵木無寓叢居幽不昧守一而雄萬壽報響九成

來空嘉名來(一作乃)徬展禮斯洪(其山嘗更名獨峯洎開元中里人聞呼萬歲及有鞄竹之音郡守上聞因復仙都之號自從不間歲而珪璧投焉)籙(一作泠)作懲止年祈感通莫高匪茲造物之功

江州南湖堤銘(并序)　李翺

長慶二年十二月江州刺史李君濬之截南陂築堤三千五百尺高若干尺廣若干尺以逼四隣(集作鄰)之路畜水為湖人得其饒正月既畢事舒州刺史李翺(集作歌)以紀之辭曰天地作物功或不周贊人相之智與神侔漭漭南陂冬乾夏漉九江暴漲(集作漲潮)潮潛(集作潜潜)逆流東南百民城市所懸水積既深大波其虒(集作虓尺尤切)亦有舟航覆溺之憂擔擁疊路車軔其輪童嬰溺墮老婦號愁歷古迄茲孰為毗籌濬之之(蜀本作斷)來養民如身乃築長堤拒江之瀨厚其錢傭以飽饑(集作餓)人南北東西百里闢臻莫不用力金鎚響振(集作唇音眞驚也)摅讙相厲不督而勤堤既成止岡聯突起堅若石城障(集作障)為瀦水蒲莞菱芡鴻鶬鱣鯉唯其所取或食或祀長堤坦坦植之楊槐架谽飛圯以便去來除險作利非贊不能歌示江人式悅汝懷

很石銘　皇甫湜

很石蒼蒼驪山之傍(集作旁)鑱朴礲頑(集本文粹作瘢)嶷然四方昔秦皇帝謀之不滅也七十萬人茲焉遑遑(二本作皇皇)發石北(二本作此)山言礎於(或作于)墳若有憑依屹住中逵逢刑甃追人力無施故老相傳以很名之自(或作惟)昔太古不封不樹有

葛於(集作于)溝有薪于(二本作於)野後聖有作緣情不忍爲之棺槨其在唐虞則維寂木噫嘻恭秦壹用其人墳而象山下錮三泉窮珍物奇力瘁財殫驅逐(二本作驅)而前如刈草菅天毒其衷神憤(或作亢)其凶讁戍一呼九州風從白挺荊棘(集作棘荊漢書作棘矜)指麾崤潼險阻不闔干戈倒鋒尸露于劫隧燔于童蓬顆無依不十年中禹葬會稽不改其行聖德洋洋厥響久長至于漢劉釋之而(或作靣)言中如可欲猶隙南山剋私其身以盡其人刻詞狠石炯戒千春

傅巖銘(并序)　呂温

昔殷高宗恭默思道至誠動天天將報之以說爲瑞王在于鎬(集作寢是)降神夢中審形旁求實得於此曾不待敷奏以

言明試以功脫刑人之衣被公衮之服(五字集作被公衮)授受之際君不疑臣不憖大哉邈乎殷之所以興也若非武丁之心同乎天地傅說之德通乎神明何感動訢合如此其易厥後惟文王以兆用太公自漁父而登國師白旄一麾光定天下抑其隣敷由茲而遝莫不先顯後幽右賢(蜀本作資)左德勒以漢秩東于周行使特達自致之士無聞焉吁可歎也夫以天驥之才而造父馭之則必翼輕軒凌高衢風翔電邁(一作發)一日千里若制非其人服非其車忘權奇務牽東挫盛氣頓逸足使遵乎尋常之躅則終歲疾驅埋駑駘而不(一作莫)及矣遇與不遇又何疑之(集作疑哉一作歎哉)嗚呼見賢非難知之難知之非難用之難用之非難特達難君人者苟以特達爲心假無殷宗之夢必自得說不然則雖使咎夔稷契盡入其庭亦葉公之見龍反疑懼矣況氤氳之中乎恍惚之際乎貞元九年予自鎬徂洛息駕於虞虢之間外墟瞰原旁矚其地遠跡雖昧清風若存想說命三篇幾墮(集作墜)泰火百代之後德音如何乃作銘曰

赫赫湯德如日(集作火)不滅滔滔商祚如海不竭發祥播氣世祚(集作祚)聖哲國誕武丁野生傅說說始胥靡武丁即祚(集作作是)德通神交忽夢如寤(一作寤)若帝導我期於顯素有無之間邂逅相遇宵衣而起爰得其人貌符心冥如舊君臣飛龍在天山川出雲感激自致其間無因捨築傅巖脫鱗鵬升(蜀本作程)作霖時和會檝川程金在吾礪木從吾繩君何

言哉殷道中興元凱攀堯徽舜局階阿衡千湯抱咒徘徊會合之際厥惟難哉何如夢中天授神開惟賢是登道貴特達匪次勿用才其運過高宗得說乃在恍惚揭銘摛光萬古不沒

汴河銘(并序)　皮日休

夫垂後以德者當時逸而後時美垂後以功者當時勞而後時利若然者守道之主唯恐德不美後時逸於已民也夸力之主唯恐功不及當時勞於已民也故天下也不逸不足守不勞不可去致其利害生於賢愚之主自古然也則隋之疏淇汴鑿太行在隋之民不勝其害也在唐之民不勝其利也今自九河外復有淇汴北通涿鹿(一作郡)之漁

商南運江都之轉輸其為利也博哉不榮一夫之荷畚一卒之鑿險而先功巍巍得非一人假暴隋成我大利哉尚恐國家有淇汴太行之役因獻箴誠是謂汴河銘

惟河瀰瀰循禹之軌厥有暴隋鑿通淮(集作津)泗晝泣疲民夜哭溺鬼似豬川流如松貫地龍舟未故江都已弑陳跡空存遊波不止在隋則害在唐則利嗚呼聖王守此而已

馬當山銘　陸龜蒙

言天下之險者在山曰太行在水曰呂梁合二險而為一吾又聞乎馬當彼之為險也屹乎(集作于下同)大江之旁怪石憑怒跳波發狂日黯風助摧牙折櫓血和蛟涎骨横魚吭幸而脫死神䰟飛揚殊不知堅輪蹄者夷乎太行仗忠信

者適乎呂梁使舟檝者行乎馬當合是三險而為一未敵小人方寸之包藏外若常順(古本作中)如劍鋩蹈藉必死鉤鶩必傷在古已極於今益彰(集作昌)敬篆巖石俾民勿忘

文苑英華卷第七百八十七

文苑英華卷第七百八十八　銘四

樓觀(關防橋梁附)

石橋銘(張説集有同玉真公主過大哥山池十字)　玄宗(集本是英華作張説非)

梁園勝躅碣館佳遊苔深石暗山斜路幽橋非七夕節是

三秋爰停弄杼共此淹留

奉和　張説

王梁架迥碧沼涵空石鞭海上鐵鍛河中横漢飛鵲規天拖虹仙聖來往風雲路通

梓州惠(集作慧)義寺重閣銘(并序)　楊炯

大辰之歲正陽之月有鄭縣宰扶風竇兢字思泰昭宜令德光闡化猷庶政惟和萬人以理閑庭不擾退食自公遠覽形勢虔心淨域乃與禪師釋智海忘言契道寓目於長平之山援飛蘿陟峭嶁劖成千仞壁立萬尋俯觀大道僅如(集作同)束葉下望滇彌栽同芥子飛流滴瀝而成(集作生)響喬樹璀璨而垂榮玉堂云室千門相似大殿珠毫十方皆

覌慷慨榱桷（集作椽）之未立一吁嗟棟宇之莫脩不捨有為取諸大壯觀夫左龍角右參旗前太微後營室騈羅列以雜沓瑟蕭條而（集作以）清泠上磊落以晃朗下泓澄而（集作以）霰雙參參差差森森纚纚千櫨萬拱乍合乍離蒨蒨粲粲絢絢煥煥六釆五章或同或散奔如天覆蓋以雲平金火合含於垂珠日月相望於衢璧璇堺釦砌平接太階玉户金睥倪臨閶闔曳紅日舒丹霞豐隆為雲抨（集作砰）鏗訇於軒檻列缺為電翕習霍於庭除寒暑隔閡於墻垣（集作落）虹霓廻帶於廊廡仰之不極目炫炫而喪精登之無階心遑遑而失度土木（集作若土是）翔九垓之表仍不逮於上榮文（集作火是）章窮四海之間猶未離於前城借如梵天之宅（集作闕）釋帝

（集作帝釋）之宮兩曜城池五雲樓觀輪王所勵純金為說法之堂諸佛所遊衆香作經行之地亦未可同年而語也夫黃金鏤牓曾不若四攝之門青石為墻曾不若三空之地殫百工之力建七寶之樓豈徒然哉良有以也夫何故如來神力且觀嚴淨道飾方便化作一城事有古而可以質於今言有大而可以徵於小是則毗耶四會（集作衆）俱發道心險路衆人咸知寶所其銘曰

長平山兮建重閣上穹隆兮下磅礴紛被麗兮駢交錯儼色（集作靈）相兮冲寂寞誰所為兮天匠作

虎牢關銘　并序　　賈至

天地定位三（一作山）川擾其極于寔設險虎牢擁其要扼（一作振）之以五嶽維嵩崒焉迫之以四瀆洪河突焉宜其咽喉九州闔閾中夏替經綸之攻拒却攙搶之陵暴君乃金火代變山河分裂豪從力爭義散約解時則漢祖守之以臨山東坐清三齊強楚躑躅而不進及夫隋氏失馭中原版蕩封豕荐食龍戰玄黃時則太宗擁之以拒河朔克擒醜夏偽鄭袒縛而請命於戲自周室微弱虎很并吞盛衰千祀正閏更王而政和人民（一作民安）一統長久漢氏昭於前載我唐光於茲日其創業之主戡難定功咸在斯地意者天開（一作闢）險固為霸王之器乎聖作功業知窅冥之意乎不然何玄期時事影響之若此也又聞諸鄭志曰制巖邑也虢叔死焉而唐漢紹興得非山靈河神正直是輔乃知英

雄者不獨恃險而顛沛者在於凉德歟天寶七歲（一作載）至自宋都西經洛陽歇鞍登茲懷古欽聖（一作望）覽山河之壯麗想威靈而咫尺慨然有懷敢獻銘（一作頌）曰

邈矣維嵩峻極于天磅礴崔嵬北臨洪川嶽瀆會險蹙坼封泉寔開虎牢作固伊瀍維茲虎牢天設巨防攻在坤下拒在离旁昏恃以滅聖憑而王崢嶸谽呀孟門相向伊昔漢祖戡秦繞周勍敵相及此焉淹留終夷海春遂割（一作復）鴻溝乘豐而東奄有九州隋氏敗績黎人難阻帝命太宗陳師鞠旅鐵騎傳傳雲旗容與擒夏剋鄭在此一舉日月永清昆蟲得所歲在戊子酉經登茲祗聖肅然憫亡懐其虢叔亥道復隍熸（一作熠）師項氏烹苛莫能守之險易同途

成敗興時，德不在鼎。王孫布詞，三苗不循。魏武恃怙，逆失順獲。古今同期，申鑒勒銘，庶警將來。（一作皆唐文粹）

古函谷關銘（并序）

獨孤及

王者建邦經野，觀象立極，於是有重門擊柝以待暴客，故封略土守，守在關塞，山川丘陵爲之城池。天作崤函，俾屏京室。崇山廻合，連岡叢倚，長河屈盤，萬里來東，崖奔嶺蹙，谷扼溪闔，崔起重險，爲秦東門。截函夏於閫域，鎖天府於戶牖，外扼八州之咽喉，故百二形焉；內擁六合之奧區，故霸王出焉。當其中（集作周）原鹿駭，戰國蝟起，嬴氏建瓴山東，擇肉宇內，持戟百萬，連衡此關。是時也，開門而九國師遁，振策而二周鼎入，奄有大寶，遂吞中國。洎（集作及）江返秦璧，

天祐漢祚，高皇帝提劍而起，以遏亂略，斬白帝，纘降王，舉漢中，平咸陽，鄰金城以建都，活萬姓以（集作於）三章，取威定功，此焉是保。奧若詢事國諜，聆風仙籙，則真氣靈蹤，起乎其中。柱史一去，流沙萬里，留王函於舊宅，傳寶圖於本枝，豈上帝乃眷興王，是感不然，何錫羨開國如此。其成耶其太（五字集本文粹作其大）歲在大火，余適下陽，停驂塞門，憑覽舊國，襟帶如故，世道不留，秦餘空山，漢遺（集作爲）茂草。恐後舟失於壑，岸化爲谷，萬載之後，昧者不知，乃刻頌此石，以示來裔。其詞曰：

天地雷雨，英雄交爭。設險守國，作藩於京。姓易時移，山空塞平。千秋陵谷，想見精靈。仙駕長往，椎圖杳冥。于（集作何）以志之，勒銘巖局。（集作巖扃）

趙郡南石橋銘（并序）

張彧

閼茂歲，我御史大夫李公晟奉詔總禁戎三萬，北定河朔。冬十月，師次趙郡。郡南石橋者，天下之雄勝，乃揆厥績，度厥功，皆合於自然，包我造化，僕散客也，狀而銘曰：

汶水伊何，諸川互湊，秋霖夏潦，奔突延袤。杼材蘶制，樸斵紛糅，幹地泉開，盤根王甃，虹舒電拖，虎步雲搆，截險橫包，乘流迥透。块軋匠造，琳琅簇遶，敞作洞門，呀爲石竇，窮琛莫筭（一作賒莫筭盈）盈（一作紀），方就力將，岸爭勢與空鬭，吞齊跨趙，警夜防晝，月桂虛蟾，星羅伏獸，謂之鈐鍵，撮我宇宙，謂之關梁，扼我（一本作廻）戎寇。郡國襟帶，河山領袖，經途者安，逸

軌者覆東南一尉，西北一候，萬里書傳，三邊檄奏，郵亭控引，事物殷富，夕發剸（一作）塛朝趨，禁雷貿含，冰碧文輝，藻繡花影，全芳苔痕，半舊天啓大壯，神功罕究，勒銘巨橋，敢告豪右。（一作皆唐文粹）

望思臺銘（并序）

呂溫

望思臺者，漢武帝思戾太子之所建也，事具漢書。夫立人之道，本乎性情，生而知曰性，感而動曰情，性雖生情，情或賊性。是以聖人患其然，而爲之節，誠而明之，中而庸之，建以大倫，紀以至順。倫莫極於父子，順莫先於慈孝。然而全之者正也，慈不得其正則失子，孝不得其正則失親。救失之術，存乎善教。昔者三王之教世子也，如周公乃爲太傅

如召公乃爲太保，如太公乃爲太師，左右前後罔非端士，禮以尊其目，樂以一其耳，仁以制其氣，義以疑其情，故非僻之心無自入也，讒慝之口莫能間也，父子君臣之道所以全也。漢則不然，世子非三代之賢，保傅無二南之老，左右前後唯刑餘罪人，目流於靡慢，耳溺於泆滯，氣溢於寵渥，情蕩於驕奢，於是非僻之心得以入矣，讒慝之口得以間矣，父子君臣之道所以離矣。向使太子師友尊嚴，左右端肅，雖江充之詐，豈敢以不義而加之耶？向使太子孝德彰聞，仁聲茂著，雖武帝之惑，豈遽以大逆而疑之耶？向使太子早服師訓，必知教義，豈忍一朝之忿，棄其親而忘其身耶？由是言之，其所以陥於此者漸矣。殆哉當時之勢也，

國忘（疑作亡）家嗣，武老昭弱，京師蹀血，天下疑動，若無霍光受負圖之寄，秉不奪之節，斥昏建明，鎮翊鴻業，則必庶孽尋戈，起商參之禍，姦臣乘釁，行羿浞之事，漢家之祀豈及三七哉？此有社稷者之所宜深戒也。乙亥歲，予經於湖，登茲荒臺，望古太息，以爲遇夫一物有可以垂訓於（集作整訓于）世者，秉筆之士未嘗闕焉，乃作銘曰：

人倫大統，天性是寶。雖曰自然，亦資斧藻。漢皇父子，一失其道。四海爲家，不能相保。荒臺巋而，千古之悲。悔目空斷，冤魂不歸。疑生於微，禍積於基。苟有明義，誰其間之。嗣維邦本，本動邦危。於呼後王，鑒茲在茲。

成臯銘　前人

茫茫大野，萬邦錯峙。惟正守國，設險於此。呀谷成塹，崇巔若壘。勢軼赤霄，氣吞千里。洪河在下，太室傍倚。岡盤嶺蹙，虎伏龍起。鎖天中區，控地四鄙。出必由戶，入皆同軌。拒昏納明，閑亂開理（集作治）。昔在秦亡，雷雨晦冥。劉項分險，扼喉而爭。漢飛鎬京，羽斬東城。德有厚薄，此山無情。維唐初興，時未大同。王于東征，烈火順風。乘高建瓴，擒建係充。奄有天下，斯焉定功。二百年間，大朴既還。周道如砥，成臯不關。順至則平，逆來（蜀本作者）惟難。敢跡成敗，勒銘巉頑。

古東周城銘（并序）　前人

魯昭公三十二年，周萇弘（集作叔）合諸侯之大夫城成周。晉女叔寬（見左傳。四字蜀本作衛彪傒，蓋從國語）曰：「天之所壞，不可支也。萇弘違天，必受其咎。」異歲，周人殺萇弘。左氏明微，以爲世規，俾持顛之臣沮其勝氣，非所以勵尊王垂大順（集作訓）也。予經其地而作是銘：

文武（集作王）受命，肇興西土。周公作洛，始會風雨。居中正本，拓統開祚。盛則駿奔，衰則夾輔。平王東遷，九鼎已輕。二伯之後，時無義聲。大夫萇弘，言抗其傾。坐召諸侯，廓崇王城。雖微遠猶，實被令名。宜福而禍，何傷於明。立臣之本，委質定分。爲仁不卜，臨義不問。無天無神，唯道是信。國危必扶，國滅（集作威）必振。求而不獲，乃以死徇。興亡理（集作治）亂，在德非運。罪之違天，不可以訓。升墟覧古，慨焉遐憤。勒銘頹隅，以勸大順。

棧道銘　歐陽詹

秦之坤蜀之艮連高夾深九州之險也陷谿窮谷萬仞直下奔巖峭壁千里無土亘隔呀絕嶢嶢冥冥麋鹿無蹊猿猱相望自三代而往蹄足莫之能越秦雖有心蜀雖有情五萬年間夐不相接且秦之爲蜀也人一其性物同所宜嗜欲無餘門（集作源）教化無餘源（集作門）可貿遷可親昵孽拆地脉聯離物理豈造化之意乎天實凝清而成地實凝濁而形當其凝也如鎔金下鑄騰雲上浮空隙有所不開（集作周）廻翔有所不合澄結既定竅（集作巖下同）缺生乎其中西南有漏天天之竅缺也于斯有茲地地之竅缺也天地也者將以上覆下燾含蓄萬靈可通必使而通者也苟有可通而未通聖賢代其功（集作工）而通之故有爲舟以濟川爲梯以踰山唯茲地也有川不可以舟涉有山不可以梯及粵有智慮以（集作念）全玄造立巨衡而舉追氏縋懸纑以下梓人傒垂絕冥鳥傍危岑鑿積翠（集作石）以全力架半空於木棚斜根王壘旁綴青泥截斷岸以虹矯繞翠屏而龍蜿堅勁膠固雲横砥平惣庸蜀之通（集作道）途繞岐雍之康莊都邑之能步山川之無壓若水决防如鴻嚮陽南之北之踵武湯湯躋峨峨以自若臨蒼蒼而不懼繇是贄幣以遞（集無此字）達人神以（集無此字）會同稽禮樂之短長量威力之汙隆可王者王可公者公而相次以興或曰受琢之石長存可構之材無窮易刓代蠹斯道也未始有終嗚呼爲上懷來在乎德爲下昭德在乎義德義之如今日則或人之言有孚其反之則石雖存恐不爲琢材雖多恐不爲構想夫往昔有時而有有時而無是用惕惕天下嗤嗤（集作蚩蚩）知聖賢創物之意之人寡明德義固物之道之人稀敢陳兩端之要銘諸斯道之左庶主德義者存今之所履踵武湯者荷古人之攸作乃爲銘曰

天覆地燾本亦備（集作周）設大象難全或漏或缺損多益寡聖賢代工被雖有缺與無缺同惟北曰秦惟南則蜀地缺其間坤維不續斗起斷岸（集作岸斷）屹爲兩區秦人路絕蜀火煙孤天實不通賢斯有造鑽堅剡勁無蹊以道若川匪舟若陸非車緣危轉虛步驟交如構雖在功存亦由德項怫劉怒從完以踣隮落我榮（集作營）自顛而植地非華勢材不易林踣植之致惠怨之心勿謂斯道不常（集作恒）勿謂斯道可久禮不以禮可有而無恭不以恭可無而有創之之意如彼固之之理若茲彼知不易茲而易知勒銘道左其同我思

舒州新堂銘　李翱

先時寢壞有隘有攎（集作其廬）乃作斯堂高嚴旟旟六桷四楹裴重架虛欒拱不設簷梠（集作蜚）祛祛嚴不越度險而有餘左立嘉亭繚以環除延其泉源志肆其紆（集作延延其深肆肆其紆）吏事既退齋心以居思民之病擇弊而鋤弗敢逸隳（集作弗逸弗墜）謹終猶（一作如）初大旱之後蝗隣邑成墟獨我州氓樂哉胥思

鬼神所福事非集作匪在乎丞相以言乃下徵書俊官于朝以鮮前疵刻銘于斯永永群舒

藍田關銘并序　皮日休

六年皮子副諸侯貢士之薦入京程至藍田關覩山形關勢廻抱于天秀欲桀睥危將驚魄噫將造物者心是而加力耶不然者何壯觀若斯之盛也易曰王公設險以守其國信矣哉若爲天下之樞機萬世之閫閾者非玆關而莫守也因陳其規是爲藍田關銘

天輔唐業地造唐關千巖作鎖萬嶂爲栓難圖其形莫狀其秀雙扉未開天地如斗軋然晝啓人流如濟似晝秦國鋪於馬底嶮不可侵唯王之心矧夫茲關獨可規臨

兩觀銘　陸龜蒙

兩觀雉門雖僭天子聖人在朝姦佞誅死姦首懸地姦血如水政不得亂國是以理下及千祀澆風四起内荏外賢舉世稱美赫奕皇都象魏天倚豈無姦邪佩玉𣝣桀左傳作𣝣聖人弗生兩觀如砥以石鑱辭著于闕里

文選樓銘并序　楊夔

文選樓者梁昭明太子選文之地時逾四代年將五百清風懿號藹然不泯况廣陵乃惰室故郡遺事斯存求之於今陳跡盡滅斯猶巍巍久而益新其不由以學而立道者道則不朽以文而經業者業則不磨乎弘農子經於是樓提筆路絶且慮夫不文不典者肆而勵乃泣以銘云

峩峩萬宇匪歌則舞美哉此樓獨以文脩自由名貴不以華致雖超千古靡有顛墜孰堪其登必精必誠孰可以居必賢必明無聚優以爲娛無習伎以稱榮吾恐其素德懷辱於宜萁

文苑英華卷第七百八十八

文苑英華卷第七百八十九　銘五

器用

刀銘三首　庾信

風伯吹鑪，雲師煉（一作鍊）冶。鐵𨫼朝流，金精夜下。價重十城，名高千馬。

千金頳合，百鍊鋒成。光連斗氣，𨫼動山精。身文水動，刃古珠生。

斗精遥降，山靈下從。水文千曲，蛇鱗百重。燕砥斂刃，蜀水開鋒。氣生分景，環成屈龍。

唐北京崇福寺銅鍾銘并序　吴少微

夫鍾者，梵塲之信鼓也。聚萬法者，莫大乎信鼓。是故佛置信鼓，所以窮遠究微，一切賢聖，恒河沙類者也。所以開教設敬，使天下之人善勸而淫懼也。所以制鬼神之端而魔魅不得閃其人（疑衍）。姦義刹（一作殺）不得載其毒也。故以聽則不感，以念則受福者，信鼓之謂矣。洞夫樹之而不朽，功（一作攻）之而不匱，颺言曰皇后之舊業（一作葉）也。飛龍在天，載華厥號，殿艷翼庭，煌煌井甃，不改耽耽。萬構有鍾在堂，宼而不備。越相公、御史大夫鉅鹿魏元忠，仗旄鉞，振金鼓，發秦兵，河率利伐，徐兖鉤車，逐而北之。於是休兵十月，入自禪關，聞鍾聲薄而觀之，曰：「斯一鼓鐵也，曷以昭蘇群聾，光響皇梵。」顧稅金紫之秩，賈梁岷之銅，張而鏞之，俾兵（一作碑丘）哮吼，𢭏周俶宇（一作叔宇），會東郊不開。公於是再有廬龍之役，天子申命，執金吾、南陽張公仁亶，以魏公之事端尹北京，保釐府戎，左右梁葉，纂鑄洪器。庀工慮鈞，塗坯堪剛，壤象睎炭，隊堂宣火，房歘飛熛，扇囬禄，金光轢鉛，液注煎，準沸渭爛

熚烘赫，爇重雲，焱寳界，彀攸而不可嚮者，旬有日矣。廼撤乃相，制作可覩，嘗試而鏗之，聲聞于天，得未嘗有。大而不槬，敏也；長而不掉，正也；周而無瑕，忠也；扣之則應，信也；大扣則纚纚厲而猛奮，勇也；小扣則清逾而温韻，仁也；剛而為圜天也，含章可貞，地也；非夫虚（疑）妙純粹，幽贊而不測者，孰能致於此？故良冶歔欷，群真悏躍，自相與建高臺於西廂，殫土木之瓌，峻赫如也。則俯紼以累之，攢欒以扛之，千人引，萬人唱，大力斯接，乃登夫懸焉。猛虎贔屓以奮，長組製（疑作掣）曳，以縻拴（疑）。四緇用壯，是拒是考。始作也，鍠鍠乎雙城井陌，震來虩虩，火縱也，驚遠而懼邇，山訛而河泄，蹶狂故頹，熟（一字疑）發爾其亂也，天地殷雷霆，鬬魚胱淵羽

蓊雒戲駁栗栗而 汗涸兕貔 虎與百獸夫其終也戢怒游
感春容將盡夂而不絕雄雄乎無閒北方之強能與（疑）罔
不諦聽而求時夜於是旭旦之音達而人用悛惕伐厲泉
而人悲衰老鼓昏究而人悁煩愛（一作受）胥中哉人釋其病
昧爽哉人室（疑）其意欲惣九圍而利萬有者勉是夫初大
夫之檮施也人咸曰休哉夫美而不稱君子以爲誣矣若
二公美莫不可歌也則其疇離之頌曰
佛說撞鍾本三聲昭會百衆持六情厥有吒王愛輪（疑）割
故我長擊以護脫因而作偈演之曰一救冥獄湯劍時二
救餓厲釋縲饑三救六畜報愚癡四救修羅勇且疑凡鑠
堅剛十耗一我金再鍊溢（一作溢）百鎰巍神力誰其尸大道

至感曰諸佛（此銘序多不可辨疑有脫誤）

太清觀鍾銘 并序　蘇頲

大矣哉鍾之爲用軒轅氏和音樂（一作聽）之夏后氏陳義聽
之此皇王所寶也太微君上真撫之紫虛君玄方撫之此
仙聖所珍也國家誕發元系丕承景業（一作耀）與時偕行惟
道則佑以太清觀金庭晃朗玉京崇絕七映嚴飾四時洞
開憂雲璈椎雷鼓嘗有之矣然而陶鑄三品大造融於得
一範圍四名大空合於吹萬其梟氏鴻鍾歟工以思專神
以響會鍾（一作鐘）用乃息器或云（一作玄）聚攫蹲獸而俯（一作旁）
捧儼旋蟲而上扶虢遠則傳聲希以節廣於巳日普集諸
天契九仙於福堂起六 幽於苦海重以珍珠爲閟瑠璃作

地皓魄初滿清霜始飛迟召香童遥徵羽使時環而載（疑）
載考律應而不舒不疾一西昇路接韻閶闔之清（一作秋）風比
斗城連含未央之夕漏非與其至妙孰臻於此乎在昔圖
旂常勒彝鼎者所以建功樹善紀德昭事未有萬人斯和
傾耳歸真四魔是革調心服道徹於千界楊我巨唐之聲
懸於億刼齊我巨唐之筭安可不篆于銘銑者哉其詞曰
碧落朱宮兮爵其崇金振玉扣兮殷而鴻九枚是獻兮百
神工成之不日兮鏗乘風聲無巳兮福無窮

素木盤盂銘 并序　前人

先天歲夏五月頲蒙恩旨傳還洛京時肅祭酒丈人任膺
居守嘗撰素木盤盂分諸好事頲既至丈人垂眷循昔銜

衣撫孤得拜清顏訴窮欵於此矣他日復往又以木器謂
（疑）之亦須斯惠豈散則當棄木有先容而見知豈朴則能
堅器有晚成而獲贈覩以爲誡仍邀作銘退而力鄙懼不
如命

山有木兮全真而生君子器之審而用（一作用而）成渾則不矯
受則不盈辯（一作辨）以文直牢固素真抱朴委性誠奢遠名
慮終謀始能合道精

越州華嚴寺鍾銘 并序　李邕

有同乎源播厥派者夥哉沿之惟輪則終列大輅革以究
處則崇構夏屋譯梵言於華學象揵槌於景鍾從來久矣
觀其聆妙音獎弘誓艾苦趣鑿昏禪門劒輪（疑）在空法衆斯

集鏞之時義大矣哉郡司寇北平楊公沙門師萌抵净根
保耳一（無此字）界妙有忠爲迦維之業堅朴象正之鈞嘗慨靈
越樂郊勾吳通邑雖經行大壯塔廟藝釋訓乃首唱群吏
傳聞庶氓合聽悉心聚糧殫幣鐐文馬以庀製驥群龍以
範鍾撰祥時歷令日傾郛郿畢緇黄舉帆雲屯擊轂雷動
百身勇施累讚願言者計以萬億然後陶人事爐火正疏
冶風伯鼓槖樂工楊嬉（疑）煥乎鼎陳蔚焉丘峙手舞者翳
景稱慶者振林遲明藏功亭午卒業於是魯臺大起雕簴
懸列鯨魚吒怒以震擊蒲牢跧曲以駭嗷隱天網營地理
刹那昭應一念信心有無識生幽執鬼物莫不休復净域
貞觀真諦矣有若大者不樅小者不窕則州鳩之聽曷以

臻其問歟其詞曰
大雄立號兮考彼華鍾震發三界兮以覺其聾俾我群動
兮不懼厥凶君子是象兮載鑠載銘彌億斯年兮罔有天
鏞

興唐觀新鍾銘（并序）　權德輿

聲爲陽所以發越金尚羽所以清徹故凫氏工焉法器成
焉玄門揭焉與夫樂出虛鏗立號同其功用而信響受祉
之說倍焉興唐觀新鍾者觀主道門威儀太清宮供奉鄒
尊師彝素之所創也是觀經構之初與舊鍾俱當開元甲
戌距今七十有七歲嘎鈌與桼法音不嗣久矣師有環中
火辯爲道流龜龍循其照朗概其妙法自然無爲（八字集作觀其妙然）

後（無爲）而無不爲所以佽玄功弘碩力誠脩而物應言發而
響會上士仁人展其功飛廉回祿理其具精乎六齊合以
萬數以心齊以神漗槖地籟騰天光無害金無耗氣不窕
不樅不石不播於是登簴在懸希聲殷然小大隨扣昬昕
警衆周六虛而洞三界投九幽而清五苦皇都人士游者
萃者感於耳和於心躁者静者懸解師之善利利物可勝
道哉古者林鍾景鍾皆銘其功儒氏之典也推類以鏤文
字師之心也銘曰
其動也懸而（集作如）天其用也虛而圓雷大音兮集群僊福
元后兮斯億年鏗訇響亮鴻都前上入冥兮下徹泉然後
舂容銷散兮迈萬物於自然

陶器銘（并序）　歐陽詹

常侍論於長者儗有之曰近代之作玉杯麗則麗矣愚以
不如古之人（集作人之）爲陶長者韙之以爲知言退而思其所
自多亦不忝（集作忝是）伊人之譽器以利用道從易簡利用者
貴無徃而不適易簡者取立功而匪勤今天下（集有之字）至富
者土也不勞而成者火也夫陶搠摤（集作壞下同）之（集作以）制焚
烝以凝就其不勞因其致富不瑩而水清珠哯（集作皖）不鍛
而金固石堅一工致功千室以給𣪘鬲罍甗瓶缶盂盂大
窮擔頭（集作石是）小極圭撮經鼎鑊而自若在燀爇而莫渝瀸
堂絶侈靡之譏極（集無此字）提絜無剽殺之患其功則易簡也
其實則利用也其藏又保安也易簡二儀之理利用五行

之本保安立身之方執人之方覆物之本從天地之理此三皇五帝所以內户不扃外户不閉無爲之德所由生也豈夫玉杯之獨劣其餘孰得而儔焉則刓材楩璞窮山越壑磨礱雕琢鑄鍊冊艧力盡終年之功財殫不訾之產量幾十合質忌湯火富集作寶家得奢盈之譏集作議中懷生賊害之累其功則非易簡也其實則非利用也其藏又非保安也啓二儀之理遺五行之本乖立身之方此夏桀商紂所以人人頗邪比屋可戮亡身之禍所由生也皆費鮮勞皆備於物德且如彼而人賤之煩人蠹財不周於用禍又如此而人貴之久矣哉世之迷亂也集作物有賤而可貴亦有貴而可賤惟賢者能審之小子不幸億而有中誠背常

人之見敬爲銘以廣之銘曰

黜汙易杯聖人製器易簡作程利用爲貴稽諸往載陶集作極實攸興裁因掬壤成假焚蒸不艧不册不雕不刻自集作日結金堅天然氷色財無害產切非殫力量盡洪纖周窮幽仄物有千金相與我取不費爲利用集作物有積巧集作功相崇我取不勞爲工物有患湯忌火我取往無不可物有剽殺焚軀我取懷藏不虞心存目視奢尋彼至堂集作室滿堂盈侈莫我生省庸周用所賤謂何買害勤人所貴者邪可貴不貴物失其類失類曰昏雖隆必墜可賤不賤物得其選得選曰明雖幽必見上唯五帝下洎三王實有以興貴有集作亦有一作實可以亡蚩蚩百工孰若我陶敬銘有器永告

涵涵

洪州大雲寺銅鍾銘　獨孤及

參變化孕律呂和神人莫疾於聲故天地以雷震萬物人以樂節八風佛土以鍾警六時天造聖作同符異貫自真乘開設其輪三轉像教不墜而法鼓之製在焉三字集本文粹作制存彤彤蓮宮于江之濆萬井在其前善惡興乎人將欲誕敷我法音啓迪我善根集有我字是以作萬鈞之鍾大其器所以昭其度也俟誰尸之長者杜海泊此方上士釋文粹作精法觀釋法二字集作精鸞與比丘衆百三十有五人實果其願將辦所作于時火官金工循集作脩厥戒令範集作法陰陽九六之數以合造化均薄厚侈弇之齊以諧清濁聚精會神雋

工於其間弘誓既達昏疑皆破故衆心如城施者成集作如市大悲之感與萬靈接集有况字祝融回禄髣髴交應越五日集本文粹作月辛丑新鍾成於是此邦民大和會膜拜縱觀川塞衢隘集作盈川塞衢億兆諦聽鯨魚乃發訇然如扶搖號而萬竅怒霹靂作而崇山破在坑滿坑在谷滿谷金界岌峇若震若蕩文粹作盪既而栩怒散渙與颸飈俱激度越集作越若大千周流六虛經于禁集本文粹作嚴城入于梵宮徘徊乎霜天淩厲乎清夜千門徹萬户警魚龍皆奮蟲豸不蟄於是聆其音者貪騃遷善聾盲知方識浪安流地獄清涼屯王解形刀輪摧藏嚴乎心者聞聲以知受觀受以悟法若露清耳根鏡照身業彼金鼓聲氣木鐸徇路整衆孚號方斯陋矣蓋聖

人弘道以勸善因善以建法作法〔器〕以爲天下利利者教之果法者教之因善者教之宗我〔鑄〕鍾我懸是訓是崇世界有極大音無窮

泗州開元寺鍾銘并序　李翺

維泗州開元寺遭惟水火飄（集作漂）焚之餘僧澄觀與其徒僧若干復舊室居作大鍾貞元十五年厥功成於是隴西李翺書辭以紀之

八月梓人功既休戊寅鑄（集無此字）大鍾成先時厥初惟于天菑波沉火燔旣浮爲薪旣蜚爲塵澄觀之初烕復其居華舊而新環墉如陵臺殿斯嚴乃三其門俾後勿踰其徒不譁咸服其勤有加于初屋室旣同乃範乃鎔乃作大鍾乃

懸于樓以鼓其時以警淮夷非雷非霆鏗䤨其聲淮夷來警（集作驚）上天下地弗震弗墜大音無數千僧戮力頌昭其績乃銘于石

陸修檻銘　前人

晝日居于是窮性命于是待賓客交其賢者亦于是有客李（集作曰）翺銘于是

盤石銘并序　白居易

大和九年夏有山客贈余盤石轉寘於履道里第時屬炎暑坐卧其上愛而銘之云耳

客從山來遺我盤石圓平膩滑廣袤六尺質凝白雲文拆煙碧莓苔有斑麋鹿無跡置之竹下風掃露滴坐待禪僧眠留醉客清冷可愛支體〔甚〕適便是白家夏天床第

二銘并序　羅衮

黄帝作巾几之法孔甲有盤盂之誡太公陳觴鏡之銘所以昭成敗而防遺闕也衮不敢追蹟聖賢輒取枕杖二物而爲之銘亦賤士區區（文粹作亦古之賤士不忘君臣）之分也

枕銘

或枕或歌有安有危勿邪其思

杖銘

身之疲杖以扶之國之危賢以圖之

後二銘并序　前人

前惟王者之義無所不正或得賢以反國旣作枕杖二銘

以風後念時人歎於自脩卒遠善反禍或侈蒲不能長嗣因亦銘諸櫛銘諸門以勸

櫛銘（盧仝集作梳銘）（此首文粹作盧仝作）

而有髮旦旦思理有心焉有身焉胡不如是（文粹作人之有髮兮旦旦思理有身兮有心兮胡不如是盧仝集作有髮兮朝朝思理有身兮胡不如是）

門銘

金樞玉鍵何足牢止盈脩德後必高

文苑英華卷第七百八十九

文苑英華卷第七百九十　銘六

雜銘

思舊銘一首

唐故涼州長史元君石柱銘一首

座右銘一首　　錢銘一首

廬山故女道士梁洞微石碣銘一首

廬山玄德先生碣銘一首

續座右銘一首　　佛衣銘一首

文塚銘一首　　隋鼎銘一首

書銘一首　　陋巷銘一首

卜肆銘一首

思舊銘　　庾信

歲在攝提星居監德（一作鶉首）梁故觀寧侯蕭永卒嗚呼哀哉
人之戚（一作慼）也既非金石所移士之悲也寧有春秋之異
高臺已傾稷下有聞琴之泣壯士一去燕南有擊筑之悲
項羽之晨起帳中李陵之徘徊岐路韓王孫之質趙楚公
子之留秦無假窮秋于時悲矣况復魚飛武庫頳有棄甲
之徵烏伏翟泉先見橫流之筆（一作兆）星紀吳亡庚辰楚滅
紀侯大去鄅子無歸原隰載馳輮（一作輾）轅長別（一作徃）甲裳
失矣餘皇棄焉河傾（一作流）酸棗杞梓與樗櫟俱流海淺蓬
萊魚鼈與（一作北）蛟龍共（一作並）燕焚（一作燃）香複道詎假遊魂
載酒屬車寧消愁氣芝蘭蕭艾之秋形殊而共（一作並）瘁羽
毛鱗介之怨聲異而俱哀所謂天乎乃曰蒼蒼之氣所謂
地乎其實摶摶（一作傳傳）之土怨之徒也何能感焉彫殘殺翮
無所假於風飈零落春枯不足須於霜露幕府昔開賢俊
翹首爲羈終歲門人謝焉至於（一作反乎）東首告辭西陵長往
山陽車馬埊別郊門潁川賓客還悲惣（一作私）路稽叔夜之
山庭（一作廬）尚多楊柳王子猷之舊徑唯餘竹林王孫葬地
方爲長樂之宮烈士埋魂即是將軍之墓昔嘗歡宴風月
留連追憶平生宛然心目及乎埀翅秦川關河羈旅降于
悲谷之景實有憂生之情羨酒酌焉猶思建鄴之水鳴琴
在操終思華亭之鶴重爲此別嗚呼甚哉麟亡星落月死
珠傷瓶罄罍恥芝焚蕙歎所望鍾沉德水聲（一作塋）出風雲

匌沒豊城氣存（一作連）牛斗潸然思舊乃作銘云
風雲上慘舟壑潛移駸駸霜露君子先危紀侯大去懷王
不返王樹長埋風流遂遠荀伯舊（一作卿故）縣慶封餘邑萬里
歸（一作傷）魂脩門詎入墳橫（一作城連）武庫山枕鳳龍思歸道遠
返葬無從徒留送鴈空靡長松平陵之東無復梧桐松聲
肅瑟長起秋風嶹昔隆貴提携（一作慘舒）語默託情稽阮（一作琴）
風雲相得有酒如澠終溫且克朝陽落鳳大野傷麟佳城
鬱鬱流寓于秦山陽相送唯餘故人孀機嫠緯獨鳳（一作鶴）
孤鸞閨深夜靜風高月寒（一作風月俱寒）生平已矣懷舊（一作故）何
期匣中絃絕（一作斷）隣人笛悲昔爲幕府今成繐帷

一作昔藝文類聚

唐故涼州長史元君石柱銘并序　張說

公諱仁惠字其河南洛陽人也昔帝軒命子爰宅幽都天神降祚遂荒北岳其後日月運行風雲經始壇場鄴洛擾天地之圖帶礪山河建侯王（集作王侯）之國公即魏昭成皇帝之十世孫中書令濮陽王順之曾孫也大父雄魏濮陽王後改封武陵王昆吾伯嗣越在濮陽之墟琅琊王子別封武陵之郡孝（集作字是）文朝降爲武陵公太府卿秦州總管徵子去國不替舊章薛侯來朝於焉降等父胄隋亳（集作濠）豫二州刺史右衛大將軍襲封武陵公翼亮隋室弘濟王業有佐命之元勳承異朝之世祿文武籍甚詒燕深長公受金行之正性承冠代之隆烈幼見岐嶷夙聞器局（集作聲器）靈臺雲秀繩墨之宰無施雅韻天成金石之師何力屬隋綱弛紊神棄不歆鄉族衣冠日失其序獨寐寤宿永懷盤澗之人藏器待時未射高墉之隼唐祖龍飛天宇鵠板巖林授公右千牛錄事贊開之恩舊也高皇邑子旣與盧綰同衣世祖學徒則有嚴陵共宿久之以公事免爲嶲州法曹又歷循州河源滑州靈昌二縣令克己爲政蠻貊化忠信之言直道與人仕已無喜慍之色永徽在曆石真構難群渠（集作兇）旣剪江界蕭條帝念疲甿疇茲俾乂乃授公睦州雉山縣令乘驛而往下車作則江連（集作漣是）海盜革面未（集作來是）威然後簡（集作間非）綱鳩人峪策羈吏閑田盡闢鰥寡（一作孤）委犬彘之餘絕澗無遊豪猾屛蠹漁之氣我有禮樂達於

山川鬼神物應休貞孚於烏獸草木朝廷異之拜朝散大夫行隆州閬中令未至改授雍州渭南令觀人設教異邑同風遷隆州司馬尋加朝請大夫守京州都督府長史分乘兩蕃人康頌作化澄巴濮無侵橘柚之園教溢河湟不飲蒲萄之酒離歌就具歲夢臨辰命躓脩途榮慙厚德愬章二年終於官舍春秋七十有三夫人安定梁氏文伯之妻君子以爲知禮孟軻之母良史述其能賢齊德茂於昭塗合祔期於幽隧有子懷貞斧藻詩禮佩踐義方承家有馥芝蘭如也歷官右司員外郎太子舍人而惟事徙居復歸舊土履霜露于三紀無改素冠之行遄桑梓於十載還守青門之田勤孝在乎追遠豈感思乎備物武陵公之塋域今順陵栢城之內也山園有禁奉瞻靡及粤以聖曆二年歲次月朔別卜宅於咸陽縣肺净（集作浮）原合葬焉公孝友純深風標峻起門無雜客家有嚴君而佐郡爲邦弘風邁德執法不撓去邪勿疑仲由之政事叔向之遺直豈稱論之典有闕範則之容將墜仰推（集作惟）代姻恭承哀託郭有道之故事無媿蔡邕趙文子之將遊永懷隨會寓詞楹石式題賢壟其銘曰

大哉乾元我族資始有國伊魏曰天之子皇犧姓風帝姬氏水衲業垂統嚮乎舊史崇德象賢允也重軌貞涵玉性潤結璇源武公之子平王之孫川派長直光氣能渾孝深栢顙義重荊澔白珪比節黃金敵言行實剛簡遊無諂瀆

學妙神教書能鬼哭避彼屯邅盤桓空谷四海有王一旦
明月佩此芳草遷于喬木亦既從政淑問克宣秉心如水
臨事如絃歷宰四邑高芬靄天元僚兩郡汪化流泉江河
秦蜀嘉聲在焉三光西沒百川東度天道運廻人隨代故
倏忽三紀悲凉千露帝葬橋山傍儒祖墓天斷舊城(集作域)
地開新路路即咸陽阡惟京兆地氣雲矗長岡龍抱竁掩
銅人瑩畱石鳥塵欹徑滅山飛海火篆刻揚名亭亭華表

座右銘　陳子昂

事父盡孝敬事君端忠貞兄弟敦和睦朋友篤信誠從官
重公慎立身貴廉明待士慕謙讓莅民尚寬平理訟惟正
直察獄必審情謗議不足怨寵辱詎須驚處滿常憚溢居

高本慮傾詩禮固可學鄭衛不足聽幸能脩實操何俟釣
虛聲白珪玷可滅黃金諾不輕秦穆飲盜馬楚客報絕纓
言行既無擇存沒自揚名

幾銘　權德輿

太和熙熙酌而用之旁魄變化皆生乎幾上合乾道萬物
陰騭下為人紀百工咸秩游泳虛無合(集作含)體渾區乃卷
乃舒與群有居冲用為工方寸為鑪周行不殆造物可(集本
文粹作何)侔一人(文粹作以)制動寡以理衆或行其道或藏其用盤
桓利貞得時大行樊賁裁成粲然文明舒亘八極藏之無
形山川出雲元氣冥冥故曰知幾其神孔父周文去聖遠
矣時無其人見幾而作逆形斯悟則(文粹無則字)遽生可卷顏

子殆庶物至知之(文粹作物知至至)節宣好惡無愆五事無汨百
度靜之如淵運之如環得喪糾纏(集作亙)相望其間不見其
朕莫知其然審而用之吾道常全

廬山故女道士梁洞微石碣銘　符載

有形必盡至精不死默默順道歸根復始靈龜或昏朝得
造彼仙師獨覺閒跡山水巖巖廬峯上承太空紫雲深處
石堂在中靈以靜生境因圓(一作澹)融神氣無路與天渾同
道昭成毀時則代謝人皆惡遷我不從化鶴飛塵外壇寄
松下唯餘天風蕭瑟晝夜

廬山玄德先生碣銘　前人

五帝已遠道則浸微真氣蕭索淳風不歸愛惡糾訐遂成

妍媸鑽鑿正性潰為瘡痍邈哉先生體尚無為爰自東岱
汎然來茲宴坐空山照本冥思萬累去矣視身如遺時時
輔和醉酒一巵谿聲松籟盡為塤篪天有晦明形亦遷移
頹然委順與化相推玄德素風敦薄扶衰瞻望廬岳烟霞
淒其勒堅(一作銘)巖頂與山並垂

續座右銘 并序　白居易

崔子玉作座右銘予竊慕之雖未能盡行常書于屋壁然
其間似有未盡者因續為座右銘云
勿慕貴與富勿憂賤與貧自問道如何(集本文粹作何如下同)貴賤
安足云聞毀勿戚戚聞譽勿忻忻自顧行如何毀譽安足
論無以意傲物以遠辱於人勿以色求事以自重其身遊

與邪分歧居與正爲隣於中有取捨此外無踈親脩外以及內靜養和與真養內不遺外動率義與仁千里始足下高山起微塵無道亦如此行之貴日新不敢規他人聊自書諸紳終身且自勗身沒貽後昆後昆苟反是非我之子孫

佛衣銘 并序　　劉禹錫

吾既爲僧珠（文粹作琳）撰曹溪第二碑且思所以辯（文粹作辨）六祖置衣不傳之旨作佛衣銘曰

佛言不行佛衣乃爭忽近貴遠古今常情尼父之生土無一里夢奠之後履存千祀惟昔有梁如象之狂達摩（文粹作磨）救世來爲醫王以言不痊因物乃遷如執符節行乎復關

民不知官望車而畏俗不知佛得衣爲貴壞色之衣道不在茲由之信道所以爲寶六祖未彰其出也微既還狼荒憬俗蚩蚩不有信器衆生曷歸是開便門非止傳衣初必有終傳豈無已物必歸盡衣胡久恃先終知終用乃不窮我道無朽衣於何有其用已陳孰非芻狗

梓州兜率寺文冢銘 并序　　劉蛻

文冢者長沙劉蛻復愚爲文不忍棄其草聚而封之也蛻愚而不敏於用百工之枝天不工蛻也而獨文蛻焉故飲食不忘於文晦冥不忘於文悲戚怨憤疾病嬉遊群居行役未嘗不以文之爲懷也適當無事而天下將以文爲號文明代生植（文粹作殖）明晦（集作明）皆効文用故日月星辰文乎旂常見蟲鳥獸文乎彜器徐方之土文於侯社夏翟之羽文於旗（二本作旌）旄登龍於章升玉於藻百工婦人雕襲染練（文粹作塗）以供宗廟祭祀之用（二本作文）豈獨蛻也生（集作固）知効用不及時文哉然而意嘗（文粹作常）獲助於天而不獲助於人故其窮雖窮無憾也常勤意之時不敢嚏不敢咳不敢唾不敢跂（集作跛）倚嗜欲躁競忘之於心其祗祗畏畏如臨上帝故有參如星光如貝氣如蛟宮之水又有黯（集作暗）如屯雲如久陰如枯腐熬燥之色則有如春陽如華川逶逶迤迤則有如運海如震怒動蕩怵異夫十（文粹作蒲）如意少如意則豈非天助乎常欲使天下聞之而必行勸（文粹作覩）之而必蹈散之茫洋以爲道演之侵潤（二本作浸）以及物然

後爲農文之使風雨以時兵文之使戎虜以順文於野文於市使得（二本無此字）其所幽隱之士以出口者使之言材者使之用然而自振者無力終知者甚稀豈非不復於人助乎嗚呼十五年矣實得一（文粹作二）千一百八十紙有塗者乙者有注揩者有覆背者有珠墨闌者於是以周易筮之遇復（☷☳坤上震下）之同人（☰☲乾上離下）筮者曰鳴于地中殷殷隆隆七日不（文粹作而）復復來其（文粹作而）天下昭融乎它日更召龜而令（文粹作合）之將聽襲吉卜於火如泰兆惟曰不吉卜於水不成乎河洛兆則亦惟曰不吉卜於木而悶悶（集作閟之）土叶吉累（文粹作壘）爲塚則汲之兆乎峭峭爲壁則魯之兆乎且其占曰土之文爲阿山（二本作山河）爲華英將不崩不竭爲滋味

而傳乎結爲丘陵爲其設險乎融爲川瀆率其朝宗乎華
爲百穀以爲粢盛乎不然使其速腐爲壚（集作壞丘）
（集有乎字）生芻稾以食牛羊乎化塗泥爲甎陶以作器乎將塊
爲五色而分封茅社（文粹作茅社分封）乎流爲樂爲土鼓爲甴（古塊字）
桴以泄其和聲乎爽爲都邑以興宮廟坎爲洿池以澤
生植（一作殖）乎祀爲壇竈乎瘞爲井墓乎吾皆不得而知也
嘗（文粹作當）既不得爲吾用唯速化爲百工之用慎毋朽爲芝
菌以惟人自媚慎毋堅爲金鐵以作貨起爭慎毋濡爲醴
泉以味乎諂口慎毋擣爲城社以孤鼠憑妖慎毋聳爲良
材以雕斲傷性慎毋萌爲蘭茝以佩服見褻（文粹作褻非）嗚呼
介而爲石使之服（文粹作能）言舒而爲蟫使之飲泉既而他年

遊魂之未返者亦命巫以巾（七字文粹作亦命巫師而吊）三招之號曰
在几閤而來歸兮奄爲塵垢在耳目而來歸兮視不（一作奄視）
汝醜在口吻而來歸兮譽不汝久噫筆絕之年而麟見崇
文其無祟乎唫非珠玉歛無裙襦後世詩禮之儒無鷲吾
之幽壚其塚也在莽蒼之野大塊之丘時大唐大中之丁
卯而戊辰之季秋銘云（二本作曰）
文乎文乎有鬼神乎風水惟貞將利其子孫乎

隋鼎銘　皮日休

隋氏有鼎其器非古以詐爲金以賊爲鑄以虐火煎四海
以毒氣烝九土天假唐力扛之仁地以澤樸虐火以德銷
毒氣既折其足又鑿其耳噫嘻（集作戲）聖王無畜茲器

書銘　陸龜蒙

太古之時何嘗有欺逮于結繩民始相疑畫卦造書聖人
之爲國載文字厥初弗知惟簡惟牘斷（蜀本作折）竹析木累必
充庭負必折軸帛組（集作編）一絕錯亂名目寖務輕省擣枲
剝穀膠綴番番悠其所便蟲篆更隸形模易宜上下今古
卷舒蟬聯薰騰蠹齧疵（集作痏）乎不堅又取珉石琢磨雕鐫
由簡牘下其存四遷至印章號殷勤識（音志）焉其巧益甚其
訛（集作說）益繁盟契質要朝成夕反（音翻）誥誓制令尾達（集作遠）
首言牋檄奏報離方就圓録汪傳記（集作傳錄注記）醜讎美憐銘
誄牌表匱功望賢歌咏賦頌多思諂權在簡牘者埋沒爛
壞無遺一編詞（集作副）以臬穀其留最延錯謬（集作謬戾）顛倒龍

家弗刪在珉石者固寵納賂惟辭是姸鏤鑿既畢名聲氓
然堯舜之道以人爲傳有死必繼流乎億年宜斥詐僞焚
燒棄捐復以太古結繩之前

陋巷銘　前人

魯國千乘豈無康逵傳載陋巷以顏居之鄙委側僻樞（松江本作緊）
桑覆茨簞瓢屢空其樂怡怡聖人之言終日不違易
讚獨入云顏庶幾門直大道堂如翬飛粱肉在御佷貪豕
肥陋巷相去不甚遠而我實徃猶蓬蒿所宜勤于柴荊賢
哉是思

卜肆銘　前人

蜀嚴之託著龜也以忠孝仁義後來之託著龜也以媮佞

險詖羡之使怡愉恒之使駭畏小人惟惡是嗜松江本作視惟禍是避惟福是覬惟聱言二字集作聱是媚魯不究得失之所自故幽贊之蓍前列之龜乃化爲庸妄集作妄庸之器嗚呼成都吾不知古爲市之地兆集作剡君平之卜肆耶強爲之銘以刻其意

文苑英華卷第七百九十

文苑英華卷第七百九十一　箴

雜箴

凡百箴　梁武帝

凡百衆庶爾其聽之事之大小先當熟思思之不熟致成反覆其心不定不可施令是曰亂常是曰敗政弗正（一作止）厥身亦喪厥命惟慈惟恕惟孝惟敬嚴惟率下直惟厥正如彼互鄉如彼暴虎家聲不建有忝爾祖思之既熟決意而行臨難必勇見義忘生門有贒良家有忠貞勿恃爾尊驕慢淫昏勿謂爾貴長夜荒醉日不恒中月盈則虧崇山落峯高樹折枝屏邪念正居安思危莫言爾賤而不愛命君子小人本無定性勿謂人微而以自輕張他（疑）爲卒李衞爲兵忠信孝友皆以揚名有黄叔度父牛醫者聲高海内名重天下伊尹負鼎太公屠肉甯戚飯牛傳說版築皆王霸師世受爵祿誡爾凡百勿反勿昏人無貴賤道在則尊余重告爾莫自抑乎（疑）克家棟梁唯斯爲吉水清照學表直影端近取諸身無假遠觀（疑）苟歟哲人勿謂斯難

詞場箴　于邵

惟士立德必先修詞學猶殖也問以辨之古有明訓守而弗失質豈勝文文其猶質近古以降末學非倫文無求已進欲干人鍾鼓在堂和聲遠至金玉無質良工以器良工謂何如琢如磨唯善克舉不知其他文之爲大言不可已上應天光下符地理彼其之子云胡不知見豺則戰惟武之皮坦坦理（疑作從）道自强不息燦然可觀何命與力耽耽公府秩秩德音文苑重式詞場以箴側陳芻議敢告翰林

暗室箴　歐陽詹

行以之（集作）撿身非以爲人無淫無泆出處宜一孜孜碩人冥冥暗室罔從爾禮（集作神）罔輕爾質遠茲小惡念彼元吉勿謂傍（集作旁）帷亡蓋天鑒無外勿謂後捲前扃神在無形天不長懸神質正直神怒天誅未始有極昔者趙盾假寐競莊天廻厥害鉏麑已（集作以）亡又有（集作日）符堅竊爲制度神散其類蒼蠅以呼天窺神窺人無不知神忿天忿身無所隱澗松抱節幽蘭以（集作有）薰歲寒不變無人亦芬草木猶爾人其曷云恐懼（文粹作戒慎）乎其所不見戒慎（文粹作恐懼）乎其所不聞先師有言敢告天君

兵箴　梁肅

皇道無名帝始（文粹作治）有征故効天殺作爲五兵曰王及覇功濟天下威賞助德伐叛除禍逐鹿於（文粹作于）原戰龍在野

大寶饒硊非兵孰可動如決河静踰烕火蒼蒼萬姓懸命在我所行者師所紀者德功本乎義不本乎力順之曰聖逆之曰賊成敗存亡鮮不是則衆不足恃勝不足保武王一戎奄有九有紂之百克其卒無後故長民者無曰我强莫予敢亢莽邑百萬覆乎昆陽無曰我大莫予敢制陳吳攘袂嬴氏大潰武不可黷黷則必窮兵不可㢘㢘則終凶故曰天下雖平忘戰（集本文粹作兵）則危不教民戰是謂棄之（一作師）齊桓矜衆（集作擬矜）九國以離徐偃仁義本邦亦隤得美止戈易稱以律古之睿智神武不殺治亂之機繫於杪忽壯直且順孰云我過族臣斯箴敢告執鉞

五箴五首（并序）　韓愈

人患不知其過既知之不能改是（文粹無此字）無勇也予生四（文粹作三）十有八年髮之短者日益白齒之搖者日益脫聰明不及於前時道德日負於初心其不至於君子而卒為小人也昭昭矣作五箴以訟其惡云

游箴

余（文粹作予下同）少之時將求多能蚤夜以孜孜余今之時既飽而嬉蚤夜以無為嗚呼余乎其無知乎君子之棄而小人之歸乎

言箴

不知人之言烏可與言知人之言默然（文粹作焉）而其意已傳幕中之辯人反汝以（文粹作汝下同）為叛（謂在徐州時）臺中之評人反汝以為傾（謂為御史時）汝不懲邪而呶呶以害其生邪

行箴

行與義乖言與法違後雖無害汝可以悔行也無邪言也無頗死而不死汝悔而何宜悔而休汝惡曷瘳宜休而悔汝善安在悔不可追（文粹作止）悔不可為思而斯得汝則勿思（文粹作弗思）

好惡箴

無悖（集作善）而好不觀其道無悖而惡不詳其故前之所好今見其尤從也為比舍也為讎前之所惡今見其臧從也為媿舍也為狂維讎維比維狂維媿於身不祥於德不義不義不祥維惡之大幾如是為而不顛沛齒之尚少庸有

不思今其老矣不謹（集作慎疑避諱而改）胡為

知名箴

內不足者急於人知沛然（集本文粹作焉）有餘厥聞四馳今日告汝知名之法勿病無聞病其嘩嘩昔者子路唯恐有聞赫然千載德譽愈尊矜汝文章負汝言語乘人不能掩（集作揜下同）以自取汝非其父汝非其師不請而教誰云不欺欺以賈憎掩以媒怨汝曾不寤以及於難小人在辱亦克知悔及其既寧終莫能戒既出汝心又銘汝前汝如不顧辱則（集作禍亦）宜然

懼箴　柳宗元

人不知懼惡可有為知之為美莫若去之非曰童昏昧昧

勿思禍至而懼是誠不知君子之懼懼乎未始幾動乎微事遷乎理將言以思將行以止中央道符乃順而起起而獲禍君子不恥非道之僭非中之詭懼而爲懼雖懼焉如君子不懼爲懼之刱

憂箴　前人

憂可無乎無誰以寧乎如不憂憂曰以生憂不可常常則誰懌乎常其憂乃小人戚戚悶憂方吾將告子有聞不行有過不徙宜言不言不宜而煩宜退而勇不宜而恐中之誠懇過又不及憂之大方惟是爲急内不自得甚泰爲憂省而不疚雖死優游所憂在道不在乎禍吉之先見乃可無過告子如斯守之勿墮

師友箴　前人

今之世爲人師者衆笑之舉世不師故道益離爲人友者不以道而以利舉世無友故道益棄嗚呼生於是病矣歌以爲箴旣以儆已又以誡人不師如之何吾何以成（求本作以承）不友如之何吾何以增吾欲從師可從者誰借有可從舉世笑之吾欲取友誰可取者借有可取中道或捨仲尼不生牙也久死二人可作懼不吾以（集作懼吾不似）中焉可師恥爲可友謹是二物用惕爾後道苟在焉傭丐爲偶道之反是公侯以走内考諸古外考諸物師乎友乎敬爾無忽

行己箴　李翺

人之愛我我度于義義則爲朋否則爲利人之惡我我思其由過寧不改否又何傷傷實生怨利實害德我如不思乃陷于忒内省不足愧形于顏中心無他曷畏多言惟咎在躬若市于戮慢謔自他匪汝之辱昔者君子惟禮是持自小及大曷莫從（集作斯出）斯苟遠於（集本文辭作於）此其何不爲事之在人昧者亦知遷焉及己則莫之思造次不戒禍焉可期書之在側以作（集作爲）我師

續虞人箴（元和十五年穆宗時）　白居易

唐受天命十有二聖業業惕惕（新唐書作兢兢業業）咸勤于（唐書作厥）政鳥生深林獸在豐草春蒐冬狩取之以道鳥獸蟲魚各遂其生君民朝野（唐書作民野君朝）亦克用寧在昔玄祖厥（集作訓）祖孔彰馳騁畋獵俾心發狂何以驗（唐書作効）之曰羿與康曾不

是誠終然覆亡故我列聖鑒彼前王雖有畋遊樂不至荒高祖方獵蘇長進言不滿十旬未足爲懽上心忽悟爲之輟畋故武德業垂二百年降及宋璟亦諫玄宗（集作怡）顏聽納獻替從容及璟趨出（唐書作璟趨以出）鷂死握中故開元事播于無窮噫逐獸于野走馬于路豈不快哉銜橛可懼噫夜歸禁苑朝出皇都豈不樂哉冦戎可虞臣非獸臣不當獻箴輒思出位敢諫從禽螻蟻命小安危計深苟裨萬一臣死甘心（自噫夜歸至此四十九字唐書作鑒其安危惟聖之慮）

六箴（并序）　皮日休

皮子嘗謂心爲己帝耳目爲輔相四肢爲諸侯己帝苟不德則輔相叛諸侯亂古之人失一天下喪國家（集作家國）者良由

是也帝身且不德能帝天下乎能主家國乎因爲心口耳目手足箴書之于紳安不忘危愼不忘節窮不忘操貴不忘道行古人之事有如符節者其在六箴乎

心箴

大化之精卒之曰人大純之華集作靈結集作形之曰心心由是君身由是臣中既齟齬外亦集作乃紛綸耳厭聞義目惡覩仁手持亂柄足蹴禍門舜爲天子舜不得尊其不尊者與身集作心爲臣紂爲天子紂乃得尊其得尊者與心爲君天子之外復有尊者乃舜之心將舜之身天子之外復有卑者乃紂之心將紂之身危乎傷哉臣之諫君茍輔相不明諸侯不賓君爲纖裹臣爲賊塵未及於斯良可自勸嗚

呼吾君無忽茲文

口箴

古銘金人謂無多言忽有所發不可不論既有所論復論集作謂多言中庸之士由茲保身吾謂斯銘未足以珍出爲忠臣言則及君入爲孝子言則及親非君與親則宜默云謗訕之言出入淪淪一息之波流于無垠猜毀之言如臨帝閽集作出如鈞天鈞天之樂聞于無聞佞媚之言出如絲棼一入于人治亂不分間諜之言出如鷹鸇鷹鸇之迅一與逡一作浚天無嗜于酒酒能亂德集作國無嗜于味味能敗德以道爲飲以文爲食成吾之名緊乃勉力

耳箴

聽於無聽默默玄性聞於無聞洋洋化源勿恃已善不服人仁勿矜巳藝不敬人文勿聆鄭聲其亂乃神勿信美談其殛乃身聽誤多害聽妄多敗近賢則聰近愚則聵堯居九重聽在民耳故得大舜授彼神器勿聽他富熒惑乃志勿聞他貴褫壞乃義愼正今非愼明古是捨是何適古樂而已

目箴

愧爾眂集作然焉爲吾所視高覩古人有如隣里勿分秋毫分于邪理勿視邪祿視于人紀惟書有色艷于西子惟文有華秀于百卉見彼之倨汗甚塗害見彼之賢綿甚葛藟勿顧厲階忝吾大志勿窺怨府損吾高義入吾明者何人

而已古之忠臣古之孝子上立大業中光信史茍不若是蚔蝝之類

手箴

惟爾之指屈伸由已勿執亂權勿樹賊子勿秉非道勿持非理勿擠孤危勿援集作授姦宄愼握吾操俾直於矢愼杖吾心俾平如砥剪惡如草颺姦如粃爲而不矜作而不恃智如公倕勿爲小巧機如偃師勿爲奇伎身高道端毫直國史敬之戒之俟爲天吏

足箴

惟爾跰跰爲吾所先居必擇地行必依賢勿踐亂堦勿履利門勿蹈一作路怨府勿躡禍源鳳凰乃翕不棲凡木騶虞

乃歎不藏生物惟爾樓賤保茲無怨

動箴

動生於欲，行生於爲。欲則不忘，爲則不疑。吾道未喪乎何不知，勿生季世。有爵則危，勿居亂國。有祿必尸住，無布怨去。無取喚迹，無顯露名。勿（文粹作無）求知聲，無取猜譽，無致疑坦道。如砥履過，蒺藜四海。如家去劇，縶維日慎一日。念（集作言）茲在茲。

靜箴

冥冥默默，惟道之域。豪不遠仁，君無悖德。勿欺孩孺，衣冠失則。勿慢卑隸，語言成隙。深山雖寂（集本文粹作樂），豺狼爾遊；深林雖安，虺蜴爾螫（音釋）。君不必野，唯性之寂；止不必廣，唯心之適。勿撇乎名，要乎聘帛；勿矯乎節，取乎祿食。躬雖已（文粹作以）安，若敵鋒鏑；味雖已（文粹作以）甘，若含冰蘖。成吾淳（集本文粹作高）風，唯靜之力。

酒箴（并序）　前人

皮子性嗜酒，雖行止窮泰，非酒不能適。居襄陽之鹿門山（鹿門山去襄陽南三十里後漢逸民傳云龐公與妻子入鹿門山採藥不反是山或名蘇嶺山），以山稅之餘，繼日而釀，終年荒醉，自戲曰醉士（有醉士傳存於他錄）。居襄陽之洞湖（洞湖去襄陽南二十里龐德公之舊隱也襄沔記曰龐公居上洞楊顒居下洞），以艒䑸（上目下宿小船也）載醇酎一䑾（音眈可受一石），往來湖上，遇興將酌，因自諧曰酒（集作醉）民（有酒民傳存於異書）。於戲！吾性至荒，而嗜於此，其亦爲聖哲之罪人也。又自戲曰醉士，自諧曰酒（集作醉）民，將天地至廣，不能害醉士酒（集作醉）民哉？又何必厠絲竹之筵、粉黛之產也？襄陽元侯聞醉士酒（集作飲）民之稱也，訂皮子曰：子耽飲之性，於喧靜豈異耶？皮子曰：酒之道豈止於充口腹、樂悲歡而已哉？甚則化上爲淫溺，化下爲酗禍。是以聖人節之以酬酢，諭之以誥訓。然尚有上爲淫溺所化，化爲亡國；下爲酗禍所化，化爲殺身。且不見前世之飲禍耶？潞酆舒有五罪，其一嗜酒，爲晉所殺；慶封易內而耽飲，則國朝遷；鄭伯有窟室而耽酒（集作飲），終奔於駟氏之甲；欒高嗜酒而信內，卒敗於陳鮑氏（一有之甲二字）；衛侯飲于籍圃，卒爲大夫所惡。嗚呼！吾不賢者，性實嗜酒，尚懼爲酆舒之僇，過此吾不爲也。又焉能俾喧爲靜乎？俾靜爲喧乎？不爲靜中淫溺乎？

不爲酗禍之波乎？既淫溺酗禍作於心，得不爲慶封乎？鄭伯有乎？欒高乎？衛侯乎？蓋中性不能自節，因箴以自符。箴曰：

酒之所樂，樂其全真。寧能我（二本作全）醉，不醉於人。

食箴（并序）　前人

皮子少且賤，至於食，自甘（集作菜）糲（是下同）而已，未嘗食於鄉里，食於親戚，食於州鄙。有鄉邑大夫（鄉邑去襄陽二十里春秋曰鄧之南鄙鄧人是邑也）嚮皮子之名，曾未相贄，其厚羞以賓之，皮子辭。大夫訂之曰：子自甘粱糲則可矣，於鄉里、親戚、州鄙何有？皮子曰：一杯之食，至鮮矣。苟取其味，必不能自抑；既不能自抑，日須豐其羞；既日須豐其羞，則貪也，不能無不足。因是

妄求苟欲之心生窮貴極奢之名生且大夫不見前世之味禍乎故在一作乎與不及華元受其謀黿羹不均子家肆其禍熊蹯不熟殺宰夫而趙穿弑雙雞易鶩饋子雅而慶舍死嗚呼吾不仁者乎誠賴其因集作用所欲不可求所嗜不可得方自其粱糲而已使我生於鍾鼎之家膏粱之門日繼異嗜年成奇欲未必不爲御者之奔華元也子家之伐靈公也晉靈之殺宰夫也盧蒲癸之殺慶舍也此猶之貪集作饕獸爭食而死者矣故食於天子者則死其天下食於諸侯者則死其國食於大夫者則死其邑食於士者則死其家又焉能以鄉里之飢戚州鄙爲讓乎大夫曰善自惟食之性不能自節亦猶流俗之性也復箴以自矜箴曰

寧能我食不食於人既集作後食於人是食其身

文苑英華卷第七百九十二　傳一

傳

周使持節大将軍廣化郡開國公丘乃敦崇傳

庾信

崇恒州代郡敲城縣廣義鄉孝讓里人也昔壽丘建國賜姓者十二人平陽舉賢登朝者十六族況復大電繞樞流星入昴派分源別幹其嗣興者乎魏道武皇帝以命世雄圖飲馬河洛兄弟十人分爲十姓辨風吹律丘氏即其一

馬五代祖逸驃騎大将軍開府儀同三司營丘郡開國公于時天道西北既稟謀謨馬首東南實資匡贊因以封名仍爲賜氏與夫南公伯即有連類宗則疑樂正非無準則魯祖雙軌使持節驃騎大将軍司徒青兖二州刺使范陽文昭公洛食之始上馬治國登庸之初昇槐論道生則絶席武宮死則配祠清室夫人太原王氏三世爲将四代爲公社稷大宗鍾鼎貴族伉儷是歸秦晉疋也祖提使持節衛将軍駙馬都督河交二州刺史靈壽縣開國公公子公孫聲名籍甚增輝增耀弱冠尚勃夫人清廉郡長公主孝文帝之第二女也王姬有行車服不繫故得衛青上将張耳賢夫父顧使持節大都督徐州諸軍事徐州刺史平陽縣開國公食邑四千户少年習象多見兵書澆沙聚石之營却日橫雲之陣彎弧則戟破小支抽劍則泉飛枯井夫人宇文氏周文皇帝之第三妹也母儀令範女師賢哲德高隆慮義重河陽魏受其終周新其命式墓封墳追旌盛德乃贈使持節大将軍廣化郡開國公食邑一千户夫人贈安德郡長公主遊魂冤結非無廣漢之城久客思歸唯有東平之樹自永安以來魏室大壞海水群飛天星亂動禮樂征伐不出於人主舉賢誅暴議在於强臣高丞相驅率風雲奄荒齊晉我舅氏文皇帝駕馭龍虎據有周秦南北渝盟東西敵怨既而各受圖書並當珪璧百姓則父南子北兄東弟西事主則憂親求生則慮禍大周親戚徧鍾

荼炭輸之城旦下之織室關河嚴隔三十餘年天厭喪亂人思反德彼之風塵既静函谷此之冠蓋屢涉漳濱中山寃枉之餘代郡凋殘之澤並遇華音咸蒙禮送崇賔兄弟二人相看氣息親愛凋零方寸久亂恒山殺翮豈望同飛而安國徙中鬱爲鄉相班超絶域遂得生還天和四年至於新邑朝廷以舅甥之國外内之親乃授賔使持節驃騎大将軍開府儀同三司大都督安樂縣開國公食邑一千户賔得免虎口仍上龍門聲價已高風猋即遠方欲討論國恥申雪家寃横尸原野是所甘心時不我與先從朝露春秋若干衛國興文子之慟長安有詔葬之悲乃贈本官加少傅蒲虞勲三州諸軍事蒲州刺史以天和六年某月

日葬於長安之洪瀆原妻青州石氏長城郡君猶子孤尭生妻婺室卽能有節還成守義崇業授使持節大都督驃騎大將軍開府儀同三司廣化縣開國公食邑一千户昆季二人同年上將彤廷交映棨戟相臨昔二馮同德繼踵當官兩杜齊名夾河爲郡比斯榮寵彼將慙色俄然寘疾奄捐館舍崇兄弟勝衣備罹禍酷同氣長養得及全人今者來歸吏連凶閔每一悲慟行路傷心撫養愛子情深馬援之慈恭事寡嫂義甚顔含之孝天和六年授大將軍餘如故龍庭賞出塞之功玉門勞旋師之寵異代同和見之今日建德二年授使持節都督宜州諸軍事宜州刺史忽忽橫閤但有誦書暖暖重帷惟聞善政清不置水明非舉

燭乃是入境移風非直停車待雨有勑大將軍宜州刺史廣化郡公崇自夏季無雨以迄於今雖靡神不禱仍未降感知彼州内獨蒙滂澤諒由大將軍精誠所至憂念郡人豐稔可希良以爲慰又勑廣化公崇知此存心政術治勤黎人受委稱職嘉尚無已古人有言非行之難念加勉最以致盡善指令宣納抑操賜綵陳物如別宜諭朕懷昔陽平太守別降紅粟之恩荆州刺史偏蒙衮衣之賜治績尤異此之謂乎崇清淨爲政廉明爲法人不忍背吏不忍欺性不飲酒無所嗜欲深沉謐侗喜愠不形文必正詞絃惟雅曲仁義禮節是所用心緗袟緗素愛翫無已當今四郊多壘尚有公卿之辱鼓鼙不息猶勞將帥之謀語其讐耻

唯願橫行死地思其報國不[illegible]身膏原野但令天假之年時綏之福忠貞之事公其取焉畧書梗槩陳之直史

故相國兵部尚書梁國公李峴傳　李華

梁公諱峴字某其先隴西人曾祖曰吳王大宗愛子也父曰信安郡王玄宗之大臣肅宗之軍佐也公年二十學道於大智禪師志深行苦禪師謂曰汝當爲國家陳力緣不在此也自太子通事舍人五遷爲魏州刺史化行河朔再遷爲京兆尹歲大水至尊幸温湯每冬爲恒繼補進奉萬計公止府縣無所獻上知其箴亮益以重之甸服千里畿不爲害忠矣哉權臣所排出守零陵再遷御史中丞荆州等五道副元帥徵爲宗正卿鳳翔太守時兵荒之後兩京

未復公爲政人不勞而公賦足智矣哉除尚書左丞禮部尚書御史大夫兼京兆尹公明賞罰而隱人過下吏不逮上延威伸（一無此字）令引自謝責而慰安之推德及人剛柔皆化仁矣哉平訟（一無此字）獄刑察以人情斷以古義正詞匡上直法伸下明矣哉遷吏部尚書平章事以正直進以正直退貶蜀州刺史遷爲御史大夫兼江陵尹節度觀察使入爲禮部尚書宗正卿加黄門侍郎平章事以道事君不可則止可謂大臣敷行垂益之道事堯舜之君公志不申元元失望除太子詹事又歷御史大夫禮部尚書遷吏部領選江西改兵部復命至南陽詔兼衢州刺史一州之人如得父母永泰二年八月薨于衢州一州之人如絶乳育天

地痛心朝廷悲懷贈太子少師謚曰某兵部尚書少師同先父之職國家孝治追其世德乎周之興也內有周召外有伯禽康叔漢之盛也東平入輔聖德巍巍公爲股肱衛侯之哭柳莊曰非寡人之臣社稷之臣也公可謂社稷之臣歟夫子稱閔子騫曰孝哉閔子騫稱史魚曰直哉史魚宜盛德者一言蔽之與公遊者詠公之德曰柱石天下儀刑繆紳宋（一作宗）韓房後惟公一人公享年五十五伯兄峘戶部尚書統江淮嘗與公並爲御史大夫及公之逝伯季同齒哀哉仲兄嶧戶部尚書散騎常侍一門親賢繼美畢榮盛矣哉公嗣子大理司直孝孤女范陽盧浩妻哀有餘禮孝因其心孝矣哉哀奉世父尚書公之喪帷自信安歸

于上都跣行號哭三千餘里以大歷二年某月日窆於某原禮也夫人河南獨孤氏祔焉夫人某官某之女以才淑禮法聞于邦族公爲茂德崇勳之後享大名尊位有令兄弟有賢夫人有孝男有孝女全美如是雖古烈無之

故東州節度使盧公傳

盧坦字保衡河南人父巒贈鄭州刺史坦少孤初任鞏城縣尉歷宣城（一作武）縣鞏河南三縣尉其吏河南知捕賊杜黃裳爲河南尹謂坦曰某家子與惡人遊破家產公爲捕賊盍使察之坦抑（集作仰）曰凡居官終始廉白衹入俸錢者雖歷大官亦無厚蓄以傳其能多積財者必剝下以致如其子孫善守之是天富不道人之家也（集有不字）若恣其不道以歸於人坦以爲宜故不使察黃裳驚視因使升就（集有堂字）坐自此日加重及黃裳爲吏部侍郎將授以太常博士會鄭滑節度使李復表請爲判官得監察御史薛盈珍爲監軍使累侵軍政坦每據理以拒之盈珍嘗曰盧侍御所言皆公我故不違也有善吹笛者大將十余人同啟復請以爲重職坦適在復所復問曰衆所請可許否坦笑曰大將等皆久在軍積勞亟遷以爲（集作及）右職柰何自薄欲與吹笛少年（集有同字）爲列耶復告諸將曰盧侍御言是也大將懟遽走出就坦謝且曰向聞侍御言某等羞愧汗出恨無穴可入李復病甚盈珍以甲士五百人入城州人皆駭恐坦遽止之盈珍不敢遁復卒盈珍主兵事制以姚南仲代盈

珍方會客言曰姚大夫書生豈將才也坦私謂人曰姚大夫外雖柔中甚剛又能斷監軍若侵之必不受禍自此萌矣若從公喪而西必遇姚大夫吾懼爲所留以及禍遂潛去姚果以牒來請終以不逢得解及盈珍與姚有隙從事多黜死者王緯觀察浙西兼鹽鐵使請坦爲轉運判官及李錡代請如初轉殿中侍御史錡所行多不循法坦每爭之詞旨深切聽者皆爲之懼累求去不得凡在錡府七年官不改錡惡狀滋大坦慮及難又非可以力爭遂與裴度李約李棱繼以罷去後數年詔追錡入錡遂翕兵士殺留後以留己因發兵取宣州爲其將所擒送斬死順宗皇帝寢疾王叔文居翰林決大政天下懍懍坦說宰相韋執誼

速白立皇太子以樹國本執誼深納其言將以爲殿中侍御史時御史中丞亦以爲請王叔文使人請坦將以爲員外郎知楊州(集作子)留後坦假他辭不受叔文不說故事皆不行及王叔文貶出坦遂爲殿中侍御史權德輿爲戶部侍郎請爲本司員外郎尋轉戶部兼侍御史知雜事未久遷刑部郎中知雜事如故赤縣尉有爲御史臺所按者京兆尹密救之上使品官釋之坦時在宅臺吏以告坦白中丞請覆奏然后奉詔品官遽以聞上曰吾固宜先命所司遂使宣詔乃釋數月遷御史中丞賜紫衣分司東都尋歸西臺敕上禁絶罷鎮節度使等獻財貨載於赦條時山南節度使柳晟浙東觀察使閻濟美皆罷鎮有所獻坦劾奏

之晟濟美皆白衣待罪上召坦對因曰柳晟閻濟美所獻皆家財非刻下卿勿劾坦對曰陛下所以布大信于天下者赦令是也且兩臣首違詔臣職當舉奏陛下不可以失大信于天下上曰朕既受之矣如何坦對曰出歸有司以明陛下之德上善之竟爲宰相所寢李錡之誅有司將自淮安王之下墳墓皆毀之宰相不敢言坦奏曰李錡與國同族其反逆不道身既斬死并殺其子罪塞矣若將追毀祖父墳墓臣以爲不可淮安王有佐命之功且國眞又死王事漢誅霍禹不毀霍光之墳房遺愛伏誅罪不誅於玄齡此前代及聖朝之故事也康誥曰父子兄弟罪不相及若將易之無乃罪及良臣且傷大體乎上改容曰非卿言

何由知此(集無此字)遂命停毀仍禁樵採給伍戶守淮安王之墳以示不忘其功上策試賢良方正之士有懷書策入者將深罪之坦奏言四方之士不明知所犯必以爲策辭抵忤宜輕其責上從之江陵節度使裴均入爲僕射行香時將處常侍諫議之上坦引故事及姚南仲近例以爲節(集作證)裴均怒曰姚南仲何足爲例耶坦應曰姚僕射但不是敕使耳何不足以爲例也遂爲均所排改右(集作左)庶子坦初爲殿中當杜黃裳爲相故累遷凡二十有三月而至中丞及居官守道正言日聞而人忘其遷之速也(集無也字)數月宰相裴垍白以爲宣歙池等州都團練觀察處置節使兼御史中丞宣州刺史劉闢之逆其婿蘇強坐誅死強兄弘爲晉

州從事自免歸人莫敢用坦奏言蘇弘有才行以其弟強坐誅死劉闢反誅弘與強相去三千里必不通謀以強廢弘非陛下惜材之意因請弘以爲判官上曰假令蘇強當時不就誅尚且宜隨材而任之況在其兄耶遂得請及在宣州江淮大旱米價日長或說節其價以救人坦曰宣州地狹穀不足皆他州來若制其價則商不來矣價雖賤則無穀柰何(五字集作如無穀何)後米斗及二百商人舟米以來者相望坦乃借兵食多出於市以平其價(集作直)人賴以生當塗縣有渚田久廢坦以爲歲旱苟貧人得食取傭可易爲功於是渚田盡闢藉傭以活者數千人又以羨錢四十萬代稅戶之貧者故旱雖甚而人忘災五年冬遷刑部侍郎充

諸道鹽鐵轉運使減冗職八十員自江之南補置付之院監使無所與數月轉戶部侍郎判度支坦更歷（集作歷更）重位以朝廷是非大體爲已務故多所陳請或上封告泗州刺史薛謇爲代北水運使時畜馬數百匹有異馬不以獻者事下度支乃使巡判官往驗之未返上遲之使品官劉泰昕案其事坦上陳以爲陛下既使有司驗之又使品官往豈大臣不足信於品官乎臣請先罷免疏三奏上於是遂追劉泰昕舊賦於州郡者或非土地所有責厚價以市之他境坦悉條奏各去其所無罷宣歙吉文米妝其價以移之於湖南免江南鹿腊配之鄜汝州以韓重華爲代北水運使開廢田列柵二十益兵三千人歲收粟二十萬石八

年西受降城爲河所壞城使周懷義上言宰相議徙天德故城坦以受降城張仁愿所作當磧石得制北狄之要若避河流宜退三數里其費不多天德故城北倚山去河甚遠失制虜要地非便因使水運使察視遠近利病以圖進上使品官强文彩覆之文彩言與坦合上召坦使條陳將行之竟爲宰相所奪乃出坦爲劒南東川節度使周懷義數月憂卒燕重盱代其位遂移天德故城軍士歸怨因殺重盱屠其家初坦與宰相李絳議論多合絳藉爲已助及坦出半歲而絳罷坦至東川盡罷兩稅外山澤鹽井榷率之籍夷人歌之綿劒二州有通文成州路每歲奏發二千兵以防西蕃其實不過一二百人坦乃奏於衝地置戍鎮之上誅蔡州詔發兵二千人於安州每朔望使人問其父毋妻子其有疾者與之藥故兵士皆感恩（集有而字）無逃者及薨贈禮部尚書

文苑英華卷第七百九十二

文苑英華卷第七百九十三　傳三

傳

陳子昂別傳　盧藏用

陳子昂字伯玉梓州射洪縣人也本居潁州四世祖方慶得墨翟秘書隱於武東山子孫因家焉世為豪族父元敬瑰偉倜儻年二（陳子昂集作三）十以豪俠聞屬鄉人阻饑一朝散萬鍾之粟而不求報於是遠近歸之若龜魚之赴淵也以明經擢第授文林郎因究覽墳籍居家園以求其志餌地

骨鍊雲膏四十余年嗣子子昂奇傑過人姿狀嶽立始以豪家子馳俠使氣至年十七八未知書嘗從博徒入鄉學慨然立志因謝絶門客專精墳典數年之間經史百家罔不該覽尤善屬文雅有相如子雲之風骨初為詩幽人王適見而驚曰此子必為文宗矣年二十一始東入咸京遊大學歷抵郡公都邑靡然屬目矣由是為遠近所籍甚以進士對策高第屬唐高宗大帝崩于洛陽宮靈駕將西歸子昂乃獻書闕下時皇上以大后居攝覽其書而壯之召見問狀子昂貌寢寡援然言王霸大略君臣之際甚慷慨焉上壯其言而未深知也乃勑曰梓州人陳子昂地籍英靈文稱偉曄拜麟臺正字時洛中傳寫其書市肆閭巷

吟諷相屬乃至轉相貿鬻飛馳遠邇秩滿隨常牒補右衛冑曹上數召見問政事言多切直書奏輒罷之以繼母憂解官服闋拜右拾遺子昂晚愛黃老之言尤耽味易象往往精詣在職默然不樂私有挂冠之意屬契丹以營州叛建安郡王攸宜親總戎律臺閣英妙皆署軍麾特勑子昂參謀帷幕軍次漁陽前軍王孝傑等相次陷没三軍震慴子昂進諫曰主上應天順人百蠻向化契丹小醜敢謀亂常天意將空東北之隅以資中國也大王以元老懿親威略邁世受律廟堂弔人問罪精甲百萬以臨薊門運海陵之倉馳隴山之馬積南方之甲發西山之雄傾天下以事一隅此猶舉太山而壓卵建瓴破竹之勢也然而張玄

遇王孝傑等不謹師律授首虜庭由此長寇威而殆戰士夫寇威長則難以爭鋒戰士殆則無以制變今敗軍之後天下側耳草野傾聽國政今大王冲謙退讓法度不申每事同前何以統衆前如兒戲後如兒戲豈徒為賊所輕亦生天下奸雄之心聖人威制六合故用聲爾非能家至戶到然後可服況兵貴先聲今發半天下之兵以屬王安危成敗在百日之内何可輕以為尋常大王若聽愚計即可行若不聽必無功矣須共成功報國可欲送身誤國耶伏乞審聽請盡至忠之言凡軍須先比量智愚衆寡勇怯強弱部校將率士卒之勢然後可合戰求利以長攻短今皆同前不量力又不簡練暗驅烏合敗後怯兵欲討賊何由

取勝僕一愚夫猶言不可况奸賊勝氣十倍未可當也且統衆禦奸須有法制親信若單獨一身則朱亥金鎚有竊發之勢不可不畏人有負琬琰之寶行於途必被刼賊何者爲寶重人愛之今大王位重又總半天下兵豈直琬琰而已天下利器不可一失一失即後有聖智之力難爲功也故願大王於此決策非小讓兒戲可了若此不用忠言則至時機已失機與時一失不可再得願大王熟察大王誠能聽愚計乞分麾下萬人以爲前驅則王之功可立也建安方求鬬士以子昂素是書生謝而不納子昂體弱多疾感激忠義嘗欲奮身以答國士自以官在近侍又參預軍謀不可見危而惜身苟容他日又進諫言甚切至建安

謝絶之乃署以軍曹子昂知不合因箝默下列吏一作但兼掌書記而已因登薊北樓感昔樂生燕昭之事賦詩數首乃泫然流涕而歌曰前不見古人後不見來者念天地之悠悠獨愴然而涕下時人莫知之也及軍罷以父老表乞罷職歸侍天子優之聽帶官取給而歸遂於射洪西山構茅宇數十間種樹採藥以爲養嘗恨國史蕪雜乃自漢孝武之後以迄于唐爲後史記綱紀粗立筆削未終鍾文林府君憂其事廢子昂性至孝哀號柴毀氣息不逮屬本縣令段簡貪暴殘忍聞其家有財乃附會文法將欲害之子昂荒懼使家人納錢二十萬而簡意未塞陳集作已數輿曳就吏子昂素羸疾又哀毀杖不能起外迫苛政自度力氣恐

不能全因命著自筮卦成仰而號曰天命不佑吾其死矣於是遂絶年四十二子昂有天下大名而不以矜人剛斷强毅而未嘗忤物好施輕財而不求報性不飲酒至於契情會理兀然而醉工爲文而不好作其立言措意在王霸大畧而已時人不之知也尤重交友之分意氣一合雖白刃不可奪也友人趙貞固鳳閣舍人陸餘慶殿中侍御史畢構監察御史王無競亳州長史房融右史崔泰之處士太原郭襲微道人史懷一皆篤歲寒之交與藏用遊最久飽於其論故其事可得而述也其文章散落多得之於人口今所存者十卷嘗著江上丈人論將磅礴機化而與造物者遊遭家難亡之荊州倉曹扡里馬擇曰擇昔從父

友王適獲陳君忻然忘我幼齡矣榆關之役君籌其謀戎安累年不接晤語聖曆初君歸寧舊山有挂冠之志予懷役南遊遭茲歡甚幽林清泉醉歌絃詠用覽所記條徧岷峨予旋未幾陳君將化悲夫言絶道冥杳然若喪之幾延陵心許而彼已亡天喪斯文我恨何及君故人范陽盧藏用集其遺文爲序傳識者稱其實録嗚呼陳君爲不忘矣遂爲贊曰岷山導江回薄萬里浩瀚㶁溶東注滄海靈光氛氳上薄紫雲其瓌寶所育則生異人於戲才可兼濟屈而不伸行通神明困於庸豎子曰道之將喪也命矣夫

田司馬傳　千邵

司馬姓田氏名某字某其先蓋自齊諸田之裔遠代仕漢

徙家於秦世（一作今）爲京兆茂陵人也生而岐嶷七歲能誦詩遂通諸經齒太學者數歲不上第因左常侍王倕授職西河之地乃喟然而嘆與所同舍生曰大丈夫立身致位不在於此徙索長安米耳遂投刺王公見而奇之數日酬對以爲必可用也遂表隨軍要籍從事耳目甚有裨補居無何公罷將軍下勢祿乃不及亦無慍色御史大夫哥舒翰兼統五原雅知其人得之甚喜表清勝府別將非其好也人皆歎屈獨不以介意驟改永平府左果毅長松府折衝雖從列敘亦不出牙幢之內矣天寶中士馬殷富國用仰給哥舒公得黷武於河隴之間橫行青海河收九曲西拓蕃境數千里置亭候郡邑創鄯城郡於河源軍又隸臨蕃縣

由是選舉能吏以充員位者見善如不及臨蕃介在大（一作天）府尤難其人所披斟酌者蓋百余輩人人自以爲得令而哥舒公決策取之招輯新附承上接下罔有不悅其聲洋洋播於遠近會安祿山以范陽叛潼關失守有詔御史中丞郭英乂專制隴右未及下車表渭州隴西縣令實資舊跡撫我凋瘵曾未浹年風俗大變郭公嘗按部至邑見其治理褒歎久之不以禮物爲隔特（一作特）爲公道見合下榻安慰累日方還今閬州刺史馬雄參謀軍事亦慕之良也時有序述滿歲鳳翔尹李鼎復兼隴右以秦渭臨洮餉饋不繼發漢陽之賦以資之遂舉知長道縣事仍表請起拜清要固辭不獲隨牒員來在此公之勸歲寒不易嘉聲美政益震於曩時自是日慎一日謙而致讓者至於數四時特進鴻臚卿兼刺史太原王公勞於取人逸於用人前後褒貶無有不當田公雖讓德有餘而王公渴日不足遂舉攝司馬仍知縣事聊以爲喻且俟終命書曰靡不有初鮮克有終田公有焉詩曰惟其有之是以似之王公有焉故人歌之曰二公吏事闔境之庇二公其休誰其爲嗣君子聞之曰漢陽之郊政有經矣昔有巫宓卓魯亦由今之視昔雲霄之望豈徒然哉邵杜春秋之徒實採輿人之誦執簡以往爲之傳云

陸文學自傳

陸子名羽字鴻漸不知何許人也或云字羽名鴻漸未知

孰是有仲宣孟陽之貌陋而有相如子雲之口吃而爲人才辯爲性褊躁多自用意朋友規諫豁然不惑凡與人宴處意有所適（一作擇）不言而去人或疑之謂生多瞋又與人爲信縱冰雪千里虎狼當道而不諐也上元初結廬於苕溪之湄閉關讀書不雜非類名僧高士談讌永日常扁舟往來山寺隨身唯紗巾藤鞵短褐犢鼻往往獨行野中誦佛經吟古詩杖擊林木手弄流水夷猶徘徊自曙達暮至日黑興盡號泣而歸故楚人相謂陸子蓋今之接輿也始三歲（一作載）惸露育於境陵太師積公之禪自九歲學屬文積公示以佛書出世之業子答曰終鮮兄弟無復後嗣染衣削髮號爲釋氏使儒者聞之得稱爲孝乎羽將授孔聖

之文公曰善哉子爲孝殊不知西方染削之道其名大矣
公執釋典不屈子執儒典不屈公因矯憐撫愛歷試賤務
掃寺地潔僧廁踐泥圬牆負瓦施屋牧牛一百二十蹄竟
陵西湖無紙學書以竹畫牛背爲字他日於學者得張衡
南都賦不識其字但於牧所倣青衿小兒危坐展卷口動
而已公知之恐漸漬外典去道日曠又束於寺中令芟剪
卉莽以門人之伯主焉或時心記文字懵然若有所遺厭
心木立過日不作主者以爲慵墮鞭之因歎云恐歲月往
矣不知其書嗚呼不自勝主者以爲蓄怒又鞭其背折其
楚乃釋因倦所役捨主者而去卷衣詣伶黨著謔談三篇
以身爲伶正弄木人假吏藏珠之戲公追之曰念爾道喪

惜哉吾本師有言我弟子十二時中許一時外學令降伏
外道也以吾門人衆多今從爾所欲可捐樂工書天寶中
郢人酺於滄浪邑吏召子爲伶正之師時河南尹李公齊
物黜守見異提手撫背親授詩集於是漢沔之俗亦異焉
後負書於火門山鄒夫子別墅屬禮部郎中崔公國輔出
境陵因與之遊處凡三年贈白驢烏犎（一作犂下同）牛一頭文
槐書函一枚白驢犎牛襄陽太守李憕（一云滌一云振）見遺文槐
函故盧黃門侍郎所與此物皆已之所惜也宜野人乘蓄
故特以相贈洎至德初泰（一作秦）人過江子亦過江與吳興
釋皎然爲緇素忘年之交少好屬文多所諷諭見人爲善
若已有之見人不善若已羞之忠言逆耳無所迴避繇是

俗人多忌之自祿山亂中原爲四悲詩劉展窺江淮作天
之未明賦皆見感激當時行哭溯泗著君臣契三卷源解
三十卷江表四姓譜八卷南北人物志十卷吳興歷官記
三卷湖州刺史記一卷茶經三卷占夢上中下三卷並貯
於褐布囊上元年辛丑歲子陽秋二十有九日

圬者王承福傳　韓愈

圬之爲技賤且勞者也有業之其色若自得者聽其言約
而盡問之王其姓承福其名世爲京兆長安農夫天寶之
亂發人爲兵持弓矢十三年有官勳棄之來歸喪其土田
手鏝衣食餘三十年舍於市之主人而歸其屋食之當焉
視時屋食之貴賤而上下其圬之傭以償之有餘則以與

道路之廢疾餓者焉又曰粟稼而生者也若布與帛必蠶
績而後成者也其他所以養生之具皆待人力而後完（獨本
有者字）也吾皆賴之然人不可徧爲宜乎各致其能以相生
也故君者理我所以出令（二字蜀本作生）者也而百官者承君之
化者也任有大小（集作大小）唯其所能若器皿焉食焉而息其
事必有天殃故吾不敢一日捨鏝以嬉夫鏝易能可力焉
又誠有功取其直雖勞無愧吾心安焉夫力易強而有功
也心難強而有智也用力者使於人用心者使人亦其宜
也吾特（集作故）擇其易爲而無愧者取焉嘻吾操鏝以入貴
富之家有年矣有一至者焉又往過之則爲墟矣有再至
三至者焉而往過之則爲墟矣問之其鄰或曰噫刑戮也

或曰身既死而其子孫不能有也或（集有則字）曰死而歸之官也吾以是觀之非所謂食焉而怠其事而得天殃者耶非強心以智而不足不擇其才之稱否而冒之者耶非多行可愧知其不可而強爲之者耶（十字蜀本作知其不可能而強爲之者耶）將貴富難守薄功而厚饗（蜀本有之字）者耶抑豐悴有時一去一來不可常者耶吾之心憫焉是故擇其力之可能者行焉樂富貴而悲貧賤我豈異於人哉又曰功大者其所以自奉也傅妻與子皆養於我者也吾能薄而功小不有之可也又吾所謂勞力者（集有也字）若立吾家而力不足則心又勞也一身而二任焉雖聖者不可能也愈始聞而惑之又從而思之蓋賢者也蓋所謂獨善其身者也然吾有譏焉

謂其自爲也過多其爲人也過少其學楊朱之道者耶楊朱之道不肯拔我一毫而利天下而夫人以有家爲勞心不肯一動其心以蓄其妻子其肯勞其心以爲人者哉雖然其賢於世之患不得之而患失之者以濟其生之欲貪邪而亡（集作忘）道以喪其身者其亦遠矣又其言有可以警余者故余爲之傳而自鑒焉

毛穎傳　前人

毛穎者中山人也其先明眎佐禹理（集本文粹作治）東方土（閣本作土）養萬物有功因封於卯地死爲十二神嘗曰吾子孫神明之後不可與物同當吐而生已而果然明眎八世孫䨲世傳當殷時居山得神仙之術能匿光使物竊姮娥騎蟾蜍入月其後代遂隱不仕或（文粹無此字）云居東郭者號東郭㕙狡而善走與韓盧爭能盧不及盧怒與宋鵲（集作從）謀而殺之醢其家秦始皇時使（二本無此字）蒙將軍恬南伐楚次中山將大獵以懼楚召左庶長與軍尉以連山筮之得天與人文之兆筮者賀曰今日之獲不角不牙衣褐之徒缺口而長鬚八竅而趺居獨取其髦簡牘是資天下其同書秦其遂兼諸侯乎遂獵圍毛氏之族拔其毫載穎而歸獻俘于章臺宮聚其族而加束縛焉秦皇帝使恬賜之湯沐而封諸管城號曰管城子日見親寵任事穎爲人強記而便敏自結繩之代以及秦事無不纂錄陰陽卜筮占相醫方族氏山經地志字書圖畫九流百家天人之書乃至（一字文粹

作及）浮圖老子外國之說皆所詳悉又通於當代之務官府簿書市井貨錢注記惟上所使自秦始皇及太子扶蘇胡亥丞相李斯中車府令高下及國人無不愛重又善（集作書）隨人意正直邪曲巧拙一隨其人雖後見廢棄終默不洩惟不喜武士然見請亦時往累遷（文粹作拜）中書令與上益狎上嘗呼爲中書君上親決事以衡石自程雖宮人不得立左右獨穎與執燭者常侍上休方（蜀本作乃）罷穎與絳人陳玄弘農陶泓及會稽褚先生友善相推致其出處必偕上召穎三人者不待詔輒俱往上未嘗怪焉後因進見上將有任使拂拭之因免冠謝上見其髮禿又所摹畫不能稱上意上嘻笑曰中書君老而禿不任吾用吾嘗謂君中書（文粹

有君字 而今不中書耶對曰臣所謂盡心者也（文粹作焉）因不復召歸封邑終于管城其子孫甚多散處中國夷狄皆冒管城唯居中山者能繼父祖業

太史公曰毛氏有兩族其一姬姓文王之子封於毛所謂魯衛毛聃者也戰國時有毛公毛遂獨中山之族不知其本所出子孫最爲蕃昌春秋之成見絶於孔子而非其罪及蒙將軍拔中山之毫始皇封之管城世遂有名而姬姓之毛無聞穎始以俘見卒見（卒字一作卒）任使秦之滅諸侯穎與（文粹作亦）有功賞不酬勞以老見疎秦其（集作真）少恩哉

下邳侯革華傳　前人

下邳侯革華者其先隴西人也三十六代祖守鞻爲黃帝時以力見（文粹無此字）召拜大司農以其闢土有功又知稼穡艱難遷輕車都尉子孫相繼至周武王時從桃林冠冕遂絶其後人思其濟世之才因復其位而加任使焉華父韡生五年襲先祖爵仕至上輕車都尉華母若長樂有乳哺之恩越王勾踐時嘗侍宴姑蘇臺詩所謂有覺德行者也韡因引重（一字集作引輕車使）至十八行山力不任事遂死於轅轄下（蜀本有上字）上嗟悼命太宰屠公執刀而（集作以）觧之其枝（集作文）派分離散在他處華韡子長子也上念其父劬勞而死於王事封華爲下邳侯詔將作大匠治之華（集有爲字）性堅勁强難以直御匠以其膏潤之然後去其豪族而加裁割焉會大原人金十奴與新鄭人僻斯生相逢薦華於五木大矣是後稍稍得成其名上嘉之遂釋裼賜墨綬爲華嘗曰吾辛勤久今方成名得處在（集無在字）上左右足矣及覿之果然華爲人善復道別威儀進止（集作退）趨蹌一隨人意上將駕出遊畋獵馳騁毬擊（集亦作擊毬）射御及交賓接賢禮神祭祀未嘗不召華俱（文粹作皆）往佐事上久之因病（文粹作忽）開口論議泄露密（集作上）旨上由是吐吁之詔將作大匠治之又命其友金十奴等令補過之尋斂於上上雖納之然亦不甚見重有泥塗賤處方召使之餘並不得預焉頃之上見其顏色顦顇哀憊失度上咨嗟曰下邳侯老而憊不任吾事（集作用）今棄於市朝不復召子矣遂棄之而終華無子（文粹作息）其繼者族人矣

哀憊失度（此上文粹有人字）今棄於市朝（五字表本作今棄于）

太史公曰華之先皮姓（五字集作華氏之先出於及姓）軒轅時蒼頡觀鳥跡制文字以其始於皮而聲於華故從革焉朸華（集作華）自胡而來趙武靈王時（集作爲趙武靈王）見重是後子孫盛于中國漢書功臣表有棘棗侯革朱者即其後也

文苑英華卷第七百九十三

文苑英華卷第七百九十四　傳三

傳

宋清傳　柳宗元

宋清長安西部藥市人也居善藥有自山澤來者必歸宋清氏清優主之長安醫工得清藥輔其方輒易讎咸譽清疾病疕瘍者（五字蜀本作信能療病故病者）亦皆樂就清求藥冀速已清皆樂然響應雖不持錢者皆與善藥積券如山未嘗詣取直或不識遙與券清不爲辭歲終度不能報輒焚券終不

復言市人以其異皆笑之曰清蚩妄人也或者（集無者字）曰清其有道者歟清聞之曰清逐利以活妻子耳非有道也然謂我蚩妄者亦謬清居藥四十年所焚券者百數十人或至大官或連數州受俸博其餽遺清者相屬於戶雖不能立報而以賒死者千百不害清之爲富也清之取利遠遠故大豈若小市人哉一不得直則怫然怒再則罵而仇耳彼之爲利不亦翦翦乎吾見蚩之有在也清誠以是得大利又不爲妄執其道不廢卒以富求者益衆其應益廣或斥棄沉廢親與交視之落然者清不以怠遇其人必與善藥如故一旦復柄用益厚報清其遠取利皆類此吾觀今之交乎人者炎而附寒而棄鮮有能類清之爲者世之言徒曰市道交嗚呼清市人也今之交者有能望報如清之遠者乎幸而庶幾則天下之窮困廢辱得不死亡者衆矣市道交豈可少耶或曰非市道人也柳先生曰清居市不爲市之道然而居朝廷居官府居庠塾鄉黨以士大夫自名者反爭爲之不已悲夫然則清非獨異於市人也

種樹郭槖駝傳　前人

郭槖駝不知始（文粹有何字）何名病僂隆（文粹作瘧）然伏行有類槖駝者故鄉人號之駝駝聞之曰甚善名我固當因捨其名亦自謂槖駝云其鄉曰豐樂鄉在長安西駝業種樹凡長安豪家富人爲觀游及賣果者皆爭迎取養視駝所種樹或移徙無不活且碩茂蚤實以蕃他植者雖窺視傚慕莫

能如（集本文粹作加）也有問之對曰槖駝非能使木之壽且孳也以能順木之天以致其性焉耳凡植木之性其本欲舒其培欲平其土欲故其築欲密既然已勿動勿慮去不復顧其蒔也若子其置也若棄則其天者全而其性得矣故吾不害其長而已非有能碩而茂之也（文粹有吾字）不抑耗其實而已非能蚤而蕃之也他植者則不然根拳而土易其培之也若不過焉則不及（集有焉字）苟有能反是者則又愛之太殷憂之太勤旦視而暮撫已去而復顧甚者爪其膚以驗其生枯搖其本以觀其疏密而木之性日以離矣雖曰愛之其實害之雖曰憂之其實讎之故不我若也吾又何能爲矣哉問者曰以子之道移之官理可乎駝曰我知種樹

而已理非吾業也然吾居鄉見長人者好煩其令若甚憐焉而卒以禍旦暮吏來而呼曰官命促爾耕勗爾植督爾穫蚤繰而絲（二本作緒）蚤織而縷字而幼孩遂而雞豚鳴鼓而聚之擊木而召之吾小人輟（文粹作具）飧饔以勞吏者且不得暇（文粹有日字）又何以蕃吾生而安吾性耶故病且怠若是則與吾業者其亦有類乎問者曰嘻不亦善夫吾問養樹得養人術（文粹作而得養人仍有故字）傳其事以爲官戒也（文粹無也字）

童區寄傳

柳先生曰越人少恩生男女必貨視之自毁齒已上父兄鬻賣以覬其利不足則盜取他室束縛鉗梏之至有鬚鬣者力不勝皆屈爲僮當道相賊殺以爲俗幸得壯大則縛取幺弱者漢官因爲已利苟得僮恣所爲不問以是越中户口滋耗少得自脱唯童區寄以十一歲勝斯亦奇矣桂部從事杜周士爲余言之童寄者郴州蕘牧兒也行牧且蕘二豪賊劫持反接布囊其口去逾四十里之虛所賣之（南越中謂野市爲虛爲集作日）寄僞兒啼恐慄爲兒恒狀賊易之對飲酒醉一人去爲市一人卧植刃道上童微伺其睡以縛背刃力上下（集作下上）得絶因取刃殺之逃未及遠市者還得童大駭將殺童遽曰爲兩郎僮孰若爲一郎僮耶彼不我恩也郎誠見完與恩無所不可市者良久計曰與其殺是僮孰若賣之與其賣而分孰若吾得專焉幸而殺彼甚善即藏其尸持僮抵主人所愈束縛牢甚夜半童自轉以縛即爐火燒絶之雖瘡手勿憚復取刃殺是者因大號一虛皆驚童曰我區氏兒也不當爲僮賊二人得我我幸皆殺之矣願以聞於官虛吏白州州白大府大府召視而兒幼愿耳刺史顔証奇之留爲小吏不肯與衣裳吏護還之鄉鄉之行劫縛者側目莫敢過其門皆曰是兒少秦武陽二歲而討殺二豪豈可近耶

梓人傳　前人

裴封叔之第在光德里有梓人款其門願傭隙宇而處焉所職尋引規矩繩墨家不居礱（文粹作磨）斲之器問其能曰吾善度材視棟宇之制高深圓方短長之宜吾指使而群工役焉捨我衆莫能就一宇故食于官府吾授禄三倍作於私家吾收其直太半焉他日入其室其床闕足而不能理曰將求他工余甚笑之謂其無能而貪禄嗜貨者其後京兆尹將飾官署余往過焉委群材會衆工或執斧斤或執刀鋸皆圜立嚮之梓人左持引右執杖而中處焉量棟宇之任視木之能舉揮其杖曰斧彼執斧者奔而右顧而指曰鋸彼執鋸者趨而左俄而斤者斲刀者削皆視其色俟其言莫敢自斷者其不勝任者怒而退之亦莫敢慍焉畫宮於堵盈尺而曲盡其制計其毫釐而構大廈無進退焉既成書於上棟曰某年某月某日某建則其姓字也凡執用之功不在列余圜視大駭然後知其術之工大矣繼而嘆曰彼將捨其手藝專其心智而能知體要者歟吾聞勞

心者役人勞力者役於人彼其勞心者歟能者用而智者謀彼其智者歟是足爲佐天子相天下法矣物莫近乎此也彼爲天下者本於人其執役者爲徒隸爲鄉師里胥其上爲下士又其上爲中士爲上士又其上爲大夫爲卿爲公離而爲六職判而爲百役外薄四海有方伯連帥郡有守邑有宰皆有佐政其下有（文粹有力者二字）胥吏及其下皆有嗇夫版尹以就役焉猶衆工之各有執伎以食力也彼佐天子相天下者舉而加焉指而使焉條其綱紀而盈縮焉齊其法制而整頓焉猶梓人之有規矩繩墨以定制也擇天下之士使稱其職居天下之人使安其業視都知野視野知國視國知天下其遠邇細大可手據其圖而究焉猶

梓人畫宮於堵而績（文粹作繪）于成也能者進而由之使無所德不能者退而休之亦莫敢慍不衒能不矜名不親小勞不侵衆官日與天下之英才討論其大經猶梓人之善運衆工而不伐藝也夫然後相道得而萬國理矣相道既得萬國既理天下舉首而望曰吾相之功也後之人循迹而慕曰彼相之才也士或談殷周之理者曰伊傅周召其百執事之勞勤而不得紀焉猶梓人自名其功而執用者不列也大哉相乎通是道者所謂相而已矣其不知體要者反此以恪勤爲公以簿書爲尊衒能矜名親小勞侵衆官竊取六職百役之事听听於府庭而遺其大者遠者焉所謂不通是道者也猶梓人而不知繩墨之曲直規矩之方圓

尋引之短長姑奪衆工之斧斤刀鋸以佐其藝又不能備其工以至敗績用而無所成也不亦謬歟或曰彼主爲室者儻或發其私智牽制梓人之慮奪其世守而道謀是用雖不能成功豈其罪耶亦在任之而已余曰不然夫繩墨誠陳規矩誠設高者不可抑而下也狹者不可張而廣也由我則固不由我則圮彼將樂去固而就圮也則卷其術默其智悠爾而去不屈吾道是誠良梓人耳其或嗜其貨利忍而不能捨也喪其制量屈而不能守也棟橈屋壞則曰非我罪也可乎哉余謂梓人之道類於相故書而藏之梓人蓋古之審曲面勢者今謂之都料匠云余所遇者楊氏潛其名

李赤傳　前人

李赤江湖浪人也嘗曰吾善爲歌詩類李白故自號曰李赤遊宣州州人館之其友與俱遊者有姻焉間累日乃從之館赤方與婦人言其友戲之赤曰是媒我也吾將娶乎是友大駭曰足下妻固無恙太夫人在堂安得有是豈狂易病惑耶取鋒雪餌之赤不肯（文粹有服字）有間婦人至又與赤言即取巾經其脰赤兩手助之舌盡出其友號而救之婦人解其巾走去赤怒（文粹有其友二字）曰汝無道吾將從我妻汝何爲者赤乃就牖間爲書輾而圓封之又爲書傳封之訖如側久其友從之見赤軒廁抱甕詭笑而廁視勢且下入乃倒曳得之又大怒曰吾已升堂面吾妻吾妻之容世

周無有堂宇之飾宏大富麗椒蘭之氣油然而起顧視汝之世猶溷厠也而吾妻之居與帝居鈞天清都無以異若何苦余至此哉然後其友知赤之所遭乃厠鬼也聚僕謀曰亟去是厠遂行宿三十里夜赤又如厠久從之且復入矣持出洗其污衆環之以至旦去抵他縣縣之吏方宴赤拜揖跪起無異者酒行夊未及言已飲(文粹作飲已)而顧赤則已去矣走從之赤入厠舉其床捍(文粹作扞)門門堅不可入其友叫且言之衆發墻以入赤之面陷不潔者半矣又出洗之縣之吏更召巫師善呪術者守赤赤自若也夜半守者怠皆睡及覺更呼而求之見其足於厠外赤死久矣獨得尸歸其家取其所爲書讀之與其母妻訣其言辭猶人也

柳先生曰李赤之傳不誣矣是其病心而爲是耶抑固是厠鬼耶赤之名聞江湖間其始爲士無以異於人也一惑於恠而所爲若是乃反以世爲溷溷爲帝君清都其屬意明白今世皆知笑赤之惑也及至是非取與向背決不爲赤者幾何人耶反脩而身無以欲利好惡遷其神而不返則幸耳又何暇赤之笑哉

長恨歌傳　陳鴻

開元中泰階平四海無事玄宗在位歲久勌于旰食宵衣政無大小始委於右丞相稍深居遊宴以聲色自娛先是元獻皇后武淑妃皆有寵相次即世宮中雖良家子千數無可悅目者上心忽忽不樂時每歲十月駕幸華清宮內外命婦熠燿景從浴日餘波賜以湯沐春風靈液澹蕩其間上心油然若有所遇顧(川作文粹顧過)左右前後粉色如土詔高力士潛搜外宮得弘農楊玄琰女于壽邸既笄矣鬒髮膩理纖穠中度舉止閑冶如漢武帝李夫人別疏湯泉詔賜藻瑩既出水體弱力微若不任羅綺光彩煥發轉動照人上甚悅進見之日奏霓裳羽衣曲以導之定情之夕授金釵鈿合以固之又命戴步搖垂金璫明年冊爲貴妃半后服用繇是冶其容敏其詞婉孌萬態以中上意上益嬖焉時省風九州泥金五嶽驪山雪夜上陽春朝與上行同輦居同室宴專席寢專房雖有三夫人九嬪二十七世婦八十一御妻曁后宮才人樂府妓女使天子無顧盼意自

是六宮無復進幸者非徒殊艷尤態致是蓋才智明慧善巧便佞先意希旨有不可形容者叔父昆弟(川文粹作仲)皆列位清貴爵爲通侯姊妹封國夫人富埒王宮車服邸第與大長公主侔矣而恩澤勢力則又過之出入禁門不問京師長吏爲之側目故當時謠詠有云生女勿悲酸生男勿喜歡又曰男不封侯女作妃看女却爲門上楣其人心羨慕如此天寶末兄國忠盜丞相位愚弄國柄及安祿山引兵嚮闕以討楊氏爲詞潼關不守翠華南幸出咸陽道次馬嵬亭六軍徘徊持戟不進從官郎吏伏上馬前請誅晁錯以謝天下國忠奉氂纓盤水死於道周左右之意未快上問之當時敢言者請以貴妃塞天下怨上知不免而不

忍見其死反袂掩面使牽之而去倉皇展轉竟就死於尺
組之下旣而玄宗狩成都肅宗受禪靈武明年大赦改元
大駕還都尊玄宗爲太上皇就養南宮自南宮遷于西內
時移事去樂盡悲來每至春之日冬之夜池蓮夏開宮槐
秋落梨園弟子玉琯發音聞霓裳羽衣一聲則天顏不怡
左右歔欷三載一意其念不衰求之夢魂杳不能得適有
道士自蜀來知上皇心念楊妃如是自言有李少君之術
玄宗大喜命致其神方士乃竭其術以索之不至又能遊
神馭氣出天界没地府以求之不見又旁求四虛上下東
極天（川文粹作大）海跨蓬壺見最高仙山上多樓闕西廂下有
洞户東嚮闔其門署曰玉妃太眞院方士抽簪叩扉有雙

鬟童女出應其門方士造次未及言而雙鬟復入俄有碧
衣侍女又至詰其所從方士因稱唐天子使者且致其命
碧衣云玉妃方寢請少待之于時雲海沉沉洞天日曉（川文）
（作晚）瓊户重闔悄然無聲方士屏息斂足拱手門下久之而
碧衣延入且曰玉妃出見一人冠金蓮披紫綃珮紅玉曳
鳳舄左右侍者七八人揖方士問皇帝安否次問天寶十
四載已還事言訖憫默指碧衣取金釵鈿合各折其半授
使者曰爲我謝太上皇謹獻是物尋舊好也方士受辭與
信將行色有不足玉妃固徵其意復前跪致詞請當時一
事不爲他人聞者驗於太上皇不然恐鈿合金釵負新垣
平之詐也玉妃茫然退立若有所思徐而言曰昔天寶十

載侍輦避暑於驪山宮秋七月牽牛織女相見之夕秦人
風俗是夜張錦繡陳飲食樹瓜華焚香于庭號爲乞巧宮
掖間尤尚之時夜殆半休侍衛於東西廂獨侍上上凭肩
而立因仰天感牛女事密相誓心願世世爲夫婦言畢執
手各嗚咽此獨君王知之耳因自悲曰由此一念又不得
居此復墮下界且結後緣或爲天或爲人決再相見好合
如舊因言太上皇亦不久人間幸惟自安無自苦耳使者
還奏太上皇皇心震悼日日不豫其年夏四月南宮宴駕
元和元年冬十二月太原白樂天自校書郎尉于盩厔鴻
與琅邪王質夫家于是邑暇日相携遊仙遊寺話及此事
相與感歎質夫舉酒於樂天前曰夫希代之事非遇出世

之才潤色之則與時消没不聞于世樂天深於詩多於情
者也試爲歌之如何樂天因爲長恨歌意者不但感其事
亦欲懲尤物窒亂階垂於將來者也歌既成使鴻傳焉世
所不聞者予非開元遺民不得知世所知者有玄宗本紀
在今但傳長恨歌云爾

（此篇又見麗情集及京本大曲頗有異同並録于後開元中六符炳靈四海無波禮樂同人神和天子在位歲久倦乎旰食始委國政于右丞相端拱深居儲思國色先是元獻皇后武惠妃皆有寵相次夢謝宮侍無可意者上心忽忽焉不自樂時歲十月駕幸驪山之華清宮浴于溫泉內外命婦焜燿景從浴曰余波賜以湯浴靈液不凍玉樹早芳春色澹蕩思生其間上心油然恍若有遇顧宮女三千粉光如土使搜諸外宮得弘農楊氏女既笄矣綠雲生鬢白雪凝膚渥飾光華纖穠有度舉上閑冶如漢武帝李夫人上見之明日詔浴華清池清瀾三尺中洗明玉蓮開水上鸞舞鑑中既出水嬌多力微不勝羅綺春正月上心始悅自是天子不早朝后夫人不得侍寢時省風九州）

泥金五嶽驪山雪夜上陽春朝行同輦止同宴妖其容巧其詞歌舞談笑婉孌便佞以中上心故以爲上宮春色四時在目天寶中後宮良家女萬數使天子無顧眄意叔父昆弟皆爲通候女弟女兄富埓王室車服制度爵邑邸第與大長公主侔矣恩澤勢力則又過之出入禁門不問京師長吏爲之側目天寶末兄國忠盜丞相位竊弄國柄羯胡亂燕二京連陷翠華南幸駕出都西門百余里六師徘徊擁戟不行從官郎吏伏上馬前請誅錯以謝之國忠奉氂纓盤水死於道周左右之意未快當時敢言者請以貴妃塞天下之怒上慘容但心不忍見其死反袂掩面使牽之而去拜於上前回眸血下墜金鈿翠羽於地上自收之嗚呼蕙心紈質天王之愛不得已而死於尺組之下叔向母云其美必甚惡李延年歌曰傾國復傾城此之謂也既而玄宗狩成都肅宗受命靈武明年大赦改元大駕還都駐六龍於馬嵬道中君臣相顧日月無光不冀曰父子堯舜天下大和太上皇就養南宮宮槐夏花梧桐秋雨春日遲遲兮恨深久夜長長兮怨急自死之曰齋之月莫不感皇容悴宸衷每朱樓月曉渌池冰散梨園弟子玉琯一聲聞霓裳羽衣曲則天不怡侍兒掩泣三載一意其念不衰自是南宮無歌無之思求諸夢而精魂不來求諸神而致誠莫敢成都方士能乘氣而遊上清感皇心追念搨貴妃不已乃上大羅天入地府目眩心搖求之不見遂駕

琅輿張雲蓋浮碧落東下海中三山遂入蓬萊宮中金殿西廂有洞户闔其門署曰玉眞大妃院和門乂之有青衣玉童出方士傳漢天子命既入瓊扉重闔悄然無聲方士息氣重足拱手門下海上風微洞天日暖乃見仙女數人相隨出户延客至玉堂堂上褰九華帳有一人冰雪姿芙蓉冠露綃帔儼然如在姑射山前揖方士傳漢天子命言未終退立慘然憶一念之心復墮下界因泣下使青衣小童取金釵一股鈿合一扇奉太上皇尙心如金堅如鈿上爲天人下爲世人重相見時好合如舅方上受其信將行色布不足玉妃固徵其意復前跪致詞曰請付當時一事不聞於人者驗於漢天子畏金釵鈿合負新坦平之詐也仙子欽容低首合羞而言曰昔天寶六年侍輦避暑于驪山宮七月牽牛織女相見之夕秦人風俗是夜張錦綉陳綺樹瓜花陳飲食焚香于庭謂之乞巧三拜畢綫針於月紅綫于裳夜方半歇侍衞於東西廂獨侍於帝憑肩而玄相與盟心誓曰世世爲夫婦誓畢執手各鳴咽此獨君王知之方士還長安奏于太上皇上皇甚感自悲殆不勝情嗟女德無極者也死生大別者也故聖人節其欲制其情防人之亂者也生感其志死溺其情又如之何元和年冬十二月大原白居易尉于盩厔予與琅邪王質夫家仙游谷因暇日携手入山質夫於道中語及於是白樂天深於思者也有出世之才以爲往事多情而感人也深故爲長恨詞以歌之使鴻傳焉世所隱者鴻非史官不知所知者有玄宗内傳今在予所撝王質夫說之爾

文苑英華卷第七百九十四

文苑英華卷第七百九十五　傳四

傳

李紳傳　墨數十行(黑浙本文粹作累)　沈亞之

李紳者本趙人徙家吴中元和元年節度使宗臣錡在吴紳以進士及第還過謁錡錡舍之與宴遊晝夜錡能其才留執書記明年錡以驕聞有詔召稱疾不欲行賓客莫敢言紳堅爲言不入又不得去會留後使王澹專職爲錡具

行錡蓄怒始發於澹陰斂士食之枘士卒當勞賜者皆會府中受賜與中貴人臨視以至日(三字集作次至文粹作以至)中軍士得賜者俱不散齊呼曰澹逆可食旣(文粹作即)盡即執中貴人脅曰爾寧遂衆欲寧飽衆腹曰請所欲曰爲我衆書報天子幸得復錡位貴人懼僞諾之召書記以疏聞紳聞之亡入錡內匿衆索不得及中貴人至促錡行錡益怒急召紳授紙筆令操書上牘紳坐錡前佯惴怖戰管搖紙下札皆不能字輒塗去黑數十行又如是幾盡紙錡怒罵曰是何敢如此汝欲下從而先人耶對曰紳不敢惡生直以少養長儒家未嘗聞金革鳴今暴及此且不知精神在所誠得死若在前(三字集作在畏皆前)幸耳錡復制以兵刃令易紙復然旁一人爲錡言曰聞有許侍御(集作御史)縱者尤能軍中書紳不足與等請召縱縱至錡銳(文粹有意字)自舉授詞操書無不可錡意遂幽紳於潤之外獄兵散乃出縱竟逆死亞之(二字作粹集木作贊)曰李錡之賊江東也其抗節者有李雲李紳雲則中山劉騰爲書以大之而紳之跡未及稱且紳職錡肘腋下舉動顧眄有一不誠則支體立盡衆手而紳亦不顧而曉然自效如此可謂臨大節而不可奪者耶

馮燕傳　前人

馮燕者魏豪人父祖無聞名燕少以意氣任專(麗情集作俠)爲擊毬鬪雞戲魏市有爭財鬪者燕聞之往搏殺不平遂沈匿田間官捕急遂亡滑益與滑軍中少年雞毬相得時相

國賈公躭在滑能燕才留屬軍中(集作中軍)他日出行里中見户傍婦人翳袖而望者色甚冶使人熟其意遂室焉(集作之)其夫滑將張嬰者也嬰聞其故累毆妻妻黨皆怨望會嬰(麗情集有嬰慕二字)從其類飲燕伺得間復偃寢中拒寢户嬰還妻開户納嬰以裾蔽燕燕卑脊步就蔽轉匿户扇後而巾墮枕下與佩刀近嬰醉且瞑燕指巾令其妻取妻取刀授燕燕熟視斷其妻頸遂持巾去明旦嬰起見妻毀死愕然欲出自白嬰隣以爲妻嬰殺留縛之趣(集作趨)告妻黨皆來曰常嫉毆吾女迺誣以過失今復賊殺之矣安得他殺事即其他殺而(集無而字)安得獨全耶共持嬰且百餘笞遂不能言官家收繫殺人罪莫有辨者强伏其辜司法官(麗情集有與字)小

吏持扑者數十人將嬰𧺢市看者圍面千有餘人有一人排看者來呼曰(集有且字)無令不辜死者吾竊其妻而又殺之當繫我吏執有言人乃燕也司法官與俱見賈公盡以狀對賈公以狀聞請歸其印以贖燕死上義之下詔凡滑城死罪皆免亞之(二字集作贊)曰余尚大言(二字集作大史言)而又好叙義事其賓黨耳目之所聞見而者(一作)爲余道元和中外郎劉元鼎語予眞元年中(集無此四字)有(集作以)馮燕事得傳焉嗚呼淫惑(一作式)之心有甚水火可不畏哉而燕殺不義白不辜眞古豪矣

燕將傳　杜牧

談(集本文粹作譚)忠者絳人也祖瑤天寶末令內黃死燕寇中豪健善兵始去燕燕牧劉濟與二千人障白狼口(山名契丹路)後將漁陽軍留范陽元和五年中黃門出禁兵伐趙魏牧田季安合(集本文粹作令)其徒曰師不跨河二十五年矣今一旦越魏伐趙趙誠虜魏亦虜矣計爲之(集有禁字)何其徒有超佐伍而言曰願借騎五千以除君憂季安大呼曰壯夫(集作矣)哉兵決出格沮者斬忠(集本文粹有其字)時爲燕使魏知其謀乃入謂季安曰某之謀是引天下之兵也何者往年王師取蜀取夏(集作吳)筭不失一是相臣之謀今王師越魏伐趙不使耆臣宿將而專付中臣不輸天下之甲而多出秦甲君知誰爲之謀此乃天子自爲之謀欲將誇服於臣下也今若師未叩趙而先碎於魏是上之謀反不如下且能不恥於

天下乎既恥且怒於是任智畫策伏猛將練精兵畢力再舉涉河鑒前之敗必不越魏而伐趙校罪輕重必不先趙而後魏是上不上下不下當魏而來也季安曰然則若之何忠曰王師入魏君厚犒之於是悉甲壓境號曰伐趙則可陰遺趙人書曰魏若(集本文粹作伐)趙則河北義士謂魏賣友魏若與趙則河南忠臣謂趙反君賣友反君之名魏不忍受執事若能陰解陴障遺魏一城魏得持之奏捷天子以爲符信此乃使魏北得以奉趙西得以爲臣於趙有(集作爲)角犬之耗於魏獲希(集作不)世之利執事豈能無意於魏(集作趙)乎趙人脫不拒君是魏霸基安矣季安曰善先生之來是天眷魏也遂用忠之謀與趙陰計得其堂陽(縣名屬冀州)忠

歸燕謀欲激燕伐趙會劉濟合諸將曰天子知我怨趙今命我伐之趙亦必大備我伐與不伐孰利忠疾對曰天子終不使我伐趙趙亦不備燕劉濟怒曰爾何不直言濟以趙叛命忠繫獄因使人視趙果不備燕後一日詔果來曰燕南有趙北有胡胡猛趙孱不可捨胡而事趙也燕其爲予謹護北壃勿使予復掛胡憂而得專心於趙此亦燕之功也劉濟乃解獄召忠曰信如子斷矣何以知之忠曰潞牧盧從史外親燕內實忌之外絕趙內實與之此爲趙畫曰燕以趙爲障雖怨趙必不殘趙不必爲備一且視趙不敢抗燕二且使燕獲疑天子趙人既不備燕潞人則走告于天子曰燕厚怨趙今趙見伐而不備燕是燕反與趙也

此所以知天子終不使君伐趙趙亦必不備燕劉濟曰今則柰何忠曰燕孕怨天下無不知今天子伐趙君坐全燕之甲一人未度（集作濟）易水此正使潞人將燕賈（集作責）恩於趙敗忠于上兩皆售也是燕貯忠義之心卒染私趙之口不見德於趙人惡聲徒嘈嘈於天下耳惟君熟思之劉濟曰吾知之矣乃下令軍中曰五日軍（集作畢）出後者醢以徇濟乃自將七萬人南伐趙屠饒陽束鹿（二縣屬深州）殺萬人暴卒于師濟子總襲職忠復用事元和十四年春趙人獻城十二（德州平原安陵長河棣州厭次滴河陽信蒱平昌將陵滿臺浡海蒲）冬誅齊三分其地忠因說總曰凡天地數窮合必離離必合河北與天下相離六十年矣此亦數之窮也必與天下（集本作地）復合且建

中時朱泚搏天子狩盩甸李希烈僭于梁王武俊稱趙朱滔稱冀田悅稱魏李納稱齊郡國往往弄兵者抵（集作低）目而視當此之時可謂危矣然天下卒爲無事自元和以來劉闢守蜀棧道劍閣自以爲子孫世世之地然甲卒三萬數月見羈李錡橫大江撫石頭全吳之兵不得一戰反束（粹有縛字）帳下田季安守魏盧從史守潞皆天下之精甲駕趙爲騎鬥立相視可爲强矣然從史繞壍五十里萬戟自護身如大醉忽在檻車季安死墳杵未收家爲逐客蔡人被重葉之甲圓三石之弦持九尺之刃突前跳後卒（集忽及）如搏鵰一可支百者累數萬人四歲不北二三可爲堅矣然夜半大雪忽失其城齊人經地數千里倚渤海墻太山塹太河精甲數億鈴劍其兵可爲安矣然兵折於潭趙（地名西六十里）首竿於都市此皆君之自見亦非人力所能及蓋上帝神兵下來誅之耳今天子巨謀纖計必平章於大臣鋪樂張徽未嘗戴星徘倡顰蹙（集作玩）之臣顏澁不展縮衣節口以賞戰士此志豈須臾忘於天下哉今國兵駸駸北來趙人已獻城十二助魏破齊唯燕未得一日之勞爲子孫壽後世其能帖帖無事乎吾深爲君憂之總泣且拜曰自數月已來未聞先生之言今者幸枉大教吾心定矣明年春劉總出燕卒于趙忠護總喪未數日亦卒年六十四官至御史大夫忠第憲前范陽安次令持兄喪歸葬于絳常往來長安間元年孟夏（集本文粹作春）某遇於馮翊屬縣北衛（集本

文粹作歡）中因吐其兄之狀某因直書其事至於襃貶之間俟學春秋者焉

張保皐鄭年傳　前人

新羅人張保皐鄭年者自其國來徐州爲軍中小將保皐年三十鄭年少十歲兄呼保皐俱善鬬戰騎而揮槍其本國與徐州無有能敵者年復能沒海履其地五十里不噎角其勇健保皐差不及年保皐以齒年以藝常齟齬不相下後保皐歸新羅謁其王曰遍中國以新羅人爲奴婢願得鎮清海（新羅海路之要）使賊不得掠人西去其王與萬人如其請自大和後海上無鬻新羅人者保皐既貴於其國年錯寞去職饑寒在泗之漣水縣一日言於漣水戍將馮元規

曰年欲東歸乞食於張保皋元規曰爾與保皋所挾何如奈何去死其手年曰饑寒死不如兵死快况死故鄉耶年遂去至謁保皋保皋飲之極歡飲未卒其國使至大臣殺其王國亂無主保皋遂分兵五千人與年持年泣曰非子不能平禍難年至其國誅反者立王以報王遂徵保皋爲相以年代保皋天寶末安祿山亂朔方節度使安思順以祿山從弟賜死詔郭汾陽代之後旬日復詔李臨淮持節分朔方半兵東去趙魏當思順時汾陽臨淮俱爲牙門都將二人二字集作將萬人不相能雖同盤飲食常睇相視不交一言及汾陽代思順臨淮欲去計未決新唐書有旬日二字詔至分汾陽兵東討唐書作詔臨淮分汾陽半兵東出趙魏臨淮入請曰一死固甘乞

免妻子汾陽趨下持手上堂偶坐曰今國亂主遷非公不能東討集作伐豈懷私忿時耶悉召軍吏出詔書讀之如詔約束及別執手泣涕相勉以忠義訖平劇盜實二公之力知其心不畔知其材可任然後心不疑兵可分平生積忿知其心難也忿必見短知其材益難也此保皋與汾陽之賢等耳年投保皋必曰彼貴我賤我降下之不宜以舊忿殺我保皋果不殺此亦人之常情也臨淮分兵詔至請死於汾陽此亦人之常情也保皋任年事出於己年且饑寒易爲感動汾陽臨淮平生抗立臨淮之命出於天子角集作權於保皋汾陽爲優此乃聖賢遲疑成敗之際也彼無他也仁義之心與雜性集作情並植雜性勝則仁義滅仁義勝則雜性銷彼二人仁義之心既勝復資之以明故卒成功世稱周召爲百代人師周公擁孺子而召公疑之以周公之聖召公之賢少事文王老佐武王能平天下周公之心召公且不知之苟有仁義之心不資以明雖召公尚爾况其下哉語曰國有一人其國不亡夫亡國非無人也其未亡時賢人不用苟能用之一人足矣

蔡襲傳　李磎

蔡襲者自言裨將也不詳其氏族源胄至襲居北部振武軍學擊劒沉勇好奇謀功名初無知者嘗任氣與人鬬而斃之時故司空劉沔以右僕射爲振武節使聞之收襲繫獄將杖殺之經宿而死者復蘇故襲得免死讁役數年沔

移鎮河東武宗初匈奴犯邊詔沔河東及諸道兵出征襲聞邊方有事將因之以立功乃逃其所務來叩沔曰往君免襲之死是明公屈法申恩而襲之大幸也今天兵有伐於北虜竊願施犬馬之勞於軍前上得以酬君之恩下乞以自補其惡死生畢矣沔聞而壯義之命廁諸卒官軍至大寧聞匈奴已入振武界時大和公主在蕃多年又聞振武欲奪公主沔恐公主爲振武所得蓋已功籌策未知所出諸將吏莫能謀襲乃請詐爲捕逃者至匈奴營動搖令入河東界沔深然其計遂遣襲往襲至匈奴所揚言云振武鎮守欲殺汝曹河東劉僕射是招撫使若不移必爲振武所害匈奴有得此語者遽歸寧武遂移部曲八字一作遽歸單于

單于遂移部曲次于屈越城西已在河東界去官軍猶二百餘里襲歸告沔欲奏恐詔問須生口爲據襲又獲生口十二人馬十五疋主帥乃具事上聞自後屢有詔令奪公主沔患匈奴衛帳遠欲其近又不能襲遂請以貲粮入蕃招引沔從之襲至蕃中見公主公主流涕告以北蕃破亡疾饑孤危無告襲對曰聖明在上公主何不與單于議同入奏以困急耶公主曰此已曾議單于爲我去必不還事已不諧矣言畢襲請對單于謁者高達干曰單于是離本國後(一作後)中路(一有冊字)不宜與使相見有故但可與蕃相論之襲遂見蕃相相曰吾病饑竄亡唐不我恤今月唐使來幸得無可懷襲對曰爲不知單于消息捕得匈奴十二人詰問方

知在唐界外數月河東劉僕射令以貲糧一十槖馳寄公主單于宰相共遣詔命如能南下則所匱竭易相助也今部落甚遠安知早歎如此蕃相曰人不曉公法昨者饑荸不得已有所犯于今日汝必以此故來誘殺我遂推襲出帳令步卒以弓弩圍繞曰不露情必當射殺襲曰國家實命招恤如信即往疑盍走諸蕃後悔亦無及矣今雲我何益蕃相曰我若徒走諸蕃亦何悔襲曰單于大蕃與唐爲親有舅甥之恩輔車之勢破亡祇宜歸唐反入諸小蕃若爲小蕃所蔑安得不悔蕃相乃曰我今歸唐但恐汝主誤我汝若真招徠當爲我重一約誓襲曰凡作誓者急則萬端襲之爲誓與於是遂引手蕃相前請斷左手腕以爲誓顏

色不動辭令甚壯蕃相不許曰且爲我劈心出血後自飲之亦足爲信襲乃於心上出血置甌中而誓曰我若誤汝入唐境而攜貳心天必殛誅烹醢分擘言畢飲盡器中血匈奴乃信遂移帳至雲州北塞谷山東與官軍相距六十里後又詐稱戈徵侵掠振武不利引歸襲在虜庭多日恐不得歸乃誑單于相云更於雲朔州爲蕃國取貲糧因遂得歸具告沔以誘得匈奴近塞甚匈奴新刼振武還兵勞瘁又以唐家招徠不設備若奪公主必宜乘時疾往沔許諾命將校石雄王峯等與襲皆至單于帳合圍大破之襲突入帳中挾公主於馬上出十數步恐官軍不知誤傷乃呼曰此乃公主也石雄聞以步卒三十人奪之歸公主至

河東悉訴其事於劉沔又嘗書襲名於尺素中許以上聞又言於監軍呂義忠曰無蔡襲吾不生還矣其智如此公主既歸京師沔加司空石雄受天德軍防禦使唯襲非大君所知主帥不爲奏公主亦竟不能爲言功業籌策遂韜而不顯而河東絕滅匈奴至今邊塵晏清者本襲運籌之力也會昌二年劉稹據上黨反揚弁於太原乘間拒命見獲四年上黨平今上大中四年南山党羌反自會昌二年及今征伐襲並有勳績其功皆錄在河東簿書惟破匈奴爲首功而爲人所掩耳至今部曲將校無不稱其智勇李磎曰甚矣功名之見沉也一至於是然古人嘗稱位可排而名不可奪矣由蔡襲以言之其可奪耶其不可耶始余

於京洛間聞説者多稱劉石有破虜之功及至大原聞蔡襲方知為舉代之惑也悲夫功業卓然尚可掩抑况才藝恥余念其勤而無益故詳足其事為傳云

何武傳　皮日休

何武者壽之驍卒也故為步卒將戍隣霍岳岳生名葬（昌窔切）有負其販者多强暴民民不便必愬其（集作於）將武之至矣責其强暴者盡擒而械之俟簿圍將申壽守請殺之强暴之黨懼且死乃誣愬武于壽守且曰不順守命擅生殺于外壽之守嚴悍不可犯苟聞不便於民雖劇寮貴吏得皆辱殺之至是聞武罪如乳虎遇觸怒蝮遭傷其將害也可知已乃命勁卒將命拳武至府武固已（集作知）理可伸不

柰守嚴悍必當受枉刑乃樂而俟死矣至則守怒而責武以其過武善媚對又支體煦然乃投石拔距之類（集作狀在之事）也守雅愛是類翻然釋之絀其職一級武曰吾今日不歸地下真守之賜也請得以命報居未久壽之指邑曰縱陽（即今盛唐縣）野寇四起其邑將危武請於守曰此真某畢命之秋也守壯之復其故職奏命為貳將武領偏師自間道入縱陽不意伏盜發於（一作蠍發）叢翳間兵盡駭逃武獨鬭死日休曰武之受謗不當其刑况其死乎如非武心者縱免死其心不能無憤也况感分用命哉嗚呼古之士事上遇謗當職遭辱苟其君免之必以憤報破家亡國者可勝道哉春秋弒君三十六其中未必有不由是而致者也武一卒也獨有是心嗚呼今之士事上當職苟遇譏（集作謗）遭辱無是心者吾又不知武一卒也

文苑英華卷第七百九十五

文苑英華卷第七百九十六　傳五

傳

無心子傳并序

王勣（集作績）

東皋子始仕以醉儒罷鄉人或誚之東皋子不屑也退著無心子以見趣焉（集作云）

無心子寓居於越越王不知其天人也拘之仕無喜色泛越（集此無字）若而從越國之式（新唐書作法集作載）曰有穢行者不耻俄而無心子者以穢行聞於王王黜之無慍色退而將遊于茫蕩之野適勳之邑而過機士機士撫髀而歎者三曰嘻子賢者而以罪廢無心子不應機士曰願受教無心子曰爾聞蜚廉氏之馬說乎昔者蜚廉氏有二馬一者朱鬣白毳龍骼（集作體）鳳臆驟馳如舞終日不釋鞍竟以熱（集作褻）死一者重脛昂尾駝頸貉膝踶齧善蹶棄而散諸野終年肥遁是以鳳凰不憎山棲蛟龍不羞泥蟠君子不苟潔以羅患聖人不避穢而養生（唐書作清）東皋聞之曰善哉不可以加之矣

負笭者傳

前人

昔者文中子講道於白牛之溪弟子捧書北面環堂成列講罷程生薛生退省于松下語及周易薛收嘆曰不及伏羲氏乎何詞之多也俄而有負笭者皤皤然委擔而息曰吾子何嘆也薛生曰叟何爲者而徵吾歎負笭者曰夫麗朱者丹附墨者黑盖累漸而得之也今吾子所服者道而猶有嘆是六府五藏不能無受也吾是以問生曰收聞之師易者道之藴也伏羲氏畫八卦而文王繫之不逮省久矣（文粹一作文王繫辭作文之不逮者久矣）以爲文王病也吾是以嘆（集作疑）負笭者曰文王焉病伏羲氏病甚者也昔者伏羲氏未畫卦也三才其不立乎四序其不行乎百物其不生乎萬象其不森乎何勞乎而費畫也（一作事畫）自伏羲氏洩道之密漏神之機分張大和磔裂元氣使天下智詭之道逆出曰我善言象而識物情陰陽相磨遠近相取作爲剛柔同異之說以駭人志於是智者不知而大朴散矣則伏羲氏始兆亂者也安得羸嘆而嗟文王乎負其笭而行追而問之居與姓字（集本文粹作名）不答而去文中子聞之曰隱者也

仲長先生傳

前人

先生諱子光字不曜自云洛陽人也徃來河東傭力自給無室廬絶妻子開皇末始菴河渚間以息身焉十餘年（集有間以二字）賣藥爲業人莫知之也汾陰侯生以筮著（集有名字）因游

河渚一覩而伏（集作服）曰東方朔𦙶輅不如也由是顯重守令至者皆親謁先生辭以瘖疾未嘗交語著獨遊頌及河渚先生傳以自喻識者有以知其懸解也人有請道者則書老易二字示之彈琴餌藥以終其世文中子比之虞仲夷逸

五斗先生傳　前人

有五斗先生者以酒德遊於人間有以酒請者無貴賤皆往往必醉醉則不擇地斯寢矣醒則復起飲也常一飲五斗因以爲號焉先生絕思慮寡言語不知天下之有仁義厚薄也忽焉而去倏然而來其動也天其靜也地故萬物不能縈心焉嘗言曰天下大抵可見矣生何足爲（集作養）而

稽康著論途何爲窮而阮籍慟哭故昏昏默默聖人之所居也遂行其志不知所如

强居士傳　釋皎然

人生性靜而遷乎可欲可欲萌乎憂喜者病之源（一作原）也故至人覩其靜見萬物之真覩其動見萬物之遇客有强君隱士之儔也理照涵俗寄於和扁之伎而時人無能知者予嘗問君以醫之術君對曰夫妙有統於心而通於物理其靜爲性其照爲覺覺也者日月之謂乎性也者太虛之謂乎故理世爲儒可以敷五典理性爲釋可以越四荒（一作四流）理病爲醫可以空六腑使定命可追業疾可亡而世教罕能代之故醫王未悉辨也予曰至哉斯言命小子志之

醉吟先生傳　白居易

醉吟先生者忘其姓字鄉里官爵忽忽不知吾爲誰也宦遊三十載將老退居洛下所居有池五六畝竹數千竿喬木數十株臺榭舟橋具體而微先生安焉家雖貧不至寒餒年雖老未及昏耄性嗜酒耽琴淫詩凡酒徒琴侶詩客多與之遊遊之外棲心釋氏通學小中大乘法與嵩山僧如滿爲空門友平泉客韋楚爲山水友彭城劉夢得爲詩友安定皇甫朗之爲酒友每一相遇欣然忘歸洛城內外六七十里間凡觀寺丘墅有泉石花竹者靡不遊人家有美酒鳴琴者靡不過有圖書歌舞者靡不觀自居守洛川

洎布衣家以宴遊召者亦時時往每良辰美景或雪朝月夕好事者相遇（集作過）必爲之先拂酒罍次開詩篋詩酒既酣乃自援琴操宮聲弄秋思一遍若興發命家僮調法部絲竹合奏霓裳羽衣一曲若歡甚又命小妓歌楊柳枝新詞十數章放情自娛酩酊而後已往往乘興屨（一作屐）及鄰杖於鄉騎遊都邑肩轝適野轝中置一琴一枕陶謝詩書數卷轝竿左右懸雙酒壺尋水望山率情便去抱琴引酌興盡而返如此凡十年山間（二字集作其間日）賦詩約千餘篇日釀酒約數百斛而十年前後賦釀者不與焉妻孥弟姪慮其過也或譏之不應至再三乃曰凡人之性鮮得中必有所偏好吾非中者也設不幸吾好利而貨殖焉以至于

多藏潤屋賈禍危身柰吾何設不幸吾好博奕一擲數萬傾財破產以至於妻子凍餒柰吾何設不幸吾好藥損衣削食鍊鉛燒汞以至于無所成有所誤柰吾何今吾幸不好彼而自適盃觴諷詠之間放即（集作則）放矣庸何傷乎不猶愈於好彼三者乎此劉伯倫所以聞婦言而不聽王無功所以遊醉鄉而不還也遂率子弟入酒房環釀甕箕踞仰面長吁太息曰吾生天地間才與行不逮於古人遠矣而富於黔婁壽於顏回飽於伯夷樂於榮啓期健於衛叔寶幸甚幸甚餘何求哉若捨吾所好何以送老因自吟詠懷詩云抱琴榮啓樂縱酒劉伶達放眼看青山任頭生白髮不知天地內更得幾時（集作年）活從此到終身盡爲閑日

月吟罷自哂揭甕醱醅又飲數盃兀然而醉既而醉復醒醒復吟吟復飲飲復醉醉吟相仍若循環陶陶然昏昏然不知老之將至古所謂得全於酒者故自號爲醉吟先生于時開成三年先生之齒六十有七鬚（集作鬢）盡白髮半禿齒雙缺而觴詠之興猶未衰顧謂妻子云今之前吾適矣今之後吾不自知其興如何

江湖散人　陸龜蒙

散人者散誕之人也心散意散形散神散既無羈限爲時之怪民束於禮樂者外之曰此散人也散人不知恥乃從而稱之人或笑曰彼病子之散而目之子反以爲其號何也散人曰天地之（文粹無之字）大者也在太虛中一物耳勞乎覆載勞乎運行差之晷度寒暑錯亂曷斯須之散其（集作而）可得耶水土之散稽有用乎水之散爲雨爲露爲霜爲雪水之局爲瀦爲洳爲潦爲汙土之散封之可崇穴之可深生可以藝死可以入土之局墳不可以爲埏（集作埏）甓（集作甃）不可以爲盂得非散能通於變化局不能耶退若不散守名之筌進若不散執時之權筌可守耶權可執耶遂爲散歌散詠（集作傳）以志其散

甫里先生傳　前人

甫里先生者不知何許人也人見其耕於甫里故云（甫里松江上村墟名）先生性野逸無羈檢好讀古聖人書探六籍識大義就中樂春秋抉擿微旨見有文中子王仲淹所爲書云三

傳作而春秋散深以爲然貞元中韓晉公嘗著通例刻之于石（今在潤州文宣王廟）意以是學爲已任而顛倒漫漶翳塞無一通者殆將百年人不敢指斥疵類先生恐疑誤後學乃著書摭而辨之先生平居以文章自怡雖幽憂疾痛中苶（集作落）然無旬日生計未嘗暫輟點竄塗抹者紙札相壓投于箱篋中歷年不能淨寫一本或爲好事者取去後於他人家見亦不復謂已作矣少攻（一作工）歌詩欲與造物者爭柄遇事輒變化不一其體裁始則凌轢波濤穿穴險固囚鏁怪異破碎陣敵卒造平淡而後已好潔几格（音閣）窗戶硯席剪然無塵埃得一書詳熟然後寘于方冊值本即校不以再三爲限朱黃二毫未嘗一日去手所藏雖少咸精實正

定可傳借人書有編簡斷壞者緝之文字繆誤者刋之樂聞人爲善講評通論不倦有無賴者毀折糅汙或藏去不返先生蹙然自咎先生貧而不言利問之對曰利者商也人既士矣柰何亂四人之業乎且仲尼孟軻氏之所不許先生居有地數畝有屋三十楹有田畸十萬步（吳田一畝當二百五十步）有牛減（集作咸）四十蹄有耕夫百餘指而田汙下暑雨一晝夜則與江通也（集無也字）無別（集有他字）田也先生由是苦饑因倉無升斗蓄積乃躬負畚鍤率耕夫以爲具（具區之具集作具區）由是歲波雖狂不能跳吾防溺吾稼也或譏刺之先生曰堯舜黴瘠大禹胝胼彼聖人也（集作爲）非聖人耶（集作無此四字）吾一布衣耳不勤劬何以爲妻子之天乎且與其蚤虱名器雀

鼠倉庚者如何哉先生嗜茶荈置小園於顧渚山下（山在吳興歲貢茶之所）歲入茶租十許薄爲甌蟻之費（集作蟻之實）自爲品第書一篇繼茶經茶訣之後（茶經陸季疵撰茶訣釋皎然述）南陽張又新嘗爲水說（集作記）凡七等其二曰慧山寺石泉（在無錫縣出）其三曰虎丘四石井其六曰吳松江是三水距先生遠不百里高僧逸人時致之以助其好先生始以喜酒得疾血敗氣索者二年然後能起有客至亦絜樽置觴（集作觶）但不復引藩向口耳性不喜與俗人交雖詣（集作訪）門不得見也不置車馬不務慶弔內外姻黨伏臘喪祭未嘗及時往或寒暑得中體佳（集作性）無事時則乘小舟設蓬蓆賫一束書茶竈（集作爐）筆牀釣具擢船郎而已所詣小不會意徑還不留雖水

禽鴂起山鹿駭去之不若人謂之江湖散人先生乃著江湖散人傳而歌詠之由是渾毀譽不能入利口者亦不復致意先生性狷急遇事發作輒不含忍尋復悔之屢改不能又（集作矣）先生無大過亦無出入人事不傳姓名無有得之者豈涪翁漁父江上丈人之流者乎

書李賀小傳後　前人

玉溪生傳李賀云（集作字）長吉常時旦日出遊從小奚奴騎驅驢背一古破錦囊遇有所得即書投囊中暮歸足成其文余爲兒時在溧陽聞白頭書佐言孟東野貞元中以前秀才家貧受溧陽尉溧陽昔爲平陵（句絕）縣南五里有投金瀨瀨八里許道東有故平陵城周千餘步基阯坡陁裁高

三四尺而草木勢甚盛率多大櫟合數十（集作夫）抱蔾蓧蒙翳如塢如洞地窪下積水沮洳深處可活魚鼈輩大抵幽邃岑寂氣候古澹可喜（集作嘉）除里民樵罩外無入者東野得之忘歸或比日或間日乘驢後（集作領）小吏經驀投金渚一往至得蔭大櫟隱嵒（集作蔽）蓧坐于積水之傍吟到日西還爾後衮衮去曹務多弛廢令季躁（集作秃憏）卞急不佳東野之爲立白王府請以假尉代東野分其俸以給之東野竟以窮去吾聞淫畋漁者謂之暴天物天物既不可暴又可抉擿刻削露其情狀乎使自萌卵至于槁死不能（集作得）隱伏天能不致罰耶長吉夭東野窮玉溪生官不掛朝籍而死正坐是哉正坐是哉

李夫人傳（華外祖故貴鄉丞范陽盧君諱善觀夫人）　李華

夫人趙郡李氏諱某字某號惠昌自後魏義豐懿公燦七代至明經君玄福道義德禮歸于一門魏史所謂事親孝謹風度審正是也年十三歸于貴鄉丞范陽盧公善觀姑崔夫人待子婦甚嚴年高多疾自夫人奉養體氣日和姑視夫人愛子如也夫人奉養姑慈親如也撫下掩其小過因而誨之則大過無從生矣姑怒責幼賤夫人則詭請曰此誠遠教尊宜降責新婦不安請引外懲恥既而輕罰復命姑或未厭則曰責誠未塞伏以尊慈恐他日追憐傷尊之心崔夫人撫而笑曰李新婦不唯安吾兼變吾性自是委以家政其柔明婉敏皆此類也盧公嘗爲宕州司法參

軍夫人隨官西南羌戎不知長幼之別夫人之威儀敬順聞於殊俗羌戎化焉大夫人因疾喪明夫人奉衣則安奉膳則飽每曰此女在側吾忘失明及居憂泣血三年終身銜戚讀論語詩書禮傳古史箴頌近世調賦合於雅者盡諷之善鼓琴幽閑自娛志普門之教肸蠁符應六姻孤幼歸夫人者如不孤焉開元元年終春秋五十無子有女一人孝慈明惠如夫人之德歸于安邑令趙郡李公遺孤檢校吏部員外華不及逮事感慕罔極聞於外家十不存一哀書大界敢告史官

楊烈婦傳

建中四年李希烈陷汴州既又將盜陳州分其兵數千人抵項城縣蓋將掠其玉帛俘累其男女以會於陳州縣令李侃不知所爲其妻楊氏曰君縣令也寇至當守力不足死焉職也君如逃則誰守侃曰兵與財皆無將若何楊氏曰如不守縣爲賊所得矣倉廩皆其積也府庫皆其財也百姓皆其戰士也國家何有奪賊之財而食其食重賞以令（一作合）死士其必濟於是召胥吏百姓於庭楊氏言曰縣令誠主也雖然歲滿則罷去非若吏人百姓然吏人百姓邑人也墳墓存焉宜相與致死以守其邑忍失其身而爲賊之人耶衆皆泣許之乃徇曰以瓦石中賊者與之千錢以刀矢兵刃之物中賊者與之萬錢得數百人侃率之以乘城楊氏親爲之爨以食之無長少必周而均侃使與賊

言曰項城父老義不爲賊矣皆悉力守死得吾城不足以威不如亟去徒失利無益（文粹作爲）也賊皆笑有飛箭集于侃之手侃傷而歸楊氏責之曰君不在則人誰肯固矣與其死於城上不猶愈於家乎侃遂忍之復登陴項城小邑也無長戟勁弩高城深池（集作溝）之固賊氣吞焉遂率其徒將超城而下有以弱弓射賊者中其帥墜馬死其帥者希烈之子壻也賊失勢因（集作遂）相與散走項城之人無傷焉刺史上侃之功詔遷絳州太平縣令楊氏至茲猶存人之受氣於天其何不同也婦人女子之德奉父母舅姑盡恭順和於娣姒於卑幼有慈愛而能不失其貞者則賢矣至於辨行陣明攻守勇烈之道此固公卿大臣夫（一作）之所難厥

自兵興朝廷注意寵旌守禦之臣憑堅城深池之險儲蓄山積貨財自若冠胄服甲負弓矢而馳者不知幾人其勇不能戰其志不能守其忠不能死棄城而去有矣彼何人哉若楊氏者婦人也孔子曰仁者必有勇楊氏當之矣李翱（二字集粹作贊）曰凡人之情皆謂後來者不及於古之人賢者自古亦稀況（集無況字）獨後代耶及其有之與古人不殊也若高愍女楊烈婦者雖古烈女其何加焉予懼其行事湮滅而不傳故皆敘之將告於史官

竇烈女傳　杜牧

烈女姓竇氏小字桂娘父良建中初爲汴州户曹掾桂娘美顏色讀書甚有文李希烈破汴州使甲士至良門取桂

娘以去將出門顧其父曰愼無戚必能滅賊使大人取富貴於天子桂娘既以才色在希烈側復能巧曲取信凡希烈之密雖妻子不知者悉皆得聞希烈歸蔡州桂娘嘗謂希烈曰忠而勇一軍莫如陳先奇其妻竇氏先奇寵且信之願得相往來以姊妹叙齒因徐說之使堅先奇之心希烈然之桂娘（集有因字）以姊事先奇妻嘗間謂曰賊虐殘不道遲晚必敗姊宜早圖遺種之地先奇妻然之興元元年四月希烈暴死其子不發喪欲盡誅老將校以卑少者代之計未決有獻含桃者桂娘白希烈子請分遺先奇妻且以示無事於外因爲臘帛書曰前日已死殯在後堂欲誅大臣（希烈僭故曰臣）須自爲計以朱染帛丸如含桃先奇發丸見之言於薛育曰兩日希烈稱疾但怪樂曲雜發晝夜不絕此乃有謀未定示暇於外事不疑矣明日先奇薛育各以所部兵譟於衙門請見希烈希烈子迫出拜曰願去僞號一如李納（時正己死納代爲帥）先奇曰爾父悖逆天子有命因斬希烈及妻子函匕首以獻暴其尸於市后兩月吳少誠殺先奇知桂娘謀因亦殺之請試論之希烈負桂娘者但劫之耳希烈僭而貴娘妃復寵信之於女子心始終希烈可也此誠知所去所就逆順輕重之理明也能得希烈權也姊先奇妻智也終能滅賊不顧其私烈也六尺男子有祿位者當希烈叛與之上下者衆矣此豈才力不足耶蓋義理苟至雖一女子可以有成大和元年予客遊涔陽路出荆州

松滋縣攝令王湛（集作淇下同）爲某言桂娘事湛年一十歲能念五經舉童子及第時年七十五尚可日記千言當建中亂希烈與李納田悦朱泚朱滔等僭詔書檄争戰勝敗地名人名悉能記之聽說如一二日（三字集作一日）前言實良出於王氏實湛之堂姑子也

趙女傳　皮日休

趙氏女山陽之鹽山人其父貿鹽盜出其息不納有司賦官捕得法當死簿（音部）已伏就刑有日矣趙氏女求見鹽鐵官泣愬于庭曰某七歲而母亡蒙父私盜官利衣食某身爲生厚矣今父罪根露某當隨坐法若不可官能原乎原之不能請隨坐之法官清河崔璵義之曰固當（三字集作固）爲

臧死論趙氏大沛一曰某之身前則父所有今則官所賜誓集作願去髮學釋氏以報官德自以女子之言難信因出利刃于懷立截其耳以盟必然崔𤀹義之竟全其父命趙氏侍父刑疾愈因訣歸浮屠氏舍日休曰古者救危拯禍必先示信至夫家全國完則隨而乖其盟如趙氏乳臭女子耳繼死請父命孝也自刖以盟言信也秉孝植信高蹈於世累乎瑾瑜不足為其貞芬乎茝蘭不足為其秀與夫古之救危拯禍者遠矣今之士見難不立其節見安不償其信者其趙女之刑人乎噫後之脩女史者幸無忘耶

文苑英華卷第七百九十六

文苑英華卷第七百九十七　記一

宮殿

唐重脩漢未央宮記一首

廳壁一

中書

政事堂記一首　昭文館大學士壁記一首

翰林

翰林院廳壁記一首

翰林承旨學士廳壁記一首

重脩承旨學士廳壁記一首

翰林院使壁記一首

宮殿

唐重脩漢未央宮記　裴素

皇帝嗣位之年，衆靈悅附，日月所照，莫不砥厲，是以遠夷綦義，琛貴門（一作負）來，用文明以爲理，洞風露之所啓，草木茂暢，山川景清，擊壤鼓腹，莫識由乎帝力矣。嘗因勝日，聖思閑遠，倦大廈之講習，想鮮原之遊衍，乃命法駕，備宮馭，細草迎輦，神飈引衣，超然肆行，造適自得，視往昔之遺館，獲漢京之餘址，邈風光以遐矚，耿思古以論都，襟靈洋洋，周視若感者久之。於是召左護軍中尉志弘指示之曰：此漢遺宮也，其金馬石渠，神池龍闕，往往而在，朕常以古事況今，亦欲願考古道，訓齊天下也。至是遐歷，怳然深念，且欲存列漢事，悠揚古風耳。昔人有思其人猶愛其樹，況悅其風，叅其址乎？吾欲崇其頽基，建斯餘構，勿使華麗，爰舉舊規而已，庶得認其風烈，時有以凝神於此也。於是命工度材，審曲面勢，裁成法度，以就斯宮。攢櫨拱密，玉石碧瓦，龍錯層軒，烏跂崇墉，粉靜璇題，月照舒廊，四注以雲委，隆臺分據而山屹，蟠虬蜿蜒，鱗動梠桷，蹲獸却騁，姿雄欄檻，宏哀乎豁遶（一作遠），跨臨乎涇渭，緑竹凝遠，繁松藹深，奇樹流光，冊墀廻遶，於是闢戲馬之廣場，開遠目之閑館，天地景新，山川勢重，廻大華之秀氣，列終南之翠屏，九嵕巀嶭而固護，八水分流以縈帶，而又揚太液之波，繚周帝之垣，原隰成文，冊素含華，翼樓杳以分張，雄虹直而中跱，神機一發，鄜若懸寓，祥煙瑞彩，鬱鬱葱葱，瞻廻迹（一作遠）以下，濟撫璇璣而高視，見秦川風物，漢原邐迤，感前王興廢，知稼穡艱難，吾君用此鏡是非，閱思慮，豈獨資耳目縱遊翫也。凡殿宇成構，總三百四十九間，工徒役指萬計，武夫奮力，將校呈規，然而材匪藻棁，塗唯儉靜，經之營之，不日而成也。按漢史，高祖初定天下，悅卜洛之邑，爲天地之中，有周室遺風，將都之。婁敬諫曰：陛下取天下與周室異，不可居也。夫洛陽四戰之地，豈若秦川天府之國，山河形勝，其百二之勢乎！高祖是日駕如長安。其後七（一作十一）年，北擊韓王信，相國蕭何居守，而營未央宮，因龍首山作前後建觀闕，街道周廻七十里，臺殿四十所。帝還，見之怒曰：何治宮室

之過度也何曰天子以四海爲家非壯麗無以重威德帝恱而就居焉自漢元年乙未歲至聖唐會昌元年之辛酉九一千四十有七年矣其傾頹毀圮悠然邈然竟無有存之者我后緬慕古昔之興時即其舊而新是圖築攡基而繩脩才亻後不約巍然嶷然時以通覽無方周視有截則有若志弘奉聖君之旨也志弘姓魚氏代宗皇帝之功臣朝恩之孫也以績効而封國公由忠義而位上將自揔右廣貞心冠古陛下龍昇大寶光啓帝運左右同德東西一心變生人之耳目渙大明之徽懿武力忠壯玄機天啓式是萬旅吾唐有人由是委以腹心寄之環列上曰忠爲令德有若士良志弘爲吾左右矣明年上親見祖考郊天神

雩灑川原塵清城闕陽和風扇緑野煙澹是月也三辰承礿以表無事上乃顧新宮廻玉輦列騎雲動彩仗天旋乃出金風(疑)由是乎造于未央俯仰周視肅威神而煌煌遊焉息焉容與恱懌晴山屏開以四遠故城巉然而隱嶙鮮風美景薰然入座上從容言曰吾今建是殿且錫之以嘉名名其殿曰通光其東曰韶芳亭其西曰凝思亭乃立皐門曰端門其應門題曰未央宮所以志大臣之功力且不忘吾好古也乃命侍臣曰爾爲我記之刻以貞石傳示乎不朽臣素任當承旨不敢固讓惶恐拜舞而文之時會昌元祀溽大澤之明月也謹記

廳壁一

中書

政事堂記　李華

政事堂者自武德以來已常於門下省議事即以議事之所(一無此六字)謂之政事堂故長孫無忌起復授司空房玄齡起復(一無此二字)授左僕射魏徵授太子太師皆知門下省事至高祖光宅元年裴炎自侍中除中書令執宰相筆乃遷(一作移)政事堂於中書省記曰政事堂者君不可以枉道於天反道於地覆道於社稷無道於黎元此堂得以議之臣不可悖道於君逆道於人黷道於貨亂道於刑尅一方之命變王者之制此堂得以易(一作移)之兵不可以(一本無以字下六字)擅興(一作誅)權不可以擅與(一作施)貨不可以擅蓄王澤不

可以擅奪君恩不可以擅間私讎不可以擅報公爵不可以擅私此堂得以誅之事不可以輕入重罪不可以生入死法不可以剥害於人財不可以擅加於賦情不可以委之於倖亂不可以啓之於萌伐叛不賞爵叛不封聞(一作知)荒不救見(或作知)饉不驚(或作知)逆諫自賢爲道傷古此堂得以殺之故曰廟堂之上樽俎之前有兵有刑有挺有刃有斧鉞有酖(一作鴆)毒有夷族有破家(或作有破家有覆族)登此堂者得以行之故伊尹放太甲之不嗣周公逐管蔡之不義霍光去(一作廢)昌邑之亂梁(一作狄)公正廬陵之位自君弱臣强之後宰相主生殺之柄天子掩九重之耳爕理化爲權衡論道變爲機紐(一作論思變成機務)道變(一本無此二字)傾身禍敗不可勝數

列國有傳青史有名可以爲終身之誡無罪記云（十一字或作幸爲戒之無罪斯記）

昭文館太學士壁記（一作學 唐文粹） 權德輿

聖人南面以理天下在崇起于（集無于字）教化緝熙于光明太宗文皇帝敷文德建皇極始於弘文殿側創弘文館藏書以實之思與大雅閎達之倫切劘理道金玉王度盛選重名盧世（集無世字避唐諱）南褚亮而下爲之學士更直密侍於其中其論思應對或至夜艾誕章遠猷講議啓迪武德貞觀之澤洽於元元厥有助焉其後徙於門下省景龍初始置大學士名命益重多以宰司處之所以登閎古先腴潤大政則漢廷之金馬石渠蘭臺延閣方斯陋矣按六典帝令

給事中一人判館事每二府爰立則統於黃樞而或署（集作置）或否不爲恒制後（後字集作孝文後元）二十年間斯職闕焉前年秋八月今河中司空公居之今年夏五月相國蕭公居之公粹清莊重山立泉塞苞孔門之四教蘊洪範之三德靜若彝器扣如黃鍾由小司徒升左輔乃涖斯職於是戒官師稽憲令貴游青襟辨志樂群皆循（集作修）其方而遜其業且以左户之羨財百萬附益而脩飾之公署書府靜深華敞清禁之內輔臣攸居宜乎舒六藝而調四氣於此室也於公之王父考功府君在中宗朝爲直學士懿文含章休有厥聲至公則聿修之弘文貽厥之昌阜蓋在是矣至若命館之名（集無名字）再爲脩文終爲昭文改復歲月傳諸故志前賢名氏宜列屋壁公以德輿交代於中臺之任踊躍於大治之中惠然授簡使得論次自景龍二年李趙公嶠始受命爲大學士至公凡若干人揭而書之所以備文館之故實廣台臣之年表抑公之命也不敢辭焉元和二年秋九月記

翰林

翰林院廳壁記 韋處厚

魏晉已後復典綜機密政本中書詔命詞訓皆必由焉唐有天下因襲前代爰自武德時有密命則溫大雅魏徵李百藥岑文本之屬視草禁中乾封年（一無此字）則劉懿之（一無之字）周思茂范履冰之倫直（一作秉）筆便坐自此始號北門學士

皆自外召入（一作人）未列秘署玄宗開廣視聽搜延俊賢始命張說陸堅張九齡徐安貞輩侍詔翰林厥后錫以學士之稱蓋由德成而上與夫術數工藝（一作數術典藝）禮有所異也逮有至德台輔伊說之命將壇出車之詔（一作誥）霈洽天壤之澤遵揚顧命之重議不及中書矣尺牘旁午章奏叢至指蹤中外（一作指縱命中）之畧謀謨帷（一作帷）幄之秘陰陽（一作騰）造化嘉猷密勿萌制（一作制萌）乎將然事構乎無形皆功（一無功字）歸元后而德（一無此字）播輿運循名跡者莫窺其轍想風彩者孰（一作罔）究其端雖然臧否無得而稱矣貞元中由此而居輔弼者十有二（一有焉字）元和中由此而膺大用者十有六（一有焉字）近日丞相府不由內庭者斷國論宰法度雖有利器長材

未免鈌折棹撓建中（一作以）來簡拔之（一作左）重故必密如孔光傳如延州文如卿雲學如向歆答如黃顏直如史魚然後得中第士之游心處已景行於六如者而又飾之以棠球璋之行貫金石之誠雖潛聲匿迹而其（二字作莫）能脫乎漢時始建（一作置）尚書郎五人平天下奏議分直建禮含香握蘭居錦帳食大官則今之翰林名異而實同也時論以爲登玉清翔紫霄豈蓬山瀛州而足瑜乎齊桓公納廐人編棧之說以爲直木傳曲（一作直）則曲無由至曲木傳直（一作曲）則直無由至後之君子戴明聖協盛時推廐人之規移于（一作觀矩乎）引賢使如是（一無是字）貫珠騈壁則瑕瑜不雜矣內給事李常暉內謁者監（一作將）王士政（一作玫）並掌院事延于（一作近乎）

十年與直徇公之議聆於朝端（一無此二字）中書舍人杜元穎兵部侍郎沈傳師洎諸學士皆涉歷歲久備乎前文（一作聞）者也李常暉以北閣舊記室別堵殊義非貫通攺于前廳僉（一作時）以爲便聖上詔復墜典留神太古處厚與司勳郎中路隋職參侍讀（一作講）通籍近署紀述之事前託沈傳師沈公以爲稱善之在已不若使其人讓于處厚（因字一作固陋）無以辭時皇帝統臨四海之初元也

翰林承旨學士廳壁記　元稹

一作昔翰林志

舊制學士無得以承旨爲名者應對顧問參會（翰林志）班第旋次（翰林志集並作旋次班第）以官爲上下憲宗章武孝皇帝以永貞元年即大位始命鄭公絪爲承旨學士位在諸學士右居在東第一閣乘輿奉郊廟輒得乘廐馬自浴殿由內朝以從揭雞竿而（翰林志無字）布大澤則昇丹鳳之西南隅外賓客進見於麟德（一有殿字）則直上（翰林志作止直集作上直）禁中以俟大凡大詔（二本作誥）令大廢置丞相之密畫內外之密奏上之所甚注意莫不專受專對他人無得而參非自異也法不當言用是十七年間由鄭至杜十一人而凡參大政其不至者衞公詔及門而返事適然也至於張則弄相印以俟其病間者久之卒不興（集作輿）命也已若此則安可以昧陋不肖之積繼居九丞相二名卿之後乎俛瞻仰（翰林志作贍仰）覩如遭大賓每自誨其心曰以若之不俊不明而又使欲惡款

曲攻於內且決事於冥冥之中若之（二本無此二字）無暴揚報校（二本作効）之慮遂忿行於私易易也（入翰林志作遂忿行私易也）然而陰潛之神必有記善惡之餘者以君父之遇若如是而循舉枉錯直可乎哉使若之心忽而爲他人盡數若之所爲而中不自愧斯（翰林志作乃）可矣昔魯恭王餘畫先賢於壁以自警臨我以十一賢之名氏豈直自警哉由是謹述其遷授書于座隅長慶元年八月十日記

重脩承旨學士壁記　丁居晦

尚書元稹承旨學士廳壁記舊懸在東廡之右歲月滋久日爍雨潤牆屋摧缺文字昧沒不稱深嚴之地院使郭公王公皆以茂器精識參掌院事覩是言曰吾儕鞏務壁盡

心力細大之事人謂無遺而茲獨未暇使衆賢名氏翳不光耀失今不治後誰治之遂召工賦程不日而成峭麗齊平粉繪耀明（或作明）玉粹雲輕隨顧而生貫列豪英使千萬齡無缺無傾工役（一無此字）告休命予紀完緝（一作葺）之美舊記所載今皆不書開成表號之二年五月十四日記

（一作皆翰林志）

翰林院使壁記　杜元頴

聖明以文明敷于四海詳擇（一作延）文學之士置於禁署實掌詔命且備顧問又於内朝選端肅敏裕邁乎等倫者爲之使有二員進則承睿旨而宣於下退則受嘉謨（一作謀）而達于上軍國之重事古今之大體庶政之損益衆情之異同悉以關攬因而啓發若非有達識有精材一心守公百志根正則曷能保維密勿之際傳導吁俞之間哉故嘗由是職必極其位有若今之右軍梁𤦎進樞密劉堅焉當先聖躬勤萬務志清九有築壇互登持柄驟移贊命於是乎出號令於是乎發急宣密付波至飈去二使之任尤所重難乃以今内給事李常暉内謁者監王士政繼領其職既而掃殄淮蔡廓平海岱有魏以六州底貢常山以二郡獻地北逐犬戎南剪溪蠻凡兵事之所會符檄之所至籌畧之所授告諭之詞所加决於一言歘以萬里得失以之而定安危以之而分詔自九天之上行乎四海之外（一作内）無不面奉宸斷在競諳跼蹐喘汗之中揣切必究毫芒靡失不有絕人之神用也孰能處於此乎勤勞夙夜亦云至矣我皇初纘寶祚特加寵獎榮以金印紫綬玉帶之賜尋又就遷命秩動階甚崇蓋舉勞以行賞也爾其聳善嚮義愛才好直周旋蚤暮率履無越每聞激忠之詞及有所論必加慰勉欣喜外形於此又列内庭者所共幸也至于增葺院署使群英有游處之安栽培松篘使多士有吟諷之適表裏融暢始終堅全固不易得也若無題叙則將來者何以景行之因移學士舊記遂徵前院使之官族斷自元和已後列于屋壁焉時庚子歲夏五月一日記

文苑英華卷第七百九十七

文苑英華卷第七百九十八　記二

廳壁記

尚書省

吏部尚書壁記　孫逖

吏部尚書在周爲太宰之職其建設徒屬敷陳事典則周官備之矣秦滅古法始置尚書漢增其制創立選部故靈帝以梁鵠爲選部尚書是矣魏改選部尚書爲吏部尚書自晉宋至於北齊皆因之宇文朝依周官置大冢宰卿一人蓋其任也隋革周制復曰吏部尚書皇朝龍朔二年改爲司列太常伯咸亨元年復爲吏部光宅元年改爲天官尚書神龍元年又爲吏部尚書綜九流之要爲六官之長位尊任重實在于茲自武德已來多以宰相兼領一彼一此更爲出入才難不其然乎皇帝在位一有之二十二年缺其官選于衆乃命武都公自兵部尚書往焉公地惟宗英才則人傑忠孝自律矜嚴成憲式是軌度諒于衡石國之利也所及遠哉天監有唐俾多吉士踐此位者四十八人嘉名已著於國史故事宜存於臺閣繫以日月自得春秋之義記其代遷吏是公卿之表以備官學列爲壁記焉

兵部尚書壁記　杜頠

周官大司馬即今兵部尚書官屬掌邦國之政以九法封國以九伐正邦以籍我畿以倡我牧弘有萬類阜成兆民訏謨戎馬之事密勿鈞衡之地自我唐受命迄于今居夏官者衆焉或列於台階者蓋寡矣所以任必以親以德以勳以賢穆如清風翼我玄化率惟茲有典用保乂有邦二

十一年冬十二月詔工部尚書李公典之政敷於時道濟於物優游學府蔚爲詞宗以公族之英受親賢之寄屬冢宰虛位官吏要才載委天衡是掌理邦政東巡歲夏四月皇帝將崇厥德報厥功乃命再從兄開府儀同三司持節朔方節度副大使兼禮部尚書上柱國信安郡王禕禮樂天付衣冠人秀忠以匡濟文以經綸謨明道高功格化洽詔乃王度簡于帝心九命可以見其賢四征可以觀其績鎮朔方以無名之討八年而北虜平攻右堡以不陣之師一旬而戎狄服揄關之役用兵以奇故杖鉞而兵勝大河之戰戒軍以嚴故坐帷而軍健建泰常之禮則神人協上下和從夏卿之政則萬國平六卿之職辨九州之國圖一作知

其姦宄同其貫利掌六馬之物駕理以則講獻以時握五兵之要以辨功理以待軍事此九職司馬政之所統也王勤政以和是以戎翰乞輯振旅以蒐舍禽（周禮作芟舍）以苗理治（用禮作治兵）以獮大閱以狩此四田司馬教之所被也王敦教以就禮是以祀典孔明礿則以法示其令也終則以伐明其德也九功惟叙九叙惟歌是用陳既往之烈繫今來之美以書于壁

吏部郎中廳壁記　獨孤及

太微五帝星座後十五星曰郎位秦漢之君則而象之乃建郎中（集作官）至魏世祖分尚書曹爲六郎各六人今之吏部魏之選曹也掌選舉銓覈以正公卿大夫士郡吏之品

位凡廢置之柄官府之序歲終令天下郡縣會計致事而郎官起草立議操而成之然後尚書受成於郎中郎中之選非楚金百鍊顏（集作旋）弓六鈞弗與也故居官者不由選曹郎而進罔以見其才之餘地亦猶刀劍之刃未嘗屠大牛（集作封大豕）切大玉則雖曰我且必爲鏌鋣人猶疑之由其途而升驟必環周三臺翰飛兩掖登喉舌秉刀尺者什七八（集作七文）諸曹郎莫敵也歲在乙巳河南賀若公用貞幹諒直實莅厥任徃歲公爲（集有員字）外郎也東曹朗然如得水鏡治餘杭也吳人熙熙若逢陽春今也來思（集作斯）八法在手操割成務彌綸舊章厥（集作悉）如初政嘗以前哲軌躅我之帝紘而武德以來廨署門新者數官曹易名者五若姓不表年不紀是廢德也將來何觀故謹而列之俾我曹之春秋存乎座右其選部司列天官文部之目各因其所革時之先後冠於其首以爲志云

吏部員外郎南曹廳壁記　權德輿

漢廷尚書郎辨章制度主文書起草之任東漢方冠以曹各用諸曹功次超卓者轉遷選部魏晉已還其任寖劇國家紀律昭明官僚（文粹作循）其方凡薦紳之倫未命爲大夫者滿歲皆調於轂下敘事賦禄必先有司礿上元中天官趙郡李敬玄號爲稱職以覆視官簿差次裁成端本肇末不得不重（文粹作得不重頓）乃請外郎一人顓南曹之任其後或詔同曹郎分主之或詔他曹郎權居之皆難其才而慎斯（文粹作）

其舉也大抵膺是（二字集作受）命者多士必屬耳目焉以其公私（集本文粹作是）能否之間（集作閒）不可遏（集作過）也以事之委會吏之奇衺因緣詭故（或作詐）中（或作故）若市道居之者通則闇畧守或深刻苟成績於是則翰飛不暇登二掖賛六職得之夷易疾若傳置太原王仲舒字弘中温毅廉直清方敏實風槩資才邁乎群倫貞元十年冬縣諸侯部從事賢良對策歷左右諫列議曹考功郎十八年實受斯命類能故也於是用心堅明忠恕循理官業程品具舉尤遠自絕然後以狀之成質於冢宰小宰能遣者不讟受禄者不誣恢恢然投其虛而芒刃不頓君子以弘中之道爲折中矣昔春秋書士穀曰堪其事也衆語曰署所以朝夕虔君命也今

因官署而舉事任春秋丘明之志也至若龍朔咸亨改復之說此皆不書

司門員外郎壁記　前人

周官司門為司徒之屬今為司寇之屬員外郎於周為上士後數更其名至隋為承務郎武德初定為今制秩從六品上大凡自漢魏已還典曹理事雖時有汙崇官有輕重或百職耗廢雜而多端而即位儆然未嘗有鹵莽進越非其任者蓋宗公貴任多由此塗出所以儲時（集作明）才練官業必於是焉方今車書尉侯遍道旁午而斯任尤劇彭城仲子陵脩詞而筮仕說經有師道自博士祠部郎稍遷于茲且以南輟（集作轄）銓藻之勤久次而後至脩性自牧闇然

君子之道也況大雅之匪懈孔門之政事古誼家法久於講貫遵修砥礪其可量邪至若門關出入之籍設險閑邪之義譏而不征守而不紊列在令典（集作書）端如貫珠故可略於此仲侯以故志屋壁之隙欲（集無此字）壞磨滅使鄙夫書而補之貞元辛巳歲夏六月記

御史臺

御史大夫壁記　李華

君以文明照臨百官糾其邪職有（文集作在）邦憲由京師而端下國王化所繫不唯威刑御史大夫其任也用捨決於天心得失震於人聽舉直措枉果而不撓則公卿屏氣道路生風率其屬以正于朝瞻我衣冠不仁者遠苟異於是為君子羞政之雄雌與德輕重故名公在位天下仰賴焉秦官有御史大夫在漢為三公職副丞相闕則大夫遷或名司文或復舊號史足徵也議大政必下丞相御史其廷署古曰府近曰臺其衣冠章綬品秩所規載於甲令聖朝臣唐虞高尚之賢內周漢不賓之俗登人於五福薦樂於九歌帝德廣運而瑞草生天威震動而神羊至故柱石骨鯁之老更拜焉距義寧至先天登宰相者十二（或作一十）人以本官參政事者十三人故相任者四人藉威聲以稜徼外按戎律者八人官或改稱大司憲臺或分為左右肅政罷置不恒從所宜也開元天寶中刑措不用元元休息由是務簡益重地清彌尊任難其人多舉勳德至宰輔者四人

宰輔兼者二人故相任者一人兼節度者九人異姓封王者二人尊號加孝德之明年樂成公自尚書左丞兼文部遷崇德也昭融禮經嗣續文雅張仲孝友山甫將明風度可以師長人倫動靜可以訓齊天下喬岳鎮定嘉量平均心為百行之宗體備四時之氣雅有之曰文武吉甫萬邦為憲樂成有焉至若敎行於無訟之前慮辨於未萌之始未萌而慮則求煩不獲無訟而敎則何用不臧寬細瑕為大體復故事為新政小人畏法君子夷心無隱情於國家無愧辭於神道堂堂乎大雅之素也初廳壁列先政之名記而不叙公以為艱難之選將俟後（粹後）人謂華嘗備屬僚或知故實授簡之旦至屬詞之藝寡無以允副非常之待

所報者由質而少文天寶十四年六月十四日記

御史中丞壁記　前人

皇帝受天明命垂五十年大道成俗黎民於變百官設而無事三辟存而不論振古未然也猶以爲成歲資於降霜律人本於持憲憲司之拜尤覈名實王猷其遠乎夫察風俗平寃滯蹈邪佞延俊（一作駿）賢云誰司之職惟御史亞長曰中丞二大夫以領其屬士丏爲伯游之佐司馬乃令尹偏古之制也漢儀大夫副丞相以備其闕悉惟國綱鮮臨府事故中丞專焉意者殄寃人之豪扶（一作挾）君子之道各行其志無所牽束行止與大臣絶位指顧則周行振聳正體宜之晉宋元魏以還無御史大夫由是中丞威望愈

尊禮有加等如火烈烈如霜肅殺不可犯也屬時清無獄朝尚寛政行幕忠厚王化根源周室仁及草木而愷悌流乎頌聲漢文雅（一無雅字）好黃老而公卿恥言人過舉盛德而儀刑著矣焉用察察闚闚以偪主人哉欲以此道行於軍旅故東西幕府皆奏大夫爲軍多假憲司之號聖皇之志也天寶中君臣於道德之間又新其化（一作非他）以尚書左丞張公爲大夫少府大卿庚公爲中丞天下翕然名教知勸人夫睦中丞也羽翮得清風之助中丞奉大夫也律呂本黃鍾之宮耆儒碩老罕云過此盛矣公中和備體沈潛經德易直且武溫文而清遵王路以楚多方由夫身而貞百度此外盡余事也古之制記者先諸德而後諸事至若命官之始省復之代名號冠綏之差祿秩位員之數辭尚體要况皆知之今不書省文也華昧學淺藝承命維谷（一作俗非）群言之首非所克堪然故吏（一作史）也勉以酧德天寶十四年九月十日記　一皆唐文粹

監祭使壁記　凡制（依本作制九）　柳宗元

禮檀弓曰祭禮與其敬不足而禮有余也不若禮不足而敬有余也是必禮與敬皆足而後祭之義行焉周禮祭僕視祭祀有司百官之戒且誅其不敬者漢以侍御史監祠唐開元禮凡大祠若干中祠若干咸以御史監祠（蜀本作視祠）官有不如儀者以聞其刻印移書則曰監察使實應中尤異其禮更號祠祭使俄復其初又凡制供祠之吏雖當齋

戒得以抶（集作决）罰由是禮與敬無不足者聖人之於祭祀非必神之也蓋亦附之教焉事於天地（文粹有者字）示有尊也不肅則無以教敬事於宗廟（文粹有者字）示廣孝也不肅則無以教愛事於有功烈者是報德也不肅則無以勸善凡肅之道自法制始奉法守制由御史出者也故將有事焉則祠部上其日吏部上其官奉制書以來告然後頒于有司以謹百事太常脩其禮光祿合其物百工之役先一日咸至於祠而考閱焉御史會公卿有司執簡而臨之故其粢盛牲牢酒醴薦果之饌必實于庖廚鍾鼓笙竽琴瑟戛擊之樂籩簋綴兆之數必具於庭內樽彝罍洗俎豆酳篚之器必絜于壇堂之上奉奠之士贊禮之童樂工舞師洎執

役而衛者咸列數其實（一作咸列若其實）設筆朴于堂下以脩官刑而群吏莫敢不備物羅奏牘于几上以嚴天憲而衆官莫敢不盡誠而祭之日先升立於西階之上以待卒事其禮之周旋樂之節奏必周知之退而視其燔燎瘞埋終之以敬也居常則飭四方視貢之物以時登于王府服器之脩具祠宇之繕理牛羊毛滌之節三宮御廪之實畢備而聽命焉舊以監察御史之（文粹無之字）長居是職貞元九年十二月御史多闕余班在三人之下進而領焉明年中山劉禹錫始復舊制由禮與敬以臨其人而官事益理制令有不宜于時者必復于上華而正之於是始爲記求於（文粹無於字）簿書得爲是職者若干人書焉

諸使兼御史中丞廳壁記　前人

古者交政（一作脩）於四方謂之使令之制受命臨戎職（一有而字）無所統屬者亦謂之使凡使之號蓋專焉而行其道者也開元以來其制愈重故取御史之名（一作循）而加焉至於今若干年其兼（一有御史二字）中丞者若干人其使絶域統兵戎按州部專貨食而柔遠人固王略齊風俗和關石其大者戩復于內拓定于外皆得以壯其威張其聲其用遠矣（一作威聲用張壯其道矣）假是名（一作官）以蒞厥職而尊嚴若是况乎揔憲度於朝端樹風聲於天下（一作闕下）其所以翼于（一作於）君正于（一作於）人者尤可以知也武公以厚德在位甚宜其官視其署有記諸使兼御史中丞也而多闕漏於是求其故於詔制（一作制詔）而又質於史氏增益備具遂命其屬書之且曰由其號而覩其實後之人居於斯者有以敬于事

文苑英華卷第七百九十八

文苑英華卷第七百九十九　記三

廳壁三

寺監

府署 附街

寺監

太常少卿廳壁記　獨孤及

太常掌玉帛鍾鼓等威文物以報本乎天地神祇人鬼（集作鬼作地祇）凡吉凶賓軍嘉之禮唐虞謂之秩宗周謂之宗伯秦謂之奉常漢謂之太常其掌一也後魏太和十五年始建少卿官少小也用別二卿大小之序亦猶宗伯有小宗伯列國有上卿下卿郡有守丞亦謂亞一等以少參長而佐其成務焉故事自御史中丞給事中中書舍人遷秩爲亞卿者必於是司故官因職雄地以人貴餘八卿不敢與太常齒廣德中上尤審官注意禮樂其選也以才能不以資以恩澤不以勞謂李公卿材也是用超拜公將以忠孝敬愼肅恭神人且懋其官府政令俾無不恪方議酌前賢之遺塵而損益之乃瞻居壁所（集作史）記漫滅於是夏五月已丑皆姓而名之使如珠之貫旰衡指顧儼若對面曰賢者吾得而師之不賢者吾幸（集作常是）而紘之賢遠乎哉既進牘然後命博士河南獨孤及爲之志

鴻臚少卿壁　遜逖

鴻臚漢官掌蠻夷歸義者致其饔餼辨其等威在周爲大行人在秦爲典客在漢爲鴻臚其屬有譯官及郡邸丞長洎後魏太和中九寺各置少卿兩員掌副卿事亦由傳稱亞卿書載三少制位或差於伯仲受任同歸於師長成務賛理擇賢而居即其義也帝唐亮采立政稽古命官柔服

遠人綏厥有衆肅愼來賀渠搜即叙示之以干羽通之以冠帶允諧是職豈易其人非大野王之政理玄成之經術德儒之明識元方之令望則曷由臻茲蘭陵蕭公朝之俊德觸邪秉憲人之雅重草議爲郎入掌王言出膺方牧帝咨惟允公實來斯且有黃華之命適表兼人之美乃求舊官守敷陳代遷明授任之有章示名器之無假自嗣聖已後記於壁焉

著作郎壁記　李華

化成天下莫尚乎文文之大司是爲國史職在褒貶懲勸區別昏明故馴牧頌於魯侯祈招諷於楚子史官之任有述作焉蓋王者之元符生人之極教也昔沮誦（一作諷）倉頡

為黃帝史臣文字以興（疑）其來尚矣若南正北正建于顓頊羲氏和氏命于唐堯更虞夏商代序天地周官宗伯之屬有太史正歲年以序事小史奠系代辨昭穆內史受納訪以詔王聽理外史達書名于四方前志所載有左史記事或箴王之闕或司過於朝所典不同其納君於善一也傳曰天子有日官則史逸史伯（疑作史佚史偏）是也諸侯有日御則裨竈子韋是也倚相在楚南史在齊董孤在晉邦司之直也其事舉則三靈不愿其政息則百度惟危故先王貴之至于漢廷參用周禮太史公既歿其子遷紬金匱石室之文焉降及東京永平中特詔班固著作東觀繼其事者楊彪蔡邕由是太史但掌天文律歷而已小雅寢周聖人

生魯道尊而文武將墜德至而天地不通感於獲麟嘆於與蜡爰制國典丘明傳之因歷象以正時元假鬼神而討有罪善人勸焉逸人懼焉百代之英所由用也向若前代闕能文之史曠記事之官雖舜禹之烈無聞焉有國有家何以直道而行也魏太和年肇以著作名官為中書屬晉元康年改隸秘書朝服單衣介幘始親職必選名臣傳歷宋齊梁陳官品第六元魏高齊周隋秩從五品魏則王沉以侍中兼之衛凱以尚書帶之至于有晉若史材之美陳壽自佐郎遷元舅之尊庾亮以中書領宋則徐爰何承天齊則沈約裴子野梁則陸雲公姚察陳則顧野王張正見後魏則崔光高允北齊則邢子才魏收周則蘇亮柳虯隋則

虞綽王劭皆一朝名選也貞觀初詔梁文昭公鄭文貞公統英儒盛才脩五代史天子親垂筆削與春秋合符巍巍乎史氏之光耀也因是開館於內別立史官多以著作郎領帶其職而舊司所掌唯碑誌祭祝（一作宗祝）之文在焉然以其能綜群言且居百乘出典下國轉為郎官經綸斯文昭宣有政或上遷秘書少監或擢拜中書舍人固不易其任也天命元聖降而為唐唐之建官罔非俊乂若虞永興德丞大雅魏侍中才高王佐鄭吏部絕韻鏘鳴崔司業雄詞飛動皆歷焉今上兼帝王之極功總文武之能事思所以比崇軒皞紹美唐虞潤色乎大猷發明乎皇道問誰獻箴則賓客崔氏問誰執簡則恒傳（疑）吳公胡諭德遊刃詩騷

帝庶子貫珠今古濟濟多士時惟秉文盛矣哉同風乎雅頌也名岳已遷別封天柱舊章不改尚列周官登陟蓬萊之峯循環藏室之奧從容簡貴信君子保明弘道之司歟今大著作清河崔公名傑天寶三載自秘書郎拜閣天祿之圖書踐人文之苑囿澡身於三德研慮於六經執謙而光好善能擇惠風吟於秀水朗月鏡於安流代為元臣家曰茂緒壯宮室者必鄧林之條幹乎以儒雅之姿從班蔡之後揮綽令譽達于清朝則百祿隨之曷其有極矣先是命官之記不列于齋以鞅職忝末班與聞前志拜命之辱敢叙官之守云時天寶七載二月辛亥記

秘書郎壁記

權德輿

按六典秘書郎四人從六品常分掌四部書以甲乙丙丁爲之目昔武帝聚天下文籍於廣（文粹作庫共）內謂之中秘書魏晉之際秘書與中書或分或合故云職近日月宜居三臺之上丞郎之位（文粹作在）與南宮相亞歷代辨論與時輕重國初思漢廷延閣之制薄江左貴游之選始以岑江陵虞永興褚河南迭爲之厥後彬彬多文學之士然則先王之法志官師之訓典九流百代如貫珠然學與仕皆優而旋相爲用者其在茲乎今年春滎陽鄭君具瞻自涇陽尉丞詔授任鄭君質重而有敏行坦夷而含明識且今中書相君之令弟也方以結綬滿歲調於選部言吏資者積三遷而後至今超居之有以見申恩（文粹作擇賢）審官與怡怡綽綽

之道爲盡美矣在晉鄭默領中外三閣始刪煩（集作繁）文而朱紫不雜開元初君之王考潁川府君叔祖刑部府君皆繇禮官博士繼登其任諸父諸兄或觧巾以司讐校或功次而奉朝請（文粹作或决科而登館殿）含章筮仕多在於斯猶桓公武公之代爲鄉士蓋善於其職而宜之之（文不疊釋之字）義也謂鄙人嘗學舊史能知書府官業之所繇是俾編次郎位彰施屋壁時貞元庚辰歲秋秋月記

四門助教壁記　柳宗元

周人置虞庠于四郊以養國老教冑子祭統曰天子置（集本文粹作說）四學蓋其制也易傳太初篇曰天子旦入東學晝入南學夕入西學暮入北學蔡邕引之以定明堂之位焉大載禮保傅篇曰帝入東學以貴人（集作仁）入南學以貴德入西學以貴信（工本作義）入北學以貴（工本作尊）爵賈生述之以明太子之教焉故曰爲大教之官而四學具焉參明堂之政原大教之極建置之道弘也後魏大和中立學于四門設（工本作置）助教二十人隋代（工本作氏）始隷於國子而降置五人皇朝始合于太學又省至三人員位彌簡其官尤難非儒之通者不列也四門學之制掌國之上士中士下士凡三等侯伯子男凡四等其子孫之爲冑子者及庶人之子爲俊士者使執其業而居其次就師儒之官以（二本作而）考正焉助教之職佐博士以掌皷篋榎楚之政令分其人而教育之其有通經力學者必於歲之杪升於禮部聽簡試焉課生徒

之進退必酌于中道非博雅莊敬之流固不得臨於是故有去而升於朝者賀秘書由是爲博士歸散騎由是爲左拾遺舊制與（集作以）拾遺爲八品清官愍以名實者居於其位貞元中王化既成經籍少間有司命大學之官頗以爲易專名譽好文章者咸恥爲學官至是河東柳立始以前進士求署茲職天水武儒衡閩中歐陽詹又繼之是歲（集有爲字）四門助教凡三人皆文士京師以爲異余與立同祖與武公同升禮部與歐陽生同志於文四門助教署未嘗紀前人名氏余故爲之說（集作記）而由夫三子者始（文粹有乎爾二字）府署（衔附）

京兆少尹西廳壁記　權德輿

漢制三輔丞秩六百石至東漢秩千石魏晉爲京兆郡則曰治中至隋則曰司馬又曰贊始（集作治）國家沿前代之故再更其名至開元初命爲少尹其員二其品四綱紀衆務而分貳之上助官師表則之重而佐其慈惠下董椽史屬城之理而推其功善大積而不撓（集作苑）中行而有倫和協輯睦宣明敎令非文行政事之全者不得居之貞元十六年春二月詔弘農楊於陵字達夫自吏部郎中涖其職先是達夫之佐元侯也四入御史府登天臺也五爲劇曹郎懿文菁華履行直温折中憲令克勤細大是宜典司名命列侍左右而猶以吏理揚歷於浩穰之府抑天之愛人俾履露于轂下耶或姑閱其能而將大授之耶初西少尹視

事之堂大歷中其長黎氏以勝勢之近取爲亭沼故移創於是自後厥官罕備居之者不推本所代而斯宇浸廢及達夫之拜未浹日其僚繼之於是達夫徵飲員以循舊常弘必葺以辨攸處用宿其業而脩其方凡所顓督武備寇置刑書糾禁工徒啓塞三右曹之事大凡天子縣內之理無不贊也無不抗也稱職若或退其品而選於近侍或進其材而擢爲大吏佐六官分十聯皆其遷次然也（集無也字）以舊記堙落慮失其傳今斷自大極元年而下列其名氏歲月俾風來（集作風采）相屬且爲故志云

右街副使聽壁記　歐陽詹

使有副副之爲言繼也其不繼之輔也所以繼其或缺而又輔其遠焉其亦揔使之務歟皇朝（集無此字）街使之副其職大矣天子外有六合故內闢六街以達之彼爲庭除此爲堂室欲靜諸外必先諸內乃置使以清之我唐新典也蓋以警正天衢糾逖王慝領環游式道（集作局）之卒專扞陬徼巡（集作循）之令夫京師豪傑英賢（集作俠）之都會蠻夷戎狄之來萃排輪重足憑衆多撓我防則尸伊動必由我察則目伊瑕必見繇是九城之中秉避貴負敬長金玉可拾遺則猶土幼弱可欺遇則如傷出門若有賓讓路若有神雲興烏合而無暴自東自西以咸遂憧憧焉斯焉而能（一作寧）在其中悖悖焉斯焉而謹在其中六合澄晏六街源之則街使之功副使攸同也貞元八年上以元舅兵部尚書大金

吾濮陽公兼右街使俾訪忠良以自佐濮陽公先以節行選次以材能擇加之以吏歷因之以故舊得建州別駕前尚衣奉御高陽許公以聞上素知公名即日召見數對器實有符褒聲當錫紫綬金章於殿庭而允其請濮陽公本官用視茲佐得人街之政悉以相付公靜而敏清而貞堅綸禁樞深錮事根不戒而部伍增肅不按而遠陌倍理日出作日入息三條四出風恬月靜職斯有述公此無怍遷蘄州別駕副使如故旌其（一作有）勞且籍能也夫跡以行生言由事立覩公蒞斯署之績得國家建斯署之義遂書其義昭其績爲公聽之壁記云其或接公之武踐茲位者任是既重德亦無輕列公之左雖百氏可也貞元十一年五

月記

文苑英華卷第七百九十九

文苑英華卷第八百

記四

廳壁四

藩鎮 觀察附

州郡上

藩鎮 觀察附

河西節度使廳記　楊炎

皇帝肇建節制之任位以上将主四方之兵濟河而西五侯四将十有六縣大海磅礴乎終始山河廻流其左右旄頭虎力之勁劍服穹廬之長煌煌乎長轂千乘横合萬里皆主乎是邦故秦已上爲戎都漢已下爲巨防有城府襟帶焉有良将大勳焉有五都汚雜焉其風悍其國險鮮車龍服嚚然相蕩非古之戰守曷以成其業而樹其風者哉昔在武德之初上用雄武大才則我隴西李王肅明乎神化大冢宰宇文公駙馬喬公出将我前軍中興之後循吏

繼作則館陶侯郭公鷄鳩氏司馬公相國常公蕭公庶績交脩以被昇平之化當今王室多故雲海沸騰則僕射哥舒公以縱橫之奇判總軍國其意者將復用雄武大才乎君子曰武德之官神以畧其化咸疑衍中興之政儉以行其俗阜當今之理動以闓其人安宜乎盡天下之才隨質文之變以永來裔大康乎斯時天寶十二年夏六月記

邠州節度使廳記　鄭處誨

邠爲古國其俗質而厚其人朴而易理業尚播種畜擾有后稷公劉之遺風始皇并天下地屬喬輔後漢析爲新平郡後魏改置豳州國朝因之開元中詔以豳幽爲疑因改爲邠天寶巳前大平歲久西通伊凉萬里而遠邠實爲近

郡中王薛王以親賢之責居之太尉房公以盛德之重居之洎逆胡勃起幽朔西戎塵坌蕩湧乘艱難際盜據河右蕃兵去王城不及五百里邠由是爲邊郡斥候近郊鎭要害大曆中尚父汾陽王始以朔方軍壯其威容後益選武勇驍健有膽决奇謀者繼之今天子三年西戎欵關獻河湟數州故地西鄙益拓邠爲近蕃上念兵戎方息邊備愈遠始詔司空白公由丞相府持節來鎭丞相功成繼命文雅忠恕之風煦然而起邊人若寢寤拭目心意蘇醒始知禮讓文化之爲急務廷議以我季父尚書公前爲夏師夷吡又安寇盜弭息儲廪果實兵械果完懋賞休績遷鎭是軍季父又以理夏之政移之於邠邠人嬉嬉薰爲大和嘗覩屋壁志前帥是軍者之名氏因曰曩之帥此者豈不知是耶始務公車而角材堅壘未暇及此爾吾既承數君子大理之後敢不勤督吾之未至者况今戎醜既夷不宜獨以鳴鼓韝教擊刺爲事因命疏自開元巳來刺是郡帥是軍者追書于屋壁季父尚書公曰吾思將有以警于吾前警于吾後者邠之土實婦人無桑績不能自衣朔方之軍雄男子勇於公戰無他業以自厚故郡之人以耕稼爲事軍之卒以勇敢得賞後之撫于人者宜勉農畝時其徵調人不擾而完富矣師于軍者宜嚴其刑賞時其衣食卒不驕而勇敢矣人既完富卒既勇敢生聚之訓練之吾知青海之西不數年爲內郡矣命處誨記其始終序于前後處誨

謹以季父之言志于後將允於後之人俾無怠大中二年三月二十日記

黔州觀察使新廳記　權德輿

古者諸侯路寢成則考之今刺史領詔條而都府兼支郡辯章命令必有攸處署者位之表也一方之所屬目焉黔中爲楚西南徼道在漢爲武陵莊蹻循江以畧地唐蒙浮船以制越五溪襟束爲一都會長人者急之則愁擾以走險緩之則橫猾而犯禁故分命者得持節按部而輯綏之視他邦授律之不若也元和二年夏四月制詔商州刺史隴西李君以忠執法剖符茲土凡四使十五郡五十餘城裔夷巖險以州部脩貢職者又數倍焉察廉經理招徠教

化以柔遠人以布王澤先是兵火焚如之後公堂庳陋饗士接賓禮容不稱君乃規崇搆開華軒西廂集作清東序靚深弘敞廣廈翬張長梁暈飛脩廊股引麗譙對起自堂徂庭陟降攸寧耀晉奕乎光明宣慈龢以治平君子謂福黔人於此堂也信矣李君敏肅而才代為宗室吏師先尚書嘗繇大農賦政於此凡七易守臣而君嗣其職老壯感泣猶鄭人宜桓武之世焉君之長壽安也則泉噴玉在湖也則亭白蘋在商也則館丹水皆得勝槩流為詠謌及茲則與事任力休嘉弘大此集作此是物此志惠于集作於斯人其他可知也其陟明可前知也書事以志美其古史記之遺乎

三年冬十月兵部侍郎權德輿記

州郡上

道州刺史廳記　元結

天下太平方千里之內生植齒類刺史能集作乃存亡休戚之天下兵興方千里之內能保黎庶能攘患難在刺史耳凡刺史若無文武才略若不清廉肅下若不明惠公直則一州生類皆受其集作擧災害於戲自至此州見井邑丘墟生人幾盡試問其故不覺涕下前輩文粹作或刺史或有貪猥惛弱不分是非但以衣服飲食為事數年之間蓄生產以私欲侵奪兼之公家驅迫非奸惡強富殆無存者問之耆老前後刺史能恤養貧弱專守法令有徐公履道李公廙而已遍問諸公善或不及徐李文粹有公二字二惡有不堪說者故為此記與刺史作戒自置州已來諸公改授遷黜集作絀則舊記存焉

江州刺史廳壁記　獨孤及

古者國有史氏君舉必書倚相董狐史䲭史鼂集作賀非即其人也秦已集作己來國化為郡史官廢職策牘之制寖滅記事者但用名氏歲月書於公堂而春秋檮杌存乎屋壁其來舊矣是州也在荊之域于潯之陽西集作江從岷山東注渤澥洪濤至是派分為九而廬山湓水周乎雉堞洞庭彭蠡為之襟帶故自晉元康訖于梁陳出入五代四百餘載世稱雄鎮且曰天集作大府匪親匪賢莫苛其寄唐自有天下六合一軌設險斯彝惟民是集作之恤則命官擇任與列

郡等矣至德已來戎馬生而楚氛惡猶以是邦咽喉秦吳跨躡荊徐而提封萬井岐路五裂每使臣計郡集作郡縣之財入調軍府之儲峙璽節旁午羽書駱驛集作駱驛走閩禺而馳干越必出此路而防虞供應功倍他郡故亦大其任而難其人今年春渤海封公繼踐厥位夫為政猶工之攻木也得於手應於心則盤曲擁腫迎刃而解況美材乎故公以發硎之利導勝殘之俗布政三月而人從乂每嘆曰茫茫舊壤千載在目觀乎板築則灌嬰之業朗集作峻或集廓而存焉披乎國集作圖諜則溫太真庾元規之車塵若可窺焉義寧已來百四十有九載纂斯位者風聲相聆軌躅相躡前賢後賢纍纍如貫珠善惡成敗我之元龜酌而行之吾師

存焉於是徵諸故老鳩其名氏之存者凡若干人蠲（集作揭）而書之以爲九江都國誌

杭州刺史廳壁記　李華

唐虞之代四岳十二牧分掌諸侯宗周有方伯連帥之職秦有監郡漢魏以還初曰部刺史後曰州牧近代罷州牧復爲郡大守大守刺史無恒其稱職同九卿假以符節雖親如魯衛貴若周召任切（一作切）安人往往除拜天寶中朝廷以尚書郎人物之高選二千石元元之性命始以省郎臨大部若密邇京師或控壓衝會萬商所聚百貨所殖將擇良吏重難之杭州東南名郡後漢分會稽爲吳郡錢塘屬隋平陳置此州咽喉吳越勢雄江海國家阜成兆人戶

口日益增領九縣所臨莅者多當時名公宋丞相劉僕射崔尚書許謨大政其間劉尚書裴給事之盛德遠業魏左丞蘇吏部之公望遺愛在人常太原崔河南劉右丞侯中丞節制方隅有事已來承制權假以相國元公旬朔之間生人受賜由是望甲餘州名士良將迺臨此部況郊海門池浙江三山動搖於掌端靈濤鼓激於城下水牽卉服陸控山夷駢檣二十里開肆三萬室近歲災沴繁興寇盜連起百戰之後城池獨存王師雷動元惡授（一作折）首乳哺疲人分命賢哲詔以兵部郎中范陽盧公幼平爲之公體仁而清直方簡亮文以輔德武以靜（一作清）人澄況有清江之姿魏（一作巍）峩有秋山之狀麾幢戾止未逾三月降者遷忠義歸者喜生旌次讓利轅門無譁人咸曰休哉以卿佐之才遵王澤敷德政吾見其爲公爲侯福履宜之未見其極也刺史冠服印綬甲令載之故不書詞尚體要古史之遺也永泰元年七月二十五日記

衢州刺史廳壁記　前人

有漢已還州統郡郡或連十城州或部十郡江南多大郡如會稽丹陽鎮領遐闊分置部都尉自富春而南太末一縣抵于建安今此州即古會稽西部之地也雖官明吏脩如曠阻何厥後相因損益無恒時更亂離罷置紛糅聖朝字育元元納於大中自衛公槩單于英公滅句麗天下和平戶口繁衍元聖溥行帝蓼蕭之澤於下廷延公卿議割

州邑謂疆與府近則易爲理人與吏親則易爲安以婺州封畛爲廣分置衢州領六縣猶爲大郡近歲析玉山全邑洎須江南鄉益信州而不爲寡去年江湖不登茲境稍穰故浙右流離多就遺秉凡增萬餘室而不爲衆吳越地卑而此方高厚居者無疾人斯永年名山大川旣麗且清俗尚文學有古遺風國朝不以州領郡郡與州更相爲號遷復從宜事之當也置觀察之司而董臨之此州長吏之選甲於他部忠貞之老則武威（一作陵）非公李僕射傑親賢之望則信安郡王褘遺政行爲故事名位光于屋壁開元天寶中始以尚書郎超拜名郡賀蘭大夫爲之李郎中爲之自逆胡悖天地之慈犯雷霆之誅賀蘭起北海之師郎中左

浙東之幕有文有武家頌户歌元惡天討餘凶稔罪聖恩示以鐵鉞之威未即大刑以爲不敎人戰是謂棄之乃分諸州置節度以鎮之州有防禦軍刺史爲之使俾與夫持節某州諸軍事名實副焉以此州密邇山陰爰隸浙東廳事馮高戟户臨江武文左右麾幢成列千夫長百夫長上寮郡椽屬邑官吏進退無聲趨拜風生仕不登州談不爲榮凡爲州者儒不毅勇則頻威攻守所由敗也勇不儒和則失人邦國所由困也故二千石之任方今爲難至尊垂憂勤於兆人延俊乂於高位以蘇州刺史陳郡殷公文可以成政武可以安人明斷良謀忠在王室其理也寬不容息嚴不拒情清白貫於神明簡易契於黃老德必有隣歌

聲宜繼由是命公典此邦也至若建置城府之年月升降品第之等差風俗貢賦之宜男女隄封之數圖諜備矣老幼傳之今之所書畧舉動德也元年建寅月二十一日左補闕趙郡李華於江州附述

常州刺史廳壁記　　前人

晉分丹陽爲毗陵後改爲晉陵隋置常熟縣捌常州理之無何常熟隸蘇州始爲晉陵置常州當楚越之襟東居三吳之高爽其地恒穰故有嘉稱領五縣版圖十餘萬望高地劇此關外名邦自狃虜肆亂江湖流毒地荒人亡十里一室天子詔宰政審可以安人者以工部侍郎贊皇公覽之帝俞拜爲此邦昔齊人聞石　至舉國大理贊皇東藏明詔先下吏愉人泰如時之春視之猶身歸者遍野贊皇公以爲易簡本乎悠久久於其道而化成封章上請求理三歲詔書寵異進品正議大夫優詔報功於時爲盛自吳通上國越盟諸夏秦裂郡國智如五員才若鴟夷以及我國家賢良臨州者甚衆未有濬河渠引大江漕有餘之波溉一作溢不足之川溝延申浦至於城下廢二埭之臨促數州之程海夷浮舶弦發望至出古人朔物之知見君子濟衆之心大矣哉一境清淨無爲一作言而理此舉大略也漢制刺史部領郡國遷爲太守太守課最入爲公卿及魏晉以來或稱州牧國朝州刺史郡太守更相爲名親賢如寧岐豳諸如秋宋皆拜焉在部視侯伯入朝亞卿尹其車

服皂盖朱轓華蟲七旒進賢兩梁冠玉佩青綬古有銅獸竹使符大守不假節刺史臨兵則持節今雖無事亦稱使持節戒不虞也降銅魚詔書合之代獸符也夫子門人高第者衆唯稱雍也可爲諸侯至哉古之爲理本於德行贊皇公秉心宣猷盡瘁王室愷悌君子民一作人之父母爲王者輔宜哉永泰二年二月庚戌贊皇公從子檢校吏部員外郎華述

文苑英華卷第八百

文苑英華卷第八百一　記五

廳壁五

州郡中

州郡中

壽州刺史壁記　李華

禹貢淮海惟揚州彭蠡三江在焉漢文帝封淮南王長子安爲王都壽春即此州也兩漢揚州刺史治於此州墠壇猶在後魏廬潛爲揚州亦鎮于兹潛有惠政時人比之羊祜厥後州境或南或北隨人推遷國朝一家天下華夷如一壽春或疑衍郡在淮南隸揚州其風俗山川可得而知也某年以燕侍御史揚州司馬獨孤問俗爲壽州刺史公有德政理外如内易不遺物周不害通忠孝簡於王室廉平聞於天下剛克以順柔謹而肅公理州三年遷御史中丞鎮江夏工部郎中楚州一作中張綿之代公爲州牧某部郎中常延安代張典此州僉有政聞故書其事以慰楚人之心

鄂州新廳記　趙憬

自昔秦置郡有守漢魏以降因之其秩二千石雖有監刺而宰制威福之重盖古之諸侯鄂在楚爲國秦爲縣吴爲江夏郡綿歷至宋乃維八郡置郢州及齊更郢爲鄂隋氏披其郡循謂之州官則刺史而政無條刺之法矣皇朝沿襲舊制或爲郡或爲州剖符責成其實乃太守之職前代建置所理之處其城不同今之州即舊城於江夏吴仲謀經營之程普始守之當荆吴江漢之衝要爲藩鎮固護之雄制天寶以前四方無虞第據編户衆寡等衰州望鄂是以莅於下後戎狄亂華宇縣沸騰屯兵阻險斯稱巨防朝廷壽州陜疑作峽州列將寄勳賢之重廣德二年遂聯岳沔事置三州都團練使大歷八年加觀察處置使十四年六月二使廢時置當州防禦使且屬于江西國家姑務省官息人而終慮咽喉襟帶之地思典守者既輕其權矣復欲俾任重尤難其選是月十月乃命秘書少監兼侍御史李公授之公名兼隴西人也到官三年之五月使改爲三州防禦使江岳隸焉仍領元戎之副董江西諸軍鋭師以伐叛于襄陽既而尅平九月就加散騎常侍防禦泊州如舊公之莅鄂也今兹四年以清德誠信爲教化以至公深仁爲字育則鄽閈里閭僑舊詠歌如嬰兒之得乳母餧夫之逢稔歲理軍施令其士卒歡慶亦如之但加乎肅畏而已繇是所防三千餘里洞庭彭蠡在其間水舟陸車山藪塢野

皆我長城之內用是加之王人駱驛天書繼至三軍萬（一作爲）戶以爲禁而耆老懼去不得而借也初刺史有小大之廳其度甚卑或門屛迫近或廊廡狹隘將吏叅集廻旋偪側綿歷年代未遑葺之廳之左二曰（一作日）府舍摧壞空曠公乃剗闢其地作爲新廳大厦既立長廊以二則儉而規法結構殊精因士卒忘勞之力出貨財足用之羨經營有成井邑莫知惟昔之公門今爲外入（一作人非）而遂東廣開崇庸北達於里（一作重）門棨戟森列戒徒儼衛每饗士誓衆騈羅廣庭肅墻之陰旗旐繽紛威容克振君子謂之智憬將赴京師目覩嘉謀輒紀新廳之壁庚允朝選之盛時舊有廳都團練觀察使記刺史無記纂賢名氏多所闕焉是用

求訪遺者得之必書蓋李公之志也求哲繼蹤英增輝於此堂時建中三年十有一月也

宋州刺史廳壁記　　顧況

商丘之地辰火之宿孟諸之湄閼伯所遷微子所封之國也厥貢絺紵厥篚纖纊有蒙盧二門有雎渙二水炊骨易子隕星退鷁仲尼之伐樹子罕之棄車（左傳作甲）皆此地焉梁孝王時四方遊士鄒生枚叟相如之徒朝夕晏處更唱迭和天寒氷凍酒作詩滴是有文雅之臺清泠之池鳬鷖之所棲集園苑方三百餘里制度法於長安漢末始置爲睢陽郡阜家大臣房琯公嘗牧此州今相國彭城劉公勳德光亦典此郡前破（本）靈曜後破李希烈爲梁開路而東方諸侯井賦鹽泉所以歲約三千萬緡商在其外明年西朝天子天子嘉之俾平水土乃拜司空俾敷五教乃拜司徒入叅大政出懽威武范陽君以智畧佐之由御史中丞行軍司馬節度留後而領于是邦慕府得人於斯爲盛下車之日無土不殖桑麥翳野舟艫織川城高以堅士選以飽詩所謂誰謂宋遠誰謂河廣者矣自貞觀以來列名氏者而房梁公爲首存乎東壁大曆之後繼聲躡者宜司徒公爲首遂列于座右也貞元五年四月十九日記

鄧州刺史廳壁記　　符載

國家自禄山祀德五兵勃起毒流天下於鄧最劇是州也地宜政事與他郡不類故得詳備而記之案天官書角亢

之下爲鄧鄧侯吾離之國也本楚地六國時屬韓秦昭王三十五年取韓地置南陽郡既滅韓徙天下不軌之人而實之至兩漢間多封勳烈肅大臣外戚主家氣高野曠地方千里控二都之浩穰道百越之繁會藩閫桐栢陂池江漢商於臨汝環我股臂故自前代至于我唐戰爭攘奪千載不息多爲暴强者攻取之其望椎其俗豪亂伉徤尚畋獵藏亡匿死橫猾難制其有臨之者踈緻不中輒失聲實天寶十五年春魯炅自商州刺史御史中丞領是州牧是年六月二京陷于胡虜虜帥阿史那王亢李節來寇我焉魯接戰大敗之其明年春逆將武珣（二唐書作武令珣）復圍我焉魯培墉補卒堅峙自正月至于八月不下他（一作地）日絕食整

旗犯出彼將乘病而困之反手與賊頗橫潰因退保我城焉魯屯居順楊山谷中積數月肅宗皇帝非實位于靈武詔加御史大夫襄鄧節度復牧我壘完葺如故至德初一有載字寇讐威定潁國公來瑱以御史大夫代魯公之政先是有驍將李釗二唐書作昭梁崇義者二人素齊名皆負威望會來朝京師釗得授權柄崇義不欲出其下攘城縱跡因殺而并之代宗含垢務理未即顯戮遂著爲襄陽節度是州隸焉崇義以受命一作授之際狀不明白蒙纖跋扈二十餘一作數年晚節謀叛無臣子道天子命淮西節度李希烈誅之希烈無妄生覬復以怒取使宿賊封有麟主張焉建中四年希烈僭逆于梁諸侯之師荷戟四會有麟亦嬰城

自守連攻不拔景寅歲皇帝厭亂淮西始定連帥陳仙奇裨將李季汶來討一作平之季汶雅有膽略以機擒敵以誠誓衆遂梟有麟以聞是時天子尤寳鄧爲咽喉之地以爲兵戎之後黎人破碎苟非賢哲不能生活乃詔尚書金部郎中王公綏而治之其始至也宣天子之恩澤使民沐浴之垂方伯之教令使民承受之然後以大誠受物以至信結物以玄機運物以嚴禁肅物構壞竿爲廬舍銷遺鏃爲鋤耜伐蒿萊爲腸圃掘腥臊爲泉井交一作合父子之歡正夫婦之倫依仁化者如水赴壑首年而富中年而教季年而政成其籍版一作版籍自四千户至于萬三千户藏其屯粟自三千斛至數一作四萬斛其餘一有盈字餙傳遞一作郵之舍作

棲旅之舘儲什器之用蓋餘力也先是有奉天禦侮臣十數輩上多其功旣侯王之復賜得公田五十萬畝以我郡壤寬且腴將併力焉公以爲鄧在邦畿千里之內詭隨授與則上以耗天子之地下以貽齊民之困堅秉古制不輸尺土此又政之殊尤者也於戲民之生也如鳥獸然饑食渴飲難馴易駭名公端士承時之平因俗之卑或以智力理之可也若移之於瘡痏毒痛疢作痛之後非德信積中和粹發外以誠被物如父愛子則何以臻於此夫人君臨上百辟在下其欲正生人之性命敷大中之教化扶淫僭之風俗行明白之刑罰一作賞非有功者則不得操其柄焉故刺史於他官爲重漢制秩中三千石冠進賢銀印青綬隼

旟龍飾蓋所以大其威而昭其德也今天下郡國僅四百餘所上憂黔首垂意於理有淳政被民者增秩賜金如漢宣帝時濟濟多士作民父母遐邇一德同恩于理則雍熙仁壽之化豈其遠乎載寓遊樂土聞公撫凋瘵之民也善故書宇下以貽爲政或足文行佞亦無取焉自貞元夏五月郡公名氏品秩遷授准劇年代寖遠亦列叙其次使將來者覽之端如貫珠也五年八月十五日記

湖州刺史廳壁記　顧况

江表大郡吴興爲一夏屬揚州秦屬會稽漢屬吴郡吴爲吴興郡其野星紀其藪具區其貢橘柚纖縞茶紵英靈所誕山澤所通舟車所會物土所產雄於楚越雖臨淄之富

不若也其冠簪之盛漢晉以來敵天下三分之一其刺史沿革不同或稱太守或稱內史或稱都督也(一無也字)他州或否如魯史晉乘侯牧一也其鴻名大德在晉則顧府君秘秘子衆陸玩陸納謝安謝萬王羲之坦之猷之在宋則謝莊張永褚彥回在齊則王僧虔在梁則柳惲張譏在陳則吳明徹在隋則李德林國朝則周擇從令聞也顏魯公忠烈也袁給事高讜正也劉員外全白文翰也洎于頔大夫作塘貯水溉田三千頃今使君辭唐景皇帝七代(一有之字)孫先公尚書先公大夫奕葉之勛(一作勳)有功於氏公實嗣之孔悝銘鼎天下大器天王褒拔于公陟襄陽節度李公陟當道觀察統諸道鹽鐵轉運二牧既陟唯公盤桓鴻鵠不

飛飛即摩漢其遁者復其危者安其憂者泰所謂善緝於是拓郛穫萊就便除害政之餘力作銷(一作消)署樓於南端復亭署於白蘋洲聿興廢土光明敞豁湧出漢谷其舊記吏部李侍郎紓撰其圖經竟陵陸鴻漸撰使君命兒惣兩家之說傚落晉宋訖于我唐凡一百九十七人及歷代良二千石儀形略也鋪張屋壁設作存勸誡神告人(一作民)春秋不朽之義也貞元五年十二月哉生魄華陽山人顧垷書

一作皆唐文粹

道州刺史廳後記　呂温

壁記非古也若冠綬命秩之差則有格令在山川風物之[illegible]則有圖諜在所以為之記者豈不欲述理道列賢不肖以訓于後庶中人以上得化其心焉代之作者率異於是或詿學名數或務工(文粹作攻)為文居其官而自記者則媢巳不居其官而代人記者則媢人春秋之旨蓋委地矣賢二千石河南元結字次山自作道州刺史廳事(文粹無事)記既(集無既字)彰善而不黨亦指惡而不誣直舉胷臆用為鑒戒昭昭吏師長在屋壁後之貪虐放肆以生人為戲者獨不媿於心乎予自幼時讀古循吏傳慕其為人以為士大夫立名於代無以高此前年冬由尚書刑部郎中出為此州雖苦(文粹作騷)劇自課而未能逮其意也徙刺史有許子良者輒移元次山記於北牖上(文粹作下)而以其文代之後亦有時號君子之清者莅此熟視焉而莫之改豈是非之際如是其難

乎予也魯安知乎(集作其)他則命圬而書之俾復其舊且為後記以廣次山之志云

隴州刺史廳記　沈亞之

昔制戎於安西瀚海之時而隴汧去塞萬三千里其處內居安如此朝之命守猶以為重地必按其良能當時之務其難者不過理寵門大家之內(集作旧)園陂池而已觀升平之塞其須賢如此今自上邽清水以西六鎮五十郡既失地地為戎田城為戎固人為戎奴婢顧隴涇盬靈皆列為極塞而隴益為國路凡戎使往來者必出此視其守由主人也其言語威儀豈容易而處近世(集有者字)朝之命守殆未能注意耳今清河崔公承寵世仕安西軍司馬公生長於

戎然而神性傑異行賢知之一路頗通詩書又能博九州山川之理而國中之士知而仰者無幾人近歲西戎累犯塞前年今上即位欲以姻交北虜以輔中國公上書兩言番之事天子覽書以爲必能伺戎夷情故命使之今年拜守隴州拜之日朝之卿士咸謂隴之得賢爲賀居郡而戎來者必憚愛而去嗚呼何鄕之命守未能注意而今之悟得其人賢何鄕之知者無幾而今之稱者盈朝豈一郡之事有時而理邪一郡之人有時而幸邪智者之道有時而用邪長慶初余西視戎至于隴下聞郡人之所美故歷署而刻記焉

文苑英華卷第八百一

文苑英華卷第八百二　記六

廳壁記六

州郡下

州郡下

楚州刺史廳記　呂讓

稽聖人棟宇之用博矣太上垂典法利衆庶其次華壞弊鎮形勝其次辨尊卑示昇降最下炫彩色飾土木華其視榮其體而已若參而合之則賢智公侯之居也古捨其參而務其末則貨殖匹夫之居也能是制者不亦鮮乎揚州爲都楚實甚大提兵五千籍户數萬其事椎富同於方伯然則刺史大廳卑而且陋一作險叅諸使之等咸每冬至歲首文武畢集內不足以陳俎豆外不足以容卒衛及夏秋

之交淮海蒸濕之氣中人爲病多至煩熱憒悶居常無以
逃其霆有事宴於斯皆翕翕一作翕翕者流汗往往仆於地不卒
其會而散自刺史至將校百吏盡知其不可思欲改造而
久遠已來爲曰者巫人稱陰陽鬼神之事以沮之且曰歲
深有物來憑更之則不利小以罪聚大以凶終雖然其說
如出一口前守或有構材定日視之惕息卒不敢毁而止
大和七年天子以大理少卿滎陽鄭公活無辜當刑者四
十餘人殊其績命守于婺既至累月威肅仁覆冏不得理
戎行農室遍告無事公將易前非誠詢于衆衆果以咎徵
止公公笑而諭曰吉凶由己災不自起况陰陽變化人事
之符勿忌勿拘以道爲謨苟不失正無二其圖敢斷不疑
鬼神隨之與衆共利曷匱於一作爲危秉直在公余爲著龜
乃築崇基乃刱宏規悦使樂成不亟不遲法度既備冊素
亦施清氣和風旦暮颸颸氛厲不干笑語自怡大會其中
寒暑皆宜駢羅鼓鍾間發塤篪斂士伎兒飲食熙熙以寬
以容遠于養斯覩邇及遠何物不綏不祥之詞沉寂無爲
守正之報必及其期則鄭公持大權臨大節不撓其或者
用此心也昔賢行事亦有攙經合道不奪陰陽鬼神之說
然未有一作能決然違俗與衆禍福之曰年甚不可破如化
其著者豈非明識洋量以義忘私不苟一時遺利後代耶
使有土二千石去蠹除弊悉若是擧天下何憂於不理哉
且詩詠斯干易規大壯皆美居處有制度可以化人成俗
也八年夏予罷郡西歸道出於此而是廳新成忝春秋之
徒也見不朽之作而無述焉心竊恥之請書本末以告來
者其他善政能事有風俗言故不採列於記上太和八年
八月一日記

宣州重建小廳記　沈顔

界江南宣州寔爲奥區凡厥貢之盛厥土之饒則古所良
也暨鉅盜起芒碭環弊于四方是邦載罹窘阨雖城隍僅
免而外無孑遺矣及兵部裴公慶餘去任實常侍聿自池
牧來臨涖事未幾遽爲秦彦所據一作取姦連隣懟一旦擁
兵渡江引黨趙鍠以代己任是歲南徐劉顥作亂揚州繼
喪師律二境流離人不堪命弘農王方化自淝水爰奮義
旗詢于同盟則田公司空首決宏謀及維揚克定秦彦就
誅宣人有言曰何獨後予徯其來蘇弘農王允惘是誠我
公復勵兵進討鍠悉鋭逆戰亟爲崩之及追燹保壘兵食
内空而外不絶商市無改肆鍠知人和在彼乃肖圍宵奔
我公追擒之自此江表略定大順元年建子月孫儒大擾
維揚又來寇我衆不以義自老厥師復爲我公擒之其衆
盡潰弘農王去寧揚土我公嗣總藩條天子嘉公之勲就
轉左僕射命觀察於是明年建寧國節度又明年加司空
宣城荐罹戎事便廳久缺司署者造言曰盍葺諸公曰民
室未完民逃未復於是用文德以來之既來而安之不朞
歲車者闐闐舟者聯聯比屋滯貨列邑市溢鄽司署者復蹔

言曰凡室完矣民逃復矣公曰倉廪未實田野未闢於是薄其賦而省其徭給其乏而賑其飢不朞歲荷耰秉犁檥蟜于泥如雲之稼穰穰在畦司署若復進言曰倉廪實矣田野闢矣公乃許然後度材相址不愆匠事横梁虹亘山節峯峙嶫嶫崇崇觀者改視公喜退顧人曰凡事之治不治無賢愚貴賤顯然知異觀此當其未治人咸憮之及其治也人咸榮之則吾於爲政也豈不榮乎治哉我今欲刊成績宜付所能則沈氏子以文售予其何可辭焉乾寧二年乙卯秋九月八日記

監軍使 給納使附

淮南監軍使院廳壁記　杜牧

淮南軍西蔽蔡壁壽春有團練使北蔽齊壁山陽有團練使節度使爲軍三萬五千人居中統制二處一千里三十八城護天下餉道爲諸道府軍事最重然倚海塹江淮深津横岡備守堅險自艱難以來未嘗受兵故命節度使皆以道德儒學來罷宰相去登宰相命監軍使皆以賢良勤勞内外有功來自禁軍中尉樞密使去爲禁軍中尉樞密使自貞元元年及集無此二字元和巳未大抵多如此今上即位六年命内侍宋公出監淮南諸開府將軍皆以内侍賢良有材不宜使於外上以爲内侍自元和巳來誅齊誅蔡再伐趙前年誅滄旁撃趙魏且徵師且撫師且詰且諭勤勞危險終日馬上作監青州新附卧未嘗安復監滑州邊魏窮狹多事今監淮南是且使之集作休之休息亦不久之故内侍至焉監軍四年如始至日簡約寛泰明白清浄集作絜怨惜軍吏禮愛賓客舉止動作無非典故暇日唯召儒生講書道士治藥而巳内侍舊部將校多禁兵子弟京師少俠出入閭里間俛首唯唯受吏約束故上至相國奇章公下至於百姓無不道説内侍稱爲賢人此不虚也宜其侍衛六朝聲光冨貴某謬爲相國奇章公幕府掌書記奉内侍命爲廳壁記某再謝不才不足記序内侍曰掌書記爲監軍使廳壁記宜也某慙惶而書時太和八年十月二十二集作一日記

東渭橋給納使新廳記　沈亞之

渭水東附河輸流逶迤子帝垣之後倚垣而跨爲梁者三名分中東西天廪居最東内江淮之粟而群曹百衞於是仰給唯平輕重之準爲難即主官不職其咎何如哉長慶中得儒臣杜生以行御史主之能謹法整吏絶輕出重入之尤明量信叙無先貴後賤之弊故官曹士衞之所仰給者如取之家食焉居再歲加爲外郎因指其署曰夫渭津傍控甸邑諸陵道左輔出入河東藩而公賓遊士過必臨我我儒世家也宜餙宇候賢以誠其敬今公齋陋冗無足爲禮於是盡去之幕市其櫟棟巨楹文梁勁桷既巳具搆顧其中可叙自揭而儒良至者必與講談其道隨其能否而稀給之得久留其下者雖爲車弊衣則名曰彰矣今觀

渭津之瓶開署宇為巖扃廣敞意者得無欲天下之士見其智中之大曠乎

使院

邠州節度使院壁記　李直方

自西漢始置幕府得顓辟士其聘舉之盛與公府置一作署吏王國命官為比於是有班固傅毅崔駰蔡邕陳琳阮瑀之徒出焉大抵多巡禦對略經參戎事居無恒處秩靡常品故命之曰賓國朝篤方岳之任慎求其佐須以職貢為之定制或辟自諸侯或降于朝廷皆命于天子其所司也調政教之和策軍筭之祕出入聘覲應對賓客其立署也行有戍次匭有公堂與方伯周旋彌縫潤色而已王畿之

腋劃為巨防外殿朝那作捍西疆中拱皇都以臨諸夏泰沮之仁既遠華夷之俗相猾非瑰材英傑莫典封守非莊明純固莫參毗佐六年春皇帝勞韓侯牧圉之勤俾尹西夏申命御史中丞王君等九人為之使介既而師貞于律震動其功惠和威武澤浸火烈孟秋述職曜兵河塞亭障肅條千里晏清然後用虎旗蛇矛定功于蒲入覲皇都增秩受賜旋師舊服勳用一作明德舉非元臣一作和雄畧能賢嘉績茂用濟此先是尚父郭公開府是邦摟用勿貳駿乂一作乂咸集不十數年持樞衡治邦憲司誥命者咸布職於清朝今韓侯亦能詳延端士輔相威德是府將來宜為駿賢一作骨之郊藪榮達之閫閾儒多君子邠其有之夫敬其

事則命始春秋之誼也是邦當徼號朔方而以名師建為三郡肇基於我師事舉德宜始韓侯此記舊題於堂之北牖慝他日文字湮滅作者之文莫傳遂刻石以紀之李公自正字歷金吾掾廷評長安主簿遷監察殿中侍御史左司員外郎今為韶州刺史某早與公游知公異時之大來也庶斯文之不泯貞元二十年十月日記

鎮海軍使院記　羅隱

惟天子建國必維九牧九牧既序區分局署兩漢三公府有掾屬魏晉而降則置行臺若魏以秦王儀鎮中都一作山是高齊以辛術監治東徐州事皆行臺之任也其官屬則令僕以至于尚書丞郎唐制由行臺而置採訪使殆今節制

之始也鎮海軍舊治京口大丞相以錢塘之衆椹一作堪漢宋西藏逆朗天子不欲易其土故自符竹四命然後移軍於錢塘生以物宜租賦以便斥夫舊址廣以新規廊開閈閎拔起階級俾幢節之氣色貔武之出入得以周旋焉庚申年始闢大廳之西南隅以為賓從晏息之所左界飛樓右劘嚴城地聳勢峻約而有敞肥楹巨棟間架相稱雕煥之下朱紫葳蕤非若越之今而潤之舊也疆埸之事則議之於斯聘好之禮則接之於斯生民之疾痛則啓之於斯軍旅之賞罰則參之於斯非徒以酒食騈羅而語言嘲謔者也其府屬已下或入都舊將或從公于征或稟之於朝廷或拔之於鄉里故天子用清宮傳道一作導之選以佐之

輟教民論道之任以副之其餘省秩卿曹職領相次自我
朝藩服官屬之盛無加也噫大丞相之勳德既藏之天府
而攀鱗附翼者非鐫刻樂石其可久乎是年冬十月始命
觀察判官羅隱爲記

幕職上

湖南都團練副使廳壁記　呂温

湖中七郡羅壓上游右振牂蠻左馳甌越控交廣之户牖
扼吳蜀之咽喉翼張四隅襟束萬里（蜀本有半字）天下之安危
繫焉聖唐理雖偃革（集作草）制不去備消息變化必惟其時
由是部（集作剖）分荆衡復古南鎮輕（蜀本作控）其兵徒而重其統
帥易其將校而難其參佐所以顯仁藏用明道晦權成師

於禮樂之中講武於文章之内雍容易簡四十餘年名跡
風流（一作靖）冠於當代始則裴諫議虬以逸材奇略傲睨而
靜（一作靖）荒寇次則趙相公璟（唐書作憬）以高標雅望鬱起而爲
國禎其余馮郎中嶷之碩重房容州孺復之英達鄭評事
洌張著作李文之美秀洎張和州惟儉盧侍御澥佐我先
大夫宣慈明允實有成績是皆焯于朝論清在人謹者矣
元和三年冬天子命御史中丞隴西李公以永嘉之清政
京兆之懿則廷賜大旆俾綏衡湘威如秋霜無和煦惠如
冬陽無私煦用人如止水無私鑒始下車表前副使殿中
侍御史扶風竇君常字中行以本官復職於是監察御史
河南穆君寂河内司馬君紓范陽盧君璠太常寺協律郎

河東薛（蜀本作范）君存慶前咸陽縣尉吳郡顧君師閔前太子
正字隴西李君礎前太常寺奉禮郎京兆杜君周士前延
陵縣尉同郡杜君賞（一作賓）郡材響附各以類至文雅之器
（集作器用）歲餘大備錯金碧於晴鍪綷孔翠於春林遝邇翕然
稱爲盛府中行感會知已竭其誠能黄鍾音韻調於嶰谷
之竹太阿鋒鍔拭以華山之土其吟鸞鳳斷犀兕不足涖
也竇氏伯季（一作仲）同時七人一居方伯二列華省四在諸
侯之館名教之樂縉紳慕焉以温近守支郡且知故實得
請運帥俾書公堂媿於不文安敢堅讓元和五年七月五
日東平呂温述（集作記）

壽州團練副使廳壁記　沈亞之

戰國南北書更言故世諸豪争擲于壽春或兵至百萬有
不能得者豈地勢爲要津乎自建中已來淮夷竊叛於蔡
天子之詔或討或赦由是壽春備爲東塞矣爲之守者皆
佩將軍印幕府符書之設擬於方鎮而有副使之官焉元
和中常公武以殿中侍御史爲之九年秋蔡丘（集作州）叛壽
春守令狐通引兵屯霍丘副使得孱卒百餘人留郡中冬
蔡兵大入馬塘寇鄧家城殺其將卒五千餘人虜民男女
焚壞邑室而去郡中驚駭民人多流其家而東副使因言
曰（集無曰字）壽春其地塹水四絡南有淠西遞淮潁東有淝下
以北注激而迴焉（集作爲）西流環郭而瀦入于淮此天與儉
於是也假如愚民能棄其業西流即爲遂徙塵走耳安與

國是爲利耶乃出家奴與民户一丁俱爲水工決安豊以南陂池會其流于城傍野中浸注如澤焉（集無此字）以故居民流心稍稍復定時馬塘鄧家城既陷霍丘方長冦乘其虚復飛語爲謡以感其俗曰狐死首丘井間多傳言之者老曰果守不能保是矣守聞之益恐遂棄其城亡歸是日霍丘焚行來未及郡會日暮使吏馳告副使以歸狀令得夜開壁吏至壁卒捍關吏不得入呼罵其卒副使立城上曰某得命於詔城書受即晝復之今守獨入而卒露無爲也如驅與俱來寧不知盜居其間得夜則禍成矣或幸而（集無而字）止於鄣平明闢關介士陳兵夾道驗其號以入卒無敢越伍而趨居有頃守謫去詔以李將軍代將軍西出疆兵臨萬勝城復以副使掌留事明年陂其能得加侍御史是歲亞之東覲戰至壽春得副使之跡題之於署下以記行事之時云

文苑英華卷第八百二

文苑英華卷第八百三　記七

廳壁記七

幕職下

浙西觀察判官廳壁記一首

常州軍士判官廳壁記一首

徐泗濠三州節度掌書記廳壁記一首

州上佐

江州司馬廳壁記一首

州官上　録事

汴州糾曹廳壁記一首

亳州糾曹廳壁記一首

江州録事參軍廳壁記一首

湖州録事參軍廳壁記一首

幕職下

浙西觀察判官廳壁記　李觀

觀聞國朝置觀察判官故事於今之老成人則曰邈乎哉乃本而言之厥自兵興上憂天下列郡無綱紀文章是用命忠臣登車爲觀察使而鎮撫其民人今（集作其）來亦三紀于兹古者所謂山（集作出是）連城守今則大者或十數（集作數十）城或七八城小者或四五城觀其所以察其所由使亂不能（集作得）長使理不得渝（集作渝）循川之有防猶户之有樞其繫久矣其臨高矣其下賓佐實有常任其大者曰觀察判官

一員（集無此字）人謀而（集作以）濟美佐而（集作以）成能必求賢者禮而尸之無則闕如不苟其人名（集作久）矣乎浙右之疆包流山川控帶六州天下之盛府也國之盈虛於是乎在太原王公廉察之七年署監察御史李公士舉爲觀察判官公從事浙右十有餘年能事備乎游童光烈灼乎簡書始從韓公多辨疑獄多釋冤囚疑似得埒糾紛得寧四方翕然籍甚于公後從王公盛德日新六州人殷姦宄易俗（集作容）民不醇（集作淳）良吏不清廉（集作廉清）無日無之公乘軺車日徃月還剖斷善惡明白可觀六州之士（集作人）爲頌作歌天下名賢罕不咨嗟九年冬蘇州刺史有丁憂去官連城命公來撫吳人德之蓋務（五字集作德美矜人）化變儉人如春之和吳人

樂康嗟乎夫有其任無其事十有八九豈虛耳哉非其任有其事自公作故（四字集作如公之作者）百無一二焉議者以爲視公之爲佐可謂忠於佐矣視公之斷獄可謂敏於獄矣視公之理人可謂達於理矣諒哉有以頌連城之表賢有以見吳人之多幸有以見李公之攸宜矣（集作哉）從姪觀拜命而書愧公之羞（集作愧爲公羞）九年十一月十四日記

常州軍事判官廳壁記　前人

常州列郡也天下有緊我（一作望）居其一焉軍事丞務也天下有三我備其屬焉於是求厥人任厥事觀厥能不亦難乎則汝南袁德師今在選焉夫六三軍稱帥萬夫之望誠不若也其於輯睦亦何貳焉夫六臣開幕多士委質誠不若也其於裨補亦何貳焉袁生恢恢然晢晢然寬而有紀明而無隣行飾以貞言飾以溫始常公以給事匪躬之故出釐是邦生方尉于義興褒然見嘉乃殊常寮軍事之機議之堂上軍事之宜開之府中誠舊制也常公答其人以禮盛其居以華揚（一作飾）其智以文美焉哉常公遇生以善生報常公以誠其嘗聞生南陽公之孫也夫維嵩之於天下非常之山也黃河之於地中非常之川也南陽之於將非常之人也嵩以喬天蓋之河以流地載之以南陽大忠子孫嗣之六年冬皇帝郊昊天理百神脩廢繼絕求舊惟新生以尋南陽之孫一命茲官九年冬復命襲爵南陽公其以爲古人曰賞延于世又曰善人雖十世又將祉之其是

之謂也是年十一月某赴京師自蘇州至常州會袁生引廳前軒如翬斯飛植竹新欄如鳳斯食乃白府公留爲記常公驩然不見逆且自天下稱兵三四十年間擁旄曰使持節曰州使曰節度曰團練有副使判官大曆中宰臣常公以爲費不能去其大而去其細乃罷團練今之軍判官猶是也命其記書其事實始於今請以生之官氏冠乎將來非以媚生也願以光乎非常之人之後也記之年月在乎記中

徐泗濠三州節度掌書記廳壁記　韓愈

書記之任亦難矣元戎整（文粹作揔）齊三軍之事士（集作統）理所部之甿以鎮守（文粹作定）邦國贊天子施教化而又外與賓客

四隣交其朝覲聘問慰薦祭祀祈（蜀本作所）祝之文與所部之政下三軍之號令升黜凡文辭之事皆出書記非閎辯通敏兼人之材莫宜居之然皆元戎自辟然後命於天子苟其帥之不文則其所辟或不當亦其理宜也南陽公自御史大夫濠（文粹作豪）壽廬三州觀察使受節移鎮徐州歷十一（文粹作二）年而掌書記者凡三人其一（集本文粹有人字）曰高陽許孟容入仕于王朝今為尚書禮部郎中其二（二本有人字）曰京兆杜兼今為尚書禮部員外郎觀察判官其一（二本有人字）曰隴西李博自前鄉貢進士授秘書省校書郎今方為之南陽公文章稱天下其所辟實所謂閎辯通敏兼人之才者也後之人苟未知南陽公之文章吾請觀於三君子苟未知

三君子之文章吾請觀於南陽公可知矣蔚乎其相章（二本作扶）炳乎其相輝志同而氣合魚川泳（文粹作伏）而鳥雲飛也愈樂是賓主之相得也故請刻石以記（二本作紀）之而陷置于壁間俾來者得以覽觀焉

州上佐

江州司馬廳記　白居易

自武德以（集本文粹作已）來庶官以便宜制事大攝小重侵輕郡守之職揔於諸侯帥郡佐之職移於部從事故自五大都督府至於上中下郡司馬之事盡去唯員與俸在凡內外文武官左遷右移者遞（二本作第）居之凡執役（集作伎）事上與給事於省寺軍府者遷罷之凡仕久資高耄昏懦（二本作輭）弱不任事而時不忍棄者實莅之莅之者進不課其能退不殿其不能才不才一也若有人蓄器貯用急於兼濟者居之雖一日不樂若有人養志忘名安於獨善者處之雖終身無悶官不官繫乎時也適不適在乎人也江州左匡廬右江湖土高氣清富有佳境刺史守土臣不遠觀游群吏執事官不敢自暇佚惟司馬綽綽可（集有以字）從容於山水詩酒間由是郡南樓山北樓水湓亭百花亭風篁石巖瀑布廬宮源潭洞東西二林寺泉石松雪司馬盡有之矣苟有志於吏隱者捨此官何求焉按唐六（二本無此字）典上州司馬秩五品歲廩數百石月俸七六萬官足以亢（文粹作庇）身食足以給家州民康非司馬功郡政壞非司馬罪無言責無事憂

噫為國謀則尸素之尤蠹者為身謀則祿仕之優穩者予佐是郡行四年矣其心休休如一日二日何哉識時知命而已又安知後之司馬不有與吾同志者乎因書所得以告來者時元和十三年七月八日（文粹有題字）記

州官上

汴州糾曹廳壁記　劉寬夫

郡府中（一作之）有錄事參軍猶文昌之有左右轄南臺之有大夫中丞也糾正邪慝提條舉目俾六聯承式屬邑知方致上於坐嘯舉綱維之未振俾側者不敢挾其側姦者不敢萌其姦法令脩明典章不紊此其任也大梁當天下之要揔舟車之繁控河朔之咽喉通淮湖之運漕丞相治所

鵁鶄成列池闌土沃兵多甲堅人尚矜豪氣㚢驕蹇有梁園兔苑之遺事當四會五達之通莊雜燕趙悲歌之人遭吳楚剽輕之俗爲吏之道不倫他邦滔滔來往斷斷阡陌任剛毅則失於究宄守謙卑則病於委隨剛則害身隨則弛法貞元以來戎帥自擅威令已出無後（疑作復）國章隄防不完徽墨蕩失調補斯任者但疊跡斂手以脫禍爲心何有意於勾稽而敢思其職業者哉大和二年瑯琊郡葛公元方由天長令而涖焉至則以爲當今聖上務治丞相鎮靜以至清肅群下以至公奉朝廷凡所建啓唯道是適苟踵弊於斯日不分畫於茲辰則緣姦積蠹無時而去於是端誠守職以正東邪以儉慎律同僚以直方吹屬邑綽綽

自立職分隨來故得上下叶和遠近脩整法有刊定之制軍無侵漁之患人存政舉其在於斯游刃恢恢肯綮無滯主晝諾而克勝其任司準繩而無忝厥官從容其間進退不苟其惟葛君乎元和中憲宗皇帝勵進理道注意法律特設科以招士欲問明廷（一作庭）後詔有司覈其妍否先君僕射公時爲司績外郎實專斯寄絕因緣之舉以公共爲先於數十人中得君充詔故君之行實敢不詳知夫公署有記其來自遠燦名氏於屋壁示成敗於將來俾善惡克彰常絃斯在此盖春秋之旨也豈可闕哉葛君以余從事斯文叨官倚相見託論撰無愧直書大和三年記

亳州糾曹廳壁記　陳章甫

漢官儀郡主簿秩四百石綱紀一郡糾鑒不法岳牧無政蒼生有瘼則天子責我汙吏侵人姦聲載路則使臣責我吏不述職曹有留事則二千石責我役奪人時官有常典則黎元怨我由此觀之録事參軍待責之府也所以天官署吏獨難其人觸邪外臺禮隔宜矣由斯賞拔多至重官譙亳都上應星火禹貢屬徐州分野隴西李公負王佐之才所以顧盼廳壁歎曰官循四序功成者去屋壁無紀（一作記）吾將安仰始編舊（一作書）政令余叙之天寶九載七月十日記

江州録事參軍廳壁記　符載

録事參軍之於郡縣紀綱也車轄也綱弛則目疎轄抗則

載輸政之成敗亦繇是也自漢魏已還歷江左郡有督郵主簿後魏北齊後周隋文州有録事參軍煬帝時罷州置郡有東西曹掾主簿國朝省掾主簿復爲録事參軍其於勾稽失糾慭謬省抄自守符印一州之能否六曹之榮悴必繫乎其人也其人強其（一作必）務舉其人困其務削循名考實豈容易哉况潯陽古郡也地方千里江涵九派繒錢粟帛動盈萬數加以四方士庶且多（一作且夕）環至駕車乘舟疊轂聯檣威猛則騰口以飛訕阿懦則朘非而生誚重輕之得尤難其人隴西李尹少昌切玉制鍾之利也恪勤強毅當官而行其於公家也不掩善以蔽才不隱過而貸非不苛細以作煩不瀾略而破方剛柔疎緻雅得其度繇是

官府有程準案牘無留閑遊我守下清風凜然是時郡守李公以鉅鹿超異之政來領此郡内用六條外理百姓使人人門户興行孝睦井賦均一然後從容郡閤時與羽衣縫掖講黄老言其餘枝葉節目委于有司而不領故李君得以息心奉法上事牧守下督察吏暢於中發於外人無間言也夫士無貴賤尊有道也位無大小觀有政也苟素飡碌碌俾躬厖厚禄雖多亦奚以爲是宜書録事之美于壁間發善而懲不肖蓋春秋之微旨矣先是此庭此宇荒凉褻黷端士不踐今前後有脩竹左右有廊廡穆然清邃皆自我焉聊紀述之序遂以李君爲首亦所以重績而新廳也

湖州録事參軍新廳記　楊夔

度付首定曲直於繩較物者決輕重於衡蓋繩無欺衡無私故人所取鏡也今使五邑之吏枉正無所逃千里之情毫釐無所差束其内外必蹈乎規矩戢諸桀黠知攝一作懾揔制惟斯郡主簿有繩衡之無私爲得其任矣高陽許鐇以前秋曹掾端於讞獄詔罷之遷陟斯在一作任自兵興十五載事叢宿貫守國之法制稟朝之政令者由關而東郡亦無幾唯吳興遵國經體舊章上下讓敬確然不渝然此數萬衆兵之所給固繫於土賦俾其役不重斂不煩吏不苛民不疲萬目自正者全在提其綱乎君制事以義制心以禮節不爲勢易志不爲強奪靜以督其下故其下肅恪以滋其事故其事簡由是衆吏畏而庶務集僅致于訟弭而刑置矣廣明中妖巢揭竿以犯帝闕遂俾翠華有西南之狩梁鄭周秦之甲皆閣手無所敵凡五改火鑾駕外駐甲辰年今太守以彭門之師擒巢於萊蕪提其顱薦於成都明年春玉輦還闕遂以功牧于吳興帝念殊庸位不配德詔加防禦以高其位始開幕延賓增吏拓制度是取督郵之舊署爲防禦使院然後合功廪户三掾之廳移居視印綬堕於此夫簷楹迫則耳目泥居處蕪則思慮昏今茲視於前則淺而露覘於後則湫而陋得無泥與昏乎而又蓑篠雜卉蔭翳堦序列衙者亂其次授事者喪其局交脊騈足褻禮黷敬君乃命梓人擇瓌材斂前楹豁南榮砥中

唐嚴晉扃設外屏以肅其入一作人也構環廊以莊其位也撤舊增新擁檻成華列目之物罔不完美覩其顯敞則夏奪其暑居其奧密則冬却其寒地斯清境斯勝足以豁聽視爽精神導中和之性增沖澹之趣矣君子是以知蘊智者於事敏負才者應用周如水於器方員無所滯如絲於色玄黄無不入如是則化圮爲完易卑爲高蓋出於餘力乎况君行己之道及物之利其察也鑑焉臧否無匿其信也潮焉朝夕不忒俗茹其正吏飫其直一作道叔向所謂明察之官忠信之長者於此而見矣斤塗畢役君以夔業於文且謂記年表事春秋之褒志也茲廳之立既始於我而載祀莫紀無乃取議於將來乎其爲我書之無虚美無加

飾惟實是編足以貽後遂謹而日之請題於東墉以記廳
之始

文苑英華卷第八百三

文苑英華卷第八百四　　記八

廳記八

州官下　判司

縣令上

州官下　判司

泉州六曹新都堂記　　歐陽詹

貞元八年刺史安定席公爲郛之二祀冬造六曹之都堂公表微而慮遠也天子建六官以紀綱天下刺史分集作分剌史六司用經緯封中循天之有四時而人之有四支一時不若則歲罔成功一支不和則體莫全用公以六司之椽如股肱思安之與身之安也火流定中將坯城廓親覽廨宇首視斯署既隤而監非凝神揆務之所日撫人民不則有國營宮室是亦爲政乃量羨府以度用指斯宇而命易又曰庳湫居卑非智也煩人蠹財非仁也吾欲全仁而就

智蔵事者志之有司是以(集作於是)審基址程廣袤山節藻棁
僭也劄而不取階茅茨橌(集作土階茅橌)偪也華而是捐非約非
豐允執厥中然後討其(集作具)材量日力土(集作山)木則酎之
如市人功則税之若時物樂民願未旬而畢飛梁五道而
通負連楯六接以都谽陽軒遐引陰户(集作室)旁啓揖以重
屏翼以廻廊曨黕黕以秘邃屹崇崇以(集作而)宏敞夏處其
逵則炎天以凉冬居其隩則寒風以温足以寧肌静心以
釐厥職者也夫哲人有作不唯利身在利人不唯利今在
利後想(集作相)斯堂者公侯卿士禮隔殊品公不之降也斯
不亦利人不唯利於身歟堅壯固護存延千祀人不(一作公不)
之建(一作逮)也斯不亦利後不唯利於今歟覩斯堂見公之
意時某處某乙爲司功某處某乙爲司倉司户司法司兵
司田皆外莊内融懷材抱忠無回邪以涖下有謇諤以承
上當時之彦也請列于記左庶後之君子觀名訪德知夫
是日堂有人焉建堂之明年記

河南府倉曹參軍廳壁記　　梁肅

倉曹掾祿秩位次載於甲令在漢魏間與參軍事其職各
異五府州及郡皆有其官北齊天保中又授參軍以繫官
曹之號蓋取夫以文吏而參武事隋由之國家亦因之河
南府領二十六縣爲主東郡環地千里邦畿之内征賦之
入凡蓄聚之物皆於其司一都(集作郡)之移用郡吏之稍食
出焉故其務殷其事積常爲他曹劇居之者不勤則廢
不蕪則敗不明則耗數千没之患生其職或擢居(集作登)南
宫及御史府故有司常綜其名實考其功緒(集作績)然後授
之伊陽張君閿鄉李君今並爲其官李以貞固稱張用文
敏著予謂命官之職事與二掾之才美不可以不紀遂直
筆書之其兩曹位次與前政名氏端如貫珠列于記之左
右

京兆府員外參軍壁記　　李華

東漢中平以來王室多難元臣統戎括郡才而不遺微衆
慮而從善故公府置參軍事雖位高八命權重三軍苟好
謀而成亦參于幕下迄於魏氏沿漢舊章洎有晋將殄於
全呉石苞責禮於孫楚由是府朝致敬稍用下寮逮南北
分於帝郊華夷寢於王澤而此官之選益以衆矣及隋平
江嶺唐有天下聖人貴因循而重改作思豫備而戒不虞
故因其名而降之秩則殷周之損益可知也至若兩京垂
戒於四方府吏同體於郎署非夫公卿盛德之胤才望當
仁之流不可膺其任今王國多士賢能歲益職員之外猶
以命之取類乎律吕起於黄鍾滄浪發於清漢人皆以爲
美也趙郡李諲碣石峰巒蔡臺楨幹嬰年聞禮敬睦傳於
家庭綺歲入官名節動於寮友敏以經德清而達和自懐
濟衆之心仍有封侯之骨嘉魚在藻良馬食苗如其人有
其位干雲萌於甲折貫革兆於機張且曰清階因之故事
則鍾繇李衡魏舒王導車炳于前代常僕射李大夫陸少

保杜尚書功宜于盛朝叔父侍御發跡於河南黃門顧公漸羽於京兆驥子躡乘黃之阜鵷鶵入威鳳之巢榮繫九霄縱遊千里其可必也夫其職諧易簡道在中和高步同於列仙彈冠預於朝會若乃簿書堆案則譽發彀中醪醴蒲壺亦名高方外動靜皆適剛柔兩持是以為從事者所貴師古之事車服盤盂畢聞旌記用垂後代餙布德音兒朝之命官闕而不載以華聞於舊史請以直書故略其所知疑殆頗闕云爾

河南府參軍壁記　前人

文與武邦之大司參以彌綸而果於折中軍以厲禁而闕其暴慢彌綸之謂文厲禁之謂武居一稱而兼二義參軍司馬（一作有焉）漢車騎將軍張溫行司空事征關右始徵幽州刺史陶謙參軍事由是上將之府以為常儀魏驃騎將軍石苞鎮楊州晉文王命孫楚參苞軍事賓主降禮始於孫石時方用武則軍師之謀主天下乂安則府公之屬吏蓋因府郡之長使持節領諸軍故雖列曹悉以參軍為號若以漢晉儔於聖代郡國比於神州則理（一作治）亂不侔而小大相妨（一作萬）矣參軍自國朝以來躋盛位者數十人遠則僕射常公師保中朝今則中丞蔣公澄清東夏用賢而衣冠焯叙踵武而聲度相隣選部所以較卿佐之材舉公侯之胄是以慎署斯職而要其德藝傳所謂仕而優則學學而優則仕處下僚而無咎悔從吏道而獲安閒差池鵷鷺之間宴息風雲之外合入京兆常忌門高器全其文也若英敷華其武也長劒淬鍔朗玉調律鷙禽乘秋服楚傳之訓誠傳漢相之經術每從容府中或有異政雖不吾以必預咨謀如川決防如竹迎刃夫然則貴與壽功與名非斯人而誰獲君子之所貴者名位不失其人聲聞不忘於後故蒐錄官族第其遷授俾將來俊茂有所觀焉時天寶九載九月十三日記

河中府參軍廳記　沈亞之

國朝設官無高卑皆以職授任不職而居任者獨參軍焉觀其意蓋欲以清人賢胄之子弟將命試任使以雅地任（集作出）之耳不然何優然曠養之如此其差高下則以五府六雄為之次第蒲河中畍三京左雍三百里且以天子在雍故其地盐雄調吏者必以其人授焉噫今之衆官多失職不失其本者獨參軍焉長慶二年余客蒲河中府參軍其參軍某族世皆清胄又與始命之意不失矣乃相與請余記職官之本於其署

縣令上

兗州任城縣令廳壁記　李白

風姓之後國為任城蓋泰之古（集作古之秦）縣也在禹貢則南徐之當分成周乃東魯之邦自伯禽至（集作到）于頃公三十二代遭楚蕩滅國（集作因）屬楚焉炎漢之後更為郡縣隋開皇三年廢高平郡移任城於舊居邑雖（集作乃）屢遷井則不

失(集作段)會境七百里一郡有一十三(三字集作十一)縣任城當其要衝(集作衝要)東盤琅邪西控鉅鹿(集作野是)北走厥國南馳牙鄉青帝太昊之遺墟白衣尚書之舊里也土俗古遠風流清高賢良間生掩映天下地博厚川疎明漢則名王分茅魏則天人列士所以代變豪俊家傳文章君子以才稚自高小人以(集作則)鄙朴難理況其城池爽塏邑屋豐潤香閣倚日凌冊霄而欲飛石橋橫波驚彩虹而不去其雄麗映北有如此焉故萬商往來四海綿歷實泉貨之橐籥為英髦之咽喉故資大賢以主東道製我美錦不易其人今鄉二十六戶一萬三千三百一十七(集作七十一)帝擇明德以賀公宰之公溫恭克脩儼碩有立季野備四時之氣士元紓(集作非)

百里之才撥煩彌閑剖劇無滯鏑百發尅破於楊葉刀一鼓必合於桑林寬猛相須(集作濟)常弦適中一之歲肅而教之二之歲惠而安之三之歲富而樂之然後青衿向訓黃髮復禮耒耜就役農無遊手之夫機杼(集作杼軸)和鳴織(集作機)罕嚬蛾之女物不知化陶然自春權豪鉗縱暴之心黠吏返淳和之性行者讓於道路任者昇其(集作併於)輕重扶老攜幼尊尊親親千數(集作歲)百年再復魯道非神明博達孰能與於此乎白探奇東蒙竊聽輿誦(集作論)輒記于壁垂之將來俾後賢之操刀知賀公之絕跡者也

安陽縣令廳壁記　李華

令長之位詳於漢官土地之宜列於禹貢談者備矣而詞人畧焉則此官之職守此境之風俗可知也國朝之有天下淇漳之間於京師為近守宰之寄於元元最親故授署此官延至王庭曲蒙曆遲制令褒賜與內官同法清貫往往超拜天寶以來東北隅節度位冠諸侯按數軍鉦鼓兼本道連帥以河北貢篚征稅半乎九州邊於山戎歲備劾寇每置長吏朝廷特難之或操尚斷渝或中丞遷換或流亡未復或委罪刑書繇是使臣慎簡其人密表陳請鍾恩光於異土萃人物於東州不然何公方振羽青雲胡為而在此堂也公以德行文學為人倫表慕清而(一作自是)道藝隣於昔賢自登封主簿撫有茲邑以西門沉巫為不仁仲康觧綬為斷約(一作酌)古中道為今令圖下車無何休聞四塞

他彊之人父母之居尸祝之則境內之歡可以心見君子哉至若由身立政謀近及遠邑人趨拜靜聞堂上之琴軍師往來潛預幕中之畫所利者大豈惟安陽夫然則繁纓曲縣袁甸四牡(出左傳)人所願也於公宜之記事者志盛德而旌善人今特書公何尊王命其春秋之義歟天寶十載記

臨湍縣令廳壁記　前人

鄧為天下高闉兩都南蔽秦漢以來多封將相姻戚故其人益豪彊內全邑曰南陽曰穰曰臨湍蓋古新城也穰州府所理吏不暇息南陽領戶既寡姦俠所歸惟臨湍境清人閑從仕者所樂開元裂此鄉三千戶為菊潭縣天寶至

德之間往虜南侵南陽為戰地地荒人散千里無煙循以
郵置之衝徭役王命權置官吏招集疲人如寒如裘如餒
併食聖朝臨下有赫哀撫兆人誅元凶清天下詔方鎮選
良吏平昌孟威（一作或）字承顏自左驍位兵曹參軍本道節
度使表為此縣始至戶不盈百為政七月盡室而歸者千
餘家難矣哉古之為政者先諸人後諸身先其人則人不
勞後其身則身自逸承顏勤恤老幼而休息之損有餘補
不足而煦育之人諭其心則不勞而理矣古之來者（一作求士古之者）
觀諸其家知乃為政承顏奉版輿冒虜塵北越鞏洛
歸家於漢上又以清白之祿為甘旨之資臣子之道卓然
則其餘可知也令長品秩章綬人皆知之故不書今所書

議（一作儀）能也寶應二年七月甲辰左補闕李華記

饒陽縣令廳壁記　　喬潭

千里之外設方伯帥其屬屬有長令之縣尹焉故縣之廢
富尹以賢傑不可冗而肅也（一作不可一日而塞也）自齊桓公合制
我饒陽歷戰國以還遂夷其城邑西邇全趙東拒河間燕
之南郊冀之北土其有呂尚之遺風乎多奇士好帶劍後
服多佳人善彈弦跕躧其地虜口近擊柝之原其川滹沲
有泛舟之役廣輪七十里編戶二萬計行或擊轂市或駕
肩日中奇贏雜弊為獄機女挾其幅利染工多其姦色業
不可廢訟由是興非夫寬猛以濟之則不能用乂胥人課
居異政固亦明已我茂宰裴公河汾鼎族公卿門子識經

之文縟之教（一有繞字）設而耆幼歸心刑（一有不字）施而權豪斂跡
惠行為膏雨令出為清風君子謂裴公於是乎（一有君子二字）其
高蹈近寮翰飛清冥未可涯也余味之久矣豈縣公能事
而屋壁不書召彼故老詢于前政莫知其數遠者（一作矣）闕
如權與先天置郡之後凡名士改轉列于左編庶幾將來
亦克用勸

漢源縣令廳壁記　　于邵

周克殷列爵惟五實分子男之位洎秦漢以降或令或長
雖小有差其揆一也皆銅印墨綬秩六百石非理道之君
愛人如子則不能為官擇人矣國家坐進此道至於憂勤
爰增六秩以勸能者皇帝觀兵朔方之歲始上祿縣更名

漢源將復禹舊績以從人欲其山川形勢土地風俗近鎬
千里華風不間多乎哉蓋小國以聚大國之義也且夫南
呀蜀　谿雍時西走連磧北逾大漢四郊憧憧者於是
乎絡　故有徵市之煩供億之費上咨郡府下用臨恤非
貞固不足以幹事非廉慎不足以率人清淨則可乎不擾
忠恕則可乎求瘼時謂京兆韋子當公府之選推而有之
至于今人易受賜邑則（一作用）稱理聞之見之政參乎前從
事雖疲於改易用舉自多於頡肶我則無貳不其難乎嗟
乎絆驥已久及瓜將代顧此屋壁何其寥寂前芳無聞後
進奚覩記者史家之流也亦所以發揮廳事啓迪人物又
知韋公授受之始其或繼之者從而記之前後相映光采

洽人乾元三年孟夏之日記開元中有柴希言自溢(一作益)陽縣尉拜以清白名聞遷洛水縣令天寶中有郭瞻自永康縣尉拜甚有能事秩滿遊河朔遇亂未知所適至德中有郭伯陽自某官拜恂恂如也遷洋州司馬其餘日月某(一作其)通名氏失之不得次于公之列耳

吳縣令廳壁記　梁肅

在春秋列國各有屬邑其主者魯謂之宰楚謂之尹晉謂之大夫秦時天下始置令長宅一同之内操賞罰之炳有民人焉有社稷焉風俗成(集作嘉)敗本乎身黎元安否繫乎政其體大矣自京口南被于淛河望縣十數而吳爲大國家當上元之際中夏多難衣冠南避寓于(集作於)茲土叅編

户之一由是人俗舛雜號爲難治加以州將有握兵按部之重邑居當水陸交馳之會承上撫下之勤征賦郵傳之繁百倍他縣夥乎其中不可勝紀大曆十一年天官精選可以長民者於是范陽盧公由太原府祁縣令爲之公外寛内明敬事而信政本於仁飾身以文下車三年闔境之人安土樂義而不知安樂之所從來蓋和平也(三字集作平之以和)也士君子立身論道之適塞不論位之升降吳縣下(一作與非)纖服一等公俯而爲之抑選部爲官擇人而公復道從政所由然也予知公者敢(集作輒)録其實書于東序以播其令聞(集作問)時十四年二月甲子記

文苑英華卷第八百四

文苑英華卷第八百五

聽壁記九　記九

縣令下

許昌縣令新廳壁記一首

鮮縣令廳記一首　廬陵縣令廳壁記一首

華亭縣令延陵包公壁記一首

縣丞

盩厔縣廳記一首

櫟陽縣丞小廳記一首

藍田縣令廳壁記一首

武功縣丞廳壁記一首

簿尉上

會昌主簿廳壁記一首

同州澄城功倉户尉廳記一首

縣令下

許昌縣令新廳壁記　白居易

民非政不乂政非官不舉官非署不立是三者相爲用故古君子有雖一日必葺墻屋者以是哉許昌縣居梁鄭陳蔡之間要路由於斯當建中貞元之際大軍聚於斯兵殘其民火焚其邑夫(集作大)田生荆棘官舍爲煨燼乘其弊而爲政作事者其難乎去年春叔父自徐州士曹掾選署厥邑令於是約己以清白總人以簡直立事以强毅以清白

故官吏不敢侵於民以簡直故訟獄不敢留於庭以強毅故軍鎮不能干于縣縣是居二年民用康政周暇乃曰儲蓄邦之政本命先營囷倉又曰公署吏所寧命次圖廳事取材於上物取工於子來取時於農隙然後豊約量其力廣狹稱其位儉不至陋壯不忘驕庇身無燥濕之憂視事有朝夕之利官由是而立政由是而舉民由是而乂建一物而三事成其孰能不韙之哉嗚呼吾家世以清白（集作簡）垂爲貽燕之訓叔父奉而行之不敢失墜小子舉而書之亦無愧辭若其官邑之省署（集作置）風物之有亡田賦之上下盖存乎圖諜此畧而不書今但記斯廳之時制與叔父作爲之所由也先是邑居不脩屋壁無紀前賢姓字湮泯無聞而今而後請居厥位者編其年月名氏自叔父始時貞元十九年冬十一月一日記

解縣令廳壁記　沈亞之

國家自誅叛以來於今六十餘年（四字集作十年）征徭息繁不勝於藉租榷之法居間爲民起横縣令不得專以子養之化理之蒲鹽田居解邑下歳出利流給雍洛二都三十郡其所會貿皆天下豪商猾賈而姦吏踵起則解之爲縣盖不能等於他縣矣鹽田主官用郎吏其佐貳下不出御史操法繩縻十九關於縣令而不敢（集作得）專但奉府曹侯長之教而已鹽田細吏皆縣民其田園雖業籍於縣而令不得親但以縣民之衆馭之而已若昔之爲令之（集作與）尤悔者日争（或作生）焉苟非智良不能日脫於横今令者余之從祖也且蒲歳而尢不及豈其厚於智乎而又招亡民還業者數百至於公堂燕（集作便）館葺飾者凡十餘構工不勞民又何多方也長慶二年余客其地因受命而著記云

廬陵縣令廳壁記　皇甫湜

在易之爻二與四同功其善不同二多譽四多懼四之多懼以近君也今州之近縣當刺史理所其難爲與支縣相百宜矣哉廬陵户餘二萬有地三百餘里騈山貫江扼嶺之衝材竹鐵石之贍殖苞篚緡（石本文粹集本作繹）緝之富聚土沃多稼散粒荊揚故官人率以貪敗今日兩樞州衙退秖承録判將校事之紛錯率相關臨煩言易生凢事難專故愈不理近年百姓劀罷徵賦發斷其人盖訛（文粹有與字）處險易以亡匿尢輕犯禁夫以不專之理理盖訛之俗承積弊之餘雖使冉季（文粹有後字）將不能也今清河張君儇爲之理適得良二千石俾顓其政而展其材居未再稔最于（集本文粹作於）一郡張君（集本文粹無此字）恂恂以奉上煦煦以字民剸煩（集本文粹作繁）決劇以通敏彈豪糾黠以沉斷清白之操較然絶類便安之謡流而遠聞宜舉其卓卓以敦沮勸縣之故昔令將之邑佐發斂盛糧緡具車杭（集本文粹作航）千里迎拜君以讓却之單艇之（集本文粹作舠）官吏皆蕪縣之故昔令始至取官羨物盖備器用團鄉次役以供芻粟君以法喻之一切禁絶則民知耻布其大信推以至誠促嚴吏家以（集本文粹作尉）懟民

戶故秋夏之稅先期而集有過以容不逮獎能以勸不脩爲魁而萃頑者取一以警百故政刑（石本作刑政）之簡期月而治以俸錢葬枯而恩浹以家飲救渴（集本文粹作溫）而澤均（集本文粹作周）寠合兄弟之拆居者而民以養鰥孤老弱之流庸者而疆以實和氣潛通連歲大穰廷內閑閑似容與蒲余既堙厄斥置於此始來而弘農場君敬之具爲余話君美談既接盍又得實其聞仍（集本文粹作乃）刻山石鑱廳壁盛之以觀來久

華亭縣令延陵包公壁記　　顧況

陶氏之隱誥云張李二君勤行仁義異代同德（一作祖）慶鍾包君鮑靚通靈之士秦有包丘漢有包咸世爲學官隨晉

南渡今爲延陵人也隋書儒林傳包愷包愉兄弟皆治漢書從子弟千餘人樹碑紀德惟皇六葉鳴臚宣力於王室著作垂名於當代起居祭酒聲隱都野與翰林供奉晁柝其流泒君辟（一作郡非）秀才以文字自潰（一作附）嘗袤入宜府浹時而蘇根於脩短有開之兆言地下之法峻於人間頗符干寶搜神之事隨難奉天重圍踣解上撫其背而春官亦以賓禮待之及爲華亭有闢田增戶均賦愛人之政語曰十室之邑百乘之家由也可使治其賦而君實有之舊章壁記記其官敘野史之流也平源之谷水崑山鱸魚蓴菜海錯陸產彼何人而不知今記其異庶有裨於化耳

縣丞

盩厔縣丞廳壁記　　沈亞之

盩厔道巴漢三蜀南極山不盡三十里北阻渭短長之補與南（集作南山）而近其野半爲澤麓（集無此字）故鼠倚穡而居雖善捕伐不能無傷於稼說者以爲漢武帝嘗夜出射熊於是而田人輒留執帝從者由此觀之民情阻佷（集作限非）古爲難理時循逼畏指諫即稍罷然佞臣竟以帝恥不忘遂籍民入田爲五柞長楊矣今又徙驪越卒留戍邑中神策亦屯兵角居俱稱護甸而三蜀移民遊手其間市閭雜業者多於縣人十九趨農桑業者十五又有太子家田及竹圃皆募其傭藝之由是富民豪農頗輸（集作書）名買橫綫急以自蔽匿民月名欺偷浮詐相櫻雖賢宰處之而丞與曹或不

類亦不（集作莫）能盡枉直之情也夫丞之職也贊宰之政以條諸曹其有不便於民者丞能得不可今丞也余從祖居之既蒲歲民諍不作如此則宰之所宰丞之所贊可謂知方也已長慶初余思相如進諫之風南歷長楊至於射熊五柞訪其遺跡因退舍是邑遂悉論山川俗里之事題於丞之署云

櫟陽縣丞小廳壁記　　前人

便署所以接賓也櫟陽岐諸陵走左輔蒲太原燕趙魏山東至於匈奴雜虜之道而諸侯使者及戎王聘貢（集作遺）之臣交馳出是無虛日而邑頗瘠於擾費然而遊宦客子出入往來者則公館爲寡也夕館而書饌自宰臣簿尉或不

能支於給饋而賓去黨（一作尚）悒悒不快以長慶初共趙魏侯
者失理卒亂辱殺之更自立新帥大臣皆進意請討圍其
境之侯咸會兵襲戰飛蹄走轡之奏傳呼相追而又降嫁
匈奴中故使者益至若是宜謂私賓不能加也而（集作又然）
遣使陳蔡許滑大梁彭城皆發卒戍北河督責米帛於西
江之間使百郡所輓無西入由是天子之使出（集無出字）入潼
關者日數十輩大者乘馬至百小者不下十餘郵馬盡死
於道凡徃來乘馬畜者無問其誰皆奪之故遊宦客子俱
輳道櫟陽中計其衆寡復與公賓之數相高矣是時櫟陽
丞當公主降匈奴女（集無女字）使及迎者之部千人天子使後
宮貴御行餞於道事嫁大臣從官衛士亦數千人夕頓田

氏遣丞奉供具以能不擾民一縣之吏稱善辨及歸乃計
曰夫遊賓四時之來獨憂其爲稀耳我且與理一署使其
客溫以待之然後以爲家之給與賓僕相等是寧有忽賓
哉既以（集作已）賓之來者視其館禮之窮盡雖勇寒猛餕必
抱愧自厭於所饗嗟乎隆否之跡由夫履也其構在公堂
之右（集作左）正寢西南隅其形類廂二間覆廈於南陲其就
在長慶元年八月甲子也

藍田縣丞廳壁記　韓愈

丞之職所以貳令於一邑無所不當問其下主簿尉主簿
尉乃有分職丞位高而偪例以嫌不可否事文書行吏抱
成案詣丞卷其前鉗以左手右手摘紙尾鴈（集作鶩）行以
進平立睨丞曰（方從卿韓文舉正云此下文苑亦有丞字）當署丞涉筆（舉正云文苑作濡筆）
占位署唯謹目吏問可不可吏曰得則退不敢略省漫
不知何事官雖尊力勢反出主簿尉下諺（舉正文苑云作該蜀本作該該轉爲諺其訛益甚）
數慢必曰丞至以相訾謷丞之設（集作後）豈端
使然哉博陵崔斯立種學積文以蓄其有泓涵（蜀本作澄）演迤
日大以肆貞元初挾其能戰藝於京師再進再屈于人元
和初以前大理評事言得失黜官再轉而爲丞茲邑始至
喟然曰官無卑顧材不足塞職既禁不得施（集注一作行）用又
喟然曰丞哉丞哉余不負丞而丞負余則盡掃去牙角一
躡故跡破崖岸而爲文（蜀本作之）丞廳故有記壞漏汙不可讀
斯立易桷與瓦墁治壁悉書前任人名氏庭有老槐四行

南墻鉅竹千挺儼立若相持水㶁㶁循除鳴斯立痛掃溉
對樹二松日（集有吟字）哦其間有問者輒對曰余方有公事子
姑去考功郎中知制誥韓愈記

武功縣丞廳壁記　柳宗元

商（集作殷）頌曰邦畿千里周制曰（集無曰字）千里之內甸服轂梁
謂之寰內諸侯爲王內臣其制甚重今京兆尹理京師部
二十有三縣幅員之廣其猶古也縣吏之長曰令其貳（集無此二字）
曰丞丞之位正八品下盖述六職以輔其令也秦漢
有丞相令尚書有左右丞御史有中丞至于九卿之列亦
皆有丞下以達天子（集作下）之縣政有小大其旨同也武功
爲甸內大縣按其圖古后稷封有斄之地秦作四十一縣

縣美陽武功各異至是合焉盖嘗爲稷州已而復縣其土疆沃美高厚有丘陵墳衍之大其植物豊暢茂遂有秬秠雚(蜀本作萑)荻之宜其人善樹(或作術)藝其俗有禮讓宜乎其大雅之遺烈焉貞元十五年改邑於南里既成新城凡官署舊記壁壞文逸而未克繼之者後三年而潁川陳南仲居是官邑人宜之號爲簡靖因其族子存持地圖以來謁余爲記夫以武功疆里之大人徒之多而陳生以簡靖輔其理斯固難矣漢高帝嘗詔天下凡以戰得爵士(漢作書七先)大夫公乘已上令丞與抗禮故爲吏益難今天子崇武念功與漢初相類分禁旅以守縣道武功爲多陳生爲丞於是而又職盜賊其爲理無敗事吾庸可以廢(二字一作度)哉爲之

記六

簿尉上

會昌主簿廳壁記　喬潭

會昌行在也新邑作焉主簿糾曹也我公吏焉(公名擧字)某由秘書正字而拜初蒙泉秘湧於山下陰火潛燃於地中是開湯池以御宿獲靈符之三載有詔留之冠新豊渭南而爲畿縣以明年復詔廢之蔭萬年長安而爲京邑非良才無以鈞(一作釣)賢邑改其名官遷其秩宜矣北陸寒苦東郊隊遊萬乘入郛(一作郊)百同在宇溫泉之宮齊乎下集靈之臺齊乎上物或過求難於抱影事或倚辨急於奔星雖務分官聯而我實綱紀編王侯於尺籍惣豪猾於伍符皆此之自闕疑以簡追胥以簿書詰盜皆此之自決縣大夫無能專達悖(一作理)司寇不獲僅(一作堇)成咸在公之鈐鍵矣不言而政每游刃不速而人常應弦申(一作爭)之以豊(一作禮)盈甚都(一作郁)加之以藻麗杇絶非鄭桓公之邁德不存孝孫非夊宗伯之允文不有令德(一作于是)顩懷兹邑必復康侯進吾往也夫仰東井佘期(一作斯)天帝山木冬繁其浴日之溫流乎水雲晝積其濯龍之靈液乎矧乃才之甚器之甚游泳恩波膏沐聖澤將濯軒拖紅顩聆千里豈俟辭蒲而階漸我君子謂是言也潭忝以詞賦見知春官欽惟教忠即簿領之能事敢序施政有門人之直詞乙酉歲拟志於南軒之東壁誰謂來者不承乎權輿

同州澄城縣功倉户尉(集作户工倉尉)廳壁記　杜牧

縣之所重其舉秀貢賢也今日自外諸侯之儒者曠不能升一人况尉乎次乃户稅而已史記河渠書曰自徵引洛水至商顔下(商顔山名)鑿井深者四十餘丈即此地也徵者俗訛爲澄耳其地西北山環之縣境籠其趾沙石相磚歲雨如注他皆淺灩不測徵之土適潤苗則大穫天或旬而不雨民則蒿然四望失矣是以年多薄稔稄絶絲麻藍菓之多饒固無豪族富室大抵民户高下相差埒然歲入官賦未嘗期表鞭一人因徵其來由耆老咸曰西四十里即畿郊也至如禁司東西軍禽坊龍廐彩工梓匠善聲巧手之徒第番上下户互來進取挾公爲首緣以一括十民之晨

妖夜春歲時不敢當悉以仰奉父伏子走尚不能當其意
往往擊辱而去長吏固不敢援復況其養秩安祿者耶加
以御女官多盤亢其間遞相占附比急熱如手足自丞相
御史咸不能與之角逐縣令固無有爲也非豪吏真工聡
紐相姻戚者率辭去是以縣賦益逋徵民幸脫此苦者蓋
以西有通澗巨壑又牙交吞小山峭邐馳鞍馬張機罝集作罝非
者不便於此是以絕跡不到蕪之土田枯鹵樹植不茂
無秀潤氣象咸惡之而不家焉民所以安活輸賦者殆由
此儻使徵亦中其苦則墟矣尚安敢比之於他邑乎嗟乎
國家設法禁百官持而行之有尺寸害民者率有尺寸之
刑令此咸墮地不起反使民以山之澗壑自爲防限可不

悲哉使民恃嶮而不恃法則劃土者宜乎牆山塹河而自
守矣燕趙之盜復何可多怪乎書其西壁俟傳言者覽焉

文苑英華卷第八百五

文苑英華卷第八百六　記十

廳壁十

簿尉下

同州韓城縣西尉廳壁記一首

鄭縣尉廳壁記一首

宴饗

相州公宴堂記一首　華州新葺設廳記一首

嶺南節度饗軍堂記一首

邠州節度使院新建食堂記一首

虔州孔目院食堂記一首

盩厔縣新食堂記一首

簿尉下

同州韓城縣西尉廳壁記　歐陽詹

說文曰尉之爲言集本無此三字畏也亦慰也主也故字從尸示寸
寸者寸量禮度以敬上示者示陳教令以諭下尸者典
職司以居位敬上所謂畏諭下所謂慰居位所謂主全茲
三者以灌王爵則仕義周是以古之人嘉用尉字爲官號
陶唐有太尉周有軍尉秦亦有太尉與尉東南尉洎漢則
復命縣掾曰尉自是以名至于我唐無或易所命善也我
唐極天啓宇窮地闢土列縣出于五千分爲七等第一曰
赤次赤曰畿曰望曰緊次緊曰上次上曰中次中曰下赤
縣僅二十萬年爲之最畿縣僅于百渭南爲之最望縣出

于百鄭縣爲之最畿縣出于百夏陽爲之最上縣僅三百韓城爲之最上之最次于緊之最非最之緊無與焉緊之最次于望之最非最之望無與焉望之最次于畿之最非最之畿無與焉畿之最次于赤之最非最之赤無與焉最之縣長於餘縣如麟鳳五靈之長於群靈也數長不數類則韓城之稱與萬年渭南鄭縣夏陽並自緊而上簿尉皆再命三命已往而受資歷至之而至也上縣而下則自解褐授韓城既上縣之最簿尉解褐之貴者唯三員伺其闕非年年之有或一員之闕天下皆知之授之日亦皆知之曰某人授韓城尉是其人則頌非其人則誹雖一命之官（集有其爲字）人尚也如此則主司慎擇才地精美縣亦有六曹

文苑英華　八百五卷　二

尉二人一判功戶倉其署曰東廳一判兵法事其署曰西廳茲廳兵法事之廳也根之州則司兵司法司事盡在刑之國則兵部刑部工部盡在兵主武法主刑工主土令武未大戚務尚繁刑未大措獄（集作訟）尚生工與人興無時休州縣司或雙曹六人分其職國則部屬寮八九十人分其職一人理六人八九十人之理雖小大（集作大小）有異而揆緒不殊其緒不殊（集無此字）其官不易（集作官其官不易文粹作其官不易）能至於易者則人無敢易之人無敢易之則國必重之國重之則賦洪鈞大柄所由乎此也貞元十五年春余友人榮陽鄭伯義授焉鄭自上累（集無累字）葉聲名爲天下聞鄭以經明登科又三舉進士登於命詞學亦流輩推內行第一其受命之年五月余請焉十日又請焉見東廳有記西廳無記因請書示本廳（三字集作其）姓氏序于左其或先于鄭芳馨猶存（集作在）者亦得之至于鄭繫于鄭皆繫之（集無之字）若土壤廣挾物產有無尉非得主不敢僭序十月十五日記

鄭縣尉廳壁記　梁肅

自華而東東距洛師抗椎多臨大道其縣有七若壤接天府號因舊國分鄭爲之首又斜隣其陸焉天官每銓士補吏常屬意於此三科之選其人尤精比畿服之偏者難易相隔不啻數等其地望可知也元年春正月（集作光正）之後賢侯才子曰蘭陵蕭倕以貞敏恪慎再命爲尉掌倉曹出納與工德脩飾之事事舉職脩而令名隨之暇日謂予曰之

文苑英華　八百六卷　三

邑之作非舊也初在於州東北隅廣德中以賊臣周智先（史作智光）以河潼叛放暴兵爇官寺且脇誘將吏生立已祠而棟宇斯崇及王孫（集作師是）致誅牧民者從便宜而重改作乃剙滅凶慝之遺塵徙二治焉是廳蓋祠之餘也曏曩者憑而爲妖今乃即而爲政合於大順用鑒將來是宜書之以告昧者予於是著之屋壁且以紀夫人之美若風俗疆土與置（集作立）邑之年代分於（集作爲）尉令監察御史黎逢嘗編爲鄭志藏在州府中可覆視也故不書時御史中丞董公爲邦之三載秋九月定安梁肅記

饗宴

相州公宴堂記　程浩

公宴堂昭儉也高平王尚循修焉（一作爲）先是王師出征邊
遽告聳自戰侯背委于溪澗九遷旗魂飛在草莽上聞而
憐之詔以薛公爲刑部尚書兼御史大夫保釐于東建節
于鄴也時兵不滿百馬惟數駟府徹棲糧家僅餘堵公乃
掃除粃政濟活人命一年而墻宇興二年而耕稼盛日就
月將遂臻夫小康崇其宴堂者不得已而營也豈無黝綦
尚爾能可久豈無丹楹受爾不從素豈無錯石所慮轉他
山豈無貨材所重仍舊貫其始也經構侏儒廻移欒櫨華
取諸大壯未暇於全模其終也巋然雲横燦以星鋪禮行
於九賓並坐於千夫不設窓戶且（一作寔）防於塈闕不加剞
劂且陋夫華睆水之以視其平坦墨之以視其方直役也

應時宜其善頌成之匪日所謂悅使君軍中凱樂群下胥
宴六佾咸在三懸既張清醑引淮芳饌羅岳自上而王侯
公伯迨下而卑隸庖翟進則酬而不荒退則服之無斁及
四賢咸德七子會文拂羽扇而納凉揮素琴而待月對水
得江湖之性捲簾見天地之心寂寂（一作惜惜）無譁綽綽有裕
相與先評所職次徵他詞驟揚厥懿除攻其短君子以爲
薛公義誘於衆仁和於物誘進則衆洽和同則物安俾夫
發善觀過罔不由斯堂也向使卑不合度儉不中禮適足
尤孟孫之室美諷夷吾之山節浩虩靜辭蒲脂車訪舊入
境而七德有餘及庭而三歎不足幸承君之惠顧又因此
以賀之操觚裴然於是乎記時大曆三年六月旬有五日
也

華州新葺設廳記　沈亞之

今天下邦郡之望莫與太華等然而公堂蕪臺（集無此字）無別
位顧几硯與饎樂之具日更廢置於其間寧地勢之要爲
守者無久留於任而經慮莫及此乎隴西公爲守未滿歲
郡中既治因窺其廡屋可改（集作攻）者乃先問其吏曰政之
爲困何始也吏曰累更其守耳公曰吏知其病哉夫几硯
者公事之重器也以宴而遷撤宴而復則居不得常屢更
其所政之爲困不由此耶且吏入公門望其居則必莊是
几硯之處宜其嚴也今朝撤而暮置事之者既勞固以慢
矣而況酒行樂作婦女列坐優者與訴諧捷笑（集作優隆談謾者與

請捷笑機）左右侍立或銜哂壞容不可罪也夫御久則失（集作不）
敬豈吾之獨患其吏亦醜之明日闢冗宇一構於正寢西
南隅塹其外數出土基之餘故材以輳用垢者磨其淊弱
者承其輕決流於其所以便塗者補棟續楹不涉旬而功
就沼沚之媚隨而比矣嗟乎轉疵爲安不費而功吾知其
由人長慶元年四月甲子吳興沈亞之仰公之跡因請張
文其下紀其功焉

嶺南節度饗軍堂記　柳宗元

唐制嶺南爲五府府部州以十數其大小之戎號令（集作名）
之用則聽於節度使焉其外大海多蠻夷由流求訶陵西
抵大夏康居環水而國以百數則統於押蕃舶使焉內之

幅員萬里以執秩拱玉稽特聽教命外（粹有境字）之羈屬數萬里以譯言贄（集作贄）寳歲帥貢職合（文粹有外字）二使之重以治于廣州故賓軍之事宜無與較大且賓有牲牢饔餼燕樂好禮以同遠合踈軍有犒饋宴饗勞旅勤歸以群力一心於是治也閈閎階（或作陛）序不可與他邦類必厚棟大梁（集作京）夷庭高門然後可以上充於揖讓下周於步武今御史大夫扶風公廉廣州且專二使增德以來遠人申威以脩戎政大饗宴合樂從其豐盈先是爲堂於治城西北陬其位公北向衆賓南向奏部伎于其西視泉地于其東隅奥庳仄庭廡下陋日未及晡則赫炎當目汗眩更起而禮莫克終故凡大宴饗大軍旅則寓于外壘儀形不稱公於是

始新（集粹作斥）其制爲堂南面橫八楹縱十楹饗宴之位（文粹五字作饗之安位）化爲東序西又如之其外更衣之次膳食之宇列觀以遊目偶亭以展聽（集粹作聯）彌望極頫莫究其徃泉池之舊增濬益植（一作廣）以暇以息如在林壑問工焉取則師輿是供問役焉取則蠻隸是徵問材焉取則隙宇是遷或益其闕伐山浮海農賈拱手張目視具乃十月甲子克成公命饗于新堂幢牙茸纛金節析羽旂（文粹作飾）旗旟旞咸旅（集作歸）于下鼓以鼖晋（文粹作鼓）金以鐸鐃公與監軍使肅上賓延群僚將校士吏咸次于位卉裳罽衣胡夷蜑蠻睢盱就列者千人以上鉶鼎體節爓炰胾炙羽鱗貍牙之物沉泛醍盎之齊均飫于卒士與王之舞服夷之伎楔擊吹鼓（文粹作鼓）㕭之音飛騰幻（武作妝）怪之容環（集粹作寰）觀于遠邇禮成樂遍以叙而賀且曰是邦臨護之大五人合之非是堂之制不可以備物非我（集無此字）公之德不可以容衆隮于徃初肇自今茲大和有人以觀遠方古之戎政其肩用加此華元名大夫也殺羊而御者不及霍去病良將軍也餘肉而士有飢色猶克稱能以垂到今矧茲具美其道不靡願訪（集作勒）于金石以永示後祀遂相與來告且乞辭某讓（文粹作牢）不獲乃刻于茲石

邠州節度使院新建食堂記　劉寬夫

朝廷以新平振東西戛鏁鑰郊圻將帥得人則虜馬不敢東嚮而牧今上注意邊事元年命左僕射河東郴公專護

塞之任公秪承詔旨不敢怠遑覽風俗以施化則酌損益以制宜文武交脩威和迭用搜剔蠹於積弊張綱維於盡隳完兵甲贄軍糧藥瘡痍粒饑餓以信爲固築法爲垣人知嚮方卒乘輯睦我絜已而貪冐自革我不動而云爲肩生表正影端俗爲丕變邠之父老重沐皇風仲尼每言爲政之道可使三年有成公孫弘對漢武且云臣弘尚竊遲之始爲孟浪今於河東公信之矣既而定名分補廢闕餙賓署弘講讌視使院之狹湫顧會食之無所因喟然而嘆曰夫爲理之本在於得人燕以尊賢是稱衛以多士爲美今鱠瓔在列而堂館未嚴非所以重罇俎洽帷幄之意也因是從觀馬之舊亭敞公府之新宇增階陛所以示尊威

也卜高明所以啓顧慮也大不踰制崇不近奢榱桷礎闥無不中度翼張四簷洞開雙扉冬霜不到夏日潛却可以備盤飡之品式可以叙主客之威儀可以寄琴樽之笑傲可以籌政令之得失君子是知河東公之爲政也必自邇而逮遠自身而及物以理易亂以實易虛以弘深易卑圮（疑）以廣壯易隘陋皆此類也府中僚介無非正人有若司馬常君節度判官皇甫君皆卿材也無面從退言之諂無躬厚薄責之嫌其他或幄中號寶或席上稱珍並擅價一時不可徧舉常君皇甫君以余載筆赤墀粗知舊史可以傳信命爲記之時大和二年六月日記

虔州孔目院食堂記　　蔡詞立

京百司至於天下郡府有曹署者則有公尉亦非唯食爲謀所以因食而集評議公事者也繇是凡在厥位得不遵禮法舉職司事有疑獄有寃化未洽弊未去有善未彰有惡未除皆得以議之然後可以聞於太守矣冀乎小庇生靈以酧寸（一作乎非）祿豈可食飽而退群居偶語而已況虔居江嶺地扼咽喉有兵車之繁賦役（一作農賦）之重苟一物爲害則萬姓何辜一綱不提則七邑何守同舍諸公得無屬意焉小子承乏每慙尸素志求短拙憂心忘飡（一作食）或有公事之稽留獄訟之寃滯六曹之臧否百姓之慘舒農桑之失時鄉閭之蠧弊聞見所未及才智所未臻希會饌以言之共裨風化院食堂舊基圮陋咸通七年夏前太守隴西公遇時之豐伺農之隙因華廨署爰立茲堂環之高樓翼之虛檻有風月之景花木之陰無燥濕之虞墊陷之慮聚於此者得無愧焉處廣厦宜念巢居露寢者食兼味宜念糊口飢塵者夏清凉宜念暴日而耕者冬溫燠宜念卒歲無衣者苟用心如是則日食萬錢無以爲愧豈惟公膳哉自建刱之後于今七年未有紀述深以爲缺小子伏役之暇好讀書爲文雖顧不才聊用宜録咸通十三年五月三日記

盩厔縣新食堂記　　柳宗元

貞元十八年五月某日新作食堂于縣內之右始會食也自兵興以來西郊捍戎縣爲軍壘二十有六年群吏咸寓于外兵去邑荒棟宇傾圮又十有九年不克以居由是縣之聯事離散不屬凡其官僚罕或覿見及是主簿某病之於是且掌功役之事（集作任）俾復其邑居（集無此五字）廪庫既成學校既脩取其餘材以構斯堂其上棟自南而北者二十有二尺周阿峻嚴列檻齊同其飾之文質階之高下視邑之大小與吏之品（集無此字）秩不陋不盈高山在前流水在下可以俯仰可以宴（集作偃）樂堂既成得羨財可以爲食本月權其贏羞膳以充乃合群吏于茲新堂升降坐起以班先後始正位秩之叙禮儀笑語講議往復始會政事之要筵席肅莊籩豆（集作樽俎）靜嘉燔炮烹餁益以酒醴始獲僚友之樂卒事而退舉欣欣焉曰惟禮食之來古也今京師百官

咸有斯制甸服亦王之內邑日官有僚（集作聯）屬則宜紘會以養之也嚮之離而今之合其得失也遠甚我是以肅焉而莊衎焉而和群疑以亡嘉言以彰皆乎其在斯此（集作堂）也不惟其馨香醉飽之謂某之力也夫宜伐石以志使是道也不替于後乃列其事來告使余書之

文苑英華卷第八百六

文苑英華卷第八百七　記十一

公署上

御史臺新造中書院記　舒元輿

王者執生殺之柄造天下使百度順而已矣其或不順與順而不得其度者皆屬於御史府府之動靜爲朝廷紀綱之職與百司絕類蓋百司坐其署但專局而已矣入於朝

與啓事於丞相府亦不出乎其位是以朝罷而各復其司以無事於朝堂與中書也若御史臺每朝會其長揔領屬官謁於天子道路誰何之聲達于禁扉至含元殿西廡使朱衣從官傳呼促百官就班遲曉文武臣僚列於兩觀之下使監察御史二人立於東西朝廷輦道以監之鷄人報點監者押百官由通乾觀象入宣政門及班於殿廷前則左右巡使二人分押於鍾鼓樓下若兩班就食於廊下則又分殿中侍御史一人爲之使以涖之內謁者承旨喚仗入東西閤門峨冠曳組者皆趨而進分監察御史一人立於紫宸屏下以監其出入爐烟起天子負斧扆聽政自螭首龍墀（一作池）南屬於文武班則侍御史一（或作二）人盡得專

彈舉不如法者由是五府之屬得入殿內其職益繁其風益峻故大臣由公相而（一作已）下皆屏氣竊息注萬目於吾曹吾曹坐南臺則綜覈天下之法立內朝則糾（一作約）繩千官之失百官有滯疑之事皆就我而質故乘輿所在下馬成府鑿朝廷之綱目與坐臺之判決者相半是以御史府故事於中書之南常有理所先時唯中承得專寓於尚（或作）南舍一院若雜事與左右巡使則寓於西省小胥之廡下遇大朝會時吾屬皆來則分憇於雜事巡使之地既寓於小胥則我實客也每亡事而去則主人必至而入詬譁狼籍其態萬變向之霜稜盡爲澌湮矣豈吾君以天下綱紀屬之於我（一有之字）意耶上元二年侍御史劉孺之作直廳記

初拜儀云謝宰相訖向南入直省院候端長又入中書儀云到直省院入門揖端公訖各就房嗚呼以御史之貴（一無此字）重而（以作）前時作者之記恬然以直省院爲記君子未嘗有非之者神羊之神何其翳而不光耶聖唐大和三年已酉歲天子擢尚書吏部郎中河南宇文公爲御史中丞詔下之日不仁者相弔御史府新例知雜事一人中丞得以選於廷臣河南公既拜之日上言請尚書司勳郎中瑯琊王君以自輔識者曰河南瑯琊同心異質之人也心苟同雖堅金可斷於御史乎何有他日雜事累（一作果）以寓直省院爲歎廼議於中丞中丞深樂之即時（一作恃）啓於中丞曰此前日之闕也中丞能華（一作爲）之豈直栢署之光乎實羽衛（一作羽儀）五府之多也皆佐其意事得聞於上上曰良有是乎俞其請如響應即詔度支出錢百萬以資焉廼以（一作於）政事堂南（一無南字）直所之南選地以作之中書之南實天下會計之地不容咫尺之隙非雄重清切之司於此豈容足乎我是以得規制爲之焉舊中丞院在西與西院相絶遂以其地易大京兆院合三院爲（一作爲三院）一東西四十六步南北四十步由東爲首其一爲中丞其二爲雜事其三爲左右巡使若中丞非爲大夫改官不改院若三院畢朝集臺院附於雜事殿察附於巡使其名摠號爲御史臺中書南院院門北闢以取其嚮朝廷也其製（一作制）自中書南廊架南北爲軒入院門分東西廂爲拜揖拆旋之地內外

皆有廡蟠回詰曲矚之盈盈然梁棟甚宏柱石甚偉椽欒棻棁麗而不華門窓户牖華而不侈名木脩篁新姿如舊（一作奇葩秀實）若卉緑雲若編青簫以至於几案筆硯簾幌茵褥果蔬茗器皆新作也從官胥士役夫馬走（一作走馬）勾稽案牘飲食休息之地皆得其所若百官之請事群吏之來（一作恭）謁入吾門將祗何於外者見吾軒堂階闥之嚴固不俟戒而自肅焉爲此者何尊天子也吾府爲天子耳目宸居堂陛未有耳目聰明堂陛峻整（一作正）而天子不尊也天子尊未有姦臣賊子而不滅也姦臣賊子盡滅矣可以自朝廷至于海隅蕩蕩然何所不理哉吾之作豈是志小者近者之心耶謹按高祖大皇帝（一作高宗天皇大帝是按唐會要高宗龍朔二年修大明宫改）

名蓬萊是年歲在壬戌至太和庚戌巳二百二十九年英華作高祖皇大帝則年代愈遠恐非作大明宮
將二百年矣當時有司經度曾不是恩將以待我而作我
之所以作蓋前補二百年之遺事後貽千萬年之不朽縉
紳觀者命爲御史北臺聞者謂之知言君子曰移中丞雜
事今之心於大柄天下豈有遺事哉某備于寮屬得聞君
子之論且承公命其記於是乎書仍一作乃題中丞雜事洎
三院至主一作王簿官封名氏於其後以爲一時之盛事大
和四年歲次庚戌八月十六日丁巳記

一作皆唐文粹

邠州一作寧進奏院記　柳宗元

凡諸侯述職之禮必有棟宇建于京師朝覲爲修容之地

會計爲交政之所其在周典則皆邑以具湯沐其在漢制
則皆邸以奉朝請唐興因之則皆院以備進奏政以之成
禮於是具由舊章也皇帝宅位十一載悼邊甿集作萌之未
乂惡凶虜之猶阻博求群僚集作臣以朗寧王張公爲能俾
其建節剖符鎮集作守又作部股肱之郡統爪牙之職董制三軍
撫柔萬人乃新斯院弘我舊規集作制高其閈閎壯其門閭
以奉王制以脩古典至敬也以尊朝覲以率貢職至忠也
執忠與敬臣道畢矣公嘗鳴珮執玉展禮天朝又嘗伐叛
獲醜獻功魏闕其餘歸時事脩常職賓屬受辭而來使旅
賁奉章而上謁稽疑於太宰資集作質政於有司下及奔走
之臣傳遽之役川流環運以達教令太凡展采於中都率

由是焉故領斯院者必獲歷閶闔登太清仰萬乘之威而
通內外之事王宮九關而不閒蜀本作開轅門十舍而如近斯
乃軍府之要會蜀本作樞郎寧之能政也唯公端持集作明而厚
溫裕而肅宏畧特出大志高邁施德下邑而黎人咸懷捍
敵蜀作設險西鄙而戎虜伏息茂功溢於集作于太常盛烈動於
人聽則斯院之設乃他政之末者也贊公於他政之末故
詞不周德稱公於天子之都故禮不稱去聲位斯古道也貞
元十二年十月六日河東柳宗元爲之集無之字記

滑州節堂記　劉三復

諸侯之升壇胙土服天子休命者有弓矢鈇鉞之賜生殺
刑賞之柄其爲任也盖重矣而受脤之日常疑節者得以

王命傳信俾先啓行至則考善地庇豐壁麾旆以異之歌
鍾以樂之非征伐宴犒申威行令未嘗出此其大端也是
鎮服膂一作服臂疑作股臂梁洛咽喉齊魏其氣強以勁其人勇而
忠我連帥贊皇公以全才上畧標柄中外轂爲霖於將命
膂作翰之攸寄歲直巳酉擁旄來斯公以明誠報一人以
大信示三軍膏潤慈惠風馳教化未洽旬而群甿愛戴繈
越月而五校訓齊及踰年也則鰥惸咸樂業豪奪不敢犯
戰備具而軍聲振矣顧謂幕吏曰君之寵授偉此瑞節所
處不嚴人何以瞻於是建宏規模大壯去脊窘圖宏敞隆
道廻廊繚其下翬飛翼葺攢其上孑孑然脩靜深而相合
渠渠然拂埃壒而孤特隣墻藩而儼公署實轅門之蘊抑

外閫之帷幄舉事必書春秋之義繇是秉筆硯於公之門者承命纂述謹誌于堂陰

宛陵公署記　　顧況

傳陵崔公端憲臺出九江涉吴換㵎三牧作乂仁聲上騰上褒之以宣歙等州團練觀察採石軍使内樓一作建茂行外傳純德德鋪生人生人受賜所部無事緝乎井屋高棟大廡樓傳高亭署以崇牙麾君命出略五千架圬墁赭堊蜀乎一川竹釘木胥皆適所用前鎮未之有也其辟一士一作生未嘗不當其任其裁一簡未嘗不以憂人爲心兵馬使南陽張伯陽承公指揮應接不暇廣而不費華而中儉堡有嚴析封有巨防巢洞之寇化爲平民鋼宫一作官是戰馬

牛渚姑熟之隘籠波洛谷莫不帖焉夫宣户五十萬一户三丁不待募於旁郡而宣男之半已五十萬矣蹶勁弩櫂雄戟吞敵如脯戎心不格其或有格戎心備銳而襲之進海之援過賓之寵亦所以補凡例也庚辰年正月下旬日前秘書著作郎顧況記

開州刺史新宅記　　權德輿

記曰目巧之室則有隩阼况吏者入之師宅者章之次君子之所寧體諸侯之所賦事宜以車服視其等威漢中支郡曰盛山所理阨陋乾元上元之間歲比凶災萑蒲相聚戕害燒夷州壤蕩然後之長人者姑茸蓬茨僅蔽風雨而已貞元八年夏四月北海唐侯文編承詔爲郡既至則敷宣化條簡易無平居者胥悦流者自復集作古朞月有成三年大穰獄有茂草野無棄地既均而安既阜而落官脩其方物有其容乃喟然顧其屋曰是之不脩政將安寄度農功之隙因悦使之衆合于古常得其時制殖殖廣庭渠渠中堂堂下布武席間函丈工徒不勞里旅不煩攸介攸止爲仁爲義君子多之邦人宜之其集有於字潔而中禮儉以成德與夫臧文之山藻趙武之輪奐異矣先是地無井泉人汲江流挈瓶懸綆力憊用寡乃並北山之下習坎疏蒙肱集作股是而引之于闤闠之東順其性而流不竭通其變而人不倦廞以新亭滲然而清州閭幼艾得以齊飲食而蠲疵癘矣便安之政觸類而長始於郡齋洽於封内初文編以

文行馨香爲左史儀曹郎記事而爲春秋含章而陳奏議及是則推誠以愛人條鬯而休嘉連帥丞相以爲表率裕於才者其無方乎蓋陟明翰飛將激而遠之於是邦也古之成室主人落之賓亦發焉德輿與文編游久聆其功善寓此直書用代發禮且以釃泉之智因而廣之時十三年冬十月文編居部之六歲也

宣州響山新亭新營記　　前人

元和二年十月宣城長師中執法襄陽郡王路公作新亭新營凡周月而厥功成書時且便於人故也先是郡城之南阨陋磽确山木不剪譙門不開公因暇日觀視原野直南一里所得響山焉兩崖聳峙蒼翠對起其南得響潭集作

潭焉清泚可鑑縈廻澹(集作澄)淡又其南則博敞平夷澶漫透迤從古之隙地是邦之休利目與心會闓然自得悉以條陳實家可報乃量日力計徒庸闢於弁內成是夷道揭東西二亭於雙峰之上相距二百步華軒峻宇皆據勝勢廣厦疏窓(集作寮)可使顥氣碧山亘目清流在下跨以虹梁抵茲近郊因其爽塏乃列營署度野以步度堂以筵上棟下宇各有區處規地之廣袤分左右營部隷焉牙門親軍而下左至八右至七既而左次莽平柣石之師與宴設堂又在焉廣場間舘寄篠縈帶可以閱軍實可以容宴豆度羨財則不費因悅使則不勞巽之申命師之畜衆莊之勉居脩文之楚丘得其時制而不煩官業盡在是矣初與

師所處在郡之北偏地涉墊下水泉沮洳積弊不遷介夫病焉至是則脩武備建長利寢興得安其室處坐起以覲其習變而公又饗士於斯娛賓於斯公之心太則神王神王則中和旁達士之體寧則氣全氣全則餘勇可賈夫然則不出楹階俎豆之間而威惠交修上下浹洽在此物也以公之平粹淑均天資吏師昔嘗四剖符一司武皆有利澤施于州壤及是則貴爲元侯疏以大封推心術而行於理所繇屬城而流于支郡程功底績觀發知智亭與營之制宜乎哉前賢之以循政聞者有矣而遺美於是豈徯公之爲而裕斯人耶(集作也)凡由此塗出者東南抵于歙西北抵于涇肩摩轂擊往復自便絶東溪有浮橋過西亭則蓮池觸類滋長皆爲絶境公以鄙夫春秋之徒也繪而傳焉使實録于石時三年夏五月記

杭州場壁記　沈亞之

國家始以輸邊儲塞不足於用遂以鹽鐵榷酤爲助使吏曹計其入於郡縣近利之地得爲院場之署以差高下之等額杭州雖一場耳然時南派巨流走閩禺甌越之賓貨而鹽魚大估所來交會每歲官入三十六萬千計(六字一作以億計)近歲淮河之間頗聞其費自是汲利之官益重矣前年京兆韋子諒官始縣主簿有能名及秩謝當歸是時尚書職方郎中崔稜爲楊子留後使聞其行遂邀署之既到蒲歲利權大登吏無敢忌與其爲縣主簿加勤也或謂亞之

學史詞無苟故用是記焉

文苑英華卷第八百七

文苑英華卷第八百八

公署下　記十二

嘉興監記一首

淮南都梁山倉記一首

彭州新置唐昌縣建德草市歇馬亭鎮并天王院等記一首

烏程縣新建廨宇記一首

嘉興監記　顧況

正德利用阜財足食國之本也天寶末天下兵起乾元初上司奏議宜以鹽鐵之職惣以社稷之臣幹乎山海之利以富人也淮海閩駱其監十焉嘉興為首朝廷以是蠲貸恒賦實爭大內大臣奉法為事選人拔其賢幹昇於憲署

以宣原隰光華之寵趨其署者如好鳥之栖茂林相國劉公嘗以大監小州不相若也故其職員不忝乎爵秩其刀布必倍於租入渤海高君日倫世以勳烈緩步闊視胷襟洞開中有方略不循進級故一廷評于茲二紀傾酒定交擲金市義不餌不仁之粟前使張侍郎滂王尚書緯惣其卜式弘羊之計遂有採山煑海之役十年六監興課特優至是米棊從百萬至三百萬鹽（一作監）人賈人各得其所故端介之節風彩自高繼夫漕運波委陸流此天下之利器也可示人乎夫以步光莫耶切玉如泥剸鍾無聲不以一割均其銛鈍君子以知人則哲無德不酬鴻飛九霄驥騁千里前秘書省著作佐郎顧況美使臣之得人貞元十七年歲在辛巳正月朔記

淮南都梁山倉記　沈亞之

汴水別河而東合于淮淮水東米帛之輸關中者（集有也字）由此會入其所交販往來人賈豪商故物多游利鹽鐵之臣亦置署（集作署致）其間因擇官分曹以權（集作榷）度貨而部貢之吏盡令鹽鐵諸官校遣（集作遺）之疾徐用賞罰大梁彭城控兩河皆屯兵居率（集無此字）卒食出官田而畝甿煩夾河與之俱東仰澤河流言其水溫而泥多肥比涇水四月農事作則爭為之泒決而就所事視其源綿綿不能通橋桀矣天子以為兩地兵食所急不甚阻其欲舟艫膠滯相望其間歲以為常而木又多敗裂自四月至七月舟備食盡不得

前元和九年隴西李稼為鹽鐵官掌署淮口（集作掌淮口院）病其涸滯思欲以為救（集有而字）乃與楊子留使議之曰自閩越已西北郡所貢輳輓皆出于是而以炎天累月（集有之字）久滯於咫尺之地篙工諸傭盡其所儲不能賬十年之食只益奸偷耳（集有饑字）或有終歲而不得返其家者今誠得十數（集作敖）之倉列於所便以造出入之（集無之字）計無憂也正月河水始泮吾盡發所蓄而西六月之前虛廩以待東之至者如此則役者逸而弊何從生哉議定即以狀白得遂其使於是稼度泗土卑濕無堪地遂移庾於淮南都梁山十二年詔以誅蔡之師食窘促令鹽鐵所輓皆趨郾城下是時下淮南倉發春且工人曰（五字集作發春吏計其工人）春材必檩若揄吏欲

令工就山林剪市之稼曰夫（集作地）火方焚曰將爍萬家當頃刻之間雖得弊檝之器奮濁汙之波百夫汲而揚之立足滅患如曰不然我欲利其器待我成枯（集作柘下同）桂之杓致滂沲之流操以救之彼言而後謀則燃灰尚不可望而況所全者今縣軍十萬旦暮不賑其爲急也間不容氂而（集作今）待汝訪山求材然後用何異乎枯杓滂流之語耶其倉材所剪之餘大可以爲臼小可以爲杵長可以爲杵之梁溝可以爲腥樞夾峙促命裁之即日而舂成百具其餘米與吏分辨之先以家奴就役次及群（集無此字）郡吏各有差所舂凡二十八萬石不涉旬俱得浮淮而西矣十三年夏泗水大災淮溢壞城邑民人逃水西嶇夜多掠奪更相驚

恐號呼而鹽鐵貨帛十餘萬乃囊之於布緘用吏名載與渡貨帛無餘尺及（集作了）內倉中不能盈一敖其余皆廢仕家之急旿余過泗上得其事故與悉論善濟之方而著之以明其績

彭州新置唐昌縣建德草市歇馬亭鎮并天王院等記　陳諮

聖上以南夷不庭邊塵坌起候旦授執政意俾擇要郡以良能而收之遂命御史中丞渤海吳公行魯（一作魯）持節出刺雅安公忪銜植心金石勵志雅安實邊之衝東入嶮監應接由此公至止一領屹如巨防當危疑之秋瞬息無事郡人以考秩將蒲旗懷去思接武陳誠願借綏撫丞相隴西公以公功業昭著飛章上聞請充節度參謀兼諸軍行營副都知兵馬使東路行營都知兵馬使仍兼知黎州及巡邊制署（一作置）公遂於大渡河剏置一橋亘五百尺自干戈未寧士馬旁午饋運往復商旅經過曾無覆溺之憂永絕滯留之患至今行者見必歸恩（一作思）異蹟奇謀繁難具紀由是復昇于犍爲雅之南千里縣道烽堡相躡早夕（一作早參）軍食跂俟於犍爲公智出事先機生料外風波助意舟檝如飛是得闔境無虞諸軍飫飽實公之功也復由是天子以彭門名郡而償其重勳公輟車之日即究風俗民之憂苦已明其重輕事之興廢已熟其利病從便革弊幽顯愜心郡內既肅施及支邑以唐昌縣中界接導江郫城東

西縣遠不啻兩舍雖有村落僻在荒塘昔置郵亭廢毀將久遂使行役者野食而泉飲貿易者星往而燭歸紛轂公行投告無所深溝雨漲古陌橋摧跬步難踰艱苦寧述況輸役責限徵斂有程而欲罪其稽逋者乎公惻然凝想即日計成遂陳於連帥於其心而置草市因其鄉名便以建德爲號自此四來者旋踵而逕迎中望者舉目而知歸老幼攜挈條忽而至萬家歡笑共事脩營不循日而告就今則百貨咸集蠢類莫遺旗亭旅舍翼張鱗次榆楊相接桑麻漸繁如此牧人可謂移風易俗矣昔武侯以蜀胜脆故令隣邑朔日而市意在習其筋力而候之征徭又毋及上春以蠶爲名因定日而有知所往公亦約之以期而候之

其日商旅輦貨至者數萬以珍纖之玩悉有受用之具畢陳想人之心豈待詢問而知其懽悦也復以路由諸部（一作郡）疊跡輪蹄徘徊一息無稅駕之所遂以俸錢建長亭崇軒邃室外廐內廚帷薄精新器物充足則往來者非止晝食而卜夜可矣人既繁會俗已豐饒又置一鎮抽武士三十人而禦之亦立廨署早暮巡警盜將竄跡人遂高眠不感晨鷄無聞夜犬皆云康泰不可比儔又茲地會昌之前有佛寺數所因廢而未興鄉閭求福無處禮敬像設之儀莫識鍾磬之聲不聞僻野深郊轉爲聾俗復置靈巖報恩院脩北方天王及侍從奇工妙飾相好無雙高墉環合門廡揭立又度僧住持行道無有虛日斯人也非只豐足而永

逃夭柱之患得不紀其盛跡而垂於無窮者哉且人之憂樂俗之凋弊豈繫於時而實係於哲人上才也噫公之爲政以已之欲而思人欲以已之惡而思人惡是以連牧三郡而皆勳績絶倫若非秉心端莊求理無替則奚能動遠邇瞻聽而候（疑）若乎且昔之此民往復百里飢不得續食寒不得易衣今之出户而所闕皆足市之功其可量乎昔之此民村防遥遠蕭索人稀盜賊織路行者恐畏今之出户歌笑自若醉飽群歸鎮之功其可量乎昔之此民首罪無所求福奚門今之出府有依歸之僧觀並嚴之像院之功其可量乎昔之行者戴星乘軺亭午未憇館穀何投飢旅寧濟今之朱門大啓來往如歸乏馬疲人頓忘其弊舘

舍之功其可量乎公掫一意而庶類皆安推深誠而萬人咸福是知玄造之旨不獨幸蜀之三郡即應重委大柄爲國之元臣使天下皆幸也谿早歲謬以文字爲公之知偶因薄遊獲覩盛制輿人頌美與口同詞直叙見聞敢愧蕪淺咸通十年五月十五日記

烏程縣脩建廨宇記　楊夔

叔孫昭子聘於晉晉受郲人之愬執昭子寘於箕使吏藩之昭子不以拘爲意止之舍有壞必葺去之如始至故春秋賢之今有受九重之命毋百里之民凋瘵者繫之以綏訛弊者藉之以移既休於公舘覩其蘗摧圮漏忍而不治者無乃取譏於君子乎册陽余公以再命尹于烏程降車

之朞月察訟决獄之暇周視縣署其門傾其廳欹其墻圮其廡偃頹簷側楹倒移（疑作侈）相倚風雨罔（一作闕）庇寒暑是窘公歎曰建之者何人壞之者何心既叨守邑其敢不力自懋以圖嗣脩乎然屬天未悔亂兵火猶熾專城而居者其可無備乎故我郡儲田數萬以戒不虞而軍須軍饟僉賦于縣務繁力匱久莫克舉公乃宵分而寢五鼓而興行忖坐惟不遑所安近越於時方克僝功於是節冗費之用鳩贖辟之金儆力於農休徵功以厚賞聽斷之余策杖以廵慰其勞者勗其惰者設著及飧日自省視由是工操其斧如蟻集羶傭運其材如水赴泜財以儉而藴故其用給人以悦而使故其功倍不期年而衆宇鼎新矣有若換大

門中門脩大廳小廳東閤西閤新押司録事院建人吏祗候房砌縣之外城凡百余雉繚宅之間(一作閤)垣近一百堵脩衆寮之宅五造廳庫之橋六疏西亭之汙池制公廨之什物(一作器)有遺闕不增構其尤赫赫者如每歲徵賦主胥類於廳之西廡以其輸賦駢委蒲逸是虞乃編筠接軒權閑隔之訖賦則毀去厥費頗夥公乃增廡之一楹構木爲欄以限其内外俾求絶妄耗此以見公謀之經乂也縣之西北隅舊有帳院盖鄉吏團集里書之所歲月綿遠崩陊(文爾切小崩也)無幾每遇霖潦則東廂就燥以避其霑濕亦有時矣加以往來者御奔走泥淖之患舉邑是病無户而華公於是歷揆其損以籌完葺正傾支摧增新易壞類夫重構

復建脩廊以達于都門雨有依者有庇從役者不知其勞矣此以見公情之恤下也公帑摧敗上冗下濕周垣雖設舊不爲固易所以剌慢藏而誘盜也公乃擇堅以華枯選宏而化陋厚厥墉嚴厥關此以見公志之防閑也縣之圜扉頹圮莫治彼犯大辟得擊者豺狼野心脫走是勝苟閑闔不謹墻垣不慎是遺肉於虎吻也或有縶隨事幽徵責(一作微青)蓋俾其懷過而省非也豈使敵於見善毒於罷就哉而糞壤很藉穢不可邇彼罪無輕重俱執於此不其酷歟公乃剗積弊滌宿汙明壞牖圩毁墉廂以絜其糲食以茹其綏苟獲矣而入如宴於此以見公之慮心愛物也先是縣之秋曹尉蘇許公頗什褐之官也公始至兼戎曹務遇上巳節郡有角抵之戲郡守出觀則司戎者職其事因乘小艇往來以檢馭不整郡治之南溪波浩洋許公馭檝以涉而舟覆焉衆皆駭愕謂不可援俄聞空中有言曰無損蘇公忽有幹流以出其舟而許公存焉彼同溺者俱不爲水困俗旌其地爲蘇公潭大暦中縣令李晤則故相國紳之先也相國誕于縣署幼弄之歲墜于縣之東池逾數刻忽若有物翼出於池而相國畧不爲苦二者皆縣之故事而圖經不載公乃儆請于邑人太學博士丘光庭編緝遺墜其或善未書能未紀者罔不畢録此以見公興廢而繼絶也凡此數事豈前政之未知乎抑知而不爲乎非公勤於理敏於用視公猶私曉夕匪懈何以及此哉始公之臨

承授政之後人稔於易衆務煩猥綱在而目紊公迺肅之以整嚴之以恪遏強字弱優老恤匱旌別枉直屏空奸慝不逾月而法令如一勸賞分明清静簡當内外祗肅鞭朴閣于庭爭訟息于野宣尼所謂慢則糾之以猛猛則濟之以寬猛寬相濟者余公得之矣前是公纔再稔而報代鄉之老肆之長咸賴撫導數百人別狀壇立於郡庭以乞留太守隴西公以代其任者將勅之命不可有滯然私器其能頗自憾不偶良吏以其有秪齊公遂退寓于德清蜀邑駕水軒釀春(一作香)醪治疏圃脩釣艇以吟醉自逸明年冬爲縣者以讒停其任秩媒依勢求代用者檄累于几上隴西公至而弗視且曰烏有民瘼方急而資良醫乎遂飛簡

以召公洎其至隴西公提印以授曰予之前治邑其及物之澤被于壓野未得盡子之術貽吾中悔今還舊邑其爲我撫其疲還其酋俾民獲蘇無替初心公三讓而后即縣張弦易調新其戶牖剔蠹抉弊刮垢磨瑕不次不序咸復舊貫凡利於民濟於公事無巨細必自我始丙辰春公將受代吏民等以爲受其教庇而忘諸載祀俾後之人不得詳其假落是食其旨瘦其處也於是列其狀謁言於弘農楊夔夔學於春秋固當以紀功書績爲勇公前任日崇脩先聖之祠爲文讚功刻石于縣岸今復紀此宏烈蓋欲慰縣人久久之思也況公以民吏之勤請不可拒絶兼凡所革易剏製皆力殆心鑿而后克濟且慮夫什器後之人

不同乎愼惜也恐其傾隳後之人不同乎繕治也苟沮衆請何以鏡將來耶由是採石鐫勒之費莫不悉自於淸俸盖以見愼而有立也嗣厥理者可不懋乎乾寧丙辰春十月記

文苑英華卷第八百八卷

文苑英華卷第八百九　記十三

館驛 館驛使附

館驛 館驛使附

滑州新驛記　李勉

滑臺舊驛天寶丙申歲逆臣盗國師競而焚滑臺四衢通

于四海夷貊奉聘諸侯覲王有疊騎擊轂填郛翳亘之日也或寒冱凝血或炎赫鑠肌疲心躁憤騈立無寄剛寒者多氣奮肝衝溫愿者猶神忿吐息雖遠謦欬騰腐積菝槀小吏夏執輕篋冬備重裘觳用無所昜補餕殆常惕惕祇惧終滑滑一作滑滑議繁亦有吟憤作誣口吻震發者幕客請余構驛傳以備政縣吏請余廣驛傳以息言遂命試光禄卿兼同州別駕裴萬以恪以幹俾主剞劂巧墁之工授其意曰無尚雕木之異無榮飾土之奇揆時勿奪詳費就簡惟跡楹棟將遣暑也廣庭廡將逵風也取等體之用去娛目之奢彤彩爲文刻劃一作畫像物有益勞費豈利隆麻况玩巧蕩神誇麗踰度乎及息役休工闋成度費則萬祗慓

不墮余誠素不遠乘軺之賓無或嗤余不効徐湛之風亭月觀之盛也大曆甲寅歲八月二日記

滑亭新驛碑陰記　崔祐甫

古之君子約己而裕人知餘而勤禮接賓以愿一作厚是務施於豐鄭公孫僑論晉文襄之霸也宮室卑庳無觀臺榭而崇大諸侯之館故來者如歸今我連帥尚書汧公爲國垣翰于東土軍禮肅人誼與新其亭傳以待賓旅謀之有程設之有所力肆於悦巧悛於淫勿亟而成得其時制博敞高明倬然其閈閎沉深奥密杳然其堂室論者謂華之普德號之閎鄉自昔爲之疑衍郵亭之甲今茲白馬可以抗衡汧公仁以愛衆儉以化下陋居室而恢賓館節豐華而廣廕庥稱時計功永代爲憲方操八柄揉此萬邦于以庇人其德弘大於是舉也見其端焉夫其去故就新之議屬徒揆日之制作而示後公實書之蓋聞傳春秋序風雅者立明卜商之事也下吏敢亦庶幾

宋州重脩五驛記　鄭就

戊子歲大彭戍卒有在南方者一旦衆譁于營刄殺主將不待朝廷命卷旆而歸既至所止即共樹小吏以張大凶天子震怒徵諸侯師以討之常時挾刄爲盜匿蔽榛莽者咸來附離叶拒王師而睢陽最與賊近忽剽攘不徇志必縱火火爇傳置尺椽盡爲餘燼時隴西公以重望鎮諸方徵師悉出其地供億大費不煩朝廷而又戒嚴壘門賊馬首不敢西向我季父貂蟬適守睢陽大軍頓其所資糧餽餉且靡闕一毫明年九月賊平我公念厲池泊會亭五郵前爲賊熾焰所滌兇沿一作官河旁午豈可使厦屋不脩乃矚材孱工未數月而畢其創匠輪奐爲客館之中君子以爲非我隴西公大才不能當劇賊非我季父稱事不能新郵亭宜乎礱石刻文聲其美績就久奉隴西公命牢讓不免其叙事也質而直微而簡俾後之爲政者識我季父之多能咸通庚寅年秋七一作八月記

館驛使壁記　柳宗元

凡萬國之會四夷之來天下之道塗畢出於邦畿之内奉貢輸賦脩職於王都者入于近關則皆重足錯轂以聽有司之命徵令賜予布政於下國者出於甸服而後按行成列以就諸侯之館故館驛之制於千里之内尤重自萬年至於渭南其驛六其蔽曰華州其關曰潼關自華而北界于櫟陽其驛六其蔽曰同州其關曰蒲津自灞而南至于藍田其驛六其蔽曰商州其關曰武關自長安至于盩厔其驛十有一其蔽曰洋州其關曰華陽自武功而西至于好畤其驛三其蔽曰鳳翔府其關曰隴關自渭而北至于華原其驛九其蔽曰坊州自咸陽而西至于奉天其驛六其蔽曰邠州由四海之内揔而合之以至于關由關之内東而會之以至於王都華人夷人往復而授館者旁午而至傳吏奉符而閱其數縣吏執牘而書其物告至告去之

役不絕於道寓望迎勞之禮無曠於日而春秋朝陵之邑皆有傳館其飫餼饔饋(集作飫飲餼饋)咸出於豐給繕完築役(集作復)必歸於整頓列其田租布其貨利權其入而用其息(集作積)於是有出納奇贏之羨(集作數)勾會考校之政大曆十四年始命御史爲之使俾考其成以質于尚書季月之晦必合其簿書以視其等列而校其信宿必稱其制有不當者反之於官尸其事者有勞焉則復于天子而優升之勞大者增其官次者降其調之數又其次猶異其考績官有不職則以告而罪之故月受俸二萬于太府史五人承符者二人皆有食焉先是假廢官之印而用之貞元十九年南陽韓太告于上始鑄使印而正其名然其嗣當斯職未嘗

有記之者追而求之蓋數歲而徃則有(集作失)之矣今余爲之記遂以韓氏爲首且曰脩其職故首之也

樓上

翰林學士院新樓記　韋表微

長慶二年春翰林院學士缺穆宗皇帝顧謂左右曰孰可充是仕者皆曰恭恪可以奉密命通敏可以肆皇猷有若內謁者藍田李溫可上曰俞洎四年夏院使缺敬宗皇帝顧謂近臣曰孰可補是職者皆曰博覽以好古清白以奉公有若奚官局令衞元璨可上曰俞是以授金紫之賜承侍從之榮典司禁闈叅掌詔令常因暇相與議曰夫宮室臺觀蓋有宜稱苟失其制人何法焉內署與集賢史館祕書省皆號圖書府而內署最爲密近故學士之登將相踐崇顯者十有八九焉彼三署不可同年而語矣而庭宇逼仄屋室卑陋非聖朝待賢之意豈群彥養德之所于是梧桐高則可以栖靈鳳巖嶺秀則可以韞美玉是宜華作以新其居乃同詞上聞詔命惟允錫以材布(作帛)假其工徒心匠始形於事先物境潛運於度內乃撤小屋崇廣廈揭飛梁於層構聳危樓於上楹重簷翼舒虛牖霞駮甍棟豐麗欄檻周固三門並設雙閤對啓延清風於北户候朗月於南榮積其典墳藏於扃鑰因討閱之際資登眺之娛若乃前瞰雲山傍窺臺觀仰冊霄於咫尺納顥氣於襟袍八表殊望四時異境觸類生趣隨方散懷其下廊廡對序階陛

四匝中創小亭以候宴語卉木駢植松竹交陰拆(一作林)高標於勢撩散余芳於户廷信可乂之宏規不泯之盛跡也經構之始侍講崔學士出拜小宗伯樓成之月學士常公秉國鈞旬日侍講高學士拜夕郎明年正月學士路君遷小司馬爲承旨表微洎王宋二舍人皆遷秩加職院使復以成績並命遷內常侍夏四月中書鄭舍人駕部郎中皆以鴻文碩學爲侍講學士有詔賜宴始觴於斯中外之知者朝昬皆賀豈與作之會契於陰陽之運乎而土木之動應於福慶之數乎表微學愧鏤冰文慙畫虎秉筆視草于茲六年備歷規度之眷詳觀(一作都)新舊之制承命爲記實慙菲詞時太和元年某月日記

鳳翔鼓角樓記　常慶復

十月成樓記時也自聖人覩象立制則重門擊柝以待暴客故天下都邑大崇建之凡千乘之君其外者郛其內者城郛之門所以苞納州聚城之門所以嚴護師長故諸侯國多以內城門於中軍為最近率皆樓於斯飾於斯建鼓角於斯先是此府無內城無重門廳事之階才隱內屏旌門之次迫於通道大將軍鼓角置於郛晏然而安積有歲矣今我江夏公七月下車首乎其謀八月慮事雋乎材九月恩洽得乎衆十月勞農興乎役然後下令葺舊相土命毀削舊宇坦平新途迴還翼張絢絜氷靜既而版榦具畚築興山虞納材梓人準繩雕琢切磨丁丁登登重楹疊户

霞起雲烝如翬斯升勢將騫騰如山斯層崔嵬崚競君子曰大哉斯樓之作上可以陳列鼙鼓下可以禁限中外近可以張皇斯衆遠可以戒勵大軍稽晷度不失於方中審山川乃得其向勢衆心多樂成之助工徒有悅使之勸非大君子淵慮宏謀則茲樓何從而興也或者以為前之闕政公能補之愚則不然夫舉一事建一功不量其小大苟能迴拔人表獨得殊見則無非天假之才得之縱有賢方伯比肩於前欲責其人表之見無乃過歟然則斯樓曠之於前宜也成之於今亦宜也奚所謂稱補其闕哉樓成二日我公與護軍中貴人洎賓僚偕登而閱之慶復仰而歎曰公之政教見於斯樓盡矣八且棟之梁之小大攸宜材不

遺也甓壘完堅圬塗縝密人不偷也繩墨脩整苦窳不用法至行也丹雘鋪彩光輝燭人照至明也舉是署以福我境內之人德澤甚厚豈土木云乎哉元和二年十二月十七(一作十月二十七)日記

泗州重脩鼓角樓記　李磎

烈而悲者角之聲讙而壯者鼓之聲烈與悲似義讙與壯似勇夫軍以義集以勇進故軍城例樓鼓角於正門以嚴暮警夜二物用固均然凡發語雖先鼓及奏而(一有古字)角先鳴者蓋欲勇生於義云泗城據汴淮奔會處汴迅以射淮廣而吞擠勢椎重翕張氣象故其出人物義且勇與鼓角之聲相叶雖商販四衝舳艫拖交而氣不衰雜防禦使劉

公郡人也其義勇智傑拔於萬衆間始為郡諸將黃巢陷關徐以西討急務在廣兵力按舊屬郡名取泗泗稱未奉詔不服徐師因大至公為都馬步司轉司衙皆惣兵柄捍守連年徐兗解圍而去已而上欲乂安徐泗卒以泗屬徐會有新防禦使昧軍機意泗人含憤復激令背徐不屬(一作出)公執詔爭不得衆因大呼逐防禦使扶公坐公不得已詔亦因命公徐帥大尉鉅鹿王感公於已絕他心曲拆惟天子命相得益歡甚於故焉公既挈防禦印登城四面望皆拒戰後火燼余或石拋所傾方圍急城中又壞屋給薪併是屋廬火全者乃銳意自鞠闘場上佐院稍稍營葺且謂鼓角樓者軍門眉首宜特華壯樓及左右鼓棚新者二

十七間益揭其柱危其檻以激響曰河宵寒聽吹擊者疑岸浦泉宿龍吟鼉作時時相應和既而郡衆列觀欲咨文人紀績〻畢衆而進曰公之功行甚多非止此樓門左右脊出廊及都府等院凡二百餘間悉公重脩又脩孔子廟佛祠黄帔道宫觀文武吏舍靈山神宇凡數百千間又勸里人益構其居荒毁更新鬱鬱如春發寒槎又增武器庫旗矟千竿鎧百柄甲裝三百釼千環箭六萬羽弓弦角千凡營制悉以家私財佐用又教爲縣樹桑柳棗榆至二萬本縱脫無名役除律敕外擅立條歸之簡切用是人益附親逋竄自返萬三千户朝客中貴人往來饔餼餞迎如完盛時防護淮浙等貢上錢貫數百萬此其大畧公所以能若是者由誠疑者公具侍一作具待下懇爲尊中丞郡太君得拜封爵邑連表乞歸侍其誠切動人如此所以能堅奉明天子者以首出其政耶由此言之豈一樓而已乎且公用孝資忠用義發勇其壯烈聲又豈鼓角足配乎安可但記一樓而遺他事乎衆曰然則何如而可進譚者曰吾聞古人以玉况德以器銘功豈玉足况器足銘耶盖借玉爲喻因器而并銘他善今儻告文人請借鼓角以况公心而因記樓盡述公之功行儻可乎咸曰善然徤於筆者不能寫是當緩以俟之積月而史官尚書司封郎中李磎自淮楚趨闕驛泗於是郡從事張信與同僚及將吏等磨石濡筆且以衆志白于公請磎爲記磎不敢辭即所聞實書于石於戲樓以中和五年二月二十八日成以其年九月三十日書

襄陽北樓記　符載

天時有晦明人情有舒慘或感瘁交積鬱㝵不發非登高遠眺望則無以疎達其氣導冲和之性焉藹藹襄陽山水之鄉征南與峴亭之賞賢王造北樓之勝緬邈千載遐襟一致静躁一作懆其有一作旨得不根抵於是乎然勢勝則同制作廼異詎得本末而言之先前之人公舍之内特建危樹以壞碩之材樹窒雜之地左右翳薈顧視生熟人莫能登一有甚字甚無光輝我公懷之思有所致會異日官府無事携鄒生枚叟之客高步縱覩于城之墉次于北隅大獲僑地公竟符素意攘阡不去玄機一發樓在吾目由是振陳成新技巧爲高經營鼓智財力什一笑抃之下峩峩横空衺人駭之謂靈物佐助不然者何以不殫貨不峻程不罷民而成不朽之績容易若此之甚也夏五月辛巳公欲亟是遐矚亦既樂只爲食肴酒聚賓而登之異其勢隱軫氣崇融上乘百雉旁壓萬井飛陛虹指長檻雲截陵昭回而求躋闢一作闕萬態之紛糾楚山無際漢水遠去郢門蔚維微茫天外當是時大火炎炎里閑如熘更篳驟幽躁灼不解及其蕪也即窈靄静深端和肅清輕飈四來衝闌動徊座實相顧如在顥氣况乎春之發舒秋之沉寥固不言而勝矣壯而不侈謂之範作而不費謂之智登降有序謂之

禮享宴有惠謂之仁道崇若聲輝位大者物舉搢紳君子咸謂爲此樓與羊公峴亭不沒矣若掘客土斬異材礱他山之石奪齊人之力肆浩蕩之觀窮靡嫚之樂實曰涼德買謗不暇亦文者何述焉野人瓤劣備詳公明白之實敬揚休休爲來者大猷五年六月十五日記

泉州北樓記

歐陽詹

釋名曰樓膢也謂高明覿遠膢膢然也建於第宅則以閱園林有媚樹於雉堞則以警寇盜不虞故墨子曰城備（集無備字）三十步一坐候樓百步一立候樓茲樓者蓋此郡北壖之立候樓也卜築之始而有之（三字集作微而具之）衰不倍常廣唯再尋製造日遠土木功（集作力）殆左褰右隊上露下圮有年

數矣邦牧安定席公貞元七年下車至九年月之三祀重民力而未形言是年暮秋歲豐農隙有司率常典告有事于土功公曰斯郡國（集無此字）之南極也元后帝鄉實在於北詩不云乎心乎愛矣遐不謂矣欲固（集作因）戀主向方瞻矚惟此有樓半傾半摧日夜闕登俾擊析之所風雨憂折榱復隍之患攻因特令爾其營之俾有布席跪立之地（集有間字）更人防卒之位（位字集作統事）予將特躋展北面拱辰之心焉而受命之（集無之字）者感公之意如公之意抒人群庶感公之誠如公之誠川朝子來坯（集作坏）崩易蠹址有余而不刻基墉自延材有長而不剪棟宇白崇既塈圬徒未晦成功倚層霄於軒檻納千里乎窻墉如鱗之闢署若岸之軍壁得不牧（三字集作得之狀）若連山之有重巒長江之疊洪濤氣勢繇是而（集作以）維爲公每子牟情來莊舄思生俯仰於斯徘徊於斯夫完城壯邑有邦之本也戀闕愛君爲臣之節也善矣哉公廣茲樓也遠得有邦之本近貞爲臣之節執邦之本曰公謹臣之節曰忠唯公與忠公斯昭矣小子家在委巷多聞輿誦藝忝儒術數（集作每）侍公居上志下秉兩獲而達敬書其事爲之記以獻至若眺四維之雲物臨萬井之烟景遐象佳致眸（一作睇）莫勝觀非公有樓之素故不載之（集作之載）貞元九年秋九月三十日獻

文苑英華卷第八百九

文苑英華卷第八百十　記十四

樓下

新脩夏邑縣城門樓記　孫公輔

昔左丘明書梁亡惡其亟城而至潰宫也書莒潰責其恃陋而不重閉也然則懲惡勸善之義信可不遺於後代矣方今生人震越虓虎咬嚼凡爲侯大夫者孰得不鑒於梁而悼於莒哉夏邑縣城樓圖經即西漢栗鄉侯之故墟闉闍陂陁不可以禁淫佚臺觀崩弛不可以示軌儀訊諸鄉人云此地有隱慝焉縱其神姦慄若大忌故前後令長皆昵於神而廢禮也去年夏聖人戒師於東方宣武軍守臣劉公慮以軍興勢危賦重人困易置官屬紀綱事法遂假叅佐范陽盧士宣字伯通爲茲邑長伯通勤勞千民旋即眞命錫以朱服示王命也恪　夫先賢雖立譙門譙門必能將將雖作爾墉爾墉必能言言縣是正其小以及先王宫隅之制飾其儉用倅諸侯臺門之尊百工告利多福紛萃則嚮時妖異之説無復徵據神不神矣君何神耶苟無饕香昬肯變化是故直拔埃壒營一賢之挺生介然堅疆同五福之壽考端穆大壯發揚斯千用而不和一作知我則爲植其經費也自柿度一作材至捽土一作辛工不礙疋夫之膏澤必因庚役之余羨其溥施也自賀燕至翔鶴尚貽終世之咸若寧止吾屬之遐覧然後命閽人以守之揭靈龍以敔之歲時則懸法於其前災眚則禜祭於其下禦大烖則未足抑小戎而有餘且周文綫而靈臺成漢文約而露臺捨惟彼喆王辟后猶懼若此況人臣乎誾誾伯通可謂知禮至如板築之氣勢磨礱之固護塗墍之滑澤采章之藻麗

則存諸詠歌非紀體所載時公輔館于伯通之署願記其善敢私於人乎

黄鶴樓記　閻伯里石本作埕

州城西南隅有黄鶴樓者圖經云費禕登僊嘗駕黄鶴返憩于此遂以名樓事列神仙之傳迹存述異之志觀其聳構巍峩高標巃嵸上倚河漢下臨江流重簷翼舘四闥霞敞坐窺井邑俯拍雲烟亦荆吴形勝之最也何必賴鄉九柱東陽八詠乃可賞觀時物會集靈僊者哉刺史兼侍御史淮西租庸使鄂岳沔等州都團練使河南穆公名寧下車而亂繩皆理發號而庶政其凝或逶迤退公或登車石本作臨送遠遊必於是極長川之浩浩見衆山之纍纍王室載

懷思仲宣之能賦僊蹤可揖嘉叔偉之芳塵廼喟然曰黃鶴來時(石本作特來)歌城郭之並是浮雲一去惜人世(石本作代)之俱非有命抽毫紀茲貞石時皇唐永泰元年歲次(石本無次字)大荒落月孟夏日庚寅也

五福樓記　　符載

人之氣剛而直靈而無方欲其全(一作王)也唯其所養故處卑陋則痾恙慘怛而邪僻淫戾生焉居高明則遐曠博大而和平康樂生焉其或將移志氣張耳目聳形體使百祥九德沛然洋溢臺觀不作孰爲起予是以我尚書劉公有麗譙之制建嘉名者其有旨乎曰太一五福遊乎神宮之三年也先是茲樓北嚮之廳也穹崇弘敞實惟古制公之

家每斷大事行大宴威儀四設必在於是縉紳蹇且陳乎上麾幢鍾鼓羅乎下雖庭階燦爛誠則偉矣而直視南墉雲物悠然蒼茫雉堞若生遠思以聰明幹材智以光華照城壁百堵之上忽生飛樓連甍沓拱攢倚碧空離坎之地新陳對列相與饒借赫然公府自下而望之也若鼇山冠雲蔡氣横天霓裳鶴駕縹緲髣髴及其登也居顥氣之中坐青霞之側惝怳自顧謂生羽翼二江東注萬井如畫耳聞天語目視烏背雪山嶔岑山與雲齊風從中來肌骨淒塿於戲勝不終否必有伸也天作蜀國殆萬餘祀前人厥陋我能補之愜賢豪之軌躅成藩閫之壯觀其英特也公涯岸氣業傑出無倡成用迅密參乎化機嘗以至公篤信佐故太尉之幕二十年矣賓主神交中無猜腸薨落之際以柄授手居無幾今天子雙旌千乘而褒寵之熊羆井絡實爲天府號令政化風行雷動自繳外至于椎髻鮐背至于稚齒莫不冠帶其法制飲食其恩信曾未周歲炎炎休聲然後結構之興出我餘力况其新棟宇重威容也陳享宴均慈惠也肆觀覽省風俗也采謳謠裨政教也豈止窮歡娛供視聽臨江遲客當宵待月而已哉有部從事符載揚盛迹刻貞石鎮眾益使百世君子知五福之巍巍也

朝陽樓記　　皇甫湜

嶺南屬州以百數韶州爲大其地高其氣清南北之所同朝貢之所途先時此州無政有聞土瘠水煩人劇吏侵田

畝荒而不墾城郭窄(一作字)而不實時惟李君奉(集作俸)詔而來一年粗洽二年稱理三年大成顧郡之城既(集作制)狹而專門牆枳爲庭除湫底秋之澍雨沉氣乃上暑之煇爍清風不下人慢吏褻無嚴諸侯於是掠旁入之利乘可爲之時端景相勢凝土度木經營未幾興就嶷然登閎豊崇高明朗融耽耽晝餙沉沉生白改(集作君)積陰於多陽散溫沴爲祥風宮庭若虛炎天如(集作君)秋茲焉觀游其政優優容親嚴容(一作客)嘉肴旨酒茲焉宴喜其樂亹亹(一作娓娓)朱(一作成)衎旅楹君子攸寧飛檐雲基君子攸躋乃及月春乃擇清辰(一作辰清)宴且既陳賓僚有客肅肅囂囂訖昇(集作聲)以止天地若開江山如新原隰成文雲霞相陵蕩遠目(集作日)於天

涯叢一境於階端四座洗然若夜行之睹千光煩痾（一作嬰煩）之腋于身畢夕皆下（一作而下竹有皆字）熙熙蒲尺以其直城之東目爲朝陽詩云鳳凰鳴矣于彼朝陽前代之良二千石若東萊潁川是鳥咸集茲樓可以樹脩竹列高梧矣僉以君朝之望也而出刺是州不已屈以卑高不必望以卑遠夙夜（一作蒞）其官聲績用明羽儀之拜日月以數嗣而屆（集作居）者致遠清（集作諸）標畸克於將來

懷崧樓記　李德裕

懷崧思解組也元和庚子歲余獲在內庭常僚九人丞弼者五而十數（二字集作數十）年間零落將盡今所存者惟余與（集無此二字）三川守李公而已（已殁者西川杜公武昌元公中書韋公鎮海路公吏部沈公在丞庾

公舍人李公）暨太和己丑歲復接舊老聞（集無聞字）同升台階或繞歎此與巳協白鷄之夢或未閒稅駕遽有黃犬之悲則（集無則字）向之榮華可以悽愴況余憂傷所侵疲薾多病當鶩北叟之伏（集作福）豈忘東山之歸此地舊施（集作隱）曲軒旁隱（集作傍施）埤堄竹樹陰合簷楹晝昏喧雀所依凉颸罕至余盡去危堞敞爲虛樓剪榛木而始見前山除密篠而近對佳（集作嘉）樹（廳前舊有太宰栗樹亦爲草木所蔽）延清輝於月幌（集作觀）留愛景於寒覺（集作榮）晨憩宵遊皆有殊意（集作致）周視原野永懷崧峰肇此佳名且符夙尚盡庾公不淺之意寫仲宣極望之心貽於後賢斯乃無愧丙寅歲丙申月庚辰日（集無此三字）銀青光祿大夫守滁州刺史李德裕記

望雪樓記　鄧衮

上續位年京兆公繇亞荊牧彭捜鰥治蠧化者耘而華之不易節而政成既而府署亭臺之弊壞者咸理新之明年秋作望雪樓訖功俾進士鄧衮銘之圖蜀之鄙截如巨砥厥郡維彭北西天屏危碧峭青戛霄磨冥鯨跳虬奔限巒隔嵪上排雪峰延疊萬重鶴㲲瑶駢（一作駢非）月積綃鮮振古不泐四節一色皎披飄寒錮陰膠光涵二水冷射千里往哲所嘉名之玉壘公來未朞畢完療焵乃於崇墉作爲麗譙長材羨工不伐不徙趾故規新不僭不驕經之浹辰翬飛迢迢三伏赫曦九野如燒斯焉一登神滌煩銷他日徵黃羊碑郡棠下客貢銘永播德芳先是王僕射潜蕭桂

州祐繼守斯郡二公陶奇撰幽不乏心匠於西湖臺島花竹列植布置罔不宛妙維雪山彭之殊觀獨莫經意豈非天待我公作賞跡乎昔西漢進儒術臣多貞方魏晉扇虛玄吏乎（一作釆）風流孰若公精六籍練衆務蘊張趙之幹敏蕪王謝之清雅辨辭盈庭奮毫電飛具牘百幅歷聆氷什前可以折穆之之角近可以挫戴胄之鋭則不止有逸暇覽眺盖維節大旆師長列侯方鈞平衡肅和神人迫期矣衮不佞饞公奇績覬識士和（一作事知）望雪不取於澄心瑩目將以思絜白登樓不取於擲清氷幘在據上睨下察人之利病亦敷政之茄衒也大和元年九月記

閣上

茅閣記　元結

已巳中平昌孟公鎮湖南將二歲矣以威惠理戎旅以簡易肅州縣刑政之下則無撓人故居（一作君）方多閑時與賓客嘗欲因高引望以抒遠懷偶愛古木數株垂（集作重）覆城下（一作上）遂作茅閣蔭其清陰長風寥寥入我軒檻扇和爽氣蕭於閣中世傳衡陽暑濕鬱蒸休息於此何為不然今天下之人正苦大熱誰似茅閣蔭而庥之於戲賢人君子為蒼生之庥蔭不如是耶諸公詠歌以長（一作美）之俾茅閣之什得係嗣於風雅者矣

新修滕王閣記　韓愈

愈少時則（蜀本作嘗）聞江南多臨觀（文粹一作登臨）之美而滕王閣獨為第一有瑰偉絕特（閣本作特）之稱及得三王所謂序賦記等（王勃作游閣序王緒作賦今中丞王公為從事作修閣記並題在閣也）壯其文辭益欲往一觀而讀之以忘吾憂繫官于朝願莫之遂十四年以言事斥守揭（集作潮）陽便道取疾以至海上又不得過南昌而觀所謂滕王閣者其冬以天子進大號加恩區內移刺袁州袁（集無袁字）於南昌為屬邑私喜幸自語以為當得躬詣大府受約束於下執事（集作文粹有及其無事且遂償得一至其處十二字）竊寄目賞適所願焉（方崧卿韓文舉正云文苑如此集本文粹作竊寄目償所願焉）至州之七月詔以中書舍人太原王公為御史中丞觀察江南西道洪江饒虔吉信撫袁悉屬治所八州之人前所不便（集本文粹有及所願三字）欲而不得者公至之日皆罷行之大者驛聞小者立變春

施（集作生）秋殺陽開陰閉令修於庭戶數月（文粹作日）之間而人自得於湖山千里之外吾雖欲出意見論利害聽命於幕下而吾州乃無一事可假而行者又安得捨己所事以勤館人則滕王閣又無因而至焉其歲九月人吏浹和公與監軍使燕于此閣文武賓士皆與在席酒半（集本文粹作席酒）合辭言曰此屋不修且壞前公為從事此邦適理（集本文粹作治）新之公所為文實書在壁今三十年而公來為邦伯適及期月公又來燕于此公烏（文粹作乎）得無情哉公應曰諾於是棟楹樑桷板檻之腐黑撓折者（文粹有易新之三字）蓋瓦級甎之破（文粹作故）缺者赤白之漫漶不鮮（集註一作至）者治之則已無侈前人無廢後觀工既訖功公以眾飲而（集本文粹有賞焉二字）以書命愈曰子其為我記之愈既以未得造觀為歎竊喜載名其上詞列三王之次有榮耀（集有者字）焉乃不辭而承（文粹作成）公命其江山之好登望之樂雖老矣如獲從公遊尚能為公賦之

元和十五年十月某日袁州刺史韓愈記

重脩滕王閣記　韋愨

鍾陵郡控連山大江環合州城揭起樓榭遊之者莫不目駭魂褫號為一方勝槩先是背郭不二百步有巨閣稱滕王者懿夫峻脩廣袤非常製所能擬及考尋結構之始蓋自永徽後時滕王作蘇州刺史轉洪州都督之所營造也距今太中歲戊辰亦將垂三百年徒嘉乎飛暈疊欒武倨龍盤發地呈形與山同安曾不知盪滌不必繫於天災

興廢自叶於時數將利慨復果悉智謀故我鴈門公按節燕問方頒條詔令肅而兵戎讋服政和而疲瘵昭蘇姒撫循則有袴襦成雙（一作咸獲）之謠寬賦歛且無杼軸皆空之歎歲比善熟俗臻治平故州民相與稱賀繼而歌曰自公之來閭境謐咍飲公之化若乳嬰孩雖國僑理鄭（一作國）而多方長孺緝淮陽而布效方公今（一作之）日不足過也宜乎享亨跡居全功無何值祝融發其災回祿煽其焰曾未竟夕煤伴秋蓬則斯閣之製盡無餘矣其他廩庾之地接續郵亭甍棟纚連疾飈一驚遂至延及公至是領徒夜出俾撤屋開道毒燄方熾逡巡不能救翌日公乃往觀焉召將校謂之曰吾幸得備位廉察不能懇求人瘼敬避天戒致

火之患時予之辜遂審量日力詳度費務役不加重而丞徒奏事協于中而公用省衆謂難集我方指期遂得鼛鼓不勝而築之閣閣梓材並構而勢已耽耽自非智用周敏政齊畫一則安能剏規模之豐麗如彼程制造之速疾如此不有廢絶孰能興耶今按舊閣基址南北闊八丈今增九丈三尺其峻脩北自土際達閣校高一丈二尺今增至一丈四尺濶校上舊長一丈今增至一丈三尺中柱北上聳于屋脊長二丈四尺今增至三丈一尺舊正閣通龜首東西六間長七丈五尺今增至七間共長八丈六尺濶三丈五尺固可謂宏廓顯敞殊形詭狀華斡暈新有如是乎况前通舟車迴瞰江嶺每值美景讌集笙歌散遝遠凝霄漢上軼雲雨即未知三山之靈仙窟宅五湖之賢達沉浮其於歷賢勝負果又何如耳故自焚爇之後又建是閣廣其郵驛廳事接以飛軒累榭復架連樓小閣對峙高揭勞通江亭津館致巧銜能迴廊并抱以交映邃宇相榮而不絶則是閣也冠八郡風俗之最包四時物候之異春之日則花景闘新香風襲人憑高送歸極目蕩神夏之日則鷺舌變咲葉陰如棟紈扇罷揺綺窓堪夢秋之日則露白山青當軒展屛凉風遠來沉醉易醒冬之日則簷外雪滿幄中香暖耐舉罇斝好聽歌管則斯閣之盛縱遊之美賞心樂事庸可既乎夫易舊圖新樹非常之績天其或者必將候魁岸愽達負出人智能而俾張大其所爲不然何當廢

瘵未復之前而妙於救藥煨燼已成之末而遽及經營况不奪農時不勤人力帑藏免竭日時免賒觀之者咸謂神化翕忽殆非人力之所爲也噫夫環譎特殊巍峩相扶似乘靈椅湧出方壺壽（一作華）厦峥嶸開闔雎盱用鎮遐俗尤光奧區是必知後千百年閣之名焉與公之政俱垂不朽矣至如江山之重復物產之殷充亭臺增葺以雲募廨署繕完而櫛比布在圖籍孰能該詳愚今所以爲異者但舉乎閣之廢矣自公復興而已其他壯麗形勝已備列諸公述作故不能一二覼縷特大中執徐歲秋八月哉生明記

文苑英華卷八百一十　終

文苑英華卷第八百一十一

記十五

城

萬勝岡新城記一首　東安鎮新築羅城記一首

杭州羅城記一首　歙州重築新城記一首

萬勝岡新城記(集作錄)　沈亞之

元和九年蔡之帥死其子元濟以其土叛逸掠陳汝之間冬縱兵臨壽春屠馬塘走其守令狐通焚霍丘淮南郡邑大駭民人卷席而居上聞之怒謫其守明年春詔執金吾李將軍馳傳出守之既至收其壞卒聚壽春城使人勞并閭而市貨耕桑之業始復民人莫知復爲戰矣八月乙巳乃(集無乃字)夜引兵南出霍丘百四十里又折而西四十里營

於萬勝岡築新城初將度曰吾士卒萍合之衆也易散而難役吾以築壘令之必苦難使寇聞之必襲吾思欲其自用乃召諸將謂曰吾旦日望氣其狀有寇謹備之令諸軍分營連居環迴之間十有餘里各視營之所向宜爲數堵之垣以禦暴矢耳諸將素奇將軍言歸而亟曉其卒故所命立就將軍與監軍使出周視之(集作還)以(集作至)武寧大將築者之能勞以酒帛語罷其將因曰既已幸周繚之善也他將恥其功之不類乃復興即日而垣周將軍監軍使出具牛酒爲勞因士卒之樂又令曰山澤之地其土瘠漓今時方秋浸潦用事謂衆之功難爲也顧其(集作爲)垣今日而周明日而壞吾爲諸君惜之誠能致其厚則土藏(去聲)氣色脉力相輔雖霖潦不爲患至此築者皆悅復爭爲厚及竟將軍監軍使出視之復勞曰嗟乎諸君之能衆士之功也既周且厚始爲(集作謂)其垣今則城矣因自吟曰城乎城乎使其增數仞其(集作而)飾之寇雖蚩尤寧敢犯我乎遂歸諸將相謂曰乃者將軍之詞得無意其高耶吾黨亦(集作甚字)醜其卑矣復增其築於是新城遂具明日果寇來望見皆愕然因至新城傍具(集作俱)張喉高言指城上曰爲我曹敬謝將軍訖辭而去諸將盡伏寇亦以王覧(集作賢)董重質嘗其側拒之十一月戊辰將軍將卒萬餘西渡澗渠上史族岡與賊陣自平明至日中進退相延不得合及日側將軍乃謀曰彼必乘暮伺吾還兵擊我必矣於是引兵急切擬寇進

退數里(集作急攻寇寇延退數里)乃以精兵分伏其兩隅復自進(集作延)退間接其羸老先復令軍中曰皆坐賊之後見官幟有引渡者以爲兵怠俱還遂大呼疾馳東下於是伏兵皆奮斷其後賊大潰殺傷千餘生得數十人官卒死者亦數百人是時李騎亮爲先鋒將使百騎遊擊左右獨五人環馳如較至賊麾下斬其將王覧(集作賢)繼轡轉鬬而歸十一年夏高霞寓敗於隨(集作隋)唐既謫盡發其卒屬陳秋捕得寇兵盡罷南境之備俱東備矣九月使偏將軍李曜領步卒數百人從險道夜行(集無行字)銜枚入寇境西過九女原百餘里屠其堡衆三十餘壘又使義營諸將西北境(集作傍)安陽山破其土附屯戍之衆數十百人招其降民男女萬户得其

將二人用之久之朝之卿士以爲將軍怠於戰或發其語而咎亦有來諸（集作語）於將軍曰始天下高將軍之義以將軍兵臨三州之寇謂一舉而取何爲久不稱其獲與將軍曰子之望吾非也夫鋤深根者必利其鏵乃吾之部多吳楚耕販之人習於沮澤之上彼魚鳥之性其生也（集作矣）恇怯如偷見其游翔之群非不多也及撫掌而駭之即爭爲潰矣而寇亦素難吾名常以精卒待我今驅是於歙谷之間與寇決鬬譬由畜彘之禦窮狼寧有所抗蓋居之嚴城以固其意今旦暮從壁上望見寇騎號呼奔突之狀以熟其目然吾又常喻以風雲勝敗之語（集作語之二字）以壯所恃如目熟而恃壯及其可用吾伺其利而擊之期於必勝此吾所効也十一年冬詔書促戰十月乙未上遣中貴人來臨視將軍於是圖其陣於帳中令諸將各識其序旦暮擊鼓教士卒爲分合圓方之勢備盡所用將軍出客有難之者（集作曰）自建中於今淮夷三叛其間矣雖蒙赦令然未嘗斯須忘戰故介兵人傳其兵父訓之子兄教之弟非戰事不語是寇以將軍名聞天下故（集作固）不敢犯自將軍西出疆屯兵於萬勝城以控其要濠水而東連次江淮之間郡邑之人耕桑自力展（集作輸）轉相屬曾不爲寇虞此將軍之功也以強討教誠招其轉禍之人繼來如繩此將軍之用也令將軍不以此爲百全之基驅貊越之人身自蒙堅而與必死之寇決命頃刻即萬有一不如（集作知）將軍之指東土

之固將安仰哉對曰此吾以熟於計久矣然吾昔嘗仕於河塞十有餘年（集作公字）若僂之忘仲也前行始入覲不意蒙寵於過俱使率師振旅吾之力[illegible]匡其所屈（集作指）巳死効夫馬隨羈而引者也羈之使馳則爲之馳羈緩則步安有擇塗陸而避僵蹶哉如有從（集作縱）之不前銜之不止徒見撻賊之棄焉得延頸踶足以待御且聖上旦暮待績於吾中貴繼至亦吾蒙羈之日也何敢自引於便而已矣遂以十一月庚辰夜漏過四十刻引兵西渡上史蔟收（集作收）之下屬賊壘分練（集作鍊）皆察及日中大風從西（集作西猛）起拆幹廻幟將軍謂中貴人曰今日之候非其利也願屯兵堡史蔟以伺之中貴人曰某受命視公戰不視公守將軍不得巳乃陣中軍爲前武寧軍次之左右軸皆親兵戰九十合會盧宣之軍居間聞戰聲自驚潰失次且遁是賊軍方皆中軍武寧之殺傷幾欲引去及聞盧宣之軍驚潰即分精兵數百勁突所潰以擊之而將軍復與中軍武寧深逐賊而（集作西）行數十里因與盧宣之軍相棄盧宣之軍先遁去卒無所傷至暮中軍力鬬遂死其將曹惟直張忠信楊渾等及卒死者數百人武寧死者亦數百人還軍新城雖無功者亦勞之以故士卒無戰皆畏叛之患時亞之客壽春得詳其語而書之以備史聽

東安鎮新築羅城記　羅隱

天下自懿考僖皇之後綱領不振龐勛王郢觝角（古觸字）於

前仙芝君長踐踏於後所以齊寇攘臂一噪四海瓦解自爾枝牽蔓引可口而咬其或一壘之不謹一校之不嚴則剗剔之不暇雖十室之邑三戶之鄉必壁塹以備之籬落以抗之况大藩之襟帶吾土之緊倚者乎杭之別部舊有八郡之目其始以破山倚推八將之功所致也而東安主領者今副戎杜君君尋其擒逆朗於京口破從實於毗陵天子寵之拜常州刺史遂付其兵於子弟焉撫於內者曰建思禦於外者曰建徽經度於季孟之間者曰建乎相（一作）洎君解印而歸淮叛泗偷連壓封部元帥大丞相彭城王始授君以板築之要濠塹之廣袤地里之橫亘皆取則於大丞相一之日鳩其民人相其險易惟帥有令惟汝克從

二之日度其資量卜其力用經之營之厥畫惟禀三之日命其將曰可俅汝當從役于杭必能識大丞相意善匠吾事勿令不如丞相指揮曰俘汝工（一作王）曰温汝率鐸令等二十一將冀俘以進曰鄧洎儼汝督防遏衛禦二都之士卒以介於俘之左右曰勛汝司吾儲廪謹吾出入城者若有墜惟汝之咎起大順辛亥年秋七月壬戌訖于明年夏四月庚寅蟠東矗西岡連城周（一作離連坎）周植乎二千五百步隆者就之窪者盈之民不毀擔時不妨務夏五月甲辰司徒犒群師于城下君畚者皆與焉不三四年楊行密持淮南節以稱盜豕突衝擾我疆境而東安郡尤為其所忌行密藏（一作臧）安仁義之精銳分田頵陶雅之敢勇以攻東安城樓櫓翔空矢石交迸翊曰我軍憑其城斃賊將于城外者數四溝塞塹堙悉以（一作其）等色自是群寇不復有圖朔（一作南）之意是知人非城則無以為捍城非人則無以自固不有城也人何以安不有將也城何以堅于時紫溪（一作緩又作湲）寇保城火建寧不守靜江無將奔我而活者四鎮之生聚焉噫天下之無事也吾鄉則有河間淩淮（一作準）宗一濮陽吳降已下南汝袁不約還朴以文學進天下之有事也吾鄉則君建至于子弟伯仲及諸將佐以武藝稱豈文武之柄倚伏而然後（疑作復）江山禀受與時消息者乎隱亦嘗以先師之道干名貢府進取未半（一作罕）九昂窾沸文既不用武非所習今則老矣高謝三君杜君以鑴勒見徵敢

不堅讓乾寧五年六月二十一日記

杭州羅城記

大凡藩籬之設者所以規其內溝洫之限者所以虞其外華夏之制其揆一焉故魯之祝丘齊之小穀猶以多事不時而城况在州郡之內乎自大寇犯闕天下兵革而江左尤所繁併余始以郡之子城歲月滋久基址老爛狹而且卑每至點閱士馬不足迴轉遂與諸郡聚議崇建雉堞夾以南北矗然而峙帑藏得以牢固軍士得以帳幕是所謂固吾圉以是年上奏天子嘉以拙政優詔獎飾以為牧人之道其盡此乎俄而孫儒叛蔡渡江侵我西鄙以剪以逐蹶于苑陵勁弩之次泛舟之助我有力焉後始念子城之

謀未足以爲百姓計東聑巨浸輳出閩夷之舟艣北倚郭邑通商旅之寶貨苟或侮㤼之不意盜偷之無狀則向者吾皇優詔適足以自榮由是復與十二都經緯羅郭上上下下如響而應爰自秋七月丁巳訖于冬十有一月某日由北郭以分其勢左右而翌合于岑水源綿亘若千里其高若干丈其厚得之半民庻之負販童耄之緩急燕越之車蓋及吾境者俾無他慮千百年後知我者以此城罪我者亦以此城苟得之於人而損之巳者吾無愧與（一作歟）其年月日記

歙州重築新城記　楊夔

天祐丁卯歲月直辛亥有星自積水流入于輿鬼知天者曰輿鬼之宿是爲鶉首於辰在未之衡日丑爲星紀則牛斗之分也攄茲星祥秦之郭郡漢之冊陽其有水爲沴乎厥應當在戊辰之丁巳明年夏四月辛丑宣歙睦雨周一甲子平地水丈餘四日而後止新安郡之新城纔爲暴水所汩雉堞咸圮都帥太尉潯陽公周視其壞色沮神戚（一作蹙）將捐去而莫脩則功存之可秘也將徵役以完舊則民勤之可憚也迨于兩月不遑發命又念強敵未殄方礪鏃伺間豈可惜費重力慢蓄輕守以速寇心乎秋八月乃頒役於五邑先降簡于邑令且誡其程功無使隱民阨於豪族擅諸利俾率怨于下以盜上者（二字一作吾）匪德也邑令承命躬自閱籍功之延促事之繁簡由寰向豊罔有弗均於是五邑之民不可命而齊至於新（一作所）城之下凡板榦畚築之用皆未令而具礽公巡壘觀設（一作殺）審顧厥由且歎其雖新水之異以害茲城亦始構之疎以稔其失也烏有於泛沙流石之上而能爲永永之基哉乃命指揮使劉贇徐瑋三城使朱環及節級等各畫分而督役遂諭以城之舊址浮而斯濫今當發深一仞抉去砂石實以精壤重加鎮築然後廣其宿基增諸石（一作鹵）版必使堅于永侔于鐵壁役或務棘棘則民瘵築或務慼慼則民疲弗棘弗慼緊爾曹寬猛之有中也無以苛忍相矜無以遄速爲代諸侯受教夙夜胥勗勉于恪勤以勵厥躬故執畚者繩繩操斧者誂誂輦壤輸財蟻列子臻笑語忻忻（一作聽聽）爭先有期自旭

及晡役未嘗懈遠而望之則疊巘層巒屹如天設迫而視之則崇岡連阜捷若神化迴合叢倚崖束山抱建邦則險此焉是覯自八月庚子興役暨十月之壬寅而後罷工者凾斧築者闔鍕太尉潯陽公建旆而巡諸乃曰城之完屋之新寔麗寔堅非諸邑之奉公焉得民不擾而力齊乎非諸校之盡節焉得役不煩而功速乎所以見二三子之忠勤以佑吾政也自公之臨是邦也法明而兵勁刑審而罰中故民樂其化安其土及微肅而屬邑之民父誨其子兄教之弟以公之問俗也未嘗有猾吏之擾以公之撫封也未嘗有外寇之虞以公之治戎也葵藿之禁無敢有觸者以公之獎善也鱗介之美無敢有侵（一作侮）者故十五餘年

綽綽焉如鱗之潛遇其淵廣雍雍焉若禽之棲獲其蒙翳絶釣網之虞無畢羅一作弋之患詩所謂愷悌君子民之父母見于我公矣今水壞城壘重興畚築苟或進退不副公之用是謂奸慈父之命其爲悖戾神豈爾容哉故民不俟令而爭集不勞促而自課非恩信之昭感何以迨乎此哉一作勞於戲事有奇績有異不克稱頌以流于裔秉筆者之過也閿鄉楊夔自勝弁力學以暨於髮落齒墮屬茲喪亂洎在民伍獲承公殊衆之遇每歎其有志無時許將其促鱗弱介遊泳於豐沼無以酬獎之意敢撰重築新城記以獻時歲在降婁周正之月十一日記

文苑英華卷第八百十一

文苑英華卷第八百十二　記十六

城門

楚州脩城南門記　鄭吉

今上元年春正月楚州新作內城之南門何以言新因舊之去也何以言作更從王制也王制若何曰天子諸侯臺門也何稱內城別於外郛一作交非也春秋傳曰南門者法門也南面而治者政令之所出也楚大邦也日者草創南維設譙門卑且陋但闔兩扉爲露棚於前振軍旅鼓一作焉露棚不能蔽風雨亟理而亟壞由是刺史兼御史中丞李公新作之公名荀隴西城紀人用文學德行進嘗言於賓客曰走前爲戎曹郎白於執政曰太平時天下有府兵今散矣而折衝果毅郎將戍官等輩尚冗食焉艱難後天下有州兵而軍籍多空名庫兵皆刓刻一作腐安不忘危易道也

有備無患軍志也晉室尚清言胡馬躪河洛天寶怙富庶蕪盜腥中原職司（一有空字）其守言非出位宰相公財之當時執政雖似不爲意他日揖走於列曰泝淮而上（一作止）達於潁而州兵之益團練者繩聯五郡焉楚最東爲名部疆土綿遠帶甲四千人征賦二萬計屯田五千頃凡兵賦食三者相通也公嘗亟言兵願試鋒穎焉召對延英得列以聞可脂轄矣故遂授銅虎符竹使符來此公始下朱幨遍視城洫簡兵甲閱卒伍若不適於意者楚人再無歲負租逋穀甚多乃去鄉胥之喙害民者歛賦與之緩期人戴其惠征租力人入（一無入字）矣得善用籌者勾稽公物之出入抉負財且二百萬俾軍吏之敏察者覘公田之稼得將隱譾之

穀不趐萬斛掌公財而坐于市占軍籍而蔽其家計其入俸足其廩食牧財而斥其人外廐有征馬雖不滿四千蹄而豪粟脂藥之用圉牧將卒之列繁且耗公曰幸天下無事就有道（一作有急既）而此悉罷去之月省費三萬藏有帶財矣乃完補卒伍乃犀利甲兵乃飫飽吏士乃佩崇規制掾曹有公膳牙門有常餐胥史有官廚衛卒有給食合而言之曰廩飡錢者三百七十人先是以歲用不足常自正月迄于仲夏凡曰廩飡錢者皆半之俟歛新賦而后復之或災沴水旱賦不畢入於終歲不復公曰寧損他費焉有責其盡力而使之歉復耶悉賙之仍筆於撿日用約若今歲後或不易羊羡之敗其無虞乎由是吏胥醺其德將卒許

之死矣士伍寒煥有若賜衣詔以歲貢征繒賦之鬻者泉輕幣重而賦之以帛而士得其贏今也泉重而幣輕猶賦之以帛官受其利公曰吾心有不安焉盍（一作盡）賦以繒苟不足即與帛而時其物之價而直之既聞令讙聲動壁壘皆曰有君如此使我蹈水火可也乃新南門巋然而樓增以舊五之二焉劃爲雙門出者由左入者由右夾築高阜類觀闕而非者九（一作九）軍壘皆爾命之曰却敵廬壚上之意陂陁也鱗臂而塗固之周施檻楯其賜也建大旆鳴笳鼓以司昏曉焉其戎也卷旆授袍於樓中以譏擊柝以嚴教令以壯都鄙以張軍聲爲理若此足塞執政之云兵賦食三者相通試鋒（一作筅）穎之說矣凡畚築攻木㼾甓塗塈

者無慮備於軍伍而州閭人皆來縱觀耳既休役勞工顧謂吉曰子學舊史願爲我記日月不願鋪飾空言曰古者國有史舉事必書舉國有詩王者採之知其國之風自秦郡縣天下史之與詩皆止矣獨有銘功記事文之金石者近於國史國風之類歟然言之不文不能播遠請將俟作者公曰否予焉用辭既不得命乃考三（亦無此字）實以書往歲有將作少監李姓陽冰名善籀書尤工爲大字瑰碩多力郡邑省寺得其署題者榮而葆之大曆中客有楚因大署州門昔人措之於西偏至是公易之於南門以表揭遠近或曰宏制異蹟公若（一作相）期於數十年間斯盛事也不可以不識故著之於末仲春貞陵復土群臣上言請御端門

赦天下改元上思慕未許故猶以大中紀年十四年四月二十一日謹記

全義縣復北門記　柳宗元

賢者之典而愚者之廢廢而復之爲是習而循之爲非恒人且猶知之不足乎列也然而復其事必由乎賢者推是類以從於政其事（集作此字）可少哉賢莫大於成功愚莫大（蜀本作甚）於恡且誣桂之中嶺而邑者曰全義衛公城之南越以平盧遵爲全義視其城塞北門鑿他雉以出入且（三字集作問之其門人曰）餘百年矣或曰巫言是不利於令故塞之或曰以賓旅之多有懼竭其餼饋者欲廻（去聲）其塗故塞之遵曰是非誣且恡（集作恡且誣）歟賢者之作思以利乎人反是罪也余是

復之詢于群吏吏叶厥謀上于大府大府以俞邑人便焉讙舞里閭居者思王其家行者樂出其塗由道（二字本作由是道）以廢邪用賢棄愚惟（集作推）以革物而（集作宜）民之蘇君是而不列殆非孔子之徒歟（集作也）故爲（集作爲之）記云

水門（附斗門）

通愛敬陂水門記　梁肅

歲在戊辰楊州牧杜公命新作西門所以通水庸致人利也冬十有二月土木之工告畢從事徹其始請刻石以爲記云書載濬畎澮距川傳稱爲川者決之使導然蓋（一作導）與政損益政舉則道舉政汙則道汙汙則革革則乆賢哲之治也當開元以前京（集作荆）江岸於楊子海潮内于邗溝過茱萸灣北至邵伯堰（湖）湯湯渙渙無隘滯之患其後江派南徙波不及遠河流浸惡日淤月填若歲不雨則鞠爲泥塗舟檝陸沉困于牛車積（白）大含敗人中其氣爲疾爲瘵長民者時興人徒以事開鑿既費累鉅萬或妨奪農功殫財竭力隨導隨塞人不寬息物不滋殖百有餘年矣貞元初公由（集作以）秋官之貳出鎭兹土既下車乃驗圖考地謀新革故（一作謀利革害）相川源度水勢自江東而西循蜀岡之右得其浸曰句城湖又得其浸曰愛敬陂方圓百里支輔四集盈而不流決而可注圖以上聞帝用嘉允乃召工徒修利舊防節以斗門釃爲長源直截城隅以灌河渠水無羨溢道不廻迂（集作遠）於是變濁爲清激淺爲深澂清澹澄（集作泊）

可灌可鑒然後漕輓以輿商旅以通自北自南泰然歡康其夾隄之田旱暵得其溉霖潦得其歸化磽薄爲膏腴者不知幾千萬畝野人誦曰膴膴原田自今以始歲其（集有）豐年都人誦曰沔彼流水我邦是紀鍾美不知矞非我公有先物之知移俗之才則曷能運可大之謀蠲累世之弊繇旬朔之勞致無疆之逸宜乎人之永歎（一作詠歎）也如此按陂塘本魏廣陵守陳登所設時人愛其功而敬其事故以名之謝文靜（晉書作靖）成偃又以召公之德爲稱有魏以還伍百餘載不朽之績及公而三皆在斯邦不其盛歟水門之作將以重成功示長利非登臨游宴之爲嘻後之人抑可以知

汴州東西水門記（并序）　韓愈

貞元十四年正月戊子，隴西公命作東西水門，越三月辛巳朔水門成，三日癸未大合樂設水嬉會監軍司馬賓佐寮屬將校熊羆之士肅四方之賓客以落之士女龢會闐郭溢郛既卒事其從事昌黎韓愈請紀其（集無其字）成績其詞曰維汴州河水自中注厥初距河爲城其不（集作弗）合者誕寘聯鎖于河宵浮晝沉舟不（閣本作用）潛通然其襟抱虧疏風氣宣洩邑居弗寧訛言屢騰歷載已來孰究孰思皇帝御天下十有八載此邦之人遭逢疾威嚚童嗷嘩劫衆阻兵懔懔慄慄若墜若覆特維隴西公（李勉）受命作藩爰自洛京單車來臨遂持（集作拯）其危遂去其疵弗肅弗厲薰爲太（集作大）和神應祥福五谷穰熟既庶而豐人力有餘監軍是諮（集洛）司馬是謀乃作水門爲邦之郛以固風氣以扞（集作閉）寇偷黃流渾渾飛閣渠渠因而飾之匪爲觀遊天子之武維隴西公是布天子之淳（集注云一作天下之文）維隴西公是宣河之沄沄源于崑崙天子萬祀公多受祉乃伐山石刻之日月尚俾來者知作者（集無者字）之所始

新脩漕河石斗門記　穆員

分洛爲漕斗門在都城東（一作門字）南中橋之右舊制喉不深口不速其流隨之水斯溢旱斯涸東有斜堰俾其來往終歲不脩輒壞脩則水積高而施南北北傷則洛亘卬趾南傷則魚遊井鄽不脩則漕復于陸且其地與岸皆寘薪爲不再閧而（一作不）一易每歲繕塞斜堰泊南北堤橋之費相與盈萬其斗門之工不計蓋其弊者也安平公治三川之暇顧念於此之疾未去且曰水之性導無不順（一作利）壅無不害善爲水者唯其所趣使若自然其要在於不與之競而已是用浚斗門之下以量其入庳斜堰之上以歸其餘庶乎饒不爲增傷不爲減盈萬之費歲收於公而通海之波率土之運東西交騖合朝宗之義焉中橋之旁有古堰廢石沉于泥沙公乃發而轉之以代寘薪之制省於自他山而致者蓋百之一猶懼剛之不勝柔岸化於水乃受規矩俾之追琢如斧斯銳以分其衝如月斯仰以拆其勢積石山鬭中流湯湯南隣鑿龍末代無愧上濟行邁是爲通橋歲三月興作四月畢事（一作事畢）人不見始而覩其終珝其功用不足於常歲之數而不朽之利與皇都洛水埀之無窮焉嗚呼物之至柔者水不得其理者懷山襄陵其次泱堤防隤城邑夫唯不爭之力然後勝之天下之理一理也制天下之至強者其唯不爭乎於水也見公之政於政也見公之德異日觀易簡久大之業此非其一隅哉公以爲成公之志者實肆其勤命以名氏刻于岸石仍俾末吏謹而書之貞元四年四月丁亥日記

橋

汾河義橋記　崔祐甫

絳人有成橋于稷山縣南汾河水上入境稱曰孝子詢之

三十喪父母五十猶（一作由）縗麻故其鄉黨捨氏不名貴之也初茲縣有具舟之役隣邑有官脩之梁自太原西河上黨平陽至于絳達于雍縣卒迫程賈人射利濟舟爲捷渡口如肆孝子川上喟然嘆曰夫來者如斯其可勝紀欲速不達式（或作其）在茲乎見義不爲非勇也臨難不濟非義也廼碩棄家乞諸他郡枯稿藍縷日恒歲積自河間（一作河關）而東閩唐儉風食貨艱難閭里褊小率令遠馳蹶躓饋餉皆耋（一作耄）踰矣於編户丁男捨耒而攻木義聲感也汾流湯湯河濟萃射潰（一作瀆）汯徙岸呀呷轉騰吞築於激射之旁根柢於沸渭之下是慮是圖功就其十八九矣其年秋七月天作霪（一作淫）雨湍悍（或作激）襄陵噫大水不仁前功蕩矣

邑老鄉人涕泗而弔之曰力竭于（一作於）天不恤是而已矣顧而不應且有後圖徵詩人之嘉謀參作者之遠慮曳索擠筏繫舟泛舸（一作航）白露下而謀始止於凌澌杜春水觪而興功止於木潦降一夫（一作僕）不可奪志三年其有成功廣可方軌平可轉轂去其餙成在（一作成無）丹臒取其固勢異虹蜺僉義於孝子之功也故曰義橋昔周王以懿戚封建共札矣盛德遺人西臨孟津北對姑射山河風土其肯徙然所以義表專（一作通用）門功列隣境難其一善剏乃無之由是縣人誌之于石

一作皆唐文粹

中渭橋記　　喬潭

自鳥鼠穴者茲水廣今大依（一作稅）鳳凰城者茲橋壯矣水朝巨海而不竭橋通大路而居要不然豈自秦至我唐六千甲子而獨（一作猶）存也若猗厥弘道（一作造）率茲帝圻（一作畿）侯天根之見當農務之隙司金司木鳩而積也水工木工速而至也揮刃落雪荷鍤成雲京兆尹紫綬（一作綏）而董之邑吏墨綬以臨之遠邇子來結構勿亟無小無大咸稱天（一作才）休經之營之不愆于素丹柱揷於坎陷（一作窞）朱欄艶而電炫（一作熌）乃虹引成勢猶雀填就功連横門抵禁苑南馳終嶺商洛北走滇池鄜畤濟濟有衆憧憧往來車馬載馳而不危水潦起漲而轉固人思啓者吾其能濟艶艶赫赫轟轟闐闐且周穆之駕黿鼉振于祀也東明之聚魚鼈稱一

時也孰若我由也（一作之）而必達憑之而必安君以匹敵夫何遠矣潭遂（一作邁）因行邁覩茲崇餙將刊石以表跡敢攄札以記事赤奮歲流火之月也

井

義井記　　邵真

義以發衷形外昭施物也井以下汲上導彰濟人也河間公鑿井於城垣之次陽門通莊之右偏署曰義正哉導之深源經以（一作之）善利庇彼寰宇達于交衢鐵其甃以木不贏石其甃以給無泥飛輪周散泄賁前注滓（一作平）而平之随用不私主發生以流潤當赫曦以伏炎在提落而激清抵凝沍而不閉環四序以一其惠俾憧憧者知飲濯所嚮

焉篋茂燠暘之虞濟頫乏之艱皆膺者得以淘盪瘵痗者由之蠲俞滌汰氛坌沃洒蒸灼澹然不改與地配久化賓闐爲閑敞肸梵宮以之（一作清凈）脩廊對開連樓鬱峙肅真侶以宴息速嘉客以盥漱（一作溉）脩心而授應日而就彼豈福吉祿繁祭重（一作社崇）慶然不萃於河間之門得乎故北寺司刑上卿也南（一作西）臺專席中丞也戎府佐政司馬也參貳外閫顯榮當朝騫騫青宜前視萬里是鑿井爲濟川之漸斲輪爲秉軸之兆可轉聆而待矣公才蔚量碩質貞氣淳名膺王府心拂塵累制（一作料）物以經遠恤人以遂誠廻倖飭財蔵事彰義將獻社于大君貢休于元戎歸壽于高堂三事豐大公之私誓乃戒司𢿱者書實刊記揭于井外時

大曆六年春季月記

觀風驛新井記（一作皆唐文粹）

崔黄中

自荆門至清宮二百里雖木泉味鹹鑿井疏源往往而有中間觀風驛三十里洧滴不流硗确而增長亭短亭三百餘家終日挈瓶入谷而汲暨乎暑氣炎熇天地燒爍金石提綆半路已成温湯居者既往來（一作性命）難通行者固不保其往元和六載我司空鄭公節度荆南下車之日緝寧巴徼統正楚風疏導瀆溜未暇細務三年政閑事已（一作簡）因議路室委饒之事餓乏汲引之道訪於幕中寮佐僉曰地形峭峻意功多未即賛公公曰登陸求蓮誠宜不卜然貳師鑿井焉有濫（一作濫）泉愚叟移山素無巨力志之所至神亦或昭苟利於人不計藏鏹支俸以庚承度宣貞絕俗仗義真（一作直）副成規終此殊績於是程功蔵事穴其路隅一之日典畚鍤俾應鼛鼓騰沙掊土二之日困于石飛鎚敲火轉石磊硪三之日計功（一作工）未畢藏泉仄出泛濫激濤井上千夫囀喋喧呼揚灑井溢（一作泉）提缶争先巷無居人語笑道邊嗟乎大善政養人之術皆日就月將然孜孜而化昌若鄭公興一言土石之役濟萬古生靈之命匠意於衆慮之表見機於不牽之初如此翊君爲堯舜之代惠澤必浸於昆蟲賛國爲華胥之朝恩波必滋於草木况濟人於聲教之外愛物於象數之中立德已來無出其右易曰改

邑不改井以君子清規長存鄭公有焉黄中猥從鄉（一作鄉從）弟得厠賓筵覩事揚嘉猶未盡焉（一作善）冀後來多士經此樂土知有仁焉時元和七年歲在壬辰十二月二十三日記

文苑英華卷第八百十二

文苑英華卷第八百十三　記十七

河渠

絳巖湖記　樊珣

句容西南二十三里曰赤山，天寶中改爲絳巖山，以文變質也。山外周流厥有湖塘舊址，考於前志，則曰吳人創之，梁人通之矣。洎金火有變，積爲習坎，灌莽之所我唐麟德歲邑宰楊嘉延亦纂前服利農爲名，雖迹於傳聞，而事斯茫昧。楊氏之後今餘百年，實滋菰蒲，莫植粳稻，剝極則責

侯能而伸。大曆十二紀，縣大夫燕大理司直太原王公昕，能蘇罷勞（一作人），且易獘俗，臨湖而歎，以欲從人，吟使臣之清風，酌良牧之高課，將圖永逸，匪顧暫勞，因察其地形，訪以輿誦，謀始作則，定徒撰工，月在休農，雲其荷鍤，周匝百頃（一作里），蓄爲湖塘，置兩斗門，用以爲節，旱暵則決而全注，霖潦則瀦而不流，收功濟時，道甚明遠，開田萬頃，贍户九鄉，洎成奧區，頗無凶歲，魚稻之盛，公實爲之。昔叔敖芍陂能張楚國，史起漳水竟富魏邦，秦稱鄭國，漢歌邵杜，皆謂是也。每商羊罷舞，龍見而雩，比屋有憂於銷鑠，連阡莫覩於耘耔，我則黛波翁淪，白鳥飛鳶，下洞庭之鳧鴈，泳中流之鱣鮪，横塘之右構爲新亭，芬其芰荷，樹以杞柳，楊楚江嶺，憧憧是途，行李實獲，於蔭庥歌詠，或藉於觀覽，懿乎哉，君子之用心也。孰愈崇其島樹，侈以林堂，此而莫文，翰墨奚述。大曆十二年十月三日記。

南陵縣大農陂記　常璀

宣部支邑十城，而南陵處劇，蓋由庶民嚚豪，物産多狀，山川闕錯，風俗詭浮，故理柬則民潰，政放則民怠，俱不得其極。自非肅廉和敏，措動守中，則莫至良能，况功利及物邪。皇帝四年，今地官侍郎盧公觀察宣部，精心厚下，重難邑長，乃以寧國令順陽范君假南陵印，爲大夫，於是肅以檢姦，燕以約身，和以納民，敏以應物，物不夭落，民得休泰。盧公嘗曰：時或爽候，雲龍遁逃，膏澤翔枯，物不遂液，吾人其

瘁乎。下令邑中有能脩復陂塘積水防患者，終懋厥功。先時縣有廢陂，曰大農，積歲不理，荒梗幽邑，丘隰遁形，空規殘狀，非鄉黨之壽耋，不可歎識。輿人飛語，他邑病能，訾訾嚚嚚，波翻風合，范君獨判於心不惴（一作畏），騰口曰：利於人也，使吾獲戾而雖悔，真吾心也。且黔愚皆訾於始，作而泰於成功，况吾君侯明，吾天子聖，尚何懼哉。乃召鄉老里正尹而計之，具畚揭列，綆鍤笞礫，甓堅披材，葦壤日必巡丈，周察勢便，仁以撫馴，悦以附來，法以督姦，勤以勸勞，於是雲動雷行，斬莽闢蕪，撥腐縣淤，培高徹卑，不知形疲，不憚昔骨，不殘民力，不費金刀，潜軼化工，事於農隙，三旬而畢，不戮一人，其大（一作始）也。驅江波六十里，活活下來，闢荒梗

數萬畝汪汪虛明疊石構嶺縱三百步龍蟠虎鬬橫發衝波泄流引迦脊發三港支分脉散澤入大田厥功既成乃有風雨暴鬬洄復（一作激）換晨沲沲沸會似闢構作及乎雨斬雲除則沙洲突出力捍嶺下若自開闢之初信爲神物所相雖使江河合災驚濤稽（一作懷）山大浸崩騰暴猛來敵亦不能軼崪防而侵厚趾斯乃天賛其功豈非仁深於物乎其或火雲爇天旱骸爲虐敲蒸癉怒蛟龍逆訴而翠激搖岸澄瀾洗月溶溶浩浩獨落天光順勢導流猶潤百里則其哇浮滕卒歲之漑千頃豈爲多哉其細也孕鱗甲之族育鳬鴈之群羅生菰蒲蔓合菱藻漁父舟人浩歌楊檝厚生之物未未不極斯其功也可以灼當世而芳千古矣

昔者西門豹治鄴召翁卿（二字一作公）治上蔡而史氏國書（或作書美）顯白良能以其因水茂功利澤及物者也則大農傑跡功符天作可以論古對能豈有媿乎范君尋遷御史後三年吏民益慕而願表尤功今連率范公以文行德器挺爲時賢爰領宣部仁義明舉其下獎善常推至公邑人三請于公乃曰他人有善惟恐不聞況伯也（一作氏）功利如是吾豈詭故哉乃從之邑長李君久以材能弘張其化吏民甚安之追論大農盛績因民之心以成其善志亦春秋之事也鄉將石定録事丁宗者壽戴誠佐史章脩或叅其議或督其事洎百姓朱綸李縱田丘程徹等若干人咸請予爲記云元和八年歲次癸巳六月壬午朔十五日丙申建

一作皆唐文粹

興州江運記　柳宗元

御史中丞（集作大夫）嚴公牧于梁五年嗣天子用（一作舉）周漢進律增秩之典以親諸侯謂公有功德理行就加禮部尚書是年四月使中謁者來錫公命賓僚吏屬將校卒士黧老童孺填溢公門舞躍歡呼願建碑紀德垂億萬祀公固不許退而相與怨咨遑遑如不欲（集作飲）食於是西（集作四）鄙之人密（集作私）以公刊山導江之事願刻巖石曰惟梁之西其蔽曰某山其守曰興州興州之西爲戎居歲備亭障實以精卒以道之險隘兵困于食守用不固公患之曰吾嘗爲興州凡其土地（集作人）之故吾能知之自長舉北至于清泥

山又西抵于成州過栗亭川踰寶井堡崖谷峻隘十里百折負重而上若蹈利刃盛秋水潦窮冬雨雪（集注作水潦干積雨雪于多）深泥積木相輔爲害顛踣騰藉血流棧道糗糧芻藁填谷委山馬牛群畜相枕（集作藉）物故餫夫畢力守卒延頸嗷嗷之聲其可哀也若是者綿三百里而餘自長舉而（集本作之）西可以導江（集本不疊此字）江而下二百里而至昔之人莫能（集作得）知也吾受命于君而育斯人其可已乎乃出軍府之幣以備器用即山僦功由是轉巨石仆大木縱以焚火（集作焚以炎火）沃之（集作以）食醯摧其堅剛化爲灰燼畚鍤之下易甚朽壤乃闢乃墾乃宣乃理隨山之曲直以休人力順地之高下以殺湍悍（集注作水怒）厥功既成咸如其素於是決去雍土

蹴導江濤萬夫呼忭莫不如志雷騰雲奔萬里一瞬既會既遠淡焉（集作爲）安流烝徒謳歌枕卧而至戍人無虞專力待寇惟我公之功疇可侔也而無以酬德致其大願又不可得命刻公之始來屬當惡歲府庾甚虛器備甚殫鐵鏈昏札死徙充路賴公節用愛人克安而生老窮有養幼孔以遂不問不使咸得其志公命鼓鑄庫有利兵公命屯田師有餘糧選徒練旅有衆孔武評（集作平）刑議獄有衆不黷增石爲防膏我稻粱歲無凶災家有積倉傳舘是餙旅忘其歸杠梁已成人不履危若是者皆以戎隙帥士而爲之不出四方（集作人）之力而百役已告（集無告）就且我西鄙之職官故不能具舉惟公和恒直方廉毅信讓敦尚儒學挹損

貴位率忠與仁以厚其誠有可以安利于人者行之堅勇不倦終日其興功濟物宜如此其大也昔之爲國者唯水事爲重故有障大澤勤其官而受封國者矣（集注作焉）西門遺利史起興歎白圭壑隣孟子不與公能夷險休勞以惠萬代其功烈尤章章焉不可蓋也是用假辭焉（集無此字）謁工勤而存之用未憲于後祀

祈門縣新修閶門溪記　張途

縣西南十三里溪名閶門有山對聳而近因以名焉水自疊嶂積石而下通于鄱陽合于大江其濟人利物不爲不至矣其奔流激注巨石硉矹騰沸洶湧瀺灂圓折凡六七里舟航勝載不計輕重篙工檝師不計勇弱其或濟者若星馳矢逝腕或蹉跌必溺灣漩中戕胑滅跡矣邑之編籍民五十四百餘户其疆境亦不爲小山多而田少水清而地沃山且植茗高下無遺土千里之内業於茶者七八矣繇是給衣食供賦役悉恃此祈之茗色黄而香賈客咸議愈於諸方每歲二三月賫銀緡繒素衣求市將貨他郡者摩肩接跡而至雖然其欲廣市多載不果遂也或乘負或肩荷或小轍而陸也如此繼有多市將泛大川必先以輕舟寡載就其巨艎盖是閶門之險元和初縣令路君（一作旻）常患之聞於太守故光禄大夫范卿因修作斯瀃其後商旅知不履閶門果竟至籍户繇是爲之泰其來已五十五載矣元和咸通伏臘相遠閶門始廢（一作度）之時功未甚至

猶利於人且久長慶中縣令王迅曾畧見舊址蓋茶務委州縣貴鬻邀商賈而已今則潁川陳君節爲祈門一年而政成孜孜求閭里之患果得閶門溪焉乃速詣目擊嶮狀吁可畏也必（一作心）期改險阻爲安流迴激湍爲澄碧乃録其始製之實聞於太守清和崔公自請以俸錢及茶（一有柴字）羨利充市木石之用因召土客商人船户接功夫使咸適其願無差役之患無箕歛之弊公悅而從之自咸通六年夏六月修至三年春二月畢穴盤石爲柱礎疊巨木爲横梁其高一丈六尺長四十丈闊二（一作三）十尺堰之左俯崇山作派爲深渠導溢流迴注于乾溪既高且廣與往製不相侔矣甃石疊水泒流安逝一帶傍去滔滔無滯馴鷗戲

魚隨波沉浮不獨以賈客巨艑居民葉舟往復無阻自春
徂秋亦足以勸歡一作六鄉之人業於茗者專勤是謀衣食
之源不慮不憂夫如是有以見清河公求理誠至苟非良
邑長不可以佐理頴川君臨事必專苟非賢太守以立事
其作用堅固永久與山川齊途寓於郡下嘗遊茲邑頗熟
本末因得以記咸通三年秋七月十八日歙州司馬張途
述

桂州重脩靈渠記　魚孟威

靈渠乃海陽山水一派也謂之灕水焉舊說秦命史祿吞
越嶠而首鑿之漢命馬援征徵側而繼疏之所用導三江
貫五嶺濟師徒引饋運推組瓦以化俫欽演墳典以移鴃
舌蕃禹貢遺堯化也則所繫實大矣年代寖遠隄防盡壞
江流且潰渠道遂淺潺潺然不絕如帶以至舳艫經過皆
同寮盪鲱篙工檝師駢臂束立瞪眙而已何能爲焉雖仰
索挽肩排以圖寸進或王命急宣軍儲速赴必徵十數户
乃能濟一艘因使樵蘇不暇採農圃不暇耰靡間晝夜畢
遭羅捕鮮不顚天胥怨胥險遁去矣是則古因斯渠以安
蠻夷今因斯渠勦勞華夏識者莫不痛之洎乎寶曆初給
事中李公渤廉車至此備知宿獘重爲疏引仍增舊跡以
利行舟遂鐽其隄以扼旁流斗其門以級直注且使泝沿
不復稽滯李公眞謂親規養民也然當時主役吏不能協
公心尚或雜束篠爲堰間散木爲門不歷多年又聞湮圮
千今亦三紀餘爲桂人復皆已恨終無可奈何矣況近歲
來蠻寇猶梗王師未能或宣諭旁午輶軒不輟或屯戍交
還星火爲期役夫牽制之勞行者稽留之困又積倍於李
公前時轉使桂人膺革灕臘指足胼胝且逃且死無所訴
怨殆十七八矣咸通九年余自黔南移鎮於此艤棹嶺首
備覩其事試詢左右曰向時何不疏鑿版築而使艱阻如
是耶則末校劉君素前曰遠事固不可指明近事又非不
知修渠必去民病然其奈邇來屢以迎送輶軒供億師頓
召募補卒犒賚征夫帑藏且殫閭井亦蠹故無以興疏鑿
版築也余因爲父慼慈一作於子孰有子病而爲家貧不求
醫救子是知長吏所當子民也今民塗炭若是又何緣帑

藏且殫而無暇救之固頃須一作是約公費積刀布召丁壯導
壅塞以平民病也因召君素若能主張乎君素唯之遂領
其軍凡用五萬三千餘工費錢五百三十餘萬固不敢侵
征賦必竭其府庫也不敢役窮人必傷其和氣也皆招求
羨財標示善價以傭願者自九年興工至十年告畢其鐽
隄悉用巨石堆積延至四十里切禁其雜束篠也其斗門
悉用堅木排豎至十八重切禁其間散材也潺決磧礫控
引汪洋防阨既定渠遂洶湧雖百斛大舸一夫可涉緜是
科徭頓息來往無滯不使復有胥怨者噫草木無情也榮
落限於春秋然猶春則華秋則實以利於人焉而人稱萬
物之靈擅百歲之壽安可不利於人哉況余無大勳業而

竊據寵祿宜孜孜力補尸素豈令草木反鄙於余哉於是聞害必剷見益必樹蓋爲此耳時上聞其興役遠降詔書徦賜嘉奬然人臣受國恩爲惡則罪罹一作耳爲善乃常事亦猶子孝親詎可誇乎兒余審其所爲未立山愧一作偎疑矣又何敢當詔書之美也今所自記重脩非爲名也且要叙民之艱苦實猶斯渠冀後之居者不闕其修行者不毁其修長利民而已矣時咸通十一年四月十五日謹記

文苑英華卷第八百十三

文苑英華卷第八百十四　記十八

祠廟上

滑州修堯祠記一首
鳳翔府扶風縣文宣王新廟記一首
袁州文宣王廟記一首　處州孔子廟記一首
諸葛武侯廟記一首　斥鼻亭神記一首

滑州修堯祠記　白敏中

白馬津西南五十里曰堯祠袞龍騰文紱佩有光德音不遐精魄如在然而祠廟僻遠藻薦亦稀荒榛不除茂草斯鞠司空隴西公即戎之二歲勤恤人隱期於俗阜夏四月宿麥方登油雲未施公愀然殷憂思降甘澤因曰古先皇

王孰神於堯盍將禱焉期有所應乃率寮屬將校質明而往鍾磬畢陳牲牢在庭翊精肅容虔禱移時祝拜之際肹蠁如答未及迴車重陰已周密雨輕灑稿苗特起逮夕及晨自華流根寮屬將校相率稱賀曰天災滑民仍歲不登道殣流離十年于兹公能以誠明動神祇膏澤發枯朽兒積逋於餓隸變旱歎爲豐稔固當大崇廟貌以旌厥美於是飾粉壁張羅帷欒櫨四周册絆交輝肅肅静容神之所依是宜播公之美揚神之祉刻於金石而爲之記時大一作寶大曆二年七月二日建立

鳳翔府扶風縣文宣王新廟記　程浩

天地吾知至廣也以其無所不覆載日月吾知至明也以

其無所不照臨江海吾知至大也以其無所不容納料廣
以寸管測明一作景非以尺圭航大以一篙廣不能逃其數明
不能私其質大不能亡其險趨一作偉哉夫子生後於天地
而知始亡先於天地而知終一作後天地而生知天地之始先天地而沒知天地之終
非日非月光之所及者遠不江不海潤之所浸者博三代
禮樂吾一有知字其損益百王憲章吾一有知字其消息君臣以位
父子以親家國以肥鬼神以享道未可詮於無一作其有物釋
未可謚於無生一以貫之者一無此字我先師夫子見之矣矣字
一作夫子聖人也帝之聖者曰堯王之聖者曰禹師之聖者曰
夫子堯之德有時而息禹之功有時而窮夫子之道久而
彌彰一作芳遠而彌光用之而一作者昌捨之而一作者亡昔否

於宗一無宗字周今泰於皇一無皇字唐不然者何耀一作被衮而裳
垂梳以一作而王者哉扶風古縣也在京之西環渭而之一作
北望標關輔之首椎壓劇秦之大有尉曰表弁者學稽漢
室名振伊呂跡泯味道力餘功文一作學呑漢臺賢負伊呂文則變雅行乃矩物
其爲政也剛而能斷柔而能吐其理身也靜爾深谷澹然
澄江紆大君之明命注賢相之清選三十六字一作其爲政也剛以斷其理身
也柔而立回大君之清問動賢相之精選寅奉八聖吉廊新祠堂一作寅奉記吉廊新祠宇殿
宇一作廊廡岑立宮墻島峙一作躋一作脟尊儀一作先師一作幹於兩楹羅禮
貌一作羅亞聖於十哲砌蘭有毛院栢分行徂庭自肅入室知
一作加敬陳牲牢而在旅一作如在間一作旅籩豆而無莽天下大
軍之後一有也字時弊而沒禮域中小康之前一有也字俗媮而迷

歸懿文一作尚儒以戢兵尚德以一作義而一作設銷戰使人從善遠惡
而不自知大哉表氏之子其用心也至矣邑宰李公政事
一作才思練達德音一作政事和理風聲樹而一作於不變吡頌樂而
不支縣丞主簿尉等琅玕王讖黍稷公器覧容色窺相公
之明鏡整鬐鬣趣相公之龍門雲霄坐馳鳴躍可俟浩客
一無此字自帝輦一作鄉聿來一作簿遊鳳翔入境而醉聞佳政歸歟
而食一作告歸鄉飡味尤績前尉許摯一作贄起予能事春秋之徒
如何勿書時大曆二年某月日記一作皆唐文粹

袁州文宣王廟記　蕭定

於戲大樸既往淳風不扇天將以夫子爲木鐸而大賚于
生人天縱夫子以聖德而誕敷于文敎不然者則禮樂墜

於地憲章弛而不張忠信薄於家人其被髮左衽矣周德
既衰諸侯擅命非堯舜其能以天下讓於聖人道在先天
其能遠天命要于富貴故夫子屈身以行道而道濟天下
邁德以立訓而訓被家邦向使夫子爲有土之君南面而
治則大道洽于群物動一作而況於人乎大化行於蠻貊而
況於華夏乎夫天運之陵夷下民之昏墊若震泉之不可
晝也故夫子鬱厄於當時生人之未富一作壽世數之相變
君長江之不可竭也故夫子道行乎千載觀乎有國有家
者微夫子之教其何以行之哉夫子之教也脩身以及家
自家以形國而治道備矣是以治萬人如治其身治天下
猶治其家使君君臣臣父父子子之道燦然明白若日月

之照臨光于上下（一作下土）以矣（一作）是故用其大者治大用其小者治小不用而能治者未之有也且三代之主皆聖君也而循社稷與世數存沒祀典將子孫廢興則其餘皆可得而知矣夫子官爲司寇道冠百王歷萬古而彌尊與四時而並運生徒滿天下祠宇充郡國與生人終始將天地盈虛非天下之至聖孰能與於此者乎稽夫兩楹坐奠惟夫子疇昔之夜夢尊爲人君惟開元御歷之辰應之則開元叶明王之符夫子播人君之化矣大曆元祀定自尚書左司郎中試秘書少監兼此州刺史祇膺典禮式展誠敬入夫子之庭廡美聖德之形容高堂巋然垣墉半落俎豆斯在榱桷全崩靈像頹容門人虛位乃謀及寮吏撰日增

修府寮從胥子（一作曹吏）從龜從筮從是之曰大同敢徵良匠祗敬藏事改造夫子及四科之像兼畫六十二子之容江鄉土卑垣墉多隙以板易竹以粉代朽廊廡庭除罔不畢葺籩豆簠簋罔不畢陳入其室若聞講誦之音升其堂如聆金石之響冀夫表江之上將弘洙泗之風表山之人能傳鄒魯之學儒行充於比屋中庸化而爲俗矣非恒（一作日）能之也蓋能者賡之述而不作識者可爾時大曆二年協洽歲律中無射之月兼刺史蕭定記

處州孔子廟記（見八百四十六卷）　韓愈

陳留郡文宣王廟記（見八百四十六卷）　陳兼

改修吳延陵季子廟記　蕭定

有吳之興也泰伯讓以得之有吳之衰也季子讓以失之爲讓之情同而興衰之體異何哉泰伯之讓讓以賢也故周有天下而吳建國焉季子之讓賢以讓也當周德之衰而吳喪邦焉或曰非所讓而讓之使宗祀泯絶而不血食豈曰能賢斯可爲知存而不知亡者矣夫治亂時也興亡運也故至（一疊至字）而不可卻終（一疊終字）而不可留黃河既濁阿膠無以正其色鹽池斯鹹獘箑（一作單）不能匡其味與夫當濁亂之世召力勝之戎讓與爭孰賢乎易曰知幾其神則季子之見可謂知幾矣季子之明可謂知進退存亡而不失其正矣至於聽樂辨列國之興亡審賢知世數之存沒挂劍示不言之信避國保無欲之貞故有吳之祀寂寥而

延州（一作陵）之饗如在玄風可想至德與歎美之詞哲人其萎表墓著嗚呼之篆向微德仁兩至則夫子不復虛（一無此字）歎焉詳其精義枝（一作破）物鉤深致遠之旨烏可究其津涯而窺其墻仞矣是知讓之爲德在於生靈不獨其子孫明矣國有祀典人懷永思定黍列藩條欽崇懿範于以加敬嚴乎閟宮別閨壼之內外正衆臣之序位舊以泰伯之廟在於蘇臺而制季子之祠像設東南非由典禮諒無取焉必也正名於是乎在祈報旁（一作獻）奠贄幣具（一作宜）列于軒廂春秋禮薦俎豆當陳於正寢俾觀像者識賢人之遺風可律審度者知經德之禮秩無差末學陋河不足頌其休烈寒來暑往敢用同於記年時（一有大唐二字）大曆十四年歲在

巳未八月戊戌朔二十七日甲子正議大夫使持節潤州諸軍事守潤州刺史上柱國賜紫金魚袋新拜尚書户部侍郎蘭陵蕭定字梅㞕記

諸葛武侯廟記　呂温

天厭漢德俾絶其紐群生墜塗四海飛禾武侯命世實念大（集作皇）極魏姦吴輕（夫聲）未獲我心（集作心齊）葺（集作脊）宇南陽堅卧不起（集作待主）三顧稍晚群雄初定必也彗掃是濟渴立變化消息謀成掌中戰龍玄黃再得雲雨於是右揭如天之府左提用武之國因山分力與水合勢蟠亘萬里張爲龍形（蜀本有亦欲二字）首吞咸鎬尾東洛翼出河中夏飛躍天衢然後魚驅勾吴東人晏海大勳未集天奪其魄至誠無忘炳

在日月烈氣不散長爲風雷英雄痛心六百年矣於戲以武侯之才知已託國（集作付托）土雖狹國以勤儉富民雖寡兵以節制強魏武既沒晋宣非敵而戎馬（集作車）荐駕不後中原或曰奇謀非長則斬將覆軍無虛舉矣或曰餽糧不繼則築室反耕有成算矣嘗試念之頗賾其原夫民無恒（集無此字）歸德以爲歸撫則思實則忘其思也不可使忘其忘也不可使思當其（集無此字）漢道方休哀平無政（集作罪）王莽乃欲憑威寵造符命脅之以威動之以神使人忘漢終不可得也及其（集無此字）高光舊德與世衰遠桓靈流毒在人骨髓武侯乃欲開興圖振絶緒（六字集作開張季世興振絶緒）論（集作諭）之以本臨之以忠使人思漢卒亦不可得也向使武侯奋先主之命告天下曰我之舉也匪私劉宗唯活元元曹氏利汝乎吾事之曹氏害汝乎吾除之俾雷魏偪從之民聳誠感動然後經武觀𥠖長驅義聲咸洛不足定矣柰何當至公之運而強人以私此猶力争彼未必服勤而靡獲不亦宜乎（或作哉）乃知務開濟之業者未能審時定勢大順人心而克觀厥成吾不信也惜其才有餘而見未至述于遺廟以侯通識唐貞元十四年七月（集有二字）十五日東平呂温記

永鼻亭神記　柳宗元

鼻亭神象祠也不知何自始立因而勿除完而恒新相傳且千歲元和九（蜀本作元）年河東薛公由刑部郎中刺道州除穢革邪敷和于下州之罷人去亂即治變呻爲謳若麥而

趨（集作起）若蹶而騰踊相視讙愛克順既底于理公乃考民風披地圖得是祠駭曰象之道以爲子則傲以爲弟則賊君有鼻而天子之吏實代之理以惡德而專世祀殆非吾人之意哉命亟去之於是撤其屋墟其地沉其主於江公又懼楚俗之尚鬼而難諭也乃徧告于人曰吾聞鬼神不歆非類又曰淫祀無福凡天子命刺史于下非以專土疆督貨賄而已蓋將教孝悌去奇邪俾斯人惇忠睦友祗肅信讓以順于道吾之斥是祠也以明教也苟離于正雖千載之遠（一作遠）吾得而更之况今兹乎苟爲（集作有）不善雖異代之鬼吾得而攘之况斯人乎州人（集作民）既諭相與歌曰我有耆老公燠其肌我有病癃公起其羸髫童之嚚公

實智之鰥寡（集作孤）孔艱公實遂之孰尊惡德遠矣自古孰
義歷昏俾我斯瞽千載之寘公闢其戶我孑洎孫延世有
慕宗元時謫永州邇公之邦聞其歌詩以爲古道罕用賴
公而存斥一祠而二教興焉明罰行于鬼神愷悌遠於蠻
夷不唯止（集作禁）淫祀出非類而已頹爲記以刻山石碑知
教之首（溫陵黄伯光曰柳子厚斥亭神記詞極嚴正至王陽明復象祠記其意又何其溫厚也蓋子厚疾象惡之深而陽明闢帝德之大二作可互相發云）

文苑英華卷第八百十四

文苑英華卷第八百十五　記十九

祠廟下

祠廟下

唐寶應靈慶池神廟記　張濯

天有五星辰居其一地有五材水爲之首既作鹹以正味亦疑質而成鹽則横目之人生齒之歲罔不資焉而後食矣鹽之爲用大矣哉寶應靈慶池者山海經所謂鹽販之澤也俗稱官號皆曰鹽池供華夏二十餘州宅黄河千里之曲北抱原勢南負山陰涵濡泓澄浸漬舄鹵外無寸草内絶纖鱗水或紫赤盐皆皎白有自來矣頃大曆丁巳秋雨成災凡厥井疆漫爲坌潦今京東和糴使兼知河東租庸盐鐵侍御史清河崔公陲時以監察權領（一作顧稅）是邦憂國卹人籲天有禱乃徵畚鍤集役徒修隄防導溪澗積溜鴻湧白波如山西匝北滙散于浸女監（一作盐）斯池町畦不

沒鹽穿獲金縈公是賴矣粵翌日亦既開霽紅鹽自生盈掬傾筐或璽或栗形攢伏虎色澈川砂靈貺休徵古未之有公乃獻狀于户部侍郎韓公滉韓公伏奏于代宗代宗俾諫議大夫蔣鎮覆之則編于史冊薦于郊廟矣與夫白麟赤鴈之應野蠶穭穀之祥何以異乎冬十月詔錫池名曰寶應靈慶兼置祠焉蓋國家祈豐財旌瑞貺也其明年因厥農隙創茲神寢卜津涯六十里之半當安觧二大邑之間抹陝陝掾寀寀工惟力競後君子來俄結構以時起儼塗墍而斯畢然後審像設煥冊青䵷容穆如甲士鼎顫則聰明正直之有憑也夫其洞户南谿滄波森然樹以修槐羅以香草則風涼會舞之有所也又來歲巳未夏五月

九日天子降中貴人以牲牢祀之制祀光臨衣冠列位秩齊四瀆禮視三公亦為盛矣其後西自關輔東踰崤澠南馳陝服北走絳臺馬屯雲車流水乞靈報德可勝紀乎易曰聖人以神道設教而天下服此之謂也遂遷公殿中侍御史京東和糴使逮于斯任豈唯執憲簡領鹽政(三字一作領鹽之政令)必將秉造化應昂之和羨人皆望焉神所勞矣濯客自東郎觀藝而來美精誠之動天多筴護之盡力輒採聞見題于樂石庶丕績不朽與池始終時建中二年秋八月記

洪州西山風雨池記　權德輿

山林川谷能出雲為(集有風字)雨皆曰神諸侯在其地則祭之鍾陵風雨池在山西(集作西山)洪井之北發源山椒泒分脉散清淺數里匯歸于茲石壁峭絕泉流其下信乎精氣之所間復風雨之所蓄池邦人敬嚮相傳名之並山北下二十餘里有望祀之地祠宇以神之蘋繁以薦之祈農望歲於是乎在祀之豐約在德之輕重報之遲速視誠之簿厚大夫李公理江西三年寬仁清净正德利用以黄韓篤厚之化易吳楚剽輕之俗里閭之間歌頌(集作謳)相聞歲在丁卯六月大旱公僂身焦思所以救之之道撰日絜誠有事于神齋心夕往纖紬宵濟厥明至于山下達于祠亭(集作精字)誠旁魄靈貺交感通山澤之氣致陰陽之和和氣薰然蒸為時雨未徹奠而繁陰起不崇朝而甘液遍蕩洒班瘍布

之休和自時厥後庶徵咸若茂遂生物登成甫田而所治七諸侯如公之誠各修其封内之祀化彼災沴為豐為福其或散為祥風結為卿雲紛綸葳蕤奔走來告縣是九江之西歲用大穰昔董仲舒推陰陽啓閉之數相區區江都之地用無饑年前史書之況我公察廉八郡政成化洽人有禎簿之俗以誠革歲有水旱之沴以德勝庶富斯民如此之盛也春秋時國有史氏君舉必書德與從事于公記事之徒也以公之仁池之神明德參會若合符節是用追琢巖石俾和人識之時貞元三年八月庚子記

楚州新修吳太宰伍相神廟記　盧恕

拾人事而介福專人事而薄神皆君子不為也苟不以仁

惠愛民而止以隳怠理道持茸酌芳饎以交神神在聰明正直豈許之乎若憂勤焦思訪接無怠於賢人且不遺況賢神乎所以大德君子以厚人故不薄神也楚州以一作比泄壖泱太宰伍相廟置在一作自吳時臨刋溝當伐越時為餽運所開太宰經畫及因讒而沒其神憑大波雄憤無所泄蓄為猛颷駭衆吳人恐之故相與立祠刋溝上歷代皆崇其祠推牛釃酒小民有至破產者比齊清河王勵刺一作判此州申教部民不宜荒瀆非神之意其風稍華國朝龍朔中為狂人郭行真所焚乾封初準勑重建大中十歲四月十八日上以山陽荐災當宁憂軫曰非朝之顯德清望有材者不可分吾憂子衆姓於是詔兵部郎中滎陽公守

郡立政行道得民之心每雨小差期晴少失候公一至請之靈旣立答連歲豐穰豈一作得非神之陰贊耶舊廟菽隘淺迫前横岸道塵坌玷褻公默圖將顯大之且俟誠化更廣即增張神宇俄有州人蔣容者啓公請合財葺之殆天啓乎何宜契如是耶於是開其前伸其後重肖神像及儀從等畢新廟之域一作成也面河距淮巖然崇堂蜿然修廊像設新而英姿益明旂稍新而靈衛愈嚴庭可以長布武階可以勞拾級管籥朝奏一何和神也風月夕清一何宜神也祭法曰夫日月星辰民所瞻仰也山陵林谷川澤民所財用也今太宰之高不啻星辰太宰之利不啻山谷彼青骨而邀食於民者豈得同日而語洎詔徵公為左諫議大夫釋符之日恕冢公符以留務行及祠前顧謂恕曰有事或誠存太宰其應也如響今去能無感焉君民我編其修建之由恕謹奉教一無偽飾公之始至也承菑沴之後墟一作廬井殘矣廩藏空矣道旣殣殍牢亦充塞及公之布德也四時洽暢千里醉歌耜奮皆溢庭無訟人鄉縣郭邑致十倍之繁富廓宇亭肆與萬堵之宏麗休祥表見仁聲流揚傳車云歸者少遴道竟夕不得前雖古之良二千石實有慙色素負讓損不先之道至於理功皆不欲人言恕覩吏也其可隱而不書巨唐大中十二年七月十一日記

歙州重建汪王廟記　汪台符

天不欲蓋地不欲載兩曜不欲凝萬根不欲生玉石一塵

賢愚一血則神人不得不降聖人不得不作我唐不得不興越公不得不起起而不失進退存亡者越公得之矣隋鹿無主群雄率舞公矯翅一鳴聲著千古提山擲海沃沸填危掃平反側之源歸我唐虞之際武德四年高祖下制曰汪華往因離亂保據州郡新安志作鄉鎮靜一隅以待寧晏識機慕義志作化遠送款誠宜從褒寵授以方牧可使持節歙宣杭睦婺饒等六州諸軍事感天人知已瞻玉闕言懷龍劍一沉死而不朽貞觀二十三年也有棠樹之詩無良丈之歎固得父老請建祠堂在廳之西大曆十年刺史薛邕遷于烏聊東峯元和三年刺史范傳正又遷于南阜即今廟是也中和四年刺史吳公圓克荷宜應復新棟宇迄

今司空潯陽公景慕英塵經始靈宮凡三遷飾物不告勞民惟求世濟于時死於國功宣教化則祭之其餘不在祀典狄梁公按察江淮焚淫祠七百所朝野韙之所謂能執干戈以衛社稷越公欲蓋而彰雖焚不可得矣且湯不乾堯不濕猶顯聖人之政唐歷十有九帝二百八十年其時間有奴狂僕醉觸破王化洎僖皇歲庚子盜起曹南逆塵犯蹕我淮王大叫義聲千里奔命宣池濠壽滁和九郡統一作繞我馬箠分我君憂苟無將將之椎莫破錚錚之膽我司空潯陽公獨危一作陶雅嘗爲歙州刺史二十年仁義禮樂餌舒池常潤於歙最爲政第一慰本城之人築久長大本豈矜莊嚴一作壯麗一祠企望六郡直在乎開物成務遺民金石者也台

將越公之爲潯陽之吏祖能神主能賢辭或不直作神之羞辱士之命詔我邦人同歸典實庶可與言文論政矣龍集壬戌十二月十有一日謹記

茅山白鶴廟記　柳識

茅山舊句曲也本記云内有靈府空通五岳其外山形似己因名爲句曲自軒轅昂湖之後世多延智所謀一作漸闡真有故金闕玉清大聖至神一作識之事真靈時闡於人間以彰道妙則漢元帝世有茅君積襲道德來受仙任遊内統外澤加幽顯邦人瞻戴因改爲茅山玄教既溥二弟亦此山待道三峯是三君駐雲鶴之所備詳傳記至明帝永平二年詔勅修崇其廟後代相承一作傳罔敢或替我國家纘承玄肅宗奉至教玄一作門天寶七載五月十三日於山之西偏制置祠宇度道士三人以修時醮列在祀典夫廟享功德顯黙殊致以道而言則天地之外亦有覆載陰陽之外亦有生化斯乃虛而有象運而無形蓋顯爲皇王師範道之形器也隱爲真靈變化道之精微也體雖隱顯心則感通有無交暢化乃大備初真人既受羽節留二弟於句曲而謂之曰吾今去便有所任不得數相往來要當三月十八日十二月二日邀師携友以來遊紛有好道者待我於是乎吾自當料之有以相教則法之本也内肖精真中寂外行廌清仁惠每歲春冬皆有數千人絜誠洗念來朝此山自漢至今宇宙間替修精感轉自相一作化誘其可勝紀

乎若然者我真人玄功聖德陰騭妙用豈言能盡歟夫學道則所見無有不忘得道則所忘無有不在多假迹於常或標靈引類不顯定一理始曰無方之用孰知終極是知聖人情忘愛存慈勸不已益見道之至也真人昔將輕舉俯視六合虛徐翱翔於是絳雲自興靈鶴自至昔亦如天之運行日月爲照星辰爲曜則日月星辰爲天地光大之用天豈有之自是真當也絳雲靈鶴爲真聖昇虛之用聖豈待之自是真貴也世之賢士高位濟俗乃無意於車輿道之真仙孕元育化寧有意於雲鶴廟者亦如人思邵伯而愛甘棠也道士容行延生法成常崇珣等經營修奉歲月久矣願刻金石以志于山唐大曆十三年太歲戊午三

月十八日記

新修四皓廟記

國之所以病者在乎名分差賞罰謬賤妨貴孽代宗河决栭頹可拱而俟夫聖人作則必建皇極叙彝倫植禮爲防坦順爲路使尊有定位下無覦心春秋垂子貴母貴之文年鈞德鈞之說姪娣審於左右文質殊其後先等威著明條貫纖悉選師保以教之設疑丞而輔之春誦夏絃一物三善故刑于寡妻文王之所以正家道也抗法伯禽周公之所以致頌聲也昔申后黜而小弁賦于朝寵而王室亂獻公從筮晉祀如綖楚建遇譖芊姪纍棋列于格言垂作殷鑒漢高皇帝提三尺劍奮布衣夷秦翦項南面而帝及

乎踈孝惠私趙王本根一揺海内失望向使安車空駕羽翼不來蹈金塞玦離之蹤成毋愛子抱之計四百之祚安乎殆哉非四公之高名不能割漢祖肌膚之愛非留侯之奇策不能振大賢金玉之音然而顯晦異宜語默殊間塗山玉帛有櫛風沐雨之勞陋巷簞瓢無被髮纓冠之責兼濟獨善相與背馳唯四先生兩有之矣往者明祠頹壞靡有孑遺太傅兼中書令許國公爰命經營不日而就棟宇甚美神形若生如裁兎麋之書似指狼羊之喻松凉挂燠雲白霞冊坐視天倪時聞地籟公秀發人瑞雅容國楨一作楨本於忠孝文以禮樂每絶編而嗜學嘗吐餔一作哺以迎賓至于戡定之懋勳廉察之殊政則銘於彝器藏在史官宜有如季文子者請之太史克者詩之非昧者所宜造次道也公以爲四先生避秦亂逃漢祿一而所立利澤如揭日月彼佩金印乘朱軒食萬鍾潤九里而括囊避事全軀保挈一作挐疑作挈聞四賢之風可以有立志矣故公之飾是廟也見聖王固本之制焉有詩人伐檀之志焉豈特燭耀巖穴旌賁隱淪而已光化二年十月一日記

修黄魔神廟記　袁循

咸通末歲今翰林舍人蘭陵公自右史竄黔南秋八月二十七日泝三峽次秭歸時蜀水方漲横濤蔽日公積悸而寢夢神人赤髮碧眸且云險不足懼公異之再寐一作寢又夢公詰其所自則曰我黄魔神居紫極宮之隅將祐助明

公出于北境公曰吾斥去荒徼危殆未已神能惠我何也以朝夕期幸與我俱遊與我不忘矣亟一作巫言之神許諾自是抵于黔又遷于羅毎陟險艱神怳一作况如在洎公遷于朝神夢告歸公曰將設一作移廟列塑于宮之傍丁酉歳公從弟熊自澧陽尹亞西蜀路出祠下以囊金致公意謂前制不專請别修敬太守清河公承命感異親營之心匠既陳層軒以新神樂來斯靈儀蹲蹲按靈寶經南方有大魔其中央曰黄天魔王横天擔力謂能力扶昊蒼周覆萬有天其或者以公有弘濟之業將扶危定傾作鎮天步俾黄魔降鑒爲公之兆朕乎噫天爲功必藉於大賢神之靈固輔於有德是必有鴻猷盛績華于公之心未可知也循

以學官謫郴歸奉太守命弗敢讓所記乾符丁酉歲仲春九日司戶參軍袁循記

祈禱

禱河侯廟記　裴處權

明皇帝懷柔百神以功躋四瀆蒲股肱郡實祠宗繇是剗舊圖新廟貌甚設國有祀典蒲侯職之然天下郡縣瀕于我者多曲架椽桷廟神乞靈滑臨洪波神有寧宇且曰瀆古侯也故神以侯稱六年夏不雨尚書傅陵崔公懼茲農事凡明神靈跡有可以膏稼穡者必命犧牲簫鼓以動之卒無應一旦監軍使閻公曰郡瀕河侯廟且存姑用旱禱宜幹流以蘇大田五月庚午公會閻公幃河壖列旌旆率

府從事合牙門諸將郡縣吏羅爲侯拜聲以且樂醴以清觴腥爛燔炙苾芬交錯版書精意以聳侯聽六月辛未雨乙亥始霽自乙亥至於秋七月壬子以烈日下燭南畝復熯公曰時雨難再將柰秋成何閻公曰河侯利吾州前應如答吾且祈且報庶終侯功癸丑公復會閻公儀若庚午丙辰雨己未乃霽噫公禱之亟神應之速禱不亟無以徵侯既應不速無以協農時既貺既應多稼織野寒耕熱耘之子其有京坻之望乎昔王尊捨熊軾卧金堤却驚波也共公仗戎鉞禱于河濱勤共雨也驚波以縮所以完居邑也共雨零所以遂嘉穀也則知前賢後賢之推誠濟物胎（一作泯）若符契矧乎食民天也宜拜侯賜閻公揖曰齋誠以動神

者尚書公之德也公揖曰始謀而獲應者將軍氏之力也於是相與拜宇下或曰昔歲河流氾濫將魚滑人滑人祝侯駭浪帖息今者拜侯賜未君記侯之感通公乃召從事河東裴處權文其功客有傅陵崔應書于石會昌六年九月一日建（一作記）

禱聰明山記　盧頊

聰明山之神蓋倣落上古不知其始興也（一作其所自興也）若曰禍淫之謂聰降祥毓物之謂明美稱備焉取名斯在觀夫群山逶迤自西北而茲鎮秀拔屹臨東夏揖岱宗於遠邑延旭日於高標豁開廣平千里如砥靈源森麓廻合窈冥禳祈必徵肸蠁如覩祀典曰山川丘陵能出雲爲風雨有

功及物曰神諸侯在其地則祭元和丙戌歲右僕射范陽王總戎之三年詔自上黨撫廵東封登車誓師講若畫一萬旅齊列千輪北（一作比）衝振蕩林巒翩翻旆旌雷動雲馳不聞人聲公清明在躬文武是憲聾聖齊俗宣威靖難申伯旋謝太公祖齊華夏且瞻今古榮觀冬仲月生魄至于茲山齋莊廟庭躬執祀事於是大備控揭畢陳犧牲神之格斯歆我明德君子曰惟精誠通乎神惟聰明應乎人天地交泰而賢人用神人和叶而茂勳立公之舉也神之助也不然何年祀未幾而變化神速臻於是耶故詩曰天降時雨山川出雲又曰赫赫厥聲濯濯厥靈其在於公乎頊謬職分符今逾一紀獲奉威命菅拜惟新黎庶其蘇邦家

之慶祝公壽考求固河山之言而無文行之不遠乃刻石
以紀傳於後人自公及監軍使幕客郡守列將等咸載名
氏云元和四年七月九日記

文苑英華卷第八百十五

文苑英華卷第八百十六　記二十

學校講論附

學校講論附

問國學文粹作庠記　舒元輿

先王建大學法以教國胄子欲毆人歸義府也故設官區一作掌嚴大其事明公侯卿大夫必由是出元輿旣求售善藝於闕下謂今之大學猶古之大學將欲觀焉以自爲下士小儒未嘗覲天子庠序欲往時先三日齋沐而後行行及門下脫蓋下車循墻而趨請於謁者曰吾欲觀禮於大學將每事問之於子可乎謁者許諾遂前導之初過於朱門門闔沉沉問曰此魯聖人之宮也遂拜之次至于西有高門門中有廈屋問之曰此論堂也予愧非一作于儷其鴻學

方論不敢入導者曰此無人乃虛堂爾予惑（一作感）之遂入見庭廣數畝盡爲圃矣心益惑復問導者曰此老圃所宅子安得欺我耶導者曰此積年無儒論故庭得（一無得字）化爲廢地久爲官（一作宮）於此者圃之非圃所宅也循廊升堂堂中無機榻有苔草沒地予立其上悽慘滿眼大不稱嚮之意復爲導者引又至一門問之曰此國子館也入其門其庭其堂如入論堂俄又歷至三館門問之曰廣文也大學也四門也入其門其庭其堂如國子其生徒去聖人之奧如堂館之蕪嗟乎詩書禮樂國之洪源也濬其源天下可以光潤窒其源天下爲之顚頓故唐堯知其如此亦先命廷臣典三禮教胄子誕敷文德於天下天下之屋皆可

封及夏殷時其孟也則必能（一無能字）濬之其季也則皆自窒之自窒之時天下之屋皆可誅至周室有文武周公勃焉（一作興）而作復唐虞之道行五六（一作七八）百年而付仲尼仲尼承之孜孜日夜席之（一無之字）不暇（一作敢）暇祖述之憲章之發揮（一無揮字）於鄒魯悈（一無此字）張於洙泗上磨蠲三光下垂之無窮其徒有入室者升堂者及門者散滿天下雖丁周季而天下姦臣賊子猶解曰周孔之教不敢妄動以此則文之教豈可須臾而（一無而字）弛耶至嬴政犯之窒其源源未絕而已自絕於天（一有下字）矣漢初纔息干戈復濬其源而伏生公孫弘倪寬卜式之徒並出維持戰爭之漢二百年間無所失墜皆周公仲尼之力也國家用干戈取天下其道正於

漢氏及闕儒官（一作宮）立素王祠設學官命生徒崇盛館宇固亦不下漢氏然自寇生幽陵軍旅之事始勝俎豆故大學之道不得不衰凉今皇帝傳大寶七祀生獻吳濞蜀禪於邱（一作郊）廟梟夏逆首殲滌子（一無子字）姦帥拔魏世家此用兩階之舞可謂至矣今溟澥無揚（一無此字）波兵器可以蒙之虎皮矣乃大脩周公仲尼之道之時也而大學且猶衰凉之若此豈非有司之不供職耶群公卿士之不留意耶不敢何使巍巍國庠寂寞不（一作或無）聞回也賜也說繹（一作釋）道義之聲雖館宇雲合鞠爲荒圃可謂大國設虛（一作虛設）以自欺也愚其不敢取（一作愚甚不取）且懼周公仲尼之道沒墜於泉遂記其所荒之大畧以諭有司（一作皆唐文粹）

國學新修五經壁本記　劉禹錫

初大曆中名儒張參爲國子司業始詳（集無詳字）定五經書于論堂東西廂之壁辨齊魯之音取其宜考古今之文取其正縣是諸生之師心曲學偏聽臆說咸束之而歸于大同揭揭高懸積六十歲（文粹作載）崩剝汙衊淟（一作泯）然不鮮今天子尚文章尊典籍於苑囿不加尺椽而成均以治國學上言遽賜千萬時祭酒皡實尸之博士公肅實佐之國庠重嚴過者必式遂以羨羸再新壁書懲前土塗不克以壽乃析堅木負墉而比（集作北字）之其制如版牘而高廣其平如粉澤而潔滑皆（集作背）施陰關使衆如一附離之際無迹而尋堂皇靚深兩屋（集作廡）相照申命國子能通法書者分章揆

日遜其業而繕寫焉筆削既成讐校既精白黑彬班瞭然飛動以蒙來求煥若星辰以敬來趨肅如神明以疑來質决若蓍蔡由京師而風天下覃及九譯咸知宗師非止服逄掖者（一有談字）鑽仰而已於是學官陳師正等曁生徒凡四百二十有八人請金石刻且歌之曰我有學宇既傾而成之我有壁經既昧而明之孰規模之孰發揮之祭酒維蔡傅士維常俾我學徒絃歌（文粹作詠）以時切切祁祁不放不嬉庶乎遒人來采我詩時余爲禮部郎凡簪宗之事得以關决故書之以移史官宜附于藝文志

崑山縣學記　梁肅

學之制與政損益故學（二字集作政）舉則道舉道汙則政汙崑

山吳東（集作都）鄙之縣先是縣有文宣王廟廟堂之後有學室中年兵饉荐臻堂宇大壞方郡縣多故故未遑繕完其後長民者或因而葺之以民尚未泰故講習之事設而不備大曆九年大原王綱以大理司直兼縣令既而釋奠于廟退而嘆曰夫化民成俗以學爲本是而不崇何政之爲乃諭三老主吏整序民餙班事大啓室于廟垣之右聚五經於其間以邑人沈嗣宗躬養經學俾爲傳士於是遐邇學徒或童或冠不召而至如歸市焉公聽治之暇則往敷大猷以聳之傳考明德以翼之優而柔之使自求之揭而厲之使自趨之故民見德而興行行於鄉黨洽於四境父篤其子兄勉其弟有不被儒服而行莫不耻焉僉曰公主于（二字集作之）設教矯其末不墜其本易其俗不失其宜也傳曰本立而道生昔崔瑗有南陽文學志王粲有荊州文學志皆表儒訓以著不朽遂繼其流爲縣學記俾來者知我邑經藝文教之所以興是歲龍集乙卯公爲縣之明年也

大學傅士講禮記記　歐陽詹

說釋典籍謂之講講之爲言耩（公項切耩也集作講非下同）也如農之耕田疇焉疇將植而求實雖耕矣必耩分其畦隴嘉穀由是乎生典籍將肄以求明雖習矣必講窮其旨趣儒術由是乎成我國庠春享先師後更月命太學傅士清河張公講禮記成儒術也聖祖三刊經九公通其六精于五而禮記在乎其中禮也者御人之大故首于群籍而講之東脩

既行筵肆乃設公就几北坐南面直講抗牘南座北面大司成端委居于東小司成率屬列于西國子師長序公侯子孫自其館大學師長序卿（集作鄉）大夫子孫自其館四門師長序八方俊造自其館廣文師長序天下秀彥自其館其餘法家墨家書筭家輟業以從（集作輟肄業以明）亦自其館沒階雲來即席鱗居攢弁如星連襟成帷公先申有禮之本次陳用禮之要正三代損益得失定百家疏義長短鎔乎作者之意注乎學者之耳河傾于懸風落于天清泠灑蕩幽遠無泥所昧鏡徹於靈臺所疑氷釋於心泉後一日聞于朝百司達官造者半後一日聞于都九城知名造者半皆尋聲得器虛來實歸予職在下庠亦掌有教道不足訓

領徒從公惟始洎終覩公之美敬書盛事記諸屋壁弁列當時執簡摳衣者于左偏貞元十四年五月二十七日記

文章

太宗飛白書答詔記　權德輿

太宗文皇帝飛白書十二句五十五字（集有貞者字）觀十六年答左散騎常侍劉洎之詔也吾觀古之令王未嘗不虛己以納諫古之良臣未嘗不匪躬以盡直然後百度貞九有清豫此物也初太宗與公卿大臣徃復古義以聰明示群下洎退而上書其大旨以爲動神機縱天辯不若凝旒虛襟以至公愼取捨而已故沃心以納優詔以答嘉其忠故以誡詞渥其禮故以手翰史臣實録具載其事有都官郎

中實泉者傳古尚藝貞元初得其書於人間太清宮道士盧元卿又得之於竇氏元卿工爲篆隸八分諸書且其家法保而藏之久矣元和五年夏四月予以太常齋薦于宮師因出以示予予乃整衣冠離次捧視且以見聖唐建巍巍無窮之基在此編也至若縹緲鴻翥（作飛）之勢輕濃蟬翼之狀子敬白而不飛子雲飛而不白稽合衆美裁成絶藝（集作勢）又以見哲王之餘裕書圃之逸品云

故刑部尚書中山李公詩法記　蘇頲

唐開元四年太歲景辰二月戊申朔二十六日癸酉銀青光祿大夫刑部尚書昭文館學士中山公薨于京師宣陽里私第享年六十先五日扈駕自新豐湯井還其日奉制持節復賽於湯所以降雨故也還歷二日自說齋祭滌濯之事願言也（一無也字）賦詩至其夕賓友皆散因作扈從詩十韻遲明命以示頲詩成而寢奄忽生災此即夫子獲麟之卒章也旣殯公子壻右金吾倉曹傅陵崔望之自其家取以見遺嗚呼翰墨未燥形神已離舉朝驚嗟之聲不崇朝而達於遠矣公文特稱於世每謂知音則寡同氣相求逮觀此詞何異於理正在心而爲詠豈交臂而相失曾未數刻恨不回車擊節而如舊也撫膺一慟不覺涕之漣而痛矣中山長無見日雖子期不聽存者可以絶絃而相如有作殁者竟傳遺草故録如右記其事云

移顔魯公詩記　鄭薰

顔魯公旣用貞鯁爲元載所忌由刑部尚書貶夷陵郡別駕大曆六年又以前秩轉廬陵郡道出宣州之溧水縣縣之南經古烈士左伯桃墓節槩交感即於墓下作詩一首自題於蒲塘之客舍（一作館）詞韻凄激點畫蹶壯窮國藝之奇事厥後洎于大中丁丑歲八十七年矣孤宇夐聞爲滕不固久爲飄曝薪牧所困一挑半剔徃徃滂缺余作鎭到此有客謂余者（一作日）惜之立召工將王少儒領其部匠鑿垣瘦匣移寘于北望樓之西隅且以爲郡居之勝絶鐫石其下俾後之觀者知改置之意無忽大中十二年十一月十九日宣歙池觀察使檢校右散騎常侍兼御史大夫鄭薰記

顔公以永泰二年丙午十二月貶峽州別駕旬餘改吉州司馬六月次江州之廬山有東西林題名必以秋至吉是年十一月改元大曆故次年丁未十月公遊青原寺題名便稱大曆二年又明年戊申五月移撫州刺史已酉庚戌皆在官六年辛亥閏三月代到而四月書麻姑壇記猶以撫州繫銜今於文集及石刻攷之是歲八月次上元縣乃自撫歸京時也上元與溧水實爲鄰邑今皆隸昇州當時溧水則隸宣城公題詩烈士墓在六年與此記合然鄭薰唐名臣記謂公由刑部尚書貶夷陵郡大曆六年又以前秩轉廬陵郡道出溧水不應謬誤如此七年九月公復刺湖州八月正月赴上（一本以丁丑爲丁酉）

非

吳郡詩石記　　白居易

貞元初韋應物爲蘇州刺史（二字集作牧）房孺復爲杭州皆豪（一作頎）人也韋嗜詩房嗜酒每與賓友一醉一詠其風流雅韻名播於吳中或目韋房爲詩酒仙（集有時字）予始年十四五旅于二郡以幼賤不得與游宴尤覺其才調高而郡守尊以當時心言異日蘇杭苟獲一郡足矣及今自中書舍人間領二州去年脫杭印今年佩蘇印既醉於此又吟於彼酣歌狂什亦往往在人口中則蘇杭之風景韋房之詩酒兼有之矣豈始望（集作顧）及此哉然二郡之物狀人情與曩時不異前後相去三十七年江山是而齒髮非又可嗟矣韋在此州歌詩甚多有郡宴詩云兵衛森畫戟燕寢凝清香當時最爲警策今刻此篇于石傳貽將來因以予旬宴一章亦附于後雖雅俗不類各詠一時之志偶書石背且償其初心焉寶曆元年七月二十日蘇州刺史白居易題

香山寺白氏洛中集記　　前人

白氏洛中集者樂天在洛所著書也大和三年春樂天始以太子賓客分司東都及茲十有二年矣其間賦格律詩凡八百首合爲十卷今納于龍門香山寺經藏堂夫以狂簡斐然之文而歸依支提法寶藏者於意何我有本願願以今生世俗文字之業狂言綺語之過轉爲將來世世讚佛乘之因轉法輪之緣也十方三世諸佛應知噫經堂來

滅記石未泯之間乘此願力安知我他生不復游是寺復覩斯文得宿命通者今日事如智大師記靈山於前會羊叔子識金環於後身者歟於戲（二字一作噫）垂老之年絕筆於此有知我者亦無隱焉大唐開成五年十一月二日中大夫守太子少傅馮翊縣開國侯上柱國賜紫金魚袋白居易樂天記

東林寺建碑記　　張文新

北海守李公文人之雄書品之能者也開元十及年作東林寺碑手筆一軸俾模而刊石藏於寺者凡百一十三歲僧之歷居者不啻大千數未始有議建竪者釋雲皋本謝氏子讀書爲文將就鄉賦舉進士遇明師悟寂滅之樂因

髡頭就學遂僧于東林㠯有年矣一旦視碑卷嗟曰遠公之名德振千古東林之聲籍冠宇內而是詞是翰記其所由然誠天下之妙絕山門之光大儒釋之美談也宜乎始至而揭諸顯敞俾文士名僧趨而徇之不暇是何卷於塵中踰百載莫石莫刊將焉用僧乎僧門一士也一杖一屐一作屨足以歷岨嶮一鉢一衲足以了朝夕不著不繫視千萬里若尋丈間遂裹足道途東西南北募緣以成其事會河東裴公自中書舍人開廉府于鍾陵敷文行政教之餘得六度三乘之奧聞臯志願亦垂信施因自染翰贊列爵秩名氏于卷末又有以增名迹重爲光也臯乃得模而刊於碑會昌二年四月磨礱既成遂光遂平鐫之硜硜夬象奎

呈如蛇如龍如飛如行一作走如筋玉在漆如玄穹列星立之亭亭弗蘙弗傾于寺之明余時刺茲郡因緘俸緡屋其上且嘉一作票臯建志不苟古人云智過千人謂之英臯之有決補遺事之智有崎嶇辛苦以成其智之一作智字實過於百一十三年歷居之僧遠矣肅不謂爲僧之英乎故記一作有之字碑之陰

一作皆續廬山記不若元本爲是後題觀察使裴休刺史張又新等立碑今不録

文苑英華卷第八百十六

文苑英華卷第八百十七　　記二十一

釋氏

寺

院上

寺

九華山化成寺記　費冠卿

九華山古號九子山崛起大江之東揖灊廬於西岸儼創成於天外旁臨千餘里高峯峻嶺臣焉連岡走壟子焉自元氣凝結幾萬斯年六朝建都此爲關輔人視山而天長山閟人以波逝其間聖后賢臣詠歌迭興言不及者茲山屈焉開元末有僧檀號張姓自郡舒至爲鄉老胡彥請住廣度男女時豪所嫉長吏不明焚一作毀其居而廢之時有僧地藏則新羅王子金氏近屬項聳奇骨軀長七尺而力倍百夫嘗曰六籍寰中三清術內唯第一義與方寸合落髮涉海捨舟而徒睹茲山於雲端自千里而勁進披榛援藟跨峯越壑得谷中之地面陽而寬平其土黑壤其泉滑甘巖棲澗汲以示高潔曾遇毒螫端坐無念有美婦人作禮奉藥云小兒無知願出泉補過應視坐石石間潨渚一作二字

遲過視疑不時人謂九子神焉素頹篤四部經遂下山至南陵
有俞蕩等篤獻焉自此歸山跡絕人里逮至德初有諸葛
節等自麓登峯山深無人雲日雖鮮明居唯一僧閉目石
室其旁折足鼎中唯白土少米烹而食之群老投地號泣
和尚苦行若此某等深過已出泉布買檀公舊地敢冐死
請大師從之近山之人聞者四集伐木築室煥乎禪居有
上首僧勝諭(一作瑜)等同建臺殿梗楠豫章土地生焉斷而
斲之珷玞琪璦不求他山肆其磨礱開鑿瀍(一作溪)澗盡成
稻田相水攸瀦為放生池乃當殿設釋伽文像左右備飾
次立朱臺掛蒲牢於其中立樓門以冠其寺丹素交彩層
層倚空喦巒隊起於前回松檜陣橫於後嶺日月晦明以

增其色雲霞聚散而變其狀松聲猿嘯相與斷續都非人
間也建中初張公嚴典是邦仰師高風施捨甚厚因移舊
額奏置寺焉本州牧賢者到寺(一作終)嚴師之敬西江估客
於雲外見山施帛若干疋錢若干緡焚香作禮遥以祈祐
師廣德焉况親承善誘感悟深哉旁邑豪右一瞻一禮必
獻桑土豈諸牧不合禮焉富商大族(一作旅)輕其產哉道德
感也本國聞之相與渡海其徒定衆師憂無糧發石得土
其色青白不墋如麵夏則食蒸土冬則衣半火無火長畬
田採薪自給中歲領一從者居于南臺自緝麻衣其重兼
鈞堂中塌上唯此而已池邊建臺曆四部經終日焚香獨
味深旨時年九十九貞元十年夏忽召衆告别罔知攸適

但聞山鳴石隕感動無情與[illegible]滅有尼侍者來未及語寺
中和鍾無聲墮地尼來入室堂椽三壞吾師其神歟趺坐
函中經三周星開將入塔顏狀亦如活時舁動骨節若撼
金鎖經云菩薩鉤鎖百骸鳴矣基塔之地發光如火其圓
光與其佛廟群材締構衆力保護施一金錢報一重果下
為輪王上登聖地昔有護法良吏洎施力僧檀越等具刻
名于石士疾殁代不能立殊績以濟衆又不能破餘財崇
勝因緣豚腥羶顧兒婦生為人非死為鬼責悲哉時元和
癸巳歲予閑居山下幻所聞見謹而録之孟秋十五日記

修香山寺記　白居易

洛都四郊山水之勝龍門首焉龍門十寺觀遊之勝香山

首焉香山之壞久矣樓亭騫崩佛寺(集作僧)暴露士君子惜
之予亦惜之佛弟子恥之予亦恥之頃予為太(集作庶)子賓
客分司東都時性好閑遊靈跡勝槩靡不周覽每至茲寺
慨然有完葺之願焉迨今七八年幸為山林(一作水)主是償
初心復始願之秋也似有緣會果成就之感予早與故相
國元公(四字集作元相國)微之定交於生死之間冥心於因果之
際去年秋微之將薨以墓誌文見託既而元氏之老狀其
臧獲輿馬綾帛洎銀鞍玉帶之物價當六七十萬為謝文
之贄來致於予予念平生分文不當辭贄不當納自秦抵
洛往返者再三訖不得已乃(集無乃字)回施茲寺因(一作固)請悲
智僧清閑主張之命謹幹將士(一作仁)復掌理之始自寺前

亭一所登寺橋一所連橋廊七間次至石樓一所連樓廊六間次東佛龕大屋十一間次南賓院堂一所小大屋共七間凡支壞補缺壘（集作壘）隤覆漏圬墁之功必精赭堊之飾必良雖一日必葺越三月而就譬如長者壞宅鬱爲道師化成於是龕像無燥濕陊泐之危寺僧有經行宴坐之安遊者得息有觀者得寓目關塞之氣色龍潭之景象香山之泉石石樓之風月與往來者耳目一時而新士君子佛弟子豁然如釋憾刜址之爲者（集無者字）清閑上人與予及微之皆宿舊也交情願力盡得知之感往（一作性非）念來歡（一作歎）且贊曰凡此利益皆名功德而是功德應歸微之必以有滅夙殃薦宜福也予應曰嗚呼乘此功德安知他劫不

與微之結後緣於茲土（一作西方）乎因此行願安知他生不與微之復同遊於茲寺乎言及於斯漣然（集作而）涕下唐大和六年八月一日河南尹太原白居易記

成都府新修福成寺記　劉禹錫

益城有（集無有字）右門街（集作御）大逵坦然西馳曰石筍街街之北有仁祠形焉直啓曰福成寺寺之殿臺與城之樓交錯相輝綉于碧霄望之如崑閬間物大和四年蜀師非將材不修邊備南詔君長諜得內外乘隙坌入闌于城下或縱火以駭衆此寺乃焚高門修廡委爲寒燼（集作爐）如是者再歲帝念坤維丞相復來山川如迎父老相識環視故地寺爲燋墟興起廢之歎爰有植因之願乃命主倖吏以吾繪

錢三十萬爲經營之基自公來思蜀人號無事時康歲稔人樂檀施公言既先應如決川乃傾囊褚乃出懷袖勝因化愚惠（集作慧）力攝慳男奔女驟急於徵令匠者度材以指衆徒藝者運思以役衆技斤鋸磨礱丁丁登登陶者儲精圬者效能欻自火宅復爲金繩沿故剏新因毁成妍華夷縱觀萬目同聳既告訖役公來慶成雲鮮日潤輝映前後於是都人舞抃而謳曰昔公去此福成以燬今公重還福成復宇民安軍治亦如此寺肅可勿紀乎公實聞斯言遂折簡見命謹月而日之時大和某年某月日大擅越具官封爵段氏其他發大願者程功董事者自中貴人及賓介（一作僚）將吏若僧徒偕籍之而刻于石

復大雲寺記（柳州石本有重字）　柳宗元

越人信祥而易殺傲化而偭仁病且憂則聚巫師用雞卜始則殺小牲不可則殺中牲又不可則殺大牲而又不可則訣親戚飾死事曰神不置我已矣因不食蔽面死以故户易耗田易荒而蓄字不孳董之禮則頑束之刑則逃唯浮圖（集作屠）事神而語大可因而入焉有以佐教化柳州始以邦命置四寺其三在水北而大雲寺在水南水北環治城六百室水南三百室俄而水南火大雲寺焚而不復且百年三百室之人失其所依歸復立神而殺焉元和十年刺史柳宗元始至逐神于隱遠而取其地其傍有小僧舍闢之廣大逵達橫術北屬之江告于大府取寺之故名作

大門以字揭之立東西序崇佛廟（集作字）為學者居會其徒而委之食使擊磬鼓鐘以嚴其道而傳其（石本無其）言而人始復去鬼息殺而務趣於仁愛病且憂其有告焉而順之庶乎教夷之宜也凡立屋大小若干楹凡闢地南北東西若干畝凡樹木若干本竹三萬竿圃百畦田若干塍治事僧曰退思曰令寰曰道堅後二年十月十六日寺皆復就

復戒業寺記　沈亞之

皇都左輔其屬縣朝邑縣令王郕言能改作便民嘗（集作當）有緇衣遷寺戒業民不便郕復之初蒲寇李懷光既虜其屬將收其散卒聚之長春宮城圜朝邑室廬皆殘燼寺宇益毀其後緇衣以為居近郭皆遊賓乃聚黨與謀遷之西

岡縈垣侵社地又治殿廡諸墓墳壠當其下者輒平去是時郕為尉固止之緇衣之魁得他吏與交通為助故尉終不能制日（一作因）縱其徒於民間為禍福語以動惑之民無老幼男女爭相率以奉所欲顧尉（集作畏）已後耳及郕為令乃元和七年也明年召緇衣宿老師弟子與語曰緇衣之道非能逾仁義以無害故天子許留國中前者緇衣無狀徙其居西岡之上侵社地壞丘塚夫社國之尊祭也丘塚人之返本也今爾（集作而）曹自為其居侵壞之是寧無害耶其昔爭之不得身（一作故）常慄慄抱痛願得自効以快意今能亟復幸善不能亦且論擊矣民聞之皆大喜故以其年十一月悉還其故九年余東適耶郕走蒲關朝邑令為具既酣前奉酒於余因請以其事次於（集作于）文

院上

潭州法華院記　于頔

長沙郡之安國寺寺之北偏法華院結構始畢光明弘敞依之者有其肯乎即我湖南伯御史中丞楊公竭孝思追大福報罔極于所恃也於戲萬法性離也言說非法也然捨言說無以辯了義詮實相繇是經教生焉佛說九部法華為最其逗機也韜靈珠於髻上指衆寶於藏內藥草沐莖葉之雨諸子悅羊鹿之車其會真也以開示悟入誘群迷令得佛知見以會三歸一為上乘令知法真際至於如是性如是相了緣起叩寂滅億劫諸佛乃能知之其餘辟

聞辟支如稻麻竹葦不得其微密也若有受持讀誦勇猛堅固我為勝因果亦隨之即楊州龍興寺阿闍梨靈祐鑽研歲久深解義趣常為寶函以授信心仍大署其背曰功滿三千其道乃圓百福萬善充塞沙界中丞先太夫人滎陽鄭氏以閨門尊重之德奉西方清淨之教歸命道士且業是經是（一作時）有明晦我無間斷君無幾貫盈其數焉常願極精慮罄泉貝大依佛事共楊光烈嗚呼風樹之感霜露之悲入肺肝者可勝道耶今位登方伯輕千乘之貴捐萬鍾之祿慘心裂膽夙紹前志此所不敢一日而忘其親也先是此地松竹葱蒨含絕世之異觀者百輩曾無領聲公乘時多暇高步廊廡密獲勝勢其心快然因心討手指

付于匠吏經時而成之堂殿崔嵬以切雲軒廊窈窱而踈
風皎嚴淨而無塵若釋梵之天宮大德僧懷遠秀掩珪璧
操陵霜雪是故啓請爲其主張加之以田產因之以臧獲
受用具足無遺乏相嘗闡於經曰造塔廟建形像旃檀沉
水彩畫裝鉸如是功德福不唐捐伏知必有以資窈冥闢
徃路揮斥萬有騰陵三界巍巍尊識補賢聖處信決定矣
其或否者我教其誣乎恭惟先太夫人誠敬齋莊高明惠
和道可以裨補陰教禮可以綢繆婦則早居穆伯之器有
賢子三人始在童孺則自教誨非雅言正味不道不食使
中和淳粹之氣飽飫其腑藏焉故中司洎令弟兵部郎中
凝大理評事凌皆擢進士高第以清風累德文學政事振

休聲于宇內議者謂王昆金友如三山峙立三川橫流焉
後之君子非但賓地覩此誌可以知上有聖謨之美下有
大孝之嗣矣公未懷慟絕不忍握管濡墨以文字自導其
意見托序述乃惕然而書之

梵閣寺常準上人精院記　符載

峯巒不嶢峭無以爲泰華院宇不嚴麗無以爲梵閣此寺
之有此院猶頭之戴冕弁目之懸眸子有闕是者謂之顛
昂丈夫其實誣之矣蜀郡豪也其民侈而夸者有之其土
腴而譁者有之偶得靜地黃金以㯓（一作賤疑作棧）梵閣攙龜城
犀浦之間背郫六七里而遥擺喧傲俗已有真趣及履吾
之精院也非天雲而高非川澤而深非江海而遠非山林
而靜湍庭多修竹古樹喬柯密葉扶疏膠轕其下向有茅
齋洞啓晨朝日出光照屋棟一聞鍾磬焚香掃地其心泠
然也亭午無人經行林中凡鳥不來時聞（一作雲）非天風其形
飄然也沉沉子夜清霄夐絕唯餘皓月鋪軒洞牖其氣凝
然也夫人之神不靈者耳目汨也居處蕪也思慮昏也苟
身棲清靜（一作淨）之域目暢澄鮮之境心遊寂寞之地雖妄
想有金城湯池之固不得與吾爲敵矣余爲六塵組織因
於懺洗嘗與一二善友跳身此來高僧達客微言相誘刹
那之下我得（一作得我）本性光復主人棲處偃仰動淹星歲哉
院王姓瞿氏真釋種也行業如圭璧標韻如松鶴毗尼大
藏啓其關鎖壇場之上鬱有風稱弟子以羸滿之質入旃

檀之林嗅聞馨香身意快樂故書美以示於道流欲使後
之君子遊其地覩其文明其人知余詞之不鹵莽也丁亥
歲正月辛卯國家郊天之日也試大常寺協律郎攝監察
御史符載厚之記

文苑英華卷第八百十七

文苑英華卷第八百十八　記二十二

釋氏二

院下

佛像上

院下

常州建安寺止觀院記　梁肅

沙門釋法顒搆精廬于建安寺西北隅與比丘衆勸請天台湛然大師轉法輪于其間尊天台之道以導後學故署其堂曰止觀初南嶽祖師受於惠文禪師以授智者大師於是乎有止觀法門大旨止謂之定觀謂之惠演是二德（集作法）攝持萬行自凡夫妄想訖諸佛智地以契經微言括其源流正其所歸圓解然後能圓修圓修然後能圓證此其略也自智者五葉傳至今大師當像法之中誕敷其教使在家之徒撥邪反正如大雲降雨無草木不潤升其堂者甚衆其後進入室不十數人法顒與居一焉予以爲法門有三觀遂徵之此堂蓋非因緣不成空也有之以爲利假也不廣不狹不奢不陋中也又以浄名之喻宮室謂於虚空然（集有後字）不能成隨其心浄則一切境浄作一物而觀者獲數善焉又况我大師居之爲斯人之庇乎小子忝遊師門故不敢不志時大曆九年冬十一月日記

廬山黄石巖（文粹有禪字）院記　劉軻

古老有言曰太極之氣積而爲（二字作成）山岳洩而（一無而字）爲川瀆然則匡阜之氣（一作境）其大也者（一作乎）東䆶歲山客劉軻採捨惟異自麓至頂却下半里餘次于黄石巖巖中有樓

禪子不知其幾許臘而璞行峻節人事難能僕高其人而信宿忘返（一無此十八字）乃（一作及）贖其輕重頗見其宅心之地乃問其住年但手指松桂云初（一無此字）毫髮我植今環人臂鳥飛兎走吾復何齒矧卯戌之昏旦霜炎之東西（廬山記拾遺作夕）生落之榮悴去留之沿泝雖云云（一作之非）自彼而於我蔑如也於戲向非巖房悄絶僧行孤峙則人境兩失故（文粹無此字一本作固）其宜也復何言哉觀夫煙雲生於（一作雜字）襏鳥風嵐出（一作嵐靄生）於襟袖群形浩擾倣（一作併）人（或作入）聠子每至煙雨初霽山光澄練泠泠仙語如在耳右況又聳崚嶢上冥冥安（焉一作）知不能與洪涯（一作崖）接袂浮丘連駕盈縮造化吐納顥氣絶慼容於後面遠（一）喧甲於腥（一作之臊）羶乎何不得然

四字一作不得而然者蓋鈎也餌也名爲利鈎名爲利餌吞鈎食餌
手足羈鎖彼安一作焉得跳躍於此乎是知夫禪僧心去桎
梏一作夫禪子脫去桎梏四支宣展動與雲無心靜將石何機物我
一致端邪徑塞僕所謂非斯人不能住斯境也禪師宜春
人俗姓劉名常進時人以師久住遂以其姓易其巖名也
一作云　一作皆唐文粹

佛像上

利州北題佛龕記　蘇頲

禮部尚書兼益州大都督府長史使持節劍南安南一作按察
節度諸軍州事許國公蘇頲敬造因寓言曰吾見夫山連
峨嵋水合江淹山兮水兮路窮嶮鬱南望兮此一作北情多

吾又見像法住世于巖之阿百千萬億兮相觀我載琢載
追兮吾匪他伊古昔兮焦呂擬作禧不懼必忠信兮艱危若
何故吾因空而即有孰不迴何以檀那行矣此陽景頹兮
翠改色陰風起兮自增波

福州南澗寺上方石像記　歐陽詹

萬物闃闃各由襲沿無襲無沿而忽以然苟非妖怪實爲
珍慶斯石像者其珍慶歟始孕靈韞質朕兆未見則峩峩
巨石巖峭山立鎮郡城之前阜壓蓮宮之上界海若鞭而
莫動天時泐而終固皇唐天寶八年五月六日清晝忽騰
雲傍集作旁湧驟雨來集驚飈環駭軒文粹作剨訇香冥椎椎者
雷駭然中震迸大噴一作焚呀大聲殷然空岑嶺巇跜潭洞歛
蕩滇史風雨散雲雷收激川作粹頂辟綸囷斬焉中闢南委地
以梯集作柹落北于霄而碣一作揭樹不上不下不西不東亭
亭厥心隱出文粹作隱隱真像三十二相具八十種好備列侍
環衛品覺有序莊嚴供養文物咸秩馭蜀本作端然慈面儼矣
儀形似倚雪山而援法如開日月殿以趺坐異矣哉不曰傳
聞乎未聆於既往不曰多智乎罔測其所來且物之堅莫
堅於石況高厚廣袤又群石之傑一朝爪剖中有雕琢其
爲造石之初致有形於外封乎其爲有石之後入無間以
內攻乎噫不可以人事徵試請以神化察巍巍釋氏發揮
道精其身既傾其神不生等二儀以通變齊四大而有力
教於時有所頹靡人於教有所忸怩則爲不可思議以煦

以吹故示此無跡之跡難然之然俾知其集無其字我存存入
集無入字我之門經曰千百億化身蓋隨感而應茲身者則千
百億之一焉昔諸佛報現皆託於有命則有生有生則有
滅曷若因其不朽之物憑乎集作其不動之基形既長存法
亦隨是與夫爲童兒集作男而出世假長者以來化玄玄之
徽則雖一來永之利則不倦可以禮足而悔罪寄影以安
樂乎則求福不回者焚香跪仰或從釋子之後故於文粹作爲
巉巉之餘仍聊書其所由來貞元六年七月十五日記

移佛記　沈亞之

元和四年三月五日杭州報恩寺長老與其鄉閭父子將
徒故佛像歸復于其寺佛至乃饗長老使白其由於亞之

而求詳録焉沇子曰西域之有神教流於東域中者其教像法其法者名曰佛自稱曰天人師又曰世尊出其言亦曰經驗其經之說佛去世而後摹其形焉像其真與衆瞻仰之故法之言像由斯（一有興字）也其或範金鐵以爲之合土木以爲之堅之以腊膠餙之以丹漆五色然後形神儼然成其像舉其數體有爲尊而坐者有爲碑而拱立者有跪（集有者字）如受教諭者有執樂而絃者吹者有具其形㤭荷戈而勉強者有嗔目而叱咤者摹鬼神焉此爲像之外者也其性之旨爲戒慎焉（集無焉字）正邪去惡爲濟渡力導盲聾警沉溺使民無不善如我仁誼慈惠然此爲像之内者也又說有已來之生來生之後生爲福則福應爲禍則禍應因

緣化而設其旨或由是舉域大敬自天子逹於庶人一信佛之來於今六（集作八）百餘年矣其間亦時神㤭焉先天中其寺之佛事具足如向之稱者無何水火（集作大）是災生民流沉溺于是邦其寺之佛事卑而拱立者跪而（集作如）受教諭者執樂而絃者吹者衛而荷戈叱咤者皆毁也散其宇皆落唯尊而坐者獨巋焉而存由是納去又重其裝（集作莊）敬焉數歲其鄉人後生敵惡者十誡其三四故此鄉之人思其功力復求而歸之與其敵惡誡（一作是欲識敵惡）而（一有與字）敬順之道明矣嗟乎忠信仁誼不舒信於人久矣而皆以巳生來生之後因緣禍福之說化行矣（集作焉）今余因長老請余記移佛之由遂得道教之意（集無此字）所以意者欲使群生隨其機以悟之其機高者其性惠見其内像而内覺發其心而能至其正其機下者其性回見其外變（一作像）而外覺文其心而後歸其正是故精麤其内外之像以陳之

再修成都府大聖慈寺金銅普賢菩薩記

韋皐

真如常寂色相假名法本無緣誠感必應大慈寺普賢像蓋大照和尚傳教沙門體源之所造也儀合天表制侔神工蓮開慈顏月滿毫相昔普賢以弘誓願於南贍部洲賛釋迦文拔群生若而塵俗昏智莫覩真相雖同諸法究竟寂静而隨所應爲現其身即色即空皆菩薩行自昔鎔于寺之東像成功巨莫能締構危棟洩雨頽墉生榛狐狸梟

鸞號嘯昏晝於戲明可以照幽晦教可以逹群迷何廢興之變陰隲於其數昔太曆初有高行僧不知何許人曰斯像後十年而廢二十年而復興我今皇帝神聖纂圖詔四方監守修舊起廢斯其明效也皐因降誕慶辰肅群寮戒武旅上崇景福齋于斯寺觀像王稚傑天眼慈矚（一作瞻）禮足諦視悅如有神而廢故湫漏殆無人跡將何以昭誘沉淪發揮誠敬遂南遷百餘步度宏規開正殿因詔旨諭群心千夫唱萬夫和奮𩕳負畚穹崇横絙運巨力拔始雷殷而地轉欻雲旋以山迴面四方而聖教攸歸鎮坤維而蠢類知向於是平坎窞翦蒙蘢横空準繩喬曲面勢連廊霤以雲屬三橋揭其虹指廊廡與庭之漫漫增百重門之巘巘是

知至道默存於濁刼元功必啓於康時不然何神像巍巍冠諸有相久而弛廢將有待而興乎觀其左壓華陽之勝中據雄都之盛岷江灌其前趾玉壘秀其西偏足以彰會昌之福地弘一方之善誘安得不大其棟宇規正神居哉夫像末（一作設）陵夷去聖彌遠言教者必滯於物遺物者亦住於空將求乎中弘我至教乃擇釋子達真源之所歸者于以居之皋受命方鎮十有七年求所以贊皇猷裨大化嘗以萬人之心不俟懲誡靡然歸善者釋氏之教弘矣況冥祐昭報大彰于時崇而守之亦同歸於理也是用上承聖意虔奉天心存像存教以勸其善貞元十七年十一月二十日劒南西川節度觀察處置并雲南安撫等使光祿大夫檢校司徒兼中書令成都尹南康郡王韋皐記并書

繡西方大慈大悲阿彌陀佛記　穆員

儒之執喪也極其哀止於毀其於旣往也則無及焉西方聖人以大慈大悲爲功追護往生爲誓凡爾銜卹靡至克窮罔極如有求而不獲者何末由斯而洩之貞元八年百一旬有六日我伯姊前烏程令弘農楊萃（一作華）故夫人之喪再周先是哀子泰衡嵩復覯洎女子（子字一作十娘）相與號曰我之生也自親之生今我報親幾何而旣何先生制禮不即人心何義和迅節不恤余慕於是合哀僝聖誠而禱之男寘其心女集其指追茲日而向彌陀佛現嗚呼西方之教念焉斯至矧是像也一縷一哀一哀一聖凡億萬縷爲億萬聖億萬大慈大悲一（一作壹）之乎爾願其爲追護也可豈曰哉泰等毀傷見者之神號墮鄰人之淚是月之慕有逾其初舅氏員撫而廣之曰親之於子也生三年而免於懷子之於親氏喪三年而免於服是則服之終也豈哀之終乎記所謂君子有終身之憂蓋哀之終也此又哀之終也豈孝之終也經曰立身揚名以顯於後世夙興夜寐無忝爾所生此孝之終也若然者爾之孝爾之哀偕爾身齊爾性於是始孝何痛夫終焉負悲不能文強爲之記

畫千手千眼大悲菩薩記　前人

貞元七年孟夏月再旬有六日我伯姊弘農楊氏夫人之朞女秘書省正字河東裴求已妻痛夫四序徂而還萬

化周而始慈顏復覯終天無期伏念身體髮膚重於所受不敢以毀生爲報其發於一號者則昊（一作旻）穹可聞泉壤可徹恭西方之教有追護之功崇建是像庶乎有及吾聞之古之泣血不必以血爲淚痛之至者如泣血焉是像也起爾一心成千手千眼自素爲繢自繢爲相自相爲聖自聖爲福所以復于爾所生者庸非爾之血乎希微窈冥之聞（一作間）惟至可至之至者孰至於哀哀爾思舅氏員自以一慟而不復續者骨肉之謂泣撫其事從而記（一作紀）之

夔州始興寺移鐵像記　劉禹錫

佛新晝于乹竺而像教東行是法平等故所至爲淨土是身應供故隨念如降生先是魚復人有以利金爲彌勒像

者重千鈞睟容瑞相人天兩足梟氏卒事而他工未備故寓于西偏不知其幾年矣寺僧法照瞻禮發信赤有白足入諸天（集作大）域乃至聚落無空過者積十餘年得信財無量繇是購工以嘗巧募徒而畢力四輩增增工鹿以肱中樞外脉陰轉陽動欻如地湧岌如山行大匠無言尊容嚮明青蓮承趺金獸捧持藻井花鬘慈龍四垂邑人膜拜如佛出世法照以願力能就流於（集作于）佛前因持片石乞詞以示後按此寺始於宇文周初瀕江埤庳皇唐神龍中爲水所壞有波那賴耶國僧廣照浮海而至頓錫不去遂移於今道場所山曰磨刀嶺曰虎岡其經始與克終（集作修）皆蕃僧是力後之有志者豈無人哉法照夔人姓穆氏年十有五出家依江陵名僧受具戒自貞元二十年甲申歸此寺願崇建有爲凡修大殿立菩薩大弟子侍佛左右逮長慶癸卯有成其善植德本者歟

文苑英華卷第八百十八

文苑英華卷第八百十九　記二十三

釋氏三

佛像下

經上

佛像下

彭城公寫經畫西方像記　盧子駿

滁州長史盧子駿太和六年十一月十七日自南譙抵鍾離謁太守彭城劉公公以鯫生文苑之舊常無瑕疵歎好同昔年宴游無虛日因及開元佛寺指大乘經藏曰我召傭書人書寫也西墉有西方像焉我俾畫工圖形也鑿戶牖以爲廟我命梓人𢦏事也厥功暨秋七月而畢先時公由廷尉評佐畫中書令田公於鎮州田令公將朝天子稽公上請事未訖而田令公遇害從事者皆死白刃毒流於

妻孥亂兵相約曰許事國士也議帥（一作師）前未嘗不忠遇吾儕未嘗不信安可殺許事耶駭許事家者衆誅之由是良賤獨無橫禍未幾天子震怒命將討賊鎮州阻絕公莫得知其家公曰吾孀姊依我少妻從我姊之子吾之子皆齒雅得脫虎口者非大聖相祐其可保全乎哉遂血淚橫下歸誠虔禱曰吾姊吾妻吾甥吾兒無恙而出寇境者則丹青極樂世界一鋪寫金剛般若波羅蜜經一千卷以酬爲不則吾終身不祿仕也明年公之長幼高下咸自賊中至君子曰劉公起諸生擢名文場爲聖朝博士損益禮樂贊白筆瞻我衣冠者不犯吞粉署大彌綸之績收濠梁著來蘇之謠復道坦夷濟物平施加以爲弟之悌爲夫之義

爲舅之惠爲父之慈其在詩曰允矣君子展也大成公宜延洪我國家康濟乎兆庶有皇天之福祐靈祇之相助化危爲安彌禍爲福信修身飭行之報矣非祈佛之効也且徵之亂日公之同僚無一免者而公不在亂邦祈佛之辰公之同僚黨屬盡夷滅而公之家恬然無事可以明矣于公獄吏耳守法能平尚慶流後嗣矧公之於家也友愛如此於國也賢明如是鎮之狂寇其如公何而今公指清俸鳩衆工毫相嚴備心法闡揚緘之以寶龕遂之以緋殿煌煌焉言言焉斯亦公不欺夙誠而欲復言也予駿辱公之遊于茲二紀熟公之懿範仰公之嘉猷因喜幽顯有答故刊石以祗命云太和六年十二月五　濠州刺史彭城劉茂復建

畫西方幀（文粹作燈）記

白居易

我本師釋迦如來說（一作記）言從是西方過（集無一字）十萬億佛土有世界號極樂以無八苦四惡道故也其國號淨土以無三毒五濁業故也其佛號阿彌陀以壽無量願無量功德相好光明無量故也諦觀北娑婆世界微塵衆生無賢愚無貴賤無幼艾有起心歸佛者舉手合掌必先嚮西方有怖厄苦惱者開口發聲必先念阿彌陀佛又範金合土刻石織文乃至印本（集本文粹作水）聚沙童子戲者莫不率以阿彌陀佛爲上首不知其然而然由是而觀是彼如來有大誓願於此衆生衆生有大因緣於彼國土明矣不然者

南北東方（集作東南北方）過見（二字一本作過去見在）未來佛多矣何獨如是哉唐中大夫太子少傅上柱國馮翊縣開國男（一本作侯）賜紫金魚袋白居易當衰暮之歲中風痺之疾乃捨俸錢三萬命工人杜宗敬按阿彌陀無量壽二經畫西方世界一部高九尺廣丈有三尺彌勒（集作陀）尊佛坐中央觀音勢至二大士侍左右天人瞻仰眷屬圍繞樓臺妓樂水樹花鳥七寶嚴飾五綵彰施爛爛煌煌功德成就弟子居易焚香稽首跪於佛前起慈悲心發弘誓願願此功德迴施一切衆生一切衆生有如我老者如我病者皆願（集作願皆）離苦得樂斷惡修善不越南部便覩西方白毫大光應合來感青蓮上品隨願往生從見在身盡未來際常得新近而供養

此欲重宣明（二本無此字）此頌而偈讚云

極樂世界清淨土無諸惡道及衆苦願如老身病苦者同生無量壽佛所開成五年三月十五日記

畫彌勒上生幀（集作幨）記　前人

南贍部州大唐國東都香山寺居士太原人白樂天年老病風因身有苦遍念一切惡趣衆生願同我身離苦得樂由是命繪事按經文仰兜率天宮想彌勒内衆以丹素金碧形容之以香火花果供養之一禮一贊所生功德若我老病苦者皆得如本願焉本願云何先是樂天歸三寶持十齋受八戒者有年歲矣常日月焚香佛前稽首發願願當當來世與一切衆生同彌勒上生隨慈氏下降生生劫

劫與慈氏俱永離生死流終成無上道今因老病重此證明所以表不忘初心而必果本願也慈氏在上實聞斯言言訖作禮自爲此記時開成五年三月日

易州抱陽山定惠寺新造文殊師利菩薩記　邵真

柏北山之鎮也易朔門之衛也山形東下萬嶺相屬得抱陽之一峯岌然孤標對引雙翼前面谿向陽光抱中故以抱陽名山山有定惠寺建于隋開皇成于今大曆左有精舍上有寶坊崇巖架壑崛起堂殿甃石爲趾飛空構梁廻廊盤蹬層閣鬱峙陽崖森竦以木秀陰壁沮洳以泉灑可以沓桑麻可以備欲濯朝日上海千巖下平晴雲捲霄百里前盡萬靈之所孕育衆聖之所栖憩賓延真至驅伏魔怪聾俗俗於覺路化空山爲金界羌難得而畢載也皇帝御天下之十三年至化汪濊被於無垠紹興像法荷護釋種我成德節度使太子太傅尚書左僕射兼御史大夫隴西郡王李公寶臣光膺朝寄主東之諸侯保和師旅（一作人）康靖方夏民既咸理法亦隨建遺功墜跡悉命修復有若新羅真子曰談藏浮海而至止於山間廻向懇到發其言願乃於寺内建文殊師利菩薩堂焉又於堂内立我隴西王洎夫人邠國夫人谷氏真形於其次所以存相展敬荷恩昭報也規心匠智尼徒蔵事徵工攻木陶甄窮淑凝鑠人隨悅來事與念就乃土木乃備冊素綵錯暈飛霞張

電挺儼八部以營衛列四天以護持如登化城忽入空境作禮端肅則文殊垂教之跡可歸也潔誠趨奉則隴西護法之恩可報也夫大雄現世乘化演教陰濟群動泯而歸無大賢佐世康物毗政協宜元氣退而不有以性（一作無）相示不以文字成元純冥符其理宗一則歸向者不必入毗耶之會方受真如之旨虔敬者不必趨丞相之府方承文告之令心念目覩隨而應祉於此堂也息真子之心廻是顯績樹爲介福固（一作故）我皇極不騫不崩登我明祚如岡如陵俾我隴西公位尊而壽功業長久俾我邠國既熾而昌福履穰穰轉輔公朝以作鎮配茲山以等固宜之哉真實掌中軍之記敢拜嘉命書于貞石時大曆甲寅歲孟冬

既望

興唐寺毗沙門天王記　盧弘正

毗沙門天王者佛之臂指也右扼吳鉤左持寶塔其旨將以摧群魔護佛事善善惡惡保綏斯人在開元則玄宗圖像於旗章在元和則憲皇交神於夢寐佑人一作仁濟難皆有陰功自時厥後雖百夫之長必資以指揮十室之邑亦嚴其廟宇戢猙強暴無煩犴牢敏以一作於為政者必因而證樹之興唐寺僧道契者惠智之人也聘隙地得勝槩肇基厥事始唱而求其和焉前刺史范陽盧公周仁薪胥塗内以立之後刺史河南渾公鐸施丹凝素以究之終而司勳京兆韋公磻揮金致績以美之寬三君子同心構物之

道頼斯人之肥瘠也一作豈一朝一夕一手一足之功哉弘正惴惴兢兢大懼三賢相因之績由我或墜而已余一作爾視斯像且未有增一毫之力視斯人其獲有所一作其有所獲施為耶撫事及政為之記云時開成三年十二月十五日

經上

大唐金剛般若石經記　釋真言

有唐相國寺大德曰景融建金剛般若石經于大梁當唐氏帝天下百六十有八祀貞元元年龍集乙丑皇帝拜南郊之來月壬戌立于寺奉國報慈從昔願也夫先佛者法法空則境遣後佛者教教離則言亡雖至德而無形亦假名而有後緜是脫靈之源流重華於漢土慧命之懸解載頌於魯文融公宣之與慧命傚疑矣公性惟明敏量秉淳固生而好學幼則老成孝傳鄉黨名冠緇宿心堅不玷之王行潘上弦之月為儒之龜鏡則任三之義全紹佛之号治則第一之道立加以才高利用迹著通方掌僧有火光之烈待客有泉水之稱不求虛飾外以浮榮異世同流聯芳並美公以出塵而不為宗之嗣毀服而不為邦之史一作吏常追昊天之報每蓄維桑之敬遭逢世故蕩瀉兵間定亂之術非孫吳不可問安之禮非荀趙不大君親之効我復何有遂乃恭己懇志建言有謀以為至聖無私會感必通正智無情在幾必兆因疇遺訓歷考故實願欲一作為寫誦章句潛融觀照持三輪空成萬象印禍不却而自抑福

不招而自剋本無為以寧家體淳化以建國則知刑賞之内權衡制之刑賞之外我法綏之事無績而有忠功不伐而多義斷其今古度以優劣苟折骨刺血于皮紙則節皆而難就欲垂露懸針於竹素則工費而易朽所以徵藍田之美璞擬繁昌之麗刻庶暫勞而永固與天長以地久一作與天地以長久於是月殿西坎雕楹南嚮四序光景六時香煙模可以廣千萬經觀可以更億兆衆公與真言十年之長三紀之故假詞杼意難讓課虛謝命含毫感事題記者也

壽州法華院石經堂記　李紳

如來以萬門萬行普示群生隨其性根用假方便水月觀像萬象俱鑒識真如者知非在水慧燈傳照百千同朗識

佛智者知燈在覺是以如來□三乘諭演菩薩上首傳十二輪渡生死海是經之要妙諸佛之心印卷舒萬法（一作彰卷）示凡聖信解得入入為真諦無我無我無為無為無生無滅諸佛如來不以寂滅自樂無生自處故現生滅以示群迷入煩惱中解衆生縛入有相中示衆生滅是以諸佛如來以一切衆生煩惱苦海無明罪垢為解脫方便故經有火宅窮子以弘法諭有衆生有煩惱離煩惱即諸佛有煩惱即衆生煩惱蓋纏不知明覺如寐如病佛為解寐療病衆生昏蒙不能解釋故如來廣清凈教開是經典用曉迷愚以示方便聞是經者發菩提心持是經者入如來智一禮一敬皆資勝因刻于貞石瞻仰常覩表佛慈旨無言現

言刊諸蓮宮末乘福慧大和六年歳在壬子七月既缺之二日書

東林寺經藏西廊記　白居易

元和杪江西觀察使常君丹於廬山東林寺神運殿左井露壇右建修多羅藏一所土木丹漆之外飾以多寶相好嚴麗鄰之（集作諸）鬼功雖兩都四方或未前見一切經典盡在乎（集作于）內蓋釋宮之天祿石渠也杪藏既成南東北廊亦具獨西未作而常君薨迨今十餘年風日所飄燥雨雪所沾濕西南一隅壞有日矣僧（集有坊字）衆惜之予亦惜之非不是圖財力不足暨十三年予作景雲律師塔碑成景雲弟子饋絹百疋予法施凈財義不已有即日移用作藏西廊因請寺長老演公滿公琳公等經之寺綱維令果（集作杲）靈達等成之蓋欲護前功償始願非布施相功德心也其集經名數與創藏由緣詳于李肇碑文此但書新作西廊而已十四年月日忠州刺史白居易記

華嚴經社石記　前人

有杭州龍興寺僧南操當長慶二年請靈隱寺僧道峯講大方廣佛華嚴經至華藏（集作嚴）世界品聞廣博嚴凈事操歎喜發願於白黑衆中勸千萬人（集疊人字）轉華嚴經一部十萬人中又勸千人（集疊人字）諷華嚴經一卷每歳四季月其衆大餘（集作聚）會於是辯之以社齊之以齋自二年夏至今年秋凡十有四齋每齋操捧香跪啓於佛曰願我來世生華

嚴藏世界大香水海上寶蓮金輪中毗盧遮那如來前與十萬人俱斯足矣又於衆中募財置良田十頃歳取其利永給齋用于前牧杭州時見（集作聞）操發是願今牧蘇州時見操成是功操自杭詣（一作之）蘇凡三請於予曰操八十二矣朝夕待（集作迨）盡恐社與齋來者不能繼其志乞為記誡俾無廢墜予即十萬人中一人也宜乎志而贊之噫吾聞一毛之施一飯之供終不壞滅況田千畝齋四時用不竭之征備無窮之供乎噫吾聞一願之力一偈之功終不壞滅況十二部經常出於百千人口乎況十萬部經常入於百千人耳乎吾知操徒必果是願若經之句義若經之功神則存乎本傳若社人之姓字若財施之名數則列于別

碑斯石之文但叙見願即來緣而已寶曆二年九月二十五日前蘇州刺史白居易記

香山寺新修經藏記　前人

先是樂天發願修香山寺既就事具前記迨今七八年寺有佛像有僧徒而無經典寂寥精舍不聞法音三寶闕一我願未滿乃於諸寺藏外雜散經中得遺編墜軸者數百卷帙以開元經録按而校之於是絶者續之亡者補之稽諸藏目名數乃足合新舊大小乘經律論集凡五千二百七十卷乃作六藏分而護焉寺西北隅有隙屋三間土木將壞乃僧修改飾爲經藏堂堂東西間闢四牕置六藏藏二門啓閉有時出納有籍堂中間置高廣佛座一座上列金色

像五百像後畫集作設西方極樂世界圖一菩薩影二環座懸文幡二十有四榻席巾九泊供養之器咸具焉各爲道場簡儉嚴凈開成五年九月二十五日堂成藏成道場成以香火虆之以飲食樂之以管磬歌舞供養之與閑振源濟剑操洲暢八長老及比丘衆百二十人圖繞讚歎之又别募清凈七人日日供齋粥給香燭十二部經次第諷讀俾夫經梵之音晝夜相續洋洋乎盈耳哉忻忻乎滿目集作願哉爾時道場主佛弟子香山居士白樂天欲使浮圖之徒游者歸依居者護持故刻石以記之

文苑英華卷第八百十九

文苑英華卷第八百二十　記二十四

經下

蘇州南禪院千佛堂轉輪經藏石記　白居易

千佛堂轉輪經藏者先是郡集有太字守居易發心蜀沙門清閑挾集作謨矢吴僧常敬弘正神益等僝功檀集作商主鄧子成梁華集周順七字一有曹公政王等施財院僧法弘一作供惠滿契元惠雅等藏事大和二年秋作開成元年春成堂之費計緡萬藏與經之費計緡三千六百堂之中上蓋下藏藏蓋之間轉九層佛千龕綵繪金碧以爲飾環藏盖懸鏡六十有二藏八面面二門丹漆銅錯以爲固環藏敷集作數座六十

有四藏之内轉以輪止以𢌞經函二百五十有六經卷五千五十有八（南閻浮提内大小乘經凡八萬四千卷按唐開元經録名數與此藏同於閻浮大數二千之一也耶）歲成經具之明年蘇之緇（集有徒字）衆謀曰今之（集無之字）功德如是誰其尸之宜請有福智僧越之妙喜寺長老遂禪師爲之主宜初發心人前本部守白少傅爲之記僉曰然遂（集作師）既來教行如流僧至如歸供施達襯隨日而集堂有羨食路無饑僧遊者學者得以安給惠利饒益不可思量既而遂隨緣西去又請本郡乾元寺禪僧德暉大師嗣之暉既至（集無此二十五字）二師又日與苾芻徒（集作衆）升堂焚香合十指禮于佛然後啓藏發函鳴犍椎唱伽陁受持諷誦十二部經經聲洋洋充滿虚空上下遠近有情識者法音

所及無不蒙福法力所攝鮮不歸心佛然巺（集作巽）風一變至道所得功德不自覺知繇是而言是堂是藏是經之用信有以表旌覺路也脂轄法輪也示火宅長者（集有子字）之便門也開毛道凡夫之大寶也豈其然乎豈其然乎（集不疊此四字）又明年院之僧徒三詣洛都請予爲記夫記者不唯紀年月述作爲亦在乎辨興廢示勸誡也我釋迦如來有言一切佛及一切經（集作法）皆從何（集作經）出然則法依於經經依於藏藏依於堂若堂壞則藏廢藏廢則經墜經墜則法隱法隱則無上之道幾乎息矣嗚呼凡我國土宰官支提上首豎摩摩帝輩得不虔奉而護念之乎得不保持而增修之乎經有缺必補藏有隳必葺堂有壞必支若然者其佛

弟子得福無量反是者非佛弟子得罪如律開成四年二月二日記

廬州明教寺轉䡖經藏記　　譚銖

大唐咸通庚寅歲廬之佛寺曰明教有禪那僧文珦創轉䡖經藏成命銖記其事銖常學釋氏因録其義以喻之曰經曰佛滅度後像法存焉夫像似也俾迷者覩其像得其意乃曰經心也藏藏也如心之含藏萬法者也故曰一心生萬法萬法由一心其動静弛張在我而寧窮其義畧舉其大斯藏也本於一心靈通無礙動用自在静則萬法空寂動則三界彌綸虚僞唯心所造作其在斯乎周廻八角角覺也佛以眼爲八邪耳爲八患鼻爲八苦舌爲八難廻

八邪爲八覺廻八患爲八解脱廻八苦爲八安樂廻八難爲八王子指四八爲三十二相由此八關返邪歸正成佛之境矣止則寂然無用引則轉而不窮動雖有聲静乃無跡以此現相俾人歸依知佛之心體道之要使迷徒瞻禮自識根源移於身心可見微密迷者若悞知三乘妙旨未脱輪廻一法正宗不離真性性而非性真何所真乃知三界本空十方一相而無相知何所知如始當（一作嘗）語言道斷心行起滅其藏貯修多羅教千軸募金數長者禪那弟子蘄州長史殿中侍御史上柱國王師貞將（一作特）力營構果獲成就噫巳丑歲屬徐方兵亂援軍屯集雖存根本幾失護持今則色相端嚴與教漸備所表法輪常轉心不動

揺畧諭因緣以示道俗云耳讃曰
修多羅教亟于藏輪周殉八角正道斯陳動用一心爲萬
法因忘因無法得本歸真藹于金石用導迷人

塔附浮圖

故中岳越禪師塔記　李華

智之深者反照仁之大者無思反照而萬物一作同明無
思而一切咸寂真如住乎無住妙有生乎不生惟禪師至
其極也禪師法號常超發定光於大照大師垂惠用於聖
善和上證無得於敬受闍梨司徒郭公舉爲東京大德御
史中丞鄭公表敷教於三吳乃沿漢至黃鶴磯州長侯途
四輩瞻繞請主大雲寺浩浩群醉頽霑醒藥於是以梵網

地還其本源楞伽法門照彼真性荆越之俗五都僑人有
度者矣寶應二年暮春季旬之二日證滅于禪居纔杖百
千江哀山悴凡入諸佛正位二十九夏存父母遺體五十
九年門人寶藏熙怡等號捧香氈建塔東岡遵像法也禪
師滄州人姚姓靈和應于海碣弱歲齒于儒者既而捨孔
氏之經爲釋門之徹聞西河攝護第一乃往從師次諸嵩
嶺服勤上法理妙詞簡神凝道深蓋六度之龜鱗人天之
海岳也嗟夫雨寶之珠伏於泥下燎原之火隱在木中開
示有期繼生宗範摩訶達摩以智月開瞽法雷破聾七葉
至大照大師門人承囑累者曰聖善和上環注源流含靈
福備乃灌其頂龍像如林　及往厲逆天兩京淪翳諸長老

奉持心印散在群方大怖之中人獲依怙則不言之教無
爲之益廣矣大矣覺之正之默然茲　昭不爲深乎弟子司
封員外郎趙郡李華泣舉雙林敬表仁旨時廣德二年正
月六日

牛頭山第一祖融大師新塔記　劉禹錫

初摩訶迦葉受佛心印得其人而傳之至師子比丘凡二
十五葉而達摩得焉東來中華華人奉之爲第一祖又三
傳至雙峯信公雙峯廣其道而岐之一爲東山宗能秀寂
其後也一爲牛頭宗嚴持威鶴林徑山其後也分慈氏之
一支其如來之別子咸有祖稱粲然貫珠大師號法融姓
韋氏延陵人少爲儒傳極群書既而嘆曰此仁誼言耳吾

志求出世間法遂入句曲依僧旻改逢掖而緇之徒君是
山宴坐石室以慧力感通故旱麓泉涌以神功示現故皓
雪蓮生巨蛇攝伏群鹿聽法貞觀中雙峯過江望牛頭頓
錫曰此山有道氣宜有得之者乃東果與大師相遇性合
神契集作投至于無言同躋智地密付真印揭立江左右聞
九圍學徒百千如水歸海由其門而爲天人師者皆脉分
焉顯慶二年報身示滅道在後覺神依故山戒香不絶龕
座未飾夫豈不思乎蓋神期真數必有所待大和三年潤
州牧浙江西道觀察使檢校禮部尚書趙郡李公在鎮三
閏百爲大備尚禮信古儒玄交修始下令禁桑門毋儒佛
以聡人者而於真實祖深達焉嘗謂大師像設宜從本教

言自我啓因自我成乃召主吏籍我月入得緡錢二十萬俾秣陵令如符經營之三月甲子新塔成事嚴而工人盡藝誠達而山神求護願力既從衆心知歸撞鍾告白(一作畢)龍象大會諸天聲香之蘊如見如聞即生相敬明幽同感尚書欲傳信于後遠命愚志(集作智非)之夫上士解空而離相中士著空而嫉有不因相何以示覺不由有何以悟無彼達眞諦而得中道者當知爲而不有賢乎以不修爲無也

西川鸚鵡舍利塔記　韋臯

元精以五氣授萬類雖鱗介羽毛必有感清英淳(一作純)粹者矣或炳燿离火或稟奇蒼精皆應乎人文以奉若時政則有革彼禽類習乎能言了空相於不念留眞骨於已斃殆非元聖示現感於人心同夫異緣用一眞化前歲有獻鸚鵡鳥者曰此鳥聲容可觀音中華夏有河東裴氏者志樂金仙之道聞四方有珍禽群嬉和鳴演暢法音以此鳥名載梵經智殊常類意佛身所化常狎而敬之始告以六齋之禁比及辰後非時之食終夕不視固可以矯激流俗端嚴梵倫或教以持佛名號者(一有曰字)當由有念以至無念則仰首奮翼若承若聽(一作善)其後或俾之念佛則默然而不答或謂之不念即唱言阿彌陀佛(一無佛字)歷試如一曾無爽異余謂其以有念爲緣生以無念爲眞際緣生不答有(一字)以爲緣起也眞際雖言焉本空也每虛室或(一作戒)曙發和雅音穆如笙竽[illegible]鼓天風一下上其音(一本有其音或文四字)念念相

文苑英華　一八百二十卷　六　李

續聞之者莫不洗然而嘉善矣於戲生有辰乎緣有(一作其)盡乎以今年七月捽而不懌已日而甚馴養者知其(一無此字)將盡乃鳴磬告曰將西歸乎爲爾擊磬爾其存念每一擊磬一稱彌陀佛洎十擊磬而十念成斂羽(一作翼)委足不震不仆奄然而絶按釋典十念成往住西方又云得佛惠者殁有舍利知其說者固不隅於殊類或遂命火以闍維之法焚之餘燼之末果舍利十餘粒炯爾燿目瑩然在掌識者驚視聞者駭聽咸曰苟可以誘迷利世安往而非菩薩之化歟時有高僧慧觀常詣三學山巡禮聖迹聞說此鳥(一作身非)涕淚悲泣請以舍利於靈山用陶甓建塔旌其異也余謂此禽存而由道沒有明(一作而有)徵古之所以通聖賢(一作至聖)階至化者女媧蛇軀以嗣帝中衍鳥身而建侯紀乎策書其誰曰語恠而况此鳥有弘於道流聖證昭昭胡可默已是用不愧直書于辭貞元十九年八月十四日檢校司徒兼中書令成都尹南康郡王韋臯記(一作皆唐文粹)

滑州明福寺新修浮圖記　白敏中

唐乙巳歲帝命司空隴西公作藩于滑公既至問甲士以安問文吏以理問黎人之疾苦朞月之後既安且理而無疾苦明年夏五月暇日公與監軍軍倅賓介遊于佛寺寺號明福因詢明福之義有僧定俊曰冥報記云隋開皇年中滑人杜明福妻祭氏嘗讀法華經沒後爲崔氏男子名彦武至仁壽四年崔年三十爲滑守一日了然通前生事

文苑英華　八百二十卷　七

顧謂從者曰吾昔爲此郡人婦今知家處因乘馬抵城闉入脩巷指門而呼杜一本無一杜字氏明福老矣疾出拜迎崔入門先昇堂指東壁圬墁之隧處謂明福曰吾昔所持經衆金釵藏於此七卷末紙火爇字滅今每念至此常不終卷因壞垣果得經并釵其末爇處咸如說復指庭前樹曰吾常斷髮實諸穴中取之又得明福殆不勝情云皆亡室之所遺記也比計物故之日及生之年畧無差焉噫靈驗應兆既如彼存沒契會又如此感嘆久之遂請施宅爲寺崔即日爲之上言請置寺因號明福由是起殿中盂屋周廊四迴前三其門庭二其臺架危樓以聲鍾植修莖以飛旛界宇峻嚴宛如鷲山于茲三百有餘年矣公異其事惜無

銘記遂勒石以載既而出家財修浮圖買彼餘力因其隙時人樂就役物無枉耗越七月浮圖成峻層孤危高無有倫墜地貫天泉縮日低鐵輪周迴風鐸四鳴軍城用爲壯觀公命敏中援筆以記敏中蹶然而起曰釋氏之教其來久矣漢魏以降復熾而識其教以禪定慈忍報應齋戒爲事亦以是誘掖人心輔助王化何者先王恭默無爲之道乃禪定乎忠恕惻憫之訓乃慈忍乎懲惡勸善之法乃報應乎防慾閑邪之禮乃齋戒乎分其教而則殊歸於禮疑而何異乎不語恠力亂神惡其人之惑也今崔氏之應足彰福善之理焉可同恠神乎故得直而書之無愧詞於戲公不至寺誰表其異寺不公值誰爲之記時也皇帝之代寶曆二祀白露之秋八月癸未因其異而致其施施乎施而增其圯後之人兮知我公修浮圖之義

石柱附石階

上元縣開善寺修誌公和尚堂石柱記　李顧行

蓋六度爲萬行之本施檀其一焉然以不杜相而爲者其用大不希福而捨者其道弘故我廉察使御史大夫贊皇公是以有法財之施焉亦猶真諦無像因像以教立至人無功由功而用顯誌公和尚者實觀音大士之分形者歟然跡見於近代梁書具載其事夫妙覺本寂法身圖一作圓對應群品而必呈觀衆生而常度故利見則洪鍾待扣感畢乃慈航息運初誌公之未遷滅也梁武帝命工人畫像

而刻之相好無遺儼然若對建寧堵波於金陵之開善寺聖功冥化歷代瞻敬人欽其神者二百餘祀公乃具綵舟設旛蓋而迎至則置於聽事西偏方丈之淨室每旦散名花爇靈香時復饍百味鼓八音以展誠敬以申供養公曰觀其寂然不動契定惠於真宗杜口無言若息心於了義夫色相如影則遺像與全身不殊文字性空則言語與寂默一作滅奚異吾知之矣吾得之矣亦既覲相爰歸本寺幢幡贊唄如始至焉公乃減清俸解上服命脩珠帳飾花座因陀之罔疑如懸上帝之寶咸在其餘則置膏腴之田以供香火之用所以崇像設[illegible]紹靈蹤弘有爲之教俾蒙昏之類永有所依歸僧徒等欲[illegible]昭示於後以圖不朽請刻石以

紀事小子承命而述焉長慶四年三月十一日記

新興寺佛殿石階記　釋清越

十三年秋嗣天子用舊制安天下釋像明年二月茲寺鉅殿石砌果而成功維持冠祠刹遵貌踞極敞午戸比其在階陛（一作坒）得無堅強耶始台傑河東公定而崇之巖然峻峙既像素壁繪座嚴侍列中瞻環眩千一煥若乃冊其甍乃赭其楹林池谷壑煜爚煇變遂以修甃務周其功不六七年號（一作歸）張蔓植圯缺太半盱者傷目咸不爲然始十年秋徒聚文議以爲柢敬有本不類他構言其石也於嚣堅未能百千萬歲天地日月而終始者餘無如之因擇其善俾化于俗嫣矑悉備（一作偏）易而牢之寺有耆德惟恭行

苦心真函欲俾壯唯㦸勝槩聞其善犁晨遷征詢導之俗雖祈寒暑㬮衣壞履（一作屐）穴不暇脩歇晝思夕慮唯殿之陛如是九五年而完之其爲利則深矣爲功則永矣信夫根斯而施也覽群施而無儔焉故始未之知人多不與始知之則梟生師內萬（一作方）室皆空艱於化緣肯棨（一作華）難就不有勁志孰能修（一作終）之具（疑）不固其根不理其源豈纏不誠（一作淺）於抱及就礱琢曲折勢狀自新于心目皆奇高棟大廡徙得輙而處之卯抑杒召工選石他嶠內懷糾之陛級鏤飾若本天匠則陰沴浸微陽火蒸鑠信無變泐以糜其杒余謂庶幾乎既而甃翼廊楯前廡材石交結硎鐵好上符稱氣增名藍懸是賓車日來僉共嗟敬譽極樂者又何云乎噫大道泪而像設見彼謬誣然不知所歸及不以茲耶（一作郡非）其或嘻嘻族君不能以毫益豈慈聖之徒耶必爲而忘之神不茲泥則遊外者亦何以誚余謂後五百歲嗣佛子作佛事知恭者人無間然大中十四年二月二十一日敬亭僧清越記

文苑英華卷第八百二十

文苑英華卷第八百二十一　記二十五

釋氏五

幢

尊勝幢記　穆員

我生同氣者七人先五後二兄姊弟妹半之不弔天降割于我今年春夏次妹安國寺大德尼伯姊前烏程令弘農楊夫人逾月繼酷先是兩兄郴州刺史賛前右補闕戢連州司馬賛從官於遠員洎弟妹前監察御史賞前監察御史河東裴某妻痛支體一斷終天不續乃相與齧衣尾直揭茲靈幢願得輕風微塵洎日月度影之所及也涿茲至念慘與之恒一作俱然則巍巍永永斯乎一作期受風土日月相無極焉是幢也實表安國之塔伯姊之隧貞元六年秋七月七日前侍御史穆員記

如信大師功德幢記　白居易

有唐東都臨壇開法大師長慶四年二月十三日終于聖善寺華嚴院春秋七十有五夏臘五十二是月二十二日移窆于龍門山之南岡寶曆元年某月某日遷葬于奉先寺附其先師塔廟宂之上不封不樹不廟不碑不勞人不傷財唯立佛頂尊勝陀羅尼一幢高若干尺圍若干尺六隅七層上覆下承佛儀在上經呪在中記讃在下皆師所囑累集作果而門人奉遺志也師姓康號如信襄城人始成童授蓮華經於釋嚴旣具戒學四分律於釋晤後傳六祖心要於本院先師净心名楞伽俱舍百法經根論披閱集作經根論披又作經論披閱罔不通焉繇是禪與律交修定與慧相養蓄爲道粹揭爲僧豪自建中訖長慶凡九遷大寺居十輔大德位涖法會主僧盟者二十二年勤宣佛命卒復祖業若貴賤若賢愚若中小大乘人遊我門繞我座禮我足如羽附鳳如水會海於戲非夫動爲儀言爲法心爲道塲者則安能使化緣法衆悅隨欣戴一至於是耶同學大德繼居大集作本是院者曰智如弟子上首者曰嚴隱暨歸靖一作精藏周常賁懷嵩圓恕圓昭獨本作照貞操等若干人聚謀幢事彖刻既成將師治集作理命請蘇州刺史白居易爲記記既訖因書二四句偈以讃云

師之度世以定以慧爲醫藥師救療一切師之闍維不火

不祠作功德幢與衆共之

方丈

廬山東林寺觀音方丈記　釋元楚

觀音於諸先覺猶孔門之有亞聖其悲智應用鴻纖毫億刹常如是諸掌是以郢川磊叟因伯兄宗厚上人爲空王入室弟子手足相愛嘗得聞斯語遂捨二十萬於新殿東南造觀音方丈一間四（一作兩）厦西嚮峻棟嵒嵒間出廊廡又以香泥伏普門功德克類端莊天飾梵儀如語如嘿危冠百寶風容動搖式瞏拳拳靈眖斯在俾愚菲薄旌實堅貞愚無文苟欲賛其播植善稼於斯而已矣噫兹寺也自晉于唐五百餘載以土木有壞因而造（一作去）之者數也真

風未弭因而復之者時也由是前九江太守給事中傅陵公奉詔指撝之舊龍象三十人經營建立之方三四年基構宏壯特新前降（一作際）遂得鑪峯增色圖諜再張車蓋貴遊結轍林下逢迎相賀輝動巖軒挹虎溪之波瀾清麈尾之風韻閱繹故事飽飫前生從容吟嘯而去若是則安知來者之無柴桑乎往者之無鴈門乎矧馨香庭實千花雲明重脩白社期在旦夕矣愚江干宿（一作暮）齒常夢寐舊岑力杼肺腸遠謝泉石亦厚公之惠也以唐十六葉聖宣皇帝大中六年壬申春二月十五日江夏僧元楚記

西軒記　柳宗元

永貞年余名在黨人不容於尚書省出爲邵州道貶永州司馬至則無以爲居居（文粹作寓）龍興寺西序之下餘知釋氏之道且久固所願也然於所庇之屋甚隱蔽其戶北面（集粹作向）居昧昧也寺之居於是州爲高西序之西屬當大江之流江之外山谷林麓甚衆於是鑿西墉以爲戶戶之外爲軒以臨群木之杪無不矚不徙席不運几而得大觀夫室嚮者之室也席與几嚮者之處也嚮也昧而今也顯豈異物耶因悟夫佛之道可以轉惑見爲真智即群迷爲正覺捨大闇爲光明夫性豈異物耶孰能爲余鑿大昏之墉闢靈照之戶廣應物之軒者吾將與爲徒遂書爲二其一志諸戶外其一以貽選上人焉

僧

大智禪伯碑陰記　楊伯成

夫道非言言以明道也空非相相以泯空也禪師彌天宜符曠刼傳中出等等騰（一作勝）非非適來時也適去順也上自宸衷下逹蒸黎繞仰青蓮之光旋驚白林之會中書侍郎嚴公探秘藏央詞江洋洋乎文宗昭昭乎靈迹其殊昧先覺忝在後塵糾合群公激揚衆美豈翰墨以云朽將金石以齊固所爲（一作謂）非六經曷以明夫子也非四偈曷以曉真如也凡捨淨財者人具顯爵里于時歲在辛巳五月庚戌十八日丁卯皇唐開元十七年　傅中（一作傅印）

信州南巖草衣禪師宴坐記　權德輿

信州南巖有清淨宴坐之地而禪師在焉師所由來莫得

而詳初州人析薪者遇之于中野（文粹作竹野中）其形塊然與草木俱咨於州長乃延就茲地三十年矣州人不知其所以然也遂以草衣號焉足不蹈地口不嘗味日無晝夜時無寒暑寂默之境一繩床而已萬有闃然此心不動其內則以三世五蘊皆從妄作然後以無有法諦觀十二因緣於正智中得真常真我方守之地湛然虛無身及智慧二俱清淨微言軟語有時而聞涉其境之遠近隨其根之上下如雨潤萬物風行空中發其門皆獲趣入若非幹玄機於無際窮實相之源底則四時攻於外百疾生於內矣古所謂遺物離人而立於獨者禪師得之嗚呼世人感（集作惑）物以遊人心遷於物則利害生焉吉凶形焉牽攣羈（集作料機）鎖

蕩而不復至人則返靜於動復性於情夭壽仁鄙之殊由此作也斯蓋出諦之一說耳於禪師之道其猶稊稗耶建中二年予以使役道于上饒時左司郎崔公出爲郡佐探禪師之味也熟爲予詳言之佛式纓塵攜手接足洗我以善得於儀形且以爲楞嚴之妙吉毗耶之容用皆在是矣又焉知此地之宴坐不爲他方之說法乎故粗書聞見以志于石

記

東都龍興寺鎮國般舟（一作若下同）道場均上人功德記　穆員

按經文我以神力供養不如以身供養故曰若能然手指乃至足指者是名第一之施菩薩之行也今我上人以兩臂爲爐爇香千度用夫苾蒭骨之義以飾萬望夫以百福莊嚴之重千度焚燒之苦與夫一指之功不爲多乎又刺體之血以嚴經像若素爲塗若繪爲彩若寫爲墨凡成就阿彌陀佛一軀觀音世至二菩薩各二事經千卷經（一有稱字）以皮爲紙以血爲墨書寫經戒亦菩薩之行也曷若加之圖像三十二相八十種好盡取諸身乎上人姓王氏東周河南人七歲喪所恃十一喪所怙童蒙孤子無兄弟之親自毀其生用集封樹已而嘆立身揚名無逮既往乃發大弘誓以報罔極大曆五年始居龍興寺鎮國般舟道場爾來足不踰閾者垂三十載其爲業也形不住心夜不息晝外不舍百刻之一中不遷萬化之二勞其形與天

徒精其志與日新蹈極樂於自寸之操前後以一月有一句有九（一作五）日爲一息者不記百數其頭以本尊本以頭爲頭其病以衆生之病我爲病我生未已我病曷祛我病未祛我願曷已然則大慈大悲之誓竟我願云竟無邊生生之苦盡我病焉盡我生有滅我願與生生俱生我形或勞我心與極樂無極巍巍乎可思量哉貞太夫人河東郡太夫人性合真如業通禪寂嘗謂學者千萬逵者二三苟未至於心離有無跡超生滅則苦行爲難爲至誠格諸天念嚮群望亦見使見聞聳善遠邇歸心咒乎咄咄迴向之徒聞道甚稀啗相且衆則上人所以持本教濟衆生與夫禪門諸祖迭爲舟梁可無媿矣又懼夫物之尨者見異於

類行之殊者或疑於常中命小子以紀精（一作積）苦之能所以題之於此貞元十年五月二十五日前侍御史河南穆員記

嵩嶽珪禪師影堂記　許籌

籌僮童知佛業儒雜老嚴德慕玄空（一作究）靡極嘗儒身及進士第一年尉告成明年遊是嶽謁律德唯珙上人引將布覽至珪大師影堂珙公曰子嘗識珪公覺（疑衍）否曰未云珪公覺道靈感莫可周名獨有嶽神爲大師移植松栢於東巖事碑塔所不書珪公之誠（一作誡）杜從祆也且佛說群經事又焉可徇珪公讜勝哉珙欲頌之患辭不文子進士也矧僮童知佛尚（一有書字）信珪公讜勝乎籌唯藏惑偶得嵩

陽居士喻應眞與洛陽處士陳惟復書言嶽神爲珪公植樹事甚備曰大師法諱元珪俗姓李氏伊闕縣人也太宗朝甲辰歲生高宗代癸亥歲具戒玄宗帝丙辰歲化滅歷年七十三始隸閑居寺習律安少林味禪後廬龐塢將化謂其徒仁素曰吾始志閑居寺東嶺我滅爾必塔吾骸于玆開元十一（一作二）年素力允師之志喻陳二高士曰大師嘗寂定結廬戉山巖（一作卜廬於岳之龐塢）特岳神輕步謁大師大師覺精神不世謂曰仁者胡來而復何往（一作善來仁者胡爲而至）神曰師寧識我耶大師曰吾觀佛于衆生等吾一目之豈分別識（一無此字）耶神曰我斯（一作此）岳神也能以帷（或作性）死痛害人（一無此五字）生死於人師安得一日我哉大師曰汝能生於人（一無此五字）吾本不生汝焉能死吾視身與空等視吾與汝等汝能壞空與汝乎苟能壞空及壞汝　則不生不滅也汝尚不能若（一作如）是又焉能生死吾也（一作耶）神稽首禮曰我亦聰明正直於餘神而謂是神（一無此曰字）豈（一作詎）知師有廣大過空之智辦也（一作乎）願授以正戒俾援世間（一作令我度世）大師曰神（一作汝）既乞戒即既戒也所以者何戒外無戒又何戒哉神曰此理也非濟岸梯杭之事（七字一作我聞法味）止求師戒我身爲門弟子大師辭不獲即爲張座焚香秉爐正几曰付汝五戒汝（一作若）能奉持即應曰能不能即曰否神曰敬奉戒（一作謹受教）大師曰汝能不婬乎神曰亦娶也大師曰非爲（一作謂下同）此也謂無羅欲也神曰能大師曰汝能不盗乎

神曰何乏我也焉有盜取哉大師曰非爲此也謂竊取（二字一作竊）而福淫不供而禍善也神曰能大師曰汝能不殺乎神曰正柄在居（一作賞司柄）焉曰不殺大師曰非爲此也謂有濫誤混疑（一作疑混）也神曰能大師曰汝能不妄乎神曰我本正直焉能有妄乎大師曰非爲此也謂先後不合天心也神曰能大師曰汝能不遭酒敗乎神曰力（一無力字）能大師曰如上是爲佛戒也又言以有心奉持而無心拘縶以有心爲物而無心想身如能是則先天地生不爲精後天地死不爲老跳身爲帝王不爲崇高命子爲輔相不爲富貴（一無此十八字）終日變化而不爲動畢竟（一作盡）寂默而不爲休悟此則雖娶非妻也雖饗（一作鄉）非取也雖柄非權也雖作非故

也雖醉非悟也若能無心與萬物則羅欲不爲淫福淫禍善不爲盜濫誤混疑(一作疑混)不爲殺先後遠天不爲妄悟荒顛倒不爲醉是爲(一作謂)無心也無心則無戒無戒則無心無衆生則無我無我則無汝(十一字作無佛無衆生無汝無我無汝)孰能(一作爲)戒哉神又曰我神通亞佛大師曰汝神通十句五能五不能佛神通(二字一作則)十句七能三不能神竦然避席跪啓曰可得聞乎大師曰汝能接(一作戾)上帝東天行而西七曜乎神曰不能又(一作師)曰汝能奪地祇融五岳而結四海乎神曰不能大師曰是爲(一作謂)五不能也佛能空一切相皆滅萬法(一作成萬法智)而不能即滅定業佛能知羣有性窮億劫事而不能化導無緣佛能度無量有情而不能盡衆生

界(英華無此十八字止作遷抑自然)是爲三不能也定業亦不能(一無此字)牢久無緣亦謂一期衆生界本無增減(十三字英華作自然亦不能彌極)恒(一作亘)無一人能主有法有法無主是謂(一作爲)無法無法有(一作無)主是爲(一作謂)無心如我悟(一作解)佛亦無神通也但能以無心通達一切法爾岳神頓首作禮曰我誠淺昧未聞空義大師指我戒我我當化受(下字一作師所授戒我當奉行)更何業因何拘塵界(一無此八字)我(一作今)願報慈德効我所能大師曰吾觀身無物觀物(一作法)無常法窮(一無此二字)塊然更有何欲神曰師必命我爲世間事展我小神功使已發心初發心未發心不信心必信心五等人曰我神縱知有佛有神有能有不能有自然有非自然者也(一無此字)大師曰無爲是無爲

是神曰佛亦使神護法師寧聰叛佛耶須請告我(四字一作願隨意垂誨)大師意不獲遂(三字一作不得已而)言曰東岳(一作嶽)寺之障也莽然無樹北岫有之而能(能字一作背非)屏擁汝能神力移北樹於東嶺乎神曰謹奉(一作已聞)命矣又陳我毀昏夜風雷擺搖震蕩(十二字作然昏夜頗聞必有喧動)師無駭即作禮辭去大師門送且觀之見儀衛逶迤如王者衆(衆字一作之狀)又復碧煙紅霞紫風皓氣錯散四遠(十四字一作嵐靄煙霞紛紜間錯)幢幡鈸(一作環)珮凌高竄空(四字一作空隱沒焉)其夕果有迅(一作暴)風亂雷奔雲震電大壯棟宇岌業將圮定僧瞻動牙捉仆叫(十八字一作棟宇搖動宿鳥聲喧)大師安(一作謂)衆曰無怖無怖神與我相契矣啓(一作詰)旦和霽則北巖松檜(一作栝)盡移東嶺森然行植焉而(一無此字)大師

謂其徒曰吾歿有塔我者有碑我者無紀是事(十四字一作吾沒後無令外加若爲曰實)人將袄我也籌得開元中喻陳二居士狀(一有將字)師之行因珙公請爲影堂記遂羣而書之

此篇英華自結廬而下多脫誤今以景德傳燈錄增入其異同注爲一作

文苑英華卷第八百二十一

文苑英華卷第八百二十二　記二十六

觀（院附）

尊像

童子

觀

荆州大崇福觀記　陳子昂

維大周揖讓受唐有天下十載施化育德揚光顯仁天下咸和中外胥謚僊門法寓澤罔不暨粤若無上太祖孝明皇帝神明厤哲龍德而隱君子勿用于下（一作下）我諸官葳甤春風霡霂時雨謳歌歸之允矣太王王季岐鎬之漸也於戲西伯潛聖而遺其三齡故我太祖始安時處順秉彼白雲以歸帝鄉方城之人嗟咨洟洟靈䰟罔遘延以珠襦玉匣閟玆衣冠穀林方崇喬山未掩龍輴梓寢在茲觀者七月焉餘烕化北頹塗壁積逮皇帝順人樂推鳳翔虎變追崋顯號宗祀于明堂躍誠（疑作試易或躍在淵自誠也）所厤莫不昭晰（一作皓皓）寵光也長史弘農楊元琰雅量川濬貞節嶽立有倚相墳典之博子囊墉名之忠遂稽皇圖徵文獻以爲會稽之廟大庭之初其事上（一作土）矣乃表上遺跡祈飾山階司賓卿于惟謙地官主事魯玄傑咸經沐浴邦憲昇官周京亦恢廓徽猷任佐誠請時皇帝方垂拱璇淵之中以思大化故書奏不荅道士孟安排者玄稟真骨記上階黄裳羽袂囊中竊感蒼梧遺化長淪舊寢不可以不昭（一作明）發聖世復重理前狀伏奉闕下至于再三天子乃憫然遥思迴靂旌別斯觀錫名曰大（一作天非）崇福焉時龍集巳亥聖曆之二年也翌日又優制褒崇時降銀牓仙書鳳篆飛集王官（一作宮）天文昭回瑞我鄢郢則有踰岐山越梁境𢔣衡霍浮瀟湘鬱荆門麗江徼（一作激）莫不翼戴抃舞澡雪心目者已安排乃喟然嘆曰道惡乎在名惡乎在茅茨文軒未始離也朱宮玄圃未始乖也損之而又損之思乎思無爲而無不爲知乎知則我何拘於常凡哉而不謂熙帝庸也遂經玄都爰伐琴瑟作爲仙觀之宮文彩構檻碱砆砌（一作階）櫨栱森鬱以宏合藻井翁艷以天開瑶壇蹲於上清銀闕表於中界高步玄（一有記字非）雲肅（一有網字非）然靈風髣髴紫陽之天（一作大非）也然後璇題顯曜金格道相朝浮彩雲夕汯清露耿哉邈乎信皇靈之所感發矣蓋金簡玉牒可存而不可知崑崙方壺可聞而不可階也循且曰（一作之）道錄貴乎真經况皇明帝載昭鑠日月而巳乃刊作記以傳罔極

天柱山天柱觀記　吴筠

太史公稱太荒之内名山五千其在中國有五岳作鎮羅

浮括蒼華十山爲之佐命其餘不可詳載粤天柱之號𧆛之霍及一作乃此三峯一稱矣蓋以其下擢地紀上承天維中亟洞府之謂豈唯蘊金碧宅靈仙所貴興雲雨潤萬物也自餘杭郭泝溪十里登陸而南弄潺湲入峥嶸幽徑窈窕繚越千步忽巖勢却倚襟領環拚而清宮闢焉於是旁訊有識稽諸實錄乃知昔高士郭文舉剏隱于兹以雲林爲家遂長往不復元和貫於異類猛獸爲之馴擾晉書逸人傳具紀其事可畧而言自先生闕景潜升而遺廟斯立曁我唐弘道元祀因廣仙跡爲天柱之觀有五洞相鄰得其名者爲之大滌雖寥邃莫測蓋與林屋華陽寄通上帝陰宮耳爰有三泉二軌一濫殊源合流水旱不易擁爲曲

池縈照軒宇夏寒而辨沙礫冬温而育芹藻旣漱而飲之甶肱而枕之樂在其中矣土無沮洳風木飄厲故棲遲者心暢而壽末盤礴紆煥氣淳境美虎不搏蛇不螫而况於人乎貞觀初有許一作素先生曰恭懐道就閑蒋徵不起後有道士張整葉法善朱君緒司馬紫微曁齊物夏侯子雲皆爲高流繼踵不絶或遊或居窮年忘返寶應中群寇蟻聚焚爇城邑蕩然煨燼唯此獨存非神靈扶持曷以臻是州牧相里造縣宰范愔化洽政成不嚴而理遺氓景附復輯其業鈞與逸人李玄卿樂土是安捨此奚適恐將來君子靡昭厥由故特志之表此貞石

脩仙都觀記　段文昌

平都山最高頂即漢時王陰二真人蟬蛻之所也峭壁千仞下臨湍波老栢萬株上插一作葉峯嶺靈花絲羽皆非圖志中所載者旦萬狀信非人境貞元十五年餘西遊岷蜀停舟江岸摳衣屢潔詣諸洞所石𡿖靈竇蒼然相次若龕古書依稀可辨時與道侶數人坐於下須臾天籟不起萬竅風息山光耀一作輝於耳目煙霞拂於襟袖相顧神踈君在紫府一作氣玄圃矣牽於形役不得淹久瞻眺惆悵書名而去爾來已三十四年大和戊戌歲自淮南移鎭荆門有客由峽中來者皆言當時題紀文字猶在觀宇歲久臺殿荒毀不二數年必盡摧没於巖壑矣乃捨一月秩俸俾令脩葺子來同力浹旬報就去年冬十一月詔命換麾幢

再領全蜀泝二峽歷舊遊依然境物重喜登覽聞泉聲而綏步愛松色而難別遂命筆硯志於巖谷時大和七年正月五日劍南西川節度副大使知節度事管内一作勾觀察處置統押近界諸蠻及西山八國雲南安撫等使金紫光禄大夫檢校尚書左僕射同中書門下平章事兼成都府上柱國鄒平郡開國公食邑三千户段文昌記

新脩龍興觀記　崔雄

玆觀㮣圮綿歷歲時垣墉弃𠩄傾危隤敗十無一二荒榛蔓草扶疎蔽絶唯天尊殿累存雄仰躅真宗佩受玄籙有年矣昨到郡涖事三日謁先師廟朝紫微宮迴車抵觀荒凉擁穢不可以前乃命鏟剃棘闢壞門芟夷蘊崇薙披蒙

塞景移方就一逕及昇殿啓伏禮真聖周環步搦僅不容足雖仙像儼羅其爲鳥鼠攻毁殘戁不堪具紀於戲有以見澹薄無爲之教也我國家老氏之枝葉况又玄宗皇帝金真居于殿内凡口臣下得不展敬乃亟工度木搆新替壞率皆完葺築壇植栢森列左右不十旬而功就於是虹梁駕扈粉繪丹雘煥乎柄奕周匝垣宇真丹臺碧洞神仙之宅恍若上清之靈囿也凡一畚土一酌水率皆微俸薄禄備功物價靡敢斸於時直然後命道侶分掌啓閉脩灑掃幢鍾擊磬以時醮奠而城隅跬步瞰郭倚山下臨巨川東注渤澳青山白日目極煙樹實一郡之勝槩矣將來好事君子得不繼其闕歟大唐咸通二年歲次辛巳秋七（一作）

九月刻

道士劉宏山院壁記　李觀

新定劉法師大漢之遐裔也老氏閒氣性識冲厚體貌魁岸弱齡味道椎節邁古淮海勝景無不遊覽（集作綿歷）内蘊研精茹木歷載三紀雖形存方内而神汩（集無此十八字）太素天機不淺積學所運也可與董奉抵掌葛洪拍肩先生以至德三載束身制度配住茲觀巋然端居煙霞排空松桂蒲目抗出塵之想秉超世之操無何大曆之初綠林狂寇作禍斯邑居人萬户冰裂麾解骸骨於郊野注膏血於丘壑桃源化爲戰地羽客倐以遷轉先生乃披霓裳丹訣將適南岳途經鄱陽先相國第五琦時左遷鄱陽守其人廊廟之柱石帝王之股肱波澄萬頃壁立千仞先生於是植杖以請謁一見而歛衽再見而倒屣志言相契志（集作率）意偶合于時先生法（集作跡）播南楚聲動人群（一作八群）故江西連帥路嗣恭其人寥廓之勁翮銛鋼之利器忠信亞前史文武表前代雖受年不永可與三傑並駕復雅重黄白（一作老）尊崇靈無始聞先生望風委質先訊（集作許）以簡禮後聘以車乘（一集復以迎奉）躬服門人之禮約方外之交如是未幾路公歸朝先生汎若不繫之舟（集無此二字）亦厭凡境大曆十三（一作一）年旋此舊跡未盈數歲陵谷殊狀親戚耆宿淪喪略盡所止堂宇荊棘生焉閱其儀像埃塵磨滅寒葉（一作筱）墜於灌木山鬼聚於叢薄先生頻（一作對非）足而四顧攬涕而興歎惜

馳光（集作鶩）於過隙念往事於餘燼乃假村閭丁壯戮力芟剪枝築頽址掃除崩榛搆長廡以梓（集作柯）漆飾危殿以頼素激引玄旨招携道流先生乃於其觀西南隅獨立高堂智者與議良工操斧焉山建基鑿石開户壘礎确以植靈草攢峥嶸以樹脩竹苔駁竹逕風吟步虚巖收（集作生）夏雲林散秋色先生方擬梧長（集作清）嘯煮茗留客且我所貴者隱隱者道道以隱而含耀隱以道而無悶甙是幽處得非仙府不必瀛州方丈乃爲絶境先生自然以得真依真以養生蕭灑無事機悟（集無此字）恬淡曾（集無此字）無戚容高談能離堅放意能了空噫嚱（集作嘻）老莊之微言先生央之如叩鍾人間榮位與多財先生視之如浮雲是以天子不得臣諸

侯不得屈或所與遇者其唯縱古之士遁俗之人在乎昔玄宗之有天下得道之統垂五十載億（一作黎）庶輯睦四夷亦寧自後國家（集無此二字）多故皇帝旰食二教消弭兵符競趣深慮是法不可振茲二教者三界之根柢群生之雨露使匹夫取捨亦有損益用之於上其可癈乎竊悲大塊勞我以聲色要我以名利未果握先生之手登先生之堂然不死之術願與共有臨壁抽思以旌善人某年月日記

尊像

下泊宫三茅君素像記　王師簡

太上立德立言以弘其教生人活國其用不極繇乎恬澹（一作漠）作者則皆真理乘化出入人紀罔窮廣成枉軒皇之尊

問令聞玄元之訓冥搜虛極呼吸日月上賓之軒代有其人茅真君伯氏仲氏虔奉玄樞退然若喪肫履萬類騰跡三清學宗其門者綿代不絶時謂朝山之月有駕擊轂白鶴紫氣必應其晨或者詭說則曰真君長往亦以綰吳越司命籍人寰生死吾不知故闕書且嘗遺一畒之宫于山之陽去而復返其號不泊之（一有不字）治榛蕪積焉游者憮然則有東周黍離殷墟麥秀之嘆矧靈仙何處哉我河東廣平公（一作我河東公華廉平）此藩吏之師法實奉黄老以根政源嘗謂開元承平之代上奉無為以宅清静（一作淨）玄門垂祐有國有家者屬焉繇是捨俸入之錢以宏其棟宇置真君之像惟肖其儀形設雲幄於兩楹分玉座而鼎足以嚴其觀雙侍童衛焉以備其教龍虎君（一作左右君子）一端翊焉升其堂塗稽首拜手忽若前後左右旋（一作旌）節羽衛從諸天行揖其氷容以敬以肅則若美其目口（一作美目甚口）流澥發論破人昏惑往真之跡將墜復振此教之演翳事而弘深其率教者曰興廢繼絶則由乎人蒙福蒦祉必感乎至公恒以黄籙法會元辰脩畢仍歲必緝敷紫陽玉真當負扆而須命列陪位而賛拜鑾雜天籟霄燭如星奉章上玄昭啓昊帝盖所以保和封内儲慶皇家門閥之祥我事丘禱至哉賢侯之業也粤元和甲午歲十二月二日新宫始成無傷物力公之宇内百姓不知有嚴有翼如合造化道士孫智清玄門龜龍以標儀矩受成事揩頷而叶焉乃欲章明靈跡延

耀丕業請介（一作令）於戎政若譔而刋之師簡諗于良畫故不敢没其美云

童子

黄仙師瞿童記　符載

朗州桃源桃花觀南岳黄洞元居焉有弟子姓瞿字伯庭年四十太和未散嗜慾不入慠然懷厭世之志大曆四年庚寅歲自辰溪來稽首宇下頫蔭道域厠役隸之末位仙師以慈物軫慮遂許之雖處童（一作丱）孺給侍甚謹在醜不弄率性恭默每旦暮仙師脩朝拜之禮攝齋莊之色焚香槌磬叩頭擊跽如臨君父如是者積二三歲不衰矣或往徃獨行入谿洞中根究深處信宿方返仙師讓之輙云偶

造佳地遭遇神聖觀雲（一作風）氣草木至于飲食使人浩然
志情不樂故歔因求願偕往仙師曰靈仙之府必在左右
然尚幼小謂所至之地不即爾也無何有卅砂之役後領
至襄陽市闤闠之下齊人浩擾則瞑目不視神氣醉泥返
至逆旅逼宵而後醒問其故捧手對曰太樸散壞者久矣
今之人圓冠方屨以詐相尚以利相市余所不堪方大駭
其說不敢以常僕僕之其後數以前事諳仙師亦有意將
遊屬著雨壞道不得果去八年癸丑夏五月甲辰晦正衣
服拜訣于户外自言靈期逼近難可留止請自是徃至日
月合於鶉首復近於茲地焉仙師火加撫愛未即聽遣室
有同學道士朱靈辯者恐童子精神懾懦爲妖邪所攻將

欲顧卅筆符而欒之不憚且多傲詞云則他辰之相見
歲在降婁矣庭際有大栗樹遠人不過數仞遂背行冉冉
從樹旁滅沒化去有聲隆然如風飄雷震衆以爲事出言
（一作無）妄怖愕失次馳告憐落共四園而索之千崖沉沉漠
然無聲洞西行一二里有巨蛇威猛甚盛自道中拖腹横
擺勢不得近次至于東隅見右足八指羅印於地上（一無此字）
折弱篠八枝縱横插植若誌冥驗之數餘不復覩先是未
潛景之日劀芝圃間獲珉石圓（一作圜）大如五銖錢朗瑩可
愛跪而授師曰此秦客棄碁子也幸加秘護後有符契仙
師靈辯狀之不昧惜向時之無斷俛然發篋復覩故物其
慙愧慕望者可勝言哉後經時曾白晝假寢輙勿罔而至

備申揖衣之敬診其容態但以承事尊上爲疲耳至於日
者之約無替焉仙師以建中元年自武陵卜居於廬山紫
霄峰下古壇石室高駕顥氣載弱歲慕道數獲踐履其域
話精微（一作微）之際得與聞此大息良久自感悟曰神遠人
乎哉道遠人乎哉夫瞿氏之子受天之氣生人之世百骸
六臟非有乎卓然異色也以一誠之志唯巖洞是慕彼秦
人之宅尚得而徃况仙師道栖空山垂二十年根之以渾
元守之以太和遺肢體冥耳目息歸於踵神舍于素窈窈
冥冥中含至精方將入天地之門遊化初之原磅礴萬物
不見其朕豈鸞鶴之馭而蒲其道歟門人先徃而師資尚
淹留塵世天其意者以時人溺於羶腥汨亂正氣多札瘥

夭昏之患使布陰德太（疑作大）拯生命符三千之數耶弟子
風波（一作流）之民不能自拔泥淖繼芳金藉徒以區區文字
紀其糟粕不亦悲夫然庶示於好事者共爲起予之地耳
貞元元年八月二十日符載記

文苑英華卷第八百二十二

文苑英華卷第八百二十三　記二十七

宴遊二

宴遊

始得西山宴遊記一首　鈷鉧潭記一首

鈷鉧潭西小丘記一首　至小丘西小石潭記一首

袁家渴記一首　石澗記一首

溪谷丘

石溪記一首　新安谷記一首

黄溪記一首　龍興寺東丘記一首

園圃

菊圃記一首　襄陽張端公西園記一首

宴遊

此集大率篇目各以類分而此卷自卷首始得西山宴遊記以下至小石城凡八首皆蒐雜其名蓋柳宗元一時之述也觀其詞旨次敘纍如貫珠故不可漏畧一題而差其先後也因專命其門曰宴遊仍冠宴遊部之首

始得西山宴遊記　柳宗元

自余爲僇人居是州恒惴慄其隟也則施施而行漫漫而遊日與其徒上高山入深林窮迴谿幽泉怪石無遠不到到則披草而坐傾壺而醉醉則更相枕以卧卧而夢意有所[illegible]作字夢亦同趣覺而起起而歸以爲凡是州之山林集無沐字有異態態字集作能勝者皆我有也而未始知西山之怪特今年九月二十八日因坐法華西亭望西山始抵集作指異之遂命僕人過湘江緣冉集作染溪斫榛莽焚茅茷窮山之高而上集作止攀援而登箕踞而遊集作遨則凡數州之土壤皆在衽席之下其高下之勢岈然洼然若垤若空集作穴尺寸千里攢蹙累積莫得遯隱縈青繚白外與天際四望如一然後知是山之特出不與培塿爲類悠悠乎與灝氣俱而莫得其涯伴伴集作洋洋乎與造物者遊而不知其所窮引觴滿酌頹然就醉不知日之入蒼然暮色自遠而至至無所見而獨集作猶不欲歸心凝形釋與萬物不異集作萬化冥合然後知吾嚮之未始遊遊於是乎始故爲之文以志是歲元和

四年也

鈷鉧潭記　前人

鈷鉧潭在西山西其始蓋冉水南奔注抵山石屈折東流其顛委勢峻盪擊益暴齒集作齧其涯故旁廣而中深畢至石乃上集作止流沫成輪然後徐行其清而平者且十畝餘有樹環焉有泉懸焉其上有居者以余之亟遊也一旦款門來告曰不勝官租私券之委積既芟山而更居願以潭上田貿財以緩禍余樂而如其言則崇其臺延其檻行其泉於高者而墜之潭有聲潨然尤與中秋觀月爲宜於此以見天之高氣之迥孰使余樂居夷而忘故土者非茲潭也歟

鈷鉧潭西小丘記　前人

得西山後八日尋山口而面(二字集作西)北道二百步又得鈷鉧潭潭(集本不疊潭字)西二十五步當湍之(集作而)峻者爲魚梁梁之上有丘焉生竹樹其石之突怒偃蹇負土而出爭爲奇怪(集作壯)者殆不可數其嶔然相累而下者若牛馬之飲于溪其衝然角列而上者若熊羆之登于山丘之小不能一畝可以籠而有之問其主曰唐氏之棄地貨而不售問其價曰止四百余憐而售之李深源元克己時同遊皆大喜出自意外即更取器用剷刈穢草伐去惡木烈火而焚之嘉木立美竹露奇石顯由其中以望則山之立(集作高)雲之浮溪之流鳥獸蟲魚(集無此二字)之遨遊舉熙熙然爲巧獻技

以效茲丘之下枕席而臥則清泠之狀與目謀瀯瀯之聲與耳謀悠悠(集作悠然)而虛者與神謀淵然而靜者與心謀不匝旬而得異地者二雖古好事之士或未能至焉嘻(集作噫)以茲丘之勝致之灃鎬鄠杜則貴遊之士爭買者日增千金而愈不可得今棄是州也農夫漁父遇(集作過)而陋之賈四百連歲不能售而我與深源克己獨喜得之是其果有遭乎書于石所以賀丘之遭也

至小丘西小石潭記

從小丘西行百二十步隔篁竹聞水聲如鳴珮環心樂之伐竹取道下見小潭水尤清洌全(集作全)石以爲底近岸卷石底以出爲坻爲嶼爲堪爲巖青樹翠蔓蒙絡搖綴參差披拂潭中魚可百許頭皆若空遊無所依(集注一作披遊魚類拂潭中俯類若乘空)日光下澈影布石上佁(集作怡)然不動俶爾遠逝往來翕忽似與遊者相樂潭西南而望斗折蛇行明滅可見其形勢犬牙差互不可知其源坐潭上四面竹樹環合寂寥無人悽神寒骨悄愴幽邃以其境過清不可久居乃記之而去同遊者吳武陵龔(集作龔)古余弟宗玄隸而從者崔氏二小生曰恕己曰奉壹

袁家渴記　前人

由冉溪西南水行十里山水之可取者五莫若鈷鉧潭由溪口(集有而字)西陸行可取者八九莫若西山由朝陽巖東南水行至蕪江可取者三莫若袁家渴皆永中幽麗奇處也

楚越之間方言謂水之反(集本作支)流者爲渴(音若依褐之褐)上與南館高嶂合下與百家瀨合其中重洲小溪深(集作澄)潭淺渚間廁曲折平者流(集作深)黑峻者沸白冉(集作舟)行若窮忽又無際有小山出水中皆美石石上生青菆(集作叢)冬夏常蔚然其旁多巖洞其下多白礫其樹多楓柟石楠楩櫧樟柚草則蘭芷又有異卉類合歡而蔓生轇轕水石每風自四山而下振動大木掩苒衆草紛紅駭綠蓊葧香氣衝濤旋瀨退貯谿谷搖颺葳蕤與時推移其大都如此余無以窮其狀永之人未嘗遊焉余得之不敢專也而出傳於世其時地世主袁氏故以名焉

石渠記　前人

自渴西南行不能百步得石渠民橋其上有泉幽幽然其鳴乍大乍細渠之廣或咫尺或倍尺其長可許十步其流抵大石伏出其下踰石而往有石泓昌蒲被之青鮮環周又折西南（集作難）行旁蹈（集作蹈）巇石下北墮小潭潭幅員減百尺清深多儵魚又北曲行紆餘睨若無窮然卒入（集無入字）入于渴其側皆詭石怪木奇卉美箭可列坐而庥焉風搖其顛韻動其谷視之既靜其聽始遠余從州牧得之攬去翳杇（集作朽）決疏土石既崇而焚既釃而盈惜其未始有傳焉者故累記其所屬遺之其人書之其陽俾後好事者求之得以易元和七年正月八日蠲渠至大石十月十九日踰石得石泓小潭渠之美於是始窮也

石澗記　前人

石渠之事既窮上由橋西北下土山之陰民又橋焉其水之大倍石渠三之亘石爲底達于兩涯若床若空（集作堂）若陳筵席若限閫奧水平布其上流若織文響若操琴揭跣而往折竹掃陳葉排腐木可羅胡床十八九居之天（集無天字）交絡之流觸激之音皆在床下翠羽之木龍鱗之石均蔭其上古之人其有樂乎此耶後之來者有能追余之踐履耶得意之日與石渠同由渴而來者先石渠後石澗由百家瀨上而來者先石澗後石渠澗之可窮者（集有皆字）出石城村東南其間可樂者數焉其上深山幽林逾峭險道狹不可窮也

小石城山記　前人

自西山道口徑北踰黄茅嶺而下有二道其一西出尋之無所得其一少北而東不過四十丈土斷而川分有積石橫當其垠其上爲睥睨梁欐之形其旁出堡塢有若門焉窺之正里投以小石洞然有水聲其響（集作音）之激越良久乃已環之可上望甚遠無土壤而生嘉樹美箭益奇而堅其疏數偃仰類智者所始（集作施）設也噫吾疑造物者之有無久矣及是逾（集作愈）以爲誠有又怪其不爲之於中州而列是夷狄更千百年不復（集作得）一售其技是故勞而無用神者儻不宜如是則其果無乎或曰以慰夫賢而辱於此者或曰其氣之靈不爲偉人而獨爲是物故楚之南少人

而多石是二者余未信之

溪谷

右溪記　元結

道州城西百餘步有小溪南流數十步合營溪水抵兩岸悉皆怪石欹嵌盤缺不可名狀清流觸石洄懸激注佳木異竹垂陰相蔭此溪若在山野則宜逸民退士之所游處在人間則可爲都邑之勝境靜者之林亭而置州已來無人賞愛徘徊溪上爲之悵然乃疏鑿蕪穢俾爲亭宇植松與桂兼之香草以裨形勝爲溪在州右遂命之曰右溪刻銘石上彰示來者

新安谷記　穆員

京洛佳賞盡走乎闕塞次則東城以桃李繁華相高北山瀍陽有崖谷谿洞之勝蓋天然疎鑿以遺來者而人不之爭我公懸車之三年探得其最凡遠于（一作乎）國門邇于闕塞者四之一買之（一有大字）直藏於東城之貴者亦如之連岡疊磴中斷夾闢爲其拱蹕如狀如意翠竹茂樹縈環森羅爲其緣飾如繢如織泉出山腹釀而爲池釃而爲派帶於竹樹蔥蘢之間池可行舟派能流觴果園蔬圃用以爲溉其餘與瀍水合于山下臨玩之美耳潺潺目磷磷不俟漱浥而煩襟如洗於是卜瀍之上泉之側周竒顧盼擁抱之勢作爲新亭春之日百花流鶯笑語滿谷迭相爲主待（一作代）人爲賓始至也若譏賞之之疎將去也若怨棄之之速

夏之日清風入林徘徊不散若爲繁暑與之竟夕而流泉娛客亦奏雅音秋之日霜凄氣肅萬像畢清亭中一望超忽天外而片雲行鴈又似與賞心遠目相期於前冬之日木落天迥遥山入户可愛之景照於陽坡遲遲爲人人散而歛凡四時暇日公與大夫從甥姪子孫携琴罇翰墨游於斯燕於斯蕊熲怡天和熙熙一觴舉萬福隨穆穆雍雍翼翼蔞蔞中外且慶如塤如箎公曰人生知足爲富當時爲貴苟俟外奬則此（一作知）地足以忘年何必陸賈挈鮮疎廣散金然後爲適與王氏之少長咸集潘家之兒童稚齒吾之適也爾群子識之謹按春秋之義地從主人今我公開國新安則家谷宜以新安爲稱新安之爲辭也既所以旌新之安亦所以祝吾家之慶與茲山之賞日月新而未未安安之謂也又江南有新安者山水之異絕于（一作乎）中國維其似之是以命之第三子員受命紀石且若從者名位列之于陰也

遊黃溪記　柳宗元

北之晉西適豳東極吳南至楚越之交其間名山水而州者以百數永最善環永之治百里北至於浯溪西至于湘之源南至于瀧泉東至于黃溪東屯其間名山水而村者以百數黃溪最善黃溪益州之始（二字集作治）七十里由東屯南行六百步至黃神祠祠之上兩山牆立如山碧之華葉駢植（集作植）與山升降其缺者爲崖峭巖窟水之中皆小石

平布黃神之上揭水八十步至初潭最奇麗殆不可狀其略若剖大甕側立千尺溪水積焉黛蓄膏渟來若白虹沉之（集作沉沉）無聲有魚數百尾方來會石下（楚越之人數魚以尾不以頭）南去又行百步至第二潭石皆巍然臨浚流若頦（集作頰）頷齗齶其下大石離列可坐飲食有鳥赤首烏翼大如鵠方東嚮立自是又南數里地皆一狀樹益壯石益廣（集作瘦）水鳴皆鏘然又南一里至大冥之川山舒水緩有土田始黃神爲人時所居也（集作居地）其傳者曰黃神王姓莽之世也莽既死神更號黃氏逃來擇其深峭者潛焉始莽嘗曰余黃虞之後也故號其女曰黃皇室主黃與王聲相邇而又有本其所以傳焉者益驗神既居是民咸安焉以爲有道始乃

俎豆之爲立祠後稍徙近乎民今祠在山陰溪水上元和八年十月五日入六日歸柳州本作五十月五日既歸爲記以啓後之好遊者

永州龍興寺東丘記　前人

遊之適大率有二曠如也奥如也如斯而已其地之凌阻峭出幽鬱寥廓悠長則於曠宜抵丘垤伏灌莽迫遽迴合則於奥宜因其曠雖增以崇臺延閣迴還日星臨瞰風雨不可病其敞也因其奥雖增以茂樹叢石穹若洞谷蓊作蔚若林麓不可病其邃也今所謂東丘者奥之宜者也其始龕之外棄地余得而合焉以屬於堂之北垂凡坳窪抵植之狀無廢其故屏以密竹聯以曲梁桂檜松杉楩柟之植幾三百本嘉卉美石又經緯之俛入綠縟幽蔭薈蔚步武錯迕不知所出溫風不爍清氣自至水亭愜室曲有奥趣然而至焉者往往以邃爲病噫龍興永之佳寺也登高殿可以望南極闢大門可以瞰湘流若是其以曠也而於是小丘又將披而攘之則吾所謂遊有二者無乃闕焉而喪其地之宜乎丘之幽幽可以處休丘之窅窅可以觀妙溽暑遁去茲丘之下大和不遷茲丘之巔奥乎茲丘孰從我遊余無召公之德懼翦伐之及也于集無此字故書以祈後之君子

園圃

菊圃記　元結

春陵俗不種菊時自遠致之植於前庭墻下及再來也菊已無矣徘徊舊圃嗟歎久之誰不知菊也方華可賞在藥品是良藥爲蔬菜是佳蔬縱須地趨走猶宜徙植修養而忍蹂踐不愛惜乎於戲賢士君子自植其身不可不慎擇所處一旦遭人不愛重如此菊也悲傷奈何於是更爲之圃重畦植之其地近讌息之堂吏人不此奔走近登望之亭旌旄不此行列縱參歌妓菊非可惡之草使有酒徒則菊爲助興之物爲之作記以託後人并録藥經列于記後

襄陽張端公西園記　符載

南維州地靈氣爽號爲雄勝峴山漢水環抱里閈東西主人有問於我我或致讓其地荆楊淮楚之不侔也繇是侍御史張公得風景之高朗依連帥之仁愛遂此一廬作爲宅居居有園園在萬山東五六里檀溪西三百許步南值漢高廟正相當佛宮數四與岑巒邐迤蒼蒼松檜蔚爲庭木前有名花上藥群敷簇秀霞鋪雪灑瀲灩清波後有含桃朱杏的皪蔭藹殊滋絶浥甲冠他園每天清雲凈雨霽風息山僧羽客洎簪纓好事者亟來從之開軒設簟耳目怯曠煮茶摘果動至酣樂出門爲人褒宴居城山林適自中得萬累何遠故公用是上才草聞風聲舊齒晏曹翰飛青冥今手操財賦之柄心寓希夷之際人謂官薄我有浩氣屈伸通塞頫如也即西園之地實張公營道之塲也是何棲心拔俗之遐曠也如此載匡廬遁客目游發踐故輒

書衆美于素壁之上使異日造碑強者遂用之爲導人云
丁丑歲六月庚午推曆者以爲金畏火而伏之日也符載
之記

文苑英華卷第八百二十三

文苑英華卷第八百二十四　記二十八

宴遊二

亭二

汚州秋興亭記一首　賈至

在陽而舒在陰而慘性之常也履險而慄涉夷而泰情之變也觀揖讓而退覩交戰而競目之感也聞韶濩而和聆

鄭衛而靡耳之動也夫其舒則怡（一作冶）慘則悴慄則止泰則通退則無咎競則有悔和則安樂靡則憂危情性耳目優劣若此故君子愼居處謹視聽焉汚州刺史賈載吾家之良也理汚州未朞月而政和於聽（一無此字）訟堂之西因高構宇不出庭户在雲霄矣却負大別之故俯視滄浪（一作海）之浸閱吳蜀樓船之般覽（集作鑒）荆衡藪澤之大亦有旨哉性得情適耳虛目開且處動則倦理倦莫若靜處靜則明惟明以理動窮則變變則通通則久今汚州靈府恬而神用爽政是以和觀其前户後墉順開闔之義簡也上棟下宇無雕斲之飾儉也簡近於智儉近於（集一作千）仁仁智居之何陋之有況乎當發生之辰則攢秀木於高砌見鶯其鳴

矣處臺榭之月則納清風於洞户見暑之徂矣洎摇落之時則俯顥氣於軒檻見火之流矣值嚴凝之序（一作飾）則目素彩於簷楹（一作則樓雲於高闕）見雪之紛矣政成頌清體安心逸而詩人之興常在當（一作常）時之興秋與最高因以命亭焉余自巴丘徵赴宣室歇鞍棠樹之側解帶竹林之下嘉其俛仰美其動息乃命進牘抽毫以記（二字一作志）之

盧郎中潯陽竹亭記　獨孤及

古者半夏生木槿榮君子居高明處臺榭後代作者或用山林水澤魚鳥草木以深其趣而家（一作佳）景有大小道機有廣狹必以寓目放神爲性情筌蹄則不俟滄洲而閑不出户庭而適前尚書右司郎中盧公地甚貴心甚遠欲卑

其製（集作欲卑其志）而高其行故因數仞之丘伐竹爲亭其高出於林表可用遠望工不過鑿户牖費不過剪茅茨以儉爲飾以靜爲師辰之良景之美必作於是憑南軒以瞰原隰冲然不知錦帳粉闈之貴於此亭適也前有香草椎石杉松羅生密篠翠竿（集作筠）臘月碧鮮風動雨下聲比簫籟亭外有山闊溢城峯名香爐歸雲輪囷片片可數天香天鼓若在耳鼻是其所以誇遭客而傲漢貂者百里奚爵祿不入故飯牛而牛肥盧公恬智相養於是竹亭搆而天機暢嘗試論亭之趣夫物不感則性不動故景（集作境）對而心馳也欲不足則患不至（集作去）故意愜而神完也耳目之用繫於物得喪之源牽於事哀樂之柄成乎心心和於内而事

物（集無此字）應於外則登臨於途其適一也何必嬉東山襖蘭亭奕志蕩目然後稱賞公欲其迹之可久故命余爲志

撫州南城縣客館新亭記　前人

古者國野之道十里有廬廬有飲食三十里有宿宿有路室於是乎（集作此字）賓客有止之（集作底止）覊旅有寄寓而是邦下（集作也）與兩越七閩犬牙其疆守官者以爲地遐途窮而瑣瑣行邁之罕到也則殺其禮而闕其物焉無脩除之備無井樹之設及客（集作賓）至則候人不爲導里不授館而盤飧新芻之既桊（集作棄）如也由是途而往者僉曰陋如之何是歲也台司審縣尹之寄擢王公昕爲南城公至之日則制其（集作考於）事典陳其藝極視年之上下去民之疾苦凡三月

而南城之人和於是飭廐置以候賓客葺旅次以待覊旅夏六月築其館辨其域于道用作新亭于館之陽廈屋耽耽俯瞰濬壑賓位在左主位在右然後剷（集作剗）垸塌堙坎窞以爲大逵屬之于溪設雙船（集作舫）於清津以備逕渡（集作經度）每將之迎之則自劬勞至於致飲（集作餞）非無曠禮無違物而兹亭之經始也取廢徹之材以利（集作移）用用適有節入鞭扑之贖以充工工忘其勞崇棟宇之製（集作杜燥濕之虞）以禮（集作慮）賓賓至如歸三者不愆于素功是以懋政是以立若行者有犯較之祭居者脩飲餞之好登斯臨斯釃酒以贈之則溪雲竹風生於户（集作棟）牖而綠野青山爲之（集作呈）亭衢三爵之後可以送千里之目可以道四方之志焉兹又

勝會之佳境凡厎績頌以興利革故以謀始脩禮以備物俟功以成務政之大者宜其刊作者之茂實以示後嗣不然他山之石何以在此（此字集茲亭也）是歲廣德二年也

馬退山茅亭記　前人

冬十月作新亭於馬退山之陽因高丘之阻以面勢無欂櫨節棁之華不斲椽不翦茨不列牖白雲爲藩籬碧山爲屏風昭儉也是山崒然起於莽蒼之中蛇奔雲矗亘數十百里尾蟠荒陬首注大溪諸山來朝勢落（集作若）星拱蒼翠跪（集作萬）狀綺布繡錯蓋天儲（集作鍾）秀於是不限於遐裔也然以壤接荒服俗參夷徼周王之馬跡不到謝公之屐齒不及巖逕蕭條登探者以爲歎歲在辛卯我仲兄以方牧之命試於是邦夫其德及故信孚信孚故人和人和故政多暇日繇是常徘徊此山以寄勝槩迺構作我攸宇於是不崇朝而攻木之工告成每風止雨收煙霞澄鮮輙角巾鹿裘率昆弟友生冠者五六人步山椒而登焉於是手揮絲桐目送還雲西山爽氣在我襟袖八極萬類攬不盈掌夫美不自美因人而彰使蘭亭不遭右軍則清湍脩竹蕪沒於空山矣是亭也僻介閩嶺佳境罕到不書所作使盛跡鬱堙是貽林澗之媿也故志之

寒亭記　元結

永泰丙午中巡屬縣至江華縣大夫瞿令問咨曰縣南水石相勝（集作映）望之可愛相傳不可登臨俾求之得洞穴而入棧險以通之始得構茅亭於石上及亭成也以階檻憑空下臨長江軒楹雲端上齊絕巔若旦暮景風煙靄異色蒼蒼石礦含映水木欲名斯亭狀類不得敢請名之表示來世於是休於亭上爲商之曰今大暑登之疑天時將寒炎蒸之地而清涼可安合（集有不字）命之曰寒亭（集有與字）乃爲寒亭作記刻之亭背

殊亭記　前人

癸卯中扶風馬向兼理武昌以明信嚴斷惠正爲理故政不待時而成於戲若明而不信嚴而不斷惠而不正雖欲理身終不自理況於人哉公能令人理始身多暇昭我畏暑且爲涼亭亭臨大江復在（集作出）山上佳木楊（集作本柤）蔭常多清風巡迴極望目不厭遠吾見公材殊政殊跡殊爲此亭又殊因命之曰殊亭斵石刻記立于亭側庶幾來者無所惑焉

廣宴亭記　前人

樊水東盡其南乃樊山北鮮津吏欲於鮮上而（集作以）爲候舍漫叟家于樊上不醉則閒乃相其地形驗之圖記實吳故宴遊之處縣大夫馬公登之歎曰謝公贈伏武昌詩云樊山開廣宴非此地耶吾欲因而脩之命曰廣宴亭何如漫叟頌之曰古人將脩廢遺尤異之事爲君子之道於戲天下之廢遺尤異之事如此亭者誰能脩而旌之天將厭悔往乎（集有如字）公方壯而有是心也吾當栽畜簡札待（集作持）

為之頌故作廣宴亭記以先意云

鍾陵東湖亭記　符載

雷霆風雨蕩暘之積也河海川谷洩陰之凝也樓觀臺榭宣人之滯也天氣鬱則兩曜不明地氣塞則萬物不生人氣壅則百神不靈我常侍李公架崇岡作新亭導百骸理七情用斯義也況是郡也翼軫之所照燭江湖之所潨射扼七城控百越地侔千乘艫鷁萬軸王臣聘客環至吾府將有以省風而脩好也我有善地不築不蓋我有樽酒不斟不酌其將欲歙詩人葛屨之刺乎甚不然也先是東湖汙漫與江邊際秋潦備功人憂為魚故相齊公築塘以禦之厭伊染切殺水勢且便車馬盡續則懋為塗或徹而洪之

民蓋累鉅萬口噫鳥責切息雷動嘔氣霧散繇是行里者駢肩礙踵不得周旋焉我常侍作橋以張之其修也可以發二矢其廣也可以方兩軒結構高標揭蘗孱顏白晝晴虹東西竟天柅里閈之迫隘遏鄉遂之廻去聲還一作遠千輪馳萬蹄驅渾渾浩浩水流飈駭盛矣哉澤民利物如是其備也公樂斯橋之豪大慨一作觀斯橋之孤峙常欲建亭卜勢迭為光華會春物含秀嘯儔侶賓從亟一作凝來乎其上相與牽率履行而東連岡岑然横我步武以為茲地必答前志書形於色竦身而登之即畢不若真宰以萬古之勝待我矣平坳漏削涯岸鴻盤數仞不知杌土真天造也公整紆衮思計校呈狀萬材已構他人不知於是匠受令一作教吏受命談笑聆睞而亭成其登望也神張一作長其登也形端其高也渠渠其還也耽耽横八四棟以肅界闢八扉而呀豁飛廊連軒以翼翼旁合杳靄而雲合然後廻首求瞰從風開襟當軒萬井直視千里西山邐迤横擁遼夐占護蒼翠古來無人一朝此地盡得歸我每良辰嘉客思有宴賞輒具饎酒共為歡娛天晴日宴湖光入座寂寞虛徹耿然四去或無鳥過不辨空水於戲牧鍾陵之民五政火矣首年而衣食富二年而姦慝禁三年而禮讓興大抵以清淨惠慈為理本剛明正直為化基與民同欲萬戶一令遂用無事里中或謠曰李公不愉吾何以居李公不室吾何以逸夫如是即斯亭斯榭士林君子猶以為固歟異日捧飛詔擁舟

轂霈然為霖沃早濡焦彼吡之班白童稚徘徊于堦墀闉者即羊公之峴首召伯之棠樹謳歌思慕尤在水久而不在茲日也載嘗忝從事重遊舊所偎獲登踐陋顏一開顴茲盛矣贊喙有頌然筆光而材薄多見其不知量矣是亭居東湖之上因請諡之曰東湖亭

二公亭記　歐陽詹

勝屋曰亭優為之名也古者創棟宇繞禦風雨從時適體未盡其要則夏寢冬室春由秋戶寒暑酷受不能自減降及中古乃有樓觀臺榭異於平居所以便春夏而陶堙鬱也樓則重構功用倍也觀亦再成勤勞厚也臺煩版築榭加欄檻暢耳目達神氣就則就矣量其材力實猶有蠹近

代襲古增妙者更作焉亭亭也者藉之於人則與樓觀臺榭同製之於人則與樓觀臺榭殊無重構再成之糜費如（文粹作加）版築欄楯之可廢事約（集作均）而用博賢人君子多建之其建之皆選之於（二字文粹作諸）勝境今年暮春月州牧安定席公別駕置同正前相國天水姜公念茲州川遍溟渤山連蒼梧炎氣（文粹作氣）時廻濕雲多來又日臨胃次斗建辰位和氣將徂畏景方至月令云可以升山陵可以居高明蓋謂是月況地理卑痺而不擇爽塏以蕩夫汚鬱乎因問（文粹有字）風俗相原隰郭東里所共得奇阜高不至崇卑不至夷形勢廣袤四隅若一含之以澄湖萬頃構之以危峯千巘（文粹作嶺）點圓水之心當奔崖之前如鍾之紐（集作鈕）狀鼇之首

二公止旌旟以廻瞭假漁舟而上陟幕煙茵草翫憚移日心諫意籌有建亭之算而未之言也二公既歸（集作回）邑踵公遊於斯者如市登巿（集作巾）隆觀媚麗前來後至異口同詞曰（文粹作昔）漢帝不曰百姓安其田里而無愁怨之聲者其由良二千石乎是謂政平教成時和景清（集無此字）使俗泰而民以寧者也虞書不曰股肱良哉庶事康哉是謂真帝藩皇調陰序陽使物阜而民以昌者也席公今日之化育吾徒是以寧姜公昔歲之弼諧吾徒是以昌且以之寧又以之昌愷弟君子也詩曰愷悌君子民之父母二公者真吾父母矣茲阜二公脩選尚而加愛務休訟簡必復斯至上露下無忍令父毋愁之亟遂偕發爲父（集作公）就亭之功（蜀本無此字）如墻而陳誠于縣尹縣尹允其誅而爲之辦方經踐等周環當上頂誠奮訓簡以授子來於是家有餘糧（文粹作力）圃有餘木或掬一杯土焉或剪一枝材焉一心百身蜂還蟻往榛莽可去以自薙瓦甓無脛而奔萃一之日斤斧之功畢二之日圬墁之墉息再晨而成二公莫知層梁亘以中豁飛甍翼而四翥東西南（集作東西）北方不殊致糊白墳以皇素艧頳壤而垂繪通以虹橋綴以綺樹華而非侈儉而不陋煙水交浮邑巒疊廻精舍奉其旁逵都城企其遐際容影光彩搖漪入澗（集作精澗）指朱軒於潭底閱雲岑於波裏壙橫油油（集粹作橫橫油油）如飛若動又釣人飄飄於左右遊禽出沒乎前後一聘一眺千趣萬態税息之者若在蓬壺方

丈之上二公重清曠於舊賞納衆懇乎群度尋幽探異常於斯勞賓祖客常於斯加此平疇間闢通途在下可以覩耕耨可以採謳謡作一亭而衆美具噫天造茲阜其固與人爲亭歟不然何不遠郛郭而傳敞詭秀之若此非常之地意待非常之人故越千萬祀而至二公方覿也邑人想之復言曰事無隱義物有正名地爲二公而見亭從二公而建斯亭也可署二公亭雖蒭蕘之云中實（文粹作其）有謂二公不忽遂以爲號小子藝忝于文曾觀光上國去之日歷越遊吳歸之辰踰荊經（集作泛）漢會稽之蘭亭姑蘇之華亭襄陽峴首豫章湖中皆古今稱爲佳境或棟宇猶在或基址未圯（文粹作沒）山川物像遍得而覽方之於此遠有慚德懿

哉二公智周德厚卜地如此感民若彼其（文粹作目）非飾說入吾邑者知之奇境此（集粹無此四字）升吾亭者知之右之製器物造宮室咸有銘頌以昭其義斯亭也豈無效古而爲之章句者小子薄劣不敢議其事粗述其旨始爲之記蔑借二公之名于記左以爲邦榮在位元（文粹作賓）寮亦以次序從公而列貞元九年三月二十五日記

文苑英華卷第八百二十四

文苑英華卷第八百二十五　記二十九

宴遊三

亭中

李晉陵茅亭記　梁肅

趙郡李充（集作政）仲山大曆中由秘書郎爲晉陵令思所以退食偹故（集作政）思所以端已崇儉乃作茅亭于正寢之北偹功甚易制甚朴大足以布（集作施）函丈之席稅屨（集作履）而躋賓位者適容數人則仲山約身臨人顓固（集作因非）簡一之道可知矣厥龜後繼其任凡六七人每居於斯必稱作者之美而仲山安貧養性（集作志）寓于舊邑者十有二年方牧知之又撤而攝焉仲山清德之嗣孝於家勤於官其攝也念前之非乂政之未成也乃必躬必親必誠必信順（集作愼）思不懈而衆務咸叙未有及者必訪問咨度擇善而從之則其治足可（集無可字）徵也君子謂仲山居處恭執事敬出入一紀再臨斯人有以見位不苟進仕不苟行大來必俟時

（集作必復將）於是乎始矣兮于襄峴亭之起今文觀進德之美轍直筆志之謂之晉陵茅亭記時貞元元年夏五月記

新脩澧河石斗門亭記　穆員

斗門卒事之月安平公罷尹杜公定來明日公會杜公觀厥成績即得洗心遠目之所盡一覽四時之美乃授中制剏爲此亭有若嵩高二室萬安闕塞實簷前之山清洛麗都類夫河漢實砌下之池春流夏雲露風霜月殊狀異態同歸於勝實座中之器（一作品）脩橋曳虹左右扶翼層樓飛鳳前後擁抱實四楹之飾而顥氣清風徘徊旦暮若有所爲（去聲）凝爲清陰不唯待羊公之登眺李膺之臨汎使忘機倦俗之客得人人而私之或曰二公之來也境與耳目共

清其心心無事源政得於靜有以助清靜之理可無述乎刊諸珉（一作樂）石之陰是爲亭記

蘭溪縣靈隱寺東峯新亭記　馮宿

東陽實會稽西部之郡蘭溪實東陽西鄙之邑歲在戊寅天官署洪君少卿以爲之宰君之始至則用信待物用勤集事信故人洽（一作阜）勤故人阜（一作公齊）未朞月而其政成後三年夏六月余過其邑洪君道余以邑之勝賞於是有東峯亭之遊背城之闉半里而近礽届佛刹刹之上方而亭在焉松門蓋空石道如帶足倦累息然後造夫極焉向之池隍館宇之多旗亭闤闠之喧途道往來之衆簿書鞅掌之繁顧步之際（一作餘）忽焉如失但山風颼飀（一作飂飀）嶺雲峩峩飛軒憑楹洞壑在下南北（或作向背）殊狀昏明易（或作異）色指遥青而點黛者問之則曰某山某巖某林某野指遠白而曳練者問之則曰某田（一作洲）某渚某湫某塘高深互呈心目相競飄若象外意其幻成余旣諾其私爰究其本先是邑徵登攀遊觀之所洪君曾是挈俸錢二萬經斯營斯因地於山因材於林因工於子來因時於農隙（一作又）何易也崇山濬谷佳景勝槩綿世伏匿一朝發明（一作朗）又何能也君在建中興元之間爲江南西道節度曹王所知時方軍興職壓寇境供億倉卒賦平人和王實賴之故御史大夫鄭滑節度盧公群與君嘗同寮每號之曰精金百鍊良驥千里誠矣然則是邑之理茲亭之勝於君之分不爲難

能夫播芳塵而鼓餘波者非文莫可遂攬筆爲記刊于石而附諸地志焉貞元十七年歲次辛巳十一月己未朔七日乙丑建

欽州披雲亭記　張友正

層高明所以蕩陰滯臨顥敞所以窮遠睇故有岳峙九層雲峩百里極玄功以壯址殫山林於崇構者人力也今則排層空架重峯高出星漢之上坐馳寰區之表者天造也州之陽漸乎水水之陰攢乎山山有佛寺而迴廊翼旋飛閣雲褰萬家井邑在我宇下定一方之勝槩也杜史魏公將命駕遊焉公徘徊賞味情有餘致每美其峯聳絕靈氣紛郁乃竦勁策躍輕屐緪蔓梯崖逕造天巔焉高哉曠乎

果天下之絕境也乃命剗巉嵓夷翳薈心匠客構亭形虛無而賓從莫之窺也然後跨峻谷掖脩木疊石爲趺無尋常之地其崇卑廣袤與斲樸朽塗之節稱焉峩峩絕頂一上集作不一千仞未幾營之屹而冠焉亭一作屬東風敷和春物爛山公乃敞啓軒披晴空憑九霄以高視周八極而遐觀塊如衆山盃分百川籠吳楚之封境領江湖之氣象有足廓虛懷而攄曠抱矣眺覽未既盡一無此字壺觴云舉瞽史陳藝笙簧合奏仁風洋洋下俚同觀歡一作而吳生裹空楚舞嬌春隨天籟以遠去映花林而半出仰之者有若子喬方平弄玉飛瓊相與樂群仙於上清自公之暇理于茲撫傷夷恨流離流離旋矣傷夷痊矣而猶阜俗康民之志憮如

也今市囂在耳村煙在目可以厲風俗之趨尚省衆烝之豐耗况又暢四肢攄七情神完氣全宣爲太和自當渟源普洽上下交澤况有襦袴謳乎公問俗之來四序分矣蓮府將復星軒莫留人之情也步武所及有一物契於素懷者雖細必錄况目經心攝一作構獲千古之遺勝者愛而不書得無竊竊思之乎然歙人被公之仁化也深思異日攀公之轅不及瞻此亭也友正家在此山之下獲遊此亭之上思刊懋績輒課庸詞若筵加鍾而蠡挹海逢渤之音溟茫之波可得而希也又茲峯之高棲天宇上蓋雲族朝薈蔚而暮一有氣字氛氳亭無處所晴景一照㝠焉標空今建名披雲義在此也其潤色寺宇輝華郡郭增東南之巨麗者無終極乎貞元壬午夏四月大火南次之七日記

許氏吳興溪亭記　　權德輿

溪亭者何在吳興東部主人許氏所由作也亭製約而雅溪流安以清是二者相爲用而主人盡有之其智可知也夸目爹心者或大其閈閎文其節梲儉士耻之絕世離俗者或梯構巖巘紉結蘿薜世教鄙之曷若此亭與人寰不相遠而勝境自至青蒼在目潺湲激砌晴煙陰嵐明晦萬狀鷗飛魚遊不驚不偶時時歸雲來冐茅洞許氏方岸鶡冠支筇竹目送溪鳥口吟招隱則神機自生集作王利欲自薄百骸六藏之内累無自而入焉有田二頃傳于亭下鎡基之功出於僮指每露蟬一聲秋稼成實倚杖眺遠不覺

日暮歲食之羨則以給樽中方其引湍陶然心與境冥集作冥則是非得喪相與奔北之不暇又何可滑於胸中臧夫舉世徇物以失性而不能自適一有其適二字且謬戾於動靜之理君之動也代耕筮仕必於山水之鄉故尉義興貧武康皆有嘉聞而無秕政其靜也則偃曝於斯亭循分食力不矯不躁庸詎知今日善閑不爲異時之大來耶予知之深故因斯亭以廣其詞云

冷泉亭記　　白居易

東南山水餘杭郡爲最就郡言靈隱寺爲尤由寺觀冷泉亭爲甲亭在山下水中央寺西南隅高不倍尋廣不累丈而撮奇得要地搜勝槩物無遁形春之日吾愛其草薰薰

木欣欣可以導和納粹暢人血氣夏之夜吾愛其泉渟渟風泠泠可以蠲煩析醒起人心情山樹爲蓋巖石爲屏雲從洞生水與堦平坐而翫之（石本無之字）者可濯足於牀下卧而狎之（石本無之字）者可垂釣於枕上矧又潺湲潔澈粹泠柔滑若俗士若道人眼耳之塵心舌之垢不待盥（石本作漱滌）滌見輒（石本作而即）除去潛利陰益可勝言哉斯所以最餘杭而甲靈隱也杭自郡城抵西封叢山複湖易爲形勝先是領郡者有相里尹造作（集無此字非）虛白亭有韓僕射皐作候仙亭有裴庶子棠棣（石本作常）作觀風亭有盧給事元輔作見山亭及右司郎中河南元藇最後作此亭於是五亭相望如指之列可謂佳境殫矣能事畢矣後來者雖有敏心巧目無所加焉故吾繼之述而不作時長慶三年八月十三日記

白蘋洲五亭記　　前人

湖州城東南二百步抵霅溪溪連汀洲洲一名白蘋梁吳興守柳惲於此賦詩云汀洲採白蘋因以爲名也前不知幾千年後又數百載有名無亭鞠爲荒澤至大曆十一年顏魯公真卿爲刺史始剪榛導流作八角亭以遊息焉旋屬災潦荐至沼堙臺圮後又數十載委無隙地至開成三年弘農楊君爲刺史乃疏四渠濬二池樹三園搆五亭卉木荷竹舟橋廊室泊遊宴息宿之具靡不備焉觀其架大溪跨長汀者謂之白蘋亭介二園閱百卉者謂之集芳亭面廣池目列岫者謂之山光亭玩晨曦者謂之朝霞亭狎清漣者謂之碧波亭五亭間開萬象迭入嚮背俯仰勝無遁形每至汀風春溪月秋花繁鳥啼之旦蓮開水香之夕賓友集歌吹作舟棹徐動觴詠半酣飄然恍然遊者相顧咸曰此不知方外也人間也又不知蓬瀛崑閬復何如哉時予守官在洛陽楊君緘書賚圖請予爲記予按圖握筆心存目想覼縷梗槩十不得其二三大凡地有勝境得人而後發人有心匠得物而後開境心相遇固有時耶蓋是境也實柳守濫觴之顏公椎輪之楊君繢素之二賢始終能事畢矣楊君前牧舒舒人治今牧湖湖人康康之由革弊興利若改茶法變稅書之類是也利興故府有羨財政成故居多暇日繇是以餘力濟高情成勝槩三者旋相爲用豈偶然哉昔謝柳爲郡樂山水多高情不聞善政龔黃爲郡憂黎庶有善政不聞勝槩兼而有者其吾友楊君乎君名漢公字用乂恐年祀寖久（集作久遠）來者不知故名而字之時開成四年十月十五日記

四望亭記　　李紳

濠城之西北隅爽塏四達繼目周視迴環者可數百里而遠盡彼目力四封不閡嘗爲廢墉無所竚望郡守彭城劉君字嗣之理郡之二載步履所及悅而創亭焉豈約廣袤稱其所便棟幹梯陛依墉以成崇不危麗不侈可以列賓筵可以施管磬雲山左右長淮縈帶下繞清濠傍闞城邑

四封五通皆可洞然大和七年春二月紳分命東洛路出於濠始發斯亭周目四矚美乎哉春臺視和氣夏日居高明秋以閲農功冬以觀蕭成（一作殺）蓋君子布和求瘼之誠志豈徒縱目於白雪均雲於黃鶴庾樓夕月峴首春風蓋一時之勝槩無四者之臨眺斯亭之佳景固難儔儷哉淮栁杓變濠泉始清山凝遠嵐霞散餘綺顧余嘗爲王堂詞臣筆硯猶在請書亭表事刻石記言癸丑歲建卯月七日趙郡李紳書

桂州訾家洲亭記　柳宗元

大凡以觀游名於代者不過視於一方其或傍達左右則爲特異至若不騖遠不陵危環山洄江四出如一夸奇競秀咸不相讓徧行天下者惟是得之桂州多靈山發地峭堅（集作豎）林立四野署之左曰灕水水之中曰訾氏之洲凡嶠南之山川達于海上於是畢出而古今莫能知元和十二年御史中丞裴公來涖茲邦都督二十七州諸軍州事盜遁姦革德惠敷施朞年政成而富且庶當天子平淮夷定朔河告于諸侯公既施慶于下乃合僚吏登茲以嬉觀望攸長悼前之遺於是厚貨居氓移於（集作于）閒壤伐惡木剗奥草前指後畫心舒目行忽焉若飄浮上騰以臨雲氣萬山面內重江東隘聯嵐含輝旋視其宜常所未覩倏然互見以爲飛舞奔走與遊者偕來乃經工化材考極相方南爲燕亭延宇垂阿步簷更衣周若一舍北有崇軒以臨千里左浮飛閣右列閒館比舟爲梁與波升降苞灕山涵（集作含）龍宮昔之所大蓄在庭（集作亭）內日出扶桑雲飛蒼梧海霞島霧來助游物其隙則抗月檻於迴谿出風榭於篁中晝極其美又益以夜列星下布顥氣迴合邃然萬變若與安期羨門接於物外則凡名觀遊於天下者有不屈伏退讓以推高是亭者乎既成以燕歡極而賀咸曰昔之遺勝槩者必於深山窮谷人罕能至而好事者後得以爲己功未有直治城挾闤闠車輿步騎朝過夕視迄千百年莫或異故一旦得之遂出於他邦雖博物辯口莫能舉其上者然則人之心目其果有遼絶特殊而不可至者耶蓋非桂山之靈不足以還（集作環）觀非是洲之曠不足以極視非公之覽不能以獨得噫造物者之設是久矣而盡之於今余其可以無籍乎

永州萬石亭記　前人

御史中丞清河南崔公來涖永州閒日登城北墉臨于荒野叢翳之隙見怪石特出度其下必有殊勝步自西門以求其墟伐竹披奧欹側以入綿谷跨溪皆大石林立渙若奔雲錯若置棊怒者虎鬭企者鳥厲抉其穴則鼻口相呀搜其根則蹄股交峙環行卒愕（右本作顧文粹作愕目）疑若搏噬於是剗闢朽壤剪焚榛薉決澮溝導伏流散爲疏林洄爲清池寥廓泓渟若造物者始判清濁效奇於茲地非人力也乃立游亭以宅厥中直亭之西右若掖分可以眺望其下

集作石本作上青壁斗絶沉于淵源莫究其極自下而望則合乎攢巒與山無窮明日州邑耋老雜然而至曰吾儕生是州藝是野眉龎齒鯢未嘗知此豈天墜地出設茲神物以彰我公之德歟既賀而請名公曰是石之數不可知也以其多而命之曰萬石亭耋老又言文粹有文字曰懿夫公之名亭豈專狀物而已哉公嘗祿爲二千石既羸集作盈其數然而有道之士咸恨推公之嘉績未洽于人敢頌休聲祝公于明神漢之三公秩號萬石我公之德宜受茲錫漢有禮文粹作純臣惟萬石君我公之化始于閨門道合于古祐之自天野夫獻辭公壽萬年宗元嘗以牋奏隸尚書敢專筆削以附零陵故事時元和十年正月五日記

文苑英華卷第八百二十五

文苑英華卷第八百二十六

宴遊四

亭下

永州法華寺新作西亭記一首　柳宗元

法華寺居永州地最高有僧曰覺照照居寺西廡下廡之外有大竹數萬又其外山形下絶然而薪蒸篠蕩蒙雜擁蔽吾意伐而除之必將有見焉照謂余曰是其下有陂池芙蕖申以湘水之流衆山之會果去是其見遠矣遂命僕人持刀斧群而剪焉叢莽下頹萬類皆出曠然茫焉天爲之益高地爲之加闢丘陵山谷之峻江湖池澤之大咸若有增而廣之者夫其地之奇必以遺乎後不可曠也余時謫爲州司馬官外乎常員而心得無事乃取官之祿秩以爲其亭其高且廣蓋方丈者二焉或異照之居於斯而不蚤爲是也余謂昔之上人者不起宴坐足以觀於空色之實而遊乎物之終始其照也逾寂其覺也逾有然則嚮之礙之者爲果礙也集作耶今之闢之者爲果闢耶彼所謂覺

而照者吾詎知其不由是道也豈若吾族之挈挈於通塞（集注有乎字非）有無之方以自狹耶或曰然則宜書之乃書于石

零陵三亭記　前人

邑之有觀遊或者以爲非政是大不然夫氣煩則慮亂視壅則志滯君子必有游息之物高明之具使之清寧平夷恒若有餘然後理達而事成零陵縣東有山麓泉出石中沮洳汙塗群畜食焉墻藩以蔽之爲縣者積十數人莫知發視河東薛存義以吏能聞荆楚間潭部舉之假以湘源令會零陵政厖賦擾民訟于牧推能濟弊來涖玆邑遁逃後還愁痛笑歌逋租匿役朞月辨理宿蠹藏奸披露首服民既卒稅相與讙歸道塗迎賀里閭門不施胥吏之席耳

不聞鼛鼓之音鷄豚糗醑得及宗族州牧尚焉旁邑倣焉然而未嘗以劇自撓山水鳥魚之樂澹然自若也乃發墻藩驅群畜決疏沮洳搜剔山麓萬石如林積坳爲池爰有嘉木美卉垂水（集作水）叢峯玲瓏（集作瓏玲）蕭條清風自生翠煙自留不植而遂魚樂廣閑鳥慕靜深別孕巢穴沉浮嘯薛不畜而富伐木墜江流于邑門陶土以埴亦在署側人無勞力工得以利乃作三亭陟降晦明高者冠山巔下者俯清池更衣膳饔列置備具賓以燕好旅以舘舍高明游息之道具於是邑由薛爲首在昔裨諶謀野而獲宓子彈琴而理亂慮滯志無所容入則夫觀游者果爲政之具歟薛之志其果出於是歟及其弊也則以玩替政以荒去理使繼是者咸有薛之志則邑民之福其可既乎余愛其始而欲久其道乃撰其事以書于石薛拜手曰吾志也遂刻之

柳州東亭記　前人

出州南譙門左行二十六步有棄地在道南南値江西際垂楊傳置東曰東館其内草木猥奥有崖谷傾亞缺圮豕得以爲囿蛇得以爲藪人莫能居至是始命披拂蠲疏樹以竹箭松檉桂檜柏杉易爲堂亭楫爲杠梁下上徊翔前出兩翼憑空拒江江化爲湖衆山横環嶛（集作嶒）闊瀴灣當邑居之剩而忘乎人間斯亦奇矣乃取舘之北宇右闢之以爲夕室取傳置之東宇左闢之以爲朝室又北闢之以爲陰室作屋于北墉下以爲陽室作斯亭于中以爲中室

朝室以夕居之夕室以朝居之中室日中而居之陰室以違溫風焉陽室以違凄風焉若無寒暑也則朝夕復其號既成作石于中室書以告後之人庶勿壞元和十二年九月三日柳宗元記

燕喜亭記　韓愈

太原王弘中在連州與學佛之（石本無之字）人景常元惠（石本并集本文粹作慧）者（石本無者字）游異日從二人者行於其居之後丘荒之間上高而望得異處焉斬茅而嘉樹列發石而清泉激輦糞壤焚椔（石本作燔椔）翳却立而視之出者突然成丘陷者呀然成谷窪者爲池而缺者爲洞若有鬼神異物陰來相之自是弘中與二人者晨往而夕忘歸焉乃立屋以禦風

雨寒暑既成（石本與英華同止以禦爲避集本作乃立屋以避風雨御寒暑既成文粹作乃立屋以遊風雨既除寒暑既成）愈請名之其丘曰俟（石本作俟下同）德之丘蔽於古而顯於今有俟時（石本無時字集作德）之道也其石谷曰受讓之谷瀑曰振鷺之瀑谷言德瀑言容也其土谷曰黃金之谷瀑曰秩秩之瀑谷言容瀑言德也洞曰寒居之洞志其入時也池曰君子之池虛以鍾其美盈以出其惡也泉之源曰天澤之泉出高而施下也合而言之（石本作名）以屋曰燕喜之亭取詩所謂魯侯燕喜頌（石本文粹作者頌）者也於是州民之聞者（二字作本文粹作老聞而）相與觀焉曰吾州之山水名於（石本無於字）天下然而無與燕喜者比經營於其（石本無其字）側者相接也而莫宜（石本文粹作直）其地凡天作而地（石本無地字）藏之以遺其（石本無其字）

人乎弘中自吏部（集注有侍郎二字文粹有侍字西本有郎字）貶秩而來次其道塗所經自藍田（石本無山字）入商洛涉淅湍臨漢水升峴首以望方城出荊門下岷江過洞庭上湘水行衡山之下繇郴踰嶺猿狖所家魚龍所宮極幽遐瑰詭之觀宜其於山水飫聞而厭見也（石本無作也字集之）今其意乃（石本集本並有若字）不足傳曰知者樂水仁者樂山弘中之德與其所好可謂協矣智以謀之仁以居之吾知其去是而（石本集本並無而字）羽儀於天朝也不遠矣遂刻石以記

枝江縣南亭記　皇甫湜

京兆韋庇爲殿中侍御史河南府司錄以直裁聽群細人懀（集作憎）構之責椽南用康移治枝江百爲得宜一月遂清乃

新南亭以適曠懷亭（集無此字）俯湖水枕大驛路地形高低四望空平青莎白沙樅柞緣崖並（集作立）芰圓葭誕漫朱華接翠裁（集作栽）綠繁葩春燭決湖穿竹渠鳴郁郁潛魚歷歷產鏡嬉碧凈鳥白赤洗翅窺奐纈霞殺煙旦夕新鮮冷淚喧啼怨柳情綿令君騁望逍遙湖上令君宴喜絃歌未已其寮（集無此二字）其民日致（集作劉）欣游成群使纓嘆戀停車止征實爲官業而費家貲不妨適我而能惠衆嗚呼是乃仁術也豈直日觀而已乎吾知韋君君是也多惜以尺刃效小割其日賦政千里總戎疆埸吾知其辯終也亦若是而已矣乃爲作記刻于茲石以圖未久

苻溪新亭記　李濆

上臨御明年濆自洛陽令之太守詔牧滁民之三月得古溪郡之東北十里按地圖志在皇道山之右昔始皇途經是山因以名焉其下西水陽嶺迸溪（一作流）于苻溪此溪是也不潺川道廣泉演漾潭島影溢江漢塲中流震平壇四浪滉朗駿泒委輸襟帶一川斜界千畝無茭菌藾萍之雜其森練如也有廢亭占勝之地其狀依然也照睛而空水相鮮澄遠而攢山瀉色趣向奇狀不可窮竟訪郡之長老考亭之廢興皆曰三十甲子二周星而不知其所由來矣驗圖籍亦昧其始興之歲也秋七月前河中監察汝南公況前武寧軍殿中隴西公拱州遷客司馬弘農公紹復咸以勝槩爲宴之須乃卜于亭是咨是諆遂古創今僉曰惟

目（一作日又作允）不越月他工具洎六旬有六日新亭就楹不弗弗昭其儉也甍不仡仡示無僭也內不重門曠其景也外不崇墉達其望也繇是四時之氣成象不絕春木秀容夏雲奇峯秋天爽空冬日煖濃觸類有景與溪無窮雖羊公峴溪曷足以加其勝矣於戲物之廢興時也苟非其時聖人微言翅其蒙者乎時會昌二年正月八日建

連山燕喜亭後記　李貺

余自幼伏覽外王父昌黎文公燕喜亭記則知連州山水之殊亭之稱因記爲天下所嘉連爲郡既遠且秀亦因亭而高時談山水可娛者較數連矣中州人既以連遐遠（一作遂非）不可得與遊皆依記以圖爲館宇飾味山水者莫不目

登心到焉如此則亭豈可荒記豈可仆乎三年冬余侍行承詔于連水陸南馳幽無所攄志無所用乃繼業于山水以資養志況又外祖所記亭在是耶昔聞今見必矣踵于郡則訪焉耆老曰無矣吁昔奚寵遇而讚詠之如彼今遺何入廢棄之如此豈亭之屯耶竊嘆數月得刺史武公至歎之尤甚且曰不脩則過及余矣遽揮徒而窮尋之貝翳覆淖抵蹴孽蔓得餘趾焉級磚鈌擲棟榱垣甃寸拆片碎翁汗其甚石記斷儳莓昧其字公整而脩之徵記本於余家易石而琢之不旬就矣於舊不移不損煥而爲新命余記（一作紀）其跡餘辭小子豈敢措筆以並前記公曰不與記實此則又毀後人知子至而不顧子過矣余何別不脩者

乎余曰諾時會昌伍年十一月五日連州刺史武興宗書

郢州孟亭記　皮日休

明皇世章句（文粹有之字）風大得建安體論者推李翰林杜工部爲之尤介其間能不愧者惟吾鄉之孟先生也先生之作遇思人詠不拘奇抉異齷齪東人口者涵涵然有千霄之興若公輸氏當巧而不巧者也北齊美蕭慤有芙蓉露下落楊柳月中疏先生則有微雲淡河漢疏雨滴梧桐樂府美王融日霽沙嶼明風動甘泉濁先生則有氣蒸雲夢澤波動岳陽城謝朓之詩句精者有露濕寒塘草月映清淮流先生則有荷風送香氣竹露滴清聲此與古人爭勝於毫氂也稱是者衆不可悉數嗚呼先生之道他復何言

耶謂乎貧則天爵于身謂乎死則不朽于（文粹作於）文爲士之道亦已至矣先生襄陽人也日休襄陽人也既慕其名亦覩其貌蓋仲尼思文王則嗜昌歜七十子思仲尼則師有若吾於先生見之矣說者曰王右丞筆先生貌（集作文粹無此字）於郢之亭（亭在刺史治所）每有觀之志四年滎陽鄭公誠刺是州余將抵江南艤舟而詣之果以文見貴則先生之貌縱視矣先是亭之名取先生之諱（其亭舊名浩然亭）公曰焉有賢者之名爲趨厮走養朝夕言於刺史前耶命易之以先生姓（今改爲孟亭）日休時在宴因曰春秋書紀季公子友仲孫湫字者貴之也故書名曰貶書字曰貴況以賢者名著于亭乎君子是以知公樂善之深也百祀之弊一朝而去（百祀者謂開元至今）

則民之弊也去之可知矣見善不書非聖人之志宴亘既撤（集作宴空亘徹）立而爲文咸通四年四月三日記

通玄子栖賓亭記　前人

距彭澤東十里有山邃源奧處號曰富陽文士李中白隱焉五年冬別中白歲且翅再自泚陵之江左因訪于是至其門駭不暇縲而目爽神生怳怳然迨若入于異境矣覩別岩外不復游一詞且賞（集無此二字）且樂其得也木秀于芝泉甘于飴霽峯倚空如碧毫掃粉障色正鮮温鳴溪潨潨源內瀠籥耕出琉璃液石有椎者皜然闖然若將爲人者禽有異者嘐嘐然若將天馴者每空齋寥寥寒月方午松竹交韻其正聲雅音笙師之吹竽籥人之鼓籥不能過也況延白雲爲昇堂之侶結清風爲入室之賓其爲趣則生而未覩矣中白所尚皆古以時不合已故隱是境將至乎老嗚呼世有用隱（集無此字）君子之道隱者乎有則是境不足留吾中白也昔余與中白有偕隱衡湘之志中白以時不合已果償本心余以尋求計吏不諧夙念今至是境語及名利則芒刺生背矣夫賓之來也不逾于邑（邑謂彭澤縣也）邑距是十里至是者不爲易也賓其延之旦不晡乎晡不夕乎則侯賓之所果不可低徊於是距其寢西向百步則築賓亭焉兩其室而一其廈且曰賓將病暑吾則敞其簷賓將病寒吾則奧其牖自竟是功則蠡覺之饋罍樽之費縱倍於前矣其功始於咸通二年秋八月後三年五月中白館余於是且禱其記而名之者累月讓不獲因曰古者有高隱殊逸未被爵命敬之者以其德業號而稱之玄德玄晏是也夫學高行遂謂之通志深道大謂之玄男子通稱謂之子請以通玄子爲其號請以栖賓爲亭名噫知我者不謂我爲佞友矣五年五月朔日記

化洽亭記　沈顏

寧國臨縣邐之東南古勝地也頃屬兵興以後盡目（一作日）非蕪焉稂莠蔽川嘉樹不長氛煙塞路清泉不發幽埋異汲誰復相之是邑汝南長君治民有處任人得逸乃卜別墅就而營之前有淺山屹然如屏後有卑嶺繚然如城跨池左右足以建亭丘隴高下足以勸耕泓泓盈盈連漪是生蘭蘭青青踈篁舞庭斯亭何名化洽而成民化洽矣斯亭乃治長君未至物景頹圮長君既至物景明媚物之懷異有時之否人之懷異亦莫如是懿哉長君雅識不群愚不紀之孰彰後人時乾寧三年仲夏月十有九日記之

烏程縣脩東亭記　楊夔

故相國趙郡李公諱紳寶歷中廉問會稽曰以吳興僧大光有神異之迹爲碑文托郡守敬公建立於卞山法華寺會昌中詔毀佛寺此寺隨（一作墮）廢時縣令李式其碑述相國先人曾宰烏程遂移立於縣之東亭迨今五十載其碑毀折汝南周生以明經四命重宰烏程覩其廢逸遂求於故老獲舊文比類於折碑所失者數字因重刊於石所缺

文字不敢臆續蓋所以避不敏遵宣聖不知而作之誡也
蕪其舊傳云東亭之北池如相國誕於縣署學弄之歲乳母
惰於保侍俾相國墜於池人莫之覺食頃如有物翼出於
池面家人方得以拯焉衆方僞駭而相國笑語無替於平
日人咸異焉初有石數尺勒其事歲月綿遠石失其處故
汝南生廣其亭濬其池再刻其碑重叙厥由蓋欲存縣之
故事也生中和初宰此邑及碁而代居閑閑淡薄自得
郡帥隴西公潛使人伺其所爲知其安於貧樂於道閱百
代而自娱未嘗以嬲物爲撓由是官有之必俾承之而生
所至以靜理聞癸丑夏復詔生宰烏程民吏欣欣再偶寬
政閤鞭聽訟事簡庭閑君子哉汝南學古人仕有其經矣

生家於陽羨數世以經明獲禄彼群從昆弟並一舉而捷
凡浙右之士因以嚮風國庠聞其名咸亦推先焉夫善爲
政者雖於人安而俗阜必當於事有立於意不忘以羽翼
厥道也今徭賦既調風俗既安逋逸有歸惸孑有依然後
搜遺文刊墜碑此所以見興廢之心也建新亭疏湾一作流汙
池此所以見繼絶之志也於戲當天兵之後民閑於繁役
克俾其民康其務均俗固毋視於尹長矣今施政之暇人
有餘力然後興起廢墜彰明故事非圖遠經久者孰能爲
此哉生既重立大光上人之碑遂命某紀其年月別立于
石且以旌新一作斷亭之興替有自也

文苑英華卷第八百二十六

文苑英華卷第八百二十七　記三十一

宴遊居處

居處

盧郎中齋居記　李華

鴻鵠遡清風陵顥氣翱翔自得於冥冥之間故虞衡矰繳
不能爲患耳駑蹇株羈縶駿驥首冠鋑鍚身被纓纕力方
盛也聘於康逵及其殆也困於鞭策由是智者高鴻鵠而
卑駿驥豈妄而論之一無之字哉今兗渠假息五兵未偃廟堂
有風力之臣征鎮皆方召之老則仁人靜士戢伏自持各
其志也尚書左司郎中嗣漁陽公盧振字子厚奉世德而
聿脩之味道風而游泳之處于九江南郭荒榛之下不貽
害於身不假力於人夷堆墆填一作實窪薙尋尺無遺材草
木不移植書堂齋亭成於指顧高松茂篠森於門巷晏然
燕居勝自我得君子出則行其志也公以瑚璉之器爲郎
官以千將之斷宰赤縣君子入則善其身也公就鴻鵠之

冥冥捨騏驥之馳騁兕大江在下名山當目嘉賓時來携手長望可以順神養一作遠壽暢其天和浴乎沂風乎舞雩吾與點也爭賜僑舊推仁人焉推智者焉廣德二年四月五日趙郡李華記

會稽盧上人石帆山靈泉北塢記　權德輿

靈泉北塢之主人曰大苾蒭盧公於諸佛微言義味之中深入圓淨之以集作是辯才實智離於二邊嘗經行於邪溪稽山之下初石帆山侶有頴川陳公表乂桂法冠抗迹塵外旣以自適爲適且悅盧公之風乃捨其北塢爲公禪誦之地公旣至則疏翳薈刋擁腫隨其汙崇作爲勝勢先是此山無泉遠汲溪流人旣勞止而水之爲用不足公乃默以

心集作然以感悅若有通崖隟集作隙之下微得泉脉及薙草轉石準潜集作滐漏是沮如畚之鍤之决之濬之噴若玉竇泄爲瑳池淨如醍醐瑩若琉璃疑青蓮可植金沙在下惠風天籟相爲虛寂然後代集作殖碧鮮以相接引清流而備用以盥以漱以滌以茗或以功火化或以袪熱惱日用無窮不知其功使夫後學趣道之徒至於此者則滌濯纓塵漸漬法味還源復性以聲容爲類不其至哉貞元初州牧左常侍王君行春訪道因以泉名塢又前代隱賢多遊踐於玆自東晉而下謝敷王子敬支遁白道猷洪偃皆有遺跡集作趾留於巖中今玆公宗本之外又牙以勝槩標品徐會稽公季渤海則命其溪曰五雲諫大夫齊君澣稟則命其

山曰玉笥其餘冠柱後更以文者有王氏張氏陸氏率用仁智樂玆清輝嘉名競奕以傲軒敎日至泉下爲公宗雷雖匡山之社錫杖所叩不足集作是過也每玄關道機演暢微妙聞其一音皆攝妄言以趨靜性居常淡然與靈泉爲侶伍集作盖戒本其槩定因其止惠取其用然後觀身及泉二其俱集作無得清淨洞澈無入而不自得焉問法者又因泉以見盧公之道斯爲至矣三年春獲與公遇俾予傳信故不敢没其美又不敢蔓其辭時歲在丁卯二月甲子記

司徒岐公杜城郊居記　前人

司徒岐國公以盛德相三朝以大中敷五教帝載協龢太階砥平旣致用於方內亦宅心於事外神京善地啓夏南

出凡十有六里而仁智之居在焉縈廻巖巘左右勝勢徑術逶迤於木秋臺亭嵯峨於山腹下崇岡目青巒步履平夷以至於堂皇四敞廣榻中容宴豆孤齋閒館幽隟隨之乃開洞穴以導泉脉其流泠泠或决或渟激而杯行瀑爲玉聲初豢於上下終匯於池際白波淪漣繚以方塘輕艫縱棹沿洄上下見煙霞澄霽之狀魚鳥飛沉之適濯于瀑溪風于碧鮮紅葩火燃素英雪翻芊眠葱蒨杳窱廻合含虛籟以四達遡清輝而交映故其休休集作休沐燕息盍簪投轄則有鳴佩拖紳宗公雋人今雪闈集作闕玉堂之賓淑姿脩態流光含睇廻風遏雲之藝出飲笑抃交歡擊節不知公相之爲貴適其適故也易坤之象說曰君子以厚德載物詩

曰愷悌君子求福不回惟公以德受福故光明昌大每溫室宴見一人尊禮而不名故其代天工斷國論卓爾以冠群后暨夫暇日之灰止於斯也則暢天理棲顥氣條然以遺萬物其無方與其不器與昔子房赤松子之遊且非代教安石東山之賞僻在下國豈若公密贊化育內諧恬曠如春之仁如樂之和以君臣之交感兼動靜之極摯從古已還無公比焉公之華宗自漢延平侯徙杜陵三守本封幾乎千祀故城南墟里多以杜爲名逮今郊居不忘厥初又以見積厚流澤此焉回復且公之心無町畦壽若岡陵昭融烜赫未始有極德輿謬陪衆君子升公之堂嘉招盛集美閒弦晦以衆羨之不可以不紀也承命遷數（文粹作書）刻

于巖石云

廬陵所居竹室記　房千里

凡天地之氣煦嫗乎春曦形乎夏淒乎秋而冽乎冬楚之南當冬而且曦燕之北當夏而且慄（一作冽）是皆不得氣之中正人之百骸上陽而下陰陽戒於燠故膏肓欲寒陰戒於溺故腎腸欲燠人之外好欲軒冕文彩以爲榮似若動且陽焉人之內好欲寡慮恬默以爲泰似若靜且陰焉其門外（一作外門）欲肥馬大車以爲執者其室內欲虛堂廣廈以爲清者果反是必爲災且妖且病且亂且窮矣天地之性（一作氣）當夏而冽當冬而曦其歲時惡人之百骸上陽而不能寒下陰而不能煦其（一有形字）神瘵外飾文采不能動而榮

（一作且陽）而必憔其心躁（一無此字）內思恬默不能靜且泰而必汩其志亂（一無此字）外門淒淒而寒者內室彤彤而熱者其上（一作事）窮予三年夏待罪于廬陵其環堵所棲者率用竹以結其四周植者爲柱楣撐者爲榱桷破者爲畬（一作甾非）削者爲障臼者爲樞篋者爲繩（一作纏）絡而籠土者爲給（一作級）横而格（音各）空者爲梁方大暑火烘爆雷坼壞者（一無此字）若墜于鑪若燎于原舌呀而不能持支墮而不自運赫赫爍爍（一作焰焰）如列千萬炬于室內視其門即寂寥虛閒（一作間）若清秋之山焉若寒浦之波焉予乃知嚮所謂天地之氣人之百骸與其心形之內外居室之寒燠反是果爲災且妖（一作妖且災）且病且亂且窮也今予方窮不能奮果窮也其處于是亦

宜矣天地之氣不能易者也鄒子有吹律之變人之生死不可制者也俞扁有鍼砭之術是二者尤不可革且有道而得（一作革）之今予室之曦予門之寒予亦姑思其治之之道將爇其廬而斬其工竹室（一無此二字）其能永永以爍予書其詞于壁堂上（一作皆唐文粹）

草堂記　柳識

海昏縣東北一二里有澄陂永泰初檢校左司郎中蘭陵蕭公置草堂于陂上偶然疏鑿從其易也虛楹東向清曠十里傍有古樹篠竹一如籬落澄漪風篁終日不厭非出非處優游中道于茲三年矣紫篠爲門蔬圃取給怡愉色充止足於斯士君子皆仰其清達也清而多愛達而彌約

曩昔持憲仁德恤刑進退之之道道皆可勸乎學史者也得而紀述思簡于天下之士徙歲天子自鳳翔歸于上都大兵之後秦人陷法抵冒者衆疑似詿誤者倍之皇綱初振國典未一公職在畿甸位卑才露京尹器之委以决獄惟刑之恤上簡帝心向三年遷以持憲歷臺三院折獄如初或如絲棼因我繩直蓋亦多矣不其才難未止於此當此之時寇逆雖却而猶金方播氣事多陰勝公仁勇中發志危與衆前後按乎舊獄察色見情疑似當刑口伏心怨果斷出之者數百人去其智足飾非盤根難狀爲無辜之害者亦十數人持憲如此仁乎至哉向使生全愛養之心不脩乎陰陽運用之才則視人殘傷空歎息而已焉能審綱

之中多所濟活昔人有生全之功高明待封者欲人行之所以彰其善也知止足者委順志之所以誨一作悔是其善也其意不同同歸於德其德雖異趣各有宜詩曰愷悌君子民之父母此之謂也予家于脩江之上十年矣玆地阻遠兵弋不至而猶日見乎罷人貨鬻之怨時聞乎豺狼凌肆之殘春對乎淒風苦雨之音暮秋經乎炎燠札瘥之氣又見野有此當益感歎而已大曆二年正月七日左拾遺郷識述

虢州三堂記　　呂溫

應龍乘風雲作雷雨退必蟠蟄以全其力君子役智能統機劇退必宴息以全其性力全則神化無窮性全則精用不竭深山大澤其所以蟠蟄乎高齋清地集作池其所以宴息乎虢州三堂者君子宴息之境也開元初天子思二南之風並選宗英共持理柄虢大而近匪親不居時惟五王出入相授承平易理逸政多暇考卜惟一作佳勝作爲三堂三者明臣子在三之節堂者勵宗室克構之義豈徒造適實亦垂訓居德樂善何其盛哉然當時漢同家人曾用王禮棟宇制度非諸侯居後刺史馬君鍚因其頹隳始革基構豐而不侈約而不陋以琴筑詩書之幽素易綺紈鍾鼓之繁喧雖林池煙景不讓他日觀其廣睔百畝深入重扃廻塘屈盤水集本文粹作杳島交映溟渤轉於環堵蓬壺起於中庭浩然天成孰謂二本作日智及春之日衆木花拆岸浦島織

沉浮照耀其水五色於是乎襲馨擷奇方舟逶迤樂魚時翻飄蘂雪飛泝沿廻環隱映差池咫尺迷路不知所歸此則武陵仙源未足以極幽絕也夏之日石寒水清松密竹深大樹起風卉棠垂陰於是乎濯纓漣漪解帶升堂晨景火雲隔林無光虛堂沉沉皓壁如霜羽扇不搖南軒清涼此則楚襄蘭臺未足以滌炎鬱也秋之日金颷掃林蓊鬱洞開太華爽氣出關而來於是乎絃琴端居景物廓如月委浩素水涵空虛鳥驚寒沙露滴高梧境隨夜深疑與世殊此則庾公西樓未足以澹神慮也冬之日同雲千里大雪盈尺四眺無路三堂虛白於是乎置酒褰帷憑軒倚檻瑤階如真玉樹羅生日暮天霽雲開月明水集作冰泉潺湲

終夜有聲此則了于猷山陰未足以暢吟嘯也於戲不離軒冕而殘夷曠之域不出户庭而獲江海之心趣近懸解跡同大隱庌閎四時之勝節宣六氣之和貴而君子可謂（二本作日）厚矣若知其身既安而思所以安人其性既適而思所以適物不以自樂而忽鰥寡之苦不以自逸而忘稼穡之勤能推是心以惠境内則良二千石也方今人亦勞止上思乂息州郡之選重如廷（集作庭）臣由是南陽張公輟揮翰之任受剖符之寄遊刃而理此焉坐嘯靜政令若水木閑人（文粹作全户）民如魚鳥馴致其道闇然日彰大人以公執友也小人奉命幸來祗謁（十五字二本止作小子）以通家之好（集作愛）獲拜床下且齒諸子侍坐于三堂見知惟文不敢無述捧筆

避席請書堂陰俾後之人知此堂非止燕遊亦可以觀清靜爲政之道

廬山草堂記　　白居易

匡廬奇秀甲天下山山北峯曰香爐峯北寺曰遺愛寺（一無此字）介峯寺間其境勝絶又甲廬山元和十一（續廬山記無此字）年秋太原人白樂天見而愛之若遠行客過故鄉戀戀不能去因面峯腋寺作爲草堂明年春成草堂（集本文粹集草堂成）三間兩注（集本文柱作柱）二室四牖廣袤豐殺一稱心力洞北户來陰風防徂暑也敞南甍納陽日虞祁寒也木斲而已不加丹墻圬而已不加白碱堦用石羃窻用紙竹簷（集本文粹作簾）紵幃率稱是焉堂中設木榻四素屏二素（諸本無此字）漆琴一張儒道佛書各數（數字文粹作三兩）卷樂天既來爲主仰觀山俯聽泉旁睨竹（記作草）樹雲石自辰及酉應接不暇俄而物誘氣隨外適内和一宿體寧再宿心恬三宿後頹然嗒然不知其然而然自問其故荅曰（記無此字）是居也前有平地輪廣十（記作一）丈中有平臺半平地臺南有方池倍平臺環池多山竹野卉池中生白蓮泉（集作白）魚又南抵石澗夾澗有古松老杉大僅十尺（集作人）圍高不知幾許（許字集作百尺）脩柯戛雲低枝拂潭如竪幢如張蓋（集作如幢竪如蓋張）如龍蛇走松下多灌叢蘿蔦葉蔓駢織成翳日月光不到地盛夏風氣如八九月時下鋪白石爲出入道堂北五步據層崖積石嵌空垤堄雜木異草盖覆其上緑陰濛濛朱實離離不識其名四時一

色又有飛泉植茗就以烹燀好事者見可以銷（諸本無此字）永日堂東有瀑布水懸三尺瀉階隅落石渠昏曉如練色夜中如環珮琴筑聲堂西倚北崖石（諸本作右）趾以剖竹架空引崖上泉脉分綫懸自簷注砌纍纍如貫珠霏微如雨露滴瀝飄灑隨風遠去其四旁耳目杖屨可及者春有錦繡谷花夏有石門澗雲秋有虎溪月冬有爐峯雪陰晴顯晦昏旦含吐千變萬狀不可殫記（集作紀）覼縷而言故無甲廬山者噫凡人豐一屋華一簣而起居其間尚不免有驕矜（諸本作穩）之態今我爲是物主物至致（集作知）知各以（記作有）類至又安得不外適内和體寧心怡（諸本作舌）哉昔永遠宗雷輩十八人同入此山老死不返去我千載我知其心以是哉矧予

自思從幼迨老若白屋若朱門凡所至（集本并記作止）雖一日二日輙覆簣土爲臺聚拳石爲山環斗水爲池其喜山水病癖如此一旦蹇剥來佐江（集本并記無此字）郡郡守以優容撫我廬山以靈勝待我是天與我時地與我所卒獲所好又好求焉尚以冗員所羈餘累未盡或往或來未遑寧處待予異常弟妹婚嫁畢司馬歲秩滿出處行止得以自遂則必（記無此字）左手引妻子右手抱琴書終老於斯以成就我平生之志清泉白石實聞此言時三月二十七日始居新堂四月九日與河南元集虛范陽張允中南陽張深之東西二林長老湊公（諸本無此字）朗滿晦堅等凡二（文粹無此字）十有二人具齋施茶果以樂（記作落）之因爲草堂記

尉遲長史草堂記　李翰

吾友晉陵郡丞河南尉遲緒節闊達志遐遠含和而不暇（文粹作假）脩推誠而不詭行外若可渾其中甚清外如可雜其中甚静夫求賢達之趣當考其中若然夫子其達者歟而境或超詣心或獨得飄飄然不知冠冕之在己浩浩然不知天地之爲大其宜（文粹作冥）機慎道迹繫心廣人或未覩吾能知之大曆四年夏乃以俸錢構草堂于郡城之南求其志也材不斲全其樸墻不彤分其素然而規制宏敞清泠含風可以却暑而生白矣後有小山曲沚窈窕幽徑枕倚于高嶠前有芳樹珍卉嬋娟脩竹隔閡于中殫由外而入宛若壺中由內而出始若人間其幽邃有如此者夫子又有雄辭奥學潤色其事階上何有有群書萬卷階下何有有空林一瓢非道紱名儒不登此堂非素琴香茗不入茲室是知草堂之貴夫子之静天下茫茫人未易悉吾與夫子昔同賓賦二十四年于茲矣吾則棄於世矣歎夫子下位每求其故而有疑焉今觀夫子之志乃鄰於道寥寥草堂有致之資書於壁微吾非佚其歲秋八月乙丑朔記

文苑英華卷第八百二十七

文苑英華卷第八百二十八　記三十二

宴遊六　堂下

堂下

潭州楊中丞作東池戴氏堂記　柳宗元

弘農公刺潭三年因東泉為東(集無此字)池環之九里丘陵林麓距其涯坻島洲渚交其中岸之突而出者水縈之若玦焉池之勝於是為最公曰是非離世樂道者不宜有此卒授賓客之選者譙國戴氏曰簡為堂而居之堂成而勝益奇望之若連艦縻艦(集作檻)與波上下就之顛倒萬物遼廓眇忽樹之松柏杉櫧被之菱芡芙蕖鬱然而陰粲然而榮凡觀望浮遊之美專於戴氏矣戴氏嘗以文行累為連帥所賓禮貢之澤宮而志不願仕與人交取其退讓受諸侯之寵不以自大其離世歟好孔氏書旁及莊文莫不總統以至虛為極得受益之道其樂道歟賢者之舉也必以類當弘農公之選而專茲地之勝豈易而得哉地雖勝得人焉而居之則山若增而高水若闢(集作闊)而廣堂不待飾而已奐矣戴氏以泉池為宅居以雲物為朋徒攄幽發粹日與之娛則行宜益高文宜益峻(一本有以字)道宜益懋交相贊者也既碩其內又揚于時吾懼其離世之志不果矣君子謂弘農公刺潭得其政為東池得其勝授之得其人豈非動而時中者歟於戴氏堂也見公之德不可以不記

永州新堂記　前人

將為穹谷嵁巖淵池於郊邑之中則必輦山石溝澗壑凌絕險阻疲極人力乃可以有為也然而求天作地生之狀咸無得焉逸其人因其地全其天昔之所難今於是乎在永州實惟九疑之麓其始度土者環山以(集無此字)為城有石焉翳于(蜀本作乎)奧草有泉焉伏于土塗蛇虺之所蟠狸鼠之所遊茂樹惡木嘉葩毒卉亂雜而爭植號為穢墟韋公之來既逾月理甚無事望其地且異之始命芟其蕪行其塗積之丘如蠲之瀏如既焚既釃奇勢迭出清濁辨質美惡異位視其植則清秀敷舒視其蓄則溶漾紆餘怪石森然周于四隅或列或絕(集作跪)或立或仆竅穴逶邃堆阜突怒乃作棟宇以為觀遊凡其物類無不合形輔勢效伎於堂廡之下外之連山高原林麓之崖間廁隱顯邇延野綠遠

混天碧咸（集本如此是英華作或非）會於譙門之內（蜀本作外）已乃延客入觀繼以宴娛或賛且賀曰見公之作知公之志公之因土而得勝豈不欲（集本如此是英華作以非）因俗以成化公之擇惡而取美豈不欲除殘而佑仁公之蠲濁而流清豈不欲廢貪而立廉公之居高以望遠豈不欲家撫而戶饒（集作曉）夫然則是堂也豈獨草木谷（谷字集作土石水）泉之適歟山原林麓之觀歟將使繼公之理者視其細知其大也宗元請志諸石措諸屋漏（零陵石刻作壁編）以爲二千石得（集作楷）法

泉（瀑附）

慧山寺新泉記　獨孤及

此寺居吳西神山之足山小多泉其高可憑而上山下有

靈池異花載在方志山上有真僧隱客遺事故跡而披勝錄異者淺（集作賤）近不書無錫令敬澄字深源以割鷄之餘考古按圖葺之（集作而）築之乃飾乃圬有客竟陵陸羽多識名山大川之名與此峯白雲相與爲賓主乃稽厥創始之所以而志之談者然後知此山之奇方掩他境（集作北山之方廣勝掩他境）其泉伏湧潛集泄滴舍下無沚無竇蓄而弗（集作不）注深源順（集作因）地勢以順水性始雙甃袤丈之治疏爲懸流使瀑布下鍾其溜湍激若醴濃乳噴（集作若醲醴乳噴）及（集作發）于禪床周于僧房灌注于德池（集作地）經營于法堂瀉潺有聲聆之耳清濯其源飲其泉能使貪者讓躁者靜惰（集作靜）者勤道道者堅固境淨故也夫物不自美因人美之泉出於山發於自然非夫人疏之鑿之之工則水之時用不廣亦猶無錫之政煩（集作頗）民貧深源導之則千室襦袴仁智之所及功用之所格動者嚮（集作若響）答其揆一也余飲其泉而悅之乃志美於石

杜城郊居王處士鑿山引泉記　杜佑

佑此莊貞元中置杜曲之右朱陂之陽路無崎嶇地復密邇開池水積川流其草樹蒙籠岡阜擁抱在形勝信美而躋攀莫由爰有處士琅邪王易簡（一作居易）字高德經術探於壼祕文章擅於風雅精識窮於治理奧學究於天人棲遲衡茅粃糠爵祿旁洽他藝尤精術數短褐或弊簞笥屢空守道安貧不求不競素多山水乘興遊衍踰月方歸誠士

林之逸人衣冠之良士佑景行仰止邀屈再三惠然肯來披榛周覽因發歎曰懿茲佳景未成且美蒙泉可導絕頂宜臨而面勢小差朝晡難審庸費不廣日月非延與識無不爲疑佑獨固請卒事於是薙叢莽呈修篁級詰屈步還迤竹逕窈窕藤陰玲瓏勝槩益佳應接不足登陟遺倦達于高隅若處煙霄頓覺神完終南之峻嶺青翠可掬樊川之清流透迤如帶藏役春仲成功秋暮其煩匪病不愆于素開雙洞於巖腹當鬱燠於生寒交清泉於巘上遭旱暵而淙注止則澄澈動則瀉湲宛如天然莫辨所洩懸布垂練擡曳晴空定東西之方偶正子午之晷度境象一變賓侶咸驚矧其流觸灣環曲池漪淪美景良辰賢英迭臻泛之

方舟而騁懷聽清商而怡神寧知景之將曛勝事嘉趣諒難備陳遠祖西漢建平侯家于杜陵綿歷千祀佑實虛薄謬竊公台作相兩朝空尸高秩初過縱心之歲即陳歸老之誠渥澤猥流皇慈未替特優筋力之禮俾佘朝謁之勤仕適田廬恣尋山水荷天地之大德蒙亭育之厚恩上答何階競慙是積而枌榆之敬恭肅敢虧每出國門未嘗公服導從輩悉令簡省芻蕘者莫止唐突及栖弊陋時會親賓野老衰宗齒夫游徼亦同列坐或與銜盃由是盡得歡心庶將協比鄉黨其城曲壚落緇黃童艾杜名杜氏遍周川原群情既用光榮老夫唯增祇懼或曰茲地頗堪遊翫深慮勢家凌奪佑以爲不然聖主明君固當制抑神龍中

故中書令韋公嗣立驪山幽棲谷莊實爲勝絕中宗愛女安樂公主恃（一作怙）寵懇求竟不之許曰大臣產業宜傳後代不可奪也恭惟聖德載在史策貞元中族叔司空相國黃裳時任太子賓客韋曲莊亦謂佳麗中貴人復以公主賞愛請買賜與德宗不許曰城南是杜家鄉里終不得取仰奉聖言布於人聽則二后皆切禁止所冀常以保安在子孫但履孝資忠謹身奉法無（疑）欽違節克守素風復何慶也司徒平章事岐國公京兆杜佑記

王處士鑿山引瀑記　武少儀

琅邪王易簡今之獨行士也雖承冠冕之緒不踐名利之途怡心曠滄篤志熹且精識雅些龕洞玄鏡微司徒相國好山水之遊深吏隱之興沓泱多暇不孤勝賞遇良辰麗景必載酒携賓將陶性情屢造郊墅每車馬磨至簪裾蒲席布褐之客唯王生焉得賢而親亦可知矣岐公有林園亭沼在國南朱陂之陽地名樊川瀰接杜曲郤倚峻阜舊多細泉縈樹石而散流瀝沙壤而潛耗注未成瀑浮不勝杯王生覩之歎而言曰天造斯境人有遺功若能疏鑿控會始可見其佳矣公乃命僮使具畚鍤稽度力用而請王生主之生於是周相地形幽尋水脉目指順諭浚微導壅穿或數仞通如一源竇巖腹渠惣引涓溜集爲（一作子）澄潭始旁决以淙瀉復湧流而環曲觴筆徐泛自符洛汭之飲管絃乍舉若試舒姑之泉映碧甃而夏寒間蒼苔而石浄懿

夫纍滴瀝以珠墮令濚湲而練垂又何以助清瀾於荷池滋雜芳於藥圃不易舊所別成新趣岐公乘閒留玩畢景志疲優游宴適更異他日矣王生之靈襟巧思不其至歟在昔神龍景龍之間故人中書令韋公嗣立有別業在驪山之下雲松泉石奇勝幽絕中宗皇帝嘗親幸焉既而第從臣之篇詠爲國朝之盛美因詔瓌其谷名幽棲谷賜韋公號逍遥公渥恩稠疊時罕爲比上之愛女（一有日字）安樂公主侍寵驕恣求無不得遂奏請買韋公此莊以爲遊觀之地上不許之（一作之許）曰大臣所置宜傳子孫不可奪也公主竟慙而止信足以輝煥史筆作程將來況茲池臺林園寄邇舊廬所居之別館也貽厥百代保之無窮倚彼瀑泉亦

與慶流而不竭矣火儀忝公門客竊跡翰苑謬當授簡俾紀王生之能事因獲略而叙焉其餘則已具奉常權公之記述故復重列云

池上

厨院新池記　李玄卿

遇知已而用者匪唯於人物亦有之初厨院因前池餘泒浸潤坳堂數步及霤綫供厨飪滌器而已邑大夫南陽范惜跡累人群心在退曠每休沐之暇訪道山林見其有天造池沼之形而遂爲溝瀆乃命黄冠等順指廣袤鑿周千下駢石以涯之蓄流以深之清瀾忽平秋陰蒲院執爨無欲清之僕挈瓶無汲深之勞不造機事而功贍於物范公實所謂新池知已矣靜勝則道純境幽則神完寻與吴天師采真洞府朝夕窺臨瑩澈心膽滑昏潛遁事苟愜於心則與登姑蘇望五湖而齊矣故因碑穪餘地刻而誌之徵詩人有泌泉之作大曆五年歲號閹茂八月一日記

賀遂員外藥園小山池記　李華

恱名山大川欲以安身崇德而獨往之士勤勞千里豪家之制殫竭百金君子不爲也賀遂公衣冠之鴻鵠執憲起草不塵其心夢寐以青山（一作谿）白雲爲念庭除有砥礪之材礎礩之璞立而象之衡巫岡下有畚鍤之坳圩埋之凹陂（一作隨）而象之江湖種竹藝蔬亦以佐正性華實相蔽百有餘品鑿井引汲伏源出山聲聞池中尋竇而發泉躍波轉

而盈沼支流脉散而蒲畦一夫躡輪而三江遍户十指攢石而群山倚蹊智與化侔至人之用也其間有書堂琴軒置酒娱賓卑痺而敞若雲天尋丈而豁如江漢以小觀大則天下之理盡矣心目所自不忘乎賦情遣辭取興兹境當代文士目爲詩園道在掩末敦元可以扶教趙郡李華舉其畧而記之

長沙東池記　符載

諸侯之封茅受土荷天子心膂之寄者有旌旗車服之盛有生殺賞罰之重宜有以鼓鍾池榭而張大之况長沙大郡也江山亘千里道途控百越有主人焉有大賓焉渾渾四來擊檝磨軒主人苟不以享讌觀遊而禮之者即詩人以爲褊故我有東池之製焉壬午歲皇帝命御史中丞楊公領湖南七郡之地公方厚簡重氣岸恢大以文章禮樂藻績德義踐右史歷文昌登少常伯朝廷之休聲茂跡沛然也以素望膺盛拜故捧詔之日公卿賀登車之日道路喜下車之日童老慶朞月而苛細去周歲而兵食足三年而風俗清即觀遊池沼之作出於餘力矣先是佛廟之旁有泉沚焉陰流沮洳不能措杯於其上加以際田數百畝磽瘠滲漏不産嘉穀莞菼（一作葭菼）蒲稗稂莠組織公以重價償僧而求之僧蒲志也於是相地形鑿水路揺畢壤築高岸盡東其勢渟深泫淺公以美利僥民而營之民悅隨也居是累月池成大水既瀦長江（一作坻）平瀅無邊天空境明

一來窺臨百骸以清江湖思遠（一作遠思）著人襟靈右有青蓮梵宇巖巖萬搆朱甍寶刹錯落清晝左有灌木叢林陰藹芊眠不究幽深（一作深源）四時蒼然柯葉吟風聲若哀絃自北徂南叟遯悠悠鶴（一作鴨）鷺鳧鷖差池淹流太陽晨曦金波瞑浮氣象詭恠恍惚瀛洲湘西有山黛色沉沉或時無風影墮池心中間乃背城闉之高東追風物之遐曠盛笑賓客泛舟而遊駐彩旌動蘭橈逍遥遠去興隨趣往縈涯遶嶼不記沿泝晤言始歡間以壺觴絲桐緑雲以凄切羅綺從風而翠燦（疑作綷縩）有美一人娥眉嬋娟綺袖自障清歌来蓮聲發波中宛宛神仙當是時憂者泰褊者曠勞者逸惛者爽豁七情之底滞蕩百齡之痾恙豈比夫高陽習家之

酧同年而語哉何長沙之卑濕貽搢紳君子之樂（一作歷）也夫賢達之蘊才智也不得其時即騰陵宇宙鼓鑄萬物且兹地也朝為蹄涔夕為蓬壺茫茫乎（一作平是）地波瀾在我識者覩公之為事也量細以度大詳近以徵遠伏知異日必能成天下之務利天下之物斡運玄化燮調正氣致君雍熙與咎夔為徒者於此而見之矣載項年廬岳嘗辱公顧閲（一作閲）之顧賀榮拜罷自舊山已（一作以）來拂拭辱陋屢陪遊泛覩盛美而不書者君子或以為固（一作闕）也乃抉謏才頌賢能以耀乎將來者也

文苑英華卷第八百二十八

文苑英華卷第八百二十九　記三十三

宴遊七

池下

池下

閩城開新池記　沈亞之

閩城吻海而泒江輔山以居先時無安沼平地為遊舟娱席之地而姹花嫮竹散生擲華故酒笑酣視之晨而佳思莫極矣及高平公牧察之餘（疑作余）乃經度隙空之所因卑汙壍而岸之浦嶼環廻之勢所造必勝群山左右寫影浮秀者輳空而入十一月辛卯新池成明日軍副亞之疾間公延護軍及群從事絃工吹師裾袖之曹遊池而酒既坐謂軍副亞之曰吾疏汙隙以就此而海波朝夕盈來之候遆輪足給必（集作以）為我狀而石之以期乎不朽軍副者亞之不敢讓遂執巵俯船祭酒于其流因祝且詞曰水能濁清首冠五行波流巳大有神為宰環塘盈瑩（集作縈縈）為公藻

鏡新流泱泱與地興（集作評祥）嘉鯉鮐鰤于水息昌噏鰤噓尯即水與苑翡翠鵜鶘浴涘眠晴辛蒲剪剪扇荷擎擎時未云來勞思乃馨柘槿緋竹滲縮醉（集作醞）沃延榮接姿以水為禄輔佑堙隍吐孕百福惟我公之明之通之智之忠保壽考兮與池之無窮軍副者亞之詞既復再拜跪危奉壽于公前公大喜還列就坐以酒以歌入而起

小池記　楊夔

弘農子始卜居於前溪得地數畝構草堂竹齋植脩篁竹齋之前有地周三十步因命僕執鍤穴為池焉逗前溪餘泒以漲之流或時涸則汲井以滿環池樹菊及諸菜果可以左右爼机者暇則散襟曳笻脩吟自怡或從風徵瀾或

因雨暗溢則江湖之思滿目矣弘農子性絜不喜渚雜故一卉一木爽靜在眼前池之上未嘗許片兼寸梗頃刻浮泛以是耕僮頗厭其役客有知者誚其勤懇生步之地何所裨哉廣不柔丈深不逾雉竭其水不足以澤生物窮其深不足以安龜鱉無蒲藻以潛其魚無波瀾以方其舟致彼硫硫虛耗僮力言未訖弘農子舉顧而答曰爾以此小而無用乎以其絜而魚鱉不宅乎以其狹而舟艥非便乎吾豈不欲深及千淵以滋液畦畛耶豈不欲周植其蒲以繁育魚蝦耶豈不欲廣導其流以乘風沿泝耶吾恐（一作欲）利於生植其（一作則）見乎疏決無[illegible]矣聚夫鱗甲則動夫竭澤之魚（一作漁）矣奏其舟艥則起夫濟涉之爭矣矧夫植其

物則有蒼蒹以盜其澤者叢其藻則有魍蜮以附其伏者利其濟則有重載以撥其溺者害水之利也衆矣其害也亦深矣故吾所以獨絜此沼亦以鏡其心也將欲撓之而愈明撓之而不波决之而不流俾吾性終始對此而不渝豈效夫瀦其水以豢鱗蓄介為饞（一作喙）僣之備亦曰池而已矣

竹

養竹記　白居易

竹似賢何哉竹本固固以樹德君子見其本則思善建不拔者竹性直直以立身君子見其性則思中立不倚者竹心空空以體道君子見其心則思應用虛受者竹節貞貞

以立志君子見其節則思砥礪名行夷險一致者夫如是故君子人多樹之為庭實焉貞元十九年春居易以拔萃選及第授校書郎始於長安求假居處得長樂里故關相公（文粹集本作國）私第之東亭而處之明日履（文粹作屧）及于亭之東南隅見叢竹於斯枝葉殄瘁無聲無色詢于關氏之老則曰此相國之手植者自相國捐館他人假居由是筐篚者斬焉篲箒者刈焉刑餘之材長無尋焉數無百焉又有凡草木雜生其中苯䔿薈蔚（集本作苯䔿薈鬱）有無竹之心焉居易惜其嘗經長者之手而見賤俗人之目剪棄若是本性猶存乃芟翳薈除糞壤疏其間封其下不終日而畢於是日出有清陰風來有清聲依依然欣欣然若有情於感遇也嗟

乎竹植物也於人何有哉以其有似於賢而人猶愛惜之封植之況其直賢者乎然則竹之於草木猶賢人於衆庶嗚呼竹不能自異惟人異之賢不能自異唯用賢者異之故作養竹記書于亭之壁以貽其後之居斯者亦欲以聞於今之用賢者云

植竹記　劉巖夫

秋八月劉氏徙竹凡百餘本列于室之東西軒泉之南北隅克全其根不傷其性載舊土而植新地烟翠靄靄寒聲蕭然適有問曰樹椅桐可以代琴瑟植櫂黎可以代丼實苟愛其堅貞豈無松桂也何不雜列其間也答曰君子比德於竹焉原夫勁本堅節不受霜雪剛也緑葉萋萋翠筠浮浮柔也虛心而直無所隱蔽忠也不孤根以挺聳必相依以林秀義也雖春陽氣王終不與衆木鬭榮謙也四時一貫榮衰不殊恒也垂蕢實以遲鳳樂賢也歲擢筍以成幹進德也及乎將用則裂爲簡牘於是寫詩書彖象之命留示百代微則聖哲之道墜地而不聞矣故後人又何所宗歟至若鏃而箭之插羽而飛可以征不庭可以除民害此文武之兼用也又劃而破之爲篾席敷之於宗廟可以展孝敬截而穴之爲篪爲簫爲笙爲篁吹之成虞韶可以和人神此禮樂之並行也夫此數德可以配君子故巖夫列之於庭不植他木欲令獨擅其美且無以雜之乎竊懼來者之未諭故書曰劉氏植竹記

剸音果割也竹記　劉寬夫

左史院邇近一作宸居之正地直呂華之東偏俗塵不飛人意自遠閟邃幽閒似次非是一作官曹有竹一叢羣接階所其虛中絜外之操陰蔭一作座袪煩之能紫微郎高公嘗賦之固以備盡然而歲月滋久蔓衍浸淫大小相依高下叢茂俾日光不透陰氣常凝瞋色爲之早來陽春爲之減煦四序不正一庭常昏蚊寅曹飛雀鷇自遂披圖散帙觀覽不快二年冬侍軒之暇載筆之餘偶步庭除病其蔽翳因命斤斧將治其蕪沉吟即時乃用申誡且謂其徒曰礪爾器用端爾瞻視謹爾操執慎爾區分有其質微而葉環末尊者去之從風而不能自正者去之大而倚者去之聚而曲者去之竅而不能備笙簧之用者去之挺而不能棲鸞鳳者去之其有群居不亂獨立自持振風發屋不爲之傾大旱乾物不爲之瘁堅可以配松栢勁可以凌雪霜密可以泊晴煙疎可以漏宵月嬋娟可翫勁挺不迴者爾其保之旣而芟翦成畢一作功蘩蕪立盡去者存者邪正乃分不浹旬扶疎一林歷歷可見有清風瀝慮之效無蔽一作蔽二字一日明奸之機櫳欒風生韻合宮徵君子是以知竹箭之美尚科別之功即其他不俟言而詳矣或以斯爲小可以伸之因記一時之妙廣一作筆而述之

山石附

東山記　常袞卿

自江之南號爲水鄉日月掩藹陂湖蕩漾洊有魚鱉翔有
危爲涉之或風波之懼望之多煙雲之思自朱方達于震
澤三百里而遥崔毗陵地高林麓相望丘陵埤阜隱嶙蟬
聯雖有崖䔩之形終無峻極之狀封域之内罕（一作穿）名山
焉有唐良二千石獨孤公之莅是邦也人安俗阜三（一作二）
稔于茲文爲宗師政號清净有仁智山水之樂有風流遐
曠之懷如獨鶴唳天孤雲出岫想見其人也公嘗言謝公
東山亦非名岳苟林巒興遠丘壑意深則一拳之多數仭
爲廣矣由是於近郊傳舍之東得崇丘浚壑之地客林脩
竹森蔚其間白雲丹霞照耀其上使登臨者能賞遊覽者
忘歸我是以東山定之（一作）號始於中峯之頂建茅茨焉出

雲木之高標視湖山如屏障城市非遠幽聞鳥聲軒車每
來靜見水色復有南池西館宛如方丈瀛洲秋有（一作發）芰
荷春生蘋藻晨光炯曜夕月澄虛信可以曠高士之襟懷
發詩人之歌詠也自公之往清風寂寥野獸恒遊山禽每
萃不轉之石斯罔勿伐之木惟喬而繼守數公寔皆朝彥
雖下車必理或周月而遷志在葺脩時則未暇貞元八年
余出守是邦迨今四載政成訟簡民用小康永懷前賢屢
陟茲阜芟薈翳而松桂出夷坎窞而溪谷通不改池臺惟
雜風月東山之賞實中興哉於是加置四亭合爲五（一作四）
所瞰野望山者位正背林面水者勢高邃竿區陳賓寮有
位琴碁間作簫管時間從我之遊者咸遇其勝也嘗以水

通舟楫陸阻車徒端徑術於通津剪榛蕪於迥野凡五六
里抵于亭之南植山松以作門樹官柳以界道蟠麼旋於
原上騁騏驥於途中又有塞門隴坂之意也懿乎創物垂
名俾傳來者登山臨水每想古人亦何謝石門林泉峴首
風景而已矣爲文斲石于彼山阿時貞元十一年歲在乙
亥九月九日記

慧山寺家山記　李濬

金陵之屬郡毗陵南無錫縣有佛寺曰慧山乃濬家山也
貞元元和中先丞相太尉文肅公以寧色養家寓是縣因
肄業于慧山始年十五六至丙戌歲擢第歸寧爲朱方強
留之文肅公竊畏常警切於旦夕之間李庶人以反狀聞

嘗召公草不順章檄公語以君臣父子忠孝誠節別白自
古道理者約千餘言言既勁勇庶人畏敬又逼以任卒圖
以兵刃促公下筆振叱數四髮皆見怒狀庶人因令閉之
於別所命許縱成之是夜張子良裴行立共義公忠赤果
相與易圖庶人兵敗公以忠節聞於天下新帥李公元素
欲具事表於朝廷公三讓之遂退歸慧山寺僧房猶孜孜
勤經史洎十年手寫書籍前後約五百軸寺山之泉獨稱
奇能發諸茗顏色滋味公辯居含飲雖崇貴未嘗輒自優
奉惟輦載慧山泉數千里不問其費耗公文學官業功德
濬謹纂敘制詔章表堂狀類例其間不敢輒以文飾表至
敬也爲上下卷今藏史閣四我家之盛嘗二爲相三爲史官

高祖中書令謚文憲儀鳳中爲中書令如意中爲鸞臺左相（即濡高祖叔）先公丞相贈太尉謚文肅會昌中爲左僕射門下相儀鳳在相監脩國史會昌在相監脩國史乾符四年濡自秘書省校書郎爲丞相滎陽公獨狀奏入直史館會己亥歲春有事白相府乞假東出函谷關數千里夏五月癸卯過家出覯舊刻石詩題別無碑版叙録懼年祀寖遠不得布聞於人謹以史筆條叙於寺之正殿内時乾符六年夏五月十六日甲辰書

太湖石記　白居易（集無）

古之達人皆有所嗜玄晏先生嗜書嵇中散嗜琴靖節先生嗜酒今丞相奇章公嗜石石無文無聲無臭無味與三

物不同而公嗜之何也衆皆怪之我獨知之昔故友李生名約有云苟適吾意其用則多誠哉是言適意而已公之所嗜可知之矣公爲（文粹作以）司徒保釐河洛治家無珍産琴身無長物惟東城置第南郭營一墅精葺宫宇慎擇賓客道（文粹作性）不苟合居常寡徒游息之時與石爲伍石有族聚太湖爲甲羅浮天竺之徒次焉今公之所嗜者甲也先是公之寮吏多鎮守江湖知公之心惟石是好乃鈎深致遠獻瓌納奇四五年間纍纍而至公於此物獨不廉讓東第南墅列而置之富哉石乎厥狀非一有盤拗秀出如靈丘鮮雲者有端儼挺立如真官神人者有縝潤削成如珪瓚者有廉稜鋭劌如劍戟者又有如虯如鳳若跧若動將翔將踊如鬼如獸若行若驟將攫將鬬者風烈雨晦之夕洞穴開噎若欱雲歕雷嶷嶷然有可望而畏之者煙霽景麗之旦巖㟧霮䨴若拂嵐撲黛靄靄然有可狎而翫之者昏曉之交名狀不可撮要而言則三山五岳百洞千壑覼縷簇縮盡在其中百仞一拳千里一瞬坐而得之此所以爲公適意之用也常與公迴觀熟察相顧而言豈造物者有意於其間乎將胚渾凝結偶然而成功乎然而自一成不變已來不知幾千萬年或委海隅或淪湖底高者僅數仞重者殆千鈞一旦不鞭而來無脛而至爭奇騁怪爲公眼中之物公又待之如賓友親之如賢哲重之如寶玉愛之如兒孫不知精意有所召也（文粹作耶）將尤物有所歸耶孰不

爲而來耶必有以也石有大小其數四等以甲乙丙丁品之每品有上中下各刻于石之陰曰牛氏石甲之上丙之中乙之下噫是石也百千載後散在天壤之内轉徙隱見誰復知之欲使將來與我同好者覩斯石覽斯文知公之嗜石之自會昌三年五月癸（文粹作丁）丑日記

文苑英華卷第八百二十九

文苑英華卷第八百三十　記三十四

紀事上

伯樂川記一首　鄭駙馬孝行記一首

上元二年豫章冠蓋盛集記一首

京兆府司録加秩記一首

宣州開元以來良吏記一首

土洑鎮保寧記一首

伯樂川記　孫逖

太原元帥黃門侍郎李公國之宗盟朝之後（一作俊）德以元凱之忠肅兼桓文之節制戊辰歲秋七月公以疆埸之事會幽州長史李公于伯樂川王命也公（一作以）駕四牡鏘八

鸞旆旌悠悠車轞嘽嘽乙未出于北京戊戌次于横野己亥至於會封人戒備軍吏宿設立會表于高阜僻轅門於大荒漁陽精鋭太原材力駟介八百徒兵三千戈如林羽若月少長有禮賓主不悖蚩尤颯其五兵若敖憩其六卒洸洸乎信可以惕穹廬而震高闕也於是地主致餼以昭饗宴之禮君子有儀以訓上下之則歌蓼莪之相遇笑投壺之失辭大庖既盈醲酒有藇胥樂周於卒乘屬厭及於輿臺慈惠之德於是乎在夫幽州太原襟帶之地自河以北幽州制之自河以東太原制之在兩軍之交當二境之上厥有棄地皆爲曠林守之則表裏之勢全舍之則候（一作

候）望之路隔公料以古今度其川原獻方略而入覲于王

議工徒而東爲此會爰究爰度匪遊匪追蓐食無再舍之勤于諏（左傳作于諏于胡旦切釋文諏通用）爲一夕之衛不愆（一作志）于素返旆而旋君子謂此會也能用典矣初公之始至太原也酌於人賦於事以爲節用者國之善政於是乎臧戍卒以寬其征脩備者武之善經於是乎致秋集以裒其旅足食者人之所庇於是乎賞屯兵以丈其力近利者奸之所生於是乎禁和糴以懲其弊然後序山澤之險廣亭燧之虞候騎出於長城爟火通於大漠畫田定賦講射訓騶著信義爲國寶脩德刑爲戰器行之一年軍乃有節邊鄙不聳襲黃之教也雖魏絳有和戎之利郤縠有敦詩之德申伯之式是南邦韓侯之奄受北國君云北議未足畳力公之與

幽州李公也義均伯仲芳若蘭茝（一作蕙蘭）周諸侯以異姓爲後晉大夫以同官爲寮入亞六卿共行司馬之法出膺九命俱受元戎之律詩曰維其有之是以似之其二公之謂矣不書所會將何述焉揚厥美於（一無此字）萬斯年俾夫來世知二公相見在此川也

鄭駙馬孝行記　獨孤及

特進駙馬都尉榮陽鄭潛曜其字膺宗外孫玄宗之甥代國長公主之才子也（霄膺）敏而文生知純孝開元中長公主寢疾公年二十八鱅（遂凝）（集本從內則元本作凝詩云客兮遂兮）侍左右帶不解面不頮者累月嘗藥請禱憂懇備至而疾無瘳乃刺血濡翰書爲榮（集作策）祝請命於上下神祇願以身代親之

身乞靈祈死泣盡繼血既而誠達于神感而遂通徹筵俟命焚其章畢集作草 獨神道許三字在存於二字集作乎 煨燼之中翌日長公主疾間公固命左右勿敢言其請天之章公之客尹靈琛之詞也向微靈琛言之則人莫知之者矣君子謂天道遠人道邇其死生冥運吉凶陰騭未嘗與天同功也而孝子竭誠上玄爲感神符靈貺來若嚮答乃知行或精至則幽冥不能逃其應而況人乎鄭氏之子其事親也可謂孝矣惟武王周公與天合德三壇之祝宜有不應若公者地集作也 在綺襦紈袴之中非有植璧秉珪之禮而精誠上達神亦降福非德性純至其孰能致感如此其速者歟公開元二十八年尚玄宗第十二女臨晉長公主主

淑明而賢輔佐以禮公力行好學處貴不驕踐履夷險無替忠信歷太僕光祿卿嗣榮陽郡公佩金印列長戟垂三十餘載克荷大業而崇其家聲善而必慶焉不誣矣懼他日史氏闕疑也故著之于篇

上元二年豫章冠蓋盛集記　前人

鳳凰鵷鶵翔於碧霄非梧竹不下而食賢人君子有四方之志非樂國不適其土豫章郡左九江而右洞庭按苗氏豫章類集作民 之遺墟非觀風按部叅事莅職者二字集作貳職 則長者車轍莫由至也歲次辛丑集有孟字 春正月東諸侯之師有事于淮西是役也以蜂蠆窮㺶華夷類聚作夏 震驚執事者匪遑啓居亦既播越我都督防禦觀察處置使兼御史中丞常公元甫克振遠略般爲長城且脩好於隣侯從交相見執敬集作 同盟戮力之義圖靖難勤王之舉故三吳舟車八使冠蓋名公髦士群后庶尹輳輻類聚作輻輳 鱗集其來如歸於是户部尚書兼御史大夫李公峘至自廣陵越州刺史兼御史中丞杜公鴻漸至自會稽潤州刺史試鴻臚少卿韋公儇至自京口蘇州刺史韋公之晉至自吳廬州刺史唐書類集長史 前尚書右丞徐公浩至自合肥由是越人吳人荆人徐人以其孥行駱驛荐至大江之涯於是乎弘舸巨鷁舳接艫臨輪車鑾鑣轄挂轂擊每講射合禮賓主好會峨星弁執象笏鴈行而揖者五十有九人凡與八座者一歷中書者三尚書司轄者貳建隼旟者九冠獬豸者十乙其載

筆掖垣曳裾廷寺分曹掾衛典校蓬閣者印綬纍然若差有駕於宇下集作印纍纍綬若若架有於宇下駕有類集作有駕 翼如也夫衛甸侯也以多君子而誇列國梁孝王漢寵弟也有鄒枚嚴馬之盛而焜燿後世孰與以類集無以字 一郡之狹五湖之阻而濟濟俊乂馳軒冕而就客位者殆九州多士之半則鵷鳳群翔而萃至集作止 不若也彼昔人所稱集作平 方斯其陋乎歲二月楚氛掃除江介底定然後皆整歸旆分鑣言旋縶維莫從音徽將遠不頌不述後嗣何觀公於是謹而目集作月 之且列其爵里名氏於館俾來世知衆君子之車塵在此境也

京兆府司錄加秩記　于邵

司錄之職雅有前志著乎屋壁舊矣自乾元元年四月皇帝郊于上玄用柴禮以報功也施惠行慶大庇于生人厥有條目其一在天下糺曹而加秩以爲此官郡府之樞轄政之小大自我褒貶若綱之在綱猶衣之有領襘人存政舉所益則多蓋聖人之新意爲國之大體由此作者時論宜之副相李公兼領京兆祗奉明詔深難其選自中及外心必參之趙郡李侯春自監察御史出行虞鄉令到官九十日表之而還則向來之言無所闕矣希（希字一作上布）此令下乃弘舉咸有一德厥乎賡歌凡厥能事此非所載猶恐遁遷之後混而爲別不務首題孰（一作既）爲夫子愚以李侯同聲之故見副舉善之方謹而志之敢以專達如後之觀者

將辨乎始事覽此中記非公誰歟

宣州開元以來良吏記　陳簡甫

君子所貴乎德積於中而化行于外大可以篆鐘鼎次可以備謳歌所謂古人遺愛沒而不朽者也宣州秦故郡之地阻以重山緣以大江封方數百里而銅陵鐵冶繁阜乎其中故其俗佻而侈其人勁而捍屬鞬揭㦸者習以爲恒易於叛數昔號難治武德中天下既定唯茲後附自是朝廷艱厥官非勳賢崇茂者文明守正者清貞孤拔者法令峻整者無以刻符爲邑焉先天之前人物緜淪矣自開元距今惠化浹物清循（一作脩）邁倫故事傳於府中淑問存諸故老得之數公焉有若裴耀卿者茲公輔之器受分憂之任以爲立政在於樹木樹木在於設教設教在於率身乃絜其源舉其端削煩苛布寬惠簡易（一作易簡）得而庶務脩偕悐行而群心化赭衣望面者知禁鄉校黨庠者胥勸自是宣人始服教矣開元癸酉歲國家以天下久平四海繁富慮吏之不率人之不康乃詔分十道署廉察以督之此州統江南之西包譚衢十有六州而班公景倩始受命焉公清廉以餙躬苦節以從政以爲法者國之柄天下之評寬則阿阿則公室之權削矣急則刻刻則下民之怨生矣江右荒服政紊俗詭濟之以猛弛張在我乃布甲令舉直繩恤人之疾苦除吏之貪暴踰年坐贓削免者百有餘輩澄清之政於是乎得矣有若竹公承構特高孤貞行懿直方

秉法以禦下去邪以爲治鰥惸於是乎康豪奸於是乎息矣代班之政不易其舊閱歲而屬城放黜者幾乎前焉初上以遐方罔迪邦禁思文法之臣而二公繼涖于茲政斯清人斯寧俾吾楚之俗不懲于度者二公是賴豈比夫延年有掃墓之稱郅都垂蒼鷹之號彼皆刻深而我不濫可同年而語哉有若裴公敦復者繼班竹之餘承法理之極變而通之使人不倦推而廣之使人知化振綱而群目張舉大而細故削破觚爲圓齊變至魯澆俗由是觀於義矣有若涇大夫李脩者行溫而恭政清而簡不矯激以干譽不嚴厲以臨下反躬而令行存誠而化達天寶初自太平長遷於涇涇與太平壤距而俗二游（熟作游）爲二邑僅盈十

稔蓋久於其道而惠和之德漸於人之氣血矣故溢於去思夥於歌謡後卒此州長史以同鄉之愛歸窆於涇而家因寓焉廣德初群盜蜂軼連陷屬邑人士罹難者比有而李公之閭獨完由群盜聚而保之且曰無忘之德也於戲召公之化勿剪其棠栁李之仁不薪其墓傳亮脩漢諸陵教曰展季之壟樵蘇有刑豈若凶敦懷惠束手侵掠又難於古之人矣招討使給事中表公異而上聞詔贈宣州刺史旌善也有若司功掾張邈者清而蔗謹而信非自公無以塈非祿稍無以入私謁杜於居官饋贈絕於故吏肅肅然有寒松真王之操焉由是累辟使車今奉冊墀青冥之階其在茲也昔在漢世黄覇課最於潁川魯恭化流於中年皆與時齊芳高映

簡牒昌若一州之政年未三紀而循良者六人歟大曆初蕪御史中丞陳公惣方鎮臨此州緬想前哲徵諸輿誦以為旌賢者所以崇德作頌者所以垂勸以數君之美需乎在人而不播絃歌傳于竹素逶迤靡迤一作額靡與尋常者共貫則何以激清風敎發揮盛業歟以小子學乎春秋一有氏字世於文翰爰命操簡用紀餘烈其里氏族望期世家存焉故不書大曆己酉歲三月二十五日記

土洑鎮保寧記　符載

夏口至西南四百里其山曰西塞其鎮曰土洑山鎮相距可百許丈崖岸中斷呀然摩霄大江浩浩横注其下其餘控荆衡走揚越氣雄勢傑岡連水匯者蓋數千里此天用設險于吳楚也苟邊將不虞化為豺狼以一鼓之鐵一立之木撐闢鍵鑠絶流東隘則江介之勝吞八九于鎮中矣在昔偕吳偏宋或攻或守年代紛綸莫不系數永泰中代宗以董秦為淮西節度是鎮隸焉秦素兇慝昧僭王度乘先朝寬大之典幸是地咽喉之固雖無跋扈之志而多割剥之暴至於士民工商連檣如雲必將沿於斯泝於斯主守者乃高其門閎厲其威容恣奸吏巧誣聽部伍強丐誤差毫氂誘入罪地輸其緡錢魚鹽冊漆羽毛小則半取之大則竭索之愁痛之聲雷動宇內小人君子咸謂為蠻陌之域無何李希烈自裨將驅除董秦奪其兵柄其土洑之民方組織褐階軍食不足胥索之酷倍百前政甲子歲希

烈大逆不道皇帝震怒命宗臣曹王皐肅將天威誥誅暴亂節制江西之事春二月王乞靈宗廟一戰而克故是鎮復歸于我遠近皆毃涕為笑姁愉相賀枯骸瘠體脫去檐負然否則傾矣而未甚泰元年夏四月國家裂諸侯之地俾大夫盧公藩壞沔鄂以江蘄等六大郡屬之車始至而沴氣肅清令始設而軸轄滿盈和始扇而魚鼈不驚浹辰之下舊染汚俗咸與保寧矣昨野人出自山林來謁上郡帆次于檻側卒不識禁將不呵問無逗遛于時無貲欸干貨向至暮夜則漁者唱樵者和並湯蕩然罷能鳴柝吠犬之驚嗚一作於戲昔登太行摧輪之險今践通衢如砥之泰非所託遇仁賢所守用德義則孰能致此歟是知王者之御四

海得賢而治失人而亂諸侯之守封略以德則固恃險則亡其猶影響耶況大夫寬仁惠和文武光明存易簡爲約束萬夫知禁倚誠信爲政令千里自化變我澆俗寖爲貞淳若察近以遠則他日手持陶鈞心運動植喚喚橫目知愛（集作受）其大賴矣小子感前後之殊事樂人庚之服悅故爲保寧記以獻敢無愧詞貞元丙寅歲夏五月三日山客符載記

文苑英華卷第八百三十

文苑英華卷第八百三十一　記三十五

紀事下

京兆府司録西廳盧氏世官記　梁肅

御史中執法范陽盧公用直清之德掌中邦憲恭睢之道用宏家法常謂其甥監察御史梁肅曰我王父廣陽公以明德懿識嚮用休福羽儀於中朝我伯父嗣公以文學政

事載揚茂（集作休）烈光績于前人皆肇父史（集作吏）職發于京兆紀綱之任洎予之季曰偘亦能恪慎不懈踐脩其官繼處于廨之右堂惟二代徽（集作徽是）在茲偘也允迪在茲吾子嘗號史臣宜存于篇以示後裔肅辭不得已（集無已字）命以爲在昔司馬氏世序天地鄭武莊世爲卿士宋魚氏之左師晉籍父之司典下洎乎樂之制氏曆之疇人俱以傳業彰乎（集作于）舊史故傳稱善守先代雅詠維其有之雖大細不倫職事或異其纂脩一也惟京之大惟兆之衆天子之都四方之極糾而轄之是稱司録其地劇其選精常與殿中蘭臺南宮郎位旋相出入初廣陽公諱脅卿由司倉椽（爲尉）之騾登郎官吏貳本府布澤于彭滑幽徐之人端誨春宮

崇贈少保開元初嗣公諱成務罷録岐下軍事實居其任其後作牧于壽于杭于濮于洺于魏繼受玄社以處太原誠（集作咸）有嘉績藏在冊府今戶部郎偘始逺哲聯事之嬿詔解柱後惠文以就斯職中丞之拜也又有臺府臨察之避在官之屬其爲人簡而廉文而不害在選部辯（集作辨）論三登試言第考茲任也詳敏稱一時之最薦紳先生詳（集作評是）天下之事謂如廣陽之家風施于子孫中丞之仁德至于兄弟斯盡美矣若三世居一官同一署遁以全德物于當時又難能也噫古人所稱方斯其類乎爾小子拜命著紀書于本廳之東序川闡夫廣陽之宗且爲名臣世官之表時貞元庚午閏四月記

河南同官記　韓愈

永貞元年愈自陽山移江陵府（集無府字）法曹叅軍獲事河東公嘗與其從事言建中初天子始紀年更元命官司舉貞觀開元之烈群臣惕慄奉職命材登良不敢私遺當時自齒朝之士而上以及下百吏職事官闕一人將補必取其良然而河南同時於天下稱多獨得將相五人故於府之叅軍則得我公於河南主簿則得故相國范陽盧君（集作公）於汜水主簿則得（集有故字）相國今太子賓客滎陽鄭公餘慶於陸渾主簿則得相國今（集作今相國）吏部侍郎天水趙公宗儒於登封主簿則得故吏部尚書東都留守吳郡顧公少連盧公去河南爲右補闕其後由尚書右（集作左）丞至宰相鄭公去汜水爲監察御史佐山南軍其後由工部侍郎至宰相罷而又爲趙公去陸渾爲右拾遺其後由給事中爲宰相顧公去登封爲監察御史其後由京兆尹至吏部尚書東都留守我公去府爲長水尉其後由膳部郎中爲荊南節度行軍司馬遂爲節度使自工部尚書至吏部尚書三相國之勞布在史冊顧吏部慎職小心于時有聲我公㥁絜而沉密開亮而卓偉行茂于宗事脩于官嗣紹家烈不違其先作帥（蜀本作扞）荊南（集作南荊）厥聞休顯武志既揚文教既（蜀本作亦）熈登槐贊元其慶且至故好語故事者以爲五公之始迹也同其後進而偕大也亦同其稱名臣也又同官職雖分而功德有巨細其有（集無有字）忠勞於國家也（蜀本有亦

字）同有若將同其後而先同其初也有問而問者於是焉書既五年始立石刻其語于（集無于字）河南府叅軍舍庭中於時（集作是）河東公則爲右（二字集作爲左）僕射宰相出藩大邦開府漢南鄭公以兵（集作工）部尚書留守東都趙公以吏部尚書鎮江陵漢南地連七州戎士十萬其官宰相也留守（集作守）之官居禁省中歲時出旌旗序留司文武百官于宮城門外而衙之江陵故楚都也戎士五萬三公同時千里相望可謂盛矣河東公名均姓裴氏

邠寧（集有慶三州三字）節度饗軍記　李觀

朗寧郡王張公擁七尺之節臨三州之師牧我邠荒藩我雍疆德邁乎龔黃（文粹作威厲乎廣漢）聲稱（文粹作及集作稜）乎四隣戎無

南侵國無西憂師嚴民讋文粹作讋封守晏如聖上聞之曷二本作何嘗不負衷而咨文粹作嗟之因乃寵以彤弓嘉以璽書乃慰乃止曷日而無哉二本有於是伏鉞揔戎之臣成望公而歡懼能無稱嘻二本作于維朗寧之率文粹作卒一作師巳杖文粹作仗誠而自護集作而日護文粹作而言日護拜錫之光聖上之寵崇朗寧足以勵集作厲不戮力之臣然斯事也君臣之殊志敢不集作弗述之而巳焉文粹無此字哉越春王二月五字文粹作越三月河淛未流東風始湊集作奏優柔委蛇二本作逶進公被二本作被公軍容文粹作令公畏奉詔親率師備胡乘虛君命未獲不自議還雖閫外得專文粹作顓下同亦大有所不專也於文粹作于是軍吏之職事者進伏於戲文粹作鉞集作麾下曰舊文粹作賞以是月賞功息勤惠老及疾衰死及孤厥死無怨厭

生而愉所以觀文集作被集作歡軍實賚師從實舊典也遠之不乎公從之乃揀文粹作練令辰谿連城鼓於四門聲二本作歸於四牖日旣登塵不騰窮陰開文粹作閑淑氣升軍聲歡康儲輿畾碌翁乎萬文粹作象民湊二本作輳乎互疑羌空山之木春近塞之草芳朗寧乃鳩文武之吏列而爲行東南文粹作西集作面向闕而再拜如豢上之命命之然後申號而惠周升堂而澤溥集作鋪賁育之倫列於軍集作于公之宇校師之上次於軍集作于公之堂進如風行文粹作進猶風趨坐如雲屯旌旗蔽虧二本作日刀文粹作乃戟交光公於文粹作于是衆食而食衆安而安士盡感之綏綏字集作優川醉飽而銜酒餚是日饗軍二字二本作朗寧軍中無淫樂文粹作聲無亂音左二本作右金鼓右二本作左羽旄是二本作所以奮武之烈

二本作觀壯軍之容其餘管磬之歡集作讙絃匏之繁鬧不合奏二本作簡飾配文粹作諧雅音俾三文粹作重軍之士文粹作夫集作衆毅其氣龢其心群羌之長釋我俘歸我侵必壯薰薰集作重銳老疾謳吟浸化爲祥夷趨爲擒洪矣偉矣朗寧之理明德惟深二本二字作遐被者乎乃知夫文粹作于致饗者不止乎味能集作張樂者不止乎聲則人二字二本作仁可以碩其膚和可以齊文粹作暢其情故朗寧之饗士兼其威以和以仁二本作兼以仁龢彼之饗士從其擅以腥九字集作彼之饗士獨以擅腥文粹作彼之豈以擅以腥符之哉武之德二本作武有七德朗寧其一二二字一本作二三焉于時歲紀協洽國家郊上帝二字二本作禮之明年觀布衣來遊賓公之筵宗盟兄侍御史益有文行忠信而從朗寧之軍惡群小之日取媚也故不自書命觀書之曰予之文直長於記事益知之乃題曰邠寧節度饗軍記

鄂政記

舒元輿

高平公以今皇帝三年春出鎮鄂實澤國地連大別雲夢洞庭穆陵控扼勝勢號爲東南巨鎮與江陵會府不侔來臨者苟能惠百姓軍旅必咨怨苟能富軍旅百姓不堪命二德旣不易備朝廷亦難其材自高平公爲政顯以誠信惠和撫下軍旅受其撫勇知方百姓受其撫耻且格繇春到秋政與稼且成至明年公知民心安軍心雄乃次視閭井城隍有陋狹不快人心者皆開張治本鄂城置在島渚間土勢大凹凸凸者頗險凹者瀦浸不可久宅怠不可議

制度公命削凸堙凹廓俠閭巷脩通衢種嘉樹南北繩直接潴浸者升高明湖澤瘴癘勿藥有愈郡城舊制陋屋駢聯自十二戟南直土地隘塞若人脅　不開將佐序宇次第甚牢落州佐椽署亦牢落公正立戟間指吏徒折去陋屋南抵城墉下南面北嚮立射侯軍容佐西翼東嚮立牙門料將院東翼西嚮立州佐六掾院長廊聯軒萬門呀呀中央廣除衎以講校戎律班布等列霜戟洞啓公堂眈眈每至朔望日（三字作朔日之二望日之二）軍吏畢謁威容大脩有以見堂堂儀觀不可觸犯也然後知皇唐諸侯王之爲貴耶鄂之軍實三萬先時營宇皆曲陋低下歲有墊溺師徒患之公心亦患之引車出郡壘東門之外良地伏在莽下公自

得心識手開畫之創新營凡一十五所合三千間瓦鱗鱗檐盈盈軒門對開欲（疑作欱）呀風雷若有神物借助其功觀人駭目目不前見居人廬舍先不如法者皆自我如法肯輿瑣瑣曾牘經營細碎不副大君（一作軍）委重柄之意者齊有乎則知公之爲政不專於鄂枝郡亦猶鄂復明年巡封累問遐邇一若門門有公猎（疑）將校僚吏卒伍元元咸不勝公惠熙熙相賀自謂長庇公德宇下道路合聲王人中貴聞政聲到闕下天子聞至五年冬十二月下詔徵公尹河南河洛人賀聲動河洛江漢人唁聲動江漢天子又聞二地人賀唁聲愈知公仁深不三月後遷公福上黨上黨父老鳥躍携壺將漿簞食逾太行迎太行萦陰嶬鄂人聞上黨父老迎我公過太行去若火入腸臟相與泣相乞曰我曹皆公庇蔭貽惠父母生我公實活我今公去郡恨無史氏記不書我公德不光照本邦是我曹負公也非公負我曹也胡不率大宣聲音詠思我遺愛使溢衢陋巷幾採教化者聞必寓於風雅立（疑）則天子史官得詳載史策遺愛遺惠豈謝古人耶是心愈見公德如卿雲景星所出必爲國瑞所至必爲人福不顓在一方而已某聲名陋小未應人爵不敢擅斷石懼累公德但直錄鄂人詠思之言將上告天子史官厭塞鄂人望若河南遺愛洛多君子因以爲民（疑）詳矣上黨新政方大未可測酌非陋文褒述也

壽州護軍大夫梁公創制功績記　劉恭伯

大中戊辰歲帝命侍臣梁公承乂護軍戎於壽陽郡其至之日乃言曰茲地之廣控淮肥之川壓荊楚之要兵多而稼稀俗薄而人囂非通於吏理者曷能保和之今常侍渾公政成而理平俗泰而人安消災沴爲和氣變凶荒於壽域上下胥悅人其泰寧公之致政也如是我之撫戎思有其力（一作立）乃曰士卒之有貧者若吾之不足於身也有不安其居者若吾之無其室家也顧力無以恤將何以字之不欲勞於下而成巳之私害於人而就巳之欲雖有經度何成厥功忖度日深乃得其晝一日廢寺之材年久而腐用無所堪我將拆而爲薪以貨之於是得錢六十萬置樓邸於旗亭之衢歲收其利以助用　摭拾其餘貨以創軍營二

所度木於山價必賤鳩傭於外費必厚就使以悅人忘其勞量其有無節費就省減私儲而足食忝月俸而酬工率已儉身乃著成績士卒之富者樂其業貧者安其居歌謡諠愉令美充塞公曰軍旅之士既安且寧吾之署曹宜華其舊乃恢其垣墉高其閈閎崇廊四注以廻含厬搆中開而嶒崒易隘陋爲輝煥化卑痺爲弘敞浹旬之間創制斯成揭焉中闢豁若天造完葺既備周視其間曰水程無迭迎之所何以遲嘉賓而申揖讓之禮是乃擇勝槩之地立遊觀之亭斬伐而竒勢出芟夷而佳境見南軒翼舒飛陛雲聳導流泉於砌下植嘉木於庭中遥峯疊嶂屏列在目郡邑之人日遊其下輪跡荐至不絶於路是知茲地自然

而生其爲景象也因公而成以爲慶興在人而不在時在於營搆出我心匠以其介直聞於時創制也勤而功不宣威以役人不徇已以使下郡邑不擾而厥功成其大將官僚衆而請曰公之撫戎也三年而人無犯於令朝闕有期再欲陳乞保留周歲以副群心常侍公乃拜章上聞允叶誠請俄而天書下降褒讃其功詔曰委以廉心是資信實有勞可奬即懋新恩宜加内府爲令歡聲溢衢遠近咸慶遂使覩事者增榮聞風者益勸公之才識敏達恪勤公忠循居外藩未展寵畧付之戎旅可以夷靜邊塵委以中樞可以肅整天禁而今而後必見大用之有期矣恭伯幸以筆札佐于常侍公之門日覩爲政能觀其成績顧惟不敏敢不承命而書大中五年正月二十四日記

文苑英華卷第八百三十一

文苑英華卷第八百三十二　記三十六

刻候

歌樂

圖畫

刻候

易州候臺記　李德裕

晉武王順天應人奄有周室邵公受命作伯宅茲燕土列分冀爲幽之都專受脤執燔之命於是建宗廟立城市分器輯其邦家築臺觀乎雲物則候臺之建允或在茲初具版幹陳畚鍤書丈尺粿(一作餘)糧之數度高平遠近之差奔命子來執用林聚約之閣閣荷鍤而雲陰數重築之登登相杵而雷響四合成之不日鬱兮崇山將中天以懸居豈承露以特立然後分保章以典之命日者以覘之使八風不姦五雲式序人無凶札夭瘥之疾國絶喪荒水旱之沴凡若是者數百年至六國麋沸九州瓜剖昭王平(一無平字)能破脅抗趙候雲在朔則二至二分之占五紀五纏(一作五行五紀)之數雖火浸振未大臧裂及秦有華戎漢封郡縣析木空聞於分野甘棠已盡於剪伐則眡祲之儀掃地都盡廊廡旅乎荆棘階阯穴其狐兔自我宦呂再造區夏大分岳牧使鎮天子之邦不同諸侯之郡遂及陳迹以作新臺既無占候之事共爲宴樂之所雖山節藻梲禮不僭於大夫而刻桷丹楹誠終慙乎君子代爲故事人無間言洎我良牧郭公傅采舊史發揮新意文物大備懲勸可觀公名明肅字晉容太原郡人也監門將軍之孫御史大夫之子纘戎餘慶克荷明德靈源與天地爭長廣度與江湖比量故能受明主之詔剖太守之符澤從雲游心入水凈俗變於道禮賢存擁篲之風人歌其德聽訟擬(一作郘)坐棠之化幸三年

而政教已成雖一日而墻宇必葺以爲先生議事理不忘本君子懷德人惟求舊况候臺易之古臺也壯址仍存昭王燕之賢王也盛德不泯欲觀古人之象至止可以肅肅如享太牢之味登之可以熙熙遂於臺之外壁列劇辛樂毅焉以爲道者萬物之奥天地之禪六度之門寂㓕之義施之于國則富謐之于人則壽况守道者必嚴之于吸風飲露安禪者彼釋之人息照冥境乃於臺之内壁圖彔門(一作喪偶)宴坐焉以爲孝者德之本搃人百行貞者事之幹爲乾四德至天則風雨以時比竹而霜霰不變廬於墓有田氏之子安其室有王章之(一作也非)妻生芝草於大隧之前是加一等詠栢舟在中河之側乃無貳事復於其次爲遠墳

薦鯉焉俾觀者如堵覽之駭目擊懦大烈士之節警貞女孝子之心豈徒壓百雉之崇墉架九爲之峻堞軒榭窈窕松柳陰映幽室納寒谷之氣炎天下霜晝深對霽雨之輝晴虹射日夫如是則登之不假贈翁北風其涼視之不待褰幃太山如礪豈比夫逐荆臺遂爲流遁畫麟閣不有姓名者哉別駕彭城劉公循忠從政以賢方恊海沂之詠司馬清河張公積食祿以德爰光中外之遊咸秉濟代之材以成考室之美雖二公弘(一作行非)化有無窮之令聞終三后恊心樹不朽之丕構德裕邑人也實寡聞見拔薤投水德未半於任崇築臺置金禮何多於郭隗敢不傳美以爲實錄藏於屋壁誠有媿於家書勒於碑版庶無慙於臺記時

建崇玄學之歲秋八月旬有九日其從事叅佐等學富今古材堪經濟雖懷坐嘯之功未展摩天之力並勒石于後以充來代

池州造刻漏記　杜牧

百刻短長取於口不取於數天下多是也牧大和三年佐沈吏部江西府暇日公與賓史環城(集作吏環城)見銅壼銀箭律如古法曰建中時嗣曹王皐命處士王易簡爲之公曰湖南府亦曹王命處士之(集無之字)所爲也後二年公移鎮宣城王處士尚存因命工就京師授其術創置於宣(集無宣字)城府牧爲童時王處士年七十嘗(集作常)來牧家精大演數與雜機巧識地有泉鑿必湧起韓文公多與之遊大和四年牧自宣城使於京師處士年餘九十精神不衰牧拜于床下言及刻漏因圖授之會昌五年歲次乙丑夏四月始造于城南門樓京兆杜牧記

歌樂

琴會記　柳識

君子之座必左琴右書雅好閑古古亦置於舟車也大曆六年浙西觀察使蘇州刺史兼御史大夫贊皇公祗命朝于京闕春正月夕次朱方刺史樊公稱江月當軒願以卮酒侑勝居無何贊皇公絃琴樊公和之演操相應澄清撫綏逝爲伯牙更爲子期琴動人静琴酣酒醒清聲向月和氣在堂春風循寒是夜覺煖旣罷(一作宴罷)之後贊皇顧潤州

曰見明珠者始賤魚目知雅樂者方鄙(一作始賤)鄭聲自樸散爲器真意在琴與衆樂同法(三字一作同出)於虛獨能致静同韻五音獨能多感同名爲樂獨偶聖賢是宜稱德切近於道昔堯以美利利於天下曲名始暢自舜禹至于天子不居盡善稱操自持聖達節次(或作賢)守節達宜仍防守微河深(此句疑)而循至弄巳下習多(一無此三十字)不正(一作止)且聲著哀思或當戚自陳其後居常翫之和理所措若然者寧襲陶公真意空拍而巳豈襲胡笳巧麗異域悲怨聲我有山水桐音寶而持之古操則爲其餘未暇是知贊皇所好無非訓典(一作貽訓)似有道而循重之若此況乃真有道之士乎輙紀述(一無述字)所論貽諸達者　一作皆唐文粹

王氏廣陵散記　顧況

衆樂琴之臣妾也廣陵散曲之師長也琅邪王淹兄女未笄忽彈此曲不從地出不從天降如有宗師存焉曲有日宮散月宮散歸雲引華嶽引意者虛寂之中有宰察之神司其妙有以授王女於戲天地鄙悋而絕神明倜儻而授中散沒而王女生（一作傳）其間寂寥五六百年先王作樂殷薦上帝有不得而聞者鼓鍾時動敢告於太師

歌者葉記　沈亞之

昔者秦青之弟子韓娥從學久之以為能盡青之妙也即辭去青送之將訣且歌一歌而林籟振蕩再歌則行雲不流矣娥心乃衰然（集有則字）韓娥亦能使逶迤之聲環梁而遊

凝塵奮發（集作飛）微舞上下者三日不止能為人悲亦能為人喜其後漢武時協律李延年為新聲亦云能（二字集本川文粹作尚）感動人至唐貞元中（集本川文粹作貞元元年）洛湯金谷里有女子葉學歌於柳恭之下（二字二本作恭下之）初與其曹十餘人居獨葉歌成無等後為成都率（川文粹作師還用）家妓及率死復來長安中而轂下聲家聞其能咸為（集作與）會唱次至葉當引弄及舉音則絃工吹師皆失執自廢既罷聲黨相謂約慎語無令人得聞知是時博陵大家子崔莒賢而自患其室饒乃曰吾綠組初秩寧宜厚蓄以自奉（集作封）耶遂大置賓客門下縱樂與遨遊極費無所悋也（二本作無有所悋）他日莒宴賓堂上樂闋因言曰有新聲葉者歌無倫請延之即乘小車詣莒莒且酣為一擲目作樂乃合韻奏綠腰俱囑葉曰幸給聲葉起與歌一觧一坐盡眙（剌利反）是日歸莒莒沉浮長安數十年葉之價益露然以莒能善人而優暫亦歸之故卒得不貢聲中禁葉為人潔峭自處雖諧者百態爭笑於前未嘗換色元和六年莒從事岐公在朔方時余往謁焉今與公賓舍於鄆在莒鄰夜聞其歌有一人坐泣且（集作其）悲良久復悅及卒聲而悲悅再三曰孰與（集作為）之是欲吾不得自任矣明日問其狀乃葉為也後莒復與岐公來彭城十年余過其居問葉安在曰近逝矣自趙璧李元憑（集作馮）循（集作脩）則音屬不知和矣嗚呼豈韓娥之嗣與惜其終莫

有能繼其聲者故余著之欲其聞於後世云

圖畫

十八學士圖記　王覿

夫立身之功莫大於行道行道之功莫大於逢時行道則孝悌才學有聞逢時則仁信機謀及物有其時無其材斯固（一作故）自大蹶也有其材無其時得不憤心潔血數則知無代無材計用與不用耳高祖起於沛光武起於南陽而籌畫功勳獨出豐宛之士蕭丞相從漢帝入關封府藏而收圖籍房太尉從太宗征討捨珠玉而採人材二君子之德（一作材）豈偶然也十八學士皆煬帝之臣曷闍於隋而明於唐是有其材而無其時也如晦玄齡止於一尉或非好

去任或挂網徙邊褚亮置南不離下位或嫉才見謫或七品十年暨我國家則有道兼文武器重珪璋者慷慨大節臨機能斷者仁孝忠直預識存亡者潔行檢身而有英略者好學敏達詳明吏道者出入軍旅涉歷危難（一作難危）者不憚兵威樹立忠誼者傳聞貞儉文翰兼絕者風韻閑雅善於吟咏者精練古訓長於講論者夫如是則立身行道之事盡在於斯矣得不寘心契志以自勗勵哉覩每覩十八學士圖空瞻贊像而已輒各採本傳列其嘉績庶幾閱像者思其人披文者思其人非惟臨（一作昭）鑒耳目抑可以垂誡於君臣父子之間也

九疑山圖記　元結

九疑山方二千餘里四州各近一隅世稱九峯相似望而疑之謂之九疑亦云舜望九峯疑禹而悲從臣有作九悲之歌因爲（集作謂）之疑九峯殊極高大遠望皆可見也彼如嵩峯（集作華）之峻峙衡岱之方廣在九峯之下磊磊然如布碁石者可以百數中峯之下水無魚鱉林無鳥獸時聞聲如蟬黽（莫杏反前篇作蠅）之類聽之亦無往往見大谷長川平田深淵杉松百圍榕（前篇作檜）栝並之（集作茂）青莎白沙洞穴丹崖寒泉飛流異竹雜華廻映之處似藏人家實有九水出於山中四水南流灌（前篇作貫）於南海五水合（集作比）注合爲（前篇作於）洞庭若度其高卑比洞庭南海之岸直上可二三百里不知海內之山如九疑者則（集無則字）幾焉哉（集作或是）曰若然者茲山何不列於五岳對曰五帝之前封疆尚隘衡山作岳已出荒服今九疑之南萬里臣妾國門東望不見西岳（集作涯際）西行幾萬里未盡（前篇作見）邊陲當今（集作令）以九疑爲南岳以崑崙爲西岳衡華之輩聽逸者占爲山居（前篇作林）封君表作苑囿耳但若當世議者拘限常情率引古制不能有所改刱也如何故圖畫九峯畧載山谷傳於（前篇作之）好事以旌異之如山中之往跡峯洞之名稱爲人所傳說者並疏方題記庶幾觀者易知時永泰丙午年（集作中）也

此篇七百三十七卷重出前已削去

風后八陣圖記　獨孤及

物不終靜必授之以動當純坤用事陰疑於陽則飛龍戰

太朴以散聖盜並起故戎馬生乃有力（集作并）吞八荒爭截九有大者天柱折地維絕小者作慝蘆山負阻中冀上帝凴怒下土是恤乃眷武德黃帝受之始順殺氣以作兵法文昌以命將於是乎征不服討不庭其誰佐命曰元老風后蓋戎行之不脩則師律用爽陰謀之不作則凶器何恃故天命聖者以廣（集作光）戰術俾懸衡於未然察變於奇獸（集作倚數）握機制勝作爲陣圖夫八宮之位正則數不愆神不惑（文粹作或）故八其陣所以定位也衡抗於外軸布於內風雲附（集作負）其四維所以備物也虎張翼以進蛇向敵而蟠飛龍翔鳥上下其勢所以致用也至若疑兵以固其餘地遊軍以按其後列門具將發然後合戰弛張則二廣迭舉犄

角則四奇皆出必使陷堅陣拔深壘若星馳天旋雷動山破彼魏之鶴列鄭之魚麗周武之能羆昆陽之虎豹出匪以律我異於是旣而圖成鑄俎帝用經畧北逐獯鬻南平蚩尤戡黎於阪泉省方於崆峒底定萬國旁羅七曜鼎成龍至去而上僊於是遺風寘寘時亡而圖在（在字集作存焉）嗚呼（集本文辭作職）聖迹長往神機未昧酌其流者猶足以決勝九（集作三）軍禦侮萬里故項籍得之以覇西楚黥布得之奄有九江漢孝武得之擾匈奴服甌越東收濊貊西拓大夏然則聖圖幽贊未始有涯唐天寶中客有爲韜鈐者得其遺制於黃帝書之外篇裂素而圖之則勝敗之朕在我指（集作股）掌天地之心見於毫末議欲獻諸策府用廣武事會天子

以不戰爲師無爲爲寶則是圖也興於多難廢於昇平湮淪不書盛德其沒乃（集作及）旌諸圖側以爲三皇之故事六藝之餘技云

保安鎮陣圖記　符載

甲子歲我王克蘄春之明年也是時天王居梁州丞相司徒勉出於陳留逆豎乘是遂爲（一作于）六合鯨吞虎踞使宿賊杜少誠長短兵三萬方將拔蘄取黃濟江而南至于五嶺盡以天子之地縣肖受署焉春二月逆師自穆陵陰山白沙三大關支下而進威聲炎炎如無枝梧緣道邏守巳陷六七我師洶然少沮氣勢王感槃澀三軍沉畧通神明以爲是鎮地勝而險固卒薄而孱老彼必知我將銳志而圖之設伏衆戎盡殪可也乃命兵馬使伊慎禦師駛得四千人銜枚宵入張諸栅之卒人伏于莽間賊果體（疑）來以蠻弧偕登於是中軍一鼓萬夫雷呼內兵乘高而唐突之伏卒陵背而芟割之紅旗拉風長戟如倚晨暮三接朱殷谿瀆獲馬牛百萬蹄斬首數千級其餘蹩踣瘡痏皚皚枕籍者遂大築京觀以光武功焉由是氛霧蕩八方日月麗大幽究醜懷綿搆江淮完推命江淮而南父子夫婦無僕厲之患皆一舉之力也故自希烈亂常天下擁兵之諸侯議鴻勳茂績者莫敢承風焉先是包大夫佶司天下之賦將自揚徂荊萬檣峩峩不得安動緊我之捷即陸驅車水方舟鶩颿駭雲集貢于天王君子爲我王之勳績也大宜

載太常刋鼎銘豈獨繢繡素而已載忝賓介厠櫜鞬之末得備書事揚公休聲貞元元年七月二十日記

張僧繇畫僧記　劉長卿

天竺僧畫像者梁直閣將軍張僧繇之真迹也張公繪事之始厥有二僧後屬侯景師至金陵江南喪亂此畫流離散落多歷年所遂遭剖割（集作裂）分而爲二其一在唐故右常侍陸堅處即此僧也陸公常嬰篤疾殆將屬纊忽於夢寐覩此故僧謂公曰我有同侶一人自從離析已百餘年（集作歲）今在洛陽故城東李君家深所寶玩舉世莫知若能爲我求之再得會合當以法力扶助令爾無憂陸公旣寤遽以（集作以遽）求訪果如夢中之言後見斯人而僧亦俱在乃

以俸錢十萬贖(集作贈)而合焉即日陸公疾瘳勿藥有喜信知造思之妙通於神祇識者以爲干將鏌鋣散而復合亦其類也嗟乎陸公已没子孫不守有姬鬻之於市爲校書郎宋儋所得(集作得之)開元中儋服藥過度因而喪明其李氏之僧復失所在惟入夢者巋然獨存儋卒傳故人劉傑傑居之(集作隱)小室不求聞達天寶末遭禄山之難避地淮陰與道士魏審交深相結納無何傑以老卒傳乎審交審交傳楚州刺史李湯湯傳陸州司馬劉長卿今爲劉氏之寶藏矣

文苑英華卷第八百三十二

文苑英華卷第八百三十三　記三十七

災祥

泗州大水記　呂周任

春秋左氏傳曰天反時爲災(一作妖)地反物爲妖(一作災)其於水也反利爲害矣在唐堯時包山陵而若漫(一作浩涌)天在漢武時浮鉅野皆震蕩上心昏墊下人其故何哉天其或者警休明而表忠誠也皇唐貞元八年歲在壬申夏六月上帝作孽罰茲東土浩淼長瀾周亘千里請究其本而言之是時山泐桐柏發洪歕湧下注淮瀆平湍七丈浮壽踰濠下連滄波東風駕海潮上不落兩水相逆濺濤倒流矗縮迴薄衝壅汴淮(一作泗)積陰驟雨河瀉瓴建不捨晝夜至于旬時(一作浹)乾坤合怒雲雷爲屯以水濟水吞洲漂防走不及竄飛不及翔連甍爲河海(一作淮)噍類如魚鼈事出慮外孰能圖之開府議同三司校檢右散騎常侍兼

御史大夫泗州刺史武當郡王張公以其始至也聚邑老以訪故搴薪揵石以禦之其漸盛也運心術以馭事維舟編桴以載之遂連軸促櫓歛邑之廥俘婺老弱州之庫藏圖籍官府之器先寘于遠墅軍資甲楯士女馬牛遯遷於集一作于水次將徤丁壯過水之不可者任便而自安迨數日而計行矣洪波汗漫不辨一作測涯涘聲飈鼓濤舟不得不覆巨浪崩山域不得不圮崇丘如島稍稍而沒廈屋如沓況況相繼天廻地轉混茫其中公獨與左右十數人纜舟於郡城西南隅女牆濕堵之上以向衝波而一作之來不亦危哉公之左右失色同辭請移公曰伍天子守土臣也苟有難而遺之若王一作君命何且南山隔淮幾五六里吾能往

矣況是別境離局姦也雖死不爲公於是使部內十驛遷於虹城西鄙而南傍南山而東四百里達維揚之路俾星郵無壅石東北直渡經下邳五百里至于一作於徐州通康祭之問又移書淮南城將令斷扁舟往來立標樹信以虞寇賊一作盜之變公每端拱對水而訴曰伍奉聖主明詔司牧此州以親萬姓河公何爲不仁降此大沴伍之罪也鬳聲正色阽危不撓歷數旬而水定又再旬而水抽自水始至及水始耗已一一作六疑時矣又一時而復流郊境之內無平不陂邪郭之間無庠不谷尺椽片瓦蕩然無所有可異者惟公之寢寢與內寑嬪婦然存焉豈不可浮而往蓋不可頼而壞乎斯則神仰公之仁先庶物而遺已神賞公之忠

臨大難而守節神高尚公之義動適權以成務故保其聽政養安之所旌公之善也昔邵伯之理也人愛其棠而勿剪方茲神靈支一作扶持不亦遠乎公乃捨車而徒棄輴而泥弔亡恤存綏復軍郡遠軫聖慮詔左庶子姚公弔而賑之至於修府署建城壘詔有司計功而償緡立廛市造井屋公申勸科程以貫以貸幾踰年而城邑復常矣其於縮板爲垣樹柳爲麗端衢四達廨宇雙峙即公之新意也天災流行何代無之逢昏即盛遇賢即退故劉琨後漢即昆返風而火滅王尊臨河而水止蓋忠誠之至也公嘗領羸兵守孤城以百當萬俾國家全山東之地名載青史公即國之長城也今以一第之航挂一作縴於危堞之上以當漲海之勢

城頹而一塊不傾水止而所濟獲全公即國之貞臣也固知明主之委任於公也皆感而通焉周任不敏學於舊史氏借古人以諭公未或曰同年矣謹述而記之時貞元十三年歲在丁丑清和之日哉生魄勒于后

一作皆唐文粹

甘露記　符載

大唐壬午歲南陽張君一作公宰上元之二年也有甘露降于庭梧瀼瀼霧靄如雨非雨者數日縣大夫謙不敢自道其美胥徒洎邑之緇黃幼艾以狀聞於連帥連帥表奏于天子天子嘉之優詔寵答煥然光耀癸未歲復降于庭梧夏四月余自淮南罷去丞相府將假道以歸主人備勞餞

之禮遂盛於杯器以示予予取前著以嘗之即薰蕕淬齒液不及咽而腑臟塗(楚陸反一作涂楚陵反)然矣輒自揣大化之精而計之曰夫天地無私也至虛也寂然不動感而遂通若御物之心誠萬人之氣和爲祥雲也甘露也或御物之心淫萬人之氣究爲繁霜也苦雨也動於此形於彼自開闢至于茲日無他理矣(一作也)夫如是張君之政徭賦調斂倉廩實歟風俗厚歟人民樂歟不然則何嘉祥玄貺鍾于邑也如此繇是言之二千石至于六百石主有土之教化操生人之性命正即爲禎祥邪即爲妖沴得不嚴心直志靜操理本上答神明之旨乎茂宰之時政也張君名集自某郡某里人也其餘風猷義行存乎碑頌此不書甲申歲十

月一日記

息壤記　柳宗元

質疑

永州龍興寺東北陬有堂堂之地隆然負甎甓而起者廣四步高一丈五寸始之爲堂也夷之而又高凡持鍤者盡死永州居楚越間其人鬼且機由是寺之人皆神之人莫敢夷史記天官書及漢志有地長之占而亡其說甘茂盟息壤蓋其地有是類也昔之異書有記鴻(集作洪下同)水滔天鯀竊帝之息壤以堙鴻水帝令祝融殺鯀于羽郊其言不經見今是土也夷之者不幸而死豈帝之所愛耶南方多疫勞者先死則彼持鍤者其死於勞且疫也土爲能神余恐學者之至於斯徵是言而唯異書之信故記于堂上

辨石鍾山記　李渤

水經云彭蠡之口有石鍾山酈元以爲下臨深潭微風鼓浪水石相搏響若洪鍾因受其稱有幽棲者尋綸東湖沿瀾窮此遂躋崖穿洞訪其遺蹤次于南隅忽遇雙石欹枕潭際影淪波中詢諸水濱乃曰石鍾也有銅鐵之異焉扣而聆之南聲函胡(一作清韻)北音清越抱止響騰餘歇若非潭滋其山山涵其英聯氣凝質發爲至靈不然則安能産茲奇石乎乃知山仍石名舊矣如善長之論則瀕流庶峯皆可以斯名(一作石非)貫之聊刊前謬留遺將來貞元戊寅歲七月八日白鹿先生記

釋武豹門記　常承造

往之事不知者多以故老之傳而實之外生於訛以至大謬至若正氣爲邪氣所偪本非正氣也蓋疑生於莫折以逮於言思耳愚咸通甲午歲孟春月十有七日奉天子詔來牧茲郡郡之人以武豹之門爲袪邪禦魅之所作也其門北向左畫白虎執以蒼頭之矛右畫大豕拒以雄武之威門之東壁有刻石焉乃故大光祿李公暨前牧是邦爲文以解之義與夫郡人之說不貳也又曰圖於寢室悅悅焉疑有所壓愈不知其所由來者矣適有多才能之士胡姓承裕名爲愚釋之曰是州也其宅東西廣正北傾後無乾地南北崄巇林木森聳水自北來地(一作山)勢岡阜即是

八難地而武豹門正當九苦風時俗以武豹謂辟邪按韓王元嘉始創之旨(一作言)乃以五行所尅勝其灾而滅之禍武屬水以木臨亥位故以豕承之寅主東方故畫東垣豹主西方故誌西壁禦禍之風制空之位一其義也今愚所築池北望月臺池南釣絲臺且及此門中架虹梁正與韓之設色三獸暗合其理一也愚故命筆書之庶將釋惑表異爲後君子信與不信耳時乾符二年四月六日絳州刺史嵩承造記

寓言

醉鄉記　王績

醉之鄉去中國不知其幾千里也其土曠然無涯無丘陵

阪險其氣和平一揆無晦明寒暑其俗大同無邑居聚落其人甚精無愛憎喜怒吸風飲露不食五穀其寢于于其行徐徐與鳥獸魚鼈雜處不知有舟車械器之用昔者黃帝氏嘗獲遊其都歸而杳然喪其天下以爲結繩之政已薄矣降及堯舜作爲千鍾百壺之獻因姑射神人以遐(集作假)道盖至其邊鄙終身太平禹湯立法禮繁樂雜數十代與醉鄉隔其臣羲和棄甲子而逃冀臻其鄉失路而(集本文粹並有道字)天(二本有故字)天下遂不寧至乎末孫桀紂怒而昇(二本有其宇)糟丘階級千仞南向(集作面)而望卒不見醉鄉武王得志于世乃命公旦立酒人氏之職典司五齊拓土七千里僅與醉鄉達焉故四(二本作三)十年刑措不用下逮幽厲迄乎秦漢中國衰亂遂與醉鄉絶而臣下之受(二本作愛)道者往往竊至焉阮嗣宗陶淵明等十數人並遊于醉鄉沒身不返死葬其壤中國以爲酒仙云嗟乎醉鄉氏之俗豈古華胥氏之國乎何其淳寂也如是予得(二本作將)遊焉故爲之記

鸜執狐記　李華

某嘗目異鳥擊豊狐於中野雙睛爗宿六翮垂雲迅猶電馳厲若霜殺吻决肝腦爪劉胃腸昂藏自雄倏欻而遊問名於耕者對曰此黃金鸜也其何快哉因識(一作讓)之曰仁人秉心哀矜不暇何樂之有曰是狐也爲患大矣震驚我姻族撓亂我閭里喬逃徐子之廬不畏申孫之矢皇祇或者其惡貫盈而以鸜誅之乎非斯禽之快也而誰爲悲忘夫

高位疾價厚味腊毒遵道致盛或罹諸殃兇假威爲孽能不速禍在位者當洒濯其心祅(疑作稧)除凶意惡是務去福其大來不然則有甚於狐之害人甯忸於鸜之能稙

枕中記　沈既濟

開元七年道士有呂翁者得神仙術行邯鄲道中息邸舍攝帽弛帶隱囊而坐俄見旅(一作邑)中少年乃盧生也衣短褐乘青駒將適于田亦止於邸中與翁共席而坐言笑殊暢久之盧生顧其衣裝敝褻乃長歎息曰大丈夫生世不諧困如是也翁曰觀子形體無苦無恙談諧方適而歎其困者何也生曰吾此苟生耳何適之謂翁曰此不謂適而何謂適答曰士之生世當建功樹名出將入相列鼎而食

選聲而聽使族益昌而家益肥然後可以言適乎吾嘗志于學富於遊藝自惟當年青紫可拾今已適壯猶勤畎畝非困而何言訖而目昏思寐時主人方蒸黍翁乃探囊中枕以授之曰子枕吾枕當令子榮適如志其枕青甆而竅其兩端生俛首就之見其竅漸大明朗乃舉身而入遂至其家數月娶清河崔氏女女容甚麗生資愈厚生大悅由是衣裝服馭日益鮮盛明年舉進士登第釋褐祕校應制轉渭南尉俄遷監察御史轉起居舍人知制誥三載出典同州遷陝牧一作郡生性好土功自陝西鑿河八十里以濟不通邦人利之刻石紀德移節汴州領河南道採訪使徵爲京兆尹是歲神武皇帝方事戎狄恢宏土宇會吐蕃悉

抹一作採疑邏及燭龍莽布支攻陷瓜沙而節度使王君㚟新被殺河湟震動帝思將帥之才遂除生御史中丞河西道節度大破戎虜斬首七千級一作十餘萬開地九百里築三大城以遮要害邊人立石於居一作扶延山以頌之歸朝冊勳恩禮極盛轉吏部侍郎遷戶部尚書兼御史大夫時望清重群情翕習大爲時宰所忌以飛語中之貶爲端州刺史三年徵爲常侍未幾同中書門下平章事與蕭中令嵩裴侍中光庭同執大政十餘年嘉謨密命一日三接獻替啓沃號爲賢相同列害之復誣與邊將交結所圖不軌下制獄府吏引從至其門而急收之生惶駭不測謂妻子曰吾家山東有良田五頃足以禦寒餒何苦求祿而今及此思衣短褐乘青駒行邯鄲道中不可得也引刃自刎其妻救之獲免其一作共懼者皆死獨生爲中官保之減罪死一作死罪投驩州數年帝知冤復追爲中書令封燕國公恩旨殊異生五子曰儉曰傳曰位曰倜曰倚皆有才器儉進士登第爲考功員外傳爲侍御史位爲太常丞倜爲萬年尉倚最賢年二十八爲左襄其姻媾皆天下望族有孫十餘人兩竄荒徼再登台鉉出入中外徊翔臺閣五十餘年崇盛赫奕性頗奢蕩甚好佚樂後庭聲色皆第一綺麗前後賜良田甲第佳人名馬不可勝數後年漸衰邁屢乞骸骨不許病中人候問相踵於道名醫上藥無不至焉將歿上疏曰臣本山東諸生以田圃爲娛偶逢聖運得列官叙過蒙殊

獎特秩一作彼是鴻私出擁節旌入昇台輔周旋中外綿歷歲時有忝天恩無裨聖化負乘貽寇履薄增憂日懼一日不知老至今年逾八十位極三事鍾漏並歇筋骸俱耄彌留沉頓待時益盡顧無成效上答休明空負深恩永辭聖代無任感戀之至謹奉表陳謝詔曰卿以俊德作朕元輔出擁藩翰入贊雍熙昇平二紀寔卿所賴比嬰疾疹日謂痊平豈斯沉痼良用憫惻今令驃騎大將軍高力士就第候省其勉加鍼石爲予自愛猶冀無妄期於有瘳是夕薨盧生欠伸而悟見其身方偃於邸舍呂翁坐其傍主人蒸黍未熟觸類如故生蹶然而興曰豈其夢寐也翁謂生曰人生之適亦如是矣生憮然良久謝曰夫寵辱之道窮達之

運得喪之理死生之情盡知之矣此先生所以窒吾欲也敢不受教稽首再拜而去

文苑英華卷第八百三十三

文苑英華卷第八百三十四　記三十八

雜記

蘇氏織錦廻文記　天后

前秦苻堅時秦州刺史扶風竇滔妻蘇氏陳留令武功蘇道質第三女也名蕙字若蘭識知精明儀容秀麗謙默自守不求顯揚行年十六歸於竇氏滔甚敬之然蘇氏性近於急頗傷妬嫉也滔字連波右將軍子真之孫朗之第二

子也風神偉秀該通經史允文允武時論高之苻堅委以心膂之任備歷顯職皆有政聞遷秦州刺史以忤旨謫戍燉煌會堅赴晉襄陽慮有危逼藉滔才畧乃拜安南將軍留鎮襄陽焉初滔有寵姬趙陽臺歌舞之妙無出其右滔置之別所蘇氏知之求而獲焉苦加捶辱滔深以為憾陽臺又專伺蘇氏之短讒毀交至滔益忿蘇氏焉蘇氏時年二十一及滔將鎮襄陽邀蘇氏之（疑衍）同徃蘇氏忿之不與偕行滔遂携陽臺之任斷蘇氏音問蘇氏悔恨自傷因織錦廻文五采相宣瑩心耀目其錦縱廣八寸題詩二百（疑[illegible]）餘首計八百餘言縱橫反覆皆成章句其文點畫無缺才情之妙超古邁今名曰璇璣圖然讀者不能盡通蘇氏笑

而謂人曰徘徊宛轉自成文章非我佳人莫之能解遂令蒼頭齎至襄陽焉滔省覽錦字感其妙絶因送陽臺之關中而具車徒盛禮邀迎蘇氏歸於漢南恩好愈重蘇氏著文詞五千餘言屬隋季喪亂文字散落追求不獲而錦字廻文盛見傳寫是近代閨怨之宗旨屬文之士咸龜鑑焉朕聽政之暇留心墳典散帙之次偶見斯圖因述若蘭之材後美連波之悔過遂製此記聊示將來也如意元年五月一日大周天冊金輪皇帝御製

劍門山記　于邵

易曰艮為山為徑路為門闕絫（一作艮非）山之有劍閣也厥象備焉首以峨嵋足以荊巫前褒斜而後靈關橫亘乎數千

里之間爭川含陸以作全蜀趣蜀之路必由是山連峯夐天上絶飛鳥極於此也峭壁中斷兩崖相嶔如門斯闢如劍斯植辨徑術之可從於彼也於戲上古聖人之宅於九囿也必因山川之固為設壁障以安之恐其自絶於一方也雖有高深之阻必啓行路通之是故天下書同文教同禮梯航內向而禍亂不作觀乎劍閣見聖人之德為備夫抉連山開積阻剖盤石擘崇巒呀然洞裂斗絶千仞遠逓奇伏神靈怪異謂之天造之資則有攻鑿之刑矣謂之人力之用則無犄拔之勢矣豈五丁為役鮫泯泯茫茫不可得而詳也若乃迫隘之所容迺廻而後通翕巴漢之高轍總岷嶓之重險一夫介而禦之則三軍無所施其勇覆簣而

防之則逸足不能踰其阻故漢高因焉以定楚項之難玄宗幸焉以銷陽九之變蜀王無道惠文代以之公孫僭號光武滅之由是而言則劍門之險所以助順不以與亂所以輔中州不以限荒服荷戎夷議侵軼狂愚懷割據逆天反道必覆敗隨之皇帝諒闇之初歲在巳未漁陽公作鎮之一紀也蠻夷之衆寡君長之情僞道途之險易攻守之利病皆韜得於胷中不差於毫髪矣而犬戎承我遏密氾我亭障以其控弦十萬與群蠻之師出沉黎出大井出樊道出仇池邊兵禦之不勝敵然有北闚劍閣而拒我後援西入蜀都而全其地時西州伯朝覲京師寇出不虞群情大駭朝廷固已知漁陽公舉無遺策仍發禁衛貔貅之（一有二字）

旅俾受律于公公玄合廟謀分軍守隘且度其能來而不能用可取而不可迫命諸營堅壁勿得戰收軍入閣道示之以無人賊見諸壁不可攻而劍門不設備果疑有伏莫敢前窺公曰彼悉銳而來謂所行無郤令頓軍數日其氣已衰且入我既深多而不整可以擊之矣乃夜出精卒犄（一作役）其前營群兇震擾駭若隄潰棄其弔（一作文）甲者十有四五顛于坑谷者不可勝計公命緩逐勿遏其歸既而又破之于龍安不二旬緣邊千里之寇悉燒營遁去危邦載合天府載寧州閭以出溺相存父子以厥初相歡自蕃戎為梗未有若茲歲之甚帷（一作惟）中權制勝未有若是役之大天子聞而嘉之焉即下詔書勞之畧曰徽公勠力王室

蜀其左衽矣德音褒倚也如此於戲仁者由劍門以之爲福不仁者由劍門以之生禍獨漁陽公之克戎於是也配乾功之可久與坤德而同順華戎心於未代揚天聲於無極昭昭焉難乎其與京矣昔班孟堅勒銘燕然紀竇耿勳業夫燕然無壞異之跡徒以書其片石不見録載前(一作前載)人到於今稱之而劍門并絡垂芒坤維蘊靈漁陽得其形便輝灼藩翰語乎山則有畫象之奧語乎人則有蓋代之績而頌聲不著於燕然英名不加於竇耿抑當時之所取而吾黨之所病昔予剖符列郡祗服元侯耳目所得稱傳罕備雖言之不逮其可已乎是用纂述爲劍門記

唐故翰林學士李君碣記　劉全白(見李白集)

君名白廣漢人性倜儻好縱横術善賦詩才調逸邁往往興會屬詞恐古之善詩者亦不逮尤工古歌少任俠不事産業名聞京師天寶初玄宗辟翰林待詔因爲和蕃書并上宣唐鴻猷一篇上重之欲以綸誥之任委之爲同列者所謗詔令歸山遂浪跡天下以詩酒自適又志尚道術謂神仙可致不求小官以當世之務自負流離轗軻竟無所成有一子名伯禽偶遊至此遂以疾終因葬於此文集亦無定卷家家有之代宗登極廣拔淹滯(李白集作瘁)時君亦拜拾遺聞命之後君亦逝矣嗚呼與其才不與其命悲夫全白幼則以詩爲君所知及此投弔荒墳將毁追想音容悲不能止邑有賢宰顧公遊秦志好爲詩亦常慕效李君氣調因嗟盛才冥寞遂表墓式貴乃題貞石冀傳於往來也

貞元六年四月七日記

衛公故物記(此篇嘗在墓志門今題作記姑仍其舊)　常端符

三年冬端符於三原令座中揖其郡官有客曰某丞李謂端符曰是衛公之胄也其家傳賜書與他服器十餘物者訖讌端符即丞君爲客謁丞延入就列(一作次)端符因詭請曰籍君僕射公之嗣固願見僕射公之烈之多其事辭雖文(一作史)記或闕畧具天下耳舌矣聞君世傳文帝詔與公服物者願得以觀丞悠悠曰諾即其家傴僂躍步奉賜書一函他物一器出發視玉帶一首末爲玉十有三方者七

挫兩隅者六每綴環焉爲附而固者以金丞曰傳云環者列佩用也王之粹者君含怡然澤者君渙釋然公擒蕭銑時高祖所賜于闐獻三帶其一也素錦袍一其襟袂促小裁製絕巧密光爛爛如波旁出紫文綾襖一促製小袖如袍其爲文林樹於上其下有馳馬射者又雜爲狻猊虎䝙橐馳者靴袴一往來爲鈎屬鎖鈕之疑非華人所爲也自始傳于今莫能名其物象笏一差狹不類今笏者佩筆一奇木爲管韜刻飾以金别爲金環以限韜其間韜者火鏡二大觿一小觿一笇囊二椰盃一蓋常佩於玉帶環者十三物者亡其五有存者八大帝爲兒時與公子某年上下文帝命居宮中侍吾兒戲即賜以皇子服物黄綾袍緋綾

袍皆爲龍鸞文素錦褉綷五色爲花若鳥者素錦半袖小物皆緻巧功良令工之爲不能也文帝賜書二十通多言征討事厚勞苦信必威賞而已其兵事節度皆付公吾不從中理也既公疾親詔者數四其一曰有晝夜視公病中老嫗令一人來吾欲熟知公起居狀丞曰權文公視此詔常泣曰君臣之際乃如是耶端符既畢觀中若有物擊惻其心者於玉帶見遠方致物而上不專有以賜有功也於文錦衆物見其時之工志功（或作功義如周禮攻木攻金之攻詩車攻之攻）不至（一作志）靡也於賜公子以皇子衣服見視臣如支而游兒也於詔征討見擇將材付將職也上嘗不曲制其事旁他可動哉於問公疾見上答憫公如家人之視子姓也公之勞

烈如是其大固有以感之獨推其運吾不信也丞曰子觀吾故物異他人之觀一似動色隱心者於霜露變時每閱省是物人雅爲子工（或作文）辭幸爲記吾得觀以慰吾慕思也故曰記衛公故物（一作皆唐文粹）

復乳穴記　柳宗元

石鍾乳餌之最良者也楚越之山多產焉于連于韶者獨名於世連之人告盡焉者五載矣以貢則買諸他郡今刺史崔公至逾月穴人來以乳復告邦人悅是祥也雜然謡曰甿之熙熙崔公之來公化所徹土石蒙烈以爲不信起視乳穴穴人笑之曰是惡知所謂祥耶嚮吾以刺史之貪戾嗜利徒吾役而不吾貨也吾是以病而紿焉今吾刺史令明而志潔先賴而後力欺誣屏息信順休洽吾以是誠告焉且夫乳穴必在深山窮林氷雪之所儲豺虎之所廬由而入者觸昏霧扞龍蛇束火以知其物縻繩以志其返其勤若是出又不得吾直吾用是安得不以盡告今令而乃誠吾告故也何祥之爲士聞之曰謡者之祥也乃其所謂怪者也笑者之非祥也乃其所謂真祥者也君子之祥也以政不以怪誠乎物而信乎道人樂用命熙熙然以效其有（文粹作力）斯其爲政也而獨非祥也歟

叔氏墓記（集作誌）　李翺

元和九年歲直甲午正月十九日丁卯浙江（集無江字）東道觀察判官將仕郎試大理評事攝監察御史李翺奉其叔氏

之喪于茲叔氏諱術生子曰王老遠在京師翺實主其事

銘曰

翺生始言叔氏棄殁爰殯于野年周四甲豈無諸親生故或迫亦有息子旅宦京國丘墳孰封松櫝未列殯宇要毀狐狸所穴中夜遠思酸棲心骨（集有是以二字）乞假公府言來筮宅追念延陵喪子羸博葬不歸吳於禮其合惟叔平生遊居是邑夭謝于此靈幽其託女姪之西仲兄之北宜昭何異可用居息孰爲故鄉乃樹松栢

（此篇當在墓誌門今題作記姑仍其舊）

杭州新造南亭子記　杜牧

佛著經曰生人既死陰府收其精神校平生行事罪福之

坐罪者刑獄皆恠險非人世所爲凡人平生一失舉止皆
落其間其尤恠者獄廣大千百萬億里積火燒之一日凡
千萬生死窮億萬世無有間斷名爲無間夾殿宏廊悉圖
其狀人未熟見者莫不毛立神駭佛經曰我國有阿闍世
王殺父王篡其位法當入所謂獄無間者（集有昔字）能來（集作求）
事佛後生爲天人況其他罪事佛固無恙梁武帝明智勇
武創爲梁國者捨身爲僧奴至國滅餓死不聞悟況下輩
固惑之爲工商者雜良以苦僞內而華外納以大秤斛以
小出之欺奪村閭戇民銖積粒聚以至于富刑法錢穀小
胥出入人性命顛倒埋沒使簿書條令不可究知得財買
大第豪奴如公侯家大吏有權力能開庫取公錢緣意恣

爲人不敢言是此數者必自知其罪皆捐已奉佛以求救
月日積久曰我罪如是富貴如所求是佛能滅吾罪復能
以福與吾也有罪罪滅無福福至生人惟罪福耳雖田婦
稚子知所趨避今權歸於佛買福賣罪如持左契交手相
付至有窮民啼一稚子無以與哺得百錢必召一僧飯之
與佛之助一日獲福若如此雖舉寰海內盡爲寺與僧不
足恠也屋壁繡文可矣爲金枝扶疏擎千萬佛僧爲具味
飯之可矣飯訖持錢與之不大不壯不高不多不珍不奇
懷恠爲憂無有人力可及而不爲者晉霸主也一銅鞮宮
之衰弱諸侯不肯來盟今天下能如幾晉凡幾千銅鞮人
得不困哉文宗皇帝嘗語宰相曰古者三人共食一農人

今加兵佛一農人乃爲五人所共食其間吾民尤困於佛
帝念其本牢根大不能果去之武宗皇帝始即位獨奮怒
曰窮吾天下佛也始去其山臺野邑四方所冠其徒幾至
十萬人後至會昌五年始命西京留佛寺四僧惟十人東
京二寺天下所謂節度觀察同華汝三十四治所謂留一
寺僧準西京數其他刺史州不得有寺出四御史縷行天
下以督之御史乘驛未出關天下寺至于屋基耕而刓之
凡除寺四千六百僧尼笄冠二十六萬五百其奴婢十五
萬良人枝附爲使令者倍笄冠之數良田數千萬頃奴婢
口率與百畝編入農籍其餘賤取民直歸於有司寺材州
縣得以恣新其公署傳舍今天子即位詔曰佛尚不殺而

仁且來中國久亦可助以爲治天下州率與二寺用齒衰
男女爲其徒各止三十人兩京數倍其四五焉著爲定令
以徇其習且使後世不得復加也（三字蜀本作有加焉）趙郡李子烈
播立朝名人也自尚書比部郎中出爲錢塘錢塘於江南
繁大雅亞吳郡子烈少遊其地委曲知其俗蠹人者剔削
根節斷其脈絡不數月人隨化之三歲于丞相云濤壞
人居不一銲錮敗侵不休詔與錢二千萬築長堤以爲數
十年計人益安喜子烈曰吳越古今多文士來吾郡遊登
樓倚軒莫不飄然而增思吾郡之江山甲於天下信然也
佛熾害中國六百歲生見聖人一揮而幾夷之今不取其
寺材立亭勝地以彰聖人之功使文士歌詩之後必有指

吾而罵者乃作南亭在城東南隅宏大煥顯功施手目髮勻肉均牙滑而無遺巧矣江平入天越峯如髻越樹如髮孤飛（集作悅）白鳥點盡（集作止）（集有□字）疑在半夜酒餘倚老松坐恠石殷殷潮聲起於月外東閩兩越官遊善地也天下名士多往之予知百數十年後登南亭者念仁聖天子之神功矣美子烈之旨迹睹南亭千萬狀吟不能（集作免）已四時千萬狀吟不能去作爲歌詩，次之於後不知幾千百人矣

文苑英華卷第八百三十四

文苑英華　八百三十四卷　十